한국
현대소설이
걸어온
길

한국 현대소설이 걸어온 길

장수익 · 신수정 · 조현일 · 김민정 · 천정환 · 서재길 외 지음

작품으로 본
한국소설사
(1945~2010)

문학동네

펴내며

　이 책은 1945년 해방 이후부터 2010년대에 걸쳐 창작, 발표된 한국 현대소설의 대표작에 대한 본격적인 학문적 분석을 시도한 것이다. 해방 이후 서울대학교 대학원에 현대문학 전공이 개설되면서 본격적으로 시작된 한국 현대문학 연구는 오랫동안 식민지 시대에 경도되어 있었던 까닭에 해방 이후의 작품에 대한 연구는 근자에 와서 본격화되고 그 저변이 확대되고 있는 상황이다. 특히 70, 80년대 이후의 문학작품에 대한 연구의 경우 연구자들에게 보편적으로 인정되는 정전이 부재하는 상황에서 비평적 수준을 넘어선 학문적 논의로 좀처럼 나아가고 있지 못하고 있는 것이 현실이다. 이 책은 이같은 문제의식을 바탕으로 해방 이후 한국 현대소설의 대표적인 작가와 작품을 선별하고 주요 작품에 대해 본격적인 분석을 시도함으로써 한국 현대소설사의 밑그림을 그리려 한 것이다. 『한국 현대소설이 걸어온 길』로 책의 제목을 정한 것은 이 때문이다.

　이 책의 출간을 기획하고 편집함에 있어 필자들은 아래와 같은 기본적인 원칙을 정했다.

첫째, 해방 이후 현대소설사의 시기를 연대순으로 묶고, 각각의 연대가 지니는 소설사적인 흐름을 대변할 수 있는 작품들을 선별하여 본격적인 작품론을 구성하였다. 기획 당시에는 각 연대별 소설사의 흐름을 서술하자는 의견도 있었으나, 그러한 서술은 오히려 독자들에게 소설사의 흐름에 대한 선입관을 줄 수도 있다는 점에서 하지 않기로 하였다. 각 연대별로 제시된 작품론들을 통해 자연스럽게 현대소설사의 흐름을 귀납적으로 파악하게끔 하는 것이 좋겠다는 의도에 따라 이 책의 편집 방향이 정해진 것이다. "작품으로 본 한국소설사(1945~2010)"라는 부제를 단 것은 우리의 이같은 기획을 명확히 드러내기 위한 것이다.

두번째, 그동안 이 시기의 소설 작품에 대한 본격적인 학문적 논의가 부족했다는 점에 주목하여 모든 원고는 새롭게 집필하는 것을 원칙으로 하였다. 여기에 실린 원고들은 위에서 밝힌 기획 의도에 맞추어 여러 차례의 편집회의를 거치면서 집필의 구체적인 방식을 결정한 후 내용 및 형식상의 통일성을 갖출 수 있도록 하였다. 이에 따라 비록 필자는 다르지만 각각의 작품론들은 대상 작가의 연구사를 간략히 정리하면서 그 작가의 문학사적 위치나 작품 경향을 개괄적으로 제시하고, 이어서 작품에 대한 구체적으로 분석을 바탕으로 해당 작품의 소설사적 의미를 추려내는 방식으로 구성되었다.

세번째, 이 책이 해방 이후 한국소설사의 정전을 구성하는 하나의 계기가 되기를 바라면서 필자들은 작가와 작품의 선정에 신중에 신중을 기하였다. 당대의 비평 담론이나 작가에 대한 선입견에 기대지 않고 오로지 문학사적으로 의미가 있는 좋은 작품을 고르는 데 힘썼다. 여러 차례의 토론과 논의의 결과 해방기에는 허준, 채만식, 염상섭, 김동리, 이무영, 최정희의 작품들이, 1950년대에는 박영준, 선우휘, 황순원, 손창섭, 장용학, 정한숙, 이범선, 오상원의 작품들이, 1960년대에는 이호철, 전광용,

박경리, 김정한, 김승옥, 이청준, 최인훈, 서정인, 이병주의 작품들이 선정되었다. 그리고 1970년대에는 박완서, 김원일, 오정희, 이문구, 윤흥길, 전상국, 조세희, 최인호, 이동하, 현기영, 황석영의 작품들이, 1980년대에는 조정래, 이문열, 이인성, 임철우, 윤후명, 현길언, 김주영의 작품들이, 1990년대 이후에는 신경숙, 이승우, 은희경, 김연수, 김훈, 김영하, 성석제의 작품들이 다루어졌다. 이리하여 이 책에서는 모두 마흔여덟 명의 작가를 대상으로 백여 편의 작품을 다루게 되었다. 이 책에서 미처 다루지 못했으나 현대소설사에서 중요하게 평가되어야 하는 작품들이 더 많이 남아 있다는 것은 두말할 필요도 없겠지만, 지면의 제한과 필자들의 역량의 문제로 불가피하게 빠진 작가와 작품이 있다는 점에 대해서는 독자와 작가들에게 양해를 구한다.

　마지막으로 이 책이 만들어지게 된 계기에 대해 이야기해두어야 할 듯하다. 이 책에 필자로 참여한 사람들은 모두 1989년 이후 서울대 국문과 대학원에서 현대소설을 전공한 뒤 경향 각지에서 후진 양성에 힘쓰고 있는 소장 학자들이다. 또한 2013년 봄에 서울대학교에서 정년퇴직한 조남현 선생님의 문하에서 학문적 수련을 겪었다는 공통점도 지니고 있다. 조남현 선생님의 정년퇴임을 기념하고 나아가 선생님의 학문적 업적을 바탕으로 해방 이후 한국 현대문학에 대한 향후 연구의 방향을 가늠해보기 위해 이 책은 기획되었다. 그런 까닭에, 문학 이론을 폭넓게 원용하면서도 실증성에 든든한 바탕을 두고 작품을 분석하고 문학사적 의의를 밝혀내는 데 주력하셨던 선생님의 학문적 경향과 특징이 이 책의 기획 속에도 뚜렷하게 반영되어 있다. '작품으로 본 한국소설사'라는 부제 속에는 문학은 작품으로 말하지 문학 외적인 언급이나 행위로 말하지는 않는다는 선생님의 오랜 학문적 소신이 스며들어 있다.

모쪼록 이 책이 선생님의 가르침에 조금이나마 보답하는 계기가 되고, 나아가 해방 이후 한국 현대소설사 연구를 보다 풍성하게 하는 데 보탬이 되었으면 하는 바람이다. 그리고 보다 상세한 작품론을 원하는 연구자들이나 우리 소설을 좀더 깊이 읽으려는 일반 독자들에게 한국 현대소설의 다기한 면모에 접근하는 통로가 되기를 기대한다.

필자 일동

차례 小說史

타자와의 조우와 새로운 주체의 탄생
― 해방기 허준 소설론

1. 머리말

　작가로서 그 이름이 그리 많이 알려지지 않은 허준(1910~?)은 이상, 박태원, 최명익 등과 함께 1930년대 한국 모더니즘 문학을 대표하는 소설가 중 한 사람으로 평가받고 있다.[1] 등단작인 「탁류」(1936)를 통해 심리묘사에 탁월한 작가로 문단의 주목을 받고 '순수-세대 논쟁'의 와중에 신진을 대표하는 소설가로 좌담회에 나서기도 하였지만, 비슷한 시기에 등단한 다른 작가와 비교해보면 지나친 과작이었던 것도 사실이다. 해방 이전 십여 년의 작가생활 중 그가 발표한 소설은 데뷔작인 「탁류」 「야한기」(1938), 「습작실에서」(1941)의 세 편과 한 편의 일본어 콩트에 불과할 정도였다. 해방 이듬해에 출간된 『잔등』(1946) 단 한 권만을 소설집으로 남긴 그이지만, 문학사에서 끊임없이 문제시되는 것은 몇 편 되지 않는 그의 작품이 지닌 문학사적 문제성 때문이다. 해방 이전 작품인 「탁류」에

---

1) 조남현은 해방 이전 허준 소설을 '지식인소설'의 계보에 속하는 것으로 평가하고 있다. 조남현, 『한국현대소설사 2(1930~1945)』, 문학과지성사, 2012, 435~437쪽 및 445~446쪽.

나타나는 개성적인 인물과 성격 창조, 「야한기」가 개척한 서사적 독창성과 더불어 해방 이후 발표한 대표작 「잔등」이 보여주는 인간과 세계에 대한 성찰적 시선은 다른 작가들과 구별되는 허준만의 독보적인 문학적 성취로 평가되고 있는 것이다.

특히 허준의 대표작 「잔등」(1946)은 패전 직후 잔류 일본인을 대하는 주인공의 성찰적 시선 때문에 해방 직후 쓰인 많은 귀환 서사 중에서도 독특한 지위를 지닐 수 있었고 문학사 속에서도 높이 평가될 수 있었다.[2] 해방이 가져온 감격 속에서 당시의 현실을 흥분된 시선으로 바라보지 않았고 팽배하고 있던 민족주의적 태도로 현실을 왜곡하지도 않았기 때문이다. 「잔등」과 비슷한 시기에 쓰인 「문학방법론」(1946)이라는 짧은 글에서 허준은 "이즈음 더러 문학의 새 방법론이 제기되는 모양이나 그런 이론들이 작가에게 직접 효용이 될 때까지엔 얼마나한 날짜가 필요할 것이며 또 사실 너무나 특수한 감상(鑑賞)들을 가지고 나왔다고 생각하는 문학인들에게 그것이 어느 정도로 뼈가 되고 살이 되는지도 문제 아니할 수 없는 것이다"[3]라며 시대가 변화했다고 해서 작가의 창작 태도가 근본적으로 변화하는 것은 아니라는 견해를 드러내기도 했다. 그는 해방 이전부터 견지해왔던, 개별자로서의 인간의 고유한 경험의 특수성과 내면성을 강조하는 문학관[4]과 기법적인 면에서의 모더니스트적인 색채[5]를 여전히 유지하고 있었던 것이다.

그러나 「잔등」에 나타난 허준의 성찰적이고도 냉철한 태도는 해방기의

---

2) 김종욱, 「허준 소설의 자전적 성격에 관한 연구」, 『겨레어문학』 48, 2012.

3) 허준, 「문학방법론」, 중앙신문, 1946.4.7. 여기에서는 서재길 엮음, 『허준 전집』, 현대문학, 2009, 539쪽. 이하 허준의 글에서의 인용은 이 전집의 인용 쪽수만을 표시함.

4) 「허준의 생애와 작품세계」, 같은 책, 577~584쪽. 이 논문의 논의 중 많은 부분은 『허준 전집』에 해제로 실린 이 글을 수정 보완한 것임을 밝힌다.

5) 신형기, 「허준과 윤리의 문제」, 『상허학보』 17, 2006, 174쪽.

역사적 굴곡을 거치면서 다소 변모한다. 「습작실에서」의 속편으로 평가되는 「속 습작실에서」(1948)는 이러한 변화를 단적으로 보여주는 작품이라고 할 수 있다. 이 작품은 타자와의 만남을 통해 주체가 변모한다는 점에서 해방 이전의 「습작실에서」와 유사한 서사적 틀을 지니고 있지만, 그 변화의 과정과 양상이 사회적이고 정치적인 성격을 띠게 된다는 점에서 이전의 작품과 차별성을 띤다.

이 글에서는 해방기 허준 소설의 대표작으로 꼽히는 「잔등」과 「속 습작실에서」를 중심에 두고 모더니스트였던 허준의 작품세계가 해방 이후의 변화한 현실 속에서 어떤 굴절을 겪게 되는지를 살펴보려 한다.

2. 잔류 일본인에 대한 성찰적 시선과 윤리적 주체 : 「잔등」

"장춘서 회령까지 스무 하루를 두고 온 여정이었다"(225쪽)라는 구절로 시작되는 「잔등」은 이른바 '여로형 서사구조[6]'를 통해 접경지역과 함경북도 일대의 해방 직후의 풍경을 묘사한 작품이다. 이 작품의 주인공은 동경 유학을 갔다온 지식인으로서 '천복(千僕)'이라는 이름을 가진 화가이다. 이 작품은 만주에 살던 주인공이 해방을 맞이하여 장춘에서 출발하여 경성으로 귀환하는 도중에 만나게 되는 사람들을 통해 '해방'의 의미를 되새겨보는 내용을 담고 있다. 이 여로에서 만나게 되는 사람들과의 대화와 주인공의 생각이 서사를 이끌어나가는데, 이중에서 특히 두 개의 만남이 주인공에게 특별히 의미 있는 것으로 그려지고 있다.

작품의 첫 장면은 만주를 떠난 주인공이 회령역에서 그동안 동행하던 친구 방(方)과 예기치 않게 헤어지는 장면에서 시작된다. 시간적 배경이

---

6) 김윤식, 「허준론」, 『한국 근대 리얼리즘 작가 연구』, 김윤식 · 정호웅 엮음, 문학과지성사, 1988.

정확하게 제시되어 있지 않지만 '마가을'이라는 표현이 나오는 것으로 보아 주인공이 만주를 떠난 시점은 늦가을이었던 것으로 추정된다. 즉 일본이 패전한 뒤 소련군이 진주하고 만주국이 붕괴된 지 두어 달 정도 지난 시점에서 주인공의 귀환의 서사가 시작되고 있는 것이다. 만주국 시기의 '신경(新京)'이라는 표현 대신 원래의 '장춘(長春)'이라는 지명이 등장하고 '만주'라는 말 대신 '동북'이라는 말이 이미 사용되기 시작했음도 이 소설을 통해서 확인할 수 있다. 주인공이 장춘으로부터의 일반적인 귀환 루트인 압록강 쪽 안봉선(安奉線)을 경유하는 '서선(西鮮) 루트'를 이용하지 않고 두만강 쪽으로 돌아가야 하는 '북선(北鮮) 루트'를 이용하게 된 것은 이쪽이 비교적 안전하다는 이유 이외에도 방의 고향인 청진에서 여비도 마련하고 "열흘이고 스무 날이고 주을(朱乙, 함북 경성의 지명으로 온천으로 유명한 곳—인용자)에 푸욱 잠겨서 만주의 때를 뺄 꿈"(229쪽)을 가졌기 때문이기도 하였다. 이에 따라 주인공들의 여정은 장춘, 길림(吉林), 금생(金生), 두만강, 회령, 청진으로 이어진다. 만주로부터의 귀환이라는 여로형 서사구조를 취하고 있는 이 소설의 담화시간(discourse time)은 중편소설의 분량 정도로 길지만, 작품에서 실제 사건이 벌어지는 이야기시간(story time)은 만주를 벗어난 회령에서 시작되어 청진에서 끝맺는 며칠만으로 이루어지고 있다.[7]

회령역에서 떠나는 열차를 얼결에 놓치게 되어 동행인 방과 헤어지게 된 주인공 천복은 거액을 주고 트럭을 얻어 타 청진을 바로 앞에 둔 수성역(輸城驛) 부근에서 내리게 된다. 순식간에 헤어지게 된 일이라 따로 만날 약속을 하지 않았지만, 방의 고향이 청진이라는 점 때문에 이심전심으

---

7) 서사물을 정독하는 데 걸리는 시간이 '담화시간'이라면 서사물에서 기도된 사건들의 지속을 '이야기시간'이라 할 수 있다. 이야기시간과 담화시간의 구별에 대해서는 시모어 채트먼의 『영화와 소설의 서사구조』(김경수 옮김, 민음사, 1995)를 참조할 것.

로 청진에서 만나겠거니 하는 생각으로 그는 수성에서 강둑을 따라 청진역으로 발걸음을 옮기게 된다. 강둑을 건넌 뒤 륙색 속에 넣어두었던 물건들을 볕에 말리기 위해 강모래 위에 던져두고 휴식을 취하던 주인공은 조선의 하늘과 물을 바라보면서 "너 만주서 이런 물 봤니"라는 대화를 주고받던 어른과 아이의 대화를 떠올리다가, 아이를 닮은 사촌 매형의 조카 아이들을 생각한다. 주인공이 만주행을 택하게 된 원인은 자세하게 밝혀져 있지 않지만, 일찍이 입만(入滿)하여 정착한 사촌 매형의 영향도 있었던 것으로 보인다. 사촌 매형은 만주사변 이전에 공주령(公主嶺) 부근 어느 마을에 정착하여 어느 정도 성공하여 손자까지 보게 되었으나, 오 년 전쯤 일본인 집단 개척 때문에 만척(滿拓)에 강제수용을 당하고 다시 북안(北安)으로 옮기지 않으면 안 되었다. 만주의 흙바람이 싫어졌다는 매형을 떠올리면서 천복은 "향수란 이렇게 근본적인 것일까"(242쪽) 하고 되뇌어보기도 한다. 문득 '찰그닥' 하는 날카로운 소리가 상념에 잠겨 있던 그를 현실로 돌아오게 한다. 그 소리는 열세 살쯤 되어 보이는 앳된 한 소년이 삼지창으로 강에서 뱀장어를 잡는 소리였다. 이 소년의 검은 눈동자에서 고국에서 만나는 동포의 순수함과 건강함을 발견하려는 나의 기대는 소년의 뱀장어 잡이가 지닌 의미를 알아차리면서 놀라움으로 변모한다. 소년의 뱀장어 잡이는 해방 이전 일본인의 입맛에 맞춘 돈벌이였으나, 지금은 잔류 일본인을 감시하고 밀고하는 수단이 되어 있었던 것이다. 즉 소년은 강가에서 뱀장어를 잡으면서 남쪽으로 도주하는 일본인을 감시하는 일을 하고 있었던 것이다. 소년의 이야기에 따르면 패전 직후 잔류 일본인들은 청진 시가지에서 모두 쫓겨나 특별구역에 집단수용되고 있었다. 패전 직전까지만 해도 기세등등하던 이들의 모습을 소년은 "건 정말 다들 죽은 거 한가집니다"(260쪽)라는 말로 표현하고 있다.[8] "외목 나쁜 것만 해온 놈들은 돈이 있어 도리어 뭘 사먹기들이나 하지만, 그렇게 아이 새끼들만이 많은 거야 업구 지구 걸리고 해서 당기는 게 말이 아니"(260쪽)라는 것이다. 결국 이들 중 일부는 굶주림을 해결하기 위해 아오지나 고무산 같은 곳으로 자진해서 간다는 것이다. 반면 돈푼깨나 있던 이들은 틈을 엿보다가 남쪽으로 야반도주를 시도하는 이들이 많았다고 한다. 소년은 자신이 몇 명의 일본인이 도망치는 것을 발견해서 이들을 고발했다는 사실을 자랑스러운 어조로 이야기한다. 처음엔 돈푼이나 받게 되어 좋아했지만 나중에는 무언가 이 일에 사명감 같은 것을 느끼게 되었다는 것이다.

이 이야기를 들으면서 소년의 '웃음'을 바라보는 주인공의 태도는 복잡해진다. "죽은 사람이 다시 일어나는 수가 있다"(259쪽)는 '위원회 김선생'의 말을 좇아 사명감을 갖고 도주 일본인의 색출에 열성적인 소년의 모습에 공감하는 듯하지만, "미꾸라지처럼 샌단 말이야요"(257쪽)라는 말에서 좀 전에 보았던 모래판 위의 동물을 떠올린다. 그의 손에 의해 '위원회'로 넘어가 매를 맞고 광산으로 쫓겨가는 일본인들의 모습은 소년의 삼지창에 잡혀 대가리가 으깨어진 채 모래 위에 던져진 뱀장어의 모습을 연상하게 한 것이다.

목숨이 어디가 붙었는지도 모르는 그 목숨에 대한 본능적인 강렬한 집착―그리고 그 본능의 정확성은 놀라리만큼 큰 것이었다.

곰불락일락 쳐보아서 전후좌우의 식별이 없이 그저 안타까워서 못 견디는 맹목적인 발동 같아 보이지만, 나중에 그 단말마적(斷末魔的) 운동이 그려나간 선을 따라가보면 그것은 언제나 일정한 것이었다. 그것은 자기의 생명이 찾아야 할 방향을 으레히 지향하고 있는 것이었다.

---

8) 「잔등」에 나타난 잔류 일본인 문제와 이에 대한 조선인들의 태도에 주목한 연구로 임기현의 「허준의 「잔등」 연구」(『한국현대문학연구』30, 2010)를 들 수 있다.

수부(首部)가 전면적으로 으깨어져나간 나머지는 그저 고기요, 뼈다귀요, 피일밖에 없는 생명이 어디가 붙었을 데가 없는 이 미물이 가진 본능이라 할는지 육감칠감이라 할는지 혹은 무슨 본연적인 지향(指向)이라 할는지, 어쨌든 이 생명에 대한 강렬하고 정확한 구심력(求心力)—나는 무슨 큰 철리의 단초(端初)나 붙잡은 모양으로 흐뭇한 일종의 만족감을 가지고 동물의 단말마적 운동을 바라보고 있었다.(247쪽)

주인공은 잔류 일본인이 처한 비극적인 상황을 보면서 뱀장어의 '단말마적 운동'을 떠올리는데, 이는 생명에 대한 강렬하고 정확한 구심력이라는 '철리(哲理)의 단초'로까지 격상되어 표현되고 있다. 그런데 여기에서 주목되는 것은 생명에 대한 이같은 구심력이 만주의 흙바람이 싫어졌다는 매형의 근원적인 향수와도 묘하게 겹쳐지고 있다는 점이다. 뱀장어의 '단말마적 운동'이라는 원초적인 상징을 통해 피해자였던 매형의 근원적 향수와 가해자였던 잔류 일본인의 귀환 본능을 교묘하게 연결시키고 있는 것이다. "자기의 생명이 찾아야 할 방향을 으레히 지향하고 있"다는 점에서 셋은 공통성을 지니고 있기 때문이다. 해방 이후에 잔류 일본인을 다룬 그다지 많지 않은 작품들 속에서도 이같은 성찰적 시선은 가장 빛을 발하는 부분이 아닐 수 없다.[9]

「잔등」에 나타난 이같은 성찰적 태도는 주인공이 지닌 "너 나의 네 것과 내 것의 분별감(分別感)이 모호해지는 신비"(264쪽) 혹은 "애꿎은 제삼자의 정신"(278쪽)에서 연유하는 것으로 나타난다.[10] 그런데 '나'와 '너'

9) 김종욱, 「식민지 체험과 식민주의 의식의 극복 : 허준의 「잔등」 연구」, 『현대소설연구』 22, 2004.
10) 구재진은 「잔등」에 나타난 '제삼자의 정신'을 니체적 의미에서의 '수동적 허무주의'로 평가한다. 구재진, 「허준의 「잔등」에 나타난 두 개의 불빛과 허무주의」, 『민족문학사연구』 37,

의 구별이 없는 곳에 진정한 인간의 자유가 존재할 수 있다는 사유는 해방 이전 소설에서부터 해방 이후의 소설까지 허준 소설에 공통적으로 나타나고 있다. 예를 들어 「탁류」의 주인공 현철은 "대체 사람이 이것과 저것을 분명히 색별(色別)하여 알면서 또 동시 그 구별점이 모호해가는 그런 허무를 사람은 어떻게 하여야 하겠느냐!"(48쪽)라는 생각을 품고 있는 사람이고, 「야한기」의 주인공 남우언이 병상에 누운 친구로부터 받은 편지에는 "그 고요한 슬픔 가운데—이날의 이 모색(暮色)이 가진 너 나의 분간이 없는 그 무한한 번뇌 가운데 몰할 것"(83쪽)을 꿈꾸고 있는 것으로 그려진다. 이같은 주제는 해방 후에도 이어지는데 두 사람의 대화로 이루어진 「임풍전씨의 일기」(1947)는 이 문제를 전면적으로 그리고 있기도 하다. 남한 현실을 비판하는 발언이 문제가 되어 교단에서 쫓겨나는 주인공은 "너와 나의 분간이 너무도 분명하기 때문에 제 고집을 버리지 못하고 내 것을 부러 쥐고 있"(397쪽)는 데에 근본적인 문제점이 있다고 지적하면서, "내가 네 자리에 앉아서 네 것을 다 빼앗어 먹고 네가 내 자리에 앉아서 내 것을 다 빼앗어 먹도록 너와 나의 분간이 없을래서야 미치는 것 아니고 무엇입니까?"(388쪽)라고 질문하는 제자에게 "양심이란 말하자면 이 대치(對置)의 능력이랄 수도 있는 것 아니야"(393쪽)라며 위무하기도 한다.

너와 나의 구별, 곧 주체와 타자의 경계가 흐려진 곳에서 나타나는 새로운 주체는 박애주의적 열정을 지닌 윤리적 주체라 할 수 있는데, 이는 「잔등」에서 청진역 부근에서 친구 방을 기다리다가 만나게 된 국밥집 할머니가 보여주는 민족을 초월한 박애주의적 열정을 통해 극대화되어 표현된다. 할머니는 일찍이 아이들과 남편을 잃고 유복자로 태어난 아들 하

2008, 340~344쪽.

나만 의지하여 살아왔는데, 보통학교를 졸업하고 공장에 들어간 아들은 사상 관련으로 감옥에 들어갔다가 해방을 불과 한 달 남기고 옥사하게 되었다. 자기 인생의 유일한 목표였던 아들의 죽음을 마주하고서도 이 할머니는 범인(凡人)으로서는 상상할 수도 없는 크고 넉넉한 마음을 보여준다. '죽은 거나 매한가지'인 모습으로 아오지행 열차를 기다리다가 굶주림을 견디지 못해 시장통으로 내려오는 일본인들(그들의 대다수는 아이를 두셋씩 거느린 여성들이었다)에게 따뜻한 국밥을 퍼주는 아량을 보이는 것이다.

> "부질없는 말로 이가 어째 안 갈리겠습니까—하지만 내 새끼를 잡아 가 두어 죽은 놈들은 자빠져서 다들 무릎을 꿇었지마는, 무릎 꿇은 놈들의 꼴을 보면 눈물밖에 나는 것이 없이 되었습니다그려. 애비랄 것 없이 남편이랄 것 없이 잃어버릴 건 다 잃어버리고 못 먹고 굶주리어 피골이 상접해서 헌 너즐떼기에 깡통을 들고 앞뒤로 허친거리며, 업고 안고 끌고 주추 끼고 다니는 꼴들—어디 매가 갑니까. 벌거벗겨놓고 보니 매 갈 데가 어딥니까."(287쪽)

그런데 할머니가 처음부터 이같은 자비로운 마음을 갖고 있었던 것은 아니었다. 아들과 함께 감옥에 들어간 '가토'라는 일본인의 옥바라지를 하면서 일본인을 대하는 태도가 달라지기 시작한 것이었다. 아들의 말에 따르면 가토는 "먹을 것이 있으되 제 먹을 것 때문에 애쓸 수 없던"(290쪽) 사람인데 '일본 사람은 일본 바다에서 나는 멸치만 잡아먹어도 넉넉히 살아갈 수 있다'고 한 것이 죄가 되어 감옥에 가게 되었다고 했다. 어머니는 아들이 했던 말의 의미를 해방이 된 오늘에서야 깨달았다고 하면서 "저것들이 저 업고 잡고 끼고 주렁주렁 단 저 불쌍한 것들이 가토의 종자인 것을 모른다고 할 수 없겠으나 어떻게 눈물이 아니 나……"(290쪽)하고 말한다. 조선인들을 돕다 감옥에 간 가토의 박애주의는 다시 '가토의 종자'들을 애틋하게 여기는 국밥집 할머니의 박애주의로 이어지고 주인공은 할머니의 모습을 통해서 "인간 희망의 넓고 아름다운 시야를 거쳐서만 거둬들일 수 있는 하염없는 너그러운 슬픔"을 경험하게 되는 것이다.

3. 타자와의 조우와 새로운 세계의 개안 :「속 습작실에서」

「잔등」과 더불어 해방기 허준의 또다른 대표작으로 평가받고 있는「속 습작실에서」는 제목을 통해서 알 수 있듯 해방 전에『문장』(1941.2)에 수록되었던「습작실에서」의 속편으로 쓰인 것이다. 동경에 유학 온 조선인 대학생 '남목'이 정월 초하룻날 북지(北支) 어느 산골 병원에 있는 T 형에게 보내는 편지글의 형식을 취하고 있는「습작실에서」는 고독에 안주하던 주인공이 집주인 노인과의 만남을 통해 새로운 자아에 눈뜨게 되는 과정을 그리고 있다. '자기만의 청춘'을 구가하면서 자신만의 세계에 침잠해 있던 주인공이 타자와의 만남을 통해 자신의 주체성을 재발견하고 있다는 점에 이 소설이 지닌 의미가 있다고 할 수 있지만, '고독의 정당성'에 대한 인식으로 귀결되고 있다는 점에서 이전 소설이 보여주었던 자아의 폐쇄성에서 크게 벗어난 것은 아니었다. 그러나 해방 이후에 쓰인「속 습작실에서」는 타자성의 발견을 통해 폐쇄적인 에고 속에 갇혀 있던 주인공이 새로운 눈을 뜨고 '허물을 벗는' 과정을 잘 드러내고 있다는 점에서 보다 문제적이다.

허준의 다른 소설 속 주인공들과 마찬가지로 예술가(여기에서는 시인)를 꿈꾸는 인물로 묘사되고 있는 주인공 남몽은 동경 유학을 중도에 그만두고 서울에서 외할머니의 여관 일을 돕고 있는 청년이다. 어느 날 여관에 "단추를 달아 입은 흰 옥양목 두루마기"(408쪽)를 정갈하게 입은 한 나그네가 찾아와 주인공 남몽의 방에서 하룻밤을 같이 지낸다. 술을 나누어 마시던 그 나그네는 남몽이 문학을 꿈꾸는 청년임을 알고는 그의 창작 노트를 읽고 남몽의 시에 대한 자신의 소회를 피력한다. 이튿날 아침 남몽에게 평양의 여학교에 있는 아버지 없는 조카딸에게 돈 부치는 일과 경성(鏡城)에 있는 동향 친구의 아들에게 책을 보내는 일을 부탁하고 그는 고향으로 돌아간다. 그러나 그가 부쳤다는 돈은 남몽의 주소로 되돌아오고 평양의 학교에는 그 나그네가 말한 사람이 없다는 것이 밝혀진다. 일년여가 지난 후 남몽을 찾아온 한 사내는 그 나그네의 본명이 '이병택'이라는 것과 그가 모종의 사상운동과 관련되어 검속된 후 예심을 기다리고 있다는 소식을 알려준다. 그가 서대문형무소에 수감되어 예심을 기다리고 재판이 진행되는 과정에 외할머니는 수시로 그를 찾아가 차입을 넣어주고 남몽은 서신을 교환한다. 그와 서신을 나누면서 남몽은 차츰 자신이 문학을 한다는 구실로 '나태와 무위' 속에서 '제멋대로의 청춘'을 살아온 것이 아닌가 하는 자기 성찰에 이른다. 작품의 마지막 부분에서 이병택의 형 집행을 시사하는 '흰 저고리에 검정 바지 한 벌'을 발견하면서 남몽은 자신의 지금까지의 삶을 근본적으로 부정하는 반응을 보이게 된다. 그것은 자신이 추구하던 문학자로서의 길이 어쩌면 '말의 사기사'에 불과한 것일지도 모른다는 자기 환멸에 대한 인식과 새로운 세계에 대한 개안을 의미하는 것이었다.

나는 눈이 내 눈에 시거웁게도 자극이 되어 펄떡 뛰어 일어나서 방을 나왔다. 그리고 인제는 자꾸만 자꾸만 눈 속으로 형지를 감추어 들어가는 그 한 벌 옷을 향하여 '당신이야말로 당신이야말로 정말 새롭고 새로운 몸의 상처를 받아나오기 위해 무수한 허울을 나날이 벗어나온 분입니다' 하는

언제 날 부르짖음을 인제야 속으로 부르짖으며 이렇게 미칠 듯이 속으로
외치었다.

"이게 다 무어냐 이게다 무어냐 아아 저는 아무것도 아닙니다. 저는 아
무것도 아닙니다. 저야말로 의외로 아무것도 아닌 단순한 말의 사기사를
지향하고 나가던 사람이었는지도 모릅니다."(451~452쪽)

이 작품은 식민지 시기를 배경으로 하고는 있지만 구체적인 시간적 배
경은 잘 드러나지 않는다. 다만 이병택이 "파란중첩한 내외지에 걸친 투
쟁과 전과의 경력"(445쪽)의 소유자란 것을 통해서 사회주의 사상에 대
한 탄압이 심해지던 1930년대를 그 배경으로 할 수 있다고 추측해볼 수
있다. 그런데 원래 이 작품은 허준이 해방 이전에 일본어로 쓴 콩트 「습작
실로부터(習作部屋から)」(1940)를 해방 이후 단편소설의 분량으로 새롭
게 개작한 것이라고 봐도 무방할 정도로 내용이 거의 흡사하다. 따라서
「속 습작실에서」라는 작품을 이해하기 위해서는 일본어 소설 「습작실로
부터」가 「속 습작실에서」로 개작된 양상을 살피고 그 이유를 밝힐 필요가
있다.[11]

우선, 개작과정에 나타난 변화라는 면에서 볼 때 주인공이 안에서 남몽
으로, 이경택이 이병택으로 바뀌는 등 인물의 고유명이 바뀐 점을 알 수
있다. 또한 「습작실로부터」의 마지막이 "나는 너무도 눅눅하고 어두운 방
에 다시 앉아 너무도 멍청하게 자신의 청춘을 안절부절하며 살아온 것에
부끄러움을 느끼지 않을 수 없었습니다"(191쪽)라는 구절로 다소 담담하

---

11) 이 일본어 콩트는 호테이 도시히로가 발굴하여 처음으로 소개하였다.(호테이 도시히로,
「일제말기 일본어 소설 연구」, 서울대학교 석사학위논문, 1996) 또한 리켄지에 의해 「속 습
작실에서」가 일본어 콩트 「습작실로부터」를 개작한 것이라는 점이 밝혀졌다.(리켄지, 「허
준론」, 『조선학보』 168, 1998)

게 끝나는 것에 비해 「속 습작실에서」의 경우 앞의 인용에서 보듯 매우 격정적인 어조의 자기비판으로 마무리되고 있다는 점도 눈에 띈다.[12] 그러나 개작과정에서 나타난 가장 큰 변화는 「습작실로부터」에서는 다소 모호하게 묘사되었던 '나그네'가 「속 습작실에서」에 와서는 '만주사건'에 연루되어 재판을 받고 사형되는 사회주의 운동가로 보다 역사적 구체성을 획득하고 있다는 점이다.

「습작실로부터」의 경우 비록 일본어로 창작된 것이라고는 하지만 일본에서 고노에(近衞) 신체제가 수립되고 이른바 전시총동원 체제가 구축되고 있던 상황에서 반체제 사회운동을 하다 투옥된 것으로 짐작되는 인물을 매우 우호적인 시선으로 그리고 있다는 점은 강조될 필요가 있다.[13] 식민지 조선의 검열환경을 고려한다면 이 작품은 일본어로 창작되어 일본에서 발간되는 잡지에 실렸기에 발표가 가능했을 것이라는 짐작도 가능하다. 내용상으로는 거의 습작노트의 수준이고 분량상으로도 콩트에 불과한 작품을 해방이 된 시점에서 새롭게 조선어로 고쳐쓴 것은, 허준의 입장에서 이 작품에서 다루고자 한 내용이 당대의 현실에서도 여전히 유효하다고 판단했기 때문일 것이다. 즉 「속 습작실에서」는 해방 이전 모더니스트 소설가였던 허준이 「잔등」에서 보여주었던 다소 관찰자적인 태도에서 벗어나 조선문학가동맹의 서울시지부 부위원장과 조소문화협회 위원으로 활동하는 한편으로 소설과 비평 등의 창작을 통해서도 현실에 대해 보다 적극적인 정치적 메시지를 던지기 시작하는 일련의 변모과정에

---

12) 이도연은 이 과정에 '초재적 실행'과 '기호의 폭력과 상처'가 수반된다는 흥미 있는 분석을 내놓고 있다. 이도연, 「허준의 「속 습작실에서」(1948)론」, 『현대소설연구』 35, 2007.

13) 김종욱은 미키 기요시(三木淸)를 통해 파스칼을 접했던 허준에게서 실존적인 것과 사회적인 것이 모순적이지 않았다는 점을 들어, 「습작실로부터」에 나타난 주인공의 깨달음이 개별자로서의 인간의 고유한 경험의 특수성과 내면성을 강조하는 허준의 문학관과 모순되지 않는다고 설명하고 있다. 김종욱, 「허준 소설의 자전적 성격에 관한 연구」, 155~156쪽.

대한 자기 언급적 서사로서 새롭게 개작되었다고 볼 수 있다.

　허준은 「속 습작실에서」보다 이른 시기에 쓰인 몇몇 글에서 당시의 남한 사회에 대한 비판적인 시선을 드러낸 바 있다. '미소공위 성공을 비는 시인의 말'이라는 부제가 붙어 있는 「깃발을 날려라」(1947)라는 글에서는 단독정부 수립의 움직임을 비판하였고, '조선호텔의 일야'라는 소제목이 붙은 「임풍전의 일기」(1947)라는 수필에서는 당시 남한의 현실을 '테러리즘'이 만연한 사회로 규정하기도 했다. 당시 남한의 현실에 대한 비판은 소설 작품 속에서도 적극적으로 표현되고 있다. 미완성 장편소설인 『황매일지』(1947)에서 '악독한 민족배반자들의 무엄히 돌리는 총부리'에 의해 오빠가 희생당한 여주인공 영은 밤마다 거리에 나가 삐라를 뿌리는 등 당시의 남한에서 이루어지는 단독정부 수립에 대해 반대하는 운동을 벌이는 인물로 그려지고 있고, 작가 허준의 세계관을 반영하고 있는 것으로 보이는 주인공 연은 그녀를 향해 "병을 이각(離却)한 완전히 씩씩한 몸이 되어 올라와 싸우라"(323쪽)고 충고한다. 또한 '일개 어학교원'에 불과한 주인공이 당시의 남한 현실을 비판하는 내용의 발언을 하였다가 이 내용이 문제가 되어 그가 "정치선전 당파선전"을 한 것으로 간주되어 학교를 그만두게 되는 내용을 그린 「임풍전씨의 일기」에서는 "이북서 몇십 년씩 고등계에 있던 달아나온 관리들을 그대로 사찰계에 앉히어서 이것을 침범치 못하게 하고, 소위 정치가들을 내세워서는 우리나라가 영구히 두 동강이가 나는 단독정부를 부르짖게 하는 것"(397쪽)을 비판한다. 이들 작품에서 미군정하의 남한 현실은 친일 잔재의 척결과 토지개혁의 실패, 정치권의 부정부패와 권력욕으로 인한 분단 고착화 등으로 그려지고 있다.

　이같은 허준의 문학세계의 변모는 「속 습작실에서」의 개작과정을 통해서도 잘 나타나는데, 앞에서 언급한 것처럼 이병택이라는 인물이 식민지하에서 사회주의운동을 하다가 검속되어 사형이 집행되는 것으로 그려지고 있는 점이 그것이다. 특히 "몇 조선문 신문을 빼놓고는 거의 모든 신문들이 '빨갱이 아까의 운명은 이렇다'는 표제로 대서특서하여 이들의 말로를 인간질서의 파괴자라고 저주하였다"(447쪽)라는 구절은 되짚어볼 필요가 있다. 우선 이병택이 '빨갱이 아까'라는 표현 속에서 사회주의자로서 명료하게 표상되고 있다는 점을 들 수 있다. 미군정에 의해 남로당계 사회주의자들에 대한 탄압이 전면화되고 있는 시점에서 이전 소설에서 사상운동가로만 어렴풋이 묘사했던 인물을 사회주의 활동을 하다가 옥사한 인물로 구체화하는 것을 통해서 사회주의자들에게 역사적 정통성을 부여하려고 한 것으로 볼 수 있기 때문이다. 나아가 이같은 표현은 해방기 사회주의자들에 대한 우익측의 표상 방식을 해방 이전 일본 언론의 그것과 동일화하는 것을 통해 당대의 사회주의 비판담론을 무력화하는 것이기도 하다. 결국 「속 습작실에서」는 식민지 시기 사상범으로 옥사한 사회주의 운동가를 좌우익의 대립이 격화되던 미군정기의 남한 현실 속에서 역사적인 재맥락화를 시도한 것이라고 할 수 있다.[14]

여기에서 이 작품이 애초에 『조선춘추』(1947.12)에 연재되다 중단된 것을 완성하여 조선문학가동맹의 기관지였던 『문학』(1948.7)에 수록했다는 점을 주목할 필요가 있다. 즉 이 작품은 1946년의 이른바 '인민항쟁' 이후 미군정에 의해 남로당계 사회주의 인사들에 대한 탄압이 강화되는 상황에서 주축 멤버들이 월북한 이후 그 세력이 급속히 약화되고 있던

---

14) 김종욱은 허준이 해방을 맞이하여 자신의 예술적 출발점이었던 '본래의 경험'에 대한 의미를 새롭게 규정해야 할 필요성이 생겼기 때문에 「습작실로부터」를 「속 습작실에서」로 개작하게 되었다고 지적하고 있는데(「허준 소설의 자전적 성격에 관한 연구」, 157~158쪽), 여기에서는 개작에 나타난 이병택이라는 인물의 역사적 재맥락화라는 측면은 간과되고 있다.

조선문학가동맹의 기관지에 발표되었던 것이다. 해방 이전 프로문학과 직접적인 연관성이 없었던 작가들인 지하련의 「도정」(『문학』, 1946.7)이나 이태준의 「해방 전후」(『문학』, 1946.7), 그리고 황순원의 「아버지」(『문학』, 1947.2) 같은 작품들과 마찬가지로, 이 작품 역시 당시의 좌우를 망라한 가장 광범위한 문학조직이었던 조선문학가동맹의 기관지에 게재됨으로써 강한 정치적 색채를 갖게 된다. 해방이라는 변화된 상황 속에서 새로운 윤리성의 획득을 위해 식민지 시기에 대한 문인으로서의 자기비판이 요구되었다고 할 때,[15] 「속 습작실에서」는 해방 이후 허준이 해방 이전의 모더니스트 작가였던 자신을 향한 자기비판을 위해 새롭게 쓰일 필요가 있었던 것이다.

4. 맺음말

이상에서 1930년대의 대표적인 모더니스트 소설가 중 한 사람이었던 허준의 작품세계가 해방 이후 어떤 변모를 드러내는지를 대표작 「잔등」과 「속 습작실에서」를 중심으로 살펴보았다.

「잔등」은 만주로부터 귀환하는 과정에서 주인공이 겪은 두 개의 만남을 통해 해방이 가져온 민족적 위계의 역전과 이로부터 파생된 잔류 일본인 문제를 그리고 있다. 주인공은 소년이 삼지창으로 잡은 뱀장어의 단말마적 운동으로부터 잔류 일본인의 비극적 상황을 떠올리면서 만주로 이민 갔던 매형의 원초적인 향수와 연결시키는 한편으로, 식민지하에서 자식을 잃은 할머니가 잔류 일본인에게 국밥을 대접하는 박애적 삶의 모습을 통해서 보편적인 인류애의 가능성을 상상한다. 여기에는 자아와 타자

---

15) 이들 작품에 나타난 지식인의 자기비판의 윤리성에 대해서는 구재진의 「해방 직후 자기비판소설의 윤리성과 정치성」(『비교문학』 47, 2009)을 참조할 것.

의 구별이 없는 곳에 인간의 진정한 자유가 존재한다는, 허준 소설의 주인공이 공통적으로 품고 있는 삶에 대한 태도가 나타나고 있다.

일본어 소설 「습작실로부터」를 개작한 「속 습작실에서」에서 주인공은 '만주사건'에 연루되어 재판을 받고 사형되는 사회주의 운동가로서 보다 역사적 구체성을 획득하고 있다. 이같은 개작은 해방을 맞이한 상황에서 사회주의자들에게 역사적 정통성을 부여함으로써 자신의 문학세계의 변모를 설명하는 자기 언급적 서사로서 기능한다고 할 수 있다. 특히 이 작품은 조선문학가동맹의 기관지에 수록됨으로써 강한 정치적 색채를 띠면서 새로운 윤리성의 획득을 위한 자기비판의 의미를 지닐 수 있었다.

자기비판의 가능성과 한계
— 채만식의 해방 이후 단편소설

윤대석

1. 서론

채만식은 1924년 「세 길로」라는 단편소설이 이광수의 추천으로 『조선문단』에 실리면서 등단한 이래 단편, 중편, 장편 소설은 물론 희곡, 수필, 평론 등 다방면에 걸쳐 창작활동을 전개하였다. 그의 작품은 일찍이 열 권 분량의 전집(창작과비평사, 1989)으로 묶여 간행될 만큼 많고 다양하며 그에 따라 많은 연구서와 논문이 작품론, 작가론의 형태로 발표되었다. 더군다나 최근에는 새롭게 발굴된 자료들이 간행되거나(정홍섭 엮음, 『채만식 선집』, 현대문학, 2009), 새로운 자료를 포함한 사진 자료집이 간행되어(방민호 엮음, 『채만식 문학 원본사진자료집』 1~3, 예옥, 2006~2010) 더욱 풍부한 채만식 문학 연구가 가능하게 되었다.

1930년대에 일부 비평가들로부터 신선미 부족, 질보다 양이 훨씬 앞서는 작가 등등의 혹평까지 들었던 채만식의 위치가 격상된 것은 리얼리즘이나 역사주의를 입론으로 삼는 1970년대 이후의 리얼리즘론에서이다.[1] 여기서 채만식의 문학은 '풍자와 리얼리즘'이라는 말로 요약된다.[2] 당대에는 사상성이 감퇴된 세태소설로 평가받던 『탁류』는 식민지 경제질서에 대한 치밀한 묘사를 통해 식민지배로 인해 몰락해가는 조선의 현실을 잘 드러낸 것으로 평가된다. 그러나 채만식 소설은 그러한 현실 타개의 방안으로 사회주의를 암시하는 것에 그치고 있으며, 그러한 현실적 대안 없음이 풍자라는 방법론으로, 또 일제 말기의 허무주의로 나타난다는 것이다. 이처럼 저항적 주체의 부재가 문제되기도 하지만, 대개의 경우 채만식은 식민지 현실에 대한 비판과 그에 상응하는 예술적 방법의 모색이라는 점에서 민족문학사의 값진 문학적 성취로 평가받아왔다.[3]

　최근에는 '친일문학'에 대한 관심 때문에 채만식의 일제 말기 소설에 주목한 연구가 많이 이루어졌다. 이러한 연구는 크게 친일소설의 내적 논리와 내면을 밝히는 것,[4] 그 속에 잠재한 균열과 틈을 드러내는 것,[5] 표면적인 서사와는 모순되는 잠재되어 있는 저항성을 구명하는 것[6]으로 나눌 수 있다. 이러한 연구들은 그동안 다소 등한시되었던 일제 말기의 채만식 문학에 초점을 맞추었다는 점에서 의미가 있으나 '친일문학'이라는 고립된 문학장을 설정함으로써, 채만식 소설의 연속성이나 변화의 동력을 도외시하고 있는 단점이 있다. 일제 말의 채만식 소설을 알레고리로 보는 최유찬의 연구는 이러한 경향에서 벗어나지만, 견강부회라는 비판을 면하기 어렵다.

1) 조남현, 「채만식 문학의 주요 모티프」, 『한국현대소설연구』, 민음사, 1987, 185쪽.

2) 김윤식·정호웅, 『한국소설사』, 문학동네, 2000, 200쪽.

3) 이선영, 「창조적 주체와 반어의 미학」, 문학과사상연구회 엮음, 『채만식 문학의 재인식』, 소명, 1999, 51쪽.

4) 김재용, 「채만식―'멸사봉공'을 통한 근대 초극」, 『협력과 저항』, 소명, 2004.

5) 김지영, 「저항에서 협력으로 가는 여정, 그 사이의 균열」, 『한국현대문학연구』 26, 2008.12.

6) 최유찬, 「『아름다운 새벽』의 알레고리 연구」, 『한국학연구』 39, 2011.12.

일제 말기 이전과 이후 문학의 연속성을 보려한 한수영의 연구,[7] 거꾸로 일제 말기와 해방 이후 문학의 연속성을 보려한 윤대석의 연구[8]는 여기서 다소 벗어나 있지만, 전자는 자본주의에 대한 거부라는 전향의 동기는 잘 밝히고 있으나 일제 말기의 소설을 적절하게 설명하는 데 실패하고 있고, 후자는 「민족의 죄인」에 대한 분석으로는 유효할지 몰라도 다른 소설에 대한 분석으로까지 확대되기 어렵다는 단점이 있다. 방민호의 연구[9]는 일제 말기의 채만식 문학까지 포함하여, 자전적 성격의 소장(消長)을 통해 식민지라는 현실에 대응하는 방식의 변화를 포착하고 있는데, 그것이 일제 말기의 자전적 소설에 대한 훌륭한 분석을 포함하고 있고 또 채만식 문학에 대한 논리 정연한 해명임에도 불구하고, '식민지 근대'나 '탈식민'에 대한 다소 느슨한 이해로 인해 리얼리즘론에 입각한 기존의 채만식론과 근본적인 차이를 발견하기 힘들다는 단점이 있다.

이 글은 해방 이후의 채만식 소설을 대상으로 하고 있기 때문에 앞에서 제기한 최근 연구의 문제점(채만식 문학의 총체적 해명 부족)에서 완전하게 벗어나지 못한다. 그러나 애초에 '식민지 근대'나 '탈식민'의 문제를 다시 살펴봄으로써 그러한 문제점에서 벗어날 단초를 제공하고자 한다. 그러니까 '식민지 근대'란 억압과 해방의 성격을 동시에 가진 양가적인 것이라는 점, '탈식민'이란 해방과 더불어 이룩되는 것이 아니라 끊임없이 수행해야 하는 담론적 행위라는 점에 주목하면, 고정된 주체를 상정하는 기존의 리얼리즘론이 가진 한계와 '친일문학'이라는 고립적인 연구가 가진 한계를 어느 정도 넘어설 수 있을 것이다. 해방 이후에 이루어진 '자기비판'의 문제는 바로 이러한 '식민지 근대'를 성찰하는 행위가 될 수 있는 것이다.

---

7) 한수영, 『친일문학의 재인식』, 소명, 2005.

8) 윤대석, 「서사를 통한 기억의 억압과 기억의 분유」, 『현대소설연구』 34, 2007.6.

9) 방민호, 『채만식과 조선적 근대문학의 구상』, 소명, 2001.

2. 굴절된 자기 풍자 : 「맹순사」

「맹순사」(『백민』, 1946.3)는 해방 이후 채만식이 쓴 첫번째 소설이다. 이 소설에서 주목할 점은 역시 비판 정신의 회복이라는 측면일 것이다. 풍자란 비판의 일종이라 한다면, 「태평천하」 「치숙」으로 절정에 달했다가 일제 말기에 자취를 감춘 풍자소설이 해방 이후 다시 창작되었음은 그러한 비판 정신의 회복으로 보아도 좋을 것이다. "맹순사가 동양의 대현이라는 맹자님과 어떤 혈통의 관계가 있는지 없는지, 또 우리나라 명재상 명고불이 맹정승과는 제몇 대손이나 되는지, 혹은 아무것도 안 되는지, 그런 것은 상고하여보지 못했다"[10]라는 능청스러운 말투는 「태평천하」에서 윤직원을 기술할 때의 그것과 흡사하다.

일제 말기에 순사를 지내다가 해방 직후 양심에 찔려 순사질을 그만둔 맹순사는 수중에 돈이 떨어지자 다시 순사로 나선다. 그러나 새 조선의 순사라고 해서 일제 시기의 순사보다 더 낫다고 할 수 없고 오히려 문제아나 살인강도범까지 순사가 될 정도로 더욱 심각한 문제점을 가지고 있다. 자신이 가둔 살인강도범이 버젓이 순사가 되어 있는 것을 보고 기겁해 사직원을 쓰고 집에 돌아온 맹순사는 "허기야 예전 순사라는 게 살인강도허구 다를 게 있었나! 남의 재물 강제루 뺏어먹구, 생사람 죽이구 하긴 매일반였지"(8:268)라고 말한다. 이러한 줄거리에서 알 수 있듯이 이 소설이 문제삼는 것은 해방 이후에도 여전히 사라지지 않는 일제의 잔재이다.

모자도 정복도 패검도 다 옛것이요, 완장 한 벌로써, 해방조선의 새 순사

---

10) 채만식, 『채만식 전집』 8, 창작과비평사, 1989, 259쪽. 앞으로 채만식 작품에 대한 인용은 본문에서 '권수:쪽수'로만 표기하기로 한다.

가 된 맹순사는 XX파출소에 가기 위하여 종로를 동쪽으로 걸었다. 팔 년이
나 다닌 경험자라서, 그 경험을 증명할 만한 몇 마디 테스트를 하더니, 그
당장 채용을 하였고 XX경찰서로 배속을 시켰다.(8:264)

그러나 그것은 일제의 잔재라는 말로 모두 처리되지는 않는다. 국민국
가를 유지하는 한 억압적 규율기구로서의 경찰이 해방 이후에도 절실히
요구되었기 때문이다. 채만식이 문제삼는 것은 규율권력 자체가 아니라
규율권력의 사적 전용이다. 예전 순사들이 모두 살인강도나 다름없었다
는 것은 그것을 의미한다. 맹순사는 일제 말기에 통제경제가 강화되어 월
급만으로는 생활을 지탱할 수 없어 권력을 남용하여 다른 이들의 재물을
빼앗았던 것이다. 살인강도가 순사가 되는 현실을 보면 이러한 권력의 사
적 전용은 해방 이후에 더욱 증폭되고 있음을 알 수 있고, 채만식은 그러
한 현실을 풍자한 것이다.

「맹순사」는 처음에는 맹순사에 대한 풍자에서 시작한다. 아내에게 치
마도 하나 제대로 사주지 못하는 주변머리 없음에서 시작하여 권력을 남
용하여 타인의 재산을 빼앗으면서도 청백리라고 자신하는 뻔뻔함이 그
풍자의 대상이다. 그러나 맹순사가 다시 순사로 나서면서부터는 그러한
권력의 사적 전용이 횡행하는 현실에 대한 풍자로 넘어간다. 이는 「민족
의 죄인」이 '민족의 죄인'에서 '죄인의 민족'으로 확대되는 것과 정확하게
일치한다.

> 그는 작은 것이나마 뇌물을 먹지 아니한 것이 아니면서도, 스스로 청백
> 하였노라고 팔분의 자신이 있었다.(8:263)

여기서 '팔분의 자신'이라는 말은 친일파에 대한 '처단의 경중'이 있어

야 한다는 「민족의 죄인」의 대사와 통해 있다. 그렇기 때문에 맹순사에게 채만식 자신의 모습이 어느 정도 투영되어 있다고 할 수 있다. 맹순사가 청백을 고집하다가 한번 뇌물을 받은 경험에서 시작하여 서서히 자신이 나서서 권력을 남용하게 되는 모습과 "대일협력이라는 주권의 이윤이 어떠하다는 것을 실지로 배운"(8:433) 후부터 "대일협력자라는 수렁"에 "한정 없이 술술 자꾸만 미끄러져 들어가는"(8:440) 모습이 겹쳐 읽힌다. 그렇기 때문에 '맹순사'는 채만식이 객관화된 모습이라 할 수 있다. 그렇기 때문에 한쪽은 풍자의 형태로 또다른 한쪽은 자기비판의 형태로 나타난 것이다. 이런 의미에서 「맹순사」는 굴절된 자기 풍자라 할 수 있다.

개미집만도 못한 사회, 어린애 장난 같은 과학, 구역질나는 종교, 거짓부리 예술, 수박 겉핥기 같은 철학, 같잖은 도덕, 십 년 묵은 대통 같은 사상…… 그래 가지곤 저희끼리 자유니 평등이니 진보니 퇴보니…… 자연을 정복하느니, 진리를 찾느니, 선악이 어쩌니 미추가 어쩌니…… 국가니 전쟁이니, 혁명이니 개조니, 영이니 육이니 해가면서 저희끼리도 잘난 놈 못난 놈 구별을 해가지곤 색다른 놈은 다른 색다른 놈에게 텃셀 하고…… 그래서 서로 잡아먹질 못해서 으르릉거리고…… 어이구 구역난다. 그런데 난 어쩌고. 그렇지만 나도 그중에 하나야. 조금도 다름없는……(5:283)

채만식의 첫 창작으로 추정되는 미발표 소설 「과도기」에 나오는 위의 대목은, 조혼이라는 사회적 상황과 조혼한 처를 버리는 남성을 모두 비판하는 정수라는 인물의 생각이다. 이는 자신이 비판하는 부조리한 사회에서 자신을 제외시키지 않는 태도라 할 수 있는데, 이러한 태도가 허무주의나 자조로 빠지지 않기 위해서는 객관화된 인물에 대한 풍자라는 소설적 장치가 필요했던 것이다.

3. 망각을 통한 반성 : 「민족의 죄인」

채만식이 자신의 친일 협력에 대해 주관적으로 이야기한 소설은 「민족의 죄인」(『백민』, 1948.10~11)이다. 그러나 이 소설은 동시에 "친일의 전력 때문에 괴로워하다가 마침내는 민족적 자기비판론이라는 괴논리로 과거 행적을 합리화하기에 이"[11]르는 소설로 비판을 받기도 한다. 이는 자신을 객관화하는 장치가 부족할 때 자조나 허무주의로 빠지지 않기 위해 과거의 한 부분을 망각함으로써 비롯된다. 그러니까 자기비판은 망각으로 인해 가능하게 된다.

이 소설에서 망각되고 있는 것은 일제의 매력에 대한 선망이다. 이 소설에서 화자는 "대일협력이라는 주권의 이윤이 어떠하다는 것"(8:433)을 알고 "내 발로 걸어나갔다"(8:422)고 하면서 그 자발성을 인정하고 있다. 그러나 화자 스스로 인정하고 있는 자발성은 '제국에 대한 매력'에 이끌린 것이 아니라, 공포와 폭력에 의해 어쩔 수 없이 한 것으로 기억/망각된다. 자신의 친일 행적보다 더욱 길게 서술되어 있는 독서회사건은 그것을 잘 보여준다. 그러나 공포와 폭력에 의해 강요되어 한 행위는 죄가 되지 못한다. 더 풍요로운 삶을 위한 것이 아니라, 최소한의 생존을 보장받기 위해 한 것으로 자신의 행위를 축소시키는 것은 이 소설에서 죄인의 등급을 나누는 것과 연관되어 있다. "피의 댓가론"(8:438), 즉 이번 전쟁에서 조선 민족이 전쟁에 공헌을 해야 그만큼 권리가 생김을 주장하는 "내선일체주의자라는 이름으로 불리는 극단파", 공포에 못 이겨 어쩔 수

---

11) 김윤식·정호웅, 같은 책, 345쪽.

없이 대일협력을 한 무리로 나누어 후자에 대한 면죄부를 주자는 것으로 이어진다. "벌이라는 건 그 범죄가 끼친 영향을 참작하구 범죄자의 정상을 참작하구, 그리구 범죄 이후의 심리와 행동을 참작하구, 그래 가지구 처단에 경중이 있어야 하는 법"(8:451~452)이라는 말은 그것을 가리킨다. 그러나 이러한 기억은 다음과 같은 과거의 망각에서 비롯된다.

인류는 지금 시대를 바꾸며 있다.
자본주의니 자유주의니 개인주의니 등의 말은 어느덧 역사어로 화하고 세계는 바야흐로 신질서라는 명칭 아래서 자본주의나 자유주의나 개인주의 아닌, 그러나 역사상으로는 전대인 자본주의나 자유주의며 개인주의랄지 전전대인 봉건주의랄지와 동등한 세대적 자격을 가진, 그러하되 봉건주의며 자본주의나 자유주의며 개인주의보다 한 걸음 나아간 한 새로운 시대를 창조하고 있는 중이다.[12]

이 글은 「민족의 죄인」에서 화자가 기억하고 있는 "대일협력의 첫 걸음이라고도 할 만한" "1943년 2월 황해도로 강연을 간 것"보다 이 년이나 이르다. 물론 이 글은 그 당시에 관례적으로 쓰였던 표현을 고스란히 쓰고 있다는 점에서 상투적인, 따라서 개인의 의지가 거의 들어 있지 않은 글이라고도 할 수 있다. 그러나 새로운 시대에 대한 막연한 기대감조차 없이 상투적인 표현을 쓰는 것도 쉽지는 않을 것이라 할 수 있다. 그러한 막연한 기대감은 다음과 같은 문장에 잘 드러난다.

나는 8·15의 그런 편안한 해방을 우리가 횡재할 것은 전혀 생각지 못하

---

12) 채만식, '시대를 배경하는 문학', 매일신보, 1941.1.10.

였다. (……) 오직 한 가지 일본이 패전을 하는 그날 그 순간부터 그동안 까지의 치안과 사회질서는 완전히 무능한 것이 되는 동시에 세상은 걷잡을 수 없는 혼란과 무질서의 구렁이 되고 말리라는 것 이것만은 확실한 것으로 나는 믿고 있었다.(8:418)

이것이 일본의 질서에 대한 매력을 드러내준다고 하면 무리가 있을 것이다. 질서와 무질서의 대비는 어떻게 보면 이데올로기적 의미를 전혀 지니고 있지 않은 것이라고도 할 수 있다. 그러나 이 인용문은 동학란이나 의병 때문에 혼란했던 대한제국 시기보다 질서가 잡힌 일제 치하가 훨씬 낫다는 「태평천하」의 윤직원을 조롱했던 채만식이 일제 말기를 거치면서 어떻게 달라졌는지를 보여주기에는 충분할 것이다. 이전과는 달리 채만식은 어떻게 해서 질서를 선호하게 되었을까. 이 질문은 과연 채만식에게 일제 말기가 어떻게 경험되었을까를 묻는 것이다. 그의 서술대로 억압과 폭력에 의해 반자발적으로 대일협력을 할 수밖에 없었던 것일까. 아니면 국가의 힘과 그것이 보장하는 질서에 은근한 매력을 느끼고 그것이 사라지는 것을 두려워했을까. 「민족의 죄인」에서 망각되는 것은 이러한 질서에 대한 매력이다.

이러한 질서를 규율권력에 대한 종속이라 할 수 있다. 이러한 질서에 대한 선망은 해방을 전후로 하여 창작된 「상경반절기」(미발표, 1939년 창작으로 추정됨)와 「역로」(『신문학』, 1946.6)의 유사성을 통해서도 잘 드러난다.

저 한 사람만, 그리고 목전에만, 좋고 이 되고 하면 선이요, 이 다음이거나 남이야 (아닐 말로) 죽어도 그만, 아무래도 상관없어하는 그 막된 성습의 단적인 반영이지 다른 것은 아닐 것이다.

천 년 이천 년을 두고서, 전반적으로 반도 백성들의 살과 피와 뼛속 깊이까지 배어들어 생활화하고 정신화하고 마침내는 본능에까지 순화된 (진실로 순화된!) 소위 종족 근성이라고 하는 것 말이다.(7:503)

"대관절 이땅 백성들은 언제나 사람이 돼서 남이 욕하구 떠다 밀구 하면서 정릴 시키구 하기 전에 제풀에 열 같은 것두 얌전히 좀 짓구 질설 지킬 줄 알게 될 텐구?"(8:278)

동일한 에피소드가 포함되어 있는 해방을 전후한 이 두 소설에서 공통적인 것은 이러한 규율권력에 대한 자발적인 복종일 터이다.

두번째 망각은 수신자와 관련되어 있다. 「민족의 죄인」이라는 소설의 수신자는 분명 해방된 조선인에 국한되어 있다. '친일'이라는 말을 쓰지 않고 '대일협력'이라는 말을 쓰면서도 그 죄는 아시아 민중이나 인류에 대한 죄가 아니라 민족에 대한 죄로 축소시키고 있기 때문이다. 이 소설의 제목이, 그리고 내포독자가 그것을 잘 보여준다. 여기에는 또하나의 망각이 존재한다. 그것은 일제 말기에 그가 쓴 다음과 같은 글과의 비교에서 잘 드러난다.

어떤 한 우수한 민족이 다른 어떤 우수치 못한 민족에 비하여 보다 높은 지위가 요구되는 것은 마치 성인이 소아에게 비하여 보다 많은 식량이 요구되는 것과 조금도 다를 바 없이 지극히 자연한 현상인 것이다.

동시에 그 우수한 민족이 우수치 못한 다른 민족을 사회적으로 영도를 하게 되는 것도 또한 당연한 현상인 것이다.

(……)

내란과 군벌과 탐관오리에 백색자본의 착취와 그리고 쿠리와 아편 이것밖에는 없던 과거의 지나 민족……

(……)

지나라고 하는 국토는 지나 민족에게 대하여 확실히 과분한 덩치다.

(……)

우리 일본 민족에 의한 지나 대륙의 경륜은 한 우수한 민족으로서의 정당한 권리요, 따라서 하나의 세계사적 필연인 것이다.[13]

이 글도 또한 앞에서 인용한 '시대를 배경하는 문학'처럼 당시의 상투어들로 가득 차 있어 채만식의 망각을 상기시키기에는 충분하지 못하다. 이 글은 신체제와 더불어 당시 담론의 헤게모니를 장악하고 있던 동아신질서론이라는 점에서 그러하다. 잡지에 글을 쓰자면, 이러한 표현을 쓰지 않으면 안 되는 사정이 분명히 있었을 것으로 추측할 수 있다. 그러한 사정을 구구하게 나열한 것이 바로 「민족의 죄인」이라 할 수 있다. 그러나 최소한 채만식의 논리에 따른다 하더라도, 살기 위해서 어쩔 수 없이 위해를 가할 수밖에 없었던 조선 민족에 대한 사죄와 반성은 있었지만, 마찬가지 이유로 위와 같은 글을 써서 본의와는 상관없이 대륙 침략을 정당화했던, 그 수신자인 중국인에 대한 사죄와 반성은 없었다는 것은 명백하다. 이것은 해방과 동시에 민족적 타자를 망각함으로써, 그러니까 오로지 일본은 가해자, 조선은 피해자라는 관계를 통해서 조선의 정체성을 재구성하려는 욕망이라 할 수 있다. 그렇기 때문에 '제국에 대한 매력'은 질서에 대한 열망으로 재편성될 수 있었던 것이다. 그러니까 일본 제국에 협력함으로써 민족적 타자에게 끼친 위해가 망각됨으로써 그것이 무의식(구조) 속에 남아있게 된 것이다.

---

13) 채만식, '대륙경륜의 장도, 그 세계사적 의의', 매일신보, 1940.11.22.

4. 외화의 실패, 자기비판의 시작 : 「낙조」

자신을 객관화할 장치가 없는 자기비판은 망각을 수반하기 마련이다. 「맹순사」에서 자기비판이 가능했던 것은 객관화된 인물을 설정함으로써이다. 「낙조」에서는 자신의 행위를 비출 수 있는 이러한 객관화된 인물이 등장한다. 황주 아주머니와 그의 아들 재춘이 그들이다.

황주 아주머니는 어머니와 먼 친척이고 서른네 살에 남편을 여의고 네 아이를 자신의 힘으로 키워낸 억척스러운 여성이다. 큰아들 재춘이 순사로 출세한 일제 말기에는 형편이 나아져 황주에서 상당한 가산을 거느리게 된다. 이는 재춘이 권력을 남용하여 남의 재물을 빼앗았기 때문에 가능했고, 해방이 되자 재춘이 횡액을 당하고 재산도 몰수된 후 남은 일가는 남한으로 내려온다. 황주 아주머니는 일제 시기에 아들이 행했던 죄악에 대한 반성은 하지 않고 그들을 이 지경으로 만든 공산주의를 미워하고 이승만 박사를 지지하며 북진통일로 빼앗긴 재산을 회복될 거라고 믿는다.

일본 이름으로 창씨를 하고, 조선 사람은 하루바삐 진심으로 일본 사람이 되어야만 행복할 수 있다고 주장하며 "조선말 절대루 아니" 쓰고 "심지어 제 계집허구두 일본말루다 곧잘 지껄"일 뿐만 아니라 "일본이라면 덮어놓고 위대하구 좋구, 조선놈은 다 도독놈이요 나쁜 놈"(8:389)이라고 주장하는 재춘은 싫다는 동생을 끝내 일본 학교에서 공부하게 할 정도로 철저하게 일본 국민이 되고자 한 인물이다.

재춘의 이러한 친일 행적과 황주 아주머니의 무반성적 사고에 비추어 '나'는 자신의 행적을 되돌아본다.

반대로 나는 조선의 어린 사람들에게 일본이 조선을 침략 정복한 것이 옳은 짓이라는 것을 가르치고, 조선말을 금하며 일본말을 쓰도록 나무라고, 조선 사람이기를 버리고서 일본 사람이 되기를 강요 혹은 유인하고, 매일같이 고고꾸신민노세이시(황국 신민의 서사)를 외우게 하고 덴노헤이카 반사이(천황폐하 만세)를 부르게 하지 아니치 못하는 한 비루하고 무력한 인간에 지나지 못하였다.(8:387)

재춘의 친일 행적이라는 거울에 비친 '나'는 일본이 발표하는 것을 곧이곧대로 믿어버린 '맹추' '멍텅구리'에 불과했다. 친일 행적에서는 재춘이, 그에 대한 반성의 측면에서는 황주 아주머니가 비교 대상이 된다.

여기서 「민족의 죄인」에서 나온 양심의 계량화가 다시 문제가 된다. 양심은 계량화될 수 있는 것이 아니다. 채만식도 이 점은 잘 알고 있다. 「민족의 죄인」에서 스스로 말하듯이 "아무리 정강이께서 도피하여 나왔다고 하더라도, 한번 살에 묻은 대일협력의 불결한 진흙은 나의 두 다리에 신겨진 불멸의 고무장화"이며 "씻어도 깎아도 지워지지 않는 영원한 '죄의 표지'"(8:441)라 할 수 있다. 그러나 이렇게 절대화된 양심은 다른 사회 구성원과의 관계 속에서 상대화되어간다. 「민족의 죄인」에서는 집안에 재산이 있는 덕분에 양심을 지킬 수 있었던 윤, 호구를 위해 신문사에 남아 신문을 만드는 대일협력을 한 김과의 관계 속에서 자신의 대일협력 정도가 측정되는 것이다. 나아가서는 벼를 공출한 농민, 식민지 경제를 지탱한 은행원의 대일협력과 비교되고 결국에는 민족 전체로 비교 대상이 확장된다.

「맹순사」에 나오는 '팔분의 자신'은 이러한 양심의 계량화에서 나온다. 이러한 양심의 상대화는 스스로 양심의 문제로부터 벗어나고자 하는 욕망의 발현이다. 타인과의 비교를 통해 개인의 양심 속에 들어 있던 대일협력의 기억을 외화하여 특정한 인물에게 집중시켜 자신을 그 책임에서 제외시키고자 하는 것이다. 자기 내면에 '죄의 표지'처럼 숨겨져 있던 악의 징조들을 표상하는 특정한 외부적 존재를 만들어내는 것, 이것이 서구적 이성이 행해온 타자에 대한 배제의 논리라 할 수 있다. 서구 이성은 서구의 타자를 악의 표징으로 삼음으로써 자기 내부의 분열을 봉합하고자 한다. 「낙조」에서 재춘이나 황주 아주머니는 자신의 양심의 가책을 덜어주는 이러한 외화된 타자로 기능한다.

그러나 이러한 양심의 상대화는 그러한 내부의 타자성을 외화할 수 없을 때 무너지고 만다. 황주 아주머니의 딸인 춘자와의 만남이 그것을 잘 보여준다. 춘자는 오빠인 재춘의 행실 때문에 약혼에 실패하고 또 '나'에 대한 사랑이 좌절되자 그에 대한 실망감으로 양갈보가 된 사람이다. '나'는 그러한 육체적 매음 행위에 도덕적 우월감을 가지고 대한다. 이러한 우월감은 친일/친미, 정신(남성)/육체(여성), 과거/현재 사이의 차이 때문에 발생하는 것이라 할 수 있다. 후자는 전자의 외화라 할 수 있는데, 춘자와 그 뱃속에 있는 아이는 '나' 속에 있는 타자성을 외화하여 응축한 존재라 할 수 있다. 그것은 다음과 같이 눈에 보이는 어떤 것으로 표출된다.

저 뱃속에서 시방 눈 새파랗고 머리터럭 노랗고 코 오뚝하고 한 것이 수만 리 태평양 저편짝을 향수하면서 꿈틀거리고 있거니 할 때에 비로소 나는 견딜 수 없는 혐오와 추악감이 솟아오르고, 하마 구역이 넘어오려고 하였다.

나는 전후를 생각지 않고 제풀에 말이 흘러져나왔다.

"차리리 죽어버리구 말지!……"

탄식조의 차악 갈앉은 구슬픈 음성이었다. 나는 의식하고서 그런 구슬픈 말로써 말을 한 것은 아니었다.

나의 눈에서는 눈물이 글썽거렸다.(8:410)

춘자의 뱃속에서 꿈틀거리고 있는 '괴물 같은' 것은 '나' 속에서도 꿈틀거리고 있는 욕망이다. 그렇기에 '혐오'와 '추악감'은 자기혐오이고 "차라리 죽어버리구 말지!"는 스스로에게 하는 말이다. 그것은 앞에서 말한 차이 때문에, 또한 내부의 타자성을 외화하고자 하는 의지 때문에 의식화되지 못한다. '나'로 하여금 그것을 뚜렷하게 의식하게 하는 것은 춘자의 다음과 같은 말이다.

"흥, 할 말이 없기두 할 테지. 그럼 내가 대신 말을 하지. ……자기가 데리구 가르치는 철없는 어린아이들더러 왜놈이 되라구 시킨 건 누구신구? 조선말을 내다버리구 왜말을 쓰라구 딱딱거린 건 누구신구? 하루두 몇 번씩 황국신민서살 외우게 하구, 걸핏하면 덴노헤이까 반사일 불러준 건 누구신구? ……그뿐인감? 왜놈이 물러가니깐 이번엔 왜놈 대신 온 XX놈한테 붙어서, 조선 아이들을 XX놈의 노예를 만드느라구 온갖 짓 다 하구 있는 건 누구신구?"
  "……"
  "난 양갈보야. 난 XX놈한테 정줄 팔아먹었어. XX놈의 자식 애 뱄어. 그러니깐 난 더런 년야. ……그렇지만서두 난 누구들처럼 정신적 매음은 한 일 없어. 민족을 팔아먹구, 민족의 자손까지 팔아먹는 민족적 정신 매음은 아니했어. 더럽기루 들면 누가 정말 더럴꾸? 이 얌체 빠진 서방님네들아!"
(8:441)

춘자의 이 말이 앞에서 인용한 '나'의 자기비판과 동일한 내용임에 주목할 필요가 있다. 그렇기에 이는 춘자라는 타인에게서 나온 말이지만 결국 자기 고백에 다름아니다. 앞에서는 '비루하고 무력한 인간'이라 책임을 회피했지만 여기서는 '정신적 매음'이라고 하며 자기비판을 정면에서 시도하고 있다. 이는 양심의 상대화가 다시 양심의 절대화로 바뀌는 순간이다. 내부의 타자성을 외화할 수 없고, 또 외화된 타자성이 다시 내부의 타자성을 환기시킬 때 이것은 발생한다. 「낙조」가 「민족의 죄인」보다 더욱 철저한 자기비판인 것은 이 때문이다.

5. 결론

이상으로 채만식의 해방 이후 소설을 '자기비판'이라는 관점에서 살펴보았다. 「맹순사」 「민족의 죄인」 「낙조」는 조금씩 다른 제재를 가지고 있지만, 민족 혹은 개인 내부에 잠재한 일제의 잔재를 어떻게 처리할까를 문제삼는다. 이 세 소설은 공통적인 구조에 바탕을 두고 있는데, 그것은 절대화된 자기비판 → 타자성의 외화에 의한 비판의 상대화 → 절대화된 자기비판으로 나타난다. 「맹순사」는 객관화된 자신의 대리인을 내세웠기에 그러한 비판이 가능했고, 그렇기에 '자기 풍자'라는 다소 모순적인 형태를 띠게 된다. 이에 반해 「민족의 죄인」은 자신을 객관화하지 못함으로써 망각이 발생하고 이 때문에 철저한 자기비판으로 나아가지 못했다. "형벌이 죌 속량해주는 건 아니잖아요"(8:455)라는 절대화된 비판으로 되돌아오지만, 그것도 자신의 안위만을 생각하는 조카를 나무람으로써 속 후련함, 안심을 느끼는 것으로 무화된다. 「낙조」는 이에 비해 양심의 상대화와 외화가 불가능한 장면을 포착함으로써 절대적인 자기비판이 가능했다고 할 수 있다. 자기비판이란 내부에 존재하는 타자성을 직시함으로써만 가능하기 때문이다.

해방의 새 질서와 탈식민적 사회 수립의 풍경
― 염상섭의 「효풍」

배하은

1. 서론

염상섭은 1920년대부터 1960년대에 이르기까지 28편에 이르는 장편 소설과 150여 편의 단편소설을 발표했으며, 『만세전(萬歲前)』이나 『삼대(三代)』와 같은 작품들은 한국 근대소설의 형성과 전개에 중요한 작품으로 평가받아왔다.[1] 그가 남긴 작품의 양과 질이 말해주듯 그는 식민지 시기와 해방 이후에 걸친 사십여 년의 시간 동안 고른 작품활동을 보인, 한국현대문학사의 거의 유일한 존재라고 할 수 있다. 염상섭 문학 연구는 그것의 연구 대상인 작가와 작품의 세계가 걸쳐 있는 편폭의 방대함에 비례해 연구 성과 또한 양과 질의 측면에서 상당한 수준을 획득하고 있다. 현재까지 이루어진 염상섭 문학 연구사의 전반적인 조감도를 그려보자면, 일반적으로 선행 연구들은 식민지 시대에 발표된 주요 작품들을 중심으로 각 작품들이 재현하고 있는 식민지 조선의 근대성을 자연주의와 리

---

[1] 김종균의 연구(김종균, 『염상섭 연구』, 고려대학교출판부, 1974) 이래 대부분의 연구자들이 합의하는 바이나 미완과 게재 사실만 확인되는 작품들까지 포함한 숫자다.

얼리즘의 틀을 통해 규명하는 데 집중해왔다고 요약할 수 있다.

　염상섭 문학의 자연주의적 측면에 대해 문학사적인 관점에서 규모 있는 해석을 제시하고 있는 것은 임화의 「조선신문학사론 서설(序說)」(조선중앙일보, 1935. 10.9~11.13)이다. 임화는 자연주의 문학에 대해, 춘원 문학의 낭만적 환상성이 소멸되어 진보된 사회적 정신을 획득함으로써 "조선문학사, 특히 그 예술적 발전의 간선을 이루는 리얼리즘의 발전상에서 점령하는 바 높은 지위"를 차지한다고 평가한 바 있다.[2] 여기서 임화는 염상섭의 「제야」와 『만세전』을 높은 리얼리즘을 획득하고 있는 당대 유일의 기념비적 작품으로 꼽으며 1920년대 초 염상섭 문학의 큰 테두리가 되는 자연주의의 의미를 문학사적으로 규명했다. 해방 이후에는 백철과 조연현 등이 임화의 뒤를 이어 자연주의의 맥락에서 염상섭 문학을 평가하는 전통을 지속시킨다.

　주요 방법론의 또다른 축을 구성하는 리얼리즘론 또한 많은 연구자들의 주목을 받았는데, 지금까지의 염상섭 문학 연구의 초점이 『만세전』과 『삼대』에 집중되는 경향과 아울러 이 두 작품의 형식과 의미구조에 대한 통상적인 해석이 모양새를 갖춘 것은 이러한 리얼리즘 연구를 통해서였다. 이 갈래의 연구는 대체적으로 염상섭 문학의 리얼리즘적 성격을, 개인의 삶을 사회적인 차원에 연결시켜 사회 전반의 구조와 문제를 형상화하는 데서 발견한다. 『삼대』는 새로운 근대적 자본주의 사회를 재현하고 있으며, 『만세전』의 경우 개인과 사회의 삶을 포괄해 현실을 재구성하는 총체성을 구현하고 있는 것으로 설명된다.[3]

---

2) 임화, 「조선신문학사론 서설(序說)」, 임화문학예술전집 편찬위원회 엮음, 『임화문학예술전집2―문학사』, 소명, 2009, 408쪽.

3) 김현, 「염상섭과 발자크」, 『향연』 3, 1970; 김우창, 「비범한 삶과 나날의 삶」, 『뿌리깊은 나무』 창간호, 1976.

이 뒤를 따른 김윤식의『염상섭 연구』는 염상섭과 그의 문학세계를 설명하는 데 가장 핵심적이며 문제적인 연구로서 이후 수행된 거의 모든 염상섭 문학 연구의 출발점이자 극복 대상으로 지목되어왔다. 기본적으로 김윤식이 파악하는 염상섭 소설 고유의 특징과 가치는 이른바 '근대성'에 놓여 있다. 김윤식의 '근대성' 논의는 문학사적인 측면에서 이른바 '이식 문학사'의 논리를 그대로 따르는 자세를 취하고 있다는 점에서 문제시된다. 여기에 가장 극적인 대립각을 세운 논의는 이보영의『난세의 문학』이다. 이보영은 염상섭 문학이 쓰인 구체적인 식민지적 조건에 주목해 식민지 시기 염상섭 문학은 그것이 처한 사회적인 현실을 바탕으로 민족주의와 사회주의가 결합한 민족적 저항의식을 표출하고 있다고 주장한다. 그러나 문제는 '근대'라는 개념의 한계를 극복하기 위한 일환으로 제출된 '민족'의 저항의식에 진정 '근대'라는 난제를 뛰어넘을 수 있는 가능성이 내재하고 있느냐는 것이다. 이보영이 제출한 시각은 근대성 논의와 평행을 달리며 한국근대문학사가 구현할 수 있는 잠재적인 다양한 가치를 억압해온 민족문학론의 또다른 변형이라는 점에서 한계를 지닌다. 그러므로『난세의 문학』은 근대성 논의와 논리의 측면에서 상보적 분포를 이루고 있을 뿐 그것을 극복할 수 있는 확실한 대안이 될 수는 없는 것이다.

이러한 이중적인 난관을 돌파하기 위해 새롭게 등장한 연구 흐름이 탈식민주의 방법론을 통해 염상섭 문학을 해석하려는 시도다. 탈식민주의에 기댄 연구들은 대개 염상섭의 소설이 식민지성을 성찰하고 비판하는 방식을 면밀히 살피고, 이를 통해 염상섭 문학이 조선의 식민지적 근대를 인식하고 재현할 수 있었다는 평가에 이르는 형식을 취하고 있다. 이러한 일단의 연구들은 근대성 논의가 전제하는 보편주의적 근대의 함정을 조선적 근대의 특수성이라고 할 수 있는 식민지적 근대를 통해 넘어서려는 한편, 이를 민족의 문제로 환원시키지 않으려는 노력을 기울인다. 아울러 이러한 노력은 「남충서」와 같은 주목받지 못했던 문제작들을 통해 탈식민적 정체성에 대해 논의함으로써 『만세전』과 『삼대』에 집중되어 있었던 염상섭 문학 연구의 경향성을 해체하는 움직임으로 이어지기도 한다.

그러나 정작 염상섭 문학에서의 "탈식민" 논의가 가장 활발하게 이루어질 수 있는 조건을 갖춘 해방기 소설 작품에 대해서는 이제 겨우 초보적인 단계를 지나고 있는 수준이다.[4] 염상섭이 해방기에 창작한 소설 작품들은 일본 제국주의의 역사와 식민적 정체성을 해소하는 문제를 서사화하는 한편, 해방기 좌우익의 민족주의 담론을 일정 부분 경계하는 자세를 취한다. 또한 이 시기 그의 글쓰기는 일본 제국주의의 자리를 대체하는 새로운 체제의 식민성을 적시하며 그것에의 저항을 문학적으로 모색하는 작업에 해당된다. 그러므로 해방기 염상섭 소설의 근본적인 문제의식은 해방 이후에도 계속되는 식민화 권력에의 저항과 투쟁, 그리고 그것을 극복하는 것에 있다고 볼 수 있다. 그리고 이와 같은 염상섭의 해방기 작품들 중에서 문학적 가능성의 최대치를 구현하는 것이 바로 장편소설 『효풍(曉風)』이다.

『효풍』(자유신문, 1948.1.1~11.3)은 해방 정국의 사회상과 그것의 심층적인 구조를 가장 잘 형상화하고 있는 장편소설이다. 식민지 시대를 비추는 문학의 거울이 『삼대』라면, 『효풍』은 해방기 사회를 반영하는 동시에, 현재진행형으로서의 해방조선의 방향성을 제시하는 데까지 이르고 있는

---

4) 해방기 염상섭 소설에 대한 탈식민주의적 연구로는 다음과 같은 논문들이 있다. 김병구, 「염상섭 『효풍』의 탈식민성 연구」, 『현대소설연구』 18, 한국현대소설학회, 2003: 김종욱, 「언어의 제국으로부터의 귀환」, 『현대문학의 연구』 35, 한국문학연구학회, 2008: 류진희, 「염상섭의 「해방의 아들」과 해방기 민족서사의 젠더」, 『상허학보』 27, 상허학회, 2009: 이종호, 「해방기 이동의 정치학—염상섭의 단편소설을 중심으로」, 『한국문학연구』 36, 동국대학교 한국문학연구소, 2009: 김예림, 「'배반'으로서의 국가 혹은 '난민'으로서의 인민」, 『상허학보』 29, 상허학회, 2010.

작품이다. 그러나 지금까지 제출된 『효풍』에 대한 대부분의 작품론들은 이 소설이 해방기 현실에 대한 비판적 인식을 서사화하고 있다는 점을 지적하고 이를 염상섭의 중간파 이념으로 환원시키는 데 그치고 있다.[5] 그러나 해석의 강조점이 인식 너머의 실천적 모색에까지 이를 때 비로소 『효풍』을 아우르는 해방기 염상섭 문학의 비전을 제대로 설명할 수 있을 것이다. 이는 그가 『효풍』을 통해 바야흐로 탈식민의 시대에 접어든 해방 조선의 새로운 질서와 진정한 탈식민적 사회 수립의 구체적인 방향성을 모색했기 때문이다. 이러한 시각에서 본고는 『효풍』의 서사구조와 작품이 형상화하고 있는 인물들의 변화 양상을 분석함으로써 염상섭이 비판적으로 인식하고 있는 해방기의 식민적 권력과 이를 극복해나가는 탈식민적 저항 주체의 형성 과정을 살필 것이다.

2. 제국의 은밀한 식민화 메커니즘과 저항의 우회로

『효풍』은 김혜란과 박병직, 두 남녀 주인공이 각각 우익과 좌익 세력 내부에서 이념적, 가치론적 방향을 탐색하고, 그 과정에서 이념과 연애 문제로 갈등하는 내용을 담고 있다. 혜란은 병직과 미국인 청년 베커 사이

---

5) 장편소설 『효풍』을 대상으로 한 작품론으로 다음과 같은 연구들이 있다. 김재용, 「분단을 거부한 민족의식─8·15 직후 염상섭의 활동과 『효풍』의 문학사적 의미」, 『국어국문학 연구』 20, 1999; 김정진, 「『효풍』의 인물 형상화와 그 기법」, 『염상섭 소설 연구』, 김종균 엮음, 국학자료원, 1999; 정호웅, 「냉소와 풍자─『효풍』」, 『염상섭 소설 연구』, 김종균 엮음, 국학자료원, 1999; 조남현, 「1948년과 염상섭의 이념적 경향」, 『한국 현대문학사상 논구』, 서울대학교출판부, 1999; 서형범, 「염상섭 『효풍』의 중도주의 이데올로기에 대한 고찰」, 『한국학보』 30집 2호, 2004; 조형래, 「『효풍』과 소설의 경찰적 기능─염상섭의 『효풍』 연구」, 『사이』 3, 국제한국문학문화학회, 2007; 김병구, 「염상섭 『효풍』의 탈식민성 연구」, 『비평문학』 33, 한국비평문학회, 2009; 서준섭, 「염상섭의 『효풍』에 나타난 정부 수립 직전의 사회, 문화적 풍경과 그 의미」, 『한중인문학연구』 28, 한중인문학회, 2009.

에서 삼각관계를 형성하고, 병직은 혜란과 좌익 신문기자 최화순을 사이에 두고 갈팡질팡하는 모습을 보인다. 이 삼각관계에는 단순히 연애 감정만 결부된 것이 아니라, 주인공들의 현실에 대한 이념적 태도와 가치관 문제까지 포함되어 있다. 소설 후반부에서는 병직이 혜란에게 일시적인 이별을 고하고 월북을 감행하는 플롯과 그러한 상황에 처한 혜란이 베커의 인력에 이끌려 미국 유학을 고민하는 또하나의 플롯이 진행된다. 이후 결말에 이르러서 두 주인공은 재결합하게 되고, 그동안 각자가 탐색한 이념과 가치관을 바탕으로 통일된 독립국가의 수립에 대한 기대 지평을 제시한다.

혜란이 중심축인 서사는 미국인 베커의 표상을 매개로 새로운 제국의 지배담론이 작동하는 방식과 구조, 그것의 은밀한 목적을 드러낸다. 그리고 그 사건들을 겪는 혜란을 통해서는 그 지배담론에 저항하고 주체 행위를 확보하는 방식이 형상화된다. 한편, 병직의 서사는 좌익세력과 그들이 추구하는 이념을 직접 탐색함으로써 제국이 설정한 이념이 아닌, 탈식민을 위해 요청되는 비판적 이념의 토대를 모색하는 과정으로 그려진다. 상술한 서사구조를 고려할 때, 『효풍』은 김혜란과 박병직이라는 두 인물이 각각 제국과 제국의 이념으로 상징되는 식민화 권력을 간파하고, 그것으로부터 벗어나 진정한 탈식민상태로서의 '해방'을 추구하는 과정을 형상화하는 소설이다.

먼저, 혜란과 베커의 관계에서 주목을 요하는 부분은 두 인물의 관계에 투사된 제국과 피식민자 사이에 내재한 권력의 작동방식이다. 혜란은 모리배인 이진석의 골동품상 경요각에서 일하게 되는데, 이진석은 어느 관청에서 근무하고 있는 미국인 베커를 구슬려 대미무역 통로를 마련할 셈으로 혜란을 고용한 것이었다. 그의 의도대로 베커는 혜란에게 반하고, 이진석은 혜란을 매개로 베커와의 거래를 진행시켜나간다. 여기서 베커는 전형적인 오리엔탈리스트를 환기시키는 인물로 혜란을 경요각에 늘어서 있는 골동품을 바라보는 것과 동일한 시선으로 바라본다. 그가 혜란에 대해 동양의 환상적인 미(美)로 찬사를 늘어놓는 것은 그 시선의 연장선상에 놓여 있다. "조선 와서 미인화도 이것저것 보앗지마는 그 그림 속에 선녀의 입에서 지구의 저편짝 먼나라—우리가 쓰는 말이 흘러나오는 것을 들으면 어쩐지 꿈의 나라에 온 것 갓타요"라는 베커의 발언은 혜란에 대한 그의 인식이 본질적으로 제국의 오래된 오리엔탈리즘적 수법과 근거리에 있음을 암시한다.[6] 염상섭이 「작자의 말」에서 암시했듯이, 『효풍』에 "『해방조선』의 현실"적 농도가 삼투되고 있다는 사실을 환기할 때, 혜란과 베커에 대한 이와 같은 구도 설정은 개인 간의 권력관계보다 상위의 것을 지시하고 있음이 명백하다. 다시 말해, 제국의 지배담론이 피지배자로부터 주체 행위를 박탈하고 끊임없이 타자화시키는 작동방식이 여기 내재한다는 것이다.

서사가 진행되는 동안 베커는 혜란과 인간적인, 그리고 주체적인 관계를 맺고자 하지만, 베커가 혜란과 혜란이 속한 해방조선에 대한 인식에 있어 오리엔탈리즘을 폐기하지 못하는 한 그것은 불가능한 일이다. 결과적으로 베커에게 오리엔탈리즘을 뛰어넘는 수준의 인식은 불가능했고, 이러한 까닭에 베커와 혜란의 관계는 제국-피식민의 원심력을 벗어날 수 없었다. 동양의 선녀와 같은 혜란은 주체가 아닌, 베커와 이진석 사이에 내재한 제국과 식민지 매판 부르주아 사이를 매개하는 일종의 교환 가치로 취급될 수밖에 없었던 것이다.

이처럼 베커가 혜란을 매개로 이진석과 맺는 거래관계는 그 역시 브라운과 마찬가지로 조선사회에서 제국의 권력을 형성하고 투사하는 인물

---

6) 염상섭, 「효풍」, 자유신문, 1948.2.21

임을 보여준다. 미국인 사업가 브라운은 부수적인 인물이지만, 그의 내력 자체가 해방조선의 탈식민적(postcolonial) 현실을 여실히 드러내는 역할을 한다는 점에서 주목을 요한다. 아버지 브라운이 일제강점기 조선에서 금광사업을 했다면, 해방과 함께 조선에 들어온 아들 브라운은 '은연한 세력'을 등에 업고 일제에 쫓겨갔던 아버지의 권토중래를 노리는 사업가다. 배경적 역할에 그치는 브라운 부자(父子)의 내력이 소설 도입부에서부터 이처럼 자세히 서술되고 있다는 점은 의미심장하다. 이들에 대한 서술에서 확인할 수 있는 바는 제국의 지배형태가 자원 착취라는 노골적인 식민화에서 해방된 조선의 경제적 원조와 문명화라는 연성화된, 그러나 훨씬 치밀한 지배형태로 변화되었다는 사실이다. 1945년 제2차 세계대전의 종전을 기점으로 식민주의가 지배적 국면(dominant phase)에서 헤게모니적 국면(hegemonic phase)으로의 변화되면서 브라운과 베커처럼 자본주의를 표방한 자유로운 무역·교환 체제는 원주민의 적극적인 동조(consent)하에서 이루어지고, 이것은 식민지 원주민들의 일상과 의식의 보다 심층적인 차원의 지배까지 가능케 했다.[7] 브라운과 박종렬, 베커와 이진석으로 연결되는 모종의 관계는 그러한 탈식민 시대의 식민지배구조의 단면인 것이다.

　베커와의 관계가 발전되어 나가는 가운데 혜란은 상술한 식민지배구조 내부에 더 깊이 연관되고, 그와 동시에 주체의 위치를 위협당한다. 그러나 강조되어야 할 것은, 혜란이 그 구조 내부에서 저항의 기틀을 마련하고 있다는 사실이다. 혜란이 브라운을 대하는 방식은 그 저항의 자세가 본질적으로 현실 내부에서의 투쟁인 동시에, 그 안에서 주체 행위를 확보하려는 시도임을 보여준다.

---

7) Abdul R. JanMohamed, "The Economy of Manichean Allegory : The Function of Racial Difference in Colonialist Literature", *Critical Inquiry*, 12 : 1, 1985, p. 62.

"미쓰 김! 당신이 발강이가 되엇다는 소문에 우리 마누라는 눈이 뚱그래서 비판을 하고 잇던데 그래 정말요?"

남자들의 수작이 또 한소끔 끗나니까 이번에는 '뿌라운'이 영어로 혜란이에게 말을 건네며 웃는다.

혜란이는 그따위 소리는 하두 들어서 인제는 시들한 듯이 웃어만 보이며

"만록총중에 일점홍이란 말이 잇지요? 장미꼿은 붉은 것이 자랑으로 시(詩)가 됩니다!"

하고 영시(英詩)나 을프듯이 구결을 꺽겨넘기며 힘 안 드리고 한마디해 내던진다.[8]

브라운은 '빨갱이' 문제를 제기함으로써 혜란에게 식민 권력에의 동의를 간접적으로 요구하고 있다. 반체제의 상징인 좌익을 긍정할 것인가, 부정할 것인가의 문제는 그것의 이념적 대척점에 놓인 미국에 대해 어떤 입장을 견지할 것인가와 관련되기 때문이다. 물론 혜란은 좌익이 아님에도 불구하고 사실 그대로를 전하지 않는다. 오히려 브라운이 원하는 대답을 앞에 두고도 교묘하게 우회하는 편을 택한다. 곧 브라운의 이분법적 심문을 인정하지 않는 것이다. 이 이분법적 심문에 내포된 의미는 명백하다. 제국의 지배질서를 승인하고 내면화할 것인가. 혜란의 문법은 식민권력의 담론이 강요하는 질서를 수용하지 않고, 그것의 내면화에 저항하는 방식으로 실행된다.

---

8) 염상섭, 「효풍」, 자유신문, 1948.1. 22.

3. 식민화된 이념 너머를 모색하는 방식

혜란이라는 인물이 우회적인 저항을 체현하고 있다면, 제국의 지배담론에 대한 보다 직접적인 저항은 병직, 화순이 베커와 논쟁을 벌이는 "스왈로 회담" 장에서 포착된다. 병직과 화순은 미국의 제국주의와 식민화 과정에 의해 해방조선의 경제·사회·정치의 영역이 교란되고 있음을 지적한다.

> "중석(重石)은 홍삼(紅蔘)은 얼마나 실어내가는지 모르시는 모양이로군? 홍삼은 일제(日帝)시대에는 미쓰이(三井)에게 내맛겻던 것이죠? 이번에는 어떤 '미국 미쓰이'가 옵니까?"
> 화순이는 이 청년이 무역관계의 일이면 잘 안다는 말에 기가 나서 콕콕 쏘는 것이다.
> "그런 거야 난 모릅니다. 내야 수짜(數字)하고 노니까. 허허허."
> 뻬-커-는 혜란이 가튼 여자 외에 이런 여자도 조선에 잇는가? 하고 속으로 놀랍기도 한 것이다.
> "미쓰 최의 말이 실상은 조선 사람의 말입니다."
> 엿헤 덤덤히 안젓던 병직이가 비로소 한마듸 거든다.[9]

병직과 화순은 "미국은 해방자 아니요? 일본과 다른 점을 믿으시오"라고 "휘갑을 치려" 하는 베커에게 "어떤 '미국 미쓰이'가" 오느냐고 항의하듯 묻는다. 베커는 화순의 예리한 지적에 대해 자신은 잘 모른다고 둘러대지만, 한편으로 "이런 여자도 조선에 있는가?"라고 생각하며 경계한다.

---

9) 염상섭, 「효풍」, 자유신문, 1948.3.21.

이는 "해방자"로 가장한 미군정 지배담론의 기저에 "미국 미쓰이"의 재식민화라는 암묵적인 가정이 가로놓여 있음을 간파하고 들춰내는 화순의 저항적인 말하기 방식이 유효했음을 보여준다. 곧 "스왈로 회담" 장에서 화순과 병직은 제국의 언어로 제국을 대표하는 베커에게 말을 걸되 그 제국의 언어가 제시하는 지배담론에 동일화되지 않고(disidentified) 오히려 그것을 해체하는(dismantle) 역할을 수행하고 있는 것이다.

"미스 최의 말이 실상은 조선 사람의 말"이라고 밝히는 병직의 지적 또한 주목을 요한다. 베커의 주변에는 실상 지배자의 언어로 "조선 사람의 말"을 전달할 수 있는 인물이 없다. 모리배인 이진석과 그의 거간꾼인 장만춘은 지배자의 언어를 말할 수 있지만 "조선 사람의 말"은 하지 않는다. 이미 지배담론을 충실하게 내면화했기 때문에, 그들은 제국의 언어로 제국의 담론을 말하는 매판 부르주아에 가깝다. 또한 베커는 여론의 선봉에 이른바 '빨갱이'가 위치해 있기 때문에 미군정 지배 방식에 대한 비판적 여론은 믿을 것이 못 된다는 논리를 내세운다. 이러한 이유에서 베커는 조선에 진정한 여론이 없다는 그럴듯한 표현을 써서 미군정하에서 초래되는 사회혼란 및 폐단을 조선사회의 탓으로 돌린다. 베커의 논리는 식민담론이 주체의 형성과 그것의 말하기를 봉쇄함으로써 체제에 대한 비판과 도전, 그리고 저항을 제거하는 근거의 전형이다. 조선에 진정한 여론이 없다는 것은 말할 수 있는 주체의 부재를 의미한다. 다시 말해 조선에 해방을 이야기할 수 있는, 그리고 해방을 성취할 수 있는 탈식민의 주체가 형성되지 않았다는 것은 미군정의 논리인 동시에 식민담론의 존재방식이었던 것이다. 그러나 병직은 그것이 "여론의 중류 중추(中流·中樞)가 무언지를 분간을 못하"[10]는 미군정의 실패임을 지적함으로써 조선

---

10) 염상섭, 「효풍」, 자유신문, 1948.3.22.

사회에 말할 수 있는 주체가 없는 것이 아니라 지배담론에 반하는 주체를 반체제로 배제하는 이른바 '빨갱이' 이데올로기를 비판한다.

병직이가 위와 같은 주장을 전개하는 것은 그가 실천적 이념의 차원에서 해방의 문제에 접근하고 있기 때문이다. 그는 이동민, 최화순의 좌익 무리들과 어울리며 해방조선이 처한 정치·사회 현실의 타개책과 나아가야 할 방향을 고민한다. 혜란과 함께 서사의 다른 한 축을 이루고 있는 병직이를 분석할 때 역점을 두어야 할 부분은 그가 스스로를 좌익이 아니라고 거듭 밝히고 있는 것과는 대조적으로 좌익 세력과 밀접한 관계를 맺고 있는 상황을 어떻게 해석해야 할 것인지의 문제다. 이 지점에서 병직이의 실천적 이념의 형성 과정과 작가 염상섭이 생각하는 이념의 본질이 규명될 수 있다. 『효풍』의 '작자의 말'은 이 해석적 문제를 해결하는 데 하나의 참조점을 제시해준다.

새벽 바람은 매읍고 어지럽습니다. 그러나 그것이 곳 『해방조선』의 현실인 듯싶습니다. 독립을 압헤 노코 일고삼장이 되도록 노다거리고만 안젓는 것이 안타깝지 안흔 때 아니로되 이러듯이 매읍고 쓰라리고 혼란과 분잡이 끗 간 데를 모르는 것은 아무 준비 업시 큰길을 떠나는 차림 차리에 면할 수 업는 일이요 한때 너저분히 느러노코 서두는 무질서한 꼴은 그 날살이의 새질서를 정돈하는 준비거니 생각하면 오늘날 우리 압헤 전개된 현실상(現實相)에 공연히 눈만 찝흐리고 안젓다든지 외면을 한다든지 한때의 흥분에 비분강개하여 정력을 낭비하고 일을 거츨어노하서는 안 될 것입니다. 새벽바람은 모질고 어지럽되 개동의 여명(黎明)은 희망의 빗치요 간밤(前夜)의 피로와 악몽(惡夢)을 씨서준 새 힘의 줄기외다. 여기에 쓰는 이 생활기록이 아무리 기구하고 혼란하고 무질서하고 참담하드라도 그것은 당장 오늘 낫이 되면 바람이 자고 정상(正常)한 제살이 제자국에 들어

안즐 새질서를 차저가는 고민이고 노력에 지나지 안흠을 잇지 말고 읽어주시기 바랍니다.[11]

염상섭은 해방 현실의 혼란상을 '새벽바람'에 빗대고, 이러한 현실상을 알고도 외면하거나 도리어 혼란을 부추기는 자세와 태도는 바람직하지 않음을 지적한다. 아울러 작가는 『효풍』에 부조(浮彫)된 "생활기록"이 "제자국에 들어안즐 새질서를 차저가는 고민이고 노력"이라고 밝히는데, 이는 『효풍』에서 전개되는 혜란과 병직의 서사가 지배체제의 무질서한 현실 안에서 그것을 경험하고 파헤침으로써 "새 질서"에 도달하려는 목적성을 지니고 있음을 시사한다.

이처럼 작가가 이 소설을 "새 질서"에 도달하기 위한 "생활기록"으로 간주했다는 점은 그것이 문학적인 형상화를 넘어서 해방기 조선사회에서 그 이념이 어떻게 실현되고 실천될 수 있는지에 대한 모색의 결과물에 육박하고 있음을 암시한다. 그러므로 병직이가 이동민, 최화순과 행동을 같이하는 것은 그가 고민하고 있는 이념 정립을 위해 거쳐야 할 실천적인 탐색 과정에 해당된다. 이를 짐작할 수 있게 하는 것은 병직이가 이북행에 대해 일관되게 고수하고 있는 입장이다. 그는 "내가 미쓰 최처럼 또는 조선 사람 전체가 이북으로 가고 싶어하는 것은 아니요"[12]라고 말하거나, "하지만 화순이가 간다는 것과는 의미가 달라요"[13]라는 발언을 통해 그의 사상과 행동이 일반적인 좌익노선과는 분명히 다른 입장임을 명확히 밝힌다. 요컨대 병직은 좌와 우로 나뉘어 이미 주어진 채로 존재하는 정태적(靜態的)인 이념을 선택하는 대신, 스스로 면밀한 검토와 실험을 통해

---

11) 염상섭, 「효풍」 작가의 말, 자유신문, 1947.12.30
12) 염상섭, 「효풍」, 자유신문, 1948.3.21.
13) 염상섭, 「효풍」, 자유신문, 1948.2.29.

가장 바람직한 방향을 설정하는 과정 중에 놓여 있는 것이다.

실상 병직은 "우리는 무산독재도 부인하지마는 민족자본의 기반도 부실한 뿌르조아 독재나 뿌르조아의 아류(亞流)를 긁어모흔 일당독재를 거부한다는 것이 본심인데 그게 무에 빨갱이란말요?"라는 발언을 통해 자신의 이념적 위치를 분명히 밝힌다.[14] 병직이의 주장에 따르면 체제를 비판하는 것이 반드시 그것의 대립항으로서의 반체제인 좌익의 무산독재를 추종하는 입장일 수 없다. 『효풍』의 시간적 배경이 1947년에서 1948년 사이의 겨울이라는 점을 고려할 때 병직이가 말하는 "중류" "중추"는 매판 부르주아 집단인 한민당이 구축하는 지배체제에 저항하고 그것을 극복할 수 있는 비판적 이념에 해당된다. 염상섭은 박병직이 말하는 "중류", 다시 말해 중간파 이념이 체제에 대한 비판적 대안이 될 수 있기 위해서 체제에 반하는 이념으로부터의 참조점이 필요하다고 생각했던 것으로 보인다.[15]

병직이가 이동민과 연루되어 있다는 이유로 유치장 신세를 지고 난 후부터 이북행을 두고 갈등하기 시작했다는 점은 그 근거가 될 수 있다. 이남에서 비판적 이념을 모색하고 실현하는 것이 상당히 어려워졌음을 인지한 그는 이북행을 통해 이념적 활로를 기대했다. 따라서 그가 "화순이가 간다는 것과는 의미가 달라요"라고 분명히 선을 그은 것은 그의 월북이 이북체제와 이념을 선택하는 차원이 아님을 의미하는 것이다. 그가 혜란에게 "이 봉인도 삼팔선이 터질 날이 잇슬 거와 가티 풀릴 날이 올 것을

---

14) 염상섭, 「효풍」, 자유신문, 1948.3.22.

15) 기실 염상섭은 해방조선의 문학 재건을 위해서 좌익의 유물사관적 시각 또한 참조할 필요가 있음을 역설한 바 있다. 염상섭, 「조선문학 재건에 대한 제의—사회성과 시대성 중시」, 『백민』 1948년 5월호, 16쪽.

맛"[16]는다는 문장이 암시하듯 그는 삼팔선이 터질 수 있는 방안을 탐색하기 위한 목적에서 월북을 감행한 것이다. 이러한 측면에서 볼 때, 병직이 선택한 이북행은 제국의 냉전이념과 매판 부르주아의 식민성 극복을 위해 요청되는 비판적 이념에 이르기 위해 거쳐야 하는 일종의 과정과도 같다. 물론 그의 월북은 성공하지 못한다. 병직이가 월북행에 실패하고 남한으로 돌아오는 것은 정세에 휘둘려 다급하게 봉합한 결과물이 아니라, 실로 작가가 의도한 결론이었다. 월북행이 좌절된 후 "워싱턴이고 모스크바고 갈 것 없"다고 말하는 병직의 발언은 해방 현실 내부에서 탈식민을 완료할 방도를 찾겠다는 의미다.

4. 결론

1947년 8월 2일 경향신문 편집국장직에서 사퇴한 후, 특별한 활동 없이 창작에 몰두해오던 염상섭은 1948년 2월 1일 신민일보의 창간 편집국장 겸 주필 자리를 맡게 된다. 당시 신민일보가 남한 단독 정부 수립에 부정적인 논조를 표했고 5·10선거를 거부한다는 이유에서 편집국장이었던 염상섭이 구류에 처해 『효풍』 연재가 중단되는 사태가 벌어졌다.[17] 이후 염상섭은 포고령 위반 군정재판에서 벌금 칠십만원과 징역 오 년을 언도받기도 한다. 이는 『효풍』이 단순한 소설작품 이상의 의미를 지니고 있으며, 이 시기 염상섭의 문학적인 작업이 그 실천적인 모색 중 하나의 실현 결과임을 확인시켜주는 대목이다. 『효풍』과 작가가 살아간 삶의 기록이 증명하듯, 염상섭은 같은 세대의 다른 작가들, 예컨대 이광수나 김동인보다 훨씬 날카롭고 강렬하게 해방 현실을 파악하고 있었다. 때문에 쉽

---

16) 염상섭, 「효풍」, 자유신문, 1948.7.6.

17) 김재용, 같은 글, 197쪽.

게 해방열에 들뜨거나, 해방과 함께 지배적인 힘으로 부상한 제국, 그리고 이념의 문제에도 쉽게 함몰되지 않았다. 그는 다만 그 지배적인 힘을 비판적으로 인식하고 그것의 영향력에 저항하면서 새로운 질서와 탈식민의 시대를 열고자 했다.

김혜란과 박병직이 만들어내는 『효풍』의 세계는 이와 같은 염상섭의 현실인식과 나란히 놓이는 것이라고 할 수 있다. 혜란과 병직의 서사는 미완의 해방을 맞은 해방조선의 모순적인 현실 속에서 진정한 해방을 지연시키는 각각 두 개의 식민적 권력인 제국과 제국이 설정한 이념을 고발하고 극복하려는 의도하에 진행된 것이다. 새로운 질서는 제국이 설정한 기준이나 어떤 특정한 이념이 될 수 없다. 그것은 삶에 기반을 둔 것이되, 그 삶이라는 것은 이미 일제의 삼십육 년간의 지배하에서 식민지적 조건을 겪은 것이기 때문에 식민지배 이전과 달리 불완전하고 혼종적인 성격을 띤다. 『효풍』이 보여주듯이 그 삶은 미국인과 일본인이 공존하는 공간이고, 이들의 지배력과 헤게모니, 그리고 반대로 이러한 식민화 권력으로부터 벗어나기 위한 끊임없는 노력이 뒤섞인 곳이다. 삶을 식민화하려는 모든 종류의 중력으로부터 끊임없이 벗어나는 노력 가운데 완전한 해방의 차원에 점차 가까워지려는 이들의 궤적이 염상섭이 『효풍』을 통해 그리고자 했던 바로 그 "생활기록"일 것이다. 그리고 이것은 "제 자국에 들어앉을 새 질서를 찾아가는 고민이요 노력"에 해당되는 해방기 염상섭 문학의 더 큰 범주로 확장되는 중심축인 것이다.

관용과 자기희생을 통한 조화의 정신
—김동리의 『해방』과 「검군」을 중심으로

허련화

1. 김동리의 순수문학론과 문학사적 위치

김동리는 한국근현대문학사, 비평사, 문단사, 문학교육사 등 여러 영역에서 큰 업적을 남긴 작가이며 오랫동안 한국문학을 이끌어온 문단의 좌장으로서 그를 제외하고 한국현대문학사를 온전히 논하기는 어려운 일이다. 1935년에 등단한 이래 그는 방대한 양의 작품을 창작하였을 뿐만 아니라, 일제통치가 가혹해졌던 1940년대에는 과감히 절필하여 작가적 지조를 지킴으로서 친일로부터 자유로울 수 있는 소수의 작가 중 한 사람이 되었다.

비평사적으로 본다면 그는 일생동안 세 차례의 중요한 문학논쟁을 하였는데 1930년대 말 유진오와 더불어 벌였던 세대논쟁, 1946~1948년의 김동석, 김병규와의 순수문학논쟁, 1978년 구중서, 임헌영, 염무웅 등과의 사회주의 리얼리즘 논쟁이 그것이다. 우선 세대논쟁을 본다면 신세대작가들의 문학정신이 순수함을 옹호한 것으로 형식적으로는 세대논쟁이었으나 실질적으로는 순수논쟁이었고, 카프계 비평가와 순수문학론자의 논쟁이었다고 할 수 있다.[1] 해방공간에서의 순수문학논쟁을 통하여 김동리는 자신이 평생 주창할 순수문학론을 완성한다. 그는 당시의 민족문학을 좌익의 계급문학과 우익의 순수문학으로 양분하고 좌익문학을 당의 문학, 경향문학, 정치주의 문학, 이데올로기 문학, 공리주의 문학으로, 순수문학은 본령정계의 문학이라고 했다. 그러나 김동리의 순수문학론 역시 좌익문학의 대립점에 서 있음으로서 사회주의 문학을 배격하는 정치적 무기로서의 '반공문학'의 성격을 띠고 있다고 할 것이다.[2] 사회주의 리얼리즘 논쟁은 김동리가 한국 1960~1970년대의 현실부정 경향의 문학을 사회주의적 내지 진보주의적 사실주의라고 비판하면서 발단되었다. 김동리는 이 논쟁에서 문학은 현실공리성을 가지는 대신 인간성 자체를 탐구해야 한다고 하면서 문학의 자율성을 다시 한번 강조한다. 이상에서 볼 수 있듯이 김동리가 벌였던 세 차례의 문학논쟁은 비록 시간적으로 다른 연대에, 각기 다른 사람들과 벌인 논쟁이지만 그 취지를 한마디로 종합한다면 바로 계급문학, 정치주의 문학, 공리주의 문학을 비판하고 문학의 자율성을 옹호하고 순수문학을 주창하는 데 있었다.

김동리가 확립한 '생의 구경적 형식' '본령정계의 문학'으로 표방되는 순수문학은 그후 줄곧 한국의 정통문학, 주류문학으로 자리잡았으며 한국문학의 가장 중요한 가치가 되어왔다. 그러나 한국전쟁 기간에 그는 "문인은 총검을 대신하여 붓으로 자유와 조국을 위해서 싸워야 하므로, 전쟁 수행을 위한 무기로서의 문학은 용인된다"고 문학의 사회 참여를 적극 주장함으로서 스스로 순수문학과는 완전히 상반되는 주장을 펼치기도

---

1) 류양선, 「세대—순수 논쟁과 김동리의 비평」, 『진단학보』 78, 1994.12; 「해방기 순수문학론 비판—김동리의 비평활동을 중심으로」, 『실천문학』 1995년 여름호.
2) 김한식, 「김동리 순수문학론의 세 층위—반공주의와 순수문학의 상동성을 중심으로」, 『상허학보』 15, 2005; 상허학회, 『반공주의와 한국문학』, 깊은샘, 2005, 11~43쪽.

하였다.[3] 이는 그의 순수문학론 역시 정치성과 공리성을 띠고 있는 것임을 반증한다.

문단사적 측면에서 볼 때 김동리는 해방공간에서 좌익의 '조선문학가동맹'에 대항하기 위하여 서정주, 조연현 등과 함께 '조선청년문학가협회' 결성을 주동하고 회장으로 당선된다. 뿐만 아니라 이 시기 좌익이 신문, 잡지, 출판사를 점령한 상황 속에서 김동리는 문예지면을 확보하는 데에도 주력하여 선후로 경향신문『문예』, 서울신문『신천지』등 신문 잡지에 간여하면서 문단의 질서를 확립함과 동시에 세력을 구축하였다. 1949년 12월 17일 '한국문학가협회'가 결성되자 김동리는 소설분과 위원장을 맡게 되며, 1951년에는 부위원장으로 피선, 1954년 예술원 선거 풍파를 거치면서 서정주, 조연현과 함께 문단 주도권을 확보한다. 그리고 1961년 한국문인협회가 창간된 이래 1989년까지 다섯 번 이사장직을 맡고 1968년에는『월간문학』을, 1973년에는『한국문학』을 창간하는 등 한국 문단의 핵심 역할을 하였다. 뿐만 아니라 서라벌예대 창립 당시부터 문예창작과 교수 및 학장으로 있으면서 많은 문인들을 배출하여 '문인제조공장 공장장'으로 불리기도 하는 등 한국문학에 지대한 영향을 끼쳤다.

2. 김동리 소설과 연구사

김동리는 1935년 단편소설「화랑의 후예」가 조선중앙일보 신춘문예에 당선되면서부터 1982년『광장』에 콩트「튀김떡 장수」에 이르기까지 100여 편의 단편소설, 10여 편의 장편소설에 이르는 방대한 양의 소설작품을 창작하였다. 제재별로는 무속소설, 불교소설, 기독교소설, 역사소설, 동

---

3) 김동리,「전쟁과 문학의 근본문제」,『협동』35, 1952.6, 51쪽 ; 신영덕,『한국전쟁과 종군작가』, 국학자료원, 2002, 23~24쪽에서 재인용.

화 등이 포함된다.

김동리는 스스로 자신의 작품세계가 ①사랑과 운명 ②민족과 사회 ③신과 인간의 문제 등 세 가지 영역에 걸쳐 있다고 말한 바 있다.[4] 또한 신, 인간, 민족이 자신의 문학의 원형이며 이 세 가지 요소는 늘 서로 융합되어 있다고 하였다.[5] 사실 이 두 발언은 그 뜻에 있어서 일맥상통한다고 할 수 있다. '사랑과 운명'은 '인간'을, '민족과 사회'는 '민족'을, '신과 인간의 문제'는 '신'을 가리키기 때문이다. '신'이 그의 문학의 평생의 화두가 된 계기는 어릴 때 경험한 짝꿍 선이의 죽음에서 느꼈던 충격으로 말미암아 죽음과 철학적 사고에 침잠하게 되었으며, 그것은 문학에서 '신'의 문제로 나타났던 것이다. 이 부류의 소설들로는 「무녀도」를 비롯한 무속소설, 「등신불」 같은 불교소설, 『사반의 십자가』와 같은 기독교소설, 「용」, 『춘추』와 같은 유교적인 관심을 보인 소설이 있다. 이처럼 무속, 불교, 기독교, 유교를 모두 아우를 수 있었던 것은 김동리의 '신'이 특정 종교의 신이 아니라 죽음과 통해 있는, 인간이 알지 못하는 우주의 신령이기 때문이다. 철학적인 영역에 침잠해 있던 김동리는 철학보다는 문학을 택하라는 큰형 김범부의 권유로 말미암아 다시 문학 쪽으로 기울어지게 되며 동서고금의 명작을 독파하는 과정에서 '인간'이 문학의 화두로 자리잡게 된다. 그는 소설에서 유난히 인간의 운명에 대해 천착하였다. 이 부류의 소설로는 「동구앞길」 「바위」 「까치 소리」 등이 있다.

김동리는 동양철학자였던 김범부가 일본 경찰의 요시찰 대상으로 되어 박해를 받는 걸 목격하면서 민족의식에 눈뜨게 되었으며 민족의 운명에 관심을 가지지 않을 수 없게 되었다. 그 자신은 초등학교 육학년 때 쓴 시에 '돛대 없이 배 탄 백의인'이란 시구 때문에 경찰에 불려가기도 했다.

---

4) 『문학사상』 창간호, 1972.10, 264쪽.

5) '신, 인간, 민족은 내 문학의 원형', 경향신문, 1990.3.13.

「화랑의 후예」「홍남철수」「밀다원시대」 등이 이 부류의 소설이다.

김동리 소설에 대한 연구는 최근에 이르기까지 꾸준하게 이루어져오고 있다. 특히 종교소설, 탈역사적 작품들에 대한 연구가 많이 이루어졌는바 조연현은 김동리의 초기 작품을 지탱하는 것은 '허무의 의지'라고 하였고, 백철은 김동리 작품의 배경에 놓인 '어떤 관념적 이해'와 김동리의 독특한 문학관에 주목하였으며, 김우종은 김동리의 문학을 과거도 없고 현재도 없는 역사부재문학이요, 현실사회로부터 태고의 신주를 모신 신당 깊숙한 곳으로 도피한 문학이라고 하였다. 김병익과 송백헌은 김동리가 한국의 토속적 신앙에 뿌리를 두고 한국의 원형적 인간과 원형적 미학을 추구해왔다고 했으며 김병욱은 낙원에의 복귀는 김동리 문학의 중심 테마라고 했다.

이와 동시에 김동리 작품의 죽음 모티프 역시 연구자들의 주된 연구 대상으로서 그 성격이 규명되었다. 이재선, 우남득, 유금호, 유종열 등이 대표적 연구자들이며 이들은 김동리의 죽음을 단순한 개체의 사멸이 아닌 자연과의 화해, 근원에로의 회귀, 융합, 구원으로 보았다. 조회경은 선희의 죽음이 김동리의 개인적 신화가 되었고 김동리 소설의 밑바탕에는 '생명의 본체에 대한 탐구'라는 '보다 궁극적인 것에 대한 집요한 탐구심'이 흐르고 있다고 하였다.

셋째, 정신분석적 방법으로 작품 속의 인물들과 근친상간 모티프를 연구한 논문들이 있다. 양선규는 「무녀도」의 모화는 '위대한 어머니', 욱이는 '아들—연인', 낭이는 '위대한 어머니의 욕정'을 표상하는 전형적인 신화적 원형상이라고 하였다. 이희춘은 「무녀도」의 모화와 욱이, 「까치 소리」의 영숙, 「늪」의 석이와 석이 어머니의 죽음은 주인공들이 스스로에게 내린 도덕적 자기 처벌의 결과라고 했다.

김동리 소설의 설화적인 요소, 상징성, 사상적 배경, 시공간, 서정성 역시 연구자들의 주목을 받았다.

위의 연구들은 모두 김동리 문학의 '순수성'에 초점을 맞춘 연구들이다. 그러나 2000년 이후에 순수문학을 표방한 김동리 작품 속에 내재해 있는 정치성, 반공주의, 현실적 공리주의를 밝혀낸 연구들도 나타났다. 이 연구들은 주로 김동리의 해방공간에서 쓰인 소설을 연구대상으로 삼아 김동리가 양심적인 우익 지식인을 주인공으로 내세워 우익 이데올로기를 표출하고 좌익과 우익 모두를 비판하는 양비론을 펼치는 가운데 교묘하게 좌익을 매도하는 등 정치성을 띠고 있음을 밝혔다. 연구대상을 기독교소설, 역사소설까지 넓혀 김동리가 때로는 직접적으로 때로는 간접적으로 체제에 협력해왔음을 밝힌 연구도 있다. 이밖에 김동리의 역사소설, 김동리와 김범부의 영향관계 등에 대한 연구도 많이 나오는 추세이다. 이런 연구는 순수문학 작가로만 알려져 왔던 김동리 문학의 다양한 측면을 밝히고 연구대상을 그의 소설 전반에까지 넓히고 그의 문학의 가장 근원적인 정신적 원류를 적극 탐색한다는 점에서 그 의의가 크다.

이런 다양한 연구에도 불구하고 김동리가 가장 한국적인 멋과 인물형상을 소설화한 작가라는 점에서는 이의가 없다. 그렇다면 김동리 소설의 어떤 특징이 그의 소설로 하여금 가장 한국적인 멋을 풍기게 한단 말인가? 본 논문에서는 1949년에 쓰인 『해방』에서 이장우가 친일파 문제를 대하는 태도와 「검군」에서 검군이 불의에 대처하는 방식을 분석함으로써 김동리 소설의 중요한 미학적 특징인 조화의 정신에 대해 알아보려고 한다.

3. 불의에 대처하는 세 가지 방식

1945년부터 1955년까지의 기간에 김동리는 자신의 순수문학론에 그다지 부합된다고 할 수 없는 이데올로기 표출 소설을 많이 썼다. 그중 가장 주목할 만한 문제작으로 1949년 9월 1일부터 1950년 2월 16일까지 156회에 걸쳐 동아일보에 연재된 장편소설 『해방』을 들 수 있다. 이 소설은 우익 지식인 이장우를 주인공으로 하여 해방 직후의 극심한 좌우익 대립을 리얼하게 그리고 있으며, 친일파 문제, 기회주의자의 득세, 무식한 군중의 맹목적인 이념추종 등 당시 사회상을 전면적이고 깊이 있게 다루고 있어 김동리 소설의 이념표출 작품의 대표작이라 해도 과언이 아니다.

이 소설은 친일파 문제에 대하여 많은 편폭을 할애하고 있다. 『해방』의 친일파 거두 심재영은 원래 열렬한 민족주의자이고 문필가였다. 후에 임시정부의 군자금을 조달한 명목으로 일본 경찰에 체포되어 십 년 징역을 구형받게 되는데 마지막 공판에서 삼 년 징역을 판결받고 나서는 갑자기 참회성명서, 사죄서맹, 여죄고백, 전향성명서를 연이어 발표하고 복역 일 년 만에 가출옥한다. 그런 후로는 완전히 친일로 전향하여 '내지황도선양모범농촌시찰단' 단장, 문필보국회 총재, 총력연맹 이사가 되고, 청송준웅이라 창씨개명하고, 출전을 호소하고, '동방요배' '정오묵도' 등 골수 친일파로 변신하며, 이 길이 더 애국적이라고 생각하기에 이른다. 한마디로 요약하면 열렬한 민족주의자로부터 완전한 친일파로 변절한 것이다.

어쩌면 이광수의 행적을 연상케 하기도 하는 심재영에 대하여 우선 작품 속 우익 지식인 이장우의 태도를 보기로 한다. 작품은 심재영의 입을 빌어 친일파의 논리를 소상히 밝힌다. 친일파의 논리에는 첫째 오십보백보론이 있다. 즉 국내에 있던 한국 사람들은 모두 직간접으로 일제에 협력했기에 오십보백보라는 것이다. 둘째, 친일파를 다 처단한다면 건국의 인재들도 모조리 거세되리라는 것, 셋째, 해외에서 돌아온 사람들이라고 해도 꼭 깨끗하다고 보장할 수도 없으니 결국 누구도 친일파에 대하여 문죄할 자격이 없다는 것이다.

①"세상에서 친일파, 친일파 하지만 친일파를 문죄할 사람이 누구란 말이요? 물론 해외에서 독립운동을 하다가 들어온 임정요인들이라든가 그밖에 손을 꼽을 만한 훌륭한 지도자들이 없는 바는 아니지만, 국내에 있던 사람치구 직접 간접으로 일제에 협력하지 않은 사람이 누구며, 또 해외에서 돌아온 인사들이라고 해서 다 깨끗한 사람들이라고는 누가 보장한단 말이요?"

②"물론 나 같은 사람이야 민족 앞에 죄를 지은 사람이겠지만, 직접 간접으로 다 같이 일제에 협력을 해온 사람들이 지금 와서 자기 자신의 죄악은 돌아보지 않고 남의 죄목만 밝히러 드니 세상 꼴이 무엇이 되겠느냐 말이요? 그것도 정말 깨끗한 몇 명 인사들이 이 문제를 일으킨다면 모르지만, 저나 내나 오십보백보의 협력자들이 바루 무슨 혁명가 노릇이나 하던 사람처럼 죽이느니 살리느니 떠들어대니 누가 거뿐히 대죄를 할 생각이 나겠소? 그리고, 만약 처단을 하다면 제일 윗자리는 사형에서 제일 아랫자리는 다못 육 개월 집행유예라도 받아야 될 터이니 그렇게 되면 그 육 개월의 집행유예도 받지 않은 사람들끼리만 모여서 건국을 해야 될 터이니, 건국을 그렇게 열 사람이나 스무 사람으로 할 수 있단 말이요?"[6]

넷째, 친일파의 기준에 대하여 개인의 영달을 위해서 적극 친일한 것과 경찰의 잔혹한 고문에 의해 어쩔 수 없이 친일한 것은 구별되어야 하며 다섯째, 친일파 중의 상당수가 열렬한 애국지사나 민족주의자였기 때

---

6) 김동리, 「해방」 117회, 동아일보, 1949.12.30.

문에 경찰의 고문을 받고 어쩔 수 없이 친일하게 된 것이기에 억울한 면이 많으며 여섯째, 모든 국민이 일제통치를 피해 해외에 도망갈 수도 없는 형편에서, 만약 자신이 희생양으로 친일을 하지 않았다면 다른 사람이 대신 희생양이 되었을 것이라는 것, 즉 내가 지옥에 가지 않으면 누가 지옥에 가겠는가 하는 것이고 일곱째, 설사 마음에서 우러나서 친일을 한 사람이라고 하더라도 그 마음속에 나라와 민족을 사랑하는 마음이 전혀 없었다고 보기 어렵다는 것 여덟째, 친일행위를 했으나 발각되지 않은 사람도 있고 친일파라 매도되는 사람 중에도 애국자가 있을 수 있기에 실제로 친일파와 애국자를 가려내기가 어렵다는 등 수다한 변명과 궤변이 있다.

　③"비근한 예로 지금 가장 순결무구하다고 스스로 인정하고 있는 우리 동포들 가운데 과거의 그 잔인무비한 일제 경찰의 고문을 당하고도 끝까지 그 순결무구를 지켜냈을 사람이 몇 사람이나 되겠소."[7]

　④"또 그와 반대로 얼마든지 친일을 하고 싶어하고 하려고 애를 썼어도 기회를 못 얻어 못 했다든가 사실에 있어서는 비상한 친일을 했어도 그 사람이 마침 드러난 사람이 아니어서 일반적으로는 모른다든가 이러한 사실이 한두 사람도 아니요 (……) 그리고 사실에 있어 경찰의 잔인무비한 고문을 당하게 된 사람들이란 거개가 과거의 애국지사요 민족주의자들이라면 (……) 그들이 애국지상 민족주의자들이었기 때문에 그와 같은 잔인무비한 박해와 고문을 당하게 되었다면"[8]

7) 김동리, 같은 글.
8) 김동리, 「해방」 119회, 동아일보, 1950.1.5.

이장우는 심재영의 변명을 들으면서 그런 논리들이 모두 친일파 처단을 부정하기 위한 논리라고 생각하면서도 한국 사람들이 모두 직간접으로 친일했다는 '오십보백보' 논리에는 일리가 있다고 생각하며, 또 자청하여 친일한 사람과 협박, 공갈에 못 이겨 할 수 없이 친일한 사람을 구분해야 한다는 논리에는 동의하며, 무조건 엄하게 처단해야 한다는 견해에는 절대 동의하지 않는다. 이것은 해방 후 친일파에 대한 우익의 논리 그대로이다. 즉 작품 속에서 주인공 이장우의 친일파에 대한 태도를 본다면 친일파가 도의적으로 불의라는 것을 인식하면서도 원칙보다는 인정에 구애되며 대결 의지가 박약하고 오히려 이해하고 동정한다.

『해방』이 발표되기 삼 개월 전에 발표된 김동리의 첫 역사소설 「검군」(연합신문, 1949.5.15~28)에서 우리는 불의에 대처하는 비슷한 방식을 발견하게 된다.

검군은 신라시대 인물로서 그의 사적은 『삼국사기』 '열전' 제8에 실려 있다. 검군은 대사(大舍) 구문(仇文)의 아들로 사량궁(沙梁宮)의 사인(舍人)이 되어 나라의 곡식창고를 지킨다. 마침 큰 기근이 들어 백성들이 자식을 팔아 끼니를 때웠다. 이때 궁중의 여러 사인(舍人)들이 함께 모의하여 곡식을 훔쳐 나누었는데 검군만이 홀로 받지 않았다. 사인들은 말이 새어나갈 것을 두려워하며 검군을 모살할 계획을 세웠다. 검군은 이를 알고도 모임장소에 가서 독주를 받아먹고 죽었다.

검군은 불의에 대처함에 있어서 대결 대신 자신의 죽음을 택한 것이다. 그렇다면 왜 그들과 대결하지 않았을까? 그 해답은 "자기의 죽음을 두려워하여 뭇사람으로 하여금 죄에 빠지게 하는 것은 인정상 차마 할 수 없습니다"라는 검군의 말에서 찾을 수 있다. 기타 사인들을 이해하고 동정하고 인정에 얽매였기 때문이다. 관청에 고발하는 방법 외에도 검군이 목숨을 구할 수 있는 방법은 두 가지가 더 있었다. 하나는 동료 사인들과 함께 곡식을 나누어 가짐으로서 그들의 의심을 풀어주는 방법이다. 그러나 검군은 화랑의 문도라는 자부심이 컸기 때문에 불의에 동참할 수는 없었다. 그 외에도 도망가서 목숨을 부지할 수 있었지만 장부가 할 일이 아니라고 하면서 죽음을 자청했다.

불의에 대처하는 검군의 방식을 요약해보면 그는 인격적인 자부심이 강하기 때문에 불의에 동참하지 않으며 도망가지도 않는다. 그렇다고 불의와 대결하지도 않는다. 인정에 구애되고 불의를 저지른 자들의 처지를 이해하고 동정하기 때문에 죽을지언정 대결하지 않는다. 결국 자신을 희생함으로서 동료 사인들의 불의를 포용하며 조화를 깨뜨리지 않는 것이다. 불의에 대처하는 검군의 방식이 옳고 그름을 판단하기 전에 우리는 이것이 극히 동양적인 처세방식임을 알 수 있다.

비록 창작연대가 많이 차이가 나지만 1970년대에 쓰인 신문연재소설 『삼국기』(서울신문, 1972.1.1~1973.9.29.)의 을지문덕의 형상에서 불의에 대처하는 다른 하나의 방식을 볼 수 있다. 을지문덕은 고구려 역사에서 수나라 침략을 막아낸 민족영웅이다. 『삼국사기』 제44권, '열전' 제4의 「을지문덕」 조에는 고구려와 수나라의 살수대첩의 전말과 을지문덕의 활약상이 나와 있다. 소설에서 을지문덕은 살수대첩의 작전시간을 벌기 위한 계책으로 수나라 장군 우중문에게 거짓 항복을 하는데 이로 하여 대신들의 의심과 비방, 모함을 산다. 살수대첩의 승리 후, 대신들은 여전히 질투심에 차서 을지문덕을 모함한다. 을지문덕은 이러한 대신들의 모함에 변명과 반격을 하는 대신 왕에게 부국강병의 계책을 남긴 채 몰래 시골에 은거하여 다시는 나타나지 않는다.

여기서 질투에 눈이 멀어 개선한 장군을 모함하는 대신들은 불의를 대표한다. 불의에 대처하는 을지문덕의 방식은 대결이 아닌 자기희생이다. 나라를 구한 마당에 모든 것을 버리고 어디론가 사라져 은거를 한다는 것은 자기희생임과 동시에 자연과의 합일을 이룬 것이다. 검군이 자신의 목숨을 버렸다면 을지문덕은 목숨을 버리는 대신 자연에 은거하였다는 차이점이 존재하지만, 양자의 궁극적인 목적은 공통하며 그것은 바로 자신을 버려 모두의 조화를 이루었다는 것이다.

이상 불의에 대처하는 이장우, 검군, 을지문덕의 세 가지 방식을 보면 비록 각자 차이점도 있지만 셋 사이의 공통점도 분명하다. 즉 불의에 대처함에 있어서 자신이 완전히 도의적 우위를 점한 위치에서 투쟁과 대결 대신 동정과 관용을 베풀며 상황에 따라서는 오히려 자신을 희생함으로써 조화를 유지한다는 것이다. 그리고 이것은 불의를 두려워하거나 투쟁에서 승리하지 못해서가 아니라 조화와 화기(和氣)를 바라는 동양적인 처세관에 의해 자연스럽게 표출된 행위임을 알 수 있다. 또한 여러 작품에서 보이는 이런 관용과 조화의 정신을 김동리 소설의 하나의 미학적 특징이라고 가정할 수 있겠다.

4. 풍류도와 조화의 미학

필자는 김범부의 『화랑외사』와 김동리의 신라 소재 역사소설을 비교한 결과, 김동리의 신라 소재 역사소설이 김범부의 화랑정신에 대한 이론의 소설적 형상화 작업임과 동시에 『화랑외사』의 연장선상에 있다고 결론을 내린 바 있다. 또한 이 과정에서 김동리가 창조한 을지문덕의 형상이 『화랑외사』에 나오는 물계자의 형상을 원형으로 하고 있음을 발견했다.

물계자는 김범부가 화랑정신의 화신으로 이상화한 형상이다. 외적들이 신라를 침공해오자 그는 무리를 이끌고 전장에 나가 큰 공을 세우지만 주장은 그에게 아무런 표창도 하지 않는다. 사람들이 그에게 국왕에게 아뢰어서라도 공을 받아야 하지 않겠느냐고 하자 그는 "내 공을 자랑하기 위해서 남의 허물을 말하는 것은 설멋진 일이라"고 하며 오히려 사람들의 불만을 없애기 위해 갖은 노력을 다한다. 몇 해 뒤에 또 외란이 생기자 그는 또다시 전장에 나가 공을 세웠지만 역시 표창을 받지 못한다. 이에 불만을 품은 사람들이 물계자를 찾아와 죽음으로 간청했지만 물계자는 역시 그들의 마음을 눅잦히는데 전력을 다한다. 그럼에도 늘 사람들이 와서 청을 드리자 물계자는 아예 사치산에 은거하여 자연과 벗하면서 산다.

공을 세운 물계자를 경계하고 시샘하여 두 번이나 표창을 하지 않은 장군의 행위는 불의라고 보아도 무방하다. 그러나 물계자는 이에 분노하거나 대결하지 않으며 산속에 은거한다. 그의 최종적인 목적은 화기를 잃지 않고 조화를 깨뜨리지 않는데 있으며 산속에 은거함으로써 자연과의 합일을 이루는 풍류의 경지에 든다.

『화랑외사』의 기타 작품들이 역사기록과 거의 일치한 반면 「물계자」와 「백결선생」은 역사기록에 기초하여 풍부한 상상력을 펼쳐 생동한 인물형상을 창조한 작품이다. 즉 물계자와 백결선생은 김범부가 풍류정신의 화신으로 창조한 인물형상인 셈이다. 화랑의 신분이 아닌 물계자와 백결선생이 『화랑외사』에 수록될 수 있은 원인은 그들이 보여주고 있는 정신이 화랑의 풍류정신의 핵심을 보여주기 때문이다. 이는 김범부가 서문에서 "그리고 독자에게 또 한 말씀 드릴 것은 화랑(花郎)을 정해(正解)하려면 먼저 화랑(花郎)이 숭봉(崇奉)한 풍류도(風流道)의 정신을 이해해야 하고 풍류도(風流道)의 정신을 이해(理解)하려면 모름지기 풍류적 인물(風流的 人物)의 풍도(風度)와 생활(生活)을 완미(玩味)하는 것이 그 요체(要諦)일지라 그래서 그 현묘(玄妙)한 풍류도(風流道)의 연원(淵源)을 묵상(默想)하던 나머지 물계자 백결선생(勿稽子 百結先生)을 발견한 것이니 누구든지 진실로 『화랑외사』를 상독하는 이는 물계자 백결선생으로부터 그 독차를 위하면 거기에는 암연히 일맥관통의 묘리를 짐작하게 될 것이다"고한 데서도 알 수 있다.

그렇다면 김범부가 말하는 풍류도란 무엇인가?『국민윤리특강』제5장에서 김범부는 최치원의 난랑비 서문을 들어 유교, 불교, 도교의 삼교를 모두 포함한 것이 풍류도라고 하였다. 즉 풍류도의 충효의 정신은 유교의 그것과 같고, 악을 배제하고 선을 실천하는 것은 불교와 같으며, 무언의 깨우침을 주고 무위자연 하는 것은 도교의 뜻과 같은 것이라고 했다.

> 신라말엽(新羅末葉)에 최지원 선생(崔致遠先生)이 난랑비(鸞郎碑)의 서
> 문(序文)을 지었는데 거기에 어떠한 기사가 있느냐 할 것 같으면 국유현
> 묘지도왈풍류(國有玄妙之道曰風流), 설교지원(說敎之源), 비상선사(備詳
> 仙史), 실내포함삼교(實乃包含三敎), 접화군생(接化群生), 차여입칙효어
> 가(且如入則孝於家) (……) 처무위지사 행불언지교(處無爲之事 行不言之
> 敎) (……) 제악막작 중선봉행 축건태자지화야(諸惡莫作 衆善奉行 竺乾
> 太子之化也). 이것이 무슨 말이냐 할 것 같으면 이 나라에 현묘(玄妙)한 도
> (道)가 있으니 가로되 그것은 풍류(風流)인데 이 풍류(風流)의 도(道)는
> 삼교(三敎)를 다 포함해서 충효(忠孝)와 같은 것은 유교(儒敎)의 뜻이요,
> 중선봉행 제악막작(衆善奉行 諸惡莫作)은 불교(佛敎)의 뜻이요, 불언이교
> 무위이화(不言而敎 無爲而化)는 노자(老子)의 뜻이요, 이 삼교(三敎)를 다
> 포함(包含)한 것이 신라(新羅)가 가진 도(道)라는 말입니다.

풍류도가 유불도 삼교를 모두 포함한 것이라고 할진대 그의 핵심은 무엇일까? 한마디로 그것은 화기이고 조화이다. 범부는 작중 백결선생의 말을 빌어 풍류도의 정수에 대하여 "절로(自然) → 제 빛깔(自己本色) → 제 길수(自然之理) → 사우(調和) 맞음 → 화기(和氣) → 제작(天人妙合)"으로 설파하는데, 이를 해석해본다면 자연만물은 형형색색의 자기 빛깔

을 가짐으로서 자연의 질서에 들어가고 이것이 자연의 이치에 맞게 되면 조화를 이루게 되고 따라서 화기를 가지게 된다. 그리고 완전한 조화를 이룰 때 마침내 천인묘합의 경지에 이르게 된다는 것이다.

"하고 보니 모든 것이 이 화기가 안목이란 말이야. 그런데 이 화기는 사우(調和)로써 지니게 되는 법이요, 사우는 절로 이루어지는 법이요, 절로는 제 빛깔(自己本色)로써 들어가는 법이요 (……) 그러고는 모든 것이 제 길수(自然之理)를 얻어야 하는 것인데, 이 제 길수란 곧 사우를 맞게 하는 그것이야. 그래서 사람의 생각대로 완전한 사우가 맞을 때, 그것이 제작(天人妙合)이란 거야. 이 지경에 가면 아무 거칠 것도 막힐 것도 없는 것이니 말하자면, 그냥 터져버리는 것이야."

그렇다고 볼 때 물계자는 모든 일을 자기 뜻대로 하되 어색하거나 이상하거나 이치에 맞지 않는 것이 없고 마침내는 자연에 은거하여 천인합일의 경지에 든 것이다. 이는 을지문덕 또한 마찬가지이다. 검군 역시 주위의 상황에 거슬리지 않고 자연의 섭리대로 스스럼없이 죽음의 운명을 받아들인다는 점에서 역시 풍류도의 정신을 체현한 것이다.

이상 작품들의 창작연대를 놓고 볼 때 『화랑외사』가 김범부의 서문에 따르자면 기묘년 즉 1939년에 창작되었고 『해방』과 「검군」은 1949년, 『삼국기』는 1972년으로 김동리의 세 작중 인물 이장우, 검군, 을지문덕이 김범부의 물계자의 영향을 받았음을 짐작할 수 있다. 특히 범부가 물계자나 백결선생의 형상에 애착을 느끼고 숭배했듯이 김동리 역시 그러했음을 알 수 있는 대목이 있다. 『화랑외사』의 발문에서 김동리는 작품 속에서 백결선생이 물계자를 흠모하고 동경해 마지않은 나머지 사람들이 모두 백결선생을 물계자인 줄로 착각하기도 했다는데, 자신은 이 두 작품을 읽을 때마다 김범부를 백결선생인 줄로 착각하게 된다고 적고 있다. 이로부터 김동리가 작품 속의 물계자나 백결선생 그리고 김범부의 청고한 품성을 모두 숭배하였음을 알 수 있다. 그리고 김동리는 어려서부터 김범부의 화랑 이야기를 들으면서 화랑정신을 내면화하였다. 이런 여러 가지 사실로 보건대 김동리 소설의 조화의 미학이 김범부에 근원을 두고 있다는 점이 분명해진다.

다시 『해방』으로 돌아와서 작가 김동리의 친일파에 대한 태도를 살펴보기로 하자. 소설 외적으로 작가 김동리의 친일파에 대한 태도는 어떠한가? 작중 이장우의 태도가 얼마만큼 작가의 의중을 반영하고 있는 것일까? 이에 대한 해답을 찾으려면 김동리가 작품에서 심재영을 어떤 사람으로 묘사하고 있는지를 살펴보면 그 일단을 찾을 수 있을 것이다.

소설에서 작가는 우선 심재영이 열렬한 민족지사로부터 친일파로 변신한 것에 대하여 이해할 수 없다고 하면서 아이러니하게 생각한다. 또한 해방 후 심재영이 자신의 친일 경력에 대하여 반성 대신 변명으로 일관하고, 오히려 자신을 비판하는 한국 사람들을 속 좁고 아량 없다고 비난하며 정치적인 재기를 위하여 수단을 쓰는 것에 대해서는 비판적으로 묘사한다. 그렇지만 소설은 또 그를 애국자로 미화하기도 한다. 그가 한국의 독립을 누구보다 기뻐하며 아무런 대가도 없이 자신의 전 재산을 털어 동아여자대학관을 만들면서 기쁨을 느낀다는 것이다. 또 그가 사람들의 비난을 받고 위축감을 느끼는 것에 대해서는 동정적으로 묘사한다.

이런 묘사로부터 볼 때 친일파에 대한 작중 인물 이장우의 태도가 사실은 김동리의 그것에 다름아님을 알 수 있다. 그렇다면 김동리는 왜 친일파에 대하여 미워하고 대결하는 대신 이해하고 동정하는 것일까? 사실 김동리는 큰 형 김범부가 일본 경찰의 요시찰 대상이 되어 박해를 받은 관계로 일찌감치 민족의식에 눈을 떴으며 일본에 협력하는 행위를 전혀 한 적이 없다. 그로 인해 작품 「소녀」 「하현달」이 전문 삭제당하는 피해를 보기도 했다. 그리고 누구보다 일제의 친일로부터 자유로울 수 있었던 그가 생색을 내고 친일파를 질타한들 누가 뭐라 할 사람이 없었을 텐데 그러지 않았던 것은 단지 그가 속해 있던 우익의 정치적 입장에 충실했기 때문만은 아니고 그의 뿌리 깊은 조화의 정신에서 연유한 것으로 보인다.

5. 결론

이상 본 논문은 1949년에 발표된 『해방』의 이장우, 「검군」의 검군, 그리고 1972년에 연재된 『삼국기』의 을지문덕의 형상을 통하여 불의에 대처하는 세 인물의 공통점을 발견하였다. 그것은 대결이 아닌 자기희생과 조화의 정신이었다. 그리고 이 조화의 정신이 김범부가 말한 풍류도의 핵심 정신임을 알게 되었다.

이 무엇보다 동양적인, 그리고 무엇보다 한국적인 '조화의 정신'을 김동리 소설 미학의 중요한 특징으로 규정할 때 그의 수많은 작품들이 이 조화의 정신을 내재하고 있음을 발견하게 된다. 예를 들면 「무녀도」의 모화의 죽음, 「인간동의」의 익의 죽음, 「당고개 무당」에서 당고개 무당의 죽음, 「역마」의 성기가 어머니가 자기의 사랑을 억지로 갈라놓았다고 생각했을 때 앓아눕는 행위, 「만자동경」의 석씨와 연달래의 죽음 등에는 많고 적은 차이는 있겠지만 모두 불의를 만나 자기를 희생해 조화를 이루려는 조화의 정신이 깃들어 있다.

또 비록 차이는 있지만 이 조화의 정신을 인간 김동리에게 적용했을 때 북한 문인들에 대한 해금 조치 때 취했던 관용의 태도, 정치적 입장에 차이가 많았던 제자 이문구씨와의 유대관계 등은 쉽게 이해가 될 것이다.

농민의 영웅적 성격과 농민소설의 해방적 욕망
— 이무영의 '농민' 3부작 재론

김명훈

1. 이무영 연구의 쟁점과 '농민' 3부작

이무영은 1920년대부터 1960년대까지 약 사십 년간 200편에 육박하는 소설을 발표하면서 한국의 대표적인 소설가로 자리매김했다. 창작 기간이나 작품의 양 모두 한국소설사에서 비견될 만한 작가가 몇 없는 수준일 뿐만 아니라 「제1과 제1장」 「흙의 노예」 등 문제적인 작품을 통해 소설가로서의 역량을 보여주기도 하였다.[1] 특히 농민과 농촌의 삶에 대한 작가의 집요한 탐색은 현재까지 한국소설사의 주요한 성과로 남아 있다.[2]

이무영 소설에 대한 연구 역시 농민과 농촌의 삶에 대한 작가의 관심과 궤를 같이한다. 특히 민족문학적 관점으로 식민지 시기 한국농민문학을

---

1) 이무영에 대한 학위 논문은 약 50여 편 제출되었으며, 이 가운데 이무영에 대한 단독 박사논문에는 이종호, 「이무영 소설의 서술기법 연구」(건국대학교 박사학위논문, 2001); 이동희, 「이무영 연구」(경희대학교 박사학위논문, 1987) 등이 있다.

2) 한국현대소설과 작가에 대한 본격적인 유형론을 제시한 조남현은 이무영의 많은 작품들을 농민소설로 규정하고 있으며(조남현, 『한국현대소설 유형론 연구』, 집문당, 2004, 245쪽), 이무영 역시 농민소설가로 분류한다(조남현, 『소설신론』, 서울대출판부, 2004, 351쪽).

정초하는 과정에서 이무영은 대표적인 연구 대상으로 부상했다.[3] 그러나 1990년대 중반에 이르러 농민소설 연구에 집중된 나머지 이무영 소설의 전체적인 면모를 밝히는 데 소홀했다는 반성이 제기되면서 연구의 방향이 변화된다. 이후 전쟁이나 성 모럴 문제를 다룬 소설들에로 연구 영역이 확장되었으며,[4] 다른 한편으로는 기존 문학사에서 고평되었던 식민지 시기 농민소설에 대한 비판적 연구가 제출되기도 하였다.[5] 이와 같은 흐름은 이무영 소설 연구의 난맥상을 보여주는 동시에 이무영 소설 자체가 갖고 있는 문제성을 돌아보게 한다.

이무영의 농민소설에 대한 비판은 일제 말기 '생산소설'과 맥이 닿아

___

3) 이무영 문학을 농민문학의 측면에서 접근하는 방식의 시초는 이병기와 백철의 『국문학전사』(신구문화사, 1957)이다. 이병기와 백철은 귀농 이후 발표한 일련의 농민소설에 대해 비교적 고평하고 있다. 김우종 역시 1930년대 소설을 논하면서 이무영이 도시문명과 대비되는 대자연의 세계를 긍정한 농촌문학의 대표적인 작가라고 평가한다.(김우종, 『한국현대소설사』, 선명문화사, 1968, 258~260쪽) 이재선은 1930년대 중반부터 1940년대 초반까지의 소설을 다루면서 농민소설을 다섯 가지로 분류한 뒤, 이무영의 농민소설을 "민족운동의 계몽성이나 사회주의의 목적성을 표면화하지 않고 농촌사회와 궁핍하고 고통스런 농민의 생활 실상과 형태를 리얼하게 다룬 것 및 흙에 대한 농민의 집념을 다룬 것, 그리고 농촌을 배경으로 인간 본성의 자연을 문제"삼은 유형으로 다룬다.(이재선, 『한국현대소설사』, 홍성사, 1979, 346쪽) 2000년대 초반까지의 연구들을 확인해보면 이상의 사적 평가가 대체로 계승되고 있음을 알 수 있다.

4) 조은파, 「이무영의 1950년대 소설」, 『한양어문』 13, 한국언어문화학회, 1995; 구인환, 「이무영 소설의 욕망과 애증의 미학」, 『현대소설연구』 8, 한국현대소설학회, 1998; 김옥선, 「『전선문학』에 나타난 감정 정치」, 『인문학논총』 25, 경성대 인문과학연구소, 2011; 신영덕, 「한국전쟁기 해군 정훈문고 『해양소설집』 연구」, 『한중인문학연구』 16, 한중인문학회, 2005; 신현득, 「이무영 아동소설의 역사성」, 『아동문학평론』 24-3, 한국아동문학연구원, 1999.

5) 김윤식은 일제 말기 이무영의 친일 행적과 함께 농민소설 역시 국책적 성격이 강하게 나타난다고 설명한 바 있다.(『한국근대문예비평사』, 한얼문고, 1973, 413쪽) 그 밖의 논의에는 다음과 같은 논문이 있다. 한민주, 「일제 말기 소설 연구」, 서강대 박사논문, 2005; 조진기, 「일제 말기 생산소설 연구」, 『우리말 글』 42, 우리말글학회, 2008; 임기현, 「이무영의 친일문학과 그 내적 논리」, 『어문학』 103, 한국어문학회, 2009.

있다. 일제 말기 이전부터 몇몇 단편을 통해 농민과 농촌에 대한 관심을 드러냈던 이무영은 1939년 귀향과 함께 본격적으로 농민소설을 발표하기 시작한다. 최근 발표된 한 논문에 의하면 이 시기는 '생산문학'이라는 개념이 본격적으로 운위되기 시작한 때였으며, 이무영은 대표적인 생산소설 작가로 분류된다.[6] 그뿐만 아니라 신체제기로 들어서면서 동양적인 정신을 대변하는 농촌과 농민의 삶이 문학의 중요한 제재로 간주되었으며, 이무영의 은사인 가토 다케오가 국책문학으로서의 농민문학을 선전하기 위해 조선을 방문한 것도 바로 이 시기였다.[7] 땅에 대한 농민의 본능적인 집착을 주로 서사화했던 이무영에게 동양주의적인 초월성을 강조하는 일제 말기의 시대감은 창작 여건상 호기로 인식되었을 가능성이 높다.[8]

일제 말기 이무영 농민소설의 국책문학적 성격은 작가에 대한 평가에 있어서 심각한 균열을 남겼다. 민족문학적 관점에서 접근할 때 농민소설이 집중적으로 발표된 시기인 일제 말기 이무영의 작품들은 가치론적인 차원에서 부적절한 연구대상으로 인식되었기 때문이다.[9] 그 결과 이무영의 농민소설에 대한 연구는 결정적인 공백을 내포하게 되었다. 민족문학 건설에 모든 역량을 집중하던 시대에서 비중 있게 조명되었던 이무영의 농민소설은 민족국가에 대한 비판적 이론이 범람하는 시대에 이르러 비

---

6) 조진기, 같은 글, 338쪽.

7) 임기현, 같은 글, 484~490쪽.

8) 이무영은 일본어 소설 7편을 발표하였는데, 이는 조선인 중에 세번째로 많은 수준이다. 이무영의 일본어 글쓰기에 대해서는 임기현, 같은 글, 474~477쪽 참조.

9) 이무영의 일제 말기 농민소설에 대한 비판적 연구와 관련하여 제기된 '생산소설' 문제는 아직 충분히 설명되지 못한 듯하다. 이와 관련하여 서영인의 논의를 주목할 필요가 있다. 서영인은 '생산소설'을 논의하는 가운데 국책의 요구와 현실의 리얼리티가 서사를 통해 봉합되지 않는 현상에 주목하여 '생산소설'에 대한 논의의 방향을 식민주의의 폭력성에 대한 비판으로 전환시키고 있다.(서영인, 「일제 말기 생산소설 연구」, 『비평문학』 41, 한국비평문학회, 2011)

판적 검토의 대상이 되었다. 이와 같은 상황은 이무영 소설 연구의 새로운 지평이 결국 농민소설을 통해 개척되어야 함을 역설적으로 증명해 보인다. 해방 이후 발표된 '농민' 3부작은 이무영 연구의 새로운 돌파구로서 재고해볼 만하다.

'농민' 3부작은 크게 두 가지 차원에서 의의를 갖는다. 첫째, 해방 이전 농민소설과는 달리 의식적인 차원에서 창작되었다는 점이다. 창작 초기 농민소설은 작가의 출신에 따른 제재 차원의 선택이었을 공산이 크며,[10] 일제 말기 농민소설은 당시 일제 당국의 국책문학적 기획에 직간접적인 영향을 받았다고 볼 수 있다. 이와 달리 '농민' 3부작은 분명한 목적을 갖고 치밀하게 계획되었다는 점에서 이무영 농민소설의 최종적인 성과를 확인할 수 있는 중요한 텍스트이다. 둘째, 해방 이전 농민소설이 대체로 단편 중심이었던 반면에 '농민' 3부작은 장편으로 창작되었다는 점이다. 해방 이전 농민소설은 단편적인 사건으로 구성되어 이무영 농민소설의 전모를 살피기에는 부족한 점이 많다. 그에 반해 '농민' 3부작은 동학란부터 3·1운동까지 조선의 근현대사를 삼대에 이르는 농민들의 시각으로 재구성하고 있다는 점에서 작가의 역사의식을 확인할 수 있다는 장점이 있다.

이와 같은 의의를 일찍부터 주목한 몇몇 연구자들에 의해 '농민' 3부작은 '농민적 역사의식 창조' '소문을 통한 민중적 담론 구성' '1950년대 민중문학의 성립' 등으로 평가되었다.[11] 이상의 연구는 이무영 농민소설의

---

10) 이무영은 여러 글에서 자신이 농군의 자식이었음을 표나게 드러낸 바 있다.(「잊었던 어머니」, 『조광』, 1940.6, 203~205쪽; 「나의 실농기」, 동아일보, 1940.7.28; 「농촌에 부치는 편지」, 저축순보, 1953.5) 작가가 된 이후 서울에서 생활하던 이무영은 1939년 창작생활에 전념하기 위해 동아일보 기자를 사직하고 경기도 군포로 내려간다.(『이무영 문학전집』 6, 국학자료원, 2000, 580쪽)

11) 이봉범, 「이무영의 『농민』 연작소설 고찰」, 『반교어문연구』 14, 반교어문학회, 2002;

가치를 보다 풍부하게 설명할 수 있는 개념들을 정립시키는 데 기여했다는 점에서 그 의의가 큼에도 불구하고 여전히 분석 차원에서의 추상성을 완전히 제거하지 못하고 있다. 분석 차원에서의 추상성을 제거하지 못하는 이상 이무영의 농민소설에 붙어 있는 '초월적 본질주의'라는 명명과 그것으로부터 도출되는 신체제 동양주의적 기획에의 함몰이라는 평가는 끊임없이 재생될 것이다. 본고에서는 '농민' 3부작에 대한 선행 연구의 문제의식을 보다 발전시키는 가운데 '농민' 3부작이 응축하고 있는 몇 가지 가능성을 현재의 연구지평에 풀어내고자 한다.

2. 성·계급·세대의 연대를 통한 하향적 계몽 지양

카프 문인에서부터 이광수에 이르기까지 인텔리겐치아가 농민을 각성시키는 하향적 계몽방식은 농민문학사 전체를 관통하는 딜레마이다. 이 문제는 소수의 각성한 농민에 의해 농민 다수가 계몽되거나 농민의 땅에 대한 본질주의적인 애착을 심미화하는 방향으로 해결되곤 했다. 그러나 첫번째 방향에서 소수 농민의 각성은 여전히 인텔리겐치아의 지도에 의해 이루어졌기 때문에 하향적 계몽이라는 문제를 완전히 해결할 수 없었으며, 두번째 방향은 앞에서 살펴봤던 것처럼 일제 말기 동양주의의 맥락에 쉽게 함몰될 위험에 노출되어 있었다. 식민지 시기 이무영도 이 두 가지 방향의 딜레마로부터 자유롭지 못했다. 「제일과 제일장」 등 초기작은 첫번째 방향, 「흙의 노예」 등 후기작은 두번째 방향의 한계로부터 벗어나

박재범, 「1950년대 농민소설의 민족문학적 가능성과 한계」, 『현대소설연구』 39, 한국현대소설학회, 2008; 김봉군, 「이무영 문학 연구」, 『국어교육』 98, 한국국어교육연구회, 1998; 김종욱, 「이무영의 『농민』 연작에 나타난 소문의 의미」, 『현대소설연구』 26, 한국현대소설학회, 2005; 강진호, 「현대성에 맞서는 농민적 가치와 삶」, 『국제어문』 43, 국제어문학회, 2008.

지 못했다고 볼 수 있다. '농민' 3부작은 농민소설의 딜레마에 대한 이무영의 해결 방식을 보여준다는 점에서 매우 흥미로운 텍스트이다.

'농민' 3부작은 『농민』 『농군』 『노농』이라는 표제를 달고 각각 독립적으로 발표되었다.[12] 구상 단계에서 이무영은 농민을 중심으로 조선의 근대사를 새롭게 쓰려는 야심을 갖고 5부작으로 완성하려 하였으나 3부에서 종결되고 말았다. 따라서 세 작품은 각각 독립적으로 발표되었지만 작가의 문제의식이나 구상을 고려할 때 연결된 것이라 할 수 있다. 『농민』은 미륵동이라는 농촌을 배경으로 소작농의 아들 장쇠가 지주인 김승지에게 아내를 빼앗기고 자신 역시 죽음을 당할 위기에서 김승지의 외동딸 미연의 도움으로 목숨을 건진 뒤 마을을 떠나 동학당의 두목이 되어 다시 마을로 돌아와 지주인 김승지와 박의관댁 양반들을 정치하다가 관군이 등장하면서 동학당이 뿔뿔이 흩어지는 것으로 종결된다. 『농군』은 일양의 미연에 대한 연정과 농군이 될 마음을 품는 과정, 미연이가 시집에서 쫓겨나게 된 경위, 장쇠의 맞수 돌이와 김승지의 첩 소향이와의 관계 등 주로 애정문제에 초점이 맞추어져 있으며, 3부작의 주인공 장쇠는 항일의병이 되어 귀향한다. 『농군』은 『농민』의 서사를 반복하여 설명하는 데에 초점을 맞추고 있어 3부작을 연결하는 역할을 한다. 『노농』은 한일합방을 기점으로 일본의 횡포가 날로 심해지는 상황에서 장쇠가 다시 마을로 돌아와 김승지의 친척인 서울댁의 횡포 속에서 둑을 만들어 토지를 개간하

---

12) 『농민』은 한성일보에 1950년 1월 1일부터 같은 해 5월 21일까지 연재되었고, 『농군』은 서울신문에 10월부터 12월까지 연재되었으며, 『노농』은 1954년 대구일보에 연재되었다. 『농민』은 연재 이후 1954년 협동문고에서 단행본으로 출간되었으나 『농군』과 『노농』은 연재된 원문을 확인하기 어려운 형편이다. 원본을 확인하는 것이 바람직하지만 원문을 확인하기 어렵다는 현실적 조건과 해방 이후 작품이기 때문에 심각한 윤색이 없을 것이라는 점을 감안하여 본고에서는 2000년 국학자료원에서 출판된 『이무영 문학전집』 1을 텍스트로 활용했다.

는 과정과 일양, 미연 등과 함께 비밀리에 만세운동을 준비하다가 발각되어 붙잡히고 만다는 이야기로 구성되어 있다.

3부작의 주인공 장쇠의 행적은 동학농민혁명을 기점으로 한 민중·민족 운동의 흐름과 궤를 같이한다. 동학농민혁명은 1892년부터 전개된 교조신원운동을 통해 조직적 기반을 마련하게 된다. 교조신원운동은 동학 포교의 공인이라는 종교적 요구와 함께 동학교도 및 일반 민중 들에 대한 불법 수탈 금지 및 척왜양 등을 기치로 내세웠다. 1893년 3월 보은 취회를 통해 단지 삼남지방의 종교운동이 아닌 전국적 사회개혁운동으로서의 성격을 분명히 하게 된다. 이후 1894년 3월 고부군수 조병갑이 만석보 축조를 위해 백성들을 강제 동원하자 이에 전라도 무장, 충청도 청산, 경상도 진주 등을 중심으로 봉기한다. 3부작의 배경인 충주 지역은 해월 최시형이 이끈 북접파의 거점이었다.[13] 동학운동이 시작부터 척왜 사상을 그 본질로 가졌다는 점을 고려할 때 장쇠가 동학당의 우두머리였다가 항일 의병전쟁에 뛰어든 것은 역사적인 흐름상 자연스럽다.[14] 그뿐만 아니라 동학을 계승한 천도교가 3·1 만세운동을 주도했다는 사실까지 염두에 두면 장쇠의 행적은 동학의 사회운동 흐름과 정확히 일치한다는 점을 알 수 있다. 그런데 흥미로운 것은 이무영이 장쇠 행적의 사상적 배경이 되는 동학의 사회개혁운동에 대한 언급을 철저하게 배제하고 있다는 점이다.

장쇠는 동학의 교리에 공감하거나 동학당의 포교에 의해서가 아니라 양반의 횡포에 저항하기 위해 동학당에 들어가며, 작품 속에서 동학의 교

---

13) 박맹수, 『개벽의 꿈, 동아시아를 깨우다』, 모시는사람들, 2011, 157~349쪽.

14) 이상식에 따르면 1896년도에 일어난 1차 의병은 유생들이 의병대장을 맡았으나 의병대원들은 대부분 동학당 출신들이었다고 한다. 동학당 출신의 농민들은 1차 의병 해산 뒤 화적이나 활빈당으로 활동했으며 을사조약 이후 2차 의병 때 다시 봉기한다. 이상식, 「의병전쟁연구」, 『국사관논총』 23, 국사편찬위원회, 1991, 206~207쪽.

리나 사상적 지향과는 일정한 거리를 둔 인물로 형상화된다. 이러한 서술 방식은 민중을 계몽하는 인텔리겐치아를 상정하지 않아도 되는 유력한 방법이다. 만약 장쇠를 동학이라는 지적 토대 위에서 형상화했을 경우 '농민' 3부작은 하향적 계몽의 서사를 반복 재생산하는 수준에 머물렀을 것이다. 이러한 차원에서 '농민' 3부작은 하향적 계몽의 한계로부터 어느 정도 벗어나고 있다. 그러나 '농민' 3부작이 농민소설의 딜레마를 완전히 해결했다고 보기는 어렵다. 장쇠는 어려운 여건 속에서도 주체성을 포기하지 않으며 마을 사람 전체가 매달려도 완성하기 어려울 것이라던 보 건설을 자신의 힘으로 해낸다. 장쇠의 영웅적 성격과 능력은 '농민' 3부작의 서사를 리얼하지 못한 것으로 인식게 하는 것이다. 그런데 이러한 장쇠를 중심으로 한 서사에서 한 걸음 물러나 작품을 조망하면 주인물의 영웅적 영도성이라는 문제를 풀 수 있는 실마리가 보인다. 해결의 실마리는 '농민' 3부작의 또다른 주인공이라 할 수 있는 일양과 미연, 그리고 장쇠의 아들인 만석에게 있다.

장쇠, 일양, 미연은 각각 농민, 양반, 여성이라는 신분적, 성적 계층을 대표한다. 이들에게 서로는 선망의 대상이자 완전히 이해되지 않는 존재로서 일종의 타자라 할 수 있다. 이들 사이에는 애욕이라는 문제가 얽혀 있지만 그것을 넘어서는 지점이 존재한다. 그리고 그 넘어서는 지점은 계몽에 대한 열정이 아니라 타자에 대한 인정을 통해 작품 속에 현상한다. 일양과 미연은 양반의 자식으로 태어났지만 양반이 갖는 허위의식과 민중에 대한 착취, 본성을 거스르는 허례허식 등에 대해 반감을 갖고 있으며, 이에 대한 반작용으로 농민들의 궁핍한 삶을 동정하거나 허례허식에 얽매이지 않는 민중의 자유로운 삶을 동경한다. 한일합방에 반대하여 의병을 일으킨 장쇠는 미연에게 어떤 양반보다 무게감 있는 인물로 인식되며, 신분적 차이를 넘어 존경심을 갖게 한다. 한편 자신에 대한 사랑 때문에 방황하는 일양에 대해서도 처음에는 두려움을 느끼지만, 시간이 지나도 변하지 않는 일양의 마음을 확인한 다음에는 자신 역시 비록 결혼이라는 제도에 묶여 있지만 일양의 사랑에 공감한다.[15] 일양은 신분제도에 길든 인물임에도 불구하고 진정으로 나라를 생각하는 장쇠의 태도에 존경심을 드러내며, 장쇠를 좇아 농군이 되길 결심한다.[16] 또한 미연에 대한 일양의 사랑은 애국심이나 두려움을 초월하여 만세운동에 동참하게 되는 계기가 된다는 점에서 타자의 인정을 통해 존재의 의미를 찾고자 하는 태도라 할 수 있다. 한편 장쇠는 농민을 착취하는 양반에 대해 부정적인 인식을 갖고 있지만 일양의 자유로움에 대한 갈구나 여성이라는 이유로 박해받는 미연의 처지 등에 대해서는 동정적인 시각을 갖고 있다. 장쇠의 일양에 대한 인식은 동정의 차원을 넘어서 존재에 대한 이해와 인정으로 이어진다. 또한 장쇠는 자살 시도 이후에도 삶을 포기하지 않고 만세운동을 준비하는 미연의 태도를 존중하여 거사에 동참하기로 결심한다.[17]

이상에서 살펴본 것처럼 세 인물은 서로와의 관계를 통해 삶의 올바른 가치를 추구할 수 있게 된다. 따라서 이들이 시도하는 만세운동의 성공 여부와는 관계없이 이 연대는 가치 있는 것이라 할 수 있다. 세 인물의 관계와 함께 원첨지, 장쇠, 만석으로 이어지는 농민 3대의 구조 역시 세대의 연대라는 큰 틀에서 이해할 수 있다. '농민' 3부작의 세번째 작품인 『노농』은 장쇠의 아들 만석이 만세운동에 동참하는 것으로 끝맺는다. 장쇠는 집안을 위해 만세운동 참여를 만류하지만 만석은 포기하지 않는다. 장쇠는 만석과의 대화를 통해 만석이 단지 자신의 자식이 아닌 옳은 가치를 위해 함께 연대할 수 있는 어엿한 주체로 성장했음을 깨닫는다. 요컨대 '농민' 3

---

15) 『노농』, 451쪽.

16) 『노농』, 544쪽.

17) 『노농』, 564쪽.

부작은 민족 계몽 서사라는 외피 속에 성, 신분, 세대를 뛰어넘는 연대를 통해 존재의 참된 가치를 찾아가는 과정을 형상화했다고 볼 수 있다.

3. 민중언어와 고전서사의 해방적 성격 구현

'농민' 3부작을 민족 계몽의 서사로 읽는 방식은 작품의 주제 의식을 역사적 사건에 대한 가치판단에 결부시킴으로써 실제 작품이 보여주고 있는 다층적 현실인식을 무화시킬 염려가 있다. 앞에서는 이 문제에 대한 이무영의 답을 성, 신분, 세대의 연대를 통해 획득되는 상호주관성의 차원에서 살펴보았다. 그런데 이 연대의 의미를 따져보면 여전히 문제적인 측면이 발견된다. 성, 신분, 세대를 아우르는 연대의 구심점에는 항상 장쇠가 위치하는데, 그렇다면 장쇠의 영웅적 영도성은 과연 무엇으로부터 획득되는지 충분히 설명되지 않았기 때문이다.

장쇠의 성격을 형성하는 기본적인 요소는 식민지 시기 이무영의 농민소설 속 주인공들의 그것과 유사하다. 장쇠가 끊임없이 자신을 핍박했던 고향으로 돌아오려 하는 이유는 땅과 농사에 대한 애착 때문이다. 그러나 땅에 대한 본능적 애착과 함께 새로운 성격이 하나 더 부가된다는 점이 식민지 시기 농민 주인공과 차별화되는 부분이다. 장쇠는 농민이면서 고전서사에 등장하는 장사 내지 영웅의 성격을 갖는다.

기존의 농민문학 속에서 농민 주인공이 각성하는 데에는 인텔리겐치아의 지도나 자신의 경험이 가장 크게 작용한다. 예컨대 해방 이후 발표된 이태준의 『농토』에서 주인공 억쇠는 지주의 핍박에 대한 경험과 인텔리겐치아인 성필의 지도에 의해 각성한다.[18] 지주에 의한 핍박이라는 경험

---

18) 류보선은 이러한 농민소설의 특성을 부차적 인물의 선도성이라 설명했다. 「역사의 발견과 그 문학사적 의미」, 『한국현대문학연구』 1, 한국현대문학회, 1991, 252~253쪽.

을 갖고 있다는 점에서 『농토』의 억쇠와 '농민' 3부작의 장쇠는 공통점을 갖지만 장쇠의 경우 억쇠와는 달리 인텔리겐치아의 지도에 의한 각성이 없다. 장쇠는 애초에 영웅이 될 운명을 갖고 태어났기 때문이다.

> "그 사람이 글은 못 배웠을망정 그리 호락호락한 사람이 아니지. 장쇠 그 사람은 하늘이 낸 사람이다. 왜놈들한테 잡힐 마련이면 벌써 잡혀 죽었 게시리그랴? 동학난리 때만 해두 그랬지. 김승지가 그렇게 잡아먹지 못해 서 눈이 시뻘겋게 날뛰었어도 감쪽같지 않았나? 아 그래, 하늘이 낸 사람 이 아니면 그때 똑같은 양반들끼리 부동은 못 될망정 떡 가로막고 나서서 장쇨 구해주었겠나?"
> "장쇠가 난 사람이지유."(『노농』, 430~431쪽)

탑골 마을 사람들에게 장쇠는 "하늘이 낸 사람"으로 인식된다. 장쇠는 어릴 적부터 뛰어난 씨름 실력을 보여주었고, 완력뿐만 아니라 지혜도 갖 춘 인물로 형상화된다. 이러한 영웅은 나라의 환난 속에서 새로운 구심점 역할을 하며 민중의 욕망을 대신 실현해주는 존재로 구현된다. 장쇠 역 시 국권을 침탈당하고 양반의 횡포로 인해 민심이 흉흉해지는 때에 부정 한 것에 대항하여 봉기한다. 따라서 장쇠는 나라의 영웅이 아니라 민중의 영웅이다. 이처럼 인물의 형상화에 고전서사의 영웅적 성격을 부가함으 로써 장쇠는 초월적 본질주의의 체현자에서 민중의 열망을 담아내는 혁 명가로 변신할 수 있게 된다.[19] 이러한 변신은 미연과 일양 역시 마찬가지

---

19) 이와 관련하여 조동일의 민중 영웅에 대한 논의를 주목할 필요가 있다. 조동일은 원래 집 단적이고 역사적인 성격을 가졌던 우리의 영웅서사가 중세시대 귀족적·보수적·개인적·가 문적 영웅서사로 변질되었음을 밝힌 뒤, 민중 영웅 서사에 의해 발전적으로 계승되었다고 설명한다. 조동일에 따르면 "민중 영웅은 항거하는 민중의 집단적 표상으로서 항거 및 패배 의 역사적 경험을 반영하고 있으며, 역사의식에 충만해" 있으며, "진취적이고 주체적인 성

이다. 미연은 핍박받는 여성의 욕망을 대변하는 인물로서 적강한 선녀와 유사한 성격을 부여받으며, 일양은 전기소설에서 쉽게 찾아볼 수 있는 일 탈선비이자 상사병에 걸린 서생 유형의 인물로 형상화된다. 이들은 현실의 비속함에 매몰되지 않으며 기존 질서에 의해 구조화되지도 않는다. 즉 '농민' 3부작은 근대적인 현실에 고전서사적인 인물들을 도입함으로써 민중의 해방적 욕망을 분출시킬 수 있는 가능성을 확보하는 것이다.

이러한 주요 인물의 성격과 함께 담론 구성 방식 역시 '농민' 3부작의 민중 해방적 성격을 강화시키는 주요한 요소이다. 기존의 연구에서 지적된 것처럼 소문을 통한 민중의 담론 유통 방식은 '농민' 3부작의 서사 진행과 연결되어 있다.[20] 주지하듯이 '농민' 3부작은 모두 장쇠가 돌아온다는 소문을 통해 서사가 시작된다. 소문은 서사의 진행을 위한 장치로 활용되며, 소문이 사건을 만들고 그 사건을 통해 사건의 연쇄가 일어난다. 장쇠가 마을로 돌아오는 사건은 실제로 일어나기 전에 이미 마을 사람들의 소문을 통해 하나의 담론으로 구성되는 것이다. 양반측에서는 소문(양반의 권위에 도전하는 내용)을 구실로 마을 사람들을 마음대로 착취하지만 그럼에도 불구하고 마을 사람들은 소문을 퍼뜨린다. 이 소문의 내용이란 양반의 위신을 해치거나 기존 질서에 도전하는 무리들에 대한 이야기이다. 이처럼 소문은 어떤 목적의식을 추구하는 것이 아니라 민중들의 욕망을 공유하기 위해 전파된다.

격을 지"닌 존재이다.(조동일, 『민중 영웅 이야기』, 문예출판사, 1992, 12~57쪽) 조동일은 민중 영웅서사의 예로 김덕령 이야기와 충청도 지역 진인 출현설 이야기를 들고 있다. 민중 영웅의 성격은 장쇠의 성격과 매우 유사함을 알 수 있다.

20) 소문의 민중담론적 성격에 대해서는 김종욱의 「이무영의 『농민』 연작에 나타난 소문의 의미」(『현대소설연구』 26, 한국현대소설학회, 2005)에서 다룬 바 있다.

"정도령이 나오든지 박도령이 나오든지 나오기나 했으면 좋겠다. 이 등쌀에야 사람이 배겨날 수가 있다던가…… 우리네 백성들이야 정가면 어떻게 박가면 어떤가. 그저 들볶이지나 말았으면 그만이지……"

누가 왕이 되든 누가 정권을 잡든 맘과 몸이나 좀 편했으면 하는 것이 백성들의 소원이었다.(『농민』, 245쪽)

마을 사람들은 장쇠가 돌아왔다는 소문을 통해 자신들의 욕망을 대변한다. 마을 사람들의 소문 담론 속에서 장쇠는 단순히 탑골 마을 원첨지의 아들이 아니라 양반들의 착취로부터 농민들을 해방시켜줄 영웅이자 구원자로 표상된다. 이러한 민중의 담론 구성 방식은 작품 속에서 이야기꾼으로 묘사되는 박태복의 구술에서도 확인된다. 박태복은 김승지의 위협으로부터 장쇠를 구해준 미연이가 사실은 장쇠를 좋아한다는 이야기를 만들어 유통시킨다.[21] 이러한 서사는 영웅과 적강선녀의 결합을 욕망하는 전형적인 민중적 담론이다. 또한 양반이라는 단어의 유래를 설명하는 방식 역시 양반의 의미를 전복시키면서 동시에 양반의 탐욕스러움에 대한 비판을 담고 있다.

"양반이란 말이 어디서부터 생긴 줄을 아는가? 모르지? 어째서 생긴고 하니 옛날 어떤 가난한 선비가 여편네 속옷 한 벌을 팔러 나갔더라네. 모두들 모여서 얼마냐 하니까 한 냥을 달라고 그랬거든. 그랬더니 상것들은 닷 돈두 보구 일곱 돈 오푼두 보고 하는데 웬 선비 하나가 지나가다가 '나도 밑이 찢어지게 가난하지만 당신은 나보다두 더한 모양이구려' 하면서 한 냥 반을 던지고 사 가더라네. 그래서 양반이란 말이 생긴 거야. 알아먹겠

21) 『농민』, 239쪽.

나?"(『농군』, 361쪽)

이처럼 박첨지의 이야기나 장쇠가 돌아왔다는 소문 등은 활자로 기록된 것이 아니라 구어적 형태로 전달된다. 작품의 배경이 충청도 지방의 미륵동이라는 점 역시 전통 설화와의 관련성을 상정해볼 수 있는 근거가 된다. 장쇠에 대한 마을 사람들의 담론 구성 방식은 충청도 지방에서 유행한 미륵신앙을 상기시키는 측면이 있다.

한편 농민의 언어는 세계를 구성하고 인식하는 방식의 차별성을 드러내기도 한다. 작품 속에서 끊임없이 활용되는 속담은 현실의 문제에 대한 해학적 이해 방식을 보여주며 유머를 통한 감정의 해소로 이어진다.[22] 양반의 권위적인 말투 속에 담긴 경직성은 민중들의 언어에 의해 전복된다. 농민들의 언어 속에는 근대의 과학적 체계에 의해 세계를 이해하는 방식과는 차별화되는 지점이 존재한다. 농민들이 이해하는 세계는 지식을 통해 배우는 것이 아니라 경험을 통해 몸으로 감각하는 것이다.[23] 농민들의 생활경험은 자연 생태계와 밀접하게 관련되어 있다. 세계를 파악하는 농민의 감각은 근대적 지식체계에 의해 구조화되지 않는 체험 영역에 속한다. 이처럼 농민의 언어 속에는 근대적 지식체계에 의해 구조화되고 도식화되는 계몽서사의 흐름으로부터 이탈하려는 계기들로 충만하다. 요컨대 '농민' 3부작은 민중언어와 고전서사의 적극적 활용을 통해 민중들의 해방적 욕망을 형상화한 텍스트라 평가할 수 있다.

---

22) 『농민』, 236쪽.
23) 『농민』, 225~226쪽.

4. 결론

농군의 자식이라 농민소설을 썼지만 한편으로는 동아일보 기자였으며, 경성 모더니스트들의 본원인 구인회 회원이기도 하였고, 일제 말기에는 적지 않은 대일협력 행적을 남기기도 하였으며, 한국전쟁기에는 종군작가로 활동하다가 독재정권을 몰아낸 시민들의 민주화운동과 그것을 원점으로 되돌린 새로운 독재정권의 성립을 지켜보며 생을 마감한 작가의 삶은 마치 한국 근대사의 한 단면을 잘라낸 것 마냥 전형적이다. 전형적이기에 다른 설명이 불필요하거나 이미 세워진 가설에 의해 모든 것이 설명된다고 여겨지는 작가 중 한 사람이 바로 이무영인 듯하다. 이미 세워진 가설에 의거할 때 이무영의 초기 농민소설은 하향적 계몽의 한계로부터, 일제 말기 농민소설은 동양담론의 초월적 본질주의로부터 벗어날 수 없다. 이러한 출구 없는 상태는 비단 이무영이라는 작가 한 사람의 문제가 아니라 농민문학 연구 전체의 딜레마라고 판단된다. 본고에서는 해방 이후 발표된 이무영의 '농민' 3부작 분석을 통해 농민문학의 새로운 가능성을 탐문하고자 했다. 분석 결과 '농민' 3부작은 첫째, 동학−천도교의 사상적 배경을 지움으로써 농민의 주체적 역사인식을 드러내고 있다는 점, 둘째, 농민의 주체성 확보가 민족·민중 계몽을 지향하는 것에 궁극적인 목적이 있는 것이 아니라 성, 신분, 세대를 초월한 연대의 기본조건으로 설정되어 있다는 점, 셋째, 인텔리겐치아가 사라진 자리에 고전서사적 인물형과 민중담론이 개입됨으로써 민중의 해방적인 욕망을 대변하는 서사로 농민소설을 새롭게 구성하고 있다는 점 등을 알 수 있었다. 이상의 분석 결과는 '농민' 3부작에 대한 기존의 논의와 겹치는 부분도 있고 다른 점도 있다. 예컨대 '농민' 3부작을 농민의 주체적 역사인식을 드러내는 텍스트로 읽는 부분은 기존 논의와 겹치는 부분이다. 본고는 기존의 논의와 겹치는 부분을 출발점으로 삼아 분석 개념을 구체화, 다양화하고자 했다. 그러나 여전히 분석 차원에서 추상성을 제거하지 못한 부분이 존재하므로 후속 연구를 통해 보완되어야 함을 밝혀둔다.

일인칭 서술의 윤리
─ 최정희 해방기 단편소설론

김지영

1. 연구사 검토 및 문제 제기

1931년 「정당한 스파이」로 문단에 나온 최정희는 1934년 카프 제2차 검거사건에서 여성 문인으로서는 유일하게 공판에 회부되면서 한국문학사에 처음 등장한다.[1] 이 시기 최정희의 작품들은 "동반자적 경향"을 띠고 있는 것으로 평가되었다. 그러나 1930년대 말 이후 '맥' 3부작을 통해 최정희는 "근대 여성문학 형성기에 중추적 역할을 담당"[2]한 작가로 자리매김된다. 이후 최정희 문학 연구는 대부분 여성작가로서 최정희의 여성성이나 모성성의 천착이라는 화두에 집중되어 있다. 이것은 가치 절하적 의미를 내포한 1930년대의 '여류'라는 평가에서, '여성' '여성적인 것'을 긍정적으로 재전유하려는 최근의 페미니즘적 시각에 이르기까지 최정희 문학 연구의 주된 흐름을 형성한다.

---

1) 권영민, 『한국현대문학사』 1, 민음사, 2002, 335쪽.

2) 심진경, 「최정희 문학의 여성성─여성작가로 산다는 것」, 『한국근대문학연구』 제7권 1호, 2006, 96쪽.

여성문학과 함께 작가 최정희를 읽는 또다른 키워드는 '친일문학'일 것이다. 대표적 친일 문인 김동환의 아내로서 일제의 전쟁 이데올로기 선전에 적극 가담했던 최정희였기에, 그는 문인들의 친일행적이나 친일문학에 대한 연구에서 빠지지 않고 거론된다. 최정희의 친일문학은 그가 작품에서 추구하는 모성의 탐구가 '군국의 어머니'상을 구현하는 일본 제국주의의 논리에 포섭된 사례로, 따라서 민족 문제가 결여된 여성 문제 인식의 한계를 보여주는 것으로 이해된다.[3] 이와 반대로, 최정희의 일제 말기 문학이 식민지 조선 남성 엘리트들의 비도덕성과 무책임성을 비판하면서 가부장적 민족주의, 국가주의에 대한, 나아가 식민주의에 대한 저항성을 드러내고 있음을 포착하는 연구가 여성주의 연구자들을 통해 수행되기도 했다.[4] 결국 최정희의 '친일'은 민족과 여성이라는 두 테제 중 어느 쪽을 더 핵심적인 문제로 설정하느냐에 따라 민족문제를 경시한 여성주의의 한계로, 혹은 남성 중심적 민족주의에의 정치한 비판으로 평가되고 있는 것이다.

따라서 최정희 친일문학에 대한 평가 역시 '여성작가' 최정희의 '여성문학'을 보는 관점에 근거하여 결정된다고 할 수 있으며, '여성' 이외의 다른 관점에서 최정희 문학을 읽으려는 노력은 찾아보기 힘들다. 이 글은 최정희 문학 연구에서 '여성'이라는 가장 본질적인 문제틀을 배제하자고 주장하는 것이 아니다. 그러나 모든 해석이 여성성으로 환원되는 현재의 최정희 문학 연구에 문제 제기하면서, 텍스트 분석에서부터 더 유연한 시

---

3) 이상경, 「식민지에서의 여성과 민족의 문제―일제 파시즘하의 최정희와 임순득」, 『실천문학』 69, 2003, 54~82쪽; 김재용, 「최정희―모성과 국가주의의 결합」, 같은 책, 146~165쪽.

4) 최경희, 「친일문학의 또다른 층위―젠더와 『야국초』」, 『해방 전후사의 재인식』 1, 박지향 외 엮음, 책세상, 2006, 387~433쪽; 김복순, 「"나는 여자다" 방법으로서의 젠더 : 최정희론」, 소명, 2012.

각으로, 다양한 각도에서 접근할 필요가 있음을 강조하고자 한다.

　이런 접근의 하나의 시론으로서 이 글은, 여성성의 천착이라는 문제의식이 비교적 약화되고 초기의 '신경향파적 경향'으로 회귀한다고 평가되는 해방기 단편소설 중 「점례」「풍류 잡히는 마을」「우물 치는 풍경」을 대상으로 해방기 최정희 소설의 내러티브적 특수성, 특히 작가가 실험하는 서술 시점의 변주와 그 효과에 주목한다. 후에 소설집 『풍류 잡히는 마을』(1949)에 재수록되는 이 작품들은 모두 해방 이후 삼분병작제[5]의 시행이 가져온 지주-소작인 관계의 긴장이라는 소재를 다루고 있으며, 해방 후에도 식민지 시기와 다름없이 궁핍한 소작농들의 삶과, 이를 초래한 당시의 구조적 모순에 문제를 제기한다는 점에서 닮아 있다. 이 세 작품의 동일한 시공간적 배경, 시점과 인물 설정, 스토리 전개, 결말의 유사성을 들어 한 연구자는 이 작품군을 「풍류 잡히는 마을」을 원형으로 하는 "자기 복제 소설"로 폄하한 바 있다.[6] 그만큼 이 소설들은 내용적 측면뿐 아니라, 서술방식에 있어서도 "관찰자의 입장을 견지한 작중화자가 전해 들은 '소문'으로만 전개"된다는 점에서 유사성을 보인다.[7] 최정희는 「나의 문학생활자서」에서 "해방이 되었다고 하는 농민들에게 아직도 사슬은

---

5) 1945년 10월 5일 군정 법령 9호로 공표된 3·1제 소작제를 말한다. 미군정은 '최고 소작료 결정 건'을 발표하여 소작인이 지불할 최고 소작료는 토지의 총 수확물의 삼분의 일을 초과하지 못하게 했으며 소작계약의 일방적 해약은 무효라고 규정하였다. 이 조치는 지주-소작 관계에서 지주의 횡포에 법률적 제한을 두는 것이라는 점에서 긍정적으로 평가될 수 있다. 그러나 본질적으로는 식민지적 지주제의 현상 유지라는 미군정의 공식입장을 표명한 것에 다름아니며, 해방기 농민들의 소작료 불납 내지 인하운동과 농지 개혁 요구에 대응한 방어조치였다. 이혜숙, 『미군정기 지배구조와 한국사회—해방 이후 국가-시민사회 관계의 역사적 구조화』, 선인, 2008, 280~284쪽.

6) 이병순, 「현실추수와 낭만적 서정의 세계—해방기 최정희 소설 연구」, 『현대소설연구』 26, 2005, 131~149쪽.

7) 이병순, 같은 책, 135쪽.

매인 채로, 굶주리고 헐벗고 하는 참상을 그대로 보고 있을 수가 없어서 쓴 것이다. 내가 여기 와서 그들과 한가지로 살고 있으면서, 내 눈앞에 쓰릿한 비참한 사실을 목도하면서, 그것들을 보아가는 사이에 내 피가 뛰고 내 붓대가 가만있으려 들지 않는 것을 내가 어떻게 적지 않고 있을 것이냐"[8]라고 쓰고 있다. 따라서 이 소설들이 취하고 있는 "주로 중간층이자 지식인 여성"의 "일인칭 관찰자 시점"은 덕소에서 칠 년간 체류했던 작가 최정희의 실제 경험에 근거하는 것으로, 이 서술자들은 최정희의 소설적 자아로 이해되는 것이 일반적이다.[9] 그러나 이 세 작품은 지식인-서술자의 관점에서 농촌 현실을 관찰한다는 점에서 유사하지만 그 서술 '시점'이 모두 동일한 것은 아니다. 이 글은 이 세 작품에 나타난 이른바 "지식인 여성 서술자"의 특징과, 서술자와 서술 대상 사이의 거리가 각 작품들에서 어떻게 다르게 변주되는지, 그 변주가 작품이 전달하는 주제의식을 어떻게 변형시키고 균열을 가져오는지 살펴보고자 한다.

2. 무성의 서술자, 균열 없는 서사 : 「점례」

소설 「점례」는 열네 살 소녀 점례가 지주가 던진 돌에 맞은 상처에 단독(丹毒)이 퍼져 죽게 된 사건을 중심 서사로 한다. "이마에 아직 복송아 털이 가시지 않"은, "결코 처녀도 색씨도 못 되는 소녀"[10]인 점례는 딸을 배불리 먹이려는 부모의 계산에서 장터 술집에서 부엌일을 보는 복이

---

8) 최정희, 「나의 문학생활 자서」, 『백민』 4권 2호, 1948.3, 47쪽.

9) 김정숙, 「최정희의 해방기 소설과 『녹색의 문』에 나타난 현실 인식의 변화」, 『비평문학』 34, 2009, 78쪽.

10) 최정희, 「점례」, 『풍류 잡히는 마을』, 아문각, 1949, 57쪽. 이하 인용은 본문에 괄호로 표기함.

와 정혼한다. 복이는 당장 신부의 옷 한 벌을 마련할 수 없는 형편이었기 때문에 다섯 달 치 월급 이천오백원을 모아 혼인을 치르기로 한다. 그러나 점례가 받은 혼인날은 공교롭게도 "서울의 장안에까지 소문난 부호"이자 마을의 지주 허승구의 딸 순행의 혼인날과 같았고, "나릿댁"에 차마 이 사실을 알릴 수 없었던 점례네는 결국 혼인을 석 달 연기한다. "군정청에 다니는 허승구의 아들 친구도 십여 명 오고 서울 사람들도 오고 미국 사람도 몇 있었"(64쪽)던 굉장한 순행의 혼인 잔치가 끝나고, 점례의 닭 중 한 마리가 허승구네 채마밭에 들어갔다가 허승구에게 붙잡힌다. 삼분병작제로 인한 소작인들의 기세등등함에 심기가 불편했던 그는 닭을 작대기에 높이 매달아놓는다. 닭을 구하러 갔던 점례는 허승구가 던진 돌에 이마에 상처가 생기고, 상처에 구더기가 끓는 된장을 바르는 민간요법의 결과로 온몸이 부어올라 죽음을 맞는다. 점례는 죽어가면서 닭의 환영을 보는 듯 헛소리를 했고, 이 때문에 사람들은 점례가 닭의 귀신에 씌었다고 생각하며, 무당을 불러 자리걷이를 한다.

이 소설은 주림을 면하기 위해 열네 살 난 딸을 시집보내는 점례네와, 다섯 달 치 월급으로 겨우 새 옷 한 벌 마련할 수 있는 복이의 형편 등, 마을 사람들의 궁핍함을 구체적으로 제시한다. 특히 저고리만 백 벌이 넘고, 비녀 보석 등이 삼십여만원, 목도리 한 개가 삼만원짜리인 허승구의 딸 순행의 혼인과, 다섯 달 월급 이천오백원으로 마련한 점례의 혼인 규모를 대비시켜 그 격차를 극적으로 보여준다. 이처럼 비참한 농촌의 상황을 가까이서 경험함으로써 현실감을 획득하는 데 성공하였기 때문에, 이 작품은 흔히 작가 최정희의 일인칭 관찰자 소설에 포함되어 논의되곤 한다. 그러나 실상 이 소설에는 일인칭 서술자가 등장하지 않는다. 다른 두 작품 「풍류 잡히는 마을」 「우물 치는 풍경」과의 유사성 때문에 놓치기 쉬우나 이 작품은 서사에 등장하는 일인칭 서술자 없이, 전지적 시점으로 전개된다. 따라서 이 소설을 지식인이자 중간계급인 여성 서술자에 의한 것으로 읽어내는 것은 명백한 오류이다. 이 전지적 서술자의 젠더는 더욱 드러나지 않는다. 전지적 시점 서술의 효과는 삼분병작제의 공포(公布)가 지주의 반발을 사고 결과적으로 소작인들의 삶이 더 어려워진 당시 사정을, 지주 허승구의 내면을 통해 드러내는 데서 두드러진다. 허승구가 점례의 닭에 신경이 날카로워진 것에 대해 서술자는 다음과 같이 설명한다. "해방 이후에 변동된 삼분병작제로 해서 자기들(지주들)에게 닥쳐오는 타격과 또 앞으로 참 자기 말마따나 세상이 어떻게 될지 모르는 불안스런 마음으로 해서 생기는 신경의 이상이라고 볼 수밖에 없는 것이다. 이로 말미암아 많은 그의 작인들이 유형, 무형의 희생을 당하게 되는 일이 적지 않았다."(71쪽) 지주의 심리와, 농민들의 어려움이라는 논리적 인과관계를 설명하는 전지적 서술로 인해 이 소설은 농촌 고발소설의 기능을 훌륭히 수행한다.

3. 지식 계급의 자기성찰 : 「풍류 잡히는 마을」

「풍류 잡히는 마을」은 무지한 농민들조차 정세 논의에 기꺼이 참여했던 해방 직후의 열띤 분위기, 술집의 난립과 미군의 출몰 등 해방기 풍속도, 토지제도 개혁으로 인한 농민의 삶의 변화 등을 증언하고 있어 해방기 풍속사의 흥미로운 자료가 된다. 「점례」의 허승구와 동일한 인물형인 마을 부호 서흥수는 아들이 일제시대에는 총독부에, 해방 이후에는 군정청에 다니는 서슬 퍼런 인물로 형상화되어 해방 전후 권력의 연속성을 보여준다. 일인칭 화자 "나"는 마을 사람들에게서, 소작인들에 대한 서흥수의 횡포뿐 아니라 그가 연 명절 잔치의 규모, 그의 딸을 위한 대단한 혼수, 손녀가 학교에서 상을 탄 일까지 전해 듣는다. "왼 마을이 주림에 우

는 자로 가득 차고, 증용과 증발과 보국대와 증병과 학병으로 눈물 아니 흘린 자 없을—마을 전체가 생지옥으로 화하였을 때에도 서홍수네만은 왼 가족이 평화롭게 맛있는 음식을 먹고 좋은 옷을 입고 웃으며 잘 산다는 것도 들었다."(14쪽) 해방 이후에도 사정은 크게 다르지 않아서, 토지개혁을 우려한 서홍수가 작인들의 경작권을 전부 박탈해서 마음에 드는 소수의 작인들에게 경작권을 나눠주고 나머지 땅은 다 팔아버렸기 때문에 대부분의 작인들은 땅이 떨어지고 만다. "해방 전 그 무섭던 생지옥—주림과 증병과 보국대와 증발로 우름의 바다요 한숨의 골자구니든 이 마을이 그전에와 똑같은 생지옥을 연상하는 마을이 되어갔다."(34쪽) 일인칭 서술자는 이 시골 마을에서 자행되는 지주의 착취와 농민들의 곤궁한 삶을 포착하는 관찰자 역할을 충실히 실행한다.

그러나 마을의 지주-소작인 관계를 관찰하는 동시에, "나"는 서홍수의 작인 중 한 사람인 목수 영감에게 닭장을 만들어달라고 부탁함으로써 사건에 개입하게 된다. 소작인들이 경작권을 잃고 갈등이 고조되어 결국 목수 영감의 아들이 서홍수의 회갑 상을 뒤엎어버리는 중심사건과, 족제비가 "나"의 닭을 물어가는 보조적 사건이 겹쳐서 일어나고 있기 때문이다. 이 소설은 서홍수의 회갑잔치 소리가 요란하게 들려오자 "그 인간 아닌 그것들의"(8쪽) 잔치를 때려부수고 싶은 충동에 사로잡히는 "나"의 심경을 토로하는 것으로 시작한다. "나"의 닭장 문을 해 달기로 한 목수 영감이 일을 마저 끝내지 못한 채 회갑잔치에 쫓아갔고, 그 결과로 족제비가 "나"의 닭을 두 마리나 물어갔기 때문이다. 이 과도한 분노에 대해 "나"는 다음과 같은 해명을 덧붙인다. "닭 두 마리가 족제비에게 물려간 고만 일로 해서 남더러 인간 같지 않다느니, 남의 회갑노리를 처부신다느니 하는 나에게 평시부터 그들과 무슨 풀지 못할 숙감이래도 있었던 게라고 이렇게 독자는 말할 것이겠으나, 내가 사는 데와 서홍수네와는 새가 좀 뜨게 되자니까 나는 그 집 사람들의 어느 하나와도 인사하고 지내긴커녕 그 집 식구들의 어느 하나의 안면조차 본 일이 없다…… 나는 그 이유를 먼저 밝힌 연후에, 나의 손에 들린 기인 몽뎅이를 들고 그리(강 노리터)로, 서흥수의 회갑잔치 마당으로 내달리겠다. 그런데 나는 진실로 그들과 평시부터 사사로운 감정이 있었던 게 아니라는 것을 다시 여기서 말해둔다."(9쪽) 잔치를 망쳐버리겠다는 충동이 사사로운 감정이 아니라 "내"가 서흥수에 대해 들었던 그간의 소문들, 그의 탐욕스러운 행적과 작인들에 대한 횡포에 대한 공분(公憤)에서 비롯된 것이라는 게 "나"의 해명이다. 그리고 이 분노를 서술하는 데 그치지 않고 행동으로 옮기려는 의지가 "나"를 관찰자 이상의 능동적인 인물로 만든다. 서술자가 감정적으로 격하게 반응하고 행동하(려)는 인물이기 때문에, 또한 위의 인용에서처럼, 서술자가 직접 독자에게 말을 건네며 자신의 감정을 해명하기 때문에, 독자의 주의는 서술의 대상인 소작인들과 서흥수의 갈등에서 서술자에게로 옮아가게 된다. 「점례」에서 전지적 서술자가 점례의 비극적 죽음이라는 사건을 효과적으로 전경화했다면, 「풍류 잡히는 마을」의 일인칭 서술자는 지주─소작인의 갈등과 파국을 보여주는 동시에 서술자 자신의 서사를 짜넣어 독자의 주의를 분산시키고 있는 것이다.

이 소설에서 두드러진 특징은 서술자가 전달하고 있는 서흥수의 횡포와 마을 사람들의 고난이 마을 사람들에게 전해 들은 "소문"이라는 점이 거듭 강조되고 있다는 점이다. 보통 일인칭 서사에서 작중 인물로서의 서술자의 경험은 제한적이며, 따라서 서술의 많은 부분이 간접 경험에 의거하여 이루어질 수밖에 없게 된다. 이때 서술자가 전달하는 정보가 간접적인 것이라는 점이 언제나 명시되는 것은 아니다. 즉 전달되는 정보가 서술자 본인이 직접 경험한 것인지, 아니면 전해 들은 것인지 그 정보의 출처가 모호하게 처리되는 것이 일반적이다. 그러나 「풍류 잡히는 마을」은

전해 들은 정보라는 점을 강조하면서 서술자의 경험치를 명확하게 한정한다. 예컨대, "서흥수네는 (……) 다고 하였다" "(……) 것이라고 마을 사람들이 이야기하였다" "나는 그때 마을 사람들의 이야기로서 서흥수네가 (……) 것도 들었고, (……) 것도 들었다" "마을 사람들 중엔 이런 이야기를 하는 자도 있었다" "다음으로 내가 들은 서흥수네 소문은 (……)" "아이들 이야기에서 나는 알게 되었다" "(……) 말도 들었다" "(……) 것도 알았다"(10~14쪽) 등과 같은 표현이 주로 쓰이고 있는 것이다.

소문의 전달을 강조하는 것이 얻는 효과는 무엇일까. "해방되기 훨씬 전부터"(10쪽) 이 마을에 계속 살았던 "내"가 왜 서흥수의 악행과 이로 인한 마을 사람들의 고통을 소문으로만 접한 것일까? 작품 서두에서 "나"는 서흥수네와 일면식도 없는 것이 "그들과 좀 떨어진 새에 살고 있어서"(9쪽)라고 설명하지만, 그보다 결정적인 이유는 "내"가 서흥수와 직접 갈등을 겪을 필요가 없는 위치에 있다는 점일 것이다. 서술자는 서흥수의 소작인인 다른 마을 사람들과는 신분·계급적으로 차별화된다. 이 차이는 작품에서 명확하게 드러나, 서술자 "나"에게 "마을 사람들"은 언제나 "그들"일 뿐 단 한 번도 "우리"로 지칭되지 않는다. "면직원의 퍼런 서슬에 마을 사람들의 거의 전부가 그 높은 산등성이에 올라 헤맬 쩍에도 서흥수네 식구의 아무도, 식모나 아이 보는 계집애까지도 그런 일은 전연 모르고 있다는 것도 들어서 알았다."(14쪽) 여기서 "마을 사람들의 거의 전부"에 포함되지 않는 사람은 물론 서흥수네 식솔이나, 서술자 "나" 역시 이 "마을 사람 거의 전부"에 해당되는 사람이 아니다. "나"는 닭장을 지을 목수 영감에게, 주선자가 제시한 삯전보다 후하게, 한꺼번에 주지 말라는 충고에도 불구하고 한 번에 지불할 만큼 경제적·심리적으로 여유가 있다. 채독이 올라 자리에 누운 목수 영감의 "식구들에게 약을 썼느냐, 채독엔 고기가 좋다는데 고깃국이나 대접했느냐 하고 묻는, 물색 모르는 친절과, "더 별말 없이 집에 내려와서 고기 한 근 살 돈과 영감 약 살 돈과 쌀 한 되를 영감 집에 올려보"(27쪽)내는 "나"의 선행은 쌀 한 되 구하기 어려워 어쩌다 양옥수수 사다 갈아서 먹는 게 자랑이 되는 마을 사람들의 처지와는 대조적이다. 소작인들의 곤궁함을 드러내는 일화들 은 동시에 서술자의 계급적 이질성을 강조하는 결과를 낳는다. 이 작품 의 서술자를 규정하는 중요한 특징은 서술자의 계급이며, "나"와 "그들" 간의 차이, 즉 지식인/농민, 중간계급/소작계급이라는 차이가 가져오는 거리이다.

전해 들은 이야기라는 점의 강조는 서술자의 계급적 이질성을 예각화 하는 방향으로 작동한다. 작품에서 다뤄지는 것은 전해 들은 고난이며, 따라서 서술자의 분노는 간접적인 분노이다. 서술자가 자신의 분노를 드 러내고 실천을 고민, 모색하면서 일반적인 고발소설, 지식인소설의 범주 에 머물렀다면, 이 계급적 차이에 기반한 서술자의 의식의 기만성 내지 분열은 두드러지지 않았을 것이다. 그러나 "나"는 몽둥이를 들고 서홍수 의 회갑잔치로 뛰어가겠다고 거듭 분개하다가, 갑자기 회갑잔치를 부숴 버리겠다는 계획은 다만 말뿐이며, "거짓말"(44쪽)이었다는 점을 고백한 다. 그리고 결정적인 순간에 "나는 그 자리에 푹 주저앉고야 말"았으며 "잠이 들"어버렸다는 사실을 밝힌다. "독자는 날더러 맹탕이라고 우서도 좋다. 내게는 푹 주저앉는 버릇과 함께 절박한 감정을 누를 수 없을 때, 잠이 소로르 들어버리는 버릇도 있는 것이다."(45쪽) 이 부분은 이 소설 전체에서 가장 이상한, 그래서 문제적인 대목이다. 몽둥이를 들고 닭을 물어간 족제비를 쫓다가 그길로 서홍수네 잔치를 망쳐버리겠다고 흥분하 던 "나"가 동산 위에서 갑자기 땅바닥에 주저앉아 잠이 들었다는 건 전혀 개연성이 없다. 집에 돌아온 "나"는 "심심하였"기 때문에 하늘을 쳐다보 고 있었다는 식으로 현실에 대한 분노로부터 갑자기 뒷걸음질친다. 지주

와 소작인의 불평등한 관계, 사회의 모순에 대한 분노와 같은 소설 전반을 관통하는 문제의식이 갑자기 심심하거나 잠이 오는 것으로 대수롭지 않게 서술되는 이유는 무엇일까?

실천을 약속하면서 결국 아무런 행동도 하지 않은 "나" 대신, 서울에서 중학교를 마쳤다는 목수 영감의 아들이 서흥수의 회갑잔칫상을 때려부수고 순사에게 잡혀가는 사건이 발생한다. 이에 대해 "나"는 "목수 영감의 아들은 처음부터 끝까지 한마디의 말이 없이 기저 행동만 하였다"며, "열 마디의 말보다 한 개의 참된 것, 스무 마디, 설흔 마디, 백 마디의 말보다 오직 하나의 진실된 행동은 세상의 온갖 귀한 것 중에 가장 귀한 것이 아닐까"(48쪽)라고 평한다. 진실된 행동 대신 열 마디 스무 마디의 말을 늘어놓았던 이는 바로 서술자 자신이다. "나"는 지주의 횡포에 분개하여 회갑잔치를 망쳐놓겠다고 공언하지만 결국 아무 일도 하지 않고 안일하게 주저앉아버린다. 반면 소작인의 아들은 "나"와 이웃 사람이 삼분병작제를 비판하며 좋은 세상이 와야 한다고 떠들 때 침묵했지만, 지주에게 직접 가서 대항한다. 결국 "독자는 날더러 맹탕이라고 웃어도 좋다"는 대목은 말만 앞세우고 실천하지 않는 지식계급인 자신에 대한 냉소 내지는 비판으로 읽힌다. 이 작품은 지주–소작 관계의 모순을 날카롭게 지적하면서 악덕지주의 횡포를 고발하고, 동시에 지주에게 한없이 비굴한, 노예근성을 체화한 농민들에게도 비판적 입장을 취하고 있다. 그러나 앞에서 살펴본 것처럼 이 작품에서 지주계급에 대한 비판만큼이나 중요한 것은 지식계급인 "나" 자신, 모순을 인식하되 아무런 실천도 하지 않는 지식인에 대한 비판이다. 「점례」에서처럼 서술대상인 마을의 지주, 소작인들과 적절한 거리를 유지한 채 전지적 시점에서 현상을 고발하는 데 그쳤다면 이렇게 자기 성찰적 비판으로 나아갈 필요가 없었을 것이다. 그러나 서술자 "나"를 소설 속에 등장시킴으로써, 그의 의식이나 행위의 이중성과 괴리를 드러내 보여줌으로써, 저자는 지식계급에 대한 반성적인 성찰에 이르고 있다. 서술자가 서사 안에 등장하는 일인칭 소설은 그의 생각이나 판단이 서술의 층위에 드러날 뿐 아니라, 행위와 말로써 작중 인물로서의 입장 역시 드러나게 된다. 서술자 "나"는 현행 토지제도와 지주-소작농의 계급관계의 모순을 강하게 비판하지만 작중 인물로서의 "나"가 구체적 실천에 이르지 못하기 때문에, 결국 서술자가 제기하는 작품의 주제의식은 약화되고 대신 서술자로 대표되는, 말만 앞세우는 지식인에게 비판적 시선이 분산되고 있다.

4. 지식인/여성의 한계와 농민/여성의 긍정성 : 「우물 치는 풍경」

일인칭 서술자 "나"와 마을 사람들과의 거리가 명확한 「풍류 잡히는 마을」에서와 달리 「우물 치는 풍경」의 "나"는 처음부터 자신을 이 마을 공동체의 일원으로 설정하고 있다. "나는 아침 설거지를 얼른 걷우고 우물가로 나갔습니다. (……) 우물이 있는 집이거나 없는 집이거나 이 우물 고사를 지내기 위해서 치는 마을 공동 우물인 이 우물은 어떠한 집에서도 빠지는 일 없이 마치 무슨 의무인 양 행하게 되어 있습니다. 내가 여기에 참례하는 것은 (……) (집에 우물이 있어서 일 년 치고 하루도 이 공동 우물의 물을 한 방울 먹는 일이 없지만) 마을 사람들이 공동으로 하는 일이니까 마을 사람의 한 사람으로 의무를 이행한다는 점에서입니다."(91쪽) 「우물 치는 풍경」의 "나" 역시, 마을 지주 최주사가 땅을 팔아버려 곤경에 처한 소작농들과는 완전히 다른 계급에 속하며, 이 점은 그의 집이 마을에서 공동 우물을 사용하지 않아도 되는 두서너 집 중 하나라는 사실에서 이미 암시된다. 이 작품의 "나"는 무지한 마을 사람들을 계몽하려는 의도를 표출하는 지식인 여성이다. 그러나 마을 공동체의 한 구성원으로서 자신의

존재를 인식하고 그에 따른 의무를 수행하고 있는 "나"의 태도는 「풍류 잡히는 마을」에서 마을 사람들을 부리는 위치에 있거나, 곤경에 처한 그들에게 호의를 베푸는 입장이었던 "나"와는 명백히 다른 것이다.

「풍류 잡히는 마을」은 서사의 삼분의 이가 지난 시점에서야 서술자가 여성임이 밝혀지지만, 서술자의 젠더가 중요한 의미를 가지지 않았다. 그러나 「우물 치는 풍경」은 작품 첫머리에서부터 서술자가 여성임이 이미 암시되며("아침 설겆이를 얼른 걷우고"), "여기서 나는 당신에게 그 까닭을 미리부터 아뢰기는 싫습니다"와 같은 어조에서 드러나듯이 명백히 여성적인 문체를 구사한다. 여기서 서술자가 호출하고 있는 "당신"은 특정한 수신자라기보다는 독자 일반을 호명하는 것으로 보인다. 그리고 이 여성적 문체와 수신자에 대한 경어 사용 등은 서술자를 여성으로, 동시에 "당신"으로 지칭되는 독자를 남성으로 젠더화한다. 여성 서술자 "나"는 궁핍한 농촌의 사정을 전혀 모르는 것으로 가정된, 아마도 지식계급일 남성 독자들을 향하여 마을 사람들이 얼마나 굶주리고 있으며, 얼마나 가난한지 차근차근 설명한다. "당신"으로 호명되는 독자들의 계급은 "당신은 산에 나무가 자꾸만 없어진다고 나무 비여가는 자들을 그냥 나무램만 하지 말아주십시오. 나무를 비지 않고도 배고프지 않은 세상을 맨드러주도록 마음을 써주십시오"(107쪽)에서도 암시된다. 이들은 새로운 세상을 만드는 데 일조할 수 있는, 적어도 조선의 앞날과 사회정책에 관심을 가지고 논의할 만한 계층인 것이다. 그리고 "나"는 농촌의 현실을 잘 모르는 "당신들" 남성 지식인들을 가르치는 위치에 선다. "한 사람이 잘 먹고 열 사람이 못 먹는 세상보다 열 사람이 다 똑같이 배고프지 아니한 세상이 유쾌하다고 당신은 생각하지 않습니까."(114쪽) 경어체의 여성적 어조는 공손하되, 그 내용은 질타에 가깝다. "죽지 못해 사는 자들에게 자연이 좋으면 뭘 한단 말입니까. 시와 그림이면 어쩌는 것입니까."(122쪽) 민중

의 현실을 알지 못하고 한가하게 예술을 논하는 지식인들이 비판의 대상
이 되고 있다. "나" 역시 지식인이지만, 농촌 공동체의 일원으로 스스로
를 위치지움으로써 책상물림 지식인들을 질타할 수 있는 위치에 선다.

　서술자의 비판적 시선이 향하는 것은 가상의 지식인 독자들에게만은
아니다. 아낙네들의 무리에 섞여 있는 "나"는 우물 고사에 참가한 남정네
들 쪽으로도 비판의 시선을 보낸다. 남자들은 빵이 나오자 여자들은 신경
도 쓰지 않고 자신들의 허기부터 채우는 데 급급하다. 그리고 빵 한 개와
막걸리 한두 사발에 배가 부르자 이내 기분이 좋아진다. 자신들을 굶주리
게 하는 세상에 분노할 줄 모르고 허기만 면하면 쉽게 만족하는 이들이
"나"는 밉살스럽다. 우물 고사를 치르기 위해 애쓰는 마을의 남자 어른들
이 공동체의 안위와 평화를 위한 질서를 강조한다면, 마을 아낙네들은 자
신들에게 당면한 현실적 문제에 직핍해 들어간다. 부치던 땅을 살 형편이
못 되어 결국 땅을 잃은 학수 어머니는 값이 싼 학수네 땅을 산 몽분 어머
니에게 포악스럽게 달려들어 결국 싸움이 벌어진다. 아낙들의 드잡이로
인해 신성해야 할 고사가 부정 타는 것을 염려하던 마을 노인들도 땅 문
제가 거론되자, 희색을 잃고, 말이 없어지며, "거저 어깨가 축 늘어지고
걸음이 느릿해질 뿐"(131쪽)이다. 마을 사람들을 괴롭히는 가장 근본적인
문제가 아낙들의 솔직한 싸움에 의해서 폭로되는 것이다. 그리고 우물 고
사를 결정적으로 망쳐버리는 것은 발정난 암퇘지의 출현이다. 마을 젊은
이들이 돼지몰이에 합세하고 그 와중에 몽분 어머니의 코피가 터지자 고
사는 엉망이 된다. 우물 고사가 공동체의 존속을 위한 신성한 풍속이라
면, 이를 뒤엎어버리고(「풍류 잡히는 마을」의 목수 영감의 아들이 잔칫상을
엎어버린 것처럼), 계급문제를 돌출시킨 것은 가장 부정하다고 여겨지던
여성의 피와, 암컷의 동물적 본능으로 인한 난장이다.

　남성들의 순응적 태도가 밉살스러웠던 "나"는 이 거세고 포악스러운

학수 어머니가 밉지 않으며, 싸우는 두 여자를 얼싸안고 "내 가슴에 부글부글 치밀어오르는 말"(132쪽)을 들려주고 싶다. "학수 어머니, 몽분 어머니, 싸울 것 하나 없습니다. 학수 어머니가 몽분네 때문에 입에 거미줄 치게 됐다고 하시지만 그것은 잘못 알고 하시는 말입니다. 당신들 입에 거미줄 치게 하는 자는 따루 있습니다. 그것은 최주사올시다…… 그 자는 지금 당신들의 피와 눈물이 맺치고맺친 돈을 함부로 막우 써간답니다…… 최주사와 같은 땅 많고 돈 많은 자들을 돌보아주는 그런 정부를 세우게 하려고 눈이 뒤집혀서 욕심만 부리는…… 그런 위인들한테 돈을 멕여가면서 우리나라를 세워달라고 합니다."(132쪽) 그러나 "나"의 울분 섞인 계몽적 언설은 독자들에게만 전달될 뿐, 마을 사람들을 향해 실제로 발화되지 못한다. "연설하듯 말을 하려고 하면서도 아직 하지 못하고 주저하면서 두레박줄을 잡고 왔다갔다하고 있"(133쪽)다가 말할 기회를 놓치는 것이다. 마을 공동체의 일원으로 함께 우물 고사에 참가하면서, 자신의 여성적 수줍음을 술기운을 빌어 극복해보려던 지식인 여성 서술자 "나"의 시도는 결국 무위로 돌아간다. 독자를 향한 장황한 언설과 그에 반해 아무런 실천도 보여주지 않는 지식인 여성 서술자의 모습은 「풍류 잡히는 마을」에서와 흡사하다. 이는 마을 여인들의 거칠지만 솔직한 대담성이 마을에 잠재해 있던 문제를 표면으로 끌어올린 것과 대조적이다. 이 작품은 소작 제도의 모순, 가진 자들을 위한 세상, 민중의 현실에 무지한 지식인 남성들, 현실에 순응하는 농민들, 결국 아무것도 하지 못하는 지식인 여성 "나"를 차례로 비판하면서, 마을 여성들의 긍정성을 부각시킨다. 이들은 "나"와 같은 장황한 웅변은 모르나 몸으로 직접 부딪쳐 분노를 표현하며, 순응을 강요하는 당시 사회질서를 무너뜨린다.

5. 일인칭 서술의 윤리

　최정희의 해방기 소설들은 삼분병작제의 시행과 소작농의 궁핍한 삶이라는 당면 문제를 각기 서술방식을 달리하여 변주하고 있다. 이 작품들의 유사성은 안일한 자기복제성으로 평가절하될 것이 아니라, 쓰지 않을 수 없는 민중의 고통스러운 현실을 목도하고 고발하는 지식인의 입장에서 어떤 내러티브를 취할 것인가에 대한 작가 최정희의 모색이며, 지식계급에 대한 성찰적 사고의 반영이다. 삼인칭 시점을 견지하는 소설 「점례」가 해방기 농민들의 비참한 삶을 독자에게 보고하려는 작가의 의도를 효과적으로 성취했다면, 다른 두 작품은 단순히 보고 이상의, 적극적 입장 표명이나 실천을 요구받는 서사 내적 존재 "나"로 인해 서술자가 속한 지식계급이 갖는 자기모순과 나약함을 노출시킨다. 비슷한 주제의 작품들을 조금씩 다른 입장을 취하는 서술자들을 통해 변주함으로써, 작가 최정희는 지식인으로서의, 나아가 지식인 여성으로서의 자기 성찰과 비판에 이르고 있다. 이것이 바로 일인칭 서술이 가지는/가져야만 하는 윤리성일 것이다.

/ 제2장 /

1950년대

/

박영준

선우휘

황순원

손창섭

장용학

정한숙

이범선

오상원

이데올로기와 현실 사이의 긴장
― 박영준의 「빨치산」「용초도 근해」를 중심으로

장수익

1. 들어가며

만우(晩牛) 박영준은 일생 동안 단편 200여 편과 장편 10여 편 등 왕성한 작품 활동을 펼친 작가이다. 그러나 지금까지 그의 소설은 작품량이나 성과에 비해 상대적으로 많이 연구되지 못하였다. 그에 대한 평가는 대부분 「모범경작생」을 중심으로 한 초기 농촌소설에 집중되어 있는 형편이다.[1] 그러나 박영준 소설은 일제하 농민소설사뿐 아니라 1950년대 소설사에서도 주목받을 수 있는 것으로 보인다. 이는 박영준이 1950년대 문단의 주류였던 휴머니즘에 입각하면서도 그 한계를 벗어나려는 작품들을 선보였기 때문이다. 그가 6·25 중에 발표한 작품들만 보더라도, 반공주의를 넘어서려 하거나 당대 현실에 충실하게 육박하려는 태도가 간취되

---

1) 이에 대한 주요 연구로는 정한숙, 「농민소설의 변용과정」, 『아세아연구』 48, 고려대, 1972; 구인환, 「농민소설의 양상」, 『한국문학 그 양상과 지표』, 삼영사, 1978; 신춘호, 『한국 농민소설 연구』, 고려대학교 박사학위논문, 1980; 조남철, 『일제하 한국 농민소설 연구』, 연세대학교 박사학위논문, 1985 등을 들 수 있다.

는 것이다. 그런 점에서 1950년대 소설사에서 박영준의 자리가 협소한 것은 아쉬운 일이 아닐 수 없다.[2]

1950년대 박영준의 소설은 크게 두 부류로 나눌 수 있다. 하나는 6·25와 관련된 소재를 다룬 전시소설들이며, 다른 하나는 전쟁과 거리가 먼 도시소설의 성격을 띤 부류이다. 이중 전자는 공산주의와 북한은 비인간적이며 자유주의와 남한은 인간적이라는 반공주의적인 휴머니즘을 기반으로 삼지만, 종종 그것을 위반하는 방향으로 서사가 전개된다. 그리고 후자는 도시적 일상성 속에서 나타나는 개인의 고독과 소외를 그리는 데 중점을 두고 있다.

이 글에서는 이 가운데 전자에 속하는 「빨치산」과 「용초도 근해」를 중심으로 박영준 소설이 1950년대 전반의 소설사에서 지니는 의의를 고찰해보고자 한다. 이러한 시도는 특히 박영준 소설이 전시소설의 일반적 특징인 이데올로기에 대한 문학의 종속성을 어떻게 회피 또는 극복하려 했는지를 중심으로 이루어질 것이다.

2. 전쟁, 이데올로기, 문학작품

전쟁 특히 현대전은 전쟁 당사국의 역량이 총동원되는 총력전의 형태로 이루어지기에, 필연적으로 국가는 구성원들에게 능동적 참여와 희생을 요구한다. 그러나 이 요구에 대해 구성원들이 마냥 찬동하지는 않는다. 전쟁의 위협에서 자신과 가족의 안위를 지키는 것이 우선시될 수밖에 없기 때문이다. 전쟁에서 이데올로기의 역할이 중요해지는 것은 이 지점

---

2) 1950년대 박영준 소설에 대한 언급으로는 조남현, 「한국 전시소설 연구」, 『한국현대소설의 해부』, 문예출판사, 1993, 45~47쪽; 김윤식·정호웅, 『한국 소설사』, 문학동네, 2000, 357~360쪽 등을 참조.

이다. 이데올로기는 국가보다는 자신의 생존만을 중시하는 구성원에 대해 내면적으로 죄의식을 부여하고, 외면적으로 강제적인 처벌을 합리화한다. 그리고 전쟁으로 인한 모든 참상을 전쟁 상대국의 잘못으로 전치함으로써 구성원들의 능동적이고 자발적인 전쟁 동원을 양분법적으로 합리화하고 독려하는 정신적 지원군 역할을 한다. 국가가 안정된 상태일 때도 이데올로기는 이같은 기능을 하지만, 전쟁은 그 기능이 극단화되어 발현되는 계기가 된다.

그렇다면 문학을 비롯한 예술은 전쟁을 맞아 어떤 변화를 보일 것인가. 먼저 고려할 것은 문학예술이 이데올로기적 기능을 지닌다는 점인데, 특히 언어예술인 문학은 이데올로기적 기능이 다른 예술에서보다 더욱 본질적이다. 그런 까닭에 전쟁하의 문학은 이데올로기적 기능이 극단화된 상태에서 자국의 이데올로기를 합리화하고 상대의 이데올로기를 공격하면서 국민들을 전쟁에 적극적이고 능동적으로 나서게끔 선동하는 첨병 역할을 한다. 6·25 전후의 남북한문학이 외적으로는 상반된다 할지라도 이데올로기적 기능에서는 다를 바 없는 것도 그 때문이다.

그러나 아무리 이데올로기를 옹호한다고 해도 예술은 예술이다. 피에르 마슈레에 따르면 어떤 작가든 자신이 취한 이데올로기의 타당성을 입증하기 위해 텍스트를 생산하려 하지만, 구체적 현실을 동원할 수밖에 없는 텍스트의 생산 과정은 그 성격상 이데올로기에 적대적일 수밖에 없다. 따라서 텍스트 생산 과정은 작가의 이데올로기가 과연 타당한지 시험하는 반(反)이데올로기적 과정이 된다. 그러나 구체적 현실을 온전히 견뎌내는 이데올로기는 없으며(그렇지 않다면 이데올로기가 아닌 진리일 것이다), 그 결과 생산된 텍스트는 모순성을 띠게 된다. 어떤 이데올로기도 작가가 텍스트 내로 끌고 온 현실을 온전히 견뎌낼 수 없기에, 아예 현실을 왜곡 또는 은폐하면서 이데올로기를 강변하려 하거나, 반대로 이

데올로기를 포기하고 현실에 끌려감으로써 텍스트에 모순이 생기게 되는 것이다.[3]

이데올로기적 기능이 극단화된 전시 또는 전후소설들이 공통적으로 지니는 딜레마가 이것이다. 이러한 소설을 쓰는 애초의 목적은 자국의 이데올로기를 옹호하고 상대국의 그것을 비판하는 데 있지만, 텍스트로 끌고 온 전쟁하의 현실은 그 목적과 부합하기는커녕 그것으로부터 멀리 벗어나기 일쑤이기 때문에 자국 이데올로기의 타당성을 강변하면서 그것과 배치되는 현실을 왜곡 또는 은폐하게 된다. 전시소설에서 흔히 자국 군대는 철저히 선한 자로, 상대국 군대는 철저히 악한 자로 나타나는 것도 그 때문이다. 이런 작품들이 문학사에서 긍정적인 평가를 받지 못했던 것은 당연한 귀결일 것이다.

박영준이 발표했던 전시소설들도 이러한 난관에서 크게 벗어나지 못한 경우가 많다. 그는 1951년에 육군본부 정훈감실의 문관이 되었으며, 종전 때까지 '6·25 종군작가단' 소속으로 활동한다. 이처럼 박영준이 남한의 입장에 적극적으로 찬동했던 것을 볼 때, 박영준이 당시에 쓴 소설들이 대개 위에서 언급한 한계를 벗어나지 못했던 까닭을 이해할 수 있다.

예를 들어 「삼형제」(1953)는 빨치산이 되어 몰래 집에 온 둘째를 중심으로 한 비극을 그린 소설이다. 이 소설의 중심 갈등은 둘째를 어떻게 할 것인가에 있는데, 가족애 때문에 고발 여부를 고뇌하는 막내와 달리 맏이는 둘째를 별 고뇌 없이 고발한다. 그러나 이 과정에서 맏이가 의당 겪었을 심적인 고뇌는 은폐 또는 축소되며, 이후 둘째가 자신을 살리려 하는 어머니조차 쏘아 죽이는 서사 진행을 통해 애초에 전경화되었던 막내의 고뇌조차 헛된 것으로 귀결된다. 물론 둘째가 아무런 회의 없이 악행을

3) 이데올로기와 생산 과정의 관계에 대해서는 P. 마슈레, 『문학생산이론을 위하여』, 배영달 옮김, 백의, 1994, 221~227쪽 참조.

저지른 것이 아니라 당 간부의 명령에 따라 어쩔 수 없이 그렇게 한 것으로 제시되지만, 악행을 저지르게 한 근본적 원인으로서 공산주의는 그야말로 극악무도한 사상으로 비판된다. 공산주의 사상을 가지거나 그에 찬동하는 행위를 한 자는 가차 없는 징벌을 해야 한다는 전쟁하의 이데올로기가 이 소설에서 근본적 전제로 작동하고 있는 것이다. 한편 이와 같은 전제는 「암야」(1952)에서도 확인할 수 있다. 이 소설에서 국군 대위인 형은 포로로 잡힌 동생을 구해주려 하지만 동생이 붙잡히는 과정에서 국군을 해쳤다는 것을 알고 구하는 것을 포기하며, 결국 도망치는 동생을 쏘아 죽인다. 이때 동생을 죽이는 형의 행위가 지극히 당연한 것으로 그려지는 것 역시 전쟁으로 극단화된 이데올로기가 작동한 결과라고 할 수 있다.

그러나 이 작품들에서 공산주의 자체가 다루어졌다고 보기는 어렵다. 공산주의의 주요한 가치관이나 이론은 거의 제시되지 않으며, 공산주의자의 비인간적인 행위를 통해 공산주의를 공격할 뿐이다. 그러기에 이 작품들은 일종의 허수아비 공격이라는 오류를 범하고 있다고 할 수 있다. 물론 이 말이 예술작품인 소설에서 반드시 공산주의에 대한 이해를 전면에 내세워야 한다는 뜻은 아니다. 그러나 최소한 공산주의가 인물에게 미친 영향이 인물의 심리에 관철되어야 할 것인데, 「삼형제」의 둘째나 「암야」의 동생의 내면은 그와 아무 상관 없이 제시되고 있다. 더욱이 이 두 인물은 실제로는 속아서 또는 어쩔 수 없이 공산 진영에 참여한 공산주의의 피해자의 성격을 띰에도 불구하고, 공산주의에 찬동하는 행위를 했다는 이유만으로 징벌을 받으며, 나아가 그 징벌은 정당한 것으로 옹호된다. 결국 이 두 소설은 자의가 아니라고 할지라도 공산주의를 찬동하는 행위를 해서는 절대 안 된다는 강력한 반공주의를 드러내는 데 중점을 둘 뿐, 공산주의가 왜 나쁜지를 공산주의의 내용을 토대로 드러내는 것은 회

피함으로써 심각한 결함을 지닌다고 할 수 있다.[4]

3. 한 공산주의자의 내면에 대한 해부 : 「빨치산」

「빨치산」(1952)이 소설사적으로 주목되는 것은 이 지점이다. 이 소설
은 당시의 전시소설들과 달리, 빨치산으로 표상된 공산주의자의 내면을
전면에 드러내려 하기 때문이다. 이 작품에서는 공산주의 가치관이 상당
히 구체적인 수준으로 인물의 내면을 통해 제시되며, 이를 바탕으로 인물
의 사상적 고뇌가 비록 불완전하기는 하지만 당시로서는 혁신적으로 그
려졌던 것이다.[5] 물론 「빨치산」이 이데올로기적으로 중립적인 위치에서
공산주의를 그렸던 것은 아니다. 작가가 이 소설에서 반공주의의 시각을
견지하려 했다는 것은 부인할 수 없다.[6] 그러나 이 소설은 빨치산이 생포
된 바로 그 순간에 자신의 공산주의 활동을 회상하는 기본적 설정에서 이
미 반공주의를 상당히 약화시키고 있다. 이 점을 중심으로 「빨치산」을 살
펴보기로 한다.

「빨치산」에서는 우선 주인공 추일의 신분이 주목된다. 추일은 서울대
법대 출신의 '인텔리'로 설정됨으로써 공산주의 가치관을 비록 전면적이
지는 않다 해도 어느 정도라도 드러내지 않을 수 없다.[7] 열렬한 공산주

---

4) 공산주의의 가치관이나 이론이 인물의 내면 및 타 인물과의 갈등에 영향을 미치는 양상
   이 드러나는 것은 전쟁이 끝난 후 황순원의 『카인의 후예』 이후 장용학 소설에 이르러 본격
   화된다.

5) 조남현, 같은 책, 45쪽 참조.

6) 「빨치산」을 반공주의의 시각으로 읽은 것은 황송문, 「다시 읽어 보는 전후문제작 : 박영준
   작 빨치산」, 『월간 북한』142, 북한연구소, 1983 참조.

7) 공산주의를 소설에서 전면적으로 또는 아주 상세하게 드러내는 것은 설혹 박영준이 공
   산주의에 대해 해박했다고 할지라도 전시였던 당시로서는 불가능했을 것이다. 소설 자체의
   논리로 볼 때도 추상적인 이론적 언급을 소화하는 것이 어려웠을 터이지만, 작가의 의도와

자가 되고자 했던 추일의 전력에 비추어볼 때, 공산주의 자체를 그가 어떻게 이해하고 있었는지에 대한 진술이 수행되지 않는다면 인텔리라는 설정이 부자연스러워질 것이기 때문이다. 아울러 이 소설이 일인칭 주인공 시점으로 쓰였다는 점 또한 추일이 자신의 사상적 입지를 구체화할 수밖에 없는 이유가 된다.

여기서 또하나 중요한 것은 추일이 과거를 회상하는 시간이 생포 직후로 설정되었다는 점이다. 이러한 시간 설정은 반공 이데올로기를 설파하려는 다른 전시소설들과 비교할 때 이 소설에 상당한 개성을 부여한다. 이는 무엇보다 생포 직후의 시점에서는 반공주의를 전면화해서 드러내기 어렵다는 점에서 비롯한다. 비록 추일이 어느 정도 공산주의에 대한 회의를 지닌 상태에서 생포되었다고 해도, 능동적인 귀순이 아니라 피동적으로 생포된 그가 붙잡히자마자 공산주의를 강력하게 반대하는 생각을 한다면 필연성이 제대로 확보될 수 없을 것이기 때문이다. 이러한 인물 설정 및 회상 시간의 설정을 기반으로 이 소설은 추일이 어떻게 공산주의를 받아들였는지 보여주는 데 우선적인 중점을 둔다.

공산주의만이 대다수의 인류를 행복하게 할 수 있는 것이라 믿었고 따라서 진정한 공산주의자가 못 됨은 진실한 진리를 사랑할 줄 모르는 낙오된 인간이 되는 것이라 믿었기 때문이었습니다. 사실 유산자보다도 무산자가 세상에는 그 수효가 더 많으니까요./안 그렇습니까? 그 생각에는 아직도 변함이 없습니다. 소수의 인간으로 말미암아 다수의 인간이 학대를 받는다면 그것은 너무나 불합리한 일입니다./(그러나 월북 당시에는—인용자) 공산주의가 소수의 인간과 다수의 인간을 합한 전 인류의 불평을 초래하는 사상인

관계없이 공산주의를 선전하게 되었다는 비판을 받았을 것이기 때문이다.

것만은 몰랐습니다.[8] (이하 강조는 인용자)

위의 인용은 추일이 공산주의를 어떻게 받아들였는지 잘 보여준다. 여기서 추일은 공산주의에 대한 균열된 시각을 드러낸다. 여전히 공산주의의 주장에 동감하면서도, 한편으로는 공산주의는 결국 '전 인류의 불평'을 초래할 것이라는 비판적 인식을 같이 드러내는 것이다. 위의 진술이 공산주의에 대한 회의가 전면적으로 드러날 수 없는 생포 직후의 시점에서 이루어졌다는 점을 감안할 때, 이러한 균열된 시각 역시 현실적이라고 할 수 있다.

이후의 서사 구성은 추일이 공산주의에 대한 열정에도 불구하고 공산주의에 대한 회의를 지닐 수밖에 없게끔 하는 방향으로 진행된다. 그래야만 이 소설이 목표로 삼았던 반공주의의 타당성 입증에 도움을 줄 것이기 때문이다. 이 소설에서 추일이 공산주의자로서의 삶에 회의를 느끼는 계기가 된 사건들은 크게 세 가지이다. 그러나 미리 말하자면 이 세 가지 사건에도 불구하고 공산주의에 대한 비판은 제대로 수행되지 못하며, 아울러 반공주의의 타당성도 제한적으로만 입증된다.

추일이 공산주의에 회의를 품게 되는 첫번째 사건은 월북 후에 '인텔리'라는 낙인 때문에 군사부에 배치된 것이다. 그러나 이 사건이 공산주의에 대한 회의를 표면화하는 정도로 큰 영향을 미치지는 못한다. 추일은 공산주의자로서의 신념을 버리지 않으며, 이후에는 빨치산으로서 혁혁한 공을 세워 부대장이 되기 때문이다. 추일은 생포될 무렵까지도 상부에서 자신의 인텔리적 속성을 지적받을 가능성을 계속 우려하는데, 이러한 우려 역시 추일이 얼마나 공산주의에 투철하려 했는지 알려주는 역설적인

8) 박영준, 「빨치산」, 『방관자─만우 박영준 전집 2』, 동연, 2002, 63쪽. 이하 인용은 이 책에 따름.

증거가 된다. 공산주의 속에 자신을 위치시켜야만 이같은 우려도 가능할 것이기 때문이다.

1)다른 것은 사랑이라는 것을 하기 시작한 뒤로 마음이 약해진 것입니다. (……) 넉넉지 못한 집에 가서 쌀과 옷을 빼앗을 때 전처럼 무감각 상태가 아니라 빼앗기는 사람의 편이 되어 생각하는 마음이 들기 시작했습니다.(72쪽)

2)어쩐지 죄 없는 어린 시체를 그대로 볼 수가 없었습니다. 생각하면 마음이 약해진 것이 아니라 사랑이 인간적인 마음의 눈을 뜨게 한 것 같습니다./(……) 인간이 인간으로 자처하는 데 인정을 무시하고 어찌 자기의 존엄성을 말할 수 있겠습니까?(강조는 인용자, 73쪽)

두번째 사건은 빨치산 활동중 귀향과 사랑하게 된 것이다. 일단 귀향과의 사랑은 추일이 그동안의 빨치산 투쟁에 대한 반성의 계기가 된다. 위의 인용에서 보듯이 '빼앗기는 사람의 편'에서 생각해본다거나, '인간적인 마음의 눈'을 뜨게 되는 계기로 사랑이 기능하는 것이다. 이와 함께 사랑은 거칠고 힘든 빨치산 투쟁에 회의를 품는 계기가 되기도 한다. 추일은 귀향과의 사랑을 통해 죽음을 각오해야 하는 빨치산에게 금기인 외로움과 그리움 같은 인간적인 감정을 느꼈던 것이다.

이 소설의 전반적 서사 전개를 볼 때, 박영준은 귀향과의 사랑을 공산주의에 대한 회의를 품게 되는 가장 극적인 사건으로 배치하려 했던 것으로 생각된다. 그러나 여기서도 추일이 공산주의에 대한 전면적 회의를 품은 것으로 설정되지 않은 점이 제한 요건으로 작동한다. 추일은 사랑을 통해 변화를 겪기는 하지만, 공산주의 자체에 대한 회의로 나아가지는 못한다. 실제로 이 소설에 제시된 추일과 귀향의 대화는 북한이 자신들을 저버린 것은 아닌가 걱정하거나, 빨치산으로서는 금기시된 인간적인 감정을 표현하는 데 중점을 둘 뿐, 자신들을 그러한 처지에 빠뜨린 근본적 원인이었을 공산주의를 비판하는 데 이르지는 않는다. 곧 이 두번째 사건의 서술에서도 공산주의 자체에 대한 비판은 결국 도외시되었던 것이다.[9]

> 나는 참으로 분했습니다. 근 이 년 동안 목숨을 바치고 싸워온 결과가 고작 이것(국군에게는 영창에 해당하는 구금의 형벌을 받은 것-인용자)이었던가 하는 슬픔이 들지 않을 수 없었습니다./그러나 **백 번 일을 잘해도 한 번만 실수하면 한 번의 실수로 과거를 잃어버린 뒤 백지로 돌아가 새 출발을 하지 않으면 안 되는 것이 공산주의니까** 할 수 없는 일이기도 했습니다. 나는 지대장의 명령을 실천 못한 과오를 자기반성하고 앞으로는 그야말로 경각성을 높이어 용감히 싸울 것을 맹서했습니다.(강조는 인용자, 74쪽)

세번째 사건은 추일이 '교양' 처벌을 받게 된 것이다. 지대장의 무리한 명령을 거부했다가 받게 된 '교양'으로 인해 추일은 격분하게 된다. 하지만 위의 인용에서 보듯이 이 세번째 사건조차 공산주의에 대한 회의를 가져오는 계기가 되지는 못한다. 추일은 오히려 '과오를 반성'하고 더욱 '용감히 싸울 것'을 맹세하기까지 한다.

애초에 박영준이 「빨치산」을 쓰게 된 의도는 가장 투철한 공산주의자 스스로 공산주의를 비판하게 함으로써 반공주의의 타당성을 입증하려 한

---

9) 귀향과의 대화에서 추일이 드러내는 심경은, 공산주의자가 아니라 전쟁중의 군인이라면 겪을 수 있는 보편적인 고난에 대한 심경이다. 국군이라 해도 그러한 심리를 가지지 못할 리는 없기 때문이다. 곧 귀향과의 사랑은 공산주의에 대한 비판이라기보다는 생명을 요구하는 전쟁 일반과 대비되는 인간적인 감성에 대한 요구를 표현한 것으로 볼 수 있다.

데 있을 것이다. 그러나 이 소설에서 추일이 공산주의에 대한 회의를 격화하는 계기로 작용할 가능성이 있었던 세 가지 사건은 모두 공산주의에 대한 비판과 거리가 먼 방향으로 전개되고 말았다고 할 수 있다. 여러 사건을 겪는다고 해도 추일의 사상적 입지점은 근본적으로 변화될 수 없었던 것이다. 앞에서 언급된 「삼형제」가 공산주의자로서의 빨치산을 강력하게 비판했던 것과 비교한다면, 이 소설의 공산주의 비판의 정도는 빈약한 상태에 머물러 있는 것이다.[10] 이후의 서사가 더욱 용감히 공산주의를 위해 싸우겠다고 맹세한 것과 달리 국군에 추격당하던 중 귀향이 국군의 총탄에 허망하게 맞아 죽고 추일은 생포되는 것으로 급작스레 종결된 까닭도 여기에 있을 것이다.[11]

결국 공산주의자 스스로 공산주의를 비판하게 하려 한 서사 구성은 그 의도와 달리 실패하고 말았다고 할 수 있다. 그러나 그러한 시도가 실패했다고 해서 이 소설이 문학사적으로 의미가 없다고는 할 수 없다. 오히려 공산주의에 대한 이데올로기적 공격을 시도했음에도 불구하고 공산주의를 정면으로 다루지 못했던 당시의 어떤 소설보다 이 소설은 공산주의를 깊숙이 끌어들였으며, 그리하여 빨치산을 다룬 전시소설 가운데 당시로는 가장 현실성 있게 빨치산을 그려내는 성취를 이루었던 것이다. 이것이 작품의 기본 설정에 충실하려 한 만큼 작가의 이데올로기적 강변이 억제된 것에 기인한다는 점은 두말할 필요도 없다.

---

10) 1953년 곽종원이 「빨치산」에 대해 '주인공의 애매한 태도'를 지적하면서 반공을 적극적으로 내세우지 않았던 점을 비판한 것도 그 때문일 것이다.(곽종원, 「6·25동란 이후의 작단개관」, 『신천지』 제8권 1호, 1953. 5, 187쪽)

11) 그러나 추일은 귀향을 죽음에 이르도록 한 국군에 대해서는 어떤 적개심도 드러내지 않으며, 오히려 체념의 상태에서 귀향의 죽음을 받아들인다. 이처럼 국군에 대한 비난이나 비판을 회피한 것 역시 반공 이데올로기가 극단화된 전시소설의 한 특징을 드러낸 것이라고 하겠다.

4. 이데올로기적 불안의 비극 : 「용초도 근해」

「용초도 근해」(1953)는 박영준의 1950년대 단편 중 그나마 주목을 받았던 작품이지만, 작품 자체에 대한 분석보다는 모티프 면에서 최인훈의 『광장』과의 유사성을 중심으로 언급되었다.[12] 전쟁 포로인 주인공이 이송 중 바다에 뛰어들어 자살한다는 점에서 「용초도 근해」는 『광장』의 소설 사적 선행 작품이 될 것으로 파악되었던 것이다. 그러나 「용초도 근해」는 『광장』의 선행 작품으로만 보기에는 무언가 다른 가치가 있다. 이는 전후 소설 가운데 이른 시기에 이데올로기의 보편적 속성에 대한 비판을 시도 했다는 점에서 그러한데, 이제 이를 중심으로 「용초도 근해」를 분석하기로 한다.

주인공 용수의 시각을 초점화한 삼인칭 시점으로 서술되는 「용초도 근해」는 국군 포로로 북한에 억류되었다가 정전 협상으로 송환된 용수가 북한에 남겨둔 사랑에 대한 미련과, 인민재판에서 동료에게 과도한 징벌을 주장했다는 죄책감으로 용초도로 이송되던 중 자살한다는 것이 줄거리이 다. 이 작품이 앞에서 살핀 작품들처럼 표면상 강력한 반공주의를 내세웠 다는 것은, 용수가 포로 시절을 회상하는 부분에서 잘 드러난다. 예를 들 어 천마수용소로 가는 강제 행군에서 잔인하게 살해되거나 인민재판으로 억울하게 죽은 국군 포로들에 대한 회상은 공산주의의 비인간성을 전제 로 서술된다. 이를테면 공산주의만큼 비인도적으로 모든 개인을 끝까지 종속시키고 말살하는 이데올로기는 없다는 것이다.

이 소설의 서두에서는 공산주의로부터 벗어났다는 해방감이 제시된

---

12) 조남현, 「최인훈의 『광장』」, 같은 책, 241쪽. 한편 김윤식·정호웅은 「용초도 근해」가 맹 목적인 반공 이데올로기와 소박한 휴머니즘에 의해 만들어진 것으로 파악한다. 김윤식·정 호웅, 같은 책, 357쪽.

다. 판문점을 지나서도 남한으로 가는 것인지 의심하던 포로들이 환영 대열을 확인하고 북한에서 입었던 옷을 다 벗어버리는 장면은 그러한 해방감—'자유'로 표현된다—을 단적으로 알려준다. 그러나 용수는 다른 동료들과 달리 해방감을 만끽하지 못한다. 이러한 용수의 심리 상태는 두 가지 에피소드를 통해 제시된다. 하나는 밥을 더 먹으려 동료들의 비행을 밀고했던 기독교 신자인 동료 포로가 잘못을 뉘우치고 '평화를 얻은 거룩한' 표정으로 죽었던 일이다. 그리고 다른 하나는 중노동중인 국군 장교 포로에게 물을 떠다 주었다는 이유로 인민재판에 회부된 김정갑에게 줄 형벌을 정하라는 압력을 받은 용수가 본의와 아무 상관 없이 과도한 형벌을 주었던 일이다. 이 두 에피소드는 공산주의에 협력하여 동료를 부당하게 괴롭혔다는 것에 공통점이 있지만, 기독교 신자는 그러한 잘못에 대한 인과응보를 받았던 반면, 용수는 그에 대한 징벌을 받지 않은 상태로 남한으로 돌아왔다는 데 차이가 있다.

사실 포로수용소라는 극한적 상황을 염두에 둔다면, 동료에게 피해를 끼쳤지만 본의와 전혀 무관하다는 점에서 이러한 차이는 그다지 특별한 것이 아닐 수도 있다. 실제로 이 소설은, 공산주의의 편에 서서 동료들에게 피해를 주었을 뿐만 아니라 간첩 임무까지 띠고 돌아왔지만 그러한 과거와 상관없이 남한에서 자유를 만끽하겠다는 성주를 용수와 대비시키고 있다. 곧 성주의 입장에서 보자면 용수는 하나 마나 한 고심에 빠져 있는 것인데, 그러나 문제는 용수에게 자신은 잘못에 대한 인과응보를 아직 받지 않았다는 차이점이 도저히 해결될 수 없는 것으로 다가온다는 데 있다.

용수는 그만 눈을 감았다. 자기도 갈매기에 못지않게 자유로운 몸이 되었다. (……)/그러나 그리운 혜민을 만날 수만은 없다. 자기 힘으로는 어떻게도 할 수 없는 일이었다. 그리고 자기가 죽을 때까지 옆을 떠나지 않을 김정갑의 그림자가 무서웠다. (……)/괴뢰들에게 붙잡혀 있는 동안 공산주의를 미워하는 마음만 품어도 놈들이 알고 무엇이라 힐난할 듯만 하던 그 불안의 몇 배나 무거운 불안이 죽을 때까지 자기를 괴롭힐 것만 같았다.(강조는 인용자,「용초도 근해」, 187쪽)

그리하여 용수는 '자기의 전우를 팔아먹었다'는 죄의식을 벗어나지 못한다. 위의 인용에서 보듯이 결벽증적인 불안에 빠져 있는 것인데, 사실 이와 유사한 불안은 용수가 북한의 포로수용소에서 이미 겪은 것이기도 하다. 곧 용수는 그곳에서 '공산주의를 미워하는 마음'을 품은 것은 아닌지 끊임없이 감시를 받았으며, 공산주의를 조금만 벗어나려 해도 생존 자체를 위협받았던 것이다. 그러나 남한은 어떠했는가. 남한 역시 용수에게는 북한과 다를 바 없이 이데올로기에 대한 배신행위에 가차 없는 징벌을 내리는 곳으로 여겨진다. 심지어 용수는 북한에서의 불안보다 '몇 배나 무거운 불안이 죽을 때까지' 자신을 괴롭힐 것으로 생각한다.

이 소설이 반공주의의 타당성 입증이라는 애초의 의도를 넘어 이데올로기에 대한 보편적 비판에 도달하는 것은 바로 이 지점이다. 이데올로기는 남한의 것이든 북한의 것이든 자신에 속한 사람들을 감시하면서 자신을 위반한 사람들에게는 '죽을 때까지' 잘못을 추궁한다는 것이 용수의 결벽증적인 불안을 통해 드러나기 때문이다. 달리 말해 용수가 드러내는 결벽증적 불안은 전쟁이라는 상황 속에서 극단화되어 소속 구성원들에게 어떤 작은 위반도 허용하지 않고 무조건적 찬동과 실행을 강요하는 전쟁하의 이데올로기가 주체의 내면에 미친 악영향에 따른 결과였던 것이다.

결국 이 소설은 반공주의의 타당성을 지향한 애초의 의도를 넘어 반공주의도 공산주의와 다름없음을 보여주는 데로 나아간다. 그렇다면 이러한 이데올로기의 압력을 벗어날 방도는 없을까. 아마도 박영준은 용수와 혜민의 사랑을 그 방도로 내세우려 했던 것으로 보인다. 강제노역에 종사하던 용수는 부르주아의 딸로서 공산주의의 피해자였던 혜민에게 물을 얻어 마신 것을 계기로 그녀와 사랑을 하게 된다. 그녀와의 사랑은 용수가 북한에서의 삶을 견딜 수 있게 하는 유일한 근거이다. 그러나 갑작스러운 남한 귀환으로 혜민과 헤어진 용수는 그 사랑을 회복할 방법이 없이 꿈에서나 겨우 혜민을 만날 수 있을 뿐이다. 북한으로 돌아간다면 혜민을 만날 수 있겠지만, 그것은 반공주의를 정면으로 위반하는 일이기에 불가능하다. 곧 사랑은 남북한의 이데올로기가 모두 반대하는 것이며, 그 사랑을 이루려면 남북한의 이데올로기를 모두 벗어나야만 하는 것이다.[13]

> (용수가—인용자) 몸을 돌린 순간 바른편 쪽에서 자기편을 향해 보고 있는 김정갑의 시선과 마주 부닥치었다. (……) 그동안 시선을 떼지 않고 자기의 행동만 살펴보고 있었을 김정갑의 눈이 무서웠던 때문이었다. 자기를 겨누고 있는 총구멍보다도 더 무서웠다. (……) "또 가보아야 하지 않나요."/하고 지난밤 꿈에 듣던 혜민의 목소리가 들려오는 것 같았다. (……) 용수는 어느새 난간 위를 뛰어넘었다./"사람 떨어졌다."(187~189쪽)

이 소설의 결말인 위의 인용에서 정갑의 시선은 용수의 내면을 감시하는 이데올로기의 보편적 속성을 상징한다. 이처럼 남한의 것이든 북한의 것이든 이데올로기로부터 벗어날 수 없다는 절망감 속에서 감시의 눈을

---

13) 「용초도 근해」가 최인훈의 「광장」의 선행형태로 꼽힐 수 있다면, '이데올로기 대 사랑'이라는 대립항 때문일 것이지만, 그럼에도 불구하고 「용초도 근해」는 그러한 대립항을 서사적으로 발전시키지는 못한다. 실제로 「용초도 근해」에서 사랑의 문제는 이데올로기적 억압에 대해 무력한 상태로 제시될 뿐이다.

벗어나기 위해 용수는 바다에 뛰어들었던 것이다. 이때 용수가 이데올로기가 지시하는 영역으로 갈 것을 재촉하는 혜민의 목소리를 환청으로 듣는 것 역시 사랑조차도 그러한 감시의 눈을 벗어날 수 없다는 현실적 한계를 대변하고 있다.

「용초도 근해」는 북한은 억압, 남한은 자유라는 등식을 기반으로 반공주의의 타당성을 반공 포로의 시각에서 입증하려 한 작품이다. 그러나 이 소설은 전쟁하의 상황에서 남한에서 자유를 느끼기보다 반공주의를 철저하게 동의하고 실행해야 한다는 점을 드러내면서 주인공의 이데올로기에 대한 결벽증적 불안이 역설적으로 강조됨으로써 원래의 의도를 벗어나고 만다. 곧 용수에게 이데올로기의 감시와 억압 측면에서는 남북한이 다를 바 없었던 것이다. 그러나 이것이 소설적 실패라고 할 수는 없다. 오히려 당시의 어떤 전후소설보다 선행하여 이데올로기의 억압성에 대한 보편적 비판에 도달했다는 점에 의의가 있다.

5. 결론

박영준은 반공주의에 입각하여 많은 전시소설 및 전후소설을 썼지만, 현실성에 입각하면 할수록 반공주의를 내밀하게 거스르는 작품을 쓰지 않을 수 없었다. 공산주의는 비인간적이며 반공주의는 인도적이라는 전제는 작품 생산 과정에서 오히려 반공주의든 공산주의든 이데올로기 자체가 인간을 비인도적으로 만든다는 결과로 바뀌고 만다. 그러나 이로써 박영준의 이 시기 작품은 문학사적 가치를 획득한다. 주지하듯이 1950년대 소설사는 반공주의를 벗어나 이데올로기에 대한 보편적 비판을 행하는 쪽으로 진행되기 때문이다. 그런 점에서 박영준의 1950년대 초 단편들은 향후 소설사의 방향을 지시하는 등대 같다고 할 것이다.

폭력적 현실과 행동하는 인간
― 선우휘의 「테러리스트」, 『깃발 없는 기수』론

정하늬

1. 서론

　대표적인 전후 작가 중 하나로 알려져 있는 선우휘(鮮于煇, 1922~
1986)는 1955년 단편소설 「귀신」(발표 당시 제목은 「聲」)으로 등단, 1956
년 「테러리스트」(『사상계』)를, 1957년에는 「불꽃」으로 제2회 동인문학상
을 수상하는 등, 80여 편에 이르는 작품을 발표하였다. 선우휘는 좌우 이
념대립으로 인해 분단된 우리 민족의 정신을 통찰하고 그것을 묘사하는
데 힘을 쓴 작가,[1] 1950년대에 대두된 앙가주망과 행동주의적 경향을 보
여주고 있는 작가라는 평을 받는다. 그의 소설은 패배주의와 절망이 주류
였던 전후 한국문학에 참여적·실천적이면서도 남성적인 색채를 보여주
었다는 특징을 지녔다. 선우휘의 소설은 크게 휴머니즘, 행동주의, 반공
주의 등으로 설명되었다. 이는 그의 독특한 이력과도 관련된다. 선우휘는
평북 정주 출신으로, 일제 시기 경성사범학교를 졸업하고 정주에서 국민

---

1) 조남현, 「선우휘의 소설세계」, 『한국현대소설의 해부』, 문예출판사, 1993, 200~201쪽.

학교 교사로 재직하던 중 해방을 맞았고 이후 월남하여 조선일보에서 기자생활과 교원생활을 하고 여순사건 이후 입대, 정훈장교로 6·25에 참전하였다. 아직 군인일 때 등단하였고, 전역 후 다시 조선일보사에 입사, 소설가이자 언론인으로 살았다. 김윤식은 그의 자전적 요소가 작품 구성의 방법론으로 사용되고 있다면서, 일제시대 사범계 교육을 받은 교사생활, 기자생활, 군인생활의 세 가지 경험이 선우휘 소설의 세 층위를 형성한다고 보았다.[2]

이어령이 선우휘의 소설을 '관조'를 버리고 '행동'으로 뛰어들었다고 평한 이래, 선우휘의 소설은 '행동주의'적 관점을 중심으로 평가되었다. 그렇지만 염무웅, 강진호 등은 선우휘의 소설을 '자기 보호적'인 "작가적 체험 과잉"이라는 측면에서 행동주의의 한계로 읽었다.[3] 배경열 역시 선우휘의 체험과 그의 현실지향성, 행동적 의지를 중심으로 초기작은 앙가주망, 후기작은 데가주망으로 분류하였다.[4] 이러한 선우휘의 행동주의를 이태동과 김종욱은 1950년대의 실존주의와 연관지어 논의하면서,[5] 선우

2) 김윤식, 「선우휘 문학의 세 가지 의미층」, 황순원·김성한·이어령 엮음, 『선우휘 문학선집』 2, 조선일보사, 1987, 411~414쪽. 김윤식은 선우휘 문학의 장점이 "해방공간(1945.8.15~1948.8.15) 속의 좌우익 이데올로기를 동시에 비판하는 지식인을 등장시키는 점"인데, 이는 신문기자인 화자가 그 비판적 기능을 수행함으로써, 선우휘의 소설이 "해방공간의 사상 비판으로서는 거의 유일한 존재로 우리 소설사에 군림하게 된 것"(412쪽)이라고 보았다. 조남현 역시 교사 → 군인 → 기자의 과정을 밟은 것이 소설에 영향을 주었음을 지적하였다. 선우휘 초기 소설의 창작 심리에 규율, 상명하복, 행동 제일주의, 승리 의지 등을 중시하는 군인 체험이, 이후에는 군인, 교사, 기자, 실향민 의식이 함께 들어가 있다는 것이다.(조남현, 같은 책, 202쪽)

3) 염무웅, 「선우휘론」, 『창작과비평』 1967년 겨울호; 강진호, 「전후 현실과 행동주의 문학의 실체」, 송하춘·이남호 엮음, 『1950년대 소설가들』, 나남, 1994.

4) 배경열, 「선우휘 문학 연구」, 서울대학교 박사학위논문, 2001.

5) 이태동, 「선우휘론」, 『한국현대소설의 위상』, 문예출판사, 1985; 김종욱, 「선우휘 초기 소설에 대한 일고찰」, 『관악어문연구』 20, 1995.

휘라는 작가의 존재 문제와 밀착된 실존주의적 경험이 소설에 어떠한 특징으로 나타나는지에 초점을 맞추었다. 류동규도 체제 선택 문제와 관련된 자아정체성의 문제가 선우휘의 소설에 지속적으로 나타나고 있음을 지적하였다.[6] 이러한 측면과 선우휘 작품의 반공 이데올로기적인 측면은 밀접한 관계가 있다. 선우휘가 북한에서의 삶의 기반을 버리고 월남한 것, 또 관제 반공 이데올로기만 허용되던 1950년대에 등단하여 작품활동을 하였던 점에서 미루어보면, 한수영의 지적처럼 선우휘가 반공 이데올로기에서 자유롭지 못한 것은 자명하다.[7] 정주아 역시 이 점에 주목하여 "해방 후 월남 작가군이 체험했던 '국경'의 가변성"과 '이동의 딜레마'를 극복하려는 시도"로서의 선우휘의 반공주의적 측면을 살펴보았다.[8] 특히 선우휘의 초기 소설은 "해방공간을 문제사적인 문학적 대상으로 파악한 거의 유일한 작품군"[9]에 속하는 것으로,[10] 권영민은 선우휘의 소설이 휴머니즘적인 행동주의를 바탕으로 지식인의 책임과 적극적 현실 참여 의지를 보여주는 태도에서 보다 깊은 인간 내면의 성찰에 관심을 기울이는 방향으로 바뀌어나갔다고 보았다.[11]

---

6) 류동규, 「전후 월남 작가의 자아정체성의 기원―선우휘의 「불꽃」과 『깃발 없는 기수』를 중심으로」, 『비평문학』 24, 2006.12.

7) 한수영, 「월남 작가의 작품세계에 나타난 반공 이데올로기와 1950년대 현실인식」, 『역사비평』 23, 1993.5.

8) 정주아, 「두 개의 국경과 이동(displacement)의 딜레마」, 『한국현대문학연구』 37, 2012.

9) 김윤식, 같은 책, 414쪽.

10) 민현기 역시 선우휘의 초기 소설이 그의 다양한 체험적 진술을 토대로 해방 직후의 혼란한 정치현실이나 6·25전쟁의 비극적인 상황을 배경으로 "역사적 현장에서 반응하는 인간의 행동양식을 집중적"으로 그리면서 실천적인 문학을 확립하려고 했다고 보았다. 민현기, 「선우휘론―행동과 침묵의 시대적 의미」, 권영민 엮음, 『한국현대작가연구』, 문학사상사, 1991.

11) 권영민, 『한국현대문학사』 2, 민음사, 2002.

이 시기 선우휘는 혼란한 사회 현실을 "어디까지나 자기의 절실한 문제로 보고 힘을 다하여 부딪혀가는 성실성과 정열"[12]을 가지고 현실을 적극적으로 받아들이고 고민하고 행동하는 지식인을 그렸다. 본고에서 살펴볼 「테러리스트」(1956)와 『깃발 없는 기수』(1959)에는 해방 직후와 전후의 혼란한 사회 현실 속에서 청년들의 고민과 그에 따른 선택, '행동' 등이 나타난다. 한수영[13]과 정주아는 선우휘의 반공 이데올로기가 작가의 '윤리' 문제와 연관이 있음을 지적하였으며, 이정석[14]은 선우휘가 정치의 영역을 부정하고, 정치를 윤리로 환원함으로써 이 '윤리'로 반공 이데올로기를 합리화했다고 하였다. 김진기 역시 선우휘의 사회주의 권력에 대한 불신이 오히려 국가주의적 자유주의로 나타났다고 보았다.[15] 선우휘의 소설에서 '윤리'는 위치의 변화나 이념 갈등에도 선행하는 것이자 소설 속 인물들을 행동하도록 만드는 우선순위이다. 그러나 폭력적인 사회 현실에서는 이 윤리마저도 또하나의 폭력으로 작동한다. 본고에서는 선우휘의 '윤리'가 절대적으로 작동하는 순간이 '폭력'과 결부된 상황임에 주목하여 선우휘의 윤리관, 휴머니즘, 반공 이데올로기, 행동주의 등이 폭력적인 현실을 벗어나기 위한 노력임을 밝히고자 한다.

'폭력'은 "남을 거칠고 사납게 제압할 때에 쓰는, 주먹이나 발 또는 몽둥이 따위의 수단이나 힘"을 일컫는 말로, 시위·호전성·억압·파괴 등 '힘'의 사용을 포괄한다.[16] 주체가 어떤 의도를 갖고 이를 성취하기 위해 타자에게 강제적으로 행사하는 유무형(有無形)의 압력인 폭력은 주체와

---

12) 선우휘, 『깃발 없는 기수』, 황순원·김성한·이어령 엮음, 『선우휘 문학선집』 3, 조선일보사, 1987, 22쪽.

13) 한수영, 「윤리적 인간, 혹은 반공 이데올로기의 기원」, 『실천문학』 2001년 2월호.

14) 이정석, 「선우휘의 세계관과 윤리」, 『현대문학이론연구』 42, 2010.

15) 김진기, 「반공에 전유된 자유, 혹은 자유주의」, 『상허학보』 15, 2005.

16) 신명순, 「사회갈등과 폭력」, 『외국문학』 1986년 겨울호, 126쪽.

대상, 목적, 차원과 방식, 행사되는 공간에 따라 다양한 의미를 가진다. '합법적인 것으로 간주되는 규범적 질서에 의해 금지되고 있는 육체적 힘의 사용'에서부터 '모든 형태의 육체적 힘의 사용'이라는 중간적 의미, '모든 형태의 안전에 대한 박탈'이라는 넓은 의미까지[17] 폭력은 합법적, 비합법적으로 꽤 넓은 힘의 사용을 일컫는다. 문제는 폭력의 다의성이다.[18] '폭력'이라고 규정하는 것이 어떤 관점이나 규범에 따라 이루어지기 때문이다. 파괴를 수반할 수 있는 이 '폭력'이라는 힘이 모든 사람에게 동일한 정도로 작용하는 것이 아니기 때문에 폭력성은 피해자에 의해 결정된다.[19] 「테러리스트」와 『깃발 없는 기수』는 해방 이후에서 전후에 이르는 시기가 소시민들에게 얼마나 폭력적인 현실이었는지를 보여준다. 그리고 대립되는 양측뿐 아니라 (정도의 차이는 있지만) '힘'을 가진 쪽을 좇아 살아가는 서민들의 삶도 못마땅하게 여기는 인물을 통해 폭력이 통용되는 불안정한 현실 속에서 '사람답게' 사는 것이 무엇인지에 대한 고민을 보여준다. 이를 통해 물리적·정신적 폭력에 대한 고민이 선우휘 소설에서 나타나는 휴머니즘, 반공주의, 윤리의식 등을 이끌어가는 것이었음을 밝히고자 한다.

2. 존재의 증명과 자기보존을 위한 행동

선우휘는 월남 후 이북의 강압적이고 폭력적인 정치적 조치의 부당성, 공산주의의 포악함을 폭로하고자 하였지만, 남쪽에 내려오자 체제가 싫어 월남했다는 말을 믿지 않고 오히려 자신에게 냉소와 질시의 시선을 던

---

17) 신명순, 같은 책.

18) 이브 미쇼, 『폭력과 정치』, 나정원 옮김, 인간사랑, 1990, 92~102쪽 참조.

19) 공진성, 『폭력』, 책세상, 2009, 18~21쪽.

지는 현실에서 소외감에 시달렸다고 한다.[20] 게다가 이북보다 더 맹위를 떨치는 남쪽의 좌익세력이나, 그에 비해 이론적으로 조직적으로 엉성한 민족주의 진영의 모습도 충격이었다고 한다. 이렇게 혼란스러운 현실은 월남인들에게는 그들의 존재에 대한 물음을 던지는 상황일 수 있다.

「테러리스트」는 해방 후 "평북(平北) 시골서 공산당본부를 습격하고 그 길로 이남으로 뛰어나"온 걸(傑)을 비롯한 월남 청년들이 전쟁 이후 서울에서 살아가고 있는 모습을 그리고 있다. 대부분의 월남민들이 일을 찾아 열심히 생활하는 반면, 이들은 매일 가는 다방에 앉아 시간을 보내고, 허름한 술집 '평북집'에서 외상술을 먹는 것으로 시간을 보낸다. 이들이 "가장 보람 있게" 여기는 시기는 "공산당과 싸우던 때"이다. 전평, 현대일보, 패주, 용산 기관구, 영등포 공장 적색노조 등을 습격한 이야기, 5·10선거 전 때 지방에 파견되어 공산당과 싸운 이야기 등 그들의 목표는 '공산당 소탕'이었다. 그러나 "빨갱이 아니구두 나쁜 놈덜' '칠 놈'도 있기는 하지만 먼저 공산당을 쳐야 한다는 걸이지만, 전후 남한에는 공산당이 보이지 않고 결국 뭘 해야 할지 모르는 상태에 있다. "덜떨어진 자기의 꼴" 등 모든 좋지 못한 일이 "오직 공산당 놈들의 탓"이라고 굳게 믿으며 걸이 행했던 '공산당 소탕'이라는 폭력 행위는 월남인으로서 테러리스트가 된 자기 존재를 증명하는 유일한 방법이었다. 그는 이러한 '배제'의 방식으로 스스로의 정체성을 규정해왔다.

소설 속 주인공들처럼, 북한 공산정권의 탄압을 목도한 후 자진 월남한 이들은 서북청년회와 같은 반공단체에 참여함으로써 북한 출신이라는 전력(前歷)에서 벗어나려고 하였으며, 북한 사회에 대한 거부의식이 강렬해 반공 이데올로기를 가치판단의 중요한 잣대로 사용하는 특징을 보인다.[21]

20) 한수영, 「선우휘」, 『역사비평』 57, 2001, 77쪽.

21) 김효석, 『전후 월남 작가 연구 : 월남민 의식과 작품과의 상관관계를 중심으로』, 중앙대

「테러리스트」에서 걸과 그의 친구들 역시 '서북청년회'와 같은 월남 청년 단체에 소속된 것으로 보인다. 서북청년회와 같은 반공청년단체는 이승만 정부의 반공국가 건설에 공헌을 하였다고 알려져 있다. 특히 서북청년회는 해방기 좌익세력, 진보세력을 몰아내거나 각종 민중 항쟁 등을 진압하는 활동을 하였고, 권력 장악 과정에서 정적 제거를 위한 폭력집단으로 활용되기도 했다.[22] 다른 한편으로는 신분을 보증해주고 취업을 알선하는 등 사실상 월남 청년들에게는 정부 같은 의미를 가지고 있었다. 이북 출신 우익 정치가들이나 인텔리들이 서북청년회에게 그러한 권한을 위임하는 대신 서북청년단은 그들의 세력으로 동원되면서, 이들은 반탁운동과 테러 활동 등을 수행하는 미군정기 국가의 폭력기구 역할을 하게 되었다.[23] 걸 일행은 분명 "폭력을 써서 적이나 상대편을 위협하거나 공포에 빠뜨리게 하는" '테러리스트'였지만, 이러한 자신들의 행동을 '폭력'으로 인식하지 않는다. 이들에게 북한 체제는 삶을 위협하는 것, 그래서 피해야만 하는 것이었다. 존재의 안전을 보장할 수 없게 만드는 폭력적인 상황에서 도망하였는데 막상 도망한 곳에서도 그것을 마주했을 때 생명을 위협받는 공포감을 다시 느끼게 되고, 자기를 보존하기 위해서라도 이 상황을 끝내야만 할 수밖에 없는 것이다. 폭력에 대응하는 이들의 폭력 행위는 결국 자신의 존재를 증명하고 정체성을 확립하는 하나의 방법인 것이다. 그렇기 때문에 걸은 폭력의 대상과 목적을 확실하게 구분해놓고 있다. 정치에 동원되거나 공장의 감독을 하는 일은 걸의 눈에는 옳지 않은 일이다. 먹고살기 위해 그가 시장의 삼촌 가게에서 시비를 거는 '어깨'들을 위

학교 박사학위논문, 2006, 20쪽.

22) 김귀옥, 「해방 직후 월남민의 서울 정착」, 『전농사론』 9, 2003, 78~80쪽; 조현연, 『한국 현대정치의 악몽―국가폭력』, 책세상, 2000, 84쪽.

23) 김귀옥, 같은 책, 79, 81쪽.

협하여 돌려보내는 일에는 주먹을 사용하지는 않는 등 그는 '빨갱이'를 소탕하는 것과 같이 그에게 좀더 가치가 있는 일에만 폭력을 사용한다.

걸이 다른 월남인 친구들과 달리 일정한 직업이나 가족을 갖지 못하고 방황하는 것은 "누구를 보고 주먹을 내둘러야 할는지, 그 주먹의 대상을 잃어버"렸기 때문이다. 선우휘 소설 속 테러의 주체가 정치적 이념으로 무장하지 못했다는 지적도 있지만,[24] 이들의 테러는 처음부터 정치적인 데 목적이 있는 것이 아니라 자기 보존과 정체성 확립에 있는 것이었기 때문에 이 테러에서 정치적 이념의 철저성은 우선순위가 되지 못한다. 이런 점은 돈수 형님과 걸의 대화에서도 찾아볼 수 있다.

이런 직정(直情)은 다른 데서는 절대로 찾아볼 수 없는 것이라고 생각했다. 그리고 지난날 표범처럼 뛰던 그들 모습을 생각했다. 주먹만 내어두르면 모든 것이 잘될 것이라고 믿었던 어리석은 꿈이 깨어지고 지금 이처럼 산란해진 마음을 여기 보는 것이다. 시대의 상황이 불가피하게 요구했던 필요악의 에너지가 지금 타성을 벗어나려고 꿈틀거리는 몸부림을 느끼는 것이다.(349쪽)[25]

걸은 피난민은 양담배를 팔다가 순경에게 떼이지만, 자신들의 도움으로 목숨을 건지고 나서도 후안무치한 김가가 국회의원이 되고 치부를 하는 현실의 부조리함에 울분을 토한다. 그리고 그러한 김가의 곁에서 어깨노릇을 하는 길주를 이해하지 못한다. 그러나 돈수는 "비정하기 짝이 없는 일이지만 어느께나 한 번은 부딪쳐야 할 일"이라며, 걸에게 모든 일이

24) 최강민, 『한국 전후소설의 폭력성 연구』, 중앙대학교 대학원 박사학위논문, 2000. 117쪽: 김효석, 같은 책, 107~108쪽.
25) 선우휘, 「테러리스트」, 『사상계』 1956년 12월호.

마음대로 될 수는 없다는 것을 조금씩 인식시키려 한다. 이런 점에서 시골에서 농장을 하고 있는 돈수는 성기나 결과 달리 현실을 제대로 마주하고 있는 인물이라고 할 수 있다. 그는 결의 '직정'도 잘 알고 있고, 시대나 그에 따른 필요가 변했지만 이상(理想)은 변하지 않은 데에서 오는 괴리감도 잘 알고 있다. 돈수의 밀저림 길과 같은 테러리스트들은 "필요악"인 존재였던 것이다. 시대적 필요성과 개인의 적의가 만나 폭력을 통해 서로 '윈-윈'할 수 있었던 시기인 이념 대립의 시기는 지났다. 돈수가 현실을 냉철하게 판단하고 있다면, 정치판에서 기웃거리며 '정치걸식병환자'가 된 성기는 아직 이상을 지니고 있고, 결은 폭력의 대상이 부재한 현실을 받아들이지 못하고 있다고 할 수 있다. '국경'이라는 선이 명확하게 생기기 전 월경을 한 불투명한 존재인 '월남인' 결은 폭력이라는 수단을 사용, 다른 하나를 배제하는 방식으로 자기를 보존하였다. 국경이 정해지고 계속 폭력의 대상으로 존재했던 대상이 보이지 않을 때, 자기 보존과 정체성 확립을 위한 수단과 방법이 바뀌어야만 한다. 하지만 십여 년 동안 폭력은 내성화되었고, 폭력이라는 방법 외에는 자기를 드러내는 방법을 몰랐던 결은 앞으로 나아지 못하고 자기를 지킬 수 있었던 그 힘에만 여전히 기대한 것이다.

결은 '빨갱이'가 아닌 '처도 될 놈'을 찾는다. 공산당 외에도 폭력적인 현실을 만들어내고 서민의 삶을 위협하는, 욕망에 사로잡힌 존재가 바로 '김가'이다. 그는 5·10선거를 위해 지방에 갔을 때 공산당에게 쫓길 때 결 무리의 도움을 받았지만, 그들에게 줄 여비도 아까워할 정도로 욕심이 많은, 이후 국회의원에 당선되고 치부를 한 후 선거 유세에서 평화적 통일 운운하는, 권력욕과 물욕으로 점철된 인물이다. 정치적 권력을 얻기 위해 길주나 또다른 청년들을 사용하여 폭력적으로 이용하는 김가에게로 결의 분노는 옮겨간다. 사실 '빨갱이'는 아니지만 '거주뿌리'만 하는 김가가 테러의 대상인지 걸은 한참을 고민한다. 이 정치 깡패들의 모습에서 걸은 어느 폭력도 정당하지 않다는 것을 은근히 인정하는 한편, 이들이 자신의 생명을 위협해오는 순간, 또다시 폭력을 사용하게 된다. 걸은 삶을 위협하는 폭력적인 존재에 폭력으로 맞서왔던 것이다. 해방기 그 적이 공산당이었다면, 전후에는 권력욕과 물욕에 힘을 악용하는 김가 무리로 옮아간 것뿐이다.

내성화된 폭력은 정신적인 문제만은 아니다. 상처로 남은 폭력의 흔적에는 자기를 보존하기 위해 폭력을 사용하고 분노를 표출하던 시절이 각인되어 있다. 폭력의 주체라고 전혀 상처를 입지 않는 것은 아니다. 필요에 의해 정당화되었던 폭력은 그 힘을 행사한 주체에게 더 많은 상처를 남겼다. 걸의 손에 남은 칼자국과 벽에 부딪혀 생긴 멍으로 기능을 일부 상실한 머리는 그가 일반인과 같은 생활을 하는 데에는 무리가 있는 큰 흔적을 남겼다. 폭력적 상황이 종결되었지만 이후의 현실을 제대로 받아들이지 못하는 후유증을 앓게 된 것이다. 선우휘는 '정치' 혹은 '국가' '이념'이라는 더 커다란 힘 아래에서는 폭력의 주체 역시 한편으로는 피해자일 수 있음을 이야기한 것이다. 내성화된 폭력과, 폭력적인 현실에 대한 폭력적인 대응의 순환. 이런 현실을 마주보게 된 걸에게 남는 것은 결국 "끝없는 허무" "완전무결한 무의미"뿐이다. 선우휘는 해방기에서 전후 현실에 이르는 기간 동안 만연했던 폭력과, 그 기저에는 불투명한 정체성을 투명하게 만들고 자기를 보존하고자 폭력을 사용할 수밖에 없었던 이들의 현실을 그렸다. 폭력이라는 행동으로 자기를 보존하려고 했던 월남민들의 삶을 그린 것 역시 선우휘의 소설에서 찾아볼 수 있는 휴머니즘의 한 면일 것이다.

3. 권력과 윤리, 폭력의 정당화

『깃발 없는 기수』에서 월남 후 신문기자로 일하는 허윤과 그의 친구 형운, 순익, 용수, 곰 등은 각각의 이념에 따라 혼란한 해방기를 나름의 방식으로 살아간다. 이 친구들 중 현실을 객관적으로 바라보려고 노력하는 이는 윤과 형운이다. 허름한 술집 '해방옥'에 모이는 기자 허윤, 전향자 형운, 좌익 계열 순익, 학병으로 참전했던 용수, 평청원 계열인 곰 등은 해방기 혼란한 서울과 같다. 해방기의 사회 갈등은 해방옥 친구들의 성향 차이로 인한 갈등과 교묘하게 일치한다. 친구들조차 이념 갈등으로 등을 져야 하는 이 폭력적인 현실은 아직 '깃발'을 찾지 못한, 그래서 명확하게 경계가 그어지지 않은 해방기 남한의 현실 자체이다. 형운의 표현대로라면 이들은 아직 달려나갈 때 들 수 있는 '깃발'을 찾지 못한, 그래서 멈춰 있는 기수(旗手)이다. 이 소설은 이 기수들이 혼란한 해방기에서 각자의 깃발을 찾고 해방옥을 뛰쳐나가는 모습을 그리고 있다.

사회부 기자 윤은 모든 것이 못마땅하다. 기자가 갖는 현실에 대한 비판적인 시선 때문이기도 하겠지만, 윤의 월남 선택과도 연결된다.

해방되는 날 저는 어디서 무엇을 한 줄 아십니까. 아직도 가끔 호랑이 새끼가 나온다는 산악지대의 벽촌에서 영양불량으로 누렇게 얼굴이 뜬 어린 것들을 데리고 산에서 솔가지를 따고 있었죠. 어린놈들에게 군가를 불리우며 마을로 들어왔을 때는 벌써 법석이었죠. 지금도 그때 생각을 하면 얼굴이 화끈해지죠. 그때 나는 다시는 그런 웃음거리가 되지 않으려니 결심했죠. 부친은 고향에 남아서 그대로 교원을 지내기를 원했지만 저는 이남으로 간다고 우겼죠.(101쪽)[26]

윤은 일제 파시즘의 교육을 받아, 그 규율을 익히고 가르쳤던 사람이다. 해방이 되는 줄도 모르고, 영양불량인 아이들에게 솔가지를 따게 하고 군가를 부르게 하는 등 일제의 파시즘적 규율을 강요하고 있었던 자신이 폭력적인 일제와 다를 바 없다고 느꼈을 것이다. 폭력적 상황에 자신이 너무 길들어 있었고 그것을 학습시키고 있었다는 것에 대한 일종의 공포 때문에 스스로를 웃음거리라 여겼던 것이다. 국가권력이 강요하고 주입하는 폭력적인 상황을 그대로 받아들여서는 안 된다는 경험적 판단은 그를 모든 것을 못마땅하게 여기는 비판적 인간으로 바꾸어놓았다. 「테러리스트」에서 걸이 거짓된 것을 부정하는 것이나 『깃발 없는 기수』에서 윤이 거짓된 것을 진리인 양 가르쳤던 자신의 모습을 부끄러워하는 것처럼 선우휘는 정직한 것, 윤리적인 것을 제일의 가치로 여기는 인물들을 소설 속에서 그렸다. 이는 그의 휴머니즘적 세계관과도 상통하는 것이다. 그렇지만 여기에는 무엇이 진짜이고 거짓인지, 어떤 것이 윤리적이고 비윤리적인지에 대한 판단이 따라야 한다.

'폭력'이 무엇인지 결정할 때에는 '폭력=나쁜 것'이라는 가치판단이 개입된다. 그러므로 사용된 힘이 정당한지를 묻는 것은 그것이 폭력인지 아닌지를 묻는 것과 동일하다. 그런데 '정당/부당'이라는 가치판단은 쉽지 않다. 비합법적인 힘을 사용해 달성하려는 목적이 과연 정당한 것인가는 주체에 따라 또 대상에 따라 다르게 판단할 수 있기 때문이다. 정명환은 수단으로서 사용되는 폭력에 정당성을 부여할 수 있다면 그것은 네 가지 조건을 충족시켜야 한다고 보았다. 나의 폭력이 '대항폭력(counterviolence)'인 경우, 비폭력적 수단에 의한 갈등 해결 가능성이 없을 경우, 정의와 선의 실현일 경우, 또 목적이 달성된 이후 폭력이 완

---

26) 선우휘, 『깃발 없는 기수』, 황순원·김성한·이어령 엮음, 『선우휘 문학선집』 3, 조선일보사, 1987. 『깃발 없는 기수』의 인용은 여기에서 하며, 인용 말미에 쪽수만 표시하기로 한다.

전히 배제되어야 하는 것, 이 네 가지 조건이 동시에 혹은 순차적으로 충족되지 않는다면 그 폭력은 정당화될 수 없다.[27] 그러나 정치적·사회적인 상황에서는 무엇이 선인지, 무엇이 정의인지 쉽게 단정 지을 수 없게 되며 이럴 때 결국 수단으로서의 폭력에 대한 애매성에 마주치게 된다. 특히 '완전히 의식적'인 수단으로 사용되는 폭력은 더더욱 그러하다. 『깃발 없는 기수』에서 '평청'과 '민애청'은 의식적으로 사용하는 폭력이라는 수단이 단체 외부뿐 아니라 내부도 공격하고 있음을, 그리고 그것이 과연 윤리적으로 정당한 것인지 그 애매함에 대해 생각해보게 한다.

이 소설에는 폭력적인 사건이 많이 등장한다. 해방기 서울은 좌우익 이념이 갈등하는 혼란한 공간이었고, 남한을 실질적으로 다스리고 있던 미군정에 대한 일반인들의 인식도 좋지 않아 전반적으로 사회가 매우 혼란한 상황이었다. 이러한 사회적 갈등 상황은 폭력을 수반한다. 좌익 계열인 순익이 평청에 끌려가 폭행을 당한 사건, 국대안 관련 집회가 정치적으로 흐르자 용감하게 그 집회가 정치대회가 아니라고 일갈한 청년이 결국 민애청에 의해 폭행을 당한 사건, 민애청에 들어갔던 하숙집 아들 성호가 이탈자 제재사건에 휘말려 폭행을 당하고 결국 죽은 사건, 순익의 친구 박인에 의해 윤도 보복 폭행을 당한 사건 등 부당한 폭력사건이 계속된다. 계속되는 폭력은 그 부당함을 더욱 가중시켜 보여주는 역할을 하며 결국 윤의 폭력적 행동을 어쩔 수 없이 정당한 폭력으로 옹호하게 만든다. 이 시기 서북청년회나 민족애국청년동맹은 모두 민족의 해방과 통일이라는 목표를 위해 '폭력'이라는 수단을 사용했다. 이들의 테러와 사형(私刑)은 해방정국에는 매우 일상화된 것이었다. "아무래도 싸우는 것은 옳지 않다"고 생각하는 윤은 순익이 평청에 끌려갔을 때에도 평청 회

___

27) 정명환, 「폭력과 윤리」, 『외국문학』 1986년 겨울호, 54쪽.

장인 고향 형님을 통해 그를 빼내왔고, 무차별한 폭력의 희생양이 된 대학생이나 성호를 도왔다. 또 남대문에서 좌우익이 충돌했을 때 길에 쓰러져 있던 명철을 구하기도 했다. 윤은 이념 선택보다도 싸우는 것은 옳지 않다는 객관적이고 비판적인 위치를 유지하려고 노력한다. 하지만 폭력이 폭력을 낳고 체제를 유지하기 위해 사용된 폭력이라는 수단은 결국 사람답게 살고 싶다던 성호를 죽음에 이르게까지 했다. 계속되는 폭력적 상황은 그의 인식을 바꾸었다. 인간다운 삶을 방해하는 비윤리적인 것에는 폭력이 사용될 수 있다는 쪽으로 말이다. 그리고 윤의 주변에서 폭력이 확대되면서 폭력을 사용하는 주체의 비윤리성도 점점 크게 드러난다.

형운은 신경에서 학교를 다닐 때 공산당 서클활동중 자수 지령을 받았다. 대의를 위해 자신을 희생했지만 결국 배신자라는 낙인이 찍혔고, 학병으로 뽑히고, 연인과 이별하는 등 그의 선의의 행동은 의도하지 않은 결과를 냈다. "무슨 주의에 산다는 놈들이란 대개 그렇지"라고 자조하는 것처럼, 형운은 조직의 자기 보호 노력의 희생자로 사용된 것이다. 윤의 하숙집 주인 성호 아버지의 과거도 이와 비슷하다. 일제시대에 지하운동을 하다 검거되어 고문 끝에 전향서에 지장을 찍게 되었고, 출감 후 동지들이 일제 검거를 당하자 그는 배신자처럼 되어버렸다. 그는 해방기 좌익의 지도자인 강태가 자신을 오해하고 있다고, 진실이 밝혀지면 당에 복귀할 수 있을 것이라는 희망을 갖고 있다. 그리고 그것을 위해 아들 성호를 민애청에 가입시켰다. 선우휘는 조직을 위한다는 대의명분으로 개인을 희생시키고 배제시키는 좌익의 비윤리성을 형운과 성호 아버지를 통해 보여주고 있다. 좌익 계열의 몰인정함이 인물들의 과거사를 통해 드러나고 좌익의 무차별한 폭력 행위가 계속적으로 등장하는 가운데, 좌익의 수장 이철의 비윤리성 또한 언급된다. 이념이라는 목적을 위해 사용되는 폭력과 함께 이철의 비윤리성이 교차 서술되는 것은 이념적 정당성보다도 그것을 위한 폭력보다도 인간답지 못한 행동이 가장 폭력적이라는 것을 보여주는 것이다. 윤은 선배 임기자를 통해 공산당 선전부장인 이철이 미군정의 퍼킨스와 함께 사는 윤임과 내연의 관계이며 윤임을 통해 정보를 빼낸다는 것을 듣게 되었다. 윤은 정치적 희생물이 된 윤임에게는 연민을, 자신을 사랑하는 사람을 이용하는 "이철의 지독한 생리"에는 그 몰인정성에 대한 분노를 느낀다. 윤은 실제로 산장호텔에서 윤임을 만나고 그에게서 권총을 빼앗는다. 폭력사태와 맞물리면서 윤은 양식당에서 식사를 하는 이철을 만나고, 또 가난한 학생에게 이철이 스탈린을 모방한 듯한 서민을 생각하는 이미지로 포장되고 있음을 알게 된다. 윤이 분노한 것은 단순하게 윤임이란 여자 때문이 아니라 이철의 허위성 때문이다. 그 허위성이 많은 사람을 호도하고 있는 현실은 해방되던 날 윤의 경험과 같은 것이다. 전세가 기울어가고 있지만 이길 것이라며 어린 학생들조차 산으로 내몰았던 일제와 자신은 호의호식하면서 젊은 학생들을 폭력적인 현장으로 내모는 이철의 모습은 권력이라는 폭력을 휘두르는 비윤리적인 모습에서 동일하다.

　　윤은 언뜻 오른편 저만치 난투가 벌어지고 있는 도로 가까운 건물 계단에 수두룩이 버티고 서서 그 광경을 보고 있는 일단을 보았다. 뛰다시피 하여 그리로 다가갔다. 강태와 이철이 그 한가운데 끼여 있었다. (……) 길 한가운데로 눈길을 돌린 윤은 거기 소년 한 명이 주저앉은 채로 난투의 틈바구니에 끼여서 이리 굴리우고 저리 채는 것을 발견했다. 소년은 굴리우고 채면서 무엇인지 땅 위에 깔린 것을 꽉 손으로 움켜잡고 있었다.
　　윤은 다시 휙 시선을 강태 일행에게로 돌렸다. 이철이 카메라를 든 청년 하나를 붙들고 손가락으로 난투가 벌어지고 있는 한가운데를 가리키고 있었다. 청년은 알았다는 시늉을 하고 몇 걸음 앞으로 나가더니, 한군데에 카메라를 겨누고 셔터를 눌렀다.

 윤의 혈관에서 피가 역류했다. 일순 눈앞이 아득했다. 다음 순간 윤은 저도 모르게 난투의 한가운데로 뛰어들어갔다. 뛰어들자 쓰러져 있는 소년 가까이로 다가가서 덥석 그 덜미를 추켜들었다. (……) 소년을 끌어내고 크게 한숨을 내어쉬었을 때 강태와 이철의 일행은 걸어들어가고 있었다. (……) 한참 골목을 달리던 윤은 그만 휘청이는 다리를 꿇고 말았다. 소년의 몸이 그의 등에서 흘러내려 땅으로 굴러떨어졌다. 거기 윤은 그 소년의 손에 그러쥐어진 붉은 깃발을 보았다. 윤은 한참 동안 망연히 쓰러진 소년을 굽어보았다. 또 한번 그의 피가 역류했다.

 확 붉은 깃발을 낚아채 뚤뚤 말아서 아직 오줌 자국이 흥건한 전신주 밑에 내동댕이쳤다.(115~116쪽)

로터리에서 좌우익이 충돌했을 때, 난투 속에서도 붉은 깃발을 꽉 쥐고 있는 소년의 사진을 찍어 선전용으로 사용하려 하는 이철 무리의 모습을 본 윤은 난투 속 소년을 구해내는 것보다 공산당 선전을 먼저 생각하는 이철의 몰인정함에, 또 난투 속에서도 붉은 깃발을 놓지 못하는 소년, 그리고 소년을 그렇게 만든 '붉은 깃발'에 화를 낸다. 윤이 분노하는 것은 권력이 폭력을 이용하는 방식이다. 권력을 지탱하는 이념을 학습시키고 폭력을 학습시켜서 맹목적으로 그 폭력의 희생양이 되도록 만드는 그 권력은 일제강점기나 해방기이나 전혀 달라진 것이 없다. 권력층의 이름만 바뀌었을 뿐이다. '사람'을 먼저 생각하는 것이 아니라 권력을 유지하는 것을 먼저 생각하는 주객이 전도된 상황 자체도 폭력일뿐더러, 신체에 해를 가하는 물리적 폭력을 수단으로 사용하는 '권력'은 폭력의 또다른 이름일 뿐이다. 윤이 이철을 죽이겠다는 결심을 한 것은 윤임에 대한 욕망 때문만은 아니다. 윤은 명철이나 그의 아버지가 북의 체제와 이념의 실상

146

을 모르면서 그들이 선전하는 것처럼 잘살 수 있다는 이상을 믿는 것에 절망을 느낀다. 그는 자신이 알고 있는 인간적인 본능(식욕과 성욕)에 충실한 이철과, 명철이 알고 있는 본능보다는 노동자와 농민을 위해 애쓰는 이철의 모습의 차이에 조소한다. "소년의 머리에 거짓의 영상을 비쳐준 그 한 가지"로도 이철은 윤에게는 죽어 마땅한 사람이 된 것이다.

처음 이철을 죽이려고 했을 때, 명철의 얼굴이 떠올라 이철과 강태를 순교자로 만들고 싶지 않았다는 윤이 고려한 것은 살인이라는 폭력의 정당성 문제가 아니었다. 윤에게 중요한 것은 사람들에게 비춰지는 이철과 강태의 삶이 포장된 것이며 실제와 다르다는 것이다. 환상을 심어주기 위한 포장일 뿐, 실제 그들의 삶은 윤의 기준으로는 '비윤리적'이라는 것이 윤에게는 더 중요한 문제였다. 견고한 포장 덕분에 자신의 폭력이 그들에게는 순교자를 만드는 꼴이 되고, 자신의 숭고한 선택이 오히려 더 큰 거짓을 만들어낼 수 있다는 윤의 논리는 여전히 '윤리'의 영역에 놓인다. 윤의 경우에는 특히 그 윤리의 문제가 인간다움과 정직함에 초점이 맞추어진다. 여기에서 폭력과 윤리의 문제가 발생한다. 폭력이 윤리적으로 정당하게 사용되는 경우는 그렇게 많지 않기 때문이다. 사실상 폭력에는 절대적인 규범 설정이 불가능하기 때문에 폭력의 '상대적 정당성'을 가늠해야 할 필요성이 있을 수 있으며, 때로 폭력이 도덕적 목적의 실현을 위해 사용되는 도덕적 수단 혹은 유효한 수단이 될 수도 있다.[28] 윤이 이철을 사살한 것은 이런 측면에서 이해해볼 수 있다. 이철이 폭력을 사용하여 공산당 세력을 유지하려고 하는 것이나 윤이 이철을 살해한 것이나 인명을 살상했다는 측면에서 봤을 때는 용인하기 어려운 폭력이며 그런 점에서 두 가지 다 정당하다고는 할 수 없다. 또 이철 쪽에서는 공산당의 이념

---

28) 정명환, 같은 책, 51쪽.

을 관철시키는 투쟁 과정에서 필요한 폭력이었다고 볼 수 있고, 윤의 입장에서도 사람들을 현혹시키고 무고한 피해를 낸 사람에게 필요한 폭력이었다고 볼 수도 있다. 윤은 싸우는 것은 싫어하지만, '비윤리적'인 상황을 끝내기 위해서는 '폭력'이 필요할 수도 있다고 판단했다. 윤이 이철을 살해한 것은 다분히 충동적인 사건으로 보인다. 하지만 윤이 처음 이철을 살해하려고 했을 때까지, 또 그 이후 이철을 살해하는 소설의 마지막 장면까지 선우휘는 이철('이철'로 대표되는 좌익측)의 폭력적이고 비윤리적인 면을 계속해서 보여준다. 충동적인 테러였지만 필요에 의한 것이라는 듯 말이다. 이것은 선우휘의 행동주의와 휴머니즘이 결합한 장면이라고 할 수 있다. '깃발'이 이들을 움직이게 하는 이념과도 같은 것이라면, 깃발을 찾은 다른 친구들과 달리, 윤의 깃발은 "값싸게 높이 내어 흔들어진 어떠한 깃발보다도" "훌륭한 보이지 않는 깃발", 즉 어떠한 권력과 폭력보다도 선행하게 하는 윤의 윤리의식이 그 깃발일 것이다.

4. 결론

선우휘에게 월남과 이남의 혼란스러운 현실은 가히 폭력적이었을 것이다. 경성사범학교에서 일본의 파시즘적 제국주의의 교육을 받고 교사생활을 했으며, 해방 이후 신의주 학생사건 등 이념을 위시한 세력의 폭력적인 행동을 보고 선택한 월남이었지만, 남한에서 본 것 역시 북한의 폭력적인 상황과 다르지 않았다. 그는 폭력적인 현실을 이길 열정적인 행동으로 또다른 폭력을 택했다. 백색테러에 적색테러로 맞대응하는 현실, 정치 깡패가 동원되는 현실, 사법적 권력의 힘도 묵인해버리는 폭력적 현실은 오로지 폭력으로만 자기 보존을 할 수 있는 현실이었다. 본고에서 살펴본 「테러리스트」와 『깃발 없는 기수』에서 청년들은 자신들이 행사하는 폭력이 정당한지 아닌지에 대해 고민할 수 없을 정도로 불합리한 현실에 놓여 있었다. 그리고 폭력의 대상이던 이들이 자기를 보존하려는 노력을 통해, 또 인간적인 삶을 옹호하는 세계관을 세우기 위해 폭력의 주체가 되는 과정을 보여주고 있다. 권력과 윤리의 문제, 자기 보존과 폭력의 문제 등 함께 서기 어려운 문제들이 공존했던 혼란한 현실에서 직정을 가지고 열정적으로 행동하는 인물들을 통해 선우휘는 폭력적인 현실에서 가장 중요한 것은 이념이나 권력 등이 아니라 '인간', 인간답게 사는 삶임을 다시 한번 강조한 것이다.

전후사회의 상처 치유와 신뢰 회복
— 황순원의 「인간접목」론

노승욱

1. 머리말

　황순원은 근현대사를 관통하는 작품세계의 방대함과 함께 남과 북에서 창작을 경험한 월남실향민 작가로서의 위상을 아울러 지니고 있다. 초기 작품부터 뚜렷하게 일관되고 있는 그의 소설적 성향은 조남현이 지적한 바 있듯이 사상가적 면모보다는 장인적 성향에 가깝다고 할 수 있다.[1] '이즘의 총화'[2]라고 일컬어지는 그의 소설은 다양한 문학적 주제를 수용하고 새로운 형식과 기법의 실험을 거치면서 한국문학사에서 독자적인 영역을 구축했다. 이에 대해 권영민은 황순원이 소설적 형상화가 가능한 모든 주제를 다루었고, 소설 장르가 가능한 모든 방법을 시험했으며, 그의 언어

---

1) 조남현, 「우리 소설의 넓이와 깊이 ─ 황순원의 『카인의 후예』」, 『문학정신』 1989년 1월호, 64쪽.

2) '이즘의 총화'는 두 가지 의미를 내포한다. 첫번째는 휴머니즘이나 리얼리즘이나 그밖에 여러 이즘들을 포괄하는 뜻이고 두번째는 새로운 것을 개척하겠다는 의욕으로 과거의 이즘과 결별하는 뜻이다. 곽종원, 「황순원론」, 『신인간형의 탐구』, 동서문화사, 1955, 135~137쪽.

가 우리말의 산문 영역이 도달할 수 있는 미적 가능성을 골고루 내포하고 있음을 지적한 바 있다.[3]

한국 근현대사의 현실을 작품에 담아내면서 황순원은 대립되거나 이 질적인 두 요소를 변증법적으로 지양하는 독특한 소설미학을 완성하였 다. 그의 소설에서 확인할 수 있는 대립적 가치의 표상은 성과 속, 유랑성 과 정주성, 모성과 부성, 장년과 유년, 자연과 문명 등 매우 다양하다. 또 한 그의 소설에서는 모더니즘적 특성과 설화적 특성이 공존[4]하고 환유와 은유가 교호작용[5]하고 있는 모습을 찾아볼 수 있다. 문학을 대별하는 특 성인 서사성과 서정성도 황순원의 소설에서는 유기적으로 상호 결합되어 있음을 발견할 수 있다.[6]

황순원 소설에 관한 기존의 연구 성과들을 보면 주로 순수문학이나 서 정문학으로서의 성격이 기본적인 인식의 토대가 되고 있다.[7] 황순원 소설

---

3) 권영민, 『한국현대문학사』 2, 민음사, 2002, 109쪽.

4) 이에 대해서는 박혜경과 브루스 풀턴의 논의를 들 수 있다. 박혜경은 황순원의 문학세계 의 한편에는 그의 문학이 지닌 설화적 특성과 대립되는, 근대적 특성이라고 이름 붙일 만한 어떤 양상이 자리잡고 있는 것이 분명하다고 주장한다. 브루스 풀턴은 일본 와세다 대학교 영문학과 유학중에 창작된 황순원의 단편을 모더니즘 소설로 파악하면서 그의 소설에 토착 적인 영향과 비토착적인 영향이 상호작용하고 있음을 지적한다. 박혜경, 『황순원 문학의 설 화성과 근대성』, 소명, 2001, 23쪽 ; 브루스 풀턴, 「황순원 단편소설 연구」, 서울대학교 박사 학위논문, 1999, 5~9쪽.

5) 황순원의 문학에서 환유와 은유는 각각 통합적으로 제시되기도 하고, 계합적으로 제시되 기도 한다. 이때 환유가 동시대와 인접한 문맥관계에서 발생한다면, 은유는 현실의 초월과 극복을 모색하려는 작가의 서사적 전략으로부터 기인한다고 할 수 있다. 노승욱, 『황순원 문학의 수사학과 서사학』, 지식과교양, 2010, 28쪽.

6) 서사성과 서정성의 공존은 황순원 문학의 특성을 가장 상징적으로 보여주는 예라고 할 수 있는데 이는 그의 문학이 사실주의적인 소설 기술방식을 적극적으로 받아들이기 시작한 후에도 그의 문체가 지닌 서정적 효과가 그의 문학 전반에 지속적 요인으로 작용하고 있기 때문이다. 박혜경, 같은 책, 25쪽.

7) 조연현, 「황순원 단장」, 『현대문학』 1964년 11월호 ; 김병익, 「순수문학과 그 역사성」,

의 순수문학적 특성에 대해서는 "역사의 내면화, 스스로가 역사인 주인 공"[8] "실존주의적 경향의 상징주의적 세계"[9] 등 시대의식과 현실감각을 염두에 둔 관점의 해석들이 이루어지고 있다. 또한 서정문학적 특성에 대해서는 그의 소설언어가 나타내는 "함축성 있는 서정"[10] "절제미와 단문주의"[11] "간결한 언어"[12] 등의 문체적 특성을 논거로 한국현대문학사에서 대표적 서정작가로 평가하고 있다. 이와 같이 순수와 서정의 문학적 특성을 기본적 토대로 인식하면서 황순원 소설 연구는 주로 낭만주의나 심리주의, 상징과 이미지 등의 특성[13]과 서사 텍스트의 형식과 서술기법 등의 특성[14]을 다루는 연구가 주로 진행되어 왔다. 이외에 황순원 문학 전반의 전개 양상을 포괄적으로 기술한 연구[15]가 꾸준히 이루어져왔다.

『한국문학』 1976년 7월호 ; 이태동, 「실존적 현실과 미학적 현현—황순원론」, 『현대문학』 1980년 11월호 ; 유종호, 「산문정신고」, 『현실주의상상력』, 나남, 1991 ; 박진, 「황순원 소설의 서정적 구조 연구」, 고려대학교 박사학위논문, 2002 ; 임채욱, 「황순원 소설의 서정성 연구」, 전남대학교 박사학위논문, 2002.

8) 김병익, 같은 글, 251~253쪽.

9) 이태동, 같은 글, 4쪽.

10) 김윤식·김현, 『한국문학사』, 민음사, 1992, 243쪽.

11) 조남현, 『한국현대문학 사상 탐구』, 문학동네, 2001, 164~165쪽.

12) 이재선, 『한국현대소설사』, 홍성사, 1980, 404~405쪽.

13) 양선규, 「황순원 소설의 분석심리학적 연구」, 경북대학교 박사학위논문, 1992 ; 허명숙, 「황순원 소설의 이미지 분석을 통한 동일성 연구」, 숭실대학교 박사학위논문, 1997 ; 서재원, 「김동리·황순원 소설의 낭만적 특성 비교 연구」, 고려대학교 박사학위논문, 2002.

14) 김형규, 「1950년대 한국 전후소설의 서술행위 연구 : 전쟁 기억의 의미화를 중심으로」, 아주대학교 박사학위논문, 2004 ; 박용규, 「황순원 소설의 개작과정 연구」, 서울대학교 박사학위논문, 2005 ; 박지혜, 「황순원 장편소설의 서술기법과 수용에 관한 연구」, 아주대학교 박사학위논문, 2009.

15) 장현숙, 「황순원 문학 연구」, 경희대학교 박사학위논문, 1994 ; 박양호, 「황순원 문학 연구」, 전북대학교 박사학위논문, 1994 ; 박혜경, 「황순원 문학 연구」, 동국대학교 박사학위논문, 1995 ; 임진영, 「황순원 소설의 변모 양상 연구」, 연세대학교 박사학위논문, 1998.

기존의 연구사를 검토해볼 때, 황순원 소설에 대한 연구가 지금까지 양적으로 꽤 많이 축적되었음에도 불구하고 1950년대의 대표적 장편인『인간접목』(1957)[16]에 대한 본격적인 작품론은 그다지 많지 않음을 발견할 수 있다.[17]『인간접목』은 한국 전후소설[18]에서 매우 중요한 의의를 지니는 작품이다. 이 소설은 민족동란 이후에 전쟁 체험으로 말미암은 공동체의 상처 치유, 정체성 문제를 다루면서 어른뿐만 아니라 어린이의 문제도 함께 다루고 있다는 점에서 문제적이다. 전쟁은 어른뿐만 아니라 어린이에게도 심각한 정신적 외상을 겪게 했다고 할 수 있다.『인간접목』은 어린이를 어른과 같은 사회구성원으로 인식하면서 전후사회에서 '어린이'와 '어른'이 함께 상처를 치유하며 신뢰를 회복해가는 과정을 섬세하게 형상화해내고 있다. 황순원은 이 소설에서 정신적·육체적 불구성을 가진 주인공과 고아들이 서로의 상흔을 보듬으면서 정체성을 회복해나가는 모습을 인간 존재를 나무에 빗댄 '접목'의 상상력을 통해서 보여주고자 했다. 이는 미증유의 민족동란을 겪으면서 생긴 윤리적 죄의식과 내면적 상처를 치유하고 불신의 대상이 되어버린 민족공동체 구성원들 간의 신뢰 회복을 위한 작가의 문학적 대안이었다고 할 수 있다.

---

16)『인간접목』은 1955년 1월부터 12월까지『새가정』에 일 년 동안 연재되었다가 1957년에 중앙문화사에서 단행본으로 간행된 장편소설이다.

17) 황순원 연구사에서 확인할 수 있는『인간접목』론은 다음과 같다. 천이두, 「밝음의 미학—『인간접목』론—황순원의『인간접목』」,『교수아카데미총서』8, 1995; 이재복, 「어머니 꿈꾸기의 시학—황순원의『인간접목』론」,『한양어문연구』13, 1995. 12; 노승욱, 「황순원『인간접목』의 서사적 정체성 구현 양상」,『우리문학연구』34, 2011. 10. 31.

18) 1950년대 소설을 일컬을 때 전후소설이란 시기를 염두에 둔 말이고, 분단소설이란 시기보다는 성격에 더 치중한 말이라고 할 수 있다. 송하춘, 「1950년대 한국소설의 형성」, 송하춘·이남호 엮음,『1950년대의 소설가들』, 나남, 1994, 14쪽.

2. 죄의식의 극복과 트라우마의 치유

『인간접목』에서는 미증유의 민족동란을 겪은 등장인물의 내면에 깊게 각인된 죄의식[19]을 발견할 수 있다. 이들은 자신들이 전쟁의 피해자이면서도 오히려 자신들을 가해자로 인식하면서 죄의식을 역설적으로 내면화하게 된다. 전쟁으로 인해 무수히 많은 피해자들이 생겨났지만 민족동란을 정의하고 가해자의 실체를 밝히는 것은 결코 쉬운 문제가 아니라고 할수 있다. 그러는 사이에 피해자이면서 오히려 자신을 가해자로 인식하는 인물들은 전쟁의 상처를 제대로 치유하지도 못한 채 왜곡된 죄의식을 내면화하게 된 것이다.[20]

이 소설에 등장하는 소년원의 교사 최종호와 고아들은 무의식 속에 깊게 잠재되어 있는 치유되지 않은 흔적들을 지니고 있다.[21] 이 소설은 죄의식이 어른뿐만이 아니라 어린이에게도 심각한 정신적 외상을 남겼음을 보여주고 있다. 트라우마가 치료받아야 할 정신적인 질병임에도 불구하고 전후사회의 어린이들, 그중에서도 전쟁고아들은 아무런 관심과 치료도 받지 못한 채 사각지대에 방치되어 있었다고 할 수 있다.

이 소설은 소년원 아이들의 인터뷰 내용으로 시작되고 있다. 소년원의 아이들은 대부분 전쟁고아들인데, 그들의 인터뷰는 부모를 여의고 소년

---

19) 한민족의 생존권 자체의 문제로 6·25 전쟁이 제기될 때는 깊은 죄의식이 수반되지 않을 수 없다. 동족끼리의 살육이 불가피했던 이 6·25는 한민족의 역사적 시련치고는 가장 가혹한 것으로 단죄될 수 있고, 그것이 더욱 시련적인 것은 현재에도 그 상태가 지속적이기 때문이다. 김윤식, 『한국현대문학사』, 일지사, 1992, 46쪽.

20) 노승욱, 같은 글, 290~291쪽.

21) 이재복은 『인간접목』의 인물들이 모두 틈을 가지고 있다고 지적하면서 그 틈이란 정신세계에 생긴 결핍이라고 설명한다. 이를 조금 더 정확히 표현하면 의식화되지 못하고 무의식 속에 억압되어 있는 영원히 치유할 수 없는 흔적이라는 것이다. 이재복, 같은 글, 215쪽.

원에 들어오게 된 사연이 주된 내용이다. 인터뷰는 소년원에서 사역하고 있는 김목사가 작성하였는데 아이들의 이야기를 메모로 기록하고 나중에 살을 붙여 정리한 것이다. 이때 인터뷰 노트에 나타난 아이들의 이야기를 통해 그들의 내면에 잠재된 트라우마를 발견할 수 있다. 특히 열두 살인 남준학에게서는 트라우마로 인한 심각한 후유증이 나타나는데 그 결과 자주 악몽을 꾸고 우는 모습을 보여준다.

준학은 "저는 일곱 살 때 동생을 불태워 죽인 죄를 졌어요."[22]라고 말하면서 자신의 인터뷰를 시작한다. 준학은 일곱 살 때 청계천에 빨래하러 나간 어머니와 반찬거리를 사러 나간 할머니를 대신해 두 살 난 동생을 돌보게 되었는데 그때 동생의 울음을 그치게 하려고 불장난을 하다가 광에 불이 나는 바람에 동생을 타죽게 했다는 것이다. 동생이 죽고 나서 할머니마저 돌아가시자 할머니도 결국 자신 때문에 돌아가신 것이라고 준학은 말한다. 준학은 6·25전쟁 때 탱크 구경을 하러 나간 사이 집이 폭격을 당해 부모를 잃게 되는데 그는 그날 부모 말을 안 듣고 혼자 집을 나갔기에 자신만이 살아남게 된 것이라면서 자책한다. 준학은 자신이 소년원에 있는 것이 자신의 죄에 대한 당연한 결과인 것처럼 말한다.

지금도 저는 그렇게 생각하고 있어요. 그날 왜 나는 말을 안 듣고 밖에 나갔는지 모르겠어요. 이렇게 혼자 남은 것도 다 제 잘못이에요. 저는 죄를 많이 졌어요. 이 소년원에 있는 걸로 넉넉해요."(16쪽)

소년원의 김목사에게 자신의 죄의식에 대해 고백한 후에도 준학의 트라우마는 치유되지 않는다. 준학뿐만 아니라 다른 아이들의 경우에도 마

---

22) 황순원, 『인간접목·나무들 비탈에 서다─황순원 전집 7』, 문학과지성사, 1990, 13쪽.

찬가지이다. 전쟁중에 고아가 되면서 아이들에게는 트라우마가 생겼지만 그 트라우마를 치유하지 못한 채 오히려 더 나쁜 길로 접어드는 경우가 비일비재했던 것이다. 소년원은 '갱생소년원'으로 불리고 있었지만 정작 이곳의 아이들의 삶은 전혀 '갱생'되고 있지 못했던 것이다. 그런데 준학을 비롯한 아이들은 소년원에 상이군인인 최종호가 교사로 부임하면서 트라우마를 치유하고 정체성을 회복하는 기회를 갖게 된다.

종호는 전쟁중에 의무장교로 근무하다가 포탄 파편에 맞아 오른쪽 팔을 잃고 상이군인으로 전역한 인물이다. 전쟁 전에 서울에 있던 모 사립 의과대학 외과에 적을 두고 있던 종호에게 있어서 오른쪽 팔의 부재는 사회적 죽음을 의미하는 것이었다. 외과의사로서 자신의 몸 전부의 맞잡이라고 할 수 있는 오른팔을 잃은 종호는 내과나 약학과로 옮기는 것조차 포기한 채 은사인 정교수의 소개로 갱생소년원의 교사로 부임하게 되었던 것이다. 소년원으로 첫 출근을 하는 날 자신이 마치 새롭게 "갱생되는 듯한 느낌"(24쪽)을 받는 종호는 소년원의 아이들을 동병상련의 심정으로 바라보면서 고아인 아이들에게서 아무런 거리감도 느끼지 않는다.

지금 천막 주위에 서성대는 애들을 보는 순간, 그것은 자기와 동떨어진 세계의 일이 아니요 그대로 자기 자신의 일로 느껴진 것이었다. (……) 지금 눈앞에 보는 이 애들과 자기의 사이에는 아무런 거리도 없다는 느낌이었다. 그것은 지금 자기도 한낱 고아, 그것도 오른팔이 하나 없는 불구 고아에 지나지 않는다는 의식이 그렇게 만드는지도 몰랐다.(24쪽)

전쟁으로 불구의 몸을 갖게 된 종호는 전쟁고아가 된 아이들에게 동병상련의 심정을 가질 수 있었던 것이다. 소년원의 기존 교사와 달리 아이들을 편견 없이 대하는 종호에게 아이들은 자신의 마음을 열고 내면의 고백을 하게 된다. 준학 역시 자신의 내면 깊숙이 자리잡고 있던 죄의식과 그로 인해 아물지 못하고 있는 상처를 종호에게 드러내 보여준다. 종호는 밤중에 자면서 혼자 울곤 하는 준학을 숙직실로 데려와서 대화를 나눈다. 돌아가신 부모가 나타나는 무서운 꿈을 꾸면서 밤마다 울게 된다는 준학에게 종호는 자신도 전쟁으로 여의게 된 홀어머니가 꿈에 나타난다고 대답한다.

그런데 종호는 준학에게 돌아가신 어머니에 대한 이야기를 해주면서 자신 역시 어떤 죄의식에 사로잡혀 있었음을 깨닫게 된다. 준학이 죽은 부모가 나타나는 무서운 꿈을 꾸는 것처럼 종호 역시 자신의 어머니가 노한 모습으로 나타나는 무서운 꿈을 꾸어왔던 것이다. 종호의 어머니는 국군이 서울을 탈환하는 날 유탄을 맞고 숨겼는데 종호는 천장에 숨어 있던 자신 때문에 어머니가 몸을 피하지 못해서 죽었다는 죄책감을 갖고 있었던 것이다. 그동안 종호는 꿈속에서 자신에게 날아오는 총알을 어머니가 대신 맞고 죽는 모습을 보며 괴로워하기도 하고 노한 얼굴로 나타난 어머니가 종호에게 잘린 팔을 내놓으라고 호통치는 모습을 보며 어찌할 바를 몰라 하기도 했던 것이다.

준학은 자신 때문에 어머니가 죽었다고 말하는 종호의 고백을 들으면서 눈물 어린 눈으로 종호의 얼굴을 바라본다. 종호는 솟아오르는 눈물을 준학에게 보이고 싶지 않아서 고개를 돌리다가 노한 어머니가 등장하는 무서운 꿈이 아닌 '또다른 꿈'을 떠올린다. 종호의 머릿속에 문득 떠오른 꿈은 그의 어머니가 치마폭에 마치 수밀도를 담은 것처럼 조금도 징그럽지 않은 종호의 잘린 팔을 여러 개 담아가지고 나타났던 꿈이다. 어머니는 종호에게 자신이 종호의 팔을 잘 간수해두었으니 염려 말고 언제든지 가지라고 말하면서, 나머지 팔들은 종호처럼 팔이 없는 친구들에게 나누어주라고 당부까지 했던 것이다.

종호야 염려 마라, 네 팔은 내가 잘 간수해두었다. 이전의 네 팔대루 온전히 간수해두었다. 자 이걸 봐라, 하시면서 치마폭을 펴 보이시겠지. 정말 그 속에는 내 팔이 들어 있었어. 그게 하나두 아니구 여러 개야. 그리구 마치 수밀도를 담아가지구 오신 때처럼 조금두 징그럽지가 않겠지. 그러자 어머님이 다시 말씀하시기를, 종호야 여기 이렇게 네 팔이 있으니 언제든지 네가 가져라. 그리구 나머지 팔들은 너처럼 팔이 없는 친구들에게 나눠주구.(37쪽)

결국 종호는 어머니에 대한 두 유형의 꿈을 꾸었던 셈이다. 첫째 유형은 어머니가 총알을 맞고 세상을 떠나는 모습이거나 격노한 어머니가 내 팔을 내놓으라며 거세게 다그치는 꿈이었고, 둘째 유형은 흰옷을 입은 어머니가 나타나 종호의 팔을 여러 개 간수해 두었으니 염려 말고 언제든지 가져가라고 당부하는 꿈이었다. 그런데 종호는 어머니에 대해 회상할 때 둘째 유형의 안온한 꿈은 망각하고 첫째 유형의 무서운 꿈만 기억하고 있었던 것이다. 그러던 것이 죽은 부모와 동생이 나타나는 악몽을 자주 꾸는 준학을 안심시켜주기 위해 자신의 어머니 이야기를 하면서 그동안 기억하지 못했던 꿈을 새롭게 떠올리게 된 것이다.

내면 깊숙이 자리잡고 있던 죄의식을 동병상련의 아픔을 지닌 상대방에게 서로 고백한 준학과 종호는 죄의식에서 벗어나 트라우마가 치유되는 모습을 보여준다. 죄의식으로 말미암아 이들의 자아정체성은 심하게 상처받고 왜곡될 수밖에 없다. 그렇지만 동병상련의 아픔을 위무하면서 이루어진 고백적 서술은 이들의 정체성이 회복되는 계기를 마련해준다.[23] 준학의 고백으로 종호는 잊어버렸던 어머니에 대한 따뜻한 꿈을 다시 기

---

23) 노승욱, 같은 글, 294~295쪽.

억하게 되었고, 종호의 고백으로 준학은 그동안 자신을 괴롭혔던 악몽에서 벗어나 전혀 새로운 꿈을 꿀 수 있게 된다.

"난 봤어." "짜식, 베란간 보긴 뭘 봐?" "아냐, 봤어. 하아얀 날개, 아주 눈같이 하아얀 날개야." 준학이는 천사의 그림이 붙었던 어두운 벽 쪽을 가리키며, "저기 있든 천사의 날개보다도 더 희었어. 그걸 우리가 모두 달고 있었어. 너도 달고 있고 나도 달고 있고. 그리고 저, 짱구대가리도."(183쪽)

준학은 이제 그의 꿈에서 가족을 죽게 한 죄인으로 자신을 바라보지 않고 순수한 천사의 모습으로 바라보고 있다. 종호와의 대화를 통해 준학은 자신을 옥죄고 있던 죄의식을 극복할 수 있었던 것이다. 준학의 꿈에서 준학은 자신뿐만 아니라 소년원에 있는 다른 고아들의 모습도 천사의 모습으로 바라보고 있다. 이는 왜곡된 죄의식으로 인해 비뚤어진 행실을 나타내고 있는 소년원의 고아들이 순수한 동심을 회복할 수 있음을 상징적으로 암시하는 것이다. 천대받는 전쟁고아일지라도 이들의 트라우마가 치유될 때 어린이 본연의 모습을 되찾을 수 있음을 이 소설은 보여주고자 한 것이다.

3. 약속의 준수를 통한 신뢰의 회복

황순원이 『인간접목』에서 문제삼고 있는 것은 무엇보다도 사회구성원들 간에 팽배한 불신의 문제라고 할 수 있다. 민족동란을 겪으면서 사회구성원들 간에는 그 어느 때보다 불신의 장벽이 높게 쌓여 있었던 것이다. 이 소설의 주된 배경이 되고 있는 소년원 역시 서로를 불신하는 선입견으로 가득 차 있는 곳이다. 이러한 편견으로서의 불신은 타인의 정체성은 물론 자신의 정체성까지 부인하게 만든다.[24] 소년원의 선임교사인 유선생이 자신이 한때 열성을 갖고 지도한 아이가 물건을 훔쳐 달아난 후에 "내가 나 자신에게 배반을 당한 것"(46쪽) 같다고 느끼는 것도 이러한 이유에서이다.

『인간접목』에서 주인공 최종호는 소년원의 고아들을 자신이 교화시켜야 할 대상으로 여기지 않는다. 종호는 오히려 아이들을 어른과 같은 동등한 인격체로 대우한다. 그는 아이들이 지금은 "때가 긴 거울과 마찬가지이지만 닦기만 하면 안쪽은 성한 거울알"(113쪽)이라고 확신한다. 이러한 인식 때문에 종호는 아이들에게 주체적인 의식을 갖고 책임감 있는 행동을 하도록 이끈다. 아이들이 자치대를 조직해서 소년원 야간 경비를 하게 한 것도 그러한 이유에서이다. 짱구대가리가 야경대원 아이들을 선동해서 소년원의 창고를 털었을 때도 종호는 오히려 짱구대가리에게 창고의 관리를 맡아달라고 부탁하기조차 한다.

　　너한테 한가지 부탁이 있다. (……) 네가 지금 이 소년원에서 여간 중요한 사람이 아니란 말야. 네가 하는 말 한마디 몸짓 하나가 그대루 다른 애들의 뽄이 되구 있다는 걸 알아야 해. 그런 뜻에서 너는 어느 선생보담두 으뜸일 거야. 앞으룬 이 점을 꼭 마음에 새겨가지구 말이나 행동을 조심해 줬으면 좋겠어. (……) 앞으루 네가 무슨 일이구 하나 맡아줘야겠는데, 창고 열쇠를 맡는 게 어떨까. 네가 맡아가지구 쌀두 내주구, 학용품이나 옷 같은 것두 나눠주구.(88~89쪽)

진심 어린 종호의 제안에도 불구하고 짱구대가리는 종호의 말을 곧이

24) 노승욱, 같은 글, 300쪽.

믿으려고 하지 않는다. 오히려 그는 종호가 무슨 수단을 꾸며 보자는 속셈으로 하는 말이라고 여긴다. 하지만 그는 종호의 말이 단지 자신의 속을 떠보거나 빈정대는 소리만은 아니라는 생각을 하면서 고민에 빠진다. 짱구대가리의 고민은 종호에 대한 불신과 신뢰 가운데 무엇을 선택할지에 대한 혼란에서 비롯된 것이다. 짱구대가리에게 소년원의 교사들은 언제나 불신의 대상이었다. 소년원의 교사들 역시 고아들을 불신하긴 마찬가지였다. 그런데 갑자기 종호가 짱구대가리를 처음으로 믿어주기 시작한 것이다. 종호는 소년원 내에서 싸움이 일어나지 않도록 해달라고 짱구대가리에게 부탁하면서 "네가 한번 약속한 건 그대루 꼭 지킨다는 걸 안다"(165쪽)라고 말하며 변함없는 신뢰를 보낸다.

서로를 믿는다는 것은 서로가 했던 말을 믿는 것임과 동시에 앞으로의 행동을 믿는 것이기도 하다. 언어로 표현되는 약속은 주체가 시간 속에서 자신의 말에 자신을 일치시키려는 행위로 윤리적 차원을 내포한다.[25] 자신을 전적으로 신뢰해주는 종호에 대한 믿음이 싹튼 짱구대가리는 종호와의 약속을 이행하기 위해 노력한다. 그가 거지 왕초의 지시를 받고 자신을 따르는 아이들과 함께 소년원을 탈출하려고 시도할 때도 야경대원 누구에게도 폭력을 가하지 않은 것은 종호와의 약속 때문이었다. 그런데 서로를 향해 신뢰의 관계를 맺어가던 짱구대가리와 종호는 위기를 맞게 된다. 짱구대가리가 따르는 거지 왕초가 아이들을 데리고 소년원을 탈출하라고 짱구대가리에게 지시를 내린 것이다.

외출을 나갔다가 밤늦게 소년원으로 돌아오던 종호는 새로 소년원에 취직이 된 듯한 느낌을 받으며 "이번에야말로 정말 소년원이 네 생활의 전부"(176쪽)라고 자기 자신에게 다짐하듯 말한다. 그런데 그러한 희망

---

25) 장경, 「폴 리쾨르의 이야기 해석학에 나타난 서술적 자아정체성」, 『프랑스학연구』 20, 2001, 316~317쪽.

에 찬 가슴이 여지없이 부서지는 장면을 종호는 목격하게 된다. 그는 가시철망을 뚫고 소년원을 탈출하려고 하는 짱구대가리 일행과 맞닥뜨리고 만 것이다. 짱구대가리는 소년원의 그 누구도 때리지 않겠다는 종호와의 약속을 지키기 위해 야경대원 소년들의 손을 결박해놓고 가시철망을 끊고 있었던 것이다. 종호는 야경대원에게 아무런 해를 입히지 않은 짱구대가리에게 약속을 지켜줘서 고맙다고 말한 후에 소년원을 나가고 싶거든 내일 낮에 대문으로 내보내 주겠다고 약속한다. 비록 소년원을 도망치려고 하던 짱구대가리이지만 그는 종호의 약속을 신뢰한다.

종호와 짱구대가리는 마지막이 될지도 모르늘 새로운 약속을 나눈 것이다. 종호가 지켜야 할 약속은 짱구대가리 일행을 아무런 조건 없이 내일 낮에 소년원에서 내보내주겠다는 것이고, 짱구대가리가 지켜야 할 약속은 내일 낮에 대문으로 나가기까지는 소년원을 탈출하지 않겠다는 것이다. 그런데 이들이 서로에게 한 약속을 이행하기 위해서는 자기희생을 감수해야만 한다. 종호는 새롭게 삶의 보람을 찾은 소년원의 교사직을 사임해야 하고, 짱구대가리는 거지 왕초의 끔찍한 보복까지도 무릅써야 하는 것이다.

소년원의 앞산에서 자신들의 탈출을 기다리고 있던 거지 왕초에게 짱구대가리는 종호와의 약속을 전한다. 왕초는 종호가 짱구대가리 일행을 감화원으로 끌고 가기 위해 거짓말을 한 것이라고 짱구대가리를 다그친다. 짱구대가리는 종호가 반드시 약속을 지킬 것이라고 거듭 말하지만 왕초는 짱구대가리가 매수를 당했다고 의심하기까지 한다. 어린 짱구대가리를 동등한 인격체로 신뢰해주던 종호와는 달리 왕초는 짱구대가리를 이용하려고만 할 뿐 어떤 신뢰도 보내지 않는다. 심지어는 짱구대가리를 쫓아 산을 올라온 종호의 인기척을 듣자 짱구대가리를 칼로 찌르기까지 한다.

낼 아침 당당히 대문으루 나오기루 했어요. (……) 아녜요. 정말 약속했에요. (……) 낼 아침 대문을 열구 내보내준다구 했어요. (……) 요 맹추야, 그런 공갈에 떨어져? 어서 가 똘만이들을 끌구 나오기나 해! 그렇잖았다간 낼 아침 감화원으로 끌려가는 거야! 아녜요. 쌍팔이만은 믿을 수가 있에요. (……) 요자식 너 매수당했구나. 진작부터 도망쳐 나오래두 며칠만 참으라구 하드니 종시 요모양이 됐구나! (……) 사내가 품에 넣었던 손을 빼는 순간 짱구대가리는 무엇을 낌새챘는지 날렵하게 몸을 피하려 했으나 어느새 어둠속에서도 희게 빛나는 삐죽한 물건이 그의 옆구리를 와 찔렀다.(182~183쪽)

짱구대가리는 자신을 인격적 존재로 대우해준 종호의 약속을 끝까지 신뢰했다. 그 대가로 그는 자신이 충성하며 따르던 거지 왕초의 칼에 찔리고 만다. 옆구리를 칼에 찔린 짱구대가리는 자신을 등에 업은 종호에게 "선생님, 정말 고마워요"(183쪽)라고 말한다. 종호에 대한 짱구대가리의 고마움은 보잘것없는 고아인 자신을 끝까지 믿어준 스승을 향한 진심 어린 감사의 고백이라고 할 수 있다. 그동안 나쁜 물이 들은 아이라고 사회에서 냉대를 받고 불신의 대상으로 여겨져 왔던 짱구대가리가 이제는 다른 사람은 물론 자기 자신에 대한 믿음을 회복할 수 있는 전기가 마련된 것이다.

이 소설은 불신으로 가득 차 있던 전후사회에서 서로의 존재를 인정하면서 자신의 약속을 충실히 이행해나가는 것이 무너져내린 공동체의 신뢰를 회복할 수 있는 정도임을 보여주고 있다. 정신적·육체적 외상으로 생존이 위협받고 있던 전후사회의 현실에서 불구성을 지닌 이들의 존재론적 '접목'은 폐허가 된 공동체를 복구하면서 살아가기 위한 불가결한 선택이었던 것이다. 서로를 인격적 존재로 수용한 가운데 이루어진 종호

와 짱구대가리의 상호 '접목'은 전후사회에서 상생을 통한 공존이 무엇인
지를 분명하게 보여주고 있다. 일방적이고 기계적인 결합이 아닌, 상호적
이고 인격적인 관계의 결합[26]만이 붕괴된 전후사회를 복원할 수 있는 원
동력임을 이 소설은 강조하고 있는 것이다.

4. 맺음말

『인간접목』은 단편작가로 인식되어오던 황순원이 장편작가로서의 면
모를 분명하게 보여준 소설이다. 그는 이 소설에서 6·25전쟁과 전후 한
국사회의 현실을 다루면서 장편으로서 충분한 역사적 깊이를 확보할 수
있었다. 전쟁이라는 특수한 상황은 역사와 허구의 교차지점에서 개인과
민족, 그리고 어른과 어린이의 정체성 문제를 형상화하기에 적절한 소재
였다고 할 수 있다. 이 소설은 작중 인물들이 상호 신뢰관계를 형성하면
서 전쟁으로 인해 생긴 트라우마를 치유하고 본연의 정체성을 회복해가
는 모습을 나타내고자 하였다.

이 소설이 표제에서부터 강조하고 있는 사회구성원의 존재론적 접목은
일방적이고 기계적인 결합이 아닌 상호적이고 인격적인 결합을 의미한다
고 할 수 있다. 인간 존재를 나무에 빗댄 '접목'이란 표현을 황순원이 소
설의 표제로 내세운 것은 미증유의 민족동란을 겪은 민족공동체의 상처
를 치유하기 위해서는 개인들만의 노력이 아닌 공동체 전체의 노력이 필

---

26) 황순원은 소설의 표제를 정하면서 '나무 목(木)' 변을 쓰는 한자어 '접목(椄木)' 대신 '손
수(手)' 변을 쓰는 '접목(接木)'을 선택하였다. 나무 목 변이 아닌 손 수 변을 쓰는 '접(接)'
이란 말은 '잇는다'란 의미와 함께 '사귄다'의 의미가 내포되어 있다. 결국 황순원은 표제로
제시한 '인간접목(人間接木)'이란 개념을 통해 일방적이고 기계적인 결합이 아니라 상호적
이고 인격적인 관계의 결합을 나타내고자 했다고 할 수 있다. 노승욱, 『황순원 문학의 수사
학과 서사학』, 지식과교양, 2010, 236쪽.

요하다는 것을 절감했기 때문이다. 전쟁으로 말미암아 정신적·육체적 불구성을 체험한 이들에게 서로를 향한 접목은 생존을 위한 필연적인 선택이었다고 할 수 있다.

이 소설은 그동안 주목받지 못하던 어린이의 문제를 본격적으로 다루면서 어린이 역시 공동체의 회복에 있어서 함께 아우르고 보듬어야 할 대상임을 새롭게 인식시키고 있다. 1955년, 『새가정』에 일 년 동안 연재될 때 이 작품의 원래 표제는 『천사』였다. 소년원의 아이들을 상징적으로 가리키고 있는 천사는 아이들이 상실한 본연의 정체성을 의미하는 것이다. 이 소설은 상이군인인 주인공과 고아인 어린이들이 서로의 불구성을 도우면서 함께 회복되어가는 과정을 보여줌으로써 전후사회의 재건이 단지 물질적 복구에만 그쳐서는 안 되며 정신적인 치유와 정체성의 회복으로까지 나아가야 한다는 것을 강조하고 있다.

'나'를 찾아서
— 손창섭론

김지영

1. 서론

손창섭은 1950년대 한국전쟁기 문학을 대표하는 작가다. 그의 소설은 모멸과 연민, 수인(囚人)의 문학, 병자의 문학 등으로 이해된다.[1] 이런 특징은 주로 그가 작품에서 창조해낸 부정적 인간형 때문이다.

손창섭 소설에 대한 초기의 연구는 주로 이 부정적 인간형에 초점이 맞춰졌다. 조연현은 손창섭 소설의 인물형을 '병자(病者)'로 규정짓고 무능력하고 부자연스러운 인간을 조명하는 데 집중했다.[2] '병자'라는 규정은 이후 손창섭 소설을 정신분석학적으로 분석하는 데 대해 시사하는 바가 크다.[3] 그러나 정신분석학적 연구가 본격화되기 전에는 주로 작중 인물의

---

1) 유종호, 「모멸과 연민─손창섭론」, 『현대문학』 1959년 5월호; 정창범, 「희화화된 애국자(낙서족 론)」, 『손창섭─현대한국문학전집3』, 신구문화사, 1981; 이어령, 「수인의 미학─유실몽, 설중행」, 『손창섭─현대한국문학전집3』, 신구문화사, 1981.

2) 조연현, 「병자의 노래─손창섭의 작품세계」, 『현대문학』 1955년 4월호.

3) 송기숙, 『창작과정을 통해서 본 손창섭』, 『현대문학』 1964년 9월호; 우찬제, 「현대단편소설의 욕망시학적 연구 : 주체의 성격에 따른 욕망 현시의 유형을 중심으로」, 서강대학교 박

비정상성, 신체의 불구, 인물이 행하는 폭력과 인물의 지배적인 정서인 권태와 우울 등에 분석이 집중됐다.[4]

손창섭 소설을 1950년대라는 시대적 특징과 맞물려 해석하는 경향도 있다. 이런 연구는 당시 한국문단에서 유행했던 사회철학을 바탕으로 해서 손창섭 소설에서 나타나는 허무주의와 부조리사상, 실존주의 등 소설적 사상을 전후의 피폐함과 연결지어 분석하고자 한다.[5]

정신분석학적 연구는 주로 자전소설 「신의 희작」을 토대로 삼았다. 이때의 분석은 주로 오이디푸스콤플렉스에 기댄 것이었다. 김상일은 손창섭 소설의 인물이 보여주는 열등감과 폭력성을 오이디푸스콤플렉스와 연관지어 해석했다.[6] 정창범은 손창섭이 오이디푸스콤플렉스를 갖고 있고 생리적 결함에서 비롯된 열등감과 강박신경증 등으로 자기모멸의식이 형성되고 심화되면서 작품 속에서 인간 경멸 의식으로 나타났다고 주장했다.[7] 자전소설과 더불어 정신분석학적 연구의 근거가 된 것은 손창섭 자신이 작품의 근거를 직접 밝히기도 했다.

이러한 말들을 종합해서 압축해본다면 소설이란 결국 작자 자신의 이야

사학위논문, 1992.

4) 김동리, 「'무명'에서 '광명'으로」, 『사상계』 1959년 4월호: 이광훈, 「패배한 지하실적 인간상」, 『문학춘추』 1964년 8월호: 김현, 「허무주의와 그 극복」, 『사상계』 1968년 2월호: 김영화, 「손창섭론―권태형 인간상과 그 소설사적 의미」, 『월간문학』 1978년 4월호.

5) 윤병로, 「혈서의 내용―손창섭론」, 『현대문학』 1958년 12월호: 임중빈, 「실낙원의 카타르시스―손창섭과 새로운 가능성」, 『문학춘추』 1966년 7월호: 이선영, 「현대소설과 인간소외」, 『인문과학』 1971년 5월호: 조현일, 「허무주의의 심연과 극복의 노력」, 『한국전후문학의 형성과 전개』, 삼지원, 1955: 조남현, 「손창섭의 소설세계」, 『한국현대소설의 해부』, 문예출판사, 1993.

6) 김상일, 「손창섭 또는 비정의 신화」, 『현대문학』 1961년 7월호.

7) 정창범, 「손창섭론」, 『문학춘추』 1965년 2월호.

기 외의 아무것도 아니라는 결론이 나온다. 물론 그 체험의 질과 표현의 능력 여하에 따라 작품의 가치가 좌우되는 차이는 있겠지만, 아무튼 고쳐 말해서, 소설이란 이렇듯 작자의 인생 체험의 반영이요 표현임은 증언할 여지가 없을 것 같다. (……) 이렇듯 나와의 공존과 공감을 허용하려 하지 않는 기성사회, 기성권위에 대한, 억압된 나의 인간적 자기 발산이 문학형태로 나타난 것이 말하자면 나의 소설이라 하겠다.[8]

본고에서는 최근까지 활발하게 전개되고 있는 정신분석학적 연구를 토대로 손창섭 소설에 나타난 불완전한 인간형이 자신의 불완전성을 어떻게 극복하려는 노력을 기울이는가에 초점을 맞춘다. 손창섭 소설에 대한 기왕의 평가는 황폐한 전후의 사회상을 반영한 허무와 비관의식에 주목했지만, 본고에서는 손창섭 소설이 비관과 허무에서 벗어나기 위한 노력을 기울였다는 것을 밝히는 데 목적을 둔다. 본고는 손창섭 소설의 인물을 개별적인 주체로 보기보다는 정신분석학을 바탕으로 삼아 통합성을 지향하는 불완전한 자아로 보고자 한다.

2. 성사되지 못하는 결혼

손창섭 소설에는 결혼 모티프가 반복적으로 등장한다. 정확하게는 등장인물 간 결혼이 제안되고 추진되는 것인데, 이렇게 제안된 결혼이 이뤄지지 못한다는 것이 소설의 특징이다. 손창섭의 1950년대 단편에서는 장애가 있는 인물들이 자주 등장하게 되는데 작가는 소설에서 정상적인 남성을 등장시켜 불구인 여성과의 결혼을 추진한다.

---

8) 손창섭, 「아마튜어 작가의 변」, 『현대한국문학전집』 3, 신구문화사, 1965.

단편소설 「비 오는 날」은 원구와 어릴 때 친구 동욱과 동옥 남매와의 만남과 헤어짐을 그린 작품이다. 인가에서 멀리 떨어진 외딴 목조 건물, 도깨비가 나올 것 같은 집의 풍경에, 집에만 갇혀 있다시피 하는 소아마비 여성 동옥의 암울한 모습은 전후의 황량한 정서를 잘 표현해낸 것으로 평가받는다. 이 소설에서 동욱은 친구 원구에게 다리를 쓰지 못하는 누이동생 동옥과의 결혼을 권한다.

　　술에 취한 동욱은 다자꾸 원구의 어깨를 한 손으로 투덕거리며, 동옥이 년이 정말 가엾어, 암만 생각해도 그 총기며 인물이 아까와, 그런 말을 되풀이하는 것이었다. 그러고는 다시 잔을 비우고 나서, 할 수 있나 모두가 운명인걸 하고 고개를 흔드는 것이었다. 동욱은 머리를 떨어뜨린 채 내가 자네람 주저 없이 동옥이와 결혼할 테야, 암 장담하구말구, 혼잣말처럼 그렇게 중얼거리는 것이었다.[9]

그러나 이 결혼은 성사되지 못하는데, 원구가 어느 날 동욱과 동옥의 집을 찾아갔을 때 남매는 사라지고 집주인만 있는 것을 알게 되기 때문이다.

단편소설 「혈서」에서도 결혼 모티프는 반복된다. '혈서'는 한집에 사는 청년 달수와 규홍, 준석이 보내는 절망적인 나날들을 그렸다. 달수는 구직을 하려 하지만 번번이 좌절되는 고학생이고, 한쪽 다리를 잃은 준석은 상이군인 행세를 하고 다니는 인물이다. 규홍은 부유한 집안의 장남이지만 시인이 되겠다며 국문과에 적을 두고 있다.

이 청년들이 기거하는 하숙집 주인의 딸은 창애라는 간질병 환자인데,

9) 손창섭, 「비 오는 날」, 『비 오는 날―한국문학전집12』, 문학과지성사, 2005, 53~54쪽.

창애의 아버지 박노인은 규홍이 창애와 결혼하길 바란다. 세 청년들도 밤마다 창애의 신랑감 문제를 두고 논의를 벌이는데 준석은 규홍이 창애와 결혼해야 한다며 달수와 입씨름한다.

건 그렇게만 생각해선 안 될 거야. 멀쩡한 사람이 누가 지랄쟁이를 데리구 살아. 나 같으문 절대 결혼 안 할 테야.

이 맹랑한 자식 봐. 누가 너더러 결혼하라는 거야. 너 같은 건 지랄쟁이하구 혼인할 자격두 없어. 너 같은 건 문제두 안 돼. 규홍이 얘기야. 지금 규홍이 얘기를 하구 있는 거 아니야.

그렇기 어디 내가 창애하구 결혼한대. 만일 나 같으문 지랄쟁이하구는 살지 않겠다는 거지. 나두 그러니까 규홍이두 그럴 거란 말야.

이런 천하에 바보 같은 자식. 야, 무턱, 그래 너하구 규홍이하구 같어? 맘 쓰는게 너하구 같어? 목소리가 같어? 이런 천치 같은 자식. 너하구 규홍이하구 딴사람야. 겉두 속두 생판 다른 거야. 그러니까 규홍인 창애하구 결혼할 수 있단 말야. 절대적 결혼해야 한단 말야.[10]

「혈서」의 결혼 역시 이뤄지지 않지만 인물 간의 관계는 한층 복잡하다. 언젠가부터 창애의 배가 불러오는데, 실은 창애를 임신시킨 것은 그간 결혼이 제안됐던 규홍이 아니라 규홍과의 결혼을 종용한 준석이었다. 달수가 이 사실을 폭로하면서 준석이 달수의 손가락을 잘라버리고 도망치는 것으로 소설은 마쳐진다.

흥미로운 부분은 준석이 달수에게 '너 같은 건 지랄쟁이하구 혼인할 자격두 없'으며 규홍이가 창애와 '절대적 결혼해야 한'다고 설파하는 장면

---

10) 손창섭, 「혈서」, 같은 책, 117~118쪽.

이다. 「비 오는 날」에서도 그렇고, 「혈서」 또한 불구인 사람이 반드시 지극히 정상적인 사람과 결혼해야 한다는 원칙이 강박적으로 표출되는 것이다.

단편 「유실몽」의 경우는 결혼 모티프가 드러남에도 불구하고 남성이 지극히 정상적인 여성과의 결혼을 종용당해 이 원칙에서 비켜나는 듯하지만, 여기에도 원칙은 변주돼 있다.

> 누이는 자꾸 날더러 춘자씰 건드려보라고 권한답니다. 나는 대답할 말이 없어서 그냥 웃고 말았습니다. 춘자의 얼굴이 석고상처럼 굳어 버렸다. 나는 마침내 이런 소리까지를 덧붙이지도 않을 수 없었다.
> 춘자씨 부친께서도 나보고 한사코 사위가 되어달라구 조른답니다. 그때마다 나는 뭐라구 할 말이 없어서 정말 딱해집니다.
> 춘자는 얼어붙은 듯이 몸을 움직이지 않았다. 숨소리마저 끊어져버린 것 같았다. 나는 모로 움직거려 상반신을 벽에다 기대었다. 바위처럼 내리누르는 피로를 감당할 수가 없어서였다.[11]

「유실몽」의 주인공은 군을 제대하고는 누이의 집에 얹혀살고 있다. 술집 작부인 누이가 일하러 나가면 철수는 조카를 돌보는 것으로 하루를 보낸다. 그는 옆방 강노인의 딸 '춘자'를 마음에 두고 있다. 춘자는 국민학교 교원자격 시험을 준비하는 여성이다. 앞서 손창섭의 소설에 나타난 불구의 여성들과 달리 춘자는 정상적이며 스스로에 대한 자부심이 강하다. 그러나 그에게는 늘 온몸이 쑤셔서 주인공에게 안마를 부탁해야 하는, 신경통이라는 신체적 고통을 앓는 부친이 있다. 다리를 쓰지 못하는 동옥

---

11) 손창섭, 「유실몽」, 같은 책, 230쪽.

(「비 오는 날」), 간질병 환자인 창애(「혈서」), 신경통을 앓는 강노인의 딸까지(「유실몽」) 손창섭 소설에서 인간의 불완전성은 이렇게 신체적 문제로 상징화돼 나타난다. 작가는 정상적인 듯 보이는 춘자의 아버지를 장애가 있는 인물로 묘사해 '정상-비정상' 인물 간의 결합을 반복한다.

쿵, 쿵, 쿵 약한 소리로 또 바람벽이 울리어왔다. 이어서 "홍주사, 홍주사"하고 나를 부르는 강노인의 음성이 들려왔다. 뜰에서 혼자 놀라고 재순이를 문밖에 내어놓고 나는 얼른 옆방으로 갔다. 강노인은 언제나 마찬가지로 요 위에 사지를 펴고 엎드려서 죽는 소리를 내고 있었다. "으으으, 으으으"하는 그 신음소리는 똑 무슨 짐승의 소리 같았다. (……) 강노인은 여러 해 전부터 신경통으로 고생해오는 것이었다. 하루에 몇 번씩은 으레 허리가 끊어지는 듯이 저리고 쑤셔서, 당장 숨이 넘어가는 것처럼 야단을 하는 것이다.[12]

3. 대타자의 부재

졸고 「손창섭 소설에 나타난 주체형성 연구」[13]에서는 손창섭 소설의 등장인물 간 관계의 형상화를 자아의 통합과정으로 해석했다. 이때 소설에서 빈번하게 사용되는 결혼 모티프는 자아가 통합될 수 있는 장치로 기능하게 된다. 결혼은 자아가 객관적인 사회질서의 체계로 편입될 수 있는 의식이자, 정신분석학자 라캉의 이론에 따르면 주체가 상상계에서 상징계로 편입될 수 있는 의식이기 때문이다.[14]

---

12) 손창섭, 같은 책, 224~225쪽.

13) 서울대학교 석사학위논문, 1997.

14) Jacques Lacan, *Ecrits: A Selection*, trans. Alan Sheridan, New York: Norton,

라캉은 주체가 상징계에서 대타자에 의해 필연적으로 소외되며, 이 주체가 진정한 주체로 거듭나기 위해서는 소외를 극복해야 한다고 설명했다. 상징계에 의해 소외된 주체는 자신의 삶을 결정지은 대타자가 소외에 대한 해답을 갖고 있다고 믿으면서 대타자에게서 그것을 찾으려 한다는 것, 그러나 대타자도 실은 그 답을 갖고 있지 않다는 것을 알게 된다. 이 과정을 겪어야만 비로소 주체는 상징계라는 질서에 진입할 수 있다.[15]

흥미로운 것은 손창섭의 소설에서 상징계에 진입하는 방식으로 결혼이라는 의식을 채택하는 반면, 이 결혼이 번번이 좌절된다는 것이다. 결혼이 상징하는 것은 희생을 통한 질서의 구축이며, 주체는 결혼이라는 형식에 의해서 타자를 객관적으로 인지하게 된다. 이로 인해 주체는 소외의식을 극복하게 되고 외부세계와 화합을 이루면서 사회로 편입될 수 있다.

그런데 결혼이 실패로 돌아가는 것은 주체형성이 이루어지는 과정이 불완전하기 때문이다. 손창섭의 소설에 이 과정을 대입해볼 때, 자아형성에 필수적인 요인이 모호하게 표현돼 있는데 그것은 대타자의 존재다. 즉, 손창섭 소설에서 자아가 비춰보고 투영하고 극복해야 할 대타자가 뚜렷하지 않다는 것이다. 대타자는 불완전(비정상)한 자아가 완전(정상)을 시도하는 상징적인 이 의식에 반드시 필요하다.

이 대타자는 물론 오이디푸스콤플렉스에 바탕을 둔 아버지다. 주체는 아버지를 통해 상징계의 차원에 들어서게 되는데 이 '아버지'의 상징화된 이름은 사회적 제도, 법, 윤리, 도덕 같은 것이다. 손창섭 소설은 그러나 상징계의 차원에 들어서기 위해 자아를 투영해보는 방편으로 결혼이라는 의식을 도입하되, 막상 이 의식에 필수적인 대타자를 인지하는 데는 어려

1977, pp.4~6.

15) 홍준기, 「지젝의 라캉 읽기 : 『이데올로기의 숭고한 대상』을 중심으로」, 『문학과사회』 2000년 겨울호, 186~187쪽.

움을 겪는다.

작가는 문자 그대로의 가족으로서의 아버지의 존재를 전후(前後)의 황망한 인간관계에서 설정해보고자 한다. 「비 오는 날」에서 전혀 존재하지 않았던 아버지의 존재는 「혈서」에서 딸의 결혼을 권하는 박노인으로 적은 비중이나마 출현하게 된다. 지방 행상을 하는 사람인 박노인은 규홍에게 편지로 딸 창애와의 결혼을 청하는 것으로 자신의 존재를 알린다.

한 가지 부탁은 전신에도 간곡히 당부하였거니와, 미거한 노생의 독녀랄 청년선생이 배필로 삼아주기랄 원하노라. 경미한 간질병이 있기는 하나, 미거한 대로 인품은 볼 만한 데가 있으니, 청년선생과는 천생연분인가 하노라. 남한각지랄 행상하여 보매, 처녀가 많기는 수없이 많으되, 창애아만 한 처녀도 드물더라. 간질병도 혼인 후 잘 치료하면 즉시 완쾌될 것으로 믿는다.[16]

미미한 조역에 불과했던 아버지의 존재는 「유실몽」에서 한층 비중이 커진다. 「유실몽」에서 주인공 철수는 누나와 강노인으로부터 동시에 춘자와의 결혼을 종용받는다. 그런데 지독한 신경통에 시달리는 늙은 부친의 욕망을 춘자는 받아들이려 하지 않는다. 이 대목은 「혈서」나 「비 오는 날」과 미묘하게 차이가 나는 부분이다. 동욱이 권하는 결혼의 욕망에 대해 누이동생 동옥은 무심한 듯 포즈를 취하고(「비 오는 날」), 박노인이 권하는 결혼의 욕망에 대해 딸 창애 역시 심리적 변화가 보이지 않는 데 반해(「혈서」), 「유실몽」에서 춘자는 갈등의 반응을 보이기 때문이다.

---

16) 손창섭, 「혈서」, 같은 책, 116~117쪽.

(가) 춘자는 요즘 와서 수험 준비에 더욱 열중하기 시작했다. 차기 검정고시에는 기어코 응시하겠다는 것이다.

"선생님이 협력만 해주신다면……"

춘자는 뒷말을 흐려버리고 말았다. 이내 새침해졌다. 자존심을 잃고 싶지 않은 것이다. 이상하게 그 말이 내게는 잊혀지지 않았다. 두고두고 그 말을 감초 씹듯 했다. 물론 그것은 내가 협력만 해주면 어김없이 합격될 자신이 있다는 뜻임에 틀림없을 것이다. 교원자격만 얻으면 모범 교사가 될 자신이 있다는 말을 춘자는 그전에 한 일이 있었다. 그리 되면 최소의 생활 보장은 문제없으리라는 말도 했다. 그러한 말들은 어떤 의미에서 나를 구속하는 것이었다.[17]

(나) 한참 동안 노인의 허리를 주물러주고 나려앉았을 때였다. 춘자도 옆에 있었다. 노인은 언제나처럼 딸만 낳아주고 죽은 마누라를 원망하고 나서, 날더러 또 자기 사위가 되어달라고 했다. 오류이 진 부친과 어린 동생이 매달려 있기 때문에 춘자는 삼십이 다 되도록 시집을 갈 수 없었다는 것이다. 어쩌다 말이 났다가도 남자 쪽에서 쑥 들어가버리고 만다는 것이다.

"나도 불쌍하지만 저것도 가련하네. 여자란 남자와 달라. 때를 놓치면 아주 폐물이야! 어서 자네가 좀 돌봐주게."

나는 할 수가 없었다. 역시 또 씩 웃어버리는 수밖에 없었다. 춘자는 싸늘한 시선으로 부친을 노려보고 있었다. 그 눈에는 경멸과 증오가 불타올랐다. 가끔 입가생이에 가벼운 경련이 일었다.[18]

춘자는 술집 작부생활을 하는 철수의 누이와 경제적으로 무능력한 철

---

17) 손창섭, 「유실몽」, 같은 책, 239~240쪽.
18) 손창섭, 같은 책, 261쪽.

수의 매형에 대한 경멸을 감추지 않지만 주인공 철수에 대해서만큼은 호감을 갖고 있다. 철수를 대할 때 춘자의 눈은 놀랍도록 신선하고 총명하다. 춘자는 (가)에서처럼 철수가 도와준다면 교원자격 시험에 합격하리라면서, 철수와 결혼하게 되면 생활을 책임질 수 있다는 뉘앙스를 풍기는 말을 한다. 그것은 오히려 철수에게 구속으로 다가올 정도다.

그러나 철수와의 결혼을 은근히 욕망하는 한편으로 춘자는 (나)에서처럼 결혼을 종용하는 부친에 대한 경멸을 숨기지 않는다. 철수와 춘자의 결혼이라는 같은 내용을 두고도 부친의 욕망과 자신의 욕망은 다른 것으로 춘자는 놓고 있다.

그런데 「유실몽」은 앞선 소설들과는 미묘하게 다른 결말을 보인다. 「비 오는 날」에서 원구는 동옥과의 결혼을 제안받았지만 진지하게 받아들이지 않고, 시간이 지나 동욱과 동옥의 집에 찾아갔을 때 남매가 사라진 것을 확인하고 돌아서게 된다. 「혈서」에서는 결혼을 제안받은 규홍의 움직임이 크게 부각되지는 않은 채 규홍을 둘러싼 달수와 준석 간에 육체적인 다툼이 벌어진 끝에, 한쪽 다리가 없는 준석이 달수의 손가락을 절단하는 일을 저지르고는 집 밖으로 뛰쳐나간다.

어디 가느냐고 규홍이가 묻는 말에 그는 잠시 멈칫했다. 그 자신, 자기는 어디를 가기 위해 뛰어나왔는지를 알 수 없는 것이었다. 그러면서도 준석은 그냥 그 자리에 서 있을 수는 없었다. 어디로든 발을 옮겨놓아야 했다. 그는 걸음을 떼었다. 밖을 향하고 있었기 때문에 자연 대문 밖으로 걸어나가졌다. 하늘의 별이 문제가 아니었다. 준석은 한쪽 다리 대신 사용하는 지팡이로 언 땅을 우리며 어둠 속으로 사라져가는 것이었다.[19]

---

19) 손창섭, 「혈서」, 같은 책, 131쪽.

「비 오는 날」에서 원구의 움직임이 수동적이었던 데 비해 「혈서」의 마지막을 장식하는 준석의 움직임은 적극적이다. 그는 오래 머물렀던 거처를 떠나 '대문 밖으로' 나간다. 작가는 그러나 인물의 움직임을 '자연 걸어나가졌다'는 표현을 씀으로써 불가항력적인 운명의 밀림이 가미된 것을 암시한다. 이제 「유실몽」에서 이 움직임은 인물의 의지가 전적으로 반영된 것으로 바뀐다.

> 이제는 어디로든 나도 떠나야 할 때가 왔다고 생각했다. 그 집에 내가 월여를 머물러 있는 것도 누이가 있었기 때문이다. 그렇다고 해서 다시 누이를 찾아갈 생각은 아예 없었다. 차라리 나는 누이와는 반대 방향으로 가야 한다고 생각하며 대합실을 나섰다. 밖에는 어둠을 뚫고, 자동차가 수없이 질주하고 있었다. (……) 어두운 골목으로 들어섰다. 불현듯 창백한 춘자의 얼굴이 눈앞을 얼찐거렸다. 뒤이어 여자의 가느단 울음소리가 들려오는 것 같았다. 그것은 분명히 숨죽여 우는 젊은 여자의 울음소리였다. 이러한 착각을 나는 끝까지 견디어내야 한다고 생각하며 자꾸만 어둠 속을 헤치고 소년을 따라 걸었다.[20]

「비 오는 날」의 원구와 마찬가지로 「혈서」의 철수 역시 결혼 상대자로 논의됐던 춘자에 대한 부담감을 느낀다. "네가 동욱을 팔아먹었구나"라는 소리가 원구에게 환청으로 들리며 죄책감을 자극하듯, 떠나야 할 때가 왔다고 마음을 다잡는 철수의 귀에는 춘자의 가느단 울음소리가 들려오는 것 같다. 그러나 철수는 이것이 착각인 것을 알고 있으며 이 착각을 끝까지 견디어내야 한다고 생각한다. 대타자에 대한 결여로 상징의 세계에

---

20) 손창섭, 「유실몽」, 같은 책, 248쪽.

편입하지 못하는 자아가 좌절한 뒤에 어찌해야 할 바를 모르고 막막해하던 앞선 작품들로부터 「유실몽」은 한 걸음 나아간다. 그는 실패에 저항하면서, 자신을 집 안에 가둬놓았던 운명에 저항하기 시작한다.

「혈서」에서 준석, 규홍, 달수, 창애가 함께 있는 집이라는 공간, 「유실몽」에서 누나와 철수, 춘자가 함께 있는 집이라는 공간은 모두 상상계에 속한 것이며, 인물들은 그곳에서 나와야 비로소 상징계로 진입하는 첫 걸음을 떼게 된다. 작가는 집 밖으로 나오기 위한 장치로 결혼 모티프를 두지만, 그가 찾고자 하는 '답 없음'을 깨닫게 할 대타자, 아버지의 이름이 빠져 있기에 이 시도는 필연적으로 좌절할 수밖에 없다. 「유실몽」의 결말은 상징계로의 편입이 좌절된 뒤 상상계로 돌아가는 것을 거부하고, 의지적으로 '반대 방향으로 가야 한다고 생각하며'[21] 나아간다는 점에서 의미있다.

4. 나를 찾는 방식 : 「광야」의 경우

단편 「광야」는 1956년에 발표됐지만 시간적 배경은 해방 전이다. 공간적 배경은 만주 벌판으로, 아편 밀매상인 한국인 부부가 피살당하는 것을 소설의 주요 사건으로 삼는다. 이 소설 역시 조그만 토막집에서 벗어나지 못하는 인물들을 그렸다. 소학교 교원을 지낸 동오와 벙어리 소녀 춘화, 춘화네 주인집 도련님 승두가 그들이다. 여타의 작품들이 그렇듯, 「광야」에서도 결혼 모티프는 반복된다. 벙어리 딸을 둔 중국인 사내 노왕은 동오에게 딸 춘화와의 결혼을 청한다.

---

21) 손창섭, 같은 책, 248쪽.

딸만 없으면 괄시를 받아가며 한국인 집에서 고용살이를 하지 않아도 좋다고 생각한 노왕(老王)은, 마침내 동오(東伍)에게 딸의 얘기를 비쳐보았던 것이다. 동오가 춘화를 귀여워해준다는 말은 여러 사람에게 들어 자기도 알고 있노라 하고, 이제 설만 쇠면 춘화 나이 열일곱이니, 소문만 퍼뜨릴 게 아니라, 얼른 소실로 맞아달라는 청이었다.[22]

그러나 이 소설에서 흥미로운 부분은 반복적인 결혼 모티프가 두 겹으로 겹쳐진다는 것이다. 그것은 한국 소년 승두가 품고 있는 감정이다. 승두는 '자기가 좀더 커서, 춘화에게 장가를 들겠다고 하면, 두말없이 응해주리라'고 생각한다.

그러나 「광야」에서는 앞서 결혼의 제안과 좌절이 주요 사건으로 위치하지 않는다. 작가는 '춘화와 결혼하고 싶어하는' 마음을 가진 한국 소년 승두의 심리에 초점을 맞춘다. 승두에게는 두 아버지가 있는데, 죽은 친부와 살아 있는 계부다. 친부가 세상을 떠난 뒤 어머니는 돈벌이를 위해 만주로 떠났고, 승두가 어머니의 뒤를 따라 만주로 온 것이다. 그런데 승두가 만난 어머니는 아버지의 친구 창규와 결혼해서 아이를 낳은 뒤였다. 계부와 어머니, 동생과 함께 살게 됐지만, 승두는 종종 친부가 창규에게 죽임을 당했다고 호소하면서 원수를 갚아달라고 부탁하는 꿈을 꾼다. 승두는 한편으로 이중의 고통에 시달리는데, 계부가 자신을 죽일지도 모른다고 생각해서다.

승두는 앞장서 걸으면서 자꾸만 뒤가 낌낌해 견딜 수 없었다. 계부 손의 몽둥이가 금시 자기의 머리통을 내려칠 것 같은 불안이 전류처럼 흘러가곤

---

22) 손창섭, 「광야」, 같은 책, 294쪽.

했다. 승두는 조금 가다가는 뒤를 돌아보고 돌아보고 하였다. 그 눈에는 공포의 빛이 어려 있었다. 그때마다 계부 또한 극히 못마땅한 표정으로 승두를 노려보는 것이었다.[23)]

승두는 아버지를 죽여야 한다는 강박증에 시달리면서 또 한편으로 그 아버지로부터 죽임을 당할 수도 있다는 강박증에 시달린다. 그의 친부가 자신의 욕망을 아들에게 투영하기 때문이다. 이제 승두는 셰익스피어의 「햄릿」과 같이, 친부로부터 어머니를 빼앗은 계부에 대한 두려움과 더불어, 그 계부를 죽임으로써 두려움을 극복해야 한다는 과제를 갖는다. 햄릿의 망설임이 흐르지 않는 상징계, 멈추어 고정된 의미 속에서 자신의 욕망에 대해 고민하는 주체에게 필연적으로 발생할 수밖에 없는 딜레마인 것처럼,[24)] 승두의 불안 또한 고정된 의미 속에서 친부의 욕망과 자신의 욕망 간의 간극에 대해 고민하는 주체에게서 비롯된 것이다.

상징계의 답이 부재하는 상태란 주체가 대타자에게서 답을 찾으려 하지만 그 또한 답을 갖고 있지 않다는 것을 알게 되는 상태다. 주체가 이를 받아들임으로써 비로소 자신의 시간 속에서, 불확실하며 불안하기만 한 상황에도 불구하고 결정하고 행동하게 된다.[25)] 햄릿의 경우 친부의 유령에 붙들린 것은 죽음에 대한 애도가 생략됐기 때문이라고 라캉은 파악한다. 잘 보내지 못했으므로 떠나야 하는 대상이 여전히 유령이 되어 극을 맴돌고 있는 것이다.[26)] 연인 오필리아의 죽음을 목도하고 그에 대해 애

23) 손창섭, 같은 책, 292쪽.

24) 김서영, 「라캉의 『햄릿』 분석에 나타난 프로이트로의 복귀」, 『한국라캉과현대정신분석학회』 2007년 겨울호, 16쪽.

25) 김서영, 같은 책, 15~16쪽.

26) 김서영, 같은 책, 20쪽.

도함으로써, 계부 클로디어스의 살해 뒤에 애도의 장면을 넣음으로써 햄릿은 상징계를 촉발시키는 실재와 대면하게 된다. 「광야」의 소년 승두의 경우 계부를 직접 살해하는 것은 아니지만, 계부의 집을 털겠다고 노왕이 작당하는 얘기를 엿듣고 계부에게 닥칠 위기를 감지함으로써, 계부의 살해에 동참하게 된다.

속삭이는 말의 내용은 심상치가 않았다. 춘화를 깨워서 미리 준비시키느냐, 그렇지 않으면 일을 끝내고 와서 데리고 달아나느냐 하는 것을 의논하고 있었다. 그 문제를 가지고 그들은 잠시 의견이 분분했다. 그러다가 춘화를 깨우게 되면, 자연 승두도 눈을 뜰 테니, 위험한 짓이라고 한 사람이 그랬다. 결국 나중에 와서 춘화를 데리고 가기로 결정을 본 모양이었다. 잠시 뒤에 그들은 발소리를 죽이며 나가버렸다. 승두는 불시에 눈이 또록또록해졌다. 그러자 머리에 핑 하고 오는 어떤 직감이 있었다. 그들은 작당하여 우리 집을 터는구나 하는 생각이었다. 예감은 과연 틀림없이 맞았다.[27]

장중한 애도는 아니지만 승두가 실재에 직면하고자 하는 시도는 계부의 죽음을 정면으로 목도하는 것이다. 승두는 처음에 죽어 넘어진 계부의 모양을 머리에 떠올려봤다가, 이에 그치지 않고 집으로 가서 시신을 보게 된다. "피비린내가 확 풍겼다. 계부와 모친은 처참한 꼴로 쓰러져 있었다. 젖먹이 만수만이 한구석에서 여태 세상모르고 쌕쌕 자고 있었다"는, 삶과 죽음이 나란히 놓인 마지막 장면을 승두는 본다. 그가 알고 속했던 한 세계가 닫히는 것을 그는 두 눈으로 확인했다. 이제 승두는 새로운 세계를 향해 떠나야 하는 것이다.

---

27) 손창섭, 같은 책, 302쪽.

'여담'의 무대화
— 장용학론

류경자

1. 서론

장용학(1921~1999)은 소설 「희화」(연합신문, 1949.11.19)를 발표하는 것으로부터 시작하여 1987년 11월 「하여가행」을 발표하기까지 삼십팔 년 동안 총 소설 34편,[1] 희곡 2편,[2] 역사연구서 1편[3]을 써냈다. 특히 1955년 『현대문학』에 단편 「요한시집」을 발표하고 나서부터 문단의 주목을 받기 시작하였으며, 그동안 과다한 한자의 사용, 상징적인 우화를 통한 알레고리와 에펠레이션, 관념의 전개 등 형식적 특징으로 인해 비난과 찬탄을 동시에 받아왔다.

---

1) 그중 장편이 4편, 중단편이 30편인데, 장편 『청동기』의 제1부인 「위사가 보이는 풍경」과 유고작으로 알려진 「빙하기행」 「가제 빙하기행」 「천도시야비야」 등 작품을 빼면 총 34편이 된다.

2) 「일부변경선근처(4막5장)」(『현대문학』 1959년 7월호), 「세계사의 하루」(『한국문학』 1966년 추계호).

3) 1983년 6, 7, 8, 10, 11, 12월호에 「조선 모욕의 궤적」이라는 제목으로 『문학사상』에 발표하였다가 1984년 다시 『허구의 나라 일본』이라는 제목으로 일월서각에서 출판하였음.

문학사에서 장용학은 전후작가로 서술되고 있으며, 그의 소설에 나타난 형식적 측면에서의 실험적 성격은 인정하지만 동시에 그 소설의 관념성으로 인해 대체적으로 부정적인 평가를 받고 있다.[4] 「요한시집」이 실존주의 문학의 영향을 받고 쓴 첫 작품이라는 장용학의 발언[5]과 함께 가장 활발하게 이루어진 것은 실존주의[6]와 세대론[7] 측면에서의 연구이다. 이런 연구는 장용학을 전후문학 작가 혹은 신세대 작가라 규정하고 그의 작품을 문학사적 측면에서 고찰하고 있다. 그동안 가장 쟁점이 많았던 형식적 측면에서의 연구[8]는 어느 정도 성과를 거두었다고 할 수 있지만 역시 전후현실이라는 것에 초점이 맞추어져 있어 그의 문학을 전후문학이라는 울타리에 가둘 수 있다는 한계를 보인다.

장용학의 소설은 거의가 사실주의 전통으로부터 크게 벗어나는 작품들이다. 사실주의 텍스트를 가능하게 하는 미메시스는 구성된 질서가 존재하며, 이 자연이 재생될 수 있고, 언어가 이러한 재생의 도구가 될 수 있

---

4) 김우종, 『한국현대소설사』, 성문각, 1982; 이재선, 『현대한국소설사』, 민음사, 1991; 김윤식·정호웅, 『한국소설사』, 예하, 1993; 권영민, 『한국현대문학사1945~2000』, 민음사, 2002.

5) 장용학, 「실존과 요한시집」, 『한국전후문제작품집』, 신구문화사, 1963, 400쪽.

6) 염무웅, 「실존과 자유」, 『현대한국문학전집』 4, 신구문화사, 1967; 이재전, 「요한시집과 실존사상」, 『수련어문논집』 9, 1982; 신경득, 「실존과 죽음의 문제」, 『한국전후소설연구』, 일지사, 1983.

7) 이봉래, 「신세대론」, 『문학예술』 1956.4; 백철, 「신세대적인 것과 문학」, 『사상계』 1955년 2월호; 김상선, 『신세대 작가론』, 일신사, 1964; 천이두, 「50년대 문학의 재조명」, 『현대문학』 1985년 1월호; 신경득, 『한국전후소설연구』, 일지사, 1988.

8) 방민호, 「전후소설에 나타난 알레고리 연구」, 서울대학교 석사학위논문, 1993; 장수익, 「한국관념소설의 계보」, 문학사와 비평연구회 엮음, 『1960년대 문학연구』, 예하, 1993; 황순재, 「한국 관념소설의 재현방식 연구」, 부산대학교 박사학위논문, 1996; 조현일, 「손창섭·장용학 소설의 허무주의적 의의식에 대한 연구」, 서울대 박사학위논문, 2002; 김정관, 「한국 모더니즘 소설의 인식구조 연구」, 중앙대학교 박사학위논문, 1997.

다는 것 등 세 가지 조건을 전제한다.[9] 장용학의 소설은 이런 사실주의 전통에 대한 반성이 이루어지면서 '재현'에 대한 성찰로부터 시작하였으며, 이런 재현에 대한 반성은 작가가 주체의 위기를 인식함과 동시에 그의 소설이 세계에 대한 체계화된 인식의 불가능성으로부터 출발한다고 볼 수 있다. 위르겐 슈람케에 따르면, 현대사회의 현실은 '비서술적'일 뿐만 아니라 '개념적으로' 굳어져버렸으며, 그것 또한 논증적 표현을 요구하면서 소설에 대한 규정이 서술이 아니라 성찰, 허구화가 아니라 사고의 발전이 실제적 과제라고 하는 결론이 도출된다.[10] 장용학 소설에 나타나는 메타픽션적 글쓰기나 관념적인 서술은 바로 그의 '비사실적'인 현실에 대한 남다른 인식에 있다고 본다. 이런 전제하에 장용학의 창작은 대체적으로 네 갈래로 나누어 고찰해볼 수 있다. 우선 초기 작품은 장용학 문학창작의 초기 단계로써 그의 문학세계를 관통하는 글쓰기 방식과 철학적 사유의 맹아가 보이는 작품들이며 이 시기 작가는 '주체성 회복'의 가능성을 모색하였으며, 한국전쟁과 전후의 폐허 속에서 근대를 형성해온 이분법적 대립구도에 대한 비판, 그리고 현실을 '있는 그대로' 재현할 수 있다는 예술적 주체에 대한 반성이 장용학 소설의 출발점이라고 할 수 있다. 다음은 메타픽션적 글쓰기의 특징이 강한 작품들이며, 이러한 글쓰기를 통해 장용학은 '서커스'로 표현되는 부조리한 현대사회의 폭력적 현실을 비판했다. 그다음 패러디적 글쓰기의 사용은 통치권력의 비판과 결부되어 현대사회를 풍자적으로 표현하기도 했다. 1970년대에 들어서는 창작이 뜸해지기 시작했으며 이때부터 장용학은 창작의 눈길을 역사 쓰기로 돌리고 일제의 역사왜곡에 주목하면서 일본의 식민사관을 비판하기도 하였다.

---

9) 귀 라루, 조성애 옮김, 『사실주의 문학의 이해』, 동문선, 2000, 41쪽.

10) 위르겐 슈람케, 『현대소설의 이론』, 원당희·박병화 옮김, 문예출판사, 1998, 59쪽.

장용학 소설에서 작가, 화가와 독자는 가장 빈번하게 등장하는 인물이며, 소설쓰기, 그림 그리기, 역사 쓰기, 연극 꾸미기와 같은 예술행위 또한 그의 소설에서 중심문제로 나타난다. '인간의 구원'을 꿈꾸고 주어진 소설의 규범을 파괴하는 장용학의 글쓰기는 글쓰기 자체가 지배질서에 맞서는 일종의 저항전략이 된다. 그중 주목해야 할 것은 장용학이 소설 창작을 통해 문학사 속에 언제나 존재했지만 이론적으로 결코 정당한 지위를 인정받지 못하고 주변부에 머물러야만 했던 '여담'을 중심부에 자리하게 했다는 점이다. 이러한 여담적 글쓰기는 그의 소설에서 여러 가지 형태로 나타난다. 그의 소설에서 자주 사용되는 메타픽션적 글쓰기, 관념 서술과 같은 글쓰기 방식은 '여담'이라는 큰 무대 위에서 사유될 수 있다. 이때 여담은 작가의 사변적, 논평적, 이론적 논술을 포함할 뿐만 아니라, 묘사적이거나 본래 이야기와 무관한 액자구조의 속 이야기와 같은 서술적인 부분도 포함할 수 있다.[11] 여담은 결말을 잊게 하고, 논증부나 서술부를 결말에서 분리하고, 작품을 목적성에서 분리하고, 그것이 하나의 단장으로 나타나면서 그때그때 자체의 결말을 지니고 있을 뿐 아니라, 경계들을 옮기고 엄격한 지향성을 해체하며 수많은 결말들을 만들어 그것들을 복잡하게 엮어놓는다. 장황한 즉흥곡, 우연히 떠오른 멋진 생각, 스토리라인 상실 등 보통의 경우라면 여담성의 평범한 발현에 불과한 현상들이 작가의 여담적 글쓰기를 통해 우연·부조화 효과로, 표류나 변덕의 시

---

11) 이때 여담(digression)은 본래 다루고 있던 주제를 잠시 접어두고 다른 이야기를 하는 행위이다. 란다 사브리는 고대 수사학에서 사용된 '여담'의 의미 변화를 추적하고 있다. 최초의 수사학에서 '여담($\pi\alpha\rho\epsilon\kappa\beta\alpha\sigma\iota$)'은 담화에 속하며, 아레오파고스와 아리스토텔레스는 '여담'을 '주제 이탈($\epsilon\xi\omega\ \tau\upsilon\ \pi\rho\alpha\gamma\mu\alpha\tau\upsilon$)'로 보고 그것을 축출하며, 로마 수사학에서 여담은 'egressio'나 'excessus'로서 다시 복권된다. 프랑스 고전주의 수사학에 이르러, 여담은 'digression'이라는 단어만을 사용하게 되며 용어상의 단순화가 발생한다.(란다 사브리, 『담화의 놀이들』, 이충민 옮김, 새물결, 2003, 65쪽.

늠으로, 글쓰기의 유희로 뒤바뀌는 담화의 전략으로 변할 수도 있다.[12] 장용학의 소설은 이런 주변부에 있었던 '여담'을 중심부에 자리하게 하여 그 속에 내재된 의미를 파헤친다.

본 연구는 장용학 소설에서 나타나는 여담적 글쓰기에 대한 분석을 통해 그 글쓰기 방식의 구체적인 내용이 어떠한 것이며 그 형식 실험을 통해 작가가 의도한 것이 무엇인지 밝히는 것을 목적으로 한다. 본고는 장용학 문학세계의 특질을 가장 대표적으로 보여주는 작품이 「현대의 야」[13]라고 보며 이 소설의 분석을 통해 장용학 소설의 글쓰기 방식을 살펴보고자 한다.

2. 메타픽션적 글쓰기와 규율 메커니즘 비판

최근에 들어 서사의 빈곤과 해체가 수사적인 장치이자 그 자체가 바로 작품의 주제 형상화의 중요한 장치가 되고 있다는 해석이 이루어지면서, 서사는 더이상 단순한 서술기법의 문제이거나 소설이라는 장르를 특징짓는 요소의 하나로 국한되지 않는다. 이때 장용학 소설에 나타나는 글쓰기는 한편으로 '서술적인 것의 사라짐'[14]으로 표현되며 허구나 플롯 같은 서술작품의 확고한 소재적 도구 또한 모든 면에서 해체된다. 장용학의 양식 파괴적인 글쓰기는 관념적 서술뿐만 아니라 패러디나 메타픽션적인 글쓰기를 통해 더 구체적인 형태로 나타나며, '관념소설' '주석적 글쓰기' 등으로 평가되는 장용학 소설은 여담적 글쓰기를 통해 작가의 일관된 창작의식과 소설쓰기 자체에 대한 작가적 고민을 보여준다. 그의 작품 중 「역성

---

12) 같은 책, 10쪽.

13) 장용학, 「현대의 야」, 『사상계』 1960년 3월호.

14) 위르겐 슈람케, 같은 책, 53, 55쪽.

서설」「현대의 야」『원형의 전설』은 전형적인 메타픽션이며, 녹두대사의 논문 쓰기, 현우의 소설쓰기, 화자의 소설쓰기 등 글쓰기 행위를 통해 작중 인물의 허구적인 글쓰기 행위와 허구로 구성된 현실세계를 대조시키면서 글쓰기 자체가 폭력에 저항하는 방식임을 보여준다.

장용학 소설의 메타픽션적 글쓰기는 중층구조를 이루며 작중 인물에 의해 창작된 '소설'이 하나의 장을 구성하고 그것이 또 매개가 되어 작가와 독자 사이의 대화가 이루어지며, 나아가 이런 대화는 '소설' 뒤에 숨겨진 폭력적 현실을 드러낸다. 세 장으로 구성된 「현대의 야」는 그 '제일장'이 한 편의 완결된 소설이고 '제이장'은 그 속편으로서 '제일장'을 읽은 독자와 작가의 담화이며, '제삼장'은 개명을 한 '제일장'의 주인공이 재판을 받는 과정을 보여준 소설이다. 문학청년인 소설의 주인공 현우는 후일의 창작을 위하여 시체를 옮기는 일에 나서며 또 시체를 관찰하고 그것을 소설 속에서 생생하게 묘사한다. 실제 관찰하고 그것을 그대로 묘사하는 것은 리얼리즘 소설에 흔히 사용되는 수법으로서, '제일장'의 내용은 현실을 관찰한 것 그대로 소설에 옮기는 리얼리즘 소설의 수법을 패러디한 것이다. 시체를 옮기는 도중 현우는 시체와 함께 무덤 속으로 떨어지게 되는데, 북한의 시간 없음 때문에 억울하게 생매장당하고 만다. 이렇게 '제일장'은 서술자가 현우의 죽음을 평가하는 것으로 끝을 맺게 되며, 말미에 적힌 '미'라는 글자로 소설은 완성된다.

'제이장'에서는 '제일장'이 '현우'가 쓴 한 편의 소설이라는 사실이 명확하게 밝혀진다.

"이건 어디까지 정말이에요?"

(······)

"언제 쓰신 거예요?"

"좀 못 생겼지만, 안 그거 말입니까. 환도해서 절간에 가서 말입니다. 그 것두 밤잠 안 자구 썼는데 결국 묘비가 된 셈이죠. 아주 집어치우구 운수 좋게 취직했지요. 아까두 말했지만 거기서 내 천분을 발견했답니다."

　"이것은 어디까지 정말이에요?"

　"다 정말이겠죠."

　"어떻게 해서 살아나셨어요?"

　"운수가 좋았지요. 거기서는 북한동무가 권총 쏜 것으로 되어 있지만 실 상은 그게 따따따…… 기총소사랍니다. 제트기가 나타나서요. 삽질하던 친구들두 도망가구 밤에는 비가 쏟아졌지요."

　"정말 운이 좋으셨군요."(336~337쪽)

　위 인용문은 성희가 현우의 소설, 즉 이 소설의 '제일장'을 읽고 현우와 나눈 대화이다. '제일장'이 한 편의 소설을 구성하고, '제이장'에서 독자와 작가의 대화가 이루어지는 이 소설의 중층적 구조는 작가와 독자의 대화 를 통해 글쓰기로 글쓰기론을 피력하면서 자신의 텍스트 생산 자체를 글 쓰기의 대상으로 삼아 고찰하는 형태를 취한다.

　성희는 독자로서 현우의 소설을 읽고 난 뒤 소설에서 사실이 차지하는 부분이 얼마나 되는지 의문을 갖는다. 하지만 현우는 소설을 쓴 작가로서 성희의 물음에 동문서답하며 평가에만 관심이 있다. 소설보다 그동안 사 라진 현우 본인에게 관심이 있는 성희가 주목하는 것은, 그 소설의 사실 여부와 소설의 창작시기이다. 집요하게 묻는 성희의 '어디까지 정말'인가 하는 물음에 현우는 '다 정말이겠죠'라고 하며 사실 여부에 관한 판단을 독자의 몫으로 넘긴다. 그 소설이 사실이라면 독자가 관심을 가지는 문 제는 다름아닌 그 사후 문제인 것이다. 작가는 독자의 기대대로 '운이 좋 아서 살아났다'는 기적을 만들어준다. 그런 과정에서 중요한 것은 작가가 소설과 현실의 다름을 지적해주는 부분이다. 즉 권총이 아닌 기총소사라는 것은 '다 정말'이 아니라는 것을 보여주는 대목이다.

계속해서 현우는 성희에게 소설의 후속부분, 즉 소설의 결말이 끝나고 다시 살아난 후 지금까지의 생활을 간단하게 소개하고 지금 이 방에 있게 된 경위를 서술한다. 하지만 여기서 현우의 소설과 다르게 수정된 부분이 있음을 작가(소설 속의 소설 '제일장'의 작가가 아닌 소설 「현대의 야」의 작가)가 다시 독자에게 알려준다.

방에 들어 선 그는 말도 없이 선반에서 원고 뭉테기를 끄집어내려 먼지를 툭툭 털고서 성희에게 주었다. 그것이 그가 「묘비」라고 한 아까 그 작품이다. 작중 인물의 이름은 나오는 순서대로 그저 ABC…… 로 되어 있는 것을 필자가 편의상 실명으로 고쳤다는 것을 여기에 부기해둔다.(338쪽)

여기서 '제일장', 즉 현우가 쓴 소설의 제목이 '묘비'라는 것이 밝혀진다. '제일장'은 현우에 의해 쓰인 한 편의 소설일지라도 그것은 작가에 의해 조작된 소설임을 보여준다. 어디까지 진실이고 어디까지 거짓인지에 대한 문제에 있어서 작가는 다시 독자를 함정에 빠뜨린다. 'ABC……'로 표기되어 있는 작중 인물을 '필자가 편의상 실명으로 고쳤다'라는 본문 속에 그대로 쓰여 있는 '부기'는 독자의 독서를 향한 직접적인 간섭이 된다. 이때의 '필자'는 소설 「현대의 야」의 작가이다. 여기서 내포작가는 현우의 소설을 고쳐쓴 것이다.[15] 왜냐하면 현우는 소설 '묘비'의 작중 인물

---

15) 여기서 '내포작가'는 작자의 '제2의 자아'라는 의미에서 '실제의 작자'와는 구별되는 개념이다. '실제의 작자'는 자신의 작품을 창조하는 동안에 보다 더 우수한 자신의 변형, 하나의 '제2의 자아'를 만들어내는 사람이다.(웨인 부스, 『소설의 수사학』, 최상규 옮김, 예림기획, 1999, 208쪽) 작품 분석의 편의를 위하여, 일단 「현대의 야」의 작가를 '내포작가'라 하고, '제일장 묘비'의 작가를 '현우'라고 함으로써 두 작가를 구분하고자 한다. 여기서 분명히

을 'ABC……'로 표기했지만, 성희가 읽은 '묘비', 즉 장용학의 '제일장'
은 그 'ABC……' 대신에 실제 인명이 표기되었기 때문이다. 주목해야 할
부분은 내포작가가 현우의 소설 속의 인물에게 실명을 찾아주었다는 점
이다. 내포작가는 현우의 소설이 사실과 거의 같은 것이라고 선언하지만,
장용학이 쓴 이 소설 밖에 나와서 보면 다시 이 소설은 얼마나 사실에 부
합하는 것인지 의문을 품게 된다. 작가 장용학과 내포작가 사이에도 일정
한 거리가 있는 것이다.

　'제일장'과 '제이장'에서는 현우의 소설쓰기 행위를 통해 한 인간이 생
매장당하는 사건의 근원적 원인을 밝힘으로써 글쓰기 행위가 폭력에 저
항하는 방식이 된다. '제삼장'으로 넘어가면 재판과정이 하나의 연극무대
로 등장하고 그 지배 메커니즘에 의해 주인공의 인생이 좌우되는 비극이
재판의 상상력을 통해 드러난다. 박만동으로 개명하고 은행원으로 살고
있었던 현우는 은행돈을 훔쳐 썼다는 누명을 쓰고 잡혀가게 된다. 경찰서
에서 현우는 갖은 폭행을 당하며 취조를 받는다. 규율권력의 구체적 형태
로 드러난 경찰의 폭력은 '순종하는' 신체를 만들어낸다.[16] 고문이 무서운
현우는 결국 모든 죄를 시인하고 이미 작성해놓은 조서를 읽어보지도 않
고 도장을 찍는다. 하지만 이 '읽음'의 무시는 다시 두번째 구타를 불러온
다. 그것은 현우가 규율 메커니즘의 내용을 형성하는 '절차'를 무시했기
때문이다. 조서를 읽은 현우는 자신이 오래전부터 간첩혐의로 경찰의 감
시를 받아왔다는 사실을 알게 된다. 경찰은 법적 목적과 관련이 전혀 없

지적하고 싶은 것은 소설 속의 '필자'는 장용학이 아닌 작가 장용학이 설정한 내포작가일
수도 있다는 것이다. 그 내포작가는 실제작가인 장용학과는 다른 것이다.

16) 미셸 푸코, 『감시와 처벌』, 나남, 2012, 217쪽. 푸코는 신체와 의식이 권력관계의 감시
망 속에서 어떻게 지배당하는가를 보여주면서 신체의 활동에 대한 면밀한 통제를 가능케
하고, 체력의 지속적인 복종을 확보하며, 체력에 순종-효용의 관계를 강제하는 이러한 방
법을 '규율(discipline)'이라고 한다.(같은 책, 216쪽.)

는데도 법령에 의해 규제된 삶을 통해 무자비하게 괴롭히는 존재로서 시민을 따라다니거나 또는 시민을 완전히 감시하거나 아니면 명백한 법적 상황이 주어져 있지 않은 무수히 많은 경우에 '치안 유지 때문에' 개입한다.[17] 경찰은 현우를 '간첩'으로 지목할 수 있는 권한이 있으며, 또 그가 '간첩'임을 증명하기 위해 '치안 유지'라는 명목으로 '감시'를 단행할 수 있는 권한도 있다. 이러한 경찰의 폭력으로 인해 자신의 과거 행적에 대해 자기 자신보다 더 잘 알고 있는 법적 권력 앞에 그는 자기 정체성의 혼란까지 느끼며 완전히 복종하게 된다. 규율의 메커니즘에 대한 국가 관리에서 범죄인의 수사, 도시의 감시역할, 경제와 정치 방면의 통제 등 기능을 담당해온 것은 경찰조직이다.[18] 이 정치권력의 행사는 '보잘것없는 사건'들에 대한 감시를 통해 이루어진다. 현우의 가정환경을 포함해서 어디에서 무슨 일을 했으며, 심지어 언제 백화점 앞에 가서 쇼윈도를 몇 분 동안 들여다보았다든지 어느 점심시간에 무슨 다방에서 무슨 곡을 들었다든지 하는 사소한 것들이 아주 자세하게 기록되어 있다. 실제로 한반도의 분단구조에서 남한의 대중들은 정치경제적으로 독점적인 국가권력의 지도 아래 일상생활마저도 감시와 통제를 통해 규율화되었고, 국가의 권위

---

17) 벤야민은 법과 폭력을 대립적으로 보는 시각에 문제를 제기하며 법은 법 자신을 보존하기 위해 합법적인 폭력을 행사하며 법을 통해 성립되어 있는 국가는 애초부터 폭력과 뗄 수 없는 관계를 맺고 있다고 지적한다. 벤야민은 국가폭력을 새로운 질서를 세우기 위한 '법정립적 폭력'과 기존 질서를 유지하기 위한 '법보존적 폭력'으로 나누어 고찰하며, 통치하는 폭력으로서의 법정립적 폭력과 통치하는 폭력에 이용되는 통치되는 폭력으로서의 법보존적 폭력은 결국 법에 의한 지배를 전제함으로써 사회질서를 재생산하는 신화적 폭력에 불과하다고 비판한다. 이때 스스로 법을 제정하고 보존하는 경찰권력은 법정립적 폭력과 법보존적 폭력의 비틀린 결합 속에서 현대 국가의 제도 속에 나타난다. 경찰은 법적 목적을 위한 강제력을 갖고 있는 동시에 그 강제력을 행사하기 위해 스스로 설정하는 권한도 갖고 있다. 발터 벤야민, 「폭력비판을 위하여」, 『역사의 개념에 대하여/폭력비판을 위하여/초현실주의 외』, 최성만 옮김, 길, 2008, 77~117쪽.

18) 미셸 푸코, 같은 책, 328쪽.

에 저항하는 세력들은 언제 어디서든 공권력의 이름으로 국가폭력에 의해 처단되기 일쑤였다. 엄중한 국가권력의 법적·제도적 장치들은 남한의 정치문화를 이념적으로 경직시켜 아래로부터의 자생적 담론의 소통구조를 차단함으로써 국가권력을 중심으로 담론의 질서를 이끌었다.[19] 이러한 반공 이데올로기는 인간의 기본적 권리를 말살하고, 모든 사회 성원에게 필수적인 정치활동의 자유를 억압하며 자유민주주의의 철저한 파괴로 나타났다. 때문에 합법적이라는 미명 아래 제도적인 통로를 통해 행사되는 국가권력의 물리적 강제는 정치폭력이라고 할 수 있다.[20] 이러한 정치폭력하에 현우는 결국 혼란에 빠지고 만다. 여기서 현우가 죄를 시인하는 과정은 고문이 무서워서 부인할 수 없는 것이 하나의 원인이었고, 또하나는 현우의 죄를 설명하는 방식이 다 맞았기 때문에 현우가 변명할 길이 없었던 것이다. 현우의 '식은 맞는데 답이 틀리다'는 논리가 검사에게 가서는 '식에 틀림이 없으면 답도 맞는다는 것이 이 세상의 약속'이라는 논리가 되어 그는 오히려 준비된 자백에 담겨 있는 '이야기' 자체의 논리와 일관성에 압도되어[21] 설득당한다. 결국 자백서에 쓰인 그런 행위를 하지 않았다는 증거를 대지 못한 현우는 십 년 징역 선고를 받는다.

3. 재판의 상상력과 법적 폭력의 형상화

장용학 소설에서 빈번하게 등장하는 모티프 중 특히 주목되는 것은 '재판의 상상력'이다. 「역성서설」의 '인간'과 '인간적'에 대한 녹두대사의 재판, 「원형의 전설」의 성인에 대한 '인간'의 재판, 그리고 「대관령」과 「현대

---

19) 홍성태, 「남북한 지배담론의 정치와 사회적 결과」, 『한국사회』 제6집 2호, 2005, 195쪽.

20) 한지수, 「반공 이데올로기와 정치폭력」, 『실천문학』 1989년 9월호, 124쪽.

21) 한나 아렌트, 『전체주의의 기원』 2, 이진우·박미애 옮김, 한길사, 2010, 89쪽.

의 야」에 나타난 법정에서의 재판이 바로 그것이다. 장용학 소설에서 '여담'의 역할은 재판과정에서 특히 잘 드러나는데, 그것은 소설에서의 여담적 글쓰기와 함께 지배질서에 저항하는 방식으로 작용한다. 「현대의 야」를 분석하기에 앞서 먼저 「대관령」을 살펴볼 필요가 있다.

「대관령」[22]은 재판하는 과정, 취조하는 과정과 살인사건의 전개, 그리고 '나'의 출신 등이 겹쳐지면서 서술이 진행된다. '나'는 도끼 하나 때문에 경찰에 체포되고, 체포된 후 날린 웃음이 또하나의 화(禍)가 되어 '웃음의 의미'에 대한 재판을 받게 된다. 재판에서 벌어진 광경은 무죄를 논증하기 위한 '수사학'의 장이어야 할 공간이 '여담'의 장으로 전환한다.[23] 법정에서 주인공의 무죄를 논증하기 위해 전개해야 할 '설득'의 수사학이 여기서는 부재한다. 여기서 우선 '웃었다'고 증언을 하는 증인이 있고, 그에 따른 답변에 주인공은 피살자의 대여섯 살 난 딸이 거기에 있는 것을 보고, 그 딸이 나중에 침대에 누워 남성이 다가오기를 기다리는 것을 생물시간도 아닌 그 상황하에서 생각해냈다는 만족감과 우월감에서 웃었다고 말한다. 또 검사는 주인공의 답변과 상관없이 비분강개한 어조로 자신의 '논고'를 낭독한다. 여기서 주인공의 말이 청중인 검사에게 전달되었음에도 불구하고 그 말이 갖는 의미는 무시된다. 주인공의 말과 전혀 상관없는 검사의 논고를 통해 '나'는 자신이 '어마어마한 존재'라고 느끼며

---

22) 장용학, 「대관령」, 『자유문학』 1959년 1월호.

23) 수사학은 넓은 의미에서의 '정치'와 불가분의 관계를 맺는다. 수사학에 대한 최초의 정의들은 '설득(persuasion)'의 개념에 집중되어 있으며, '논증하는 기술' 또는 '설득하는 기술'로 정의된다. 이때 수사학은 정치적 또는 제도적 틀 내부에서 인간들 간의 태도·관계·입장들의 역학관계를 전제로 한다는 점에서 그 사회적 성격이 두드러진다. 따라서 수사학의 세계란 삶, 움직임, 이동, 의사소통 그리고 사회적 관계들의 세계이다.(박성창, 『수사학』, 문학과지성사, 2000, 13~33쪽) '재판'의 경우에 그 수사학의 구체적인 효용성이 드러난다고 할 수 있다.

결국은 사형 언도를 받게 되는데 거기에는 살인의 이유도 없다. 이 소설의 재판과정에 나타난 대학생의 제안, 주인공의 진술, 검사의 논고는 모두 논지를 이탈한 '여담'이다.[24) 란다 사브리의 자료조사에 따르면 여담은 원래 제도적으로 금지되었던 것인데, 그것은 '주제 이탈' 즉 '청중을 속이는 것'으로 간주되었으며 날것의 진실을 기만적인 외관으로 포장하여 청중을 농락하고, 수사학적 기교를 남용하여 청중이 공정성을 잃게 하는 패덕하고 위험하고 파토스적인 언어로 간주되었다. 이 주제 이탈에 포함된 '여담'의 행위가 과거에는 원래 정리에 의해 중단되었으며, 그것은 어떤 '비평적·검열적 권력이 실행되는 층위'에서 이루어진 것이다.[25) 하지만 여기서는 반대로 판사나 검사나 모두 피고인의 '여담'을 무시하고 그들 스스로도 '여담'을 늘어놓는다. 수사학자가 원래 '주제 이탈'이라고 비난했던 '여담'이 재판과정에 전면으로 등장하는 것은 역설적이다. 그것은 장용학이 재판의 틀 자체를 부정하고 재판 자체를 조롱하는 것이며, 기존의 재판에 대한 조롱, 재판의 사회적 가치에 대한 조롱이다. 이것이 「현대의 야」에 이르러서 더욱 극명하게 나타나는데, 소설은 여담을 무대의 전면에 내세우며 지배질서에 저항할 수 있는 하나의 무기로서 법적 폭력에 대항한다.

묘한 공판이었다. 변호인은 관선이었으나 이 변론에 직업의식 이상의 무슨 보람을 느끼는 듯했고, 재판장은 가끔 검사에게 핀잔을 던지고서는 자

24) '여담'의 기원을 따지면 그것은 원래 소송중인 사건을 진행시키고 해명하는 데 기여한 것으로서, 다뤄지고 있는 문제와 무관하거나 거기서 빗나간 논술을 의미한다. 이때 여담은 본래 주제와 유사관계나 모방관계를 맺고 있다. 역사적으로 여담의 거부는 아레오파고스 재판소라는 몸짓, 의식화된 무대를 통해 먼저 표출되었다. 란다 사브리, 같은 책, 40~42쪽.
25) 란다 사브리, 같은 책, 46쪽.

기만족을 느끼는 것 같았다. 검사만은 검찰의 위신을 위해서 시퍼런 칼을 휘두르는 것이지만 이, 삼 차나 「피고는 자기 진술이 어떠한 형량을 가져오는 것인가를 알아가지고 답변하는 것이 좋겠다」고 주의를 환기시키기까지 했다.

이렇게 법정 안팎이 내심으로는 모두 편들고 있는데 오직 한 사람이 여기서 그의 편을 들지 않은 자가 있었는데 피고 자신이다. 자기를 위해서 땀을 흘리며 토하고 있는 변호인의 열변을 뒷받침은 고사하고 무색하게 만들어버리는 일이 한두 번이 아니었다. 일례를 들면, 피고는 경찰의 고문에 못 이겨 허위자백한 것이라고 한 데 대하여 자기는 노래 부르는 것처럼 자백했다고 하는 따위이다. 무슨 모의재판을 보는 것 같았다. 방청석에는 학생들이 많았고 그들은 웃다가도 심각해지고 심각해지다가도 웃어대지 않을 수 없었다. 비통한 소리를 하는가 하면 갑자기 참새처럼 지껄이고 해서, 그래서 방청인 가운데는 저자가 정말 간첩을 했다면 그것은 무슨 정치적 동기에서가 아니라 스포쯔라도 하는 기분으로 더 나쁘게 말하면 신문에 나고 싶어서 네거리의 시그날을 올라가서 때려부수는 미성년과 같은 유일 것이라고 보고 싶어하는 사람이 많았고, 접선까지는 혹 했을지 모르나 아직 행동에까지는 옮기지 않은 것 같다고 보는 사람도 있었다.

그의 진술은 그가 식이라고 말하는 말초적 문제에 관해서는 이를테면 그때 쑈윈도우에는 어떤 상품들이 진렬이 되어 있었는가, 그때 다방의 레지는 싫은 얼굴을 했는가, 좋은 얼굴을 했는가, 그런 따위를 좀 말해달라고 열을 올리면서 검사를 괴롭히지만 근본 문제에 대해서는 지극히 담백했다. 자백은 시인하면서 그리고 그 자백이 고문에 의한 것이 아니라고 하면서 범죄사실은 부인하는 것이었다. 꿈에 했는지는 모르지만 자기의 기억에는 없다는 것이다.(349쪽)

장용학은 이 재판과정을 냉소적인 시선으로 바라본다. 이것은 앞서 분석했던 경찰의 취조과정과는 판이한 상황이다. 경찰의 취조과정을 통해 우리는 감시체제를 통한 국가폭력의 실체를 알아보았다고 할 수 있다.[26] 위 인용문을 통해 본 재판과정은 경찰의 취조과정에서 보이는 진지함과 엄숙함이 전혀 없다. 화자를 통해 전달되는 이 재판과정의 모든 사람들은 전부 주제를 이탈한 '여담'만을 말한다. 이때의 여담은 두 가지 의미가 있다. 원래 로마 수사학에서 여담(excursio)은 발화, 이중 발화를 강조하고 돌출시키는 것인데, 변론가의 음성 언어적 담화와 연극적 연기를 포함한다.[27] 현우를 재판하는 과정에 나타난 변호인, 재판장, 검사의 발화는 음성 언어적 담화인 동시에 청중에게 보여주기 위한 '몸짓 언어'로서의 연극적 연기인 것이다. 작가의 조롱조의 글쓰기로 인해 오히려 '연극적 연기'의 측면이 더욱 강조된다. 변호인은 '직업의식 이상의 보람'을 느끼는 것처럼 보이고, 재판장은 '자기만족'을 느끼는 것처럼 보이기 때문이다. 검사만이 앞서 경찰이 보여주었던 것처럼 시퍼런 칼을 휘두르면서 '국가폭력'을 행사한다. 이때 검사는 재판부의 위임을 받아 횡설수설하는 여담을 중단시키는 아레오파고스 재판소의 정리(廷吏)[28]와도 같은 역할을 한다. 하지만 근본적으로 이 재판과정에서 변호인과 재판장의 여담이나 피고인의 여담을 중단하는 검사의 여담이나 그것들이 모두 피고인 편을 들

---

26) 법적 절차를 거치지 않은 국가기관의 민간인에 대한 폭행, 폭언, 인신통제, 감시, 사상·의사 표현의 억제를 국가폭력으로 볼 수 있다.(김동춘, 「국가폭력과 사회계약」, 『근대의 그늘』, 당대, 2000, 13~46쪽.) 경찰의 폭행이나 감시, 그리고 현우에 대한 자백의 강요는 국가폭력의 구체적 표현이다.

27) 란다 사브리, 같은 책, 61쪽.

28) 같은 책, 46쪽. "피고는 자기 진술이 어떠한 형량을 가져오는 것인가를 알아가지고 답변하는 것이 좋겠다"라고 "주의를 환기시키"는 검사의 행위가 바로 현우의 여담을 중단시키는 행위이다.

고 있다고 보인다는 것이 청중을 속이는 일종의 속임수이다. 여기서 더 나아가 이 속임수가 완벽하게 이루어지려면 피고인, 즉 이 법정의 주인공이 그들의 '연극'에 동참을 해야 하는 것이다. 이때 피고인이 동참을 한다면 그것 역시 하나의 여담을 형성해야 하는 것인데, 그들의 여담과는 다른 여담이 오히려 여담을 주제를 이끌어오게 된다. 여기서 타인에게 여담으로 여겨지는 담화가 현우에게는 주제가 되며, 주제로 보이는 변호인, 재판장, 검사의 담화가 독자에게는 오히려 여담으로 보이기 때문이다. 이때 현우의 여담은 저항적 성격을 띠며 그들과 맞서는 방식이 된다. 재판의 연극무대에서 펼치는 현우의 여담은 '나' 아닌 누구의 권위도 인정하지 않는 행위이며, 그것은 주어진 지배질서와 권력에 대항하는 담론이다. 여담은 곧 현우가 연극에 참여하는 것을 거부하는 방식이자 재판을 조롱하는 방식이다. 피고인을 위해 "땀을 흘리며 토하고 있는 변호인의 열변을 뒷받침은 고사하고 무색하게 만들어버리는 일이 한두 번이 아니었"기 때문이다. 과연 현우의 여담은 성공적으로 효과를 거두게 되는데, 방청객은 현우의 여담을 듣고 그가 정말 간첩이라면 정치적 동기에서가 아니라 스포츠 하는 기분으로 신문에 나고 싶어서 하는 일종의 '놀이', 혹은 아직 행동으로 옮겨지지 않은 일이라고 보는 사람이 많았기 때문이다. 이 무대에서 방청객은 관객이 되며 관객의 마음을 사로잡는 것이 연극의 목표로 설정된다. 그리고 현우는 '답'은 맞지만 '식'이 틀린 조서를 논증하기 위하여 여담을 주제로 끌어들이지만 그 근본 문제에 대해서는 모두 "지극히 담백"한 태도이다.

여기서는 현실 자체가 하나의 연극이며, 바로 무대 위에서 상연한 '동물극'이다. 그 극의 중심자리에 위치한 현우는 하나의 극을 바라보는 위치에서 있으며 이런 재판을 보면서 시종일관 '구경하는 태도'이며 '무료'함을 느낀다. 피고의 최후진술에서 현우는 '성경'의 구절을 인용하며 '미지근한 말', 즉 '그들에게도 통하는 말'을 늘여놓는다.

　저는 김미숙양과 결혼하기로 작정한 이래 성경책을 읽기로 했는데 그
가운데에 이런 구절이 있더군요. "너희들 가운데 죄가 없는 자가 이 여자
에게 돌을 던져라." 검사의 논고를 보면 간첩죄 이외 네댓 가지의 죄목이
들어 있는데 나는 왜 그것이 그런 죄가 되는지 모르겠고 이런 투로 하면
재판장도 피고석에 세워놓으면 서너 가지에 여나문 건이 있을 것입니다.
없다면 없다는 것을 증명해보시지. 절대로 증명 못 합니다. 그런데 당신은
피고석에 서 있는 것이 아니고 또 아무도 서라고 하지 않습니다. 왜냐하면
여기는 '세계' 안이기 때문입니다. 당신의 손에 들고 있는 그 육법전서에
는 세계가 다 들어 있지요? 그러나 그 육법전서 밖에 나가 있는 세계가 더
너르지요. 그래서 당신은 거기 편안히 앉아 있을 수 있지요. 이게 모두 '세
계' 안에서 일어나고 있는 일이기 때문입니다. 그렇지만 나는 무덤에서 나
온 이래 세계 안에서 살지 않았읍니다. 나에게 유죄판결을 내릴 수는 없읍
니다. 그것은 그 '세계'안에서 당신에게 유죄판결을 내릴 수 없는 것과 같
습니다.(351쪽)

　피고의 마지막 진술, 즉 '그들에게도 통하는 말'이란 바로 그들의 장단
에 맞춰 연극에 참여하는 것이다. 현우는 스스로 '세계' 안에 살고 있는
것이 아니라 '세계' 밖에 살고 있었다고 말한다. 육법전서 속에 있는 내용
은 정해진 세계(메커니즘) 내에서 판결을 내릴 수 있는 것들이다. 하지만
자신의 행위는 이미 세계 안을 벗어난 세계 밖이기 때문이다. 그것은 특
히 국가폭력을 상징하는 검사의 논고로 대표되는 법에 대한 부정이다. 국
가장치는 '육법전서'를 만듦으로써 하나의 권력체계를 형성하고 모든 사
람을 그 법 안에 위치시킨다. 그 법을 시행에 옮기는 검사는 국가폭력에

동조함으로써 규율 메커니즘을 형성하고 시민들을 재판한다. 장용학은 현우의 이 최후진술을 통해 검사가 '유죄판결'을 받을 수 없는 사법체계의 허구성을 폭로한다.

4. 결론

장용학은 식민지 지배경험, 민족상잔의 전쟁과 군부독재라는 파란만장한 한국의 역사적 과정 속에서 중등학교 교사, 소설가, 논설위원 등의 직업적 삶을 살면서 한국사회의 현실비판과 함께 역사철학적인 탐구를 소설로 담아냈다. 「현대의 야」에서는 현우의 소설쓰기 행위가 폭력에 저항하는 방식이며, 주인공이 무덤의 시체에 생매장당하게 되는 근원적 원인이 평등을 부르짖는 북한의 '시간 없음' 때문이라면, 그가 되살아나서 그 사실을 폭로하는 소설쓰기는 그 폭력에 대한 저항의 의미를 내포하고 있다. 또한 현우가 재판이라는 연극무대, 즉 사법체계를 세운 국가권력의 규율 메커니즘 내에서 연극 참여하기를 '거부하는 몸짓'이 일종의 저항이 된다.

본 연구는 기존 연구에서 장용학의 소설 창작을 전후문학의 틀 속에 한정시키고 장용학을 '실존주의 작가'로 규정짓고 그의 소설을 '관념소설'이라고 단정하는 기존 연구의 범위를 벗어나고자 했으며 여담적 글쓰기가 장용학의 문학을 새롭게 조망하는 단서가 될 수 있음을 제시하고 문학사에서의 그의 위치를 재고할 수 있음을 제시했다. 따라서 장용학의 '예술행위로서의 글쓰기'가 저항적 의미를 띠고 있음을 밝힘으로써 문학으로서의 저항의 가능성을 모색했다는 점에서 그 문학사적인 의의를 찾을 수 있다고 본다.

예술로 구현된 역사의 정치성

— 1950년대 정한숙 소설의 의미

이현석

1. 정한숙 소설의 해석 지평

정한숙이 문단에 등단한 것은 1940년대 후반이지만 그의 소설은 큰 범주에서는 전후소설에 해당한다. 그러나 문학사적인 관점에서 본다면 정한숙의 소설은 전후소설의 전형적인 의미규정에서 중심적인 위치에서 논의되지는 않는다.[1] 이러한 판단은 두 가지 측면에서 유효한데 하나는 그의 소설에 대한 평가에서 공통된 측면인 제재의 다양성에서 그 이유를 찾을 수 있다. 그의 소설은 전후소설이 주된 관심을 가졌던 한국전쟁과 그것이 남겼던 사회문화적 영향관계 내에 머물러 있지 않다. 그의 소설

---

1) 1960년대 중반에 주어진 정한숙 소설에 대한 평가에서부터 이와 같은 비평적 관점이 나타난다. 『신세대작가론』에서 김상선은 정한숙을 '구세대성적(舊世代性的) 신진작가'에 포함시켰는데 그에 의하면 이 범주에 해당하는 작가는 "한국적 리얼리즘이나 혹은 자연주의적인 경향의 테두리 안에서 작품활동을 하려는 구세대의 안이한 관조에 입각한" 작가라 할 수 있다. 다소 냉정한 이러한 평가가 의미하는 것은 그의 소설이 구세대가 마련한 안정적인 토대 위에 기반해 있고 전후세대의 정신과는 그 결이 다르다는 것이다. 김상선, 『신세대작가론』, 일신사, 1964, 48쪽.

은 제재 면에서 넓게 산포되어 있고[2] 그 가운데 전후의 상황은 그 특징적인 일면 중 하나일 뿐이다. 그런 까닭에 그의 소설에 대한 문학사적 평가는 1960년대 이후 소설들에서도 주요한 논점을 구성하게 된다.[3] 이 소재의 다양성 문제는 지금까지의 논의에서 본다면 분명하게 유형적으로 범주화되어 있는 반면 왜 이러한 소재들이 그의 소설들에서 다루어지게 되었는가에 대해서는 명확하게 규명되지 않은 일면이 있다.[4]

다른 하나의 측면은 소재의 다양성에도 불구하고 정한숙의 소설들은 고유한 해석적 지평 내에서 배치되는 일정한 주제적 경계면들을 드러내

---

2) 그의 소설은 제재에 따라 유형화되는 경향이 있는데 이 유형화는 최동호의 구분에 의하면 크게 '혼란된 시대에 가능한 윤리의 추구' '현대인이 지닌 분열된 의식의 묘사' '예술인의 수련과정을 통해 전통적 예인의 창조적 가치의 조명' '지나간 시대의 인물에 대한 현대적인 의미 부여'의 네 흐름을 보여준다고 평가된다. 최동호, 「예술가소설과 인간상의 탐구―정한숙론」, 『삶의 깊이와 시적 상상』, 민음사, 1995, 281~282쪽.

3) 김재두는 그의 소설 변화를 크게 두 시기로 나누어 보는데 1960년대까지의 소설과 1970년대 이후 소설의 특징이 크게 대별된다고 본다. 그 근거는 그가 국문학자로서 연구에 좀더 몰두하게 된 것이 1960년대 후반일 뿐만 아니라 그 이후의 소설들이 좀더 일상의 긍정적인 일면들을 세밀하게 관찰하고 기술하는 것으로 나아간 것도 그러한 구분의 근거로 작용한다고 보고 있다. 김재두, 「정한숙 소설 연구」, 건국대학교 박사학위논문, 2001.

4) 문덕수에서부터 제기된 이 다양한 일면은 그가 초기부터 대가적인 면모를 보이고 있다는 평가와도 연관된다. 이 대가적인 면모란 현실의 다기한 일면들을 중립적인 시선에서 서술하는 능력으로 표현된다. 이 소재적 다양성을 일관된 주제의식 내에서 이해하려는 관점도 있는데 장문평의 경우 '인간의 숙명과 좌절'이 일관되게 작품의 성격을 규정하고 있다고 보거나 오탁번은 '인간 옹호의 정신과 좌절을 극복하려는 의지'가 계속적으로 나타난다고 보는데 서로 상반되는 해석이기는 하나 인간주의에 기반하고 있다는 점에서는 일치한다. 장성수의 경우, 전쟁의 폭력성에 대한 반성적 인식, 변동되는 사회에 대한 비판의식, 현실극복의 가능성 모색 등으로 주제의식을 보는데 사회 현실 문제에 대한 일관된 비판의식을 강조한다는 점에서 주목될 부분이다. 문덕수, 「내용과 수법의 다양성―정한숙론」, 『현대한국문학전집』 5, 신구문화사, 1968; 장문평, 「숙명의 좌절―정한숙씨의 「낙산방춘사」 기타」, 『신한국문학전집』 23, 어문각, 1974; 오탁번, 「끈질긴 탐구정신의 소산」, 『한국현대문학전집』 25, 신구문화사, 1978; 장성수, 「전후현실의 문학적 진단과 처방」, 『1950년대의 소설가들』, 나남, 1994.

고 있다는 점이다. 이를 몇 가지로 추출해본다면 비세속주의와 연대기적으로 조명되는 역사성 그리고 인간주의 등으로 규정할 수 있을 것이다. 여기서 주제적 경계면들이라 언급한 것은 제재적 특성을 지칭하는 것이기도 하지만 그 소재와 주제가 긴밀하게 연관되어 형성된 일정한 서사구조적 특성들을 의미한다. 그 가운데 지금까지 중심 연구과제가 된 것은 인간주의적 보편성과 비세속주의적 측면이었는데 특히 예술가적 소재들에 대한 작가의 오랜 관심이 이러한 해석적 경향을 낳게 했다. 이에 비해 역사성의 문제는 전쟁에 대한 비판적 인식이라는 제한된 틀 내에서 주로 논의되었다고 할 수 있다. 이 두 측면은 연구자의 관점에서 서로 분리된 것으로 이해되는 경향이 강한데 예술가소설과 전후 상황에 대한 비판적 인식을 드러낸 소설이 서로 유형적으로 분리된 것으로 보이기 때문이다.

이 글은 이러한 소재적 차원에서부터 유래된, 유형화된 작품 구분과 그러한 구분에 기초한 유형별 주제해석이 서로 분리되어 논의되고 있다는 점에서부터 문제점을 찾는다. 그리고 이러한 각각의 주제분석이 상호 매개되는 지점에 관한 분석으로부터 정한숙 소설에 새롭게 접근해보려 한다. 여기서 살펴볼 정한숙의 1950년대 소설 두 편은 그의 소설세계의 전형적 일면을 드러내 주는 것이라 할 수 있다. 1950년대 작품에서 논의를 시작하는 것은, 그의 1950년대 소설들이 대표작으로 주로 언급되고 있을 뿐만 아니라 그 이후에도 그가 이 시기에 견지한 문제의식이 희석되지 않으며 오히려 다양한 방식으로 확대 강화되는 경향을 보여주기 때문이다. 그의 소설들에서 보이는 소재적 다양성은 분산적이지 않으며 현실에 대한 명확한 가치판단 위에서 계열적으로 몇 가지 집합을 이루고 있는 것처럼 보인다. 본고에서는 그것을 예술과 정치이념 사이에 맺어지는 내적 논리체계로 이해한다. 그리고 표면에서는 잘 드러나지 않는 이 두 요소가 서로 연결될 수 있는 장을 마련해주는 것은 현대사의 지평이라 규정한다.

2. 예술과 공동체적 가치

정한숙 소설의 대표작이라 할 수 있는 「전황당인보기」(1955)는 초기 소설에 해당하지만 그의 소설의 특징적인 면을 잘 보여주는 작품이다. 벼슬을 한 친구 석운에게 우정의 정표로서 선물을 하기를 원했던 수하인은 우연한 기회에 귀한 전황석을 얻게 되었고 그 전황석에 석운의 인장을 새겨 선물하였지만 그 가치를 몰라본 석운에 의해 전황석 도장은 다시 수하인의 손에 되돌아오게 된다는 전체 이야기는 고풍스럽고 유려한 문체로 그려지고 있어서, 그 표현방식은 예술성에 대한 정한숙의 소설적 접근이 어떠한 방식으로 전개되는가를 보여주는 대표적인 예라 할 수 있다.

석운 이경수(石雲 李慶秀)가 선비로서 야인(野人) 시절이랄 것 같으면 문방사우(文房四友) 중 무엇이든 들고 가서, 매화옥(梅花屋) 뜰 한가운데 국화주(菊花酒) 부일배로 한담 소일하면 옛 정리 그에 더할 것이 없으련만, 석운 벼슬을 했으니 지(紙)에 필(筆) 묵(墨) 연(硯)을 즐길 여가가 있을 것 같지 않았다.[5]

어떤 것은 지나치게 청아(淸雅)한 선이 경한 것 같았고, 때로는 둔한 획이 마음에 들지 않는 것도 있었지만, 끝으로 전황석 한 방만은 수하인으로서도 나무랄 점이 없었다. 아(雅)하고 담(淡)한 것이 산홍의 숨길이라면 뭉친 획은 수하인의 절정에 이른 품(品)이요 지(志)였다. 산홍이를 옆에 앉히고 그와 더불어 살아온 일생을 그린 인보(印譜)를 바라보는 순간, 그는 처음 자기가 살아온 보람을 느꼈다. 산홍이가 연적의 물을 따라 먹을

---

5) 정한숙, 「전황당인보기」, 『현대한국문학전집』 5, 신구문화사, 1968, 100쪽.

갈고, 수하인이 황모필 가는 붓으로 전황당인보(田黃堂印譜)라는 표지에 썼다.[6]

인용한 「전황당인보기」의 처음과 마지막 대목에는 정한숙의 고아한 문체적 특징이 잘 드러나 있다. 예스러운 한자어들을 표나게 사용하고 있으며 특히 마지막 대목은 수하인의 글씨가 가진 미적인 측면을 묘사하는 부분으로, 선택된 어휘나 문체에서 풍기는 고풍스러운 스타일은 이 소설이 주제의식에서뿐만 아니라 표현의 수준에 있어서도 미학적 성취를 이루고 있다는 점을 잘 보여준다. 한 폭의 수채화를 연상시키는 시각적 이미지들과 산홍과 수하인의 모습이 서체로 비유되는 대조적 묘사는 정갈한 느낌을 잘 표현한다. 수하인의 관점에서 기술되는 이러한 표현들에서 우리가 알게 되는 것은, 미적인 정취가 전통적인 화법을 통해 전달됨에 따라 예술이 지금의 현실에서부터 벗어난 것으로 가치화된다는 점이다. 소설의 처음과 마지막에서 드러난 이러한 분위기가 소설 전체를 지배하고 있어서 독자는 작가에 의해 의미화된 해석적 자장을 쉽게 벗어나지 못하게 된다.[7] 다시 말해 정한숙의 관점에서 예술은 전통과 결부된 예술을 의미하는 것이지 근대 미학의 관점에서 정의되는 예술을 의미하지 않는다.

「전황당인보기」가 보여주는 것처럼 벼슬을 하게 된 친구 석운의 눈에

---

6) 정한숙, 같은 책, 110쪽.

7) 이와 유사한 소재를 다루고 있는 「백자도공 최술」(1969), 「거문고산조」(1970), 「금어」(1971) 등의 작품들에서도 같은 서술 경향이 나타나는데, 고려와 조선의 자기의 특징, 거문고 율조, 석불 등에 대한 세밀한 배경지식은 소설에서 주요인물이 겪는 사건의 흐름을 일정한 방향에서 제어하는 역할을 한다. 소설 속 사건이 다분히 정치사적인 맥락에서 구성되는 것과는 달리, 이들 소설이 미학적인 관점에서 주로 해석되게 되는 주요한 이유도 이와 관련되어 있다.

사소하고 보잘것없게 여겨진 전황석 도장은 그 가치를 아는 사람들(장인들 혹은 예술가들)의 시선 속에서만 의미를 부여받는 것으로서의 진정한 예술의 표상이다. 그러나 그것은 단지 예술의 본질이 전황석 인장 속에 새겨져 있음만을 의미하는 것은 아니다. 소설에서 제시된 것처럼 이 전황석에는 과거의 흔적이 있는바, 민씨 세도가였던 민영익의 인장이었으나 이후 거부 이모가 그것을 소유하였다가 그가 가산을 탕진하자 길거리 가판대에까지 흘러나온 것을 수하인이 헐값에 구입한 것이다. 말하자면 이 전황석은 권세들의 귀족적 취향이 그 가치를 부여한 것으로서 값으로 따질 수 있는 물건이 아닌데 그것을 알아보는 눈이 없으면 세속의 눈에 화려하게 보이는 대리석이나 상아보다 못한 것으로 취급되는 것이다. 이러한 문맥상에서 보게 되면 전황석과 수하인이 장인의 예술혼으로 그 위에 새긴 글씨는 미묘한 의미항을 구성한다. 석운이 알아보지 못하는 전황석과 속물적인 오준(석운이 정치판에 든 이후 가까이 하는 인물)이 알아보지 못하는 수하인 글씨는 그 가치를 이해받지 못한다는 점에서는 서로 의미론적 위치가 동일하다. 그러나 전황석과 글씨는 서로를 보충하는 사물임에도 가치가 부여되는 방식에 있어서는 그 해석적 위상이 다르다. 전황석이 권력이나 금력에 의해서 가치를 평가받으며 현세에서도 그것을 알아보는 눈이 있다면 여전히 가치 있는 것인데 비하여 수하인의 글씨는 진정한 예술이라는 의미에서 이러한 현세적 가치와는 무관하다. 수하인의 글씨는 오히려 기생 산홍의 대금 가락처럼 아취와 기품이 있으나 이제는 그 의미가 퇴색해버린 전통적 아름다움과 관계한다.

　석운과 수하인의 관계가, 시류에 휩쓸려 과거의 우정을 잊었으며 벼슬을 하게 된 이후 인간적인 면모를 상실해버린 당대적 인간군상과 혼탁한 사회 속에서도 올바른 인간의 품성을 간직한 존재와의 대비에 의해 구축되는 것이라 한다면 이때 전황석 인장은 그러한 관계를 구성하는 상징적 매개물이라 할 수 있을 것이다. 이런 관점에 볼 때 정한숙이 「전황당인보기」에서 보여주고자 한 것은 단순히 소외된 예술가의 고뇌가 아니다. 예술가소설 계열이라 평가되는 이후의 작품들을 통해서 본다면 오히려 이 예술성은 항상 어떤 정치적 배경 위에서만 기술된다.

> "명율은 거문고 줄을 튕겨온 백성의 마음을 사로잡기도 하고 임금의 실정을 그 소리로써 꾸짖을 줄 알아야 하는 법…… 그러게 명율은 거문고를 타서 나라 정치의 잘잘못을 알 수 있었지……"[8]

「거문고산조」(1970)에서 인용한 이 부분은 정한숙의 소설에서 예술이 차지하는 의미론적 위치를 잘 보여준다. 명률(名律)은 '정치의 잘잘못'을 깨우치는 것이며 어떤 관조적 아름다움으로서 그 가치가 있는 것이 아니라 '백성의 마음'과 '임금의 실정'이라는 매개를 거쳐서 들려오는 것이다. 그런 점에서 이 시대에 거문고를 제대로 배우려 하지 않거나 그것을 현대적으로 재해석하려는 후학들은 그 본질을 잘못 이해하고 있다. 이에 대한 일반적 논의가 사라져가는 예술혼이나 장인정신에 대한 작가적 안타까움이라는 것에 초점이 맞추어져 있다면 그것은 정한숙이 반복하여 다룬 예술적 소재에 대한 표면적인 선호를 그대로 예술가소설이라는 범주로 파악하는 경향으로 나타난다.[9]

문화가 "행위하는 사람들이 정치적으로 확보한 공영역이 본질상 나타

---

8) 정한숙, 「거문고산조」, 『거문고산조』, 예성, 1981. 12쪽.

9) 우찬제와 최동호는 언급된 이 소설들을 '인간의 삶과 예술의 진정성의 문제를 제기'하는 것으로 보거나 이러한 인물들을 '세속적인 물질이나 권력은 물론 자기 개인의 번민 등을 예술적으로 승화시킨 창조적 인간상'으로 파악하고 있고 이러한 해석은 정한숙의 소설 분석에서 큰 이의 없이 받아들여지는 경향이 있다. 우찬제, 「세계를 불지르는 예술혼의 대장간—예술가소설의 논리와 지평」, 『여린 잠 깊은 꿈』, 태성, 1990; 최동호, 같은 글 참조.

나는 것이자 아름답게 되는 것인 사물들에게 전시공간을 제공하는 것"을 의미한다면[10] 문화는 예술과 정치의 상호연관성을 보여주는 장이라 할 수 있다. 그것은 갈등과 긴장을 보여주는 동시에 예술 속에 내재된 정치성을 드러내주기도 한다. 그런 점에서 보면 전통적 문화는 한 사회가 견지해야 할 보수적 가치를 대변하는 것이라 할 수 있고 그러한 전통의 맥락 위에서 현시된 특정한 예술의 형식은 내밀하게, 예술이 보여주는 순수성 가운데서 어떤 정치적 지향성을 함축한다고 할 수 있을 것이다. 한 사회가 지켜야 할 문화의 본질로서의 이러한 전통적 예술은 쉽게 변하지 않는 것이자 지난한 역사의 흔적이며 현세적인 가치판단에 의해 훼손되어서는 안 되는 것을 의미한다.

이러한 논점을 좀더 확장해본다면 전통적 예술에 대한 가치부여는 좀더 정치적인 의미까지도 포함하게 된다. 예술가와 장인이 주 모티프가 되는 그의 소설들에서 그들이 성취한 예술혼의 밑바탕에는 강한 민족애와 애국심이 내재되어 있다. 「금당벽화」(1955)에서 예술은 담징이 보여주는 고구려에 대한 애국심과 강하게 결부되어 있으며 「금어」(1972)에서 주인공 임실은 백제의 멸망을 보고 그 망국의 설움을 불상 속에 새겨넣음으로써 승화시킨다. 다시 말해 예술작품이나 예술가를 소재로 한 소설들은 쉽게 소설의 문맥을 당대적 현실에 대한 비판적 인식을 통해 재구조화하는데, 소설 속 인물들이 처한 역사적 고난의 시기의 문제점들은 그 시대의 가치를 넘어 현재의 맥락 위에 기입된다. 정한숙 소설에서 구성되는 국난 극복과 예술이 가지는 밀접한 관계는 민족애나 애국심을 가장 순수한 형태로 발현한 것이 예술이라는 점, 그리고 그 예술의 형식이 전승된 가치체계와 연관되어 있다는 점에서 다음과 같이 추론될 수 있다. 만약 전통

---

10) 한나 아렌트, 『과거와 미래 사이』, 서유경 옮김, 푸른숲, 2005, 292쪽.

예술이 미적-문화적 가치가 훼손된 현대에 유의미한 미적 형상인 동시에 정치적인 의미에서 공동체적 의식을 담지하는 것이라면 그 순수한 미적 가치지향성은 엄밀하게 말해서 비세속적인 것으로 볼 수는 없다. 그것은 하나의 이념을 구현하는 것으로서 현실에 개입한다. 달리 말한다면 순수한 예술은 순수한 이념으로 쉽게 전도된다.

「전황당인보기」에서 현실 정치를 세속적인 것으로, 예술을 순수한 것이자 전통적인 가치체계 내적인 것으로 형상화할 때 정치와 예술은 그 구조적 배치를 통해 상호 대립적인 것으로 의미화된다. 그러나 이후 작품들에서 보이는 것처럼 정치와 구별되는 것으로서의 국가와 민족의 의미소들은 다시금 예술을 공동체적인 가치로 전유하게 되는바, 이러한 논리적 관계는 정치적인 것과 공동체적인 것을 분리하면서 그와 동시에 예술을 공동체적 가치의 구현물로 승화시킨다. 이는 다시 시간축에서 볼 때 예술과 공동체적인 가치는 오래되고 불변하는 것으로 과거에 놓이며 세속과 개인의 영달을 추구하는 정치성은 일시적이고 시류적인 것으로서 현재 위에 놓인다. 이때 과거는 단순히 지나간 시간을 의미하는 것이 아니라 강하게 비-현재를 함축하고 있다. 그런 까닭에 과거의 시간은 때로 무시간적으로 정지한 상태로서 이상적 시공간을 구성하는 것처럼 보인다. 그의 소설에서 다양한 역사적 인물이나 사건이 소재로 등장하는 경우 이러한 경향은 확연한데 그들의 행위가 숭고한 것은 개인적 욕망이 소거된 형태로서 과거 속에서 이상적으로 전형화되기 때문이다. 그런 점에서 수하인은 이러한 인물이 당대적으로 구현된 것이라 할 수 있으며 그가 세속의 논리에 휩쓸리지 않고 야인으로서 생활하는 것과 예술가로서의 면모는 의미상 상호보완적인 것이다. 따라서 그가 소설로서 형상화하는 이 전통적인 것 속에는 분명한 '감성의 분할'이 내재해 있고 그 전통적 가치는 예술의 형태 속에 자리잡음으로써 정치적인 것을 부정하는 형태로서 어

떤 정치성을 드러낸다.[11]

3. 역사적 현재와 자유주의

역사적 소재를 다루는 정한숙의 소설은 앞서 논의한 것과는 다른 하나의 소설 계열체를 가지고 있다. 역사 문제를 다룬다는 점에서는 동일하지만 역사적 인물이 중심에 놓이는 것이 아니라 역사를 배경으로 하는 소설들이 있다. 이러한 소설들은 한 인물이 처한 현재 상황을 그려내는 장치로서, 변형된 연대기적 서술의 형태를 지닌다. 정한숙은 기법적인 측면에서 다양한 회상의 양식들을 활용하는 경우가 많은데,[12] 주목할 점은 그가 회상의 기법을 활용할 때에도 그것이 인물의 내면으로 향하지 않는다는 점이다. 그는 회상기법을 통해 인물의 내면적 갈등을 그려내는 것이 아니라 인물 행동의 원인을 그 사회적 위치로부터 추출해내는 경향이 있다. 정한숙 소설의 주인공은 스스로의 결단에 의해 행위한다기보다 그가

---

11) 예술을 특정한 형태로 재현하고(정한숙의 경우에 있어 전통적인 가치체계하에서 예술의 의미를 제한하는 것처럼) 그것을 비-정치의 위치에 놓을 때 그 속에서 형상화되는 것은 은밀하게 도입된 정치적 감각이다. 예술은 선천적 재능의 문제이자 평범한 일상의 세계에서는 그 가치를 인정받을 수 없는 것인데, 이것은 랑시에르의 관점에서 본다면 가치의 분할이 이루어질 때 누가 감성적 체계를 구성하며 동시에 그에 개입할 권한을 갖는가의 문제와 연결된다. 이러한 분할은 예술성에 대한 정한숙의 관점을 규정할 뿐만 아니라 이념에 대한 작가적 가치판단의 기준이 되기도 하는 것이다. 자크 랑시에르, 『감성의 분할』, 오윤성 옮김, 도서출판 b, 2008, 14쪽 참조.

12) 정한숙 소설의 서사구조에서 특징적인 회상기법은 문덕수(연상적 수법), 정현기(의식의 흐름 수법), 윤석달(무작위적 회상), 김재두(회고적 자유연상기법) 등 여러 논자들에 의해 지적된 바 있다. 문덕수, 「내용과 수법의 다양성―정한숙론」, 『현대한국문학전집』 5, 신구문화사, 1968; 정현기, 「역사적 진술 의미와 소설적 진실―정한숙의 『끊어진 다리』」, 『한국소설의 문제작』, 일념, 1985; 윤석달, 「분단현실의 소설적 형상화와 역사의식―정한숙의 『끊어진 다리』론」, 한국항공대 논문집, 1990. 8; 김재두, 「정한숙 소설 연구」, 건국대학교 박사학위논문, 2001.

그러한 행동을 할 수밖에 없었던 사회적 환경 속에 놓여 있는 까닭에 행위하게 되는 경우가 많다. 그런 점에서 본다면 정한숙이 소설적 기법으로 활용하는 회상이나 연상의 기법은 인물의 내면심리를 그려내기 위해서가 아니라 그 인물의 과거사를 드러내기 위해서 주어지는 것이다.

1956년『문학예술』에 발표된「고가」는 장동 김씨 종가 삼대의 일대기를 손자인 필재를 중심으로 서술한다. 신문물을 받아들인 삼촌에 의해 필재가 단발을 하는 장면에서 시작하여 한국전쟁을 겪은 후 종가를 떠나는 것으로 종결되는 이 작품은 단편형식 속에서 삼대의 역사를 펼쳐내는 것은 상당한 제약이 따른다는 점에서 한계를 노정할 수밖에 없다.[13] 그러나 이 작품 속에서 앞으로 전개될 그의 소설의 주된 경향성이 문제적으로 드러나고 있다는 점에서「고가」는 중요한 의미가 있다. 그것은 무엇보다도 역사 안의 개인을 그림으로써 그 인물이 지닌 개체적 가치를 재현하는 방향이 아니라 개인의 삶을 통해 역사를 재구하는 방향으로 나아가는 것으로서, 소설 속에서 형상화된 개인은 현대사의 도정이 보여준다고 가정된 어떤 이념의 궤적을 그리는 매개체로서 의미화된다. 이것이 의미하는 것은 다음과 같은 것인데, 정한숙의 작품에서 두드러지게 특징적인 인물의 전형성 문제는 인물 재현의 관점에서가 아니라 이념의 구체화로서의 알레고리적 기능 면에서 보아야 한다는 것이다. 우리는「고가」에 대한 분석을 인물의 특성에서부터 시작하여 서사 전개과정 그리고 주제 구현의 문제에까지 면밀히 살펴보기로 한다.

---

13) 조동일은 개인의 역사를 민족의 역사로 접근시켜 한 개인의 삶의 의미를 보편적인 관점에서 이해하고자 했던 정한숙의 노력은 단편형식 속에 너무 많은 것을 담고자 한 의도에 비해 서사과정에서 나타난 많은 갈등이 충분한 발전을 보지 못하는 한계를 노출하고 말았다고 평가한다. 정한숙은 이러한 문제를 장편형식 속에서 극복하려 하였고 그러한 시도는『암흑의 계절』(1957)과『끊어진 다리』(1962)와 같은 작품에서 일정한 성과를 얻었다. 조동일,「근대사의 두 방향」,『현대한국문학전집』5, 신구문화사, 1968, 474쪽 참조.

구시대적 인물인 조부는 우리가 근대소설에서 자주 접했던 완고한 인물이어서 그가 한학적 소양과 유교적 가치관을 가지고 있다는 것, 그럼에도 불구하고 축첩을 하여 필재의 삼촌뻘이 되는 태식을 낳았다는 사실이 독자에게는 낯설지 않게 다가온다. 이런 친숙함은 우리가 전형성을 설명하는 기본적인 방식에서 본다면 등장인물이 시대의 산물로 즉각 이해되기 때문에 느껴지는 것이라 하겠다. 서사 전개에서도 이와 유사한 친근성이 나타난다. 예를 들면 필재의 머리를 잘라준 삼촌이 집을 떠나 외지에서 죽음을 맞이하고 그 충격으로 숙모는 정자에서 목을 매 자살한다. 태식의 어머니가 조부 몰래 바람을 피운 사실이 들통나 쫓겨나고 할머니는 첩의 자식인 태식을 증오하는 까닭에 태식은 점점 방탕한 생활에 빠져들며 나중에는 좌익에 가담해 빨치산이 된다. 이러한 전개는 각각의 인물들이 일정한 해석지평—유형화된 인물군에 의해 기능적으로 전개되는 기본적 이해의 지평—위에서 움직이고 있음을 의미한다. 이는 일반 독자의 예견을 벗어나는 인물이 등장하지 않는다는 사실과도 연관된다. 앞선 분석에서 보았던 것처럼 역사적 인물들이 가지고 있는 해석적 자장과도 유사한 형태의, 현대사에 대한 기본 이해에 근거하는 이러한 서사 전개는 한 인물에 국한된 지식의 영역을 서사 전반으로 확장한 것이라 할 수 있다. 「금당벽화」와 『황진이』에서 담징이나 황진이가 담당했던 서사적 선이해가 역사공간으로 이전됨으로 해서 결과되는 것은 소설의 등장인물이 기본 이야기 아래 종속되는 현상이다. 인물들은 자신의 고유한 개성을 가지지 않으며 다만 기능적으로 역사적 시공간에 의해 규정된 주제적 역할을 수행한다. 이는 정한숙 소설의 특징적인 서사문법, 서술자가 인물이나 사건에 감정이입을 하지 않는 중립적 태도하에서 나름의 정당성을 얻는다. 하지만 이에 부가되어 나타나는 어떤 결핍은 다른 방식으로 보충되지 않으면 안 되는데(그 결핍이란 결국 소설이 지향하는 하나의 주제의식이 제시되어야 할 때 그것이 인물에게 부여되지 않게 된다는 점이다), 그것은 역사적 사건에 대한 작가의 이념적 개입의 형태로 나타난다. 이 이념적 개입은 사건에 대한 직접적 논평의 형식은 아닌데 (정한숙은 그런 해석이 텍스트의 자율성을 해친다고 생각하기 때문에) 그것은 텍스트 전체를 아우르는 담론의 형태로 나타난다.

> 태식이가 시골서 좌익으로 검거되었다는 소릴 고향사람한테 듣고 나서는 사실 필재도 놀랐지만, 그대로 고향으로 달려가지 않을 수가 없었다. 필재가 오래 머물다시피 한 보람이 있어 태식은 곧 풀려나왔지만 필재 보기에도 태식은 완전히 딴사람이 되어버린 것 같았다. 글쎄 왜 그런 일을 하고 다니냐는 필재의 말에 <u>종년의 자식이 세상에 났다 공산당을 하지 않으면 무엇하며 살겠느냐</u>는 대답엔 필재도 눈물이 쏟아질 정도로 섭섭했던 것이다.[14] (밑줄 인용자)

태식이 좌익에 가담하고 후에 빨치산이 되는 과정에서 주목될 수 있는 부분은 그의 이념적 선택이 현실에 대한 비판의식에서 도출된 것이 아니라는 점이다. 그의 선택은 '종년의 자식'으로서 맺힌 한에서 연유한다. 출신성분에 의한 이념 선택이란 인물이 스스로 결정하고 판단한 결과로 나오는 태도가 아니다. 여기에는 당시의 현실감각으로서의 공산주의 이해가 밑바탕에 깔려 있다. 천민 계급에 속하며 못 배운 사람들이 공산주의를 선택한다는 것, 그리고 그들은 불공평한 현실에 대한 분노에 차 있는 인물이거나 무지한 사람들이라는 인식에 의해서 이와 같은 인물 형상화가 이루어지는 것이다. 이와 같은 인식에 기반한 인물은 「고

---

14) 정한숙, 「고가」, 『현대한국문학전집』 5, 신구문화사, 1968, 129쪽.

추잠자리」(1959)에서도 나타난다.

> 바우는 그럴 때마다 황홀했다. 그의 말을 이해하고 동감하는 데서 느끼
> 는 황홀이 아니라 다만 그가 너무 열중하는 까닭이었다. 그럴 때마다 바우
> 는 자신이 안타까웠고 또 무식한 자기를 그대로 버려둔 부모가 슬그머니
> 원망스럽기도 했다. 그러나 그의 말은 그렇지가 않았다. 바우의 무식과 지
> 금의 이런 처지가 앞으로 영광스러울 수 있는 모든 재료요 근본이 된다는
> 것이었다.[15]

산골에서 홀어머니를 모시고 어렵게 살아가는 바우가 우연한 계기로
부상당한 빨치산 대장을 만나 그를 도와주게 되고 그에게 감화되어 인민
군이 된다는 인물관계 설정에서 바우는 스스로 주체적인 판단을 내릴 수
없는 존재이며 다만 이제 제복을 입게 되어 우쭐한 기분에 사로잡히는 것
으로 그려진다. 빨치산 대장이 자신을 돌봐준 바우의 어머니를 인민재판
에 회부하는 것에 격분한 바우가 그를 사살하고 고향으로 돌아간다는 작
품의 결말부분은 바우에게 주체적 결단을 내리게 만들지만 그것이 현실
적으로 다가오지 않는 것은 이들 인물이 지닌 정치적 이념이 선악의 이항
대립적 구도하에서 편향적으로 가치가 부여되기 때문이다. 작가는 이러
한 인물의 행위에 대해 직접적으로 논평하지 않고 거리를 두지만 인물 구
도 자체가 이미 해석적으로 이념화되어 있다.

도식적으로 이해된 현실 재현의 관점은 평안 영변 출신으로 남한에 어
렵게 정착한 정한숙의 사적 체험영역에서 비롯된 측면도 있으며 문협을
중심으로 전후 문단에서 형성된 반공 이데올로기가 자연스럽게 체화된

---

15) 정한숙, 「고추잠자리」, 같은 책, 147쪽.

측면도 있을 것이다.[16] 그러나 무엇보다도 이러한 현실 이해가 소설 전체에서 일관되게 관철되었다는 것은 단순한 영향관계 내에서 해소될 부분은 아니다. 그것은 지금까지의 분석에서 살펴본 것처럼 하나의 세계관으로서 현실과 예술에 대한 보수주의적 이해에 정초해 있다. 이 보수성은 기본적으로 정치적 자유주의에 그 토대가 있는 것으로, 정한숙이 전근대적 유교질서에 반대하면서 동시에 공산주의에 비판적인 태도를 취하는 이유를 설명해준다. 표면적으로는 순수한 예술가를 세속적인 이익을 탐하는 정치가들로부터 분리시킴으로써 예술의 자율성을 옹호하지만 그 내적인 의미관계에서 본다면 이러한 표면적 순수성은 민족과 국가의 안위를 공산주의와의 대립적 구도에서 이해하고 예술을 그 아래에 놓는 이념적 판단에 의거한다.[17]

종파(宗派)를 나누고 문중(門中)을 따지고, 모든 이 나라의 비극은 종가를 중심해서 벌어진 것 같았다. 그것을 뼈저리게 느낀 것이 필재 자기요, 그 희생자가 태식이와 길녀인 것만 같았다. 필재는 어떤 일이 있어도 그런 일을 다시는 반복시킬 순 없었다. 필재는 끝끝내 견디다 이렇게 한마디 던지곤 밖으로 나와버렸다.

"종가를 팔아치운다는 것은 도의상 안됐지만, 그것은 내 개인 소유의 재산이 아니겠소……"

---

16) 정한숙의 청년기 체험과 전후 문단에서의 위치와 문단 행정가로서의 활동에 대해서는 최동호와의 대담을 참고할 수 있다. 최동호 대담, 「나의 문학, 나의 소설작법」, 『고가』, 등지, 1991.

17) 「닭장관리」(1963), 「쌍화점」(1963)에서 시도된 알레고리적 서사는 이러한 이념적 구도 하에서 산출된 것이라 할 수 있다. 소련과 미국에 의해 지배되는 남북관계를 닭장의 상황에 빗대어 말하거나 벙어리와 장님의 편협한 현실인식의 어리석음을 드러내는 것은 이념의 추상적 구도가 전제되지 않는다면 가능하지 않다.

여러 잡음이 듣기 싫었던 까닭에 필재는 기어코 쏘아붙였던 것이었다. 오십여 명이 둘러앉은 자리가 별안간 소란스러워지는 것 같았다. 밖은 그대로 어둡기만 했다. 이 어둠이 가시면 새 아침이 오듯이 종가도 종손도 허물어짐으로 하여 진정 길녀나 태식이나 자기 같은 사람들이 행복하게 살 수 있는 날이 올 것만 같다.[18] (밑줄 인용자)

「고가」의 결말에서 보이는 필재의 행동은 이제까지의 논의가 어떤 방식으로 서사적 맥락을 이루는지를 상징적으로 보여준다. 일제에 의해 국가를 빼앗기고 해방 후에는 민족상잔의 전쟁을 겪게 된 한국 현대사의 비극은 우선적으로 시대에 뒤떨어진 유교적 관습에 그 원인이 있는 것인데 이는 여러 소설들에서 반복적으로 제기되는 정한숙의 문제틀이다. 그렇다면 이러한 전근대성이 국가와 민족을 파탄에 이르게 했으며 필재 집안과 태식 그리고 길녀(필재가 사랑한 집안 하인의 딸로 그녀는 인민군에 휩쓸려 들어갔다가 결국 스스로 목숨을 끊는다)를 희생시켰다면 그에 대한 해결책은 어떻게 제시되는가. 종가를 지키려는 문중 어른들 앞에서 내뱉는 필재의 말은 의미심장하다. 종가는 필재 '개인 소유의 재산'이며 그에게는 그것을 처분할 권리가 있다. 전근대적 공동체가 근대적 공동체의 성립을 방해하는 것이라면 근대적 공동체를 지키는 것은 집단의 논리에 의해서가 아니라 개인의 권리에 의해서이다. 이 개인은 과거의 잔재로부터 벗어나 자신의 자유의사에 의해 그리고 남한의 정치적 이념과 더불어 앞으로 나아가야 한다.

---

18) 정한숙, 「고가」, 같은 책, 135쪽.

4. 예술로 구현된 역사의 정치성

정한숙 소설의 주인공들은 역사를 가로질러 나아가는 존재들이지만 그들이 역사의 중심에 서 있다고 보기는 어렵다. 그들은 역사의 피해자이거나 그로부터 소외된 존재들이다. 그럼에도 이들의 기억을 통해 설명되는 과거는 한 개인의 과거가 아니라 한 시대의 증언으로서의 역사를 배경으로 하고 있다. 이때 역사는 단순한 배경이 아니라 끊임없이 전경화되는 것으로서 그 실체성은 등장인물과 대등한 서사적 구심점이 된다. 정한숙 소설에서 역사가 없으면 개인의 기억과 그를 통해 재구된 사건들은 큰 의미가 없다. 다시 말해 인물들은 역사적 지평을 가로질러감으로써만 자신의 주체성을 얻는다.

근본적인 물음은 개체의 행위와 사건의 형식으로서 전개되는 소설이 그려내는 현실이 역사와 대면해야 한다고 주장될 때,[19] 그때 소설가는 역사를 어떤 방식으로 기술할 것인가 하는 점에 놓여 있을 것이다. 소설은 사건이 발생하는 현상의 층위에서 움직일 수밖에 없음에도 강렬하게 역사적 시간에 이끌린다. 현상의 시간과 역사의 시간 사이에 존재하는 간극은 어떤 방식으로 매개될 수 있을 것인가 하는 물음에 정한숙이 답하는 방식을 살펴보는 것이 중요할 것이다.

그에게 있어서 역사의 시간은 정치적 사건의 시간이다. 역사를 정치사의 문맥에서 읽게 되면 서술자는 그로 인해 거시적인 안목을 요구받게 된다. 그 관점이 한 개인에게 귀속될 수는 없으며 작품에 내포된 작가가 텍

---

19) 정한숙은 작품 속 소설가의 입을 빌려, "작품을 형상화하는 데 있어서 현실의 역사성을 옳게 판단하였는지, 그 현실과 역사성을 어느 정도 진실되게 묘사했는지"에 대한 고민을 털어놓는다. 이러한 문제의식은 실제 대부분의 작가들이 가지는 것이지만 정한숙에게 있어서 역사성의 문제는 텍스트 구성적 요인으로 강하게 자리잡고 있다. 정한숙, 「새벽소묘」, 『거문고산조』, 예성, 1981, 35쪽 참조.

스트를 지배하는 해석적 질서의 원천이라 할지라도 그에 대한 정당화가 뒤따르지 않으면 안 된다. 정한숙은 이를 어떻게 정당화하는가. 그리고 전후문학장에서 발아한 정한숙의 소설은 어떤 문학사적 함의를 지니며 그것이 의미하는 바는 무엇인가. 이 글에서는 그 정당화의 기제를 예술 속에 내재된 정치성이라 정의하고자 했다. 정한숙은 그의 일관된 소설 작업을 통해 역사의 연대기적 흐름 속에 놓인 개인을 상정하고 그 개인이 자신의 개체적 가치를 어떤 방식으로 넘어설 수 있는가를 묻는다. 그 넘어섬은 표면적으로는 순순한 개인과 그를 표상하는 예술에 의해 담보되는 것이지만 그러한 순수한 예술적 가치는 그 내부에서 작동하는 자유주의 문학의 이념과 그에 대한 강한 작가적 신념이 없다면 불가능한 것이라 하겠다.

전후소설의 인간주의의 향방
— 이범선의 「학마을 사람들」과 「오발탄」

최현희

1. 전후소설의 허무주의와 인간주의

1955년에 등단하여 대표작 「오발탄」을 1959년에 발표한 이범선은 전후소설을 대표하는 작가 중 하나로 평가된다. 그의 작가적 이력의 핵심을 이루는 1950년대 후반의 소설들[1]은 전쟁의 참화를 극복하지 못하고 있던 소시민의 비참한 삶을 묘파하는 고발문학의 전형을 보이고 있다.[2] 한편 「오발탄」을 비롯한 이범선의 1950년대 후반기의 작품들은, 전쟁과 전후 현실에 대한 역사적·객관적 시각을 확보하지 못한 탓에 결국 허무주의로

---

1) 1920년 평안남도 안주에서 태어난 이범선은 해방 후 월남하여 1955년 4월 『현대문학』에 「암표」를 발표하며 등단하였고, 비교적 꾸준히 작가생활을 지속하여 1982년에 사망하기까지, 이십칠 년의 문필 활동기간 약 60여 편의 중·단편소설과, 16편의 장편소설을 남겼다. 여기서는 특히 1950년대 후반기의 창작활동에 주목하고자 하는데, 그것은 양적으로도 이 기간 동안 60여편중 거의 절반에 이르는 중·단편(29편)이 창작되었을뿐더러, 「학마을 사람들」(1957), 「갈매기」(1958), 「오발탄」(1959)과 같은 문학사에 등재되어 있는 문제작들 역시 모두 이 시기에 나온 것들이기 때문이다. 이범선의 작가적 이력과 생애에 대해서는 강진호, 「이범선 연구의 비판적 검토」(『한국문학연구』 21, 1999)를 참조.

2) 김철, 「냉전체제의 고착과 50년대 문학」, 『민족문학사강좌』 하, 창비, 1995, 228쪽.

귀결되어버리는 양상을 공통적으로 보이고 있다.[3] 이 한계성조차 전후소설의 일반적인 경향을 단적으로 보여주는 특성으로, 이범선의 '전후문학의 대표 작가'라는 타이틀을 보장해주는 근거가 된다.

요컨대 이범선의 소설은 전후 현실에 대한 비판의식에서 출발하지만 그 극복을 위한 대안적 사상을 구비하지 못한, 일종의 불구적 상태에 함몰되어 있는 것으로 평가된다. 소설이 그리고 있는 '세계'의 압도적 부정성 때문에 '주체성'이 완전히 붕괴되어버린 것이 이범선 소설의 기본 서술 상황이라는 것이다. 이것은 "대상의 객체화가 이뤄지지 못했"다는 점에서 "서사양식 미달" 상태로 평가되며, 이러한 상황의 유일한 타개책은 '서정성'의 확보가 된다.[4] 「오발탄」과 더불어 이범선의 또다른 대표작으로 거론되는 「학마을 사람들」은 이러한 경향의 예가 되며, 이는 전후소설의 궁극적 '허무주의'를 재확인시키는 요소로 받아들여진다. 소설에서 '서정성'의 우세란 '객관적 산문정신'의 부재를 드러내는 것이며, 이는 결국 어떠한 전망도 갖지 못하는 허무주의로 귀결되는 것이다.[5]

따라서 이범선 전후소설의 성과와 한계는 일단 다음과 같이 요약된다. 이범선은 전후 한국의 물질적 궁핍과 그에 상응하는 정신적 허무를 핍진하게 형상화하였다는 점에서 일정한 성과를 거두었지만, 그것을 극복할 사상을 갖지 못했다는 점에서 한계성을 보인다는 것이다. 이중 성과라는 측면에서는 대부분의 기존 논의들이 동의하고 있지만, 한계에 대한 비판

3) 권영민, 『한국현대문학사 1945~1990』, 민음사, 1993, 157쪽.

4) 김윤식·정호웅, 『한국소설사』, 예하, 1993, 342쪽.

5) 이범선 소설의 '서정적' 특성에 관한 논의로는 다음의 글들을 참고할 수 있다. 천승준, 「서민의 미학 : 이범선론」, 『현대한국문학전집』 6, 신구문화사, 1972; 윤재근, 「원형과 사상의 모순성」, 『현대문학』 1977년 6월호; 장영우, 「이상향의 동경과 휴머니즘의 정신 : 이범선론」, 『한국문학연구』 18, 1995; 강진호, 같은 글; 와타나베 나오키, 「이범선과 전후 현실 비판 : 50년대 발표 작품의 특징과 관련해서」, 『한국문학연구』 21, 1999.

이라는 측면에서는 논자에 따라 입장차가 있다. 우선 소설의 결말 처리와 인물 형상화에서 드러나는 허무주의는 전후 현실을 그대로 반영한 결과로서, 결국 이범선의 철저한 리얼리즘을 보증한다는 긍정론이 있다.[6] 여기서 한 발 더 나아가 그가 허무주의라는 부정적 레테르를 감수하면서도 특정 이데올로기의 입장을 주장하지 않은 것에서, 작가 특유의 인간에 대한 신뢰라는 정신을 발견할 수도 있다는 것이다.[7] 이러한 긍정론에 반대하는 측에서는, 이범선의 리얼리즘은 그가 즐겨 그린 '서민적' 혹은 '소시민적' 주인공들의 철저히 수동적인 생활철학에 함몰되어버림으로써 소설이라면 응당 도달해야 할 문제적 인물형의 창조에 이르지 못했다는 비판 논리를 제시한다.[8]

이러한 편차에도 불구하고 기존 연구에서 공통되는 것은 이범선 소설이 기본적으로 '인간주의'를 지향하고 있다는 인식이다.[9] 이범선은 어떠

---

6) 예컨대 하정일은 「오발탄」의 주요 인물인 '영호'의 발언을 통해 이뤄지는 전후 사회상에 대한 비판은 "양심과 법을 지켜서는 정상적인 삶을 영위할 수 없는 50년대의 전도된 현실에 대한 날카로운 비판"이자, "50년대의 계급적 불평등"에 대한 "풍자"라고 상찬하고 있다.(하정일, 「전후소설의 성격과 이범선 문학」, 『한국문학연구』 21, 1999, 15~16쪽)

7) 천승준의 다음과 같은 지적은 이후 이범선 소설의 사상적 핵심을 '평범한 인간의 본성에 대한 신뢰'에서 찾는 경향의 시작에 해당한다. "적나라한 시정생활을 배경으로 한 이들의 소탈한 인물화는 어쩌다가 간직하게 된 약간의 무례, 고집, 허영, 인색, 불평 등이 사실 본래부터 그들의 것이 아니라 바로 그들을 부단히 규제해온 생활의 것이었음을 실토하고 있는데, 이는 작가의 평민에 대한 신뢰감의 일면을 자신 있게 제시하고 있는 것에 다름아니다."(천승준, 같은 글, 442쪽)

8) 이러한 비판 논리의 원점에 서 있는 것이 김현의 다음과 같은 지적이다. "우리는 그의 소시민적 주인공들의 패배와 좌절이 (……) 그들을 둘러싼 현실과 밀접하게 조응시킴으로써 자신이 밖으로 확산시키지 못하고, 자신의 뇌수 속에 한정시켜버림으로써 스스로 굴욕적인 체념을 수락하는 과정 속에서 형성된 것이라는 것을 알게 된다." 김현, 「소시민의 한계 : 이범선론」, 『한국단편문학대계』 9, 삼성출판사, 1969, 429쪽.

9) "인간적인 것"의 추구, "휴머니스틱한 경향"은 전후문학의 일반적인 특질들 중의 하나로 지적되곤 한다. 백철, 「한국문단 10년 : 하나의 서론적인 글」, 『사상계』 1960년 2월호,

한 이데올로기로도 환원시키지 않은 채 전후 한국인의 삶을 리얼하게 묘사한다는 것이다. 소시민적, 서민적, 인정주의적, 감상주의적, 서정적, 허무주의적 등, 이범선 소설의 핵심을 포착하기 위해 동원되곤 하는 관형어들이 궁극적으로 가리키고 있는 곳 역시 '인간주의'로 정리될 수 있다. 소시민적·서민적 인물들의 허무적 삶의 태도에 대한, 감상과 인정에 치우친 서술은 서사성의 약화와 서정성의 강화로 기울어지고 마는데, 이러한 경향의 궁극적인 원인은 소박한 인간주의에 있는 것이다. 모든 외적 이념을 거부하고 인간의 실존에 직핍하여 그것을 있는 그대로 묘사하겠다는 태도는, 인간의 본성이란 모든 이데올로기적인 것에 우선한다는 전제 없이는 불가능하다. 그런 '인간적인 것'을 본질화·절대화하는 이념을 인간주의라고 한다면, 이것은 이범선 소설의 핵자를 포착하는 적절한 표현이 될 것이다.

이 글에서는 '인간주의'에 초점을 맞추어 「학마을 사람들」과 「오발탄」을 중심으로 이범선의 1950년대 후반 소설을 탐구해보고자 한다. 여기서 주목하는 것은 이 '인간주의'가 '허무주의'와 짝패를 이룬다는 사실이다. 전후 현실을 객관적으로 인식하고 극복할 이념·전망이 결여되어 있다는 식의, 이범선 소설 나아가 전후소설 전반에 대한 일반화된 독법에는, 그 자체에 어떤 특정한 '인간적인 것'의 이념이 깔려 있다. '이념' 이전의, 모든 것으로부터 자유로운 어떤 원초적 '인간'의 이미지가 있는 것이다.

만약 이 '원초적 인간'이 실체라면, 이념의 부재를 들어 이범선 소설을 비판하거나 혹은 긍정하거나 하는 것은 그 자체로 모순적이다. 소설에서 인간의 삶이란 어떤 '이념'을 통해서 인식되고 전망될 때에만 의미 있는 것이라면 그 이념을 통하지 않은 형상화가 빚어내는 것은 완전한 무의미

234쪽을 참조.

의 심연일 뿐이다. 하지만 비판자들은 이범선에게서 소박한 '인간주의'라는 '의미'를 읽어낸다. 한편 긍정론자들의 편에서 보면, 소설은 사회학이나 정치학의 개념을 빌지 않고 인간 그 자체에 직핍하는 것이며, 이범선의 작품들은 그러한 소설적 진실의 탁월한 사례가 된다. 하지만 이범선의 '인간주의'는 그 자체로 아무런 내용도 없으며 다만 '이념의 부재'를 통해서만 부정적으로 현상할 뿐이다.

이러한 난맥상은 긍정론이든 부정론이든 '모든 이념으로부터 자유로운 원초적 인간'을 실체적인 것으로 받아들이고 거기에 어떤 '의미와 내용'이 담겨 있다고 무의식적으로 전제한 후 이범선의 소설을 평가하기 때문에 나타난 것이다. 이 글은 그러한 전제 없이 이범선 소설의 '인간주의'의 있는 그대로의 기술을 시도하고자 한다.

2. 이념 이전의 인간성 : 「학마을 사람들」

1957년 1월 『현대문학』에 발표된 「학마을 사람들」은 전쟁에 대한 이념적 인식을 거부하고 '학'이라는 상징을 통해 서정성을 확보했다는 점에서, 이범선식 '전후소설'의 대표격으로 평가된다. 한편 이 작품은 같은 해 발표된 「수심가」 등의 작품과 더불어 6·25 이전의 현실을 비중 있게 다루고 있다는 점에서, 「오발탄」「몸 전체로」(1958) 등의 작품군과는 구별되는 계열을 이룬다. 주지하다시피 「오발탄」은 전쟁 직후를 시간적 배경으로 하며, 전쟁기간이나 그 이전의 사건은 단편적으로만 제시될 뿐이다. 반면 「학마을 사람들」은 해방 직전인 1944년경부터 6·25발발까지의 사건이 전체 분량의 반 이상을 차지하고 나머지는 전쟁기간의 사건으로 채워져 있다. 전후소설에서는 일반적으로 "단층의 상상력"[10]이 나타난다고 할 때, 이는 전쟁이 파괴한 '과거'와 그 반대급부로 초래된 '현재'를 단절적으로 인식한다는 것을 의미한다. 그렇다면 「학마을 사람들」은 전후(戰後)가 되자 완전히 소멸되어버린 '과거'를 형상화함으로써 그것에 비추어 '현재'에 대한 반성을 촉구하는 효과를 발생시킨다.

「오발탄」 계열의 소설이 전후 현실을 막연한 '인간주의'에 기초하여 묘사하는 데서 그침으로써 완미한 비판정신을 구현할 수 없다고 한다면, 「학마을 사람들」은 따라서 그 '인간주의'의 내용이 구체적으로 무엇인지를 알아볼 수 있는 기회를 제공하는 셈이다. 이 작품에서 주목할 것은 우선 제목에서부터 드러나듯이 서술의 핵심으로 '학마을'이라는 공간적 배경이 강조되어 있으며, 나아가 서사 진행상 의미 있는 모든 사건 발생이 이곳에 철저히 국한되어 있다는 점이다. 주민들이 피난을 가면서 잠시 부산이 배경으로 나오기는 하지만 거기서는 어떠한 사건도 발생하지 않는다. 또한 북한군의 학마을 점령 시기 마을에 분열을 초래하는 바우라는 인물이 공산주의 사상을 습득하는 공간인 서울 역시 지나치듯 언급될 뿐이다. "강원도 두메"[11] 어디쯤으로 설정되어 있을 뿐 지리적 위치를 확인할 수도 없는 이 학마을은 외부와 거의 완벽히 차단되어 있는 공간이다. 6·25는 물론이려니와 한일합방이나 해방과 같은 역사적 대사건들조차 이 학마을 안에서 영원히 지속되는 삶의 순환에는 미미한 영향을 미칠 뿐이다.

그러던 그들은 학이 없던 그해, 그렇게 가물이 심해도 어떻게 하늘에 고해볼 길이 없었다. 그저 그들은 저녁 때 들에서 돌아오다가는 빨간 놀을 등

10) 이재선, 「전쟁과 분단의 인식 : 6·25 한국전쟁의 소설적 의미망」, 『현대한국소설사 1945~1990』, 민음사, 1991, 100쪽.

11) 이범선, 「학마을 사람들」, 『현대한국문학전집』 6, 신구문화사, 1972, 305쪽. 이하 이 책에서 인용하는 경우 인용 끝의 괄호 안에 페이지 번호만 적어 출전을 밝힌다.

에 지고 그림자처럼 조용히 서서 빤히 석양을 받은 학의 빈 둥우리를 오랜 버릇으로 한참씩 쳐다보고 섰을 뿐이었다./그러던 어느 날 기다리던 비 대신 기막힌 소문이 들어왔다. 왜놈들이 이 나라를 빼앗고 나왔다는 것이었다.(294쪽)

이처럼 이 작품의 인물들에게 역사적 격변은 "소문"의 형식을 띤 채 다가올 뿐이며, 정작 그들 삶의 문제와는 관련이 없다. 그들은 국권 상실이라는 상황에 직면하여 잠시 당황하기는 하지만, 정작 그들의 삶에 고통을 초래하는 것은 그러한 역사적 사건이 아니라 "가물"이다. 위의 인용에 바로 이어서는 국권 상실의 소식에 망연자실하고 있을 틈도 없이, 마을에 "열병"이 퍼져 농사를 지을 "젊은 일꾼"(294쪽)들이 연달아 목숨을 잃게 되는 상황이 서술된다. 나아가 이 모든 문제들이 발생한 때가 바로 "학이 없던 그해"라는 점을 통해 알 수 있듯이, 학마을 사람들에게 닥친 고난의 본질적인 원인은 '학의 부재'에 있는 것이다. 그해가 지난 후 마을을 떠나는 사람들이 "이제 학이 버리고 간 이 학마을에서는 살 수 없으리라"(294쪽)고 믿은 것 역시 이 점을 뒷받침한다.

여기서 '학'을 '민족정신'의 상징으로 해석하고 학마을 사람들을 한민족의 대유로 해석한다면, '학의 부재'란 '한민족의 수난'을 의미할 것이다.[12] 그러나 이렇게 해석한다 해도 문제는 남는데, 그것은 이때의 '민족

---

12) 이런 식의 해석은 이범선 소설세계의 근간을 한민족의 "원형"에서 찾는 윤재근의 논의 이래로 어느 정도 일반적인 독법으로 정립된 것으로 보인다.(윤재근, 같은 글) 강진호는 이런 식의 독법으로는 작가 이범선만의 개성을 포착할 수 없음을 비판하기도 하지만(강진호, 같은 글, 27쪽), 적어도 「학마을 사람들」의 해석에 있어서는 이범선이 '학'의 상징을 통해 한민족의 전통적 삶의 원형을 추구하는 주제의식을 지니고 있음을 간파하기란 어렵지 않은 일이다. 그러나 이 글이 주목하고자 하는 것은 작가 의식의 원천을 규명하는 것이 아니라 그것이 텍스트화되어 어떠한 의미를 발생시키는가이다.

정신'의 내용이 무엇인가, 하는 점이다. 이 질문에 대한 답은, 거의 완전하게 고립되어 있는 학마을(이 맥락에서는 한민족의 삶의 터전으로 해석되는)에서 영위되는 삶의 방식을 살펴봄으로써 구할 수 있을 것이다. 기존의 연구는 대부분 학마을에서의 삶을 전근대적 공동체의 그것으로 해석해왔으며, '학'은 그러한 전통적 가치의 상징으로 여겨졌다.[13] 그리고 전후소설의 전개라는 맥락에서 보았을 때 그러한 '전근대적 공동체의 가치'란 전쟁과 전후 현실에 대한 객관적인 인식을 가로막는 감상적인 노스탤지어에 의해 이상화된 것으로 평가되었다.

물론 학이 오지 않는다든지 학의 새끼가 갑자기 죽는다든지 하는 일이 일어나 학마을에 민족사적 고난에 대응되는 고난이 닥쳐오기 전까지 유지되었던 "아름답고 포근한"(292쪽) 삶의 방식이 과연 실존했던가는 다분히 의심스러운 것이 사실이다. 그러나 중요한 것은 실제 역사에서 전근대 시대 한민족의 삶이 학마을의 그것처럼 이상적인 상태였는가가 아니다. 이범선은 '학'과 관련하여 아무런 변고가 없던 시절의 학마을을 통해 다분히 공상적인 형태로나마, 전쟁과 전후 상황에 대한 나름의 대안을 제시하고 있는 것이다. 그것이 '객관적/역사적 현실' 속에서 실존했는가를 묻기에 앞서 우선 그 이범선식 대안이 어떠한 구조를 하고 있는지를 분석하는 것이 요구된다. 그렇게 했을 때에 이범선의 '인간주의'의 본질이 무엇인지 비로소 파악할 수 있게 될 것이다.

위에서 지적했다시피 '학마을'에서의 삶은 '학'의 안녕에 달려 있다고 해도 과언이 아니다. '학'이 오지 않은 해의 마을은 극심한 가뭄과 전염병 창궐이라는 이중고를 겪으며, 학이 왔다 하더라도 새끼를 몇 마리를 낳느냐에 따라 그해 농사의 수확량이 결정된다. 학의 새끼 두 마리 중 한

13) 장수익, 「전후소설과 '장소'의 문제」, 『한국현대문학연구』 9, 2001, 40쪽; 이재선, 같은 글, 102쪽; 강진호, 같은 글, 27쪽; 권영민, 같은 책, 157쪽.

마리가 죽은 해에 마을 공동체는 분열을 경험하고 그 결과 노동력이 제때 투입되지 못해 농사를 망치게 되며, 매해 짝을 지어 두 마리가 날아오던 학이 짝을 잃게 되자 주민들은 마을을 떠나야 하는 상황에 직면한다. 즉 '학'의 생존과 번식은 학마을 사람들의 생존에 직결된 문제이다. '학'을 '민족정신'으로 '학마을 사람들'을 '한민족'으로 해석한다고 하면, '민족정신'이란 곧 '한민족'의 생존의 유지인 셈이다. 이 '민족정신'을 자연을 대상화하지 않는 애니미즘·샤머니즘 혹은 "동양적 정신주의"[14]로 명명한다 해도 거기 담긴 내용은 동일하다. 그것은 합리주의에 기반을 둔 근대적 이념 갈등 이전에 존재하는 '인간의 원초적인 본성에 대한 신뢰'인 것이다. 그리고 이때의 인간의 본성이란 대를 이어 끊임없이 이어지는 생존의 지속을 의미한다.

이 원초적 인간성이 어떤 이념보다도 우선적인 것이라는 점은 다음의 사례를 통해서 드러난다. 6·25로 인한 학마을의 분열과 파괴는 전적으로, 전쟁 전에 마을을 떠났다가 공산주의자가 되어 돌아온 바우라는 인물 때문으로 되어 있다. 그가 그러한 악역을 맡게 된 원인은 공산주의 이념에 물들 수밖에 없는 사회적 조건에 처해 있기 때문이 아니다. 애초에 그가 마을을 떠나게 된 이유는 봉네를 사이에 두고 덕이와 형성했던 삼각관계에서 밀려났기 때문이다. 그리고 바우를 제치고 덕이를 봉네와 결혼시키도록 결정한 것은, 덕이의 조부인 이장이다. 바우가 전쟁이 터지자 인민군의 위세를 등에 업고 귀향하여 마을의 최고 연장자인 이장의 권위를 무시하고 인민위원장으로 군림하려 한 이유도 바로 여기에 있다. 이처럼

---

14) 장영우는 '학'이 상징하는 바는 "합리적 이성이나 과학적 사유가 아니라 애니미즘 혹은 샤머니즘 등 초자연적 세계에 대한 확고한 믿음과 순종적 태도"이며 "일종의 문화적 제로 상태라 명명할 수 있는 샤머니즘적 세계관은 인위적 문명 이전의 원초적 자연상태로 회귀하려는 인간의 욕망이 투사된" 것이라고 해석한다. 이러한 세계관을 긍정적으로 평가하는 그는 이를 "동양적 정신주의에 대한 신뢰"가 표시된 것이라고 본다. 장영우, 같은 글, 157쪽.

학마을이라는 사회에서 갈등의 원인은 바우가 표상하는 공산주의와 그에 상응하는 다른 이념의 갈등이 아니다. 그 갈등은 어떠한 이념도 개입되지 않았던 때에 이미 성립되어 있었고 전쟁은 다만 그렇게 이미 존재하던 갈등이 표면화된 계기에 불과한 것이다.[15)]

「학마을 사람들」의 결말은 피난생활에서 마을 사람들을 이끌고 돌아온 이장이 죽음을 맞는 장면과 그의 유언에 따라 덕이와 봉네가 불에 타버린 학나무를 대신할 "애송나무"(306쪽)을 들고 가는 장면으로 구성되어 있다. 이 "애송나무"가 의미하는 바는 학마을 사람들의 삶의 방식이 어떤 역사적 재앙을 겪더라도 지속되리라는 것이다. 이 영원히 끊이지 않을 시간은 "언제부터 학이 이 마을을 찾아오기 시작하였던지는 아무도 모르"(292쪽)는 과거와 이어지며, 따라서 과거, 현재, 미래의 구분이 완전히 무의미한 무시간성 그 자체에 해당한다. 이 무시간적 지속에는 그 어떤 인간적인 것도 스며들 틈이 없는데, 왜냐면 그것은 인간이 무엇을 하든, 어떤 역사적 격변을 일으키든, 그 자체로 계속될 것이기 때문이다.

앞에서 「학마을 사람들」의 핵을 이루는 것은 인간의 원초적 본성에 대한 신뢰라고 할 때, '본성'의 내용은 끊임없는 생존의 지속을 의미한다고 지적한 바 있다. 하지만 인간 '본성'의 내용이 다만 자기의 지속이라는 말은 실상 그 '내용'이 없다는 뜻이다. 이런 맥락에서 보면 이 작품에 드러난 이범선의 '인간주의'는 전통주의나 농본적 공동체주의가 아니라 오히려 철저한 비인간주의라는 역설이 성립한다. 인간의 사상과 행동의 총체가 '인간적인 것'이 아니라, 인간이 무슨 사상을 가지고 무슨 행동을 하든 그것과는 전혀 상관 없이 인간의 삶을 지속시키는 것이 따로 존재하며 도

---

15) 이재선 역시 「학마을 사람들」에서 전쟁이란 근대적 이념들 간의 충돌이 아니라 다만 전근대적 질서에 내재해 있던 갈등이 폭발하는 기제에 불과하다고 지적한 바 있다. 이재선, 같은 책, 103쪽.

리어 그것이 '인간적인 것'이라면, 이때의 '인간주의'란 '인간적인 것'이 아닌 것들이 '인간성'의 본질을 이룬다는 점에서 사실은 비인간주의에 다름아니다.

3. 인간주의적 윤리학의 귀결 : 「오발탄」

전쟁 직후 서울에서 극도의 빈곤에 시달리는 한 월남민 가족의 삶을 형상화한 「오발탄」[16]에서도 기존의 논자들은 역시 '인간성의 신뢰'라는 메세지를 읽어내곤 한다. 이 소설에서 그러한 메시지를 담당하는 것이 송철호라는 인물인데, 그는 출산과정에서 죽음에 이르고 마는 아내의 치료비마저 감당할 수 없을 만큼 비인간적인 궁핍에 허덕이면서도 끝내 "순결한 양심"을 버리지 않는 모습을 보인다.[17] 철호가 마치 목표를 잃어버린 '오발탄'과 같이 서울 시내를 헤매는 결말은, 소박한 양심에 기초한 최소한의 윤리의식마저 허용하지 않는 전후의 '비인간적' 상황에 대한 통렬한 고발로 읽히는 것이다.[18] 이런 점에서 철호로 표상되는바 「오발탄」의 주

16) 「오발탄」은 '1961년 제5회 동인문학상 수상작'으로 알려져 있는데 이는 오류이며, '1960년 제5회 동인문학상 후보작'이 맞다. 「오발탄」은 1958년 8월부터 1960년 7월 사이에 발표된 소설을 대상으로 한 1960년도 제5회 동인문학상의 최종 후보작 네 편 중 하나로 선택되었으며 심사 마지막 단계에서 서기원의 「이 성숙한 밤의 포옹」과 수상을 다투었다. 당시 동인문학상 선고위원은 백철, 안수길, 최정희, 황순원 4인이었는데 앞의 둘은 「오발탄」을, 뒤의 둘은 서기원의 작품을 지지하여 결국 제5회 동인문학상 심사는 "당선작 없음"이 "후보작"으로 「오발탄」과 「이 성숙한 밤의 포옹」 두 편을 내는 것으로 마무리된다. 자세한 경위는 「제5회 동인상 발표」와 선고위원들의 「동인상 선후평」(『사상계』 1960년 10월호, 322~327쪽)을 참조.

17) 박동규, 「50년대 이범선 소설의 인간형에 나타난 선의적 삶 연구」, 『관악어문연구』 20, 1995, 14쪽.

18) 이 점에 대해서는 거의 모든 연구자들이 일치된 의견을 보이고 있다. 권유, 「이범선 소설론」, 『한국어문학연구』 20, 1985, 150~151쪽; 이용남, 「서정과 고발의 미학 : 이범선과

제의식을 '인간주의적 윤리학'이라고 할 수 있다면, 이 윤리학은 무엇을 그 도그마로 삼는가 하는 점이 문제로 떠오른다.

이 문제에 대한 답은 우선 철호와 그의 남동생 영호가 벌이는 논전을 통해서 그 윤곽이 드러난다. 도저히 탈출구를 찾을 수 없는 빈곤에 시달리는 가족의 생활을 타개하기 위해 영호는 이제부터라도 "양심이고, 윤리고, 관습이고, 법률이고 다 벗어던지고"(365쪽) 살아가야 한다고 주장한다. 이에 맞서는 철호는 영호의 주장은 "마음 한구석이 어딘가 비틀려서하는 억지"(369쪽)라며 비판한다. 사실 이 논쟁에서 확실한 주도권을 쥐고 있는 것은 영호이며 철호는 다만 영호의 발언에 "그건 억설"(368쪽)이라거나 "네 말대로 한다면 돈 있는 사람들은 다 나쁜 사람이란 말밖에 더되나"(369쪽), 혹은 "법률까지도 범하고?"(366쪽)라고 하는 식의, 방어적이고 수동적인 반응밖에 보이지 못한다. 즉 전후의 상황에서 최소한의 인간다운 삶을 살기 위해서라도 "옹색한 양심의 울타리"(368쪽)를 벗어나야 한다고 주장하는 영호의 입장은 "양심"이라는 것의 의의에 대한 나름의 비판논리를 포함하고 있지만 영호의 비판에 대한 철호의 방어논리는 '그래도 그건 아니다'라는 식의 논리밖에 되지 않는다.

"양심이란 가시?"

"네, 가시지요. 양심이란 손끝의 가십니다. 빼어버리면 아무렇지도 않은데 공연히 그냥 두고 건드릴 때마다 깜짝깜짝 놀라는 거야요. 윤리요? 윤리, 그건 나일론 팬츠 같은 것이죠. 입으나 마나 불알이 덜렁 비쳐 보이기는 매한가지죠. 관습이요? 그건 소녀의 머리 위에 달린 리본이라고나 할까요? 있으면 예쁠 수도 있어요. 그러나 없대서 뭐 별일도 없어요. 법률? 그

그의 작품세계」,『국어국문학』106, 1991, 106쪽: 와타나베 나오키, 같은 글, 116쪽: 장영우, 같은 글, 163쪽.

건 마치 허수아비 같은 것입니다. 허수아비. 덜 굳은 바가지에다 되는대로 눈과 코를 그리고 수염만 크게 그린 허수아비(……)"/영호는 코웃음을 쳤다.(366~367쪽)

여기서 확인할 수 있는바, 영호는 생존조차 유지할 수 없는 상황에 있어서는 사회적 규약으로서의 관습과 법률, 그것에 기반을 제공하는 윤리 의식과 양심 같은 것은 철저히 무의미하다고 주장하고 있다. 이처럼 영호의 발언은 표면적으로는 윤리의 부정처럼 보인다. 그러나 궁극적으로는 그 나름의 윤리적 도그마를 제시하고 있는데, 즉 그에게 인간의 삶에서 본질적인 것은 자기 자신의 생존의 유지이다. 인간은 무엇을 해서라도 생존을 유지해야 하며, 그것을 방해하는 것들은 모두 무가치하다는 것이다. 이 생존의 지속을 핵으로 하는 영호식 윤리학에 맞닥뜨리는 순간 철호는 아무런 말도 하지 못하고 다만 동생에게서 "눈을 돌려 버"(367쪽)리고 만다. 그리고 결국 형제의 논전은 다음과 같은 결말을 맞는다.

"그렇지만 인생이란 그런 게 아니야. 너는 아직 사람이란 어떻게 살아야만 하는 것인지조차도 모르고 있어."
"그래요. 사람이란 과연 어떻게 살아야 하는 것인지는 정말 모르겠어요. 그렇지만 이제 이 물고 뜯고 하는 마당에서 살자면, 생명만이라도 유지하자면 어떻게 해야 할는지는 알 것 같아요. 허허."
영호는 눈물이 글썽하니 괸 눈을 천정을 향해 쳐들며 자기 자신을 비웃듯이 허허 하고 웃었다.
"가자!"
또 어머니는 가자고 했다.(370쪽)

이 인용에서 철호는, 생존의 지속에 궁극적인 가치기준을 두는 영호의 윤리학에 대해 예의 '그래도 그건 아니다' 식의 발언으로 응대하고 있을 뿐이다. 두 형제의 언쟁의 종결과 함께, "사람이란 어떻게 살아야만 하는 것인지"에 대한 철호 나름의 입장은 끝내 명확해지지 않으며, 그 결과 "생명만이라도 유지"해야겠다고 항변하는 영호의 입장만이 분명하게 남는다. 이 지점에서, 영호가 어떠한 논리를 동원하더라도 무너지지 않는 것처럼 보이는 철호의 '양심'이란, 실상 아무런 내용이 없는 것에 지나지 않는 것으로 드러난다. 분명 철호에게는 "사람이란 어떻게 살아야만 하는 것"이라는 윤리의 형식은 있지만, 그 형식에는 아무런 도그마도 들어 있지 않은 것이다. 기존의 연구자들이 지적한 대로 철호를 「오발탄」이라는 작품의 주제의식을 담지한 인물로 본다면, 그의 형상을 통해서 드러나는 바, 이 작품의 주제가 '인간 본성의 신뢰'라는 점은 타당해 보인다. 그러나 이때의 '인간 본성'이란 완전한 공백에 불과한 것이다.

결국 「오발탄」이 도달하고 있는 윤리학이 인간 본성에 바탕을 두고 있다고 할 때, 이는 사실상 윤리의 진공상태를 초래한다. 인간성에 대한 일말의 믿음을 지니고 있는 철호라는 인물을 통해서 우리가 읽어낼 수 있는 윤리학이란 다음과 같은 것이다. 인간은 인간이기 때문에 살아가야 하는 특정한 방식이 있다. 즉 인간의 삶은 온전히 자기 내적으로 필연적인 원칙에 의거해야 한다. 하지만 철호는 그 원칙이 무엇인지 특정하지 못한다. 「오발탄」은 철호의 인간주의적 윤리학의 근거가 되는 '인간성'이 텅 비어 있는 것이라는 점을 철호의 침묵을 통해서 보여주고 있다. 위에 인용한 영호와의 논전에서 결국 철호가 아무런 효과적 논박도 하지 못한 채 입을 닫아버리는 것 외에, 다음의 두 장면에 주목할 필요가 있다.[19]

19) 철호를 중심으로 한 「오발탄」의 인물들이 모두 깊은 침묵에 빠져 있다는 점에 주목한 정호웅은 이를 다음과 같이 해석하고 있다. "전후의 폐허성을 압축적으로 담아내는 '말 잃

철호가 탄 전차 (……) 바로 옆에 미군 지이프가 한 대 와 섰다. 순간 철호는 확 낯이 달아 올랐다./핸들을 쥔 미군 바로 옆자리에 색안경을 쓴 한국 여자가 앉아 있었다. 그것이 바로 명숙이었던 것이다. (……) 그 미군 지이프차 저편에 와 선 택시 조수가 명숙이와 미군을 쳐다보며 피시시 웃었다. 전찻간에서도 마찬가지였다. 철호 바로 옆에 나란히 서 있던 청년 둘이 쑥떡거렸다. (……) 철호는 손잡이를 놓았다. 그리고 반대편 가운데 문께로 가서 돌아서고 말았다. 그것은 분명히 슬픈 감정만은 아니었다. 뭐라고 말할 수조차 없는 숯 덩어리 같은 것이 꽉 목구멍을 치밀었다. (……) 철호는 문짝에 어깨를 가져다 기대고 눈을 감아버렸다.

그날부터 철호는 정말 한마디도 누이동생 명숙이와 말을 하지 않았다.(370~371쪽)

철호는 눈도 깜빡하지 않고 그저 영호의 머리카락이 흐트러져 내린 이마를 바라보고 있었다.

"돌아가세요, 형님."

영호는 등신처럼 서 있는 형이 도리어 민망한 듯이 조용히 말했다. (……) 철호는 여전히 영호가 사라진 뒷문을 바라보고 서 있었다. 눈이 뿌옇게 흐려졌다. 아무것도 보이지 않았다. (……) 철호의 귀에는 형사의 말소리가 아주 멀었다. (……) 여전히 철호는 말이 없었다.(375~376쪽)

위의 두 인용은 각각 철호가 "양공주"로 일하는 여동생 명숙이 탄 차를

음'은 전후소설의 공통된 형식이다. 출구를 잃어버린 시대, 거의 모든 가치 기준이 권위를 잃고 무너져버린 시대가 만들어낸 소설형식이라 할 것이다. 전후소설 가운데 '말 잃음'의 형식이 가장 뚜렷하게 드러난 작품이 곧 「오발탄」이니, 이 점에서 이 작품을 전후소설의 대표작이라 평가할 수 있는 것이다." 정호웅, 「균형과 조화의 소설 미학」, 『한국문학연구』 21, 1999, 44쪽.

우연히 목격했을 때와 무장강도 혐의로 체포된 영호 때문에 경찰서에 갔을 때 보이는 반응들을 보여주고 있다. 두 장면에서 공히 철호는 완전한 침묵으로 일관하고 있는데, 이는 자기가 믿어온 '인간성'이 생존을 위해서 무엇이든 할 수 있다는 것을 의미한다는 것을 깨닫는 순간 나오는 필연적인 반응이라고 할 수 있다. 인간주의가 모든 가치의 기준을 모든 외적 기준을 배제하고 인간 그 자체에서만 찾는 것이라고 할 때, 그것은 결국 인간은 이러저러한 인간적인 행위를 하기 때문에 인간인 것이 아니라, 인간은 인간이라는 바로 그 사실 때문에 그가 하는 모든 행위는 인간적이라는 식의 난국에 빠지게 된다. '인간성'이란 인간 그 자체에 완전히 내재적이라면 인간은 무엇을 하든 상관없이 '인간이기 때문에 인간'일 수 있는 것이다.

따라서 '인간성'이란 실상 완전히 텅 비어 있는 공백에 불과하다. 그 '인간성'을 실현하기 위해서 나는 나의 '인간됨'을 유지할 필요성이 있을 뿐 어떻게 사는지는 전혀 중요하지 않다. 결국 '인간성'이란 '인간됨'의 지속이라는 악무한에 빠지게 된다. 인간이 살아야만 하는 방식이란, 그 자체의 힘으로는 멈출 수 없는 기계의 작동방식, 즉 '생존의 무한한 지속'을 의미하는 것이 된다. 이처럼 인간주의 윤리는 인간성을 유일한 기준으로 삼는다는 점에서 '인간주의적'이라고 불리지만 실상 그것은 인간을 기계로 환원하는 데로 귀결되고 만다. 철호의 침묵은 이처럼 인간주의의 궁극에서 '인간의 본성'이란 기계의 그것과 다를 바 없다는 깨달음을 형상화한 것으로 보아야 한다.

「오발탄」의 결말은 아내가 출산중 위급한 상황을 맞아 죽고 말았다는 소식을 들은 철호가 병원을 나와 거리를 헤매는 장면으로 되어 있다. 목표를 상실한 '오발탄' 같은 신세가 되어버린 철호의 마지막 모습은 지금까지 대부분의 논의에서, 전후의 비인간적 상황에 대한 고발로 해석되어

왔다. 그리고 이는 인간성의 회복을 희구하는 작가 이범선이 반어법적으로 인간주의를 주장한 것으로 받아들여졌다. 그러나 지금까지의 분석에 의거할 때, "자동기계"(378쪽)가 되어 아무런 목적지 없이 거리를 헤매는 철호의 모습은 인간주의가 필연적으로 빠져들게 되는 역설적 파국의 상황을 형상화한 것에 해당한다. 여기서 우리는 이 작품의 발단 부분에 등장하는 철호의 어머니의 형상을 함께 떠올릴 수 있다. 서울에서의 삶에 적응하지 못하고 월남 이전 북한에서 누렸던 상대적으로 안정된 삶을 그리워하는 그녀는, 전쟁과 분단 때문에 고향에 돌아갈 수 없다는 사실을 전혀 이해하지 못한다. 몇 번이나 철호는 노모에게 귀향할 수 없는 이유를 설명하려 하지만 그녀에게 "자유"라는 이념이나 "삼팔선"과 같은 정치적 상황을 이해시키기란 "거의 불가능한 일"(361쪽)임을 깨닫는다. 그리고 노모는 곧 "가자!"라는 비명과 다르지 않은 말만을 외쳐대는, "시체에 지나지 않"는 "정신 이상"(362쪽) 상태에 빠져버린다. 이러한 노모의 형상은 애초부터 '이념'에 물들지 않은, '원초적 인간'으로 해석되며, 그런 그녀가 "시체"가 되어 모든 언어를 상실해버린 채 "가자!"만을 무한히 반복하는 모습은 침묵에 빠져 "자동기계"처럼 서울 시내를 빙빙 도는 철호의 마지막 모습과 완전히 겹쳐진다.

노모가 반복적으로 외치는 "가자!"가 부여하는 서사 전개상의 기계적 리듬감 속에서, 철호가 결국 노모와 같은 상태가 되어버렸음을 깨닫게 되는 순간은, 순수한 인간성에 기초를 둔 윤리란 오히려 인간을 철저하게 비인간적인 상태로 몰아간다는 것을 깨닫는 순간에 해당한다. 그렇다면 「오발탄」이 우리에게 던지는 메시지는 인간주의가 아니라 비인간주의라고 할 수 있다. 인간이 완전히 인간 내재적인 원칙에 의거하여 살고자 할 때 그에게 가능한 유일한 귀결은 끝없이 '인간됨'으로 돌아오는 "자동기계"의 상태일 뿐이다. 그렇다면 그것은 윤리의 폐제상태에 지나지 않는 것이며, 따라서 「오발탄」의 결말은 인간적인 것과는 전혀 상관없는 것에서 인간성의 기준을 찾아야 할 필요성을, 역설적으로 제시하고 있다고 할 수 있다.

4. 전후소설의 비인간주의적 윤리학

이 글의 도입부에서 나는 이범선 소설에 대한 기존의 논의들이 빠져들고 있는 모순을 지적한 바 있다. '전후소설'로 분류되는 이범선의 작품들은 전후 현실에 대한 '객관적'인 혹은 '이념적' 인식을 결여하고 있으며 이는 이범선의 막연한 '인간주의' 때문이라는 논법에는, 그 자체에 이미 객관적 현실이나 정치적 이념 이전에 존재하는 '인간'이 전제되어 있다. 따라서 모든 외적인 것으로부터 자유로운 '원초적 인간', 좀더 엄밀하게 말한다면 '인간 그 자체'라는 것은 이범선의 텍스트에 존재하는 것이 아니라, 이범선 소설의 핵심을 '인간주의'라고 규정하는 논자들의 논리 속에 존재하는 것이다. 그러나 「학마을 사람들」이라는 텍스트에서 읽어낼 수 있는 것은 인간의 삶에서 본질적인 것은 인간적인 것과는 전혀 상관없는 곳에 있다는 비인간주의적 존재론이다. 나아가 「오발탄」에서 발견하게 되는 바는, 진정한 인간주의적 윤리학이란 인간성으로부터 완전히 자유로울 때에만 가능하다는 철저한 비인간주의적 윤리학의 입장이다.

이런 관점에서 이범선의 작품들뿐 아니라 전후소설이 궁극적으로 허무주의에 빠져들고 있다는 기존의 비판논리에 대해서도 재고해볼 필요가 있다. 이범선 전후소설의 한계를 그 도저한 허무주의에서 찾는 것은, 그것이 전후의 '현실'에 대한 '객관적 인식'과 그 현실을 극복할 '이념적 대안'을 갖추지 못했다는 점에 근거를 두고 있다. 이러한 논법에는, '이념' 없이 재현할 수 있는 '객관적이지 못한' 어떤 '현실'이 실존한다는 전제가 깔려 있다. 이범선의 텍스트가 형상화하고 있는 것은 그러한 '현실 아닌 현실'인 셈이다. 그리고 그 '현실 아닌 현실'은 어떤 외적 이념에도 속박되지 않는 '원초적 인간'이 살아가는 세계인 것이다. 이 '현실 아닌 현실'이라는 세계 역시 이범선 소설의 궁극적 서술 상황을 허무주의적이라고 규정하는 논리 속에만 존재하는 것임은 분명하다.

그러나 지금까지의 분석에서 드러난바, 이범선의 텍스트는 '인간 그 자체'가 살아가는 그러한 '현실 아닌 현실'이란 인간으로서는 완전히 접근 불가능한 곳임을 명확하게 드러내고 있다. 「학마을 사람들」에 형상화된 무시간적 지속성을 갖는 '학마을'이라는 공간은 철저하게 비인간적이며, 「오발탄」에 형상화된바, 인간주의적 삶의 행로가 도달하는 곳은 역설적으로, "자동기계"의 상태이다. 이를 통해 우리가 읽어내게 되는 것은, 인간성이란 '인간 그 자체'와는 전혀 상관없는 것을 통해서만 가능하다는 전언이다. 결국 이범선 소설 나아가 한국 전후소설의 허무주의/인간주의는, 사실은 그 문면과는 반대로, 그것을 읽어내는 우리에게 비인간적 윤리학을 요구하고 있는 것인지도 모른다.

소망으로서의 소설쓰기
― 오상원의 「황선지대」론

박상준

1. 소설이 어울리지 않는 시대의 소설

1950년대 한국 전후소설에 대한 논의는 학적 균형감을 갖추는 데 큰 어려움을 지닌다. 이 어려움은 두 가지 사실에서 기인한다.

하나는 이들 소설에 한국 전후소설이라는 정체성을 부여해주는 전쟁이 한국 현대사에서 단 한 차례만 벌어졌다는 간단하면서도 엄정한 사실이다. 베트남전쟁에도 우리가 관여한 바 있고 그에 관한 소설이 없지 않지만 이 땅에서 벌어진 현대적 전쟁은 6·25사변이라 일컬어졌던 한국전쟁이 유일한 것이고, 그에 따라, 현실에 대한 한 가지 기록에 해당된다 할 수 있는 소설의 경우 전쟁과 관련된 것으로서 한국 현대소설사에 남을 것은 1950년대 전후소설 외에 달리 생각하기 어렵다. 요컨대 한국전쟁에 따른 전후소설은 한국 현대소설사에서 비교 대상을 갖지 않는 단독자요, 특수자에 해당된다고 할 수 있다. 이렇게, 검토와 평가에 있어서 비교할 대상이 없다는 사실이 1950년대 전후소설을 학적으로 논하는 일을 어렵게 만든다.

이러한 필연적인 어려움 탓에 적지 않은 선행 연구들이 명시적이든 아니든 연구자 자신의 소설관을 전제로 하게 된 것이 한국 전후소설 연구가 객관성을 갖추기 어렵게 되는 둘째 근거가 된다. 연구자 개개인이 소설이란 으레 이러저러한 것이라고 생각할 수 있어도 그의 소설관이 편협한 것일 수밖에 없음은 물론이다. 소설이란 장르적 규정성을 말할 여지가 전혀 없다고 할 수 있을 만큼 다양한 면모를 보이는 대표적인 예술작품인 까닭이다. 따라서 연구자들이 저마다의 소설관을 분석틀로 삼았을 때 역사상 유례가 없는 이들 작품들을 검토하는 데 문제가 생기리라는 것은 불을 보듯 자명하다.[1]

여기에 한 가지를 덧보태야 한다. 결과로서의 작품이 어떠한 양상을 보이든 간에, 이 시기의 소설가들 자신이 특정한 문학적 지향을 뚜렷이 드러내고 있다는 사실이다. 따라서 실존주의나 행동주의로 요약되는 1950년대 신세대 작가들의 문학적 자의식을 고려하면서 개별 작품에서 그 증거에 해당되는 요소를 보게 되었을 때, 이에 휩쓸리지 않고 텍스트 분석을 실증적으로 전면적으로 수행해나가기는 쉽지 않다. 작품의 실제적인 양상보다 더 매력적인 해석의 틀과 내용이 미리 주어져 있는데 누가 이러한 사태에 효과적으로, 그리고 보다 중요하게는 끈기 있게 지속적으로 저항할 수 있을 것인가.

이 모든 어려움이 오상원의 소설세계를 연구대상으로 놓을 때 한층 뚜렷해진다. 전후 실존주의 소설의 대표적인 작가로서 행동주의적인 문학관을 표명한 바 있고 전쟁소설을 최초로 선보인 경우가 오상원인데, 바로 이러한 사실이 그의 소설세계에 대한 연구의 지침인 양 작용하여 그 성과

---

1) 물론 이 두 가지는 사실 같은 뿌리를 갖고 있는 것이다. 대상의 비교불가능성 혹은 유일무이성이 그 자체로 문제가 되는 것이 아니라, 그 대상을 대하는 태도가 그러한 특성을 제대로 존중하지 못하고 이를 재단하는 식으로 자신을 앞세울 때 문제가 벌어지기 때문이다.

들을 학적 범주의 경계 주위에 산포시켜왔다. 작가의 의도나 지향에 비추어 작품을 해석함으로써 그 실제를 객관적으로 엄밀히 파악하는 데 문제를 보이기도 한 것이다. 그의 데뷔작이자 대표작인 「유예」나 동인문학상 수상작인 「모반」 및 이들과 유사한 계열[2]의 작품들은 이러한 문제가 덜하지만, 그의 왕성한 창작활동기를 마감하는 작품으로서 이전 작품들을 이루는 요소들이 종합되었다고 파악되는 「황선지대」의 경우는 그렇지 않다. 사실상 여러 요소들이 결합되어 있기 때문에 이들 중 어느 하나를 전면화하여 강조하는 경우 작품의 실제와는 거리가 먼 논의가 되기 십상인 까닭이다.

「황선지대」를 포함하여 오상원의 소설세계를 검토하는 자리에서 먼저 확인해둘 것은 두 가지이다. 하나는 작가 및 사회 상황의 특수성이다. 한국의 전후문학이란 단순히 한국전쟁 이후의 문학이 아니다. 1950년대란, 삼십육 년간의 식민지배가 종식된 지 얼마 안 되는 시기이며, 삼팔 남북에 각기 상이한 정체의 독립 정부가 수립되었지만 정체의 안정성이 요원하고 나라 만들기의 지향이 여전히 강한 시기이다. 이 시기에 새롭게 등장한 문학작품은 이러한 시대적 성격에 짙게 침윤되어 있다. 우리의 주의를 요하는 다른 한 가지는 작가 측면의 특징이다. 오상원은 1930년생으로 16세에 해방을 맞이하기까지 한글을 써보지 못했다. 그의 소설세계를 이해하는 데 있어 그의 의도에 휘둘려서도 안 되지만 이십대 전반기의 청년작가인 그의 문학수업이 어떠한 상태와 수준에 있었는지를 고려하지 않는 것 또한 용납될 수 없다. 따라서, 그 자신의 고백에서 우리가 우선적으

---

2) 조남현에 따를 때 오상원의 소설들은 '전쟁소설' '전후소설' '정치소설 혹은 이념소설'의 세 계열로 나뉠 수 있다.(「오상원의 소설세계」, 『한국현대소설의 해부』, 문예출판사, 1993) 이러한 분류는 한국적 의미 규정이나 범주의 획정이 곤란한 실존주의 소설 등의 경우보다 훨씬 안정적인 것이어서 유용하다.

로 눈여겨봐야 할 것은 정치의식이 미약했다는 것이 아니라 우리글이 서툴렀다는 점이어야 한다.[3] 이러한 점을 의식한다면 그의 미숙한 문체를 두고 앙드레 말로적인 것이라고 평가하는 해프닝은 생길 수 없다.[4]

이상 두 가지 특수성이 의미하는 바는, 오상원의 소설세계란, 소설의 질료인 언어 구사에 서툰 청년작가가, 해방과 군정, 한국전쟁이라는 초유의 사건들로 인해 현실에 대한 서사적 인식이 지난한 시대에 처하여, 분투하면서 써낸 결과라는 사실이다. 달리 말하자면, 소설이 어울리지 않는 시대에 소설쓰기에 서툴 수밖에 없는 작가가 힘써 산출한 것이 오상원의 소설이라 할 수 있다.[5] 따라서 그 특이성은 다른 무엇으로 해석되기 전에 이 두 가지 측면에서 먼저 이해될 필요가 있다. '비둘기의 나는 법'을 따로 정해두고 현실의 비둘기에게 잘못 날고 있다고 말하지 않으려면, 시대적 작가적 특수성을 충분히 고려해야 하는 것이다. 물론 이는 소설쓰기 양상에 대한 모든 해석 및 평가의 자세가 항상 갖춰야 할 바이지만, 1950년대 한국 전후소설을 검토할 때는 특히 유념할 필요가 있다. 이러한 열린 자세를 견지하지 않을 때, 오상원의 「황선지대」를 전후 사회상에 대한

---

3) 오상원, 「나의 문학수업」, 『현대문학』 1956년 5월호, 37쪽.

4) 오상원 소설 한두 편을 직접 해외문학에 연결짓는 이러한 방식보다는, 전후소설들에서 특징적으로 확인되는 '오상원식 문체'를 지적하고 그 특징을 구명하는 것이 의미 있는 작업이라 할 수 있다. 이 맥락에서 '오상원식 문체'에 대해 '설화체 탈피'라는 긍정적, 적극적인 해석을 소설사의 견지에서 내린 경우로, 우한용을 들 수 있다.(『한국현대소설구조연구』, 삼지원, 1990; 정희모, 「오상원 소설의 '새로움'과 「황선지대」」, 『상허학보』 12, 상허학회, 2004, 437쪽에서 재인용)

5) 이런 점에서 오상원이 원래 희곡을 쓰다가 소설로 전향하게 된 동기를 밝히는 데 있어서, 연출가와 배우를 매개로 하지 않고 직접 독자와 부딪칠 수 있는 점을 꼽고 있는 사실을 주목할 수 있다.(오상원, 같은 글, 39쪽; 오상원, 「나의 집필 여담」, 『신문화』 1958년 9월호, 68쪽) 여기서 강조되어야 할 점은, 희곡이나 극에 비해 소설 장르가 가질 수 있는 현실인식의 깊이 확보 및 현실 형상화의 폭 증대 등과 같은 재현 차원에서의 장점을 그가 전혀 의식하지 않고 있다는 사실이다.

사실주의적 형상화의 맥락에서 평가하려 하고 그 공과를 각각 (작품의 실제와 무관하게) 과장하여 논리화하는 우를 범하거나, 「황선지대」라는 작품의 배경을 상징적으로 해석하여 작품 전체와 유기적으로 관련짓지 못하는 잘못을 범하기 십상이다.

2. '황선지대'의 세계

몇몇 선행 연구들이 상징적인 독해로 빠져든 것은 「황선지대」 자체가 그러한 요소를 갖추고 있기 때문인데, 작품의 허두가 대표적이다. 제1화 여덟 절과 제2화 아홉 절, 총 17개 절로 이루어진 이 소설은 1화가 시작되기 전에 짤막한 일곱 문단을 할애하여 '황선지대'를 설명하고 있다. '큰길'을 경계로 하여 질서정연한 도시와 구분되어 있는 '황선지대'는 "전쟁과 함께 미군 주둔지 변두리에 더덕더덕 서식된 특수지대"[6]로서 1950년대 중반 이후 번성하기 시작한 기지촌에 해당된다. 이 '특수지대'를 두고 작가는 '곰팡이'를 끌어와 비유적으로 설명한다. 이곳이 '미국 군인이 먹다 버린 한 조각의 치즈, 빵 껍질' 등에도 '시궁창 속 같은 습기'와 함께 무섭게 번창하는 곰팡이와 같다 하고, 그 속성을 다음과 같이 기술한다.

또 그들은 햇볕을 싫어한다. 그들은 태어나는 순간부터 그늘진 어둠을 즐겨 사랑한다. 그들은 더럽고 추한 곳일수록 삶의 의욕을 느낀다. 그들에겐 그것이 부끄러울 것도 죄 될 것도 없다. 아니 그들은 구태여 그러한 것을 묻지 않는 것이 습성화되어 있다. 그들에게 허용된 것이 곧 그것뿐이기

---

6) 오상원, 「황선지대」, 『사상계』 1960년 4월호, 310쪽. 이하 인용은, 본문에 괄호를 열어 쪽수만 표시한다. 띄어쓰기는 어법에 맞게 고치되 표기는 오식일 경우라도 원문 그대로 둔다.

때문이다.(310쪽) [7]

이러한 진술은 대단히 의도적인 것이다. 처음 세 문장의 내용은 작품에서 실제로 보이는 인물들의 면면과도 일치하지 않을 만큼 과장된 것이고 단선적이다. 이는 위의 인용에 이어 "큰길 건너 저쪽에는 그 거리의 구조처럼 질서정연한 도시가 누워 있다. 그곳에는 누구나가 불러 험찮은 이름들이 있다"(310쪽)로 시작하고 저 도시와 이곳이 '같은 운명'에 놓여 있지만 "결코 일치할 수 없는 체온과 생리를 갖고 있다. 저 질서정연한 도시로부터 완전히 배반당한 이 특수지대—"(311쪽)로 맺어 공간의 이분법적 대비를 강조하는 것과 연관된다.

왜 이러한 과장과 단순화가 이루어졌는가를 묻는 일은 나름의 가치를 지니겠지만 실상 별 의미를 지니지는 않는다. 삼십대 나이에 막 들어선 작가의 현실인식이 피상적이라는 점, 좀더 넓게 보자면, 철이 들 무렵까지 식민지 치하에서 살다 유례없는 사회역사적 격변기에 휩쓸린 상황 탓에 현실에 대한 인식이 이 정도를 벗어나기 어려웠으리라는 점을 확인시켜주는 구절일 뿐이다. 이러한 사정을 염두에 두면, 이 구절을 두고 단선적·과장적인 인식 태도를 문제시하는 대신, 이러한 인식 내용이 사실인 양 전제하고 그에 비추어 작품 전체를 상징적으로 독해하는 일이 얼마나 부적절한 것인지가 확연해진다.

「황선지대」가 보여주는 작품 내 세계의 실상은 작품 허두의 규정과 사뭇 다르다. 작가-서술자의 작의 혹은 의도가 힘을 발휘하는 경우, 예컨대 바 '부랙, 캣트'의 정경 묘사에서는 취객의 희언과 싸움, 여자에 대한

---

7) '그들'이 가리키는 바를 따로 드러내지는 않았지만 이 인용이 말하는 '그들'은 '특수지대'에서 사는 사람들을 가리켜서, 곰팡이로 비유되었던 '특수지대'와 구별된다. 기지촌은 '번창'하는 곳이지만 그 속의 사람들이 번창하는 것은 아닌 것이다.

희롱 등을 강조하여 '더럽고 추한 의욕'이 사실인 양 제시하고 있지만, 작가-서술자가 마음대로 왜곡할 수만은 없는 주요 등장인물들의 행위 양태에는 나름의 삶의 질서와 논리가 있고 '다른 삶에 대한 기대'가 강력하게 자리잡고 있어서, 허두에 밝힌 그러한 속성으로 '황선지대'를 일의적으로 규정할 수는 없게 된다. '황선지대'와 대비되는 '큰길 건너'가 '질서 정연한 도시'로 그려지지 않고 있음도 확인해둘 필요가 있다. '두더지'를 별명으로 갖는 청년 '고병삼'의 '주간신문'사 경험이나 '정윤'의 정치운동 경험이 말해주듯 '큰길 건너' 또한(?) 질서와는 거리가 먼 혼돈상태에 있을 뿐이다.

이러한 사실은 「황선지대」가 소설로서 담게 된 반영·재현의 양상이 허두에서 드러나는 작가의 의도에 종속되지는 않음을 알려준다. 무릇 소설이란 작품 내 세계를 구성하는 데 있어서 작품 바깥의 현실로부터 완전히 독립할 수는 없는 것이다. '리얼리즘의 승리'를 보이는 경우와 달리 반영·재현의 미학과 의식적으로 거리를 두는 경우에서조차 이러한 사정은 달라지지 않는다. 요컨대 이러한 사실을 염두에 두고, 허두의 상징적이며 이분법적인 단정에 휘둘리지 않으며 작품을 분석할 필요가 있다.

「황선지대」의 작품 내 세계는 매우 좁혀져 있다. '정윤'의 집(바라크)과 '정윤' 일당이 파 들어가는 굴이 주요 배경이고 여기 더하여 '영미'의 집과 술집 등이, 서술시점의 사건이 전개되는 주요 공간에 해당된다. 이 지역의 생활 양상에 지배적인 영향력을 행사함에 틀림없는 미군부대와 관련해서는 그 맥락에서의 인물도 사건도 마련되지 않으며, 이곳의 사람들이 상호 어떠한 관계를 맺으며 생활을 영위하는지, 그리고 철조망 바깥의 도시나 미군부대와 어떠한 사회적 관계를 맺고 있는지 또한 전혀 설정되어 있지 않다. 미군부대의 창고를 털고자 하는 '정윤' 일당의 행위 외에는 '황선지대'의 삶의 세계의 양태를 짐작하게 해주는 사건이 설정되지 않는

것이다.[8]

　이러한 사실은 「황선지대」가 실제로 보여주고 있는 현실이 '황선지대' 자체의 실상과도 거리가 있음을 의미한다.[9] 좀더 엄밀히 말하자면 작품 자체가 자신이 배경으로 삼는 현실에 대해 어떠한 재현 의지도 갖고 있지 않다고 할 수 있다. 일주일에 걸치는 시간 내내 날씨는 대체로 비가 내리고 있으며 그렇지 않은 경우라도 '음울한 구름이 울적하도록 무거울 뿐'(349쪽)이라는 설정 또한 이러한 특성에 부합한다.

　물론 「황선지대」가 1950년대 전후 현실에 대해 외면하고 있는 것은 아니다. '한탕주의'라고 적절히 지적된 바 있는 중심인물들의 행태 자체가 당대 현실의 특성에 닿아 있는 것임은 물론이요, '정윤'과 '영미'의 과거 소련군정하에서의 인연 및 행적이나, 월남 이후 '정윤'이 벌인 정치 행동, 제대 이후 '고병삼'이 겪은 사회 경험 등은 모두 해방에서 전후에 이르는 사회의 제 양상을 작품화한 것이다. 본고의 주장은 현실의 제상에 대한 이러한 작품화가 반영·재현의 방식으로 이루어지지는 않는다는 것이다.

---

8) '정윤'에 대한 마담의 은근한 유혹(332~333쪽)이나 외부 침입자에 대한 '짜리'의 응징(348~349쪽)과 같은 사건이 '황선지대'의 삶의 한 양상을 보여주는 것이라고 보고자 할 수도 있겠지만, 다음 두 가지 이유로 이런 식의 독법은 바람직하지 않다고 할 수 있다. 하나는 이들 사건 자체가 주요 스토리-선과의 연계가 없는 삽화에 불과하다는 점이고, 그 양상을 볼 때 이들 삽화적 사건이 딱히 '황선지대'에서만 일어날 법한 것은 아니라는 점이 다른 하나다.

9) 기지촌으로서의 '황선지대'의 삶의 세계가 어떻게 돌아가고 있는지에 대해서는 이 작품에 비해 단편인 「난영」(『현대문학』 1956년 3월호)이나 「보수」(『사상계』 1959년 5월호)가 더 잘 보여주고 있다. 이러한 사실은 「황선지대」의 작품 의도가 기지촌의 삶을 사실적으로 형상화하는 데 있지 않음을 의미한다.

3. 「황선지대」와 소망의 문제

'황선지대'라는 상황에 대한 반영·재현과 거리를 둔 상태에서 「황선지대」가 취하는 전략은 '표현'이며, 표현의 대상에 있어 이 작품이 공을 들이는 것은 상황 자체가 아니라 그곳을 벗어나고자 하는 주요 인물들의 소망이다. 수효 자체가 많지 않은 선행 연구들의 대체적인 주장을 염두에 둘 때 이 점은 십분 강조할 만하다.

이 소설의 주안점이 '황선지대'에서 나락에 빠진 삶을 살고 있는 인물들이 그곳을 벗어나고자 하는 소망의 표현에 놓여 있다는 사실은, 중심 스토리-선에서부터 확인된다. '정윤'과 '곰새끼' '두더지'가 미군부대 내 창고를 털고자 한패를 이루게 된 뒤, '정윤'의 바라크에서부터 굴을 파고 들어가 마침내 창고로 들어가게 되는 것이 주된 스토리-선이라고 할 수 있다. 제2화의 거의 모든 서사가 이 스토리-선에 관련되어 있음은 물론이요 제1화 또한 이들 패거리의 면면과 일을 벌이기까지의 결성 과정에 상당한 비중을 두고 있다. '정윤'과 '영미' '철이' 남매의 관계를 보여주는 4∼6절과 '정윤'과 '영미'의 과거 인연을 제시하는 7절을 제외한 나머지 부분이 이에 해당된다. 4∼7절 또한 창고 털기에 임하는 '정윤'의 태도 변화의 근거로 기능하기도 한다는 점을 고려하면 「황선지대」의 중심 스토리-선이 이들 삼 인의 창고털이 사건임은 췌언의 여지가 없다.

여기서 중요한 점은 이들이 벌이고자 하는 절도행위에 부여되는 의미이다.

이 계획을 세워 다른 두 명을 끌어들인 '정윤'은 애초에 어떠한 별다른 기대도 갖고 있지 않다. '황선지대'에서 평소에 하던 대로 남들보다 큰 건을 만들었을 뿐인 셈이기 때문이다. 그의 계획을 처음 접한 '곰새끼'와 청년 또한 대동소이하다. '곰새끼'는 계획의 실현가능성을 의심하여 꺼림칙해하고 청년은 계획이 대담함에 호기심을 보였을 뿐이다.

그런데 모든 것을 끝장내야겠다고 입버릇처럼 말하던 '곰새끼'가 계획의 구체성과 정확성에 대한 설명을 듣고는 태도를 바꾼다. '황선지대'에서의 생활을 접고 어디론가 떠나서 '순한 계집'을 얻어 다른 욕심 없이 살겠다는 생각을 꺼내는 것이다. 그의 이러한 생각은 금방 확고해져서 작품 말미까지 그의 행위를 이끄는 강력한 추동력이 된다.[10] 청년의 경우는 어떠한가. '곰새끼'의 주선으로 가게 된 매음굴에서 뛰어나와 '정윤'에게 건네는 다음 말에서 사정이 드러난다.

나도 인제 뭔가 자신이 생겼어. 처음 내가 창고를 치는 데 동의했던 건 하나의 호기심에서였어. 아까 술집에서 말인데, 곰새끼가 말이지. 한밑천 해가지고 어느 조용한 시골에라도 가서 순한 계집을 하나 얻어가지고 살겠다는 말을 들었을 땐 난 뒤통수를 한 대 얻어맞은 것만 같았어. 곰새끼는 이번 일에 대하여 자기 자신에 어떤 기대와 의미를 걸고 나섰던 거야. 아무리 얌생이라곤 할지라도 말이지. 나도 뭔가 그런 것을 나에게 걸고 싶었었거던. 그러나 인제는 됐어. 이번 일이 끝나기만 하면 나는 그 소녀와 이곳을 뜰 테야. 닷새면 일은 끝나겠지. 그렇지? 지금은 어떡할 수가 없어. 닷새 동안만은 벼라별 잡놈한테 소녀는 모욕을 당하고 상처를 입어야 할 거야. 그러나 닷새만 참아줘. 닷새 후면 돈 아니라 황금 덩어릴 가져온대도 네 몸에 손 하나 까닥 못하게 할 테니. 우리는 뜨는 거야. 나는 그녀의 첫번째 남자였거던. 나는 내가 처음으로 그녀의 마음에 던져주었던 모욕을 씻어주겠어. 아마 우리는 행복할 거야. 이것마저 네가 너절한 감상이라고 욕

10) 제1화의 8절에서 처음 드러나는 이러한 '곰새끼'의 꿈은 제2화에서 미래에 대한 기대·소망이 되어 1절과 3절, 5절, 8절 등 그가 등장하는 거의 모든 절에서 계속 반복적으로 표출된다.

지거려도 좋아.(344~345쪽)

　소녀에 대한 자신의 생각을 '곧 시들어버릴 감상'으로 치부해버린 '정윤'에 대한 청년의 이 대답은 「황선지대」의 주요 특성 세 가지를 말해 준다.
　첫째는 지금의 논의 맥락에서 주목되는바 청년 또한 '곰새끼'처럼 창고 털이 일에 의미를 부여하게 된다는 사실이다. 둘째는 위의 인용 자체에서도 확인되듯이 그의 이러한 행위가 사실적이지 않다는 점이다. '정윤'에게 하는 말인데 중간 부분의 청자는 소녀로 되어 있는 화행론적 상황부터 실제적이지 않으며, 돈을 주고 단 한 번 몸을 섞은 소녀 창녀에게 이렇듯 의미를 부여하는 것 자체가 '황선지대'에로까지 전락해 들어온 인물에 어울리지 않는다는 점이 이러한 판단의 근거가 된다.[11] 끝으로 셋째는 이러한 부자연스러움을 개의치 않고 청년이 자신의 행위에 이렇게 의미를 부여하도록 설정되었다는 사실 자체가 작가-서술자의 의도를 보여준다는 점이다. 이후 '곰새끼' 못지않게 청년 또한 자신의 스토리-선에서 소녀와의 생활에 대한 기대를 끊임없이 되뇌는 데서, 이러한 의도가 확인된다.
　「황선지대」의 주요 등장인물들이 '작가-서술자의 의도에 따라' 현재의 상태를 벗어난 행복한 삶에 대한 기대를 갖게 된다는 점은 주인공 '정윤'의 경우에서 확증된다. 청년의 위의 말에서도 드러나듯 '정윤'은 이번 일에 대해서 어떤 특별한 의미를 부여하지 않고 있다. 작업을 시작한 직후 '영미'를 찾아가서는 "이곳을 떠나시는 것이⋯⋯"(352쪽)라 한번 더 운을 떼고 자신은 며칠 후 떠날 것이라 말해줄 때만 해도 자신의 삶에 대한 그의 태도에는 변화가 없다. 자신이 맡아서 '짜리'의 일을 해결하겠다 하고 '영미'의 부탁대로 '철이'를 맡겠다 하지만 이 모든 것은 '영미' 남매를 위

────────────

11) 이러한 특징은 청년과 처지가 크게 다르지 않은 소설 속의 인물, 예컨대 황석영의 「객지」에서 '영팔'이 보이는 행태와 비교할 때 한층 뚜렷해진다.

한 것이지 자기 자신과는 별 관계가 없는 일일 뿐이다.[12] 이러한 그가 '황
선지대'를 벗어나는 일에 어린이다운 기대를 품고 있는 '철이'로 인해서
변화를 맞게 된다.

> 소년의 마음속 깊이 품고 있는 기대가 정윤에게는 이미 과거에 수없이
> 되풀이되었고 그때마다 그것은 실망과 저주와 분노 속에 한낱 물거품처럼
> 사라지곤 하였던 것이었다. 그러나 그러하였던 과거의 자세를 지금 눈앞에
> 대할 때 그것은 참으로 뼈저린 것이었다. 그것은 변함없는 하나의 인간의
> 자세임에는 틀림이 없었다. 그 자세만은 어쩔 수 없는 강한 의미를 이 땅
> 위에 뿌리박고 있는 것이었다.
> 정윤은 자기의 뼈저린 기억과 더불어 소년을 통하여 뼈저린 하나의 의미
> 를 지금 찾은 것이었다. 그의 마음은 형용할 수 없는 서글픔과 더불어 솟구
> 치는 벅찬 물결에 휩싸 있었다.(356쪽)

'정윤'의 이러한 상태 변화가 실제적인지의 문제를 청년의 경우와 같은
방식으로 따져보는 데 시간을 쏟을 필요는 없어 보인다. '영미'와의 관계에
서조차 아무런 의미를 부여하지 않는 인물이 십삼 세 소년의 바람을 가슴
에 담아 벅차한다는 것은 현실의 맥락에서 아무런 설득력도 갖기 어려운
까닭이다. 요컨대 '정윤'의 경우야말로, 굴을 파는 중심인물 삼 인이 '황

---

12) 비록 '영미'와는 십여 년 전에 함께 학생운동을 한 처지이지만 지금은 둘 다 '사회의 구
석지에서 구석지로 흘러다니던 끝에 막바지에 이르러 모든 자기를 송두리째 내어버리고'
(330쪽), '이미 다되어 버릴 대로 되어버린 그 속에 놓여 있었던 것'(331쪽)이어서 '짜리'의
의심과 달리 서로간에 어떠한 특별한 의미도 부여하지 않고 있으며, '황선지대'에서의 그의
삶의 행태가 돈을 벌게 되면 여자를 들였다가 여자가 따분함을 하소연하면 있는 돈을 모두
주어 보내는 '묘한 버릇'(336쪽)을 보이는 것이었음을 고려하면, '영미'의 존재 자체가 '정
윤'의 삶에 어떠한 변화를 가져올 만큼의 의미를 지니는 것은 아님을 알 수 있다.

선지대'를 떠나 새로운 삶을 꿈꾸게 되는 것이 작가-서술자에 의해 의도적으로 실정된 것이라는 사실을 한층 명확하게 해주는 것이다.[13]

이렇게, 허두에서 밝힌바 '황선지대'에 대한 상징적 규정이나 작품 내 세계가 보이는 현실의 파블라 차원의 맥락, 등장인물 각각에게 부여된 이력과 그들이 보이는 현재의 행적 등과 자연스럽게 이어지지 않음에도 불구하고 그들 모두에게 '자신에 대한 기대와 의미'를 부여하는 것은, 바로 이러한 '기대와 의미'야말로 「황선지대」가 그리고 작가 오상원이 표현하고자 하는 핵심사항임을 말해준다.[14]

---

13) 소년이 보이는 심리의 특징이 '정윤'의 태도를 바꿀 만하게 되어 있다고 볼 수도 없다. 사실 13세 소년 '철이'의 심리와 생각은 어떤 때는 그 나이에 어울리지 않게 유치한 반면 어떤 때는 그 나이에 생각할 수 있으리라 여겨지지 않을 만큼 깊이를 갖추는 등 상호맥락이 닿지 않는 채로 기술되어, '철이'라는 인물 자체가 어느 정도는 서술자-작가의 편의에 의해 만들어진 메가폰적 인물에 해당된다고 할 수 있다. 일반적으로 보아 소년이란 삶의 공간에 뿌리를 박은 성인이 아니므로 서술자-작가의 의도를 구현시키기에 유리한 면이 있다. 물론 정반대로 아직 어리기 때문에 생각의 한계가 뚜렷한 것도 사실인데, 「황선지대」는 전자를 취하고 후자는 어느 정도 무시하는 방식으로 '철이'에게 메가폰적 인물의 기능을 부여하고 있는 것이다. 「황선지대」의 이러한 면모는 등장인물의 언어와 작가의 언어가 수시로 섞이는 양상에서도 확인된다. 학식과 사회의식이 있는 '정윤'을 제외한 인물들이 걸핏하면 지식인 작가의 말을 하고 있음은 자연스럽지 않다.

14) '황선지대'를 벗어나고자 하는 중심인물들의 소망과 거리를 보이는 인물이 '영미'인데 그렇다고 해서 그녀가 '황선지대'를 긍정적인 것으로 간주하고 있다는 식으로 해석하는 것은 적절치 못하다. '정윤'의 권유에 대한 그녀의 대답, 즉 "이곳을 떠나서는 살 수 없을 것만 같아요. 괴로워도 이곳에는 뭔가 믿어지는 데가 있어요"(327쪽)라는 진술은 작품 내 세계의 상황상 사양의 말로 보아야 한다. 그녀의 말을 문면 그대로 받아들여서 '뭔가 믿어지는 데'를 강조할 수는 없는 것이, '짜리'에게 폭행을 당하는 그녀의 상황 자체가 그러한 해석을 용납하지 않음은 물론이요, 떠나겠다는 '정윤'에게 제 동생인 '철이'를 부탁하고 있는 점과, 권유의 말을 한 뒤 나서는 '정윤'을 보며 눈물을 흘리는 사실이 증명해주듯 '황선지대'의 삶이 좋아서 떠나지 않겠다고 하는 것이라기보다는 새로운 삶에 대한 의욕을 상실한 까닭에 주저앉아 있는 것일 뿐이기 때문이다.

4. 「황선지대」의 자리

오상원이 작품 내 세계의 현실성을 무시하면서까지 '정윤' 일당으로 하여금 의미를 갖게 한 계획이 무엇이며 그 귀결은 어떠한지를 확인해두는 일은, 그러한 의미 부여의 의미를 최종적으로 확정하는 데 있어 빠질 수 없다.

작품에 명확히 드러난 대로 그들이 계획하고 실행에 옮기는 일은 미군 부대의 창고를 통째로 터는 절도행위이다. 그런데 「황선지대」에서는 누구도 이러한 행위의 범법적인 성격을 의식하지 않는다. 나락에까지 떨어져 '황선지대'로 밀려온 인물들이 그러한 것은 작품 내 세계에서 이해되는 것이지만, 서술자-작가 또한 그러한 것은 문제적이다. 굴을 파 들어가는 이들에 대한 묘사는 더욱 문제적이다.

곰새끼는 삽을 휘두를 때마다 가쁜 숨결과 함께 입속에서 중얼거렸다. 그럴 때마다 곰새끼의 눈앞에는 그 어느 조용한 시골마을이, 순한 그 어느 시골 계집의 모습이 떠올랐다. (……) 청년은 죽을힘을 다하여 구멍을 파 들어갔다. 흡사 일선 지대에서 적의 고지를 향하여 포복을 감행해 드러가고 있는 것만 같은 환각에 자주 사로잡혔다. 전신에서는 구슬과 같은 땀이 철철 흘러내리고 있었다. 그는 전선에서 물러난 이후 지금껏 이처럼 전신이 경련을 일으키도록 벅찬 순간을 가져보기는 처음이었다. (……) 청년의 눈앞에는 양철집웅 창고가, 그뒤에 창백한 모습을 하고 자기를 뚫어지게 쳐다보며 기다리고 섰는 소녀의 모습이 보이는 것만 같았다. (……) 소년의 꿈이 깨어지지 않았으면, 그는 소년의 꿈을 이루워주고만 싶었다. (……) 그때 소년의 가슴속엔 비가 나리고 있었던 것이다. 그러나 앞으로 다시는 비가 나리지 않아야지. (……) '어른하고 저렇게 길을 한번 걸어봤으면 싶었어요.' 이렇게 말하던 소년. 그러나 그렇게 될 날도 머지는 않을 것이다. 누나뿐만 아니라 여럿이, 네가 만족할 만큼 여럿이서 걷게도 될 것이다. 그때는 비가 나리던 네 가슴속에 호수처럼 맑게 개인 하늘이 눈부신 햇살과 함께 가득 넘칠 것이다. 정윤은 지금 깊이 잠들었을 소년의 꿈길에나마 이러한 자기의 생각이 찾아들어주었으면 싶었다.(366~367쪽)

이 장면은 시적이다. 그 자체만 보면 「황선지대」 전체를 통틀어 가장 아름다운 장면이라고도 할 수 있다. 인생의 막장에 처해 절도행위를 수행하는 인물들을 이렇게 지나치게 아름답게 그린 것은, 일을 계기로 그들 각자가 취한바 '자신의 삶에 기대와 의미를 거는 것'에 작가 오상원 자신이 대단한 의미를 부여하고 있음을 알려준다. 이 맥락의 정점은, 굴 파기 막바지에 등장한 바위 때문에 '곰새끼'와 청년이 물러났을 때 '정윤'이 홀로 바위를 깨는 장면에서 찾아진다.

정윤은 혼자 바위를 깨내었다. 그는 한 망치, 한 망치 전 힘을 기울려 끈기 있게 계속하였다. 그의 눈앞에는 소년의 모습이 자주 떠올랐다. 소년을 통하여 얻은 하나의 자세(姿勢), 일의 승패는 문제가 아니었다. 확실히 그는 한 망치, 한 망치 휘두르는 속에서 자기의 자세를 찾아들어가고 있었다. 기대는 늘 배반을 당하기 마련이다. 문제는 자세에 있었다. 기대에 크게 자기를 거는 것보다는 우선 자기의 자세를 갖는 것이 중요하였다.(368쪽)

진리를 깨치는 수도사의 이미지에 가까운 이러한 형상화는, 삶의 의미를 찾기 어려운 상황에 빠져 있는 인물들에게 의미를 부여하는 것이 작가에게 얼마나 중차대한지를 웅변적으로 알려준다. '정윤' 등의 일 자체가 범죄행위라는 점이 「황선지대」의 기술방식에서 문제로 드러나지 않는 점[15] 또한 이러한 사정을 강화한다. 범죄행위를 미화하면서까지 오상원은 '자신의 삶에 기대와 의미를 거는 것'을 등장인물들에게 구현하고 있는 것이다.

물론 「황선지대」는 여기서 끝나지 않는다. 공교롭게도 그들이 부대 상황을 파악할 수 없게 된 상황에서, 창고 바닥이 뚫리기 직전에 물자의 대대적인 이동이 이루어진 까닭이다.

이렇게 '정윤' 일당의 창고털이는 우연에 의해 실패로 끝나게 된다. 이러한 설정은, 바로 위의 인용문에서 드러난 '정윤'의 마음가짐, 즉 기대는 늘 배반을 당하기 마련이므로 일의 승패는 문제가 아니고 자세가 중요하다는 의식을 서사 구성 차원에서도 확인시켜주는 것이다. 일견 생각하면 현실 세계의 위력이 발휘된 것처럼 보일 수도 있지만,[16] 그 위력을 무시하는 작가-서술자에 의해 이들에게 의미가 부여되고 그 의미를 좇는 행위가 한껏 미화되었으며 종내는 엄숙하게 그려지기까지 하는 사실을 고려하여 전체적으로 따져보면 그렇게 볼 수 없다. 이러한 결말 처리가 '정윤'의 의식 변화에 부합한다는 점을 간과하지 않는다면, 이 또한, '황선지대'에 처한 인물들에게 자신의 삶에 기대와 의미를 걸게 하는 작가-서술자의 의도를 구현하는 것이라고 보아야 할 것이다.[17]

---

15) 작품에 재현하는 내용과 그것을 표현하는 형식 사이의 이러한 부정합적인(?) 관계를 보인다는 점에서, 「황선지대」는 할리우드 영화로 유명한 마리오 푸조의 〈대부〉와 동일한 유형에 속한다.

16) 몇몇 선행 연구들의 경우, 이러한 결말 처리가 이 소설이 현실성을 마냥 무시하는 것은 아님을 보여주면서 작가의 비관적인 현실인식을 증명해준다고 해석한 바 있다. 그러나 소설 서사의 현실성 면에서 생각하더라도, 현재의 종결이 우연에 의한 것이라는 점에서 오히려 반대로 해석하는 것이 좀더 설득력을 갖게 된다.

17) 작품의 결구에서 "어디까지나 묵묵히 어둠을 뚫어지게 지켜보고 섰을 뿐이었다"(370쪽)로 그려지는 '정윤'의 전체적인 면모는, 앙드레 말로의 『정복자』가 보이는 '삶이란 아무 가치가 없지만 삶만큼 가치 있는 것은 아무것도 없다'는 인식을 오상원이 「황선지대」를 통해

여기까지 와서 보면 「황선지대」가 오상원의 소설세계에서 차지하는 위상이 조금은 뚜렷해진다. 그가 수행한 왕성한 창작활동의 종합적 귀결이 아니라, 그의 출세작이자 대표작인 「유예」나 「모반」 등과 같은 계열에서 인간 삶의 의미를 표현한 또하나의 역작인 것이다. 이러한 점이 선행 연구들에서 포착되지 않은 까닭 또한 어느 정도는 암시해두었다. '황선지대'라 해도 어쨌든 현실의 일부분이어서 구체적인 삶의 양상이 문제되는 반면 작가-서술자는 자신의 의도를 드러내기 위하여 현실상의 왜곡까지도 불사하는 까닭에, 반영·재현의 맥락으로 일단 작품을 해석하기 시작한 경우, 대부분의 논자들이 이러한 실상을 간과하고 결론적으로 부적절한 평가를 피할 수 없었던 것이라 하겠다. 이러한 연구사의 동향까지 고려하면, 소설미학적인 측면에서도 「황선지대」의 의의 중 하나를 찾을 수 있게 된다. 반영·재현이 아니라 소망의 표현으로도 의미 있는 소설적 성과가 가능하다는 사실을 웅변하면서, 현재의 기준으로 보면 그리 특별할 것도 없는, 열린 소설관을 일찍이 요청한 작품 중의 하나가 바로 「황선지대」라는 점이 그것이다.

서 구현해낸 결과·성과라고 할 수 있다.

/ 제3장 /

1960년대

이호철

전광용

박경리

김정한

김승옥

이청준

최인훈

서정인

이병주

1960년대 단편소설의 월남민 형상화 양상 연구
— 이호철론

서세림

1. 서론

이호철(1932~)은 1955년 『문학예술』 7월호에 「탈향」이 황순원에 의해 초회 추천되고, 이듬해 같은 잡지 1월호에 「나상」이 역시 황순원에 의해 추천 완료되어 등단한 이래, 현재까지 오십 년이 넘는 기간 동안 지속적으로 활발한 창작활동을 하고 있는 작가이다. 이는 대부분의 전후작가들이 '전후'의 영향권에서 놓여나는 시기쯤에 정치나 사업, 평론, 기타 철학 등의 다른 분야로 빠져나가며 직접적 문학 창작에서 서서히 멀어져갔던 것에 비하자면 창작의 끈을 한시도 놓지 않은 거의 유일한 예라고 할 수 있다. 오상원, 서기원, 이호철, 최인훈, 송병수, 선우휘, 곽학송, 최상규, 이범선 등의 많은 전후세대들, 즉 6·25 이후 등단 작가군 중에서 오늘날에도 작가로 활동하는 현역으로는 거의 이호철 혼자에 지나지 않는다는 사실에 대한 이유를 알아보는 일이 하나의 문학사적 과제가 아닐 수 없다고 할 만큼[1], 이러한 그의 작가로서의 내력은 여타 다른 전후작가들과 구별되는 지점에 놓여 있다. 이는 그의 작품들이 1950년대 혹은 1960

년대에 이르는 기간 동안의, 전후의 충격적 체험에 압도된 어떤 일정한 경향으로 한정되거나 규정될 수 있는 창작적 기반에 의거하고 있는 것만은 아니라는 것을 의미하는 바이기도 하다.

　물론 작가로서의 이호철의 출발지점에 놓인 것은 역시 1950년의 전쟁 발발을 통해 확연히 달라진 세상 속에 내던져진 자신의 극단적 체험의 일단이다. 그는 우리식으로 말하자면 고등학교 삼학년생이던 고급중학생 시절, 전쟁이 발발하고 불과 며칠 뒤인 7월 초 19세의 나이로 인민군에 편입됐다. 그리고 몇 달 뒤인 12월 초에 미군 LST를 타고 원산에서 부산으로 남하할 때까지 전장에서 포로로 잡히고 죽음 직전까지 가는 등 온갖 생사의 고비를 넘나들다 운좋게 겨우 빠져나와 살아남은 고난한 월남민으로서의 전기적 사실은 분명 그의 문학에 있어서도 가장 커다란 영향을 미친 중요한 계기적 요인의 하나이다.

　1950년부터 삼 년에 걸친 한국전쟁은, 백만 명 이상의 남북 간 인구 이동을 발생시켰고 수십만 명의 월남 피난민을 낳았다.[2] 그리고 그러한 사실을 하나의 체험으로 갖고 있는 작가로서 이호철은 1950~1960년대뿐만 아니라 1970년대 이후, 2000년대에 이르기까지 그러한 월남인들의 피난생활로서의 남한살이에 대한 이야기를 형상화하는 작업을 멈추지 않고 계속해왔다. 따라서 그의 문학의 본질을 이해하기 위해, 그가 지속적으로 형상화해낸 '월남민들의 이남사회에서의 삶의 양상'을 정리하고 이해해야 하는 것은 자명한 일일 것이다. 이에 관해 기존의 논의들에서는 그의 소설이 특유의 분위기와 무드를 통해 상실의 현실을 재구성해가는 미학을 보여준다거나[3] '실향민의 문학'으로서 개인적 체험에서 사회적 현실

　1) 김윤식, 「소설가와 예술가의 갈등」, 『이호철 전집 3: 무너앉는 소리』, 청계, 1988.

　2) 김귀옥, 『월남민의 생활 경험과 정체성』, 서울대학교출판부, 1999, 4~25쪽.

　3) 천이두, 「묵계와 배신」, 『문학춘추』 1965년 2월호.

로의 관심 이동이 행해져온 변화의 양상을 추적하는[4] 등의 작업에 관심을 보여왔다.[5] 그러나 오랜 창작 기간과 다양한 작품 성과들에 비해 비교적 소수의 작품들에 작품론이나 주제론의 관심이 집중되어 있다는 점이 아쉬운 점이라 할 수 있을 것이며, 차후의 연구에서는 분명 그의 문학 전반을 아우를 수 있는 관점의 가능성이 재고되어야 할 것이다.

직접체험이 있느냐 없느냐 하는 점과 문학적 형상화의 성패 여부는 별개의 문제라 하더라도, 직접체험의 유무는 같은 소재를 놓고도 상이한 접근방법을 낳는 것임은 부정할 수 없다. 전쟁을 직접 겪은 작가들과 6·25를 들어서 안 작가들 사이에는 시각상의 차이가 분명 있을 수밖에 없다. 전자의 작가들에게 있어서 6·25는 삶의 일부요 현재의 한 형성요인으로 떠오르기 쉽지만, 후자의 작가들에게 6·25는 역사적 사실로 다가설 것이다.[6] 실향민으로서의 이호철은 분단인식 과정에서 남과 북을 가장 먼저 객관화시킬 수 있는 유리한 작가적 위치를 차지한다는 점은 부인할 수 없는 사실이다.[7] 그러면서도 그것은 다른 월남작가들에게서 곧잘 보이곤 하는 서북청년회적 이념의 혈색과는 명확히 구별된다는 점에 또 중요한 특징이 있다.[8]

사회학자 김귀옥은 월남민에 대해 "정치적인 박해나 전쟁상황에 의해

---

4) 정명환, 「실향민의 문학」, 『창작과비평』 1967년 여름호.

5) 다음의 연구들도 참고할 수 있다. 김치수, 「관조자의 세계」, 『문학과지성』 1970년 겨울호; 이보영, 「소시민적인 일상과 증언의 문학」, 『현대문학』 1980년 8월호; 정호웅, 「서늘한 맑음, 감각의 문학」, 『이호철 문학앨범』, 웅진출판, 1993; 강진호, 「이호철의 『소시민』 연구」, 『민족문학사 연구』 11, 1997.

6) 조남현, 「6·25의 소설화 방법」, 『동서문학』 1988년 6월호.

7) 임헌영, 「분단시대 소시민의 거울」, 『이호철 문학선집 6: 이호철 소설의 일반론 및 작품론』, 국학자료원, 2001, 184쪽.

8) 임규찬, 「'판문점' '소시민', 그리고 '큰 산'」, 『한국소설문학대계 39: 소시민 外』, 동아출판사, 1995, 557쪽.

한반도 민족공동체의 북한 지역에서 다른 체제를 가진 남한으로 이주한 후 현재 남한의 시민으로서 지위를 획득한 사람"이라고 정의하면서,[9] 월남민은 월남했다는 사실 하나로 모든 문제가 해결되었다기보다는 난민과 같은 과정을 거치면서 사회적 지위의 하향을 경험하고, '피난민' '이북 출신' '빨갱이'라는 낙인 때문에 끊임없이 긴장된 생활을 해야 했다는 점을 지적한다.[10] 즉 월남을 통한 이북 탈출을 단지 하나의 해결책으로만 볼 것이 아니라 새로운 삶의 문제의 시작이라고 인식해야 한다는 점은 지난 수십 년간 이남사회에서의 월남민들의 생활을 이해하는 데에 있어 중요한 부분이라 할 수 있다.

이 글에서 주목하고자 하는 것은 바로 그러한 월남민으로서의 삶의 문제가 이호철의 소설 창작 전 과정에 걸쳐 지속적으로 형상화되는 가장 주요한 문제로서 기능하고 있다는 점이다. 특히, 그가 작품활동을 시작한 1950년대에 발표된 작품들의 경우, 그러한 월남민으로서의 정체성을 막 인식하기 시작한 차에, 이남이라는 현실에 뛰어들어야 하는 혼란과 부박함을 그려내고 있는 작품들이 주를 이룬다면, 1960년대에 들어서면 그렇듯 남한사회에 내던져진 이북 출신 청년들의 고난기는 보다 다양한 진폭으로 확대되고 있다는 데에 주목해볼 필요가 있을 것이다. 따라서 「탈향」이나 「나상」 등의 초기작에서 드러나는 월남과정에서의 고난과 그 직후의 남한살이의 시작에서 조금 더 나아가 이제 남한이라는 새로운 사회에 발을 내디뎌 바로 여기에 새로이 집을 지으려는 사람들의 이야기가 그려지고 있는바, 그러한 과정에서 나타나는 그의 월남민의 형상화에 대한 기본인식이 지니는 고유한 성격에 대해 파악해보고자 한다. 1960년대는 이호철의 작품활동에 있어 분명 하나의 전환점이라 볼 수 있을 것이다. 이

---

9) 김귀옥, 같은 책, 25쪽.

10) 같은 책, 283쪽.

때부터 비로소 그의 작품 속 인물들은 월남 이후의 상황보다 남한사회 이편의 현실적 시각에서 고민하기 시작한다. 이 글에서는 단편「닳아지는 살들」을 비롯한『무너앉는 소리』연작, 단편「판문점」과「등기수속」등을 중심으로 하여 그 외 연관된 작품들을 함께 논의하면서, 1960년대 이호철 소설의 월남민 형상화 양상과 그 변모 과정에 대해 고찰해보고자 한다.

2. 고향의 기억과 타향에서의 새 '집' 짓기의 이중성

우연히 만나 함께 지내던 네 젊은이들이 분단고착화의 전망이 짙어짐에 따라 저마다의 길을 걷도록 헤어지는 이야기인 점에서 그의 첫 작품인「탈향」은 일반적으로 이호철 문학의 한 원형을 이룩한다고 논의된다.[11] 이 작품 이후 여러 작품들 속에서 이 월남한 젊은이들은 다양한 유형으로 나뉘어 갖가지 형태로 남한의 사회에 흡수되어간 것이다. 이호철의 초기 소설에 나타난 월남민들의 양상은 이렇듯 '남한'이라는 구체적인 생활 조건 속에서 어떻게든 새롭게 살아나가야 한다는 것, 그러기 위해서는 자신의 현상태를 점검하고 정리해내야 한다는 것이 중요하게 다루어진다.[12] 그렇기 때문에 '배를 타고 부산으로 내려온' 월남의 행위, 즉 일차적 탈향의 상황이 아니라, 그 이후의 문제가 중요하게 부각된다. 기실 이들의 일차적 탈향의 행위는 자신들의 어떠한 신념의 문제에서 기인한 것이라기보다는, 그럴 수밖에 없었던 불가피한 상황성에 폭발적으로 압도된 형국이었다. 이를테면 어수선한 월남 당시의 상황에서 부산으로 남하하는 LST에 몸을 싣게 된 중요한 원인 중의 하나로 "내일 아침쯤 원자폭탄을 쓴다

---

11) 임헌영, 같은 책, 185쪽.

12) 이호규,「새로운 현실로 나아가기 위한 현실 검증과 그 새김」,『이호철 문학선집 7 : 이호철 소설 연구』, 국학자료원, 2001, 18쪽.

는 얘기가 있는데 원자폭탄을 쓰면 사방 구십 리가 녹아난다는군. 그러니까 어서 구십 리 바깥으로 나가든지, 아니면 배를 타고 빠져나가야 할 텐데 말야"[13]와 같은 소문이 크게 작용했다는 점을 생각해볼 수 있다. 이렇듯 불가피한 압도적 형국에서 이루어진 월남의 상황에서 나아가, 이제부터 문제는 무엇이 달라졌으며 무엇을 포기하거나 극복하고 무엇을 생활의 잣대로 삼아야 할 것인가 하는 것이다.

이런 면에서 이호철의 초기 소설은 여타의 1950년대 전후세대의 현실 인식과는 차이를 보이고 있다고 할 수 있다. 즉 지나간 과거의 체험에 압도되는 형국이 아니라 이미 훼손된 것을 어찌할 수 없음을 인식하려는 것에서 시작되어, 그것을 넘어서는 앞으로의 삶이 어떠한 양상으로 드러날 것인가에 관한 관심에 집중되고 있다.

「탈각」(1959)은 1·4후퇴 때의 월남인들이 이남사회에서 어떻게 자리 잡아가야 하는가를 보다 구체적으로 묘사하고 있는 작품이다. 세 주인공 형석, 필구, 동연은 모두 한동네에서 같은 배를 타고 내려온 월남민들이다. 이 세 명의 월남민 남녀는 이런저런 사정상 독특하게도 모두 한집에 살고 있다는 설정인데, 이중 형석은 남한 여자와 결혼해 아이도 낳고 어느덧 '자리잡은' 이남 시민으로 살고 있다. 이러한 형석의 삶에 대해 필구는 부모와 고향을 잊은 괘씸한 일로 여겨 비판하고 있다.

복잡한 세 사람의 관계는 한 '집'에 사는 것을 통해 자신들 나름대로 "성지의식" "고향 테두리" 혹은 "고향의식"이라는 것을 지니고 있다는 생각에서 발원한다. 그러나 결국은 자신이 키우던 딸 혜선이까지 전남편에게 보내면서 동연은 필구와 정식으로 결혼을 하고, '돌아가는 날까지 마음속만으로라도 굳건하게' 살아보자고 말하지만, 필구는 이미 돌아갈

---

13) 이호철, 「천명과 대열」, 『세대』 1963년 8월호, 345~346쪽.

곳이 따로 있는 것이 아니라는 것, 즉 동연과 함께 새로 집을 이룬 자신들의 방이 궁극에 자신들이 닿아야 할 곳이자 새 '집'임을 인식하게 되면서 이 작품은 그들에게 새로운 시대가 시작되고 있음을 깨닫게 하고 있는 것이다. 이로써 이 작품에서는 이전의 「탈향」 「나상」에 비교할 때, 이호철이 남한의 개인주의적, 자유주의적 자본주의 사회에서 발생하는 고유의 감정을 표현하는 데로 보다 접근해감을 보여주고 있다.[14]

부박한 현실에서 누군가와 함께 어딘가에 정착할 꿈을 꾸는 사람들의 단면은 「중간동물」(1959)에서도 나타난다. 가족들을 떠나 월남해와 버스 차장으로 일하고 있는 광석이는 현재 "어머니 나이조차 잊어버렸"[15]으나 그럼에도 어머니 생각이라도 마음껏 하면서 동료인 순발이와 함께하는 삶을 꿈꾸어보는 것이다. 이 사회에서 새로운 사람을 만나 새집을 짓고 살아갈 꿈을 꾸는 단편적 모습이 이 짧은 작품에서는 스치듯 꾸게 되는 꿈과 같은 것으로 처리되고 있지만, 그럼에도 결국 그러한 꿈이 기실 이 월남민들에게 내포된 욕망의 가장 구체적 형태의 하나임을 드러내는 것이기도 하다. 즉, 그의 소설에서 작가의 월남 경험을 대변하는 그의 주인공들은, 모두 고향에 대한 의식을 마음 깊이 간직하고 있는 상태이면서도, 이제는 남한체제 내부로 어떻게 제대로 진입할 수 있을 것인가를 탐색해야만 하는 이중적 고민에 휩싸인 존재들인 것이다.

그리고 마침내 「닳아지는 살들」(1962)에 이르러서는 분단체제가 빚은 영향이 끝내는 일개 소시민들의 삶 깊숙한 부분까지 미치고 있음을 감지할 수 있다. 젊은 작가 이호철에게 1962년 제7회 동인문학상의 영예를 안겨준 이 작품은 후에 「무너앉는 소리」(1963), 「마지막 향연」(1963) 등의

---

14) 조현일, 「이호철의 1950년대 소설 연구—감정과 눈물의 윤리적 의미를 중심으로」, 『이호철: 원융의 삶과 곧은 지향의 문학』 강진호 편, 글누림, 2010, 78쪽.

15) 이호철, 「중간동물」, 『사상계』 1959년 12월호, 313쪽.

두 작품이 더해져 『무너앉는 소리』 연작으로 묶여졌다. 은퇴한 은행장으로 일흔이 넘은 늙은 주인인 아버지는 매일 밤 열두시에 이북에 있는 큰딸이 돌아올 거라 믿고 기다린다. 기묘한 이 기다림은 그러나 이 집안에서는 이미 익숙해진 것이다. 아무 일도 하지 않으며 밤낮 신문이나 보고 코카콜라 깡통이나 손에 들고 있는 오빠 성식과 그 부인 정애, 여동생 영희와 식객인 이북 월남민 선재, 그리고 식모로 구성되어 있는 이 집안은 이러한 비정상적 기다림의 상황에서 모두들 무언가 답답함을 느끼면서 근근이 버티고 있는 중이라 할 수 있다. 그리고 늘상 어느 먼 곳에서 들려오는 "꽝 당 꽝 당"[16] 하는 쇠붙이 소리는 이러한 음울한 분위기를 고조시킨다. 너무나도 상징적인 "꽝 당 꽝 당" 소리는 이 집안의 사람들이 처해 있는 어찌할 수 없는 전락의 상황을 드러내주는 지표이기도 한 동시에, 이 집안이 철저히 변해가는 외부상황과 연결되지 않은 상태에서 자신들 나름의 상처와 고름에 파묻혀 있다는 것을 보여주는 장치이기도 하다.

결국 이 집안 사람들은 무슨 일이건 처리하고 치루어낸다는 것에 이미 절망하고 있는 셈이었다. 바깥은 바람이 세고 소용돌이가 칠 것이었다. 그러나 시간은 이 집채에 닿아서는 서서히 굼벵이걸음을 걷다가, 무참히도 정지되어, 물큰물큰한 열끼를 뿜는 것이다. 시간은 그렇게 살이 찌고 부어오르고, 그리고 이 집안 사람들은 지치고, 어떤 사소한 일이건 무겁게 무겁게 감당을 해야 하는 것인지도 몰랐다.[17]

이렇듯 무의미한 반복적 기다림에만 목을 매고 있는 이 집안 사람들의

___
16) 이호철, 「닳아지는 살들」, 『사상계』 1962년 7월호, 285쪽.
17) 이호철, 「무너앉는 소리」, 『현대문학』 1963년 7월호, 57쪽.

병적인 상태를 야유하며 오히려 건강한 생활에 대해 생각해볼 수 있는 계기를 마련해주는 것은 집안 외부의 사람들로 선정되고 있는데, 차라리 외부의 존재들에게서 건강한 생명력을 느끼고 있는 일면은 영희가 그녀 집안의 식모를 바라보는 눈길에서도 드러난다. 「닳아지는 살들」에서는 은행장 출신의 아버지가 점점 기력이 쇠해지며 "집안 전체를 동이해나가는 줄이 끊어지면서, 식모는 훨씬 자유스러워지고 활달해지고 뻔뻔해졌다"(283쪽)는 것이 선명하게 드러나는데, "부성부성하게 부운 듯한 약간 얽은 얼굴에 짙은 화장을 하고 얼룩덜룩한 원피스 차림으로 외출이 잦았다. 4·19데모나 5·16 때는 하루종일 밖에 나가 있었다. 설마 데모에는 가담 안 했을 터이지만, 시장을 보아가지고 들어설 때는 넓은 터전의 내음새를 거칠게 풍기면서 있었다"(283쪽)라는 직접적인 묘사가 드러나기도 한다. 식모는 이 집안에서 유일하게, 의미 없는 반복적 기다림의 상황을 공개적으로 비난하는 존재이기도 하다.

그나마 이 집안에서 유일하게 변화의 가능성을 나름대로 모색하는 인물은 바로 여동생 영희라고 할 수 있는데, 그녀는 역시 집안의 가족이 아닌 식객 '선재'에게서 그 새로운 가능성을 찾고자 한다. 이 집안의 식객이자 월남민으로 이 사회에 뿌리가 없기는 마찬가지이지만 무기력하고 침체된 집안 사람들의 삶과는 상반되는, 활동적인 선재의 삶에 결합해 자신의 새 삶을 찾고자 하는 영희의 시도는 선재와 함께 있을 때는 그 쇠붙이 소리가 약하게 들려온다는 점을 볼 때 어느 정도 긍정적 가능성을 지닌 것이라는 기대를 갖게 한다.

쇠붙이에 쇠망치 부딪치는 소리는 여전히 계속되고 있었다. 바깥에 나와서 이렇게 술이 취한 선재와 마주서 있어서 그 쇠붙이 소리는 훨씬 자극성이 덜해져 있었다. 차라리 따뜻한 초여름밤의 기운 초여름밤의 가락을 띠

우고 있었다.(286쪽)

그러나 이 역시 녹록하지만은 않을 것임을 작가는 이야기한다. 연작의 두번째 작품인 「무너앉는 소리」에서 결국 선재의 아이를 임신한 다른 여자가 있다는 사실을 알게 됨으로써 그러한 기대가 쉽게 얻어질 수 있는 것은 아니라는 것이 드러난다. 실제로 연작의 첫번째 작품인 「닳아지는 살들」에서 "우리 나가자, 당장 나가자, 이 집을 나가자, 어때?"라며 선재는 끊임없이 영희를 재촉하는 모습을 보인다. 영희 역시 시누이인 정애에게 이 집을 팔고 '새집'을 마련하자고 계속 주장해왔던 터이며, 이러한 선재의 재촉은 영희의 문제의식을 투영해 보여주는 것과도 같다. 그러나 시간이 흐르며 현실의 무게 앞에서 점점 이들은 변해간다. 「무너앉는 소리」에서 선재에게 막상 본인의 아기를 임신한 또다른 여인이 등장하고, 영희마저도 선재의 아이를 임신하게 되자, '그렇게 되지 말아야지'라는 막연한 마음만을 갖고 있을 뿐, 선재 역시도 이도 저도 하지 못한 채 시류에 그대로 끌려가고 마는 무기력하고 세속화된 모습만을 보여주고 있다는 점에서도 이는 잘 나타난다.

연작의 마지막 작품인 「마지막 향연」에 이르면 이들은 결국 오랫동안 살아온 집을 팔고, '새집'을 마련하여 이사를 가게 되는 장면을 맞게 된다. 바람이 부는 바깥세상에 철저히 단절되어 무겁고 절망적인 상태로 잔뜩 고여 있기만 했던 이 집안에서의 삶은 이제 새로운 '집'을 찾아 떠나는 모습으로 마무리되며, 이제 더이상 그 바람을 피할 수만은 없는 것임을 드러내는 것이다. 그리고 그 바람은, 이삿짐을 나르러 온 인부들이 본인들이 '쓰레기 치우는 사람'이라며 농을 던지면서 건강하게 웃고 있는 장면을 통해 이후의 변화될 일상을 암시하며 끝을 맺는다.

3. 월남민의 현실 적응과 이남사회의 소시민화의 관계

이남사회에서 뿌리내리기의 어려움은, 비단 월남민이 이남에 사회적, 실존적으로 정착하는 문제에만 국한되는 것은 아닐 것이다. 그것은 보다 보편적인 의미의 장 안에 놓여야 한다. 즉 이 땅의 현실의 부황함이, 월남민을 포함한 모든 구성원들로 하여금 이 현실에 뿌리내리기 어렵게 만든다는 것이다. 그것은 월남민에게만 적용되는 문제라기보다는, 뿌리 없는 삶의 뿌리내리기의 어려움을 은폐하고 그것을 뿌리박은 삶으로 착각하게 하는 이데올로기적 장치와 그것의 허위성을 직시하는 데 있어 이북내기 쪽이 보다 더 민감하게 반응할 수 있을 것이라는[18] 가능성에 이 월남민 형상화 작업의 한 의의가 있을 수 있다.

사실 이러한 대한민국의 소시민화에 대한 포착이 본격적으로 드러나기 시작한 것은 「판문점」(1961)에서부터라고 할 수 있다. 1961년 현대문학상 수상작인 이 작품에서 작가는 분단상황과 현재 이남의 소시민화한 자유세계를 끊임없이 대비시키며 주인공 스물아홉 살 '진수'의 삶의 방향을 가늠하는 작업을 보여주고 있다. 결혼한 형의 집에 얹혀살고 있는 진수가 바라보는 형과 형수의 부부관계는 그로 하여금 늘상 '불결한 내음새' 혹은 '이역감(異域感)'을 느끼게 하는 것인데,[19] 이는 분단이 불과 십 년밖에 지나지 않은 때임에도 어느새 그러한 자각 없이 세속화되어버리는 사람들에 대한 쓰디쓴 인식을 보여준다. 그럼에도 불구하고 진수는 자신도 여자를 만나고 결혼을 해야겠다는 생각을 함으로써 그러한 이역감 풍기는 일상에 대한 동경을 어느 틈엔가 숨기지 않는 존재이기도 하다. 그러한 모순성은 그가 판문점 방문시에 만난 북한측 여기자와의 대화 장면에서

18) 성민엽, 「뿌리내리기의 어려움」, 『남풍북풍 外』, 중앙일보사, 1987, 418쪽.

19) 이호철, 「판문점」, 『사상계』 1961년 3월호, 375~376쪽.

도 그대로 드러난다. 판문점에 들어서기 전까지는 그 자신도 비판적으로 여겼던 이러한 가벼운 일상들에 대해, 그녀가 "타락의 징조요, 이럭저럭 와랑와랑한 소음으로 속임수를 쓰는, 솔직하지 못한 것"(382쪽)이라 비판하자 그것이 비록 속임수라 치더라도 강제된 자유보다는 나을 것이며 그러한 재미를 누리지 못할 이유는 없다는 것을 오히려 그녀에게 설명하려 드는 것이다. 이는 이호철의 문학이 항상 관념보다 삶의 바탕이 되는 현실에 대한 천착에 더 관심을 두고 있다는 특징을 드러내는 부분이기도 하다. 전체를 규정하는 관념 속에서 단단한 개인이 되어야 한다는 그녀에게, 조금 더 수월하게 살아도 되지 않겠느냐고 말하고 싶은 진수의 상황은, 결국 이 현실상황에 놓인 분단과 정착이라는 이중고의 문제를 받아들이는 그의 태도를 드러내는 것이다.

이와 연관하여 1960년대 발표되어 이호철의 대표작으로 손꼽히는 『소시민』에서의 월남민의 모습을 살펴볼 수 있을 것이다. 『소시민』(1964~1965)은 이북에서 피난나와 부두노동을 전전하다 1951년 부산 완월동 제면소에서 일하고 있는 '나'와, 내가 바라보는 주변인물들의 이야기이다. "과연 이 지점에서 각자는 어느 곳으로 향하고 있는 것인가. 나는 나 나름의 감수성과 비평안으로 이 완월동 제면소를 둘러싼 한 사람 한 사람을 적지 않은 호기심으로 바라보기 시작하였다"[20]라는 언명을 통해 '나'는 전후 '부산'이라는 특수한 공간에서 사람들이 자신들의 본래 성정과 멀어져 어떠한 상황 현실로 휩쓸려들어가는지를 탐색해보겠다는 작가의 의도를 드러낸다. 피난사회에서는 모두 떠날 준비를 하고, 모두가 피난지에서 만난 사람처럼 서로를 대하며, 권력자와 민중들 모두 어떤 질서와 규칙 속에 살아가기보다는 당장의 이익 추구와 목숨 보존에 여념이

---

20) 이호철, 『이호철 문학선집 1: 소시민』, 새미, 2001, 52쪽.

없다.[21] 그런 점에서 본다면 부산 완월동 제면소의 『소시민』은 그러한 피난사회의 한 전형을 여과 없이 보여준다. 그리고 그러한 과정에서 피난으로 대변되는 전란의 혼탁한 과정을 우리 사회의 자본주의적 사고의 확산과 맞물려 돌아가게끔 구조화하고자 시도하고 있다.

특히 이 작품에서 '나'와 같은 월남민인 광석이 아저씨라는 인물의 변모는 매우 의미심장하다. 그는 처음에는 부산 바닥은 그야말로 '개판'이라는 말을 입에 달고 지내다가, 이 개판에서 살아남기 위해 "그저 이 바닥에선 얼렁뚱땅 장사하는 길밖에 없어 보인다"는 입장을 굳히고 '장사'를 해서 돈을 벌겠다고 결심한 후 급격하게 달라져간다. 어디에도 기댈 데 없는 뿌리 뽑힌 존재이기에 그 빈 곳을 돈으로 채우려 드는 것이다. 처음에는 노점에서 국화빵을 팔던 그의 장사는 어느샌가 번듯한 점포로 옮겨지고 어느 이남 아가씨와 결혼까지 하게 된다. 그러면서 그는 더이상 부산에 대해 '개판'이라는 말을 하지 않게 될 뿐만 아니라, 이러한 상황을 만들어준 이승만 정권에 감사하는 생각까지 갖게 된다. 즉 자신의 경제적 안정과 안온한 일상을 보장해주기만 한다면 그것이 어떤 정치이든 상관하지 않으며 그러한 것을 보장해주는 정치야말로 가장 최상의 것이라는 인식을 드러내는 입장이 되는 것이다. 그러므로 그러한 입장에서는 더이상 고향에 돌아가야겠다는 생각을 품을 이유도 존재하지 않는다. 따라서 새집짓기에 대한 욕망이 고향의 기억을 완전히 소거해나가는 쪽으로 진행되는 이 소시민화의 작업들은 이 시기 작품들에서 문제적으로 인식되며 지속적으로 형상화된다.

이렇게 소시민화한 월남민이나 이남 사람들의 다양한 모습을 드러내는 작업은 이후 1960년대의 그의 여러 작품들에서 반복적으로 나타난다.

---

21) 김동춘, 『전쟁과 사회』, 돌베개, 2006, 121쪽.

1965년 발표된 「생일초대」라는 단편의 경우에는 월남하는 과정에서 생사의 고비를 넘고 온갖 우여곡절 끝에 간신히 살아남아 내려온 '형님'의 이야기를 듣고 감동했던 사람들이, 막상 "나비넥타이를 매고 리젠트로 번지르하게 올려붙인 앞머리에 얼굴은 너무 살이 쪄서 퉁퉁 부은 것처럼 보이는"[22] 형님을 보자 모두 실망하게 된다는 내용이다. 결국 그들 모두 생일잔치에 모여 모두 살찐 암퇘지들같이 먹어대는 모습은 모두가 짐승이 되어 있었다고 표현된다. "안방 래디오에서는 한일회담이 울고 있었다"는 마지막 문장은, 정치적 사회적 현실과 완전히 괴리된 상태에서 각자의 살을 찌우기에 바쁜 소시민들의 일상을 극단적 표현으로 보여준다.

한편 이러한 소시민화의 양상을 무엇보다 풍자적으로 묘사해내고 있는 작품이 바로 「등기수속」(1964)이다. 이 작품은 월남민인 주인공 현구가 신문사 경제부 기자인 친구의 권유로 이 년 전에 사두었던 땅을, 계엄선포 후 급히 자기의 명의로 옮기고자 하는 과정에서 벌어지는 관청에서의 뜻밖의 해프닝을 그리고 있다. 현구는 이 년 전 타인의 명의로 사두었던 팔십 평 크기의 땅이 제법 값이 올랐다는 것을 알고 있지만, 계엄이 선포된 이후 막연한 두려움에 휩싸여 그 땅이 아직 자기의 명의로 되어 있지 않은 사실에 불안과 초조를 느끼게 된다.

그랬는데 계엄이 선포되자 현구는 막연하게 머리끝이 쭈뼛해지는 불안 속에서, 어느 날 저녁 그 땅의 문제가 첨예하게 불안감으로 압박해왔다. 대한민국의 법을 잘은 모르지만, 그 땅이 아직 확정하게 자기 것이 아니라는 사실이 냉정한 것으로서 밀려오는 것이었다. 세상이 어떻게 돌아가는지 종잡을 수 없는 판에 그런 중요한 것을 이 년간이나 미루어왔다는 것이 퍽 어

---

22) 이호철, 「생일초대」, 『청맥』 1965년 8월호, 203쪽.

이가 없게 느껴졌다. 이래서 그날은 세상없어도 하루 사이에 수속을 마치자고 나선 깃이었다.[23]

그러나 등기수속의 절차는 현구의 염원대로 수월하게만은 이루어지지 않아서, 결국 그는 대서소와 구청, 등기소, 동회, 땅이 있는 현장 등을 계속해서 반복해 왔다갔다만 하고 등기수속 자체는 실패하고 만다. 주인공 현구는 계엄이 선포된 대한민국이라는 불안한 정세에서의 월남민의 입장이라는 것을 무겁게 되새겨준다. 월남민인 현구가 자기 소유의 '땅'을 확정짓고 싶어하는 마음은 여전히 무엇인지 그 정체를 알기 힘든 이남사회에서 본격적으로 온전한 자기 소유의 터전을 마련하고자 하는 욕망과 닿아 있는 것이다. 그런데 복잡한 행정 절차의 명목하에 현구의 그런 바람은 결코 쉽게 이루어지지 못함이 희화화되어 나타난다.

앞선 『무너앉는 소리』 연작에서 시작되어 『소시민』에서 본격화된 이러한 소시민화의 양상에 대한 탐색은 이후의 1960년대 그의 작품들에서 지속적으로 제시된 주제라 할 수 있다. 이는 전후의 사회 재개편과정과 자본주의의 확산이 어떻게 연관되는가에 대한 나름의 인식 과정이라 할 수 있다. 즉 그는 이 시기 작품들을 통해 자신이 겪은 분단, 이산의 현실 및 월남민적 체험과 소시민화되어가는 전후의 남한사회를 연결시키고자 했던 것이다. 이 작품에서 그 뚜렷한 결과를 해명하려 하지는 않으나, 그러한 시도에 대한 의지를 드러내고 있는 것만은 분명하다. 그러므로 중요한 것은 이 이후의 작품들에서 과연 어떠한 양상으로 그 뒷받침이 이루어지느냐의 문제일 것이다.

---

23) 이호철, 「등기수속」, 『신동아』 1964년 9월호, 392쪽.

4. 정착 이후의 새로운 가치 탐색

앞에서 살펴본 바와 같이 이미 철저히 물신주의적 사고가 사회를 지배해나가기 시작한 이남사회의 천박한 일면들을 지속적으로 드러내온 소설 작업들의 과정에서도, 이호철은 또한 나름대로 그러한 부박한 세상 속을 헤쳐나갈 수 있는 신념이나 방법을 지속적으로 탐색해왔다. 1960년에 발표한 단편 「여울」에서는 이미 극도로 "편벽화한 이기주의라 할까, 세상 살아가는 것이 일종의 거래와 경쟁처럼만 생각이 되"[24]는 세상에서 살아가는 방법에 대해 고민하고 회의하는 인물들이 등장한다. 이 작품에서 반복적으로 이야기되는 것은 하루하루 타성화되어, 사람들의 어깨에 덧붙여져 있을 뿐인 먼지와 같은 일상의 분위기가 일단 달라져야 한다는 것이다. 이 작품에서는 더이상의 구체적인 언급으로 나아가지 못하고 단지 '분위기'라는 표현에서 그치고 있다는 점은 아쉬우나, 그럼에도 그러한 '분위기'를 달라지게 하기 위해서는 각자의 자성과 사람들 사이의 교류가 동시에 필요하다는 점을 처음으로 분명히 지적하고 있다는 점에서 의미를 지닐 것이다.

「울 안과 울 밖」(1970)의 월남한 등장인물들은 북한의 상황과 관련한 긴장된 사건들이 신문지상에 오르내릴 때마다 서로 같이 어울려 술 마시기에 바쁘지만, 이것은 심리적으로는 고향이 이제는 아득해지고 있다는 사실을 인정할 수밖에 없는 현실에 대한 불안감, 즉 통일에 대한 절망감을 나타낸다. 이들은 자꾸만 잊혀져가는 자신들의 고향 '원산'이라는 곳이 어떤 의미로든 화제에 오르면, 그것이 긍정적인 일이건 부정적인 사건이건 간에 상관없이 자신들의 아련해져가는 추억을 떠올리는 매개로 생

---

24) 이호철, 「여울」, 『세계』 1960년 6월호, 406쪽.

각하고자 애쓴다. 이 과정에서 분단국 독일이 이 무렵 우리나라와는 대조적으로 어떻게 공존과 화해의 구조를 창조해내려 하고 있느냐의 문제를 소설 끝부분에 덧붙이고 있는데, 이는 작가 나름의 대안 제시를 위한 다소 사변적인 장치에 해당하는 동시에, 그의 고민이 드러나는 일종의 발전적 지향점이기도 할 것이다.

이제 월남민으로서의 인물들은 이미 고향을 잃은 상태라는 것이 분명히 밝혀졌다. 그러므로 이제 작가의 작업은 더이상 고향으로 돌아가야 한다거나, 고향의 누군가를 기다려야 한다거나 하는 차원의 문제가 될 수 없다. 기왕 고향에서 떨어져나왔다면, 과연 그곳에서 무엇을 버리고 무엇을 가지고 나올 것인가의 문제를 따져보아야 하며, 이전까지의 작품들이 1950년대의 탈향에서 비롯한 고향에서 멀어짐의 공식화에서 1960년대 분단 현실과 소시민화의 연결고리를 찾는 시도에 이르면서 그 이후로는 노골적으로 소시민화된 인물들의 군상을 드러냄으로써 우리 사회의 단면을 그대로 드러내고자 하는 작업이었다면, 1960년대를 지나면서부터는 본격적으로 그 혼란의 소시민화 과정에서 잃어버린 것이 무엇이었는가를 생각해보기 시작했다는 점에서 의미가 있다고 여겨진다.

1960년대 박정희의 군사쿠데타 이후 분단은 오히려 심화되고 구조적으로 더욱 굳어져갔다. 1960년대 이후는 경제 성장의 압도적 국면에 가려 통일의 필요성에 회의적인 계층이 점점 성장해갔다. 특히 1965년 한·일 국교 정상화 이후 일본을 비롯한 외래의 자본 및 기술 협력으로 '분단상황 속에서의 고도 성장'이 이루어졌으며 '분단을 전제로' 하는 이같은 경제·정치적 구조 형성으로 이미 특권을 누리기 시작한 일부 계층에서는 남북통일을 점차 불필요한 것으로 경원하는 경향까지 생기게 되었다.[25]

---

25) 송건호, 「통일을 위한 민족주의의 르네상스」, 『민족이론』, 신용하 편, 문학과지성사, 1985, 102~103쪽.

1970년대 이후의 이호철의 작품들에서는 분단 고착화의 현실에 대한 탐색이 지속적으로 나타난다. 그것은 동시에 그러한 현실에 대해 직접적 관계를 맺고 있는 쪽이라 할 수 있는 월남민들뿐만 아니라, 이남 사람들 역시 그러한 분단 현실과 결코 무관하지 않다는 사실을 계속하여 일깨우고자 하는 작업들이라 할 수 있을 것이다.

5. 결론

1950년대부터 현재에 이르기까지 오십여 년간 멈추지 않고 지속된 이호철의 작가생활은 우리의 전후문학사에서 그 유례를 다시 찾기 힘든 매우 특수한 경우라 할 수 있다. 그러한 오랜 창작활동 과정에서 그가 집중적으로 천착했던 월남민 형상화와 분단 현실에 대한 묘사는 바로 낯선 이남사회에서 뿌리내리고 살아가려 하는 월남문학인으로서의 자전적 사실과 맞닿아 있는 것이기도 하였다. 따라서 이 글에서는 그의 전반적 문학세계를 통해 드러나는 월남민 형상화 양상이 특히 하나의 전환점을 맞고 있다고 할 수 있는 1960년대의 주요 작품들을 중심으로 하여, 그것이 어떠한 방법을 통해 구체화되고 있는가를 살펴 그의 문학관의 중요한 한 부분을 이해해보고자 하는 데에 궁극적인 목적을 두었다.

1950년대 고향에서 벗어나는 것, 즉 탈향의 행위를 시작으로 하여 1960~1970년대를 거치며 그의 작품은 낯선 이남사회에 떨어진 월남민들의 생활 양상을 직절하게 묘사하는 데에 힘을 쏟았다. 그리고 그 과정에서 다양한 양상의 월남민 등장인물들의 형상화를 통해 작가가 추구하고자 하는 전후 분단 현실의 극복과 삶의 방향에 대한 추구가 이어진다고 할 수 있을 것이다. 1980~1990년대를 거쳐 최근에 이르기까지 그의 작가적 관심은 이 월남민들의 자리잡기 과정과 출발, 도착점의 온당한 자리매김을 위한 작업의 시도로 이어지면서, 전후의 우리들에게도 본원적 영향력을 미칠 수밖에 없는 분단 현실에 대한 치열한 인식을 끊임없이 요구한다 하겠다.

자존감의 소설적 형상화
― 전광용의 「사수」와 「꺼삐딴 리」

김종욱

1. 들어가는 말

전광용(全光鏞, 1919~1988)은 1939년 1월 동아일보 신춘문예에 동화 「별나라 공주와 토끼」가 당선된다. 하지만, 일본 제국주의의 식민지 정책이 '내선일체'로 전환되면서 조선어에 대한 탄압이 본격화되던 시기였기 때문에 신인 소설가가 설 자리를 찾는 것은 불가능했다. 그래서 해방이 된 후 정한모, 정한숙 등과 함께 '시탑'(1946), '주막'(1947) 동인으로 활동하면서 비로소 문학에 대한 열정을 표현할 수 있었다. 1949년 서울대 대학신문에 단편 「압록강」을 발표하였고, 1955년에는 조선일보 신춘문예에 단편 「흑산도」가 당선되었던 것이다.

전광용은 이후 1968년까지 십여 년 동안 「꺼삐딴 리」 「사수」 「충매화」 등 30여 편의 단편과 『나신』 『태백산맥』 『젊은 소용돌이』 『창과 벽』 등 4편의 장편을 발표한다. 비록 『나신』 외에는 모두 완결되지 못했지만, 그의 장편소설들은 4·19혁명과 5·16군사쿠데타로 이어지는 격동의 현실을 비판적인 안목으로 그려내고 있다. 하지만 창작에 대한 열정이 사그라

들면서 1970년대에는 「목단강행 열차」처럼 북한에 두고 온 고향과 어머니를 향한 그리움을 담은 몇 편의 자전적 소설을 발표했을 따름이다. 이러한 모습은 전후 신세대 작가들의 문학적 궤적과 닮아 있다. 손창섭, 장용학, 선우휘, 오상원 등도 1960년대에 접어들면서 장편소설을 창작하면서 작품세계의 확장을 도모하였지만, 1970년대 이후에는 4·19세대에 밀려 창작활동의 일선에서 물러나는 양상을 보여주었던 것이다.

그런데 전광용과 오랫동안 동인활동을 같이했던 정한숙과 달리 전후문단에서 전광용이 차지하는 위치는 그리 뚜렷하지 않다. 이러한 사실은 그가 신소설 연구로 많은 후학을 거느린 연구자였다는 점과 무관하지 않겠지만, 본질적으로는 그의 작품이 실존주의에 깊은 관심을 가졌던 신세대 작가들과는 달리 현지답사에서 취재한 작품들을 주로 발표했다는 점과도 관련되는 듯하다. 일찍이 이형기는 전광용을 작품의 소재를 앉아서 구하는 작가가 아니라 직접 현장을 찾아다니는 "발로 쓰는 작가"[1]라고 말한 이래 많은 평론가들이 작품 취재의 현장성에 주목했다.[2] 이러한 면모는 다음과 같은 작가의 언급에서도 확인해볼 수 있다.

내가 쓴 작품에는 현지의 답사에서 힌트를 얻거나 취재한 것이 적지 않다.

「흑산도」는 흑산도의 학술답사에서, 「진개권」은 휴전선 오지에 있는 친구의 미군 쓰레기칸에서, 「지충」은 태백산맥의 탄광에서, 「해도초」는 독도 근해 어부에 대한 미군 비행기의 무차별 폭격의 현지 조사에서, 「크라운

---

1) 이형기, 「인간 수호의 시선―전광용론」, 『전광용·정한숙』(현대한국문학전집 5), 신구문화사, 1965, 457~467쪽.

2) 박동규, 「현실의 나신」, 『전광용·정한숙』(한국현대문학전집 31), 삼성출판사, 1983, 437~443쪽.

장」은 비어호올의 노악사(老樂師)에서, 「반편들」은 동해안 해수욕장에서, 「곽서방」은 다도해 경호도(鏡湖島)의 반농·반어촌에서 각기 현지 취재한 작품이다. 그런가 하면 「동혈인간」 및 「경동맥」은 Y여사의 모델에서, 「주봉씨」는 L화백의 실화에서, 「충매화」는 이웃 의사의 경험담에서, 「초혼곡」은 K씨의 소년 시절 회고담에서, 「면허장」은 어느 소녀의 고백에서, 「벽력」은 거리의 샌드위치맨 광고에서, 「퇴색된 훈장」과 「영 1234」는 시정의 낙수(落穗)에서, 그리고 「꺼삐딴 리」와 「의고당실기」는 주변에 흩어진 군상 속에서 각각 힌트를 얻은 것이다.[3]

이에 따라 취재의 현장성은 오랫동안 전광용 소설의 특성으로 간주되었다. 그가 발표한 30여 편의 단편들은 섬, 탄광촌, 기지촌, 선술집 등에서 살아가는 하층계급뿐만 아니라 의사, 교수, 기자, 약사 등과 같은 지식인들을 폭넓게 다루고 있는데, 이러한 다양성은 현장답사를 통한 간접적인 취재 덕분이라고 여겨진다.

---

3) 전광용, 「구슬이 서말이라도」, 『전광용·정한숙』, 신구문화사, 1965, 488쪽. 이와 함께 1975년에 을유문화사에서 간행된 두번째 작품집 『꺼삐딴 리』의 「후기」에서도 다음과 같이 언급하고 있다. "「충매화」는 '인공수정'이 처음으로 화제에 오르던 시기에 그에 따르는 모럴에 대한 내 나름의 생각을 바탕으로 한 것이며, 「남궁박사」는 5·16군사혁명 직후 대학교수의 정년이 65세에서 60세로 내려옴에 따라 예기치 않았던 시기에 일시에 원로교수들이 본의 아니게 대량 축출되던 때, 그 퇴임식장에서의 충격이 착상의 계기가 되었고, 「꺼삐딴 리」는 8·15 직후부터 줄곧 머릿속에 감돌던 소재가 십수 년 만에 가락이 잡혀 완성된 것으로 작중인물에 대한 모델 실재설(實在說)이 분분하던 작품이며, 또한 동인문학상 수상작이기도 하다. 「곽서방」은 농촌과 도시의 자매결연이 유행처럼 붐을 이룰 때 다도해의 조그마한 섬 경도(鏡島)의 현지답사에서 취재한 것이며, 「바닷가에서」는 여름방학 원고지를 한 짐 지고 한 달 계획으로 동해안을 찾아갔다가 끝내 한 장도 메꾸지 못하고 허탕으로 돌아오던 때의 바닷가 인상기 같은 것이고, 「모르모트의 반응」은 집의 막내둥이가 실지로 당한 의외의 봉변에서 얻은 낙수첩(落穗帖)이다. 「초혼곡」은 친구의 체험담에서 실마리를 잡았고, 「면허장」 및 「제삼자」는 각각 주변에서 일어났던 일들에 힌트를 얻은 소품들이다."(전광용, 「후기」, 『꺼삐딴 리』, 을유문화사, 1975, 305~306쪽)

278

1988년 이후 전광용에 대한 기존의 문단적 평가를 넘어서 학문적인 접근이 이루어지기 시작한다. 조남현[4]은 회상처리 기법, 결말처리 기법 등을 분석한 후, 시간을 역전적으로 구성하는 등 플롯에 대한 인식을 심화시키고, 감상이나, 비약, 억지 등을 제거하여 결말의 현실성을 높인 "형식적인 미의식에 충실한 작가"로 전광용을 평가한다. 같은 시기에 김소영도 석사학위논문 「전광용 소설 연구」[5]를 통해서 작가에 대한 연대기적 자료, 시대에 대한 인식과 문학의식, 시간·공간 구조의 특질, 민족의식과 현실인식 등을 포괄적으로 검토함으로써 본격적인 연구의 토대를 마련한다. 이후 전광용 소설에 대한 연구는 권영민[6], 김만수[7], 윤석달[8] 등에 의해서 치밀한 구성과 엄정한 서술방식, 철저한 비판의식 등의 관점에서 탐구되기에 이른다.

2. 짝패와의 운명적 대결 : 「사수」

1959년 6월 『현대문학』에 발표된 「사수」는 친구들 간의 숙명적인 대결을 그리고 있다. 주인공 '나'는 어린 시절부터 친구 B와 자주 갈등을 경험한다. 그들이 "아무 근거도 없는 승부"에 빠지게 된 것은 우연적인 사건 때문이다. 두 사람은 '곰'이라는 별명을 가진 뚱뚱보 선생의 말버릇을 조롱하다 들켜서 상대방의 뺨을 때리는 벌을 받게 된 것이다. 처음에는 별

---

4) 조남현, 「전광용론―리얼리티에의 투망, 그 정신과 방법」, 『한국현대작가연구』, 문학사상사, 1991.

5) 김소영, 「전광용 소설 연구」, 서울대학교 석사학위논문, 1988.

6) 권영민, 「비판의 정신과 구도의 치밀성」, 『꺼삐딴 리』, 을유문화사, 1994.

7) 김만수, 「비극적 삶, 소외의 극복 양상」, 『전광용 대표작품선집』, 책세상, 1994.

8) 윤석달, 「변경의 삶과 시대의 초상―전광용론」, 『1950년대의 소설가들』, 나남출판사, 1994.

다른 감정 없이 시작되었던 뺨 때리기는 점차 미묘한 감정의 변화를 초래한다. "곰에 대한 반감이 어느 사이엔지 B에게로 옮겨져 B에 대한 적의를 느끼면서 B를 후려갈겼"던 것이다. 이렇게 시작된 악연은 중학교 시절 경희를 사이에 둔 삼각관계로 확장되었고, 결국에는 전쟁의 와중에 B가 경희를 속이고 결혼하면서 "알 수 없는 적의"로 확대된다.

이 과정에서 주인공 '나'는 항상 B에게 패배하고 좌절한다. 친구의 뺨 때리기에서 시뻘건 코피를 흘리면서 교실 바닥에 나가떨어졌으며, 그만하라는 선생의 명령 때문에 마지막으로 B를 향해 내뻗은 손이 허공으로 빗나가고 말았던 것이다. 이러한 양상은 중학교에 진학하면서도 그대로 이어진다. 경희를 두고 벌어진 공기총 내기에서도 귓불에 총을 맞고 쓰러진 것은 '나'였던 것이다. 그리고 모반 혐의로 구속된 B가 총살당할 때 사수로서 방아쇠를 당기지만, '나'는 "비굴하게 이긴 것만 같은" 정신적인 굴욕감에서 벗어나지 못한다.

'나'와 B가 이처럼 극한대결을 펼치는 것은 두 사람이 분신 내지 짝패와 같은 존재이기 때문이다. 두 사람은 다르기 때문이 아니라 닮았기 때문에 대립한다. 그들은 서로 닮아 있기 때문에 '경희'라는 동일한 대상을 욕망하지만, 상대방과 다른 독자성을 획득하기 위해서는 욕망의 대상을 독점해야만 한다. 이 과정에서 괴물과도 같은 짝패와의 상호폭력이 발생한다. 모든 것은 대칭을 이루고 있고, 상대방에게 가하는 폭력 역시 그대로 반사되어 자신에게 되돌아온다. 문제는 상대방이 자기의 또다른 반면, 곧 짝패임을 인정하지 않는다는 사실이다. 이에 따라 폭력은 항상 상대방에 의해서 발생한다고 여겨진다. 타인에게 책임을 전가함으로써 타자와의 대결에서 생겨난 자기 내부의 폭력성을 은폐하는 것이다.

그런데 흥미로운 것은 이러한 비굴감이나 굴욕감이 이 무렵 전광용의 소설에서 자주 발견된다는 사실이다. 「초혼곡」의 주인공은 서해안 작은 반도에 자리잡고 있는 '구가곡(九家谷)'에서 태어나고 성장했던 까닭에 서울에 올라온 후에 심리적인 위축을 경험하게 된다. 이러한 열등의식은 과외교사 자리를 구하는 과정에서 잘 나타난다. "어마어마한 저택 속의 보잘것없는 고용인이라는 자기 비굴이 더 거세게 자신의 몸뚱이를 휘어감"았던 것이다. 이 때문에 주인공은 영희와의 사랑에 적극적으로 나설 수 없었고, 영숙의 사랑을 받아들일 수도 없었다. 「세끼미」의 주인공 마리아 역시 자신의 이국적인 외모에 호기심을 갖는 사람들 때문에 많은 상처를 입고 있다. 그리고 아버지의 사업 실패로 가정이 위기에 처하면서 업둥이였다는 사실을 알게 된다. 「충매화」의 주인공 '충' 역시 산부인과 의사라는 사회적으로 안정된 지위에도 불구하고 사생아로 태어났다는 "혈통에 대한 비굴감"과 "육체적인 불구에서 오는 열등감"에서 벗어나지 못하고 있다.

이처럼 「사수」와 비슷한 시기에 발표된 「초혼곡」이나 「세끼미」 등에서 주인공은 물질적인 환경이나 신체적인 외양 때문에 열등의식에 사로잡혀 있다. '혼혈'이나 '소아마비'와 같은 육체적인 비정상성, '업둥이'나 '사생아'와 같은 출생의 비밀 때문에 사회적으로 정상적인 대우를 받을 수 없다는 자의식을 지니고 있는 것이다. 하지만, '비굴' '굴욕' '모욕' 등으로 표현되는 이러한 심리적인 열등의식은 「초혼곡」이나 「세끼미」처럼 타인과의 절연이라는 소극적인 방식으로 나타나지만, 「사수」의 경우에는 자신을 모욕했다고 느낀 사람에 대한 적극적인 복수심을 불러일으키기도 하는 것이다. 「사수」가 보여주는 극한대결은 바로 이러한 모욕과 복수라는 폭력의 재생산과정이라고 할 수 있을 것이다.

이러한 인간형은 등단 직후의 소설에 등장하는 인물과는 사뭇 다르다. 「흑산도」 「지층」 「해도초」 등의 초기 소설에서 주인공들은 흔히 '뭍'이나 '도시' '서울'로 향하는 강렬한 동경과 열망을 품고 살아간다. 하지만 이러한 주인공들의 노력은 「흑산도」에서는 변덕스러운 폭풍 때문에, 「지층」에서는 사소한 부주의 때문에 죽음을 맞게 되면서 좌절되고 만다. 그들의 삶을 지배하는 것은 섬, 탄광촌과 같이 외부와 단절된 고립된 공간에서 벗어날 수 없다는 운명론이었다. 그런데 「사수」를 거치면서 전광용은 '서울'이라는 동시대적 공간으로 소설의 무대를 옮겨온다. 그리고 열패감 속에서 살아가는 인간의 내면으로 초점을 옮겼던 것이다.

그런데 이러한 열패감은 타인의 시선을 통해서 자신을 바라본다는 것을 의미한다. 다른 사람이 실제로 어떤 반응을 보이는가가 아니라 스스로 자신을 그렇게 바라보는 것이다. 따라서 열패감은 항상 사회적으로 배제된 개인이나 집단의 정체성과 관련된다. 자신이 소속되고자 하는 집단에 속할 수 없다는 '훼손된 정체성', 혹은 자기정체성에 대한 신뢰의 결여에서 비롯되는 것이다. 따라서 전광용의 소설이 「사수」를 전후한 시기부터 소설적 배경이 변화할 뿐만 아니라 현실에 적응하지 못하는 사회적 약자에 주목하기 시작했다는 사실은 작가의 내면에 적지 않은 변화가 있었음을 암시한다. 그것은 아마도 월남작가로서의 정체성의 위기와 관련되는 듯하다. 고향을 남겨둔 채 월남하여 낯선 타향에 적응하기 위해 노력하는 과정에서 겪었을 현실적 고통과 비애가 그의 작품세계에 반영되기 시작했던 것이다.

3. 세속적 가치와 명예로운 삶 : 「꺼삐딴 리」

1962년 7월 『사상계』에 발표한 「꺼삐딴 리」는 전광용의 소설세계에서 조금은 이질적인 것처럼 보이기도 한다. 전광용이 당대의 문제적 상황에 대응하는 소설들을 발표하기는 했지만, 지식인의 변절이나 기회주의적 처신에 대한 문제를 이만큼 직설적으로 다룬 경우는 없기 때문이다.

「꺼삐딴 리」는 공간적 배경에 따라 열 개의 서사단위로 구분해볼 수 있다. 이인국 박사가 오후 두시 사십분 무렵 수술을 마치고 잠시 병원에서 쉬는 대목에서 시작한다. 이어 딸 나미가 미국인 교수와 국제결혼을 하겠다는 편지를 보면서 분노를 느끼다가, 잠시 집에 들러 조선백자를 선물로 챙겨 택시를 타고 미국 대사관으로 향한다. 미국 대사관에서 미스터 브라운을 만난 이인국 박사는 자신의 경력을 더욱 빛나게 해줄 미국 국무성의 초청 건을 확인한 후 비행기표를 확인하기 위해 반도호텔로 향한다. 이렇듯 병원 → 집 → 택시 → 미국 대사관 → 택시로 이어지는 서사적 현재의 진행과 함께 각각의 사건들은 이인국 박사의 회상으로 이어지고, 여기에 서술자가 전지적 시점으로 과거의 사건들을 삽입한다.

과거와 현재가 이중계열로 진행되는 이러한 구성방법을 선택하면서 작가는 사건을 동기화하기 위해서 반복적으로 '회중시계'를 등장시킨다. 식민지 치하였던 삼십 년 전에 제국대학을 우수한 성적으로 마치면서 자신의 이름이 새겨져 있는 이 회중시계를 수상품으로 받았다. 그후 이인국 박사의 삶은 탄탄대로를 걸었다. 평양에서 병원을 개업한 이인국 박사는 아이들을 일본인 소학교에 보내 일본어만 쓰도록 강요하고, 마침내 잠꼬대까지 일본어로 할 정도로 철저한 인물로 변신한다. 그리고 일본인들에게 밉보일 것이 두려워 형무소에서 풀려난 사상범을 외면한다.

그런데 평양에 소련군이 진주하자 이인국 박사는 과거의 행적 때문에 친일파라는 죄목으로 체포되어 회중시계도 빼앗긴 채 감방에 갇히게 된다. 하지만 우연한 기회에 스텐코프 소좌의 수술을 성공리에 끝냄으로써 회중시계를 돌려받고 "꺼삐딴 리 스바시보"라는 찬사와 함께 그의 아들을 소련에 유학보내는 특권을 누리게 된다. 전쟁중에 월남하여 서울에서 개인병원을 운영하게 된 이인국 박사는 먼지 하나 찾아볼 수 없는 청결과 다른 병원에 비해 두 배나 되는 비싼 병원비 덕택에 종합병원에 버금가는 명성과 수입을 올린다. 그리고 자신의 성가를 더욱 높여줄 미국 방문비자를 얻기 위해 대사관 직원 미스터 브라운을 찾아가면서 회중시계를 꺼내 본다.

이렇듯 미국제 월섬17석(Waltham 17 Jewels) 회중시계는 이인국 박사의 성공과 몰락을 상징한다. 그가 회중시계를 손에 넣었을 때 그의 삶은 화려했고, 그가 회중시계를 빼앗겼을 때 그의 삶은 위기에 처한다. 그래서 이인국 박사는 여러 차례 목숨의 위기를 함께한 회중시계를 "등기서류, 저금통장 등이 들어 있는 비상용 캐비닛 속에 넣고야 잠자리에 들 만큼" 소중하게 여긴다. 그에게 있어 이 회중시계는 "인생의 반려"였던 것이다.

그런데, 이인국 박사의 이런 행동은 개인적인 치부와 관련되는 것이기는 하지만, 동시에 식민지인이라는 열등감을 벗어던지기 위한 심리적 방어기제가 빚어낸 것이기도 했다. 식민지 치하에서 그가 일본어를 사용하고 일본인처럼 행동한 것은 일본인과의 교제에서 굴욕감을 벗어나기 위한 방편이었다. 이인국 박사는 내선일체를 통해서 심리적인 우월감을 얻었던 것이다.

> 그의 생각은 왜정시대 내선일체의 혼인론이 떠돌던 이야기에까지 꼬리를 물었다. 그때는 그것을 비방하거나 굴욕처럼 느끼지는 않았다. 오히려 <u>당연한 것으로 해석했고 어찌 보면 우월한 것으로 생각하지 않았던가.</u>(밑줄은 인용자)

이처럼 이인국 박사는 식민지 지배자의 삶을 흉내냄으로써 자신이 처해 있는 식민지 현실을 망각한다. 그런데 그가 정작 망각한 것은 심리적인 우월감이 제국주의 지배자를 향한 것이 아니라 식민지의 피지배자를 향하고 있다는 사실이다. 그는 제국주의 지배자를 모방함으로써 자신의 모국이었던 피지배자들보다 우월할 수 있었을 뿐, 결코 제국주의 지배자보다 우월할 수는 없었기 때문이다.

그럼에도 불구하고 이인국 박사는 카멜레온처럼 권력의 변화에 민감하게 반응하면서 권력의 끈을 놓지 않는다. 그가 권력에 이르는 사다리로 생각한 것은 항상 언어였다. 일제 치하에서는 "국어 상용의 가"라는 액자를 받았고, 소련군정 치하에서는 일제 치하의 고등계 형사로부터 얻어들은 지식을 활용하여 "함구령이 지상명령"이라는 신념으로 묵비권을 행사하면서 "간밤에 출감한 학생이 내던지고 간 노어회화책을 첫 장부터 곰곰히 뒤지"는 일에 몰두하였던 것이다. 그리고 1·4후퇴 때 서울에 오게 된 뒤에는 영어를 부지런히 배워 마침내 미국 국무성의 초청을 받아내는 것이다.

이인국 박사에게 있어서 현실을 지배하는 권력자가 바뀔지라도 새로운 지배자에 접근하기 위해서는 그 말부터 습득하는 것이 자기를 보신하는 최선의 방법이라는 사실은 변함없다. 소설의 마지막 대목에서 국무성 초청비자를 허락받고 의기양양해 돌아오면서 "흥, 그 사마귀 같은 일본놈들 틈에서도 살았고 닥싸귀 같은 로스케 속에서도 살아났는데, 양키라고 다를까…… 혁명이 일겠으면 일구, 나라가 바뀌겠으면 바뀌구, 아직 이 이인국의 살 구멍은 막히지 않았다. 나보다 얼마든지 날뛰던 놈들도 있는데, 나쯤이야……"라고 하는 데서 그의 기회주의적 성격은 여실히 드러난다.

이인국 박사를 통해 독자들은 일제 치하, 해방, 한국전쟁이라는 역사적 격동기를 겪으면서 민족사적 비극과 역경을 이겨낸 정신적 승리자가 아니라 자기 일신만을 위한 처세술로써 민족적 위기를 외면했던 정신적 패배자를 만나게 된다. 일본어와 러시아어, 그리고 영어의 습득으로 이어지는 그의 삶은 외세에 대한 무조건적인 추종이라는 점에서 반민족적인 성격을 벗어날 수 없다. 현진건의 「고향」과 같은 작품에서는 생활을 위해 어쩔 수 없이 제국의 언어를 사용한다는 점 때문에 독자들에게 연민과 동정을 불러일으킴에 비해서 「꺼삐딴 리」에서는 돈과 권력을 위해 능동적으로 선택한 것이기에 독자들의 분노를 불러일으키는 것이다.

「꺼삐딴 리」가 세속적인 가치를 통해서 열등의식을 이겨내고자 했던 인물을 비판적으로 그려내고 있다면, 「남궁박사」는 자신의 내면에서 우러나오는 가치 기준에 따라 삶을 살아가는 인물들에 대한 작가적 애정을 보여주고 있다. 남궁박사는 돈이나 명예와 같은 세속적인 가치보다는 진리 탐구를 더욱 소중하게 생각하는 학자이다. 그런데, 육십 평생을 역사 연구에만 몰두해왔던 남궁박사가 갑작스럽게 정년퇴직을 당하면서 가족들은 생계를 걱정해야 할 만큼 경제적인 곤란을 경험하게 된다. 그래서 자신이 갖고 있는 고서를 팔 헌책방 '의고당'을 꾸미게 된다.

남궁박사가 사람들의 존경을 받을 수 있었던 것은 해방 직후의 혼란된 상황 속에서도 상아탑을 지키면서 학문 연구와 후진 양성에 매진했다는 점 때문이다. 그는 세속적인 명리를 좇지 않고, 오직 자신이 옳다고 믿는 일을 끝까지 견지해가는 인물인 것이다. 이에 따라 타인에 대한 열패감을 이겨내기 위해서 세속적인 가치를 추구했던 이인국 박사가 자신을 파멸시키는 결과를 초래했던 것에 비해 남궁박사가 보여주는 자부심은 삶을 긍정적인 방향으로 인도하게 된다. '나'는 정년퇴직 후에 추레한 모습으로 전락하는 스승의 삶을 안타까워하면서 미국 유학의 길을 떠나게 된다. 요컨대 현실적으로 성공한 인물들의 경우 세속적인 가치기준에 따름으로써 윤리적으로 타락함에 비해, 현실에서 패배한 '남궁박사'는 자신의 삶에 대한 자부심을 견지함으로써 정신적으로 승리하는 것이다.

4. 전후문학의 맥락에서 본 전광용 소설

전후소설에서 죽음은 생물학적으로 생명을 다하는 순간을 의미하기보다는 인간의 가장 고유한 존재가능성으로 받아들여짐으로써 실존적인 의미를 구성한다. 타인의 죽음을 통해서 한 개인이 세상에 내던져져 있는 존재에 지나지 않는다는 사실, 달리 말해 무(無) 속에 내던져져 있음을 자각하면서 실존적 상황을 되돌아보는 계기를 마련해주는 것이다. 전광용 역시 등단 직후부터 죽음의 문제에 깊은 관심을 가졌다. 초기 소설에서 주인공들은 갑작스럽게 맞닥뜨리게 된 죽음의 경험을 공유하고 있다. 하지만, 죽음은 살아남은 자들의 삶에 아무런 의미도 던져주지 못하고 있다. 등장인물들은 대부분 일상적인 삶의 현장으로 되돌아가며, 자신이 선택한 길에 대한 성찰이나 회의를 찾아볼 수 없는 것이다. 그런 점에서 '죽음'은 자기 자신의 가능성으로 경험되는 것이 아니라 '타인의 죽음'으로 경험된다고 말할 수 있다.

그런데 「사수」를 전후하여 전광용의 소설은 적지 않은 변화를 보여준다. 하층계급으로부터 지식인계층으로 소설의 주인공이 바뀌고 작품의 무대 역시 외딴 섬이나 탄광촌 등이 아니라 서울로 옮겨온 것이다. 이러한 변모의 과정에서 작가 전광용이 관심을 기울였던 것은 인간관계에서 발생하는 열등감, 모욕감, 비굴감, 굴욕감 등과 같은 심리적인 반응 양상이었다. 타인의 시선에 의해 구성된 이러한 자기 인식은 삶에 대한 맹목적인 의지로 표현될 때 세계와의 절연(「충매화」 「세끼미」)이나 타인에 대한 공격(「사수」) 혹은 윤리적인 타락(「꺼삐딴 리」)이라는 부정적인 모습으로 나타난다. 이와 달리 「남궁박사」에서 작가는 살아남기 위해 정신적인 비굴을 선택하는 대신에 정신적인 가치를 위해 일상에서의 패배를 선택하는 모습을 형상화한다. 세속적인 판단과는 상치될지라도 자부심을 지니고 자기를 지켜나가는 인물들을 예찬함으로써 현실에 대한 비판의식을 드러내고 있는 것이다.

이러한 모습은 이전과는 확연히 다른 면모를 보여준다. "악착하게 살겠다"고 죽음 앞에서 도피하는 것이 아니라 "어떤 운명이 그에게 덮쳐와도 달게 받을 수밖에 없다"라고 생각함으로써 죽음과의 화해에 도달하는 것이다. 이로써 살아남기 위해 정신적인 비굴을 선택한 패배자 대신에 정신적인 가치를 위해 죽음을 선택한 승리자의 모습은 실존론적으로 말해 '죽음에의 선구(先驅, Vorlaufen)'라고 할 수 있을 것이다. 죽음을 두려워하지 않을 때, 죽음은 좌절과 패배의 끝에 놓여 있는 것이 아니라 삶의 의미를 생산하는 지점으로 재구성되는 것이다.

작가의 외재성과 작품의 미학
— 박경리의 『시장과 전장』론

최혜림

1. 서론

1955년 처녀작 「계산」에서부터 『토지』의 완간에 이르는 작품들을 아우르는 박경리 문학사상과 창작방법론에 대한 고찰은 방대한 작업일 뿐만 아니라 연구자의 시각에 따라서 각기 주목하는 면이 달라질 수 있다. 그러나 일반적으로 박경리 문학은 「불신시대」로 대표되는 자전적인 색채가 강한 초기 단편소설들과 『표류도』 이후 10여 편의 장편소설 기간, 그리고 『토지』의 단계로 그 시기를 나누어볼 수 있다. 이러한 시기 구분은 사소설적인 색채가 짙은 초기 단편의 세계와 작가의 시야가 외부사회로 확대되는 일련의 장편들, 그리고 마지막으로 『토지』에 이르러서는 민족사의 영역으로 보편화되는 박경리 문학세계의 변화를 그의 창작세계의 변모 양상으로 파악하고 있는 논의들이다. 박경리 문학에 대한 연구는 초창기 단편적인 비평에서부터[1] 최근의 학위논문들에 이르기까지 작품의 소재별

---

1) 조연현, 「윤리적 의미의 결핍과 의식의 과잉」, 『현대문학』 1960년 1월호; 김우종, 「인간에의 증오」, 『현대한국문학전집』 11, 신구문화사, 1966; 이형기, 「운명의 네가필름」, 같은

로 묶어본 논의들[2], 페미니즘적 시각을 통한 박경리 소설의 인물 비판이나 가족제도에 관한 고찰[3], 『토지』라는 대작의 분석[4]으로 크게 유형화해 볼 수 있다. 상대적으로 박경리 문학 전반을 아우르는 창작방법에 대한 연구[5]는 미미한 편이고 『토지』라는 대작의 문학사상적 평가와 분석에 최근의 연구들도 집중되고 있는 경향이다.

『토지』론 다음으로 연구자들에 의해 집중조명된 작품이 『시장과 전장』이다.[6] 『시장과 전장』은 『김약국의 딸들』에 이어 두번째 전작장편으로

책: 임중빈, 「삶 그리고 긍정의 모험」, 『문학춘추』 1966년 겨울호; 홍사중, 「한정된 세계의 비극」, 『현대한국문학전집』 11, 신구문화사, 1966; 정명환, 「폐쇄된 사회의 문학」, 『사상계』 1966년 3월호; 염무웅, 「박경리 문학의 매력」, 『세대』 47, 1967; 송재영, 「삶의 좌절과 비극」, 『문학과지성』 1974년 봄호.

2) 조순자, 「박경리 소설 연구」, 숭실대학교 석사학위논문, 1994; 한용임, 「박경리의 『토지』 이전 장편소설 연구」, 연세대학교 석사학위논문, 1995; 김현정, 「박경리 초기 단편소설 연구」, 성균관대학교 석사학위논문, 1996; 정은경, 「박경리 소설의 인물 연구」, 한양대학교 석사학위논문, 1988; 장미영, 「박경리 소설 연구—갈등 양상을 중심으로」, 숙명여자대학교 박사학위논문, 2002.

3) 백지연, 「박경리 초기 소설 연구 : 가족관계의 양상에 따른 여성인물의 정체성 탐색을 중심으로」, 경희대학교 석사학위논문, 1995; 김혜정, 「박경리 소설의 여성성 연구」, 충북대학교 박사학위논문, 1999; 이금란, 「박경리 소설에 나타난 가족 이데올로기 연구」, 숭실대학교 박사학위논문, 2006.

4) 이상진, 「박경리의 『토지』 연구 : 인물 형상화를 중심으로」, 연세대학교 박사학위논문, 1998; 최유희, 「박경리 『토지』 연구」, 중앙대학교 박사학위논문, 1999; 조윤아, 「박경리 『토지』의 생명사상적 변모에 관한 연구」, 서울여자대학교 박사학위논문, 1998; 박혜원, 「박경리 『토지』의 인물 연구」, 이화여자대학교 박사학위논문, 2002; 박상민, 「박경리 『토지』에 나타난 악의 상징 연구」, 연세대학교 박사학위논문, 2009; 이미화, 「박경리 『토지』에 나타난 여성인물 연구 : 탈식민적 페미니즘의 관점에서」, 부산대학교 박사학위논문, 2011; 허연실, 「『토지』의 사회문화 담론 연구」, 고려대학교 박사학위논문, 2010.

5) 김은경, 「박경리 문학 연구」, 서울대학교 박사학위논문, 2008에 이르러 일관된 방법론하에 작품의 서사 분석이 시도되었다 볼 수 있다.

6) 조남현, 「박경리의 『시장과 전장』」, 『한국현대소설의 해부』, 문예출판사, 1993; 김복순, 「『시장과 전장』에 나타난 사랑과 이념의 두 구원」, 『『토지』와 박경리 문학』, 솔출판사,

서 발표 당시부터 많은 주목을 받았다. 그런데 출간된 지 약 육 개월 뒤에 「피상적 기록에 그친 6·25 수난」이란 제목의 서평에서 백낙청으로부터 혹독하게 비난을 받게 된다.[7] 이에 대해 박경리는 소설 제목, 문체, 인물 창조방법 등의 문제를 중심으로 하여 신경질적인 태도로 반론을 펼쳤다. 그것은 백낙청이 법칙주의적인 태도에서 벗어나지 못했으며 작품을 열심히, 또 제대로 읽지 않았다는 지적으로 요약될 수 있을 것이다.[8] 『시장과 전장』은 전쟁 미망인으로서의 작가의 개인사적 체험을 작품의 주된 서사로 담아내고 있지만 초기 단편들에서 보이는 개인사적 체험에 함몰되는 인식이 변화되고, 한국사회 전반으로 확대되어가는 과정에 놓인 작품이라는 측면에서 초기와 후기 문학을 잇는 징검다리 작품으로 평가받고 있다. 조남현은 『시장과 전장』의 특징 중 하나로 작가 박경리가 중립성 또는 중립지향성을 기본 입지로 삼은 점을 작품의 미덕으로 꼽으며[9] 이 작품의 문학사상적 의의를 고평했다. 이나영은 1960년대적 맥락에서 개인의식

1996 : 구재진, 「1960년대 박경리 소설에 나타난 '생활'의 의미―박경리론」, 『1960년대 문학연구』, 깊은샘, 1998 ; 방은주, 「박경리 장편소설에 나타난 사랑의 의미 연구」, 서울대학교 석사학위논문, 2003 ; 이나영, 「박경리의 『시장과 전장』에 나타난 '개인의식' 연구」, 『어문론총』 38, 2003 ; 강진호, 「주체 정립 과정과 서사적 거리 감각」, 『현대소설사와 근대성의 아포리아』, 소명출판, 2004 ; 이상진, 『한국 현대소설사의 주변』, 박이정, 2004 ; 임경순, 「유토피아에 대한 몽상으로서의 이념」, 『한국어문학연구』 45, 2005 ; Nguyen Long Chau, 「한국전쟁 문학 속의 여성 연구―박경리의 『시장과 전장』을 중심으로」, 서울대학교 석사학위논문, 2002 ; 임경순, 같은 글 ; 허연실, 「독백의 서사와 이중구조 : 박경리 『시장과 전장』 연구」, 『한국근대문학연구』 7, 2006.

7) 백낙청, 「피상적 기록에 그친 6·25 수난」, 『신동아』, 1965, 324~327쪽. 첫째, 소설 속의 묘사가 대체로 관념적으로 흘러가버렸다는 점. 둘째, 현재형 어미로 일관하여 장편소설로서의 무게가 떨어져버린 점. 셋째, 6·25의 경험을 다루는 데 필요한 문제의식과 역량이 부족한 점. 넷째, 작가와 여주인공 지영의 거리가 너무 가까운 점. 다섯째, 독자가 알아보기 힘들 정도로 남주인공 기훈이 모순 덩어리로 처리된 점 등이다.

8) 조남현, 「박경리의 『시장과 전장』」, 『한국현대소설의 해부』, 문예출판사, 1993, 251쪽.

9) 조남현, 「『시장과 전장』의 이념 검증」, 같은 책, 113쪽.

의 중요성을 강조하며 '자기세계'의 구축을 바탕으로 권력과 소시민의 관계로 전쟁의 의미를 파악해냈다고 『시장과 전장』을 평가하며 1960년대적 문학적 자장 안에서 이 작품을 고찰하고 있다.[10] 임경순도 1960년대적 맥락 아래 이 작품 안에서 이념이 다루어지는 방식을 고찰하고 있다. 임경순은 기훈과 가화의 이념과 사랑이 지니는 초월성은 왜곡된 관념성을 내포하고 있는 것으로, 이를 일상에 대한 관념적이고 추상적인 인식과 동일한 것으로 파악했다. 그리고 관념적 초월성과 일상에 대한 추상적인 인식은 분리될 수 없는 두 요소, 이념과 정치를 분리시킨다고 보았다.[11] 『시장과 전장』에서 이념은 두 가지 방식으로 드러나는바, 하나는 유토피아에 대한 추구로서의 이념에 대한 정서적인 접근이며 다른 하나는 그것이 현실에 적용되었을 때 현실태로서의 정치에 대한 환멸이라는 것(임경순, 289쪽)임을 강조하면서, 이념과 정치가 분리될 수밖에 없는 『시장과 전장』의 이원성의 원인을 이 논문은 잘 규명해내고 있다. 김은경의 논문도 가치의 문제에 대한 분석이라 볼 수 있는데, 필자는 인물의 가치에 대한 태도와 정체성의 관련 양상을 분석하며 가치를 무차별화하는 인물들의 정체성이 부정되는 양상을 살펴보고 있다. 또한, 하기훈이 이념에 절대적 가치를 부여한 것과 달리 하기석이 이념에 대해 무차별적이라는 점에서 그들을 이 작품 내에 대립되는 가치와 의미망으로 분석하고 있다.[12] 본고는 앞선 논의들을 바탕으로 바흐친의 작가-인물의 문제를 중심으로 『시장과 전장』의 의미망과 인물 형상화의 방식을 논의해보고자 한다.

---

10) 이나영, 같은 글.

11) 임경순, 같은 글, 285쪽.

12) 김은경, 「박경리 장편소설에 나타난 인물의 '가치'에 대한 태도와 정체성의 관련 양상」, 『국어국문학』 146, 2007년 9월호.

2. 작가의 외재성에 의한 시선의 잉여 확보

　바흐친은 문학작품에서 주인공[13]과 작가의 관계를 주체와 타자의 관계로 파악[14]하고 있다.[15] 초기 바흐친의 문제의식은 미학적 활동에 관한 규정에 놓여 있는데, 바흐친은 문학작품에서 타자의 형상을 창조하는 것을 미학적 활동의 본질로 보고 있다. 그런데 여기서 문제가 되는 것은 타자에 대한 규정이다. 바흐친에게 있어 타자란 '나'의 타자가 아니라 타자의 타자성이다.[16] 타자의 타자성이란 '내가 타자에 융합되고, 몰입하며, 감정이입되는 것을 거부하는 것이다. 바흐친의 인식 속에서 모든 미학적 형식을 창조하는 힘은 타자의 가치론적 범주, 타자에 대한 관계이다. 이를 인식론적으로 해석하면 내가 나 자신을 위한 나로 남아 있는 한, 나는 미학적으로 가치 있을 수 없고 육체를 가진 시간과 공간 내에서 능동적일 수 없다는 의미가 된다.[17] 이러한 바흐친의 인식론적 사고 안에서 미적 사건의 전제조건은 두 개의 일치하지 않는 의식[18]이다.[19] 이러한 일치하지 않는 의식은 타자와 나 사이의 지평(compass of vision)과 환경의 차이에 의

---

13) 이때의 주인공이란 소설 속의 주인공이란 뜻보다 '의지와 판단, 감정을 가지고 행동하면서 삶을 완성하려는 주체'라는 의미에 가깝다.(이득재, 「바흐친과 타자」, 고려대학교 박사학위논문, 1996, 84쪽)

14) 주체-타자란 작가와 주인공의 관계를 말하고 있는 것이지 주체는 작가이고 주인공은 타자라는 의미가 아니다. 작자-인물의 관계가 '나-그것'이 아니라 '나-너'의 관계를 의미한다.(츠베탕 토도로프, 「바흐친의 문학론 : 인간과 상호 인간」, 『바흐친과 문화이론』, 여홍상 엮음, 문학과지성사, 1997, 116쪽)

15) 미하일 바흐친, 『도스또예프스끼 시학』, 김근식 옮김, 정음사, 1989.

16) 바흐친의 타자 개념은 레비나스와 유사하다. 타자와의 관계는 우리에 대해 외재적이다.(엠마누엘 레비나스, 『시간과 타자』, 강영안 옮김, 문예출판사, 1999, 83~87쪽)

17) Michael Holquist, *Dialogism—Bakhtin and his world*, Routledge, 1990, p.190.

18) 바흐친이 말하는 일치하지 않는 의식이란 지평(compass of vision), 환경, 시선의 잉여분(excess of seeing)을 의미한다. 주체가 타인을 만날 때 그들은 환경은 공유하지만 지평

해 간주체적 공간에 시선의 잉여(excess of seeing)[20]를 낳는다. 바흐친에게 미학적 활동(작품 창작)이란 이러한 시선의 잉여 속에서 가능하다. 미학적 활동은 우선 존재 안의 구체적이고 두 번 다시 반복될 수 없는 유일한 장소 내에 있는 주체가, 타자에게도 역시 존재하는 그러한 장소 속으로 들어가는 일이다(이것은 감정이입의 단계이다). 그러나 이 단계에서 미적 활동은 일어날 수 없다. 나 자신을 타자 속으로 감정이입시킨 후에는 반드시 나 자신으로 귀환해야 한다.[21] 타자의 형상을 창조하기 위해서는 타자의 위치로 감정이입해 들어갔다가 나 자신의 위치로 회귀한 이후에 타자 속에서 경험하고 끌어낸 자료를 완결(consummation)시켜야 한다. 바흐친이 여기에서 나 자신으로의 회귀를 강조하는 것은 바로 나와 타자는 융합하지 않는다는 것을 의미하기 위함이다. 나와 타자가 '융합한다'는 것은 환상이며 주체와 타자는 서로에 대해서 타자가 되어야 한다. 여기에 바로 외재성(outsideness)의 문제가 거론된다.[22]

그런데 인식론적으로는 작가와 주인공의 관계가 주체-타자의 문제이지만 실제로 주인공은 작품의 구조화 기능을 담당하는 창조자로서의 작가에 대해서는 수동적이다.[23] 『미적 활동을 하는 작가와 주인공』의 바흐

은 공유할 수 없다.(Gary Saul Morson · Carly Emerson, *Mikhail Bakhtin—Creation of a Prosaics*, Stanford Univ. Press, 1990, p.185)

19) M.Bakhtin, "Author and Hero in Aesthetic Activity", *Art and Answerability*, Ed. Michael Holquist · Vadim Liapunov, Trans. Vadim Liapunov, Texas Univ, 1990, p.10.

20) 영어로 surplus of seeing으로도 번역한다. 나는 그가 볼 수 없는 것들(자기 몸의 일부, 그가 볼 수 없는 시선, 자기의 머리, 얼굴, 얼굴표정, 그의 등뒤에 있는 세계 등)을 볼 수 있다. 이렇게 내가 볼 수 있는 것과 타자가 볼 수 없는 것의 차이가 시선의 잉여분인데, 나와 타자, 나와 세계의 이러한 차이에 의해 양자의 완전한 만남은 불가능하다.

21) 이득재, 같은 글, 86쪽.

22) M.Bakhtin, "Author and Hero in Aesthetic Activity", p.14.

23) 일반적으로 바흐친의 문학이론은 그가 『도스또예프스끼 시학』에서 보여준 작가와 주

친에게는 주인공의 존재가 파블라의 영역에 머문다면 작가는 슈젯, 즉 파블라를 완결해나가는 장르적 실천의 적극적 기획자가 된다. 이처럼 작가가 주인공에 대한 우위성을 확보하기 위해서 작가는 주인공에 대한 시선의 우위를 획득해야 하는데, 시선의 우위를 확보하기 위해서는 작가의 외재성이 필수적이다. 결국 타자로서의 작가의 우위는 주인공은 가질 수 없는 작가의 시간적, 공간적, 가치적 외재성에 의해 확보된다. 이 외재성은 주인공의 시야를 넘어서는 시선의 잉여를 창출하고 이에 기반해서 작가는 주인공의 총체에 대한 통일적인 반응을 보일 수 있게 되고 주인공의 의식과 그의 세계를 포괄할 수 있게 된다.

　이러한 작가의 외재성은 근본적으로 그의 시간적인 후속성에서 비롯된다. 창조행위는 현실의 성립 이후에 항상 그보다 늦게 이루어지는 것이고, 이러한 작가의 시간적인 포용성이 총체에 대한 인식을 가능하게 하는 의미의 포용성을 낳는다. 작가는 결코 일어나는 사건의 와중에 있는 것이 아니라 시간적, 공간적으로 사건의 외부에 존재한다.[24] 주인공에로의 자기 함몰이 아니라 주인공과 그 사건의 외부에서 평가하고 판단하는 타자성을 유지하는 것이야말로 미학적인 활동이 가능한 조건이 된다.[25] 이렇게 예술작품의 미학적 본질은 외재성을 간직한 작가가 주인공에 대한 총체적 인식과 가치평가를 수행하고 그를 통해 주인공을 하나의 전체로 완

인공과의 대화성으로 알려져 있지만(Michael Holquist, *Dialogism―Bakhtin and his world*) 초기의 바흐친의 시각은 사뭇 다르다. 『도스또예프스끼 시학』에서는 작가와 주인공 사이에서의 동등성에 관해 논하고 있지만, 그의 초기 저작인 『미적 활동을 하는 작가와 주인공』에서는 주인공에 대한 작가의 우위 속에서 예술작품의 미학적 원리를 도출해내고 있다.

24) 이문영, 「예술적 진리와 대화적 다성성의 공존 : M.바흐찐 연구」, 서울대학교 석사학위 논문, 1995, 26쪽.

25) M.Bakhtin, "Author and Hero in Aesthetic Activity", p.17.

결짓는 것에서 찾을 수 있다. 작가의 타자성은 주인공을 대화의 장으로 이끌어들이는 것이 아니라 시선(식견)의 잉여라는 우월한 지위 속에서 주인공을 극복하는 원동력으로 작용한다. 주인공의 삶의 현실을 미적으로 변형하는 과정은 전적으로 작가의 지배하에 있다(M.Bakhtin, p.183). 주인공은 예술적 완성을 위해 죽음에 기꺼이 동의하고 기억 속에서 모든 것을 작가에게 남김없이 드러낸 채 무장해제된다. 이때 주인공의 죽음은 끊임없는 자기활동으로 재생산되는 삶의 의미적 무진성(無盡性)으로부터 벗어나 예술 텍스트의 종결성(finalizability)에 순종함을 의미한다. 주인공이 예술적으로 형식화될 때 그는 그 시점에서 시작과 끝의 경계를 가지면서 작가에 의해 어떤 완결된 의미로 총체적으로 파악된다(M.Bakhtin, pp.107~108).

3. 『시장과 전장』과 작가의 작중인물에 대한 우위 확보

앞에서 살펴본 바흐친의 작가-주인공의 문제로 해석해본다면 박경리 소설에서 시공간의 확대는 작가가 주인공에 갖는 외재성에 의해 시선의 잉여가 확보되었기에 가능했던 것이라 볼 수 있다. 다시 말해 박경리의 초기 단편들은 바흐친식으로 보자면 작가가 주인공 외부에서의 평가적 지지점을 잃게 된, 외재성이 결여된 서사이다. 외재성이 결여된 채 주인공이 자전적으로 되는 경우 작가의 생각에 동화된 주인공은 완성될 수 없고 끝없이 부활하여 늘 새로운 완성을 요구한다.[26] 「불신시대」의 진영은 「암흑시대」의 수영으로 다시 부활하고 「계산」의 회인은 「전도」의 숙혜로 부활하게 된다. 다시 말해 이러한 글쓰기는 작가가 주인공에 대한 타

---

26) 이러한 반복되는 모티프를 정신분석학적인 시각으로 접근하여 반복 충동개념으로 설명한 논문도 있다. (김현정, 같은 글)

자성을 확보하기 못했기에 미학적 완결이 이루어지지 않고, 주인공은 끊임없이 부활하게 된다. 박경리 초기 단편들은 작품의 표면적인 형식과 달리 내적으로는 작가가 인물에 대한 외재성을 확보하고 있지 못했기 때문에 감정이입 후 자신으로의 귀환이 이루어지지 못하고 있다. 따라서 박경리의 초기 단편들이 미학적인 요소를 확보하지 못했던 것은 소설의 소재가 체험적인 요소라는 사실 자체에 있기보다는 작가가 작중인물을 타자로 인식하지 못하는 데서 기인한다고 볼 수 있다.

이에 비해 『시장과 전장』(1964)은 시선의 잉여를 통한 작가의 작중인물에 대한 우위를 확보한 작품이다. 작가는 더이상 작중인물에 감정이입되어 분리되지 못하는 것이 아니라 작중인물로부터 다시 작가로 귀환하여 시선의 잉여를 확보하고 이를 통해 작중인물에 대한 작가의 우위를 확보하고 있다. 그런데 바흐친이 『미적 활동을 하는 작가와 주인공의 문제』에서 계속해서 말하고 있듯이 인물에 대해 우위를 확보한 작가는 미학적인 활동으로서의 완결을 추구하게 된다.[27] 따라서 작중인물들의 활동에 경계를 부여하게 되는데 이는 소설 속에서 작중인물의 죽음이나 공간 탈출의 형태로 실현되어 사건의 종결성을 추구하는 서사문법으로 드러난다.[28]

---

27) 『김약국의 딸들』이 이를 설명할 수 있는 대표작이라 할 수 있다. 이미 예정된 가족사의 비극을 네 딸들의 삶의 과정을 통해 실현시키고 있을 뿐, 작품 속의 개화기부터 1930년대라는 시간과 통영이라는 공간은 작중인물들과 상호교섭하고 있지 못하다. '비상 묵은 자손은 지리지 않는다'는 명제를 증명해내고 있는 것이 김약국의 딸들의 삶을 지배하는 원리이다. 김약국 대의 비극이 각기 네 딸의 삶을 통해 구현되고 있는데, 작가의 시선의 잉여는 작중인물들을 이미 작가가 가지고 있는 비극의 장 안에 위치시킨다. 따라서 『김약국의 딸들』은 소설적 시공간이 작가의 그것과 분리되어 있어서 작중인물에 대한 거리 두기가 이루어졌으나, 작품이 처음부터 끝까지 작가의 예정된 명제를 작중인물을 통해 드러내 보이고 있는 구조이기 때문에 작가는 시종일관 작중인물에 대한 외재성을 확보할 수 있었다.

28) M.Bakhtin, "Author and Hero in Aesthetic Activity", p.13.

『시장과 전장』에서 지영을 중심으로 한 서사의 축은 작가와 주인공 사이의 거리가 가깝지만 초기 단편에서와 같이 감정이입으로 함몰되지 않아 작가의 외재성과 시선의 잉여가 확보되고 있다. 그러나 주인공이 작가와 밀착되어 작가는 쉽게 주인공에 대한 작가의 지배를 확보하지 못한다. 그러므로 지영이라는 인물의 창조는 감정이입과 외재성 사이에서 어느 한쪽으로도 기울고 있지 않아 바흐친이 말한 대화주의의 실현가능성을 엿보이고 있으나 작가는 이 작품의 사소설로의 함몰을 의식한 탓인지 작품의 후반으로 갈수록 지영의 서사를 축소하고 기훈과 가화라는 인물 창조에 힘을 기울이고 있다.[29] 그러나 기훈과 가화의 서사는 작가의 우위가 명백하여 작중인물들은 작가의 메시지를 전달하는 기호일 뿐 소설 속에서 발전하는 인물로 기능하고 있지 못하다. 기훈과 가화는 작가가 설정한 전장이라는 현실 속에서 성장하는 인물이 되어 있지 못하고 작가의 사상을 실현하는 특정 유형의 인간형[30]으로 소설 속에서 그려지고 있다. 이를 두고 김은경은 가치가 절대화된 인물이라고 분석한 바 있는데, 본고

---

29) 많은 연구자들이 기훈에 비해 지영은 서사의 전개과정 속에서 인물의 의식이 변화하며 성장하는 모습을 보여주는 입체적인 인물이라 평가내리고 있지만 필자는 지영이 애초에 일상 속에서 품고 있었던 문제의식이 전환되었을 뿐 해결되지는 않았다고 본다. 지영의 결벽증에 가까운 태도는 결혼하기 전에 자신의 이름을 일본말로 지영이라고 부른 것, 책을 세 권 사고 두 권의 책값만 낸 것, 남의 감자밭에서 감자를 몰래 가져간 것 등 기석의 행동과 상충하여, 그녀가 남편에 대한 애정을 갖지 못하게 했다. 또한 지영의 가정에서 어머니의 역할을 자신의 어머니가 대신해 주고 있음으로 인해, 그녀는 가정에서 붕 뜬 자신의 자리라든지 자신의 정체성에 대한 위기를 겪고 있었다. 이러한 지영의 여러 문제들이 전쟁을 통해 다른 문제로 전환되었을 뿐 그것이 해결되지는 못하고 있다. 그러므로 전쟁 후 다시 일상이 도래되었을 때 지영이 과연 어떠한 의식을 지니게 될지 미지수인 것이다.

30) 기훈이라는 인물은 지식인 공산주의의 모습으로 전후세대의 소설적 한계를 벗어난 인물 창조라는 긍정적인 평가(김외곤, 「전후세대의 의식과 그 극복—박경리론」, 『1950년대 문학연구』, 예하, 1991, 143쪽)도 받고 있으나 기훈은 작가가 이미 구상하고 있었던 긍정적 공산주의자의 한 전형을 충실히 실현하는 인물이지 서사의 진행 속에서 내면이 발전해가는 인물이 아니라고 본고는 판단한다.

는 이를 바흐친적인 맥락에서 작가가 인물에 대한 우위를 확보하여 작중에서 발선하는 인물로 그려지지 못하고 그 인물이 떠맡은 상징적인 의미망 속에 자기 충족적으로 갇혀 있는 것으로 해석해보았다. 실제로 지영과 기훈은 아주버니와 제수씨의 관계로 서사 내에서 두 번 조우하게 되나 의미 있는 상호작용은 이루어지지 않는다. 지영과 기훈은 잠시 교차하는 인물일 뿐 상호영향관계 속에 놓여 있지 않으므로 지영과 기훈의 세계는 병렬적이다.

다시 말해『시장과 전장』은 작가체험적인 지영을 중심으로 한 사건 전개가 사소설적으로 머물러 작품의 역사적 배경인 한국전쟁의 의미부여를 하고 있지 못할 서사에 하기훈이라는 인물을 대리보충하여 작품의 역사의식을 꾀하려 하고 있지만, 이 두 축의 사건 전개가 소설 속에서 융화되지 못해 작가가 내세운 시장과 전장의 의미는 작품 속에서 두 서사를 추동함으로써 얼개로 엮이지 못하고 있다.[31] 많은 연구자들이 '시장'과 '전장'에 의미를 부여하며 시장은 일상, 다시 말해 생활의 공간이고, 전장은 이데올로기의 공간으로서 각각의 인물들이 그 자장 안에서 의미를 구현해내고 있다고 분석하고 있다. 본고는 그러한 해석에 반대하지는 않지만 문제는 이러한 두 개의 영역이 상호침투하지 못하고 각각의 영역 속에 분리되어 있다는 점이다. 이를 두고 임경순은 정치와 이념의 분리라고 평했다. 정치와 이념의 교집합 속에서라야 지영이 마주한 현실의 의미 이해와 기훈의 관념성의 탈피가 비로소 가능할 터인데『시장과 전장』은 아쉽게도 이 영역의 교집합을 그려내는 데에 실패했다.

그렇다면『시장과 전장』에서 작가가 애착을 가지고 공들여 형상화했다

---

31)『시장과 전장』은 1부 20장, 2부 20장의 총 40장으로 구성되어 있고 표면상으로는 두 개의 플롯을 중심으로 진행되고 있다. 이중 22장은 지영의 서사, 18장은 기훈의 서사가 중심이 되고 있다.

는 가화의 세계는 어떠한가? 코뮤니스트 기훈과 사랑을 나누는 이가화라
는 인물은 매우 섬약하고 바보스러울 정도로 순수한 여성으로 그려져 있
다. 따라서 가화라는 인물은 『시장과 전장』의 분위기를 신비스럽고 몽환
적으로 이끌어나가는 인물로서 전체적인 작품구조 속에서 조화롭지 못한
인물로 보인다. 그런데 작가는 '가화'라는 인물 창조에 매우 만족해하고
있다.[32] 작가는 인물에 함몰될 가능성이 없이 시선의 잉여 속에서 사랑을
위해 목숨을 아끼지 않는 원초적이고 자연에 가까운 이가화라는 인물을
완성할 수 있었다고 만족하고 있지만 이가화는 작가가 시종일관 인물의
우위에 서서 작가의 이념을 구현하기 위해 만들어낸 인물이기에 작품 내
에서 다른 사건들과 유기적으로 결합되지 못하였다. 박경리 작품에는 가
화와 같은 인물유형이 자주 등장한다. 『파시』의 수옥, 『노을진 들녘』의 주
실, 『김약국의 딸들』의 용란과 같은 인물들이 바로 그것이다. 페미니즘적
인 시각에서 여러 비평가들이 박경리 소설에 나타나는 이러한 인물에 대
한 비판적 접근을 통해 작가 박경리의 여성의식의 한계를 지적한다. 그러
나 바흐친의 이론으로 이를 설명해본다면 이들 인물은 작가와 밀착된 인
물(『시장과 전장』의 지영, 『김약국의 딸들』의 용빈, 『파시』의 명화)과 대칭되
는 작중인물로 작가가 외재성을 확보하고 시선의 잉여를 통해 만들어낸
인물들이다. 훼손되지 않은 원시적 생명력이라는 작가의 사상을 구현하
는 인물들인 가화는 결국 작가의 외재적 시선 속에서 완결적으로 만들어
진 인물이기에 서사 내에서 일관성 있는 상징성을 가질 수 있으나, 열려
진 자의식과 세계에 대한 미완의 관점을 지닌 목소리의 인물일 수 없다.
그러므로 가화는 많은 미덕과 가치를 지닌 미학적 인물일 수는 있으나 소
설적 인물이기는 어렵다.

---

32) 박경리, 『시장과 전장』(박경리문학전집 1), 지식산업사, 1979.

4. 『시장과 전장』이 성취한 인물 창조의 풍부성

앞장의 논의를 통하여 본고는 우선 『시장과 전장』의 인물배치의 폐쇄성을 바흐친의 작가와 인물의 관계 양상을 통해 파악해보았다. 『시장과 전장』에서 작가를 환기하는 인물인 지영은 서사 내 가장 다이내믹한 인물이지만, 전쟁 후 그녀가 다시 돌아갈 일상의 차원이 과연 지영에게 어떠한 의미인가의 문제와 서사의 다른 큰 축인 기훈과 가화는 각각 이념과 사랑이라는 관념성에 갇힌 폐쇄된 인물임을 지적하며 『시장과 전장』의 인물 창조의 원리를 통해 작품의 단선성을 지적하였다. 그럼에도 불구하고 『시장과 전장』은 박경리 문학의 중요한 작품이며 나아가 1960년대 문학사에서도 매우 유의미한 장편이다. 1960년에 『광장』이라는 기념비적인 작품이 존재하지만 1960년대 전반기 전작장편을 통해 6·25의 의미와 이데올로기의 문제를 정면으로 다룬 작품은 흔치 않았다. 1950년대 전쟁을 다룬 소설이 보이는 체험의 직접성이 압도된 태도나 회의주의를 넘어서서 『시장과 전장』은 전쟁의 체험과 이데올로기의 문제를 장편의 호흡으로 동시에 다루고 있는 것이다. 전쟁의 체험, 다시 말해 직접성의 문제에 있어서는 1950년대 전후소설에서도 빈번히 그려지고 있지만 박경리의 『시장과 전장』은 전쟁의 직접성과 함께 이데올로기의 문제가 하나의 큰 축을 이루고 있다. 하기훈이라는 인물 창조를 비롯하여 석산, 자운, 장덕삼 같은 이데올로기적 인물들은 하기훈과는 다른 목소리를 내는 인물들로, 당시 현실태로서의 공산주의와 지식인들이 관념 속에 품고 있던 사상의 편차를 여러 인물들의 목소리를 통해 여실히 그려내고 있다. 또한 기훈을 둘러싼 여러 인물들, 예컨대 이가화, 동지 오사장, 인민군 소년병 순길, 빨치산 군관, 숙희, 기훈의 옛사랑 영애 등이 기훈을 둘러싼 서사에 개입되는 다양한 인물군들이다. 한편 지영을 둘러싼 서사에도 남편 기석,

동료 여교사들, 친정어머니 윤씨, 강대위, 여의사, 동네 반장집 등 기훈의 서사축과 마찬가지로 다양한 인물군들이 등장한다. 이러한 다양한 인물군들은 서사의 핵심인물들은 아니지만 장편이라는 무대에서 현실을 재현해내기 위한 인물군상들이라는 점에서,『시장과 전장』은 작가가『토지』라는 대작의 인물군상들을 그려낼 수 있는 역량을 키운 첫번째 장편이라 볼 수 있다. 실제로 박경리는『시장과 전장』외에 여러 장편들을 집필했지만 이처럼 다채로운 인물군상들이 그려지는 것은『김약국의 딸들』정도가 있을 뿐 전무후무하다.『토지』의 등장인물은 각기 작가가 의도한 상징성을 띤 인물이 아니라 작품 내에서 서로 얽히고 엮이어 있어 인물들 사이의 그물망을 통해 인물의 성격이 드러나고 있는데, 이러한 인물군상들에 대한 배치와 묘사가『시장과 전장』에서 시도되었다고 볼 수 있다. 다시 말해 바흐친적인 의미에서 다성악적 소설의 첫걸음에『시장과 전장』이 놓여 있다고 볼 수 있다. 작가가 자신의 이야기를 서사의 일부로 풀어놓음에도 불구하고 외재성이 결여된 감정이입의 서사인 초기작과 달리,『시장과 전장』에 이르면 작가가 인물에 대한 우위성을 확보하고 인물을 미학적으로 완결하고 있을 뿐만 아니라 다양한 인물군상의 창조를 통해 작가의 통제를 벗어나 인물들의 관계망 속에 각각의 소리를 낼 수 있는 다성악적 소설로서의 발전가능성이 엿보인다.

역사적 소명의식의 문학적 발로
─ 김정한의 삶과 문학

전승주

1. 김정한 소설을 읽는 시각

　김정한의 대표작이라 할 수 있는 「사하촌」이나 「모래톱 이야기」 「수라도」 등은 모두 그 자신이 나고 성장했던 농촌사회를 배경으로 하여 당대 농민의 생활상을 핍진하게 묘사함으로써, 뛰어난 농민문학으로 평가받아 왔다. 그러나 김정한의 문학에 대해 기존의 문학사는 농촌문제를 부각시키고 있다거나, 1930년대 농촌사회의 궁핍과 농민의 고통을 다룬 작품, 혹은 1960~1970년대 도시소설에 대비되는 농촌소설이라는 등 지나치게 일면적인 평가만을 내리는 데 그치고 있다. 이러한 평가들은 대개 요산의 문학활동 전 기간 중 일부에만 주목하거나 혹은 농촌을 소재로 하고 농민의 생활을 다루고 있다는 특성에만 주목한 것으로, 그의 전 문학을 꿰뚫고 있는 특성을 파악한 것이라고는 말하기 어렵다.

　요산(樂山) 김정한의 문학을 제대로 읽어내기 위해서는 그가 본격적으로 문학을 통해 자신의 의지를 드러내고자 했던 시기가 1930년대 중반이었다는 점을 먼저 떠올려야 한다. 이는 단순히 1930년대의 시대적 의미의 중요성뿐 아니라 그가 문학을 하게 된 동기와 밀접히 연관되어 있기 때문이다. 1930년대는 만주사변으로 본격화된 일본의 군국주의가 '문화통치'라는 가면을 벗고 식민지 조선에서의 억압과 탄압을 노골화한 시기다. 운동으로서의 문학을 표방했던 카프 구성원들에 대한 검거 및 카프조직의 해체는 이런 탄압의 상징적 사건이라 할 수 있다. 조선문학과 문인들에 대한 억압은 곧 식민지 지식인들의 위기의식의 생성으로 이어지는데, 이러한 위기의식은 식민지 자본주의의 발달과 연계된 상업적 통속문학의 발흥과 맞물려 더욱 증폭되었다고 할 수 있다.

김정한의 문학을 주목해야 하는 첫번째 이유는 바로 이 지점에 있다. 운동으로서의 문학을 표방했던 프로문학이 카프조직의 해체와 구성원들의 검거로 인해 저항의지를 드러내지 못하게 되었을 뿐 아니라, 통속적인 상업주의 문학의 발흥, 전향 및 친일문학으로의 경도, 현실을 등진 자연예찬으로의 도피 등 대부분의 문학이 식민지 조선의 현실을 직시하지 못하던 1930년대 중반, 김정한은 친일 식민지주와 농민의 갈등을 직설적으로 묘사함으로써 식민지 현실에 대한 고발은 물론 억압에 맞서 싸워야 한다는 저항정신의 회복을 일깨우고 있다.

김정한의 문학을 특별하게 만드는 두번째 이유는 그의 등단작인 「사하촌」(1936년)으로부터 마지막 작품인 1985년의 「슬픈 해후」에 이르기까지 오십여 년 동안 40여 편 정도의 작품 전체에 이러한 현실고발과 저항정신이 일관되게 유지되고 있는 점이다. 특히 여기서 눈여겨보아야 할 점은 그의 문학활동 기간이 지속적으로 이어지고 있는 것이 아니라 두 번의 공백기간을 가진 채 이루어지고 있다는 점이다. 그가 중앙 문단에 이름을 알리게 된 「사하촌」(1936)을 비롯하여 「옥심이」(1936), 「항진기」(1937), 「낙일홍」(1940) 등 절필 이전 식민지 시기의 문학작품이나, 비교적 덜 알려진 「옥중 회갑」(1946), 「설날」(1947) 등의 해방공간의 작품들은 물론,

1960년대 중반 다시 문단에 복귀하여 발표한 「모래톱 이야기」(1966), 「수라도」(1969), 『인간단지』(1970) 등에 이르기까지 오랜 세월 동안 일관된 문학적 자세와 주제를 유지하고 있다.

　김정한의 문학이 오랜 세월 동안 억압받는 인물들의 삶에 대한 고발과 저항을 그리는 특성을 보여줄 수 있었던 것은 그의 작품들이 모두 그 자신의 체험을 바탕으로 하고 있기 때문인데, 그가 철저히 체험을 근거로 하여 작품을 썼던 이유는 그의 문학관에서 찾을 수 있다. 그는 자신의 소설이 기교나 언어의 사치성을 가질 수 없음을 강조한 바 있다. 즉 그는 작품에 있어서의 기교, 즉 기발한 구성이라든가 소위 재치 있는 표현 같은 건 처음부터 안중에 두지 않고, 그저 농촌 출신의 사람이면 이해할 수 있고 그들의 과거를 돌아볼 수 있는 소설을 쓰기 위해 노력했다고 말한다. 특히 이러한 특성은 외양과 기교보다 항상 소박한 것을 좋아하고, 도식적이거나 허식적인 것에 대해서는 오히려 일종의 혐오까지 느끼는 자신의 성격에서 비롯되고 있음을 강조했다. 이 때문에 김정한은 여러 인물들의 체험 범위 내의 것들을 선택하여 소설 속의 중요사건이나 핵심적 장면으로 의도적으로 구성하고 있는 것이다. 이처럼 그는 고도로 세련되고 승화된 현대예술이나 도시 소시민의 자의식을 그리는 문학을 배격하였는바, 허식을 거부하는 그의 이러한 태도는 당대 사회의 절박함을 보다 생생하게 전달해주는 효과를 지닌다. 즉 문체나 상황전달이 긴박하고 메마른 것은 당시 사회의 메마름을 그대로 전달해주며 자신의 체험을 강조함으로써 이야기를 더욱 살아 있게 만드는 것이다. 이와 함께 김정한은 문학을 절대 개인의 것으로 생각하지 않는다. 작가는 자기 개인보다도 그가 속해 있는 집단을 위해 있는 사람이라 생각한다. 즉 김정한은 우리는 모두모두 개인이 아니라 민족이라는 집단의 한 사람이며 이 사실을 투철하게 인식하는 것이 자기 자신을 옳게 인식하는 길이라고 생각했던 것이다.[1] 이러한 문학관에서 출발하고 있기에 김정한의 문학은 어떤 역경 속에서도 인간과 인간의 자유를 지키는 일을 자랑으로 삼는 순수한 작업으로서의 휴머니즘문학이 될 수 있었던 것이다. 문학은 문학, 인생은 인생 따로 있는 것이 아니며, 어느 시대 어느 지역에서도 통할 수 있는 인간의 본능적이고 기본적인 감정이나 개인적 갈등보다는 인간을 억압하는 온갖 권력에 맞서 무엇을 해야 할 것인가를 고민해야 한다는 김정한의 문학관에 대한 이해가 그의 문학을 올바로 느끼기 위한 세번째 관건이 될 것이다.

이처럼 김정한 문학의 평가는 그의 문학관처럼 현실에 대한 고발과 저항을 기조로 한 민족문학의 차원에서 논의되어야 한다. 여기서 말하는 민족문학이란 곧 민족적 전통의 어떤 부분만을 편리한 대로 보존하여 현재와 미래에 대한 모호한 낙관론을 고취하는 문학론이 아니라, 정확한 자기 이해와 역사의식을 위한 하나의 지침으로서 민족적 위기의식에 근거한 문학이다. 민족의 위기를 인식하고 그에 대응할 수 있는 문학이야말로 진정으로 우리 민족의 현실을 인식하고 미래에 대한 희망을 품을 수 있도록 할 것이다. 그런 의미에서 김정한의 문학을 농촌문학이라거나 막연한 현실고발문학으로 평가해서는 그의 진정한 문학적 가치를 발견하기 어려울 것이다.

2. 식민지 농민 현실과 저항의 표현

「사하촌」이라는 작품이 조선일보 신춘문예에 당선되어 본격적으로 소설가 김정한이라는 이름을 알리기 전에 그는 이미 두 편의 소설을 발표한

---

1) 김정한, 「문학과 자유와의 관계」, 『수라도 인간단지 외』, 삼성출판사, 1978, 401~412쪽 참고.

바 있다. 그런데 잡지 『신계단』에 발표했던 첫 작품인 「구제사업」(1931)
은 제목만 실리고 전문 삭제당하여 현재 볼 수가 없다. 일본 동경 유학 시
절 조선인 유학생회에서 발간하던 『학지광』 편집에 참여한 경험과 『조선
시단』 『대조』 등의 잡지에 시와 동요 등을 발표한 적은 있지만, 사실상 소
설가로서의 그의 이름을 알린 첫 작품은 잡지 『문학건설』에 실렸던 「그
물」(1932)이라고 볼 수 있다. 소설 「그물」에서 보여주고 있는 세계는 지
주와 소작인 및 그들의 중간에서 소작인을 착취하는 마름의 모습이다. 소
작인 '송또쭐'이라는 인물이 지주 '박양산'은 물론 특히 마름 '김주사'에
게 어떻게 착취를 당하고 있으며, 그러한 억압에 소작인 '송또쭐'이 맞서
싸우고자 하는 결심을 하게 되는 과정을 그리고 있다. 마름 김주사의 횡
포 때문에 소작을 부치던 논을 빼앗기게 된 '송또쭐'은 주재소로 가서 시
비를 가리고자 한다. 그러나 지배계층과 한편이 되어 있던 주재소에서 마
름의 편을 들어 송또쭐은 소작하던 땅을 잃게 되는데, 이에 복수를 결심
하는 것으로 소설은 끝나고 있다. 전형적인 지주/마름-소작인의 갈등관
계를 그린 이 작품은 당시의 프로농민소설과 매우 유사한데, 그의 소설이
지니는 분위기는 그의 이력을 살펴보는 것만으로도 쉽게 연계시켜 생각
할 수 있다. 1928년 동래고보를 졸업한 후 김정한은 울산 대현공립보통학
교 교원으로 취임했다가, 민족적인 차별대우에 불만을 품고 조선인 교원
연맹 조직을 계획한 바 있다. 이 일로 일제 경찰에 체포되어 신문을 받게
된다. 이 사건으로 교원생활을 그만둔 뒤 문학을 할 것을 결심하고 1929
년 2월 일본 동경으로 건너가 와세다 대학 부속 제일고등학원 문과에 다
니며 본격적인 문학 공부를 하면서, 안막, 이원조 등의 카프 문인들을 사
귀게 된다. 이 때문에 김정한은 카프문학의 영향권 내에 있었던 것으로
평가되기도 하지만 이후 그의 행보에서 나타나듯 사회주의 이념에 경도
되거나 운동으로서의 문학을 지향한 것으로는 보이지 않는다. 이때 습득

한 사회과학의식은 이후 현실고발에 주목적을 두고 있는 그의 문학관을 형성하는 데 상당한 영향을 미친 것으로 보인다. 하지만, 그의 작품 속에는 정해진 타이프에 따라 작품을 써내는 도식적인 요소나 어떤 문제를 해결해나가는 공식적인 방안을 마련하지 않고 있으며, 현실적 문제의 해결을 위한 이념의 중요성을 강조하고 있지도 않은 점에서 프로문학 계열의 농민소설과는 일정하게 구분된다. '문학 하는 사람이 무슨 단체냐'는 의식 아래 일본의 '코프'나 조선의 '카프'에 가입하지 않고 일정한 거리를 두고 있었던 사실만 보더라도 문학을 통해서 조직을 형성하고 현실개혁의 방안까지 생각한 것은 아니었다는 사실을 짐작할 수 있다. 따라서 그가 일본 유학중 마르크스주의를 접하고 사회주의 지식인들과 교류한 것은 어디까지나 민족적 현실문제를 해결하려는 고뇌에 찬 모색에서 나온 것이라 할 수 있다. 1932년 여름방학을 맞아 고향으로 돌아온 김정한은 양산 농민봉기사건에 개입했다가 검거되고 결국에는 그해 9월 학업을 중단하게 된다. 소작인과 지주/마름의 갈등을 그려낸 소설 「그물」이 씌어진 것은 바로 이때로 볼 수 있는데, 이듬해인 1933년 남해공립보통학교 교원으로 취임하고 이때부터 본격적인 작가의 길을 결심하게 된 것으로 보인다. 그 자신이 말하듯 그의 대표작 중 하나인 「사하촌」을 쓴 것은 남해에서의 교원 시절이었으며, 「사하촌」의 배경 역시 그의 고향 마을에 있는 '범어사'가 아니라 남해의 '용문사'를 모델로 삼아 탄생되었다. 「사하촌」의 중심 제재와 갈등은 보광사라는 절의 주인인 승려주지들과 이 절의 논을 부치는 소작인들 사이의 갈등과 대립이다. 여기서 김정한은 농민들의 궁핍과, 이미 세속에 물들었을 뿐만 아니라 '천황폐하 만세'를 외치는 지주의 횡포, 그리고 이에 맞서는 농민들의 저항을 매우 직접적으로 보여준다. 「그물」에서도 등장했던 '또쭐이'라는 인물과 '들깨'를 중심으로 한 성동리 주민들과 이들 농민들의 위에 군림하고 있는 보광사 승려지주들의 대립은 단순한 지주-소작인의 대립 갈등으로 끝나는 것이 아니다. 여기서 승려지주는 단순한 지주일 뿐만 아니라 소위 황민화(皇民化)운동의 앞잡이 노릇을 하며 식민지 지배체제의 논리를 전파하는 친일지배계층의 모습으로 등장한다. 이들 지주계층과 함께 마을 주민이면서도 면소에 근무하며 마름일을 맡아보는 농사조합 평의원이자 마을 진흥회장인 '진수'와 교풍회장인 '이주사'는 가뭄에도 불구하고 농민들에게 혹독한 소작료를 물리는 횡포를 부린다. 이에 농민들은 소작료 지불을 연기하기 위해 보광사 농사조합으로 찾아간다. 하지만 조합이사에게서 돌아오는 말은 귀찮거든 논을 부치지 말라는 협박뿐이다. 결국 소작인들은 차압 취소와 소작료 면제를 탄원하기 위해 보광사로 몰려가게 된다. 이 소설의 중요성은 지주와 마름의 횡포를 통해 당대 농민들의 절망적 상태를 드러내고 있는 점에만 그치는 것이 아니다. 소작농과 지주 및 마름의 대립이 식민지 사회의 구조적이고 근원적인 대립구조에 근거하고 있음을 자연스럽게 드러내고 있다. 그것은 소설 속의 지주와 마름이 농민들을 착취하는 단선적 계급논리에 따라 묘사된 인물이 아니기 때문이다. 소설 속에서 이들 지주와 마름의 농민 탄압이 궁극적으로 식민지 지배논리의 관철이라는 것을 제시함으로써, 농민들로 하여금 지주와 마름의 횡포가 개인적 간교함을 넘어선 식민지 체제하의 구조적 모순이라는 점을 알아차리도록 만들고 있는 것이다. 그리고 자연스럽게 현실에 대한 인식과 분노를 집단적 항거라는 방식으로 표출시키고 있는 것이다. 소설 「옥심이」에서 드러나는 양상은 이와는 조금 다르게 파악할 수 있다. 소작농의 절대 궁핍과 절망적 상태를 묘사한 이 작품에서는 가난에 따른 성의 문제 즉 가난을 벗어나기 위해서라면 윤리도 내팽개칠 수밖에 없는 상황을 보여준다. 어떤 의미에서 이 작품은 식민지 농촌 현실의 전체성보다는 매우 구체적인 한 부분을 확대경으로 본 것처럼 세밀히 그려내고 있다고 할 수 있다. 식민지 농촌 사회의 수탈구조와 그에 따른 저항의지의 표출이든 그야말로 거지와 다름없는 농민의 삶에 대한 처절한 고발이든 김정한이 그려내고 있는 농촌 현실과 농민들의 저항은 철저히 작가의 삶에 기반하고 있다. 이 때문에 농민들의 집단적 저항정신을 계급 갈등이나 이념적 투쟁의 대열로 이끄는 지식인의 등장이 이루어지지 않고 있다는 점에서 프로농민소설과는 일정하게 구분된다. 김정한의 경우 오히려 사회주의에 대해 일정하게 비판적 거리를 지니고 있다. 이러한 모습은 소설 「항진기」(1937)에서 잘 볼 수 있는데, 전문학교를 나온 사회주의 지식인 '태호'를 두고 무식한 농민인 그의 아버지가 술이나 처먹고 기생집에 누워 축음기 소리에 눈물이나 흘리는 인간이라 이야기하는 것만 보아도 당대의 사회주의에 대한 그의 인식을 어느 정도 짐작할 수 있다.

이러한 작품들 속의 당대 농민들의 삶에 대한 핍진한 묘사는 무엇보다도 그 자신의 체험을 철저히 바탕으로 하고 있기 때문에 더욱 생생하다. 「사하촌」이 게재되자마자 김정한의 본가에 승려들이 찾아와서 집에 불을 놓겠느니 하는 위협을 가했는데, 「사하촌」에 나오는 몇몇 장면이 고향의 범어사와 그 주변에서 일어났던 일과 비슷한 데가 많았기 때문이라는 말이 이를 증명한다. 「그러한 남편」(1939), 「월광한」(1940), 「낙일홍」(1940) 등 식민지 말기가 가까워지면서 발표된 작품들은 강력한 식민지 현실에 대한 고발과 저항의지 대신 그러한 저항의지를 드러낼 수 없는 암울한 심정의 표현에 그치고 있지만, 철저한 민중적 삶의 체험을 기반으로 삼고 있다는 점에서 식민지 말기의 친일적 경향이나 허무주의 등과는 일정하게 구별되고 있다. 「낙일홍」에서 볼 수 있듯 작가 자신의 벽지로의 전근과 그동안 목격했던 조선인 교사에 대한 차별이라는 철저한 체험의 세계를 바탕으로 한 그의 작가적 자세는 한마디로 역사 속에서 가려진 부분을 드러내고 그것을 회복하려는 노력의 소산인 것이다. 이는 소외된 계층을 역사 속으로 끌어들이고 그들의 인간성을 회복시킴으로써 진정한 인간의 삶을 찾아야 한다는 그의 문학관의 일관된 표현이라 할 것이다. 이러한 사실은 그가 왜 문학을 자신의 업으로 삼게 되었는가 하는 이유에서도 알 수 있다. 그가 동래고보 시절 처음으로 문학에 눈을 돌리게 된 것은 어떤 특별한 계기가 있었던 것이 아니라 민족적 울분에서 자연스럽게 발양된 것이었다. 조선민족으로서 자신이 겪어야 했던 그 억울한 심정을 일기나 글로써 적곤 하던 가운데 남해보통학교 교사로 취임한 뒤, 본격적으로 문학을 택하게 된 것은 작가나 시인이 되기 위해서가 아니라 항일을 위한 싸움의 일선에 못 나설 바엔 하다못해 글로써나 고발해보겠다는 심정 때문이었던 것이다. 일제의 수탈과 억압이 심할 때 조국을 잃은 청년으로서 과감히 독립운동에 나서지는 못했지만 그러한 자책감의 표현으로 농민들의 한 맺힌 이야기를 하지 않을 수 없었다는 것이다. 문학 자체가 삶의 모순을 해결할 수 있거나 해결방안을 제시할 수 있는 것은 아니지만 적어도 현실의 가려진 부분을 정확히 볼 수 있게 하며 또한 그러한 인식을 할 수 있을 때에만 민족의 독립이 가능하다고 믿었기 때문이다.

이후 교원생활을 그만두고 맡았던 동아일보 지국 경영은 더욱 어려워지게 되었고, 일제의 억압이 그 도를 더해감에 따라 「낙일홍」(1940)을 쓰고 나서는 붓을 꺾기로 결심한다.

3. 역사적 소명의식의 각성을 위한 문학

1940년대 절필 후 1966년 「모래톱 이야기」로 다시 문단에 복귀할 때까지 김정한은 중학교 교사로 출발하여 대학교수로서의 생활인으로 살아왔다. 물론 이 기간 동안 「옥중 회갑」(1946), 「설날」(1947), 「병원에서는」(1951), 「액년」(1957) 등의 작품을 써낸 바 있기에 완전한 공백기간이었다고 말할 수는 없다. 이들 작품들은 1930년대 작품들이 거둔 성과에 비교될 정도는 아니지만 그의 문학적 근원인 부정적 현실의 고발이라는 문학적 자세를 유지하고 있어 1960년대의 문단 복귀가 절로 이어진 것이 아님을 말해준다. 특히 「옥중 회갑」이나 「설날」의 경우 두 작품 모두 민족의 독립을 위해 싸웠던 지사들이 민족해방 이후에도 국가의 주인이 되지 못하고 외세와 그에 아첨하는 모리배들에 의해 억압받지만 그에 굴복하지 않으리라는 저항의 의지를 되새기고 있는 작품이다. 옥중에서 회갑을 맞이하고 설날 세배를 받아야 하지만 어떤 희망에 가까운 봄의 기쁨을 느끼게 되는 것은 억압적 현실에 꺾이지 않을 것이라는 의지의 표현이 아닐 수 없다. 이런 저항정신을 간직하고 있었기에 1960년대의 문단 복귀는 기이하게 보이지 않는다.

여기서 1960년대의 역사적 상황에 따른 문학적 환경이나 문단 형성의 역사적 조건을 살펴보지 않고 그의 생활인으로서의 이력만 잠깐 살펴보아도 1960년대 김정한의 문단 복귀가 어떻게 이루어지며 그 문학적 특성이 어떠한가를 살필 수 있을 것이다. 1949년 부산대학교에 출강한 이래 조교수에서 시간강사, 다시 부교수를 거쳐 학장의 일까지 맡았던 그가 5·16군사쿠데타 이후 학교에서 물러나게 되었다가 1965년에야 다시 전임강사로 회복된 이후 마침내 이듬해인 1966년 「모래톱 이야기」를 통해 소설가의 길로 복귀한다.

역사적 혼란과 제도적 모순에 의한 토지 소유의 이전과정을 통해 개인적 삶의 불행을 제기한 「모래톱 이야기」를 통해 현역 소설가로 복귀한 이후 김정한은, 독립운동으로 선대들이 희생된 몰락해가는 위정척사파 양반 집안의 며느리 '가야부인'의 삶과 친일파이자 친미파인 '이와모토' 참봉네의 대조를 통해 식민지 상황과 미군정 시절 근대사의 부침을 극명하게 보여준 「수라도」(1969), 민족분단이 초래한 이데올로기의 폐해로 인해 순박한 일가족이 결딴나는 모습을 그려낸 「뒷기미 나루」(1969), 사회사업이라는 미명 아래 행해지는 부조리와 부정을 보여주고 독립운동의 경력을 지닌 나환자가 해방된 사회에서 어떤 고통을 받는지, 그리고 그들이 원하는 인간적인 삶은 무엇인가를 말하는 「인간단지」(1970), 해방 후의 친일 모리배와 독립유공자 후손의 대조적인 삶의 양상을 통해 진정한 해방의 의미를 묻는 「산거족」(1971)과 「산서동 뒷이야기」(1971), 일제시대 피체와 구금의 대상이었던 인물이 해방 뒤에도 도피와 체포의 대상이 되어야 하는 민족사의 고난을 그린 「슬픈 해후」(1985)에 이르기까지 일관된 주제의 구현을 위한 꾸준한 작품활동을 보여준 바 있다.

이들 작품들에서 우선 눈에 띄는 것은 1930년대 중반의 작품들과 거의 흡사한 서술방식을 보여준다는 사실이다. 제재나 배경은 물론 인물의 형상화에 있어서도 개인의 내면적 갈등이나 심리묘사에 의한 서술방식이 아니라 항상 올바른 길을 걸어가면서도 고통받는 인물과 그를 억압하는 사회와의 대립과 저항을 작품의 축으로 삼고 있는 것을 볼 수 있다. 이러한 모습은 문단 복귀작인 「모래톱 이야기」에서 강렬하게 빛나고 있다. 그 스스로는 쓰기 싫은 것을 원응서가 주간으로 있던 『문학』지의 간청을 굳이 저버리지 못해 용기를 내어 써본 작품이라고는 하지만 이는 겸손의 말일 뿐이다. 문학을 하는 이상 스스로 택한 것에 대한 책임을 지는 것, 이는 곧 역사에 대한 책임이며, 그 책임을 다하기 위해 노력하는 그 자체가 보상이라고 말하는 데서 알 수 있듯이 이 작품은 1960년대 한국 농민들의 고난한 삶에 대한 강력한 고발이며 그 고난을 초래한 우리 사회에 대한 강력한 비판의 목소리인 것이다. 김정한은 이 작품에서 당대 농민들의 삶의 근원적 문제로서의 토지문제를 제기하고, 농민의 궁핍화 과정이나 소작쟁의와 이농 등 현실적 고통을 형상화하고 있다. 그리고 이러한 농민들의 고통이 어떤 구조적이고 근본적인 모순으로부터 비롯되었으며 어떻게 심화 확대되고 있는지를 주인공들의 의식이 변해가는 양상을 있는 그대로 펼쳐놓음으로써 알려준다. 또한 이들 작품을 통해 독립운동, 민족지도자라는 공통된 전력과 해방 후 진보적 지식인으로서 현실적 고난을 당하는 이야기를 통해 빼앗긴 농토의 회복과 분배문제, 식민지 시기 핍박받았던 인물들의 복권문제, 친일분자의 처리문제, 일제하의 정신적 육체적 피해의 보상문제 등을 제기함으로써 1960년대 사회의 모순을 불러온 근원이 되는 해방의 의미를 묻고 있다. 이를 통해 식민지 시대의 본질적 모순이 대부분 해방 후까지 온존해 있으며, 일부는 분단 시대 특유의 병폐까지 겹쳐 오히려 심화되고 있다는 사실을 여실히 보여주고 있다. 이처럼 그는 이 땅의 본질적인 모순이 농촌에만 존재하는 것이 아니라 이 땅 모든 곳에 구조적으로 존재하고 있음을 보여준다.

이처럼 농촌사회에 대해서뿐만 아니라 도시 속에서의 모순적인 삶에까지 그 증언의 폭을 넓혀 당대의 본질적 모순을 포착할 수 있게 함으로써 김정한의 문학은 역사적 소명의식의 각성을 불러일으킨다. 즉 현 단계의 역사적 과제를 직접 언급하지 않더라도 그것을 해결하기 위해서는 어떠한 자세를 지녀야 할 것인지를 시사해주는 것이다. 이것이 그를 단순히 농민소설작가로 여길 수 없게 하는 까닭이다.

작가의 이러한 민족의식은 작품 속의 인물들에게 투영되어 각 작품 속의 인물들이 시대의 전형으로서 작용할 수 있도록 한다. 「모래톱 이야기」의 갈밭새 영감, 「인간단지」의 우중신 노인, 「산거족」의 황거칠 노인 등이 바로 그러하다. 이들은 권력의 압력과 테러리즘에 맞서며 생명의 희생조차 서슴지 않는 인물들이다. 따라서 그들의 고통이나 싸움, 희생은 개인적인 것이면서도 한 개인의 생활 속에서의 결과로 끝나지 않고 집단적인 것으로 고양될 수밖에 없다는 것을 말해준다. 척사위정과 선비 특유의 미덕과 한계를 일거에 집약함으로써 높은 전형성을 획득하고 있는 「수라도」의 오봉선생이나, 양반층이지만 오봉선생의 한계를 뛰어넘어 평민과 호흡을 같이하는 새로운 차원의 인간상으로 부각되어 설득력 있는 역사적 대안을 제시하는 '가야부인'의 형상 등은 김정한의 작품을 단순한 농민소설의 수준을 뛰어넘어 뛰어난 예술성을 겸비한 민족문학적 성과의 차원 속으로 들어올 수 있게 해주는 것이다.

그런데 이러한 성과가 단순히 그의 역사의식이나 고발정신으로만 이루어진 것은 아니다. 그것은 부정적 현실에 대한 비판과 저항이라는 김정한 문학의 주제와 그 주제를 뒷받침하고 있는 수식과 가식이 없는 직설적 문체와의 결합이 효과적으로 이루어져 있는 덕분이다. 이러한 양상은 그의 문학활동 선 시기에 걸쳐 항상 유지되고 있다.

4. 김정한 소설의 문학사적 의미

김정한 소설의 출발은 식민지하에서 고통받는 농민을 비롯한 민족적 현실의 고발로 이루어지고 있다. 그가 고향과 교원생활을 했던 남해에서 보고 겪었던 구체적 농촌 현실과 식민지 교육의 문제에 대한 고발은 단순히 어느 한 사건에 대한 증언으로 끝나지 않고 이후의 작품에서 지속적으로 이루어지고 있다. 즉 식민지 시대의 지주-농민의 갈등과 모순을 그린 작품으로부터 해방공간을 거쳐 1960, 1970년대에도 계속해서 그러한 모순이 연속되고 누적되고 있다는 사실을 고발한다. 그래서 그의 문학은 강렬한 현실에 대한 증언으로 가득차 있다. 김정한의 소설을 두고 농민문학의 진수라거나 1960년대에 유행하던 도시의 소시민문학과 비교하여 의미 있다고 평가하는 것도, 그가 단순히 농민생활을 소재로 하고 있음을 말하는 것이 아니라 농촌사회의 모순과 현실을 적나라하게 고발하고 있다는 의미에서이다. 그는 권력의 부당함과 불법적인 힘에 맞서는 힘없는 자의 대항을 보여준다. 이러한 현실고발은 물론 그의 체험을 묘사함으로써 허황된 이념이나 허식을 경계하는 태도에서 나온 것이다. 문학을 선택하게 된 경위에서도 알 수 있듯이 그의 작품세계를 형성하는 가장 근원적인 것은 인간으로서의 양심적인 문제이며 인간의 기본적인 삶에 대한 염원이다. 그는 이념이나 논리 혹은 이상을 말하기 전에, 먼저 현실의 고통스러운 삶을 보여주고 그러한 고통의 원인인 억압에 맞서 싸우는 인간의 모습을 보여준다. 본연적 인간으로서의 양심과 생활의 회복에 대한 강조를 문학적 주제로 삼은 김정한의 문학이 사회적 모순에 대한 지식인으로서의 울분이나 농민들에 대한 애정으로 그치지 않고 민족의식의 차원으로 고양될 수 있었던 것은 전적으로 문학은 개인의 것이 아닌 역사적 소명의식의 발로라는 그의 문학관에 근거하고 있다.

하지만 그는 문학을 통해 어떤 모순을 제거하겠다거나 하는 거창한 이상을 그리지는 않는다. 그의 문학은 다만 억압받는 인간들의 삶과 그에 대한 저항의지를 형상화함으로써 그 고통스러운 삶의 근원적 원인을 깨닫게 하는 각성의 계기를 마련해줄 뿐이다. 따라서 그의 문학에서는 어설픈 기교나 낭만적 이상을 쉽사리 찾아볼 수 없다. 우회적 표현이나 상징적 수법처럼 돌려말하지도 않는다. 농촌을 소재로 한 작품이라도 『흙』이나 『상록수』처럼 지식인적 계몽을 설파하지도 않으며 목가적 농촌을 그려내지도 않는다. 그의 눈에 비친 농촌은 아름다운 곳도 아니며 농민은 지식인의 계몽을 통해 깨달아야 하는 대상도 아니다.

한편으로는 철저히 체험을 바탕으로 한 이러한 문학관으로 인해 더욱 풍부하고 예술적인 세계로 나아가지 못한다는 비판을 가할 수 있을 것이다. 하지만 김정한의 문학을 평가하는 데 있어 무엇보다 중요한 점은 시대적으로 우리 민족의 위기이던 1930년대, 1960년대에 강력한 현실고발 정신을 내세움으로써 문학의 사명감을 환기시켰으며 김정한 스스로 이것을 자신의 문학적 역할로 삼고 있다는 사실이다. 그러한 사명감을 바탕으로 했기에 1930년대 말 전향과 자연에의 침잠 등으로 민족정신이 기울어가던 무렵, 작가는 약자 편에 서지 않을 수 없고 그들의 대변자가 되어야 한다는 기본적 진리를 환기시킬 수 있었다. 또한 그가 살고 있던 낙동강 유역의 농민과 도시빈민의 생활상을 통해 사회구조적 모순의 근원을 고발하면서 문단에 복귀하여, 지식인의 자의식만을 두드러지게 드러내는 도시 중심의 소시민문학적 편향이 심화되고 있던 1960년대 문학에 신선한 충격을 던졌던 것이다. 특히 「모래톱 이야기」 이후 일련의 작품들은 우리 근대사의 부침을 뛰어난 현실묘사를 통해 보여줌으로써 1960년대 후반 리얼리즘론의 기반을 제공하기도 했다.

이러한 의미에서 그의 농민문학적 성격이나 리얼리즘적 특성은 궁극적으로 민족문학론이라는 틀 속에 포괄하여 이야기할 경우 매우 중요한 의의를 지닌다. 민족의 생존권 자체가 위협받는 식민지적 상황이나, 식민지 시대의 억압적 현실을 해결하지 못한 채 분단상황이 빚어내는 억압적 현실의 위기까지 고스란히 껴안고 있던 상황 속에서, 우리 문학에 요구되는 것은 그러한 현실적 조건을 명확히 인식할 수 있는 민족문학이라고 할 수 있기 때문이다. 김정한의 소설은 바로 이러한 현실을 형상화한 것이다. 즉 김정한의 문학은 1950년대 이후 우리 문학사에서 실종되었던 민족적 삶의 문제를 제기함으로써 한국문학의 중심을 바로잡는 역할을 한 것일 뿐 아니라 민족문학론이라는 문학사의 주요 논리를 가능하게 만든 것이기도 하다.

자유주의자의 욕망과 우울
— 김승옥론

조현일

1. 1960년대 문학의 기수

박태순, 이청준과 더불어 "4·19세대의 순종 삼총사"[1]로 일컬어지는 김승옥이 창작활동을 시작한 것은 1962년 한국일보 신춘문예에 「생명연습」이 당선되고, 김현, 최하림, 강호무, 김치수, 서정인, 염무웅 등과 대학생 문단을 창출하겠다는 의지로 동인지 『산문시대』(1962~1964)를 만들면서부터이다. 김승옥은 『산문시대』에 발표한 「건」「생명연습」「환상수첩」과 기성잡지에 발표한 「역사」「무진기행」「서울, 1964년 겨울 」 등을 묶어 『서울, 1964년 겨울』(창우사, 1966)을 출판하면서 일약 "정치적 4·19를 언어와 감성, 의식과 행동의 문화적 4·19로 확산시킨 '60년대적'이란 이름을 붙일 수 있는 새 물결의 기수"[2]로 떠오른다. 또한 1960년대 후반부터는 장편 『보통여자』(1969), 『강변부인』(1977) 등의 대중소설을 창작하고, 1967년 「무진기행」을 영화화한 〈안개〉(김수용 감독)의 시나리오를 쓰

1) 김윤식, 「'무너진 극장'에서 '밤길의……'까지」 『문학사상』 1988년 5월호, 363쪽.

2) 김병익, 「시대와 삶」, 『상황과 상상력』, 문학과지성사, 1982, 269쪽.

면서부터 〈감자〉를 감독하는가 하면 총 16편의 시나리오를 쓰는 등 한국 영화 및 대중문화의 부흥에 주도적 역할을 한다.

『서울, 1964년 겨울』(창우사)로 대변되는 초기 문학세계이든, 시나리오 작가로 활동하던 후기이든 김승옥의 문학활동은 시대를 선도해나갔던 만큼 그에 대한 연구 또한 엄청나다. 2012년 현재 김승옥 관련 석사학위논문이 130여 편, 박사학위논문이 18편, 소논문 및 평론이 210여 편 발표되었다.[3] 또한 1998년 『작가연구』 6(새미), 2005년 『작가세계』 65(세계사), 『르네상스인 김승옥』(앨피)에서 김승옥 특집이 이루어졌다. 그간의 김승옥 문학에 대한 연구는 크게 두 가지 차원으로 대별되는데 하나가 1960년대 문학의 기수로서 그의 작품세계를 밝히는 것이라면, 다른 하나는 1960년대 후반 대중문화의 시대로 접어들면서 이루어진 그의 활동이 갖는 의미를 문제삼는 것이다. 특집들은 이 흐름을 잘 보여준다. 『작가연구』 6이 바야흐로 김승옥이 본격적인 문학사적 조명의 대상이 되었음을 알리는 특집이었다면, 『작가세계』 65는 김승옥의 작품세계가 문학사적 대상을 넘어서 여전히 현재적 의미를 갖고 있음을 되새기고 있고, 『르네상스인 김승옥』은 문화론적 관점에서 김승옥의 초기 활동은 물론 특히 후기 활동을 본격적으로 문제삼고 있다.

초기 문학세계에 대한 연구의 경우 1960년대에 발표된 유종호와 김현·김주연의 뛰어난 평론을 통해 기본 좌표가 그려졌고 이후의 연구들은 이들이 제기한 문제의식을 다양하게 심화시키고 있다. 유종호가 김승옥의 소설을 "감수성의 혁명"이라 칭하면서 "새로운 감수성이란 요컨대 이 언어재능이 성취한 혁신의 다른 이름에 지나지 않는다"[4]고 하여, 감수성

---

3) 이는 오윤호가 작성한 『작가세계』 65(2005) 특집의 작가연구자료를 기초로 하되, 미흡한 점이 많아서 필자가 평론, 학술지 게재 논문, 학위논문 등을 조사하여 재구성해본 사항이다.
4) 유종호, 「감수성의 혁명」, 『비순수의 선언』, 민음사, 1995, 425쪽.

과 문체에 대한 연구의 길을 열었다면, 김현과 김주연은 김승옥의 작품세계의 핵심으로 "자기세계", "개인의식"[5]를 들고 그 의미를 규명함으로써 이후 1960년대적인 미적 주체(의식), 심리적 주체(의식), 윤리적 주체(의식) 등 김승옥 소설에 나타나는 주체성과 의식에 대한 다차원적 접근의 길을 열었다.

본고는 김승옥의 대표작이라고 할 수 있는 「생명연습」 「환상수첩」 「무진기행」 「서울, 1964년 겨울」 등의 네 작품을 대상으로 하여 이제까지 거의 규명되지 않은 정치적 주체(의식)의 차원, 즉 자유주의적인 정치적 주체성의 차원에 초점을 맞추어 그의 소설에 등장하는 욕망, 윤리, 우울의 문제를 규명하고자 한다. 근대적 주체의 형성 과정이란 미적 차원, 심리적 차원, 윤리적 차원뿐만 아니라 정치적 차원까지 포함하여 다차원적으로 주체를 형성해나가는 과정이라고 할 때, 그리고 4·19로 인해 비로소 근대적 시민문학이 다시 창출되고 근대적인 정치적 주체를 모색할 수 있는 공간이 열렸다고 할 때, 김승옥은 1960년대 문학의 기수로서 그의 작품을 통해 자유주의적 주체성의 본모습을 확립하고 그것의 다차원적 면모를 보여준다고 보기 때문이다.

2. 4·19와 자유주의[6]

오해를 피하기 위하여 먼저 밝혀둘 것은 본고에서 문제삼는 자유주의란 반공이데올로기와 등치되고 있는 통상의 자유주의 개념이 아니다. 그

---

5) 김현, 「자기세계의 의미」, 『한국현대문학의 이론/사회와 윤리』, 문학과지성사, 1991, 383쪽; 김주연, 「새 시대 문학의 성립」, 『김주연평론문학선』, 문학사상, 1992, 20쪽.
6) 이후의 내용은 졸고 「자유주의와 우울 : 김승옥론」(『민족문학사연구』 30, 민족문학사학회, 2006)의 일부를 요약, 수정하여 재구성하였다.

것은 근대 이후 자유주의 철학자들에 의해 고안된 인격이론과 이에 입각한 자유주의 심리학, 윤리학, 정치학, 즉 근대 이후 형성된 가장 폭넓은 "철학체계"이자 "사회적 존재를 표상하고 결정하는 의식 유형"[7]을 가리킨다.

김승옥 소설에 표현되어 있는 정치적 주체성을 규명하기 위해 우선 4·19와 5·16에 대한 그 자신의 고백을 살펴볼 필요가 있다.

(1) 질이 나쁜 것은 (……) 학생회 같은 데서 기어코 감투를 하나 차지해야 직성이 풀리고 4·19를 머리에 내세운 전국학생단체에 관계하며 오늘날에는 권력의 하수인이 되어 있거나 권력 주변에서 얼쩡거리고 있는 당시의 사이비 '거지들'이었다.[8]

(2) 그 무렵 내 눈에는 4·19 이후 집권한 민주적 세력들이 어쩐지 미국 원조물자 가지고 나눠먹고 사는 똘마니구나 싶은 느낌밖에 안 들었단 말예요. 별로 기대할 것이 없었어요. 그 사람들보다는 차라리 촌티 나는 박정희의 민족주의가 낫겠다. 그래서 나는 정말 박정희한테 표를 찍었어요.[9]

인용문 (1)은, 4·19를 내세우면서도 이후 개발독재에 편승하고 권력에 아부할 학생들에 대하여 비판한다. 그러나 보다 중요한 것은 현실적인 정치행위를 근본적으로 도구적 권력추구행위로 간주하는, 정치적 행위 자체에 대한 비판적 입장이 자리잡고 있다는 점이다. "정치를 문학에 있어

---

7) R.M. Unger, *Knowledge & Politics*, Free Press, 1976, p.118.

8) 김승옥, 「산문시대 이야기」, 『뜬 세상에 살기에』, 지식산업사, 1977, 228쪽.

9) 김병익 외 5명, 「좌담 : 4월 혁명과 60년대를 다시 생각한다」, 『4월 혁명과 한국문학』, 창작과비평사, 2002, 46쪽.

인식의 방법으로 삼으면 퍽 참담해진다"[10]라고 주장한 김주연과 동일한 인식 차원에 있는 것인데, 아렌트의 주장을 고려하면 사정이 그리 간단치만은 않다. 아렌트에 따를 때 '정치인 것'(the politic) 혹은 정치적 행위란 다원성이라는 인간조건 속에서 타인으로부터 자발적 권위를 인정받는 창발적, 자율적 활동을 의미한다. 자유주의에 대한 규정은 너무도 다양하여 정의 내리기가 쉽지 않지만 중요한 특성 중의 하나는 정치적 행위를 부정적으로 보아 배격한다는 점이다. 자유주의는 통상 공적 영역과 사적 영역을 철저히 분리한 후 공적 영역에 대해 사적 영역의 다양한 욕망들의 충돌을 조정하는 기능만을 할당하고 사적 영역에서의 자유의 추구를 최고의 가치로 여긴다. 이때 정치적 실천은 권력을 추구하는 음모론적 도구적 활동 영역으로 간주되어 부정되거나 "국가의 효율적 경영에 요구되는 테크니컬한"[11] 전문성의 영역으로 간주된다. 인용문 (1)이 권력을 추구하는 활동 영역으로서의 정치라는 관점을 보여준다면, 인용문 (2)는 효율적 경영으로서의 정치라는 관점을 잘 보여준다. 김승옥은 박정희를 찍은 이유를 민주당의 무능과 박정희의 민족주의 때문이었다고 밝히고 있는데, 박정희의 민족주의에 대한 기대가 『사상계』를 비롯한 당대 지식인들이 공통적으로 가지고 있던 착각을 표현하고 있다면, 민주적 집권세력의 무능이라는 견해는 그에게 정치란 곧 '경제 부문에 대한 국가의 효율적 경영'을 의미했다는 점을 보여준다. 민주주의가 무능하다는 관점은 자유주의의 통상적인 견해이며, 이를 뒷받침하는 정치관이 바로 효율적 경영으로서의 정치관이기 때문이다. 그리고 그로 인해 1848년 혁명 당시 자유주의자들이 질서를 명목으로 나폴레옹 3세의 독재에 편들었듯이, 자유주의자는 여러 비판에도 불구하고 최후에는 개발독재를 긍정하게 될 수밖에 없

---

10) 김주연, 「새 시대 문학의 성립」, 『아세아』, 1969, 277쪽.

11) A. J. Cascardi, *The Subject of Modernity*, Cambridge University Press, 1992, p.211.

고 급진적 비판으로 나아가지 못하게 된다. 요컨대, 김승옥은 『한양』『청맥』 등을 중심으로 형성된 1960년대의 또하나의 문학적 방향성, 즉 저항적 민족주의의 급진적 정치성과 구별되는 자유주의적 정치성을 대변한다고 볼 수 있는 것이다.

김승옥 소설을 지배하고 있는 대립구조는 도시와 시골의 대립(「환상수첩」「무진기행」) 혹은 도시의 낮과 밤의 대립(「서울, 1964년 겨울」)이다. 이에 대해서 다양한 해석이 가능할 터인데, 본고의 관점에 따르면 이 역시 앞서 고찰한 김승옥의 자유주의적 의식을 직접적으로 드러낸다고 볼 수 있다. 도시와 도시의 낮이 근대의 공적 시·공간을 상징한다면 시골과 도시의 밤은 사적 차원에서 자유를 추구하는 시·공간을 상징한다고 볼 수 있기 때문이다. 「환상수첩」과 「무진기행」에서 시골, 고향이란 자기 자신을 연상시키는 인물, 사적 관계의 인물들로 인해 사적 차원에서 어떤 구원을 추구할 수 있는 공간이다. 「환상수첩」의 주인공이 서울생활에 환멸을 느끼고 고향으로 내려가면서 "나는 고향이 가까워올수록 피어나는 희망을 보았다"라고 생각할 때, 그 희망은 친구들과 부모님 등 사적인 관계 속의 인물들로 인해 가능하였던 것이며, 도시에서의 "자신을 상실"하는 공간인 무진은 주인공이 하인숙이라는 자기 자신을 발견하고 사랑을 시도하는 공간이다. 또한 「서울, 1964년 겨울」에서 도시의 밤은 사물, 경험에 대한 자신만의 사적 소유를 가능하게 하는 시간이다. 「서울, 1964년 겨울」의 다음 장면은 도시의 밤에 이루어지는 행위들이 사적 차원에서의 자유의 추구라는 점을 잘 보여준다.

(1) "난 우리 또래의 친구를 새로 알게 되면 꼭 꿈틀거림에 대한 얘기를 하고 싶어집니다. 그래서 얘기를 합니다. 그렇다면 얘기는 오 분도 안 돼서 끝나버립니다."

(2) "……그런데 그 여자 저금통으로 사용하고 있는 한 되들이 빈 술병에는 돈이 백십원 들어 있었습니다." "그건 얘기가 됩니다. 그 사실은 완전히 김형의 소유입니다." 우리의 말투는 점점 서로를 존중해가고 있었다.[12]

사적 차원에서의 자유는 근원적으로, 사적인 소유를 마음대로 처리할 수 있는 자유를 의미한다. 「서울, 1964년 겨울」은 이를 자기만이 알고 있는 혹은 자기만이 경험한 것이라는 차원에서 그대로 보여주고 있다. 인용문에서 제시되는 또래 친구들과의 "꿈틀거림"에 대한 이야기란 "예를 들면 데모도……"라는 '안'의 발언에서 드러나듯 세대론적 차원에서 공유될 수 있는 자유의 욕망, 궁극적으로는 공적인 차원에서의 자유의 욕망을 의미한다고 볼 수 있는데, 이는 곧바로 아무런 이야깃거리도 남기지 않는 것으로 묘사되며 유일하게 남는 것, 그리하여 유일하게 추구되는 것은 자신만의 소유 · 경험에 대해서 이야기하는 것, 자신만의 자유이다.

환멸의 대상인 대도시를 떠나 시골로 향한다는 것, 그리하여 대도시의 인위성과 구별되는 장소로서 시골을 설정하고 그곳에서 사적 삶의 자유를 추구한다는 것은 공적 혹은 정치적 활동을 거부하거나, 그로부터 배제된 자유주의적 부르주아 계층의 통상적인 모습이라 할 수 있다.[13] 「환상수첩」 「무진기행」 「서울, 1964년 겨울」의 주인공들이 시골이나 서울의 밤거리에서 벌이는 행위들은 통상 대도시로 상경한 대학생들의 피로한 귀향, 혹은 대도시의 소외된 삶으로부터의 도피 등으로 간주되고 그 심리가 분

---

12) 인용문 (1)은 「서울, 1964년 겨울」, 『사상계』 1965년 8월호, 404~405쪽, 인용문 (2)는 같은 책 405~406쪽.

13) 레펜니스에 따르면 19세기 독일문학을 지배하는 특성들, 즉 센티멘탈과 우울이라는 분위기, 그리고 도시를 떠나 시골에서 새 삶을 시작하는 것 등은 정치적 영역에서 배제되고 환멸을 느꼈던 독일의 자유주의적 부르주아 계층의 삶에서 유래한다.(W. Lepenies, *Melancholy and Society*, Harvard University Press, 1992, pp.62~66)

석되곤 하지만, 보다 근원적으로는 자유주의자의 사적 공간 찾기라고 볼 수 있으며 그 바탕에는 공적인 것 혹은 정치적인 것에 대한 고유의 정치관이 자리잡고 있다고 볼 수 있는 것이다.

그럼에도 불구하고 김승옥은 시골과 도시의 밤으로 표상되는 사적시·공간을 곧바로 어떤 구원의 공간, 자유의 공간과 등치시키지 않는다는 점에서 오히려 자유주의의 근원적 사고를 보여준다. 유양선의 지적처럼 '무진'은 이중적 의미, 즉 '무한한 그리움을 달래기 위해 찾아가는 곳이면서도 동시에 서울과 크게 다르지 않은 물화된 세계'[14]를 의미한다. 김승옥의 특이성은 바로 사적 영역에서의 우리의 삶을 대상으로, '물화된 세계'라고 일컬어지는 세계의 의식, 즉 본고의 관점에 따를 때 자유주의자의 고통스러운 의식세계를 보여준다는 점에 있다.

3. 떠도는 저마다의 욕망들

김현과 김주현이 주장한 '자기세계' 혹은 류양선이 주장한 '물화된 세계'란 어떤 세계인가? 우선 그 세계를 지배하는 욕망 혹은 심리학을 규명할 필요가 있는데, 그것은 한마디로 자유주의자의 욕망, 심리학이라 할 수 있다. 자유주의자의 심리학 혹은 욕망은 크게 세 가지 특성을 갖는다. 첫째, 어떤 가치 혹은 욕망도 다른 가치와 욕망에 비해 우월하다고 주장할 수 없으니 가치와 욕망은 다원적이라는 점, 둘째, 통상의 생각과는 달리 욕망이 오성을 지배하며 그 욕망은 자의적일 뿐이라는 점, 셋째, 욕망과 가치는 개별 주체가 주관적으로 구성하는 것이니 끊임없이 유동할 수밖에 없다는 점이 그것인데 이 모든 것은 가치와 사실이 분리되는 자유주

---

14) 류양선, 「김승옥의 소설세계 또는 「서울 1964년 겨울」에 유폐된 영혼」, 『작가연구』 1998년 6월호, 25쪽.

의 사회에서 필연적으로 발생할 수밖에 없는 심리학이다. 전근대사회와는 달리 전통과 종교가 지향해야 할 가치를 하나의 사실로서 제시할 수 없는 사회가 자유주의 사회인 만큼 자유주의 사회에서 모든 개인은 저마다의 가치와 욕망만이 의미 있다고 주장하게 된다. 자유주의 사회에서는 전근대사회 혹은 권위주의 사회와는 달리 가치의 위계도, 가치의 정당성도, 가치의 불변성도 존재하지 않는 것이다. 김승옥 소설은 자유주의 사회를 지향하는 주체의 이러한 욕망과 가치를 매우 잘 보여준다.

첫째, 「서울, 1964년 겨울」에서 안과 나의 대화의 핵심에는 가치의 다원주의가 놓여 있다. 꿈틀거림을 사랑하느냐는 '안'의 질문에 대해 '나'는 오르내리는 젊은 여자의 아랫배를 사랑한다고 답하며, 데모를 생각하고 있던 '안'은 '나'의 답변에 대해 음탕한 이야기라고 비판한다. 이를 듣고 '나'는 다음과 같이 주장한다.

"아니 음탕한 얘기가 아닙니다." 나는 강경한 태도로 말했다. "그 얘기는 정말입니다."(「서울, 1964년 겨울」, 404쪽)

이에 대해 '안'은 약간의 숙고 끝에 결국 데모뿐만 아니라 젊은 여인의 아랫배 역시 꿈틀거림(욕망)임을 인정하고 "서울은 모든 욕망의 집결지입니다"라고 말한다. '안'과 나의 대화는 한국사회가 4·19를 통해 자유의 공간을 창출한 1960년대 초반에 바야흐로 새로운 국면에 들어섰음을 상징적으로 드러낸다. 한국사회는 비록 5·16으로 인해 좌절되고 하나의 지향점으로 남게 되었다 할지라도, 당위와 존재, 가치와 사실이 분리됨으로써 어떤 개인적 욕망(가치)도 다른 욕망(가치)에 대해 우월성을 주장할 수 없게 된 자유주의 사회로 향하게 된 것이다. 안의 결론은 욕망(가치)의 다원성에 대한 자유주의적 주장을 의미하고, 김승옥 소설은 바로 이에 대한 긍정으로부터 시작된다고 할 수 있다. 그리고 인용문에서처럼 이때의 욕망은 그것이 "음탕"한 것이든 아니든 상관없으며 "정말" 한 개인이 욕망하는 것인가 아닌가가 중요해진다.

둘째, 「생명연습」의 한교수의 모습은 오성에 대한 욕망의 우월성, 욕망의 자의성을 매우 잘 보여준다.

> 대학 졸업 후 정순과의 결혼이냐 젊은 혼을 영국의 안개 낀 대학가에서 <u>기를 것이냐</u>. 둘 다 보배로운 일이 아니냐. 둘 다 한꺼번에 만족시킬 수 있다면 얼마나 기꺼운 일이냐. (……) 정순의 육체를 범해버리기로 한 것이었다. <u>말똥말똥한 의식의 지휘 아래</u>, 한 번, 두 번, 세 번, 네 번 (……) 그러자 예상했던 대로 한교수의 사랑은 식어질 수 있었다.(밑줄은 인용자)[15]

한교수는 대학 졸업 후 '유학이냐 결혼이냐'라는 두 가지 욕망의 갈림길에 섰을 때 "말똥말똥한 의식의 지휘 아래" 정순을 범한다. 유학이라는 욕망을 달성하기 위해, 결과와 수단을 "예상"하는 능력, 즉 이성(오성)을 사용하는데, 이성(오성)은 그 욕망(목적)을 이루기 위해서 정순을 성적으로 정복하여 정순에 대한 욕망을 잠재우게 하는 방법을 권고하고, 한교수는 이에 따라 행동함으로써 "예상했던" 결과를 얻는다. 이성(오성)은 목적(욕망)에 대해 보충적 역할을 할 뿐이고, 한교수의 자기세계, 즉 자아를 구성하는 이성(오성)과 욕망이라는 두 가지 정신능력 중 '이성(오성)'이 아니라 유학을 가고자 하는 '욕망'이 자아를 추동하고 있는 것이다.[16] 그

---

15) 김승옥, 「생명연습」, 『산문시대』 2, 1962년 10월호, 62쪽.

16) 웅거에 따르면 이는 홉스의 『리바이어던』에서 최초로 확립된 자유주의 심리학의 핵심 원리이다. 홉스는 '사유'(오성)가 '척후나 스파이'처럼 '사방으로 돌아다니며 욕망된 것에 이르는 길'을 찾는 역할을 한다고 주장한다.(홉스, 『군주론/리바이어던』, 임명방·한승조

리고 정작 '왜 결혼이 아니고 유학을 욕망하는가'라는 문제에 대해 어떠한 해명도 없다는 점을 고려하면, 한교수의 모습은 우리의 욕망이 합리적 이해, 오성으로부터 도출되는 것이 아니라 자의적으로 이루어질 뿐이라는 점을 보여준다. 이와 같은 사정은 어머니, 형의 자기세계에서도 마찬가지이다. 작품 속에서 어머니의 욕망과 이에 대한 거부로 표현되는 형의 욕망 자체는 모두 각자의 자의적 판단에 맡겨져 있을 뿐이며 누가 정당한가는 중요치 않다. 그 욕망 간의 충돌, 그로 인해 발생하는 "영원히 풀어버릴 수 없는 오해"가 문제될 뿐인 것이다.

셋째, 김승옥 소설은 1960년대의 상황에서 모든 자연적 대상에 대한 고착으로부터 해방되어 끊임없이 '유동하는 욕망'을 표현한다.[17] 「생명연습」에서 어머니의 남자관계는 자연적 성욕이 아니라 어머니의 자기세계를 이루는 욕망을 상징한다. 형이 "그것은 일종의 극기일 뿐이다."(68쪽)라고 했을 때 극기란 욕망의 정복을 의미하지 않는다. 그것은 「생명연습」에서 한교수의 유학이라는 욕망이 인위적 욕망이듯이 어머니의 욕망 역시 어머니 자신의 어떤 자연에 대한 극복, '극기'를 통해 이루어지는 인위적 욕망이라는 점을 의미한다. 인위적인, 그리하여 끊임없이 유동하는 욕망은 여자들을 정복하는 데 천재(天才)를 가지고 있는 영수가 "그러한 자기의 천재에 의지하여 한 세계를 형성하려고 애쓰는"(56쪽) 모습에서 보다 분명한 형태로 나타난다. 특히 「무진기행」은 하인숙, 윤희중을 통해 1960년대 유동하는 욕망의 근원적인 모습을 보여준다.

"앞으로 오빠라고 부를 테니까 절 서울로 데려가주시겠어요?" "서울에

옮김, 삼성출판사, 1982, 190∼191쪽)

17) 카스카르디는 가치를 곧 사실로 인식하는 믿음의 심리학과, 가치와 사실의 분리에서 비롯되는 주체의 심리학을 구별하는데, 후자를 자유주의 심리학이라고 규정하고 그 핵심에 주체의 유동하는 욕망이 놓여 있다고 주장한다. A. J. Cascardi, pp.228∼232.

가고 싶으신가요?" "네." "무진은 싫은가요?" "미칠 것 같아요. 금방 미칠 것 같아요. 서울엔 제 대학 동창들도 많고…… 아이, 서울로 가고 싶어죽겠어요." 여자는 잠깐 내 팔을 잡았다가 얼른 놓았다. 나는 갑자기 흥분되었다. 나는 이마를 찡그렸다. 찡그리고 찡그리고 또 찡그렸다. 그러자 흥분이 가셨다.[18]

수많은 여자를 정복해대는 영수의 모습은 유동하는 욕망이 끊임없이 이질적 대상으로 주의를 이동시킴으로써 발생하며, 결국 욕망의 악순환에 빠질 수밖에 없다는 점을 보여준다. 「무진기행」은 하인숙과 윤희중을 통해, 이러한 욕망이 비록 허위적일지 모르나 "미칠 것"같이 강렬한 욕망이라는 점, 근원적으로 하인숙과 같은 욕망하는 자에 대한 욕망이라는 점, 그런데 하인숙에게 보내는 편지의 "사랑하고 있습니다. 왜냐하면 당신은 제 자신이기 때문입니다."(345쪽)라는 구절에서 드러나듯 그것은 결국 자기 자신에 대한 욕망이라는 점을 형상화하고 있다. 「생명연습」의 영수가 욕망의 악순환을 보여준다면, 「무진기행」은 욕망이 나르시시즘적 원환구조로 귀착되는 모습을 보여주는 것이다. 그리고 "나는 갑자기 흥분되었다"는 윤희중을 비롯하여 거의 모든 김승옥의 인물들의, 성적인 것과 결부된 욕망의 모습들은, 합리적 욕망으로서의 도덕적 의지(voluntas)와 비합리적 욕망으로서의 감각적 욕망(voluptas)의 구별 없는 욕망(cupiditas), 즉 전형적인 자유주의 사회 혹은 자유주의자의 욕망[19]을 표현하고 있다고 할 것이다.

---

18) 김승옥, 「무진기행」, 『사상계』 1964년 10월호, 339쪽.

19) R. M. Unger, pp.299~300.

4. 덕의 상실과 미움·연민·우울

김승옥은 자유주의적 방향성 속에서 정치를 배격하는 대신, 한편으로
는 자유주의의 욕망과 심리의 세계를 그려내고, 다른 한편으로는 그러한
세계에서 발생하는 윤리의 문제를 탐색한다. 세계와의 불화에 대한 해결
책은 정치가 아니라 윤리인 것인데, 이와 관련하여 그의 소설이 일차적으
로 제시하고 있는 것이 '덕의 상실'이라는 윤리적 상황이다.

존경이란 말은 이미 없어진 것이었다. 있다고 하면 부러움의 대상이 있
을 뿐이었다. (……) 남은 것은 환상뿐이었다.[20]

인용문에서 '정우'는, 서울생활을 존경이란 존재하지 않으며 부러움(질
투)만이 지배하고 있는 삶으로 묘사한다. 존경이 특정 인간 존재의 인정
할 만한 객관적 가치, 즉 덕(virtue)에 대한 자발적인 긍정을 의미한다면,
부러움(질투)은 덕이 불가능하게 된 사회에서 인간들이 빠져들게 되는 정
념이다. 덕이 상실된 사회에서 명예/존경에 대한 추구는 오히려 허영심
을 의미하게 되며 인간은 실천적 지성이나 이성과 철저히 분리된 홉스적
의미의 정념 덩어리로 전락하게 된다.[21] 그리하여 "남은 것은 환상뿐", 즉
저마다의 자기 자신에 대한 착각, 환상뿐이다.[22] 정우뿐만 아니라 선애의

---

20) 김승옥, 「환상수첩」, 『산문시대』 2, 1962년 10월호, 128~229쪽.

21) 매킨타이어에 따르면 덕을 상실한 "자유주의적 정치사회는 기껏해야 상호이익의 토대
위에 기반을 둔 열등한 우애를 소유하고 있을 뿐이다." A. MacIntyre, 『덕의 상실』, 이진우
옮김, 문예출판사, 1997, 218~244쪽; 홉스, 같은 책, 187~196쪽 참조.

22) 「환상수첩」은 이런 상황에 절망하여 자살하는 정우의 수기인데, 이를 가리켜 '환상수첩'
이라 칭한 것은 의미심장하다. 그것은 정우의 수기 역시 또하나의 환상일 뿐이며 여기에서
아무도 벗어날 수 없다는 점을 아이러니하게 표현한 것이라 할 수 있기 때문이다.

경험의 핵심에도 덕이 상실된 상황이 놓여 있다. 선애는 어린 시절 도시락을 얻어먹다가 그 일이 신문에 났을 때 부끄러움 때문에 더이상 도시락을 먹을 수 없게 되었고, 결코 미담이란 존재하지 않는다고 믿게 되었다고 고백하는데, 이는 타인에 대한 선행이 선행을 하는 자는 자만심에 사로잡히게 만들고, 선행의 대상이 된 자는 자존심의 상처와 부끄러움이라는 정념에 휩싸이게 만들 뿐이라는 점을 매우 잘 보여준다.

> 사람이 미워졌고 더구나 사람을 미워하는 방법을 배워버린 내가 어두운 고향에서 또 어떤 광태(狂態) 속에 휩쓸려버릴는지, 나는 벌써부터 울고 싶었다.(「환상수첩」, 133쪽)

특히 「환상수첩」을 지배하고 있는 정념은 미움이다. 그것은 인용문에서처럼 고향으로 향하는 정우의 상념 속에 이미 제시되어 작품 내내 정우의 마음을 사로잡고 있으며 작품의 결말 부분에서는 증오의 형태로 제시된다. 정우는 수영의 여동생을 강간한 깡패들과 싸우다가 죽음에 이르는 윤수의 행위에 대해 "아무리 생각해도 어설픈 미덕"이었다고 생각하며, 이 모든 것을 알고 "요리조리 미끄러빠지며 처신해가는 수영에 대한 증오가 (……) 부글부글 끓었다"(163쪽)라고 묘사한다. 정우는 증오의 정념 속에서 자살에 이르는 것이다.

> 되도록 무관심한 척하라. 할 수 있으면 쌀쌀하게 웃기까지 하여라. 그제야 적은 당황한다. 제군, 표정을 거두어라. 그리고 오직 무관심한 표정만을 남겨라.(120쪽)

「환상수첩」에서 타인에 대해 "오직 무관심한 표정"을 짓고, 사랑하는 연인 선애를 자살에 이르게 할 정도로 위악적 포즈를 취하는 것 역시 이와 밀접한 관련이 있다. 세네트에 따르면 대도시의 타락한 공적 관계 속에서 대도시인들은 사적 관계를 숨기고 가면을 씀으로써만 이 함정에 빠지지 않고 생존할 수 있다.[23] 「생명연습」에서 여자 정복에 온 정열을 쏟는 영수의 모습, 「건」에서 윤희 누나를 강간하기로 한 형들의 계획에 대한 '나'의 공모, 특히 「환상수첩」에서 무관심한 표정짓기 등 김승옥 소설에서 자주 등장하는 위악적 포즈는 한편으로는 다자이 오사무 작품에서 등장하는, 연기하기 혹은 위악적 행위라는 모티프의 영향과 관련이 있고 또 한편으로는 시골 출신 주인공이 대도시의 타락한 사회생활에 적응하기 위한 생존전략, 한걸음 나아가 덕이 상실되고 미움의 정념이 지배하는 상황에서의 자기방어전략이라 할 수 있다.

덕의 상실이 미움이라는 정념의 지배를 낳고, 위악적 포즈를 낳는다. 그리고 궁극적으로 "어쩐지 그들의 우울이 내게도 전해지는 듯했다"(「건」), "칙칙한 색으로 숲이 살랑대고 있는 철조망 저편에는 석조저택이 우울하게 서 있었다"(「생명연습」), "그것은 슬픈 염소의 울음소리였다"(「염소는 힘이 세다」) 등 김승옥 소설을 지배하고 있는 우울이라는 정서를 낳는다. 이는 우울을 가장 강하게 드러내는 두 작품, 즉 "가장 우울했던 시기에 가장 순수한 슬픔만을 가지고 쓴"[24] 「무진기행」과, 고향에 내려가 "그래도 우울한 날엔 그래도 우울한 날엔…… 그다음엔 '죽어라'인가? 아냐 죽이지 않고 어떻게 해볼 방법은 없나?"(145쪽)라며 우울함에도 죽지 않을 방법을 찾는 작품, 「환상수첩」을 고려할 때 분명해진다.

　(1) 그러나 몇십 년 후, '코오트'의 깃을 세우고 이 바람 찬 항구의 겨울

---

23) 리차드 세네트, 『현대의 침몰』, 김영일 옮김, 일월서각, 1982, 102~106쪽.

24) 김승옥, 「자작해설」, 『뜬 세상에 살기에』, 지식산업사, 1977, 169쪽.

거리를 비스듬한 자세로 걸어가는 '센티멘탈'이 없다면, 아아, 그런 일은 없으리라 단연코 없으리라.(「환상수첩」, 152쪽)

    (2) 햇볕의 신선한 밝음과 살갗에 탄력을 주는 정도의 공기의 저온, 그리고 해풍(海風)에 섞여 있는 정도의 소금기, 이 세 가지만 합성해서 수면제를 만들어낼 수 있다면……(「무진기행」, 330쪽)

    인용문 (1)은 「환상수첩」의 주인공이 친구와 더불어 삶의 희망을 찾기 위해 남해안을 여행할 때의 센티멘탈, 우울을 표현하고 있으며, 인용문 (2)는 「무진기행」의 주인공이 무진으로 향하는 버스에서 느끼는 달콤함을 표현하고 있다. 인용문 (1), (2)로 대변되는 김승옥 소설의 우울은 크게 다음 두 가지 특색을 갖는다.

    첫째, 김승옥의 우울은 인간에 대한 미움에서 비롯되는데, 이야말로 자유주의자의 우울의 근본적 속성을 보여준다. 칸트에 따를 때 근대에서 슬픔이라는 독특한 정서는 인간에 대한 미움, 혐오로부터 발생한다. 고대 그리스 비극에서 발생하는 슬픔이 타인의 재난, 운명에 대한 동감(Sympathie)에서 온다면, 인간에 대한 미움에서 오는 슬픔은 사람들이 상호 간에 가하는 해악에 대한 슬픔, 근본적으로 반감(Antipathie)에서 오는 슬픔이다.[25] 김승옥의 슬픔은 후자에 속한다고 할 수 있다. 그것은 덕이 상실된 공적·사회적 영역에서 인간에 대한 미움을 배운 자유주의자의 슬픔으로서 인용문 (1)의 "'센티멘탈'이 없다면, 아아, 그런 일은 없으리라 단연코 없으리라"라는 표현에서 드러나듯 그 센티멘탈, 즉 우울이 없다면 오히려 삶이 무의미해지는 슬픔이라는 점에서 일정한 건강성을 간

---

25) 칸트, 『판단력 비판』, 이석윤 옮김, 박영사, 1998, 147~148쪽.

직한다고 볼 수 있다.

둘째, 김승옥의 우울은 그렇다고 하여 숭고하다고는 볼 수 없는 감미로운 우울이다. 칸트에 따를 때, 일반적으로 반감에서 비롯되는 슬픔은 이성의 보편성에 입각한 윤리적 이념 때문에 발생하는 강인한 정서(der rüstige Affekt)이며 따라서 숭고하다고 볼 수 있다. 반면 김승옥의 우울은 "햇볕의 신선한 밝음과 살갗에 탄력을 주는 정도의 공기의 저온, 그리고 해풍에 섞여 있는 정도의 소금기, 이 세 가지만 합성해서" 만든 수면제와 같은 감미로운 우울이다. 김승옥의 우울은 반감에서 오는 슬픔이면서도 강인한 정서로까지는 나아가지 못한 혹은 나아가지 않는 감미로운 정서(der schmelzende Affekt)라는 점에 고유성이 있다.

김승옥의 우울을 감미로운 슬픔으로 정의한다고 하여 이것이 유종호의 지적처럼 "날카로운 감성이나 언어에 대한 감각이 보다 중요한 윤리의식이나 종합력과 제휴되지 못"[26]한 경우를 의미하지 않는다. 김승옥의 소설은 또다른 윤리의식을 드러내고 있을 뿐이다. 그는 자유주의의 세 가지 윤리, 즉 욕망의 윤리, 이성의 윤리, 연민의 윤리[27] 중 연민의 윤리를 보여주고 있다.

김승옥은 1965년 『서울, 1964년 겨울』로 동인문학상을 수상하였을 때 수상 소감으로 "인간이 잔인해지지 않는, 타인의 고통을 자기도 느낄 수

---

26) 유종호, 같은 글, 430쪽.

27) 웅거는 자유주의가 이율배반적 양극단의 윤리관, 즉 선을 욕망의 만족으로 정의하는 '욕망의 윤리(홉스)'와 이성을 행위 기준으로 간주하는 '이성의 윤리(칸트)'를 제시하고 있다고 본다. 칸트가 주장하는 숭고하며 강인한 정서로서의 우울은 바로 이 이성의 윤리를 추구할 때 발생하는 우울을 의미한다. 공동체주의자인 웅거는 자유주의의 윤리들을 비판하면서, 연민의 윤리를 자유주의의 이율배반을 넘어서는 윤리로 간주한다. 그러나 니체에 따를 때 루소에서 연원하는 연민이야말로 자유주의 윤리학의 핵심이라고 할 수 있다.(R. M. Unger, pp.49~51 ; K. Ansell-Pearson, *Nietzsche contra Rousseau*, Cambridge University Press, 1996, pp.102~119, pp.213~220 참조)

있는" 질서를 요청한다. 이는 1977년 이상문학상 수상 소감에서도 "고통을 함께하는 인간끼리는 행복하다"[28]라는 식으로 반복되며 동인문학상 수상작 「서울, 1964년 겨울」의 핵심 주제를 이룬다. 타인과의 동일시에 비롯되는 연민(Mitleid)이란 어원상 '고통을 함께함'을 의미하는데, 주목할 점은 칸트의 이성이 아니라 이 연민이야말로 포스트모던 자유주의자 로티에 따를 때 욕망 간의 충돌을 막을 수 있는 자유주의 문화의 유일한 윤리라는 점이다.[29]

"짐작했다고 하면 어떻게 하겠어요?" 그가 내게 물었다. "씨팔것, 어떻게 합니까? 그 양반 우리더러 어떡하라는 건지……" "그러게 말입니다. 혼자 놓아두면 죽지 않을 줄 알았습니다. 그게 내가 생각해본 최선의 그리고 유일한 방법이었습니다."(「서울, 1964년 겨울」, 417쪽)

인용문에 대해서 김현은 개인의 구원만을 추구한다고 비판하고, 정과리는 개인주의라고 비판하지만[30] 이는 연민의 윤리야말로 자유주의적 윤리의 근본을 이루고 있다는 점, 공동체주의로 환원될 수 없는 연민의 윤리의 근원적 의미를 간과한 평가이다. 칸트적 정언명령에 따를 때 자살은 물론, 이를 방기하는 것도 비윤리적 행위이지만, 자유주의 사회에서 자살을 부정할 윤리적 근거는 존재하지 않는다. 최대한의 윤리는 그의 자살할 수 있는 자유를 부정하지 않은 상태에서 최선의 방식을 고려하는 것, 즉 "혼자 놓아두면 죽지 않을 줄 알았습니다"라는 태도를 견지하는 것, 그리

---

28) 김승옥, 「당신의 아픔이 나의 아픔이기를 : 이상문학상 수상 연설」, 같은 책, 157쪽.

29) R. 로티, 『우연성 아이러니 연대성』, 김동식·이유선 옮김, 민음사, 1996, 176쪽.

30) 김현, 「존재와 소유」, 『현대문학』 1966년 3월호 ; 정과리, 「유혹 그리고 공포 : 김승옥론」, 『문학 존재의 변증법』, 문학과지성사, 1985.

고 그의 죽음에 대해 함께 고통스러워하고 마지막 장면의 "안은 앙상한 나뭇가지 사이로 내리는 눈을 맞으며 무언지 곰곰이 생각하고 서 있었다"(417쪽)라는 표현에서 드러나듯 그의 죽음에 대해 숙고하는 것일 뿐이다. 요컨대 안의 태도는 자유주의자의 연민의 윤리를 가장 근본적으로 보여 준다고 할 것이다.

이를 고려하면 김승옥의 감미로운 슬픔 역시 중요한 의미를 갖는다. 그 것은 저마다의 욕망을 주장하는 자유주의 사회를 지향하는 자이며, 덕의 상실로 인해 타인에 대한 미움을 배운 자이고, 그럼에도 인간에 대한 사 랑을 포기할 수 없기에 타인과 고통을 함께하는 최소한의 태도를 견지하 는 자의 슬픔을 의미한다. 그것은 인간에 대한 반감에서 오는 슬픔이지 만, 연민의 윤리로 인해 여전히 '동감에 기초하여 사랑스러운 것'에 머물 고 있는 감미로운 우울인 것이다. 자유주의자의 연민의 윤리가 없다면 김 승옥만의 우울도 있을 수 없는 것인데, 김승옥은 많지 않은 작품을 통해 바로 이 자유주의자의 우울의 근원적인 모습을 보여준다고 할 것이다.

이야기성과 텍스트성에 대한 탐색과 소설쓰기

―이청준의 「줄」「매잡이」, 『선고유예』, 「소문의 벽」을 중심으로

주지영

1. 서론

이청준 소설에 나타나는 두 축의 거대한 흐름에 대해 작가는 다음과 같이 언급하고 있다.

사람들의 삶의 양식 가운데엔 그가 자신의 삶과 이 세계를 어떻게 이해하고 그 고유의 가치관을 어떻게 실현해나가는가 하는 것들과 관계가 짙은 독자적인 인격체로서, 또는 주체적 존재자로서의 생존 양식과, 그 인격체가 보다 호화롭고 행복스런 삶의 질서 안에 놓이기 위하여 그의 이웃들과 어떤 관계를 이루어나가는가 하는 것들과 상관이 깊은 관계존재자로서의 다른 양식을 함께 찾아볼 수 있습니다. 그 둘은 서로 동전의 앞뒤처럼 우리 삶의 양면을 이루고 있는 부분이겠지만, 편의상 전자의 상향 쪽은 '자족적 존재의 양식'이라 하고, 후자를 '의존적 관계의 양식'이라고 나누어 말해본다면, 제 소설들 중엔 고향을 축으로 하여 전자 쪽에 속하는 것과 후자 쪽에 속하는 것으로 양별해 볼 수 있는 것들이 있습니다.[1]

이청준은 자신의 작품을 크게 '자족적 존재의 양식'과 '의존적 관계의 양식' 두 가지로 나누고 있다. 작가에 따르면, 전자는 주로 남도소리, 이향, 귀향의 양상을 다루고 있고, 후자는 주로 도회의 공동체적 삶의 양상으로 언어의 본질을 다루거나 정치적 상황이나 사회적 변혁 등과 관련하여 일반적 삶의 진정성이나 숨겨진 세계의 비밀 등을 다루는 것으로 대별된다.

이청준의 소설세계를 논할 때, 논의에 앞서 반드시 거론되는 이청준 소설의 특징은 이러한 작가의 언급과 밀접한 관련을 갖고 있다. 그러나 이와 같은 작품의 성향이 두드러지게 나타난 것은 1970년대 이후이다. 초기 소설의 경우 고향과 관련된 작가의 의식이 선명하게 나타나지 않는다. 그럼에도 불구하고 초기 소설 역시 고향과 도회의 삶에 바탕을 두고 있는 유별의 기준에서 크게 벗어나지 않는 특징을 보여준다. 특히 초기 소설 가운데에서 본고가 주목하고자 하는 「줄」「매잡이」, 『선고유예』, 「소문의 벽」의 네 작품은 이후 전개되는 이청준 소설세계의 다양한 주제들을 함축하고 있다고 보아도 지나치지 않을 만큼 다양한 의미망들을 하나의 작품 안에 응축하고 있다.

각 작품들은 주제의식과 형식적 특징에 따라 유사성을 보인다. 먼저 주제의식의 측면이다. 기존의 논자들에 따르면, 「줄」「매잡이」는 장인의 정신을 다룬 작품으로, 인간의 운명과 대결하여 그것을 넘어서려는 인물들의 노력을 장인의 삶에 압축시켜 보여주고 있다고 평가받는다.[2] 『선고유예』, 「소문의 벽」은 글쓰기에 대한 작가의 반성적 성찰과 1960년대 후반의 지식인의 삶과 글쓰기의 의의, 글쓰는 행위의 근원에 대한 물음을 담고 있으며, 우리 문학에서 지적인 계보가 무엇이며 그 가능성은 어떠한가

1) 이위발 대담, 「문학의 토양을 이룬 반성의 정신」, 『이청준론(論)』, 삼인행, 1991, 165쪽.
2) 김치수, 「언어와 현실의 갈등」, 같은 책, 121쪽.

를 점검하는 거멀못이라 평가받는다.[3] 전자는 '자족적 존재의 양식'에, 후자는 '의존적 관계의 양식'에 해당한다.

형식적 특징과 관련하여 보자면, 이들 네 작품은 유기적 상관성을 갖고 있다. 「줄」과 『선고유예』는 무엇을 쓸 것인가와 관련하여 '구술성'에 주목하고, 「매잡이」와 「소문의 벽」은 어떻게 쓸 것인가와 관련하여 '기록성'에 주목한다. 한편 「줄」과 「매잡이」는 '이야기'로서의 소설에 대한 고민을, 『선고유예』와 「소문의 벽」은 '텍스트'로서의 소설에 대한 고민을 담아내고 있다. 이 과정에서 구술성과 기록성, 이야기와 텍스트에 대한 작가의 고민이 심화되어 드러난다. 이를 통해 이청준은 소설은 이야기라는 기존의 소설 인식에 균열을 가하면서 소설 창작과정을 강조한다.

2. 구술성(orality)과 기술성(literacy)에 대한 탐색

이청준 소설의 서사를 따라가노라면 빈번하게 흐름이 차단되고, 정연하던 질서가 흐트러지는 상황을 마주하게 된다. 대개의 경우, 이 흐름은 메타적 글쓰기가 개입되었을 때 차단되거나 끊기거나 한다. 메타적 글쓰기는 서사의 주된 내용과는 직접적으로 관련되어 있지 않으며, 서술의 시점이나 서술방식의 전환을 꾀하면서 정보를 보충하는 기능을 한다. 여기에서 주목할 것은 메타적 글쓰기가 이와 같은 상황을 유발하기 위한 고도의 전략으로 기획되고 있다는 점이다. 본고에서는 「줄」「매잡이」, 『선고유예』, 「소문의 벽」[4]을 통해 이를 살펴보고자 한다.

---

3) 이남호, 「소설쓰기와 작가의 시대적 역할」, 같은 책, 208쪽; 이태동, 「부조리 현상과 인간 의식의 진화」, 같은 책, 38~40쪽; 김윤식, 「감동에 이르는 길」, 같은 책, 61쪽.

4) 본고에서는 『별을 보여드립니다』(일지사, 1971), 『소문의 벽』(민음사, 1972)을 주된 텍스트로 참고하였다. 이하 인용된 부분에서는 면수만 표기하고자 한다.

「줄」에서 '나'는 문화부장으로부터 '줄광대의 승천을 취재해오라'는 명령을 받고 C읍으로 내려간다. 그곳에서 장의사 사내와 트럼펫 사내 등을 만나 '줄광대의 승천'에 관한 이야기를 듣는다.

장의사 사내와 트럼펫 사내가 들려주는 이야기는 일종의 '증언'이다. 이들은 줄광대놀음을 보고, 그것을 기억하고 있는 인물들이다. 동일한 시공간에서 동일한 사건에 대한 경험을 공유하고 있는 인물들이 들려주는 이야기는 집합기억에 해당하는 것이라 할 수 있다. "이 골 사람들은 다 아는 이야기"(42쪽)라는 장의사 사내의 언급은 바로 이를 방증한다. 특히 트럼펫 사내가 이야기를 들려주는 장면은 '구술'상황과 같은 것으로 그려지고 있다.

'나'는 이야기를 듣기 위해 두 번에 걸쳐 트럼펫 사내의 집을 찾아간다. 이는 취재의 일종이다. 취재는 증언자를 찾아 그에게 사실 내용을 듣고 그것을 기록하는 형식으로 이루어진다. 구두 발화의 방식에 따라 트럼펫 사내는 '나'에게 이야기를 들려준다. '나'는 이야기를 듣는 중간중간에 개입하여 트럼펫 사내에게 궁금한 것을 묻기도 한다. 가령, '나'가 트럼펫 사내에게 "그럼 이상하지 않습니까, 노인께서 운의 생각을 말씀하신다는 것은?"이라고 말하면서 트럼펫 사내에게 설명을 요구한다.

이와 같은 특징은 모두 '구술'의 속성을 보여준다. 화자와 청자는 동일한 시공간에서 맞대면함으로써 시공간을 공유한다. 그로 인해 화자의 발화는 항상 청자의 반응과 현장상황에 영향을 받게 된다. 화자가 청자에게 말을 건네는 듯한 어투를 사용하고, 현장의 현재적 인격체인 '나'와 '너'가 드러나고, '지금' '여기'가 드러난다. 이는 모두 화자와 청자의 현장적 만남에서 비롯되는 특징이다. 그로 인해 화자와 청자 사이에 상호교호가 일어나게 된다. 적극적인 청자들은 담화 도중에 간섭하기도 하는데, 청자의 반응은 발화 내용이나 발화방식에 어느 정도 영향을 끼친다.

이러한 특징에 따라 트럼펫 사내와 관련된 서사단위에서는 구술성[5]이 강조되는 서술 양상을 보여준다. 더욱이 트럼펫 사내의 딸로 밝혀지는 '여자'의 경우, 트럼펫 사내가 들려주었던 '줄광대 승천' 이야기를 '옛날이야기'로 여기며, 그것을 믿고자 하는 태도를 보여준다.

반면, 장의사 사내의 발화는 동일한 경험에 대한 증언이지만 이와는 다른 양상을 보여준다. 장의사 사내가 들려준 이야기는 육하원칙에 입각한 기사 형식에 맞추어져 있다. 그는 '줄광대 승천' 이야기를 마을 사람들이 잘 알고 있다는 점을 염두에 두고 '승천'이라는 말을 자신의 장의사 상호로 삼는 인물이다. 장의사 사내는 '나'가 카메라와 녹음기를 들고 있다는 것을 알고, '나'가 기자라는 것을 직감한다. 그리고 '나'의 요구에 맞추어 이야기의 내용을 전달한다. 장의사 사내는 그만큼 신문에 익숙한 인물이라는 것을 짐작할 수 있다.

곧 '줄광대의 승천' 이야기는 누가 그것을 전달하는가에 따라 전달방식이 달라지고 있다. 그리고 그에 따라 서술방식도 달라지고 있다. 장의사 사내는 변화하는 시대의 흐름에 맞추어 자신의 잇속을 챙겨나가는 인물로, '줄광대의 승천'에 대한 믿음이 없다. 그래서 '사건'을 전달하는 '기사' 형식으로 이야기를 전달한다. 반면, 트럼펫 사내는 줄광대 부자의 삶과 다르지 않은 삶을 살아가고 있는 인물이다. 그에게는 그들의 삶이 '유일한 재산'처럼 여겨진다. 따라서 그런 트럼펫 사내가 들려주는 이야기는 옛날이야기를 들려주는 듯한 방식으로 서술되고 있다. 그리고 그러한 서술이 작품 전체의 분위기를 지배한다.

그런데 '나'는 장의사 사내의 이야기를 들으면서 기삿거리가 될 수 있을 것이라 생각하고, 트럼펫 사내가 들려주는 옛날이야기와 같은 이야기

---

5) 월터 J. 옹, 『구술문화와 문자문화』, 이기우·임명진 옮김, 문예출판사, 1995.

를 들으며 '소설'에 대한 생각을 떠올린다. 이야기를 듣는 동안 '소설'에 대한 욕망이 불거지는데도 자신은 그 이야기를 쓰지 못할 것이라고 예감한다. 왜 그러한가. 이 질문을 염두에 두고 이 작품과 함께 빈번하게 거론되는 「매잡이」를 보자.

「매잡이」에서 '나'는 '민형'의 소개로 전북의 어느 산골에 가서 버버리 소년과 매잡이 곽서방을 만나 매잡이 풍속을 취재하고 그 내용을 바탕으로 소설을 쓴다. 그리고 민형이 남긴 '매잡이' 소설을 읽고 두번째 매잡이 소설을 쓴다. 이 작품에서는 매잡이 풍속과 관련된 취재 내용과 '나'의 소설 일부, 민형의 취재 노트와 유서, 민형의 소설 일부가 메타적 글쓰기 형식으로 제시되고 있다.

이 작품은 매잡이 곽서방과 매잡이 풍속과 관련된 서사를 '나'의 시점에 따라 전개하지 않고 굳이 서술상황을 바꾸어 전개해나가고 있다. 또한 앞서 보았던 「줄」에서처럼, '구술'상황을 방불케 하는 방식이 아니라, 버버리 소년에게서 들은 이야기를 '나'가 쓴 소설로 대체하는 메타적 글쓰기에 의한 서술을 중심으로 서사를 전개해나가고 있다. 이처럼 서술상황이 변화하는 지점에서 항상 기록물의 일종이라 할 수 있는 소설, 취재 노트, 유서 등이 제시된다. 그 결과 이 작품은 '이야기'의 전달방식으로 '구술성'이 강조되었던 「줄」과는 달리, '기술(記述)성'[6]이 강조되는 특징을

---

6) 구술성과 기술성의 구분은 일차적으로 언어가 말로 실행되느냐 글로 실행되느냐에 따른 것이다. 구술성과 기술성의 구분은 그것이 어떤 방식으로 전달되는가에 따라 달라지는 담론의 실천을 불러일으킨다. 구술이 청각과 관련된 것이라면 기술은 시각과 관련된 것이다. 근대적 가치와 진보의 개념은 모두 시각과 관련이 있다. 기술은 의식을 재구조화한다. 그럼으로써 의식 그 자체는 그대로 기술될 수 없다는 관점을 견지한다. 허구적 세계를 구축하는 것은 기술에 의해 가능한 것이다. 기술은 '탈맥락화', 곧 맥락에서 해방된 결과 커뮤니케이션의 장애가 발생할 수 있다는 것과 '텍스트'에 의해 자유로운 의미 부여가 가능하다는 특징을 보여준다.(송효섭, 「구술성과 기술성의 통합과 확산」, 『국어국문학』 131, 2002년 9월호, 104~108쪽)

보여준다. 달리 말하자면 이 작품은 「줄」에서 암시적으로 거론되고 있는 '소설'에 대한 욕망을, 그것도 "산간벽지에 파묻혀 있거나 이미 사라져 없어진 민속, 설화, 명인거장"(264쪽) 같은 소재를 활용하여 전면화한 것에 해당한다.

따라서 이 작품에서는 메타적 글쓰기 가운데에서도 특히 두 편의 소설과 관련된 내용이 중심을 이룬다. 먼저 '나'의 소설은 곽서방을 중심인물로 내세워 곽서방의 심리 상태까지 충분히 그려내고 있다. 반면 '민형'의 소설은 '나'라는 일인칭 화자를 내세워 곽서방을 관찰하는 방식으로 그려내고 있다. 그리고 민형의 소설은 민형이 경험하지 못한 곽서방의 단식과 죽음까지 예견하고 곽서방의 단식에 모종의 의미를 부여하면서 동시에 민형 자신이 속해 있는 현실에 대한 비판적 인식까지 투사해내고 있다. 그 결과 민형은 자신의 소설 한 편에 자신의 상상력과 작의를 충분히 살려내고 있는 것이다.

이 과정에서 '구술성'은 사라지고 오히려 '기록성'이 강화되는 경향이 나타난다. 메타적 글쓰기 형태로 개입되는 '기록물'들은 두 편의 소설을 제외하면 모두 민형과 관계가 있는 것들이다. 민형이 남긴 '취재 노트' '유서'가 그것이다. 이것은 민형의 생각을 짐작할 수 있도록 유도하는 장치이다. '나'가 민형의 생각을 알고, 그가 소재를 취급하는 방식을 알고 있으면서 그것을 서술하고 있는 것이 아니란 것이다. '나'는 민형의 생각을 알지 못한 채, 다만 그러한 기록들로 민형의 생각을 미루어 짐작할 수 있을 뿐이다. 이와 관련하여, '나'가 곽서방의 생각을 모두 알고 있는 것처럼 그려지는 삼인칭시점의 소설과, '민형'이 관찰자로 등장하여 곽서방의 생각을 짐작하고 추측하는 일인칭 관찰자시점의 소설이 제시되는 까닭을 추측해나가야 한다. 곧 '나'는 '곽서방'이나 '민형'과 동시대를 살아가고, 동일한 경험과 정서와 삶의 태도를 공유하고 있는 것이 아니다. 곽서방이나 민형은 각기 그들 나름대로의 삶의 경험과 인식을 바탕으로 살아가는 인물들일 수밖에 없다. 그런데 트럼펫 사내가 줄광대 허운의 생각을 자신의 생각과 동일시하고 그 결과로서 허운의 삶을 이해하는 입장에서 들려주었던 '줄광대 승천' 이야기처럼 '매잡이 이야기'를 들려줄 수는 없는 것이다. 트럼펫 사내가 허운과 공유하던 세계는 이미 균열되고 깨어져버렸기 때문에 '구술'에 대한 신뢰는 '쓰기'에 대한 신뢰로 대체되면서 의식의 재구조화[7]가 이루어질 수밖에 없다.

3. 해체적 독법을 전유하려는 소설쓰기

『선고유예』는 '구술성'으로 현실의 세계를 재현할 수 없다는 것을 여실히 증명해주는 작품이다. '나'는 세느 다방에서 만난 '왕'의 얼굴에 나타난 허기를 궁금하게 여기고 세느 다방의 사람들로부터 왕에 대한 이야기를 듣게 된다. 그리고 '나'는 심문관에게 '허기'와 관련된 기억을 진술한다. '나'가 다방 사람들에게 '왕'에 대한 이야기를 듣는 상황에서 '나'는 청자의 역할을, 다방 사람들은 '화자'의 역할을 담당한다. 뿐만 아니라, '나'는 심문관에게 진술을 하는 과정에서 '화자'의 역할을, 심문관은 '청자'의 역할을 담당하는 역전된 상황이 펼쳐진다.

'나'는 열흘간의 휴가 동안 심문관에게 선고를 번복할 수 있는 진술을 요구받는다. 이때 '나'는 심문관에게 자신의 허기와 관련된 기억에 대해 여덟 번에 걸쳐 '진술'한다. '나'가 떠올리는 기억들은 세느 다방에서 들은 왕과 관련된 이야기들과 연관을 갖고 있다. 이러한 상황은 앞서 「줄」에서 보았던 상황이 역전된 것이다. 그로 인해 '나'가 화자가 됨으로써 청자(심

---

7) 월터 J. 옹, 같은 책, 149쪽.

문관)의 정체나 질문이 '나'의 진술에 어떠한 영향을 끼치는가와 관련된 부분이 중점적으로 드러나게 된다.

그런데 '나'와 심문관의 관계에서 드러나는 화자와 청자의 상황을 두고 '구술성'이 강조되고 있다고 말할 수 있을까. 이와 관련하여 '나'가 '왕'에 관한 이야기를 듣는 상황에 주목할 필요가 있다. 처음 '나'는 '윤일'에게 '왕'이 경찰 이야기만 나오면 흥분한다는 이야기를 듣는다. 그러다가 '마담ㆍ에게 낙서집을 받고 나서 윤일이 들려준 이야기가 낙서집에 그대로 씌어 있는 것을 보게 된다. 비로소 '나'는 윤일의 이야기가 낙서집에서 비롯된 소문이라는 것을 알아차린다. 또, '나'는 마담으로부터 '왕'이 미친 사람이며, 그가 건너편 건물의 여자 화장실을 바라보고 있다는 이야기를 듣는다. 이러한 이야기는 윤일에서와 마찬가지로 낙서집에 '여자와 섹스'와 관련된 내용이 많다는 점, 그리고 '왕'이 여성의 섹스가 강조된 나상을 조각해 늘어놓은 점을 통해 마담이 추측한 것이었음을 짐작할 수 있다.

세느 다방 사람들에게서 들을 수 있는 이야기는 낙서집의 소문, 곧 사실과의 관계도 낙서한 사람이 누군지도 알 수 없는 정체불명의 쓰레기에 불과한 셈이다. 「줄」에서 '여자'가 '옛날이야기'를 믿고 있는 것과는 달리, 이야기에 대한 어떠한 믿음도 가질 수 없게 된 것이다. 그리고 '기술(記述)'된 것으로서 '낙서집'은 일종의 여기로서의 글쓰기에 해당한다. 이청준은 그것이 '사실'에 입각한 정보인 것처럼 기능하면서 소문을 양산한다는 점을 강조함으로써 기록물에 대한 절대적인 신뢰나 믿음에 균열을 가하고 있다. 그러면서 여러 기록물들, '낙서집' '수기' 등을 제시하고, 그것들과 변별되는 '소설'의 유의미성을 탐색하고 있다.

한편, '나'의 진술은 어떠한가. '나'는 왕과 관련하여 '나'의 기억을 연상해나간다. 그리고 그것을 심문관에게 진술한다. 이때 '나'의 발화는 공동의 경험에 기반을 둔 기억의 일종으로서 '이야기'되는 것이 아니라, 심문관과 각하에 의해 내려진 '음모 혐의'에서 벗어나기 위한 목적으로 '진술'된다. 또한 '나'는 끊임없이 심문관의 정체를 의심하고, 알아내려고 하면서 심문관의 비위를 거스르지 않기 위해 진술 내용과 태도를 바꾸어나간다. 이러한 태도는 앞서 「줄」에서 보았던 장의사 사내의 태도와 동일하며, '나'의 발화 내용은 그보다 더 심각한 수준의 삭제와 검열이 이루어지고 있음을 짐작할 수 있게 한다. 고도의 문자문화에 길들여진 결과 '나'는 진술할 때도 과거를 항목화된 영역으로 느끼고, 검증되고 논의될 수 있는 '사실'이나 정보단위에 따라 도표화하고 리스트화[8]한다.

'나'는 '왕'의 허기가 어떠한 경험에서 비롯된 것인지 알지 못한다. 그런데도 '나'는 경험과 인식을 공유한 자들이 가질 수 있는 공동의 의식이라는 '세대의식'에 근거하여 자신의 경험을 '왕'의 것과 동일시하면서 그 결과에 '나'의 미래를 연관시키고 있다. 이 작품에 나타나고 있는 '쑥스러움'은 바로 그러한 오인에 기인한다. 그리고 '왕'이 죽었다고 생각하고 있던 '나'는 '왕'이 살아있을지도 모른다는 소문을 들었다는 마담의 이야기를 듣고, 자신 역시 다방의 소문에 휘둘려 '왕'의 죽음을 기정사실화했다는 것을 깨닫는다.

「소문의 벽」에서 잡지사 편집부장인 '나'는 우연히 집 앞에서 만난 박준이 미치광이 행세를 하는 것을 궁금하게 여겨 박준의 치료를 담당하는 정신병원 의사 김박사와 박준의 원고를 보류시킨 문학담당 편집자 안형으로부터 박준에 대한 이야기를 듣는다. 그리고 '나'는 박준의 소설과 신문기사 등을 구해 읽으면서 박준이 미쳐가게 된 까닭과 잡지일이 잘 되어가지 않는 까닭을 짐작한다.

이 작품에서는 박준이 쓴 소설, 에세이, 신문 인터뷰기사를 메타적 글

---

8) 같은 책, 152쪽.

쓰기의 방식으로 제시하고, '나' '안형' '김박사' 등이 박준의 소설을 어떠한 방식으로 이해하고, 해석하는가를 보여주고자 한다.

안형은 문학담당 편집자로서, 자신의 문학에 대한 '취향'이나 혹은 편협한 이해에 치우친 '문학이념'에 근거하여 박준의 소설을 판단하고 보류한다. 가령, 「괴상한 버릇」이라는 박준의 소설은 낭패한 일을 당하기만 하면 잠이 든 척하는 버릇을 가진 인물이 숫제 죽은 사람을 흉내내다가, 마침내 가사 상태에 빠져 죽게 된다는 이야기를 담고 있다. 이 소설에 대해 '안형'은 '인간성의 어떤 불가사의한 일면'이라 할 수 있는 '버릇'을 '현실을 외면하고 성실한 생존에의 사랑을 포기한 슬픈 습성으로 매도'하고, 주인공이 달아나야 했던 '현실적이고 구체적인 압박요인'(326쪽)을 말했어야 했다고 비판한다. 반면 '나'는 주인공의 기이한 버릇에 가장 흥미를 느끼면서 '박준의 사고와 관련해서도 가장 깊은 암시를 받'(327쪽)게 되었다고 생각한다. 동일한 박준의 소설 한 편을 두고, '나'의 견해와 '안형'의 견해가 서로 달라지고, 심지어 상반된 이해가 나타나기까지 하는 것이다.

'나'는 김박사에게 박준의 소설을 읽도록 권해보지만, 김박사는 박준의 소설에 대해 그것은 '참고'가 될 수 있을 뿐이지 '치료의 원칙이 될 수 없다'(372쪽)고 거절한다. 김박사는 자신의 진단과 치료방식을 과신하며, 그 결과에 따라 환자를 치료하겠다는 오만에 가까운 '신념'과 '사명감'을 굽히지 않는다. 여기에서 주목할 것은 '진술'과 관련된 김박사의 생각이다.

난 그때 우연히 환자가 몹시 전짓불을 두려워하고 있다는 걸 알았지요. 전짓불 앞에서는 그가 엄청난 공포감에 기가 질려버리게 된다는 사실을 말입니다. 문제는 바로 그 점이었습니다. 뭐냐 하면 난 그때 환자로 하여금 지나친 공포감으로 발작을 일으키게 하지만 않는다면 최악의 경우 그 전짓 불로 환자를 완전히 굴복시킬 수가 있다고 생각했던 거예요. 그 전짓불로 환자를 적당히 고분고분하게 만들어서 비밀을 고백시킬 수가 있으리라고 말입니다. 한데 그런 생각은 노형께서 내게 들려준 박준씨의 소설 이야기 에서 더욱 확신을 얻게 되었지요.(385쪽)

김박사는 박준이 전짓불에 공포감을 느낀다는 사실을 비상수단으로 활 용하여 치료를 위한 박준의 진술을 받아내고자 한다. 그리고 박준을 결국 미치게 만들어버린 결과를 낳게 된 자신의 오판에 대해서도 다른 환자들 의 치료를 위한 케이스로 유익하게 활용할 수 있다고 여긴다.

이 작품에서 안형이나 김박사는 자신들의 '신념'에 기반하여 박준의 '소설'이나 '진술'을 이해하고 판단하고, 더불어 그 '신념'에 복종하도록 요구한다. 말하자면 이들은 '신념'을 맹목적으로 좇으면서, 그것을 다른 사람들의 진술에 대한 판단의 근거로 삼고 있는 것이다. 그로 인해 '발화' 는 이야기를 전달하고 공유하는 순수성을 잃고, '신념'이나 '사명감' 등에 사로잡힌 채 왜곡되거나 획일화되고, 수단화되기에 이른다.

결국 이 작품은 '소설'을 누가 읽느냐, 그의 신념은 무엇이냐 등의 요인 에 따라 서로 다른 이해와 해석이 가능하다는 점과, 또한 그러한 이해와 해석이 작가의 자유로운 소설쓰기를 간섭한다는 점을 강조한다.

물론 진술이라는 말은 박준뿐 아니라 김박사도 즐겨 쓰는 말이었고, 나 자신도 잡지일을 일종의 간접적인 자기진술행위라고 고백한 일이 있지만 (어쩌면 우리들은 모두가 그 진술과 관련하여 그것을 요구받으며 살아가 고 있는 것인지도 모른다), 박준은 소설을 쓰는 사람인 만큼 무엇보다 자 기의 소설작업을 그 자신의 진술행위로 이해하고 있었음이 틀림없는 것

이다. (370쪽)

위 인용문에서 '진술'은 '말'뿐만 아니라 '문학적 진술', 곧 '글'까지도 포함하는 개념으로 확장되고 있다. "문학은 적어도 소문 속에서 태어난 또하나의 소문이 될 수는 없다"(378쪽)에서도 역시 그와 같은 인식을 발견할 수 있다. '소문'은 『선고유예』에서 언급되었던 '소문'의 연장선상에 놓여있다. 그것은 '증언'의 형식이 아니라 사실관계와 출처조차 알 수 없는 유언비어의 일종일 뿐이었다. '소문' 속에서 태어난 문학이란 전짓불의 압력에 굴복한 문학일 수밖에 없고, 또 그러한 문학을 다시 재생산하는 문학일 수밖에 없다. '소문'은 비단 일상의 '말'뿐만 아니라 '나'의 잡지와 '김박사'의 병원, 그리고 '문학'에서 이루어지는 모든 '진술' 속에서 작동한다. 그것은 그 각각의 공간이 근거하고 있는 '제도화된 풍속'과 '신념'에 따를 것을 요구받고 그에 복종하는 것이 '진술'의 속성이 되었음을 드러내는 언표인 것이다.

이러한 점에 미루어 볼 때, 이 작품에 드러나고 있는 메타적 글쓰기가 갖는 성격이 드러난다. 박준의 소설, 에세이, 신문기사 등은 박준의 생각을 보충하고 암시하기 위해 활용되고 있다. 이러한 기록물들은 모두 박준의 '진술'에 해당한다. 그런데 박준의 '진술'은 안형이나 김박사, '나'등에 의해 끊임없이 해석되고 의미가 부여된다. 그 과정에서 박준의 '진술'은 작품이 의도하고 있는 것과는 다르게 왜곡되거나 비판받기도 하고, 이해되거나 옹호되기도 하고, 혹은 다른 목적을 위한 수단으로 이용되기도 한다.

그 결과 박준의 소설적 '진술'이 갖는 텍스트로서의 성격이 드러난다. 박준의 소설은 '이야기'가 될 수 없으며, 다만 그것을 읽는 독자에 의해 그 의미가 새롭게 생성될 수밖에 없는 '텍스트'가 되는 것이다. 그렇지만 박준은 그 스스로 '소문 속의 소문'으로 전락하는 문학, 곧 '진술'이 되지 않게 하기 위하여 끊임없이 자신의 진술욕을 억압하는 힘들을 경계한다. 박준의 소설은 그러한 과정 속에서 탄생한 '진술'인 셈이다. 이를 위해 한 편의 소설에 대한 다양한 독법을 보여주면서, 그러한 독법이 각 개인의 취향이나 편견, 신념에 근거하여 이루어지고 있다는 점과 그러한 독법이 자유로운 소설쓰기를 간섭하고 억압하는 폭력으로 작동한다는 점을 강조한다.

4. 예술인식의 균열 지점에 대한 사유와 소설쓰기

이청준의 작품에서 '구술성'이나 '기술성'은 말이냐 글이냐, 구전된 것이냐 기록된 것이냐의 구별을 넘어서는 '이야기성'과 '텍스트성'으로 확장된다. '이야기'는 공동체 내에서 구비전승되는 서사물에서 이끌어낼 수 있는 공동체의 정서와 무의식을 담지하고 있는 것을 의미한다. 반면에 '텍스트'란 다양한 독법에 의해 의미가 해체되고 균열되는 것이라는 점에 주목하면서 독법 자체가 달라지는 까닭은 향유하는 자의 취향, 신념에 의해 영향을 받는다는 점을 강조하기 위해 제시된다.

전통예술, 그 가운데에서도 민속예술은 공동체 안에서 집단적 생산과 향유가 적극적으로 이루어지는 속성을 보여준다. 반면에 근대 이후의 예술은 각 개인에 의해 생산되고, 소비된다는 특징을 갖는다. 곧 근대 이후의 예술에서는 생산자와 수용자가 분화되며, 이때 수용의 방식은 소비에 의해 수동적으로 이루어지는 경향을 보여준다.[9] 예술의 생산과 향유방식의 변화는 '미(美)'에 대한 인식의 변화를 초래한다.

---

9) 임재해, 「민속예술의 본질적 성격과 인간해방 기능」, 『비교민속학』 23, 2002, 25~55쪽.

「줄」과 「매잡이」에는 줄광대 연희와 매잡이 풍속이 제시된다. 줄광대 연희는 남사당패의 놀음이지만, 남사당패가 사라지고, 연희 광대들이 서커스단으로 흘러들어가게 된다. 「줄」에서는 그 서커스단마저도 '활동사진'에 밀려 사라지게 될 위기에 처해 있는 상황이 제시된다. 그로 인해 단장은 줄광대에게 '재주'를 부리라고 하면서 구경군의 '흥'을 돋워주기를 요구한다. 반면 줄광대 부자는 단장의 그런 요구에 아랑곳하지 않고 줄위의 세계를 자신들의 세계로 여기며 자신들의 줄타기방식을 고수한다.

(i) 허노인이 줄을 타는 모습은 정말 아름다웠다. 천정 포장을 걷어젖히고, 넓은 밤하늘을 배경으로 허노인은 흰 옷에 조명을 받으며 줄을 건너는 것이었는데, 발을 움직이는 것 같지도 않게 그냥 흘러가듯 조용히 줄을 건너가는 노인의 모습은 유령 같기도 하고, 어떤 때는 그냥 땅 위에서 하품을 하고 있는 것 같기도 했다.(「줄」, 46쪽)

(ii) 여자는 줄 위의 운이 하늘을 날고 있는 학(鶴)으로 생각했더랍니다. (……) 아닌 게 아니라 저도 아직 운이 줄을 타는 그 곧고 유연한 모습이 잊혀지질 않는데…… 아마 그게 명인(名人)의 풍모가 아닌가 생각될 때가 있어요. (「줄」, 52쪽)

(iii) ―선생은 매가 하늘을 빙빙 돌거나 땅으로 내려박힐 때 그 곧고 시원스런 동작을 보신 일이 있겠지요. 그건 아름답습니다. 아마 선생도 그렇게 생각하셨겠지요. 하지만 난 알고 있습니다.

나는 눈으로 다음 말을 재촉했다.

―그 아름다움이 무엇인지를 말입니다. 한데 선생은 이 일에 관해서……

하다가 사내는 다시 말을 끊고 한참 동안 〈나〉를 쏘아보았다. 그 눈에 이글이글 타는 것이 있었다. 그것은 나에게 이상하게도 성난 매의 눈을 연상시켰다.(「매잡이」, 297~298쪽)

「줄」에서는 '흘러가듯 조용히 줄을 건너가는' 허노인의 모습(i), 그리고 '하늘을 날고 있는 학'과 같은 허운의 모습(ii)은 '아름다'운 것으로 그려지고 있다. 이때 '아름답다'고 생각하는 것은 트럼펫 사내(i)와 다리를 저는 여자(ii)이다. 「매잡이」에서는 '매가 하늘을 빙빙 돌거나 땅으로 내려 박힐 때 그 곱고 시원스런 동작'이 아름다운 것으로 그려진다. 이때 '아름답다'고 생각하는 인물은 민형의 소설에 등장하는 곽서방(iii)이다.

「줄」「매잡이」에서는 공동체의 놀이풍속에 나타나는 '아름다움'에 대한 인식에 주목한다. 줄광대는 줄 위의 세계를 자신의 유일한 세상으로 여기고, 줄타기를 연마한다. 줄광대는 그럼으로써 그 세계에 고귀한 가치를 부여하고 스스로를 단련한다. 트럼펫을 불지 않으면 살 수 없다고 생각하는 트럼펫 사내에게 줄광대 부자의 삶은 아름다울 수밖에 없다. 또한 '다리를 저는 여자'는 허운의 모습에서 대리만족을 경험하면서 하늘을 날고 싶어하는 자유로운 비상을 향한 꿈을 꾸고자 한다.

매의 비상이 주는 아름다움은 바로 '여자'가 허운을 통해 느끼는 아름다움과 유사한 것으로 여겨진다. 매의 비상과 하강의 시원스러움은 매잡이 곽서방에게 자연과 하나가 되는 아름다움의 체험을 선사한다. 곽서방은 매와 자신을 동일시한다. 함께 굶주리고, 함께 자지 않으면서 사냥을 준비하는 곽서방은 매와 일체를 이루는 관계를 보여준다. 매의 비상과 하강의 시원스러움이 아름답게 여겨지는 것은 이 때문이다.

줄광대의 줄타기나 매잡이 풍속 등은 공동체의 놀이풍속에 해당한다. 그것은 공동체적 유대와 공감의 확대와 관련된 공동의 예술체험이다. 그러나 공동체문화에 기반을 둔 이와 같은 풍속이 산업화 이후 급속도로 사라진다. 줄광대놀음은 영화산업이, 매잡이 풍속은 투전이 그 자리를 대신한다. 삶과 놀이의 공간이 동일하고, 놀이와 예술이 분화되지 않고 하나였던 민속예술이 사라지고, 그 자리에 삶과 분리된 놀이, 놀이와 분리된 예술이 들어선다.

『선고유예』에서 보듯, 세느 다방의 대학생들에게 놀이란 다방 공간을 빌려 크리스마스 날 밤샘을 하고 노는 것, 세느 다방에서 차를 마시며 낙서집에 낙서를 하는 것 정도인 것이다. 또한 이 작품에서 예술은 '무대 위의 예술'이라는 허울만 갖고 있을 뿐이고, 무대 뒤의 제반여건이 갖춰지지 않은 상황으로 제시된다. 이때 예술은 공동체에 기반을 둔 창조적 유희로서의 예술이 아니라, 근대 이후 산업화된 사회에서 소비적 수용이 강제되는 교환가치로서의 예술이지만, 제도적 기반이 아직 마련되어 있지 않은 상태에 놓여 있다. 예술은 더이상 삶도 놀이도 아니고 오직 직업일 따름이다.

예술과 삶과 놀이가 일체화된 공동체사회에서는 예술이 나눔과 분배, 치유의 기능을 담당한다. 그러나 예술과 삶과 놀이가 각각 분화되고 전문화된 사회에서는 교환가치에 중심을 둔 소극적인 수용과 제도화된 풍속에 의한 규율과 강제, 억압의 성격이 강화된다. 그로 인해 공동체적 유대와 공감이 사라진 근대 산업화사회에서는 단자화된 개인의 고독과 불안이 심화될 수밖에 없다. 줄광대 부자가 줄 위에서 그들의 생을 마감하는 것이나, 매잡이 곽서방이 자신의 주인이라 할 수 있는 서영감네 헛간에서 단식을 하며 죽어가는 것은 모두 공동체의 삶과 일체를 이루었던 예술이 사라져가는 것에 대한 거부이자 저항이다.

공동체적 유대와 공감의 확대가 이루어지는 예술은 연행지향적인 구술문화의 특성을 보여준다. 따라서 민속예술은 '구술성'이 강조되는 '구술

서사체'와 밀접하게 관련될 수밖에 없다. 반면 소설은 근대적 개인의 고독과 불안을 더욱 심화시키는 방식으로 나아가는 문자문화의 특성을 보여준다. '쓰기'란 "지식의 객체로부터 지식의 주체를 분리해냄으로써, 점점 더 분절적인 내성활동을 가능하게"[10] 만든다. 그 결과 지식의 주·객 분리가 일어나게 되는데, 지식을 대하는 마음은 자기와는 전적으로 구분되는 외부의 객체적인 세계에 대해서, 그리고 그 객체적인 세계에 대응하는 내면적인 자기의 세계에 대해서 열리게 된다.

5. 결론

본고에서 언급하고 있는 '메타적 글쓰기'는 바로 공동체의 소멸과 함께 영향력을 상실한 '구술성'과 그 자리를 대체하는 '기술성'이 갖는 한계와 모순을 심도 있게 파고들려는 작가의 의도를 반영한다. 「줄」에서 기사 형식으로 제시되고 있는 장의사 사내의 발화는 '그럴듯한 이야기를 사실로 만들려는' 신문사 문화부장의 의도가 갖는 불순한 함의로부터 결코 자유롭지 못하다. 또한 『선고유예』에서 마담이 '심심풀이'로 여기고 있는 '낙서집'의 글들은 그 정보의 정확성조차 보장받지 못하는데도 끊임없는 소문들을 양산하고 생성해낸다. 「매잡이」에서는 세 편의 서로 다른 소설을 통해 미래를 예견하는 작가의 상상력과 작의에 의해 씌어진 소설이야말로 훌륭한 소설이라는 점을 강조하고 있다. 그러나 이러한 장밋빛 전망은 「소문의 벽」에서 바로 좌절을 맛본다. 그렇게 쓰인 소설이라 할지라도 독자에 의해 작의와는 상관없는 방식으로 해석될 여지가 충분하며, 더불어 문학권력, 정치권력을 가진 이들에 의해 소설적 진술이 억압되고 감시받

---

10) 월터 J. 옹, 같은 책, 162쪽.

는 결과 자유로운 진술이 불가능하게 된다고 말하고 있다.

결과적으로 위의 네 작품은 '구술성'이 담지하고 있는 공동체적 유대와 공감의 확대가 근대 산업사회에 들어서면서 더이상 그 기능을 유지하지 못하고 있다는 것, 더불어 '기술성'에 부여된 신뢰성이 얼마나 허구적이고 폭력적인 것인가를 강조하고 있다.

「소문의 벽」에서 '박준'은 이상에서 언급한 소설에 대한 작가의 인식이 응축된 인물이다. 작가는 '용틀임치는 진술욕'을 억압당해 미쳐가는 박준에게 동정과 이해의 시선을 보내고 있다. 이를 통해 이청준 소설이 근대적 개인의 고독과 불안을 달래고 치유해줄 수 있는 소설쓰기로 나아갈 것이라는 점[11], 그리고 텍스트에 주어진 특권으로서 작동하는 의미를 균열시키고 끊임없이 해체하려는 해석학적 전략을 기획하는 방식으로 소설을 쓰고자 한다는 점, 그러한 기획과 전략을 통해 자기 구제로서의 소설쓰기를 계속해나갈 것이라는 점("작가는 진술로 말하게 하라", 381쪽)을 짐작할 수 있다.

이후 이청준 소설은 '구술성'과 '기술성'의 한계와 모순을 파악하고 공동체적 유대와 공감의 확대라는 '구술성'의 특징을 다양한 방식으로 끌어들여 그것을 통해 고독한 개인의 불안을 치유하려는 방향으로 나아간다. 이와같은 '이야기성'과 '텍스트성'이 공존하는 것으로서의 '소설'에 대한 사유와 고민은 이청준의 전 작품을 통해 모색되고 탐구된다.

---

11) 발터 벤야민, 「얘기꾼과 소설가」, 『발터 벤야민의 문예이론』, 반성완 옮김, 민음사, 1983, 183쪽.

이데올로기에 대한 매듭짓기와 매듭풀기
— 최인훈의 『광장』과 『화두』

조보라미

1. 들어가며

잘 알려져 있듯 『광장』은 1959년 등단한 최인훈을 일약 문단의 총아로 만들었다. 김현은 이를 두고 '정치사적 측면에서 1960년이 학생들의 해 였다면 소설사의 측면에서는 『광장』의 해'였다고 정리한 바 있다.[1] 최인훈의 작품세계 내적으로도 『광장』은 초기작의 사변적 특징을 이으면서도 작가의 주된 관심이 사회문제에 있음을 명확히 한다는 점에서 중요하다. 이후 『회색인』『서유기』『소설가 구보씨의 일일』『태풍』[2] 등은 한국사회에 대한 문제의식을 확대·심화하고 있으며, 1970년대 이후 희곡을 창작한 것도 이러한 연장선 아래 있다.

그러나 최인훈의 문학세계를 이렇게 사회에 대한 관심 아래 놓고 본다

---

1) 김현, 「사랑의 재확인 : 『광장』 개작에 대하여」, 최인훈, 『광장』, 문학과지성사, 2010, 351쪽.
2) 『광장』을 포함한 이상의 다섯 작품을 최인훈은 '5부작'으로 지칭한다.(최인훈, 「원시인이 되기 위한 문명한 의식」, 『길에 관한 명상』, 문학과지성사, 2010, 29쪽)

하더라도『광장』만큼 남북의 이데올로기에 대해 명확히 문제를 제기한 작품은 없다. 이것은 최인훈의 문학, 특히 5부작을 탈식민주의적인 것으로 파악하면서도[3]『광장』이 다른 네 작품과 구분되는 독특한 위치를 점한다고 보는 관점을 내포한다. 이러한 관점에 따르면 최인훈은『광장』을 통해 이데올로기 문제를 제기하고 있으나, 이후 5·16으로 말미암아 더이상 이러한 문제의식을 발전시키지 못한 채 한국의 신식민주의적 상황에 대한 비판으로 문제의식을 '우회'하게 된다.[4] 그리고 1990년대 현실 사회주의가 몰락하고 한국의 민주화가 진전된 상황에서 다시 한번 이데올로기 문제를 본격적으로 탐구할 계기를 맞게 되는데, 그 결과가『화두』이다. 아울러 2003년 발표된「바다의 편지」도 이러한 맥락 속에서 이해될 수 있다.

이렇듯 본고는『광장』과『화두』가 이데올로기를 본격적으로 다루고 있다는 점에서 공통적이라는 관점 아래, 두 작품을 함께 놓고 다루어보고자 한다.[5] 최인훈의 문학세계에서 이데올로기를 하나의 중요한 '매듭'이라고 한다면,『광장』은 이러한 매듭을 처음으로 제기하고 있으며『화두』는 나름대로 그것을 풀고 있다. 이때 매듭을 짓고 푸는 방식이 두 작품에서 각기 다른데,『광장』은 한정된 테두리 안에서 주로 주인공의 '체험'에 의거하고 있다면,『화두』는 이데올로기 문제를 비판적으로 '사유'하는 방식을

---

3) 최인훈 문학을 탈식민주의적으로 바라보는 입장에 대해서는 조보라미,「한국적인 심성의 근원」을 찾아서 : 최인훈 문학의 도정」,『한국현대문학연구』30, 2010 참조.

4) 이것은 분명, 분단과 이데올로기의 관점에서는 문제의식의 '우회'이나 분단 문제 역시 신식민주의적 상황에 다름아니라고 할 때 한국사회에 대한 작가의 문제의식의 '확대·심화'이기도 하다.

5) 물론 이때『화두』가『광장』만의 것이 아님은 분명하다. 후술되겠지만『화두』가『광장』에서 제기된 이데올로기 문제를 매듭짓는 것은 신식민주의를 극복하는 의미를 띠며, 이로써『화두』는 최인훈 소설의 완결판으로도 해석될 수 있다.

취하고 있다.[6]

본고가 관심을 가지고 있는 이데올로기 문제의 경우『광장』에 대해서는 이미 많이 논의되었다.[7] 반면『화두』는 그 형식의 복잡함과 다루고 있는 문제의 다양함으로 말미암아 이데올로기 문제에 집중한 논문은 많지 않으며, 더욱이『광장』과 관련지어『화두』를 분석한 예는 찾아보기 힘들다.[8] 본고의 2장과 4장은 각각『광장』과『화두』에서 다루어지는 이데올로기 문제를 분석하되 두 작품을 비교하는 관점을 취할 것이다. 이때 2장은 기존 연구와 크게 다르지 않으나 본고의 논의의 원점을 이루는 만큼 꼭 필요한 장이다. 또한 4장은 기존에『화두』에 대한 해석이 완결되어 있지 않은 만큼 자세한 분석과 설명을 곁들이도록 한다. 3장에서는『광장』의 이명준과『화두』의 '작가-서술자' 간의 유사성을 통해 두 작품 간의 긴밀한 관계를 드러내 보임과 동시에『화두』분석의 실마리를 제공하도

---

6) 여기서 '체험'과 '사유'는 인식론에서 빌려온 개념이다. 앎(知)은 대상의 소여방식에 따라 '지각' '체험' '사유'로 구분되는데, 이때 '체험'은 '지각' 작용과 직접성을 공유하고 '사유' 작용과 초감성적 성질(정신성)을 공유한다. 또한 '사유'는 '직관적 인식 작용'과 '논증적 인식 작용'으로 구분되는데,『화두』에서는 후자가 주로 작용하고 있다. 논증적 인식 작용을 본고에서는 '비판적 사유' 혹은 '논증적 사유'라고 표현한다(J. 헤센,『인식론』(수정판), 이강조 옮김, 서광사, 1994, 91～138쪽 참조).

7) 대표적으로 김경욱,「최인훈 소설의 이데올로기 비판담론 연구」, 서울대학교 석사학위논문, 1998; 차미령,「최인훈 소설에 나타난 정치성의 의미 연구」, 서울대학교 박사학위논문, 2010이 있다. 그런가 하면 이수형은『광장』에 나타난, 해방기의 정치적 서사에 주목한다(「『광장』에 나타난 해방 공간의 나라 만들기와 가족로망스」,『현대소설연구』, 2008).

8)『화두』에 대한 연구로는 김윤식,「유죄판결과 결백 증명의 내력」,『작가와의 대화 : 최인훈에서 윤대녕까지』, 문학동네, 1996; 오생근,「화두와 기억의 소설적 형식」,『화두』2 해설; 문흥술,「식민지 노예지식인의 글쓰기와 양식파괴의 한계」,『자멸과 회생의 소설문학』, 열음사, 1997; 한수영,「체험과 회상의 두 가지 양식」,『시문학』2000년 4월호; 김인호,「해체와 저항의 서사」, 문학과지성사, 2004; 연남경,「최인훈 소설의 자기 반영적 글쓰기 연구」, 이화여자대학교 박사학위논문, 2009 등이 있다.

록 한다.[9]

2.『광장』─이데올로기에 대한 문제 제기

『광장』에서 남북한의 체제가 비판되고 있다는 것은 많은 연구에서 지적되어온 사실이다. 남북 이데올로기, 혹은 남북체제에 대한 비판적 인식으로는 아직까지『광장』을 넘어선 소설이 없다고 평가될 정도이니,[10] 이 작품이 발표되었을 당시 사회에 미쳤을 파장은 넉넉히 짐작이 되고도 남는다. 그렇다면 구체적으로 남한과 북한에 대한 비판은 어떻게 나타나고 있는지 살펴보자. 먼저 남한에 대한 비판이다.

"정치? 오늘날 한국의 정치란 미군부대 식당에서 나오는 쓰레기를 받아서, 그중에서 깡통을 골라내어 양철을 만들구, 목재를 가려내서 소위 문화주택 마루를 깔구, 나머지 찌꺼기를 가지고 목축을 하자는 거나 뭐가 달라요? (……) 한국 정치의 광장에는 똥오줌에 쓰레기만 더미로 쌓였어요…… 한국의 정치가들이 정치의 광장에 나올 땐 자루와 도끼와 삽을 들고, 눈에는 마스크를 가리고 도둑질하러 나오는 것이지요."(『광장』, 64쪽)

─────────

9) 본고에서 분석되는 텍스트는『광장』의 경우 문학과지성사 2010년판,『화두』는 문학과지성사 2008년판이다. 주지하듯『광장』은 1960년 초판이 나온 이래 수차례 개작되었고『화두』도 1994년판으로부터 약간의 수정이 있었다. 본고에서는『광장』의 초판을 비롯한 여러 판본과『화두』의 초판을 비교, 검토했으나,『광장』과『화두』의 완결판을 대상으로 이들 작품 간의 관계를 따진다는 원칙 아래 최신판을 대상으로 삼는다. 이에 본고에서 분석대상으로 하는『광장』과『화두』의 실질적인 판본 간의 시간차가 크지 않다는 비판은 감수하기로 한다.

10) 김병익은『광장』에서 제기된 분단의 이념적인 주제들이 문학에서뿐 아니라 사회과학에서라도 다루어질 수 있기 위해서는 이십 년 이상의 시간이 걸렸다고 말한다.(「다시 읽는『광장』」,『광장』, 368쪽)

위의 인용에서 보듯 이명준은 미국에 종속된 남한의 정치·경제를 비판하고 민족의 이익보다 권력 장악에 함몰된 정치권을 비난하고 있다. 그리고 이에 더해 경찰서에서의 명준의 체험을 덧붙인다면[11] 친일파가 여전히 득세하고 있는 현실에 대한 비판까지 읽혀진다. 이런 남한의 상황을 이명준은 '밀실만 푸짐하고 광장은 죽은 곳'이라고 압축해서 표현한다(『광장』, 67쪽).

이명준의 아버지는 해방이 되던 해 월북했고 얼마지 않아 어머니도 돌아가셨기에 명준은 아버지 친구의 집에 얹혀산다. 은행지점장으로 일하는 아버지 친구는 경제적으로 넉넉할 뿐 아니라 그의 가족 역시 명준을 매우 '너그럽게' 대해주었기에 명준은 미안함도 부채감도 갖지 않은 채 '자기세계'를 가꿀 수 있었다. 그의 정신은 물론 남한사회에 대해 비판적 인식을 견지하고, 평생을 "비치는 단단함 속에 젖어가면서 살 수 있는" 길을 찾기를 대단히 바라지만(『광장』, 43쪽) 그는 어디까지나 온건주의자에 개인주의자였다.

그런 상황에서 난데없이 아버지가 대남 방송에 나오게 되고, 명준은 갑작스레 경찰서에 끌려가게 된다. 거기에서 당한 모욕과 폭행은 그에게 남한에 더이상 미련을 두지 못하게 하고 명준은 결국 월북한다. 그러나 북한 역시 그를 실망시키고 만다. 월북 후 명준은 그곳에서 다시 만난 아버지에게 이북에 대한 비판을 다음과 같이 쏟아놓는다.

"일이면 일마다 저는 느꼈습니다. 제가 주인공이 아니고 '당'이 주인공

---

11) "그의 옛날 얘기를 듣고 있으려니까, 명준은 자기가 마치 일본 경찰의 특고 형사실에 와 있는 듯한 생각에 사로잡힌다. 형사의 얘기는 그토록 지난날과 지금을 뒤섞고 있다. 빨갱이 잡는 걸 가지고 지금이나 일본 시절이나 다름없다고 생각하고 있는 게 완연하다. 일제는 반공이다. 우리도 반공이다. 그러므로 둘은 같다라는 삼단논법."(『광장』, 83~84쪽)

이란 걸. '당'만이 흥분하고 도취합니다. 우리는 복창만 하라는 겁니다. '당'이 생각하고 판단하고 느끼고 한숨지을 테니, 너희들은 복창만 하라는 겁니다. (……) 수많은 고결한 심장의 소유자들이, 이런 공화국을 만들려고, 중세기의 순교자들보다 더 거룩한 죽음을 한 건 아니잖습니까? (……) 그렇습니다. 인민이란 그들에겐 양떼들입니다. 그들은 인민의 그러한 부분만을 써먹습니다. 인민을 타락시킨 것은 그들입니다. 그리고 북조선의 공산당원들은, 치사하고 비굴하고 게으른 개들입니다. 양들과 개들을 데리고 위대한 김일성 동무는 인민공화국의 수상이라? 하하하……"(『광장』, 134~135쪽)

위의 인용에 따르면 이북에서는 '당'만이 생각하고 지도할 뿐 정작 사회주의 사회의 주인이어야 할 인민은 당의 이념을 복창할 것만이 요구된다. 이것은 곧 혁명의 열기가 사라진, 당과 국가의 관료화에 대한 비판이다. 그런데 이명준의 발언 시기가 1949년 봄임을 감안할 때[12] 이북에 대한 명준의 비판은 이북의 당대 상황에 밀착하기보다는 오히려 사회주의, 보다 정확히는 스탈리니즘에 대한 일반적 비판에 가깝다고 보인다.[13]

그런데 이때 양 체제에 대한 위와 같은 비판이 전적으로는 아닐망정 많

---

12) 은혜가 모스크바로 떠난 해(한국전쟁이 발발한 1950년)를 기준으로 역추적할 때 명준이 아버지에게 북한을 비판하고 집을 나온 것이 1949년 봄이며 명준이 월북한 것이 1948년 여름임을 알 수 있다.

13) 이것은 기실 이북에 대한 비판뿐 아니라 남한에 대한 명준의 비판에도 해당되는 것이며, 다름아닌 이러한 특성 탓에 『광장』이 '관념적'이라는 평을 받게 되는 것이기도 하다. 그러나 뒤집어 생각해보면 특정한 시공에 국한된 구체적 현실 비판이 아니라 이데올로기에 대한 일반적 비판이라는 점이 『광장』의 생명력을 강화시키는 것으로도 해석될 수 있을 것이다. 한편 이북에 대한 비판을 스탈리니즘에 대한 비판으로 치환하는 이러한 방식은 『화두』에도 유사하게 이어지는데, 이에 대해서는 4장에서 분석될 것이다.

은 부분 명준의 '체험'에 근거하고 있음은 주목해서 볼 점이다. 그는 실제로 남북을 오가며 각 체제를 몸으로 살고, 그 바탕 위에서 체제를 비판하고 거기에서 느낀 환멸을 표현하는 것이다. 이것은 후에 살펴보겠지만 『화두』에서 미국과 소련을 직접 여행하되 주로 '논증적 사유'를 통해 이데올로기를 비판하는 점과 분명히 구분된다.

앞에서 이명준을 온건주의자요 개인주의자라고 말했지만, 그렇다고 명준을 전적으로 소극적이라고 할 수는 없다. 그가 체제에 대한 단순한 '비판'에만 머무르지는 않기 때문이다. 무엇보다 그는 남한사회에서 '밀실에서 충분히 준비가 끝나면 나와서 치고받겠다'는 의지를 드러낸다. 이러한 입장은 한 발 더 나아가 '광장이 부재한 곳에서 언젠가는 광장다운 광장을 세우기 위해 사람을 불러모으는 나팔수'가 되겠다는 의지의 표현(『광장』, 68쪽)이라고 해석될 수 있다.

이북에서는 어떤가. 남만주에 위치한 조선인 꼴호즈 방문기가 문제가 되어 자아비판을 당하고 나서, 그는 남한에서 경찰에 취조를 받은 후와 마찬가지로 "마음의 방문이 부서지는 소리"를 듣는다. 그것은 남한에서 보다 "더 큰 울림"을 가진 소리였다(『광장』, 147쪽). '광장'을 찾아 월북을 감행한 그였기에 막다른 골목에 다다른 느낌이 아닐 수 없었을 것이다. 그러나 이런 상황에서 그는 운좋게도 '은혜'라는 완충지를 가진다. 그리고 상당 부분 그 완충지의 힘으로 상황을 헤쳐나갈 방법을 모색하고자 한다.

혼자 앓아야 했다. 꾸준히 공부를 했다. 그런데 이번에는 '남'에게 탓을 돌릴 수 없는 진짜 절망이 찾아왔다. 신문사와 중앙도서실의 책을 가지고 마르크시즘의 밀림 속을 헤매면서 이명준은 처음 지적 절망을 느꼈다. 참으로 그것은 밀림이었다. 그럴듯한 오솔길을 발견했다 싶어 따라가면 어느

새 그야말로 '일찍이' 다져진 밀림 속의 광장에 이르는가 하면, 지금 자기가 가진 연장과 차림을 가지고는 타고 내리기가 어림없는 낭떠러지가 나서는 것이었다. (『광장』, 158쪽)

혼자서 길을 내기란 쉽지 않은 것이었다. 그러나 이명준은 그를 둘러싼 주위 인물과 당에 납작 엎드리면서도 '오랜 세월 소리없이 길을 내고자 하는' 단단한 의지를 내보인다.

전번 자아비판회 때 알아차린 요령을 저도 모르는 새에 생활에 옮기고 있는 요즈음의 그였다. 오랜 세월 소리없이 일해야 할 앞날이었다. 그러자면, 작은 일을 가지고 속물들과 부딪쳐서는 안 된다. 바다를 건너려는 사람이 웅덩이에 빠져 죽어서는 안 된다. (『광장』, 161쪽)

그러나 명준의 이러한 시도는 좌절된다. 한국전쟁이 발발하면서 남북 양 체제가 군사적 대치 상태를 겪게 됨은 물론 휴전 이후 이데올로기 대립 상태는 정치·경제·사회·문화 모든 수준에서 더욱 공고화되었기 때문이다. 낙동강 전투에서 은혜가 사망하고 명준은 포로로 잡힌다. 그가 이북으로 돌아간다 해도 북조선 같은 데서 적에게 잡혔다가 돌아온 사람의 처지가 어떠하리라는 것은 짐작이 가고도 남는 일이다. "제국주의자들의 균을 묻혀가지고 온 자로서, 일이 있을 적마다 끌려나와 참회해야 할 것이었다." 이명준은 그러한 처지를 "한동네에 살면서도 사람은 아닌 문둥이"에 비유하고 있거니와, 이러한 그의 처지로서 이북에서 길 내기란 기대할 수 없는 일이었다.(『광장』, 186쪽)

명준이 남한을 택한다 해도 상황은 마찬가지였을 것이다. 이에 대해 작가는 자세하게 쓰기를 거부하고 "남북의 잔인한 포로 정책"(『광장』, 187쪽)

이라고 한마디 쓰는 데 그치고 있다.[14] 그러나 이명준이 만약 포로 송환시 남한을 택했더라도 그는 이북에서나 마찬가지로 남한에 섞일 수 없는 '문둥이'의 삶을 살 것이다. 아니, 실은 그보다 더한 삶일 것이다. 월북하기 전 이명준은 '빨갱이 새끼'라 불리는 그 자신이 '법률 밖에 있는 어떤 삶' 속에 놓여 있다고 느꼈다.(『광장』, 77~80쪽). 월북하여 이북에서 중요한 직책을 맡은 인물을 아버지로 가진 명준은 이미 남한에서 '문둥이'의 삶을 살았을 것이요, 그 자신의 월북 경험까지 있기에 송환 심사에서 남한을 택한다는 것은 상상할 수 없는 일이었으리라. 이렇듯 남한에서 생존조차 보장받지 못한다고 할 때 남한에서 '길 내기'란 도통 바랄 수 없는 일일 것이다.

이렇듯 『광장』의 이명준은 남과 북에 대한 직접 경험을 통해 남한은 '밀실'만 있고 '광장'은 없는 곳으로, 북한은 '광장'이 있다고는 하나 이름뿐인 곳으로 인식한다. 그리고 남북체제, 곧 이데올로기에 대한 비판적 문제의식을 지니고, 체제 안에서 '길'을 내기 위해 노력하지만, 한국전쟁이라는 거대한 역사적 상황 아래 좌절을 맛보고 만다. 이명준의 이러한 좌절은 그 자체로 남북의 대립관계에 대한 신랄한 비판이 되거니와, 이것이 작품이 발표된 당대뿐 아니라 현재에도 유의미하다는 사실은 여러 논자에 의해 지적된 대로다.

한편 작가의 이러한 문제의식은 이후 작품에서 수면 아래로 잠복되어 있다가 『화두』에 이르러 다시 본격화되거니와, 『화두』는 『광장』에서 제기

---

14) 여기에서 보듯 작가는 남한에 대한 직접적인 비판을 가능한 한 삼가고 있다. 이것은 체제에 대해 소극적인 저항을 택하는 작가의 태도에서 기인한 것이라고 할 수 있다. 『광장』의 최신판에서 작가는 명준의 거제도 포로수용소 시절을 새로 삽입하고 있는데, 이때 포로수용소의 극악한 상황에 대해서 직접적 거론을 피한 것도 작가의 이러한 태도와 무관하지 않을 것이다. 더 나아가 『화두』에서 미국에 대한 직접적 비판을 자제하는 것도 이같은 맥락에서 볼 수 있다.

된 문제의식을 이으며 나름대로의 결론에 이르게 된다. 그렇다면, 다음 장에서 『광장』의 이명준과 『화두』의 작가-서술자 간의 유사성을 살펴보도록 한다.

3. 『광장』의 이명준과 『화두』의 '작가-서술자' 사이의 유사성

주지하듯 『광장』을 비롯한 최인훈의 5부작 주인공들은 관념적이고 지식인 유형에 가족으로부터 자유롭고 '사이에 낀' 인물이라는 점에서 유사성이 짙다.[15] 또한 이들 주인공이 작가 최인훈의 면모를 일정 정도 반영하고 있다는 사실 역시 분명하거니와, 여기서는 『광장』의 이명준과 『화두』의 '작가-서술자' 간의 유사성에 주목하도록 한다.[16]

우선 『광장』의 이명준과 『화두』의 작가-서술자[17]는 유사한 이념적 지

---

15) 여기서 '사이에 끼었다(in-between)'는 표현은 주인공의 경계적 위상을 가리키는 말이다(빌 애쉬크로프트·팔 알루와리아, 『다시 에드워드 사이드를 위하여』, 윤영실 옮김, 앨피, 2005 참조). 『태풍』을 제외한 나머지 작품들의 주인공은 남과 북에 걸쳐 있으며, 『태풍』의 오토메나크는 애로크와 나파유에 걸쳐 있다. 오토메나크는 후에 '바냐킴'이란 이름으로 애로크와 아이세노딘 사이에 '끼어 있다'.

16) 주지하듯 『화두』는 일인칭 주인공시점이다. 그러나 여기서 서술되는 '나'는 매우 긴 시간적 스펙트럼 속에 위치한 다원적 '나'이며 서술하는 '나' 역시 1973년부터 1992년까지 다양하게 존재하는 '나'이다. 그런데 『화두』에는 이 모든 것을 통어하는 '나'가 존재한다. 연남경이 지적하듯이 '이야기'와 '담론'을 넘어 '메타단계'에 존재하는 '나'인데, 본고에서 『광장』의 이명준에 대응하는 존재로 보는 것은 바로 이 '나'이다. 본고에서는 이 '나'를 '작가-서술자'라고 칭한다(아래 각주 참조). 화두의 시점과 '나'의 다양한 층위에 대해서는 연남경, 같은 글, 25~28쪽 참조.

17) 『화두』는 소설이 가진 가공물로서의 위치에 주목하면서 소설과 현실 사이의 관계에 의문을 제기하는 '메타픽션'으로 볼 수 있다. 메타픽션의 속성 중 하나는 작가가 텍스트에 그 존재를 직접 드러낸다는 것인데, "이 소설은 소설이다."라고 언명되어 있음에도 불구하고(『화두』 1, 19쪽: 그러나 이러한 의식적인 언명 역시 메타픽션의 속성으로 간주할 수 있다) 작가의 자전적 요소가 짙으며, 이러한 점에서 본고는 『화두』의 서술자를 '작가-서술

향을 가지고 있다. 여태까지 『광장』에서 크게 주목되지 않은 것은 이명준이 암암리에 '사회주의'라는 이상을 가지고 있다는 사실이다. 이명준은 남한에 살 때부터 'Dialektik'의 'D'만 보아도 '반한 여자의 이름 머리글자를 대하듯 가슴이 두근거'린다. 그는 헤겔의 변증법으로 끊임없이 흐르는 삶의 강에서 하나의 불변의 진리를 읽고자 한다. 물론 '낯빛과 몸짓을 가꾸는 마음의 거울 속에서 자꾸 연지가 빗나가고 곤지가 번지는' 것을 경험한다는 표현(『광장』, 46쪽)처럼 그것의 확실성에 대한 '흔들림'은 있을지언정 젊은 이명준에게 사회주의에 대한 경도가 있음은 분명하다.

코뮤니스트란, 월북할 때 그러려니 그려본, 그런 인종들이 아니었다. 한때 그들의 존재를, 믿음이 없어진 현대에서, 한 가지 기적으로 생각했다. 이상주의의 마지막 지킴꾼들.(『광장』, 183쪽, 밑줄은 인용자)

남한의 이명준에게 이북은 '밀실'은 몰라도 '광장'이 있는 곳이었다. 그리고 남한이 '광장'이 없는, 있는 자들만의 '밀실' 꾸미기의 잔치로 비춰진 만큼, '광장'이란 존재 자체는 매우 소중한 것이었을 수 있다. 게다가 위의 인용에서 '믿음이 없어진 현대에서 이상주의의 마지막 지킴꾼'이라고 표현될 만큼 코뮤니스트란 이상적인 어떤 것이었음이 분명하다. 『화두』에서 작가-서술자 역시 자본주의와 사회주의를 공히 비판적으로 인식하지만 사회주의의 이상은 고귀하며 인류의 고차원적인 유산이라고 여긴다.(『화두』 2, 169쪽)

또한 『광장』에서 이명준이 뚜렷한 삶의 근거를 가지고 살고자 할 때, 그

자'라 표현하고자 한다.(메타픽션의 정의 및 속성에 대해서는 P.Waugh, *Metafiction : the theory and practice of self-conscious fiction*, Routledge, 1984(2003 reprinted)), p.2 및 pp.130~133)

것은 『화두』의 작가-서술자의 욕망과 유사하다.

> 쉴새없이 움직이고, 쫓아가고 하더라도, 그와 같은 비치는 단단함 속에 젖어가면서 살 수 있는 삶. 명준이 찾는 삶이다. 아무 일에도 흥이 안 난다. 마음을 쏟을 만한 일을 찾아낼 수가 없다. 가슴이 뿌듯하면서 머릿속이 환해질, 그런 일이 없을까? 도낏자루 안 썩는 신선놀음 같은.(『광장』, 43쪽)

> ⓐ한 많은 식민지 지식인의 지적인 호기심의 계승자라는 것이 현재로서는 내가 그것에다 자기를 일치시키는 데 가장 자연스러움을 느끼는 심리적 자기동일성이다. 철든 이후 온갖 막연한 시행착오를 거쳐서 내가 도달한 진리의 개인적 실체이다. 그 막연하던 화두(話頭)가 최근에 이르러 잡기 시작한 이 모양에 나는 예전의 어느 중간 결론의 형식보다 만족한다. (……) 그 화두는 무릇 그것이 철학이든, 종교이든, 혹은 그 어떤 다른 것이든 간에 그런 지적인 체계도 아니며, 현실적이기는 하나 좁고 제한된 세계인 정치 그 자체도 아니며, ⓑ1920~1930년대의 식민지 지식인들이 인생을 던져 풀려고 그렇게 몸부림쳤던, 자기 머리로 확인한 확실한 앎을 지니고 이 세상을 살고 싶다는 몸부림, 그 '몸부림' 자체가 나의 몸으로 알아진 상태—라기보다 나 자신이 그 몸부림이 되는 실감이 있어온다는 사정을 나는 '빙의'라고 표현해 본다.(『화두』 2, 226~227쪽, 밑줄은 인용자)

위의 『화두』 인용에서 작가-서술자는 '자기 머리로 확인한 확실한 앎을 지니고 이 세상을 살고 싶다는 몸부림'을 가지고 있다고 하거니와(ⓑ), 이것은 명준이 위에서 '비치는 단단함 속에서' 삶을 살아가기를 원하고 '가슴이 뿌듯하면서 머릿속이 환해질' 어떤 것을 찾는 것과 유사하다. 다만 젊은 이명준에게는 이러한 길 찾기가 어렵고 몽롱한 것이어서 좌충우돌

했다면, 『화두』의 작가-서술자는 지긋한 나이에 이르렀기에 이른바 자신의 문제의식이 '식민지를 살았던 선배 작가들'의 문제의식과 상통해 있음까지 알아차리고 있다(ⓐ).

그런데 여기서 '식민지를 살았던 선배 작가들'이란 포석 조명희나 이태준, 임화 등을 가리키고, 더 나아가 조명희가 쓴 『낙동강』의 주인공 박성운의 삶과도 닮아 있다고 느낀다. 『화두』에서 작가-서술자가 느끼는 이러한 동질감은 '빙의' '법열' '환생'이라고 표현되어 있거니와 이러한 깊은 동질감은 결코 가볍게 볼 수 없는 대목이다. 주지하듯 포석이나 이태준, 임화 등은 모두 조선의 식민지적 현실을 극복하고자 했으며 이성적 판단 아래 당대를 양심적이고 책임 있게 살고자 했던 인물들이다. 그 결과 그들은 '사회주의'를 택했으며, 작가-서술자 역시 마찬가지 경로에 이른 것으로 보인다. 작가-서술자가 소련 땅을 밟으며 감격해마지않은 것(『화두』 2, 417쪽)도 이 같은 이유로 설명할 수 있다.

또 한 가지, 자아비판회 장면에서도 이명준과 작가-서술자 사이의 유사성을 찾아볼 수 있다. 『광장』에서 자아비판회는 명준이 조선인 꼴호즈 방문기를 쓰면서 거기서 보고 느낀 것을 사실 그대로 썼다가 문제가 되었다. 비판자들에 따르면 그 같은 사실의 기술은 무책임하며 인민의 적개심과 근로 의욕을 앙양시키고 고무시키는 방향으로 '취사선택'되고 '윤색'되어야 했다. 그러나 명준에 대한 비판의 보다 근본적인 이유는 그의 '출신성분'에 있었으며 궁극적으로는 '인민은 생각지 말라. 당이 모든 것을 결정하며 인민은 그저 따라올 뿐'이라는 이북체제의 대전제를 명준에게 주입시키는 데 있었다. 『화두』에서 작가-서술자가 소년기에 경험한 자아비판회 역시 그 내용은 다르지만 구조는 동일하다. 부르주아 가정 출신의 아이가 똑똑하다고 학교에서 지나치게 고평되는 것을 차단하고 그 아이의 논리가 어떻든 체제의 말에 무조건 '복종'시키기 위한 절차이자 과정이었던 것이다.

『광장』과 『화두』에서 벌어진 자아비판회는 모두 해방 후 한국전쟁 전에 일어난 사실이었던 점을 감안하면 시기가 매우 비슷하다. 그러나 이것을 겪은 주체의 나이가 다른 만큼 이것을 대하는 태도 역시 다르다. 이명준은 자아비판회를 경험하고 분명 그것이 '잘못된 것'이었다고 생각한다. 그리고 2장에서도 언급했지만 이로 인해 체제에 대해 절망했음과 동시에 이것을 극복하기 위한 나름대로의 노력을 해나간다. 반면 『화두』의 작가-서술자는 비교적 어린 나이(중학 시절)에 이것을 겪었기에 명준처럼 그것을 판단할 능력이 없다(『화두』 1, 53쪽). 그리하여 그 사건은 작가-서술자에게 트라우마로 남고 평생에 걸쳐 판단해야 할 '숙제'가 된다.[18]

ⓐ〔결국 지도원 선생이 대표하고 있는 권위, 그의 뒤에서 그를 받치고 있는 이념에 대해서 자신 있게 거부할 수 있는 신념을, 선생님의 대의(大義)는 잘못입니다, 하고 말할 수 있는 신념과 판단을 나는 이날 이때까지 형성하지 못한 채 이 나이까지 이르고 말았다.〕 (……) ⓑ〔지도원 선생님네가 신봉하는 그 '대의'는 정밀하게 구성된 '이론'이기도 하기 때문에, 그 이론을 파악하자면 일단 그 이론이 설정한 방식을 따라가보는 과정을 거쳐야 한다. (……) 그런 철저한 연구 없이, 경험적 관찰이며, 체험이며, 그 이론과는 직접 교차하지 않는 다른 계열의 이론을 무기로 그 이론을 재단하는 방식에는, 한계가 있다.〕(『화두』 2, 290~291쪽)

---

18) 『화두』에서 자아비판회 체험은 고교 시절 『낙동강』에 대한 감상문이 고평된 국어시간 체험과 동전의 양면처럼 맞물려 있다. 이것은 『낙동강』의 주인공 박성운을 좇는 하나의 '자아'에 대해 한편에서는 비난, 다른 한편에서는 고평이라는 모순적 체험으로 작가-서술자에게 각인된다. 이것은 더 나아가 사회주의의 이상과 현실에 대한 괴리감을 불러일으키고, 작가의 평생은 이러한 문제의식에서 촉발된 '씨아질'이라고 해석될 수 있는데, 『화두』에 이르러 작가는 이에 대한 최종적 해답을 얻고자 한다.

위의 인용에서 작가-서술자는 '지도원 선생이 대표하고 있는 권위와 이념'에 대해서 자신 있게 거부할 신념을 아직 갖추지 못했다고 하고 있거니와(ⓐ), 『화두』는 바로 이에 대한 규명을 주(主)로 하고 있다. 이명준은 이데올로기, 정확히 말하자면 남북한체제에 대해 문제의식을 가지고 있으나 시대적 상황 탓에 그것을 탐구하고 '길'을 낼 기회를 갖지 못했다. 반면 『화두』의 작가-서술자는 이제 나이가 든 탓도 있으나 무엇보다 그것이 가능해진 상황 속에서, 보다 철저한 방식으로, 그 문제의식을 탐구하고자 한다. 위의 인용에서 보듯 『화두』의 작가-서술자는 체험에 따른 이데올로기 비판은 한계가 있음을 인정한다. 그리고 한 발 더 나아가 한 체제와 이념이 그것과 대립되는 또다른 이념의 잣대로 비판되는 것 역시 한계가 있으며 오직 그 이념 자체를 논증적으로 사유해야 한다고 말한다 (ⓑ). 이때 체험에 따른 비판이 『광장』에서 행해졌다면, 『화두』는 그 불철저함을 인식하고 이성적인 방식으로 이데올로기를 비판적으로 인식하고자 하는 것에 다름아니다.

그렇다면 다음 장에서는 구체적으로 『화두』에서 이데올로기가 어떻게 비판되고 있는지 살펴보도록 하자.

4. 『화두』: 이데올로기에 대한 정리·결산

최인훈의 소설세계를 총괄하여 말하자면 그의 초기 소설은 개인적 자아의 문제에 집중되다가 『광장』에서 국가와 민족문제를 환기하여 『화두』에 이르기까지 세계와 인류에로 소재가 확대된다고 할 수 있다.[19] 본고에서 관심으로 삼는 이데올로기 문제 역시 마찬가지여서, 『광장』에서 남북

---

19) 유헌식, 「기억과 행위의 변증법」, 『문학과 철학의 만남』, 민음사, 2000, 408~409쪽 참조.

에 국한되었던 이데올로기 문제가 『화두』에서는 세계 역사의 관점으로 나타난다.

> 1917년에, 제정 러시아가 지배하던 판도에 소비에트 러시아라는 나라가 건국한 순간까지, 이 지구사회의 인간생활은 자본주의 열강의 사냥터였다. (……) 세계지도는 유럽과 그들의 식민지로 확연히 나뉘게 되었다. (……) 유럽은 갈수록 부유해지고 그 밖의 지역은 (……) 세계 규모가 된 자본주의적 질서 속에서 식민지 원주민이라는 불리한 입장의 생활을 강요당했다. (……) 식민지보다 조건이 낫다고 해야 할 식민지 모국에서도 이 근본적인 부조리는 그 체제의 발생 이래 엄연히 살아 있었고, 산업혁명의 전 기간과 그 이후를 통해 노동의 진행과 성과에 대한 참여에서 소외된 사람들의 비판과 저항은 거센 불길 같았고, 그 시정을 위한 연구의 이론의 구축이 계속돼왔다. 그것이 일반적으로 유럽에서 '사회주의'라는 이름으로 불린 사회개혁운동이다. (……) 노동의 분화과정에 비추어 문제가 있는 자리매김이지만, 그 도덕적 입장과 초기 산업사회에서의 노동계급의 실상이라는 문맥에서 가지는 거부하기 어려운 인도적 측면에는 의문의 여지가 없었다. (『화두』2, 164~169쪽, 밑줄은 인용자)

위에서 보듯 『화두』의 작가-서술자는 18~19세기에 유럽에서 진행된 산업혁명에서부터 세계 역사를 훑고 있다. 산업혁명에 의해 본격적으로 시작된 자본주의는 자국 내에서만 경제효과를 기대하기 어려워 타국으로 손을 뻗치게 되고, 이것이 식민지를 낳는바 결국 자본주의는 제국주의와 동전의 양면을 이루게 된다. 그리고 사회주의는 이러한 자본주의/제국주의를 극복 지양하기 위해 나타난 움직임이거니와, 이러한 '사회개혁운동' (밑줄 강조)은 문제점을 가지고는 있으나 분명 '그 도덕적 입장과 초기 산업사회에서의 노동계급의 실상'을 고려한다면 충분히 타당 가능한 체제이다.

이러한 관점에 따라 작가는 미국의 풍요와 정의에 대해 찬탄하면서도(『화두』1, 417, 456쪽) 미국은 옛날의 '로마'요 우리는 '변방'의 식민지이며 작가-서술자는 '노예 철학자'라는 사실을 잊지 않는다(『화두』1, 135, 413쪽). 미국의 풍요와 정의를 인정하고 솔직히 부러워하며 그곳의 풍요와 정의가 다른 모든 나라들에 골고루 나누어져야 할 그런 것이라고 믿되,[20] 자본주의 자체를 지상의 선한 것으로는 보지 않는 것이다.[21]

한편 사회주의에 대해서 작가-서술자는 위의 인용에서 보듯 그 이상(理想)에 대해서는 십분 인정하나 실제 현실과 이상은 괴리가 크다고 본다.

소련식 정치는 그 유형으로서는 성속(成俗)이 나뉘지 않은 일종의 종단(宗團) 정치였고 그 수장(首長)에게 신성한 권위가 집중되어 있었다. (……) 결국 소련사회가 거기서부터 헤어나지 못한 정신적 혼란은, 소비에

---

20) "나는 미국의 시간의 풍요함에 압도되면서 그런 생각을 했고, 그 풍요함은 금욕적인 관점에서 물질문명이 어쩌느니 하는 식으로 배척되어서는 안 되고 풍요함은 좋은 것이며, 그 좋은 것이 내 고향을 포함한 인간가족 모두가 다 누리는 행복이 되는 쪽으로 해결되어야 함을 생각하였다."(『화두』2, 381쪽)

21) 『화두』에서 자본주의를 바라보는 방식에 대해서는 이견(異見)도 있다. 예를 들어 문흥술은 『화두』에서 작가가 미국문명을 이상적인 것으로 보고 있으며, 그 결과 20세기 역사의 노예로 주저앉고 있다고 비판한다(같은 글, 230~234쪽). 아닌 게 아니라 『화두』1에서 자본주의는 제국주의적인 것으로 비판되면서도 작가의 미국 체험에 의해 한껏 완화되는 양상을 보인다. 미국으로 대표되는 자본주의를 관념상으로는 비판하되 체험적으로 그것을 인정하는 모양새가 그것이다. 그러나 5부작에서 이어져온바 자본주의는 한국의 신식민지화를 이끈 원인으로 비판의 대상이었다는 점을 무시할 수 없으며, 『화두』2에서 사회주의의 이상을 긍정하는 것이 역으로 자본주의에 대한 비판이기도 하다. 사회주의와 마찬가지로 자본주의의 이상과 현실의 괴리(괴리의 양상은 사회주의와 정반대)가 결국 『화두』에서 이데올로기에 대한 '폐기'를 이끌어내는 데 한몫했다고도 볼 수 있다.

트 혁명 이후 칠십여 년을 지나면서도 마련하지 못한 성속(成俗)의 분리 형식을 제도화하지 못하고, 그 둘 사이의 관계를 연속되면서도 분리되어야 한다는 동적 위상으로 정립하지 못한 데 근본적인 원인이 있어 보인다. 참으로 이상한 일이었다. 양(量)과 질(質) 사이에 있는 역동적 관계가 그들의 철학 교과서에서 그렇게 강조되면서도, 현실에서는 정치 권력의 작동 형식을 거의 저분화 미개사회의 제정(祭政)일치 형식에서 해방시키지 못했다. 모든 지혜와 능력을 갖춘 스탈린이라는 교황 (……) (『화두』 2, 305~306쪽)

여기서 사회주의에 대한 비판의 초점을 주로 스탈리니즘에 둔 것은 『광장』과 유사하다. 스탈리니즘은 1당 독재를 넘어서 개인숭배체제에 다름 아니었으며 민중 역시 혁명을 경험했음에도 타율성을 체화하고 있다는 비판 역시 『광장』에서 이어지는 것이다. 그러나 여기에서 한 걸음 더 나아가 작가-서술자는 사회주의가 단번에 실현되는 것이 아니라 끊임없는 발전이 거듭되어야 하는 '미완성의 현실태'[22]로 보는 것이나 스탈리니즘을 비판하면서도 여전히 그것을 사회주의의 단계의 하나로 보고 있는 것, 초기 사회주의의 이상에 대한 여전한 신뢰 등, 사회주의에 대한 인식은 『광장』보다 한층 심층적이라 할 수 있다.[23]

---

22) 아리스토텔레스는 존재를 '현실적인 존재(현실태)'와 '가능적인 존재(가능태)'로 나눈다. 이때 '현실태'는 사물이 존재한다는 사실 안에 있으며 '가능태'는 현실태로 구현될 수 있는 가능적인 존재다. 현실태와 가능태의 관계는 예를 들면 집을 짓는 자와 집을 지을 수 있는 자, 깨어 있는 자와 잠자고 있는 자와 같다고 하겠다. 한편 가능태는 일체의 영향을 받지 않고 절대적인 가능성을 뜻하는 '순수한 가능태'와 이미 일정한 것으로 현실화되어 있기는 하나 계속해서 다른 것으로 현실화될 수 있는 '혼합된 가능태'로 구분된다. 현실태 역시 '미완성의 현실태'와 '완성된 현실태'('실현'이나 '실현된 것'으로 번역될 수 있다)라는 두 가지로 구별할 수 있다(이에 대해서는 J.Hirschberger, 『서양철학사』, 강성위 옮김, 이문출판사, 1983, 254~258쪽 참조).

23) 소련의 사회주의를 어떻게 바라볼 것인가 하는 점에 대해서는 사회과학계에서도 이론

그런데 이때 이데올로기에 대한 『화두』의 이러한 비판적 인식이 이데 올로기의 실질적인 본산이라 할 수 있는 미국과 소련을 직접 방문하고서 이루어진다는 점에 주목할 수 있다. 이것은 『광장』에서 이명준이 남북을 오가며 직접 체험한 것과 유사하다. 그러나 『광장』에서의 이데올로기 비 판이 많은 부분 체험에 근거했다면, 『화두』에서 이러한 비판은 일차적으 로 체험에 근거했다기보다 작가-서술자의 논증적 사유에 근거하고 있다 고 보아야 옳다. 다시 말해 『화두』의 체험은 이데올로기 비판에 있어 하나 의 부차적인 매개였을 뿐 그것이 이데올로기 비판의 주요 근거가 되고 있 지는 않다.

그러나 물론 미국과 소련의 체험이 작가-서술자의 인식의 지평을 넓힌 것은 분명하다. 1990년을 전후하여 세계사적으로는 베를린 장벽이 무너 지고 소련이 멸망한 사건이 일어났으며, 국내적으로는 민주화가 진전되 었다. 이에 따라 『화두』의 작가-서술자가 미소 양국을 방문하는 것이 가 능했음은 물론 이데올로기에 대해 상대적으로 자유롭게 사고하는 것이 가능했던 것이다. 이것은 『광장』에서 이명준이 남북을 오갔다는 사실이 실질적으로 그로 하여금 송환심사 때 남북 선택의 자유를 원천 봉쇄하는 효과를 낳은 것과 대조적이다.

궁극적으로 한국의 강압적 환경 탓에 『광장』의 이명준이 결국 '난파' 할 수밖에 없었다면, 한층 유연한 환경 덕에 『화두』의 작가-서술자는 평 생의 문제로 짐 지고 살아온 것을 나름대로 정리하고 비로소 결론에 이 르게 된다. 이때 결론에 이르게 되는 직접적 계기는 포석이 반역죄로 고

이 분분하다. 『화두』에서 작가-서술자의 인식이 거대담론에 대한 진리치일 수 없음은 물론 이다. 본고에서 주목한 것은 『광장』에서 『화두』로 이어지는 이데올로기에 대한 사유의 경과 이거니와, 거대담론에 대한 작가의 인식 수준에 대해서는 보다 면밀한 고찰이 있어야 할 것 이다.

발되었을 당시 압수된 문건이다. 이것은 초기 사회주의의 이성적 수준을 그대로 보여주는 것으로, 사회주의의 이상과 현실 간의 거리를 명징하게 보여주는 증거로 인식된다. 그리고 이러한 거리가 암암리에 초기 북한사회의 경직성으로 유추되면서 그 당시를 살았던 작가-서술자 및 그의 가족에 면죄부가 제공되고, 결국 작가-서술자의 트라우마가 해결되는 효과를 낳는다.

그런데 이때 한 가지 문제인 것은 『화두』의 결론 자체가 다분히 계시적이고 비약적으로 제시된다는 것이다. 포석 문건을 다 읽은 작가-서술자에게 그의 평생의 정신적 스승인 포석의 음성이 들린다. "자기를 빼앗기면 지금 이 도시처럼 이렇게 된다네. (……) 너 자신의 주인이 돼라"(『화두』2, 552쪽)는 것이 그것으로, 이것은 이후에도 작품 속에서 몇 번이고 되풀이되고 있다. 이것은 평범한 말이나 동작, 심리 그 자체의 잊지 못할 대목을 통하여 갑자기 정신적인 그 무엇을 드러내 보이는 '이피퍼니(epiphany)'의 순간으로, 『화두』1과 2의 결말을 상동적인 것으로 만드는 것이기도 하다.[24]

이러한 비약적인 결말에 대해서 비판적 견해가 존재하는 것은 당연하다.[25] 그러나 그렇다 하더라도 『화두』에서 행해진 이데올로기에 대한 비판적 사유 자체가 무화되는 것은 아니다. 위의 '계시적' 결론을 다음과 같은 깨달음으로 이어나갈 수 있었던 것은 앞에서의 비판적 사유가 없이는

---

24) 『화두』1에서 작가-서술자는 창작에 대한 방황 속에서 우연히 아기장수 설화를 발견하고, 이것을 계기로 여태까지의 방황을 종결짓고 희곡 창작의 길에 들어선다. 마찬가지로 『화두』2에서 작가는 포석 문건의 발견으로 여태까지의 (이데올로기에 대한) 방황을 종결짓고 ('기억'과 '기록'에 대한 중요성을 인식하여) 『화두』창작의 길에 들어선다. 아기장수 설화 발견 장면을 이피퍼니로 해석한 것은 진선주, 「최인훈의 『화두』: 마뜨료쉬카 인형의 "이피퍼니"」, 『어문론총』4, 1995, 149~150쪽 참조.

25) 대표적으로 한수영, 같은 글.

불가능하기 때문이다.

ⓐ언제나 시간은 있다. 특정한 종말은 없다. 인간은 언제나 시간 속에 있다. 인간이 시간이다. ⓑ다만 그 시간이 풀들의 시간이 되지 말고 인간의 것답게 하라. 결국 어디에 있건 그런 시간 속에 사는 것은 그 사람의 선택에 달려 있었다.(『화두』 2, 565쪽, 밑줄은 인용자)

위에서 "언제나 시간은 있"으며 "특정한 종말은 없"다는 말(ⓐ)은 범박하게 말해서 자본주의니 사회주의니 하는 기존 이데올로기의 허구성에 대한 인식이다. 앞에서 보았듯 작가-서술자는 사회주의의 이상과 현실에 관한 문제로 평생 '씨아질'했다.[26] 그리고 『화두』에서 이것에 대한 비판적 사유 끝에 사회주의의 이상과 현실의 실제적 괴리에 대해 인정하고 그 이유도 나름대로 정리하게 된다. 그리하여 그는 결국, 이데올로기에 한평생 휘둘려 살았던, 혹은 휘둘려 살 수밖에 없었던 과거에서 벗어나 이데올로기에 관한 열린 결말로 이끌려지는 것이다. 곧 "특정한 종말은 없"으며, 이제 모든 것은 주체인 '나'의 손에 달려 있다. 물론 여기에 최소한의 원칙은 있다. 인간이 믿을 수 있는 단 하나의 것, '어제'와 '뒤'를 돌아다보는 것. 그리고 인간에게 주어진 "시간이 풀들의 시간이 되지 말고 인간의 것답게 하라"는 것이 그것이다(ⓑ).

또 한 가지, 『화두』에서 이러한 결론에 이르기까지의 '과정' 자체가 지닌 중요성 역시 주목될 필요가 있다. 주지하듯 『화두』 1과 『화두』 2는 기

---

26) 여기서 '씨아질했다'는 것은 『화두』의 표현이다. 『화두』에서 자아비판회를 반복해서 상기하며 이것이 작가-서술자의 무의식 속에서 '제한 없는 무급심이요 상시 계류 상태인 재판' 같았다는 표현(『화두』 2, 84~85쪽)도 이와 같은 맥락이다.

술 시기나 내용에 있어 뚜렷한 차이가 나는데,[27] 그럼에도 1, 2 모두에서 작가-서술자는 물론 작가-서술자가 포함된 나라의 주민이 근대 이래 '노예'의 삶을 살아왔다는 인식은 동일하다. 20세기의 전반기를 '외국인의 노예'로 살아왔다면 해방 후는 미군부대 주변의 양아치, 양공주 생활에 불과했다는 것(『화두』 1, 366쪽), "20세기를 산 우리나라 사람들은 자기를 다스릴 원칙 없이 이 세기를 정신적 피난민으로서 표류하였다"(『화두』 2, 390쪽)는 인식 등이 바로 그것이다.

그리고 자명하지만 이러한 '노예' 상태는 우리 민족의 현실적 위상만을 가리키는 것이 아니라 정신적 위상 역시 가리키는 말이다. 작가-서술자(그리고 작가-서술자가 속한 공동체)는 이데올로기에 휘둘리면서도 그것을 비판적으로 인식할 수 있는 환경조차 갖추지 못했다는 점에서 정신적인 노예에 다름아니었다. 『화두』의 작가-서술자는 곳곳에서 이러한 정신적 노예 상태에 대해 서러워하거니와,[28] 여태까지 지배만 받을 뿐 선택하

---

27) 범박하게 말해서 『화두』 1은 미국 여행기요 『화두』 2는 소련 여행기로 볼 수 있다. 그리고 전자는 작가의 창작세계에 대한 설명이 주되며 그 중에서도 희곡 창작에 대한 해명이 중요한 부분을 차지한다. 그런 점에서 『화두』 1은 시기적으로 1973~1976년의 미국 체류, 1979년 및 1986년의 미국 방문 등 서술하는 시점이 반복적으로 겹쳐 있되, 그중에서 가장 중요한 것은 1973~1976년의 시기이다. 한편 『화두』 2는 1989~1992년 가을까지의 기록으로 『화두』 1에 비해 비교적 단순한 연대기적 서술로 되어 있다. 이데올로기에 대한 비판적 인식은 주로 『화두』 2에서 이루어지며 본고의 주된 분석대상 역시 이것이다. 그런데 이때 『화두』 1과 2의 차이에도 불구하고 1과 2를 관통하고 있는 사건이 자아비판회 체험이요 이에 대해 결정적인 해답을 하려는 것이 『화두』라는 사실을 고려한다면, 『화두』 2는 『화두』의 '화두'를 푸는 데 있어 매우 중요한 위치를 차지한다. 한편 『화두』 1, 2의 위상에 대한 이런 견해는 『화두』 2를 『화두』 1의 '부록이자 후일담'에 불과한 것으로 보는 김윤식의 관점과 상치되는 것이다(김윤식, 같은 글, 31쪽).

28) 이것을 드러내는 일절을 인용하면 다음과 같다 : "우리는 이 나라(소련 : 인용자)하고만 관련해서도 그렇게 장막에 가린 캄캄한 세월을 살아왔으며, 우리의 일부인 나 역시 그렇게 살아왔다. 우리는 20세기를 살았는가. 나는 20세기를 살았는가. 우리는 20세기에 동원되었다고 말해야 옳은가. 나는 20세기에 의해 동원되었다고 해야 하는가. 아마, 아마 그에

거나 올바로 따져볼 수조차 없던 것을 철저히 따져보는 것은 바로 '노예' 상태로부터의 '해방'을 의미한다.[29]

바로 이러한 맥락 아래 「바다의 편지」를 위치지을 수 있다. 「바다의 편지」에서 주인공은 분단된 조국의 명령을 받고 적지로 침투하던 중 적의 공격을 받고 수장(水葬)된다. 그리고 오랜 세월이 흘러 이제는 '나'를 '나'라고 부를 수 있는 의식마저 희미해진, 이제는 백골이 된 해병[30]이 어머니께 마지막 편지를 띄운다. 그런데 여기서 이 작품이 문제적인 것은 통일이 된 미래를 상상하며 쓰고 있기 때문이다. 이 글에서 백골/해병은 분단이 다 지나가고 "우주의 힘을 제압한 진화한 인류가 되어 있을 우리"의 시점에서 그 "무서운 과거를" 어머니와 함께 여유 있게 회상하게 되리라(「바다의 편지」, 26쪽) 기대한다. 작가가 분단된 조국에 대해 이렇듯 희망과 축복의 메시지를 던질 수 있었던 것은 기존 이데올로기의 허구성을 깨닫고 개인과 민족의 주체성을 확신한 바탕 위에서 가능했다.

가깝다."(『화두』 2, 481쪽)

29) 바로 이러한 점에서 『화두』는 '탈'식민주의적이다. 최인훈의 문학을 탈식민주의적으로 바라볼 때 『화두』는 기존의 이데올로기에 매여 있는 (신)식민주의 사고에서 벗어나 주체성을 회복하고 있다는 점에서 중요한 성취를 이루고 있다. 이런 점에서 『화두』는 『광장』의 완결판만이 아니라 최인훈 문학의 완결판이기도 하다. 이런 관점에서 최인훈 문학을 다시 해석하자면, 최인훈 희곡이 탈식민주의적 '전유'를 했다면 『화두』는 기존의 식민주의적 이데올로기를 극복한바 탈식민주의적 '폐기'를 하고 있다고 말할 수 있다('폐기'와 '전유'에 대해서는 B.Ashcroft 외, 『포스트콜로니얼 문학이론』, 이석호 옮김, 민음사, 1996, 66쪽 참조; 최인훈 희곡을 '전유'의 관점에서 논한 것으로는 조보라미, 같은 글, 3장 참조).

30) 이 해병이 조국의 분단으로 젊은 나이에 수장되었다는 사실이 이명준을 연상시킴은 물론이다. 바로 이 점에서 「바다의 편지」는 '이명준을 위한 진혼곡'이라고도 해석될 수 있다.

5. 맺음말

본고는 최인훈 작품세계에서 『광장』과 『화두』를 직결시켜 이해할 수 있다는 관점 아래 두 작품을 함께 놓고 다루고 있다. 이를 위해 『광장』의 이명준과 『화두』의 작가-서술자 간의 유사성에 주목하고, 그 바탕 위에서 『광장』과 『화두』에 나타난 이데올로기 문제를 분석했다. 『광장』에서 이명준은 남북을 오가는 체험에 근거하여 남한은 '광장 없는 밀실'이요, 북한은 '밀실 없는 광장' 혹은 '이름뿐인 광장'이라 비판한다. 그러나 한국전쟁이라는 초유의 사태에 직면하여 그 자신의 의지에도 불구하고 더이상의 체제 비판이나 대안 찾기가 불가능했으며, 결국 두 체제 사이에서 '난파'하고 만다.

반면 『화두』에서 작가-서술자는 이데올로기의 본산인 미국과 소련을 방문하고, 논리적 따짐에 의해 이데올로기를 비판적으로 분석하고 있다. 이러한 과정에서 작가-서술자는 세계사를 훑으면서 사회주의의 이상과 현실의 괴리에 대해 비판적으로 인식한다. 그리고 마지막에 '특정한 종말은 없으며 인간의 시간이 인간의 것답게 하라'는 깨달음을 얻는다. 이것은 이데올로기의 허구성을 통해 작가의 평생, 그리고 우리 민족의 한 세기를 옭아매었던 이데올로기로부터 자유하게 됨을 의미한다. 그리고 더 나아가 결론에 도달한 '과정'에 주목할 필요가 있다. 즉, 20세기 전체를 걸쳐 현실적/정신적 '노예'로 살아온 개인과 민족이 그 스스로의 따짐에 의해 주체적으로 도달한 결론이라는 점에 의의가 있다는 것이다. 이것은 다시 말해 '노예' 상태로부터의 해방이요 민족의 주체성에 대한 발견이다.

이데올로기 문제는 최인훈 소설에서 하나의 중요한 '매듭'이다. 『광장』은 이데올로기라는 매듭을 작가의 작품세계에서 처음으로 제기하고 있다는 점에서 중요하며, 『화두』는 이러한 매듭을 나름대로의 방식으로 풀고 있다는 점에서 『광장』의 문제의식의 완결판이다. 바로 그렇기에 작가는 『화두』 이후, 한반도의 통일이 이루어질 미래를 예기하며 상상할 수 있었다. 이런 점에서 「바다의 편지」는 한반도의 미래를 축복하는 것에 다름아니며, 이것이 작가가 우리 민족에게 던지는 마지막 메시지일 수도 있다는 사실은 이 작품을 더욱 의미심장하게 만든다.[31]

---

31) 본 글은 『국제한인문학연구』 11집에 실린 것을 일부 수정하여 재수록했음.

타율성과 자기기만

― 서정인의 1960년대 소설을 중심으로

이수형

1. 서론

1960년대 소설의 핵심적인 주제로 자유(자율)가 상정된다는 것은 주지의 사실이다. 그런데 자유는 타자와의 분리를 전제로 하므로 자유로운 '나'를 상정하는 순간 곧바로 '나'로부터 분리된(외재하는) 타자의 시선에 불안을 느끼지 않을 수 없는 자의식이 발생한다. 이런 맥락에서 서정인뿐 아니라 김승옥, 이청준, 박태순 등 대부분의 1960년대 작가들이 타자에 대한 자의식 때문에 고민할 수밖에 없었던 것은 당연한 귀결이다.[1] "우리들은 외계에 재빠르게 반응할 뿐"이라거나 "타인에게 자신이 어떻게 반영되며 타인에게 어떻게 흡수되어 반영되느냐…… 소설의 관심은 타인과의 관계, …… 타인 자체, 그 문제부터 시작하는 거지"와 같은 언급들은 이러한 자의식의 단면을 가감 없이 보여주고 있다.[2]

---

1) 이수형, 「1960년대 소설에 나타난 자의식의 발현 양상 연구」, 『한국어문학연구』 56, 2011.

2) 김승옥, 「후기」, 『서울, 1964년 겨울』, 창우사, 1966; 김승옥·김현·박태순·이청준, 「현

1960년대 소설에 대한 논의에서 빠짐없이 지적되는 4·19 역시 자유의 문제를 첨예하게 부각시켰다고 할 수 있다. 역사적 의의를 판단하기 이전에 현상 자체만으로 본다면, 4·19 역시 해방이나 전쟁과 같이 원인이나 결과를 예측하기 어려운 사건의 하나로 상정할 수 있다.[3] 물론 "4·19도 하나의 역사적 사건으로는 8·15, 6·25 등 같은 범주로 보려는 사람들도 있겠지만, (……) 다른 것들은 역사적으로 밖에서 주어진 사건임에 비추어 4·19는 본질이 상당히 다른 부류의 것으로 역사의 밖에서 주어진 것이 아니라 내부로부터 형성된 것"이라는 지적은 정당하다.[4] "밖에서 주어진 사건 : 내부로부터 형성된 것"의 관계를 '타율 : 자율'의 관계로 치환할 때, 문학담론 내부에서는 대표적으로 김현과 백낙청에 의해 '4·19세대'와 '미완의 혁명'이라는, 4·19에 대한 자율성을 부각시킨 역사적 해석이 이루어져왔다. 그러나 이러한 사후 해석의 반대편에 방관적, 수동적, 타율적 입장에서 "우연을 가장한 필연"으로서의 4·19를 맞았다고 증언하는 많은 문인, 작가들의 회고가 있다는 사실도 무시할 수 없다.[5]

사건을 '나'의 지평에서는 미리 짐작해볼 수 없고 최소한의 계획도 세울 수 없는 미래의 시간으로 정의할 때,[6] 사건이 지니는 우연적이고 예측 불가능하며 나타나자마자 사라지는 잉여로서의 속성은 세계라는 타자와

대문학방담」, 『형성』 1968년 봄호.

3) 백낙청은 "4·19가 우발적인 요인들을 수없이 포함하면서도 결코 우연한 돌발사태가 아니었듯이"라는 말을 시작으로 4·19의 역사적 의의를 강조하고 있는데(「4·19의 역사적 의의와 현재성」, 『창작과비평』 1980년 여름호), 이는 역사적 의의를 찾으려는 적극적인 노력 없는 4·19란 결국 우발적이거나 우연한 요소들의 집합에 불과하다는 뜻을 내포한다.

4) 구중서·김윤식·김현·임중빈, 「4·19혁명과 한국문학」, 『사상계』 1970년 4월호.

5) 김병익·김승옥·염무웅·이성부, 「4월 혁명과 60년대를 다시 생각한다」, 『4월 혁명과 한국문학』, 창작과비평사, 2002; 김지하, 『흰 그늘의 길』, 학고재, 2003.

6) E. 레비나스, 『시간과 타자』, 강영안 옮김, 문예출판사, 1996, 84~86쪽.

대면한 '나'가 맞닥뜨리는 사건의 타자성이라고 할 수 있다.[7] '나'와 사건과의 관계에 이와 같은 타자성이 내재한다는 것은, 어떤 사건과 관련하여 '나'가 타율적인 자리에 위치한다는 것을 의미한다. 이러한 타율성의 반대편에 '나'의 자유 혹은 자율의 상태가 있다. 현실에서 마주치게 되는 여러 사건들에 대한 통상적인 태도, 즉 '나'는 어느 정도는 타율적이지만 동시에 어느 정도는 자율적이기도 하다는 타협적인 태도와 달리, 서정인 소설의 주인공들은 사건의 타자성(타율성)에 대해 대단히 민감하다.

　서정인 소설이 "자기 결단이나 선택에 의존하기보다는 관습이나 타성에 의해서 수동적으로 기존 세계의 일부인 삭막하고 갑갑한 나날의 삶을 재생산하는 일의 타락됨을 보여"준다는 유종호의 간단한 언급이 암시하고 있듯이,[8] 주체의 타율성에 대한 작가의 민감한 반응에 대해서는 주인공들이 세계를 비극적으로 인식한다거나 그 결과 자유의사에 의해서 결정되지 않는 상황에 대해 체관(諦觀)의 태도를 보인다는 식의 단편적 지적이 있어왔다.[9] 본고에서는 서정인의 초기 소설을 대상으로 이러한 타율성의 내용과 의미를 좀더 상세히 분석함으로써, 초기 소설에 대한 체계적인 설명을 시도하는 동시에 초기 소설이 서정인 소설 전체에서 차지하는 위상을 점검하고자 한다.

2. 주체의 타율성과 책임―「후송」「물결이 높던 날」

　명령과 복종을 관계의 기본으로 하는 군대를 배경으로 전개되는 서정인의 등단작 「후송」(1962)에서 타율적인 상황이 부각되는 것은 일견 당연

---

7) A. 바디우, 『윤리학』, 이종영 옮김, 동문선, 2001, 54~55쪽.

8) 유종호, 「삭막한 삶과 압축의 미학」, 『철쭉제』, 민음사, 1986, 239쪽.

9) 조은하, 「서정인 소설 연구」, 고려대학교 석사학위논문, 1996, 24~25쪽.

한 것처럼 보인다. 그러나 주인공 성중위의 경우는 그 사정이 좀더 복잡하다. 전방 부대에서 근무할 때 별다른 이상이 없었던 성중위는 빈 깡통을 향해 권총을 난사한 뒤부터 이명(tinnitus) 증상에 시달린다. 이어령이 적절하게 지적한 대로, 이 사건은 "로깡땡이 돌을 던지려고 집어들었을 때 '구역'을 느낀 것"과 마찬가지로 "타자를 의식한 순간이며, 타자와 자기와의 벽을 느끼게 된 순간"을 형상화하고 있다.[10] 성중위는 그 사건 이후 타자의 존재에 대해 의식하는 것과 동시에 타자로부터 분리된 '나'의 존재를 의식하기 시작한 것인바, 그 '나'에 대한 의식, 즉 자의식은 역설적으로 이명이라는 병리적 증상으로 발현하고 있다. 성중위에게 있어 이명 증상을 의식한다는 것은 타자와 구별되는 자기 자신을 의식하고 있다는 가장 확실한 증거이지만, "이 확실하고도 분명한 일이 타자에게는 애매한 것으로 전달될 뿐"이다.

성중위는 자신의 증상을 치료하기 위해 중대 의무지대에서 사단 의무중대로, 다시 야전병원과 후송병원 등으로의 후송을 요청하면서 그때마다 의사소통이 가로막히는 "절벽"을 느낀다. '나'의 증상을 타자(의무장교)에게 이해시키는 데 있어서의 곤경은 곧 '나'를 타자에게 전달하는 데 있어서의 곤경 일반과 동일한 것이다. 자신의 의사와는 무관하게 감옥과도 같은 후송병원에서 언제 내려질지 알 수 없는 후송 특명을 기다리던 성중위는 자기는 불려가지도 않은 상태에서 후송 심사가 진행된 끝에 자신이 원했던 수도병원이 아닌 부산의 육군병원으로의 후송이 결정되어 기차에 오른다.

이와 같은 스토리에 주목한다면, 「후송」은 군대라는 특수한 환경에서 성중위가 처한 타율적 상황에 대해 서술하고 있는 것으로 이해될 수 있

---

10) 이어령, 「소설의 방법」, 『사상계』 1963년 2월호, 304쪽.

다. 그러나 「후송」은 단순히 타자에게 '나'의 의사를 전달하는 데 곤란을 겪는다거나 혹은 '나'의 신상에 관한 결정이 타자에 의해 판단된다는 사태만을 지적하고 있지는 않다. 「후송」은 사건의 타자성과 관련하여 좀더 근본적인 문제를 제기하고 있는바, 이는 후송 특명을 기다리던 성중위가 우연히 자동차 사고를 목격하는 장면에서 드러난다.

> 그 소리는 성중위가 연대본부에 가는 도중에도 그치지 않았다. 성중위는 그것을 강력히 부인했다. 그는 소리없이 외쳤다. 나는 그것을 생각하지 않았다…… 더구나 그것을 바라지는 더욱 아니하였다…… 절대, 절대 바라지는 않았다…… 다만 내리막에서 저렇게 속력을 내다간 위험하지 않을까, 라고만 생각하였었다 (……) 그는 열심히 주장하였다. 주장하고 보니 설복된 듯도 하였다. 그러나 마음 한구석에 자리잡은 허전함은 어쩔 수 없었다. (……) 그는 많은 사고의 현장을 목격해왔었다. 폭발 사고는 교통사고보다 더 참혹했었다. 그러나 그가 보아온 어떤 사고도 이번 것만큼 충격적인 것은 없었다. 그는 그 이유를 어렴풋이 느낄 수 있었다. 그중에는 속도와 정지의 결정적 대조도 있었고, 그 차에 편승했을 경우를 상상하는 데서 오는 사고자들과의 동일시의식도 있었다. 마치 죽음이 그를 스치고 지나간 듯한 느낌이었다. 그러나 이례적인 충격의 원인은 그뿐이었을까? 그는 그들을 저주하였었는지도 몰랐다. "자식들, 꼬라박아버려라!" 그렇다면 그의 저주는 너무 빨리, 너무 선명히, 그리고 너무 비참히 실현된 셈이었다. (「후송」, 『강』, 문학과지성사, 1996, 42~43쪽)

여러 차례 난관에 부딪치기는 하지만 자신의 증상을 타자에게 이해시키려는 애초의 의도를 굽히지 않으면서 자기를 지켜나가던 성중위는 자동차 사고를 목격한 날 이례적으로 술에 만취한다. 성중위가 태워달라는 손짓을 보냈으나 이를 거절하고 지나가던 군용차가 곧바로 사고를 내고 중상을 입은 군인은 병원에 도착할 때까지 "아아 아 아"하고 아픔을 호소한다. 제3자가 보기에는 자동차 사고 현장을 우연히 지나쳤다는 것에 불과할 수도 있는 상황에서 성중위가 필요 이상으로 과도하게 느끼는 "허전함"에 대해서는 두 가지 방향에서 접근할 수 있다. 첫째, 성중위 자신이 적절하게 분석하고 있듯이, 이 허전함은 동승시켜달라는 요구가 거절된 데 대한 자신의 "저주"가 즉시 실현된 것은 아닌가, 라는 성중위의 죄책감에서 비롯된 것일 수 있다.[11] 둘째, 이 허전함은 성중위 자신이 사고를 당할 수도 있었다는 상상, 즉 이 역시 스스로의 분석대로 "사고자들과의 동일시의식" 때문에 자동차 사고를 자신과 전적으로 무관한 일로 치부할 수만은 없다는 생각에서 비롯된 것일 수 있다.

성중위는 자기는 사고가 일어나기를 바란 적이 없다는 부인을 여러 번 반복한다. 이때의 성중위의 심리 상태는 단지 무의식적인 죄책감만으로는 충분히 설명되지 않는다. 자동차 사고를 바라지 않았으므로 성중위는 그 사고와 무관한 것인가? 그렇다면 사고를 바란 사람은 누구인가? 아무도 사고가 발생하기를 바라지 않았을지 모르지만, 사고는 실제로 발생했다. 물론, 성중위가 바란다고 해서 언제나 사고가 발생하는 것 역시 아니다. 바라는 대로 모두 실현된다면, 왜 그가 그토록 바라는 수도병원으로의 후송은 끝내 이루어지지 않는가?

만취된 상태에서 성중위는 자동차 사고가 "그(성중위 자신—인용자)를 향해 쏜 화살이 엉뚱하게도 무고한 사람의 가슴"을 관통한 결과일지도 모른다고 생각한다. 사고자에 대한 죄책감과 동일시의식이 복합된 성중위의 심리는 결국 자동차 사고라는 형태로 발생한 사건의 타자성에 대한

---

11) A. 주판치치, 『실재의 윤리』, 이성민 옮김, 도서출판b, 2004, 53쪽.

인식을 암시하고 있다. 다시 말해, 아무도 원치 않았거나 예상치 못한 사건이 발생하는 것은 불가피하며, 따라서 지금 여기서는 '나'를 피해 갔지만 그러한 사건이 '나'에게 닥칠 가능성은 언제 어디에나 내재한다는 것이다.

「물결이 높던 날」(1963)에서 현수가 처한 상황은 「후송」에 비하면 좀더 일상적이기는 하지만, 그 상황에서 주체가 지극히 타율적이라는 점에 있어서는 크게 다르지 않다. 제대 후 휴양차 부산의 형을 방문한 현수는 우연히 군대에서 알고 지내던 석호를 만난다. 얼마 뒤 현수는 다방에서 일하는 명자에게 연정을 품게 되고 석호에게 그녀를 소개하기로 한다. 그러나 미처 소개하기도 전에 석호가 명자를 희롱한 탓에 현수는 그녀를 소개할 기회를 잃는다.

현수는 자학적이었다. 일은 글렀다. 그러나 누구의 잘못도 아니다. 분명히 잘못된 데가 있었는데 잘못한 사람은 아무도 없었다. 누구를 나무랄 것인가. 명자를 욕할 것인가? 죄없는 명자를? 석호를 욕할 것인가? 그는 다방 아가씨에게는 곧잘 야비한 장난을 거는 녀석이 아니던가. 자기 자신을 나무랄 것인가? 왜? 뭘 못 해서? 그렇다면 누구를 탓할 것인가? 다방 잘못인가? 명자가 다방에 있었다는 게 잘못인가? 명자의 전 생애가 잘못이란 말인가? 누구의 탓도 아닌 그러나 너무도 분명한 잘못—그것은 무서운 공백이었다.(「물결이 높던 날」, 같은 책, 68쪽)

현수는 이 사건으로 인해 명자와의 연애가 가망 없게 되었음을 깨닫지만, 예정된 연애의 실패보다 그를 더욱더 절망적이고 나아가 자학적일 수밖에 없도록 만드는 것은 그 실패를 명확히 어느 누구의 잘못으로 돌리기 어렵다는 사실이다. 누군가가 의도적으로 현수의 연애를 방해하고 또 실패하도록 꾸민 것이라면, 이 사건에 대해 그 누군가를 탓하고 그에게 책임질 것을 요구할 수 있을 것이다. 그러나 현수 자신은 말할 것도 없고 다른 누구도 일이 잘못되기를 원한 적이 없으며, 따라서 아무도 일을 그르친 것에 대해 책임질 수 없다.

그렇다면 그 사건의 원인은 무엇인가? 명자가 다방에서 일하고 석호가 다방 종업원에게 야비한 장난을 거는 버릇을 갖고 있다는 상황에 국한해 보자. 그러나 원인을 좇아 질문을 거듭하던 현수가 마침내 "명자의 전 생애"라는 대답에 이르게 되는 것처럼, 누군가가 다방 종업원이라는 직업을 갖는 것이나 야비한 장난을 거는 습관을 갖는 것 따위는 오랜 시간에 걸쳐 크고 작은 원인들이 작용한 결과이므로 그 누군가에게 책임을 묻기 쉽지 않다.

사건의 원인을 제공했다고 할 수도 없고 사건의 전개를 미리 계획한 것도 아니라는 점에서 현수는 물론 석호와 명자까지도 그 사건에 관한 한 타율적인 위치에 있었다고 할 수 있으며, 현수의 자학 역시 궁극적으로는 자신의 타율성을 대상으로 한 것이다. "삶에는 꼭 들어맞는 톱니바퀴가 없었다. 어디엔가 반드시 맞지 않는 데가 있어서 불협화음이 있었다. 톱니바퀴를 둘 다 완전히 알지 못하는 이상 고장이 어디쯤인가를 누가 알 것인가"라는 현수의 말대로, 삶에는 "누구의 탓도 아닌 그러나 너무도 명백한 잘못"이 언제 어디서나 발생할 수 있는바, 그와 같은 사건의 타자성은 아무도 해소할 수 없는 "무서운 공백" 같은 것이다.

어떤 사건에 대해 자율적이냐 타율적이냐의 문제에 대해서는, 자율적인 존재로서 그 사건에 대해 책임지는 것, 타율적인 존재로서 책임지지 않는 것, 자율과 타율 사이에서 타협하는 것의 세 가지 선택지가 있을 수 있다. 지금까지 살펴본 서정인 소설의 주인공들은 대체로 자신의 자율적이지(자유롭지) 못한 상태, 곧 타율성에 대해 고민하고 있다. 물론 그들이 타율적인 존재라면 어떤 사건에 대해 책임질 필요는 없겠지만, 책임 면제로부터 얻을 수 있는 이득보다 타율성에 대한 고민에서 비롯되는 괴로움이 월등히 크기 때문에, 그들에게 책임 면제는 그다지 메리트를 갖지 못한다. 그들은 책임지는 것을 면제받기(회피하기) 위해 타율적인 존재가 되는 것이 아니라, 반대로 책임질 수 없는 사건에 맞닥뜨리기 때문에 타율적인 존재가 될 수밖에 없는 것이다.

타율성에 괴로워하던 주인공들은 끝내 스스로를 알 수 없는 운명의 희생자로 간주하기에 이른다. 「강」(1968)과 「가을비」(1970)의 늙은 대학생 김씨와 윤간호원은 자신들의 예상이나 계획과 끊임없이 어긋나는, 나아가 전혀 상반되는 삶의 진행과정 속에서 짙은 자기 연민에 빠진다. 대개의 사람들이 그러하듯, 아마도 대학생 김씨 역시 자신의 삶과 관련하여 뭔가를 계획하거나 예상했을 것이고, 또 그 예상이 적중하도록 하기 위해 여러모로 노력했을 것이다. 그럼에도 불구하고 그 예상이 쉽게 적중하지 않거나, 심지어는 "적중하건 안 하건 간에 그는 그가 처음 출발할 때에 도달하게 되리라고 생각했던 것으로부터 사뭇 멀리 떨어져 있는 곳에 와 있음을 깨닫"게 되는 것은 무엇 때문인가? "운명이란 알 수 없는 것"이라고 생각하는 윤간호원의 말대로, 그것은 "자기가 빠져나오려고 애써 바둥대는 어떤 수렁 속으로 자꾸만 자기를 끌고 들어가려는 보이지 않는 손" 때문인바, 이 "보이지 않는 손"은 '나'로부터 전적으로 외재적인 사건의 타자성에 대한 적절한 비유라고 할 수 있다.[12]

---

12) 윤간호원에 의하면, 운명은 "알 수 없는 것"인 동시에 "지극히 정확한 것"이기도 하다. 이때 주체에게 있어 운명은 이중으로 외재적이다. 곧, 운명은 '나'가 파악할 수 없는 것인 동시에 자신의 운명의 정체를 파악했다고 해서 원하는 대로 바꾸거나 할 수 없는 것이기도 하다. 전자를 운명의 우연적 속성, 후자를 운명의 필연적 속성이라고 정리할 수 있는바, 주체가 그 전개과정에 대해 예상하거나 손쓸 수 없다는 점에서 우연과 필연은 동일한 위상을 갖는다.

3. 자기기만과 반어적 태도—「원무」「분열식」

서정인의 초기 소설에서 사건에 대한 책임을 떠맡는 주인공, 즉 자신의 자율성(자유)을 확인하는 주인공이 등장하는 경우를 찾아보기는 어려운 데 비해, 타협적인 주인공은 종종 등장한다. 그리고 자신의 타율적 위치에 대해 고민하는 주인공과 비교할 때, 자율과 타율 사이에서 타협하는, 다시 말해 선택적으로 책임을 지겠다는 주인공에게서는 책임 회피의 혐의를 강하게 발견할 수 있다. 「원무(圓舞)」(1969)에서는, 제목이 암시하는 바대로 여러 명의 등장인물들이 원환적 관계를 이루며 서로 얽혀 있다. 임변호사의 딸 원희, 원희가 기차에서 우연히 만난 탈영병 일호, 일호가 은신해 있는 병원의 간호원 순이, 순이 남동생의 담임교사 두석, 두석의 학교 동료 삼화, 삼화의 옛 약혼자 석민의 순서로 등장하는 여러 인물들은, 예컨대 원희가 일호와 교제하다 헤어지고, 일호가 순이와 교제하다 헤어지는 식으로 꼬리를 무는 관계를 만들어나가며, 마지막 장면에서 삼화와 결별을 선언한 석민이 임변호사의 소개로 원희와 만나기 시작함으로써 서로 잇단 관계는 순환구조를 이룬다.

각각의 등장인물들은 무엇 때문에 만났다 헤어지기를 반복하는가? 「원무」의 전체 구조는 그들이 마치 꼬리를 물고 순환하는 원환관계의 부속품처럼 보이게 한다. 물론 그들은 전체 관계 속에서 자신이 어떤 위치를 차지하고 있는지 알 수 없으며, 따라서 한 단계만 건너뛰어도 그들은 서로를 알지 못한다. 결국 그들은 각자 다른 이유 때문에 만나고 헤어지는 것이지만, 중요한 것은 정작 그들 자신이 그 이유를 모른다는 사실이다.

말은 내가 하지만 듣는 것은 아버지다. 사람이란 자기가 원하는 대로 듣는 힘밖에 가지고 있지 않다. 그런데도 어처구니없게 말하는 사람의 뜻도 그러려니 하고 단정해버린다. 원희는 흰자위에 눈물이 번지는 것을 느꼈다. (……) 그녀는 결심했다. 말을 하자. 나의 마음을 전달하기 위해서가 아니라 아버지의 기대를 만족시켜주기 위해서 자, 말을 하자. 그리고 아버지가 무어라고 말씀하시는지 들어보자.(「원무」, 『창작과비평』 1969년 봄호, 8쪽)

일호와 헤어진 원희는 해명을 요구하는 아버지에게 "도대체 무엇을 말하라는 거예요?"라고 되묻고 싶어진다. 요컨대, 일호와의 관계에서 벌어진 사건에 대해 원희는, 적어도 자신이 생각하기에는, 지극히 타율적인 위치에 있었다. "기차가 흔들렸기 때문"에 일호와 만나게 되었다고 설명하는 것은, 곧 "사람의 행동은 아마 마음과는 별로 상관이 없는 모양"이라는 것을 인정하는 데 불과하다. 원희는 자기 의사와는 무관한 상태에서 어쩌다가 일호를 만나고 또 헤어졌을 뿐이다. 원희는 이중적으로 타율적인바, 일호와의 관계에서 타율적이었던 것은 물론, 이를 아버지에게 설명하는 데 있어서도 "나의 마음을 전달하기 위해서가 아니라 아버지의 기대를 만족시켜주기 위해서"라고 변명함으로써, 자기 의사를 말하는 '나'의 위치를 버리고 그 대신 자신의 말을 듣는 타자에게 모든 처분을 맡겨버리는 타율적인 위치를 선택한다.

일호와의 관계를 지속할 것인가 말 것인가를 잠시 고민하던 순이도 사정은 마찬가지이다. 누가 어떻게 하라고 명령하지 않는 이상, 순이 자신이 알아서 선택하면 된다는 점에서 그 고민은 간단해 보인다. 그러나 역설적으로 순이는 "알아본 다음에야 선택을 할 수 있는 것이 아닌가. 그런데, 알아보고 나자 선택은 이미 되어버린 다음이었다. 선택의 선행조건이 바로 선택"이라는 논리에 의해 "결국 선택이란 없"다는 결론에 이른다.

일호와의 관계에서 순이 앞에 가능한 선택지들이 존재한다는 것은 틀림없다. 가령, 순이는 일호를 계속 만날 수도 있고 만나지 않을 수도 있다. 그러나 그 선택은 순이가 선택'한' 것이 아니라 누군가 혹은 뭔가에 의해 선택'된' 것이다. 또, 최초에 선택된 선택에 의해 이후의 선택 또한 선택될 것이므로, 순이 자신이 선택할 몫은 없어진다. 사정이 이렇다면,「물결이 높던 날」의 현수가 사건의 원인을 찾던 끝에 "명자의 전 생애"라는 결론에 이르게 된 것처럼, 순이 역시 "일호가 이십삼 년 전에 성수의원의 원장이 될 사람의 외종사촌동생으로 태어났던 것과, 그녀가 일 년 전에 그곳을 근무지로 택했던 것" 따위에서 원인을 찾을 수밖에 없다. 또, 이와 같은 원인에 의해 발생한 사건에 대해서라면 그녀는 타율적일 수밖에 없다.

원희나 순이뿐 아니라 「원무」의 모든 인물들은 사건에 대해 타율적이다. 그러나 그들은 타율적인 자신들의 처지에 대해 별반 고민을 하지 않는다. 그들에게 타율성은 고민의 대상이 되는 대신 책임 회피를 위한 좋은 핑곗거리가 될 뿐이기 때문이다. 누군가와의 관계가 좋지 않은 결말에 이르렀지만 그 관계에서 그들은 타율적이었을 뿐이므로 어떤 책임도 질 필요가 없다. 또한, 책임을 느끼지 않으므로 새로운 누군가와의 관계를 원하는 대로 시작할 수 있다. 물론 새로 시작한 관계라고 해서 항상 잘되리라는 보장은 없지만, 그때마다 타율성이라는 핑계를 얼마든지 끌어올 수 있으므로 이 역시 크게 고민할 필요는 없다.

자율과 타율 사이에서의 타협이란 논리적으로는 어떤 일에 선택적으로 책임진다는 것을 의미할 수도 있겠지만, 본질적으로는 어떤 일에 대한 책임 회피를 위해 봉사하게 되는 것을 뜻한다. 이런 맥락에서 타협이란 자기기만의 일종이다.[13] 출세를 위해 약혼자였던 삼화와 헤어지고 원

13) J. P. 사르트르,『존재와 무』1, 손우성 옮김, 삼성출판사, 1976, 159~162쪽.

희를 만나기 시작한 석민의 변명은 이러한 타협의 본질을 보다 분명히 보여준다.

> 저는 속물을 아주 싫어했습니다. 그리고 그 싫어함에는 지금도 아무 변화가 없습니다. 다만 속물에 대한 저의 해석이 조금 달라졌을 뿐입니다. 사실 어떤 현상에 대해서 항상 같은 견해를 가질 수는 없는 법입니다. 배타적이고 독선적인 것만이 속물이 되지 않는 길이라고 생각했던 적도 분명히 있었습니다. 그러나 어찌 세상을 살아가는 길이 그것뿐이겠습니까. 그런 식으로만 세상을 살려는 것이 바로 속물이라고 말할 수도 있지 않겠습니까. 주어진 기회를 최대한으로 이용하고, 그 결과의 성패에 대해서 노심초사하여, 타협적으로 겸허하게 살려는 노력이야말로 얼마나 인간적인 것입니까? 그것이 만일 속물이라면 저는 즐거이 속물이 되겠습니다.(같은 글, 50쪽)

자신의 행동이, 속물을 싫어한다는 기존의 신념을 배반한 것이 아니라 단지 속물에 대한 해석이 바뀐 결과일 뿐이라고 변명하는 석민은 소위 "인간적" 의미가 강조된 새로운 해석의 가치에 대해 "파렴치한 장광설"을 늘어놓는다. 석민의 변명은 삼화와 관련된 지금까지의 일에 대해서는 그 실패가 어쩔 수 없는 일이었으므로 책임지지 않겠지만, 원희와의 교제를 포함한 앞으로의 일과 관련해서는 자기가 원하는 대로 "주어진 기회를 최대한으로 이용하고, 그 결과의 성패에 대해서 노심초사하여, 타협적으로 겸허하게 살려는 노력"을 "즐거이" 하겠다는 것으로 요약할 수 있다. 이러한 변명에 의해 석민은 스스로 자유롭다고 믿을 수 있는 동시에 책임을 면제받을 수도 있다.

이에 대해 두 가지를 지적할 수 있다. 첫째, 석민의 타협은 "인간적" 가치 운운하고 있지만 결국 책임 회피를 위한 변명에 불과하다. 이러한 변명을 통해 그는 미래에 대한 헛된 약속만을 남발함으로써 정작 지금 자기가 떠맡아야 할 책임은 부인하고 있는 셈이다. 둘째, 석민의 소위 "인간적"인 삶이란 상황에 따라 자신의 가치관이 언제든지 바뀔 수 있음을 뜻하는 것인바, 이 경우 '나'의 책임이란 애초부터 성립하기 어렵다. 가령, "속물"에 대한 '나'의 가치관이 바뀌었다면, 그것은 상황이 바뀐 탓이며 따라서 바뀐 상황에 책임을 물을 수는 있어도 바뀐 상황 때문에 '타율적으로' 가치관을 바꾼 '나'에게 그 책임을 묻기는 어렵기 때문이다.

그러나 서정인 소설에서 자율과 타율 사이에서의 타협이 어쩔 수 없다는 이유에 의해 긍정되는 것만은 아닌바, 이와 관련된 중요한 사례로 「분열식(分列式)」(1968~1969)을 들 수 있다. 자기기만적인 타협에서는 자기가 타율적이라는 것이 대개는 변명으로 이용될 뿐이다. 가령, 자기의 의도는 그런 것이 아니었는데 어쩔 수 없이, 혹은 어쩌다보니 그렇게 되고 말았다는 식이다. 이와 달리 「분열식」의 '나'는 자기가 타율적이라는 것 자체를 노골적으로 이용하고, 또 즐기고 있으며, 따라서 이러한 '나'에게 있어 자기의 본래 의도 같은 것은 전혀 중요하지 않게 된다.

그는 나를 보자 대뜸 기뻐하면서 머리를 꾸벅했다. 할 수 없이 나도 그렇게 했다. 그리고 그가 "여기가 김원선씨 댁이지요?"라고 말했으므로 "그렇소,"하고 대답했다. 그랬더니 그는 창황히 두 손을 마주잡고 부비면서 말했다.

"아, 이건 정말 죄송스럽게 되었습니다. 그동안 그만 피치 못할 사정이 생겨서, 헤헤, 닷새나 늦어졌습니다만, 설마 계약을 취소하신다고 하지 않겠지요. 자, 여기 약속한 중도금이……, 헤헤, 이거 원 너무 미안해서……"

"아니요. 그게 아닌데요."

내가 말했다. 그러자 그는 더욱 당황해하면서 내게 더 말할 기회를 주지 않고 내 호주머니에 돈을 쑤셔넣었다. 그리고 종이쪽지를 내밀었다. 받아보니 영수증 용지였다. 물론 형님 이름으로 되어 있었다. 나에게 형님 도장이 있을 리 없었다. 그래서 도장이 없다고 했더니 그는 "그럼 내일 다시 올 테니 그때 전번에 우리들이 써드린 약속어음과 함께 주십시오."라고 말하고 행여나 내가 돈을 되돌려줄까봐서 그런지 총총히 돌아서서 오던 길로 갔다. 돈을 나에게 전한 것이 그에게는 대단히 흡족스런 모양이었다.(「분열식」,『철쭉제』, 15~16쪽)

무작정 외출하려던 '나'는 집 앞에서 우연히 한 남자를 만난다. 그는 '나'를 형으로 오해하고 소금밭 대금으로 삼만원을 건네준다. 그와 "할 수 없이" 인사를 교환하거나 대답하고, 또 "말할 기회를 주지 않고" 그가 건넨 돈을 받은 '나'는, 그 어느 것도 '나'의 의도에 의한 것이 아니라는 점에서 당연히 타율적인 위치에 있다. 다시 말해, '나'와 그의 관계에서 발생한 사건은 기본적으로는 그의 오해에서 비롯된 것이며, '나'는 다만 오해받는 처지에 있을 뿐이다.

물론 그의 오해를 바로잡으려고 노력할 수도 있겠지만, '나'는 적극적으로 해명을 시도하지도 않을 뿐 아니라 오히려 돈이 생기자 당연하다는 듯이 "오랜만에 바람도 쐴 겸 조금 돌아다녀보아야겠다고 마음먹"는다. 이처럼 오해에 의해 사건이 전개되는 상황은 여기서 그치지 않는다. 읍내의 고모 집을 방문한 '나'는 순천에서 있을 결혼식에 가는 길이냐는 사촌의 말에 또 당연하다는 듯이 결혼식 참석을 위해 순천으로 향하고, 그곳에서 빵집 소녀가 서울이나 광주에서 오는 길이냐고 묻자 또다시 광주행 기차에 오른다. '나'는 광주행 기차 안에서도 앞좌석에 앉은 사람들의 이런저런 오해에 모두 고개를 끄덕여준다.

상식적으로 납득하기 쉽지 않은 '나'의 기이한 태도를 이해하기 위한 실마리는 "사람이란 자신의 존재양식을 결정함에 있어서 얼마나 많은 남들의 간섭을 받는 것인가. 그리고 그 간섭을 받아야 한다는 것은 얼마나 부당하고 이상한 일인가! 그러나 그것은 부당한 일도, 이상한 일도 아니었다"라는 말 속에서 찾을 수 있다. 타자로부터 이런저런 간섭을 받는 '나'는 타율적 존재라고 하지 않을 수 없으며, 또한 자유로워야 할 존재로 상정되는 '나'가 현실에서는 그와 반대로 타율적이라는 사실은 "부당하고 이상한 일"이 아닐 수 없다. 문제는 이러한 타율성이 부당하고 이상하다는 것에 대해서는 사람들이 대체로 동의하지만, 그렇다고 해서 그들이 실제로 타율성을 해소하려는 방향으로 나아가지는 않는다는 점에 있다. 그 결과 실제의 삶은 항상 타율적인 상태를 벗어나지 못하는바, 이때 타율성은 해결해야 될 문제로서가 아니라 다만 부당하고 이상한 삶에 대한 변명으로의 의미만을 가질 뿐이다.

이에 대해 '나'는 "그러나 그것(타율성—인용자)은 부당한 일도, 이상한 일도 아니"라고 선언한다. 물론 이러한 선언은 아이러니의 효과를 발생시킨다. 「분열식」에서 보이는 '나'의 우스꽝스러운 행적은, 상식적인 수준에서 누가 봐도 전적으로 타율적이며 따라서 전적으로 부당하고 이상하다. 그런데 상식에 따르는 사람들과 「분열식」의 '나' 사이의 차이점은 무엇인가? 「분열식」의 반어적 어조가 겨누고 있는 것은 대개의 사람들의 삶 역시 변명이 마련되어 있다는 점만 다를 뿐, 실제로는 '나'의 삶과 마찬가지로 타율적이라는 사실에 대한 지적이다. 다시 말해, 상식적인, 즉 자율과 타율 사이에서 타협하는 사람들의 삶 역시, 자기 의도는 그렇지 않았는데 남들의 오해 때문에 일이 예상과는 다르게 진행되었다거나 그러므로 자기에게는 책임이 없다는 식의 변명이 준비되어 있다는 것만 다를 뿐, 대체로 타율적인 상황을 벗어나지 못한다는 것이다. 이런 맥락에서 「분열식」에서의 '나'의 타율 일변도의 삶, 곧 자기 의사라는 것을 전혀 인정하지 않음으로써 일말의 변명조차 필요 없는 삶은, 타율적으로 살아가면서 다만 변명으로 일관하고 있는 사람들의 삶을 반어적으로 비판하고 있다.

4. 결론

서정인의 초기 소설은 타자성 중에서 특히 사건의 타자성에 주목하고 있으며, 그 결과 사건과 관련하여 자신의 타율적인 위치를 고민하는 주인공들이 등장하고 있다. 그들이 타율성에 대한 고민을 쉽게 해결하지 못하는 이유 또한 책임의 문제 때문임은 명백하다. 본고에서는 주로 1960년대에 발표된 소설을 집중적으로 분석했지만, 『달궁』 연작(1985~1989) 이전의 서정인 소설은 대체로 이러한 타율성에 대한 문제의식을 중심으로 계열화할 수 있다. 서정인의 초기 소설은 자유 대신 타율성을 문제삼고 있지만, 이는 진정한 자유란 무엇인가에 대한 좀더 진지한 문제의식이 반영된 것이다.

한편, 타자성(타율성)에 대한 문제의식은 『달궁』 연작 이후에도 꾸준히 견지되고 있는바, 이때의 타자성은 '나'와 타자 사이의 대화에 내재하는 타자성으로 수렴된다. 삶 곳곳에 타자성이 내재해 있듯이, 대화에서도 마찬가지이다. "보이지 않는 사람, 그 자리에 없는 사람, 아직 태어나지 않은 사람을 상대로 하는 이야기"라는 작가의 언급이 암시하는 것처럼, 『달궁』 연작은 대화에 참여하는 타자의 범위를 가능한 한 확장하여 그 안에 내재하는 타자성을 총체적으로 탐구하려는 시도의 산물이라고 할 수 있다.[14]

---

14) 대화의 타자성에 대해서는 김윤식, 「자기증식형 연작소설의 휘황함」, 『모구실』, 현대문학, 2004 참조.

학병세대의 내면의식
― 이병주론

강심호

1. 서론

작가 이병주는 1965년 중편 「소설 알렉산드리아」를 『세대』에 발표하며 등단한 이후 1992년 4월 3일 지병으로 타계하기까지 팔십여 권의 중, 장편을 발표하여, '한국의 발자크'라고 불릴 만큼 엄청난 집필량을 보여줬다. 하지만 그에 비해 이병주에 대한 평가는 무척 인색하다. 아마도 한일관계에 대한 이병주의 독특한 시각과 그가 보인 철저한 반공주의적 태도가 비평가들이나 연구자들에게 선입견을 심어주지 않았을까 싶다. 이병주는 민족주의라는 당위에 흔들리지 않고 냉정하게 식민지 시기 한일관계와 해방 후의 정국을 들여다보려 했는데,[1] 그러한 반성은 언뜻 보기에 친일과 민족주의 사이에서 위험스럽게 줄타기하는 듯했다. 이러한 작

---

[1] 이보영은 『관부연락선』이 일제하 식민지 지식인의 생활과 의견을 소설화하는 적절한 방법을 택하고 있는데 일본이라는 적지의 배경과 그곳에서의 피아의 비교는 감정적인 민족의식이나 민족적 편견에 사로잡히지 않고 보다 근원적이고 종합적인 문제의 파악과 전망이 가능하게 하고 있기 때문이라 평가했다. (이보영, 「역사적 상황과 윤리―이병주론·上」, 『현대문학』 1977년 2월호, 322쪽 참조)

가의 태도가 민족주의적 시각에서 보면 '식민사관'의 결과물처럼 여겨졌을 수도 있다. 한편, 작가가 노골적으로 드러내는 공산당 혹은 공산주의에 대한 비판은 사회주의 열풍이 불었던 시기, 연구자들에게 반공 이데올로기에 편승한 관제작가라는 인상을 부여했을지도 모르겠다. 그러나『무정』에서「만세전」으로 이어지는 식민지 시기 유학생의 내면의식이 우리 근대문학의 한 축을 이룬다고 했을 때, 몸소 학병 체험을 한 이병주의 제 소설들은 소설사의 공백기인 1940년대를 때로는 부분적으로, 또 때로는 전면적으로 다루었다는 점과 함께, 일제 말기와 해방공간에서 그러한 유학생들의 내밀한 마음의 움직임을 우리에게 알려줄 수 있을 것이란 점에서 좀더 신중한 접근을 필요로 하는 의미 있는 작품들이다. 본고는 이러한 '학병세대'의 내면의식을 중심으로 이병주의 초기 단편들과『관부연락선』, 장편『지리산』을 살펴보고자 한다.

2. 역사에 대한 변명

단편「겨울밤—어느 황제의 회상」의 주인공은 어떤 정치적인 이유로 감옥에 이 년 칠 개월간 갇혀 있다가 풀려나온 인물이다. 그는 감옥 안에서 함께 복역했던 '노정필'이라는 인물을 찾는데, 노정필은 인민군이 점령하고 있는 동안 H군의 인민위원장 노릇을 하다가 체포되어 이십 년의 형기를 꼬박 채우고 출옥한 사람이다. 그는 철저하게 자기 자신 속에 유폐되어 타인과의 말을 잊고 산다. 화자는 그런 그의 눈빛에서 과거 학병 시절의 경험을 떠올린다.

이십구 년 전 어느 초겨울 해 질 무렵, 화자는 자신의 일본도가 얼마나 예리한가를 보여주기 위해 한 일본 장교가 젊은 중국인의 목을 베는 장면을 목도해야만 했다. 그런데 그때 그 중국인 청년의 태도가 놀라웠다. 저주를 입에 담지 않았다. 대신 스스로의 정신을 감시하기 위해 눈빛을 번득일 뿐이었다. 그는 다문 입을 한 번도 열지 않았으며, 죽기 전까지 결코 인간으로서의 위신과 용기, 위엄을 잃지 않았다. 그가 죽어갈 때의 그 눈빛, 지옥을 보아버린 눈빛과 운명을 마주한 자의 절대적인 침묵을 화자는 노정필에게서 보았다. 노정필은 비록 어떤 착각(공산주의)을 신념인 양 오인했고, 인간의 위엄을 유지하기 위해 그가 할 수 있는 일은 미움이라는 환각을 기르는 일 뿐이었지만, 화자는 그런 노정필을 우리 민족의 수난이 만들어낸 상징으로 받아들인다.

반면 화자는 그런 노정필을 보며 학병 시절 만난 중국인 소년 사동수를 떠올린다. 사동수는 물에 빠져 거의 죽게 된 화자를 건져주었을 뿐 아니라, 자신이 그에게 선물한 권총이 발각되었을 때도 죽음을 각오한 채 권총을 준 사람이 누구인지를 말하지 않았다. 사동수에게 화자는 일본군의 한 명일 뿐이었다. 그가 물에 빠져 죽든 헌병들에게 체포되든 별 상관 없었다. 그러나 사동수는 화자를 살리는 쪽을 택했다. 인간에 대한 성실함으로 화자를 대했던 것이다. 이 대목에서 작가는 현실의 수난과 미움, 분노를 넘어서는 방법은 바로 인간의 성실함이라는 주장을 펴고 있는 것이다. 이 성실이란 어떠한 제도나 신념도 인간 위에 군림할 권리를 가질 수 없다는 휴머니즘을 뜻한다. 작가의 이 같은 휴머니즘은 권력과 정치에 의해 짓밟힌 사람들에 대한 관심[2]으로 이어지며, 역사의 행간에 묻혀버린 사람들을 그려내겠다는 소설관을 뒷받침하게 된다.

---

2) 이병주의 휴머니즘은 주로 정치권력을 비판하는 과정에서 드러난다. 그의 처녀작 「소설 알렉산드리아」나 「쥘부채」 「삐에로와 국화」 등의 작품에도 정치권력(5·16 군사정권, 공산당)의 전횡하에서 힘없이 감옥에 갇혀 있거나 오랜 형을 살다가 죽어 스러진 사람들, 그리고 그들의 주변 사람들이 조명되어 있다.

"나는 내 나름대로의 목격자입니다. 목격자로서의 증언만을 해야죠. 말하자면 나는 그 증언을 기록하는 사람으로 자처하고 있습니다. 내가 아니면 기록할 수 없는 일, 그 일을 위해서 어떤 섭리의 작용이 나를 감옥에 보냈다고도 생각합니다."[3]

여기서 화자는 자신이 증언자가 되겠다며 스스로 목격자 또는 기록자를 자처한다. 노정필은 화자의 이러한 입장에 대해, "기록이 되려면 시와 결별해야 하오. 기록자는 자기 속의 시인을 추방해야 할 거요"라고 지적한다. 말하자면 기록이란 역사기술처럼 일체의 감정이 배제된 형식이어야 한다는 것이다. 노정필이 보기에 화자의 기록에는 시심 또는 시정이 자리하고 있다. 그래서 슬픔과 죽음과 비참을 아름답게 노래함으로써, 패배를 미화하고 사람들을 패배자로 만든다고 비난한다. 하지만 화자는 이러한 노정필의 태도에는 인간의 성실이 없으며 그가 말하는 시와 결별한 기록은 인간적인 냄새가 사라진 앙상한 뼈대일 뿐이라고 생각한다. 이러한 작가의 소설관이 보다 구체적으로 드러난 작품이 「변명」이다.

이 소설의 일인칭 화자인 '나'는 마르크 블로크의 『역사를 위한 변명』을 읽고, 우선 그 제목에 마음이 끌렸다. 그의 생애를 알게 되었을 때는 감동하여 블로크를 존경하기에 이르렀다. 마르크 블로크는 1944년 6월 16일 독일군에 의해 총살당한 프랑스의 역사가이다. 그는 2차대전이 발발하자 여섯 아이의 아버지이며 소르본느 대학 교수의 신분으로 참전했다.[4] 그때 나이 오십삼 세, 일개 대위로 레지스탕스에 참여한 모습은 영웅적이며 감동할 만하다. 그러나 정작 작가가 감동한 것은 그의 저서에 적혀 있는

---

3) 이병주, 「겨울밤」, 『이병주 대표중단편선집』, 책세상, 1988, 267쪽.
4) 김주연, 「역사와 문학—이병주의 「변명」이 뜻하는 것」, 『문학과지성』 1973년 봄호, 163쪽 참조.

그의 물음이다. '역사가 무슨 소용이 있는가' 대신 작가는 블로크의 논증, 즉 역사는 정의의 방향, 진리의 방향으로 움직인다는 데는 동의하지 않는다. 그렇기에 역사를 신뢰해야 한다는 생각에도 동조하지 않는다.

그가 이런 태도를 갖게 된 건 그의 '학병' 시기 체험 때문이다. 학병에서의 죽음이란 노예의 죽음이나 다름없다. 그런 회한의 학병 시절 화자는 '탁인수'라는 청년을 만난다. 탁인수는 학병에서 도망해 중국에서 독립운동을 하다가 한국인 밀정 '장병중'의 밀고에 의해 체포되었는데, 결국 종전을 두 달 남짓 앞두고 처형된다. 그런 그의 마지막 한마디가 '장차 역사가 보상해주리라 믿는다'였다. 즉 역사는 정의의 방향, 진리의 방향으로 움직이며 자신은 그것을 신뢰한다는 말이다. 블로크의 말과 꼭 같다.

그러나 화자가 보기에 역사는 정의의 방향으로 흘러가지 못했다. 1945년 9월 초, 화자는 소주에서 현지 제대를 하고 상해로 가서 머물다가 거기서 장병중을 만난다. 아이러니하게도 탁인수를 죽게 만든 그는 화려하게 치장하고 멋지게 춤추며 여자들과 시시덕거리고 있었다. 화자는 역겨움과 분노가 치솟았지만 참았다. 몇 년 뒤 화자는 장병중이 국회의원에 출마했다는 소식까지 듣게 된다.

일본 밀정 장병중은 호의호식하며 산다. 반면 독립운동을 했던 탁인수는 일본 후생성 창고의 이천여 주 유골 가운데 하나가 되어버렸다. 이 기묘한 아이러니가 역사를 신뢰하지 못하는 이유이자, 화자가 장병중에 대한 개인적 보복을 머뭇거린 이유였다. 그것이 결코 역사를 바로잡지는 못하기 때문이다. 화자는 결국 십여 년이 흐른 뒤에 부산항의 양지바른 언덕에 순국열사로서 탁인수의 송덕비를 세운다.

이 송덕비를 세우는 일, 그것은 작가의 결심을 상징적으로 드러낸다. 철저한 기록자의 위치에 서겠다는 것, 역사를 변명하기 위해서 소설을 쓰겠다는 결심의 상징적인 반영물이 바로 '송덕비'다. 작가는 이러한 이유에서 소설을 쓰고자 한다. 그런데 이러한 작업은 단순히 '탁인수'만을 위해서가 아니다. 명분이 뚜렷하지 않은 전쟁에 타의로 끌려들어가 하마터면 노예의 죽음, 개만도 못한 죽음을 맞이할 운명에 놓여 있었던 자신에 대한 변명이기도 했다.

3. 학병세대의 내면의식

『관부연락선』은 일제 말 암흑기인 40년대부터 해방 후 6·25전쟁 무렵까지를 시간적 배경으로 삼고 있는 소설이다. 먼저 '작가 부기'부터 읽어보자. 작품 이해에 도움이 된다.

유태림의 비극은 육이오동란에 휩쓸려 희생된 수많은 사람들의 비극과 통분되는 부분도 있지만 일본에서 일본인의 교육을 받은 식민지 청년의 하나의 유형을 그에게서 발견할 수 있는 그만큼 관부연락선 말기세대에 속하는 사람들은 그의 비극에 대한 책임을 나눠 가져야 할 것이다. 학병으로 지원하겠다는 각오를 쓴 그의 편지를 지금의 의식으로 읽어볼 때 이것은 남의 일이 아니고 바로 나의 일이란 것을 알 수 있다.[5]

여기서 작가는 『관부연락선』이 일본에서 일본인의 교육을 받은 식민지 청년의 비극을 담고 있다고 힘주어 밝혀놓고 있다. 작가가 말하는 '관부연락선 말기 세대'는 '3·1운동을 전후해서 태어났고 그후의 반동기 속에서 확연한 태도를 정하지 못하고 이를테면 어중간한 태도를 가지고 성장'한 세대다. 이들보다 한 세대 앞의 사람들은 친일이면 친일, 반일이면 반

---

5) 이병주, 「작가부기」, 『관부연락선』, 신구문화사, 1972, 399쪽.

일, 뚜렷한 자신의 입장을 가졌었다. 그러나 이들은 그렇지 못했다. '일본 민족과 일제 통치에 대한 감정의 폭이 굉장히 넓고 델리케이트한 면'이 많았던 세대였다.[6]

『관부연락선』에서 유태림이 수기 형태로 서술한 한반도와 일본의 관계는 매우 미묘하고 복잡하다. 유태림은 열강이 중국 대륙을 제각기 식민지화하려고 법석을 떨고 있는 세계정세 속에서 일본에만 도의적인 태도를 취하라고 요구할 수는 없다고 적었다. 또 조선인은 일본을 책하기 전에 먼저 스스로를 책해야 한다는 '고다의 논리'를 그대로 수용했다. 이조 말엽의 학정과 썩은 정치를 나열하며 '동서고금을 통해 이처럼 무자비한 정치가 행해진 곳이 있었겠는가' 묻는다. 더 나아가 이완용의 미국 체험을 인용하며 일본의 지배를 합리화하는 면을 보이기도 한다. 미국 체류중에 한국인은 돼지보다 못하다는 대화를 우연히 듣게 된 이완용은 적어도 구미인들에 의해 지배받는 것보다는 같은 동양권의 일본에 합방하는 것이 더 낫다는 논리[7]를 펼쳤는데, 거기에도 한 가닥의 진실이 있다고 인정한다.

한일합방 이후에 태어나서 한 번도 제 나라를 가져보지 못했던 학병세대에게 어쩌면 이와 같은 판단이 보편적이었을 수 있다. 유태림은 식민지 시대 일제의 교육제도를 통해 자아를 형성한 유학생이다. 이때 이 식민지 교육제도란 한국인의 처지에서 보면 두 가지 의미가 있다. 첫째는 그것이 근대제도라는 것이다. 이때 근대제도란 서구에서 비롯되었지만 합리주의

---

6) 남재희·이병주 대담, 「회색군상의 논리」, 『세대』 1974년 5월호, 239쪽 참조.

7) 일반적으로 친미파로 분류되는 미국 유학 출신의 지식인층이나 기독교계 인사들에게 백인종, 구체적으로는 앵글로색슨족에 대한 정서적 거부감이 상당한 수준에 있어서 이것이 친일의 계기로 작용했다.(윤치호, 『윤치호 일기―한 지식인의 내면세계를 통해 본 식민지 시기』, 김상태 옮김, 역사비평사, 2001, 22쪽 참조)

와 보편성에 바탕을 둔 인류 보편의 것이라는 의미다. 둘째, 이러한 일본의 교육제도는 자본주의, 또는 제국주의의 원리에서 만들어진 제도적 장치라는 점이다. 일제강점기 속에 놓인 한국인의 처지에서 보면 식민지 교육과정은 식민지적 현실의 긍정을 전제로 한 것이다. 그렇기에 크게 본다면 일제가 만들어놓은 교육과정을 이수한다는 것은 그것 자체로 이미 제국주의적 시스템 속에, 그리고 근대의 시스템 속에 편입됨을 의미한다.

그러나 시모노세키와 부산을 잇는 관부연락선을 탈 때 조선 사람들은 어쩔 수 없이 식민지인임을 자각하게 된다. 부산의 부두 한구석에는 도항증 검사소가 있다. 거기서 조선 사람들만은 항상 검인과 함께 승선권을 받아야 한다. 내선일체가 절대로 통하지 않는 곳이다. 아무 때고 불쑥 찾아와 혐의를 뒤집어씌우고 연행해가는 일본의 고등경찰 역시 유태림 같은 학생 신분의 엘리트에게 식민지인의 자각을 강제하는 시스템이다. 유태림은 자신이 동료인 일본인 E와는 결코 동등한 대우를 받을 수 없는 영원한 2등 민족이라 느끼게 된다. 부당하고 노골적인 차별 대우를 감수해야만 한다는 것, '일본인에 비해 배가 차이 나는 월급'을 받으면서도 그것을 감내할 수밖에 없다는 것을 절감한다. 이 역시 학병세대의 운명이었다.

유태림이 학병에 지원하게 된 데에는 이와 같은 학병세대의 상황이 밑그림처럼 깔려 있다. 유태림은 학병에 지원하기 전 일본인 학우 한 명에게서 '카이로선언'의 원문을 받아본다. 1943년 11월 말에 열린 카이로회담에서 미국과 영국은 비록 한국의 즉각 독립을 보장하지는 않았지만 '적당한 시기'에 독립시켜줄 것을 합의했다.[8] 이런 내용이 포함된 카이로선언의 원문을 보고서도 학병에 지원한다는 건 무엇을 의미할까. "실감에까지 이르지 못했지만 그러나 자기의 조국을 독립시켜주려고 하는 세력에

---

8) 서중석, 『한국 현대 민족운동연구─해방 후 민족국가 건설운동과 통일전선』, 역사비평사, 1991, 283쪽 참조.

항거하는 진영에서 총을 들어 독립시켜주려는 진영의 사람들을 죽여야 하는 입장에 서야 한다는 데 기묘한 당착감을 느끼지 않을 수 없었다"는 고백으로 볼 때 적어도 이 시점까지는 유태림이 일제의 패망을 믿지 않았다는 걸 알 수 있다. 그렇기에 학병으로 가는 것은 "우리가 일본의 병정 노릇을 함으로써 일본의 조선인에 대한 차별 대우를 없앤다고 하는 비굴한 생각"[9] 때문이었다.

장편 『지리산』의 이규라는 인물도 이와 같은 학병세대의 내면의식을 드러낸다. 『지리산』에서 작가가 내세운 두 명의 주인공 가운데 '이규'가 있다. 그는 진주중학을 다니면서 박태영을 알게 된다. 또 하명근이라는 인물을 알게 되고, 그의 가르침 아래서 일본 경도의 3고생이 되고, 동경제대에까지 진학한다. 거기서 역사학을 공부하다가 학병을 피해 하준규, 박태영 등이 조직한 괘관산 보광당에 가담하여 해방을 맞이한다. 하지만 막상 해방이 되자 혼란한 조국을 떠나 프랑스로 유학을 떠난다. 그리고 십년 뒤, 귀국하여 민족주의자이자 공산주의자인 박태영과 지리산 남부군의 기록을 작성한다.

이러한 '이규'라는 인물 역시 일제강점기에 진주중학-경도3고-동경제대라는 최고 엘리트 과정을 밟았다. 당시 명문고나 명문대학의 학생이라

---

9) 당시 많은 조선인 지도자들이 이 같은 생각을 가지고 있었던 것으로 보인다. 그들은 조선인들이 민족차별에서 벗어나는 길은 일제의 내선일체 정책을 받아들여 일본인이 되거나, 꼭 그렇지는 않더라도 대동아전쟁에 중요한 기여를 함으로써 일본이 승리한 후 대동아 공영권 내에서 지도적 위치를 차지하는 것이라고 생각했다. 그리고 이러한 지도층으로부터 많은 영향을 받은 조선의 청년들, 특히 일제의 황국신민화 이념교육을 체계적으로 받았던 학생층에서도 이러한 논리를 수용하는 경우가 없지 않았다. 이들은 일본의 민족차별에 대한 반감을 가지면서도 한편으로 학교에서 배운 '위대한 일본'에 비해 너무나도 초라한 '조센징'의 처지에 비관했다. 어떤 경우에는 민족차별에서 벗어나기 위해 일제의 전쟁동원 정책에 적극 뛰어들었다.(한국역사연구회, 「전쟁에 끌려간 사람들」, 『우리는 지난 100년 동안 어떻게 살았을까』 2, 역사비평사, 1998, 288쪽 참조)

는 신분은 일본인에게도 존경을 받고, 모두가 우호적으로 대하는 매력적인 지위였다. 식민지 학생으로서는 자신이 식민지 출신이라는 자각을 잠시나마 잊게 만드는, 상층부에 거의 근접한 지위였던 것이다. 그런데 '학병'에 참가하라는 요구는 이러한 식민지 엘리트 학생의 마음속에 동요를 일으킨다. 1920년대, 3·1운동 이후에 태어나 조국을 가져본 적이 없는 '학병세대'의 학생들에게 학병에 참여하라는 요구는 일본을 위해 죽으라는 요구였다. 또한 그 학병을 거부하는 행위 역시 목숨을 거는 행위였다. 출세인가 민족인가. 일제하의 문화정치 아래에서 엘리트 교육을 받은 사람이 선뜻 민족을 선택하기는 쉽지 않았다. 따라서 이규의 학병 거부는 능동적인 것이 아니었다. 그는 태영에게서 지리산행을 권유받았을 때, 명확한 자기 입장을 표명하지 않았다. 정작 떠나기로 약속한 때가 왔을 때는 아예 태영을 찾지도, 연락도 하지 않았다.

따라서 그의 내면의식은 학병 거부자의 그것이라기보다는 망설이면서 학병으로 따라갈 수밖에 없었던 『관부연락선』의 유태림에 더 가깝다. 그렇기 때문에 그는 해방공간에서 발언의 기회를 상실할 수밖에 없었다. '죄의식'이 작용했기 때문이다. 소극적으로 현실에 대해 회의할 수는 있다. 그러나 '나라 만들기'에 뛰어들 수는 없었다. 그럴 자격이 없었던 것이다.

이러한 세대를 우리는 학병세대[10]라고 이름 붙일 수 있을 것이다.

---

10) 김윤식은 이병주의 소설들을 학병세대의 문학적 발언으로 파악하면서, 가치체계의 내부 혼란을 학병세대의 내면풍경의 중심부로 파악한다. 김윤식, 「작가 이병주의 작품세계—자유주의 지식인의 사상적 흐름을 대변한 거인 이병주를 애도하며」, 『문학사상』 1992년 5월호, 326~327쪽 참조.

4. '에트랑제'의 허무주의

학병세대의 내면의식, 즉 동경 유학생의 내면의식이라는 측면에서 『관부연락선』은 춘원의 『무정』과 염상섭의 「만세전」의 연장선상에 있다. 즉 일본을 원망하면서도 선망하는 유학생의 내면풍경이 나타나 있는 것이다.[11] '선망'의 힘이 강할 경우 식민체제를 그대로 받아들여 고등문관시험으로 나아가게 된다. 반면 '원망'의 힘이 강할 경우 항일무장투쟁으로 나아갈 수 있다. 그러나 만약 그 '선망'과 '원망'의 비중이 거의 비슷하다면 어떤 길이 있을까. 유태림은 그 가운데 랭보의 시, 자기 저주와 방랑과 같은 에트랑제의 사상을 택했다.[12]

유태림이 한반도와 일본의 관계를 바라보는 관점은 현실주의다. 즉 구체적 정황에 따라 상황을 판단한다. 이는 근대적 교육제도가 알려준 것으로 사상을 객관화시켜서 바라보는 자세다. 제국주의가 침략적 민족주의라는 측면에서 그에 저항하는 저항적 민족주의의 쌍생아임을 자각하는 태도, 그래서 일본에 대해 감정적인 분노를 가지기보다는 객관적인 국제정세의 차원에서 바라볼 수 있게 하는 태도가 바로 현실주의적 자세다.

---

11) "학병세대를 두고, 현해탄의 사상에 관련짓는 것은 이 때문이다. 현해탄 저쪽에 출세의 도구로서의 사상이 손짓하고 있었던 것. 그 사상이란 근대성을 내포하고 근대성을 끊임없이 묻고 있었던 것으로 요약된다."(김윤식, 같은 글, 326쪽)

12) 식민지의 엘리트 혹은 부르주아지가 택할 수 있는 행위의 유형은 크게 보아 세 가지 정도로 요약될 수 있다. 저항과 순응, 그리고 도피의 세 가지이다. 여기서 유태림이 보인 형태는 이 세 가지의 유형이 모두 뒤섞여 있지만, 그중에서 '순응에 가까운 도피'의 성격이 짙다. 그러나 저항과 순응, 그리고 도피의 제각각의 반응이 모두 '근대적 발전'에 대한 열망과 관련되어 있다는 점에서 상당한 정도의 동형성을 보인다. (서사연, 『근대성의 경계를 찾아서』, 새길, 1997, 34~35쪽 참조) 『지리산』의 두 주인공 박태영과 이규가 서로 다른 길, 저항과 순응(도피)을 택하지만, 이 둘이 보이는 상동성은 이 점을 드러내고 있는 것이다.

약육강식하는 생존경쟁의 마당에서 약한 자가 강한 자의 야망을 책하는 꼴보다 치사스러운 꼴이란 없다. 대국과 강국의 자의대로 세계의 지도가 시시각각으로 변하고 있는 상황 속에서 유독 일본에게만 도의와 인도주의를 요구한다는 건 도무지 우스운 얘기다. 한반도의 비극과 불행은 한국인의 책임으로 다루고 설명해야 할 문제이지 남을 탓할 성질의 것이 아니다.[13]

위와 같은 유태림의 고백은 '몰주체적'이다. 국제관계에서는 '정의'나 '인도'가 아닌 '정글의 법칙', 곧 약육강식의 논리가 통용된다는 말이다. 이 같은 유태림의 판단, 즉 작가의 평가는 그 구체적인 상황에서 가장 현실적인 행위 유형이 무엇이냐에만 집중한다. 응당 어떠해야 하는가, 누가 옳은가는 중요치 않다. 현실성이 없이 당위나 신념만으로 이루어진 행위는 현실세계에서 통용되지 않는다. 때로는 많은 사람의 목숨을 빼앗는 심각한 재앙을 불러온다는 입장이다.

『지리산』에서 남로당의 한계를 지적하는 대목에서 보여주는 작가의 시각 역시 이런 맥락이다. 1946년 9월에 있었던 총파업 지령과 그 연장선상에 놓여 있는 '10월인민항쟁'은 좌우익 양쪽에 많은 사상자만 내고 허망하게 진압된 폭동이었다. 이 폭동으로 인해 가장 심한 타격을 입은 것은 우익이나 경찰, 미군정도 아니고 공산당 자신이었다고 작가는 서술한다. 이로 인해 남로당의 대중조직은 회복할 수 없는 타격을 입었으며, 그들을 지지하던 대중의 지지는 위축되었다는 것이 작가의 판단이다.[14] 이로 인

---

13) 이병주, 『관부연락선』, 207쪽.

14) 서중석에 따르면 이와 같은 작가의 판단은 대체로 타당한 것으로 보인다. 서중석은 9월 총파업으로 공산당의 가장 중요한 기본 대중조직이 심각한 타격을 입었으며, 조선공산당과 전평은 총파업을 지도할 만한 역량을 충분히 갖추지 못한 상태에서 투쟁을 벌였던 것으로 평가한다. 또한 10월항쟁 역시 조직적이고 목적의식적으로 지도하지 못하고, 선동과 일부 지역에 비계획적인 '호응 투쟁'의 지시만을 하여 농민들과 지방 좌익이 큰 희생을 치르

해 좌우익 투쟁은 스포츠처럼 우세를 차지하기 위한 법률관계에서 서로 죽느냐 사느냐의 감정 관계로 들어가다. "비합법적인 폭동을 일으킨 자가 비합법적인 처우를 받았다고 해서 어떤 항의를 할 수 있겠는가"의 상황으로 들어서게 된 것이다.[15]

또 1948년 10월 20일 발생한 여순반란사건은 좌익의 잔학을 만천하에 증거로서 제시하여 민심을 잃게 하는 계기가 되는 동시에 군대 내에서의 좌익의 뿌리를 뽑게 하는 철저한 숙군의 동기가 될 것으로 보았다. 그의 현실주의에 따르면 어쩌면 무혈로 역사의 국면을 일신해버릴 수도 있었던 남로당을 단번에 허물어뜨린 매우 비현실적이고 모험적인 전술이었던 것이다.

『관부연락선』이나 『지리산』에서 작가가 천명한 소주제 가운데 하나가 바로 이 같은 현실주의의 문제이다. 작가는 이데올로기 간의 격렬한 갈등의 현장이었던 우리 현대사에 대해 작가 나름의 독특한 방식으로 접근한다. 저항적 민족주의와 침략적 민족주의의 대립, 좌익 이데올로기와 우익 이데올로기의 대립의 소용돌이 속에서 저자는 또다른 문제틀, 즉 추상성과 구체성의 대립이라는 틀을 들이댄다. 명분과 비분강개, 낭만적 결단

게 되었다고 평가했다. 서중석, 같은 책, 444~464쪽 참조.

15) 『관부연락선』에서 10월항쟁의 선두에 나섰다가 C시(유태림의 고향마을, 작가의 고향인 진주)로 숨어들어온 서경애와 설전을 벌이는 유태림의 입장도 이와 동일선상에 있다. 혁명의 당위와 미군정의 학정을 비판하는 서경애에게 유태림은 이념적인 차원에서 반박하는 것이 아니라 구체적인 현실정황을 바탕으로 비판을 가한다. 미 제국주의의 위력은 무서운 것이라고 설명하면서도 미국을 얕잡아보는 행동을 하는 좌익의 현실감각, 그것이 사람들을 비극으로 몰고 갔다는 것이 비판의 요지다. "세계 어느 나라에 어느 역사에 점령군이 그들이 관리하고 있는 관청을 부수려고 덤벼드는 군중들의 자의에다 맡겨두고 수수방관하는 사례가 있었겠어? 미군을 성군으로 알았다면 너무나 낙천적이고 그런 결과를 알고도 했다면 너무나 잔인하고 그뒤에 나타난 사례에 대응하고 있는 꼴을 보니 너무나 어처구니가 없어." (밑줄은 인용자, 이병주, 『관부연락선』, 281쪽)

등은 개인적인 차원에서 인간적인 위엄을 찾을 수는 있다. 그러나 그것이 현실의 정서를 제대로 파악하지 못한 '시대착오적'인 행위로 이어지면 비극을 초래한다는 것이다.

그런데 이 같은 냉철한 현실인식을 갖춘 이가 그에 상응하는 '힘'을 갖지 못했을 때, 그럼에도 인간적인 존엄을 잃지 않는 방식은 무얼까. 바로 '허무주의'다. "우리는 우리의 운명을 우리 아닌 어떤 힘에 송두리째 맡겨버리고 있다. 자기 의사가 아닌 남의 의사로써 우리 생활을 규제당해야 한다. 구체적으로 말하면 우리의 힘으로 어떻게 할 수 없는, 즉 자진참여하지도 못한 정치의 작용을 받고만 산다. 이런 심정이 에트랑제로서의 심정이 아닌가"는 말로 작가는 일제치하에서 유태림과 같이 현실주의적인 태도를 취한 유학생 세대의 내면 상태를 설명한다. 잘못된 현실을 고칠 만한 힘이 없을 때, 신념이나 이데올로기에 온몸을 투신할 수 없는 사람에게 현실은 '운명'처럼 파악되며, 허무주의에 빠져들게 된다.

그렇다면 에트랑제로서의 자기 도피, 현실주의적 중도적 합리주의를 표방한 유태림이 어째서 이념의 급류 속에 몸을 담그게 되었을까. 흑백의 논리가 횡행하던 시절이긴 했다. 하지만 그의 아버지도 혼탁한 시절을 몸을 낮추고 순조롭게 넘어갈 수 있었다. 그러나 유태림은 무언가에 쫓기듯 이념의 급류에 뛰어들었다.

나는 언제나 방관자였다…… 자기 편의대로만 살아가는 소시민적 근성을 청산해버리는 때가 있어야 하지 않을까. 옳은 일이라고 생각했으면 한번 목숨을 걸어보는 결단도 있어야 하지 않을까. 아까도 말했지만 나는 학생 시절은 물론 그뒤 병정생활, 지금의 생활을 통해서 조국이나 민족을 위해서 지푸라기 하나 들려고 하지 않았거든…… 설혹 냉정한 제3자가 볼 땐 어리석은 노릇이라고 해도 어떤 목적, 어떤 사명감으로 해서 스스로를 희

생시킬 수 있는 각오와 실천이 있어야 될 것 같애……[16]

그것은 바로 유태림의 세대의식, 즉 학병세대의 자의식의 작용이 가져온 초조함이었다. 앞서 이 세대의 자의식에 대해 상술한 바 있지만, 이들이 해방을 맞이하며 느낀 감각이란 무력감과 자책이었다. 민족의 해방을 적국의 진영 내에서 적국의 군복을 입고 맞이한 무력감과 민족의 해방에 손끝 하나 조력하지 못했다는 자책, 그것이 유태림의 초조를 만들어내었던 것이다. 김윤식의 지적처럼 『지리산』이 학병 거부자 하준규의 실록에 바탕을 둔 것임이 분명하다.[17] 그렇기에 그것은 당당하게 조국의 광복을 맞이한 사람들이 새로운 나라를 세우는 과정에 관한 이야기다. 그 속에서 이규와 같은 학병세대가 자리할 영역은 해방 이후에는 없었다. 그가 십년간 고국을 떠나 있어야만 했던 것도 같은 이유라고 할 수 있다.

이를 통해 작가가 말하고자 했던 것은 다음과 같지 않을까. 신념과 당위에 기반한 이념, 즉 공산주의와 민족주의에 의해 일거에 모든 문제를 해결하고 나라를 세울 수는 없다는 것, 점진적인 민주주의의 훈련에 의해 서서히 민족국가를 세워가야 한다는 것, 그리고 무엇보다도 우리 민족의 근현대사에 얽혀 있는 한일관계는 해방의 감격과 함께 깨끗하게 해결될 성질의 것이 아닐 수 있다는 것을 작가는 나지막이 말하고 있다. 해방공간의 과격함은 애당초 관부연락선의 개통과 함께 만들어진 '학병세대의 원죄의식' 때문에 비롯되었기에 말이다.

---

16) 이병주, 『관부연락선』, 525쪽.

17) 김윤식은 소설 『지리산』이 신판 임꺽정─학병 거부자의 수기(『신천지』 제1권 제3호, 1946, 4∼6쪽)를 바탕으로 쓰여진 것이며, 따라서 이 수기의 중심인물인 하준수(소설에서는 하준규)가 보이지 않는 곳에서 이 작품의 중심부에 놓여 있다고 파악한다.(김윤식, 「지리산의 사상」, 『한국문학의 근대성과 이데올로기 비판』, 서울대학교출판부, 1997, 183∼184쪽 참조)

'어머니'의 시선으로 본 1970년대 대학생
─ 박완서론

이영아

1. 서론

박완서는 1970년 불혹의 나이에 늦깎이로 문단에 데뷔했지만 평생 현역작가로 남고 싶다던 본인의 바람대로 2011년 별세하기 직전까지 꾸준한 집필활동을 펼쳤다. 사십여 년 동안 거의 쉼 없는 작품활동을 해온 그녀의 소설들은 세계사판 중·장편전집 22권, 문학동네판 단편소설전집 6권의 분량이다. 기존 전집에 수록되지 않은 작품들을 모은 소설집(『기나긴 하루』, 문학동네, 2012)과 산문집(『세상에 예쁜 것』, 마음산책, 2012)도 작고 이후 발간되었으며, 장편 15편과 단편 80여 편 외에도 동화, 산문집, 콩트 등까지 합하면 박완서는 실로 막대한 양의 작품을 남긴 다작의 작가이다.

그런 만큼 그녀의 작품들에는 시대사적, 개인사적 상황에 따라 작품의 경향에도 다양한 스펙트럼이 존재한다. 물론 그녀의 작품들 전체를 관통하는 일관된 문제의식들도 많다. 유년 시절의 기억, 한국전쟁과 분단문제, 중산층 여성의 일상과 같은 소재들은 그녀의 작품목록 속에서 시대를 불문하고 자주 등장한다. 하지만 시기별로 박완서에게 닥친 현실 상황의 변화를 반영하여 새로운 소재나 세계관을 보여주는 작품들도 적지 않다.

기존의 박완서 연구는 대부분 이 전자의 부류, 즉 박완서 소설에서 반복적으로 등장하는 유년기 체험에 대한 자전적 성장소설[1], 한국전쟁 및 남북분단의 상처[2], 모성(모녀관계)의 문제[3] 혹은 여성성과 페미니즘[4], 노

---

1) 노미연, 「1990년대 여성소설의 자전적 글쓰기 연구」, 단국대학교 석사학위논문, 2011; 임해림, 「여성 작가의 자전소설 연구」, 성균관대학교 석사학위논문, 2007; 정유경, 「박완서 성장소설 연구」, 건국대학교 석사학위논문, 2007; 박은주, 「박완서 자전소설의 변모 양상 연구」, 인하대학교 석사학위논문, 2010; 유지은, 「박완서 성장소설 연구」, 동국대학교 석사학위논문, 2012; 권정희, 「박완서 소설 연구 : 성장기 소설을 중심으로」, 고려대학교 석사학위논문, 2005; 강민정, 「박완서 소설 연구 : 자전적 성장소설을 중심으로」, 성균관대학교 석사학위논문, 2004; 한송이, 「박완서 단편소설의 자전적 인물 변화 양상 고찰」, 경희대학교 석사학위논문, 2011; 박상미, 「박완서 소설 연구 : 체험의 소설적 형상화를 중심으로」, 성균관대학교 석사학위논문, 2004; 권향숙, 「박완서 소설의 성장소설적 양상」, 서강대학교 석사학위논문, 1999.

2) 정해진, 「박완서 소설 연구―전쟁 체험의 상호관련성을 중심으로」, 단국대학교 석사학위논문, 2011; 이수영, 「박완서 소설에 나타난 6·25전쟁의 수용 양상 연구」, 대구가톨릭대학교 석사학위논문, 2004; 이문애, 「박완서 소설에 나타난 전쟁 체험과 가족의 피해의식 연구」, 한성대학교 석사학위논문, 2005; 안남일, 「현대소설에 나타난 분단콤플렉스 연구」, 고려대학교 박사학위논문, 2003; 조미숙, 「박완서 소설의 전쟁 진술 방식 차이점 연구」, 『한국문예비평연구』 24, 2007.

3) 신은정, 「박완서 소설 속에 나타난 '어머니상' 연구」, 아주대학교 석사학위논문, 2008; 윤송아, 「박완서 소설에 나타난 모녀관계 연구」, 경희대학교 석사학위논문, 1999; 신경자, 「박완서 소설에 나타난 모성성 연구」, 동국대학교 석사학위논문, 2012; 박채랑, 「박완서 소설에 나타난 모성 연구」, 건국대학교 석사학위논문, 2004; 박희숙, 「박완서 소설에 나타난 '어머니상' 연구」, 인하대학교 석사학위논문, 2001; 서미혜, 「『엄마의 말뚝』 연작에 나타나는 억척 모성상과 근대적 여성의식과의 관련 연구」, 홍익대학교 석사학위논문, 2007

4) 정은비, 「박완서 단편소설에 나타난 여성성 연구」, 한국교원대학교 석사학위논문, 2011; 김윤정, 「박완서 소설의 젠더의식 연구」, 이화여자대학교 박사학위논문, 2012; 조윤희, 「박완서의 페미니즘소설 연구」, 명지대학교 석사학위논문, 2003; 박진화, 「박완서 소설의 여성의식 연구」, 숭실대학교 석사학위논문, 2010; 곽세나, 「박완서 소설의 여성상 변모 연구」, 중앙대학교 석사학위논문, 2008; 주아로미, 「박완서 단편소설의 여성인물 연구」, 동국대학

년의 삶[5] 등을 대상으로 이루어져왔다. 연구에서 거론되는 작품도 그녀의 수많은 작품들에 비해 제한적인데 주로 『나목』『엄마의 말뚝』 연작, 『도시의 흉년』『그 많던 싱아는 누가 다 먹었을까』와 『그 산이 정말 거기 있었을까』『미망』 등이 논의의 대상이다.

이처럼 기존의 박완서 소설에 대한 연구는 그 무수한 논의에도 불구하고 논점과 연구 대상에 있어서 몇몇 테마 일부에 지나치게 집중되어왔다. 그러한 연구들이 박완서 소설 연구의 핵심에 속하는 것들임에는 틀림이 없으나 박완서가 남긴 100여 작품을 두고 할 수 있는 연구의 스펙트럼으로는 다소 부족하다. 특히 한국전쟁이라는 역사적 사건을 제외한 시대의식에 대해서는 박완서 소설에서 간취해보려는 노력이 거의 없었다. 작가 자신이 "나는 역사의 장강을 꿰뚫어 보거나 관조할 만한 역량이 모자라고 다만 그 장강의 한 줄기가 내 개인사를 어떻게 할퀴고 지나갔나를 진술하는 데 급급했다"[6]고 언급한 것에 그동안의 연구가 너무 많이 의존하고 있는 것은 아닌지 되돌아볼 시점이다.

이 글에서는 박완서 소설에 대해 1970년대 한국의 시대적, 소설사적 맥락하에서 고찰해보고자 한다. 1970~80년대 한국소설이 천착했던 대학생의 학생운동·민주화운동 문제에 대해서 박완서는 어떠한 독특한 입지점을 가지고 소설화했는지를 살펴보는 것을 목표로 한다.

교 석사학위논문, 2012; 홍지화, 「페미니즘 시각에서 본 박완서 소설 연구」, 중앙대학교 석사학위논문, 2002; 이인숙, 「박완서 단편에 나타난 여성의 '성'」, 『국제어문』 22, 2000.

5) 황은진, 「노년서사의 문학 교육적 의미 연구 : 박완서 소설을 중심으로」, 서강대학교 석사학위논문, 2009; 김혜경, 「박완서 소설의 노년문제 연구」, 충남대학교 석사학위논문, 2004; 전흥남, 「박완서 노년소설의 시학과 문학적 함의」, 『국어문학』 49, 2010; 정미숙 외, 「박완서 노년소설의 젠더시학」, 『한국문학논총』 54, 2010; 최명숙, 「박완서 소설에 나타난 노년의식 연구」, 『국제한인문학연구』 5, 2008.

6) 박완서, 「내가 걸어온 길」, 『꼴찌에게 보내는 갈채』, 세계사, 2002, 64~65쪽.

2. '데모'하지 않는 대학생

이재선은 그의 한국 현대소설사 기술과정에서 1970~80년대 대부분의 한국소설이 대학생들의 학생운동을 주요테마로 하고 있음을 지적한 바 있다. 한국소설에서 학생이 주인공으로 등장하는 것은 사실상 근대 초기부터 지속되어온 특징이지만 특히 1970~80년대 소설에서는 "대학생-데모란 이 시대의 「클리셰」처럼 거의 시위와 관련되어 있다"는 것이다.[7] 그런데 1970년대 박완서의 소설에서는 이 시기 소설에서 그 흔하다는 '데모하는 대학생'이 거의 등장하지 않는다. 아주 암시적으로, 그리고 주변부적인 인물로만 등장하며, 그들의 사유체계나 활동 내용에 대한 직접적 언급은 전무하다.

1970년대 박완서 소설에서 대학생이 주인공으로 등장하는 단편으로는 「재수굿」(1974), 「연인들」(1974), 「저렇게 많이!」(1975), 「포말(泡沫)의 집」(1976) 등이 있다. 그러나 이들 작품에서 대학생의 관심사는 국가의 억압구조나 권력의 부정부패 등에 있는 것이 아니라 돈벌이, 연애, 결혼 등이다. 「재수굿」에서는 과외로 돈을 벌고[8], 「연인들」에서는 데이트에 푹 빠져 있고, 「저렇게 많이!」에서는 좋은 배우자를 만나 결혼해 팔자를 고

---

7) 이재선, 「대학생의 행동·고뇌·방황 7·80년대 소설과 이십대의 행동 자장(磁場)」, 『현대한국소설사 1945-1990』, 민음사, 1991, 407쪽.

8) 「재수굿」에서 '나'는 서울대 학생으로, 구멍가게를 하는 부모님의 학비 부담을 덜어드리기 위해 부잣집의 국민학생 아들 과외를 시작했다. '나'는 "부자들의 생태에 대해서 만만찮은 날(刃)"을 지녔었지만, "소년의 집에서 보내는 시간이 내 생활의 일부가 됨에 따라 내 날은 자연스럽게 그 집의 유족한 생활양식 속에 함몰"되어간다.(박완서, 「재수굿」, 『박완서 단편소설전집』 1, 문학동네, 2006, 334쪽) 그러나 차츰 그들이 결정적인 순간(아이의 성적이 오르지 않음)에 냉혹해지는 모습(해고), 그리고 자신들의 부(富)를 지키기 위해 미신을 동원할 만큼 속물적인 모습을 보며 부자들에 대한 환멸을 느끼게 된다.

칠 작정을 하며[9), 「포말(泡沫)의 집」에서는 돈 많은 과부와 원조교제를 하고 싶어한다[10). 이들 대학생에겐 먹고살고 노는 문제가 제일 중요한 듯 그려진다.

1970년대 박완서 소설에서 대학생들의 의식적 각성, 시대의 부조리에 대한 인식을 가장 직접적으로 보여준다고 할 만한 소설은 「연인들」 정도이다. 「연인들」의 주인공 '나'는 "꽤 이름도 있고, 인기도 있는 대학의"(200쪽) 배지를 단 대학생이다. 그런데 그의 관심사는 오직 사랑, 여자뿐이다. "아름답지만 골 빈 여자와 더불어, 나도 골이 상쾌하도록 텅텅 비어가면서, 골을 제외한 딴 부분은 마치 단물 오른 과물(果物)처럼 충만해지는 느낌, 그 즐거움을 무엇에 비할까. 정말이지 난 이 여자와 사랑을 하려나보다"(「연인들」, 『박완서 단편소설전집』 1, 문학동네, 2006, 192쪽)라는 생각이나 하던 대학생 '나'는 '내 여자'와 데이트를 하다가 우연히 아무런 해명 없이 육교 통행을 금지하는 상황에 처하게 된다. 그는 이 납득할 수 없는 상황에서 "이 자리에서 사람들(육교를 건너지 못해 발이 묶인 사람들-인용자 주)을 위해 뭔가를 하지 않으면 안 된다고 생각"(196쪽)했다. 그래서 자신들을 막은 순경에게 항의를 해봤지만 묵살과 폭력을 당했고, 사람들은 그런 '나'를 보며 재미난 구경거리 만난 듯 웃어댔다.

그날 밤 수치심에 폭음을 하다가 통금위반, 음주폭행으로 칠 일간의 구

---

9) "한때 나는 돈이 많이 필요하다는 내 가정적인 입장 때문에 돈 많은 남자와 결혼하기를 열렬히 소망한 적이 있었다. 그때가 아마 대학 3학년 때던가 4학년 때던가 그쯤일 게다 (……) 그때 벌써 한은 재벌의 사위 되기가 열렬한 소망이었다.": 박완서, 「저렇게 많이!」, 『박완서 단편소설전집』 2, 문학동네, 2006, 37~38쪽.

10) "청년은 내 직선으로 된 집을 칭찬해줬다. 그리고 이런 얘기 저런 얘기를 했다. 그가 가난하다는 얘기, 학비 벌기에 짓눌린 나머지 그의 유일한 소망은 어디서 돈 많은 과부를 만나 과부에게 실컷 재미나 보여주고 학비나 얻어썼으면 하는 거란 얘기까지 했다. 청년은 내가 돈 많은 과부이기를 바라고 있었다.": 박완서, 「포말(泡沫)의 집」, 『박완서 단편소설전집』 2, 문학동네, 2006, 80쪽.

류처분을 받았고, 오 일째에 애인의 면회를 받게 된다. 면회 온 애인 역시 면회담당자에게 독설과 협박을 받고 담당자에게 공포를 느끼며 사과를 해야 했다. 이러한 일련의 일들을 겪으며 '나'는 세상에 어떤 '음모'가 있다고 생각하게 된다. 즉 "사람들이 어른이 됨과 동시에 하나같이 행주처럼 무기력해지"(213쪽)는 이유가 세상이 자신들이 겪은 일들과 같은 경험을 통해 그렇게 만들었기 때문이라고 깨닫게 된 것이다.

그러나 「연인들」의 '나'는 이 '음모'를 깨닫게 되자, "겨우 신음처럼 무거운 한숨을 토해냈을 뿐"(213쪽) 아무것도 하지 못한다. 그럴 수밖에 없는 이유가 "내가 속한 사회가 이렇게 잘 길들여진 사람들에 의하여 참여되고 움직여지고 있다는 사실이 나는 무서웠기 때문이다"(214쪽)라는 언급이 보여주듯 '나'에겐 그러한 현실이 '극복'이나 '저항'의 대상이 되지 못하는 것이다. 이 장면이 박완서가 그리는 대학생들의 모습을 상징적으로 보여준다. 각성의 계기도 매우 단편적, 일상적인 차원의 사건에 머물렀을 뿐 아니라, 그것을 통해 현실적 모순을 자각하게 되었다 하더라도 '공포'와 '한숨'에 그칠 뿐 '직접적인 행동'으로 전환되지 못하고 있는 것, 여기에 박완서의 '학생운동'에 대한 형상화 방식의 기조가 담겨 있는 것이다.

한편 정확히 '운동권 대학생'이라고 보기는 어려우나 당시 대학생들의 학생운동과 연관된 경험을 하는 인물이 등장하는 경우로는 「도둑맞은 가난」(1975)과, 교수인 남편이 대학생 제자들을 도와준 것이 문제가 되어 강제 소환되는 데에서 소설이 시작되는 「집 보기는 그렇게 끝났다」(1978)를 꼽을 수 있다.

"그분은 평생 외길을 걸어온 분입니다. 저 분재가 제가 아는 그분의 단 하나의 외도입니다. 학교 외의 고장에 그분이 협조할 일이 있을 것 같지 않은데요."

"알고 있습니다. 그래서 교수님에겐 많은 제자들이 따랐나봅니다. 그중에는 사회질서를 어지럽히는 말썽스러운 청년도 있었죠."(「집 보기는 그렇게 끝났다」, 『박완서 단편소설전집』 2, 문학동네, 2006, 337~338쪽)

"제자들이 따르는" 교수, 그 제자들 중의 "사회질서를 어지럽히는 말썽스러운 청년"이라는 구절이 「집 보기는 그렇게 끝났다」에서 학생운동을 하는 대학생과 이들을 후원한 교수를 암시하는 표현의 전부이다. 남편은 이 일 때문에 정체를 알 수 없는 남자의 "협조" 요청에 따라 "동행"길을 나서게 된다. 물론 기관에서 나온 자의 입에서 나온 표현이기는 하나 학생운동을 하는 대학생이 '사회질서를 어지럽히는 말썽스러운 청년'으로 표현되었다는 것에서 기성세대의 시선에 비친 학생운동의 의미를 추측해볼 수 있다. 이는 앞서 「꿈과 같이」의 '과오'라는 표현과도 맥을 같이한다.

「도둑맞은 가난」에서의 노동 현장 체험을 하는 대학생에 대해서는 계급적 특권의식을 조금도 버리지 않은 속물로 형상화함으로써 학생운동의 위선과 가식을 부각시키고자 했다. '상훈'이 가난한 공돌이인 줄 알고 생활비를 아끼려 동거를 했던 공순이 '나'는 어느 날 차림새가 화려해져서 거액의 돈을 들고 나타난 '상훈'의 모습에 놀란다. '상훈'은 자신이 부잣집 도련님에 대학생으로서 아버지의 명령으로 "고생 좀 실컷"하고, "돈 귀한 줄도 좀 알고"(403쪽) 오기 위해 노동자들의 세계에 왔던 것임을 말한다. 그리고 이것이 "돈 주고도 살 수 없는 귀한 경험"(403쪽)이었다는 말로 그동안의 생활을 표현한다. 이에 자신의 가난을 '소명'이라 여기며 한 번도 부끄러워해본 적 없던 '나'는, "그들의 빛나는 학력, 경력만 갖고는 성이 안 차 가난까지를 훔쳐다가 그들의 다채로운 삶을 한층 다채롭게 할 에피소드로 삼고 싶어한다"(406쪽)는 사실에 분노와 허탈감을 느낀다. '상훈'과 같은 부자들의 허영에 가난과 노동이 이용당하는 것을 '도둑 맞은 가난'이라는 표현으로 비판하였듯, 박완서는 가난하지 않은 대학생들, 즉 제3자의 '민중 속으로'가 일종의 허영, 위선일 수 있음을 지적하고자 하였다. 대학생들의 학생운동이 어느 만큼의 진정성과 지속성을 가질 것인가에 대해 박완서는 회의적이었던 것이다.

매우 암시적으로만 '운동권 대학생'임을 보여주는 소설에서는 운동권 대학생을 행방불명된 인물로 그리거나(「겨울 나들이」, 1975) 한때 학생운동을 했던 전력 때문에 다른 동기들에 비해 취직도 늦어 사람구실도 못하고 사는 인물로 형상화한다.(「꿈과 같이」, 1978; 「꽃 피고 잎 지고」, 1981)

「겨울 나들이」에서 주인공이 혼자 여행을 하던 중 우연히 한 여인숙을 찾아 들어간다. 여관 주인인 중년의 여성과 치매에 걸린 시어머니가 살고 있는 그 집의 안온한 분위기에 이끌려 주인공은 그들의 집에서 낮잠을 자기도 하고 그들과 대화도 나누게 되었다. 그러다가 식당 주인 여자의 외아들이 서울서 대학을 다니고 있는데, 그 아들이 며칠째 소식조차 없다는 사실을 알게 된다. 「꿈과 같이」의 주인공은 대학 때 "젊은 혈기로 저지른 일시적인 과오"[11]로 교사인 아내에 빌붙어 살다가 대학 때 교수님의 추천으로 뒤늦게 유명 기업 홍보부에 취직하게 된다. 그러나 다른 사원들과 달리 정식 절차를 밟은 채용이 아니어서 자신의 직장 내 입지에 대해 끊임없이 불안해한다. 이러한 그의 태도 때문에 오히려 정신적인 문제가 있는 것으로 오해를 받아 그는 다시 사표를 써야 할 지경에 이른다. 「꽃 피

---

11) "나는 나에게 빛나는 버클을 선사한 대학에 재학할 때, 젊은 혈기로 저지른 일시적인 과오 때문에 만족한 구비서류를 갖출 수가 없었던 것이다. 내 마음속에서 그 과오가 깨끗이 말소된 지는 이미 오래다. 그때 저항하고 어지럽힌 사회질서에 지금은 빌붙고 매이고 싶어 안달이 나 있는 것만으로도 그 증거는 충분했다. 그러나 나를 따라다니는 구비서류는 오직 나의 과오만을 증명했다": 박완서, 「꿈과 같이」, 『박완서 단편소설전집』 2, 문학동네, 2006, 361쪽.

고 잎 지고」에서는 주인공의 남편의 친구인 석철이 한때 학생운동을 한 전력 때문에 아내가 가구점을 운영해서 생계를 책임지고, 석철은 집안에서 육아와 가사를 맡아오다가 늦은 나이에 신문사에 어렵게 취직하게 되는 스토리가 소설에 삽입되어 있다. 이러한 방식을 통해 박완서는 한때의 학생운동 경력이 젊은이들의 삶에 미치는 부정적인 영향에 더 큰 주목을 하고 있었다.

3. 침묵, '빨갱이'로 낙인된 가족의 운명—「카메라와 워커」「돌아온 땅」

왜 박완서는 1970년대 대학생들의 학생운동 문제를 소설화하는 데에 소극적이고 부정적이었을까? 쉽게 생각할 수 있는 원인으로는 그녀의 문단 데뷔시기와 그녀의 대학생활 경험의 부재를 들 수 있겠다. 그녀는 사십 세의 나이에 문단에 데뷔했다. 이미 다섯 아이의 어머니가 된 주부의 몸으로 문인이 되었기 때문에 그녀가 재현하고 싶은 주된 대상은 대학생이나 학생운동이 아닌 삼사십대 가정주부의 일상과 감정이었다. 그리고 제대로 애도하지 못한 채 가슴 속에 응어리져 있던 자신의 가족사적 상처의 기록에 더 몰두했다.[12]

그리고 여러 차례 작가 본인이 언급하였듯 자신이 "체험하지 않은 것은 이야기로 쓸 수가 없다"[13]는 작가의 성향상 입학 직후 발발한 한국전쟁으로 인해 영원히 기회를 잃어버리고 말았던 대학생활에 대한 소설화에는

---

12) "나는 그들로부터 자유로워지고 싶었다. 삼킨 죽음을 토해내고 싶었다. (……) 나의 곡의 방법이란 우선 숨겼던 것을 털어놓는 일이었다. (……) 나는 어느 틈에 내 이야기로 소설을 쓰고 있었던 것이다. 토악질하듯이 괴롭게 몸부림을 치며, 토악질하듯이 시원해하며.": 박완서, 「부처님 근처」, 『박완서 단편소설전집』 1, 문학동네, 2006, 110∼113쪽.

13) 최재봉 작가 인터뷰, 「이야기의 힘을 믿는다」, 『박완서 문학 길찾기』, 세계사, 2000, 38쪽.

별 관심이 없었을 수도 있었겠다. 그러나 네 명의 딸들의 대학진학으로 박완서는 본인이 '요즘 대학생'들의 일상에 대해 알 만큼 안다고 자부하고 있었다.[14] 즉 몰라서 못 썼다기보다는 일부러 안 썼을 가능성이 더 크다. '데모하는 대학생'에 대해선 다루고 싶지 않거나 비판적으로 다루고 싶어했던 것이다.

그러나 박완서가 이처럼 대학생의 학생운동에 대해 부정적이고 우려 섞인 시선을 보낸 근본적 이유를 단순히 시대에 대한 의식의 결여나 기성세대의 보수성으로 보는 것은 성급한 판단이다. 그녀 역시 당대 젊은이들의 울분이나 답답함을 이해하고 있었고[15], 자신의 '데모'에 대한 회피를 부끄러워하기도 했기 때문이다.[16] 그녀의 태도의 근원은 「돌아온 땅」(1977)과 「카메라와 워커」(1975) 같은 작품을 통해 추정해볼 수 있다. 「돌아온 땅」에서 삼촌의 월북, 「카메라와 워커」에서 아버지의 '빨갱이' 전력은 자녀들의 삶에 큰 굴레이다.

「돌아온 땅」의 '나'의 아들과 딸은 삼촌이 월북했다는 사실 때문에 사상 문제를 의심받아 취업에 실패하고(아들), 해외유학도 허가받지 못한다

---

14) 박완서, 「눈에 안 보일 뿐 있기는 있는 것」, 『꼴찌에게 보내는 갈채』, 세계사, 2002, 120쪽.

15) "그들은 답답하다못해 땁땁하단다. 그들을 답답하게 짓누르는 것의 정체는 무엇일까. 한나절도 못 가서 끝장이 나고 마는 협소한 우리 국토일까? 기성세대의 주책일까? 사회적, 정치적인 부조리일까? 십 년이 여일한 교수의 낡은 노트일까? 미래에의 불안일까? 이 몇 가지 어림짐작이 다 맞을 수도 그중 하나도 안 맞을 수도 있으리라."(박완서, 「답답하다는 아이들」, 『꼴찌에게 보내는 갈채』, 세계사, 2002, 200쪽)

16) "나는 또 대학에 다니는 애들이 아침에 학교 갈 때마다 데모하지 말라고 이른다. 혹시 데모에 휩쓸리게 되더라도 행여 앞장서지는 말고 중간쯤에서 어물쩍거리다가 뒷구멍으로 살금살금 빠지라고 이른다. 그애들의 경멸의 시선이 다소 따갑지만 웅얼웅얼 그런 소리를 한다. 나는 올 일 년 내내 이렇게 가족들에게 비겁과 보신(保身)을 가르쳤다. 잠 안 오는 밤 문득 이런 내가 싫어진다. 구역질나게 싫어진다.": 박완서, 「추한 나이테가 싫다」, 『꼴찌에게 보내는 갈채』, 세계사, 2002, 172쪽.

(딸). 이 때문에 딸은 오랜 연인과 결혼 후 함께 유학길에 오르려던 계획까지 무산될 위기에 처한다. 이 작품의 후반부에는 주인공 모녀가 고향에서 서울로 돌아오는 시외버스에 한 취객이 올라타 행패를 부리는 에피소드가 들어 있다. 사람들이 그의 주사(酒邪)를 헌병을 통해 막으려 하나 실패한다. 헌병이 돌아간 뒤 취객은 적반하장으로 "야, 이 빨갱이놈의 새끼야"라고 고함친다. 그리고 살기등등한 눈으로 승객들을 노려보며, 자신을 끌어내라고 한 놈은 빨갱이 아니면 공산당일 거라고 말한다. 승객들은 더이상 아무 말도 못하고 취한의 '너도 빨갱이지?' 하는 지적이 자기에게 떨어질까봐 전전긍긍할 뿐이었다. 갑자기 승객이 죄인이 되고 취한은 죄인을 응징하는 입장이 되어버렸다. 이러한 상황을 두고 박완서는 다음과 같이 서술했다.

취한은 이 땅에 태어난 사람이라면 누구나 치를 떨며 미워하는 빨갱이라는, 악 중에도 최악을 내세워, 자기가 저지른 악을 최소한으로 축소하고 마침내 무화(無化)하는 데 성공한 것이다. 이 땅의 모든 악이란 악은 빨갱이라는 강렬한 최악만 만나면—그게 설사 허상이더라도—맥을 못 추고 위축되는 이 땅 특이한 풍토를 이 취한은 취중에도 교묘히 이용한 것이다.(「돌아온 땅」, 『박완서 단편소설전집』2, 문학동네, 2006, 172쪽)

"이 땅에 태어난 사람이라면 누구나 치를 떨며 미워하는 빨갱이"라는 표현에서 보이듯, 박완서가 살았던, 소설화했던 1970년대란 '빨갱이'라는 말만으로 모든 악이 '차악'이 될 수 있는 강력한 '레드 콤플렉스'의 시대였던 것이다. 이러한 시대 속에서 '과거(가족)의 빨갱이 이력'이 드러나는 일은 무시무시한 일이었다. 그런데 이러한 이력은 이 소설 속에만 있는 소재가 아니라 박완서 개인사에 실재했던 사실이라는 점에 주목해야 한다. 박완서는 여러 수필들을 통해 자녀들에게 학생운동에 참여하지 말 거나 하더라도 절대 눈에 띄지 말 것을 당부했음을 털어놓았다.

70년대엔 등록금 말고도 데모 때문에도 대학생 자식을 둔 부모는 걱정이 그칠 날이 없었다. 거의 해마다 데모 열풍으로 대학이 문을 닫지 않으면 조기 방학을 하던 때였다. 부모도 데모가 날 시기를 짐작하고 있어서 아침마다 자식에게 신신당부를 해서 내보내던 생각이 난다. 데모하지 말라고, 정 안 할 수 없을 때라도 앞장서지 말고 중간쯤에 서라고, 사진 찍히지 말라고, 적당한 시기에 재빨리 도망치라고…… 이런 비열한 당부를 간절하게 하는 에미를 자식이 어떤 눈빛으로 쳐다보았던가도 기억하고 있다.(「눈에 안 보일 뿐 있기는 있는 것」, 『꼴찌에게 보내는 갈채』, 세계사, 2002, 117~118쪽)

주지하듯이 박완서는 가족(오빠)의 좌익 이력 때문에 사상검증에 대해 원초적 공포를 갖고 있었다.[17] 눈앞에서 죽어가던 오빠의 모습을 기억하는 박완서에게 사상검증은 목숨까지도 위협할 수 있는 일이었다.[18] 특히 그 검증을 받아야 하는 주체가 자기(세대)가 아니라 자녀세대라는 것(연좌제)은 더욱더 큰 공포였다. 그래서 자신의 자녀들이 학생운동에 가담할

---

17) 이러한 공포의 상상은 다음과 같은 소설에서 연행-조사 과정을 통해 직접 서술되기도 한다. "어느 날, 우리 식구는 차례차례로 모 정보기관에 연행돼갔다. 드디어 올 것이 온 것이다. 내 육감이 맞아떨어진 것이다. 그곳에는 나의 과거와 현재 또 삼십팔 년 동안 살아오면서 맺은 온갖 인연(人緣), 지연(地緣)의 말초적인 부분까지가 유리상자의 표본처럼 질서 있게 정리돼 있었다. (……) 6·25 때 의용군으로 나간 오빠가 이북에서 밀봉교육을 받고 곧 남파되리라는 것이었다."; 박완서, 「세상에서 제일 무거운 틀니」, 『박완서 단편소설전집』 1, 문학동네, 2006, 78~79쪽.
18) 이수형, 「박완서 소설에 나타난 애도와 죄의식에 관한 연구」, 『여성문학연구』 25, 2011, 86쪽.

경우 다른 대학생들보다 혹독한 처벌을 받을 수 있다는 두려움이 그녀로 하여금 '데모하지 말아라'라고 당부하게 만든 것이다.

이러한 작가의 내면이 더 직접적으로 부각된 소설이 「카메라와 워커」이다. 이 작품에서 고모인 '나'는 사회주의사상을 지녔던 오빠가 6·25중에 누군가에게 끌려가 처형당하고, 올케까지 전쟁통에 폭사당한 뒤[19] 조카를 친아들처럼 키웠다. '나'와 '나'의 어머니는 이 조카가 "좋은 학교 나와서 착실한 직장을 가지고 결혼해서 일요일이면 처자식 데리고 카메라 메고 놀러 나가"(361쪽)는 삶을 사는 게 소원이었다. 그래서 조카가 아버지의 전철을 밟을 수 있는 가능성은 모두 차단하려 애를 쓴다. 문과 출신은 "사람이 어떡허면 편하고 재미나게 사느냐를 생각하지 않고, 사람은 왜 사나, 뭐 이런"(362쪽) 것을 생각하기 십상이라며 문과에 진학하려는 아이를 억지로 이과로 전과시켰다. '나'는 조카에게 "어떡허든 너는 이 사회에 순응해서 이득을 보는 사람이 돼야지 괜히 사회의 병폐란 병폐는 도맡아 허풍을 떨면서 앓는 소리를 내는 사람이 될 건 없"(363쪽)다고 주지시킨다. 또한 한창 학생운동이 심각했던 때 대학에 입학한 조카가 행여나 데모를 할까봐 애를 태우고 미리미리 타일렀다. "지랄같이 무책임한 전쟁이 만들어놓은 고아인 저 녀석을, 온 정성을 다해 남부럽지 않게 키운 게 (……) 제가 잘되고 잘사는 것으로, 다만 그것만으로 나는 내가 겪은 더럽고 잔인한 전쟁에 대해 통쾌한 복수를 할 수 있고 그때 받은 깊숙한 상처의 치유를 확인받을 수 있다"(365~366쪽)고 믿었기 때문이다.

그러나 기대와는 달리 '나'의 과보호는 조카의 인생을 오히려 비참하고 외롭게 만들고 말았다. 모 건설회사의 영동고속도로 현장의 측량기사보 자리로 가게 된 조카는 임시직원직인데다가 쉴 틈도 주지 않는 혹독한 노

---

19) 박완서, 「카메라와 워커」, 『박완서 단편소설전집』 1, 문학동네, 2006, 360~361쪽.

동이어서 몸은 피폐해지고, 촌구석에서 홀로 하숙생활을 하느라 더위와 악취에 찌들어 있었다. 이런 생활을 하는 조카를 보고 충격을 받은 '나'에게 조카는 고모와 할머니가 원하는 삶의 파국을 보여줌으로써 자신은 고모와 할머니, 그리고 이 나라로부터 벗어나고 싶다고 말한다. '나'는 자신의 방식이 틀렸다는 것은 인정하지만 어떻게 했어야 했는지에 대한 대안이 없었기 때문에 '후회라기보다는 혼란'을 느낀다.

요컨대 박완서는 1970년대 소설에서 대학생들이 사회문제에 관심을 갖는 것에 회의적이었다. 그러나 이는 그녀가 사회의 부조리, 모순을 인식하지 못해서가 아니라 그녀의 개인사적 특수성 때문에 자녀세대가 '빨갱이'가 되는 일에 대한 원초적 공포가 있어서였던 것이다. 이는 학생운동을 '지식인'의 시선에서 보는 것이 아니라 '어머니'의 시선에서 본 박완서만의 독특한 문학적 특질을 반영한 것이기도 하다. 그녀에게는 시대의 아픔을 공유하는 것보다 후속세대(의 생명)를 지켜내는 일이 더 중요했다.

> 마지막으로 어미의 배를 빌어 태어난 이 땅의 아들딸들아, 제발 죽지만 말아다오. 남을 죽일 위험이 있는 짓도 말아다오. 설령 네 목숨과 지상의 낙원을 바꿀 수 있다 해도 네 어미는 결코 그 낙원에 못 들지니.(「어미의 5월」, 『나는 왜 작은 일에만 분개하는가』, 햇빛출판사, 1990, 57쪽)

같은 맥락에서 박완서 자신 또한 '빨갱이' 작가가 되지 않기 위해서 몸을 사렸던 것이 학생운동 문제나 시대 비판적 주제의식에 대해 등한시하는 결과를 가져왔다고 볼 수도 있을 것이다. 그러나 이러한 자신의 '비겁함'에 대해 박완서가 아무런 자의식도 없었던 것은 아니다. 자녀들의 데모를 말리는 자신을 역겨워하고, 소설에서도 '사회에 순응하는 삶'의 끝이 비참함을 보여줌으로써 작가가 가졌던 양가적 감정을 드러냈다고 할 수 있다. 즉, 1970년대의 박완서에게 대학생의 학생운동은 아직 판단하기에는 '유보적'인 문제였다.

4. '어머니'의 시선으로 본 학생운동

그런데 1980년대 중후반에 이르면 학생운동 문제를 소설화하는 박완서의 태도에 변화가 나타난다. 학생운동을 하는 대학생의 문제가 소설 전면에 배치되기도 하고, 직접적 구체적으로 이러한 문제를 언급하기 시작한 것이다. 「사람의 일기」(1985), 「꽃을 찾아서」(1986)와 같은 작품에서는 학생운동을 한 대학생들이 긍정적으로 그려지고, 「저문 날의 삽화(挿話) 1」(1987)와 「우황청심환」(1990)에서는 부모의 반대에도 무릅쓰고 학생운동을 하던 자식들과의 갈등 문제를 다루면서, 부모들이 자녀들을 이해해주지 못한 것을 뒤늦게 후회하고 그들의 안위를 걱정하는 이야기가 그려진다. 「저문 날의 삽화(挿話) 2」(1987)에서는 학생운동을 하다가 고문의 후유증으로 정신병동에서 지내게 된 아들을 둔 어머니의 이야기를 통해 그들에 대한 동정적 시선을 보낸다. 물론 「저문 날의 삽화(挿話) 2」에서 주인공의 제자 남편으로 등장하는 운동권 출신 남자는 오히려 권력욕과 폭력성만 강한 부정적 인물로 그려지며, 「티타임의 모녀」(1993)는 부유한 운동권 출신 남편이 여공과 결혼했지만 막상 자식을 낳아 기르다 보니 세속적 안위를 그리워하게 되고, 결국 부잣집 아들로 되돌아가 여공 출신의 아내를 부르주아들의 세상 속에서 소외감과 불안에 젖게 만든다는 내용이다.

무엇보다도 「나의 가장 나종 지니인 것」(1993)은 학생운동중에 사망한 아들을 둔 어머니의 절절한 목소리를 가장 섬세하고도 생생하게 담았다.

죽은 아들을 둔 화자가, 식물인간이 된 아들을 병수발 드느라 힘겹게 살아가고 있는 친구를 보면서, 자신도 그렇게 병든 자식이더라도 자식을 옆에 두고 볼 수 있었으면 좋겠다는 부러움에 갑자기 북받쳐오른 슬픔을 말하는 장면은 가히 압권이다.

데뷔 이전의 박완서에게 가장 큰 영향을 끼친 것이 6·25라면, 데뷔 이후 박완서의 작품활동에 강한 영향을 끼친 사건은 1988년 남편과 아들의 연이은 죽음이다. 그중에서도 아직 이십대인 아들이 갑작스러운 사고로 숨진 일은 박완서에게 크나큰 충격과 허탈함을 주었다. 데뷔 후 한 해도 쉼 없이 꾸준한 작품활동을 하던 박완서는 이해에는 연재중이던 작품 『미망』도 중단하고 믿기지 않는 현실을 받아들이기까지 매우 고통스러운 시간을 보냈다. 그러한 박완서에게 1980년대 후반 김세진, 박종철 등 대학생들의 죽음은 남다른 의미로 다가왔다.[20] 특히 그들의 부모와 동질감을 느끼며 죽은 그 대학생들보다 자식을 잃은 어머니들에게 더 마음이 쓰였다. 결국 '아들의 죽음'이라는 비극적 사건은 박완서의 어머니로서 학생운동 문제에 대해 지녔던 소극적 시선을 바꾸어놓았다. 박완서의 어머니라는 정체성이 '자식을 잃은 부모'라는 지점에서 대학생 열사들의 어머니와 만났던 것이다.

작년에 사고로 아들을 잃었다. 누구의 잘못도 아닌 순전한 사고였기 때문에 원망은 복받치건만 원망할 대상이 없다. 이럴 때 만만한 건 하느님이다. (……) 하느님의 죽임과 부활은 내 의식 속에서 죽는 날까지 반복할 수

---

20) "은행에서 순서를 기다리는 동안 들춰본 여성지에서 종철군 어머니와 세진군 어머니의 대담 기사를 보고 가슴이 철렁했다. 사진에는 두 어머니의 눈에 그렁하게 맺힌 눈물까지 여실히 나와 있어 가슴속에다 아들을 묻은 어머니의 단장의 슬픔이 생생하게 와 닿았다."(박완서, 「말의 권위」, 『나는 왜 작은 일에만 분개하는가』, 햇빛출판사, 1990, 35쪽)

밖에 없는, 차라리 내 심장을 달라고 할 것이지, 아들을 달라고 한 하느님에 대한 어미의 참담한 원망의 방법이다. 어미로선 하느님의 뜻보다는 마리아의 통고를 체험하기가 훨씬 쉽다. 부끄러운 얘기지만 '광주 어머니들'의 설움과 원한이 남의 일 같지 않은 극심한 고통으로 다가온 것도 내 설움이 있고 나서였다. '어머니의 노래'는 그동안의 망각과 무관심에 대해 차라리 고문이었다. 우리의 잘못된 정치 현실 때문에 졸지에 무참히 아들딸을, 어미 아비를 잃은 게 어찌 광주뿐일까.(「어미의 5월」, 『나는 왜 작은 일에만 분개하는가』, 햇빛출판사, 1990, 55~56쪽)

학생 열사의 부모들에게 자신의 아들을 잃은 슬픔을 투사할 수 있었던 박완서는 「나의 가장 나종 지니인 것」을 통해 학생운동의 문제를 전면에, 단독으로 내세운 소설을 창작하기에 이르렀다. 물론 여전히 '어머니'의 시선에서 말이다. 또한 앞서 말한 바, 박완서가 '데모하지 말아라'라고 말한 가장 큰 이유는 그들의 생명을 지켜주고 싶었기 때문이었다. 그런데 지켜줄 생명을 놓친 어머니에게는 더이상 두려울 것이 없었다.

'레드 콤플렉스'와 분단 극복의 의지
— 김원일의 『노을』론

김학균

1. 서론

소련의 사회주의가 실패로 끝나고 동서 냉전의 시대가 종말을 고하면서 전 세계적으로 이념적인 대립은 완화되고, 이를 대신하여 종교 갈등, 민족 갈등, 국가 간의 갈등이 더욱 첨예해졌다. 남한에서도 이런 시대적인 흐름에 따라 좌파 이념에 대한 거부감은 완화되고, 2002년 월드컵을 계기로 좌파나 '빨갱이'를 떠올리게 했던 빨간색은 그 이미지를 조금씩 벗기 시작하였다. 그렇지만 남한은 여전히 국가보안법이 남아 있어 좌익 이념이나 북한을 적대시하고 있다. 그런 점에서 유럽의 선진국들과는 달리 남한은 여전히 좌파 이념에 대한 거부감을 지니고 있다.

남한은 반공을 국시로 하는 지구상의 유일한 국가다. 대부분의 남한 사람들은 사회주의에 대한 정확한 이해가 없이 이를 무조건 싫어하고 배척한다. 이렇게 된 역사적인 배경에는 6·25전쟁을 통해서 얻은 역사적인 외상(trauma)과 '사회주의'는 곧 죽음을 의미한다는 공포가 덧붙여졌기 때문이다. 남한에서 사회주의나 공산주의 사상은 억압되고 척결되어야 한다는 점에서 거의 질병에 가깝다.[1] 남한에서 여전히 위세를 떨치고 있는 국가보안법은 이런 억압을 더욱 부채질하고 있어 남한의 통치자들은 오랫동안 남북한의 대치상황과 사회주의에 대한 거부감을 이용하여 국민을 효과적으로 통제하였다.[2] 이렇게 '사회주의' 또는 '빨갱이'라는 단어에 대한 거부감과 공포심을 일컬어 '레드 콤플렉스'라고 한다.

김원일의 『노을』(1978)은 1970년대 출판사 직원을 주인공으로 삼아 해방 후 6·25전쟁이 일어나기 전 어린 시절과 현재를 오가는 이중적인 시간을 통해 이념적인 갈등을 낳게 된 비극적인 역사를 더듬고 있다. 이 소설은 분단으로 인해 좌파 이념이 억압을 당하는 상황 속에서 6·25가 일어나기 전 한국에서 일어나는 이념적인 갈등을 중요한 사건으로 다루고 있다. 이 소설은 좌파 이념을 억압하고, 터부시하던 남한의 현실을 고발하고, 남북분단의 역사를 종결하기 위한 화해의 방법을 모색한다.

김원일은 초기 소설부터 민족분단의 비극과 모순의 문제를 집요하게 다룬 분단작가로 평가되었다.[3] 『노을』은 분단을 극복하기 위한 모색을 하고 있다는 점에서 분단소설로 평가되었다. 홍정선은 이 소설을 "주인공이 유년의 기억으로부터 자유로운 어른이 되기 위한 통과제의일 뿐 아니라 우리 모두가 지난 시절의 삶의 실체와 편견 없이 마주서기 위한 제의적 절차"라고 주장한다.[4] 이 소설을 통해 우리가 깨닫게 된 것은 지금까

1) 수전 손택, 『은유로서의 질병』, 이재원 옮김, 이후, 2002, 93쪽. 질병은 질병 자체에 다른 의미가 덧붙여지면서 은유가 만들어진다. 수전 손택은 암이나 결핵이 치료되기 어려운 시기에 이 질병에 은유가 붙게 되었다고 주장하였다.

2) 김태형, 『불안증폭사회』, 위즈덤하우스, 2010, 149쪽.

3) 오생근, 「분단문학의 확장과 현실인식의 심화」, 『김원일 깊이 읽기』, 권오룡 편, 문학과지성사, 2002, 98쪽.

4) 홍정선, 「기억의 굴레를 벗는 통과제의」, 『김원일 깊이 읽기』, 171쪽. 『노을』은 시간과 공간에 있어서 유년 시절과 현재, 서울과 진영으로 대응되고, 서사구조에서도 처음과 끝이 대응되는 구조로 정교하여 짜여 있다.

지 살아온 대립의 역사를 끝내기 위한 고통스런 작업을 시작해야 한다는 것이다. 이 소설을 '분단소설'로 분류하는 이유는 이 소설의 주제가 이데올로기를 넘어서서 통일을 지향하고 있기 때문이다.

특히 이 소설의 이념적인 성격은 작가에 대한 연구와 더불어 집중적인 조명을 받았다. 양진오는 『노을』이 좌파 세력들을 인간적으로 묘사함으로써 좌익에 대한 거부감을 줄이고 있다고 주장한다.[5] 이는 좌파 세력에 가담한 '나'의 아버지이거나 삼촌과 같은 가족들 때문이다. 가족은 죽어서도 그 존재가 사라지지 않고, 가족들의 기억 속에 감정 속에 남아 있는 존재들이다. 이들이 살아생전에 어떤 일을 했고, 어떤 꿈을 지니고 있는가가 중요한 것이 아니라 가족이라는 이름으로 호명된 좌익이라는 점은 매우 의미심장하다. 특히 아버지가 백정이라는 천한 신분이라는 것과 더불어, 그가 좌익의 선봉장이 되어 봉기를 일으켰다는 점은 이중적으로 아버지를 호출하는 데 장애를 만들어내고 있다. 최영자 역시 『노을』에 나타난 아버지상은 권력담론에 의해 희생된 인물로 그려짐으로써 이념 갈등의 허구성을 고발하고 있다고 주장한다.[6] 반공 이데올로기로 인해 경찰의 취조를 받은 '나'는 어릴 적 아버지의 부재로 인해 고통받았던 것을 기억함으로써 과거 자신의 아버지도 역시 좌파 이데올로기로 인해 희생된 것임을 깨닫게 된다. 『노을』은 아들과 함께 고향으로 내려간 '나'의 기억 속의 아버지를 호출함으로써 '나'가 응시하는 아버지와 아들이 '나'를 응시하는 시선을 동시에 인식함으로써 아버지를 새롭게 발견하는 과정을 보여준다.

---

5) 양진오, 「'좌익'의 인간화, 그 문학적 방식과 의미 : 김원일의 『노을』을 중심으로」, 『우리말 글』 35, 2005, 275쪽. 필자는 김원일은 좌익을 탈정치적인 휴머니스트로 구현하고 있다고 주장한다.

6) 최영자, 「권력담론 희생자로서의 아버지 복원하기」, 『우리문학연구』 34, 2011, 432쪽.

『노을』은 분단 극복의 지향성이 강하게 드러난다. 『노을』이 분단소설로 읽혀지는 것은 소설 후반부에 통일에 대한 지향성이 직접적으로 드러나 있기 때문이다. 분단의 문제는 좌파 이념에 대한 거부감을 극복하는 것과 밀접한 관련을 맺고 있다. 과거를 호출하여, 좌파 이념에 대한 공포를 발견하고, 그 공포를 극복하지 않으면, 분단을 넘어 통일에 이르기란 쉽지 않다. 그러므로 『노을』에 나타난 좌파 이데올로기에 대한 기억은 곧 분단 극복의 문제와 연결되어 있다. 작가가 이 소설에서 어떤 방법으로 좌파 이념에 대한 공포에서 벗어나 통일지향적인 사상으로 나아가고 있는지 살펴보는 것은 여전히 남북분단의 갈등을 겪고 있는 우리 현실에 많은 시사점을 안겨줄 것이다.

『노을』은 이데올로기 자체에 대해서 언급하거나 이데올로기적인 대립을 묘사하기보다는 이데올로기로 인한 남한 사람들의 억압의 실체를 드러내고, 이를 회복하는 데 집중하고 있다. 분단의 현실 속에서는 결코 이런 이데올로기적인 억압을 극복할 수 없고, 남한의 기형적인 정치를 개선할 수 없다는 것을 김원일은 이미 알고 있었던 것은 아닐까? 그런 점에서 『노을』은 한국의 아픈 과거를 치유하고, 건강한 미래를 설계하기 위한 발판을 마련하고자 하는 의지가 드러난 소설이다.

2. 기억의 재구성과 부성(父性)의 회복

『노을』에서 어린이의 시점에서 서술된 과거는 이념 대립의 비극적인 현장을 은폐하고, 사상적인 대립을 가족이라는 혈연의식으로 대체하고 있다. 김승옥 소설과 김원일 소설에서 등장하는 어린이 화자는 각각 다른 효과를 낳는다. 이들이 전달하고 있는 정보는 어른의 시선이 개입되거나 혼재된 것이라는 공통점을 지니고 있으나, 김원일 소설이 김승옥 소설에 비해 성인 화자의 개입이 더 심하게 나타난다. 아픈 역사는 어린아이의 시선으로 감춰지고, 은폐되고, 심지어 왜곡되기까지 한다. 동족이 서로 죽이고 죽는 폭동 사건은 어린 화자가 좌익들이 폭동을 일으키기 위해 모의하던 현장에 있다가 발각된 뒤 뭇매를 맞고 누워 있는 동안 벌어진다. 동족상잔의 비극은 어린이의 관점에서는 신분적인 설움을 벗어나기 위해 좌익의 앞잡이가 된 아버지 때문에 일어난다. 폭동을 주동한 인물은 다름 아닌 '나'의 아버지다. 그는 미워할 수는 있으나 결코 관계를 끊을 수는 없는 혈육이다.

좌익 이데올로기에 대한 화자의 입장은 아버지를 기억하는 데 있어서는 양가적이다. 아버지는 자식들을 "부잣집 밥 먹듯이 굶기고" 어머니를 폭행하여 외갓집으로 도망하게 한 뒤에 다른 여자와 놀아나는 '개삼조' '개섭조'이지만, 그래도 자식 사랑에 있어서는 다른 아버지와 다를 바 없다. 그는 아들을 건강하게 만들기 위해 억지로 소 피를 먹게 하고, 아들을 위대한 인물로 만들기 위해 아들과 함께 월북을 도모하기도 한다. 그는 좌익 폭동의 혐의로 죽음을 맞이했다.

'나'는 검열을 의식해야 하고, 반공을 국시로 하는 현실을 외면할 수 없었다. 정신분석학적으로 볼 때, 아버지를 백정으로 설정하고, 좌익 폭동에 가담한 아버지를 죽음으로 내몬 것은 업둥이 의식이다.[7] 자신의 아버지를 영웅으로 만들고 싶은 것이다. 그러나 아버지는 죽어서야 겨우 아버

---

7) 마르트 로베르, 『기원의 소설, 소설의 기원』, 김치수 외 옮김, 문학과지성사, 2001, 38~45쪽. 마르트 로베르는 프로이트의 『신경증 환자의 가족소설』에서 환자들이 만들어내는 거짓말의 유형을 두 가지로 분류한다. 하나는 업둥이로 자신의 부모가 평민이라는 사실을 알고 이를 부인하여 자신의 진짜 부모는 왕족이라고 생각하는 것과 다른 하나는 사생아로 어머니는 진짜 어머니이지만 현재의 아버지는 부인하는 것이다. 김원일의 『노을』에 나타나는 아버지는 백정이고 신분을 숨겨야 하지만, 자식을 사랑하는 아버지로 기억함으로써 자신을 업둥이로 만들려는 의도가 강하다.

지로 존재할 수 있었다. 그는 죽어서도 결코 죽지 않고, 살아서 더욱 선명하게 그 존재를 알리고 있다. 그는 작가의 무의식 속에서 살아서 아버지의 역할을 맡는다. 그를 다시 아버지로서 호명하기 위해 작가는 남북통일을 꿈꾼다. 작가는 통일을 당위의 명제로 놓았기 때문에 아버지의 자리를 복권하기로 한 것은 아닐까?

『노을』은 보라색을 싫어하던 아이가 노을을 긍정하는 직장인으로 성장한 이야기이다.[8] 여기서는 이미 어린아이의 시점이 아니라 어른의 시점이 획득되어 무지의 상태가 아니라 이미 모든 것을 알아버린 아버지가 된 어린이가 이야기를 한다. 그러므로 어린아이의 목소리가 들어 있기는 하지만 그것은 언제나 현재의 시점에서 말하고 있는 목소리다. 그것이 이 소설을 단순히 개인의 아픈 과거가 아니라 분단된 조국, 전쟁의 상처를 가진 민족의 역사라는 보편적인 상징으로 승화시킬 수 있는 힘이었다.

『노을』은 붉은색의 이미지로 충만한 소설이다. 이 작품은 성인 화자가 노을을 바라보는 장면에서 시작하여 노을을 바라보는 것으로 끝이 난다. 성인인 '나'가 처음 바라본 노을과 소설의 끝에서 바라본 노을은 같은 붉은색이지만, 그 이미지는 완전히 다르다. 성인 화자가 노을을 보는 장면은 소설의 끝에서도 나타나고, 그것은 붉은색에 대한 공포가 글쓰기 행위를 통해서 어느 정도 감소된 결과로 볼 수 있다. 초반부에 나타난 '자줏빛 노을'은 어두웠던 어린 시절의 불안과 두려움을 연상시키지만, 후반부에 나타난 노을은 종이비행기를 날리고 싶은 아름다운 노을이며, "내일 아침을 기다리는 오색찬란한 무지갯빛"으로 떠오르는 노을이다. 그것은 회피하려던 상처를 정면으로 응시함으로써 상처가 치유된 것으로 해석할 수 있다.[9] 처음에 바라본 노을이 죽음과 공포의 이미지라면 마지막에

---

8) 김현, 「이야기의 뿌리, 뿌리의 이야기」, 『김원일 깊이 읽기』, 231쪽.

9) 오생근, 같은 글, 109쪽.

나타난 노을은 화해와 사랑의 이미지에 가깝다. 같은 노을의 색깔이 이렇게 달라진 것으로 보아 붉은색이 주는 거부감과 공포를 극복했다고 할 수 있다.

좌익이나 좌파 이데올로기는 오랫동안 붉은색으로 상징되었다. '빨갱이'라는 말은 공산주의자를 속되게 이르는 말로, 붉은색과 대응되면서 좌익 세력을 상징하게 되었다. 남한사회에서 좌파 이데올로기나 좌경 사상은 불온한 것으로 억압되어야 하는 것이었다.[10] 「어둠의 혼」(1973)에서 어린 화자는 좌익 이데올로기에 대한 막연한 두려움을 보라색에 대한 두려움으로 표현한 바 있다. 그것은 아버지에 대한 공포이자 좌익 이데올로기에 대한 두려움의 표현이다. 감히 말해서는 안 되는 것, 절대로 수용해서는 안 되는 영역으로서 금단의 사상이다.

대추나무 위편 하늘은 벌써 짙은 보라색이다. 나는 보라색을 싫어한다. 손톱에 들이는 봉숭아물도, 닭벼슬 같은 맨드라미꽃도, 코스모스의 보라색 꽃도 다 싫다. 어머니의 젖꼭지 빛깔까지도 싫다. 보라색은 어쩐지 아버지의 하는 일을 떠올리게 해주고 어머니의 피멍든 얼굴을 생각나게 한다. 보라색은 또 말라붙은 피와 같고 깜깜해질 징조를 보이는 색깔이다. 옅은 보라에서 짙은 보라로. 그래서 야금야금 어둠이 모든 것을 잡아먹다가 끝내 깜깜한 밤이 온다는 것은 참으로 무섭다. 이 세상에 밤이 없는 곳이 있다는 나는 늘 그곳에서 살고 싶다. 나는 빛 속에 함께 끼어 놀고 싶고, 또 빛 속에서 자고 싶다. 그러나 아버지는 어둠 속에서 총살당할 것이다.[11]

---

10) 김태형, 같은 책, 149쪽. 남한에서 '사회주의' '빨갱이'라는 단어들은 죽음을 연상시키는 무소불위의 상징성을 지니고 있다.

11) 김원일, 「어둠의 혼」, 『마음의 감옥 외』, 동아출판사, 1995, 332쪽.

봉숭아물, 닭 볏, 맨드라미꽃, 코스모스꽃의 색깔을 어린 '나'는 보라색으로 기억한다. 그는 보라색에 대한 거부감으로 인해 어머니의 젖꼭지까지 거부한다. 어린아이의 원초적인 본능조차 보라색이 주는 공포로 인해 억압된다. 보라색은 어둠이고, 이 어둠은 곧 아버지의 죽음으로 이어진다. 붉은색은 아버지의 죽음뿐 아니라 '나'와 가족들을 죽음으로 몰아넣는 색깔이다.

『노을』에서 붉은색의 이미지는 백정인 아버지의 상징이다. 아버지는 몸이 약한 '나'를 강하게 만들어준다는 이유로 억지로 소 피를 먹이려 한다. 아버지는 이를 말리려는 어머니를 폭행하여 어머니는 외가로 피신하게 되고, '나'와 동생은 졸지에 엄마 없는 신세로 전락한다. 또 가족들을 돌보지 않는 아버지의 무책임으로 인해 '나'와 동생은 "부잣집 밥을 먹듯이 밥을 굶는" 신세가 되고 만다.

그런 아버지가 어느 날부터 좌익으로 알려진 사람들과 어울리게 되고, 그 사람들과 함께 폭동을 일으키려고 모의하고 있다는 것을 알게 된 '나'는 공포에 시달리게 된다. 마침내 아버지는 좌익 세력들과 모의하여 폭동을 일으키고 마을의 관공서를 점령하게 되는데, 이때 '나'에게 가장 큰 공포를 일으킨 장면은 도살장에서 본 사람들의 붉은 피의 이미지다.

얼굴을 핏물로 뒤집어써 누군지 알아볼 수도 없는 시체가 서까래에서 내리어진 동아줄에 거꾸로 매달려 있었다. 여기저기 칼자국이 난 벌거벗은 알몸이 꼭 푸줏간의 갈고리에 매달린 육괴 같았다. 죽창이 목을 치고 나갔는지 복숭아뼈에서는 아직도 끈적한 피가 줄을 잇고 있었고, 늘어진 두 팔을 타고 뚝뚝 떨어지는 피와 합쳐 땅바닥은 온통 피바다였다.(270쪽)

붉은색은 오래전부터 생명의 상징이었다. 피는 성경에서도 생명의 상징이므로 먹는 것을 금하고 있다.[12] 따라서 피를 흘리는 것이나 피를 보는 것이야말로 생명을 잃는 것에 해당하는 공포를 야기한다. 피가 무서운 이유는 그것이 곧 생명이라는 이미지를 가지고 있고, 그것을 흘리게 되면 생명을 잃기 때문이다.

'나'에게 도살장의 풍경보다 더한 공포는 동생을 찾아 집으로 잠입하여 폭동을 모의하던 현장을 우연히 목격하고, 그것이 발각되었을 때 찾아온다. 여기에서 '나'는 아버지의 매질로 죽음의 공포를 경험한다. 그것은 아버지에 의해 살해 위협을 받는 장면이다. 그것은 전형적인 '오이디푸스콤플렉스'를 보여준다. 프로이트는 아버지를 살해하고, 어머니와 결합하려는 어린이의 원초적인 본능을 일컬어 '오이디푸스콤플렉스'라고 명명한 바 있는데, 어린 소년이 아버지의 폭력에서 죽음의 위협을 느끼는 것은 이런 원초적인 공포를 보여준다.

『노을』은 이런 붉은색이 가진 죽음의 공포 또는 '레드 콤플렉스'를 벗어나는 과정을 보여준다. 그것은 곧 아버지에 대한 기억을 다시 재구성함으로써 가능했다. 아버지를 용서하지 않고는 붉은색이 지니고 있는 생명의 위협과 그로 인한 공포를 벗어날 수 없기 때문이다.

성인 화자는 아버지가 어렸을 적 아버지가 자신에게 억지로 소 피를 먹이려는 것을 폭력적이고 독선적이며 가부장적인 아버지로만 기억하는 것은 아니다. 아버지는 아들에게 소 피를 먹이려는 이유를 "몸이 부지깽이 같을수록 피를 마셔야" 하기 때문이라고 주장한다. 아버지는 아들이 건강하게 자라기를 바랐던 것이다. 아버지는 '나'와 어린 동생이 유일하게 기댈 수밖에 없는 혈육이고, 그가 없이는 어린 형제의 목숨도 보장할 수 없었다. 이것은 '나'와 아버지가 함께 목욕하는 장면에서 잘 드러난다.

---

12) 「레위기」 17장 10~12절.

나는 아버지의 등에 붙어 앉았다. 아버지의 등판에는 여자의 알몸이 문신으로 새겨져 있었다. '成功'이란 글자도 파놓고 있었다. 나는 아버지의 넓은 등판을 밀기 시작했다. 미끄러워 손끝이 헛놀았으나 기분이 좋았다. 이럴 때 나는 겨우 피붙이로서의 아버지를 확인하는 셈이었다. 엄마가 없는 지금은 이 등판이 갑득이와 내가 기댈 수 있는 유일한 남의 살임을 믿게 되는 것이다.(38~39쪽)

이 장면은 아버지가 어머니를 폭행하고, 어머니를 외가로 쫓아냈을 뿐 아니라 성적으로나 도덕적으로 문란한 삶을 살았다고 하더라도 특히 좌익 세력에 가담하여 폭동을 일으킨 반역자라고 하더라도 결국은 자신과 아버지가 부자지간으로 묶여 있다는 강렬한 혈연의식이 드러나 있다. 어린 소년이 유일하게 기댈 수 있는 대상은 아버지 외에는 없었다. 이런 혈연의식은 남북분단의 현실을 상징하는 것으로 볼 수 있다. 남북은 이념과 정치체제가 다르지만, 한민족이라는 점에서 혈연으로 묶인 가족이나 형제와 같다. 혈연관계는 서로 다른 생각을 가지고 있다거나 도덕적 윤리적으로 문제가 있다고 해서 결코 끊어지지 않는다.

아버지가 좌익 세력들이 폭동을 모의하는 것을 목격한 '나'를 죽이려고 했던 것도 사실은 아들을 보호하기 위한 아버지의 배려인 것으로 기억된다. 아버지는 폭동이 실패로 돌아간 뒤에 삼촌 집을 찾아와 보리쌀을 얻고, '나'와 주신례 선생님을 데리고 월북을 시도한다. 이때 폭동을 모의하는 것을 들었던 '나'를 때린 것에 대해 아버지는 '나'에게 용서를 구한다. 아버지가 용서를 구하는 것에 대해 '나'는 "아버지가 지은 모든 죄를 용서해주"리라고 다짐한다. 그 말고는 어느 누구도 '나'에게 아버지가 될 수 없기 때문이다.(299쪽) 아버지의 살해 위협을 받던 소년이 그 위협에서 벗어난 뒤에 아버지를 회상하고 기억하는 가운데 소년은 아버지가 자신

을 살해하려 했던 것이 아니라 자신을 살리기 위해 살해의 제스처를 취했던 것임을 깨닫게 된 것이다.[13]

마지막으로 아버지가 '나'와 함께 월북을 시도하려는 장면에서도 성인 화자는 아버지에 대한 기억을 재구성하고 있다. 성인 화자는 자신을 업둥이로 만들기 위해 아버지에 대한 기억을 재구성하는 것이다. 그의 아버지는 백정이었고, 아버지의 역할을 하지 못하고 좌익 폭동을 일으킨 뒤에 죽었지만, 여전히 그는 아버지를 위대한 아버지로 기억하려는 경향을 보인다. 아버지는 '나'를 이북으로 데리고 가서 장태문 선생님이나 배도수와 같이 "북조선에서 정말 씩씩한 혁명가로 키우"고 싶었던 것이다. 그렇다면 아버지는 일신의 영달이 아니라 아들을 위대한 인물로 만들기 위해 좌익에 가담했던 것이다.

3. 수미상관의 플롯에 나타난 통일 의지

『노을』은 시간과 공간에 있어서 격자의 구조를 지니고 있을 뿐 아니라 플롯구조상에서도 처음과 끝이 대응되고 있다. 소설의 초반부에 제시된 장면이 후반부에서 반복되고 있고, 초반부에 제시된 사건은 후반부에 제시된 사건과 밀접한 관련을 맺고 있다. 처음과 끝에 나타난 노을의 묘사가 대응되고, 소설의 초반부에서 일어난 좌파 사상을 담은 출판물로 인해 고초를 겪은 사건과 소설의 말미에서 배도수와 장태문의 모친인 물금댁

---

13) 황보경, 「정신분석적 문학비평 : 비판적 거리두기를 통한 성찰과 상호텍스트 창조」, 『영미어문학』 85, 2007, 73쪽. 작가는 과거를 회상할 때, 단순히 회고적 퇴행을 하는 것이 아니라, 새로운 경험을 창조해내기 위한 전진의 운동으로 과거를 불러낸다. 그렇다면, 『노을』의 작가는 아버지를 원망하거나 미워하기 위해서가 아니라 아버지를 용서하고, 아버지의 자리를 복원하고, 그를 통해 자기 안에 있는 상처를 치유하기 위해 과거를 회상하는 것이다.

을 만나는 장면은 서로 대응되고 있다.

"그래. 나는 내 아들 만낼 때가지 살라고 새북마다 정한수 떠다 놓고 칠성님께 빈다. 이날 입때까지 하루도 걸러본 적이 없데이. 내 아들 태문이가 살아돌아올 때까지 나는 눈 몬 감는다. 절대로 몬 감고 말고." 물금댁은 그물진 주름을 타고 양 뺨으로 흘러내리는 찌러그레한 눈물을 훔쳤다. 낙엽같이 깡마른 손이 힘에 넘쳐 푸들푸들 떨렸다.

"제 어머님이 그 시절의 화제를 묵비권으로 넘겨짚는다면 이 할머님은 지나친 다변이지예. 하루 식사가 고양이 묵는 양보다도 더 적은데 이렇게 기억력도 좋고 정정하신 이유는 바로 저 집념입니다. 아들을 다시는 만나지 못할 것이라는 부정적인 절망이 아니라, 반드시 만나겠다고 스물아홉 해를 하루같이 산 긍정적인 저 바램…… 선생님, 그렇게 생각지 않습니껴?"(323쪽)

성인인 갑수가 월북한 장태문 선생님의 모친인 물금댁을 만나는 장면은 억지스럽고 다소 돌출적인 인상을 준다. 그녀가 '통일 할머니'로 등장한 것은 소설의 전개상 다소 낯설고 엉뚱해 보인다. 그런 이유로 이 장면은 작가의식을 비교적 뚜렷하게 드러냈다고 하겠다. 작가는 『노을』을 통해 남북통일과 화합의 문제를 다루기를 원했던 것이다. 물금댁을 만나는 장면을 소설 후반부에 배치하기 위해 소설의 서두에는 성인인 '나'가 통일의 필요성을 몸소 체험한 사건을 배치하고 있다. 이 두 가지 사건으로 인해 통일의 문제가 이산가족의 재회와 같은 인도적인 차원에서만이 아니라 사상적인 면에서도 개인들의 삶에서 절실한 문제임이 드러난다.

후반부와 대응되는 전반부의 사건은 출판사에 근무하는 성인 화자의 삶터에서 사상적, 역사적인 왜곡이 발생하는 것이다. '나'는 삼촌의 부음을 듣고 회사에 휴가를 청원하고, 자신이 맡은 업무를 다른 사람들에게 맡기면서 출판물에서 좌익 사상을 빼야 한다는 주의를 단단히 준다.

　"72년 중공 방문 있잖아요. 그때 말로와 모택동과의 면담 부분은 잘 검토해봐요. 원문에 충실한다고 마르크시즘이니, 모사상이니, 계급투쟁이니 뭐니 하는 대목을 그대로 살렸담 빼버리도록 합시다. 역자한테는 시골 갔다 온 후 제가 양해를 구할 테니깐요." 내가 서과장에게 말했다.
　"지난번에 역자를 만났을 때 1920년의 상해혁명 회상기와 1970년 중공 방문 부분에는 약간 손질을 좀 했답니다."(21쪽)

　'나'는 앙드레 말로의 회상록을 번역하는 과정에서 좌익 세력이나 좌파 사상과 관련된 부분은 빼거나 바꿀 것을 지시한다. 이에 대해 직원은 이미 역자가 그 부분은 '손질'을 했다고 대답한다. 이것은 단순히 1970년대 말의 사상 검열이나 사상적인 억압을 묘사하는 것을 넘어서 분단으로 인해 좌익 이념이나 좌익과 관련된 지식에 왜곡이 일어나는 것을 보여주고 있다. 앙드레 말로가 쓴 회상록에서 좌익 사상이나 사회주의국가를 방문한 사건들이 빠지거나 왜곡되었다. 이처럼 반공을 국시로 하는 분단국가에서 좌파와 관련된 내용은 언급되거나 노출돼서는 안 되는 금기였다.
　남북분단의 현실을 생활 속에서 체험한 또다른 사건은 이십팔 년 전 좌익 폭동을 주도했던 배도수가 '나'가 근무하는 출판사를 찾아온 일이었다. 배도수는 전향을 하게 된 과정을 설명하고, 일본 민단의 부단장의 아들인 진필제의 원고를 책으로 내달라는 부탁을 한다. 책의 내용은 "일제시대 일본에 머물던 조선 지식인의 항일운동"이라고 했다. 이 일로 인해 '나'는 형사에게 연행되었다가 중년 남자에게 인계되어 진필제를 만난 과정과 그의 원고를 받은 과정에 대해 낱낱이 말하고 그것을 여덟 장의 글로 서술한다. 형사는 남한의 국시는 "자유민주주의요, 제 이의 목표가 반공"이라고 주장한다. '나'는 아침에 경찰서에 불려가 오후 여섯시가 되어 풀려난다. 진필제는 "우리 쪽의 의도와 달리 폭력혁명만이 민족통일의 지름길임을 신봉"하는 좌파 지식인이었다. 이 일은 남북의 분단상황이 개인의 삶과 밀접한 관련이 있을 수 있다는 것을 깨닫게 만들었다.

이데올로기란 무엇인가. 아버지의 세대와는 달리 그런 쪽과는 담을 쌓고 살려는 나에게까지 남북의 극단적인 대치상황이 그렇게 가깝게 영향력을 미칠 줄이야 미처 몰랐던 것이다. 서로 책상 하나를 가운데 두고 설왕설래를 하는 정전 회담의 장면을 텔레비전이나 신문에서 더러 볼 때는 남의 일같이만 여겨졌던 분단의 아픔이, 현실로서 나의 와해된 의식을 새로이 휘저을 줄 나 역시 미처 예측조차 하지 못한 일이었다.(119~120쪽)

배도수와 진필제를 만난 일로 경찰서에 불려가 하루종일 심문을 당한 사건은 '나'에게 분단의 현실을 깨닫게 하고, 그것이 언제든지 개인의 일상을 침범하여 개인과 가족들의 삶을 파괴할 수 있다는 것을 알려주었다. 경찰서에 불려가 심문을 받은 이 사건은 전체 7장 중 3장의 절반을 차지하는 긴 이야기로 서술되고 있다. 이 사건으로 인해 아내는 '나'에게 고향으로 내려가더라도 배도수를 만나지 말라고 신신당부를 하였다. 그렇지만 '나'는 고추대장의 유복자 치모의 간청으로 배도수를 만나게 되고, 연이어 장태문 선생님의 모친인 물금댁을 만난다. 배도수를 만나는 것은 아내의 금기를 깨는 것이고, '레드 콤플렉스'에서 벗어나는 것이다. 또한 남북통일을 이루기 위해서는 좌파에 대한 거부감을 극복하고, 사상의 자유를 획득해야 한다. 이처럼 소설의 서두에 나타난 두 사건은 소설 말미에서 물금댁이 '통일 할머니'로 등장하는 것과 대응되고 있다.

좌파 이데올로기에 대한 아버지의 이해는 간단하고 명료하다. 소설에 등장하는 좌파들은 학교 선생님이거나 면서기 들인데, 이들은 백정인 아버지를 '동무'로 대하고, 그를 인간으로 대접하고 있다. 이에 아버지는 그들과 어울리면서 자신의 삶이 완전히 변할 것으로 기대했다. 성인인 '나'의 기억 속에 있는 좌익 세력들 역시 혐오스럽거나 공포스런 존재가 아니다. '나'의 기억 속에 있는 좌익 세력들은 인간적이고, 심지어 매력적이기까지 하다. 진영에서 폭동이 일어나기 전에 두 명의 청년들이 악기를 가지고 방문하여 마을 사람들에게 글을 가르쳐주고, 일제시대 항일운동을 하던 이야기를 해준다. 그들은 바이올린과 손북을 울리며 동네에 나타난 "전문학교나 대학에 다니는 학생이 아니면, 군청과 같은 관청에서 나온 관리"처럼 보이는 엘리트였다. 이들은 '애국청년 봉사단 단원'으로 여름방학을 맞이하여 주민들에게 '조선 글'을 가르치기 위해 온 사람들이었다. 아버지는 '나'와 동생에게 그들이 가르치는 수업을 꼭 들으라고 한다. 이들은 나중에 폭동에 가담한 좌파들이었다.

또한 『노을』에서 주신례 선생님은 좌파 인물은 아니지만 좌파 인물의 대표 격인 장태문 선생님의 애인이었고, 장태문을 따라 월북했다. 그녀는 "흰 살결에 오똑한 콧날하며, 읍내에서는 빠지지 않는 얼굴"에 학생들에게 존댓말을 쓰는 스물한 살의 아름다운 여성으로, '나'로서는 백정인 아버지가 관심을 보이는 것조차 허락할 수 없었다. 이처럼 '나'가 어린 시절에 만난 좌익 인물들은 부정적이기보다는 긍정적인 인물들로 기억되고 있다. 『노을』에 등장하는 대부분의 인물들이 좌파 인물이고, 아버지를 제외하고는 긍정적으로 그려진다.[14] 좌익과 우익에 대한 어린이들의 대화는 이 소설의 주제의식과 연결되어 있다.

---

14) 양진오, 같은 글, 283쪽.

"빨갱이가 도대체 누군공? 눈이나 코가 빨간 사람잉가?" 갑득이가 나를 쳐다보았다.

"미국 핀을 드는 쪽은 우익이고 쏘런 핀을 드는 쪽을 좌익이라 카는데, 그 사람들은 좌익이다. 김일성이가 그들 두목이지러. 그런데 그 사람들도 보통 사람하고 똑같은 기라. 그래서 얼른 보모 판별을 몬하지러." 나는 꽁뜰이가 보란 듯 선생 흉내를 내어 말했다. 후딱 아버지가 떠올랐다. 장선생과 배도수씨와 고추대장 이중달씨의 얼굴도 눈앞을 스쳤다. 그들을 어떻게 보통 사람과 구별할 수 있으랴. 다들 눈 코 입이 달린 사람들인데.(136쪽)

'나'의 어린 시절을 지배했던 아버지와 뜻을 같이했던 사람들은 '보통 사람하고 똑같은' 사람들이고, 그들은 결코 피를 좋아하거나 사람 피를 마시는 악마가 아니라는 것을 '나'는 이미 알고 있었다. 이처럼 '나'가 어린 시절에 만난 좌파 인물들은 다른 친구들이 상상하듯이 '눈이나 코가 빨간 사람'도 아니고, "피를 좋아하"거나 피를 마시는 사람들이 아니라 보통 사람과 다르지 않은 사람들이었다. 어린 화자는 자신의 기억 속에서 좌익 인물들을 호출함으로써 대부분의 남한 사람들이 가지고 있는 레드 콤플렉스를 걷어내고 있다. 따라서 장태문과 주신례 선생님이 아버지를 의식화시킨 '빨갱이'이자 빨갱이의 연인이라는 사실은 노을로 대표되는 '레드 콤플렉스'를 극복하려는 의지를 보여준다.

이 소설에서 레드 콤플렉스를 극복하려는 것은 분단의 문제와 직접적으로 연결되어 있다. 1948년 남한단독정부가 수립되고 이듬해 북한에서 김일성정부가 들어서면서 한반도는 두 나라로 나뉘었고, 분단은 곧이어 전쟁으로 이어졌다. 남북분단은 지금도 우리를 괴롭히고 있는 문제다. 출판사 직원인 '나'의 입장에서는 이 문제가 해결되지 않고서는 진정한 사상의 자유를 얻을 수 없다. 사람을 만나는 것조차 자유롭지 않다. 좌파 사상으로 상상하는 것조차 불가능하다. 따라서 레드 콤플렉스는 진실을 은폐하고 사유를 왜곡하는 근본적인 문제이다. 진정한 자유를 얻고 통일을 이루기 위해서는 남한사회에 팽배해 있는 레드 콤플렉스를 걷어내고, 좌익 이념에 붙어 있는 죽음의 공포를 제거하는 것이 급선무다.

4. 결론

이 글은 김원일의 『노을』이 남한사회의 '레드 콤플렉스'를 드러내고 이를 극복하고자 하는 과정을 추적하는 데 목표를 두었다. 이 소설은 아버지를 좌익 폭동을 일으킨 주범이 아니라 아들을 건강하게 키워 장차 이 사회를 이끌어갈 지도자를 키우고자 했던 아버지로 환기함으로써 아버지의 자리를 복원하고 있다. 특히 아버지는 '나'를 죽이려 했던 것이 아니라 어린 '나'를 월북시켜 혁명가나 '인민의 영웅'으로 키우려고 했다고 서술함으로써 아버지의 사랑을 복원하고 있다.

또한 이 소설은 소설의 서두와 결말이 대응되는 구조로 되어 있어, 분단의 문제가 해결되지 않고서는 이산가족의 문제가 해결되지 않을 뿐 아니라 남한사회에서 사상의 자유가 주어지지 않고, 그런 이유로 인해 지식의 왜곡이 일어날 뿐 아니라 개개인의 삶에서는 지속적인 억압이 발생하게 된다고 경고한다. '나'는 좌파 지식인의 책을 출판하려 했다는 이유로 경찰서에 불려가 하루종일 취조를 받으면서 분단의 현실이 소시민들의 삶까지 뒤흔들 수 있다는 것을 깨닫는다. 성인 김갑수가 아내의 경고를 무시하고, 전향한 사회주의자 배도수와 '통일 할머니' 물금댁을 만난 사건은 초반부에서 제시된 진실의 왜곡과 출판 표현의 억압과 대응된다. 작가는 서사의 서두와 말미를 대응시킴으로써 남한의 사상의 자유와 분단의 문제를 정교하여 연결하였다. 이처럼 『노을』은 분단을 넘어 통일이 필요한 이유를 제시함으로써 반공 이데올로기나 좌파 이념에 붙어 있는 레드 콤플렉스를 극복할 것을 요구하고 있다.

유신체제의 남성성과 오정희 문학의 여성성
― 오정희의 초기 단편소설을 중심으로

김민정

1. 문제제기

　1970년대는 유신정권에 의한 자유의 억압, 그리고 급속한 경제성장에서 비롯된 계층 간 분화와 갈등의 심화로 인해 사회적으로 매우 혼란했던 시기이다. 이러한 시대상황에서 1970년대 한국문학은 현실비판적 리얼리즘 소설이 주류를 이루고 역사소설이 다시 본격적으로 등장하는 등 치열한 산문정신을 담아낸 소설 장르가 지배적인 경향을 보이면서, 질적으로나 양적으로나 괄목할 만한 성장을 거두었다. 이와 같은 사회적, 문학적 흐름 속에서 작가 오정희는 1968년 등단한 이래 줄곧 특정 집단이나 문학적 부류에 귀속되기보다 자신만의 독자적인 문학세계를 가진 작가로 인정받아왔다. 무엇보다도 그의 소설은 섬세한 감각과 시적인 문체를 통해 내면적 욕망의 징후와 일상의 균열을 포착해내는 데 한국 단편소설사의 한 전범을 이루어냈다고 평가할 만하다.

　오정희 문학에 대한 기존 연구는, 그가 과작(寡作)의 작가임에도 불구하고 다양한 관점에서 꾸준히 진행돼왔다. 첫 소설집인 『불의 강』(1977)

을 출간하고, 「저녁의 게임」(1979)으로 이상문학상을 수상한 이후 두번째 소설집 『유년의 뜰』(1981)을 세상에 내놓으면서 오정희는 평단의 많은 관심을 받았는데, 당시에는 그의 초기 문학에 나타난 주제 및 작가의식을 주목하는 이가 대부분이었다. 가령 자아와 세계의 단절, 비극적 세계인식, 비정상성의 모티프, 죽음에 대한 친화성 등의 주제가 이목을 끌었는바, 이에 대해 일각에서는 현실에 대한 객관적 인식의 부족과 사회적 전망의 부재를 지적하며 그의 소설에 대해 부정적인 평가를 내리기도 하였다. 그리고 세번째 소설집인 『바람의 넋』(1986) 출간 이후로는 기법, 문체, 구조 등을 분석한 형식미학적 측면에서의 연구도 활발하게 이루어졌다. 특히 회상적 서술양식, 시공간성, 시점과 이미지 등의 분석을 통해 작품의 미학적 특징에 대한 관심으로 이어지면서 오정희 문학의 연구 영역은 한층 더 확장되었다. 여기서 더 나아가, 1990년을 전후하면서부터 작품활동이 주춤했던 오정희가 근 오 년 만에 「옛우물」(1994)을 발표하고 네번째 소설집 『불꽃놀이』(1995)를 내놓으면서 그의 문학에 대한 연구는 페미니즘적 시각에 집중되는 경향을 보였는바, 성·육체·모성과 같은 문제는 그의 소설 속 여성 작중인물의 성적 정체성의 형성을 탐색해나가는 데 중요한 계기가 되었다. 특히 오정희 문학과 페미니즘 간의 관련성에 대한 관심은 1990년대 문단의 새로운 흐름의 반영이기도 하면서, 작가 오정희가 그간 유년기 여아의 성장과정이나 가부장적 일상에서의 중산층 여성의 일탈 욕망, 그리고 여성으로서의 삶에서 비롯되는 모성의 문제 등을 주로 다루어왔기 때문이기도 했다.

1970년대 오정희 소설을 논하는 이 글에서는 페미니즘적 입장의 기존 문제의식에서 한 걸음 더 나아가고자 정신분석학적 관점에서 여성성의 문제를 사유해보고자 한다. 정신분석학적 관점은 인간의 성차를 설명해내는 이분법적 대항담론인 생물학적 본질주의와 사회역사적 구성주의 중 그 어느 쪽으로도 환원되지 않는다는 점에서, 오정희 문학의 여성성의 문제를 바라보는 그간의 입장이 노정시킨 한계를 극복할 수 있게 해준다. 다시 말해서 기존 논의에서는 오정희 소설에 등장하는 여성 인물들의 내면과 행위가 주로 산업화를 배경으로 한 근대성 담론이나 현실의 남성중심적 권력구조에 대한 반응으로 해석돼왔는데, 이러한 해석의 일면성[1]은 주체(인물)의 성적 정체성이 담론이나 권력관계에 의해 구성된다는 기본 관점에서 비롯되었다고 할 수 있다. 예컨대 1970년대 발표된 그의 초기 소설에 자주 등장하는 '불임' '유산' '낙태'와 같은 모티프를 모성의 부재나 결핍에서 기인한 것으로 독해함으로써 모성에 대한 이분법적 해석 혹은 본질주의적 모성으로의 회귀라는 한계를 드러내기도 하였다. 이에 필자는 라캉이 정신분석학적 성차 이론을 통해 규명해낸 '여성성'이 문학과 정치의 상관성을 재고할 수 있는 유의미한 근거가 된다는 판단 아래, 오정희 문학의 여성성과 그것이 갖는 당대 정치적 함의를 논의해보고자 한다. 이를 위해 먼저 오정희가 본격적으로 작품활동을 시작한 1970년대 당시의 유신체제를 분석하고 그것이 갖는 남성성과 전체주의적 성격을 밝히는 데서 논의를 시작해보도록 하겠다.

2. '예외상태'로서의 유신체제와 남성적 향유방식

1972년 개헌된 10월 유신헌법은 말 그대로 헌법은 헌법이되, 국민주권·권력분립·기본권 존중 등 민주주의의 원칙을 위배한, 그야말로 '초헌법적' 내용을 담고 있었다. 개정 당시 국가는 유신헌법을 통해 '조국의 평화적 통일 지향, 민주주의 토착화, 실질적인 경제적 평등'을 이룰 것을 약

---

1) 이 글에서 사회구성주의적 관점을 '일면성'이라 지적한 것은, 인간의 몸은 사회적 구성의 흔적뿐 아니라 구성에 저항하는 흔적도 동시에 갖고 있다고 보기 때문이다.

속했으나, 사실상 유신헌법은 대통령의 권한을 무제한적으로 확대함으로써 박정희의 독재와 장기집권을 가능하게 한 헌법으로서, 명시적인 법을 위반하는 내부적 구성요소, 즉 초헌법적이고 위헌적인 긴급조치를 일상화함으로써 지탱되는 것이었다. 유신헌법상의 구체적인 내용을 보더라도 '긴급조치'를 통해 "헌법상의 국민의 자유와 권리를 잠정적으로 정지할 수 있도록" 되어 있고, 이때 긴급조치는 "사법적 심사의 대상이 되지 않는다"(헌법 제 53조)고 명시되어 있으며, 게다가 "이 헌법의 제정과정에 대해 제소하거나 이의를 제기할 수 없다"는 부칙까지 포함되어 있어 그것의 '초헌법성'을 확인하기란 어렵지 않다. 실제로 유신정권은 총 아홉 번이나 긴급조치를 공포하여 절차적 민주주의의 정지상태, 삼권분립원칙의 노골적 위반, 법의 이름을 빌린 사실상의 테러정치, 엄격한 국민감시체제 등을 현실화시켰다.

이와 같이 1970년대를 장악한 유신체제는 박정희가 지닌 주권자로서의 절대적 권한을 통해 예외적 조치를 취함으로써 당시 주권권력의 역설적 구조와 양면적 특징을 여실히 보여주었다. 여기서 '주권권력'이란 긴급상태나 비상사태를 선포하여 법의 효력을 정지시키는 방식으로 '예외상태'를 결정할 수 있는 주권자의 권한을 의미한다.[2] 주권이 국가의 안녕과 질서를 위한다는 명목을 내세워 비상사태를 선포하는 경우에 시민의 권리와 자유를 보호하는 법은 그 효력이 정지되는데, 이런 예외상태에선 기존의 법을 대신하는 주권자의 명령이 새로운 규범이 된다. 결국 법질서를 통해 권력을 유지하기 위해서 그 법과 권력은 외설적, 폭력적 이면에 의해 보완되지 않으면 안 된다는 모순적인 방식이 바로 유신체제의 본질인 것이다. 요컨대 공식적인 법과, 그것을 위반하면서 동시에 보완해주는

---

2) 조르조 아감벤, 『호모 사케르』, 박진우 옮김, 새물결, 2008, 60쪽.

비공식적인 법, 이 양자는 상징적인 질서를 떠받쳐주는 두 개의 기둥이라 할 수 있다.

그런데 실제 국가권력(법)의 이러한 양면성은 라캉 정신분석학의 권력 개념과 긴밀한 관련성을 갖는다. 즉, 정신분석학의 관점에서 본 권력의 구조 역시 공식적 명문법과 외설적 초자아의 불문율로 분열되어 있는 것이다. 공식적 법의 차원에서 국가권력은 국민에게 봉사하고 그들로부터 견제와 통제를 받아야 하지만, 초자아의 차원에서 공식적 법은 권력의 무조건적 실행이라는 외설적인 법의 이면에 의해 보충되어야 한다. 왜냐하면 주체들이 법으로부터 무의미(non-sense)하고 맹목적인 절대명령을 들을 때에만 법의 권위는 유지될 수 있기 때문이다.[3] 그런데, 권력과 법의 이러한 양면성, 그리고 이에 상응하는 정신분석학적 관점에서의 권력의 분열 양상은 라캉이 제시한 성 구분(sexuation) 공식[4]에서의 남성적 구조와 일맥상통한다. 그럼 라캉의 성 구분 도식에 의한 남성성의 논리를 상징적 질서와의 연관 속에서 간단히 논의하면 다음과 같다.

정신분석학적 의미에서의 남성 주체는 누구나 법과 규범의 상징질서에 전적으로 종속됨으로써 언어의 질서를 통해 자신의 존재성을 획득하게 된다. 여기서 상징계란 '기의를 갖지 않은 기표'의 연쇄에 의해서 구조화된 언어의 질서에 다름아니므로 남성은 내부적인 결핍과 분열로 인해 늘 부유하고 불안에 시달리는 불완전한 존재일 수밖에 없다. 요컨대 상징적 질서의 불완전함으로 인해 주체의 결핍과 분열은 불가피한 것이다. 그런데 문제는, 남성이 자신의 결핍과 모순을 인정하기보다 그 내부의 불완전함

---

3) 토니 마이어스, 『누가 슬라보예 지젝을 미워하는가』, 박정수 옮김, 앨피, 2005, 253쪽.

4) 홍준기, 「라캉의 성적 주체 개념」, 『라캉과 현대정신분석』 제1권 제1호, 1999, 282~288쪽. 여기서 남성, 여성은 생물학적 성(性)과는 무관한 범주로서, 인식과 실천의 논리적 구조에 관한 개념이다.

을 은폐하기 위해서 모순과 분열로 점철된 불완전한 '비전체'에 '환상'을 부여한다는 점이다. 구체적으로 말하자면, 조화롭고 정합적인, 그래서 더 이상 변화가 불가능한 완성된 전체를 추구하기 위해 전지전능자 혹은 예외적 인물이 되고자 하는 환상을 갖는다는 것이다. 따라서 정신분석학적 의미에서의 남성 주체는 누구나 법과 규범의 상징질서에 전적으로 예속됨으로써 분열과 결핍을 지니게 되는 존재이면서, 동시에 이러한 상태를 초월하거나 거세 이전의 원초적 상태를 복원하려는 불가능한 꿈을 꾸는 모순된 존재라 할 수 있다. 라캉은 이러한 존재방식을 남성적 향유라 하였는데, 이는 곧 예외적 인물이 되어서라도 완벽한 향유를 누리고자 하는 환상에서 비롯된 향유방식을 가리킨다.

1970년대 유신헌법은 법을 위반하는 내부적 구성요소를 합법화하고 그것을 일상화함으로써[5] 주권권력의 전형적인 구조와 특성을 대변하였다. 이는 법과 위반의 폐쇄적인 원환구조에 의존해 있으며, 보편성과 그 구성적 예외로 이루어진 닫힌집합을 이루고 있다는 점에서 권위주의적이고 전체주의적인 남성적 구조를 의미한다. 또한 "언제나 이미 사회는 분열돼"[6] 있는 존재임에도 불구하고 유신체제는 순수한 전체(All)에 대한 열망을 실현하고자 남성적 향유를 추구하였다. 이를 위해 무조건적인 절대권한을 가진 예외적 존재를 치외법권적인 독재자로 내세워 합리적인 법에 대한 무제한적인 위반을 허용하였고, 이 과정에서 반유신은 곧 반국가로 간주되어 단순히 정권을 비판하는 발언과 행위는 물론, 자신의 기본적인 생존권에 대한 최소한의 주장마저도 체제비판적인 것으로 처벌되었

---

5) 유신체제 아래 긴급조치 1호에서 8호까지의 모든 조항을 집대성한 9호가 유지되었던 사년 칠 개월간은 명령이 법의 역할을 대신함으로써, 아감벤이 정의한 '예외상태'가 일상화되는 양상을 전형적으로 보여주었다.

6) 슬라보예 지젝, 『이데올로기라는 숭고한 대상』, 이수련 옮김, 인간사랑, 2002, 122쪽.

다. 한마디로, 1970년대 유신체제는 남성적 구조 및 전체주의적 속성을 가진 것으로 요약된다.

3. 실재의 세계와 오정희 문학의 여성성

오정희는, 1970년대에 발표된 소설에 대해 세인들이 응당 기대할 만한 계급 모순이나 분단상황 같은 사회적 문제를 전면화하여 다루지 않았다. 그 대신 작가는 "단조롭고 작은 일상적 공간일지라도 제 나름대로는 바닷물을 끌어당기는 달의 인력처럼 강력한 흡인력으로 내면화시켜"[7]내고, 일상 공간의 이면적 세계를 투시하고 논리적으로 이해하기 어려운 낯선 욕망에 설명되지 않는 방식으로 끌리는 인물들을 그려내었다. 특히, 일상의 현실에서 실현되기 어렵지만, 그렇다고 포기되지 않는 욕망의 문제를 '몸(body)'과 '성(sexuality)'과 '무의식(unconsciousness)'을 통해 자주 드러내었다. 그의 첫번째 소설집인 『불의 강』(1977)에 수록된 초기 소설이 주로 불임, 낙태, 혼외정사, 동성애 등의 모티프를 다루었다는 것은 그 방증이라 할 수 있다.

이 글에서 견지하고 있는 정신분석학적 관점에서 인간의 '몸'과 '무의식'과 '성'은 인간이 상징질서에 진입하면서 형성되긴 하지만, 상징적 질서를 초과하는 잉여(excess)의 흔적이자 상징계의 불가능성을 드러내는 내적모순이기도 하다. 프로이트식으로 말하자면, 이것은 인간이 문명세계로 들어가면서 치러야 하는 대가이자 문명이 부여해주는 상징적 정체성에 안주하지 못하는, 문명에 대한 근본적인 '불만'이고, 또한 라캉의 언어로 말하자면 주체가 타자의 세계인 상징계로 들어가면서 억압해야 했

---

7) 오정희·우찬제, 『오정희 깊이 읽기』, 문학과지성사, 2007, 29쪽.

지만 결코 완전히 억압되지 않은 채 되돌아오는 어떤 것이다.[8] 라캉은 상징계의 구조적 불가능성과 균열에서 비롯된 이 잉여를 '실재(the real)'라 했는데, 인간의 '성'과 '몸'과 '무의식'이 바로 상징적 차원을 내재적으로 넘어서는 실재적 차원에 해당하는 것이다. 오정희 소설에서 이것은 마치 "물탱크에서 뚜렷한 틈도 보이지 않으면서 늘 조금씩 물이 흘러내려 벽에 더러운 얼룩"[9]을 만드는 것처럼, 견고해 보이는 일상의 미세한 틈 사이로 조금씩 분출되고 일상의 얼룩을 만들어낸다. 이와 같이 내면의 균열과 일상의 얼룩으로 표상되는 실재적 욕망의 귀환은 오정희 문학을 이해하는 데 있어 피해갈 수 없는 부분임에 틀림없다.

특히 이 '실재'의 영역은 정신분석학적 관점에서 '성차'가 갈리는 지점이기에 이 글의 관점에서 매우 중요하다. 정신분석학적 의미의 주체는 라캉이 대타자의 세계라 부른 상징계(the symbolic)의 호출에 응답으로써 정체성(identity)을 갖는 존재가 아니라, 대타자가 부여하는 상징적 정체성이 실패함으로써 인간의 무의식적 욕망이 출현하는 지점에서 생겨나는 주체(subject)이다. 이러한 맥락에서 보자면 인간의 '성차(sexual difference)' 역시 본래 타고난 것도 아니지만, 그렇다고 상징계의 명령에 의해 구성되는 남성다움과 여성다움을 의미하는 것도 아니다. 즉 '성차'란 상징계가 여성과 남성을 달리 구성하여 생겨나는 성적 정체성이 아니라, 인간이 상징계로 진입하면서 상징화될 수 없는 성적 충동과 맺는 상이한 관계에 따라 발생하는 '실재(the real)'의 차원인 것이다. 이와 같이

---

8) 이명호, 「여자는 무엇을 원하는가?」, 『라캉과 현대정신분석』 제4권 제1호, 2002년 겨울호, 161쪽. 인간의 몸과 성욕은 담론에 의해 전적으로 구성되는 것이 아니며, 구성되지 않는 차원 혹은 구성이 '실패'하는 지점이 '필연적'으로 발생한다는 데 주목하고 이 실패한 지점이 성공한 부분보다 인간의 삶에서 더 중요하다고 보는 것이 정신분석의 급진적 정치성이라 할 수 있다.

9) 오정희, 『불의 강』, 문학과지성사, 1995, 9쪽.

권력과 담론의 구성에 저항함으로써 상징적 질서에 전적으로 동일시되기를 거부하는 실재의 차원에서 성차가 형성된다는 것은 어떠한 외적 통제와 조작에도 완전히 굴복하지 않는 인간의 무의식적 잉여의 차원을 인정한다는 의미이기도 하다.[10]

이미 앞장에서 살펴보았듯이, 성 구분 도식에서의 남성성은 상징적 질서가 필연적으로 지니게 되는 내부적 결핍을 인식하는 순간 조화로운 전체에 대한 불가능한 욕망을 채우기 위해 물신화된 착각 혹은 환상을 동원하여 결핍, 즉 실재의 영역을 은폐시킨다. 이 과정에서 남성 주체는 자신의 결핍을 보충하기 위해 스스로 예외적 인물로서의 독재자가 되려는 환상을 갖게 되며, 이때 상징적 질서의 불완전함을 은폐하기 위해 이데올로기적 환상을 활용함으로써 완전한 전체에 대한 욕망을 충족시키고자 한다. 그렇다면 정신분석학의 성 구분 도식에서 여성성은 무엇을 의미하는가?

자기 존재의 결여를 은폐하기 위해 예외를 특권화함으로써 '보편성'의 논리에 충실한 남성성과 달리, 여성성은 인간으로서 상징적 질서의 지배로부터 완전히 자유로울 수 없음에도 불구하고 상징적 질서와 자기 자신의 결핍을 인식한 후에도 그것을 가리려 하거나 예외적 존재로써 그것을 보충하려 하기는커녕, '비전체'로서의 상징계의 결핍과 분열을 있는 그대로 인정하고 그것에 '실재계의 대답'을 제공한다.[11] 이와 같이 여성이 어떤 예외성도 두지 않는다는 것은 달리 말하면, 예외 자체가 법칙이 됨으로써 모든 여성 각자가 특수한 개별자가 된다는 것이며, 동시에 스스로 여성이라는 보편적 범주로 전체화되지 않는다는 의미이다.[12] 이와 같이

---

10) 이명호, 같은 글, 165쪽.

11) 박찬부, 『라캉 : 재현과 그 불만』, 문학과지성사, 2006, 217~219쪽. 여기서 '실재계의 대답'이란 오정희 소설에서의 '몸'과 '성'과 '무의식'의 욕망의 표출에 다름아니다.

12) 이것이 페미니즘 진영으로부터 라캉이 줄곧 비판받아온 '여성은 존재하지 않는다'라는

정신분석학적 관점에서 본 여성과 남성은 생물학적으로 타고난 것도 아니고, 사회적으로 구성된 주체의 위치나 역할로 환원될 수 있는 것도 아닌, 상징계가 실패하는 두 가지 다른 방식, 다시 말해서 남자와 여자가 실재와 맺는 두 가지 다른 존재방식이라 할 수 있다.

이러한 맥락에서 오정희의 초기 소설들은 실재의 범주에 속하는 여성의 몸의 욕망을 드러냄으로써, 가부장적인 억압에 대한 수동적 반응이 아니라 오히려 상징적 질서에 기입된 여성성에 대한 급진적인 해체를 시도하며, 나아가 남성적 질서를 뛰어넘는 적극적인 저항의 의미를 갖게 된다. 예컨대, 그의 소설에 등장하는 성욕으로 충만한 몸, 일탈적인 성, 모성적 육체에 대한 부정적 인식, 태아 살해와 같은 파괴적 행위는 여성성 혹은 모성성에 덧씌워진 낭만적 신화를 낯설게 하고 새로운 여성성의 위치를 회복하려는 시도로 볼 수 있으며, 이러한 면모는 그의 데뷔작인 「완구점 여인」에서부터 두드러진다.

누가 먼저랄 것도 없이 입술을 맞대었다. 차지도 덥지도 않은, 그저 미적지근한 감촉이었다. 여인이 몹시 허덕였다. 나의 목을 끌어안으며 중얼거렸다. 아이를 낳은 적도 있어, 돈을 많이 벌어서 층계가 없는 집을 짓고 사는 게 소원이었는데, 그러나 나는 움직이지 않는 것들 틈에 살아, 스스로 움직이는 건 아무것도 없어. 여인은 자꾸 내게 밀착되어왔다.

나는 어둠 속에서 이불이 버석거리는 소리와 내 몸속에서 물살처럼 환히 열리는 관능의 움직임을 듣고 있었다.

진술의 실제 의미이다. 그리고 남성과 여성의 이러한 상이한 논리로 인해 '남성과 여성의 성관계는 없다'라는 명제 역시 설득력을 얻는다. 거세된 존재로서의 보편성을 획득하면서 절대적 향유를 포기한 남성과, 여성이라는 보편 범주 대신 각자 개별적 존재로 존재하면서 절대적 향유를 누릴 가능성이 있는 여성 간의 대등한 결합은 불가능하기 때문이다. 김석, 『에크리』, 살림, 2007, 218~220쪽.

여인과 나는 서로의 가슴을 밀착시켜서 팔딱거리는 심장의 고동을 또렷이 느꼈다. 여인은 아주 성숙한 자세로 나의 팔 가득히 안겨 있었다.(『불의 강』, 문학과지성사, 2011, 239쪽)

장애를 앓던 어린 동생의 죽음과 의붓어머니와의 불화로 인하여 극심한 자기 분열을 겪고 있던 '나'는 완구점 여인과 만나 동성애적 관계를 맺게 됨으로써 가부장적인 기존의 가족관계로부터 비롯된 상처와 결핍을 치유할 수 있는 가능성을 발견하게 된다. 특히, 소설 속 '나'와 완구점 여인의 동성애 관계를 묘사하는 위 장면은, "그 내부에 뜨거운 용암을 가두고 있어 겉으론 평온하지만 언제 폭발할지 모르는 휴화산같이"[13] 인물들 내면에 매우 불안하고 낯선 욕망과 충동이 숨겨져 있음을 가감 없이 보여주고 있다. 여기서 '동성애'를 비롯한 강렬한 성적 충동은 이성애 중심 사회의 '정상적인' 성적 행위와 관념에 길들여지기를 거부함으로써 상징계의 불가능성을 드러내는 실재의 영역이라 할 수 있다.

한편 오정희 소설에서 주목할 만한 것은, 그의 인물들이 겉으로는 평온해 보이는 상징적 질서로서의 일상 속에서 느끼는 결핍, 즉 실재와의 관계이다. 「저녁의 게임」에서 딸은 무료한 저녁 시간을 아버지와의 화투놀이로 때우며 일상의 평화를 유지하는 듯하다. 하지만 평온해 보이는 일상의 이면에는 "머리통이 물주머니처럼 무르고 크게 부풀어오른, 연골체의 갓난아이"를 낳은 어머니가 이 아이를 스스로 죽이게 된 데 아버지의 문란한 생활과 가부장적 억압이 놓여 있다는 가족 내의 암묵적인 비밀이 존재한다. 하지만 이 가족이라는 틀을 가까스로라도 유지하기 위해서는 그 진실을 발설해서는 안 된다는 긴장감이, 서로의 패를 훤히 알고 있으면서

---

13) 이남호, 「휴화산의 내부」, 『외국문학』 1987년 봄호, 336쪽.

도 매일 밤 반복되는 이 화투놀이의 감춰진 이면에 존재한다.[14]

하지만 결국 평온한 게임 뒤에 감추어진 긴장감은 딸의 히스테릭한 몸을 통해 폭발하는데, 그녀는 현실을 통해 규범화된 여성성의 이면에 놓인 성적 충동을 숨기지 않는다. 이 딸은 평소 아버지와의 화투놀이가 끝나면 늘 그의 약까지 챙기기를 잊지 않을 정도로 순종적이지만, 밤이 되면 은밀히 집을 빠져나와 낯선 남자와 성관계를 갖고 또 집에 돌아와 자위행위를 하는데, 이러한 그녀의 행동은 아버지와의 공모관계를 유지할 수밖에 없는 일상의 현실을 온전히 견뎌내지 못하는 데서 비롯된 욕망에 다름아닙니다.

나는 찬 방바닥에 몸을 뉘었다. 아버지가 아직 방에 들어가는 기척이 없다는 걸 떠올리며 나는 빈집에서처럼 스커트를 끌어올리고 스웨터도 겨드랑이까지 걷어올렸다. 자박자박 여전히 아이를 재우는 여자의 발소리는 머리 위에서 들려왔다. 금자동아 은자동아 세상에서 귀한 아기, 나는 누운 채 손을 뻗어 스위치를 내렸다. 방은 조용한 어둠 속에 가라앉기 시작했다. 이윽고 집 전체가 수렁 같은 어둠 속으로 삐거덕거리며 서서히 잠겨들기 시작했다. 여자는 침몰하는 배의 마스트에 꽂힌, 구조를 청하는 낡은 헝겊 쪼가리처럼 밤새 헛되고 헛되이 펄럭일 것이다. 나는 내리누르는 수압으로 자신이 산산이 해체되어가는 절박감에 입을 벌리고 가쁜 숨을 내쉬며 문득 사내의 성냥 불빛에서처럼 입을 길게 벌리고 희미하게 웃어 보였다.(『유년의 뜰』, 문학과지성사, 2011, 150~151쪽)

위 인용문에서의 여자의 웃음은 아버지와의 끝나지 않는 게임, 즉 허위

---

14) 여기서 언급한 일상의 존재방식이 이 글의 2장에서 논의한 '권력'의 존재방식과 닮은꼴을 이룬다는 점은 주목할 만하다.

에 감금당한 채 견뎌야 할 일상적 삶의 폭력성의 결과이기도 하지만, 그러한 그녀의 삶이 폭력적인 질서에 전적으로 순치되지 않았음을 보여주는 명확한 증거이기도 하다.[15] 특히, 정신분석학에서 말하는 이 상징적 질서의 실패는 개인의 무능력이나 변태도 아니고, 응당 도달해야 할 정상성에서 벗어난 비정상적 일탈도 아니다. 인간에게 존재하는 이 '비정상적'이고 병리적인 현상이야말로 사회적 구성에 저항하는 행위이다. 인간의 몸은 사회적 구성의 흔적뿐 아니라 동시에 그러한 구성에 저항하는 흔적도 갖고 있기 때문이다. 이와 같이 여성은 상징질서 내에서 온전히 정의되기를 거부하기 때문에 그 자체로 남성의 담화를 굴절시키는 부재의 원인인 것이다. 요컨대 여성은 상징계의 절대적 타자로서, 상징계의 불가능성과 실패를 드러내는 실재의 세계라 할 수 있다.

4. 오정희 문학의 여성성이 갖는 정치적 함의

1968년 「완구점 여인」이 중앙일보 신춘문예에 당선되면서 본격적인 창작활동을 시작한 오정희는 등단 이후 줄곧 일반적인 서사문법으로부터 비껴나 시적 이미지, 내면이나 무의식적 요소 등을 적극 활용함으로써 그의 텍스트를 전통적인 리얼리즘적 방식으로 독해하려는 시도를 거부해왔다. 특히 1970년대 발표된 그의 초기 소설은 '애매모호함'이나 '난해함'과 같은 수식어를 동반하며 평단의 이목을 집중시켰는바, 한편으로는 미학적, 예술적 형상화 면에서 개성이 가장 두드러진 작품이었다고 평가받았지만,[16] 다른 한편으로는 계층 갈등, 분단상황, 자본주의의 물신성과 소외 등 현실의 문제를 반영하는 당시 문학의 주된 경향으로부터 상당히 벗어

---

15) 김은하, 「소설에 재현된 여성의 몸 담론 연구」, 중앙대학교 박사학위논문, 2004, 129쪽.
16) 박혜경, 「오정희 소설 연구」, 경원대학교 박사학위논문, 2010, 18쪽.

나 있었다는 점에서 비판의 대상이 되기도 했다. 오정희의 이러한 면모는 당대 연구자들로부터 서사성이나 사회성의 결여라고 지적받는 이유가 되었고, 또한 후대 연구자들로 하여금 그의 문학과 관련해 정치성이나 현실성을 거론하지 않게 만드는 이유가 되었다.

그런데 오정희 문학에 대한 평가의 부정성 혹은 소극성의 근원은 아마도 당대 문학의 주류를 이루었던 현실의 반영에 충실한 리얼리즘문학과의 대비 속에서 나온 것이었으며, 더 근본적으로는 '현실'에 대한 인식의 차이에서 비롯된 것이라 판단된다. 대표적인 리얼리즘 이론가인 루카치에 의하면 현상과 본질 사이에는 변증법적 통일성이 존재하며 이는 곧 현실의 총체성을 구성하는 방법이 된다. 또한 이때의 현실 개념은 허위의식으로서의 이데올로기에 대립하는 것이므로, 이데올로기는 현실을 은폐하거나 조작하는 것으로 이해된다. 이처럼 이항대립적인 사고는 이데올로기적 기만의 스펙터클을 걷어내면 명료한 진리에 도달하리라는 믿음에 근거한 것이다. 이러한 인식론에 의하면, 현실은 진리에 이르는 통로이자 진리의 거점으로 간주되며, 리얼리즘은 현실을 재현함으로써 진리를 담보할 수 있게 된다.

하지만 정신분석학적 관점에 의하면 '현실'은 전혀 다르게 이해된다. 우선, 인간은 언어와 상징을 통하지 않고는 현실에 진입할 수도 사유할 수도 없는 존재이므로, 인간이 살아가는 세계는 곧 상징적 언어의 세계 그 자체라 할 수 있다. 이때 언어란 기의와 기표 간의 우연적인 관계, 그리고 기의가 결여된 기표들 간의 순수한 차이 및 연쇄적인 지시관계에 의해서 의미를 만들어내므로, 결국 상징적 질서는 내부적으로 균열되고 결핍된 체계일 수밖에 없다. 이와 같이 상징계로서의 현실 혹은 사회질서는 사실상 끊임없이 움직이는 불완전하고 모순으로 가득한 '비전체'라 하겠다. 그럼에도 불구하고 이러한 현실은 마치 조화롭고 완전한 폐쇄된 전체인 것처럼 인식되는데, 이는 현실을 완벽하고 정합적인 것으로 지탱하기 위해 동원되는 이데올로기적 환상 때문이다. 다시 말해서 현실은 언제나 어떤 결여나 균열이 내재될 수밖에 없으므로 이를 메우고 가리기 위한 환상의 틀 속에서라야 비로소 현실이 일관성 있게 경험되고 지탱될 수 있다는 것이다. 그렇다면 이와 같이 현실이 환상에 의해 구조화되는 것인 한, 그것은 결코 진실의 거점이 될 수 없음은 자명한 이치이다. 바로 이러한 환상을 현실에서 거두어내고 난 나머지, 즉 현실이 가공되기 전의 상태, 혹은 있는 그대로의 현실을 정신분석학에서는 '실재'라 하는 것이다. 따라서 이와 같은 입장에서는 '리얼'하다는 것이 '현실적'이라는 의미가 아니라 '실재적'이라는 의미를 내포하게 되고, '진리'는 현실의 재현을 통해 담보되는 것이 아니라 "실재를 향한 열정에 복무"[17]하게 된다.

그렇다면 오정희 문학을, 현실을 재현하는 리얼리즘의 관점에서가 아니라, 현실이라는 환상 이면에 존재하는 실재와의 조우를 경험하게 하는 '실재의 리얼리즘'의 관점에서 다시 조명해본다면, 그의 문학이 갖는 정치성을 논의해볼 수 있는 새로운 시금석이 마련되지 않을까 제안해본다. 이와 관련하여 최근 문학의 정치성에 대한 새로운 담론을 이끌어낸 바 있는 자크 랑시에르가 "문학이 세계에 참여engagement한다는 의미에서 정치적인 것이 아니라, 문학이 사물들에 다시 이름을 붙이고, 단어들과 사물들 사이의 틈을 만들고, 단어들과 정체성 사이의 틈을 만듦으로써 결국 탈정체화, 즉 주체화의 형태, 해방 가능성, 어떤 조건에서 벗어날 수 있는 가능성을 만들어내는 데 개입한다는 의미에서 정치적인 것"[18]이라고 언급한 것은 이 글의 논지에 시사하는 바가 크다. 다시 말해 문학은 기존의 지배적 담론체계에서 특정한 이데올로기를 옹호하거나 공격하

---

17) 알렌카 주판치치, 『정오의 그림자』, 조창호 옮김, 도서출판b, 2005, 144쪽.

18) 자크 랑시에르, 「'문학성'에서 '문학의 정치'까지」, 『문학과사회』 2009년 봄호, 448쪽.

는 '정치 행위'가 아니라, 기존 문학사가 규정한 통념을 거스르거나 지배적 담론체계를 파열시켜 새로운 감각이나 감성적 분배의 방식을 발견하고, 나아가 그러한 방식을 새로운 언어로 표현하는 정치적인 행위라는 것이다.[19] 한마디로, '문학의 정치성'은 참여문학 같은 통상적 의미의 정치적인 문학활동이 아니라, 문학의 형식을 통해 새로운 인간 감성을 발견하거나 만드는 행위이다. 이러한 문학과 정치의 연관성에 대한 새로운 입장은 자신의 고유한 내러티브와 감각적 이미지를 지닌 오정희 문학에서 비로소 '정치성'을 사유해볼 수 있는 어떤 통로를 제공해줄 수 있을 것이다.

---

19) 진은영, 「감각적인 것의 분배」, 『창작과비평』 2008년 겨울호, 78~80쪽 참조.

윤리적 주체로서 이야기꾼의 서술전략
— 이문구의 『우리 동네』론

전우형

1. 말과 연작의 시대적 의미

『우리 동네』는 1970년대 농촌의 현실을 매우 근접한 지점에서 다루고 있는 연작형식(1977~1981)의 소설이다. 잘 알려진 대로 이문구는 작품 활동 내내 농촌을 소재로 삼아 끊임없이 이야기를 만들어낸 작가이다. 처음에는 주로 농촌의 단면을 살피는 데에서 시작해 이 작품에 이르면 농촌의 삶이 만들어내는 다양한 풍경들을 파노라마처럼 펼쳐 보이는 데까지 가닿는다. 농촌의 현실을 다뤄왔던 작가의 작품경향을 영화의 화면에 비유하자면 롱숏에서 클로즈업숏으로, 농촌의 삶이 생생하게 포착될 수 있는 방향으로 계속해서 나아갔다고 볼 수 있다. 이 작품의 특징은 농촌을 소재로 다룬 전작들과 공유하면서도 동시에 전작들에서는 전달되지 못한 것들마저도 전달하는 데에서 감지된다. 농촌의 삶이 만들어내는 단편적인 풍경의 매듭이라는 점이 연속성이라면, 그것을 살피는 지점이 이전의 작품과는 비교할 수 없을 만큼 근거리에 위치해 있다는 점이 개성이라 할 만하다. 이 작품이 연작형식을 취하고 있다는 점은 그저 멀찌감치 떨어진 위치에서 대상을 관찰하는 관조적 주체의 위치를 극복했음을 보여주는 사례로 볼 수 있다. 연작형식은 멀리서 대상을 단번에 파악하는 시선이 아닌, 생성되고 소멸되는 다양한 삶들을 그 안에서 끊임없이 관찰하고 포착해내는 시선으로서의 의미를 지닌다. 말하자면 연작형식에 담긴 시선은 타자를 하나의 고정된 실체로 뭉뚱그려 이해하는 폭력적인 것이 아니라, 생성하고 소멸하는 다양성의 실체로 존중하는 윤리적인 그것이다.

그렇기 때문에 이 소설 속 농촌의 풍경은 낯설다. 어디 풍경만이 낯설던가. 그 풍경을 서술하는 언어 역시 낯설다. 이문구 소설의 낯선 언어는 등장인물의 발화에만 국한되지 않고, 작가 또는 서술자의 담화에도 개입되어 있어 흥미롭다.[1] 이 소설 속 이야기에 등장하는 주인공들의 심성은 단번에 파악되기 힘들며, 그들이 휩싸이거나 벌이는 사건은 쉽게 납득하기 힘들다. 그들 입을 통해 발화되는 말들은 서사의 흐름을 지속적으로 방해할 정도로 낯선 이미지들을 만들어내는 데 소요된다. 이 소설은 농촌의 삶이 지니는 낯섦을 낯설고 이질적인 언어를 통해 전달하고 있다는 점에서 진정성을 확보한다. 그러나 이 낯선 내용과 형식이 단순히 도시와 구별되는 농촌의 자족적인 세계를 구축하기 위한 것은 분명 아니다. 이 낯섦은 이전의 단순함을 제거하는 것이면서 동시에 동일화의 구성원리에 대한 위반의식을 품고 있다는 점에서 문제적이다. 이 소설이 우리 문학사와 맺는 연속성을 굳이 찾는다면, 식민지 조선의 농촌을 미학적으로 형상화한 김유정을 떠올릴 수 있을 따름이다. 김유정의 농촌소설이 동시대 다른 농촌소설들과 이질적이었던 것처럼 이 작품 역시 당시 다른 농촌소설들과 확연히 구별된다. 표준화되지 않은 말과 실체를 알 수 없는 삶이 빚어내는 풍경, 이것이 이 작품의 핵심이다.

---

1) 조남현, 「이문구, 고유어의 마지막 파수꾼」, 『새국어생활』 11, 2001 참조.

그간 이 작품은 주로 농촌의 삶에 대한 사실적 재현에 주목하여 논의되어왔다. 농민의 성격화나 그들이 휘말리게 되는 사건, 그리고 그것을 서술하는 언어 모두 사실적이지 않은 것이 없다는 점이 그 근거이다. 여기서 사실적 재현이라 할 때 그것의 토대가 되는 시간과 공간에 대한 작가의 현실 체험을 무시할 수 없다. 1960년대 후반 『창작과비평』을 통해 리얼리즘의 전범으로까지 제안되었던 방영웅의 『분례기』가 지닌 특징이라면 작가의 실제 경험으로부터 비롯된 문학적 현실이라는 점이다. 『창작과비평』 오 주년을 반성하는 자리에서 염무웅은 이문구를 방영웅이 보여준 리얼리즘의 문학성을 연속시킬 만한 작가로 기대하고 있다.[2] 그런데 이 소설의 현실은 그런 기대와 달리 보다 복합적인 층위로 구성되어 있다. 잘 알려진 대로 이문구의 농촌 체험은 경기도 발안을 기반으로 삼고 있으나[3] 이 소설 속 현실은 철저히 충청도를 배경으로 하고 있다. 이 작품은 있는 그대로의 현실에 대한 사실적 재현에 이미 균열적 요소를 내포하고 있다는 점이 이 글이 문제삼는 지점이다. 이문구의 소설에 대한 인식은 그저 있는 그대로의 현실에 대한 사실적 재현에만 국한되는 것으로 보이지는 않는다. 농촌이 놓여 있는 당대 현실의 지형에 따라 농촌의 삶을 의도적으로 변형하는 자유로운 이야기꾼으로서 이문구의 작가적 위치 역시 재조명될 필요가 있다. 이문구를 타고난 이야기꾼으로 볼 수 있다면, 그리고 벤야민의 견해에 따라 이문구를 농부형 이야기꾼으로 분류하는 일이 가능하다면 그에게 그저 그런 뻔한 이야기를 이채롭게 전달하는 솜씨를 기대하는 것은 무리가 아니다. 따라서 이 작품을 통해 농촌의 삶을 크고 상세하게 그려내야만 했던 이유가 무엇이었으며, 경기도 농촌의 현실에 충청도 방언을 끼워넣는 이질적인 결합에 담긴 일정한 의도 역시 해석

---

2) 염무웅, 「편집후기—창간 오 주년을 맞이하여」, 『창작과비평』 1971년 봄호, 263쪽.

3) 황석영, 「우리 동네 촌장 이문구」, 『창작과비평』 2003년 여름호, 207쪽.

하는 것이 이 논의의 최종목표이다. 이 소설이 연작의 형식을 취하고 있는 점과 함께, 경기도이면서 충청도의 농촌이기도 해야 했던 의도적 전략을 차례로 규명해낸다면 이 작품의 실제적인 의미와 가치에 가장 근접한 해석에 다가설 것으로 기대한다.

2. 지역적이면서 초지역적인 말의 연대

『우리 동네』는 아홉 개의 이야기로 구성된 연작소설이다. 각 이야기의 제목은 "우리 동네 누구씨"이며 따라서 아홉 명의 평범한 농민이 경험하는 사건이 소개된다. 『우리 동네』 연작은 김씨, 리씨, 최씨, 정씨, 류씨, 강씨, 장씨, 조씨, 황씨 등 성이 다른 아홉 명의 농민을 기준으로 분절되어 있다. 이들이 겪는 이야기는 순서대로 계속되는 가뭄 때문에 이웃 저수지의 물을 댄 것을 계기로 농민들과 다툼에 휩싸인 김씨는 민방위 훈련장에서 정부의 무분별한 동원에 불편한 속내를 드러낸다. 영농교육장에서 정부의 일방적인 품종개량에 대해 비판하고, 줏대 있는 삶을 희망하며 성을 '이'에서 '리'로 바꾼 리씨는 밀주 단속반원의 단속을 피하기 위해 자신의 독특한 성을 버리고 부끄러움을 느낀다. 절대빈곤에 허덕이는 최씨는 어린 나이에 밥벌이에 나선 자식들과 딸의 공장노동으로 근근이 살아간다. 그러던 중 딸의 노동조합 가담 소식에 가정경제의 위기를 의식하며 두려움과 분노에 휩싸인다. 정씨는 마을 학생들의 동원으로 모내기를 하려다가 학생과 교사 들의 태업으로 오히려 곤경에 처한다. 그들의 마음을 돌리려 동분서주하지만 결국 자장면 빚만 떠안고 망연자실한다. 류씨 이야기에는 병상에 누운 류씨를 대신해 요구르트 배달일을 하는 부인이 동네 부인들의 심심풀이를 자처하는 상황과, 도시로 가 배우가 된 딸의 촬영을 위해 동네 사람들과 다툼이 생기고 결국 류씨가 다치게 되는 상황이 소개된다. 강씨는 비교적 강하게 정부의 농산물 유통 및 가격 정책, 그리고 새마을운동에 대한 비판을 서슴지 않는다. 장씨는 농촌에 불어닥친 부동산 투기와 동네 부인들의 온천여행을 못마땅해한다. 조씨는 사적으로 이용되기 시작한 농촌의 학교교육에 대한 비판적 시선을 내비치며, 황씨 이야기에는 텔레비전으로 인한 농촌 일상의 변화에 대한 비판적 시선과 자신의 이익을 위해 매점매석을 서슴지 않는 황씨에 대한 비난이 오고간다.

이 연작소설 개별 에피소드의 주인공들은 평범하기 이를 데 없으나, 그들이 처해 있는 상황이나 휘말리는 사건에 의해 개성 있는 인물로 부각되고 있다. 그리고 이 개성들은 당시 농촌사회의 변화된 풍경을 이어주는 접점들로 역할한다. 농촌의 전통적인 성격이나 지위를 바라면서도, 공동체의 이익보다는 개인적인 이득을 위해 사고한다거나 도시 중산층의 욕망에 대한 모방욕망으로 가득 차 있는 그들의 심리 등은 당시 농촌사회의 혼종성과 모순 가득한 상황을 그대로 보여준다. 이 소설 속 농촌사회의 모순과 혼종성은 농촌의 정체된 현실에 대한 이미지를 구성한다기보다 농촌이 경험하는 도시화의 가공할 만한 속도에 대한 이미지 구축에 기여한다. 이문구가 이 작품을 통해 진단한 1970년대 농촌은 도시이거나 도시적인 것으로 가득한, 도시로부터 기인한 농촌의 문제를 해결하기 위해 도시적인 것을 통해 접근해야 하는 타락한 세계이다. 이런 세계를 가능하게 한 것은 물론 국가 주도의 근대화 기획이다.

1970년대 한국사회의 근대화 동력은 잘 알려진 대로 크게 두 가지 차원으로 모습을 드러낸다. 민족성의 수립과 경제적 근대화가 그것이다. 이 근대화 동력은 국가 주도로 크고 견고한 형태로 시행되었고, 1970년대 한국사회는 이것을 크고 단단한 이야기로 체험하기도 했지만 동시에 작고 느슨한 이야기로 체험하기도 했다. 그런데 크고 견고한 이야기는 대중과의 거리가 멀고 작고 느슨한 이야기는 대중과의 거리가 가깝기 때문에 체감의 온도, 즉 실감에서 전자는 후자에 비해 낮을 수밖에 없는 것이 당연하다. 그러나 그 시절 크고 견고한 이야기의 강도가 워낙 강한 탓에 한국사회에서만큼은 그 실감이 매우 컸으며, 작고 느슨한 이야기는 체험은 하되 체감의 정도에 이르지 못하는 경우가 많았다. 『우리 동네』의 아홉 개의 이야기가 새로운 것은 체감의 정도가 현저히 떨어지는 이 이야기에 가치와 의미를 부여하는 작가의 날카로운 시선에 의해서이다.

아홉 개의 이야기에서 주인공은 그저 평범한 농민일 뿐이다. 이들을 주인공으로 만드는 것은 그들이 아주 사소한 사건의 중심에 놓이게 되면서이다. 이때 사소한 사건은 농촌의 경제적 근대화, 그리고 민족적 동일성에 대한 요구 등이다. 농촌의 경제적 근대화란 말 그대로 일은 물론 삶까지도 표준화하는 것이며, 민족적 동일성에 대한 요구는 하나의 가치에 대한 공동의 이해와 존중을 기반으로 하는 행동과 의식의 균질화를 말하는 것이다. '열심히 일하여 잘살아보자'라는 근대화 기획은 사실 자본주의라는 하나의 몸을 생성 유지시키기 위한 것이며, 따라서 이 기획은 이미 현실과의 간극을 내재한 것이면서 동시에 현실에 균열을 일으키는 것이기도 했다. 이러한 요구는 농촌의 일과 삶을 낯설게 만드는 것이면서, 희미하게나마 존재했던 그들 사이의 공동체 의식마저도 와해시키는 것이기도 했다. 이문구가 진단하고 있는 1970년대의 농촌은 스스로 삶의 주인이 되지 못하는, 타자에 의해 지속적으로 규율과 통제의 대상이어야 하는 공간이다.

『우리 동네』의 배경이 되는 농촌은 앞서 언급한 대로 전통적인 속성을 잃어버린, 그렇다고 다른 공간성을 획득하지도 못한 경계적 성격을 지니고 있다. 이 모호한 경계지대에 모습을 드러낸 타자들이란 농촌진흥청 공무원, 서울의 중산층, 그리고 도시로 떠난 자식들이다. 이들은 말 그대로 농촌사회에 면역학적 충격을 가하는 이질적인 존재들이다. 이들 역시 본래부터 이질적인 존재였다기보다는 이질적인 것과의 접촉에 의해 변이가 일어난 타자라는 점에서 공통적이다. 근대화라는 풍경과의 접촉에 의해서나, 도시의 새로운 계급인 중산층의 생성과정에서, 그리고 도시의 환영이 만들어내는 욕망과의 접촉에 의해 변종이 되어버린 존재들이라는 말이다. 그들은 타자 또는 타자의 욕망을 매개로 또다른 타자가 되어 '우리 동네'를 충격하기 시작한다.

엄격한 규율로 또는 매혹적인 욕망을 불러일으키는 대상으로 타자의 존재는 그만큼 견고하지만, 그것을 매개로 변종이 되어버린 우리 동네의 타자들은 다소 성격이 다르다. 그들은 생각만큼 그렇게 엄격하지 않으며 심지어 매혹적이지도 못하다. 관원을 자처하는 그들은 그저 가끔 서울말투나 '~적'이라는 공문서에나 어울릴 법한 단어를 자주 섞을 뿐, 자신들도 명확하게 이해하지 못한 품종개량 기타에 대한 국가의 정책을 반복적으로 더듬거린다. 농가까지 쳐들어와 사냥을 즐기는 젊은이들은 도시의 여가를 본격적으로 창출하고 모방의 대상이 되어야 할 중산층의 이미지는 찾아보기 힘들다. 도시로 떠난 자식들 역시 도시의 매력을 전해준다기보다 그저 도시에 대한 유사모방이나 또는 도시로부터의 상흔 가득한 표정을 드러낸다. 이 작품이 농촌의 경계적 공간성을 다룬 다른 작품들과 구별된다면 이런 점들 때문이다. 이런 타자들의 등장에 한껏 위축되거나 압도당하지 않는 우리 동네 무명씨들의 존재 말이다.

이 작품의 이러한 성격을 두고 농촌과 도시의 인정투쟁 과정에서 농촌의 승리를 염원하는 작가의 의도적 구성이라고 말할 수는 없다. 유행처럼 귀농이 번지고 있는 지금의 현실에서도 불가능한 것이거니와 이문구의 작가적 진실이 현실을 과장되게 왜곡하는 데 있지 않기 때문이다. 그렇다면 이러한 구성은 말 그대로 그들의 면역력을 보여주는 것은 아니겠는가. 도시로 떠난 자식들만 도시의 충격을 견뎌낼 만한 면역학적 저항력을 쌓아간 것이 아니라, 남아 있는 그들 역시 도시의 충격으로부터 자유로워지는 법을 터득했다고 볼 수 있다. 도시는 단지 지역적 구분에 의해 존재하는 것만이 아니라 그 자체로 전 지구적 현상이기 때문이다. 이미 그들에게 도시는 집 안에 능숙하게 배치된 가전제품처럼 몸으로 기억하는 대상이다. 『우리 동네』의 주인공들 대부분은 '잘살아보겠다'라는 자본주의적 욕망을 지니고 있으면서도, 이 욕망이 본래 자신들의 것이 아님을, 더 엄밀하게 말하자면 자신들은 절대 이 욕망의 주인이 될 수 없음을 너무나도 잘 알고 있는 영악한 인물들이다.

그렇다면 우리 동네의 이 무명씨들이 경험하고 있는 일들이 사건일 수밖에 없는 한 가지 이유를 덧붙일 수 있다. 도시, 그리고 근대화의 충격으로 인한 자신들의 삶의 균열에 대처하는 그들의 태도가 매우 흥미롭다는 점이다. 그들은 이미 도시와의 접촉을 통해 심성은 고약해질 대로 고약해졌으며, 그런 상태에서 그들은 자신들의 말과 삶을 표면으로 끌어올리고 있다는 점이다. 이 작품에서 도시, 또는 근대의 타산성과 그들의 고유한 말이나 행동을 결합시킨 태도는 그 자체로 매우 이질적이면서 매혹적인 세계를 구성해낸다. 김우창의 표현대로 1970년대 농촌의 가난은 그 이전과 성격을 달리하는데, 절대적 빈곤에서 상대적 빈곤으로의 전환이라는 이 변화를 이문구가 잘 포착해내고 있다는 진단은 적절해 보인다. '상대적'이란 사실 근대도시적 삶에서 생성되고 유지되는 중요한 개념이다. 상대적 빈곤이 가속화되는 1970년대 농촌의 현실을 가장 근접한 지점에서 관찰한 이문구는 이것을 도시적 욕망과 농촌 고유한 삶의 결합으로 매개하고 있다고 볼 수 있다.

작가의 농촌 체험이 주로 경기도를 기반으로 삼고 있으면서도 충청도 지역 방언을 노골적으로 드러내는 이유를 살펴볼 필요가 있다. 이 작품의 현실은 있는 그대로의 현실에 대한 사실적 재현이라기보다, 일종의 하이

퍼 리얼리티(hyper reality)를 지향한다.[4] 이문구가 충청도 출신이라는 이
유를 들어 이 작품에 사용된 사투리가 자연발생적이라고 말하는 것은 한
계가 있다. 이 작품에 대거 등장하고 있는 사투리는 대체로 농업 관련 전
문적인 표현들이거나, 중년 이상의 나이든 사람들이 즐겨 사용하는 노골
적인 성적 표현들이다. 유년 시절의 기억에 의존해 사용할 수 있는 성격이
아니라는 말이다. 게다가 이 사투리들은 표준어로 대체할 수 없거나, 대체
한다고 해도 바로 해석이 가능한 것들이 아니다. 마치 이 사투리들은 표준
어가 장악하지 못하는 현실의 간극을 표상하는 것처럼 보인다. 이문구의
소설들은 말의 무한한 종류와 새로운 가능성을 살필 수 있는 문학으로 불
린다.[5] 이때 말은 정확히 글의 세계와 대립, 글로 대표되는 표준화와 제도
적인 폭력에 맞서 풀고 에두르는 새로운 속도를 만들어낸다.[6] 글보다 더
많은 것을 이야기하면서도 빠르게 전달되는 기묘한 속도가 이 작품에 사
용된 충청도 지역 방언의 특징이다. 이 충청도 지역 방언은 글 또는 표준
어로 유지되는 세계의 타자이지, 다른 지역 방언의 타자가 아니다. 이런
점에서 『우리 동네』의 말들은 충청도 방언이라는 지역성을 넘어선다. 경
기도에서의 농촌 체험과 충청도 지역 방언의 결합이 만들어내는 이 파생
실재는 실재보다 더 실재 같은 농촌의 이미지를 구축해내면서도 실재하
는 지역성으로 환원되지도 않는다. 지역적이면서도 초지역적인 세계를
구성하는 이 소설 속 농촌의 현실은 곧 도시와 도시화로 인해 군데군데

---

4) 장 보드리야르, 『시뮬라시옹』, 하태환 옮김, 민음사, 2001, 11쪽.

5) 진정석, 「이야기체 소설의 가능성」, 『1970년대 문학 연구』, 예하, 1994, 400쪽.

6) 유종호는 이문구의 문체에 대하여, "중앙집권적인 표준어의 획일적인 언어권력에 대하
여 살아 있는 지방적 현장언어로 뜀뛰질을 계속한" 노력에 대하여 가장 다부진 비판적 기
호로 고평하고 있다.(유종호, 「농촌 최후의 시인」, 『이문구 소설전집』 1, 솔, 1996 참조) 이
와 유사한 입장의 논의로는 전은옥, 「이문구 소설의 문체 연구」(중앙대학교 석사학위논문,
1999)를 들 수 있다.

찢긴 1970년대 대한민국의 농촌 간의 연대를 지향하는 이미지를 떠오르게 한다.

3. 농촌 현실의 '실재'와 문학적 표상

이 소설은 연작형식으로 발표된 작품이다. 이 작품의 연작형식은 아홉 개의 서로 다른 이야기가 하나의 주제를 구현하기 위해 선택된 구성으로 평가되어왔다.[7] 연작소설은 장편소설화를 지향하는 중간적 단계로, 총체성을 구현하기 위해 대안적으로 선택된 형식이란 의미이다.[8] 그러나 『우리 동네』의 아홉 개 이야기 사이에 극적 긴장이라거나 인과적 연관성은 거의 보이지 않는다. 다만 아홉 개의 이야기가 서로 밀접한 연관성은 없으나, 개별 이야기의 주인공이 다른 이야기에 잠깐 등장하는 경우로 느슨하게 연결되어 있다. 따라서 이 소설은 각각의 이야기가 그 안에서 하나의 자족적인 세계를 구성하면서도, 다른 이야기에 의해 단속적으로나마 보충되는 독특한 형식의 연작형식을 선보인다. 개별 이야기가 전체 이야기 안에 선조적이거나 인과적 요소로 역할하는 경우와 독립된 이야기로 존재하는 경우가 연작소설의 일반적인 형식이라면 이 작품은 후자에 가까우면서도 전자의 성격을 일부 공유한다.

---

7) 김우창, 「근대화 속의 농촌」, 『우리 동네』, 민음사, 1981 참조.

8) 염무웅, 「최근 소설의 경향과 전망」, 『창작과비평』 1978년 봄호, 334쪽; 염무웅, 「'배반'당한 역사의 희생자들, 그리고 쇠잔해진 희망의 빛」, 『혼돈의 시대에 구상하는 문학의 논리』, 창작과비평사, 1995, 170쪽. 염무웅은 1970년대의 연작소설을 병치와 연속의 두 유형으로 구분하면서, 『난장이가 쏘아올린 작은 공』을 장편소설에 접근하는 것으로 예시하고 있다. 이 논의를 참조하여 배경열은 1970년대 유행했던 연작형식을 "사회의 여러 모순들을 다각적으로 조명하고 이러한 조명을 통해서 당시의 어두운 시대상황을 총체적으로 인식"하게 하는 데 매우 유용한 형식으로 규정하고 있다.(배경열, 「부정적 근대화에 대한 저항으로서 이문구의 서사전략」, 『경남대학교 인문과학연구소 인문논총』 26, 2010, 61쪽.)

이 아홉 개의 이야기는 작품의 제목에서처럼 '우리' 또는 '우리 동네'의 서사이다. 농촌의 근대적 서사는 아주 오래전으로 거슬러올라가 대개 그들의 것이 되지 못하고, 주로 그들을 타자로 삼아 규율하고 통제하는 대타자의 것이었다. 농촌이라는 공간에서 농민으로 살아가는 시간과 그들의 이야기는 줄곧 부정적 징후로 가득한 것들이었으며, 따라서 곧 계몽되어야 할 것들이었다. 그런 서사에서 농민과 농촌, 그리고 그 삶이라는 것들은 그것이 순수한 것이든 오염된 것이든 어떤 식으로든 부정의 대상이었다. 농촌의 전통적 삶의 방식은 근대화에 전혀 도움이 되지 않을뿐더러, 도시화에 대한 유사모방 역시 용납되지 못할 것들이었다. 근대화, 또는 도시화라는 시간과 공간의 주체들은 그 서사에서 농촌에 주권이 넘어가는 것을 절대 허락하지 않은 채 그것을 지배와 수탈의 대상으로만 삼았다.

그러나 『우리 동네』는 그간의 서사에서 철저히 타자의 지위를 부여받았던 농촌에 주권적 삶을 부여하려는 시도를 감행하고 있다. 서사에서 타자적 존재를 형상화하는 전형적인 방식은 목소리를 제거하는 것이다. 혹 목소리를 부여한다 해도, 천편일률적인 단일한 목소리를 부여하는 방법도 염두에 둘 필요가 있다. 타자의 목소리는 없거나 하나다. 그런데 이때 목소리가 하나라는 것은 사실 목소리가 없다는 말과 크게 다르지 않다. 그들이 부여받은 하나의 목소리는 대개 타자에 대한 주체의 일방적이고 폭력적인 시선이 만들어낸 것이기 때문이다. 그에 비해 이 작품에 등장하는 농민과 농촌의 삶이란 다양하다. 이 다양성이란 사실 이문구의 독특한 서술전략에 의해 빛을 발하게 되는데, 서로 다른 삶의 경험과 감수성, 그리고 가치관을 지닌 각각의 인물들의 시점을 옮겨다니는 서술로 인해 그들의 삶은 어느 것도 소외되거나 부정되지 않는다.[9] 아홉 개의 이야기는

9) 양윤의, 「이문구 소설의 서술방식 연구」, 고려대학교 석사학위논문, 2004, 30~31쪽, 43쪽 참조. 이 논문은 『우리 동네』의 서술전략의 특징에 대해 인물들의 목소리를 전면에 내세

하나의 주제를 구현하기 위해 선택된 비슷비슷한 풍경[10]이라기보다는 단 하나의 실체로 파악될 수 없는 농촌의 실체적 재현을 위함이라고 보는 것이 마땅하다.[11]

각각의 에피소드에서 그들이 경험하는 일들을 '사건'이라고 부를 수 있는 것은 지극히 평범한 그 일들이 사실은 농촌사회의 균열이 발생하는 지점들을 드러낸다는 점 때문이다. 이 균열이라는 것은 물론 전통적인 농촌사회로부터의 분리와 동시에 근대사회 내부의 간극 또한 의미한다.[12] 이 소설 속 농촌은 그들을 둘러싼 사건으로 인해 과거와 결별하기도, 그리고 근대사회의 모순을 드러내는 지점으로 역할하게 된다. 대부분의 그 사건들은 농촌 내부에서 자생적으로 발생한 것이라기보다 도시 또는 도시적인 것과의 충돌로 인해 생겨난 것들이다. 농촌의 고질적인 풍토병이 아니라 도시와의 접점에서 만들어지는 면역학적 이상 징후가 그 사건들의 공통적인 성격이다. 따라서 이때 농촌은 경계지대라는 공간적 성격이 부각된다. 이 작품 각각의 이야기에 담긴 그 사건들은 작가가 도시와 농촌의 접점에서 관찰하고 담아낸 1970년대 부정적 징후 가득한 농촌의 삶이다. 그 부정적 징후들은 물론 경제적 근대화의 충격에 의한 산물이다.

이 소설에서 아홉 명의 주인공들이 겪는 사건은 위에서 살펴본 대로 저

우면서도 서술자의 목소리를 함축적이고 우회적인 방식으로 전달하는 데 있다고 본다.

10) 배경열, 같은 글, 60쪽.

11) 권영민, 『한국현대문학사』 2, 민음사, 2002, 321~327쪽. 이문구의 연작형식에 대해 권영민은 농촌현실의 구체적이고 다양한 면모를 제시하기에 적절한 이완된 형식으로 규정하고 있다.

12) 알렌카 주판치치, 『실재의 윤리』, 이성민 옮김, 도서출판b, 2004, 358~359쪽 참조. 주판치치에게 윤리란 실재(the real)와 밀접한 관련을 맺는다. 이때 실재란 현실 자체가 지니는 모순, 즉 그것이 순조롭게 기능하기 위해서 지속적으로 은폐되어야 하는 지점을 말하며, 실재의 윤리란 이 모순이 발생하는 지점들과 마주하고, 이 지점들을 정초하고 이로부터 무언가 새로운 것을 할 수 있는 과정으로 진입하려는 노력으로 정의한다.

마다 성격을 조금씩 달리한다. 그리고 그 안에서 사건에 휘말리거나 그것을 헤쳐나가는 개성 역시 차이를 보인다. 전통적인 농민의 심성이라면 그들에게 주어진 일에 충실하거나, 그러느라 다른 일을 돌아볼 겨를이 없는 것이 보통이다. 그러면서도 이웃에서 일어나는 작고 소소한 일, 즉 그들에게 책임을 묻지 않는 일들에는 필요 이상의 관심을 보인다. 이런 그들에게 이식된 도시적 감성이 더해지면 타인과의 지속적인 비교, 그리고 최소의 비용과 최대의 수익이라는 자본주의적 생활관을 제 나름으로 실천하게 된다. 그들에게 민방위 훈련이 거추장스러운 것은 도시생활자들에게 적합하게 고안된 국가동원정책이라는 점 때문이다. 철저히 분업화된 도시생활에서 일정한 시간의 정지는 그들에게 책임을 물을 만한 문제를 일으키지 않는다. 그에 비해 농사일이란 혼자 모든 것을 책임져야 하며, 필요 이상의 잔업을 요구하는 것이다. 전통적인 농민의 심성과 도시인의 심성이 결합하여, 자신만 문제가 되는 상황에 강한 거부감을 드러내는 것이다.

이 소설에서 사건의 다양함이란 결국 1970년대 농촌이 당시 한국사회를 변화시켰던 정책적 폭력의 무서운 속도를 반영해낸다. 민족 정체성의 수립 및 경제적 근대화를 앞세워 농촌사회의 변혁을 시도했던 제도적 폭력은 가히 가공할 만한 수준의 속도를 지닌 것이어서 하루가 다르게 다른 풍경을 만들어낸다. 물론 그 풍경들 중에는 미세한 차이를 보이면서 연속적인 것들도 있으나 생성과 소멸이 거의 동시에 일어나 전혀 다른 풍경을 대면하게 하는 것들도 있다. 농산물 가격 정책이나 품종개량 계도사업, 그리고 노풍 흉작에 대한 피해 보상 등은 대체로 익숙한 풍경이고 따라서 그에 대한 농촌사회의 반응 역시 연속적인 면이 있다. 그러나 도시의 소비문화, 특히 가전제품 등의 일상적 도시문화와 '이쁜이계' 등처럼 도시의 과시적 소비문화의 충격은 전혀 낯선 것이기도 하고, 이에 대한 농촌

사회의 반응은 일관적일 수 없는 것이었다.

  잘 알려진 대로 1970년대 국가 주도의 사회변화 속도는 매우 빠른 것이었으며, 그렇기 때문에 상대적으로 한국사회 대부분의 대중들은 그 변화의 속도를 따라가지 못하고 정체되거나 낙오되기 일쑤였다. 그러나 국가가 주도하는 광포한 속도에 뒤로 밀려날 수밖에 없는 대중들 사이에서 새로운 속도가 만들어질 가능성 역시 존재한다. 그 속도는 앞에서도 살펴본 것처럼 글의 표준화된 것이 아닌 말의 불균등한 것이기도 하지만, 연속적이고 예측 가능한 것이 아닌 비약하거나 모순적인 불가측적인 속도이기도 하다. 이 소설에 등장하는 주인공들은 독특한 시간성을 즐기는데, 변덕이 심하고 발뺌하기 좋아하는 습성들이 그것이다. 그들은 누구에게도 쉽게 마음을 열지만 또 쉽게 닫아버리기도 한다. 좋아하는 이유가 곧 싫어하는 이유로 둔갑하기도 하고, 자기 속내를 들키지 않기 위해 시치미 떼기를 즐긴다. 어디 그뿐인가. 글이나 말의 핵심을 외면하고 에두르는 솜씨는 모두 뛰어나다. 이웃 저수지의 물을 끌어댄 김씨는 그의 '불법' 행위를 추궁하려는 한전 직원에게 자신의 행위는 '물법'에 의한 것이었다고 대거리를 한다. 근대의 시간이 일관된 방향으로 끊임없이 연속적으로 흘러가야 하는 것이라면, 이 소설의 주인공들은 저마다 독특한 속도로 이것들을 방해한다.

  제도적 폭력의 광포한 속도를 방해하는 그들의 속도는 에두르거나 변죽을 울리는 방식으로 훨씬 더 많은 것들을 말에 담아낸다. 그 이야기는 부부의 은밀한 잠자리에서부터 도시의 매혹적인 소비문화에 이르기까지 넓게 분포한다. 그리고 이 이야기들이 일정한 방향이나 목적을 지닌다기보다는 웅얼거리는 방식으로 현실을 외면하는 데 기여한다. 그들의 말이나 행동은 종잡을 수 없으며 따라서 규율하거나 통제하는 것이 사실상 불가능하다. 그러나 이러한 그들의 속성이 근대나 도시의 시간과 이질적인 전통으로부터 기인한 것만은 아니다. 근대화의 충격에 따른 학습의 결과로 보는 것이 마땅하다. 근대화가 들이붓는 자본주의의 욕망이 자신들의 주인됨을 허락하지 않는 것들이라는 것을 충분히 경험을 통해 학습한 뒤에 새롭게 생긴 농촌사회의 감수성이다. 그래서 이문구가 『우리 동네』를 통해 구성한 농촌은 경계적 공간성을 지닌다. 그리고 그 공간의 농민들은 도시적인 것들을 배타적으로 전유할 만큼 영악하다. 여러모로 '우리 동네 장씨'에 등장하는 동네 아낙네들의 온천여행 에피소드는 주목해볼 만하다. 동네 여자들의 단체여행은 마치 새마을운동 당시 여성 노동력 동원의 수단이었던 '부녀자회'를 상기시킨다.[13] 국가는 부녀자회를 통해 전통적인 농촌사회의 가부장제 안에서는 불가능했던 여성의 외박을 해방시켰고, 농촌의 여성들은 이를 여행이라는 도시적 여가문화로 전유하는 지점에 대한 문학적 형상화가 돋보인다.

1970년대 농촌은 일차산업의 기반이기도 하지만 동시에 곧바로 도시로 변모할 준비를 갖추고 있어야만 하는 공간이기도 하다. 새마을운동의 대표적인 슬로건인 '우리도 한번 잘살아보세'의 우리는 도시민이 아닌 농민을 지시하는 것이지만, 이때 '도'라는 조사의 역할은 그들의 이상적 자아를 비쳐주는 대타자가 이미 존재함을 암시한다. 그 대타자란 역시 도시이며, 농촌의 새마을운동이란 사실 생산력 증가에만 초점화되었다기보다 준도시로서의 농촌과 준도시민으로서의 자기 갱신에 대한 요구 역시 강하다. 『우리 동네』의 이야기에는 그런 삶에의 요구가 곳곳에 스며 있다. 다만 이야기의 주인공들은 도시를 그저 자신들에 대한 위협으로 받아들인다거나, 또는 막연한 동경의 대상으로 받아들이는 순진한 시선을 중지하고 넓게는 근대화 기획, 좁게는 새마을운동이라는 대의에 내재하는 간

---

13) 김영미, 『그들의 새마을운동』, 푸른역사, 2009, 210~214쪽 참조.

극을 문제시하거나, 자신들의 요구를 주장하기 위한 준거로 활용하기도 한다. 민방위 훈련장에서 부면장과 김씨의 대화는 꽤 흥미롭다. 말끝마다 농지 단위로 헥타르(ha)를 인용하는 부면장에게 김씨는 그 단위를 써야 할 만큼 큰 농지를 소유한 농가가 없다는 점과 '나라사랑 국어사랑'이라는 또다른 국가 주도의 근대화 기획을 들어 대응한다.

그런 점에서 이 연작의 제목에서 '우리'는 소박한 화법처럼 보이면서도, 부정하고 갱신해야 할 타자의 지위에 있었던 자기의 존재 증명에 가깝다. 국가의 목소리를 대변하는 억압적인 목소리를 흉내내는 것이 아니라 허약하고 산발적인 목소리들의 연대와 그를 통해 그들의 타자적 위치를 벗어던지는 것, 그것이 '우리'가 품고 있는 의미라 할 수 있다. 농촌이라는 공간의 가장 가까운 곳에서 농민으로 살아가는 시간을 섬세하게 관찰한 이문구는 그 현실 내부에 존재하는 무수한 간극들을 실제로 마주하게 되었다. 그리고 그것들을 문학적으로 표상하는 순간, 그저 관조적 시선의 이야기꾼으로부터 벗어나 윤리적 주체로서 이야기꾼의 가능성을 실천하게 된다. 그러면서도 이 작품이 만들어내는 진정성이란, 정작 그 '우리'라는 의식이 그렇게 단단하고 견고한 것은 아니라는 점에서 비롯된다. 이 작품이 가장 흔해빠진 성씨로 구별된 연작소설이라는 점 역시 단단하고 견고한 것에 맞서는 느슨한 연대를 지향한다는 점에서 의미가 있다.

4. 결론

이문구의 『우리 동네』는 1970년대를 총체적으로 살피기 위해 고안된 문학적 구성의 한 장면을 보여준다. 원경과 근경은 분명히 차이가 있을 수밖에 없다. 원경으로는 파악되지도 담아낼 수도 없는 실재를 드러내려는 시도, 농촌의 현실에 대한 근경으로서 『우리 동네』는 의미가 있다. 이 작품은 그가 즐겨 소재로 삼던 농촌과 그의 문학언어가 연작이라는 형식과 만남으로써 당대 현실에 무수히 존재했던 간극을 문제시하는 데 효과를 발휘한다. 이때 간극이란 근대화 기획과 현실적 삶 사이에 존재하는 균열이자, 문학 역시 외면했던 실체적 진실이기도 하다.

그의 문학언어는 단순히 지역성을 드러내는 데 머무르는 것이 아니라, 표준어 또는 글의 세계가 장악하지 못하는 간극을 표상한다. 그리고 출구를 찾을 수 없는 1970년대의 혼란스러운 세계상을 재현하는 장치로 평가받았던 연작형식은 삶의 총체성, 즉 빠르게 명멸하고 다양한 스펙트럼을 갖는 농촌의 현실을 재현하기 위한 의도적 전략으로 보인다. 이문구는 이 작품에 이르러 더할 수 없이 농촌의 근경을 포착해내는데, 이것은 농촌이라는 타자에 대한 관조적 시선을 거두고 그 내부의 모순적 현실을 있는 그대로 전달하는 윤리적 주체로서의 이야기꾼으로 거듭나는 지점을 보여주는 것이기도 하다.

시선, 권력 그리고 계층
― 윤흥길의 『아홉 켤레의 구두로 남은 사내』 연작 읽기

노지승

1. 1977년, 윤흥길 혹은 '권기용'의 해

윤흥길 소설의 연구는 몇 개의 키워드 안에서 반복적으로 수행되어왔다. 성장, 전쟁, 산업화가 그것이다. 윤흥길 소설 연구의 거의 대부분은 유년 인물의 눈으로 본 전쟁과 분단의 의미에 대한 연구[1]와 1970년대 산업화 시기라는 시대적 배경과 관련지어 그의 소설을 연구하는 경향은 윤흥길 소설의 연구사에서 빼놓을 수 없는 주제 가운데 하나이다.[2] 특히 일상을 파고드는 권력의 문제가 그의 소설에서 매우 중요한 테마 가운데 하나였다. 일상과 권력의 문제는 1977년 하반기에 발표된 연작소설들, 즉 1977년 동명의 소설집의 제명이기도 한 '아홉 켤레의 구두로 남은 사내'

---

1) 안남일, 「현대소설에 나타난 분단콤플렉스 연구」, 고려대학교 박사학위논문 2003; 나종입, 「한국 전후소설연구 : 60, 70년대 성장소설을 중심으로」, 조선대학교 박사학위논문, 2007.

2) 심지현, 「1970년대 소설의 사회변동 수용 연구 : 이문구, 윤흥길, 조세희의 연작소설을 중심으로」, 대구카톨릭대학교 박사학위논문, 2005; 박숙자, 「1970년대 타자의 윤리학과 '공감'의 서사」, 『대중서사연구』 25, 2011.

연작이라고 불리는 연작소설들에서 가장 집중적으로 잘 다루어져 있다.[3] '권기용'이라는 이름의 캐릭터를 공유하고 있는 이 네 편의 소설들은 「아홉 켤레의 구두로 남은 사내」「직선과 곡선」「날개 또는 수갑」「창백한 중년」으로 이루어져 있으며 이 연작소설들은 1977년을 '윤흥길의 해'라고 불리게 할 정도로 독자들에게 강렬한 인상을 준 것으로 평가되어왔다.[4]

이 연작소설의 특징은 일상과 생활 속에 미시적으로 존재하는 권력과 이러한 권력을 내면화한 서민들의 모습을 그려낸다는 데 있다. 유신과 긴급조치로 표상되는 1970년대에 있어서 통치권력은 어느 때보다 살벌하고 위협적이기도 하지만 다른 한편으로 평범한 서민들의 일상적 삶 속에 특별한 형태로 존재하게 된다. 특히 이 연작들은 '시선'과 '언술'의 문제를 통해, 서민의 생활 속에 일상적으로 존재하는 권력의 모습이 단지 통치자와 피통치자의 문제가 아니라 일상을 살아가는 평범한 사람들 사이에서도 편재되어 있음을 보여준다. '계층'은 바로 그러한 일상에 편재된 권력의 문제를 가장 입체적으로 보여줄 수 있는 키워드이다. 특히 중간계층과 하위계층으로 나눌 수 있는 일상인들이 서로가 서로를 관찰하고 감시하는 시선은 곧 타자 혹은 다른 계층에게 가해지는 권력의 형태로 존재한다.

2. 감시와 관찰, 70년대적 시선들

「아홉 켤레의 구두로 남은 사내」의 일인칭 서술자는 중학교 국어교사로 성남 시청 뒤 은행주택에 살게 된다. 세입자로서의 생활을 청산하고

---

3) 김현, 「생활과 신비」, 『문학과 유토피아―김현 문학전집』 4, 문학과지성사, 1992, 285쪽. (원 글은 『한가람』 1978년 1월호)

4) 이문구, 「한 켤레 구두로 산 사내」, 『문예중앙』 1978년 여름호.

드디어 자기 집을 마련한 그이지만 무리를 해서 마련한 만큼 보조 수입을 위해 세입자를 들이기로 결정한다. '나'는 자신이 그 일대 집주인 가운데서 지식인으로서 양식을 갖추고 있음을 의식하여 가장 '질 좋은' 집주인임을 내심 자랑스럽게 생각한다. 또한 그는 세입자 경험을 많이 했던 집주인으로서 누구보다 세입자에 대해 세심히 배려할 수 있는 몇 안 되는 집주인임을 스스로 인지하고 있었다.

'나'의 집에 새로 오게 된 세입자는 바로 권기용이라는 출판사 직원을 가장으로 둔 가족이었다. 아이들과 만삭의 아내를 둔 이 남자는 실은 폭력 사태에 휘말려 전과를 갖게 된 요주의 인물이었다. 그가 아직 이사 오기도 전 '나'에게 일찍이 안면이 있는 학사 출신 '이순경'이 찾아와 그의 전과 사실을 알려주며 그의 행동거지를 감시할 것을 요구한다. 순경이 찾아와 세입자를 감시할 것을 요구하자 '나'는 이를 불쾌하게 생각하지만 세입자의 과거를 알게 된 이상 그를 매우 거북하게 여길 수밖에 없게 된다.

권기용을 사찰하는 '이순경'이 눈에 보이지 않는 통치권력의 대리자임은 말할 나위 없다. 유신 이후 통치권력에 의해 사회적 감시가 더욱 강화되었고 경찰은 이러한 통치권력의 판옵티콘적 감시[5]를 실현하는 대리자의 기능을 했음이 잘 드러나 있다. '나'는 이순경의 요구를 불쾌하게 여기지만 권기용과 이해관계가 얽힌 집주인으로서 그에게서 나머지 전셋돈을

---

5) 판옵티콘은 잘 알려져 있다시피 제레미 벤담이 설계한 원형감옥이다. 감옥 안의 죄수는 자신을 감시하는 시선을 볼 수 없기 때문에 언제나 감시받고 있다는 착각을 갖게 된다. 그럼으로써 개인은 매우 효과적으로 통제될 수 있다. 푸코는 개인을 통치하는 현대의 권력이 개개인의 데이터베이스를 관리함으로써 일종의 판옵티콘과 같은 속성을 띠고 있음을 언급한 바 있다. 이 소설에서 권기용의 전과기록과 주소지가 관리됨으로써 그에 대한 통제가 이루어지고 있는 상황도 일종의 판옵티콘적인 감시라고 할 수 있다. 푸코는 판옵티콘이 사회 전반의 통제와 규율의 원리로서 작용함으로써 권력을 미시화시키는 현상으로 보고 있다.

받아내야 할 처지였기 때문에 아주 자연스럽게 '나'는 경찰의 시선과 유사한 시선으로 권기용을 관찰하게 된다.

서술자인 '나' 역시 이미 감시 혹은 관찰의 시선에 피해 아닌 피해를 입은 적이 있었다. 은행주택가로 이사 오기 전, 그의 가족은 단대리라는 달동네에서 한의사로 자칭하는 집주인의 집에 세들어 살았다. '나'는 성남시 전체에서도 몇 안 되는 선생이었고 선생 가족이 단대리에 사는 것 자체는 '나'의 구경거리였다. 비록 세입자 신분이라는 점에서는 동일하지만 가장이 교사로서 '교양'과 일정한 수입을 갖춘 이 중간계층 가족은 단대리 달동네에서 곧 관찰 혹은 감시의 시선에 둘러싸이게 된다.

> 단대리 시장 근처 이십 평 부락에서 우리는 완연히 별종의 인간으로 취급당했다. 김씨가 열심히 나발 불어준 덕분이었다. 선생네가 먹는 저녁 밥상 위에 무슨 반찬이 오르나를 확인하려고 아낙네들은 우리 부엌문 앞을 떠날 생각을 안 했고 선생 마누라가 얼굴에 뭣뭣을 찍어 바르는지 구경하려고 별로 어려워하는 기색도 없이 불시에 방 안을 기웃거렸다. 그리고 선생 아들은 주로 무엇을 간식으로 먹나 보려고 때꼽재기 아이들이 눈을 화등잔만하게 해가지고는 문간방 안팎을 연락부절로 오락가락했다.[6] (「아홉 켤레의 구두로 남은 사내」, 154쪽)

물론 위와 같은 시선에는 기본적으로 '나'의 가족에 대한 호기심과 부러움이 전제되어 있지만 문제는 '나'의 가족에게는 이러한 관찰이 그들의

---

6) 윤흥길, 「아홉 켤레의 구두로 남은 사내」, 『아홉 켤레의 구두로 남은 사내』, 문학과지성사, 2011년, 154쪽. 이 소설집의 초판은 1977년 10월에 간행되었다. 이 글에서는 가장 최근에 재판된 2011년판을 기본 텍스트로 하였다. 이후의 인용에서는 저자와 소설집명은 생략하고 소설의 제목과 면수만을 인용문 끝에 표기하기로 한다.

사생활에 대한 일종의 감시처럼 여겨진다는 점이다. 자신과는 다른 계층에 대한 관찰이라는 점에서 권기용을 관찰하는 '나'의 시선 역시 단대리 주민들이 '나'를 바라본 시선과 비슷하다. 누군가를 관찰하고 바라본다는 것은 그 대상이 되는 사람들에 대한 일종의 권력 행사이다.[7] 단대리 주민들이 '나'를 바라보는 시선은 단지 '나'에게 성가시고 귀찮은 시선이지만 계층적으로 우월한 입장에 선 '나'의 경우 세입자를 관찰하는 시선은 하위계층에 대한 폭력으로 비화될 수 있다. 권기용에 대한 감시를 요구하는 이순경의 사례에서도 알 수 있듯이 주민들 사이에서 교차되는 감시와 관찰의 시선은 주민통치를 용이하게 할 수 있을뿐더러 주민들의 자발적인 참여 역시 유도해낼 수 있음은 물론이다.

'나'는 관찰의 시선을 권기용에게 쏟아내게 되지만 곧 스스로 이러한 시선과 다투게 된다. 자신 스스로 자신의 내부에 있는 '찰스 램'과 '찰스 디킨스'와의 싸움[8]으로 일컫고 있는 이 내적갈등은 전과자인 권기용에 대한 연민이냐 적대냐 하는 심적 태도에 관한 것이었다. 이러한 내적갈등에는 이미 '나'는 교사라는 직업을 가진 중간계층으로서 갖는 자기 성찰적인 고민과 관련되어 있다. 무엇보다도 자신도 세입자로서 살아온 경험, 그리고 평소 가난한 사람들에 대한 휴머니스트적 연민이 '나'에게는 내재되어 있었다. 그는 관찰의 시선을 여전히 갖고 있기는 하지만 권기용이 전과자라는 사실을 아내에게 숨기는 등 그에 대해 호의를 지키려고 애를 쓴다.

---

7) 박정자, 『시선은 권력이다』, 기파랑, 2008, 120쪽.

8) 이 소설에서 찰스 램과 찰스 디킨스는 모두 하위계층의 사람들을 소재로 하여 빈민들에 대한 연민과 동정을 작품 속에서 표현한 작가이지만 실제 삶의 모습은 판이하게 달랐던 것으로 제시된다. 찰스 램이 실제 삶이 글과 일치했던 반면 찰스 디킨스는 성공하게 되자 빈민들을 매우 홀대한 작가였다. '나'의 경우 권기용에 대한 자신의 태도를 돌아보며 찰스 램처럼 살고 싶지만 실제로는 찰스 디킨스처럼 살고 있는 것은 아닌지 성찰하곤 한다.

그러나 권기용에 대한 '나'의 호의는 그다지 지속적이지는 않다. 권기용에 대한 '나'의 호의가 적극적인 것이 아니라 그에게 까다로운 집주인의 행세를 하지 않는 정도로 소극적인 데에는 무엇보다도 권기용의 태도에 원인이 있다. 권기용은 집주인인 '나'에게 전혀 고분고분한 태도를 취하지 않고 오히려 그에 대해 매우 대등한 입장으로 때로는 '나'와 경쟁적인 입장까지도 보이고 있다. 집주인의 질문에도 매우 퉁명스럽거나 귀찮다는 듯이 대답하거나 집주인이자 학교 교사인 '나'의 옷차림이나 구두의 상태를 보면서 은근히 깔보는 듯한 표정을 짓기도 하고 자신이 '안동 권씨'라는 사실을 내세운다. 세입자인 권기용은 오히려 집주인인 오선생을 무시하는 듯한 태도를 보인다. 이러한 태도는, 세입자의 권리가 제대로 확보되지 않은 1970년대 주택계약의 상황을 미루어 볼 때 세입자로서는 매우 이례적인 태도라고 할 수 있다.

  즉 세입자인 권기용은 자신에게도 누군가를 '볼' 시선이 있음을 숨기지 않는다. 예전 선생 가족에 대한 단대리 주민들의 호기심 어린, 단순한 시선과는 달리 권기용의 시선은 자신에 대한 모종의 자부심을 가진 시선이라는 점에서 다르다. 다만 권기용이 처한 사회 경제적 위치가 그의 자부심을 뒷받침할 수 없다는 점이 문제다. 집주인의 구두와 자신의 구두를 비교하며 냉소를 머금는 그의 태도는 자신의 처지에 대한 인식이 그다지 냉정하지 않음을 보여준다.

  실제로 권기용은 처음부터 도시의 하층민에 속해 있던 것이 아니라 정확하게는 중간계층으로 진입하지 못하고 하층민으로 탈락한 사례에 속한다. 대학 졸업자에 출판사에 다니던 그는 1970년대 후반의 기준으로 보면 '나'와 마찬가지로 대학을 나온 지식인 축에 들어가지만 경제적으로 자신의 집을 소유하지 못하고 하층민으로 탈락해버린 그러한 중간계층이라고 할 수 있다. 권기용이 소중히 닦는 구두들은 '안동 권씨'와 '대학 졸업' 즉 그가 소유한 상징자본에 대한 자부심과 자존심을 상징적으로 드러내는 소재이다. 그러나 이른바 '광주대단지 사태'로 인해 폭력 전과자가 되어 공안당국으로부터 감찰당하는 처지가 된 그에게 이러한 상징자본은 오히려 그의 현실 적응 혹은 대응을 방해하고 있을 따름이다.

그만큼 '광주대단지'는 권기용에게 매우 중요한 기회였다. 집을 소유하려는 욕망을 실현함으로써 자신의 학력에 걸맞는 계층으로 안착하게 되는 중요한 기로의 순간이었던 것이다. 그러나 당국의 어이없는 일방적인 결정으로 권기용은 실패하고 만다. 단순히 실패할 뿐만 아니라 폭력 전과자라는 딱지가 붙게 된다. 권기용은 '보고(report)'라는 언술방식을 선택하여 자신이 광주대단지 사건의 현장에서 '범죄자'로 몰리게 되었는가를 설명하게 된다.

3. '보고'라는 언술의 의미

이 소설에 절정(highlight)이 있다면 그것은 바로 권기용이 이른바 '광주대단지 사건'으로 알려진 빈민들의 저항운동과 관련하여 어떻게 자신이 가담하게 되었고 그 결과가 무엇이었는지 또한 자신이 어떻게 현재의 처지가 되었는지를 '나'에게 들려주는 부분이다. 권기용이 애초에 광주로 이주하게 된 것은 집을 마련할 수 있다는 욕심에 이십만원을 빌려 철거민 입주권을 얻었던 데서 시작되었다. 당시에 국회의원 선거가 있었고 광주대단지를 지상낙원으로 만들겠다는 온갖 화려한 공약들이 광주대단지에 대한 환상을 부추겼으나 선거가 끝나자 지상낙원은 지옥으로 변했다. 전매소유한 땅에 집을 짓지 않으면 불하를 취소하겠다는 통지서에 토지 분양비를 일시불로 지불하라는 통지서가 이어졌다. 주민들의 분노는 극에 달했고 권기용은 대책위원회에서 투쟁위원회로 변한 단체의 위원이 된다. 주민들과 경찰이 드디어 물리적으로 충돌하던 날, 권기용은 앞장서지 않으려고 출근하다가 주민들에게 들키고 만다. 주민들에게 이끌려 데모대에 낀 권기용은 자신도 모르게 버스 꼭대기에 올라가거나 석유 깡통을 들고 있었고 각목을 휘둘렀다는 사실을 경찰의 채증 사진을 통해 깨닫게 된다.

권기용이 들려주는 광주대단지 사건은 모두 그의 관점에서 그가 스스로 체험한 것으로 일종의 르포르타주(reportage)의 형식을 취하고 있다. 체험한 사실에 기반하여 사건의 전개와 개요가 시간적 순서대로 전개됨으로써 청자는 사건의 전모를 모두 파악할 수 있게 된다. 물론 사건의 경험 주체였던 권기용의 감정과 주관적인 판단에 기초해 사건이 재현되어 있기는 하지만 광주대단지 사건의 발단부터 결말까지의 과정을 듣는 청자는 생생하게 사건을 보고 듣는 것 같은 착각을 갖게 된다. 권기용의 이야기를 듣는 '나'는 어느새 인터뷰어(interviewer)의 역할을 하게 된다.

그가 이야기를 계속할 눈치가 아니었으므로 나는 비로소 그에게 말을 걸 기회를 얻었다.

"그뒤 권선생이 어떻게 되셨는지 물어봐도 괜찮겠습니까?"

"벌써 물어놓고는 뭘 양해를 구하십니까. 사흘 후에 형사가 출판사로 찾아와서 수갑을 채우더군요 경찰에서 증거로 제시하는 사진들을 보고 놀랐습니다. 사진 속에서 난 버스 꼭대기에도 올라가 있고 석유 깡통을 들고 있고 각목을 휘둘러대고 있기도 했습니다. 어느 것이나 내 얼굴이 분명하긴 한데 나로서는 전혀 기억에 없는 일들이었으니까요."

이제 그 이야기에 관해서는 들을 만큼 다 들은 셈이었다.(「아홉 켤레의 구두로 남은 사내」, 182쪽)

이러한 보고의 형식은 앞서 2장에서 언급했다시피 '관찰'이라는 시선이 가진 기본적인 호기심을 해소하면서도 이야기를 들려주는 상대방에 대해 청자가 심적으로 더욱 밀착하게 되는 효과를 갖게 된다. 권기용을 감시하는 이순경과 역시 권기용 가족에 대한 경계를 늦추지 않는 아내와는 달리 '나'는 권기용을 관찰하지만 비교적 중립적인 그러면서 때때로 그를 동정하고 그를 감싸려는 태도를 유지해왔다. 권기용의 '보고'는 그에 대한 '나'의 궁금증을 효과적으로 해소하면서 결과적으로 권기용의 사정에 '나'를 동조하게 한다. 이는 당연한 결과이기도 하다. 누군가의 내밀한 사정을 그의 편에서 듣게 되면 청자는 화자에게 심정적으로 더욱 다가갈 수 있게 되기 때문이다. '나'는 권기용 아내의 병원비를 급히 마련해 전해주기도 하고 권기용이 강도로 들어와 자신을 칼로 위협했음에도 그를 신고하지 않는다.

이러한 '나'의 심적인 변화가 있기는 하지만 기본적으로 '나'는 권기용이 겪은 광주대단지 사건의 전모에 대해서는 외부의 관찰자로 남아 있다. 사건의 전모를 듣고 그의 사정을 이해하고 연민을 품는 차원으로까지 가기는 하지만 그를 외부에서 바라보는 기본적인 시각은 그대로 유지되기 때문이다. 「아홉 켤레의 구두로 남은 사내」나 「타임 레코더」의 주인공 남성들은 '이웃을 사랑해야 한다'는 강박을 갖고 있지만 이러한 강박은 오히려 역설적으로 관찰의 대상이 되는 '이웃'(하층민)들에 대한 거리를 확인하게 할 뿐이다.

하층민에 대한 이러한 거리감은 이른바 '아홉 켤레의 구두로 남은 사내'의 연작시리즈인 「직선과 곡선」 「창백한 중년」 「날개 또는 수갑」에서는 훨씬 줄어들거나 혹은 사라지거나 혹은 시선들의 동등한 교차를 보여줌으로써 하층민들의 삶에 대한 훨씬 더 깊이 있는 성찰을 내보이게 된다. 지식인 남성의 '사랑'과 '동정'의 강박에서 벗어나 이들 소설들에서는

바로 그 관찰의 대상이 되는 하층민들이 보고가 아니라 스스로 자신의 이
야기를 고백하게 된다.

4. 시선을 소유한 하층민과 폭력의 재생산

「아홉 켤레의 구두로 남은 사내」「직선과 곡선」「창백한 중년」「날개 또
는 수갑」에는 모두 동일하게 '권기용'이라는 인물이 등장하여 개별 소설
들이 모두 그가 겪는 일련의 사건들로 한데 묶일 수 있는 연작소설의 형
식을 취하고 있다. 「아홉 켤레의 구두로 남은 사내」에서 권기용이 병원에
아내를 두고 어설픈 강도짓을 벌인 뒤 가출했다면 「직선과 곡선」은 그가
가출한 뒤 어떤 일을 벌였는지 그를 일인칭 서술자 '나'로 설정하여 들려
주고 있다.

「직선과 곡선」에서 '나'로 등장하는 권기용은 이른바 자신의 '내면'을
들려준다는 점에서 더이상 「아홉 켤레의 구두로 남은 사내」에서 관찰의
대상으로 머물던 그 권기용이 아니다. 그는 전작인 「아홉 켤레의 구두로
남은 사내」에서 학교로 찾아가 오선생에게 돈을 빌려줄 것을 부탁하다 거
절당한 후 술집 작부 '신양'을 찾아간다. 그는 술에 취해 잠이 들었지만
곧 전셋돈 생각에 퍼뜩 잠에서 깨어 오선생의 집을 찾아간다. 그는 그 순
간 다음과 같은 이유에서 강도로 돌변한다.

그러자 갑작스레 오선생이란 사람이 그렇게 밉고 원망스러워질 수가 없
었다. 모든 일들이 다 오선생 탓임을 그 순간 나는 추호도 의심하지 않게끔
되어버렸다. 마누라를 병원에 데려간 것도, 새끼가 제 어미 뱃속에서 탯줄
을 목에 감은 것도, 그래서 부득불 제왕절개를 하지 않으면 두 목숨이 위험
하도록 상황을 각박하게만 몰고 간 것도, 폐론하고 내가 실직하게 된 저간

의 사정까지도 그 순간만큼은 모조리 오선생이 책임지지 않으면 안 될 문제였다.(「직선과 곡선」, 212쪽)

자신이 돌연 강도로 변해 오선생을 찾아간 이유에 대한 권기용 자신의 언급이다. 오선생은 사실 권기용의 가해자가 아니다. 권기용이 강도로 돌변하여 오선생의 집에 침입하고 그에게 칼을 겨눌 '합리적인' 이유는 적어도 권기용 자신에게는 없다. 그저 갑작스레 방범대원의 호루라기 소리로 인해 마치 모든 문제의 책임이 오선생에게 있는 것인 양 여겨졌다는 것이다. 이러한 일인칭 서술자 권기용의 설명은 강도짓을 하게 된 합리적인 설명은 아닐지라도 적어도 권기용의 내면적 정황을 드러내는 것으로는 충분한 기능을 하고 있다. 즉 「직선과 곡선」에서 강도 사건은 여전히 불합리한 이유로 벌어진 사건이기는 하지만 권기용의 입장에서 서술됨으로써 오히려 코너에 몰린 하층민의 절박한 심정을 부각시키고 있다.

권기용은 강도 사건을 벌이고 술집으로 돌아와 작부인 신양과 산에 올라 동반자살을 시도한다. 그러나 신양은 처음의 제스처와는 달리, 마지막 순간에 마음을 돌리고, 홀로 음독을 하게 된 권기용은 이틀 동안 산에서 혼수상태로 보내다 집으로 들어온다. 자살에 실패한 권기용은 집에 돌아와 자존심의 상징인 '구두'를 태우고 직장을 찾기 시작한다. 이력서를 들고 가던 중 그는 교통사고를 당하고 교통사고 가해자인 동림산업 사장의 제안으로 취업을 하게 된다. 그러나 이러한 진실과는 달리 신문에 그는 '자해 상습범'으로 그리고 그를 취업시킨 사장은 그런 그에게 '인정'을 베푼 것으로 소개된다. '구두'를 태움으로써 자존심을 버린 '나' 권기용은 더이상 이러한 취급에 분개하지 않는다. 그러면서 오히려 권기용은 병원생활을 즐기기까지 하면서 '유년 시절'의 잔재를 마감하게 되었다고 언급한다.

「직선과 곡선」의 서술자 '나'로 등장하는 권기용은 전편인 「아홉 켤레의 구두로 남은 사내」에서와는 달리 자신의 시선을 소유하고 내면 심경을 고백할 수 있는 목소리를 갖고 있다. 알 수 없는 내면을 소유한 관찰의 대상에서 자신의 시선을 소유하고 자신의 심경을 스스로 말할 수 있게 된 것이다. 「날개 또는 수갑」 그리고 「창백한 중년」에서 권기용의 시선은 능동성을 획득할 뿐만 아니라 타자를 관찰할 수 있는 시선을 갖게 된다. 즉 자율적인 시선을 소유한 주체로서 제시된다.

이쪽에서 일제히 자기를 의식하고 있는 줄 번연히 눈치챘을 텐데도 사내는 차를 홀짝거리는 틈틈이 엿듣는 자세를 취하고 있었다.
"장담해도 좋아. 우리 얘길 아까부터 주의깊게 듣고 있었어."
제 말에 인감도장이라도 찍겠다는 투로 유명종이 보증하고 나섰다. 그렇다면 반가울 까닭이 조금도 없는 인물이었다.
"엿들을 테면 얼마든지 엿들으라지."
일단 기세가 오른 우기환이 계속해서 큰소리를 뻥뻥 쳐댔지만 엿듣도록 내버려두는 것이 어떤 의미에서는 자살 행위와 마찬가지인 줄 잘 아는 고참 사원들로서는 그럴 수가 없었다. 생산부 사내를 의식하기 시작한 후로는 분위기가 자연 시멘트 바닥이 되었다.(「날개 또는 수갑」, 259~260쪽)

「날개 또는 수갑」에서 권기용은 오히려 다른 이들을 관찰하는 시선을 갖게 된다. 그가 취업하게 된 동림산업의 사장은 모든 사원들에게 제복을 입히겠다는 방침을 발표하고 이에 직원들은 반발하고 있는 상황이었다. 특히 화이트칼라 즉 일정한 학력을 갖춘 사무직 직원들에게 '사복(社服)'은 그들의 사생활 침해는 물론 회사측의 족쇄를 상징하는 것이었고 거의 매일 퇴근 후 다방에 모여 이에 대한 대책을 논의하고 있던 차였다. 비록 사장의 방침에 대해 반발하고 있는 이들이지만 기본적으로 피고용인의 처지에 있던 그들은 자신들을 관찰하고 바라보는 시선에 대해 민감할 수밖에 없었다. 이들에게 다방 한구석에 늘 앉아 있는 생산부 직원으로 보이는 정체 모를 남자(후에 권기용으로 밝혀지는)의 존재는 몹시 껄끄러울 뿐만 아니라 회사측의 밀고자는 아닌지 끊임없이 의식할 수밖에 없게 한다. 물론 후에 권기용이 이들 사무직 직원들을 바라보는 의도가 그들이 상상하는 것처럼 사장에게 밀고할 의도가 없음이 밝혀지지만 이러한 오해가 풀릴 때까지 적어도 허름해 보이고 하찮아 보이는 일개 생산부 직원의 시선은 사무직 직원들이 의식하게 하는 시선의 상호성[9]을 가능하게 한다.

시선의 상호성을 통해 권기용은 하나의 자율적인 '시선'을 가진 인물이 된다. 사무직 직원들의 생산부 직원인 권기용에 대한 계층적 우월감은 여전히 존재하지만 일시적이나마 잡역부인 권기용의 존재를 그들은 '의식'하게 되는 것이다. 그렇다면 권기용에게 이들은 어떻게 인식되고 평가되는 것인가. 시선을 소유한 권기용은 스스로 자신의 생각을 타인에게 드러내게 된다.

권기용은 그들에게 간접적인 방식이기는 하지만 분명히 자신의 의견을 표명한다. '한쪽에선 작업중에 팔이 뭉텅 잘려져나간 사람'이 있는데 다른 한쪽에서는 '걸치는 옷 때문에 거기에 자기 인생을 거는'(「날개 또는 수갑」, 269쪽) 상황 즉 생산현장에서 팔이 잘려나가는 현실을 목격한 그에게 사무직 직원들의 제복에 관한 우려는 상대적으로 절실한 문제가 아닌 것으로 보인다는 것이 그의 생각이다. 그의 이러한 '의견'은 사무직 직원

---

9) 존 버거에 의하면 '시선의 상호성'은 바로 타인을 자신의 눈으로 바라봄과 타인의 눈에 자신이 보일 수 있다는 사실을 알게 되는 것이다. 또한 이러한 시선의 상호성은 대화의 상호성보다 선행하는 것이며 근본적으로 현실을 구성하는 힘이다. 존 버거, 『이미지, 시각과 미디어』, 편집부 옮김, 동문선, 1990, 28쪽

들의 반발을 일으킨다. 기본적으로 생산직 직원에 대한 계급적 우월감이 있는 식자층으로서 사무직 직원들은 잡역부인 그가 동등한 발언의 권리를 가지고 자신들에게 이견을 말하는 것을 용납할 수 없었던 것이다. 이들이 권기용의 이견을 받아들인 것은 아니지만 권기용은 결과적으로 동등한 시선과 언급의 권리를 소유함으로써 이들의 위선과 한계를 드러내는 역할을 하게 된다.

「날개 또는 수갑」에서 언급한 '팔이 뭉텅 잘려져나간' 사건은 「창백한 중년」(1977)에서 자세히 전개된다. 권기용은 '인정' 있는 사장의 배려로 동림산업에 취업하게 되지만 정작 그에게 어떤 업무가 주어지지 않아 작업장 안을 어정거리다가 여공 '안순덕'이 혼자서 몰래 점심식사하는 것을 발견하게 된다. 그녀는 결핵을 앓고 있었고 그로 인해 직장에서 쫓겨날까 봐 비밀스러운 점심식사를 하고 있었던 것이다. 권기용의 눈에 띈 안순덕은 권기용을 회사측 감시자라 오해하고 이를 무마해주는 대가로 '여관'에라도 따라갈 수 있다는 의향을 비친다. 권기용은 자신은 감시자가 아니라고 해명하지만 안순덕은 결국 직장 건강검진을 통해 결핵을 앓고 있다는 사실이 발각되어 해직될 위기에 처하게 된다. 가장으로서 일자리를 잃을 수 없었던 안순덕은 무리하게 작업장을 지키려다 재단기에 팔목을 잘리는 사고를 당하게 된다. 안순덕을 문병하러 간 권기용은, 안순덕의 해고에 대해 그에게 원인이 있다고 생각하는 약혼자인 박환청으로부터 '대학 졸업장을 가진 잡역부는 흔치 않다'는 말을 들으며 폭행당하게 된다.

공장의 잡역부가 된 권기용은 관찰의 시선을 갖게 되었지만 이는 그로 하여금 가해자라는 오해를 불러일으키면서 폭행당하는 지경에 처하게 한다. 상위의 권력을 항상 의식하고 살아야 했던 시기에 타인의 시선은 곧 하위계층들에게는 생존을 위협하는 감시를 의미하는 것이었다. 권기용처럼 대학을 졸업했으나 중간계층의 대열에서 낙오된 도시의 하층민조차도 그 시선을 소유할 수 있었고 그것을 통해 주체가 될 수 있었지만 그 시선을 소유하는 즉시 또다른 폭력에 노출되거나 폭력을 유발시킬 있는 위험에 처하게 됨을 알 수 있다. 시선을 소유한 권기용은 자신의 의견과 주장을 언술할 수 있게 되지만 이미 그의 언어는 소통의 가능성과 진실의 힘을 잃은 채 타인으로 하여금 불신을 낳게 할 뿐이었다.

5. 『아홉 켤레의 구두로 남은 사내』 연작의 문학사적 의의

『아홉 켤레의 구두로 남은 사내』 연작들에서 주요인물인 '권기용'은 관찰의 대상에서 시선의 소유자로 변해간다. 이러한 변화의 과정과 대응하는 것은 그의 언술방식이다. 그는 자신이 경험한 사건을 보고하다가 내면을 고백하는 위치로 그리고 자신의 생각을 적극적으로 발화하는 위치로 바뀌어간다. 그러나 누군가를 바라볼 수 있고 관찰할 수 있음으로 인해 누군가에게 폭력적인 시선으로 보이거나 또다른 폭력을 유발할 가능성도 동시에 갖게 되었다. 『아홉 켤레의 구두로 남은 사내』 연작에서 권기용의 시선과 언술의 변화를 통해 이 연작들은 중간계층과 하층민들의 일상을 매우 입체적으로 바라보고 있다는 점을 지적할 수 있다. 그 결과 드러나는 것은 70년대 후반 평범해 보이는 일상의 세계 속에 편재해 있는 권력의 모습이다. 이 권력의 모습은 눈에 보이지 않는 상위 권력자가 평범한 서민들에게 끼치는 영향력으로서가 아니라 평범한 서민들 사이에 그어지는 분할의 선들에 주목하고 있다. 이 분할의 선들은 바로 '계층'과 밀접한 관련을 갖고 있다.

연작에 등장하는 인물들은 크게는 교사나 사무직과 같은 중간계층과 공장노동자, 실직자 등의 하층민으로 나눌 수 있다. 학교 교사인 오석태와 동림산업의 화이트칼라들은 중간계층이며 권기용과 안순덕 등은 하층민들이다. 이 계층은 서로가 이해되지 않는다. 이 연작은 하층민을 '바라보는' 중간계층의 시선에서부터 출발한다. 이해가 되지 않는 하층민 권기용이 묘사되고 권기용은 자신이 겪은 일을 보고한다. 교사인 오석태의 시선은 곧 독자의 시선과 일치되며 독자들은 오석태의 관점에서 권기용이 겪은 광주대단지 사건을 보고받는 처지가 된다. 그러나 이후의 연작인 「직선과 곡선」 「날개 또는 수갑」 「창백한 중년」에서 권기용은 시선의 대상에서 시선의 소유자로 바뀌게 된다. 그러면서 그는 중간계층이 미처 알 수 없었던 하층민들의 입장과 사정을 언술하는 위치에 서게 된다. 『아홉 켤레의 구두로 남은 사내』 연작은 결국 일상 속에 자리한 권력 특히 계층의 문제를 예민하게 다루면서 일방적인 시선 속에 감추어졌던 하층민들의 내면과 입장을 드러내고 있다.

무엇보다도 이 연작은 '광주대단지 사건'을 통해 '주거'를 매개로 한 계층 간의 엇갈린 욕망 충족과 이러한 폭력 사건을 가능하게 했던 상위의 불합리한 권력의 모습을 적나라하게 보여주고 있다. 더 나아가 이 사건을 시발점으로 하여 중간계층의 한계와 더불어 생존을 위해 엄혹한 세상을 살아갈 수밖에 없는 하층민들의 '입장'을 전경화하고 있다. '권기용'으로 대표되는 탈락한 하층민의 목소리와 시선이 그 중요한 매개로 등장한다. 그러나 이들 하층민들이 소유한 시선은 그들을 일시적인 주체로서 가능하게 했을지라도 본의 아니게 타인에 대한 폭력이 되면서 또다른 폭력을 재생산하게 한다. 결론적으로 이 연작은 계층과 시선이라는 매개를 통해 일상 속에서의 미시적인 권력의 형태와 속성을 매우 날카롭게 파고든 1970년대 문학의 수작(秀作)이다.

'아베들'의 두 개의 '역사'
— 전상국론

유승환

1. 전상국 소설의 '세계'와 '역사'

전상국의 소설적 작업을 "한 우물 파기"[1]에 비유한 한 연구자의 지적대로 전상국의 소설들은 기본적으로 반복적이다. 그의 소설은 유사한 시공간적 배경 속에서 유사한 유형들의 인물들 사이에서 벌어지는 다양한 사건들을 집요할 정도로 거듭해서 서사화하면서 그 자신의 고유한 소설적 주제를 끊임없이 재탐색한다는 점에 특징이 있다. 즉, 그는 늘 자신의 고향인 강원도 내륙의 전통적인 촌락을 무대화하면서, 다시 집단적인 폭력과 구금과 강간과 약탈로 점철된 6·25 체험을 소설의 중심적인 사건으로 삼으면서 그 과정에서 형성되는 다양한 인간들의 상처 혹은 죄의식을 반복해서 다룬다.

전상국 소설의 이러한 반복성을 생각해볼 때 그의 소설이 제시하는 세계를 "고유의 역사와 영토와 주민을 소유하고" 있는 "하나의 다른 세계"[2]

---

1) 조동숙, 「구원으로서의 귀향과 父權 회복의 의미」, 『한국문학논총』 21, 1997, 2쪽.
2) 이동하, 「하나의 '다른 세계'에 대한 보고서」, 『작가세계』 1996년 봄호, 42쪽.

로 파악하는 논의는 흥미롭다. 물론 이 말은 작가의 전상국 소설에 대한 비유적 찬탄이지만, 동시에 한 작가의 소설세계를 '다른 세계'라고 부른다는 것은 위험을 감수해야만 하는 일이다. 이 말은 작가의 '세계'가 우리가 살고 있는 '진짜' 세계와는 유리된 어떤 곳으로 읽힐지 모른다는 말이며, 이는 다시 현실에 대한 불철저한 분석으로 이해될 수 있기 때문이다. 특히 전상국의 '세계'가 그가 유년 시절 경험했던 강원도의 '전근대적 촌락공동체가 지닌 전통적 삶에 의존하는 바가 크다고 할 때 더욱 그렇다. 이러한 전근대적인 전통에 대한 의존성은 자칫 역사적 현실에 대한 정확한 파악과 대응 방안의 모색을 어렵게 만들 수 있기 때문이다. 가령 김윤식은 전상국 소설에서 개인의 체험과 감각에 지나치게 의존하는 "물신적인 성격"을 발견하고, 여기서 역사에 대한 '논리적 분석과 극복'의 불가능성을 발견한다.[3] 가령 전상국의 대표작 중 하나인 「하늘 아래 그 자리」에서 주인공 마필구의 복잡한 삶의 내력이 결국 '풍수'라는 "한갓 미욱한 미신에 불과한 것"[4]에 기인하는 것이라면, 이는 역사의 변화·발전 과정과는 전혀 무관한 것이 되기 때문이다.

이러한 의문에 대하여 전상국 소설은 몇 가지 방식으로 답을 하는 것처럼 보인다. 먼저 보아야 할 것은 전상국 스스로 자신이 다루고 있는 이야기를 '역사'라고 부른다는 점이다.

"저것이 자네 증조부모님을 모신 델세."

은장봉 상봉 조금 못미처 그럴듯한 구릉들은 모두 무덤이었다. 이런 것이 바로 족산이로구나. 고개를 주억거리며 이 엄연한 역사 앞에서 사뭇 숙

---

3) 김윤식, 「엄숙주의에 대하여」, 『전상국』(제3세대 한국문학 선집 11권), 삼성출판사, 1983, 438쪽.

4) 김윤식, 같은 책, 430쪽.

연해진 내게 당숙이 규모가 꽤 큰 무덤 하나를 가리켜 보였다. (「하늘 아래 그 자리」, 『문학과지성』 1978년 여름호, 1079쪽)

"너 일기 쓰냐?"

석필이가 가방 옆에 놓인 대학 노우트를 끌어당기며 물었다. 나는 석필이 손에서 그 노우트를 나꿔채어 가방 밑바닥에 넣은 다음 지퍼를 채웠다.

"일기가 아냐. 역사책이다." (「아베의 가족」, 『한국문학』 1979년 10월호, 89쪽)

전상국은 족산에 문중의 어른들이 묻혀 있는 모습, 혹은 한 여성의 수난의 체험을 기록한 '어머니의 일기'를 "엄연한 역사" 혹은 "역사책"으로 부른다. '풍수에 대한 믿음'에서 나왔던 마필구의 행동을 '한갓 미신'이 아닌 "역사"라고 당당하게 호명하는 셈이다. 전상국이 그의 소설 속에서 '역사'를 호명하는 이러한 방식은 지금에 이르러서는 상식화되었다고 할 수 있는 역사에 대한 인식, 즉 공식적 역사 서술이 하위주체들의 목소리를 은폐·배제함으로써 성립되었다는 논의 혹은 전상국을 포함하는 70년대의 작가들이 "공식적 기억에 의해 억압되었고 은폐되었던 소수의 기억에 주목"[5]하고 있다는 지적을 상기하게 한다. 전상국에게 있어서 '역사'란 인과율적인, 혹은 합목적적인 과정으로 이해되는 '논리적' 차원의 것이 아니다. 전상국에게 '역사'는 다분히 복수(複數)적인 것으로 존재한다. 전상국 소설의 인물들은 공식적인 '역사' 속의 전형적 인물로 행동했

5) 정재림, 「전쟁 기억의 소설적 재현 양상 연구」, 고려대학교 박사학위논문, 2006, 15쪽. 정재림은 다른 글에서 특히 「아베의 가족」과 「지빠귀 둥지 속의 뻐꾸기」에 등장하는 '여성의 발화 공간'을 높게 평가한다. (정재림, 「전상국 소설에 나타난 추방자 형상 연구」, 『한국문학이론과 비평』 55, 2012년 여름호, 232~233쪽)

던 것이 아니며, 또다른 형태의 '역사적 논리' 속에서 나름의 행동을 조직했던 셈이다.

물론 그렇다고 전상국 소설이 단순하게 그 잊혀진 '사적인 역사들'을 복원하려는 시도로 쓰였다고 주장하는 것은 아니다. 익히 알려진 바, 전상국 소설은 대개 '귀향 구조'를 취하고 있다. 위 인용문에서 "엄연한 역사"에 감탄하는 사람은 이미 '풍수'가 통용되지 않는 도시공간에서 생활하는 대학생 '나'이다. 말하자면 전상국 소설세계의 그 '역사'는 그 역사와는 좀 다른 역사 속에서 살아가는 타인들, 혹은 그 후속세대들에게 확인되고 발견되어야 하는 것으로 존재한다.

그렇다면 전상국이 호명하는바, 그 또다른 '역사'의 정체는 무엇일까? 그리고 전상국 소설의 인물들은 어째서 그 역사를 지속적으로 확인하려고 시도하는 것일까? 물론 이 질문에 대한 대답을 시도하는 것은 궁극적으로는 전상국 소설이 제시하는 그 고유한 세계의 의미를 재조명하기 위한 것이다. 이 글에서는 특히 80년대 말까지 반복되는 전상국 소설의 기본 구조가 확립된 70년대 후반의 작품들 중 「하늘 아래 그 자리」, 「아베의 가족」, 「우상의 눈물」 등 3편을 대상으로 전상국 소설의 의미에 대한 새로운 모색을 시도하려 한다.

2. 역사가 작동하는 또하나의 방식—「하늘 아래 그 자리」

「하늘 아래 그 자리」는 아버지의 고향을 방문하는 화자인 '나'가 고향을 방문하는 길에 우연히 마주친 '마필구' 노인의 삶의 내력을 확인하는 이야기이다. 이때 이 작품의 화자인 '나'는 단순한 관찰자의 위치에 머무르지 않는다. 서울에서 대학을 다니면서 종종 학생운동에도 참여하곤 하는 '나'는 그 나름의 심각한 내면적 고민에 싸여 있다. '나'의 고민은 나의

"낮과 밤의 얼굴"이 다르다는 점, 즉 위선에 기인한다. 이 위선의 직접적 원인은 '나'의 아버지가 국회의원이라는 점에 있다. 다시 아버지가 국회의원이 될 수 있었던 것은 '나'의 할아버지가 고향 문중을 대표하는 사람이라, 지역구의 토호인 문중의 절대적 지지를 얻을 수 있었기 때문이다. 때문에 위선으로 고민하는 '나'가 고향을 방문하는 것은 아버지를 국회의원으로 만든 자신의 가계를 확인하는 과정이 된다.

그 과정에서 '나'가 떠올리는 것은 "개화 할아버지", 즉 "눈이 파란 선교사"의 영향하에 마을의 봉건적인 인습들을 타파하려고 노력하다가 결국 문중에서 추방당한 증조부이다. 그러나 '나'는 증조부라는 인물 자체보다 증조부가 사망한 뒤 그가 "그처럼 무너뜨리려고 발버둥치던 가문주의의 상징인 선산에 묻혔던" 아이러니에 주목한다. 서론의 인용문에서의 "엄연한 역사"가 증조부가 선산에 묻힌 풍경에 대한 감상이라는 점을 고려할 때, 일차적으로 그 '역사'의 의미는 증조부를 선산에 묻는 아이러니를 강제했던 '가문주의의 완강함'이라고 볼 수 있을 것이다.

이 완강한 믿음은 '나'가 '마필구' 노인의 삶의 내력을 확인하는 과정을 통해 하나의 '역사'로 전환된다. 이 작품이 사용하는 소설적 장치 중 가장 눈여겨볼 만한 것은 상암리와 하암리의 대립이라는 공간적 배경의 설정이다. 토박이이자, 토호인 김씨 문중이 자리하고 있는 하암리의 유복함과 이에 대비되는 상암리의 가난함은 소설 속에서 극명하게 대조되는 동시에, 토지 소작, 임야의 사용권 문제 등의 실제적인 갈등으로 이어진다. 이때, '완강한 가문주의', 다시 말해 '풍수사상'에 기반한 '명당자리'의 독점은 두 마을의 계급적·지역적 대립이 발현되는 매개가 된다. 특히 마필구 증조부의 매장지를 둘러싸고 일어나는 극심한 갈등은 토지 소유 문제와 관련하여 지역 내에 실제로 존재하는 계급 문제가 '장례'라는 전통적 관습과 '풍수'라는 전통적 신앙의 틀을 빌어 나타나고 있는 양상을 보여준다. '장례'를 둘러싸고 벌어지는 두 마을의 이러한 갈등은 하위주체들의 저항이 전통이라는 형식을 빌어 벌어지는 전형적인 양상을 보여준다.[6]

물론 상암리와 하암리의 이러한 갈등이 매개되는 '전통'으로서의 '풍수사상'은 뿌리깊게 내려온 토지에 대한 소유권을 부정할 만한 혁명적인 힘을 가지고 있다고 보기는 어렵다. 그리고 이 지점에서부터 마필구라는 인물이 부각된다. 원래는 상암리 사람인 마필구가 취하는 전략은 하암리의 토지에 대한 강제적인 탈취가 아니라, 그 자신이 하암리 사람이 됨으로써 하암리와 상암리의 경계를 허무는 것이다. 물론 이러한 마필구의 노력이 마을의 해묵은 계급적 갈등을 변혁 내지 해소하려는 의식적 차원에서 전개되는 것은 아니다. 마필구의 행동은 근본적으로 하암리의 부유한 삶에 대한 선망과 그러한 부유한 삶을 낳게 한 원인으로서의 풍수사상에 대한 믿음에 기반을 둔다. 때문에 마필구가 취하는 방식은 자신이 하암리 사람이 되어, 그 선산 한 귀퉁이에 아버지의 유골을 옮기는 것이다. 그리고 이러한 믿음에서 마필구가 취하는 행동들은 그의 의식과는 관계없이 그를 두 마을 사이에 뿌리박힌 갈등에 대한 중개자로 만든다.

물론 마필구는 양자의 갈등을 해소하는 데 실패한다. 그 실패는 두 번에 걸쳐 이루어진다. 첫번째는 전쟁 전 마필구가 부친의 유골을 문중 선산에 암매장한 사실이 발각이 나 몰매를 맞고 쫓겨나는 부분이다. 이러한 마필구의 추방 자체는 두 마을 사이의 갈등이 쉽게 중재될 수 없는 것

---

6) 이와 관련 가우탐 바드라는 1857년 인도에서 대규모로 일어난 농민 봉기에 작용한 전통적인 촌락의 의사결정 조직 및 전통적 신앙의 힘을 강조하며, 하위주체들의 봉기를 추동한 리더십과 촌락공동체 단위에서 존재하는 전통적 요소와의 관련을 강조한다. (Gautam Bhadra, "Four Rebels of 1857", Ranajit Guha & Gayatri Spivak (ed.) Selected Subaltern Studies (Delhi: Oxford University Press, 1988)) 한편 라나지트 구하는 기존의 역사 연구에서 인도의 농민 봉기에 미친 전통적 종교의 영향력을 제대로 설명하지 못했다는 점을 비판하기도 한다. (Ranajit Guha, "The Prose of Counter-insurgency", Ibid.)

임을 잘 보여준다. 그러나 추방된 마필구에게는 두번째 기회가 주어지는 데, 한국전쟁 당시 인민군의 촌락 점령 이후 마필구가 하암리 인민위원회 위원장으로 임명되기 때문이다. 전쟁을 계기로 한 소유권의 소멸이라는 새로운 정치적 조건 속에서 마필구는 상암리 사람들의 하암리에 대한 일방적인 약탈이라는 극단적인 상황을 막고 두 마을 사이의 갈등을 조절하려 한다. 이 새로운 정치적 가능성은 물론 두 마을 사람들의 비난과 외면을 받는 '외로운' 일이었지만, 그럼에도 이 두번째 국면에서 마필구는 다만 개인적 영달을 위해 매진하는 존재로 머물지는 않는다. 그는 "자기가 하는 일이 좋은 세상을 만드는 일"이라고 믿으며, 동시에 하암리에 올라오자마자 조상의 뼈를 김씨 문중 선산에 묻겠다는 의지를 "세상 사람들이 자기의 본심을" 알아주는 그 순간까지 지연시킨다. 말하자면 이 시점에 있어서 마필구는 두 마을 사이의 갈등에 대한 중개자로서의 자기의 위치가 확인되는 그 순간과 자신의 오랜 소망이었던 조상들을 이장하는 순간을 일치시킨다. 이는 새로운 정치적인 환경에서 모색되는 갈등의 해결과 '전통'으로서의 풍수사상이 결합되는 보기 드문 풍경이다.

'나'가 마필구의 내력을 조사하면서 확인하는 것은 두 마을 사이의 다분히 계급적인 대립과 갈등의 과정, 그리고 그 중간에 놓인 마필구가 대변하는 이러한 갈등의 해결과정이다. 토지의 소유 여부에서 발생하는 두 마을의 갈등은 명당의 독점, 즉 '풍수사상'이라는 틀 안에서 전개되어왔던 것이다. 이 점을 감안한다면 증조할아버지가 묻혀 있는 족산의 모습은 상암리와 하암리 사람들 모두를 포괄하는 역사적 과정의 변화와 긴밀하게 관련된다. 즉, '풍수사상'은 상암리와 하암리라는 전통적인 촌락공동체의 틀 안에서 역사가 전개되는 또하나의 작동방식으로 "엄연한 역사"가 된다. 전상국이 그의 소설들에서 발견하는 것은 우리가 알고 있는 역사와는 다른, 전통의 틀 안에서 전개되는 또다른 형태의 '역사'인 것이다.

강조할 점은 이 작품은 이러한 전통적인 역사가 1970년대 후반이라는 당대적인 상황에서 어떻게 이어지고 있는가를 제시하고 있다는 점이다. 화자인 '나'에게 있어 하암리는 "할아버지의 고향이며 아버지의 표밭의 근원"으로서의 이중의 의미를 지닌다. 즉, 하암리 김씨 문중의 뿌리깊은 '가문주의'는 전후 남한사회라는 질적으로 새로운 역사적 상황 속에서 새로운 정치권력의 탄생에 일조한다. 그리고 이러한 권력의 탄생은 '상암리 사람들의 투표권 박탈'을 통해 이루어진다. 전후 남한이라는 새로운 정치적 체제의 탄생에도 불구하고, 그 탄생과정에는 하암리가 모든 자원을 독점한다는 전통적 촌락공동체에서의 해묵은 문제가 되풀이된다. 이 점에서 족산으로 대표되는 "엄연한 역사"는 현실의 역사와 이어진다.

　문제는 '풍수사상'에 기반하여 작동하는 그 "엄연한 역사"와 지금의 새로운 역사와의 연속성이 이후의 역사 전개과정에서 철저하게 은폐된다는 것이다. 이는 전쟁 이후 마필구가 "빨갱이"로 호명되는 과정과 통한다. '풍수사상'이라는 형식으로 전개되었던 상암리와 하암리의 역사적 변동과정은 자원의 분배를 통한 두 마을 사이의 갈등 해결이라는 과제를 여전히 남기고 있는 상태에서 반공국가로서의 남한 체제의 확립과 더불어 폭력적으로 중단되는 동시에, 그 역사적 과정의 실체도 '빨갱이에 의한 난동'으로 폄하된다. 그와 동시에 두 마을 사이의 해묵은 갈등 또한 은폐된다.

　'나'가 마필구 노인의 삶의 내력을 알아가면서 확인하는 것, 즉 이 작품이 우리에게 보여주는 것은 무엇보다도 역사의 또다른 작동 방식과 함께 그 "엄연한 역사"가 지금의 새로운 역사와 이어지고 있다는 사실, 즉 "엄연한 역사"의 실재성 그 자체이다. 그 지역에 존재하는 현실적 갈등에 기생하여 정치인이 되었음에도 불구하고, 그 갈등의 역사를 '빨갱이의 난동' 정도로 치부하는 아버지의 무책임함은, 어떠한 형태로든 갈등의 역사에 마주하려고 했던 할아버지와 마필구의 의지와 극명하게 대조된다. 그리고 '빨갱이'로서의 징역살이를 마치자마자 자신을 추방했던 마을로 돌아와 그 명당자리에 자신과 조상들의 묘지를 마련하려고 했던 마필구의 어리석은 소망은 다시금 또다른 형태로 작동하는 역사적 논리의 실재성을 환기시킨다. 마필구의 주검이 발견된 그 자리에서 벌어지는 상암리와 하암리 두 마을 청년들의 욕설들, 그리고 '축구 시합'으로 승부를 가리자는 약속은 그 실재적인 역사적 논리가 새로운 시대 속에서 새로운, 그러나 공식적인 역사와는 여전히 구분되는 형식을 새로이 취하는 모습을 암시한다.

3. 대체 불가능한 '아베'의 '역사'—「아베의 가족」

전상국의 대표작이라고 불리는 「아베의 가족」은 무엇보다 아베의 기괴한 형상이 주는 정서적인 효과가 인상적인 작품이다. IQ가 이십인데다가 할 줄 아는 말이라고는 "아-베-"라는 말밖에는 없으며 그런 주제에 식욕과 성욕만 왕성한 아베의 불구적 형상은 1950년대 민족이 겪었던 수난사에 대한 상징으로까지 보인다.[7] 그러나 이 작품에서 '아베'라는 상징의 의미 외에 좀더 따져보아야 할 것은 아베를 버리고 미국으로 떠났던 가족들

---

7) 민족의 수난사를 여성의 수난사와 결부시키는 경향은 전쟁 이후의 한국 현대소설에서 상당히 빈번하게 나타난다. 이 부류의 소설들은 대부분 민족국가 수립의 필요성과 그 난관이라는 주제를 가족/국가의 은유를 통하여 훼손된 여성의 존재로 인한 가족 형성의 어려움이라는 '가족서사'로 치환하는 경향을 보인다. 이에 대해서는 권명아의 논의(권명아, 『가족이야기는 어떻게 만들어지는가』, 책세상, 2000) 참조. 「아베의 가족」에 나타난 아베의 형상의 상징적 의미, 그리고 그 상징적 의미를 구성하는 원동력인 어머니의 수난사, 특히 어머니가 흑인 병사들에게 강간당하는 장면들은 이러한 형태의 '가족서사'의 한 종류라고 볼 수 있으며, 이 점에서 특히 여성주의적 관점에서의 철저한 재검토가 필요하다는 점을 지적해둔다.

이 아베를 찾기 위하여 다시 돌아온다는 그 기본적인 구조에 있다.

전쟁 이후의 한국사회에서 미국이라는 표상은 대단히 복합적인 의미를 지닌다. 한편으로는 미국은 현대적 문화를 대표하는 매혹적인 공간이기도 하였지만, 동시에 물질주의적인 퇴폐문화의 대표 격으로 이해되기도 한다. 「아베의 가족」은 미국에 대한 그 두 가지 인식을 동시에 보여준다. 소설의 화자인 '나'(진호)는 미국으로 이민 간 사람들이 "물질의 가치 그 이상의 것"을 생각하지 않는다는 관찰을 한다. 하지만 동시에 미국이 보여주는 그 물질주의는 한국에서의 구질구질한 삶을 대체할 수 있는 매혹적인 합리주의로 다가온다.

> 나는 누구보다 열심히 그쪽 생활에 젖어들려 노력했다. 직업의 귀천 없이 자기가 일한 만큼의 급료를 주머니에 넣을 수 있는 미국사회 구조에 매혹된 것이다. 그런 면에서 미국은 가히 유토피아였다. (「아베의 가족」, 58쪽)

미국이라는 공간이 가지고 있는 사회적 구조의 합리성은 아베의 존재로 대표되는 한국에서의 치욕적인 삶을 청산하고 새로운 희망을 가질 수 있는 가능성으로 다가온다. 미국은, 한국전쟁 당시의 죄의식으로 신음하던 아버지를 갱생시키는 공간이며, 대학 진학의 꿈도 꾸지 못했던 남동생이 진학 계획을 세울 수 있게 하는 공간이며, 여동생 정희가 '어머니'와 '아버지'의 '더러운 삶'을 이어받지 않아도 된다고 생각할 수 있게 만드는 공간이다.

그럼에도 '나'는 "미국이란 커다란 괴물체 속에서" "창조적 삶을 꾸려나갈 수 없다는 것"을 곧 깨닫는다. 그 이유는 작품에서 여러 가지로 설명되나, 결정적인 것은 아파트 앞에서 흑인들에게 윤간당하는 동생 정희의 모습을 발견한 사건이다. '검둥이'들에게 윤간당하는 정희의 모습은 미군

병사들에게 윤간을 당하고 그 결과로 아베라는 장애아를 출산한 어머니의 모습과 그대로 겹친다. 또한 정희가 윤간당하는 모습을 본 '나'가 칼을 들어 스스로의 살을 찌르는 장면은 다음과 같은 어머니의 수기의 일부분과 완전히 겹친다.

나는 밤낮없이 그들을 칼로 찔러 죽이는 환상으로 치를 떨었다. 그들의 검고 끈적끈적한 살갗 그 깊숙한 데서 콸콸 쏟아지는 피를 두 손으로 받아 이웃 사람들 눈앞에 보여주고 싶었다. 내가 그때 살아 있을 수 있었던 것은 가슴으로 치미는 증오와 복수심 그것 때문이었다. (「아베의 가족」, 46쪽)

딸 정희의 운명과 어머니의 운명이 그대로 겹친다는 점에서, 그리고 '나'의 정서와 어머니의 정서가 그대로 겹친다는 점에서, 이 장면은 미국으로 이주한 '나'의 가족들이 가지고 있었던 계획, 즉 한국에서의 치욕적인 삶을 청산하고 미국이라는 합리적 사회구조 속에서 새로운 삶을 시작하려는 계획이 실현 불가능한 것임을 암시한다. 다시 이 말은 미국이라는 합리적인 사회구조와 한국을 변별한 뒤, 전자를 선택함으로써 후자에서의 삶을 단절하려는 그들의 기획이 실은 실현 불가능한 것이라는 점을 의미한다.

말하자면 '아베의 가족'의 역사, 어머니의 수기라는 "역사책"에 전말이 실려 있는 그 역사는 미국이라는 새로운 공간에서 다시금 꾸며내는 '아베 없는 가족들'의 역사로 대체 불가능하다. 이는 근본적으로 어머니의 수기에 수록되어 있는 '아베의 역사'가 단지 한 개인의 은밀하고 예외적인 내력이 아니라 한국전쟁이라는 세계사적인 사건의 전후에 놓인 한국사회의 다양한 정치적 문화적 맥락이 집약되어 있는 혼종으로서의 역사이기 때문이다.

수기의 첫 부분을 장식하는 어머니와 최창배가 결혼하는 대목에서부터 하나의 문화적 혼종이 존재함은 염두에 두어야 한다. 결혼 전 어머니는 여학교를 졸업한 교사였다. 당시로서는 상당한 교육을 받은 여성 지식인인 셈이다. 그러나 최창배와 결혼하여 샘골로 내려간 어머니가 최초로 적응해야 했던 것은 4대 독자인 창배 집안의 가부장적 전통이었다. 아베의 임신을 계기로 그녀는 "한 집안의 대를 이을 자식을" 낳고 키우는 자신의 역할에 비로소 적응하지만, 한국전쟁시 인민군에 잡혀간 시아버지와 남편 창배를 구하기 위해 여맹에 출입한 사실 때문에 시아버지에게 빨갱이들과 "놀아났다"는 이유로 노여움을 산다. 이후 다시 "노린내"나는 "짐승들"에게 강간을 당하고, 그뒤 집안의 식객이 된 김상만과 불륜을 저질렀다는 누명을 쓰고 집에서 쫓겨나기까지 이 모든 과정은 아베를 배태하고 출산한 "내 몸에 내리는 신의 저주"로 표현된다.

즉, 어머니의 수기에 기록된 어머니의 수난은 단순히 민족적 수난사의 체현이라고만 보기는 어렵다. 그보다 중요하게 생각할 수 있는 것은 어머니가 애써 성취한 여성으로서의 모든 정체성들이 지속적으로 부정된다는 점이다. 근대적 여성 지식인으로서의 어머니의 모습은 최씨 집안의 뿌리깊은 가부장제에 의하여 부정되며, 다시 그 가부장제에 의거한 현모양처의 모습은 한국전쟁을 계기로 자행된 여러 형태의 폭력에 의해서, 다시 시어머니에 의한 추방이라는 형태로 부정된다. 그리고 아베의 어머니로서 살아가기로 한 최종적인 결심은 다시 미국 이민 심사과정에서 아베가 배제되는 것을 통하여 부정된다. 이 지속적인 부정의 과정들은 한국전쟁을 전후로 한 한국인-여성이라는 하위주체가 그녀를 둘러싸고 작동하는 상이하고 다양한 역사적 논리들에 의하여 변형되는 과정이기도 하다. 이 끊임없는 부정의 과정 속에 그녀의 곁에 언제나 존재했던 것은 '아베'이다. 즉 아베는 그녀가 겪어온 수난의 과정들을 집약한 존재이면서도 또한 역설적으로 그녀의 고유한 삶의 역사를 증언해주는 존재이기도 한 것이다.

아베를 버리고 미국으로 이주한 가족들이 결국에는 다시 '아베의 가족들'이 될 수밖에 없는 이유는 기본적으로 미국사회 속에서 '아베'의 역사 속에서 살아온 유색인종인 한국인으로서 존재한다는 바로 그 이유 때문이다. 겉으로는 편견 없이 유색인종을 대하는 미국 사람들도 사실은 유색인종에 대한 우월감을 가지고 있다는 바로 그 이유 때문에 '나'의 가족들은 자기 자신의 정체성을 계속해서 부정당하는 하위주체의 위치에 놓인다. 여동생 정희는 동양인 계집애라는 이유로 어머니가 그랬듯이 미국인들에게 윤간당하며, '나'는 '나'대로 "고국을 떠나 사는 사람들의 좌절과 그 깊은 절망의 하소연"을 풍기는 듯한 "빈약한 젖가슴"을 가진 야채가게 이씨네 딸 '윤정'과 만나야 하는 처지이다. '나'의 가족들은 아베를 버리고 미국에 온 뒤에도 '아베들의 역사'를 대체하는 새로운 가족사를 형성할 수가 없다. 자신들의 삶을 둘러싸고 작동한 온갖 역사적 논리들의 혼종적 집약으로서 존재하는 아베를 버렸다는 점, 바로 그 점 때문에 그들은 자기 자신의 고유한 정체성만을 상실하는 결과를 낳았던 것이다.

때문에 '나'는 한국파병 미군이 되어 아베의 흔적을 추적하기 시작한다. 이는 기본적으로 '아베의 역사'가 대체 불가능한 것이라는 점을 실감한 '나'가 자신을 형성해왔던 고유한 역사들을 다시금 추적하기 위한 과정이다.

「아베의 가족」은 얼핏 '아베'의 기괴한 형상을 통하여 한국전쟁 전후 민족이 겪었던 수난사들을 상징적으로 형상화한 작품으로 이해될 수도 있다. 그러나 「아베의 가족」은 다른 한편으로는 '아베들'의 고유한 역사가 합리주의적인 법칙에 의해 지배되는 새로운 사회구조의 수립과 그에 이어지는 새로운 역사의 형성이라는 기제에 의하여 망각될 수 없음을 보여주는 작품이기도 하다. 한국/미국이라는 이원적인 공간구조 속에서 새로운 역사를 통해 '아베의 역사'를 대체하는 것은 불가능하며, 실은 그 두 공간에서의 하위주체의 삶은 연속적인 역사적 과정 속에 놓여 있다는 인식, 따라서 그 대체 불가능한 '아베의 역사'를 다시금 복원해야 한다는 윤리적인 의지는 이 작품이 다루는 또하나의 소설적 주제이다.

4. 관리되는 '역사'와 그 균열의 지점─「우상의 눈물」

고등학교를 배경으로 하여 한 문제학생이 갱생되는 이야기를 다루는 전상국의 단편 「우상의 눈물」을 '역사'를 키워드로 하여 다루는 것은 조금 무리한 일처럼 보인다. 그러나 전상국은 「썩지 아니할 씨」(1987) 등의 여러 소설에서 다소 신비화된 '악인'이라는 문제에 천착한다. 가령 철저한 악한인 '큰형'의 삶을 추적하는 「썩지 아니할 씨」와 같은 작품은 「하늘 아래 그 자리」나 「아베의 가족」과 유사하게 화자의 귀향을 통하여 '큰형'이라는 주동인물의 고유한 삶의 내력을 탐색하는 전형적인 전상국 소설의 구조를 가지고 있다. 여기서는 일단, 「썩지 아니할 씨」에서도 보이듯 전상국이 '악'의 형상을 통해 일반적인 역사의 논리로 환원할 수 없는 개인의 고유한 역사를 다룬다는 가정에서 출발하도록 하자.

「우상의 눈물」은 학교를 배경으로 하여, 학급 안에서 돌출하는 카리스마적인 문제아를 다루며, 그 문제아가 제거되는 과정을 서사화한다는 점에서 이문열의 「우리들의 일그러진 영웅」과 비교되는 경우도 있다. 그러나 문제아 엄석대의 존재를 현실정치에 대한 명백한 알레고리로 활용한 이문열과는 달리, 전상국은 문제아 기표를 "선천적인 어떤 포악성을" 가진 "철저하게 악"한 존재, 일종의 순수악으로 다루고 있다. 「우리들의 일그러진 영웅」의 엄석대가 철저한 이해타산 속에서 권력을 위해 행동하는 것과는 달리 기표는 현실적 질서에서 거리를 둔 채 악한 행동 자체를 즐기는 인물에 가깝다. 이 점에서 기표는 통상적인 현실의 논리로 환원되지 않는 고유한 행동방식과 삶의 내력을 갖춘 인물이다. 조금 비약해서 말한다면 기표가 보여주는 삶의 형식은 기표만이 가진 개인적인 역사이다.

그러나 이 작품은 「하늘 아래 그 자리」와 같은 작품과는 달리, 그 고유한 개인사의 의미를 천착하지 않는다. 대신 작품에서 다루는 것은 이러한 '악의 화신'으로서의 기표가 순화되는 과정이다. 이때 그 순화의 방식은 상당히 독특한데, 그것은 기표를 미담의 주인공으로 만드는 방식이다. 기표를 제거하고자 하는 담임선생과 반장인 형우는 기표의 비행을 '가난한 가정환경'의 탓으로 돌리며, 급우들을 그러한 불우한 기표를 감싸고 보호하는 친구들로 조작한다. 즉 형우와 담임은 기표를 '미담의 주인공'으로 변화시키면서, 기표와 주변 인물들이 맺고 있는 공포에 기반한 지배-복종의 관계를 해체하여 기표를 동정의 대상으로 변화시키는 전략을 구성한다.

형우는 기표네 가정 사정을 낱낱이 얘기함으로써 이제까지 우리들에게 신화적 존재로 군림해온 기표의 허상을 빈곤이라는 그 역겨운 것의 한 자락에 붙들어 맨 다음 벌거벗기려 하는 것 같았다. 기표는 판잣집 그 냄새나는 어둑한 방에서 라면 가락을 허겁지겁 건져먹는 한 마리 동정받아 마땅한 벌레로 변신되어 나타났다. (「우상의 눈물」, 『세계의문학』 1980년 봄호, 360쪽)

말하자면 담임과 형우는 공모하여 기표의 삶을 허위적 서사로 조작한다. 기표의 원래의 삶과는 그 연관성이 거의 없는 것으로 보이는 이 서사는 또한 학급 구성원 육십육 명을 허위적인 공동체로 묶어내는 효과를 가진다. 하지만 이 공동체의 허위성은 소설 전반에 걸쳐 명백해 보인다. 화자인 '유대'가 꿰뚫어 보듯이 실상 이러한 서사를 조작해내는 담임선생의 의도는 "무사안일 속의 일 년"을 보내는 것이었기 때문이다. 기표에 대한 허위적 서사는 사고 없는 일 년을 보내자는 뚜렷한 목적성에 의거하여 조작된다. 그리고 기표에 대한 서사는 그 목적대로 학급을 꾸려나가기 위해 담임선생과 형우가 머리를 맞대고 짜낸 합리적이고도 합목적적인 계획에 의거하여 치밀하게 이루어진다.

이 점에서 「우상의 눈물」은 개개인의 고유한 역사가 임의로 설정된 목적을 향한 합리적 과정 속에 왜곡된 형태로 통합되어 관리되는 과정을 다룬 작품이라고 평가될 수 있을 것이다. 그리고 기표의 삶이 미담으로 변화하는 이 과정은 사실상 마필구의 삶을 "진짜 빨갱이"의 그것으로 호명하며 왜곡하는 「하늘 아래 그 자리」의 방식과도 크게 다른 점이 없다.

주목할 점은 이러한 허위적 서사의 조작을 통한 고유한 '역사들'에 대한 관리가 매스미디어를 통한 지속적인 재생산의 과정을 거친다는 점이다. 기표의 미담은 이후 신문을 통해 보도되고, 급기야 영화화 계획이 발표되기도 한다. 이 영화는 학급 아이들에 의하여 "TV에 나오는 제3교실"과 같은 형태의 것이 될 것이라고 예상되는데, 여기서 "제3교실"이 1970년대를 풍미했던 실제 TV드라마였다는 것은 주목을 요한다. 1975년 방송윤리상을 수상한 MBC TV드라마 〈제3교실〉은 두 명의 교사가 매회 청소년들의 고민을 듣고 해결해준다는 내용으로 구성되어 있는 작품이다. 현직 교사로 재직하던 전상국이 상당한 관심을 가지고 지켜보았을 것이 분명한 당시의 유명한 TV드라마를 작품 속에서 구체적으로 언급하고 있다는 점을 감안한다면, 「우상의 눈물」에 나타난 '기사화' '영화화'라는 소재가 단순히 이야기를 전개시키기 위한 소설적 모티프로만 한정된 것이라고 보기는 어렵다. 「우상의 눈물」에서 전상국이 기표를 둘러싸고 조작된 서사의 기사화, 영화화를 다루고 있는 것은 매스미디어를 통해 조작된 서사가 확산되는 현실적인 상황을 염두에 두면서, 동시에 「우상의 눈물」 에 나타난 기표의 이야기가 조작되는 이야기가 단순히 학급이라는 협소한 공간 속에서만 적용될 수 있는 이야기가 아니라, 보다 큰 규모의 사회 속에서도 얼마든지 확장된 형태로 나타날 수 있다는 것을 보여준다.

기표라는 '악의 화신'이 보유한 고유한 '역사'가 학급에 있어 하나의 위협이 된다고 판단될 때, 「우상의 눈물」은 그 위협적인 '역사'가 허위적 서사의 조작이라는 방식을 통해 합리적이고 합목적인 방식으로 관리되는 양상을 보여주는 작품이다. 실제로 이러한 과정을 통하여 기표는 "누구를 만나도 수줍어하는 아이"로 변해버린다. 그럼에도 이 작품은 이러한 관리체제 속에서도 여전히 살아남는 균열의 지점들을 강조하고 있기도 하다. 특히 주목할 수 있는 것은 얼핏 순화된 것으로 보이는 기표가 영화사 사람들과 만나기로 한 날 하루 전에 "무서워서 살 수가 없다"라는 쪽지를 남기고 가출해버리는 결말이다. 기표가 조작된 서사의 주요인물로서 변화하는 상황에서 기표가 끝내 이를 거부하고 차라리 자신의 존재를 은닉하는 것을 선택하는 것은, 기표를 허위적 공동체에 위협이 되지 않는 순화된 존재로 남기려 했던 담임선생과 형우의 의도가 최종적으로 실패했음을 보여준다.

5. 두 세계의 경계에서 역사를 탐색한다는 것

전상국이 집요하게 탐색하는 그 반복적인 세계 속에는 이외에도 많은 소설적 주제들이 변주된다. 가령 우리는 「외등」(1979)을 통하여 확정할 수 없는 역사가 개개인의 이윤에 따라 변화되는 양상들과 함께, 이러한 왜곡에 맞서기 위한 주체의 의지를 읽을 수 있으며, 또다른 문제작인 「지

뻐꾸 둥지 속의 뻐꾸기」(1987)에서는 여전히 강고하게 남아 있는 반공 이데올로기가 다시금 전상국이 문제삼는 그 '역사'를 어떻게 조작하는지를 문제삼을 수 있을 것이다.

그럼에도 이 글은 전상국의 방대한 소설세계가 얼핏 서로 다른 '역사'가 작동하는 것으로 보이는 두 세계의 경계에서 그 두 세계를 끊임없이 결부시키며 두 세계를 관통하는 연속적인 역사의 흐름을 탐색하는 일에 천착하고 있다고 파악한다. 근대와 전근대, 합리성과 비합리성, 이념적 차원과 정서적인 차원으로 나누어지는 것처럼 보이는 이 두 세계를, 특히 '귀향'이라는 소설적 구조를 사용하여 잇는 전상국의 작업은 한편으로는 「하늘 아래 그 자리」에서와 같이 공식적인 역사의 서술에서 배제된 하위 주체들의 역사가 작동하는 또다른 방식을 복원하기도 하며, 또다른 한편으로는 「아베의 가족」에서와 같은 경우처럼 합리성의 세계로 대체할 수 없는 연속적인 역사의 존재를 확인하려는 윤리적인 의지로 나타나기도 하며, 또한 「우상의 눈물」의 경우와 같이, 개개인의 고유한 역사가 권력의 의지에 의하여 생산되는 허위적 서사로 인해 왜곡되는 양상에 대한 비판 의식으로 표출되기도 한다.

두 세계의 경계에서 역사를 탐색한다는 것, 이는 근본적으로 잊혀진 것으로 간주되는 어느 한 세계에 존재했던 다양한 역사의 형태를 끊임없이 재탐색하면서, 하나의 연속으로서의 한국 현대사를 매 작품마다 새롭게 서술해보려는 의지에 근거한다. 한국 현대사를 계속해서 새롭게 서술하려는 이 작업을 오랜 기간 쉬지 않고 진행하고 있다는 점은 소설가로서의 전상국이 가진 가장 큰 덕목일 것이다.

빈곤에 대해 사유하기, 70년대 도덕감정의 헤게모니
— 조세희의 『난장이가 쏘아올린 작은 공』론

이정숙

1. 들어가며

그람시는 대중문학의 진정한 길은 의식과 비판을 장려하는 가운데 열릴 수 있으며, 이는 대중이 스스로의 헤게모니를 창출함으로써 가능하다고 말한다.[1] 70년대 문학사에서 『난장이가 쏘아올린 작은 공』이 거둔 성과란 곧 대중 스스로가 지적 혹은 도덕적으로 헤게모니의 주체가 되었음을 의미하는 것이라고 해도 과언이 아니다. 그것은 비단 사상 유례가 없었다는 판매고[2] 때문만은 아니다. 『난장이가 쏘아올린 작은 공』이 시대의 집합적인 '마음'이 될 수 있었다는 점으로부터 우리는 70년대 문학사

---

1) 안토니오 그람시, 『대중문학론』, 박상진 옮김, 책세상, 2003, 8쪽.

2) 78년 6월에 초판 1쇄가 발행되었는데 그해만 무려 십삼만 권이 팔린 것은 단행본으로서는 최고의 판매기록일 뿐 아니라 이전까지의 통상 천여 부에서 최대 오만 부 선에 그친 베스트셀러 판매부수와 비교할 때 괄목할 만한 숫자이다. 『대한 출판문화협회 40년사』, 금성출판사, 1987, 182쪽 참조. 발간 후 이십사 년이 지난 2002년 현재 시점에서 이 작품집은 150쇄에 돌입했다. 조세희·이경호, 「작가 인터뷰─2.5 세계의 불안한 나날」, 『작가세계』 2002년 가을호.

에서 '난쏘공'이 차지하는 위치와 당대 문학의 좌표를 비로소 가늠할 수 있기 때문이다.

1978년에 출간된 『난장이가 쏘아올린 작은 공』은 통상의 베스트셀러와는 달리 대학가에서부터 붐을 일으켰으며 문학도들보다 사회학도들이 먼저 관심을 보였다고 한다. 노동자에 대한 백 권의 연구서적보다 효과적이라는 대중의 평이 '필독서'라는 가수요 현상을 몰고 왔다[3]는 사실이 흥미로운 대목인데, 노동자의 세계와 감정이 당대 독자들의 관심을 산 것이다. '난쏘공' 이후, 작가들이 더이상 노동자의 문제를 정면으로 다루는 방식으로는 독자들의 요구를 충족시키기 어렵다는 자각을 갖게 할 만큼[4] '난쏘공'은 형식적으로도 충격을 주었는데 "고도의 전문지식과 의도적인 건조체 문체를 무기로 삼으면서" "1970년대 노동소설의 가능성을 타개했을 뿐만 아니라 그 어느 시대에도 자랑할 수 있는 모델로 평가되기에 이르렀다."[5]

'난쏘공'은 그러나 원인이 아니라 결과의 효과이다. 산업화의 주체(산업전사 혹은 산업역군으로 호명된)이자 타자(도시빈민)인 도시산업노동자(=빈자)들의 충격적인 삶의 실상은 70년 겨울의 전태일 사건이 남긴 트라우마, 그리고 71년 광주대단지 사건과 77년 무등산 타잔 사건 같은 도시 하층민 주거지 강제 철거로 인한 문제가 어쩔 수 없이 드러내듯 이미 사회 내부에서 곪아 있었다고 할 수 있다. 따라서 '난쏘공'이 독자 대중의 감정을 집합시킬 수 있었던 것은 우연이라기보다는 시대적인 감정의 집적을 건드린 작가의 정치적인 의도가 적중한 것이라고 볼 수 있다. 조세

---

3) 양평, 『베스트셀러 이야기』, 우석출판사, 1985, 199쪽.

4) 황광수, 「노동문제의 소설적 표현」, 『한국문학의 현단계』 4, 백낙청·염무웅 편, 창작과비평사, 1985, 101쪽.

5) 조남현, 『한국 현대문학사상 논구』, 서울대학교출판부, 1999, 350쪽.

희는 지섭처럼 실제로 철거민과의 마지막 식사를 하는 도중에 집이 철거 당하는 장면을 보고 싸우고 돌아선 경험을 한 이후에 난장이 연작을 쓰기 시작했다고 한다.[6] 선험적인 문제틀을 미리 분명히 설정한 채로 작품쓰기에 돌입했다는 뜻으로 해석할 수 있을 터, 독자와 독법 역시 상정되어 있었다고 할 수 있다. 요컨대 연민, 분노 등의 도덕적인 감정이 글쓰기에의 욕구와 만난 지점에서 탄생한 소설이 『난장이가 쏘아올린 작은 공』이다. 이 소설집이 대중적 헤게모니를 획득한 방식이야말로 70년대 문학사에서 조세희가 차지하는 의의라고 할 수 있다. 『난장이가 쏘아올린 작은 공』속에 "70년대 한국문학 전체를 폭파하고도 남을 폭약이 장전되어 있다[7]"는 한 비평가의 말은 바로 이 소설 전체에 흐르는 도덕감정의 저력을 일컫는 말이기도 하다.

돌아볼 것은, 당대 노동소설로서의 가능성에 평가의 잣대를 묶었을 때 『난장이가 쏘아올린 작은 공』은 뚜렷한 한계를 지니는 것으로 평가받았다는 사실이다. 조세희가 쓴 전위적이고 실험적인 기법이 황석영의 「객지」에 비해 노동자 주체의 선명성과 현장성을 전달해주지 못하고 지식인 소설에 그친다는 것이다.[8] 이러한 관점은 '난쏘공'이 순수/참여 혹은 모더니즘/리얼리즘의 구도 안에서 읽힐 때 비롯된 당대적 비평의 한계이기도 하다. "조세희라는 작가의 개성을, 세계와 현실을 이해·관찰·수용하는 그의 독특한 감각, 사유방식 및 형상화방법에 대해서 충분한 설명을 제공하지 못한 채 일방적으로 그것을 리얼리즘 기율에의 미달로, 즉 주관

6) 조세희, 「작가의 말―파괴와 거짓 희망, 모멸의 시대」, 『난장이가 쏘아올린 작은 공』, 이성과힘, 2000, 9쪽.

7) 김윤식, 「난장이론―산업사회의 형식」, 『우리 소설과의 만남』, 민음사, 1986, 62쪽.

8) 백낙청, 좌담, 「내가 생각하는 민족문학」, 『창작과비평』 1978년 겨울호, 37~38쪽.

주의적 태도와 의지의 소산으로 이해한 것이다."[9]

　최근에는 이러한 이분법적 관점 대신 다양한 독법이 시도되고 있으나, 『난장이가 쏘아올린 작은 공』의 문제설정 구도를 극단적인 선악의 대립 구도로 파악하는 시각은 여전하다. 김병익은 이 작품이 선과 악이 분명한 "낭만주의 시대의 동화적 구조"이되 "아름다움, 씩씩함이 이기는 것이 아니라 패배함으로써 절망을 통한 승화를 얻는" 비극성의 효과를 지적했거니와[10] '가진 자-부도덕성-어둠/못 가진 자-도덕성-밝음'이라는 두 겹의 대립구도는 여전히 일정한 문학적 역할을 담당하는 것으로 논의되고 있다.[11] 적확한 지적이지만 대립적 구도를 의식적으로 강조하는 데는 몇 가지 문제점이 있다. 우선, 이것은 작품에서 근대 주체를 노동자로 지나치게 의식한 결과로, 이 작품이 노동자 문제만이 아니라 도시 중심과 주변부 삶의 취약성 및 빈곤의 문제, 인권과 평등에 관한 문제 등을 폭넓게 제기하는 소설이라는 점을 놓친다. 조세희는 산업화 그늘의 최종심급에 해당하는 타자를 도시빈민이자 하급 노동자계급인 난장이 일가로 표상하고 의도적으로 이들을 노동자 교회의 목사나 지섭, 신애, 윤호와 경훈 등 다른 계급의 존재들과 끊임없이 '접속'시키는 서술구조를 택하고 있다. 조세희가 연작마다 이들 '주류'들의 목소리로 서술자(초점화자)를 계속 변화시키면서 서술자 자신의 내면적 감정에 주목한 것은 조세희식으로 총체성에 도달하는 방법이라고 볼 수 있다. 즉 선험적인 단절의 공간을 대비시켰다기보다는 오히려 '연결'이 이루어지는 공간을 통해 현상적 차이를 넘어 대안을 모색하고자 한 것이다. 이 점이야말로 『난장이가 쏘아올린 작은 공』이 「객지」가 도달한 '리얼리티적 총체성'과 결정적으로

---

9) 방민호, 『납함 아래의 침묵』, 소명출판, 2001, 444쪽.

10) 김병익, 「대립적 세계관과 미학」, 『난장이가 쏘아올린 작은 공』, 이성과힘, 2005, 303쪽.

11) 성민엽, 「이차원의 전망」, 『한국문학의 현단계』 2, 창작과비평사, 1983, 219쪽.

다른 지점이다. 「객지」가 보여주기의 차원에 놓여 있다면 『난장이가 쏘아 올린 작은 공』은 말하기의 차원에 놓여 있다고도 할 수 있을 것이다.

그렇다면 조세희가 '난쏘공'을 통해 각기 다른 계급적 위치에 놓인 인물들의 내면을 살펴봄으로써 도달하고자 한 총체성은 어떤 윤리적 감각에서 촉발되는가? 우리가 주목할 것은, 낯설고 대립적인 세계와의 접속에서 정작 의식의 균열을 겪는 주체는 언제나 난장이 세계의 상대편이라는 점이다. 만일 부조리한 사회나 현실에 부닥쳤을 때, "사람들을 머릿속부터 변혁시키고 싶은 욕망"(219쪽)을 가지는 경우, 그것은 감정의 문제일까 인식론적 문제일까?

『난장이가 쏘아올린 작은 공』은 마치 개미세계의 굴 안을 관찰하듯 서사 아래 얽힌 감정의 사회학적 보고서를 쓰고 있다. 난장이 쪽의 불안과 공포뿐만 아니라 난장이세계와 '연결'되면서 비롯하는 각 계급적 서술자들의 감정의 발생 혹은 균열들은 이 개미굴 안과 밖의 인식론적인 전망을 드러낸다. 이 개미굴로 통하는 촉수가 유물론적이고 현상적인 '빈곤(가난)'(에 대한 인식)의 문제로 수렴된다면, 70년대 문학에서 진정한 주체로 호명된 '민중'의 함의를 조세희가 어떻게 바라보고 있는지를 좀더 명확히 가늠할 수 있을 것이다.

2. '불안' '공포', 중산층의 반성의식과 '가난'

「칼날」(『문학사상』 1975년 12월호)은 열두 편의 난장이 연작 중 가장 처음 발표된 단편으로 도시 변두리의 신흥 중산층인 신애 가족의 삶과 그 삶에 내재된 계급 모순, 부정부패한 사회, 소비향락주의, 군사적인 폭력을 휘두르는 정치권력 등 1970년대적 사회문화 환경을 상징적으로 드러내는 작품이다. 「칼날」의 주인공 신애는 마흔여섯 살의 주부로 남편 현우와 아들, 딸과 함께 도시 변두리에 정착해 살고 있는데 수압이 낮아서 낮에는 물이 나오지 않기 때문에 매일 밤잠을 설치며 물을 받아야 하는 생활을 하고 있다. 신애가 난장이를 만난 것은, 수도꼭지를 낮게 설치하면 물을 좀더 일찍 받을 수 있다는 그의 말을 믿고 그에게 수도꼭지 다는 일을 맡기면서이다. 그런데 난장이가 신애네 집 수도공사를 하고 난 뒤, 그 동네 집집마다를 돌며 우물 파는 공사를 하는 사나이가 난장이를 마구 구타하고, 이를 지켜보던 신애가 난장이를 지키기 위해 남편 현우가 사온 생선칼을 맹목적으로 휘둘러 사나이가 도망가는 일을 치른다. 난장이 일가에 관한 이야기를 시작하기 위해서 왜 조세희는 도시 변두리의 신흥 중산층을 택했을까.

조세희가 빈곤에 대해 사유하기 시작한 계기가 앞서 말한 철거 현장의 경험을 겪은 후 산업화의 그늘을 윤리적으로 사유하면서부터라고 한다면, 운동권 출신 신애 부부를 속물화되어가는 이웃들 사이에 배치한 설정으로부터 『난장이가 쏘아올린 작은 공』이 주체의 윤리적인 물음을 시작하고 있음을 알 수 있다. 빈곤의 문제는 공동체의 감정과 공동체 성원에 대한 집단적 책임감 사이에 긴밀한 관련이 있음을 인식함으로써만이 풀 수 있는 윤리적인 문제이다. 따라서 「칼날」은 당대 소시민의 가난에 대한 공통적 윤리감각을 문제삼기에 가장 적절한 창이 된다. 생활인의 반열에 오른 기성세대로서 평범한 소시민이 '가난'을 대하는 방식, 그것을 통해 드러나는 평균적인 윤리의식이 난장이 연작 전체의 총체성과 연관되기 때문이다.

「칼날」의 서사를 지배하는 것은 밤낮없이 지속되는 불안감과 피로, 난장이로부터 전이되는 공포이다. 신애는 현우 아버지의 병수발로 빚을 지고 오랫동안 살던 종로집을 팔아 변두리로 이사 온 이후 늘 '가난'이 자신의 삶에 드리워져 있는 것을 느끼고, 그 때문에 불안에 시달린다. 현우 역시 불안으로 잠들지 못하는 밤이 많다. 애초에 난장이는 신애와 함께 신애네 집으로 오는 길에 사나이를 발견하고 그와 부딪히지 않기 위해 피했었는데, 그 순간 신애는 이미 난장이가 직감적으로 느낀 '공포'를 감지하면서 그런 유의 공포의 근원에 대해 생각한다. 신애가 앞뒷집 여자들이 마다한 난장이의 제안을 선뜻 받아들인 것은 일감이 뚝 떨어진데다 아이들마저 모두 직장을 잃었다는 난장이의 사정 이야기를 듣고 나서이다. 신애는 난장이의 가난을 연민했던 것이다. 그리고 사나이에게 칼을 들이댄 사건 끝에 신애는 난장이에게 자신이 그와 '한편'이라고 말한다. 이 '동지애'적인 연민은 신애가 난장이 가족의 삶을 재구성할 수 있는 위치에 있다는 것을 뜻한다. 이 연민이 뜻하는 것은 그리고 난장이의 공포가 뜻하는 것은 무엇일까. 동정은 사회적인 결속을 의미하고, 공포는 그 결속이 와해되는 위기를 가리킨다. 이런 점에서 동정과 공포는 에드먼드 버크의 미학에서 각각 미와 숭고라는 미학적 역할에 부합하는데, 버크에게 있어서 미는 사회적 삶을 결속시키는 고상한 친화력이자 모방행위이고, 숭고는 사회적 삶을 와해시켜 다시 태어나게 만드는 교란의 움직임이다.[12]

우리는 이 지점에서 소설집의 프롤로그인 「뫼비우스의 띠」를 떠올릴 수 있다. 앉은뱅이가 자동차에 사나이를 묶어 기름을 붓고 태워버린 장면에서 우리가 발견하는 것은 앉은뱅이와 꼽추가 맞선 극도의 공포이다. 이들은 돈다발에서 꼭 가져가야 할 만큼의 입주권 매매비만 챙기고 사나이를 불태워 죽인다. 기형의 몸으로 살인을 저지르는 저 장면에서 우리가 압도당하는 것은 문체의 아름다움 때문만은 아니다. 이 비극 속에 아름다움과 숭고가 깃들어 있기 때문이다. 앉은뱅이와 꼽추가 느끼는 공

---

12) 테리 이글턴, 『우리 시대의 비극론』, 이현석 옮김, 경성대학교출판부, 2006, 280~281쪽.

포는 「칼날」에서 난장이에게로 그대로 이어지는데, 도시빈민의 감정을 지배하는 그로테스크한 공포감은 '시민'이라고 호명되는 사회적 구성원들의 결속력에서 이들이 철저히 배제된 타자임을 드러내는 감정적 알레고리이다. 이들의 공포를 감지할 수 있는 주체로 중산층 신애가 지목된 것은 왜일까. 자본이 위계화하는 불평등을 와해시킬 에너지가 이 공포의 감정 속에 내장되어 있음을 「뫼비우스의 띠」를 통해 드러냈다면, 그것을 현실화시킬 주체가 감당해야 할 인식론적인 과제를 안겨주기 위함이 아닐까.

신애가 그것이 가능한 것은 단지 그녀가 중간계층이기 때문만은 아니다. 이웃인 앞집 제과회사 선전부나 뒷집 공무원처럼 부정과 부패를 손쉽게 저지름으로써 속물지배에 순응해가는 정신적, 도덕적 타락으로부터 자신을 지키려는 윤리적 감각을 갖춘 중산층이기 때문이다. 남편 현우와 현우의 아버지가 "자기의 시대에, 그리고 사회에 불안을 가지고"(34쪽) 시대와 불화함으로써 고생길을 걸었고, 이제 현우의 아들이 현우와 비슷한 성향을 지녔다는 점은, 이들의 윤리감각이, 그로 인한 가난과 고난이 '전통적' 계보를 지니고 있음을 뜻한다. 조세희가 긍정하는 것은, 좋은 칼을 단번에 알아보는 대장장이의 계보에 대한 가치부여에서 발견할 수 있듯 윤리적 차원의 진정성이다. 진정성의 기원과 차원을 이해하고 있는 신애로서는 그에 대한 갈증을 품고 있다고 짐작할 수 있다. 따지고 보면 사내를 향한 신애의 칼날은 단순히 위급한 상황에서 비롯된 우발적인 것이라기보다는 신애의 마음 깊은 곳에 잠자고 있다가 분출한 것으로 윤리적 진정성을 잃은 대상에 대한 순수한 분노였다는 것을 짐작할 수 있다. 신애가 난장이와 자신이 마치 닭장 속의 닭처럼 사회병리증상의 실험을 당한다고 느끼는 것은 인식론적인 주체가 감당해야 하는 억압적이고 폭력적인 현실 때문이다. 이런 깨인 감각으로 인해 신애는 입버릇처럼 현우에게 자신들도 난장이라고 말하는데, 그것은 의식이 감정에 대한 자기 인식으로 이동하는 일종의 '나아감'이라고 할 수 있다.[13] 난장이 가족의 극빈을 동정하는 신애의 도덕감정은 물이 일찍 받아지는 것을 신기해하는 딸에게 "좋은 사람"(58쪽) 덕분이라고 말할 수 있는 사람됨에 관한 '공통감각'을 전제로 한다.

이렇게 질문해볼 수 있을 것이다. 왜 '가난'은 그러한 도덕감정을 공유하게 만드는가? 난장이 가족의 불안이 신애 자신의 것이기도 하기 때문일까? 그러나 조세희가 중산층에게 많은 기대를 걸고 있는 것 같지는 않다. 「육교위에서」(『세대』 1977년 2월호)에서, 한때 분노를 자양분으로 학생운동을 함께 이끌던 신애 동생의 친구가 변절하여 속물의 삶에 편입되고, 『난장이가 쏘아올린 작은 공』 이후 발표된 「풀밭에서」의 가장이 피로에 절어 무기력한 모습으로 중산층의 일상에 놓인 것을 볼 때, 결국 윤리적인 자각과 실천만이 주체적 역할을 할 수 있다는 것을 역설적으로 말하고 있는 것이다.

3. 절대빈곤의 정치성과 감정들

"감정의 역사는 빈곤에 대한 태도의 역사를 이해하는 것과 깊은 관련을 맺는다."[14] 아마도 산업화 시대를 살아가는 개개인의 빈곤에 관한 가장 직접적인 감정적 보고서는 공장노동자들이 손수 쓴 일기나 수기 자체, 그리고 이에 관한 연구들일 것이다.[15] 구해근에 따르면 노동자들의 일기

---

13) 칼 심스, 『해석의 영혼 폴 리쾨르』, 김창환 옮김, 앨피, 2009, 48쪽.

14) 브로니슬라브 게레멕, 『빈곤의 역사』, 이성재 옮김, 길, 2011, 307쪽.

15) 이에 관한 선구적 연구로 구해근, 『한국 노동계급의 형성』, 신광영 옮김, 창비, 2002가 있다.

와 수기에는 사회의 상징적 억압에 대한 분노가 드러나는데 그것은 부자와 빈자 사이의 불평등 때문이라기보다는 교육받은 사람과 교육받지 못한 사람 간의 불평등에서 오는 분노에 가깝다. 불평등한 사회 전반의 태도를 자신 속에 내면화한 감정을 '한'이라고 부를 수 있다면 이때의 '한'은 불의에 대한 인식과 저항정신을 높이는 도덕적 언어가 될 수 있다.[16] 소설집 『난장이가 쏘아올린 작은 공』이 도시빈민의 '가난'을 사회적 책임으로 규정하는 철저한 태도를 드러낸다면 그중 단편 「난장이가 쏘아올린 작은 공」(『문학과지성』 1976년 겨울호)은 가난이 주는 고통과 거기에서 파생되는 감정의 심급을 보여준다. 영수 역시 당대 하층 노동계급으로서 배움에 대한 갈망을 드러내고 있으나 작품 안에서 그것은 '한'으로 내면화되기보다는 운동과 인식의 차원으로 한 단계 고양되는 면모를 보인다. 영수들에게 가난은 상대적인 사회적 약자로서가 아니라 절대빈곤의 차원에 머무는 것으로 불구적 삶의 상태에서 분배의 문제를 전면적으로 제기하고자 하기 때문이다.

개천 건너 주택가에서 나는 고기 냄새를 동경하는 영수에게 난장이 부인은 공부를 열심히 하면 너희들도 그렇게 살 수 있다고 말하지만 실상 영수들은 자신들이 교육자본과 문화자본으로부터 격리된 "이질집단"(97쪽)이라고 느낀다. 이들이 선택할 수 있는 삶이란 공장의 잡역부와 철공소 조수, 가구 공장의 노동자가 되는 것뿐이며, 그곳의 "무서운"(97쪽) 먼지와 소음의 환경을 받아들여야 한다는 불구적 상태를 깨닫고 있는 것이다. 빈민들이 자신들을 빈민이라고 여기고 다른 사람들에게서 격리되어 있다고 느낀다는 사실은 객관적으로 측정할 수 있는 빈곤 정도보다 더욱 중요하다고 한다. 이 때문에 빈곤은 심리학적, 사회학적 성격을 띠는 것이

---

16) 따라서 한은 그것이 품고 있는 사회정의에 대한 예민한 정서를 통해 계급인식과 계급감정을 고양할 수 있다. 구해근, 같은 책, 202쪽.

다.[17] 조세희는 사회정책이나 국가 이성의 관심 영역 밖에 도시 하층민의 빈곤이 존재하는 현실과 단지 노동할 수 있는 기회나마 주는 것 이상의 사회부조를 인식하지 않는 대기업 중심의 근대화의 무책임한 윤리관을 전면 부정하고 있다.

영수는 도시 빈민촌의 취약한 위생시설에 대해, 가령 박완서나 윤홍길의 소설에서 흔히 그렇듯 상대적 빈곤을 의식한 데서 비롯되는 부끄러움을 느끼지 않는다. "나는 우리 동네에서 풍기는 냄새가 창피했다."(89쪽)고 말하고 있지만 영수가 느끼는 창피함은 꽉 짜여진 계급적 카르텔의 가장 밑바닥, 먹이사슬의 밑바닥에 놓인 절대적 빈곤상태에서 느껴지는 존재론적 부끄러움에 가깝다. 영수들에게 철거촌의 생활은 "지옥"(80쪽)이라는 단어로 표상된다. 가난한 생활에서 살아남는 일은 그 자체로 "전쟁과 같았"고 난장이 가족은 이 전쟁에서 "날마다 지기만 했"다.(80쪽)

그런 날들의 끝에 날아온 철거계고장은 난장이 가족에게 삶의 전망을 전혀 발견할 수 없는 데서 오는 공포를 안긴다. 영호는 입주권을 팔기 위해 나선 사람들의 "영양이 나쁜 얼굴들"에서 "눈물 냄새를 가슴으로 맡았다"(112쪽)고 말하는데, 이때의 눈물은 주체가 동정을 자기화할 때 발생하는 공포의 감정인 것이다.

실상 1970년대 도시정책의 특징은 재개발, 철거정책과 이로 인한 무허가 정착지의 해체였다.[18] 지섭이 철거반을 향해 백여 세대 이상이 무허가로 집을 짓는 것을 알면서도 방임한 것은 "덫"(125쪽)을 놓은 것과 같다고 일갈했듯 갑작스러운 철거로 인해 도시 하층민이 맞닥뜨린 공포는 가히 실재계의 침입이라 할 만큼[19] 삶의 존재기반을 흔들어놓는 충격이라고

17) 브로니슬라브 게레멕, 같은 책, 290쪽.

18) 김원, 『박정희 시대의 유령들』, 현실문화연구, 2011, 358쪽.

19) 테리 이글턴, 같은 책, 299쪽.

할 수 있다.

이 외로운 난장이 일가가 필요로 하는 것은 "고통을 알아주고 함께 겨줄 사람"(90쪽)이다. 지섭이나 노동자 교회 목사 등은 신애가 난장이에게 가졌던 것과 같은 '한편 의식'을 감정적 차원에서 표출하지는 않는 대신 의식적인 투쟁의식을 지닌 지식인 주체로서 난장이 일가를 돕는 운동가들이다. 이들이 70년대 중반의 지적 경향의 핵심인 민중운동의 주체라는 점은 쉽게 짐작할 수가 있다. 70년대 후반부터 학생운동가들과 재야 지식인들이 현장 노동운동과 밀접하게 연계를 맺기 시작했고 이 만남은 "정의에 대한 도덕적 감정이 프롤레타리아트 경험에 대한 노동자들의 반응을 규정짓는 데 결정적인 역할을 했다."[20] 난장이 일가는 지섭과 노동자 교회의 목사를 통해 싸우기 위해서는 지식이 필요하다는 것을 깨닫는다. 눈물과 공포에 억눌린 감정을 넘어서 인식이 합치된 인지적 차원에서만이 대안을 발견할 수 있다는 깨달음을 얻었기 때문이다. 영수가 영호에게 "우리는 우리가 받아야 할 최소한도의 대우를 위해 싸워야 돼. 싸움은 언제나 옳은 것과 옳지 않은 것이 부딪혀 일어나는 거야"(106쪽)라고 말할 수 있는 것은 이런 인지의 결과이다. 그러나 영수가 노조운동을 통해 부닥친 것은 회사측의 기만적인 속임수와 억압적인 태도뿐이다. 그 과정을 통해 영수는 비로소 자신의 빈곤을 객관화하고 가난이나 위선 같은 것에 대한 도덕적인 감수성에 대해 보다 깊이 사고하게 되지만, 현실의 벽은 후에 그를 살인자로 법정에 세우는 비극적 결말을 안긴다.

그럼에도 불구하고 『난장이가 쏘아올린 작은 공』을 통해 드러난 민중 주체의 성격을 정리해볼 수 있겠다. 중산층인 신애의 주변부 삶이 곧잘 윤리적인 변절을 감행했던 데 비해 영수와 공장노동자들은 끝까지 도덕

---

20) 구해근, 같은 책, 41쪽.

적 순결성을 유지한다. 난장이가 끝내 굴뚝에서 투신하는 비극적 결말을 맞지만 '사랑'을 통한 평등하고 평화로운 세상을 대안으로 꿈꾼다는 점에서 「난장이가 쏘아올린 작은 공」은 노동자계급의 도덕적인 순결성을 드러내는 데 성공하고 있는 것이다. 그런 점에서, 『난장이가 쏘아올린 작은 공』의 윤리의식은 이분법적인 구도로 드러난다기보다 당위적인 선의지에 영향을 받는다고 보는 편이 타당하다. 「기계도시」(『대학신문』 1977년 6월 20일)의 윤호는 당위적인 차원에서 선의지를 지향하고 있다는 점에서는 가장 라디칼한 변화를 겪는 인물이라고 할 수 있을 것이다. 개천 너머 고급 주택가에 사는 윤호에게 방죽가에 다닥다닥 붙어 있는 무허가 철거촌은 '전원적'인 거리감의 대상에 지나지 않았으며 "빈곤을 뜻하는 poverty도 시사용어"(181쪽)로 이해하는 정도에 불과했다. 그러나 과외선생인 지섭의 소개로 난장이 마을에 가서 난장이 가족을 만나면서 윤호는 은강그룹의 부조리에 눈뜨게 된다. 율사인 아버지의 부도덕으로 인한 부채의식에 시달리며 "어떤 도덕적인 핵심"(194쪽)에 부딪혀 영수를 돕기 위해서 단체를 만들어야겠다는 인식으로까지 나아간 것이 다소 인위적이라는 인상을 주는 것은 사실이지만, 그리고 지섭처럼 구체적인 행동으로 실천하는 단계로 나아가지 않고 관념적 차원의 심퍼에 지나지 않는 것도 사실이지만, 윤호와 지섭, 그리고 영수와 윤호는 동등한 인간적 관계를 소망하는 면모를 통해 호혜관계에서 오는 따뜻한 배려를 생산해내기도 한다.

4. 지식이 지식을 배반하는, 잔혹세계의 주체가 작동하는 법

『난장이가 쏘아올린 작은 공』을 닫는 마지막 연작인 「내 그물로 오는 가시고기」(『창작과 비평』 1978년 여름호)는 하나의 지식이 다른 지식과 대결함으로써 현실경제의 주도권 쟁탈전에 가담하는 잔혹한 세계를 조명하고 있다. 자본주의는 주체에 '대해' 지배하는 것이 아니라 주체를 '통해' 지배한다[21]는 사실이 이 잔혹서사의 세계에 묻어 있는 것이다. 실상 지식 대 지식 간의 대결구도는『난장이가 쏘아올린 작은 공』전반에 걸쳐 구조화되어 있다. 생존권을 보장받기 위해 영희가 읽는 「노동수첩」과 은강그룹 회장의 손녀인 경애가 주관하는 모임에서 읽는 「노동수첩」, 영수와 노동자들이 '사회조사연구회'라는 모임을 통해 산업사회의 구조와 조직, 노동운동의 역사와 노동관계법 등을 배우는 동안 은강그룹의 막내아들 경훈은『인간공학』을 읽는 식이다. 이 구도는 '가난'을 '겪는 것'과 '가난'을 '배우는 것'의 인식론적인 대결구도라고도 할 수 있다.

이 차이에 의해 하나의 지식은 다른 지식을 배반하는 일에 기꺼이 쓰일 수 있다.『인간공학』은 산업재해 없이 노동자들이 안전하게 일할 수 있도록 산업환경을 측정하는 새로운 기준들을 제시하는 학문이지만 경훈의 손에서 그것은 노동자의 작업환경을 위해 쓰여지는 것이 아니라 "뛰어난 머리들로 구성된 고학력의 경영 집단, 그들이 추구하는 저임금과 높은 이윤"(291쪽) 추구를 부추기기 위한 잔혹한 지식일 뿐이며, 노동자들이 행복한 마음으로 오직 일만 하게 하는 약을 만들어 공장의 밥이나 음료수에 약을 타겠다는 '교훈'을 안겨주는 무서운 책이 된다. 경훈은 경공업 분야에 머물러 있던 할아버지대의 60년대적 경영방법과 달라진 아버지대의 그룹기업 경영방식, 즉 "머리와 지원만으로, 기계, 철강, 전자, 조선, 건설, 자동차, 석유화학 등 중화학공업을 망라한 체제"(272~273쪽)를 계승해나가기 위해서 필요한 능력을 길러야 한다는 목적의식으로 가득 차 있는 인물이다.『인간공학』은 이런 경훈의 손에 들려짐으로써 부도덕한 책

21) 서동진,『자유의 의지 자기계발의 의지』, 돌베개, 2009, 368쪽.

이 된다. 경훈에게는, 맨체스터나 브래드퍼드의 공장지대에서 가난한 노동자들을 혹사시키는 환경에 분개하는 내용을 다룬 『미래공학』조차 경영수업에 해악이 되는 "허풍쟁이 도학자"(291쪽)의 헛소리일 뿐이다. 그러나 이 세계에도 균열의 전조가 보이는데, 경훈과 달리 경훈의 사촌이 지니고 있는 지식과 거기서 비롯되는 판단기준은 경훈의 그것과 정면으로 배치된다.

경훈의 사촌을 통해 우리는 『난장이가 쏘아 올린 작은 공』이 반드시 가진 자-못 가진 자의 계급적인 이분법에 의해 결정되는 것이 아니라는 것을 알 수 있다. 요컨대 계급은 선험적 도덕관을 부여하는 심급이 아닌 것이다. 경훈의 사촌은 자신의 아버지를 살해한 피고 영수의 행위마저 정당방위라고 두둔하는 다소 비현실적인 인물로, 은강그룹이 인간을 위해 일한다고 하면서 오히려 인간을 소외시켰다고 비판한다. 그가 이렇게 생각할 수 있는 것은 미국 유학 당시의 경험 때문이다. 그는 만여 명의 미국 노동자들이 한국 섬유 노동자의 시간당 임금이 십구 센트라는 사실을 외치며 집단행동을 하는 것을 본 적이 있는데, 그때는 그것이 한국 제품의 수입을 규제하기 위한 거짓말이라고 생각했으나 법정에서 그것이 사실임을 알게 됨으로써 자신의 아버지를 살해한 노동자의 행위마저 정당방위로 인정할 수 있었던 것이다. 경훈의 사촌은 "우리의 제도는 이제 안에서부터 파괴될 것이라"(271쪽)고까지 말한다. 그러나 사촌은 지나치게 유약한 인물로 설정돼 있고, 그에 비해 경훈은 자신들의 성채를 지키는 데 방해가 된다면 언제든지 사촌을 제거하리라 마음먹는 정도의 악마적 기질을 보인다. 이 세계와 대결하기 위해서 영수가 방송통신고등학교에서 얻는 지식은 터무니없이 나약할 수밖에 없다.

그럼에도 불구하고 경훈과의 싸움에서 최종적 승리자는 노동자계급으로 그려진다. 「내 그물로 오는 가시고기」를 마지막에 배치함으로써 조세희가 꾀하려고 한 것은 무엇일까. 경훈을 초점화자로 설정함으로써 경훈의 시각에서 영수의 공판을 해석하며, 그 과정에서 일어나는 경훈 자신의 감정 변화가 서사의 중심축이라는 점은 시사하는 바가 크다. 경훈에게 '가난'이란, 노동자들의 얼굴을 누렇게 뜨게 만들고 보기 흉한 신체조건을 갖게 만드는 혐오스러운 노동자 생활세계의 조건이자 자본, 경영, 경쟁, 독점을 통해 자신들이 누리는 것들을 공박하게 만드는 "중독 독물"(290쪽)에 지나지 않는다. 독자들은 경훈이 매우 왜곡된 관념을 지닌, 도덕적으로는 매우 무력한 인물임을 깨달을 수 있다. 경훈에게 지섭은 일부러 초라한 옷을 입고 나타나 심한 편견과 오만에 악의까지 품고 "사건 성격을 아주 바꾸어버리려고"(284쪽) 하는 "조금 큰 악당"(290쪽)으로 그려지는데, 숙부 살해사건에 대한 영수의 공판이 열리는 법정에서 행해진 지섭의 변론은 이러한 경훈의 의식과 감정에 분명한 균열을 가함으로써 서사적 차원에서 강렬한 도덕적 효과를 자아낸다.

영수의 최종 공판장은 법정 방청석에 모인 어린 공원들의 애끓는 불안의 느낌, 거기에서 배어나오는 비애의 감정이 최고조에 달한 공간을 형상화한 탁월한 장면이다. 공판을 기다리는 내내 중간중간 터지는 어린 공원들의 기침과 훌쩍임 같은 것들, 공판시의 순간적인 고요와 사형선고에 뱉아지는 조용한 탄식 등이 매우 사실적으로 세밀하게 그려짐으로써 선악 구도의 추상적 대립을 충분히 압도하는 장면이라고 할 수 있다.

변호인은, 자기가 알아본 바에 의하면, 피고인은 공장에서는 책임감 강한 산업전사, 이해심 많은 동료, 어려운 사람들을 앞장서 도와 고통을 나누어 지는 신의의 동지였고, 노동문제를 연구·토론하는 모임에서는 언제나 서로 간의 이해와 화해, 사랑을 주장한 학도요 지도자였는데, 이러한 피고인이 어느 날 갑자기 저 끔찍한 살인을 생각한 데는 그만한 이유가 있었을 것으로 본다고 말하고, 그러니까 임금·휴가·부당해고자 복직 문제들을 놓고 회사와 개선점을 찾으려고 노력했으나 합의를 보지 못한 외에, 노조 대의원 및 임원 선거를 평화적으로 실시하려는 조합원들의 노력을 사용자가 힘으로 짓밟아 노사협조를 일방적으로 파기함은 물론 산업평화까지 스스로 깨뜨려 노사의 불이익을 초래함을 목도하는 순간 은강그룹을 이끌어가는 총책임자, 즉 회장을 살해하겠다는 우발적인 살의를 품게 된 것이 아니냐고 물었다.(288쪽)

변호인의 서술은 영수의 살해행위가 일종의 도덕적 선택이었음을 역설적으로 드러내는 동시에 이를 통해 노동자들의 도덕적 우위를 확신시킨다. 이 도덕적 우위에 대한 확신 속에서 노동자들은 경훈을 둘러싸고 노골적으로 조롱하는 기세로 자신들의 분노를 표출한다. "누렇고 모가 진 얼굴에 유난히 눈만 살아 움직이는 듯한 아이들이 나를 둘러쌌다. 그리고, 적의와 반감을 나타내는 짧은 노랫소리를 나는 들었다. 우리 회장님은/마음도 좋지/거스름돈을 쓰러/임금을 준대."(280쪽) 결과적으로 조세희는 경훈측의 패배를 암시하며 결론을 맺는다. 경훈은 남쪽 기계공장의 소요에 대한 소식을 듣고 그것이 '손가락이 여덟 개뿐인' 지섭이 있는 공장에서 일어난 일이라는 것을 알게 된다. 가시고기가 자신의 몸을 가리가리 찢는 꿈을 꾸는 결말은 경훈의 인식에 드리워진 분명한 균열을 뜻한다. 경훈은 정신과에 가보기로 결심함으로써 스스로를 기만하는 고통의 세계 속에서 살게 될 것임이 암시된다.

5. 나가며

이상 『난장이가 쏘아올린 작은 공』에서 각각의 주체들이 '가난'에 대해 보이는 감정적 변화를 중심으로 조세희가 사유하고자 했던 총체성의 문제를 살펴보았다. 로베르 망두르가 말한 바처럼 의식의 변화는 이데올로기에 의해서만이 아니라 감성 차원의 행동과 계기가 누적되어야만 일어난다.[22] 『난장이가 쏘아올린 작은 공』은 70년대 대기업 위주의 산업자본주의로 인해 계급단절의 성벽이 점차 공고해짐으로써 삶의 질과 양태 나아가 인간 존재 자체가 위계화되는 현실에 대한 문제제기를 함으로써 노동자가 정치적 주체로 기능하는 것을 보여주는 첫 (베스트셀러)소설이 될 수 있었다. 그것이 가능한 것은 난장이 일가가 완전무결한 비극적 주체인 데서 오는 저항성과 비장미 때문이다. 그간 논자들이 주목해오지 않았으나, 서사 전면에 흐르는 불안과 공포, 분노 등은 이러한 비극성을 심리학적인 개념이 아니라 정치학적 개념으로 바라보게 만든다.

따라서, 『난장이가 쏘아올린 작은 공』이 제시하는 대안이 단지 현실 바깥에 존재하는 유토피아적인 이상주의에 지나지 않는 것으로 비판하는 것은 이 비극적 주체들이 감정의 변증법인 극복을 통해 사회적 삶을 와해시켜 다시 태어나도록 교란할 수 있는 가능성을 제 역할로 찾아주지 못하는 우를 범할 수 있다.

그런데 그것이야말로 70년대의 민중적 주체에게서 우리가 발견하고 싶었던 대안이 아닐까. 그리고 그것을 단지 민중 주체 자신만의 힘으로 이루도록 내맡기는 것만이 총체성의 진실이 아닐진대, 그 점을 조세희는 『난장이가 쏘아올린 작은 공』 연작을 통해 들려주고자 한 것이 아닐까.

---

22) 김영범, 「망탈리테사 : 심층사의 한 지평」, 『사회사 연구와 사회이론』, 문학과지성사, 1991, 258~335쪽.

전쟁과 야만의 시대를 응시하는 70년대적 방법
― 최인호론

김미지

1. 1970년대 최인호 단편소설의 몇 갈래

장편작가 또는 대중작가로서의 명성 때문일까, 소설가 최인호가 작가 여정의 초창기인 1970년대에 단편소설들을 꾸준히 발표했다는 사실은 그다지 주목받지 못한 편이다. 1963년 고교 2학년 때 단편 「벽구멍으로」가 한국일보 신춘문예에 입선하고 1967년 연세대 재학 시절에는 「견습환자」로 조선일보 신춘문예에 당선되는 등 청년기에 화려한 작가생활을 시작했지만, 대표작으로 불리는 「타인의 방」(1971)을 제외하면 단편 가운데 크게 평가받은 작품이 별로 없거니와, 그의 단편들 중 수준작이나 문제작이 꽤 많다는 점은 비교적 최근에서야 몇몇 평자들이나 연구자들에 의해 조명되기 시작했다.[1] 즉 70년대 한국문학사를 수놓은 여러 작가군 가운

---

1) 단편소설을 포함한 최인호 소설을 본격적으로 논하고 재조명할 필요성을 제기한 글로는 김치수, 「최인호론―개성과 다양성」, 『한국현대작가연구 : 황순원에서 임철우까지』, 권영민 편, 서울 : 文學思想社, 1998; 나병철, 「최인호론―비동일성의 시선과 낯설게 하기」, 『현대문학의 연구』 11, 1998; 소영현, 「'스스로 희생자 되기' 혹은 견딤의 서사」, 『1970년대 문학연구』, 민족문학사연구소 편, 소명출판, 2000; 권성우, 「도시 산업화 시대의 문학적 대

데 70년대 문학의 일부로서 최인호의 몇 작품을 포함시켜 논하는 연구들이나 장편작가 또는 대중작가로서의 그의 작품세계를 논하는 연구는 꾸준히 있어왔지만, 70년대 최인호의 단편세계를 전면적으로 다룬 것은 비교적 최근 특히 2000년대 들어서의 일이다. 그의 몇 작품이 70년대 문학을 설명하는 데 동원되는 방식보다는 70년대 소설사에서 그의 단편들이 차지하는 위치를 새로이 자리매김하는 시도들이 나타난 것이다.[2]

물론 최인호는 초기 단편 창작 경향에서 벗어나 70년대 말 장편으로 전환하여 큰 명성을 얻었고 이야기꾼으로서의 그의 장기가 발휘되는 부분은 분명 장편에서일 터이다. 70년대 소설 연구의 자장 안에서 가장 많이 거론되는 작품들 역시 그의 대중소설 혹은 장편소설 들이며, 1970년대 대중소설을 논하는 자리에서 최인호를 빼놓고는 이야기가 되지 않을 만큼 대중작가로서의 그의 위치는 확고하다.[3] 사십여 년이 훌쩍 넘는 작가생활에서 그만큼 단편이 차지하는 비중이나 위상이 상대적으로 빈약한 것은 사실이지만 초창기 그의 단편들이 문학청년의 습작으로만 치부될 수 없을 만큼의 양과 질을 확보하고 있다는 것은 부인할 수 없는 사실이다. 즉 최인호의 70년대 단편세계는 치열한 작가정신의 산물로서 그 자체로 평

응—최인호론」, 『낭만적 망명』, 소명출판, 2008 등이 있다.

2) 최인호의 장편들이 아닌 단편소설들을 연구 대상으로 삼은 학위논문들이 2000년대 들어 꾸준히 나오고 있다. 이 경우 최인호의 단편들을 독보적인 작품세계 혹은 정신세계를 구축한 것으로 고평하고 있음을 볼 수 있다. 대표적으로 장세진, 「최인호 단편소설 연구」, 연세대학교 석사학위논문, 1998; 김아영, 「최인호 소설의 도시성 연구」, 이화여자대학교 석사학위논문, 2008; 노대원, 「최인호 초기 단편소설의 카니발적 특성 연구」, 서강대학교 석사학위논문, 2010 등이 적극적으로 최인호의 초기작들을 재평가하고 있는 논문들이다.

3) 김현주, 「1970년대 대중소설 연구」, 연세대학교 박사학위논문, 2003; 안낙일, 「한국 현대 대중소설 연구」, 한림대학교 박사학위논문, 2003; 김성환, 「1970년대 대중소설에 나타난 욕망구조 연구」, 서울대학교 박사학위논문, 2009 등의 논문들이 1970년대 대중문학에서 최인호 소설을 핵심적으로 다루고 있는 대표적인 연구들이다.

가받을 만한 나름의 견고성과 일관성을 보여주고 있다는 것이 지금까지 연구의 공통된 견해이다. 본고는 최인호 단편을 고평하고 적극적으로 재평가한 이전 연구들의 시각에 기본적으로 동의한다.

먼저 1970년대 최인호 소설은 그 시대 소설들이 흔히 그러하듯이 역시 도시적이고 1970년대적임에 틀림없다. 대개의 '도시소설'들에 도시인들의 고독과 권태, 절망이 날카롭게 포착되어 재현되고 있다거나, 1970년대의 정치 사회 문화적 상황을 살아내는 작가의 시대적 감수성이 짙게 배어 있다고 볼 때, 최인호 소설 역시 그러한 시대정신과 감수성의 테두리를 벗어나지 않는 것으로 보인다. 즉 개별 작품들을 통해 당대의 상황과 조건에 대한 문학적 응전의 양상을 볼 수 있다면, 최인호 소설도 크게 다르지 않을 것이기 때문이다. 실제로 70년대 초중반 단편 창작에 주력하던 시절 그의 작품들에는 도시의 밑바닥 인생들, 부적응자들과 부랑아들의 신산하고 절망적인 삶이 주된 소재로 빈번히 등장하고, 산업화 시대 파괴와 건설의 현장에서 신음하던 도시인들의 고난이 고스란히 담겨 있다. 70년대가 남겨놓은 사회적 초상들 중 가장 두드러진 것은 "뿌리 뽑힌 자들(the uprooted)"[4]이라는 점에 비춰 본다면 최인호의 글쟁이로서의 장기가 가장 두드러지는 부분은 그 지점에서일지도 모른다. 기존의 연구들이 그의 70년대 소설들에서 도시인의 '소외'와 소시민의 '고독' 그리고 밑바닥 인생들의 '절망'을 읽어낸 것은 지극히 자연스러운 일이다.

스무 편이 넘는 그의 70년대 단편들을 계열화했을 때 가장 다수를 차지하는 것이 '도시소설' 즉 산업화 시대 도시에서의 다종 다기한 삶의 모습들을 날카롭게 포착한 소설들임에는 의문의 여지가 없다. 그의 도시소설

---

4) 조남현, 「70년대 소설의 몇 갈래」, 『현대문학』 1989년 3월호 참조.

중에는 '사육되는 소시민의 절망과 일탈의 욕망'을 다룬 작품이 하나의 큰 줄기를 형성하고(「견습환자」「2와 1/2」「사행」「예행연습」「타인의 방」「개미의 탑」), '밑바닥 인생들의 나락에 떨어진 삶의 양상들'을 그린 작품들이 또하나의 줄기를 이루고 있다(「침묵의 소리」「기묘한 직업」「즐거운 우리들의 천국」). 그런데 최인호의 단편들 가운데는 의외로 '전쟁'의 흔적이 새겨진 작품들이 꽤 된다는 사실 또한 발견할 수 있다. 본고에서는 전쟁을 다루거나 암시하고 있는 최인호의 작품들이 '70년대 전후소설'의 한 양상으로 볼 수 있을 만큼의 뚜렷한 하나의 세계를 구축하고 있다는 것을 밝히고자 한다.

한국문학사에서 '전후소설'이라고 명명할 때 한국전쟁 이후 50년대와 60년대 소설까지를 시기적으로 한정하는 것이 보통이다. 전쟁의 직접적인 자장이 미치는 시간적 경계를 60년대까지로 본 것이기도 하고, 70년대 이후에는 전쟁을 소재로 하였다 하더라도 새로운 개념 규정이 필요한 다른 조건들이 등장하기 때문이다. 따라서 전후문학을 주로 50~60년대의 전후상황을 직접적으로 다룬 것으로 한정해서 지칭하고 70~80년대의 경우 '분단문학' 또는 '통일문학'이라는 개념을 사용하기도 한다. 이는 '전쟁 이후'라는 시기 구획적인 개념과는 달리, '분단 현실'을 직시하고 전쟁 극복 의지 또는 통일 의지를 반영한 문학작품들을 지칭하기 위해 고안된 것으로 볼 수 있다.[5] 그러나 한국전쟁 이후의 한국사회 혹은 분단 현실을 다룬 '전후소설' 또는 '분단소설'의 범위와 외연을 확정하는 것은 그리 간단한 문제는 아니다. 한국이 전쟁-이후의 자장에서 아직까지 벗어나지 못하고 있고 이를 반영한 작품들이 계속 생산되고 있기 때문이

---

5) 강진호, 「분단 현실의 자기화와 주체적 극복 의지」, 『1970년대 문학연구』, 민족문학사연구소 편, 소명출판, 2000 참조.

다.[6] 특히 70년대에는 세대적으로 보았을 때 유소년기에 전쟁을 체험한 이들이 대거 등장하여 작품활동을 하던 시기이기도 하다. 이와 관련하여 이 시기의 전후소설이 흔히 성장소설로 분류되는 경우도 적지 않다. 이상의 맥락을 고려할 때, 70년대 생산된 작품들을 '전후소설'이라는 개념으로 아우를 수 있는가 하는 문제와 관련해서 본고에서 살펴볼 최인호의 작품들이 시사점을 줄 수 있을 것으로 본다.

본고에서는 최인호의 '전후소설' 즉 전후의 색채나 한국전쟁의 그림자가 짙은 작품들인 「술꾼」 「모범동화」 「전쟁우화」 「더러운 손」 네 작품을 중심으로 1970년대 단편작가로서 최인호가 그린 '전후'의 양상과 '전후소설'의 특징을 살펴보고자 한다. 궁극적으로는 이를 통해 작가 최인호의 작품세계와 70년대 한국문학의 지평을 좀더 폭넓게 재인식하는 한 계기가 되기를 기대한다.

2. 성장 없는 상처, 조로한 소년들의 세계

최인호 소설 가운데 한국전쟁을 직접적으로 환기시키지는 않으면서 전후의 분위기를 기묘하고 섬세하게 포착해낸 소설들이 있다. 바로 「술꾼」(1970)과 「모범동화」(1970)인데, 이 소설들에는 어른들의 세계로 급격히 진입한 위악적이고 기괴한 '조로한 소년'이 등장한다는 공통점이 있다.

「술꾼」은 표면적으로 전쟁을 언급하진 않지만 언뜻언뜻 흔적으로만 현

---

6) '70년대 전후소설'은 '주로 회상의 시점과 증언의 포즈를 통해 부분적이나마 전쟁의 실상을 제시하여 전쟁의 의미를 자연스럽게 일깨워주는 방법'을 취하는 것으로 설명된다. 조남현, 「6·25소설의 인식론과 방법론」, 『한국 현대문학 사상의 발견』, 신구문화사, 2008, 258쪽 참조.

재가 전쟁 직후임을 암시하고 있다. 이를테면 "미군 작업복을 입은 사내" "아이의 가슴팍에서 계급장처럼 반짝이"는 "US ARMY의 표지" "제 여편네가 피난통에 총알 맞아 배에 공기구멍이 휑하니 나서 죽어버렸다"는 얘기를 하며 웃는 사내, "전쟁에서 잃은 오른손" 등이 그것이다. 술주정뱅이들이 술을 마시며 허튼수작들을 주고받는 한밤의 술집에 한 소년이 들이닥친 후 술을 구걸하러 다니는 그 소년의 여정을 보여주는 것이 이 소설의 줄거리이다. 소년은 아버지를 찾으러 왔다며 술자리의 사내들에게 말을 건다. 어머니가 피를 토하고 죽어간다며, 술집에서 아버지를 찾을 수 있을 것이라며 술꾼들 주변을 서성이면 꼭 한두 잔씩 술을 얻어먹게 마련인 것이다.

"아버지만 찾으믄 만사 오케야요. 울 아바진 아즈반들하구는 달라요. 아바진 술꾼이긴 하디만, 하려구만 하믄 못 하는 게 없시요. 아, 구릴 가리구 두 금을 만들었댔으니까요. 금 말이야요."
어느새 아이의 손은 허물 벗는 애벌레처럼 그 중국식 소매 속에서 슬그머니 솟아나와, 시장판 소매치기꾼들이 슬쩍해가듯 술잔을 들어 잽싸게 잔을 비웠다. 가득 채워져 있던 잔이었는데 아이는 요술 부리는 사람처럼 한 방울도 흘리지 않고 그것을 삼켰다. 작은 한입에 그득히 채워진 충족감 때문인지 소년은 만족한 표정으로 깍두기를 집어들었다.[7]

위에서 보듯 특유의 사투리를 통해 소년이 북에서 내려온 피난민 혹은 월남민 아이라는 점은 짐작할 수 있으나, 정말 아버지를 찾으러 온 것인지 어머니가 죽어가는지는 알 길이 없다. 다만 '남루하고 지독히나 못생'겼

---

7) 최인호, 「술꾼」, 『타인의 방』(최인호 중단편소설전집 1), 문학동네, 2002, 96~97쪽.

으며, "머리는 기계총의 상흔으로 벽보판처럼 지저분했고, 중국식 소매에서 빠져나온 작은 손은 때에 절어 잘 닦은 탄피처럼 번들거"리는(94쪽) 이 소년은 어째서 이렇게 술꾼이, 도시의 이방인이, 밤거리의 부랑아가 되어버린 것일까. 소년은 이미 너무나 늙어버렸고, 초라하고 작은 외양과 순진해 보이는 말투만 뺀다면 이미 아이가 아니다. 소년은 스스로 그것을 알고 있다. "제 머리통이 제 몸에 비해서 엄청나게 무거운 듯한 착각"(98쪽)에 그 머리통을 주체할 수가 없는 것이다. 술이 주는 만족과 공허를 이미 체득해버린, 이미 "망할 놈의 술"이 없이는 견딜 수 없는 소년은 도대체 누구인가. "막소주 한 잔이 항상 미만의 입안을 윤택하게 적실 때, 그는 자기의 생명이 어떻게 밀도를 더해나가는가도 잘 알고 있었"(101쪽)으며 술집을 향할 때 "그의 가슴은 술을 더 마실 수 있으리라는 기대로 뛰"곤 한다.(106쪽) 막소주 두 잔이면 "아픔도 없이 날갯죽지가 양 옆구리에서부터 돋아나와, 자기를 새처럼 가볍게 하리라"는 것을 알고 있는 소년. 제 나이의 성장을 박탈당하고 조로해버린 이 소년의 정체는 마지막에 가서야 드러나는데, "폐허 위에 선 고아원"(109쪽)으로 향하는 그는 두말할 것 없이 전쟁고아임을 알 수 있다. 실제로 부모가 세상을 떴는지는 알수 없지만 그는 고아원에서 밤마다 밤고양이처럼 기어나와 술에 취한 채 거리를 헤매고 있는 것이다. 아버지를 찾으면 그의 이런 방황은 끝이 날 것인가. 물론 비관적이다. 소년은 어제도 오늘도 그랬듯이 내일도 그러할 것이며 그에게 과거가 없듯 미래가 있을지도 불투명하기 때문이다.

70년대 '전쟁 체험'이나 '전후의 기억'을 다룬 70년대의 소설들 예컨대 윤흥길, 박완서, 황석영 등의 소설이 '성장'의 키워드로 읽히는 경우가 많은데 반해 최인호 소설에서는 성장의 과정이나 결과가 전혀 제시되지 않으며 성장이 박탈당한 소년을 집요하게 그려낸다는 특징이 있다. 「술꾼」에서 폐허 더미를 딛고 선 소년 술꾼의 모습은 얼마나 그로테스크

한가.[8] 「모범동화」에서도 비슷한 양상인데, 이 작품에서는 어른과 대결하는, 어른보다 더 어른 같은 소년이 등장한다.

「모범동화」는 전후 단신 월남한 피난민 강씨 그리고 어디서 굴러왔는지 정체를 알 수 없는 아이의 대결을 그리고 있다. 전쟁을 뚫고 살아남은 강씨가 하는 일이라고는 국민학교 앞에서 동전을 긁어모으는 일이다. "오직 그의 경험에서 우러나온 처세와, 그리고 교묘한 그의 연기력 때문에" 아이들의 신용을 얻고, 어른들의 비루함에 지친 아이들이 어른들의 은밀한 모범을 갈구하고 있다는 사실을 눈치챈 강씨는 이를 이용하여 돈을 번다. 불경기를 극복하기 위해 궁리 끝에 강씨는 아이들을 상대로 도박을 벌이기 시작하고 아이들은 번번이 강씨에게 속아넘어간다. 그런데 새로 전학 온 아이가 그의 승리를 무참히 짓밟는 일이 발생한다. 그 소년에게는 어떤 속임수도 통하지 않는 것이다. 어른 강씨의 속마음까지 그리고 그의 자존심까지 상처를 낸 그 소년의 정체는 명확하지 않다. 갑자기 난데없이 나타나 어른들 세계의 모든 것을 알고 있는, 그래서 만물박사로 불리며 아이들에게 경외와 두려움의 대상인 그 아이 역시 못생기고 남루한 행색으로 미루어 월남한 피난민으로 추정될 뿐이다.

「모범동화」의 이 소년 역시 「술꾼」의 아이와 마찬가지로 이미 알 건 다 알며 어른들과 겨루어 결코 뒤지지 않는 처세를 획득한 '애늙은이'이다. 그는 "손쉽게 구할 수 있는 독초, 사람의 혈압을 재는 법에서부터 선생님의 추문, 어른들의 관심거리, 무스탕의 엔진 원리와 B29의 성능, 화염 방사기와 바주카포의 화력, 소련제 탱크와 미제 탱크의 차이 따위에 이르기

---

8) 괴기 양식을 뜻한 '그로테스케Groteske'가 지하에 묻혀 있던 폐허나 지하 납골당(카타콤베)에서 유래했다는 점, '그로테스크'는 동굴이나 동굴의 밀실을 표현하는 '숨겨진' 것, '비장된' 것이라는 데서 유래했다는 점에 비춰 보면 폐허 위의 소년이 묘연하고 불가사의하게 즉 그로테스크하게 그려지는 것은 자연스러워 보인다. (발터 벤야민, 『독일 비애극의 원천』, 조만영 옮김, 새물결, 2008, 224쪽 참조)

까지"[9] 무기의 세계와 어른들의 세계에 이미 통달해버린 소년 아닌 소년이다. 그리고 어른들의 비밀을 까발리며 그들에게 속는 아이들을 구원하는 역할을 자청하는 것이다. 강씨가 고안해내는 도박들을 번번이 실패로 끝나게 만드는 소년으로 인해 강씨는 "그 아이로 인하여 생각하기조차 싫었던 과거의 아픈 상처가 다시 아파오는" 것을 느끼고, 분노와 함께 복수를 설계하기 시작한다. 그리고 그의 최후의 보루였던 마지막 속임수마저 소년에게 무릎을 꿇고 말자 결국 그는 자살해버리는 것이다. 그리고 그의 죽음까지 이미 소년은 예견하고 있던 터였다.

> "그 털보는 죽을 거야."
> "뭐라구?"
> "죽어버릴 거야."
> 사탕을 먹던 친구는 갑자기 이 소년이 울고 있는 것을 발견했다. (……) 행복과 외면한, 지나치게 퇴락한, 집까지 가는 그 선병질적인 아이의 발걸음은 너무나도 무거웠다.(132쪽)

자신이 한 사내를, 비록 아이들을 속여 돈을 버는 비루한 어른의 모습을 보여주었을지언정 죽음으로까지 몰아갔다는 것이 조로한 아이라 하더라도 즐거운 일일 수는 없는 일이다. 강씨는 전쟁을 피해 살아남은 자신이 계속 살아갈 수 있는 단 하나의 방책이자 자존심이었던 아이들을 상대로 한 게임에서 패배하자 죽음을 선택한 것이지만 그의 생존방법은 잘못되었음을 이 무미건조하고 선병질적인 소년이 까발린 것이다. 이는 누군가의 승리라기보다는 양쪽 모두에게 비극이다.

---

9) 최인호, 「모범동화」, 『타인의 방』(최인호 중단편소설전집 1), 문학동네, 2002, 119쪽.

이렇게 최인호 소설은 정체 모를, 조로한, 성장을 거세당한 소년의 초상[10]을 통해 전후 한국사회의 스산한 분위기를 실감나게 보여주는 한편, 전쟁의 상처를 감상적이거나 교조적인 방식이 아닌 매우 냉소적이고 건조한 이야기와 필치로 드러내고 있다. 이것이 50년대 소년 화자를 내세운 손창섭의 「유실몽(流失夢)」 또는 송병수의 「쑈리 킴」 등의 전후소설에서 '소년다움'을 완전히 상실하지 않은 소년들이 전쟁을 대상화하는 방법과는 다른,[11] 1970년대에 '전후'의 소년들과 전후의 분위기를 그려내는 최인호식의 방법이라고 할 수 있을 것이다.

3. 우연과 아이러니, 기억과 망각의 기록

최인호 소설 가운데 전쟁을 직접적으로 다룬 작품으로는 「전쟁우화」 (1974)와 「더러운 손」(1974)을 꼽을 수 있다. 후자가 오랜 시간이 흐른 이후의 회상의 시점으로 전시의 과거를 되새김질하는 데 반해, 「전쟁우화」 는 전장에서 현재와 과거를 동시에 반추하는 방식을 취하고 있다. 두 작품은 전후 이십 년이라는 시차가 있는 70년대의 작품인 만큼 전쟁의 실상을 드러내거나 전쟁의 폭력성을 부각시키기보다는 전쟁을 체험한 개개인이 나름의 방식으로 전쟁을 성찰하는 방식을 보여주고 있다.

「전쟁우화」는 다리에 총상을 입고 피신해 있던 국군 김일병이 역시 상처 입은 적군(인민군) 병사와 마주하게 되는 이야기로, 두 사람이 동갑에

---

10) 도시적인 삶이 만들어낸 기괴한 소년들 혹은 청년들의 모습은 최인호의 다른 70년대 단편인 「예행연습」 「침묵의 소리」 등에서도 드러나고 있다.

11) 이들 소설에서 소년들은 말 그대로 어른들과는 다른 인식 지평과 시야를 견지하는 인물들로 훼손되지 않는 순진성을 담지하거나 자기만의 방식으로 전후사회를 관찰하는 역할을 한다.

같은 고향 같은 동네 출신이라는 기막히고 기묘한 우연을 보여준다. 주인공 김일병은 "그가 최초로 죽인 괴뢰군이 의외로 열여덟 살짜리밖에 안된 애송이였다는 사실을 알았을 때부터" "삶이란 이토록 뒤범벅된 유희로구나 하는 지극히 안이한 체념"과 함께 자신의 나이를 일수로 또는 초 단위로 계산해보는 숫자놀음을 버릇으로 갖게 된다. 그에게 전쟁은 그 의미 없는 숫자놀음만큼이나 허무한 일일 뿐이다. "우울한 비애"를 가져다줄 뿐인 이 무책임한 "방아쇠 놀림"[12]은 도대체 어떻게 비롯된 것인가. 전쟁의 무책임함 혹은 무의미함은 그에게는 마치 "단지 그 모자 색깔에 따라 어느 때에는 같이 뒷산에서 머루를 따던 짝패가 이제는 적군이 되어버린 초등학교 운동회"(49쪽)와 하등 다를 바 없다는 사실에서 비롯한다.

상처 입고 피신한 동굴 안에서 피 흘리며 옛 고향의 동무와 적이 되어 총구를 겨누고 마주한다는 그 상황은 말 그대로 "얼마나 유치한 망할 놈의 해후"이며 "틀려먹은 우연"인가.(57~58쪽) 곧 둘 중 하나는 구출되고 하나는 죽든지, 아니면 둘 다 죽을 운명에 처해 있다. 최소한 어느 한쪽은 죽어야만 끝나는 기막힌 우연이며 해후인 셈이다. 그들은 그들이 뛰놀던 고향의 유년기를 과거에서 불러들여 전장에서의 마지막을 장식하고자 한다. 순간의 위험을 모면하기 위해 오로지 "현존하는 자신만을 의식"(52~53쪽)했던 그들은 죽음 앞에서 비로소 과거와 자신의 유년기를 추억한다. 전쟁통에 파괴된 폐허의 고향과 전쟁 이전의 청춘의 요람 두 시기를 회상하는 김일병과 동갑내기 적군은 유년기의 체험을 공유하고 있음을 발견하고 회상에 잠긴다. 그 회상의 중심에는 그들이, 고향의 모든 이들이 사랑했던 한 여인이 있다. 시집을 읽고 눈물을 흘리던, 만주를, 바

---

12) 최인호, 「전쟁우화」, 『즐거운 우리들의 천국』(최인호 중단편소설전집 3), 문학동네, 2002, 48쪽.

이칼 호반을 가보고 싶다던 소녀, 결국 아이를 잃은 뒤 대동강에 빠져 죽은 그녀. 야만을 견디게 할 만큼의 순수와 지성과 아름다움을 지닌 그 첫사랑은 이미 죽고 없다. 전쟁은 그들의 순수와 첫사랑과 젊음을 모두 짓밟았고 "형적도 없이 사라져"버리게 만들었다. 즉 그들에게 잃어버린 고향, 잃어버린 청춘, 잃어버린 첫사랑은 모두 동일한 의미이다. 그들에게 남은 것은 아무것도 없었고, 이제 누가 죽을 것이며 살 것인지는 더이상 중요한 일이 아니었다.

그저 파란 모자를 썼으면 청군이요 하얀 모자를 썼으면 백군으로, 단지 그 모자 색깔에 따라 어느 때에는 같이 뒷산에서 머루를 따던 짝애가 이제는 적군이 되어버린 초등학교 운동회처럼 두 사내는 막연한 적의를 가지고 흐린 눈으로 서로의 얼굴을 쳐다보았다.
이윽고 잔잔한 수면 위에 돌팔매질한 격인 떠들썩한 소리가 어느 편의 소리인지 구별될 수 있을 만큼 점점 동굴 입구로 가까이 오자 두 사내는 약속이나 한 듯이 천천히 자신들의 귀를 틀어막았다.
그리고 둘은 안심해버렸다.(65쪽)

마지막 순간 "약속이나 한 듯이 천천히 자신들의 귀를 틀어막았다"는 것은 다가오는 발자국 소리가 적군의 것인지 아군의 것인지 이미 이들에게는 의미가 없음을 뜻한다. 돌아갈 최후의 보루조차 사라진 그들에게 누가 죽고 누가 살 것인지의 문제는 상관없는 것이다. 그곳은 전장이었고, 어쩌면 죽음으로써만 벗어날 수 있는 곳이기도 했다. '안심'의 의미는 그런 것이다. 어차피 죽든 살든 그들은 모두 죽은 것이며, 그로써 그들의 전쟁은 끝이 날 것이기 때문이다. 일종의 체념이자 초월인 이 죽음 앞의 '안도'는 최인호 소설에서 주요 모티프로 등장하는 '유년기의 기억'과도 관련이 있다.[13] 즉 순수의 상징이자 상처 입은 짐승의 유일한 거처인 유년의 추억이 그들을 전쟁과 죽음 앞에서 초연하게 만든다. 그들은 더 잃을 것이 없는 것이다.

「전쟁우화」에 나타난 상황은 '있을 법함' 즉 개연성이나 핍진성의 관점에서 보자면 매우 비현실적으로 보일 수 있다. 지나치게 우연적이고 극적인 인물 설정과 에피소드를 보여주기 때문이다. 이 점이 바로 이 작품에 '우화'라는 제목이 붙은 이유일 것이다. 벤야민을 따르자면 우화(우의, 알레고리)는 '의미작용을 하는 소도구들 일체가 자기와는 다른 무언가를 가리킨다는 바로 그 사실로 인해 소도구들이 강력한 위력을 획득'하는 관습이자 표현이다.[14] 이러한 '우의' 개념에 비춰 보자면 이곳에 등장하는 구체적인 인물과 장치, 에피소드는 재현으로서의 의미를 갖지 않으며 추상화된 세계로서 근본적인 악 혹은 죄를 고찰하기 위한 소도구들이 된다. 이러한 방식은 상황에 비애를 느끼고 공감하게 하기보다는 냉정하게 전쟁과 인간을 통찰하게 한다.

「전쟁우화」가 극적이고 우연적인 인물 및 상황 설정을 통해 동족상잔이라는 한국전쟁의 비극을 드러내면서 전쟁이라는 것, 그리고 전쟁 속의 인간에 대해 성찰하고 있다면, 소품에 속하는 「더러운 손」은 '손'으로 인해 생사의 기로에 섰던 한 대학교수의 전시 체험을 액자구조로 보여주며

---

13) 유년의 기억이 삶을 지탱하게 하는 보루라는 최인호 소설의 삶의 인식은 「무너지지 않는 집」 「타인의 방」 「사행」 등의 소설에도 유사하게 등장한다. 여기서 유년 시절은 도시의 '사나운 거리'에서 갇혀 있는 삶들에게 가장 필요한 덕목이자 힘이 된다.

14) 발터 벤야민, 같은 책, 228쪽. 여기서 독일 바로크 비애극의 '우의의 정신'을 탐색하고 있는 벤야민은 '상징'의 사변적인 대립물인 '우의' 개념을 역사적으로 살피면서 하나의 습관이자 표현으로서 우의 양식을 고찰한다. 벤야민에 따르면 우의는 인격적인 것보다 사물적인 것이 우선하고, 총체적인 것보다는 단편적인 것이 우선한다는 점에서 상징의 대극을 이루며 또 그렇기 때문에 상징과 대등한 위력을 지닌 것으로 상징과 맞설 수 있다. (발터 벤야민, 같은 책, 246쪽)

전쟁의 아이러니를 보여주고 있다. 두 작품의 공통점이라면 매우 예외적이고 '극한적인'[15] 경험을 제시하고 있다는 점이다.

「더러운 손」의 화자는 소설가 '나'이다. '나'는 교수님의 연구실에서 어느 가을날 대화를 주고받다가 '손'에 대해 이야기하게 된다. 교수는 "인간이 동물에서 탈피한 것은 바로 이 두 손 때문"이며 또 "인간의 모든 비극이 그때부터 이 손에 의해 시작되었"다고 말한다.[16] 그리고 "어떤 극한상황에 도달하면 이 손이 발이 되어야 하는 야만의 시대가 오곤 한다"는 것을 자신의 전시 체험을 통해 들려준다. 이야기는 이러하다. 전쟁이 발발하고 성교수는 바로 어제까지만 해도 제자였던 청년들에 의해 잡혀가 인민재판을 받는다. 반동으로 낙인찍히고 피난을 결심한 그는 홀로 집을 나서는데 이내 민병대의 검문에 걸리게 되고, 그의 "생전 곡괭이라곤 만져도 못 본" "부르주아 손"은 그를 '반동분자'로 확정하게 하는 명백한 증거가 된다. 가까스로 도망친 그는 그때부터 자신의 손을 거친 돌로 마구 학대하기 시작하고 그렇게 거칠어진 손에 자신의 생명을 건다.

반동분자로 몰려 피신을 택한 그에게는 선택지가 달리 없다. 즉, 농민의 손처럼 보이게 하는 것, 실제 농민이 아닌 바에야 농민의 그것처럼 만들 수밖에 다른 방법이 없는 것이다. 투박하게 굳은 손 덕분에 검문을 통과해 무사히 고향에 도착한 그는 서울이 탈환된 이후 다시 서울로 향하는데, 이번에는 미군 흑인 병사에게 검문을 당하는 위기에 처한다. 여기서 유창한 영어로 교수 신분임을 밝힌 그는 이번에는 자신의 거친 손 때문에

---

15) 최인호 소설에서 극한적 상황 제시가 두드러진다는 점은 이 작품들 이외의 여러 작품들에 관해서도 이미 언급된 바 있다. 손정수, 「극적 상황과 자전(自傳)의 세계」, 『즐거운 우리들의 천국』(최인호 중단편소설전집 3), 문학동네, 2002 참조

16) 최인호, 「더러운 손」, 『즐거운 우리들의 천국』(최인호 중단편소설전집 3), 문학동네, 2002, 71쪽.

간첩 혐의를 받게 된다. 영어를 할 줄 아는 농민이라니. 그를 살려주었던 손은 이번에는 그를 배신하려 한다. 그때부터 그는 자신의 '더러운 손'을 믿지 않기로 한다.

이 작품은 인간이 동물과 다른 징표일 수 있는 손이 발이 되는 시대, 부드러운 손도 거친 손도 모두 자신의 운명을 보장해주지 못하는, 하얀 손은 부르주아의 손이며 거친 손은 농민의 손이라는 간단한 도식으로 인간의 생사가 갈리는, 야만의 시대에 대한 짧은 기록이다. 한국전쟁에서 적과 나를 구별할 수 있는 표지는 몇 되지 않는다. 피부색도 언어도 아니며, 「전쟁우화」에서처럼 상이한 색깔의 군복은 전장에서나 통할 뿐이다. 단지 '손'의 상태로써 피아를 구분한다는 것은 매우 물질적이고 동물적인 상황을 보여준다. 그러나 이를 리얼리티의 측면, 전쟁의 사실적인 재현이라는 관점에서만 보는 것은 곤란하다. 이러한 상황은 「전쟁우화」의 경우와 마찬가지로 비현실적인, 매우 도식화되고 극단적인 설정이다. 즉 이 작품은 인간을 짐승의 상태에 처하게 만드는 전쟁의 야만성을 드러내기 위해서 매우 간결하고 상징적인 상황을 설정하고 있는 것이다. 현실감이나 리얼리티를 보장하는 세부적인 디테일이나 현장묘사를 이들 작품에서 찾아보기란 쉽지 않다. 단순화한 구도, 묘사나 여담을 최대한 배제한 군더더기 없는 사건 위주의 진술, 인물이나 배경 등 소설 구성적 장치들의 단순화를 통해 피아로 양분되는 전쟁의 구도를 효과적으로 보여주면서 전쟁의 내용 전달이나 사실감을 추구하기보다는 그러한 흑백의 구도 자체를 환기하는 서사적 특성을 지닌 것으로 볼 수 있다. 대결을 위한 단순성이 삶의 복잡성을 압도하는 현장을 복잡하고 섬세한 디테일로 그려낼 필요성을 이 작품들은 거부하고 있다.

4. 야만의 시대를 견디는 방법

 이상에서 살펴본 최인호 소설들은 모두 전쟁의 흔적 혹은 그림자를 짙
게 깔고 있는 작품들이다. 「술꾼」「모범동화」는 전후사회의 피폐함과 스
산함을 배경으로 '순수' 또는 '성장'을 박탈당한 채 전쟁의 상처를 견디고
있는 혹은 맞서고 있는 '조로한 소년'을 모티프로 한다는 공통점을 지닌
다. 「술꾼」은 밤마다 고아원을 빠져나와 술자리를 돌아다니며 공술을 얻
어먹는, 술주정뱅이가 되어버린 전쟁고아의 초상을 그리고 있으며, 「모범
동화」는 피난민 어른과 역시 피난민으로 보이는 애늙은이 아이와의 대결
을 통해 전후를 살아가는 어른의 그악스러움과 아이의 그악스러움을 대
비시키고 그 어느 쪽도 결국은 행복할 수 없는 우울한 시대 분위기를 그
려낸다.

 「전쟁우화」「더러운 손」은 모두 전쟁상황이 구체적으로 제시되고 있는
작품들로, 전자가 전장에서의 체험과 죽음 앞에 선 자의 회상을 주로 펼
쳐놓는 데 반해 후자는 전쟁이 끝난 오랜 뒤 현재(70년대)의 시점에서 전
쟁 체험을 반추하는 액자형 구조를 취한다. 전장에서 적으로 만난 상대
방이 부상을 입고 한자리에서 죽어간다는 것, 그런데 게다가 그가 어릴
때 한동네에서 살던 동갑내기 고향 동무라는 사실을 알게 된다는 것, 이
런 극적인 우연 상황을 설정함으로써 전쟁 자체에 대한 거시적인 밑그림
이나 구체화된 체험의 재현 없이도 전쟁의 본질, 전쟁이라는 것의 속성에
관해 효과적으로 보여주고 있다.

 이상의 네 작품은 또한 대개의 전후소설이 그러하듯이 모두 전쟁을 또
는 전쟁 후를 견뎌가는 나름의 삶의 방식들을 보여주는데, 소년 주인공이
등장하는 「술꾼」「모범동화」에서는 어른을 능가하며 어른들의 세계를 조
롱하는 아이들의 처절한 삶의 몸부림을 그려낸다. 파괴와 폐허의 무대에

서 살아남기 위해 상처 입고 버림받은 소년들이 할 수 있는 것은 거짓된 연기로 그들을 속이고 쉽게 그들의 세계에 발을 들이거나(「술꾼」), 비루한 어른들의 속임수를 무참히 그러나 태연히도 짓밟는(「모범동화」) 것이다. 이에 반해 전시 체험을 다룬 「전쟁우화」 「더러운 손」에서는 오히려 체념의 태도가 엿보인다. 이는 생사를 초월한, 이미 생사가 의미 없어져버린 최후의 안도감(「전쟁우화」)으로 나타나거나, 결국 살아남은 자가 전쟁과 인간에 대해 취할 수 있는 반성적 성찰(「더러운 손」)의 형태로 나타난다.

최인호의 70년대 단편소설 가운데 이상에서 살펴본 몇 작품들은 충분히 '전후소설'의 범주에 들어갈 만한 소재 및 주제의 폭과 깊이를 확보하고 있는바, 전쟁과 전후사회를 대면하는 작가 나름의 초월적 세계인식을 통해 최인호식 전후소설의 세계를 엿보게 한다. 최인호 소설들은 도시소설로 분류될 수 있는 기타의 여러 소설에서도 '전쟁'의 흔적을 끼워넣거나 비유적인 방식으로 전쟁의 기표를 사용하는 경우가 많은데, 예컨대 도시민의 일상을 숨막히고 폭력적인 군대에서의 삶과 유사하게 묘사하거나 전쟁과 같은 상황으로 제시하는 것이다. 즉 작가는 전후 산업화시대 도시에서의 삶을 전후의 연장선에서 보고 있으며 도시 산업화가 진행되는 현재와 도시를 폐허로 만드는 전쟁 시기를 모두 '야만의 시대'로 놓는 인식을 보여준다. 그래서 최인호 소설에서 전쟁의 기억은 전쟁 체험 세대에게 깊이 뿌리박힌 채 트라우마로 작동하며, 군대 체험과 유사군대와 같은 한국사회의 구조 속에서 전쟁상황은 계속해서 재생되는 것으로 나타난다. 고유명사 '한국전쟁'이 끝나지 않았듯, 일반명사 '전쟁' 혹은 복수의 '전쟁들' 역시 끝나지 않은 것이다. 70년대 소설 혹은 이후의 소설 들이 전쟁 체험 혹은 전쟁을 다루는 방식뿐만 아니라 이들 작품들에 나타난 전쟁의 무의식에 대한 고찰이 앞으로도 계속해서 필요한 이유이다.

작가적 체험의 의미와 폭력의 문학적 형상화
— 이동하론

유철상

1. 머리말

문학에 대한 다양한 정의 중에서 비교적 많은 수를 차지하고 있는 것이 바로 문학은 인생의 표현이라거나 인간의 가치 있는 체험을 언어로 표현한 것이라는 견해들이다. 진선미의 세계를 형상화함으로써 즐거움과 유익함(dulce et util)을 주어야 한다는 고전주의적인 문학관에 기초한 이들 정의에는 문학이 근본적으로 인간성을 함양하고 고취시키는 것이어야 한다는 함의가 담겨 있다. 아울러 이 함의는 현행 중·고등학교 교육과정에서도 문학교육을 문학 능력의 향상을 통하여 인간다움을 성취하는 교육 활동으로 규정하고 있는 데에서 쉽게 확인된다. 이렇듯 문학은 그 정의에서부터 올바른 인간성 함양이나 인간적 이상인 진선미의 세계에의 도달과 밀접한 연관을 맺어왔던 것이다.

문학에서 추구해왔던 이러한 선과는 대조적으로 '악(惡)'은 그 사전적 의미가 인간의 도덕적 기준에 어긋나는 나쁨이나 또는 그런 것을 지칭한다고 되어 있다. 악에 대한 이 설명은 실상 악을 그 자체로 규정하는 본질적인 규정보다는 단지 특정 기준에서의 벗어남이나 일탈의 개념으로 설명하는 부정적인 규정에 해당한다. 그렇다면 작가 이동하를 필두로 하여 한국 현대소설작품에 반영되거나 그려지고 있는 악의 형상화는 어떠한 의미를 지니는 것인가. 악이나 그것이 외화된 형태인 폭력의 문제, 그리고 추의 범주가 하나의 자율적인 미적범주로 통용될 수 있었던 것은 서구에서도 사회의 분업화가 이루어진 18세기 이후라고 일컬어진다. 더욱이 현대 문학예술에서는 파편화되거나 추한 것을 의도적으로 추구하게 되면서, 폭력이나 악, 잔인함의 미학이 오히려 현대 예술의 목표로 설정될 정도로 새로운 심미적 가치를 지니는 개념으로 변모되었던 것이다. 문제는 이러한 악과 폭력의 문학적 형상화가 바로 사회적 근대화 과정과는 대립되는 근대적 심미성의 범주와 직결될 수 있다는 점에 놓이게 된다. 문학이란 근본적으로 아나키즘적인 속성을 지닌다고 보는 리드나 부정의 변증법을 강조한 아도르노의 견해에 의하면, 문학은 사회의 부정성으로서 기성사회의 지배질서, 지배담론을 문제시하고 은밀하게 파괴하는 비판적 저항의 기능을 지닌다고 보기 때문이다.

이 글에서는 이동하의 「폭력 연구」 계열의 작품을 분석 고찰함으로써, 그가 현대사회에서 반사회적이거나 규범질서에 반대되는 모든 것을 지칭하는 개념이었던 악이나 폭력이 문학적으로 소통되거나 수용되는 양상을 살펴보고자 한다. 이는 곧 시대와 지역에 따라 다양하게 악으로 규정되고 있는 타자들의 모습을 추적해보는 과정의 일환이기도 하다. 다시 말해 이동하의 소설작품에 형상화된 폭력의 모습을 검토해봄으로써 역으로 당대의 사회적 의식이 사회 전체의 질서 확립과 유지를 위해 악이나 폭력이라는 이름으로 타자를 억압하고 배제해왔던 과정을 복원해보고자 하는 것이다.

한편 이동하의 작품을 통해 악과 폭력이 구현되는 양상을 검토하는 것은 그의 소설이 근본적으로 작가의 원체험에 크게 의지하고 있다는 데에서 연유한다.[1] 문학은 인간의 가치 있는 체험을 형상화한 것이기에, 문학은 작가의 체험을 떠나서는 결코 쓰일 수 없다는 것은 자명한 사실일 터이다. 따라서 많은 소설들이 작가의 자서전적 성격을 지닌다고 일컬어지지만, 특히 이동하의 작품을 다룰 때에는 이 작가적 체험을 빼놓고서는 별로 할말이 없게 된다. 『한국문학』(1984년 12월호)에 상재된 '나에게 소설은 무엇인가'라는 글에서 "소설은 나의 체험이다. 더 정직하게 말하면 그 체험의 현장에서 미처 퍼내지 못했던 눈물이다"라고 말한 것에서도 잘 알 수 있듯이, 이동하는 소설을 자기 체험의 표현 또는 삶의 진솔한 기록으로 간주하고 있다. 그리고 소설을 이렇듯 자신의 삶의 기록으로 보고 있다면 그것의 참된 의미는 자기 탐구에서 찾을 수 있을 것이다. 그의 첫 장편소설 『우울한 귀향』을 발표한 이후 『장난감 도시』에 이르기까지의 작품들이 대부분 "사랑과 행복과 문화적 성숙이 결여된 삶의 조건에서의 개인의 고단한 생활의 탐구에 주안점"이 두어졌다고 평가됨은 이와 밀접하게 연관된다.[2]

그런데 문제는 소설의 주제가 되는 그 작가적 체험이라는 것도 기실 작가에 따라서는 매우 한정될 수밖에 없으며, 더구나 우리의 일상적인 삶에서 가슴이 벅찰 정도로 가치 있는 체험이라는 것이 그리 많지 않다는 데 있다. 작품의 제재로서 체험 자체가 그리 큰 비중을 차지하지 않는 게 사실이라면, 자신의 삶의 기록에 충실했던 작가 이동하의 특성이란 이를 처

1) 황영숙, 「이동하 소설에 나타난 체험의 형상화에 관한 연구」, 『한국문예비평연구』 6, 한국현대문예비평학회, 2000; 류동규, 「1954년 대구, 피난지 소년의 가족 로망스」, 『어문론총』 55, 한국문학언어학회, 2011; 이윤진, 「이동하 소설 연구」, 한양대학교 석사학위논문, 2003.

2) 서준섭, 「이동하 또는 고단한 삶의 소설적 탐구」, 『작가세계』 1998년 여름호, 57쪽.

리하는 방식의 특별함에서 찾아야 할 것이다. 곧, 이동하는 그의 대부분의 작품에서 굵직한 역사적 사건이나 이념서사 등을 다루기보다는 우리 주변에서 흔히 보고 겪는 일상사를 주된 소재로 취하고 있다. 그리고 이러한 미소서사의 취택 경향은 "일상사 속에 감추어진 예외적 사건이나 범상한 인간 속에 깃들여 있는 예외성"을 드러냄으로써 빛을 발하게 된다. 예외성이나 일탈의 추구는 이동하로 하여금 "작중인물이나 사건의 현실감의 약화를 가져오기도 하고 인과론적 구성의 해체를 가져오기도"[3] 하는 열린 구성으로 이끌게 된다. 그는 이 열린 구성을 통해 기성관념을 부정하거나 나아가 종래의 서사문법에 반항하는 새로움을 보여줄 수 있었던 작가로 평가되는 것이다.

2. 유년기 체험과 자기 인식

이동하가 작가로서 이름을 알리기 시작하며 처음으로 창작하였던 장편소설 제목이 『우울한 귀향』(1967)으로 되어 있음은 그의 작품세계 탐구와 관련하여 시사해주는 바가 크다. 여기서 귀향이라는 작품의 제목이 상징적으로 지시해주듯이 그의 정신적 지향점은 언제나 어린 시절의 기억 또는 고향 언저리에 놓여 있었기 때문이다. 물론 이때의 고향이란 이동하가 실제로 태어난 일본 오사카를 말함이 아니라 매우 궁핍하게 유년 시절을 보냈던 지방의 한 도시를 지칭하는 것임은 두말할 필요가 없다. 아울러 이 작품에 이어지는 연작소설 『장난감 도시』에 전면적으로 서술되어 있는 유년 시절에 대한 기억은 이동하의 작품세계나 작가의식을 살펴볼 수 있는 또다른 좋은 자료가 된다.

---

3) 조남현, 「장삼이사의 서사, 그 프락시스」, 『작가세계』 1998년 여름호, 70~73쪽.

총 3편으로 구성된 이동하의 연작 중편소설 『장난감 도시』는 주인공 일가가 고향을 떠나 도시로서의 난민촌에 정착하게 되면서 겪는 이러저러한 사건들을 주된 내용으로 하고 있다. 6·25전쟁 직후 판잣집으로 형성된 난민촌에서 약 일여 년에 걸쳐 극도로 궁핍하며 절망에 사로잡힌 생활을 영위했던 유년기 체험이 고스란히 반영되어 있는 셈이다. 그리고 주인공의 기억 속에 담겨 있는 단편적인 이야기(삽화)들이 꼬리를 물고 이어지며 마치 한 폭의 풍속화처럼 현재화되어 나열되지만, 이러한 내용의 대부분은 작가 이동하가 실제로 겪었던 경험이라고 언급된다.

그렇다면 이제 어떤 절실한 욕구가 이동하를 이토록 강렬하게 작가의 길로, 다시 말해 자신의 유년 체험의 기록자로 나서게 했는가를 살펴볼 차례이다. 그는 이 작품의 후기에서 자신의 문학적 출발점에 대해 다음과 같이 설명하고 있다. "판자촌에서 근근이 살다가 어머니를 잃은 것이 나로서는 너무나 엄청난 체험이어서 그런 얘기를 누군가에게 하고 싶은 욕구가 중학 시절 후 굉장히 강했어요. 나중에 생각해보니까 문학, 특히 소설의 형식에 대한 의식이 생기기 전에 나는 그 체험을 얘기하고 싶은 욕구가 강렬했는데 그것이 문학에 대한 관심을 갖게 된 시초가 아닌가 생각해요."

이동하가 작가의 길로 나서게 된 원천에는 모친의 죽음으로 표상되는 유년 체험이 가로놓여 있다. 유년 체험으로서의 모성 상실은 어린 이동하에게 형언할 수 없는 충격을 가져다주었고, 이 충격의 거대한 파장은 나아가 성인이 된 그로 하여금 소설을 쓰지 않고는 견딜 수 없게 만들었다는 것이다. 이를 잘 보여주는 것이 바로 이 작품에서 임신한 채 죽어가고 있는 어머니를 묘사하는 다소 충격적인 장면이다. 공원에서 썩은 사과를 파먹고 있는 여인의 주검을 보고 헛구역질을 하던 주인공은 죽음의 그림자를 드리운 어머니에게서 그 여인을 연상하게 된다. "물, 그래 어머니는 거의 물밖에 취한 것이 없었다. 그런데도 그 뱃속에 썩은 사과 같은 게 들어 있다니…… 나는 심하게 딸꾹질을 했다." 어머니를 배고픔의 상징[4]으로 표현한 것이나, 미래의 표상으로서의 뱃속 태아를 죽음의 이미지가 뒤덮인 썩은 사과로 여기고 있음은 작가 이동하의 유년 체험이 얼마나 절망적이었는지를 잘 보여준다고 하겠다. 이렇듯 이 작품의 곳곳에서 묘사되고 있는 고향 상실감, 가족의 해체가 주는 절망감, 가난(굶주림)과 추위로 인한 타락상 등은 "우리의 삶이 지닌 근원적인 비극"을 잘 보여주는 조건이 되는 셈이다. 이렇듯 자신이 겪은 체험이나 인생사를 소설이라는 형식을 빌려 털어놓는다는 것은 바로 이 작가가 문학을 자기 인식이나 존재탐구의 한 방식으로 간주하고 있음을 의미한다.

체험의 기록이라는 관점에서 본다면 고향을 떠나 도시에 정착하는 과정을 서술한 「장난감 도시」, 가난과 추위에 시달리며 가족이 해체되는 과정을 서술한 「굶주린 혼」, 어른들의 세계를 모방하며 폭력과 배반에 물들어가는 과정을 그린 「유다의 시간」은 모두 합해지면서 전체 작품 구성의 한 축으로 작용하게 된다. 따라서 이 세 작품이 결합하여 구성된 연작소설 『장난감 도시』는 한 소년이 어른으로 커나가는 과정에서 겪는 아픔과 상처를 보여주는 성장소설의 일종으로도 볼 수 있다.

우선 연작의 첫 작품인 「장난감 도시」에서 고향을 떠나 대면하게 된 낯선 도시에서의 삶이란 이물스러운 것에 지나지 않는다. 그리고 주인공인 '나'가 이 이질적이고 낯선 도시에 혼란을 느끼며 구토라는 생리적 반응을 보이는 것은 당연하다고 하겠다.

나는 판자벽을 기대고 웅크려앉았다. 물맛이 어떠했던가를 생각해보려

---

4) 이남호, 「6·25 체험의 지속성과 오래된 사진첩」, 『세계의문학』 1982년 겨울호, 251쪽.

했지만 도무지 기억에 남아 있지 않았다. 가슴이 답답하고 머리가 어지러
웠다. 속이 메스껍기도 했다. 눈앞의 사물들이 자꾸만 이물스레 출렁거렸
다. 이사를 왔다, 하고 나는 막연한 기분으로 중얼댔다. 그래, 도시로 이사
를 왔다. 아주 맥 풀린 하품을 토해내며 새삼 주위를 두리번거렸다. 촘촘히
들어앉은 판잣집들, 깡통 조각과 루핑이 덮인 나지막한 지붕들, 이마를 비
비대며 길 쪽으로 늘어서 있는 추녀들, 좁고 어둡고 질척한 그 많은 골목
들, 타고 남은 코크스 덩어리와 검은 탄가루가 낭자하게 흩어져 있는 길바
닥들, 온갖 말씨와 형형색색의 입성을 어지러이 드러내고 있는 주민들, 얼
굴도 손도 발도 죄다 까맣게 탄 아이들…… 나는 자꾸만 어지럼증을 탔고,
급기야는 속엣것을 울컥 토해놓고 말았다. 딱 한 잔 분량의, 오렌지빛 토사
물이었다.[5]

위 인용문에는 주인공이 도시에서의 삶에 대해 느끼는 감정이나 반응
이 잘 나타나 있다. 주인공인 '나'는 도시에서의 생활이 초래한 갈증을 풀
고자 물 한 잔을 사 마시지만 컵을 돌려주지 않은 행위로 인해 시골 출신
임이 드러나고 무안을 당하게 된다. 이로 인한 혼란스러움, 나아가 도시
생활 그 자체가 주는 어지러움은 결국 주인공으로 하여금 구토를 유발시
키는 것이다. 김현이 『장난감 도시』를 해설하는 자리에서 이 구토에 대해
"낯익은 곳에서 나와 낯선 곳에서 살아가야 되는 사람의 즉각적이고 직접
적인 육체의 증상이며, 일종의 물갈이 현상"으로 설명한 것은 매우 적절
하다고 하겠다.
  어머니의 죽음 이후 좌절과 절망감에 시달리던 주인공은 집단폭력에
물들기도 한다. 그런데 밤거리에서 사냥감을 찾아 집단폭행을 가하는 소

---

5) 이동하, 『장난감 도시 外』(한국소설문학대계 54), 동아출판사, 1995, 21쪽.

년들의 이 무자비한 행위란 실은 어른들의 세계에 대한 모방 심리에 바탕을 두고 이루어진 것으로 설명된다. 이발소 강씨라는 인물이 보여주는 무지막지한 폭력을 보면서 자란 아이들은 이를 다시 새생산하며 '약육강식의 생존논리'에 적응해나가는 것이다. "덩치가 가장 왜소하거나 어딘가 허약해 보이는 녀석이 미끼로 차출"되어 이루어지는 이 사냥놀이는 그러나 주인공으로 하여금 폭력에 대한 갈증만을 더욱 심화시킬 뿐이다. 결국 정신적 육체적으로 황폐해진 채 도시 난민촌에서 성장해가던 주인공은 유다로 탄생(「유다의 시간」)하며 우리 사회의 새로운 구성원으로 진입하게 되는 것이다.

한편 연작 『장난감 도시』에서의 집단폭력은 아이들이 어른의 세계에 진입하기 위한 모방 행위이자 위악적 요소로 작용하고 있지만, 이후 「폭력 연구」에 이르면 그 의미는 다소 변모되면서 시대 현실에 대한 비판의 도구로서 기능하게 된다. 곧, 이동하는 『장난감 도시』에서 묘사하였던 집단폭력을 따로 분리하여 하나의 새로운 작품세계를 열어가는 소재로 활용하게 되는 것이다.

3. 시대적 현실에 대한 비판으로서의 악과 폭력의 형상

일반적으로 서구문학에서도 악을 형상화하고자 할 때 악마적인 속성은 주로 무영혼이나 속물근성의 두 가지 방향으로 표현된다고 알려져 있다. 우선 종교적인 측면에서는 인간 자신의 교만이나 욕망, 또는 유혹으로 인해 신과 분리됨으로써 발생되는 내면의 공허를 악으로 지칭한다. 이러한 공허함은 또한 헛된 것(무)을 추구하는 우상숭배로 나아가게 되는데, 기독교에서 말하는 우상숭배야말로 악을 대표하는 것이 된다. 반면 스토아 철학 이후의 이성주의적 입장에서 보면 악의 본질은 비이성적인 것을 지칭하며, 이성으로 절제되지 않은 자유와 욕망으로서의 속물근성이 여기에 포함된다.

이에 비해 한국문학에서는 이러한 악의 실체나 본질을 직접적으로 다루기보다는 그것이 외화된 형태인 인간의 행위 문제에 더욱 관심을 기울이게 되며, 주로 우리의 일상적인 삶에서 작동하는 구조화된 악을 표출하는 데 주력하게 된다. 일상화된 악과 폭력이 우리의 삶에 미치는 영향에서 가장 큰 비중을 차지하고 있는 것이 바로 인간성의 파괴이다. 폭력으로 인한 육체적 물질적 피해 외에도 정신적 충격과 모멸감은 참기 어려운 수치심을 유발하여 피해자로 하여금 정상적인 생활을 불가능하게 만드는 것이다. 따라서 악과 폭력의 문학적 형상화에서 주된 소재로 이용되는 것이 우리의 일상에서 정상적인 삶을 파괴하는 집단적인 폭력이나 가부장적 권력을 통해 이루어지는 악한 행위의 문제이다.

한편 악과 폭력의 문학적 형상화 방식을 그것이 의도하는 바를 통해 구분해본다면 크게 두 가지 양상으로 나눌 수 있다. 이는 악의 문학적 형상화를 통해 부정하거나 거부하고자 하는 내용에 중점을 둔 구분이기도 하다. 앞서 지적하였듯이 한국 현대문학작품에 나타나는 악의 형상화는 주로 우리의 삶에서 일반화되고 일상화된 구조적인 악과 폭력에 대한 묘사에 의지하기에, 이들 작품에서의 주제는 사회의 구조적인 병리현상에 대한 거부의 형태를 취한다. 특히 암울한 시대적 분위기를 절망적인 상태로 묘사하거나 사회 전체에 걸쳐 불의와 부정이 난무하고 있음을 부정적으로 드러내고자 할 때, 이러한 악과 폭력의 형상화는 효과적인 표현수단이 된다. 다른 하나는 현실질서로서의 자본주의적인 지배이데올로기에 대한 거부와 저항의식을 들 수 있다. 이러한 경향의 작품에서는 주로 범죄자나 사회 부적응자, 현실 패배자 등을 등장시켜 이들이 합리주의와 능률성을 중심으로 조직된 사회구조에서 격리되어나가는 과정을 보여줌으로써 역으로 사회현실에 대한 내재적 비판의식을 드러낸다.

우선 사회적인 악이 발현되는 형태로서 우리 사회에 미만한 폭력 문제에 대해 지속적으로 관심을 기울였던 작가로는 이동하를 꼽을 수 있다.[6] 그는 연작소설「폭력 연구」의 서두에서 "인간과 인간적인 삶을 위협하는 일체의 힘"을 폭력이라고 부르면서, 그것이 우리 삶의 기반을 파괴하며 인간성을 붕괴시키는 과정을 치밀하게 드러내고 있다.[7] 이 연작소설의 표제작이자 첫 작품인「폭력 연구」에서 주목할 만한 특징으로는 6·25전쟁 직후를 시대적 배경으로 하면서 사회적인 폭력의 문제를 시대병의 하나로 간주하고 있다는 점을 들 수 있다. 이 작품에서는 비록 허기에 지쳐 있지만 그래도 순수함을 잃지 않았던 도시 아이들이 전쟁 난민촌 아이들에게 집단폭행을 당하게 되면서 점점 사회적 분위기에 물들어가는 과정을 다룬다. 그리고 이들을 괴롭혔던 난민촌 아이들이 폭력적으로 행동하게 되는 근저에는 또한 "전쟁의 상흔이 도처에 드러난 채 방치돼 있던" 전후의 시대적 분위기와 "법은 멀고 주먹은 가까운" 어른들의 세계가 놓여 있다.

> 그들(6·25전쟁 당시의 난민들을 지칭함―인용자 주)이 밤새 무단 점거해버린 밭 주인과의 싸움에서 매번 승리하듯이 학교측과의 투쟁에서도 결

---

6) 김병덕,「생활세계와 미시적 폭력의 양상 : 이동하론」,『비평문학』 29, 한국비평문학회, 2008; 최옥주,「이동하 소설에 나타난 폭력성 연구」, 한국교원대학교 석사학위논문, 2005; 김해갑,「이동하 소설 연구」, 중앙대학교 석사학위논문, 2008; 최지애,「이동하 장편소설 연구 : 폭력성을 중심으로」, 중앙대학교 석사학위논문, 2009.

7) 이동하가 이렇듯 폭력의 문제에 깊이 천착하게 된 데에는 그의 유년 시절 고향의 병들고 찌든 이미지가 가로놓여 있었기 때문으로 설명된다. '작가의 말'을 통해 스스로도 고백하고 있듯이, 그의 소설에는 추위나 굶주림에 대한 강박관념이 담겨 있으며, 이 억압된 두 가지 정서는 1950년대 6·25전쟁 전후의 궁핍에서 비롯된 것이라고 한다. 이동하,『폭력연구』, 한겨레출판, 1987, 9~10쪽, 336쪽.

국 그쪽이 승자였다. 우리 사회의 구석구석마다가 온통 그런 형편일진대 우리의 등하굣길만 유독 안녕과 질서의 영역이기를 기대할 수도 사실은 없는 노릇일 터였다. 그 시대에 미만한 체념 속에서 그들의 폭력은 결국 상습적인 것이 되고 말았다. 말하자면 별도리 없이 견뎌내야 할 시대병의 하나가 된 셈이었다. 허기지고 지쳐빠진 우리의 앞길을 가로막으며, 아주 볼품없이 비쩍 마르고 얼굴이 누렇게 뜬, 우리들 중 누구보다도 작고 허약해 보이는 녀석이 하나 같잖게 시비를 걸고 나섰을 때—전후 사정은 대충 그러했던 것이다.[8]

이러한 폭력의 문제가 피해자 개인에게는 인간성의 파괴에까지 이르게 하며, 더 나아가서는 사회적 분위기로서 아이들의 마음에 무겁고 깊은 감정의 그림자를 드리우게 하고 있음은 난민촌 아이들이 도시 아이들에게 가하는 모욕에서 쉽게 확인해볼 수 있다. 난민촌 아이들은 자신들의 집단성을 무기로 하여 도시 아이들에게 시비를 걸면서 그들의 자제력을 허물어뜨리기 위해 온갖 비난과 모욕을 동원하는데, 여기에서 비롯된 정신적 상처와 무너진 자존심은 다시 피해자로 하여금 또다른 폭력적 행동을 야기하게 만드는 것이다. 도시 아이들 역시 집단으로 몰려다니면서 소수 약자를 괴롭히고 또 그렇게 함으로써 갈등의 해소와 쾌감을 얻는 이른바 '사냥놀이'를 즐기게 된다. 결국 폭력과 악이 화자 자신을 포함하여 도시 아이들은 물론 나아가 사회 전체에서도 일상적인 것으로 만연하게 되는데, 여기에는 당시의 사회적 분위기가 원인이자 결과로 상호작용하고 있었다고 보는 것이다.

---

8) 이동하, 「폭력 연구」, 19쪽.

그해 여름이던가, 아니면 그 다음해쯤이 되리라. 어디서 먼저 시작되었는지는 모를 일이나, 그 무렵 한동안 마을 아이들을 온통 사로잡은 놀이가 있었다. 그 놀이란, 어두운 밤거리를 떼지어 어슬렁거리고 다니다가 아무나 한 녀석을 골라잡아 일제히 몰매를 주는 일이었다. 우리가 흔히 '사냥'이라고 불렀던 그 놀이에 유독 우리 마을 아이들만 탐닉했던 것은 아니었다. 밤거리에서 자칫 방심했다가는 우리 자신들도 다른 패거리들에게 사냥당하는 경우가 드물지 않았기 때문이다. 말하자면 그 놀이는 하나의 유행병처럼 우리 도시의 아이들 사이에 온통 뜨겁게 만연돼 있었던 것이다. 그 이유로서는 아무래도 전후의 거칠고 삭막한 환경을 먼저 꼽아야 하리라. 사실 어른들의 세계도 다를 것이 없었다. 어쩌면 그쪽이 보다 더 정도가 심하지 않았던가 싶다. 법은 멀고 주먹은 가깝다고, 이 만고불변의 경험적 진실을 우리에게 남겨준 시대였던 것이다. 이런 사정을 감안한다면 우리의 놀이는 차라리 순수한 동심의 산물이었는지도 모를 일이다.[9]

위 글에는 바타유가 『문학과 악』에서 악을 금기를 위반하는 즐거움으로 보았던 관점이 잘 드러난다. 자신들을 억압하고 짓누르던 질서와 금기를 부정하며 파괴하고자 하는 욕망은 "내 안에서 뜨겁게 미쳐 날뛰던 그 피톨들의 아우성"을 통해 과거의 상처를 보상받고자 하는 것이다. 그렇다고 하여 작가 이동하가 이러한 폭력과 악을 결코 긍정하고 있는 것만은 아니다. 그가 연작소설 「폭력 연구」 전 작품에서 우리가 맞서 싸워야 하는 가장 근원적이고도 절박한 과제로 이러한 폭력의 문제를 제기하고 있는 것은 그것이 사회 전체나 나아가 인류 문명사 전체에 걸쳐 있는 문제라고 보았기 때문이다. 그는 인간이 인식의 확장과 기술의 발전을 통해 천재지

---

9) 이동하, 「폭력 연구」, 23쪽.

변 등 자연의 폭력에서는 벗어날 수 있었지만, 역으로 굶주림이나 전쟁 등 인위적인 폭력은 더욱 심화되어간다고 보았다. 이로 보면 폭력이란 본래부터 인간의 본성 깊은 곳에 자리잡고 있는 것으로 간주될 수도 있다는 것이다. 따라서 그의 작품들은 전쟁과 혁명, 집단폭행 등 특히 명분을 내세우고 저지르는 인위적인 폭력에 대해서도 그 명분의 밑바탕에는 허위의식이 자리잡고 있기에, 이를 당당히 거부할 수 있어야 함을 역설적으로 강조하고자 하는 것이다.

한편 이동하의 「폭력 요법」은 사회로부터 괴리되어 있는 한 개인의 문제를 직접적으로 드러내서 보여주고 있다. 이 작품에 등장하는 '장가'라는 인물은 사회적 통념이나 정서에 반하는 행동을 하는 일탈적인 인물에 해당한다. 동네 사람들이 이 인물을 악질이고 암적인 존재로 인식하게 되는 것은 곧 오만방자하여 "어른도 몰라볼 만큼 막돼먹은 놈"이고 "불한당 같은 녀석"으로 보았기 때문이다. 여름철 불볕더위와 가뭄이 극심한 상황에서도, 그는 동네 사람들이 일손을 도와달라는 말에 "나 싫으면 안 하는 게 민주주의"라고 반박하며 거부한다. 이는 곧 이 인물이 공동체 질서와 관습이라는 사회적 통제장치가 전혀 통하지 않는 극단적인 에고이스트였음을 의미하는 것이다.

따라서 '장가'라는 인물이 보여주는 이러한 태도는 실상 범죄나 악행이라기보다는 하나의 사회적 일탈행위에 지나지 않지만, 문제는 그의 행동이 범죄에까지 이르렀을 때 그것이 초래하는 결과이다. 모친에 대한 폭력과 동네 처녀를 폭행하는 데까지 이르게 된 그의 "짐승과도 같은 행동"은 결국 "포수"들의 체포를 초래하게 된다. 한 사회의 질서유지나 전체의 안전을 위해 비인간적인 '짐승'은 억압하고 격리시키는 조치가 필요하다는 결론에 이르게 되면서, 개인적으로는 사회의 규범이나 규칙을 부정하던 에고이스트에 불과했지만 사회적인 폭력으로서의 범죄제도 앞에서는 다

시 희생자가 될 수밖에 없는 것이다.[10]

　　그러자 예기치 못했던 어떤 느낌이 문득 가슴을 쳤다. 나는 망연해졌다. 장가의 저 거친 폭력들이 순서 없이 내 머리에 떠올랐고, 그것들은 곧 뭉뚱그려져서 하나의 몸짓이 되었다. 내가 도무지 이해할 수 없는 점은 그것들이 어째서 더없이 간절한 몸짓으로 내 가슴에 와 닿는가였다. 나로부터, 그리고 우리 모두로부터 황망히 달아나고 있는 그의, 더할 나위 없이 위축되고 참혹하게 꺾여진 등판을 바라보며 읍내까지 이르는 동안, 한번 가슴을 친 그 절실한 느낌은 내내 나의 우울을 깊게 하였다.[11]

　　작품의 결말에 해당하는 이 부분에 이르러 작가는 '장가'라는 인물이 보여주었던 개인적 폭력의 의미를 되돌아보고 있다. 흔히 정당한 이유가 있어서 행해지는 폭력이나 명분을 내세운 집단적 폭력은 오히려 폭력이라는 이름으로 불리지 않는다는 점에서 폭력의 진면목은 도리어 예기치 못한 폭력이나 개인적인 폭력에서 드러난다고 볼 수 있다. 그럼에도 어떠한 경우라도 이들은 정당성을 인정받지 못한다는 한계가 있기 때문에, 그 일탈행위 이면에 잠재되어 있는 개인의 욕망과 "간절한 몸짓"은 무시되어버리고 말 수밖에 없다. 이 작품에서도 공동체의 이념과 질서의 파괴자로서 사회적 일탈자였던 '장가'가 보여준 거친 폭력과 악행은 실상 세상과 격리되고 소외되었던 아픔을 지닌 피해자가 자신을 구제하기 위해 보

---

10) 미셸 푸코, 『감시와 처벌』, 오생근 옮김, 나남출판, 1998, 394쪽. "형벌제도는 단순히 여러 위법행위들을 '억제하는' 것이 아니라, 그것들을 '차별화하고' 그것들의 일반적 '경제책'을 확보하려는 것"이라는 푸코의 주장에 동의한다면, 작중의 '장가'라는 인물이야말로 근대적인 감옥과 사법제도가 채택한 합리주의적 예속화 전략의 가장 큰 희생자가 되는 셈이다.
11) 이동하, 「폭력 요법」, 『폭력 연구』, 한겨레출판, 1987, 66쪽.

여준 몸부림에 지나지 않았다고 설명하고 있는 것이다.

4. 맺음말

이동하의 소설을 검토하고자 할 때 기준점으로 작용하는 것이 그의 유
년기 체험과 그에 대한 기억이다. 물론 문학은 작가의 체험을 떠나서는
결코 쓸 수 없기에 많은 소설들이 작가의 자서전적 성격을 지닌다고 일컬
어지지만, 특히 이동하의 경우 이 유년기 체험은 각별한 의미를 지닌다.
이동하가 작가의 길로 나서게 된 원천에는 모친의 죽음과 고향 상실로 표
상되는 유년 체험이 가로놓여 있다.

총 3편의 작품이 결합하여 구성된 이동하의 연작 중편소설 『장난감 도
시』는 주인공 일가가 고향을 떠나 도시로서의 난민촌에 정착하게 되면서
겪는 이러저러한 사건들이 전개된다. 그리고 시대적 배경으로서 6·25전
쟁 직후 판잣집으로 형성된 난민촌에서 약 일여 년에 걸쳐 극도로 궁핍하
거나 가족이 해체되면서 절망에 사로잡힌 생활을 영위했던 유년기 체험
이 고스란히 반영되어 있는 셈이다. 그리고 주인공의 기억 속에 담겨 있
는 단편적인 이야기들이 꼬리를 물고 이어지며 마치 한 폭의 풍속화처럼
펼쳐진다. 이러한 내용의 대부분은 작가 이동하가 실제로 겪었던 경험이
라고 이야기되고 있다. 이 작품의 곳곳에서 묘사되고 있는 고향 상실감,
가족의 해체가 주는 절망감, 가난과 추위로 인한 타락상 등은 우리의 삶
을 잘 인식시켜줄 수 있는 조건이 되는 셈이다. 이렇듯 작가 이동하가 자
신이 겪은 체험이나 인생사를 소설이라는 형식을 빌려 형상화하고 있다
는 것은 문학이 자기 인식이나 존재탐구의 한 방식으로 활용하고 있음을
의미한다.

이 글에서는 또한 이동하의 소설작품 「폭력 연구」에서 반사회적이거나

566

규범질서에 반대되는 모든 것을 지칭하는 개념인 악과 폭력의 문제가 어떻게 형상화되고 있으며 또 그것이 어떤 의미로 변용되고 있는지를 고찰하고자 하였다. 이러한 작업을 통해 당대의 사회적 의식이 사회 전체의 질서 확립과 유지를 위해 악이나 폭력이라는 이름으로 비동일적 타자를 억압하고 배제시켜왔던 과정이 드러날 수 있다고 본다. 악과 폭력의 문학적 형상화란 바로 사회적 근대화 과정과는 대립되는 근대적 심미성의 범주와 직결될 수 있다는 점에서, 시대와 지역에 따라 다양하게 악으로 규정되고 있는 타자들의 모습을 복원하고자 한 것이다.

문학적 형상화를 그것이 부정하거나 거부하고자 하는 내용을 중심으로 살펴볼 경우, 우선 많은 작품들에서 사회의 구조적인 병리현상에 대한 비판의식을 찾아볼 수 있다. 이러한 경향의 대표적인 사례로서 우리 사회에 미만한 폭력 문제에 대해 지속적으로 관심을 기울였던 작가 이동하의 「폭력 연구」를 검토해보았다. 이 작품은 아이들이 악과 폭력에 물들어가는 계기를 6·25전쟁 직후의 시대적 분위기에서 찾고 있으며, 아울러 폭력이 우리 삶의 기반이나 인간성을 파괴해나가는 과정을 치밀하게 고찰하고 있다.

다른 한편 현실질서로서의 자본주의적인 지배이데올로기에 대한 거부와 저항의식을 보여주는 작품들이 있다. 이러한 경향의 작품에서는 주로 범죄자나 사회 부적응자를 등장시켜 이들이 합리주의와 능률성을 중심으로 조직된 사회구조에서 격리되어나가는 과정을 보여줌으로써 역으로 불합리한 사회현실에 대한 내재적 비판의식을 드러낸다. 이동하의 「폭력 요법」 역시 사회의 규범이나 규칙을 부정하던 에고이스트가 사회적인 폭력으로서의 범죄제도 앞에서는 다시 희생자가 될 수밖에 없는 과정을 서술한다.

현재를 이야기하는 과거의 기억
― 현기영론

이민영

1. 서론

　1970년대 많은 작가들은 근대화되는 사회 현실에 관해 이야기하기를 원했다. 한국전쟁이 끝난 이후 진행되어온 고속의 경제성장은 필연적으로 사회 곳곳에 다양한 문제점들을 산출해내었고 이러한 현실에 대한 비판정신이 소설을 통해 나타났던 것이다. 당대 소설들은 '뿌리 뽑힌 자'로 상징되는 우리 사회의 하위계층의 삶을 다루며 현실에 대한 논의를 진행시켰다.[1] 하지만 급격하게 변하는 정치적, 경제적 현실 속에서 전체적인 역사의 흐름을 조망하고 이것의 의미를 심도 있게 다루는 작가들의 작품들은 얼마 되지 않았다.

　현기영의 작품 또한 우리 사회에 소외계층에 대한 관심을 보인다는 점에서 1970년대 소설의 특징을 보여준다. 하지만 그는 해방 이후 한국전쟁을 거쳐 도시화를 이루어내고 있는 한국사회의 역사적 흐름을 살펴보고

---

1) 조남현, 「70년대 소설의 실상과 의미」, 『조남현 평론 문학선』, 문학사상사, 1997, 199~200쪽.

이러한 인식에 기반하여 1970년대의 의미를 심도 있게 탐구하고자 한다는 점에서 여타의 소설가들과 차이를 보인다. 현기영은 변화와 위기 시대에도 당대의 현실에 대한 비판적인 인식을 누구보다도 분명하게 드러냈던 작가로 1970년대를 살아가는 주인공을 통해 1948년에 일어난 4·3사건을 이야기하는 「순이삼촌」(1978)은 이러한 작가적 특징을 분명하게 보여주는 작품이라 할 수 있다.

「아버지」가 1975년 동아일보 신춘문예에 당선되면서 현기영은 본격적인 창작활동을 하기 시작했다. 2009년 『누란』에 이르기까지 꾸준한 작품 활동을 이어오고 있는 현기영은 일제 말의 대일 항쟁을 다루는 것에서부터 최근의 민주화 항쟁에 이르기까지 다양한 시기를 아우르는 작품들을 써왔다. 이러한 다양한 작품들은 역사적 흐름과 그 속에서 변화하는 한국 사회를 날카롭게 읽어내면서 우리 사회의 그림자와 과오를 정면으로 바라볼 수 있게 한다. 특히, 작가 자신이 경험한 제주 4·3사건은 현기영 작품의 특수성을 드러내는 중요한 지표라 할 수 있다. 현기영은 한국소설사에서 4·3을 본격적으로 다루는 소설들을 창작함으로써 과거의 비극이 잊히지 않도록 노력해왔다.

기존의 현기영에 대한 연구들은 제주 출신의 작가라는 점을 바탕으로 논의되어왔다. 이는 필연적으로 작가가 경험한 4·3사건이라는 역사적인 사건을 작품 분석의 주요 기점으로 삼게 만들었다. 따라서 그의 소설은 4·3의 사건을 재현하는 작품 계열로 묶여서 설명되거나[2] 작가가 경험한 4·3의 의미를 중심으로 이해되어왔다.[3] 이러한 논의들은 현기영의 작

---

2) 박미선, 『4·3 소설의 서술 시점 연구』, 경희대학교 박사학위논문, 2009; 박연정, 「제주 4·3사건의 문학적 재현에 관한 연구」, 국민대학교 교육대학원 석사학위논문, 2008; 이정석, 「제주 4·3사건을 기억하는 두 가지 방식」, 『어문학』 102, 2008.

3) 김신영, 『현기영 소설 연구』, 상명대학교 박사학위논문, 2008; 이기세, 「현기영 소설 연

품에 영향을 주었던 4·3사건의 의미를 밝힌다는 점에서 작품을 설명하는 기반이 되었다.

하지만 현기영의 소설에 드러나는 현실인식이 유년의 비극적인 기억에 한정되어 있지만은 않다는 사실은 그의 작품을 분석하는 새로운 틀이 필요함을 말해준다. 현기영을 단순히 '4·3사건을 소설화'한 작가로 설명하지 않기 위해서는 작가의 체험이 이후의 사회를 이해하는 데 어떠한 영향을 주고 있는가를 밝혀야 하는 것이다.

이를 위해서 본고는 과거를 기억하는 그의 소설들이 현재를 살아가는 '나'를 전제로 한다는 점에 주목하고자 한다. 과거 제주의 경험은 현재 서울의 생활과 대비되며, 과거의 사건은 현재의 '나'를 통해 소환된다. 이들이 망각된 과거를 기억하고 자신의 고향인 제주를 받아들이는 과정은 사건의 실체를 밝히는 것이 아니라 밝혀진 과거를 통해 자신을 재규정하는 과정과 긴밀하게 연결되는 것이다. 「순이삼촌」과 「해룡이야기」는 과거의 경험을 잊고 오늘을 살아가던 주인공들이 이를 다시 기억해내고 현재의 나를 갱신하는 과정을 그린다. 두 작품 모두 1948년의 사건을 회상함으로써 1978년을 살고 있는 현재의 '나'를 변화시키는 서사구조를 보이는 것이다. 이처럼 현기영의 소설들에서 4·3은 잊힌 과거의 사건일 뿐만 아니라 오늘을 변화시키는 힘을 지닌 기억[4]이라고 할 수 있다.

구」, 경희대학교 석사학위논문, 2001 : 김수미, 「현기영 소설 연구」, 제주대학교 석사학위논문, 2005 : 이창훈, 「현기영 소설 연구」, 경희대학교 석사학위 논문, 2003 : 정재림, 『전쟁 기억의 소설적 재현 양상 연구 : 유년기의 경험을 중심으로』, 고려대학교 박사학위논문, 2006.

4) 이런 점에서 현기영의 소설에 나타나는 망각과 기억의 과정은 개인의 정체성을 규정하는 문화적 기억의 개념을 바탕으로 설명될 수 있다. 문화적 기억은 집단 기억의 방식으로 구성되는데 이때의 기억은 '사회적 구성틀'을 통해서 매개된다. 문화적으로 구성되는 기억은 특정의 집단에 대한 정체성을 구체화하는 데에도 영향을 미치게 된다. 현기영의 소설에서 제주의 기억을 통해 제주도민으로서의 정체성을 회복하는 주인공들은 기억의 사회적 의미를 선명하게 보여준다. 정진성, 『역사가 기억을 말하다』, 휴머니스트, 2005, 48~49쪽 참조.

두 작품은 제주에서의 비극적인 사건을 잊고 서울에서 서울 사람이 되기 위해 애쓰며 살아가고 있던 주인공들이 제주로부터 온 여성 인물들(순이삼촌, 어머니)와 조우하게 되면서 겪게 되는 변화를 그린다. 두 주인공은 모두 서울에서 성공한 생활을 유지하고 있지만 한편으로 자신의 고향인 제주에 대한 열등감을 감추지 못한다. 소설은 여성 인물들과의 만남을 통해 이들이 숨겨 놓은 과거의 기억을 복원하여 과거의 '나'와 현재의 '나'를 화해시킨다. 이러한 변화의 기점에는 강요된 침묵을 극복하는 과정이 자리 잡고 있다. 따라서 현기영의 소설을 이해하기 위해서는 변화를 이끌어내는 힘이 무엇인가를 살펴보아야 할 것이다. 그 힘은 단순히 4·3을 기억하는 것으로 멈추지 않을 것이다. 70년대의 긴박한 현실 속에서 소환되는 4·3의 기억은 보다 큰 목표를 향해 흘러가고 있기 때문이다.

2. 죽음의 마을에서 소환되는 희생의 제물들

「순이삼촌」은 서울에 살고 있는 '내'가 고향인 제주를 찾으면서 시작된다. 소설의 주인공은 순이삼촌이 고향에 돌아와 곧 자살하고 말았다는 이야기를 전해 듣는다. 고향에 도착하자마자 듣게 된 순이 삼촌의 소식이 그렇듯 죽음의 이미지들은 고향 제주를 찾는 순간부터 곳곳에서 나타난다. 내가 고향에 돌아오게 되는 것은 묘지 매입과 관련된 문제 때문이며 친척들과 팔 년 만에 상봉하게 되는 자리 또한 죽은 자를 기다리는 제삿날이다. 귀향하는 순간부터 도처에서 발견되는 죽음의 상징들은 제주도라는 공간에 '죽은 자들의 마을'이라는 이미지를 입힌다. 그리고 이는 4·3 사건을 회상하게 함으로써 잊힌 죽음의 원인을 탐색하게 한다.

소설의 주인공이 "나의 향리는 예나제나 죽은 마을이었다."(『순이삼촌』, 39쪽) 라고 언급하듯 현기영의 소설에 등장하는 제주는 더이상 아름다운 섬이 아니다. 현기영의 소설에 나타나는 고향은 편안한 집이라기보다는 오히려 잔혹한 죽음의 이미지에 가깝다. 이는 노스텔지아적 이미지로 재현되는 여타의 소설 속의 고향들과 변별되는 지점이다. 고향에 대한 나의 기억은 "삼십 년 전 군 소개 작전에 따라 소각된 잿더미 모습"(39쪽)에 머무른 채 정지되어 있다. 그는 4·3 직후 폐허가 된 제주의 모습만을 기억하는 것이다.

'죽은 마을'로 기억되는 제주를 고향으로 둔 '나'는 오히려 서울에서 안정적이고 성공적인 삶을 살고 있다. 큰 회사의 부장이라는 직함을 가지고 있는 '나'는 아내조차 자신이 제주도 출신이라는 것에 새삼 놀랄 정도로 고향의 흔적을 지우고 살아간다. 현재 '나'가 살고 있는 서울이라는 공간이 생활을 지속시키는 삶의 공간이라면 '제주'는 이러한 삶의 무의식에 존재하는 지워진 기억이며 죽음의 공간이다. 따라서 그가 제주를 찾아가는 길은 단순히 물을 건너가야 하는 고단한 여정이 아니다. 그것은 그가 살아가고 있는 삶의 공간을 넘어서 죽음의 세계로 들어가는 과정이다.

그런데 팔 년 세월에 비하면 김포공항에서 단 오십 분 만에 훌쩍 날아간 고향은 참으로 가까운 곳이었다. 기내에 퍼져 틀틀거리는 엔진 폭음에 귀가 먹먹해져서 잠시 멍한 방심 상태에 몸을 맡기고 있는데 별안간 기체가 덜컹하기에 눈을 떠보니 제주공항이었다는 식으로 나는 고향에 닿았다. 정말 눈 깜짝할 새에 고향땅 한복판에 뚝 떨어진 거였다. 그건 흡사 나 자신이 고향을 찾은 게 아니라 거꾸로 고향이 나를 찾아온 것처럼 어리둥절하고 낭패스러웠다.(현기영, 「순이삼촌」, 『순이삼촌』, 창작과비평, 2011, 39쪽)

'내'가 제주에 도착하자마자 느끼는 당혹감은 이러한 죽음의 공간과 삶의 공간이 생각보다 가까웠기 때문이다. 무의식 깊숙한 곳에 감춰두고 있었던 죽음의 기억들은 오십 분 만에 다시 그에게 다가온다. 이미 죽었음에도 불구하고 여전히 삶의 공간에 존재하는 유령들처럼 제주는 그의 삶 주위를 소리 없이 배회하다 어느 순간 갑작스럽게 '나를 찾아온 것'이다.

'나'는 제주에 도착해 제사를 지내기 위해 모인 일가 어른들 사이에서 과거 자신이 경험했던 어린 시절의 추억을 떠올린다. '나'의 어린 시절의 추억은 그 나이 아이들이 경험했을 만한 순수하고 아름다운 경험이라기보다는 두렵고 무서운 죽음의 기억들이다.

> 우리는 한밤중의 그 지긋지긋한 곡소리가 딱 질색이었다. 자정 넘어 제사시간을 기다리며 듣던 소각 당시의 그 비참한 이야기도 싫었다. 하도 들어서 귀에 못이 박인 이야기. 왜 어른들은 아직 아이인 우리에게 그런 끔찍한 이야기를 되풀이해서 들려주었을까?(같은 책, 55쪽)

어른이 되어서 돌아온 고향 제주에서 '나'는 어린 시절 "지긋지긋"하게 들었던 "곡소리"와 "소각 당시의 비참한 이야기"를 기억해낸다. 4·3사건으로 인해 희생된 마을 사람들은 공동의 제사를 통해 당시의 억울함을 토해내고 있었다. 소각 당시의 이야기는 제사를 통해 아이들에게 전달된다. 제사를 통해 어른들은 이야기하는 것이 금지된 역사를 이야기할 수 있게 되는 것이다. 같은 날 같은 이유로 죽은 마을 사람들의 제사는 가문의 조상 숭배에 한정되는 것이 아니라 이들이 과거에 경험한 공동의 역사와 연관된다. 어른들이 끔찍한 이야기를 반복해서 들려줄 수밖에 없는 것은 그것이 쓰여질 수 없는 자신들의 역사를 잊히지 않게 하기 위한 유일한 방법이기 때문인 것이다. 이처럼 제주의 제사는 죽음을 애도하는 것인 동시에 그 죽음을 다시 소환해 기억하게 만드는 것이다.

소설에서 제사를 통해 가장 먼저 소환되는 죽음은 순이삼촌의 자살이다. '나'는 자신의 집에서 지나칠 정도로 결벽증적인 행동을 보이던 순이 삼촌이 제주에 돌아온 지 얼마 되지 않아 자살했다는 이야기를 듣고 경악한다.

순이삼촌은 '나'의 집에 온 후 결벽증적 신경증에 아내와의 소통불가의 상황까지 더해져 반복적으로 자신의 결백을 주장하는 기이한 행동을 하였었다. 이를 지켜보던 '나'는 처음에는 순이삼촌을 이해해보려 하다 결국 그녀가 다시 제주도로 돌아가기를 바라게 되었다. 순이삼촌의 자살 소식을 들은 주인공은 순이삼촌을 받아들이지 못했던 자신의 태도가 그녀의 죽음에 영향을 준 것이 아닌가 하는 생각을 하게 되었던 것이다. 하지만 제사에 모인 친척어른들의 이야기는 '나'로 하여금 순이삼촌의 자살에 연관된 아주 오래된 사건을 기억하게 만든다.

팔 년 만에 다시 경험하는 고향의 제사는 무의식 깊숙이 감금되어 있던 기억을 다시 소환한다. 어린 시절 제삿날마다 반복되었던 어른들의 이야기는 팔 년이 지난 뒤에도 이어진다. 하지만 어른이 된 '나'는 이들의 이야기가 단순히 지긋지긋하게 반복되는 옛날이야기가 아님을 알게 된다. 순이삼촌의 죽음은 바로 그 이야기에서부터 예고된 것이었기 때문이다. '나'는 순이삼촌이 생활에 지장을 받을 정도로 심각한 신경증을 경험한 것은 바로 4·3사건 당시의 기억 때문이었으며, 이 기억이 그녀를 죽음에 이르게 했다는 것을 확인한다. 4·3의 희생자를 위무하는 제사를 통해 순이삼촌은 억울한 죽음의 원인을 밝힐 수 있게 된 것이다.

고향에 드리워진 강한 죽음의 이미지를 직면함으로써 '나'는 무의식 속에 감추어두었던 과거를 기억하고 이를 통해 서울에서 잊히기를 강요받았던 제주 시절의 '나'를 다시 회복할 수 있게 된다. 마을을 둘러싼 죽음을 이해함으로써 극도로 분열되어 있었던 '나'의 자아들은 서로 소통할 수 있게 되는 것이다. 작품의 후반부에 내가 다시 사투리를 사용하는 것은 바로 이러한 변화를 상징한다. '나'는 제주로 돌아와 제주의 과거를 기억함으로써 순이삼촌의 과거뿐만 아니라 자신의 과거 또한 다시 기억할 수 있게 된다. 그리고 이러한 변화의 과정을 통해 '나'는 마을 사람들의 죽음에 대해 새로운 관점을 가지게 된다.

> 그건 명백한 죄악이었다. 그런데도 그 죄악은 삼십 년 동안 여태 단 한 번도 고발되어본 적이 없었다 (……) 고발할 용기는커녕 합동위령제 한 번 떳떳이 지낼 뱃심조차 없었다. 하도 무섭게 당했던 그들인지라 지레 겁을 먹고 있는 것이었다. 그렇다. 그들이 원하는 것은 결코 고발이나 보복이 아니었다. 다만 합동위령제를 한번 떳떳하게 올리고 위령비를 세워 억울한 죽음을 진혼하자는 것이었다. 그들은 가해자가 쉬쉬해서 삼십 년 동안 각자의 어두운 가슴속에서만 갇힌 채 한 번도 떳떳하게 햇빛을 못 본 원혼들이 해코지할까봐 두려웠다.(78쪽)

고향에서의 제사 의식은 자연스럽게 4·3의 기억을 되살리고 그 과정에서 '나'는 금지된 기억이 "위령"의 형태로라도 해방되어야 함을 주장한다. 이들이 과거에 대해 침묵하는 한 '나'의 고향은 "죽은 마을"(39쪽)이라는 기억에서 벗어날 수 없기 때문이다. 과거 기억이 순이삼촌을 죽인 것처럼 4·3의 기억은 여전히 마을을 죽음의 이미지에서 벗어날 수 없게 만들었다. 위령은 "죄악"에 대한 "보복"이 아니다. 그것은 과거의 이야기를 듣고 소통하고 죽음을 위로하는 행위이다. 소설이 죽음의 공간으로 돌아온 것은 바로 이 때문이다. 제사는 의례를 통해 죽은 자와 산자의 소통을 이루고자한다. 죽은 자들의 못다 한 이야기를 듣고 그 넋을 위로하기 위해서는 제사 의식을 통해 죽은 자들을 다시 불러내야만 한다. 순이삼촌은 그 위령제의 첫번째 대상이었다.

순이삼촌은 죽음의 마을인 제주에서 삶의 공간인 서울에 있는 '나'를 찾아왔으며 스스로를 죽임으로써 '내'가 죽은 자들의 이야기를 들을 수 있게 만들었다. 하지만 이러한 상징적 역할이 아니더라도 4·3사건 당시 '죽었다 살아온' 사람이라는 점에서 순이삼촌은 '삶의 세계로 돌아온 죽은 자'라고 할 수 있다. 4·3 당시 그녀는 시체 무더기 속에서 간신히 살아 산 자들의 장소(피난지)로 돌아온다. 다시 돌아온 순이삼촌은 시체들의 참혹한 모습과 다를 바 없는 몰골이었다. 그리고 '당신은 그때 이미 죽은 사람이었다'라고 말하는 '나'의 말처럼 한 번의 죽음을 경험한 후 순이삼촌은 정상적인 '삶'을 누리지 못한다.

살아 있지만 죽음과 같은 삶을 살고 있는 인물은 「해룡 이야기」에도 나타난다. 「해룡이야기」에서 가사(假死)를 경험한 인물은 주인공 문중호의 어머니이다. 순이삼촌과 같이 가난하고 힘없는 여성인 문중호의 어머니 또한 살아남을 자와 죽어야 하는 자를 나누던 토벌대에 의해 죽음의 세계로 분류되었다. 하지만 순이삼촌이 죽은 자들의 피가 흥건했던 밭에서 돌아와 그 땅에서 농사를 일궈내듯, 어머니는 살아남기 위해 자해를 하고 심지어 어린 자식을 데려다 동정심을 얻어보려고 할 정도로 강한 생존 의지를 보여준다. 삶에 대한 강한 의지를 통해 소설의 여성 주인공들은 국가 권력이 요구하는 희생을 거부하였던 것이다.

"그 위로 반쪽이 피투성이인 얼굴이 덩두렷이 떠오르고 이어서 어머니의 처절한 절규가 높아진다. 아이고, 중호야, 날 살려도라, 날버두엉 어딜 감시니? 아길랑 나한테 주라, 아길랑 나한테 주라, 아이고 중호야."

돌이 찍힌 이마에서 피가 흘러내려 한쪽 빰을 적시고 흰 저고리를 붉게 물들였다.

생각이 여기에 미치자 중호는 갑자기 가슴이 오그라들었다. 얼른 책상

위의 담배를 피워 물고 가슴을 진정시킨다.(141쪽)

순이삼촌과 문중호의 어머니는 이미 '죽음'이 결정되었던 자신의 운명을 거부하고 산 자들에게 돌아온다. '내'가 죽은 사람들 사이에서 살아 돌아온 순이삼촌에게서 느꼈던 두려움은 문중호에게로 다시 이어진다. 이러한 두려움으로 인해 소설의 주인공들은 과거의 기억을 지우고자 하며, 죽지 않고 돌아왔으나 정상적인 삶을 누리지 못하는 사건의 피해자들과 마주하기를 거부한다.

순이삼촌이 4·3의 기억으로 인해 산 자들의 세계에 적응할 수 없었던 것처럼 문중호의 어머니 역시 자식을 버리고 토벌군을 따라가 살았다는 과거에 대해 죄의식을 느끼며 자신만의 삶을 살아가지 못한다. 하지만 자신의 삶을 적극적으로 영위하지 못하고 산 자의 세계에 존재하는 유령 같은 존재가 됐어도 이들의 힘은 주인공들의 내면에 묻힌 과거를 다시 기억하게 만들 정도로 강하다. 두 여성 인물들은 우리 사회의 약자를 대표하지만 그러한 약자에게 강요되었던 '희생'의 논리를 거부하고 죽음을 이겨낸 강한 존재들이기 때문이다. 그렇기 때문에 서울에서 안정된 생활을 하고 있던 주인공들의 삶은 여성 인물들의 '상경'과 함께 흔들리게 되고 이들의 생활에는 두려움과 불안함이 침투한다.

두 소설은 삶의 세계로 온 죽은 자들을 통해 망각된 과거를 다시 소환한다. 이들이 되살리는 기억은 제주에서의 비극적인 사건에 관한 것이기에 과거의 기억을 거부했던 주인공들은 당혹감과 두려움을 느낀다. 「순이삼촌」과 「해룡 이야기」는 죽은 자들을 산 자의 세계로 불러내는 제사 의식처럼 주인공들이 공포와 두려움을 극복하고 한번 죽었던 여성 인물들을 다시 마주하여 이들과 소통할 수 있게 만드는 의식을 행하고 있는 것이다.

3. 잊힌 기억을 통해 발견되는 현재의 의미

현기영 소설이 4·3의 기억을 통해 죽은 자들을 다시 불러내는 것은 제
주의 과거를 잊지 않기 위함인 동시에 소설이 쓰인 1970년의 현실의 위
험성을 상기하기 위한 것이기도 하다. 1972년 10월 유신으로 수립된 체
제는 어린 시절의 기억을 망각하며 살아온 작가에게 다시 한번 국가권력
의 폭력성을 인지하게 만든다. 작가는 과거 자신이 경험했던 부당한 권력
의 행사를 다시 목격하게 되는 것이다. 「순이삼촌」은 이러한 작가의식이
표면적으로 드러나기 시작하는 작품[5]으로 이 작품은 삼십 년 전의 사건을
이야기하면서도 1970년대를 살아가는 '나'의 고민을 감추지 않는다.

1972년 10월 유신이 남북 간의 관계에 대한 불안감을 바탕으로 통일된
국민 정신을 요구했던 것처럼 해방 직후의 한국사회 역시 국가적인 단결
을 요구했었다. 4·3사건이 일어난 시대의 국가권력이 독립된 국가 건설
이라는 명제하에 국민의 죽음을 전쟁으로 위조했던 것처럼 삼십 년 후의
국가는 다시 국가 안보를 이유로 국민의 침묵을 강요하게 된다. 현기영
의 소설은 이러한 역사적 연속성에 대한 인식을 바탕으로 4·3의 과거와
1970년대의 현실을 이어나간다. 1948년의 4·3이 국민 단결을 위해 제주
도민을 '빨갱이'라는 이름으로 통제하고자 하였던 것처럼 1970년대의 국
가 체제 또한 북한에 대한 공포심을 강조하며 전 국민을 강력하게 통제하
였기 때문이다. 그렇기 때문에 소설은 통일과 단결이라는 이름으로 강요
되었던 희생의 실상을 드러내는 데 집중한다. 소설을 통해 드러나는 4·3
사건은 국가의 안정을 위한 아름다운 희생이 아닌 잔혹한 죽음의 경험으
로 형상화되는 것이다.

---

5) 이후 많은 작품들(「아내와 개오동」 「어떤 철야」 「겨우살이」)에서 현기영은 당대의 시대
를 황폐한 불모의 시기로 규정하고 시대에 대한 비판적인 정신을 드러낸다.

이를 위해 소설은 과거의 4·3을 재현하는 것에서 나아가 4·3을 경험한 이들의 삼십 년 뒤의 삶을 설명하는 데 주목한다. 소설에 나타난 순이삼촌과 어머니는 과거의 기억이 현재에 어떠한 영향을 주고 있는지를 선명하게 보여준다. 두 인물은 당시 국가권력에 의해 가사(假死)의 상태를 경험할 뿐만 아니라 그 이후에도 정상적으로 생활하지 못한다. 죽음을 경험한 여성인물들은 삼십 년이 지난 후에도 여전히 황폐한 삶을 살며 삶의 영역에도 죽음의 영역에도 속하지 못하는 삶을 살고 있었던 것이다. 학살의 순간에 살아서 돌아온 「순이삼촌」의 순이삼촌과 「해룡 이야기」의 어머니는 바로 1948년 4월 3일부터 1972년 10월까지 이어져온 잔혹한 국가폭력의 실태를 증언하는 산증인인 것이다. 이들의 희생을 제대로 위치 짓지 않는 한 4·3은 이미 완결된 사건이 아니라 현재 진행형이 될 수밖에 없다.

종교적인 의미에서 희생이 산 자들의 안위를 위한 제물을 전제한다고 할 때[6], 순이삼촌과 중호의 어머니는 국가라는 새로운 신과 그의 보호 아래에 있는 국민의 안위를 위해 제물이 된 자들이다. 제물들은 신성한 존재로 승화됨으로써 스스로의 죽음을 신성화할 수 있게 된다. 신을 위해 제물이 된 희생양들은 제의를 통해 신성한 존재로 거듭나기 때문이다.[7] 이러한 원리하에서 국가는 희생되었던 인물들을 추모한다. 해방 직후 새롭게 구상된 국가 건설을 위해 순이삼촌과 문중호의 어머니는 죽음으로

---

6) 희생이라는 말은 본디 한자에서도 제사를 올릴 때 신이나 신성한 존재에게 순결한 동물을 잡아 바치는 행위 또는 그 의식에서 제단에 올릴 물건, 즉 봉헌물로서 동물을 뜻하고 있었음을 알 수 있다. 다카하시 데쓰야, 『국가와 희생』, 책과 함께, 2008, 28쪽.

7) 죽은 동물들은 '신성한 존재'로 성화되었다. 이런 점들을 공통요소로 추출할 수 있는 것은, 그렇게 함으로써 인간과 신의 관계가 매개되고 조화를 가져온다는 사실이다. 인간과 신의 관계가 '희생'이라는 과정을 통하여 연결되고 안정되는 것이다. 다카하시 데쓰야, 같은 책, 37쪽.

써 숭고한 인물로 추모되어야 했던 것이다.

하지만 이들은 희생을 거부한다. 희생을 통해 숭고한 존재가 되기보다는 삶을 지속하기를 원하는 것이다. 그리고 이러한 여성 인물들을 통해 국가의 희생 논리는 그 잔혹한 죽음의 실상을 드러낼 수 있게 된다.

할머니와 큰아버지가 번갈아 악쓰며 부르는 소리를 우리는 듣고 있었지만 갈팡질팡하는 사람들 틈에 섞여서 도무지 헤어나갈 수가 없었다. 우리는 둘 다 고무신이 벗겨진 채 사람들에게 이리 쏠리고 저리 쏠리면서 울고 있었다.

우리들은 서로 손을 꼭 붙잡고 놓지 않았다. 서로 이름 부르며 가족을 찾는 소리와 군인들의 악에 받친 욕소리로 운동장은 온통 수라장이었다.

머리 위에서 한 발의 총성이 벼락같이 터진 것은 바로 그때였다.(63쪽)

4·3 당시의 국가권력은 죽음과 삶을 나누는 신과 같은 절대적인 권력을 행사한다. 소설에 나타나는 군인들은 자신의 존속을 위해 희생을 강요하는 국가의 권력을 드러낸다. 「순이삼촌」과 「해룡 이야기」의 여성 인물들은 모두 국가의 지배하에 철저하게 통제되는 약자들이다. 토벌대는 이들의 삶에 들어와 살 사람(군인 가족)과 죽어야 하는 사람(폭도의 가족)을 나눈다. 이러한 과정이 지극히 개인적이고 비논리적임에도 불구하고 국민들은 국가의 명령에 복종할 수밖에 없다. 토벌대는 민중을 규범화하는 지배담론의 역할을 대신하고 있기 때문이다. 국가의 평화와 안위를 위해 희생되어야 하는 순이삼촌과 종호의 어머니는 죽을 사람으로 분류되었고, 국가가 만들어내는 희생제의의 제물이 되어 죽음을 받아들이고 추도의 대상이 되기를 강요받는다.

하지만 이들은 모두 강렬한 삶의 의지를 지닌 인물들이다. 이들은 끝까지 자신의 삶을 포기하지 않고 죽음의 세계에서 삶을 찾아 다시 돌아온다. 순이삼촌과 어머니는 시체 사이에서 만신창이가 되거나 혹은 얼굴에 피가 잔뜩 묻는 한이 있더라고 죽지 않고 살아 돌아온다. 국가를 위한 희생양이 되기보단 비참한 몰골이라도 다시 삶의 세계로 돌아오고자 하는 것이다. 물론 숙명처럼 받아들여야 했던 죽음의 운명에서 벗어난 후 이들의 삶은 정상적이지 않다. 하지만 이들은 신과 같은 힘을 가진 국가에 의해 신성한 존재로 이야기되기보단 스스로의 입으로 자신의 삶을 말하고자 한다. 유령이 되는 한이 있더라도 국가의 추도사로 기억되기보단 스스로의 목소리로 이야기하는 것을 선택한 것이다. 그리고 이들은 자신들의 목소리를 통해 실제 자행되었던 잔혹한 학살의 본모습을 드러내고 희생이라는 논리로 자신들의 죽음을 신성화하는 국가권력의 맨얼굴을 드러낼 수 있게 된다.

따라서 이들과의 만남은 주인공들의 삶을 변화시키는 계기가 된다. 서울로 상경하는 어머니를 생각하고 과거의 기억으로 괴로워하던 종호는 불현듯 '해룡의 전설'이 본래 일본의 약탈에 관해 이야기하고 있는 것임을 상기한다. 제주도민들은 절대적인 힘을 가지고 있었던, 그래서 자신들이 감히 항거할 수 없었던 일본군을 용의 형상으로 변화시켜 이해했다. 그리고 마을 사람들은 억울한 죽음을 용의 제물이라는 형태로 받아들였다. 희생을 거부한 어머니를 기억함으로써 종호는 이와 같은 '해룡의 전설'이 잔혹한 죽음을 숭고한 희생으로 변화시키는 서사였음을 발견하는 것이다.

소설을 통해 다시 이야기되는 '해룡의 전설'은 4·3을 잊고 침묵하려 했던 사람들이 어떠한 방식으로 억울한 죽음을 망각하는 지를 보여준다. 과거의 제주도민이 일본의 폭력적 행위를 전설로 변화시킨 것처럼 폭압적이고 절대적인 권력의 실체를 목도할 용기가 없다면 4·3에 관한 기억은 또하나의 전설로 망각될 수밖에 없다. 그리고 종호는 죽음에서 돌아온 유령과 같은 어머니의 모습에서 계속 막연한 두려움을 느껴야 했을 것이다. 하지만 그는 '해룡의 이야기'가 참혹한 학살을 감추는 서사였음을 인식하고 그 서사의 뒤에 감춰진 진실을 기억해야 함을 깨닫는다. 그리고 이를 통해 서울에서 자신의 뿌리를 망각하며 이중의 정체성으로 스스로를 괴롭혔던 자신을 회복하고자 하는 것이다.

「순이삼촌」의 주인공이 4·3에 대해 더이상 침묵하지 말아야 한다고 주장하는 것 또한 이러한 맥락에 닿는다. 서북청년단 출신의 고모부는 제주의 과거를 다시 전설로 만들어가려는 태도를 보여준다. 고모부는 4·3사건이 '전쟁'의 일부였다고 규정하고 이들의 행위는 국가의 안위를 위협하는 적을 처단하기 위한 어쩔 수 없는 일이었다고 변호한다. 하지만 '나'는 이러한 고모부의 의견을 정면으로 반박하며 과거의 진실을 분명히 밝혀야 한다고 말한다. '나'는 국가를 위한 어쩔 수 없는 희생이라는 논리로 무마되는 비참한 죽음의 실상을 직면하고자하는 것이다.

아니우다. 이대로 그냥 놔두민 이 사건은 영영 매장되고 말거우다. 앞으로 일이십 년만 더 있어봅서. 그땐 심판받을 당사자도 죽고 없고, 아버님이나 당숙님같이 증언할 분도 돌아가시고 나민 다 허사가 아인우꽈? 마을 전설로는 남을지 몰라도 (……)(71쪽)

'나'는 쓸데없는 소리라며 일축하는 집안 어른들 앞에서 4·3의 실체를 밝혀야 한다고 주장한다. 침묵하고 감추는 것은 결국 무자비한 죽음을 잊고 또 하나의 '전설'을 만드는 일일 뿐이기 때문이다. 4·3은 마을 어른들의 의견처럼 침묵해야 하는 것도 아니며 서북청년단이었던 고모부가 주장하는 것처럼 '전쟁'이었던 것도 아니었다.

1970년대의 정치 현실에서 현기영의 소설이 민감한 의미를 지녔던 것은 바로 이러한 주인공의 논리와 연관되어 있다. 비상 조치하의 사회에서 대중들은 정치적 회의를 할 수도, 집회를 벌일 수도 없었다. 국가권력의 폭력적인 억압하에 많은 사람들은 침묵을 강요받았으며, 이러한 침묵 속에서 국가권력은 다시 한번 그 절대적인 힘을 과시할 수 있었다. 우리의 침묵이 잔혹한 죽음을 희생제의로 신화화하고 당대의 현실을 또 다시 전설로 만든다면, 이는 4·3의 비극을 다시 반복하는 것이다. 「순이삼촌」과 「해룡 이야기」는 이러한 점에서 과거를 통해 현재를 이해하고자 하는 역사적인 작업의 결과물이라 할 수 있다. 4·3을 이야기하는 것은 부당한 권력에 대하여 침묵하지 않고, 전설이 될 뻔한 기억을 다시 역사로 되돌려놓는 작업이다. 과거를 잊지 않고 현재의 위험을 밝히기 위해 작가는 4·3의 기억을 다시 소환하고 기억하는 것이다.

4·3은 삼십 년이 지난 뒤까지도 고발될 수 없는 두려운 기억이었다. '나'와 종호는 이러한 두려운 기억을 무의식중에 감추고 제주를 떠나 살아왔다. 이들이 스스로의 기억을 되살리지 않는 한 이들의 삶은 발음할 수 없는 서울 사투리를 따라해야만 하는 반쪽짜리 삶이었다. 하지만 순이삼촌과 어머니는 서울로 상경함으로써 이들의 거짓된 삶 속에 숨겨져 있는 뿌리를 상기시킨다. 그리고 이 뿌리는 제주도민이 경험한 공동의 기억으로 이어지면서 그동안 외면해왔던 죽은 자들과의 소통을 가능하게 한다. 두 작품은 과거의 기억을 극복하고 희생이 아닌 학살의 잔혹한 실상을 목격하게 함으로써 한국 현대사의 비극적인 두 장면을 잇고 있는 것이다.

4. 결론

현기영의 소설에 있어서 4·3의 기억은 그의 문학 전체를 관통하는 중요한 사건이다. 이는 그의 소설 대부분이 4·3사건을 언급하고 있다는 점에서 그러하기도 하지만 4·3의 기억을 통해 1970년대를 이해하는 작가적 관점이 형성되었기 때문이기도 하다. 현기영의 소설은 제주의 공간을 '죽은 마을'로 기억하는 것으로부터 4·3을 이야기하기 시작한다. 이미 고향을 떠난 소설의 주인공들에게 죽음의 마을은 공포와 두려움의 대상이었지만 마을을 둘러싸고 있는 유령과 같은 죽음의 기억들이 다시 이야기됨으로써 우리는 과거의 사건을 다시 바라볼 수 있게 된다.

「순이삼촌」과 「해룡 이야기」는 잊힌 과거를 다시 기억하면서 부당한 희생의 실상을 선명하게 드러낸다. 두 작품의 주인공들은 모두 서울에서 안정된 생활을 유지하고 있지만 자신의 고향인 제주의 기억에서 자유롭지 못하다. 이들은 제주의 사투리를 감추듯 제주에서의 기억을 감추고 살아간다. 하지만 과거 4·3에서 죽음을 경험한 여성 인물들의 상경을 통해 주인공들은 더이상 자신들이 과거를 망각하고 살 수 없다는 것을 깨닫게 된다. 이들의 자각과정은 시체와 핏자국이 가득한 과거를 기억하는 고통스러운 과정이지만 자신들의 해야 할 일을 깨닫게 만드는 것이기도 하다. 「순이삼촌」과 「해룡 이야기」의 주인공은 4·3사건의 실체가 잊혀지고 4·3의 비극을 만들어낸 권력이 과거를 전설로 변화시키는 것에 저항한다. 이러한 의미에서 이들의 기억의 과정은 고통스럽지만 멈추지 말아야 하는 역사적 항거의 의미를 지닌다.

1978년에는 삼십 년 전 국가 건설의 그 순간부터 시작되어온 폭력의 경험들이 다시 반복되고 있었다. 현기영이 4·3의 과거를 기억해내는 것은 바로 이러한 역사적인 위기의 시점에서였다. 침묵을 강요받으며 진실을 말할 수 없던 과거의 피해자들은 소설을 통해 과거의 기억들을 다시 소환하고 전설이 될 뻔한 역사를 기억해낼 수 있게 된다. 그리고 다시 이야기되는 과거의 기억은 현재로 이어지는 희생 논리의 폭력성을 발견하게 만든다. 이러한 점에서 현기영의 소설들은 과거를 이야기하는 동시에 당대의 의미를 밝혀내고 있다는 점을 알 수 있다.

전쟁의 포로, 과거의 포로
— 황석영의 「탑」 「돌아온 사람」 「몰개월의 새」를 중심으로

손유경

1. 1970년대 황석영 단편소설의 자리

1970년대 문학에서 황석영이 차지하고 있는 문학사적 위상은 중편소설 「객지」(1971)에 의해 좌우되어 왔다고 해도 과언이 아니다. 산업화 시대 노동소설의 효시로 알려진 「객지」는 황석영을 1970년대를 대표하는 리얼리스트로 만든 계기가 된 작품이다. 「객지」를 전후한 시기에 황석영은 노동자나 술집 작부를 비롯한 도시 하층민, 삶의 터전을 잃어버린 실향민 등을 주로 작품에 등장시키면서 사회적 약자들의 방황과 고통, 혹은 이들의 연대의식을 그려내는 데 뛰어난 문학적 성과를 남긴다.[1] 「삼포 가는 길」(1973)에 대한 학계와 일반의 높은 관심이 이를 잘 말해준다.[2] 1970년

---

1) 김윤식·정호웅, 『한국소설사』, 예하, 1995, 390~393쪽.

2) 「객지」에서 「삼포 가는 길」로 이어지는 도식적인 평가가 황석영의 문학 공간을 축소시킬 수 있다는 문재원(「황석영 초기 소설 연구」, 『한국문학논총』 41, 2005, 410~411쪽)이나, 황석영이 1970년대에 반응한 방식은 실제로 매우 다채로웠다는 서영인(「물화된 세계, 소외된 꿈」, 최원식·임홍배 엮음, 『황석영 문학의 세계』, 창비, 2003, 133쪽)의 지적을 경청할 만하다.

대 황석영 문학의 또다른 축은 분단 문제의 형상화에서 찾을 수 있다. 중편소설 「한씨연대기」(1972)나 단편소설 「잡초」(1973) 등은 한국전쟁과 분단의 상황이 평범한 개인의 삶을 어디까지 파괴할 수 있는지를 실감나게 보여준 수작들이다.

마지막으로 주목해볼 수 있는 것이 베트남전쟁에 참전한 군인을 등장시키는 일련의 작품들이다. 1970년대 황석영 문학을 논하는 자리에서 비교적 가장 덜 주목된 것이 이들 작품인데, 그것은 베트남전쟁의 이면을 그린 『무기의 그늘』이 1980년대 황석영의 대표적 장편소설로 자리매김되어온 사정과 밀접히 관련된다. 베트남전 참전 체험에 기반을 둔 황석영의 초기 단편소설은 장편소설 『무기의 그늘』의 그늘에 가려 온전히 조명되는 일이 드물었다. 이를테면 김철은 『무기의 그늘』이 베트남전쟁을 한국인의 입장에서 묻는 유일한 소설이라고 상찬하면서 "황석영씨의 70년대 작품들에서 베트남전쟁은 개인적 경험과 정서에 입각한 성장소설류의 단계를 벗어나지 못"[3]했다고 지적한 바 있다.

황석영의 1970년대 단편소설을 이후 장편의 '중간보고서'[4]로 간주하는 시각에서 벗어나 그 자체로 의미 있는 하나의 흐름으로 평가하려는 일련의 경향[5]에 공명하면서, 이 글은 1970년대 황석영의 단편소설을 본격

---

3) 김철, 「제국주의와 정치적 무의식」, 『문학과사회』 1990년 봄호, 314쪽.

4) 고명철, 「베트남전쟁 소설의 형상화에 대한 문제」, 『현대소설연구』 19, 2003, 300쪽.

5) 황석영 소설을 "남성 주체성 획득 문법의 전형성을 보여주는" 사례로 평가한 김은하(「1970년대 소설과 저항 주체의 남성성」, 『페미니즘 연구』, 7권 2호, 2007)나 황석영 초기 소설에 나타난 젠더 의식과 무의식을 고찰한 김미현(「황석영 소설의 젠더 (무)의식」, 『어문연구』 2006년 겨울호), 그리고 황석영 초기 소설을 성장서사의 관점에서 분석한 이용군(「황석영 '성장소설'에 나타난 모티프 연구」, 『우리문학연구』 29, 2010), 마지막으로 황석영의 알레고리적 상상력에 대해 논한 남진우(「돌의 정원」, 『문학동네』, 2000년 가을호) 등이 황석영 초기 단편소설에 관해 비교적 상세히 논의하고 있다. 「탑」과 「돌아온 사람」「낙타누깔」을 주요 분석대상으로 삼고 있는 장두영의 「베트남전쟁 소설론―파병담론과의 관련

적으로 분석한다. 1970대의 「객지」와 「삼포 가는 길」, 1980년대의 『무기의 그늘』에 집중되어온 기왕의 연구사적 흐름이 베트남전 참전 경험을 바탕으로 쓰인 황석영의 1970년대 단편소설에 대한 진지한 검토를 가로막아 왔다는 문제의식 아래, 이 글은 베트남전 참전중인 병사와 전후의 귀환병, 파병 직전의 군인을 각각 등장시키는 세 편의 단편소설 「탑」(1970)과 「돌아온 사람」(1970), 「몰개월의 새」(1976)를 검토한다. 좀처럼 씻기 어려운 내밀한 개인적 고통이나 돌이킬 수 없는 개인적 과오 앞에서, 인간은 어떻게 하면 '미치지 않고 살 수 있는가'에 대한 질문과 답이 베트남전쟁을 배경으로 하는 황석영의 1970년대 단편소설을 관통하고 있다는데에 이 글은 주목했다. 이러한 관점에서, '포로-되기'에 대한 작가 특유의 공포와 반감을 재조명하고, 군수물자 암시장을 배경으로 하는 장편소설 『무기의 그늘』이 미처 포착하지 못한 병사 개개인의 실존적 고민과 '기억하기'라는 행위가 갖는 개인적·사회적 의미에 대해 논구하고자 한다.

2. 포로-되기의 슬픔과 공포

베트남의 R포인트에서 벌어진 전투를 배경으로 하는 「탑」은 "겨우 아홉 명의 병사가 맡은 무모한 임무를 나는 이해할 수가 없었다"라는 의미심장한 문장으로 시작된다. 전우애, 조국애, 충성, 희생, 복종의 신화가 들어설 틈 없이, 참모를 불신하고 싸워야 할 이유를 모른 채 고립된 한국군의 불만과 적의가 「탑」 서사의 주조음을 이룬다. 장난감같이 작고 초라한 '탑'을 사수하라는 본대의 명령은 무모했지만 따라야 했다. "지프에 실

을 중심으로」(『한국현대문학연구』 25, 2008)도 비슷한 맥락에서 중요하다. 그밖에 거개의 연구사는 『무기의 그늘』이나 『장길산』 등 장편소설을 분석하거나, 「객지」가 대표하는 황석영 노동소설의 의의를 밝히는 데로 집중되어 있다. 지면 관계상 상세한 서지는 생략한다.

려 이곳으로 오면서 느꼈던 공포감마저도 억울하단 생각"이 들 정도로 탑은 보잘것없는 물건에 불과하다. 얼마 후 '나'는 그 탑이 월남인들의 감정에 큰 영향을 미치는 종교적 의미를 지닌 상징적 물건이며, 그 때문에 한국군이 무사히 보존했다가 정부군에게 물려주어야 한다는 사실을 알아차리기는 한다. 그럼에도 불구하고 '나'는 여전히 무엇을 위하여 싸워야 하는지 모른 채 마을을 수색하고 전투에 임한다.

게릴라전을 벌이는 베트남 민족해방전선과 대치하는 과정에서 '나'는 양측이 각각 한 명씩의 포로를 인질로 삼아 전투의 방패막이로 사용하는 것을 생생히 목도한다. 포로라는 존재를 대하는 '나'의 고통은 남다른 데가 있어서, R포인트로 파견되기 이전부터 이미 '나'는 포로수용소에서 여자 포로나 소년병 들을 보는 날이면 불면의 밤을 보내야 했다. 한국군에 테러를 가한 게릴라들 중 산 채로 인질이 된 적군 포로나, 포로가 되어 발가벗겨진 채 절뚝거리며 빈사의 상태로 걸어오는 '나'의 동료는, '포로-되기'에 대한 작가 특유의 슬픔과 공포가 고스란히 투사된 인물이라고 할 수 있다.

전쟁에서 포로가 된다는 것은 '살해 가능성에 전적으로 노출된 생명'[6]이 된다는 것을 뜻한다. 「탑」에 등장하는 발가벗겨진 포로는 아감벤이 벌거벗은 생명이라고 표현한 '호모 사케르', 즉 법질서에서 배제됨으로써 법질서에 갇히게 되는 예외적 존재들이다. 적의 손에 넘어감으로써 포로는 죽음의 가능성 그 자체를 통해 정치화된 생명이 된다. 문제는, 병사의 포로-되기가 전시의 예외 상태가 아니라 전형적 상태라는 사실에 있다. 누구나 잠재적으로는 포로라는 것, 모든 병사가 고르게 절대적인 살해 가능성에 노출돼 있다는 사실이야말로 포로를 목격하는 '나'의 고통의 원천

---

6) 조르조 아감벤, 『호모 사케르—주권 권력과 벌거벗은 생명』, 박진우 옮김, 새물결, 2008, 181쪽.

이 된다. 포로의 비참한 상황을 보면서 고통스러워하는 '나'야말로 전쟁 터의 포로이기 때문이다. '나'를 포함한 군인들은 무조건적으로 죽을 수 있는 전장에 내던져진 '발가벗겨진 포로' 즉 '벌거벗은 생명'이므로 이들 의 죽음은 결코 고귀하거나 신성하지 않다. 남의 나라 전쟁에 참여하고 있는 이들은 심지어 조국을 위해 싸우고 있지도 않은 것이다. "남의 땅, 남의 어둠 속에 있는 우리는 뭐냐. 도대체 우리는 무엇이냐. 도피로가 차단 된 일곱 마리의 쥐새끼였다."[7]

치열한 전투가 끝난 후 살아남은 네 명이 알게 된 것은 목숨 걸고 탑을 지킬 하등의 이유가 사실은 없었다는 점이다. 탑이 있는 R포인트에 캠프 와 토치카를 짓겠다며 불도저를 앞세우고 들이닥친 백인 미군 장교는 "가 장 실질적이고 합리적인 강대국"인 미합중국의 판단이라며 탑을 순식간 에 밀어버린다. 그때 비로소 "우리는 깨끗이 속아왔다는 것"과 "우리가 싸워 지켜낸 것은 겨우 우리들 자신의 개 같은 목숨에 지나지 않는다는 것"을 깨닫게 된다. 미군은 탑을 지켜야 한다는 한국군 생존자들의 주장 을 "노란 놈들은 이해할 수 없다"라는 경멸 섞인 몇 마디로 간단히 무시 해버린다.[8] 군사 작전 이면에 도사린 이 같은 기만의 문제는 「낮」(1977) 에서도 반복된다. 마을을 점령했다는 표현이 등장하는 것으로 보아 이 작 품 역시 베트남전을 배경으로 한 작품으로 추측된다. 고립된 군사들에게 구원대를 보내겠다는 거짓 약속을 하는 장군과 그것을 믿는 연대장, 그리 고 참모들의 술수에 속이 메스꺼워지는 당번병 '나'를 등장시키는 이 작 품에도 전우애 같은 것은 들어설 여지가 없고 오로지 "절대로 죽지 않으 리라, 절대로 속아넘어가지 않을 테다"라는 '나'의 오기에 찬 다짐만이 반

---

7) 황석영, 「탑」, 『객지─황석영 중단편전집』 1, 창비, 2010, 86쪽.

8) 남진우에 의하면, 탑이 쓰러지는 것은 한국군과 베트남인 모두에게 주체의 자존심과 존 재 근거가 결정적으로 훼손되는 것을 의미한다. 남진우, 같은 글, 58쪽.

복될 뿐이다. '내'가 보기에 고립된 자들은 구원대가 온다는 "허깨비 같은 희망"을 보고 최후까지 싸울 것이고 결국은 전멸할 것이다. 그리고 마침내 이들은 전멸한다.

전쟁이라는 상황의 포로가 된 병사들은 결국 자신의 한 목숨을 지켜내기 위해 목숨 걸고 싸워야 한다는 부조리함을 견디고 있을 뿐이다. 치열한 전투 후 살아남은 자에게는 "사람다운 모든 것이 탈진"되는 경험만이 남는다. 무엇을 위해 목숨을 걸어야 하는지조차 모른 채 단지 목숨을 지키기 위해 목숨 걸고 싸운 병사들은, 살았다는 안도감이나 죽은 자에 대한 슬픔 같은 '사람다운 모든 것'을 상실한다. 치열한 전투는 인간적인 감각을 앗아가버린다. 황폐화된 전장을 '내'가 "입체감 없는 사진"으로밖에는 감각하지 못하는 것도 지극히 자연스러운 일이다. 누가 죽고 누가 살아남았는지 바라보기조차 귀찮아하면서 "죽은 자들의 굳어진 몸뚱이 사이에 넘어져 졸기 시작"한 생존자들의 모습은, 사람다운 모든 것이 한없이 위축된 자, 다시 말해 고통이나 쾌락을 고통이나 쾌락으로 경험하게 하는 내면의 파토스를 상실한 자의 모습과 다름없다.[9]

3. 과거의 포로가 된 광인들

포로-되기의 이러한 고통과 불안, 그리고 전장의 허무가 귀환 후의 죄의식과 맞물려 형상화된 작품이 바로 귀환병의 내면 풍경을 담고 있는 「돌아온 사람」이다. 이 작품에서 '돌아온 사람'은 두 명인데, 하나는 한국

---

9) 주체가 가장 두려워하는 것은 이런저런 종류의 쾌락을 상실하는 것이 아니라 쾌락이나 고통이 바로 그 쾌락과 고통으로서 경험하게 하는 틀, 즉 자신의 존재와 실존의 중핵을 구성하는 파토스가 상실되는 것이다. 알렌카 주판치치, 『실재의 윤리―칸트와 라캉』, 이성민 옮김, 도서출판b, 2008, 29쪽.

전쟁중에 만수네 가족과 마을 사람들을 죽음으로 몰고 갔던 '사내'이며 다른 한 명은 베트남전쟁에 참전했다가 정신적 안정을 얻기 위해 외가가 있는 시골에 내려온 '나'이다. 둘 다 전쟁을 겪고 돌아온 인물들인 셈인데, 여기서도 서사를 움직이는 가장 중요한 힘이 포로에 대한 '나'의 기억이라는 점이 특이하다.

「탑」의 주인공과 마찬가지로 불면증을 앓고 있는 「돌아온 사람」의 주인공 '나'는 베트남전쟁에 참전했다가 귀환한 인물이다. 그의 정신적 고통은 "전장에서의 '우리'라는 말로써 이루어진 여러 행위나 감정 들은 거의 믿을 수 없는 것들일지 몰랐다."라는 깨달음 이후 "'우리들' 속에 잠적"했던 자신을 밖으로 불러내는 과정, 다시 말해 다시금 자기 자신으로 돌아오는 과정에서 생겨난다. 흥미로운 점은, 이 과정에 또 한 명의 돌아온 사람 이야기가 개입한다는 사실이다. 한국전쟁 당시 마을 사람들을 군에 밀고해 죽게 만든 '사내'[10]가 마을로 다시 돌아오자 만수는 돌아가신 부모와 실성한 큰형이 당했던 고통을 되돌려주기 위해 그에게 린치를 가한다. 만

---

10) 임기현에 따르면 황석영의 「돌아온 사람」은 조선일보 1970년 6월자에 「몽유간증(蒙幼干證)」이라는 제목으로 처음 발표되었다가 단행본 『북방, 멀고도 고적한 곳』(동서문화원, 1975)에 수록되면서 「돌아온 사람」으로 개제된다. 이후 『황석영 중단편전집』(창비, 2000)에 실릴 때에는 중요한 개작도 일어나는데, 만수네 가족과 마을 전체가 겪었던 비극은 원텍스트에 더 잘 드러나 있다. 이를테면 '악질'(개작된 텍스트)로 표현된 '사내'는 원래 '부역자'(원텍스트)로 표현됐으며, "전혀 몰랐습니다. 저쪽 군인들이 했어요"(원텍스트)라는 사내의 말이 "전혀 몰랐습니다. 군인들이 했어요"(개작된 텍스트)라는 말로 바뀐다. "당신은 토지 문제로 양심을 먹고 있었지"(원텍스트)라는 만수의 대사 역시 "당신은 양심을 먹구 있었지"(개작된 텍스트)라는 표현으로 변한다. 즉 서촌에 살던 부농인 만수네를 '주인님'으로 부르던 '사내'가 '그쪽 군인'으로 칭해지는 인민군 치하에서 부역 행위를 하면서 만수네 부모를 죽음으로 몰고 갔을 뿐만 아니라 만수의 큰형을 잔인하게 고문한 것으로 풀이된다는 것이다. 그러나 개작이 되면서 사내가 행했던 인민군 부역 행위가 '군인에 대한 협조'라는 표현으로 변화함으로써 학살의 주체가 좌익인지 우익인지 모호해진다. 임기현, 「황석영 초기 분단소설, 「북방, 멀고도 고적한 곳」 「돌아온 사람」 자세히 읽기」, 『국어국문학』 157, 2011, 291~296쪽.

수의 큰형은 그 사내에게 손톱이 뽑혀나갈 정도의 심한 고문을 받은 이후 광인이 됐고 부모는 자살했다. 그 사내를 향한 만수의 보복 행위를 목격한 '나'는 베트남전쟁 당시 자신이 저질렀던 일들을 고통스럽게 떠올리게 된다. 만수가 사내에게 고문을 행하는 장면이 베트남에서 포로에게 린치를 가했던 자신의 옛 모습을 상기시킨 것이다.

중학교 교원 출신으로 지방 게릴라활동을 벌이다 붙잡힌 포로 '탄'은 여느 포로답지 않게 "품위를 지키려고 노력"하는 자였다. 긍지를 잃지 않는 그를 골탕 먹이기 위해 '나'와 동료 세 명은 술에 취한 채 그에게 치욕적인 린치를 가하고 결국 탄은 죽고 만다. 그 때 "나는 내가 매끈한 광물질로 만들어진 물건이 아닌가 생각"할 만큼 자신의 비인간적 처사에 스스로도 상처를 받게 된다. 문제는 탄을 향한 이들의 적의가 방향을 상실한 맹목적인 것이었다는 데 있다. 미움으로써 적을 조준한 것이 아니라 다만 "전쟁의 허무를 가늠하면서" 적을 쏘았을 뿐이라는 '나'의 독백이 이를 말해준다. 탄이라는 포로에 대한 '나'의 지울 수 없는 죄책감은 "의식의 마비" 속에서 베트남 민간인을 사살했던 기억으로 더욱 증폭되는데, 거기서 싸웠던 전우라면 누구든 게릴라나 주민을 인류의 적으로 미워했던 기억이 없을 것이라고 '나'는 단언한다. 그들은 다만 쏘았을 뿐이다. 미움 없이도 상대를 쏠 수밖에 없는 "전장의 엄연할 율"은 군사 작전이라는 이름이 은폐한 갖은 기만과 술수(「탑」)의 다른 얼굴이었을 것이다.

베트남전에서 돌아온 '내'가 겪는 이러한 내면의 고통은 반복적으로 떠오르는 어떤 얼굴의 환영에 사로잡힌 '나'의 상태가 묘사됨으로써 더욱 밀도 있게 그려진다. 그 얼굴은 "미칠 듯한 폭소를 이빨 속에 깨물고 있"[11]는 것으로 묘사된다. 두 손에 열 가락의 형틀을 가진 채 웃고 있는

---

11) 황석영, 「돌아온 사람」, 『객지―황석영 중단편전집』 1, 창비, 2010, 115쪽.

이 얼굴은 바로 포로 탄에게 린치를 가하던 자신과 동료들의 얼굴이다. 탄을 성적으로 고문하고 마침내 죽음에 이르게 했던 것은 이들이 탄을 두려워했기 때문이다. 도전적인 눈초리를 가진 탄은 목숨을 구걸하거나 긴장을 늦추는 법 없이 품위와 존엄을 지키려 한다. '나'와 동료들을 참을 수 없게 한 것은 바로 그의 이런 긍지였다. '나'와 동료들은 결코 그런 긍지를 흉내조차 낼 수 없었다. 그것은 개인적인 자존감만으로 해결될 문제가 아니었다. 탄은 민족과 이념을 '위해' 싸우고 있었지만 '나'와 동료는 「탑」의 병사들과 마찬가지로 왜 싸워야 하는지 모른 채로 남의 땅에 와서 싸우고 있는 '용병'[12]들일 뿐이다. "나는 수용소의 초소에서 근무하면서 때때로 그의 차갑고 긴장된 눈과 마주칠 때마다 갑자기 외로워졌었다. 그가 나를 미워한다는 것이 참을 수가 없었다." 탄은 한국군이 베푸는 가증스러운 호의를 경멸하면서 베푸는 자에게 창피를 주는 포로답지 않은 포로였다.

그런 점에서 고통에 신음하는 포로를 보면서 괴로워할 수 있을 때 (「탑」)는 차라리 견딜 만한 상황이었는지도 모른다. 포로를 동정할 수 있을 때 한국군은 백인 미군에게서 받은 모멸감("노란 놈들은 이해할 수가 없다")에서 다소나마 벗어날 수 있기 때문이다. 그러나 전장의 포로라는 '벌거벗은 생명' 탄은 '나'와 동료에게 그 기회를 주지 않는다. 그는 한국군을 적의에 찬 눈으로 똑바로 응시하면서 "우리(한국군)의 권능을 행사"하지 못하게 한다. 그런 점에서 탄은 남의 나라 전쟁에 내몰린 한국군의 자존감이 어디까지 추락할 수 있는지를 보여준 산증인이었던 셈이다. 수

---

12) 황석영과 안정효, 박영한 등은 공통적으로 한국군이 미국의 '용병'이었음을 주장하는데, 특히 황석영은 베트남전을 경제 논리에 입각해 파악하면서 베트남전을 자본주의의 냉혹한 이해관계에 기반을 둔 제국주의 전쟁으로 바라본다. 박진임, 「한국소설에 나타난 베트남전쟁의 특성과 참전 한국군의 정체성」, 『한국현대문학연구』 14, 2003, 120쪽.

치심에 몸을 떤 것은 사실 탄이 아니라 '나'와 동료들이었다.

'나'는 이렇게 해서 탄을 고문하고 살해했던 과거의 포로가 되어 불면의 밤을 보내게 된다. 탄에게 린치를 가하며 터지는 웃음을 참지 못해 낄낄거리던 얼굴의 환영은 시도 때도 없이 '나'를 엄습한다. 그 환각 속에서 꿈인지 생시인지 분간하지 못할 몽유병적 상태가 지속된다. '나'에게 떠오르는 네 사람의 웃는 얼굴은 소설의 마지막에 이르러 마침내 자기 자신의 얼굴로 변하는데, 만수가 마을로 돌아온 사내를 고문하는 장면을 '내'가 목격한 것이 그 계기가 된다. 만수가 '사내'에게 린치를 가하는 광경을 엿보던 '나'는 누군가에게 쫓기는 듯한 환각 속에서 자신을 쫓는 것이 다름아닌 자기 자신이라는 사실을 알아차리게 된다.

'나'를 피해 달아나는 '나'는 지나가는 사람들을 향해 구원의 몸짓을 보이지만 누구도 그것에 응답하지 않는다. 그러다 마침내 갑자기 주변의 온갖 것이 멈추고 "그들의 손짓, 눈짓, 목소리는 순식간에 과거의 흐름 속으로 가라앉아 종래에는 식은 재가 되어 허공에 흩날"리는 순간이 찾아온다. 만수의 보복 행위를 엿보다가 의식의 수면 아래 묻어두었던 과거의 기억이 '나'를 일깨우는 순간에 '나'는 필사적으로 그로부터 도망치고자 한다. 그러나 환영 속에서 자신이 도망치도록 도와주는 행인은 아무도 없고 모두가 '나'를 무시한 채로 지나친다. 만일 이때 누군가 나서서 그를 구원했던들 '나'는 죄 많은 과거에서 영영 놓여나지 못했을 것이다. 그러나 누구의 도움도 받지 못함으로써 '나'는 과거의 자신을 직시할 수밖에 없게 된다. 만수가 행사하는 폭력을 목격한 각성의 순간으로부터 '내'가 결코 도피할 수 없었다는 사실이야말로 '나'를 과거의 주술에서 풀려날 수 있게 한 힘이었다고 볼 수 있다.

만수의 큰형에게 부재한 것은 바로 이러한 각성의 순간이었다. '나'는 그를 보면서 "어릴 적에 그를 놀리던 때보다 더욱더 그 광인이 자기의 과거에 가깝고 굳게 이어져 있을 거라는 느낌"을 받는다. 과거에서 놓여나지 못한 그는 광인이 되어 지금을 살지 못한다. 아내와 동생이 사내를 불러다 놓고 보복하는 순간에도 그는 "싫어, 싫어, 싫어"를 연발하면서 과거를 직시하지 못한다. 이는, 가해자가 과거 자신이 저지른 과오를 직시하는 것과 피해자가 과거 자신이 입은 상처를 직시하는 일은 결코 쉽사리 등치시킬 수 없다는 작가 나름의 판단에 기인한 것인지도 모른다.

"사회적인 증오로부터 망각된" 개인의 고통(만수와 그의 큰형)이나 돌이킬 수 없는 개인적 과오('나'와 '사내') 앞에서 인간은 어떻게 해야 하는가. 그 안에서 인간은 어떻게 하면 '미치지 않고 살 수 있는가'에 대해 「돌아온 사람」은 묻고 있는 것이다. 황석영의 초기 단편소설에 광기를 보이는 인물이 다수 등장한다는 사실은 이런 맥락에서 더욱 주목된다. 한국전쟁을 겪은 후 '미친 여자'가 되어 마을에 다시 나타난 「잡초」의 태금이나 역시 한국전쟁중에 실성한 「돌아온 사람」의 만수 큰형이 전형적인 광인이라면, 베트남전쟁에 참전했다가 노이로제 환자가 되어 돌아온 「낙타누깔」의 주인공이나 불면증에 시달리는 「탑」과 「돌아온 사람」의 주인공들은 준(準) 광인에 해당된다고 할 수 있다. 누구나가 피해자와 가해자가 될 수 있는 이념의 시대를 지나, 또다시 남의 나라 땅에 가서 목숨 건 전투와 학살을 저질러야 했던 평범한 인간들이, 과연 미치지 않고 살 수 있겠는가. 전쟁과 파병, 이념 대립으로 얼룩진 해방 이후 한국 현대사의 한 국면을 조명하는 황석영의 초기 단편소설은 이러한 질문에 답하고 있다. 「돌아온 사람」에서 '내'가 상상하는 세상의 모습은 그런 점에서 매우 시사적이다. '나'는 "세상에 살인적인 신경병이 만연한 꼴"을 머릿속에 그려보는데, 그 세상에서는 길을 가다가 구두를 밟혀 기분이 나쁘면 상대편을 때려죽이고, 버스가 지체되면 운전자를 몰매로 죽이며, 자신의 욕을 하고 다니는 얄미운 사람은 단도로 찔러버리는 사람들이 살고 있다. 이는, 과거의 포로가 된 광인들이 활보하는 디스토피아적 미래를 '내'가 예견하고 있는 대목이다. 21세기 한국사회의 모습을 묘사한 듯한 착각마저 불러일으키는 이 대목에서, 작가 황석영은 공적인 기억에서 멀어져 "신의 영역으로 돌려진" 개인들의 상처를 제때 치유하지 않는다면 사회 전체가 광기의 늪에 빠질지 모른다는 사실을 경고한다.

「돌아온 사람」의 마지막 장면에서 '나'는 "요새도 가끔 그때의 일을 생각하면 마치 전생에 있었던 일처럼 느껴진다"라는 고백을 한다. 「돌아온 사람」은 현재의 시점에서 쓰인 두 겹의 과거 이야기이다. 베트남에서의 '나'와 귀환 직후의 '나'를 지금의 '내'가 바라본 결과에 대해 '나'는 이렇게 적고 있다. "개가 된 내가 바위이었던 시절을 되돌이켜 이제는 사람이 되"었다는 것인데, 베트남에서의 '나'는 바위였고 귀환 후에는 개였으며 지금은 사람이 되었다는 말이다. 베트남에서의 자신을 바위로 기억하는 것은 탄을 죽인 직후 스스로를 "매끈한 광물질로 만들어진 물건이 아닌가" 생각했다는 대목을 환기한다. 베트남에서의 '나'는 심지어 생명체도 아니었다는 뼈아픈 자각과, 만수의 보복 행위를 그저 묵묵히 바라봤을 뿐인 '나'는 겨우 개가 된 정도였다는 성찰을, 비로소 인간인 된 내가 하고 있다는 것이다. 결국 「돌아온 사람」은 베트남전쟁에 참전한 주인공의 참담한 기억에 초점을 맞추면서 그것을 실존적 고민의 깊이로 꿰뚫고 있는 작품이라고 할 수 있다. 작가 황석영은 한국전쟁이나 베트남전쟁을 겪은 개인이 과거의 포로가 되어 광인이 되는 것이 아니라 그러한 사건을 겪고 살아남은 자로서 스스로가 자신의 기억을 구성하는 성찰적 주체로 거듭날 수 있는 길을 모색하고자 했을 것이다.

4. 과거의 포로에서 기억하는 주체로

　베트남전쟁 체험을 바탕으로 하는 여러 편의 단편소설들 중 파월 전의 내면 풍경을 그린 작품 「몰개월의 새」가 시기적으로 가장 늦은 1976년에 발표됐다는 사실은 새삼스러운 주목을 끈다. 베트남에서 자신이 저지른 과오를 직시하고 성찰하는 데서 그치지 않고 무엇이 자신으로 하여금 그러한 성찰을 가능하게 했는지를 탐색하는 것이 「몰개월의 새」에 이르러 가능해진 것이다.

　전장의 병사는 "민간인 시절의 일은 모두 희미"(「탑」)하다고 말함으로써 참전 이전과 이후를 단절적으로 파악하는 모습을 보인다. 시련을 겪은 인간은 자신의 삶이 예전과 같이 지속될 수 없으리라고 보통 생각한다. 참전 병사가 현재의 자신을 '민간인 시절'의 자신과는 다른 존재로 여기는 것도 비슷한 연유에서일 것이다. 그런데 「몰개월의 새」는 단절이 아닌 지속에 관해 묻고 있으며, 그렇게 계속 '산다는 것'이 얼마나 소중한지를 깨달은 주인공을 등장시키고 있다. 과거의 포로가 되거나 미쳐버리지 않을 수 있는 힘, 다시 말해 「돌아온 사람」의 '내'가 그러했듯 바위에서 개로, 그리고 사람으로 변태하는 일련의 과정을 겪게 한 힘은 어디서 비롯되는가. 「몰개월의 새」가 답하려 한 것은 이런 질문이다.

　「몰개월의 새」는 베트남 파병 직전 한 병사의 내면 풍경을 그린 소설이다. 가장 먼저 눈에 띄는 것은 1960년대 서울이라는 시공간에 대한 '나'의 특유의 애증이다. 무단이탈로 잠시 들른 서울을 '나'는 "화냥년 같은" 곳이라 칭하는가 하면, "미친년처럼 얼룩덜룩하게 화장한 육십년대의 축축한 습기"를 온몸으로 빨아들이면서 도시의 활기를 증오하기도 한다. "머리 좋은 치들의 비밀결사"에 결국은 끼어보지 못했다는 박탈감을 뒤로한 채 '나'는 "회한덩어리였던 나의 시대와 작별"하는 의식을 조용히 치른다. 서울을 떠나는 '나'의 내면은 이처럼 무언가를 잃었거나 어디론가 쫓겨가는 자의 심리를 닮았다.

몰개월에서는 달랐다. '내'가 동료들과 함께 찾았던 부대 근처의 몰개월은 서울의 활기와는 한참 거리가 먼 바닷가 작은 동네로, 전국에서 몰려든 "깡다구 센" 작부들이 파월 군인들을 상대로 술장사를 하는 곳이다. '나'는 술에 취해 쓰러져 있던 '미자'를 갈매기집에 데려다준 인연으로 그녀의 면회까지 받게 되면서 그녀와 특별한 교감을 나누게 된다. 처음에는 욕정으로 시작되었지만 군인들이 휘두르는 폭행에 망가진 얼굴을 씻겨주면서 그녀를 가족처럼 여기에 된 '나'는 그녀를 "먹어보지 못했다"는 것에 억울함 같은 것을 느끼기도 한다.

중요한 것은 그녀들이 있었기에 '나'를 비롯한 병사들은 전장으로 쫓겨가는 회한 많은 청춘이 아니라 무언가를 향해 떠나는 자로서 이별의 의식을 당당히 치를 수 있었다는 점이다. '나'의 기억에 남아 있는 미자는 자신의 신세를 한탄하거나 주접을 떨지 않는, 나름의 의연함을 간직한 작부이다. 미자는 그를 '돌보고' 그에게 '가엾다'는 말을 한다. 언제 죽을지 모르는 병사에게 연민을 표하고 그들에게 편지를 쓰고 그들의 출정에 눈물을 보임으로써 그녀들은 파월 병사들에게 일상의 끈질긴 힘을 속속들이 기입해놓고 있었다.

언제 어떻게 죽을지 모르는 전장으로 떠나가면서 긴장과 설렘, 비장함에 압도된 그 시절의 '나'는 미자가 던져준 선물을 유치하고 조잡하다고 여기며 미련 없이 바다에 던져버린다. 참전은 인간의 삶을 송두리째 뒤흔드는 경험임에 틀림이 없고 그렇기 때문에 작부들이 보내는 편지나 선물 같은 것은 전쟁이라는 '심각한' 문제에 비할 때 다만 졸렬한 장난에 불과해 보였기 때문이다. 그러나 정작 이런 소소한 행위들이야말로 어떤 파국이 닥치더라도 '미치지 않고' 살 수 있게 하는 일상의 힘이 아니겠는가고

'나'는 묻게 된다. "인생에는 유치한 일이 없다는 것을 알았다"라는 구절은 바로 인물의 이같은 깨달음을 암시하고 있다.

전쟁을 체험하고 돌아와 불면의 밤을 보낼지언정 과거의 포로가 되거나 미치지 않고 살아남아 과거의 '나'를 돌아보게 하는 힘은 작고 유치해 보이는 일상의 감각이며 그것을 보장하고 깨닫게 해준 것이 바로 몰개월의 미자들이었던 것이다. 황석영의 작품에는 여성을 대상화·물신화하는 경향이 나타나고 여성적인 것들에 대한 멸시와 찬미가 공존한다는 지적은 대단히 낯익은 접근법이다. 「몰개월의 새」가 묘사하는 작부의 모습에서도 여성적 돌봄과 배려에 대한 남성 작가 특유의 환상이 읽히는 것이 사실이다. "약한 것, 부드러운 것, 포근한 것, 따뜻한 것, 누이 어머니 여선생 할머니 간호원 보모 그리고 어린애 비둘기…… 그것이 숨쉬는 가슴. 나는 정글모가 코를 가리도록 깊숙이 눌러썼다." 그러나 작가는 부드럽고 포근한 여성적 감각을 다만 신비화하는 데 그치지 않고, 이런 것들은 미움 없이도 적을 쏘아야 한다는 엄연한 "전장의 율"에 비춰볼 때 '유치한 것'으로 보일 수 있다는 것, 그럼에도 불구하고 그러한 감각들이야말로 광기의 시대를 사는 인간으로 하여금 미치지 않을 수 있게 하는 보루라는 것을 겸허히 인정하고 있다.[13]

이처럼 일상적인 감각과 여성적 가치를 상징하는 존재인 미자가 공적인 임무를 수행하기 위해 전장이라는 비일상적 공간으로 떠나는 병사를 오히려 연민하게 함으로써 작가 황석영은 삶의 주도권을 미자들에게로 넘기고 있다. 그녀들이 "우리들 모두를 '제 것'으로 간직했다"라는 것은 삶을 대하는 그녀들의 능동성을 의미한다. 설령 순정을 바친 남자가 전사를 했을지언정 그것조차를 자기 삶의 한 에피소드로 탈바꿈시키는 적극

---

13) 황석영의 '남성적 문학'은 여성성에 대한 반응이나 여성성의 영향에서 자유롭지 못하다고 한 김미현의 지적은 이런 맥락에서 시사적이다. 김미현, 같은 글, 169쪽.

적인 삶의 태도란 이런 것을 의미할 것이다. 과거의 포로가 되는 것이 아니라 기억의 주인이 되는 것. 병사가 미자에게 배운 이러한 삶의 태도야말로 베트남전쟁 체험을 바탕으로 쓰인 1970년대 황석영 단편소설을 떠받치는 숨은 기반이 아닐까 한다.

제5장

1980년대

／

조정래

이문열

이인성

임철우

윤후명

현길언

김주영

해방공간에서의 사상들의 기원
— 조정래의 『태백산맥』론

장성규

1. 서론

조정래의 『태백산맥』은 1980년대를 대표하는 대하역사소설로서 평가되고 있다. 전 열 권에 달하는 분량에 걸쳐, 여순 사건을 시작으로 한국전쟁 시기까지의 민족사적 격랑을 치밀하게 형상화한 이 작품은 이미 한국현대사의 굴곡을 다룬 가장 대표적인 작품 중 하나로 손꼽히고 있다. 특히 1980년대 문학의 중요한 특징으로 평가되는 '분단소설'의 새로운 지평을 연 작품으로 그 문학사적 의미가 갈무리되고 있다. 더불어 이후 발표된 『아리랑』『한강』 등의 대하역사소설과 함께 한국 근현대사를 총체적으로 조망한 작품이라는 평가에는 대다수의 연구자들이 이견이 없을 정도이다.

이런 만큼 조정래의 『태백산맥』에 대한 기존의 논의 역시, 주로 한국전쟁을 전후한 시기를 통해 민족의 분단 모순과 그 극복에의 의지를 형상화한 점에 그 초점이 맞추어져 있다. 특히 이 과정에서 단순한 감상적 민족주의의 인식 틀을 극복하고, 식민지 시대부터 축적된 계급적 모순의 연장선 속에서 분단 모순의 성격을 명징하게 지적한 점이 높이 평가되었다. 대표적으로 김윤식과 정호웅의 다음과 같은 언급, 즉 "『태백산맥』은 여순 반란사건에서 휴전협정에 이르기까지의 한국사회를 토지소유관계의 모순으로 설명하고자 하였다. 소수의 지주가 토지의 절대량을 독점하고 소작농들의 노동을 착취하는 반봉건적 토지소유관계, 여기에 덧씌워진 효과적 식민 지배를 위한 일제의 교묘한 정책에 의해 형성되고 갈수록 강화된 지주계층의 구조적 친일성이라는 요인이 해방 직후의 대립과 갈등의 혼란상, 그리고 한국전쟁을 일이관지하는 핵심이라는 것이다"[1]라는 지적을 들 수 있다. 이러한 맥락에서 권영민은 "나는 분단 역사의 비극이 보다 높은 총체성에의 인식을 통해 형상화될 수 있는 가능성을 『태백산맥』을 통해 획득할 수 있게 된 것이 무엇보다 중요하다고 생각한다. 소설 『태백산맥』은 분단 상황의 새로운 인식과 그 극복의 가능성을 제시하고 있다는 점에서 1980년대 중반 이후 소설 문단을 압도하고 있다"[2]고 평가한 바 있다. 조남현 역시 "80년대에 완간된 『태백산맥』은 한국전쟁을 소재로 한 소설의 완결편으로까지 평가되고 있"[3]음을 지적하고 있다. 유사한 관점에서 서경석은 『태백산맥』이 "민중은 무엇을 원했고 어떻게 행동했으며 이 점과 연관되어 6·25 전쟁 및 이로써 더욱 확고해진 분단의 원인이 또한 무엇이며 결과적으로 통일된 민주주의 민족국가 건설 실패의 원인이 무엇인가를 탐구"[4]하고 있음을 지적하고 있다. 이와 같은 일련의 연구는 임우기의 다음과 같은 언급, 즉 "조정래의 『태백산맥』은 해방공간을 과학적으로 분석하려고 한 지금까지 거의 유일한 대하소설이고 그 분석을 통

---

1) 김윤식 · 정호웅, 『한국소설사』, 예하, 1993, 450쪽.

2) 권영민, 『태백산맥 다시 읽기』, 해냄, 1996, 265~266쪽.

3) 조남현, 「역사적 진실과 소설적 흥미의 상성」, 『작가세계』 1995년 여름호, 89쪽.

4) 서경석, 「비극적 역사의 전환을 위하여」, 『창작과비평』 1990년 여름호, 234쪽.

해 중간파 세력의 역사적 의의를 재조명하려 한 최초의 작품이라는 점에서 분단소설의 영역을 한층 넓혀주었다"[5]는 평가로 수렴된다.

그런데 이와 같이 『태백산맥』에 대한 평가가 주로 분단소설이라는 틀에 집중되면서, 그 외의 작품이 지닌 풍부한 요소들에 대한 연구는 다소 부족한 것이 사실이다. 예컨대 서사 구성 원리에 대한 연구나, 탈식민주의적 관점에서의 연구, 여성주의적 관점에서의 연구, 정신분석학적 관점에서의 연구, 혹은 사상사적 관점에서의 연구 등 『태백산맥』이 내포하고 있는 작품의 특질을 보다 정치하게 규명할 수 있는 연구 작업은 다소 미비한 감이 있다.[6] 물론, 비교적 최근 이들 새로운 관점에 입각한 연구 작업들이 조금씩 발표되고 있으나, 아직까지 기존의 '분단소설'의 틀을 뛰어넘는 새로운 연구의 가능성이 뚜렷하게 나타난 것으로 보기는 어렵다.

본고는 이상에서 검토한 『태백산맥』 연구의 기존 성과를 계승하면서, 기존 연구에서 간과된 감이 있는 지점, 즉 『태백산맥』에 나타난 사상'들'과 그 기원을 규명하는 것에 초점을 맞추고자 한다. 주지하다시피 『태백산맥』에는 비단 사회주의적 사상뿐 아니라, 중도적 민족주의나 허무주의 등 해방공간에서의 다양한 사상적 경향들이 나타나고 있다. 그런데 기존 연구에서는 이를 곧바로 민족, 혹은 분단의 틀로 환원시킨 나머지 정작

---

5) 임우기, 「80년대 분단소설의 새로운 전개」, 『문학과사회』 1988년 봄호, 62쪽.

6) 이와 관련하여 비교적 최근 수행된 다음과 같은 연구들이 주목된다. 김은경의 연구(「조정래의 『태백산맥』과 지질학적 상상력」, 『한국현대문학연구』, 2003. 12)는 '지질학적 상상력'이라는 새로운 방법론을 도입하여 『태백산맥』의 새로운 면모를 제시하고 있다. 안숙원의 연구(「『태백산맥』에 나타난 민족주의 여성상」, 『여성문학연구』, 2003)는 여성주의적 관점에서 『태백산맥』을 분석하고 있다. 이경재의 연구(「조정래 『태백산맥』의 서사구조 고찰」, 『인문학연구』, 원광대학교 인문학연구소, 2011)와 임환모의 연구(「『태백산맥』의 서사 전략」, 『현대문학이론연구』, 2001)는 서사구조 분석의 측면에서 새로운 접근을 보여주고 있다. 이들 연구는 『태백산맥』을 둘러싼 새로운 연구의 가능성을 보여준다는 점에서 중요한 성과로 판단된다.

그 사상사적 의미에 대한 분석은 간과된 것이 사실이다. 특히 본고는 이들 사상이 해방 이후 갑자기 형성된 것이 아니라, 이미 일제 시기부터 그 맹아를 담지하고 있었다는 점에 주목하고자 한다. 작품 구조상으로 주요 등장인물이자 각각의 사상을 대표하는 사회주의자 염상진, 민족주의자 김범우, 허무주의자 손승호 등은 모두 일제 말기에 교육받은 세대이며, 따라서 이미 이 시기부터 나름의 사상적 지향을 모색하기 시작한다. 특히 이 과정에서 두드러지는 것은 만해의 불교 사상과 무교회주의 사상으로 대표되는 종교적 이상주의 사상이다. 따라서 『태백산맥』에 나타난 이들의 다양한 사상들의 온전한 규명은 일제시대 형성된 사상적 맹아의 변용 과정을 고찰하는 것으로부터 가능할 것이다. 그럴 때에만, 비로소 『태백산맥』에 나타난 다양한 사상들의 형성과정과 그 고유한 특성이 해명될 수 있기 때문이다. 이러한 분석을 통해 이들 다양한 사상'들'의 '기원'으로서의 일제시대 만해의 개혁적 불교 사상과 무교회주의 사상이 지니는 문학 사상사적 위상을 복원하고, 『태백산맥』을 보다 큰 범주의 사상소설로 해석하고자 하는 것이 본고의 목표이다.

2. 『태백산맥』에 나타난 사상들과 그 고유성—사회주의, 민족주의, 허무주의의 '변용'

먼저 『태백산맥』에 나타난 주요 사상들을 살펴보자. 『태백산맥』에는 해방공간을 풍미하던 매우 다양한 사상들이 나타난다. 대표적인 것만 꼽아도 염상진을 중심으로 한 사회주의, 김범우를 중심으로 한 민족주의, 손승호를 중심으로 한 허무주의 등을 들 수 있다. 이는 각기 다음과 같은 인물들의 발화에서 단적으로 나타난다.

(A) 분명 사회는 혁명되어야 하고, 무산자는 그 주인이 되어야 하며, 역사는 새로 박음질되어야 한다. 그 역사가 비판의 제물이 되지 않기 위해서는 역사가 가진 수은주 이하의 냉철성보다 더 차가운 온도의 냉철성을 유지하면 될 것이다. 역사의 비판 생리마저 얼어붙게 해버리게. 그게 바로 사회주의의 완벽성이 아닌가.[7]

(B) "좋아요. 어떤 주의를 따르든 그건 개인의 자유지요. 그러나, 그것이 곧 민족 전체를 위하는 유일한 길이라는 성급한 판단은 금물입니다. 미국이다, 소련이다, 민주주의다, 공산주의다, 자본주의다, 사회주의다. 우리에게 지금 필요한 건 그런 정치적 택일이 아닙니다. 그건 한 민족이 국가를 세운 다음에나 필요한 생활의 방편일 뿐입니다. 지금 우리에게 필요한 건 민족의 발견입니다. 그 단합이 모든 것에 우선해야 해요."(1: 82~83쪽)

(C) "금년에 남북 양쪽에서 서로 다른 주의를 앞세워 서로 다른 이름의 나라를 세우면서 우리 모두는 인간적으로 민족적으로 우리 스스로를 살해하는 어리석기 짝이 없는 죄를 저질렀네. 그리고 나타난 현상이 뭐였나. 서로의 사상을 정치적으로 실현시키기 위해 인간을 폭력의 대상으로 삼는 극렬한 충돌이었네. 그런 야만적 행위가 또 어디 있겠나. 난 완전히 환멸하고 절망했네. 물론 좌익이나 염선배의 입장에서는 자기네들이 먼저 폭력을 행사한 것이 아니라고 말하겠지. 군정이 폭력을 사용하니까 맞서는 것뿐이라고 할 거야. 그렇다 하더라도 결과는 마찬가지네. 범우 자네의 뜻을 이해하면서도 행동적 동의를 할 수 없는 것은, 자칫 잘못하다간 그 어느 한쪽으로 기울어지는 실수를 범할 것이기 때문이네. 날 비겁자라고 해도 어쩔 수 없

---

7) 조정래, 『태백산맥』 2, 해냄, 1986, 87쪽. 이하 이 작품을 인용시 괄호 안에 권과 인용 쪽수만을 표기한다.

네. 난 모든 것에 선행해 인간이고 싶네. 난 그걸 지키기 위해서 사회주의를 버렸고, 총을 들이댄 염상진의 위협에도 굽히지 않았네. 자네의 뜻이 바로 순수한 인간적인 것임을 아네만 현실은 그걸 순수하게 받아들여주지 않을 것이네."(1: 236~237쪽)

(A)는 염상진, (B)는 김범우, (C)는 손승호의 발화이다. 염상진은 기층민중 출신으로 벌교 지역의 남로당 책임자로서『태백산맥』의 주축을 이루는 사회주의운동을 주도하는 인물이다. 그는 일제시대부터 반제투쟁에 가담했던 인물로 해방 이후에는 완연한 사회주의 운동가로 나타난다. 김범우는 벌교 지역의 양심적 지주 가문 출신으로 일제 말기 학병으로 징집되고 이후 미국 정보기관에서 훈련받은 전력이 있다. 그는 이 시기의 체험을 통해 과거 사회주의적 경향을 탈피하여 해방공간에서 중도적 민족주의 노선을 추종하는 인물로 변화한다. 손승호는 염상진 등과 함께 사회주의 경향에 속해 있었으나, 이후 이데올로기 간의 갈등과 폭력에 환멸을 느끼고 허무주의적 경향의 사상을 표출하는 인물이다.

흥미로운 것은 이들의 사상이 모두 원론적인 의미의 사회주의나 민족주의, 허무주의와는 다소 성격을 달리해서 표출된다는 점이다. 이들의 사상은 당대 구체적인 현실 속에서 상당 부분 변용되어 나타난다. 이는 이들 사상이 모두 추상적 층위에서 형성된 것이 아니라, 실제 현실과의 교호 속에서 재구성되는 특징을 지니고 있기 때문이다.

염상진의 경우 작품 내에서 일면 교조적인 사회주의자의 면모를 보이기도 한다. 그러나 보다 꼼꼼히 작품을 살펴볼 경우, 그의 사유는 철저히 벌교 인근의 소작농의 현실에 근거하고 있음이 드러난다. 이는 특히 당 중앙의 '지침'에 대한 내적 번민에서 두드러진다. 그는 여순 사건의 패퇴 과정에서 당 중앙의 '오판'에 대한 "깊이를 더해가는 회의를 떼쳐내려고 괴로운 신음"(1:121)에 잠긴다. 이는 염상진의 사회주의가 한반도 전체를 범주로 한 체계적인 것이 아니라, 자신의 부친 대부터 지속된 구체적인 민중의 삶에서 출발한 것이기 때문이다. 따라서 안창민의 다음과 같은 발화, 즉 "이번 투쟁으로 도당 거의 전부와 조직을 노출시킨 것"(1:319)에 대한 비판에 대해 염상진이 "나도 안 동무와 똑같은 의문을 품고 있소."(1:319)라고 답하는 것은 필연적이다.[8]

김범우의 경우에도 일반적인 민족주의와는 다소 다른 사상적 경향을 표출한다. 그에게 민족주의는 당시 김구의 중도적 노선에 입각한 것으로, "민족이라고 하니까 핏줄만을 중시해서 어중이떠중이가 다 싸잡아서 말하는 민족"(1:83)과는 다른 개념이다. 이는 "우리에게 해방은 식민지시대의 종식이 아니라 새로운 식민지시대의 개막"(1:297)이라는 구체적인 현실 인식으로부터 추출된 사상으로 볼 수 있다.

손승호의 경우에도 유사한 바, 그의 허무주의가 추상적인 층위의 것이 아니라 인간보다 선행하는 이데올로기에 대한 회의와 "비인간성에 환멸과 혐오"(1:240)에 기인한 것임을 확인할 수 있다. 이는 그의 허무주의가 해방공간에서의 이념의 선행성에 대한 자기비판을 통해 형성된 것이며, 역으로 당대 현실에 대한 대응 방식으로서의 의미를 획득하고 있음을 의미한다.

---

8) 이런 맥락에서 염상진과 유사한 '중간 간부'에 속하는 이해룡이 한국전쟁의 '휴전' 결정에 대해 '고급간부'인 김범준과 논쟁하는 부분이 주목된다. 그는 한국전쟁의 "전쟁 책임 규정"(10:230)에 대해 "당 정치노선과 정책은 옳았으나 남조선 내의 단체들이 잘못"(10:229)해서 임을 명시한 당 중앙의 결정에 대해 비판적인 인식을 표출한다. 반면 일제시대부터 연안에서 체계적인 사회주의 이론을 습득하고 한국전쟁중 '서남지구 사령관'으로 활동하는 김범준은 이에 대해 "즉물적 인식에 머물러 있는 그의 인식"(10:235)을 비판하는 것으로 대응한다. 이는 염상진의 경우와 유사한 바, '중간 간부'의 사회주의 사상이 자신이 근거한 지역의 특수한 사정으로부터 형성된 고유성을 지님을 반증하는 사례로 볼 수 있을 것이다.

이와 같이 『태백산맥』에 나타난 주요 사상들, 사회주의, 민족주의, 허무주의 등은 일반적인 그것이 구체적인 해방공간의 현실 속에서 고유하게 변용된 것임을 확인할 수 있다. 이러한 맥락에서 다음과 같은 김윤식의 지적, 즉 "문학이란 묘사가 아니겠는가. 기억에 의존하여 글을 쓰는 것이 문인이라면 『태백산맥』의 참주제는 '벌교'가 아닐 수 없다. 벌교라는 특정 지역이 『태백산맥』의 참주인공"[9]이라는 언급은 타당성을 획득한다. 왜냐하면 이들 사상은 모두 구체적인 벌교의 현실에 의해 변용되어 나타난 것이기 때문이다.

3. 사상들의 기원으로서의 만해 사상과 무교회주의 사상

그런데 2장에서 살펴본 것과 같은 다양한 사상들이 해방공간에서 갑자기 형성되었다고 보기는 어렵다. 이미 염상진, 김범우, 손승호를 비롯한 주요 인물들은 일제시대 교육을 받았으며, 이 시기 상당한 수준의 사상적 모색을 경험했기 때문이다. 따라서 이들의 사상을 온전히 이해하기 위해서는 그 사상의 '기원'으로서 작동하는 일제시대의 사상적 흐름을 찾을 필요가 있다. 이와 관련해서 다음과 같은 장면은 흥미롭다.

그들은 징용에 끌려가는 것으로 끝났지만 염상진은 재판을 받아 이 년이나 징역살이를 치러야 했다. 출감을 하고 며칠이 지나 그의 집에는 징집영장이 날아들었는데 염상진은 이미 자취를 감춘 뒤였다. 그는 이런 사태를 예견했던지 집에서 하룻밤을 자고는 다음날 나가 그길로 소식이 끊기고 말았다. 그리고 해방이 되기까지 삼 년 가까운 세월 동안 그림자 한번 비추지

---

9) 김윤식, 「벌교의 사상과 내가 보아온 『태백산맥』」, 『조정래』, 유임하 엮음, 글누림, 2010, 188~189쪽.

않았다. 그런데 해방이 되기가 무섭게 모습을 나타낸 그는 '금강산에서 중 노릇했다'는 무뚝뚝한 한마디로 그동안의 행적을 일축해버려 사람들의 궁 금증을 더욱 깊게 만들었다.(1:50)

염상진이 행적을 감춘 것은 일제의 강제 징집을 피하기 위해서였다. 그 런데 그는 구체적으로 이 시기 "금강산에서 중노릇했다"고 진술한다. 일 제 말기 강제 징집을 피한 급진주의자를 숨겨준 불교 사찰이라면 그 성격 은 비타협적인 민족주의를 특성으로 할 개연성이 크다. 이러한 맥락에서 『태백산맥』의 다른 부분에 등장하는 승려 법일과 운정이 주목된다.

"법일스님은 예사 스님이 아니십니다. 열여섯에 출가해서 스물넷, 그러 니까 법랍(法臘) 팔 년 만에 법사가 되셨고, 일본 유학까지 하셨습니다. 웬 만해서야 만해선사의 총애를 받을 수 있었겠습니까."

운정은 귀가 번쩍 띄었다.

"만해라니?"

"그 독립운동하셨던 만해선사 말입니다."

"만해의 총애를……"

운정은 중얼거리며 깊이 고개를 끄덕이고 있었다. 승 법일의 됨됨이를 알 것 같았다. 까마득한 망각의 저편에 있던 기억이 이십오 년여의 세월의 간격을 뛰어넘어 생생하게 눈앞에 펼쳐지고 있었다. 뜻하지 아니하게 피 섞임의 인연을 맺고, 그 인연의 줄을 끊기 위해 자신은 금강산으로 가는 길 이었고, 만해는 옥고를 치르고 나서 건강회복을 겸한 정진수양을 하고 있 던 참이었다. 그 설악산 백담사와 큰 승일 수밖에 없던 만해의 모습이 지금 대하고 있는 것처럼 선연했다. 그분의 불교유신론과 법일스님의 주장이 무 관하지 않음을 운정은 느끼고 있었다.(3:57~58쪽)

법일은 해방공간, 사찰의 농지를 소작인에게 넘길 것을 주장하다 좌익으로 몰리는 승려이다. 한편 운정은 작품에서 안창민의 부친으로 암시되는 인물이다.[10] 그런데 위의 인용문에서 나타나듯, 이들은 "만해"의 불교유신론의 입장에서 현실 개혁적 사상을 전개하고 있다. 이는 작품에 직접 표출된 것처럼 김범우 등에게 영향을 미치기도 하며, 염상진의 경우처럼 영향을 미쳤을 개연성을 지니기도 한다. 따라서 이들 사상의 기원에는 일제시대 만해의 사상이 놓여 있을 가능성이 크다. 이와 관련하여 법일의 주장이 일찍이 만해가 제창한 승려의 생산활동 참여와 직접적으로 연관되어 있다는 점이 주목된다. 만해는 이에 대해 다음과 같이 주장한 바 있다.

　승려들에게 한 가지 이상한 이야기가 있으니, 보살만행(菩薩萬行)이라는 것이 이것이다. 그들은 생각하기를, 보살만행에 있어서 가장 잘 걸식한다는 행위가 최고의 진리라 하여 걸식으로 불교의 종지(宗旨)로 삼아, 다투어 달려가 오직 걸식에 뒤질 것을 두려워하고 있는 판이다. 그리고 만약 생산에 종사하는 승려라도 있으면 곧 중상해 떠들어대어 승려로서의 마음가짐을 상실한 듯이 지목하기 일쑤다. (……) 이런 수십, 백, 천의 걸식하는 인간들이 떼를 지어 한 교회(敎會)를 조직하고 있는 실정이며, 그밖에 이른바 상류(上流)에 속한다는 승려들은 기취(期取)를 잘하는 일인 듯 알고 있으니, 남녀 천대하지 않기를 바란다 한들 될 법이나 한 말이겠는가.[11]

---

10) "운정은 안씨 문중이라는 말에 가슴이 철렁했고, 안창민이라는 사람이 안씨 문중 어느 집 자식인지를 물어보고 싶은 욕심이 동했다. 그러나 그건 누르고 눌러야 할 원색적인 인간의 욕심이었다. 그는 먹물옷을 걸치고 살아온 세월의 무게로 그 욕심을 눌렀다." (4 : 312~313쪽)
11) 한용운, 「조선불교유신론」, 『한국의 근대사상』, 이원섭 옮김, 이민수 외 엮음, 삼성출판사, 1990, 545쪽.

이와 같이 법일 등의 주장은 만해의 불교유신론에서 기원한 것이다. 비단 승려의 생산활동 참여 문제뿐 아니라, 이들이 행하는 일련의 진보적 현실 참여 역시 이에서 연유한 것으로 볼 수 있다. 만해는 "재래의 불교는 권력자와 합하여 망하였으며, 부호와 합하여 망하였다. 원래 불교는 계급에 반항하여 평등의 진리를 선양한 것이 아닌가. 이것이 권력과 합하여 그 생명의 대부분을 잃었으며, 원래 불교는 소유욕을 부인하고 우주적 생명을 취함으로써 골자를 삼지 아니하였는가. 부호와 합하여 안일에, 탐욕에 그 생명의 태반을 잃었도다. 이제 불교가 실로 진흥하고자 할진대 권력 계급과의 관계를 단절하고 민중의 신앙에 세워야 할지며, 진실로 그 본래의 생명을 회복하고자 할진대 재산을 탐하지 말고 이 재산으로써 민중을 위하여 법을 넓히고 도(道)를 전하는 실수단으로 삼아야 할 것이다"[12]라고 주장한 바 있다. 이러한 만해의 불교유신론의 현실 개혁적 성격의 영향 속에서, 이후 해방공간에서의 일련의 급진적인 사상이 형성된 것이다. 만해의 평등주의 사상은 염상진 등의 사회주의적 경향으로 진전되며, 반외세적 사상은 김범우 등의 민족주의적 경향으로 진전된 셈이다. 이렇게 볼 경우 『태백산맥』에 등장하는 사상들은 일제시대부터 지속된 흐름을 계승, 변용한 것으로 해석할 수 있다.

이보다 더 뚜렷하게 염상진, 김범우, 손승호 등에게 직접적으로 일제시대부터 영향을 미친 것은 서민영의 무교회주의 사상이다. 서민영은 "동경제대 영문과를 졸업하고 광주사범의 선생"(3:162쪽)이 된 인물로, 1930년대부터 벌교를 중심으로 한 전남 지역에서 '야학운동'을 펼친 인물이다. 그는 일제 말기 김교신 등의 영향으로 무교회주의 사상에 감화되어 활동하게 된다.

---

12) 한용운, 「불교유신회」, 같은 책, 583쪽.

공개적 활동을 금지당하게 되자 서민영은 음성적인 학생 조직을 만들었다. 그가 지향하는 바는 '이상농촌의 건설'이었고, 굳이 성분을 따져 이야기하자면 그는 '기독교 사회주의자'였다. 한때 염상진, 안창민, 김범우, 손승호 등이 그의 영향 아래 있었던 것은 말할 것도 없었다. 그는 1941년 치안유지법에 저촉된 공산주의자로 몰려 일 년 육 개월의 실형을 받았다. 그때 당한 고문의 상처로 그는 왼쪽 절름발이가 되고 말았다. 감옥에서 풀려난 그는 사람들과의 접촉을 일체 끊고 농촌 문제에 대한 자료를 모으거나, 책 읽는 것으로 나날을 보냈다. 해방이 되자 순천사범과 순천중학에서 다투어 찾아다녔지만 그는 끝내 교단에 다시 서지 않았다. 그는 전혀 말 한마디 하지 않고 고개를 젓는 것으로 거절을 하고 말았는데도 그가 선생을 하지 않는 것은 절름발이의 창피스러움 때문이라는 약간 속되면서도 그럴 듯한 소문이 퍼졌다. 그런데, 그가 교단에 다시 서지 않는 이유는 그후에 곧 밝혀졌다. 그는 자신의 농토 전부를 공동농장화했고, 야학을 개설했다. 그는 일제하에서 중단당한 일을 다시 시작한 것이었다. 농토의 공동농장화는 그가 꿈꾸던 '이상농촌의 건설'이었는데, 고흥과 벌교 일대에서 두고두고 화젯거리가 되었다. '다 함께 농사짓고, 다 함께 먹고 산다'는 목표가 기독교정신 아래 세워져 있었다.(3:162~163쪽)

위의 인용문에 나타난 것처럼 일제 말기 사상적 형성과정에 있던 일련의 인물들에게 서민영은 직접적인 영향을 미친다. 그는 해방공간에서도 이들과 사상적으로 교류하며 진보적 기독교 무교회주의자로서 활동한다. 따라서 염상진, 김범우, 손승호 등의 사상적 형성과정을 해명하기 위해서는 서민영이 제기한 무교회주의 사상에 대한 이해가 선행되어야 한다. 김교신 등에 의해 일제 말기 활발히 전개된 무교회주의 사상은 평등주의와 반전 사상으로 요약된다. 일제 말기 염상진, 김범우, 손승호 등이 모두 반제 운동에 직간접적으로 참여한 계기는 이로 볼 수 있다. 특히 강제징집에 직면한 이들은 특히 무교회주의의 반전사상에 공명했을 개연성이 크다. 이 시기 김교신은 우치무라 간조 등의 영향 속에서 이른바 '비전론'을 제창했다.

인류가 지금처럼 타락하기 전, 즉 불가피하게 창검으로 결사하는 수 있더라도 우선 최후통첩을 발하고 선전포고를 한 후에 포문을 열 때, 그 시대까지는 인류 중에 호사자(好事者)가 있어 소위 비전론이라는 것을 주창하고, 이로 인하여 전 국민의 핍박을 당한 일까지도 있었다. 실로 그때까지는 인간이 기특한 시대이었다. 마는 지금와서는 비전론을 창도하고자 하는 호사자가 있다 할지라도 저는 제창할 기회를 얻지 못하고 말 것이다. 국제조약이 발달한 결과로 전쟁은 못하게끔 되었다. 그러므로 수천 병졸이 사상하는 사변이 발생하여 국민들은 출정군을 함성으로 보내고, 또 개선장군을 화환으로 맞이하였을지라도 그는 단지 '사변'이었지 '전쟁'은 아니었다.[13]

이들 인물들은 일제 말기 공통적으로 강제징집의 문제에 직면한다. 그뿐 아니라 중일전쟁과 태평양전쟁의 발발 속에서 반전운동에 대한 강한 공감을 얻게 된다. 이러한 일련의 시대적 상황 속에서 김교신의 무교회주의 사상은 상당한 영향을 미치게 되었을 가능성이 크다. 이때 그 매개자로서 서민영이 기능했을 것으로 추정된다.

다른 한편으로, 무교회주의 사상이 지닌 평등주의적 성격 역시 이들에게 큰 영향을 미쳤을 것으로 추정된다. 이들은 서로 뚜렷한 사상적 차이를 보이지만, 기본적으로 자본주의체제의 모순에 대해 부정하는 점에서

---

13) 김교신, 「비전론 무용 시대」, 『성서조선』, 1934. 3, 『김교신 전집』 2, 노평구 엮음, 부키, 2001, 204쪽.

는 공통적이다. 다만 그 모순의 극복을 위한 구체적인 사상적 경로에서 차이를 보일 뿐이다. 이러한 맥락에서 이들이 초기 기독교가 지닌 원시공산제적 성격을 계승한 무교회주의 사상에 공명했을 가능성은 매우 크다.

> 빈부의 현격을 없이하고, 불로소득으로 유탕(遊蕩)하는 자 없이 누구나 다 근로의 땀을 먹을 것이라고 함은 근대인이 발견한 신사조가 아니라, 이 천 년 전 예수 그리스도의 가르치신 교훈이요, 생활이었다.[14]

김교신 등의 무교회주의 사상가들은 사회주의 혁명을 주창하지는 않았지만, 일종의 대안적 소규모 공동체를 통해 생산과 소유의 분리를 없애고자 하는 실험을 추진했다. 『태백산맥』에서 서민영을 통해 구체화되는 이러한 실험은 그 자체로서 보자면 매우 소규모의 것에 그칠지도 모른다. 그러나 사상사적으로 볼 경우 이러한 소규모 공동체가 지닌 비 자본주의적 성격은 이들 인물들의 사상의 기저에 공통적으로 존재한다고 할 수 있을 것이다. 이 작품에 등장하는 염상진의 사회주의, 김범우의 민족주의, 손승호의 허무주의는 모두 각기 다른 사상에 속하지만, 이들이 모두 외세와 자본주의의 모순에 대해 비판적인 태도를 취할 수 있는 것은 이 때문이다.

실제 『태백산맥』에서 흥미로운 점 중 하나는, 이들이 결국 작품의 후반부에 이르러 모두 사회주의자로 변화한다는 사실이다. 김범우와 손승호는 모두 한국전쟁 발발을 계기로 하여 사회주의자로 변화한다. 이는 이들이 지향했던 민족주의와 허무주의 사상이 일정 부분 사회주의와 공통적인 사유의 단초를 지니고 있었음을 반증한다. 그 사상적 맹아를 이들의

---

14) 김교신, 「상층구조」, 『성서조선』, 1935. 9, 같은 책, 47쪽.

사상이 형성되던 일제 말기 무교회주의 사상에서 찾을 수 있을 것이다. 이들은 일제 말기 반전사상과 평등주의를 중심으로 무교회주의 사상을 공유했으며, 이로 인해 이후 사회주의가 지닌 평등주의의 급진적 실현에 동의할 수 있었던 것이다.

기존 『태백산맥』 연구에서 간과된 점 중에 하나는, 이들의 사상적 경향이 해방공간에서 갑자기 형성된 것이 아니라 이미 일제 말기부터 형성되기 시작했다는 사실이다. 따라서 『태백산맥』에 나타난 일련의 사상들을 온전히 해명하기 위해서는 그 사상의 '기원'을 추적하는 연구가 선행되어야 한다. 이러한 맥락에서 『태백산맥』에 간접적으로 표출된 일제 말기의 사상적 원천에 주목할 필요가 있다. 이는 만해의 현실 참여적 불교 사상과 김교신 등의 무교회주의 사상으로 볼 수 있다. 『태백산맥』에 나타난 일련의 사상들은 이로부터 그 기원을 찾을 수 있을 것이다.

4. 결론

본고는 『태백산맥』에 나타난 사상들을 일별하고 그 사상적 '기원'을 해명하는 것을 목적으로 하였다. 그 결과 염상진으로 대표되는 사회주의, 김범우로 대표되는 민족주의, 손승호로 대표되는 허무주의 등의 형성과정에는, 이미 일제 말기 만해의 불교 사상과 김교신 등의 무교회주의 사상이 그 근저에 놓여 있음을 확인할 수 있었다. 이 과정에서 기존 연구에서 간과된 인물인 법일과 운정 등의 만해 사상을 계승한 승려들과, 서민영 등의 기독교 사회주의자의 사상적 궤적에 주목했다. 이를 통해 일제시대와의 연속성 속에서 『태백산맥』에 나타난 사상들의 연원을 고찰할 수 있었다.

기존 연구가 지적한 것처럼 『태백산맥』은 분단소설의 새로운 장을 연

문제작임이 분명하다. 그러나 이 작품을 단순히 '분단소설'의 범주로만 한정시킬 수는 없다. 무엇보다 작품 안에 내재된 사상들이 모두 한국근현대사를 관통하는 중요성을 지니고 있기 때문이다. 그런 면에서 이 작품은 한국근현대사의 사상적 지형도를 보여준다고 할 수 있을 것이다. 이를 보다 완결된 형식으로 해명하기 위해서는 본고에서 다룬 만해의 불교 사상과 김교신 등의 무교회주의 사상은 물론, 소화가 보여주는 샤머니즘이나 김범준이 보여주는 연안파의 사회주의 인식 등에 대한 보다 심도 깊은 고찰이 수행되어야 할 것이다.

더불어 『태백산맥』 '이후'의 사상에 대한 고찰 역시 필수적이다. 예컨대 작품 후반부에 등장하는 조원제의 실제 모델은 고 박현채 교수임은 널리 알려져 있다. 그렇다면 역으로 박현채의 '민족경제론' 등의 작업을 통해 『태백산맥』 이후의 '사상'을 추출하는 연구가 가능할 것이다. 그리고 나아가 『아리랑』과 『한강』 등과의 연관성 속에서 보다 총체적인 한국 근현대사의 중요 사상들을 연속적으로 파악하는 연구가 필요할 것이다. 이러한 연구를 통해 비로소 『태백산맥』의 사상사적 지형도가 완성될 수 있을 것임은 물론이다.

서른둘에 다시 읽은 데미안*
— 이문열의 『젊은 날의 초상』과 한국의 '교양' 연구 노트

장문석

> "부슬비 오는 날 내 심금의 G현을 울린 것은
> 산구비를 돌아가는 열차의 긴 기적 소리였지."
> —이문열, 「이 황량한 역에서」(『세계의문학』 1980년 겨울호)

1. 80년 문단의 대망, 독자의 선택, 그리고 이문열의 교양소설

1979년 월간 『문학사상』은 한국문학의 새로운 십 년을 대망하면서 "80년대의 주역이 될 신인들이 신작으로 그 내일을 묻는다"는 제사 아래 평론가들의 추천을 받아 '80년대 문학의 지평'이라는 자리를 마련했다. 이균영, 양귀자, 김성동에 이어 해를 마감하는 12월에는 이문열의 「그 겨울」이 게재되었다.[1] 1979년은, 「나자레를 아십니까」로 1977년 대구매일

---

* 이 글은 '이문열 문학과 한국 '교양'의 향방'이라는 주제를 위한 연구 노트이다. 글의 곳곳에 논리가 충분히 매끄럽지 못하며, 논의를 풍요롭게 전개하지 못했다. 이 글은 『젊은 날의 초상』을 통해 주요 논점들의 존재를 확인하였다. 이후 별고들로 보완코자 한다.

1) 매회 한두 명 정도 출입이 있으나 〈80년대 문학의 지평〉은 다음 평론가들의 추천을 받았

신문 신춘문예에 가작 입선했던 이문열이 일 년의 침묵 뒤에 동아일보 신춘문예로 다시 등단한 해였다. 당선작인 중편 「새하곡」을 필두로 이문열은 그해 "중편 넷, 단편 다섯"을 발표했고, 여름에는 『사람의 아들』로 『세계의문학』에서 주관하는 '오늘의 작가상'을 수상한 터였다. 당시 심사위원들은 『사람의 아들』에서 '주제의 진지함'과 '고전적인 품위'를 발견했으며, '시상과 동시 출간'한다는 규정은 지켜졌다.[2] 1979년 이문열은 여러 의미에서 화려한 신인이었다.[3]

일 년 뒤인 1980년 11월 제4회 이상문학상이 발표된다. 당시 이상문학상은 "이 상의 권위와 공정성을 독자에게 묻는다"는 자신감 넘치는 구호 아래, 후보작 여덟 편을 비평계, 학계·예술계, 신문·잡지 기자, 독자 등 네 개 분야에서 추천을 받았다. 독자 추천을 위해서 『문학사상』 10월호에는 '이상문학상 대상 작품 독자투표권'의 이름을 단 우편엽서가 첨부되어 있었고 "독자가 직접 참여할 수 있는 상"에 참여하기 위해서는 "1979년 9월부터 1980년 8월까지 각종 문예지와 주요 종합지에 발표된 소설 작품 중에서 가장 우수하다고 인정되는 소설" 두 편을 적어서 보내면 됐다. 10월 20일인 마감일은 다소 촉박했지만, 모두 천이백삼십일 명의 독자가 십오원의 우표를 구입하여 회신을 했고, 박완서의 「엄마의 말뚝」(『문학사상』 1980년 9월호)과 이문열의 「그 겨울」(『문학사상』 1979년 12월호)이 가

다. 강인숙, 김윤식, 김용직, 김치수, 박철희, 백철, 이재선, 정현기, 홍기삼.

2) 「오늘의 작가상」 제3회 수상자 결정」, 『세계의문학』 1979년 여름호, 348쪽. 심사위원은 김우창, 유종호, 최인훈이었다. 이문열은 1979년 동아일보 신춘문예로 등단한 작가로 소개된다.

3) "중편 넷, 단편 다섯"은 이문열의 표현이다. 1979년 발표한 작품들은 대개 낙선한 작품들로, 그는 낙선 작품집을 낼까 고민했다고 밝히기도 한다. 그는 1979년을 "참으로 피로했던 한 해"로 기억하지만(이문열, 「작가 노트―나의 문학수업」, 『그해 겨울』, 민음사, 1980, 273쪽), 다른 자리에서는 『사람의 아들』 수상으로 크게 '격려'되었다고 회상하기도 한다(이문열, 「작가연보」, 『젊은 날의 초상』 2판, 민음사, 1996, 367쪽).

장 많은 독자들의 선택을 받았다.[4] 일 년 뒤인 제5회 이상문학상에서도 이문열은 다시 한번 독자의 선택을 받는데, 「이 황량한 역에서」(『세계의문학』 1980년 겨울호)를 통해서였다. 1982년에는 「익명의 섬」(『세계의문학』 1982년 봄호)이 학계 및 예술계의 선택을 받았고, 1983년에는 「타오르는 추억」(『문학사상』 1983년 8월호)이 독자 추천으로 후보작에 오른다.[5] 그가 이상문학상을 수상한 것은 1987년이었다.

1970년대 말에서 80년대 중반까지는 예외적으로 평론가와 독자 모두가 이문열 문학에 긍정적으로 반응한 시기이다. 그러나 이상문학상 후보 추천에서 보듯 독자와 평론가의 미학적 관점이 일치하지는 않았다. 평론가들은 익명의 시공간에서 권력의 미시물리학을 해부한 「익명의 섬」이나 「우리들의 일그러진 영웅」 등을 선호했다. 그러나 독자들이 선택한 「그 겨울」 「이 황량한 역에서」 「우리 기쁜 젊은 날」 「타오르는 추억」 등은 모두 한 인물의 편력과 내면의 성숙을 다룬 '교양소설'이다.[6] 두 가지를 지적해 둔다. 현상① 80년대 초반 한국의 (고급) 독자들과 서구문학을 지적 토양으로 삼은 평론가들은 이문열의 (교양)소설을 선택했다. 현상② 이문열의 문학적 행보 전반에서 교양소설은 80년대 초반에만 나타나는 일종의 '예외'인데,[7] 당시 그는 한 편도 아니고 여러 편의 교양소설을 남겼다.

---

4) 「제4회 이상문학상 수상작 발표 : 유재용, 「관계」, 『문학사상』 1980년 11월호, 227쪽.

5) 「제5회 이상문학상 수상작 발표 : 박완서, 「엄마의 말뚝 2」, 『문학사상』 1981년 10월호, 247쪽. 1981년부터는 심사를 1차와 2차로 나누는데, 열 편이 추천되는 1차 심사작 중에는 이문열의 「우리 기쁜 젊은 날」도 있었다. : 「제6회 이상문학상 수상작 발표 : 최인호, 「깊고 푸른 밤 2」, 『문학사상』 1982년 11월호, 67쪽 : 「제7회 이상문학상 수상작 발표 : 서영은, 「먼 그대」, 『문학사상』 1983년 10월호, 129쪽.

6) 평론가 이어령은 1980년 심사에서 「그 겨울」이 "고급한 교양소설의 양태를 띠고 있는 작품"임을 강조했다. 같은 글, 『문학사상』 1980년 11월호, 232쪽.

7) 김명인, 「한 허무주의자의 길 찾기」, 『자명한 것들과의 결별』, 창비, 2004, 192쪽; 류철균, 「이문열 문학의 정통성과 현실주의」, 류철균 편, 『이문열』, 살림, 1993, 25쪽 등.

이 글은 ①, ②의 현상을 앞에 두고 시작한다. 가정컨대 80년대 초반의 문화사적 맥락과 독서문화의 어떤 정향이 이문열의 (교양)소설에 닿아 있지 않은가 하는 것이 연구 노트의 출발점이다. 1979년 오늘의 작가상 심사위원들이 '고전적인 품위'를 지적했듯, 이문열을 논하는 자리에서 부정적인 의미에서든 긍정적인 의미에서든 '교양'이라는 열쇠말을 발견하는 것이 어려운 일은 아니다.[8] 그러나 평론가 조남현은 그것을 이문열 문학의 한 특징으로 간주하는 데 만족하지 않고, 교양과 지식이 동시대 독자들의 감응력과 예민하게 반응하며 상승작용을 일으켰음을 적실히 지적하였다.[9] '교양'은 작가만의 것이 아니라, 독자들의 것이기도 했다. 80년대 초반 이문열 소설과 당대의 한국문학 독자들은 '교양'이라는 영역을 공유하고 있었는데, 바로 그 자리에 이문열의 『젊은 날의 초상』이 놓인다.

2. 1980년 어느 강의실의 『젊은 날의 초상』

「그 겨울」(『문학사상』 1979년 12월호)이 발표된 이후 한 교수-평론가는 강의 시간에 학생들과 함께 이 '젊음의 소설'을 강독하는데, 80년대 초반 대학생-독자들의 반응은 다음과 같았다.[10] ① 소설의 '나'를 작가 이문

---

8) 1980년대부터 2010년대에 이르기까지 많은 논자들이 지적하였다. 이 목록으로 연구사 검토를 갈음하고자 한다. 유종호, 「어느 시인의 초상─다시 읽는 이문열」, 이태동 편, 『이문열』, 서강대학교출판부, 1996; 김명인, 「한 허무주의자의 길 찾기」, 『사상문예운동』 1990년 겨울호; 김현, 「베끼기의 문학적 의미」, 『전체에 대한 통찰』, 나남, 1990; 성민엽, 「젊음의 소설, 그 문화적 의미」, 『지성과 실천』, 문학과지성사, 1985; 김욱동, 『이문열』, 민음사, 1994; 강준만, 「이문열을 알면 한국사회의 '문법'이 보인다」, 『인물과 사상』, 2002. 3.; 강유정, 「이문열의 『젊은 날의 초상』에 나타난 욕망의 구조─진리의 탐색과 알레고리」, 『배달말』 49, 배달말학회, 2011 등.

9) 조남현, 「소설 공간의 확대와 사상의 실험」, 『작가세계』 1, 1988, 73쪽.

10) 「그 겨울」을 읽는 문학 강의실은 다음 작품 해설의 일부분을 재구성한 것이다. (권영민,

열과 동일인물로 간주하면서 오히려 작가 이문열의 삶에 관심을 보임. ②
'그 겨울' 이전의 상황, 즉 '나'의 방랑 동기에 대한 해명이 없는 점을 비판
함. ③ 소설 속 주인공과 자신의 위치를 비교하면서, 안일한 태도로 현실
에 타협해온 자신들의 나약함을 몹시도 부끄러워함. ④ 현실적 위압을 견
디고 육체적 고통을 인내함으로 극복하는 과정에 감동함. ⑤ 주인공의 지
나친 자기과시, 정서적 편향성, 지적 자만 등을 지적함.

대학생-독자의 독법에서 첫번째 기율, 즉 이 소설을 어떤 소설로 규정
하고 읽을 것인가의 문제는 반응 ①과 관련된다. 독자는 〈소설-속-'나'〉
를 작가 이문열과 동일시한다. 그렇기 때문에, 반응 ②처럼 작가의 체험
이 '반영'되었을 이 소설에서 '길 떠남'의 동기가 설명되지 않는 것에 불만
을 가진다. 학생들은 「그 겨울」을 통해 허구적 구성물인 〈소설-속-'나'〉
가 아닌, 〈현실-속-이문열〉을 읽고자 한 것이다. 그리고 〈현실-속-이문
열〉이 투사되어 있을 〈소설-속-'나'〉의 행보에 대해 반응 ③처럼 자신과
비교하거나, 반응 ④처럼 그의 고뇌에 찬 여정에 감동을 받는다. 부끄러
워하고 감동을 느끼는 것은 당대 이십대인 〈현실-속-독자〉들이 이십대
로 설정된 〈소설-속-'나'〉와 자신을 동일시했기에 가능한 것이었다. 그
런 대학생-독자의 독법에서 소설원론이 경계하는 '사실성에 대한 환상'
이나, 교수가 설명하고자 한 '피카레스크'의 형식 미학 및 '탐색의 과정'
의 신화적 의미는 관심 밖의 것이었다.

반응 ②가 제기한 문제는 교수도 예상치 못한 방향으로 흘러갔다. 이 년
이 지난 뒤 이문열은 「하구」(『한국문학』 1981년 여름호)와 「우리 기쁜 젊은
날」(『세계의문학』 1981년 여름호)을 발표하는데, 이 두 소설은 각각 「그 겨

「탐색의 과정, 그 소설적 미학—이문열의 경우」, 이문열, 『젊은 날의 초상』, 민음사, 1981,
273~274쪽) 평론가 권영민은 자신의 비평적 행보에 있어 『젊은 날의 초상』과 거기에 부친
평론이 소중한 의미를 가진다고 평했다.

울」의 '나'의 십대 시절과 대학 시절에 대응한다. 그리고 이문열은 「우리 기쁜 젊은 날」에 '젊은 날의 초상 II'라는 부제를 붙여서, '젊은 날의 초상' 이라는 연작 기획의 존재를 드러낸 뒤, 세 편의 소설을 1981년 『젊은 날의 초상』이라는 단행본으로 묶는다.[11] '작품 구조의 완결성'과 '소설적 긴장'을 강조한 교수-평론가가 보기에 「그 겨울」의 전사(前史)는 없는 것이 나았다. 그러나 〈소설-속-'나'〉와 자신을 동일시했던 대학생-독자들의 불만과 아쉬움, 그리고 바람대로, 작가는 〈소설-속-'나'〉의 숨겨진 이야기를 썼다. 평론가의 독법과 독자의 독법이 갈린 이 지점에서, 평론가가 서구 문예이론에 입각하여 허구적 구성물의 미적 완결성을 중시했다면, 독자들은 미와 긴장을 희생해서라도 다른 어떤 것을 얻고자 하였다. 바로 〈소설-속-'나'〉의 고민과 방황, 그리고 성숙과 갈등에 대한 '공감'이었다. "교양 체험은 젊은 독자를 끌어당기는 힘의 원천"[12]이라는 사실은 여기서 다시 한번 확인된다. 작가 역시 당대 독자들과 같은 자리에 서 있었다.

『젊은 날의 초상』이 "교양소설의 한 적절한 실례"라는 점은 많은 논자들이 동의하는 바이다.[13] 괴테의 『빌헬름 마이스터의 수업시대』를 표준으로 하는 교양소설(Bildungsroman)은 한 개인이 자신 내면의 발전과 인격의 성숙을 위해 노력하며 그 자신의 운명을 구축할 권리를 가지고 성장하는 과정을 서술하는 한편, 자아의 성장이 사회와 유기적인 관련을 맺는

---

11) 단행본으로 묶이면서 「그 겨울」은 「그해 겨울」로 개제된다. 이 연구 노트에서는 발표 당시의 맥락에 주목할 때는 「그 겨울」을, 『젊은 날의 초상』의 일부로 언급할 때는 「그해 겨울」을 취한다. 1981년 11월 30일 1판 1쇄를 간행한 이 책은, 1판 42쇄와 2판 17쇄를 거쳐 2011년 9월 현재 3판 12쇄에 닿고 있다.

12) 유종호, 같은 책, 51쪽.

13) 조남현, 「소설 공간의 확대와 사상의 실험」, 72쪽 ; 서영채, 『소설의 운명』, 문학동네, 1996, 331쪽 ; 김명인, 『자명한 것들과의 결별』, 192쪽; 조남현, 『소설신론』, 서울대출판부, 2004, 163쪽 외 다수.

계기를 제시한다. '교양(Bildung)'이란 인격의 성숙 및 사회와의 조화라는 이중의 기획이었다. 근대에 들어 부르주아들에 의해 비로소 가능해진 이 기획은 청년의 성장과 방랑이라는 형식으로 형상화된다.[14] 교양소설의 이러한 이념은 "주인공 자신이 겪은 모든 체험과 그 아픔은 자기 생의 새로운 발견과 그에 따른 성장을 의미한다"는 평과 같은 자리에 놓일 것이다.[15] 그리고 반응 ④에서 대학생-독자들이 이 작품에서 현실적 위압과 정신적 고통을 견뎌내고 끝내 극복하는 과정에서 '감동'을 받았다는 고백 또한, 『젊은 날의 초상』을 교양의 서사로 읽었다는 증거이다.

그러나 『젊은 날의 초상』에 교양(소설)의 두 가지 이념 중 공동체와의 조화 문제는 나타나지 않는다. 평론가 성민엽은 이 작품을 두고 "사회적·역사적 조건을 사상해버림으로써 개별적·실존적 조건에만 관련한다. 즉, 예술하는 삶 또한 세계 내적 존재로서 사회적·역사적 존재라는 사실을 무시"했다고 비판하는데,[16] 이것은 대학생-독자들의 반응 ⑤, 작품의 전개과정에서 많은 문제가 정서적인 층위로 환원된다는 비판과 같은 맥락이다. 루카치는 교양소설을 "전적으로 행위를 지향하는 추상적 이상주의와 관조적으로 된 순수한 내적 행위의 낭만주의 사이에서 일종의 중도가 추구되는" 양식으로 이해하며, 내면성과 세계의 "화해가 힘든 싸움과 방황 속에서 추구되어야만 하지만 결국에는 발견될 수 있다는 형식적 필연성"을 그 성격으로 보았다.[17] 이에 비추어 볼 때, 『젊은 날의 초상』은 환멸의 낭만주의로의 경사가 두드러지는데, 이것은 단지 이문열 개인의 관

---

14) '교양(소설)'에 대한 표준적인 접근으로는 다음의 논고들이 있다. 프랑코 모레티, 『세상의 이치』, 성은애 옮김, 문학동네, 2005; 허병식, 『한국 근대소설과 교양의 이념』, 동국대학교 박사학위논문, 2005; 황종연, 『비루한 것의 카니발』, 문학동네, 2001.

15) 권영민, 같은 책, 275쪽.

16) 성민엽, 「젊음의 소설, 그 문화적 의미」, 『지성과 실천』, 문학과지성사, 1985, 140쪽.

17) 게오르그 루카치, 『소설의 이론』, 김경식 옮김, 문예출판사, 2007, 157~161쪽.

넘 편향적인 성향 때문은 아니었다.

3. 60년대와 80년대, 혹은 서른두 살 전혜린의 『데미안』과 서른두 살 이문열의 『젊은 날의 초상』

『젊은 날의 초상』의 문화사적 맥락은 '교양의 시대'였던 60년대,[18] 즉 이문열 세대가 이십대였던 시기로 거슬러올라간다. 당시 만개했던 '교양주의'는 60년대 전혜린의 『데미안』으로 결정화(crystallization)했다. 전혜린의 유고집 『그리고 아무 말도 하지 않았다』의 두 대목, 죽는 순간까지 『데미안』을 손에서 놓지 않았고 무덤까지 그 책을 가져간 벗의 이야기와 "독일의 전몰학도들의 배낭에서 꼭 발견되었다는 책, 누구나 한 번은 미치게 만드는 책"이라는 문구는 독자들의 관심에 불을 지폈고,[19] 보통 오천 부가 넘으면 베스트셀러가 되던 당시에 『데미안』은 일 년에 오만 부가 팔렸다.[20]

"데미안은 확실히 우리 자신의 분신"이라는 선언과 함께, 전혜린은 "젊음과 인식욕, 지식학의 심볼, 어린 시절의 성에의 기피에 대한 섬세한 대변자, 관념 속에로의 도피, 자아예찬, 그리고 죽음에 대한 승리" 등의 수사로 데미안을 소개했다. 그는 60년대 제3세계 한국 젊은이들의 자아상을 제1세계 데미안의 형상과 싱클레어의 성장에 겹쳐 읽었다. "새가 알을 깨고 나온다. 알은 세계다. 태어나려는 자는 한 세계를 파괴해야만 한다"[21]

---

18) 천정환, 「처세·교양·실존 : 1960년대의 '자기계발'과 문학문화」, 『민족문학사연구』 40, 민족문학사연구소, 2009; 서은주, 「경계 밖의 문학인—'전혜린'이라는 텍스트」, 『한국여성문학연구』 11, 한국여성문학학회, 2004.

19) 전혜린, 『전혜린 전집 1 : 그리고 아무 말도 하지 않았다』, 청산문고, 1968, 187~188쪽.

20) "우리 출판사 첫 책 : 문예출판사 「데미안」(1966)", 중앙일보, 2003. 6. 27.

21) 헤르만 헤세, 『전혜린 전집 4 : 데미안』, 전혜린 옮김, 청산문고, 1968, 146쪽. 전혜린이

라는 유명한 경구처럼, 싱클레어의 서사 역시 교양의 과정이었다. 하지만 전혜린은 헤세의 『데미안』이 교양소설의 전통에 속하지만, 『빌헬름 마이스터의 수업시대』와는 달리 "사회적인 현실세계에 대해서는 기막힐 정도로 무관심했"고, "내성과 명상"을 통해 "현실의 세계에서부터 자기 자신이 엮은 꿈의 나라 속으로의 도피를 테마로" 했다고 강조했다.[22] 프랑코 모레티가 유럽 교양소설의 위기와 종말을 읽어냈던 시기인 1919년에 창작된 『데미안』 역시 "집 없고, 나르키소스적이며, 퇴행적인 젊음"이라는 후기 교양소설의 자장에서[23] 그리 멀리 떨어져 있지는 않았다.

헤르만 헤세의 『데미안』과 루이제 린저의 『생의 한가운데』가 60년대 우리 독서계를 풍미했다는 언급은 어렵지 않게 발견할 수 있지만,[24] '풍미'라는 표현이 60년대 독자들이 느꼈던 『데미안』 독서의 강렬도를 충분히 표현하는 것은 아니다. 다만 여기서는 권영민에게 이문열 초기 소설의 교양소설적 특성에 대해 질문을 했을 때, 그가 곧바로 그러한 특징은 『데미안』 때문이라고 답변한 사실만 기록해둔다. 그 대답의 진위 자체가 중요하다기보다는, 같은 1948년생으로 같은 시기 대학을 다녔던 한 평론가가 『젊은 날의 초상』의 '교양'을 『데미안』의 교양과 연관 짓고 있다는 점에 주목하고자 한다. 60년대 중반 학번에게 '교양=『데미안』'이라는 공식은 여전히 강렬히 남아 있다.[25] 이문열 역시 자신이 읽은 작가 중 헤르만 헤세를 특별한 자리에 둔 적이 있다.[26]

번역한 『데미안』이 최초로 실린 곳은 『노벨문학상 전집』4(신구문화사, 1964)이다.

22) 전혜린, 「작가에 대하여」, 같은 책, 19~21쪽.

23) 프랑코 모레티, 같은 책, 418쪽.

24) 김윤식, 「전혜린 재론」, 『작가와의 대화』, 문학동네, 1996, 334쪽.

25) 미학과 63학번 명동예술극장장 구자홍이 중학생이 된 아들 본혁(브리스톨대 과학철학 박사과정)에게 추천한 도서목록 첫 자리에도 『데미안』이 놓였다.

26) 이문열, 「작가 노트―나의 문학수업」, 『그해 겨울』, 민음사, 1980, 279~280쪽. "특히

1934년에 태어난 전혜린은 1965년 서른두 살의 나이로 타계했다. 그리고 1948년에 태어난 이문열은 서른두 살의 나이로『젊은 날의 초상』의 첫 편「그해 겨울」을 썼다.『젊은 날의 초상』은 60년대 중반 "세계문학전집 시대"로 대표되는 교양주의의 분위기 아래『데미안』을 읽었던 이십대가, 80년대 초반 삼십대가 되어서 쓴 교양소설이다.[27] 그리고 60년대 대중적 교양주의의 열기로 형성된 독자들이[28] 80년대에『젊은 날의 초상』의 독자가 되었다. 1960년대 싱클레어의 내면적 성숙이 열광적으로 읽혔다면, 1980년대 초반 '나'의 내면적 방랑이 주목을 받았다. 두 작품 모두 '교양적 공간'을 서사의 중심에 두고, 개인 내면의 성숙이라는 주제를 공유하며, 관념지향적인 성격을 숨기지 않는다. 또한 '매개자'를 통해 세계와 대면한다.[29]

　　김윤식은 전혜린으로 대표되는 60년대 교양주의를 역사로부터의 도피로 규정한 적이 있다. 이데올로기의 터부화가 철저할수록 도피할 곳이 서양문학과 작가뿐이었던 당대 정신사의 풍경을 가장 선명히 드러낸 존재가 전혜린이라는 것이다.『데미안』은 한 영혼의 성장을 그린 소설에 그치는 것이 아니라, 이데올로기로부터 가장 멀리 떨어진 순결성, 혹은 관념성의 영역을 표상하고 있었다.[30] 전혜린이 자신의『데미안』론에서 "우리는 때로 관념 속에서 보다 진지하다"라는 결론으로 나아간 것도 그런 까

헤세는 그뒤로도 상당 기간 동안 나의 스승이었다."

27) "세계문학전집시대"는 이문열의 표현이다. "65년인가, 66년은 장정본만 5백여권 읽은 적이 있다. 지금도 그때의 독서에 힘입은 바 많다." 이문열,『그해 겨울』, 280쪽 및 269쪽.

28) 천정환, 같은 글, 116쪽. 물론 60년대『데미안』을 읽는 독자만이『젊은 날의 초상』의 독자일 수는 없다. 당대 이십대도 이 작품에 매혹을 느꼈다.(권성우,『비명의 매혹』, 문학과지성사, 1993, 264~265쪽)

29) 권영민, 같은 책, 280~282쪽.

30) 김윤식, 같은 책, 333~336쪽.

닭에서였다.[31]

　현실과 이데올로기로부터의 도피라는 측면에서 『데미안』의 관념성은, 1930년대 일본 구제고등학교 학생들에게 현실로부터의 '도약'을 꿈꾸게 해주었던 '교양주의'를 연상케 한다. 토마스 만, 릴케, 그리고 헤세를 매개로 한 이 '도약'이 결국엔 남성－민족－파시즘의 회로로 회수되었던 사정을 염두에 둔다면,[32] 『데미안』이, 그리고 전혜린이 몽상한 '관념의 세계' 역시 1960년대 한국의 억압적 체제로부터 자율적인 자리에 있는 것은 아니었다. 군사독재/『데미안』은 현실/관념, 입신출세/교양, 개발/정신 등의 이분법에, 나아가 남성/여성의 성별화된 이분법 위에 존재했다. 이러한 이분법 자체가 남성 중심의 허구로 남성의 특권화를 승인한 채 유포된다는 점에서,[33] 『데미안』과 60년대 교양의 공간은 남성적인 군사독재의 질서－내－허용된－범위－안의 여성적인 것, 내성적인 것으로서만 존재할 수 있었다.[34]

　60년대 교양주의를 단/속적으로 계승한 「그해 겨울」의 결말에서 구원처럼 발견한 '미'의 운명 역시 이와 다르지 않았다. '나'는 절망 속에 오르던 창수령에서 '미'의 결정을 발견하고, 대진 바닷가에 도달하여 절망을 재확인하며 새로운 삶의 의지를 불태운다. 그가 기투했던 '미'라는 절대가 그 자체로 자율적이라고 『젊은 날의 초상』은 말하지만, 그 자율성이 무엇에 기반하고 있으며, 그 외부 산문적인 질서와 어떤 관계맺음이

31) 전혜린, 『전혜린 전집 1 : 그리고 아무 말도 하지 않았다』, 196쪽.

32) 高田里惠子, 『文学部をめぐる病 ―教養主義・ナチス・旧制高校』, ちくま書房, 2006, pp.281~339 참조.

33) 권김현영 외, 『남성성과 젠더』, 자음과모음, 2011, 20~22쪽.

34) 『데미안』의 데미안에게서 '여성성'을 읽어낸 평론가 김경원의 독법에서 이번 단락을 작성하는 데 상당한 시사점을 얻었다. 남성이 허용하는 범위 안의 여성성은 곧, 체제가 허용하는 범위 안의 교양으로 유비된다.

가능한지는, 작품도 작가도 침묵한다. 그가 발견했다는 절대적인 '미'는 소설 속 '나'조차도 "갑작스럽고 당돌한 결론"[35]이라고 시인할밖에 없는 것이었다.

4. 풍요의 70년대라는 텍스트의 무의식

교양소설은 귀족들을 배제하고 경쟁면서도 모방했던 신흥 부르주아의 양식이었다. 근대라는 세계를 마주한 19세기 유럽의 청년 부르주아들이 내졌던 내면적 불안은, 근대성의 모순적인 요구, 곧 자유와 행복, 정체성과 변화, 안정성과 변모에 대한 동시적인 요구에 기인하는 것이었고, 그 불안은 젊은이들의 이동(mobility)을 추동했다. 모든 것이 명징했던 중세이후, 청년들은 여행과 방랑을 통해서 자신의 성숙과 존재를 증명해야 했다. 교양소설은 그들의 여정을 형상화한 '근대성의 상징적 형식'[36]이었다.

그러나 교양소설이 부르주아의 내면성만으로 탄생하는 것은 아니다. 부르주아가 산출될 수 있는 생산양식의 문제도 연관을 맺는 것인데, 그 점에서 근대도시의 하부구조(도로, 기차)를 갖추지 못한 아프리카에서 교양소설이 발생하지 못했다는 분석은 상당히 시사적이다.[37] 이 지적은 이문열의 교양소설과 1960~70년대 한국의 자본주의 향방 사이의 내밀한 관계를 환기하기 때문이다.

『데미안』과 『젊은 날의 초상』은 『빌헬름 마이스터의 수업시대』 등 다른

35) 이문열, 「그해 겨울」, 『젊은 날의 초상』, 민음사, 1981, 192쪽.

36) 프랑코 모레티, 같은 책, 2005, 58쪽.

37) Franco Moretti, *Atlas of the European Novel: 1800~1900*, Verso, 1999, pp.70~73. 철도와 근대성에 대해서는 김동식, 「신소설과 철도의 표상」, 『민족문학사연구』 49, 민족문학사연구소, 2009 참조.

교양소설과는 달리, '회고'의 형식이다. 『젊은 날의 초상』은 1979~1981년 소설 속의 서술자가 60년대 중반의 '나'를 초점화하기 때문에 십여 년의 시차가 있다. 그리고 두 시대의 시차(時差/視差)는 60년대를 회상하는 80년대 초반 이문열(세대)의 무의식을 겨누고 있다.[38]

80년대의 '나'는 자신의 60년대를 회상하면서, "한때는 아픔이요 시련이었으되 이제는 다만 그리움일 뿐인, 아 그 기쁜 우리 젊은 날"[39]로 회상한다. 60년대는 '그리움'의 대상이며, 다만 '지나간 것'이다. 그리고 그리움과 십여 년의 시차는 현재의 '나'에게 어떤 전율을 일으키지 못하고, 화석처럼 존재하는 예전의 '나'에 대한 심리적인 거리로만 기능한다. "꽃답다는 것은 한번 그늘지고 시들기 시작하면 그만큼 더 처참하고 황폐하기 마련"이라는 언급으로 박제된 과거에 대한 거리감은 재삼 확인된다.[40] 발전과 직선적인 역사의식에 충실한 80년대의 '나'는 현재 "매일매일 점잖은 복장과 성실한 표정으로 나가야 할 직장"을 가진 채, "과장과 곡필로 이루어진 미문"을 부끄러워하듯[41] 60년대의 방황과 고통을 회고하고 있다.

방황의 60년대와 일상의 80년대 사이에 '나'에게 있었던 일에 대해 서술자는 침묵한다. 다만 그 사이의 시간을 "풍요의 70년대"[42]로 명명할 따름이다. 그 이전 50년대는 "빈곤"의 시대였다.[43] 각 시대의 명칭들을 염

---

38) 『젊은 날의 초상』 텍스트에 새겨진 두 개의 시간, 즉 '발전의 시간'과 '환결의 시간'이 조화하고 대립하면서 소설적 긴장을 형성한다는 것을 탁월하게 밝혀낸 이는 평론가 서영채였다. 서영채, 「열린 방황과 닫힌 길」, 『소설의 운명』, 문학동네, 1993, 330~339쪽.

39) 이문열, 「우리 기쁜 젊은 날」, 『젊은 날의 초상』, 154쪽.

40) 이문열, 「하구」, 『젊은 날의 초상』, 15쪽. 과거를 현재에 소환하는 두 가지 방식, 노스텔지어적인 방식과 에피파니적인 방식을 염두에 두었다. 차승기, 『반근대적 상상력의 임계들』, 푸른역사, 2009 참조.

41) 이문열, 「그해 겨울」, 『젊은 날의 초상』, 155쪽.

42) 이문열, 「우리 기쁜 젊은 날」, 『젊은 날의 초상』, 64쪽.

43) 이문열, 「작가 노트―나의 문학수업」, 『그해 겨울』, 민음사, 1980, 277쪽.

두에 둔다면, 『젊은 날의 초상』이 표층에서는 "문제적 개인이 자기 자신을 향해 가는 편력"[44]을 다루고 있지만, 그 편력은 사실 (비서구) 근대성의 총화인 도시(개발계획) 주변을 맴돌았다는 것을 알 수 있다. '나'는 고향을 잃고/떠나 '형'이라는 '대리-아버지'가 있는 강진이라는 상징적 고향에 자리잡는다. 「하구」의 배경이 되는 강진은 도시에 편입되어가는 주변부 어촌이다. 강진을 떠나 '나'는 「우리 기쁜 젊은 날」에서 도시를 찾아갔으며, 「그해 겨울」에서는 도시를 일탈해 창수령과 대진에 닿는다. 그러나 「그해 겨울」의 끝에서 '나'는 결국 "중앙선의 상행열차"[45]에 올라 다시금 도시로 회귀한다. 〈편입 → 이탈 → 재편입〉[46]이라는 '나'의 정신적인 편력은 〈주변부에서 도시로의 진입 → 도시로부터의 이탈 → 도시로의 재진입〉이라는 공간의 이동 위에서만 가능했다.

'기차가 없는 곳에 교양소설도 없다'는 진술은 『젊은 날의 초상』의 교양이 60년대의 박정희식 개발드라이브와 '근대화', 그리고 남한 자본주의의 '발전' 위에서 가능했다는 것을 보여준다.[47] 이것은 창수령과 대진에서 발견한 절대적 '미'에 대한 '변절'과 '배신'이 아니다. 60년대의 '나'는 이미 작품 곳곳에서 "평균치의 삶"에 대한 욕망을 숨기지 않았기 때문이다.[48]

『젊은 날의 초상』은 서사의 층위에서는 '미'와 예술을 발견하지만, 무의

---

44) 게오르그 루카치, 같은 책, 92쪽.

45) 이문열, 「그해 겨울」, 『젊은 날의 초상』, 194쪽.

46) 성민엽, 「젊음의 소설, 그 문화적 의미」, 139쪽.

47) 류준필의 논고가 이 문제를 다룬 거의 유일한 글이다. 그는 한국자본주의사의 시대구분과 이문열의 개인적 체험 및 문학적 행보가 밀접하다는 점을 지적했고, 그 첫 자리에 박정희의 '근대화 정책'과 동족촌의 붕괴가 시작한 60년대 중후반이 놓인다는 것을 지적했다. 류준필, 「개인적 진실과 역사적 진실」, 류철균 편, 『이문열』, 살림, 1993, 61~70쪽 참조.

48) 이문열, 「하구」, 『젊은 날의 초상』, 16쪽.

식의 층위에서는 '도시'와 '평균치의 삶'을 지향하고 거기에 자족하는 바, 이 두 가지 욕망이 충돌하고 화해하며 생성된 텍스트이다.[49] 그렇기 때문에 이 텍스트는 기존 질서에서 이탈해 '미'의 자율성을 옹호하는 입장에서도, 반대로 사회질서의 보수와 유지를 지지하는 입장에서도 충분히 승인할 수 있는 텍스트이다. 정신의 '성숙과 교양'을 추구하는 입장으로도, 반대로 물질의 '개발과 발전'을 지지하는 입장으로도 모두 독해할 수 있다. 방황의 60년에 대한 '그리움'과 풍요의 70년대가 가져다준 어떤 '자부심', 그리고 '교양'과 '개발'을 모두 두 손에 쥐고자했던 한국의 독자들의 내밀한 욕망은 이문열의 교양소설과 구조적으로 상통했다. 80년대 초반 (고급) 독자들의 이문열 열광은 이 때문이었다. 그들은 이문열의 소설로 자신들의 과거와 현재 사이의 시차를 확인하고, 거기에 대해 교양에 대한 심미적 만족까지 얻을 수 있었다.

이렇게 말할 수 있겠다. 『젊은 날의 초상』은 50년대의 '빈곤'과 70년대의 '풍요' 사이에 놓인 60년대라는 방랑에 대한 '그리움'이다. 그리고 이 그리움에 대한 회상은 80년대의 '일상'에서야 가능했다. 비록 젊음의 소설이라는 형식을 띠고 있지만, 이 소설은 '젊음의 소설'이 아니다.

5. 교양주의의 문화사적 위치

명동예술극장장 구자홍은 60년대 중반 김형석, 안병욱 류의 '힐링' 계열 도서의 유행은 정신의 문제를 환기했고, 그것이 『데미안』 열광과 이어졌다고 증언했다. 평론가 권영민은 『데미안』이 유행했던 당시를 박정희

---

49) 우리는 이문열 문학을 "표준, 정상적인 것, 중간치에의 그리움"으로 규정한 김윤식의 견해에 동의할 수 있다. 김윤식, 『우리 소설을 위한 변명』, 고려원, 1990, 150쪽.

식 '개발'의 첫 열매를 조금씩 몸으로 느낄 수 있었던 시기라고 말했다.[50] 60년대 '개발'과 그 결과에 의한 '자부심과 치유', 그리고 '정신의 앙양'과 '교양에의 욕망'이 복합적으로 작용하여 『데미안』이라는 텍스트로 결정화 되었다. 그것을 읽은 독자들이 십여 년의 세월을 건너, 서른을 갓 넘긴 80년대 초반, 한국의 교양소설을 쓰고 읽었다.

여기서 하나의 질문을 할 수 있다. 똑같이 서구 지향적인 것인데, 50년대적인 교양과 60년대적인 교양을 구분할 수 있을까. '물들인 군복'을 입고 '하꼬방'의 의식으로 시종하며 수복 후 황량한 서울 거리의 청계천 헌책방에서 서구문학 작품의 일역본을 읽으며 '본능적 젊음'의 순수욕망을 느끼던 50년대 학번이 있었다.[51] 그리고 개발, 힐링과 함께 '교양'을 읽었던 60년대 학번이 있었다. '교양'이란 그들의 '실존'과 어떤 연락관계를 맺었던가. 굳이 이 질문을 하는 것은 『젊은 날의 초상』을 두고 "'나'의 절망과 허무, 낭만적 충동은 세계와의 구체적 충돌의 결과가 아니라 그 충돌의 첫발조차 제대로 내딛지 못한 자의 엄살의 결과"[52]라고 잘라 말하던 70년대 학번의 언급이 쉽사리 잊히지 않기 때문이다. 실존의 고통스러운 기투가 아닌 심미적 만족을 위한 (서구적) 독서 경험 및 교양 체험의 시작 혹은 한 결절점이 60년대였는지도 모르겠다. 붕괴된 동성촌 출신 양반의 후손이던 한 청년마저도 매혹하고도 남을 정도로 60년대의 서구 교양주의와 『데미안』은 충분히 매력적이었다. 『젊은 날의 초상』은 60년대에 이미 쓰여지기 시작했다.

---

50) 다이쇼 교양주의의 배경에 러일전쟁 승리 후 세계사적 인정과 국민적 자신감, 경제적 호황이 있었다는 지적도 참고할 수 있다. (조영일, 『세계문학의 구조』, 도서출판b, 2011, 258~259쪽)

51) 김윤식, 『내가 살아온 20세기 문학과 사상―갈 수 있고, 가야할 길, 가버린 길』, 문학사상, 2005, 570~573쪽.

52) 김명인, 『자명한 것들과의 결별』, 199쪽.

그리고 작품이 발표되고 단행본이 간행된 80년대 초반은 60년대 교양주의에 의거한 '방황'이 공감을 얻었던 마지막 시기는 아니었을까 조심스레 추측해본다. 바로 앞 시기 김성동의 『만다라』가 있듯 구도와 성찰의 편력은 당시까지 문학의 한 주제였고, 80년대 초반까지 (고급) 독자들은 거기에 공감했다. 그러나 80년대 중반이 넘어 80년 광주를 겪고 안 세대의 이성과 감성에, 교양주의와 관념적인 길 떠남의 형식이란 더이상 유효하지 않았던 것은 아닐까. 맥락과 이유는 달랐으나, 이문열 자신도 서구적 교양의 의장을 버리고 다시금 양반의 세계로 회귀했다.[53]

『젊은 날의 초상』은 '60년대 교양주의'의 시작과 끝에 걸려 있으면서 그것이 지속된 십여 년의 시간 및 한 세대의 성숙과 내밀한 욕망을 증언하고 있다. 삼십 년이 지났다. 1948년생인 평론가 조남현과 권영민은 퇴임을 맞았고, 같이 1948년생인 작가 이문열은 그해 광복절을 닷새 앞두고 작가 김주영과 더불어 독도를 방문했다. 대통령과 함께였다.

---

53) 연구 노트의 미흡한 점 및 당대 80년대 학번들의 여러 반응을 포함하여 몇몇 선생님들께서 의견과 계발점을 제공해주셨다. 미처 보완하지 못한 것은 추후의 과제로 삼는다. 천정환 선생님과 김우영 선생님께 감사의 인사를 기록해둔다.

즐김의 텍스트, 소설적인 것의 비범함
— 이인성론

조윤정

1. 유희로서의 글쓰기, 어려운 소설의 이면

이인성 소설에는 '난해'라는 레테르가 붙어 있다. 그의 소설을 수식하는 '난해'라는 단어는 기실 1980년대 문학을 진단하는 자리에서 언급되는 대표어 중 하나다. 민중문학론의 열기 속에서 이루어진 실험의 양상과 장르 해체의 가능성, 쉬운 문학과 어려운 문학의 구분과 문학의 방향성 모색, 문학의 유통과정과 독자 참여의 축소 및 확대의 문제 등 1980년대는 어느 때보다 작가와 독자의 역할과 그 관계에 대한 논의가 활발했던 시기였다. 그리고 이인성의 소설은 그 속에서 실험, 해체, 난해, 한정된 독자 등 '문제적' 단어를 포괄하는 문제작으로 언급되었다. 그러므로 그의 소설에 붙은 레테르는 문학적 실험에 대한 작가나 독자들이 가졌던 거부감의 표현일 수 있다. 혹은 이미 만들어진 문학적 범주화에 기반해 소급 적용된 반동의 표식일 수 있다. 중요한 것은 그가 독자를 자극하고 있다는 점이며, 그것이 소설적인 것, 소설을 쓰고 읽는 방식에 대해 재고케 한다는 점이다.

이인성은 체제, 합의, 집단과 같은 이념들을 무조건 거부하기보다 그것들을 다시 생각하는 지점에서 소설쓰기를 감행한다. 그의 소설은 소설의 문법, 허구성에 대한 문학적 전제, 작가와 독자의 관계, 나아가 문학의 사회적 역할 등 작가나 독자 들이 소설에 거는 기대치를 과감히 허무는 자리에서 시작된다. 그러므로 그의 소설들은 전통적인 소설문법의 관습을 거부하고 새로운 소설 형식을 창출한다는 점에서 실험적이라고 할 수 있다.

실험문학은 작가와 독자가 가진 일반적 사고와 충돌하여 세계관의 변화를 초래할 수 있다. 그러므로 중요한 것은 그의 실험성을 처음부터 폐쇄적으로 규정하는 것이 아니다. 오히려 문학작품이 형식적 변형을 일으키고 어려워지는 것이, 일반적으로 조건지워진 체제를 벗어나려는 움직임이 일어나기 힘든 그 시대의 난해성에서 기인함을 인정하는 일이다. 그리고 난해함이란 그 조건을 해체하려는 징후에 대한 거부감에서 비롯함을 받아들이는 일이다. 이제 우리에겐 그의 실험적 글쓰기가 독자와의 관계에서 어떤 변화를 야기할 수 있는지를 구체적으로 고찰하는 일이 필요하다.

지금까지 그의 소설에 대한 연구는 소설이 가진 난해함을 '비판'하거나, 난해함의 '원인을 분석'하는 내용으로 수렴된다. 후자의 경우는, 난해의 원인이 된 문학적 실험의 내용, 즉 자아의 분열 및 자의식의 과잉[1], 서사의 해체[2], 언어 전략[3] 등의 방식을 고찰하고 그것의 문학사적 의의를

---

1) 김현, 「이인성에 대한 두 개의 글」, 『책읽기의 괴로움/살아 있는 시들』, 문학과지성사, 1992; 권성우, 「존재론적 고독에서 '당신'과의 만남으로」, 『비평의 매혹』, 문학과지성사, 1993; 정경운, 「성장소설의 세 가지 선에 관한 고찰」, 『한국문학이론과 비평』 22, 한국문학이론과비평학회, 2004. 3; 김대산, 「돈 키호테-햄릿-둘시네아-오필리아-되기」, 『문학과사회』 2006년 봄호; 김주언, 「미적 주체에 이르는 길」, 『비평문학』 40, 한국비평문학회, 2011. 6.

2) 조남현, 「메타픽션의 외로움과 보람―이인성론」, 『우리 소설의 판과 틀』, 서울대학교출

찾는 작업으로 이어진다. 그의 소설이 가진 문학사적 의의는 80년대 문학을 주도하던 리얼리즘 문학에 대한 저항, 기존 서사문법에 대한 파격 등으로 언급되어왔다. 이러한 이인성 소설의 경향은 '해체'의 의식적 실천을 통한 소설의 비판 및 재구성으로 집약될 수 있다.

그의 소설 속 해체의 양상은 통상적 어법이나 권위적인 작가의 위치를 부정하는 글쓰기, 시공간을 초월한 사건들의 배치 등으로 나타난다. 그러므로 그의 소설에 나타난 장르적 실험은 끊임없이 서사(주체)의 존재방식을 묻는 방식으로 이해될 수 있다. 일찍이 그는 자신이 생각하는 '진짜 문학'을, "세계에 대한 도식적 해명을 뒤집는 글쓰기, 그럴듯한 세계의 틈새를 파고들어 그 이면과 심층의 혼돈을 드러내는 글쓰기, 불확실성을 부둥켜안고 가면서 새로운 미지의 세계를 열어가는 글쓰기"[4]라 언급한 바 있다. 그런 맥락에서 그의 소설은 독자에게 문화적 안정감을 주는 즐거움의 텍스트라기보다 모든 규범적인 것을 전복시킨 자리에서 쓰인 '즐김 jouissance의 텍스트'[5]에 가깝다. 즐김의 텍스트는 사실임직한 것을 거부하는 전위적인 텍스트이며, 이미지와 상상력뿐 아니라 언어의 차원에서 독자를 자극하는 특성을 갖는다. 그의 작품은 사실주의 문학을 거부하는 글쓰기, 법칙이 아닌 변태를 통해 언어를 말할 수 있는 글쓰기, 욕망의 수

판부, 1991; 우찬제, 「버추얼 리얼리티, 가능세계, 문학이론」, 『한국문학이론과 비평』 15, 한국문학이론과비평학회, 2002, 6; 우찬제, 「청중은 있는가?—수사적 상황에서 '청중'의 존재방식」, 『한국문학이론과 비평』 29, 한국문학이론과 비평학회, 2005, 12; 정연희, 「존재의 동요로서의 글쓰기」, 『어문논집』 55, 민족어문학회, 2007, 4; 박혜경, 「소설, 자기 부정의 형식」, 『문학과사회』 2007년 봄호; 진재남, 「이인성 소설의 탈서사성 연구」, 고려대학교 석사학위논문, 2011.

3) 권오룡, 「'사이'의 시학, 혹은 타자에의 지향」, 『문학과사회』 1999년 겨울호; 김동식, 「몸-바꿈의 환상성과 탈/경계의 운동성」, 『작가세계』 2002년 겨울호.

4) 차미령, 「인터뷰—젊은 예술가의 초상」, 『문예중앙』 2005년 가을호, 408쪽.

5) 롤랑 바르트, 『텍스트의 즐거움』, 김화영 옮김, 동문선, 2002, 194~196쪽.

만큼 많은 언어를 구사하는 복수의 글쓰기이다. 그러한 글쓰기는 언어의 권력성, 지배 견해의 폭력, 상투적인 것으로부터 벗어나는 방식이 될 수 있다.

특히, 그의 소설은 70, 80년대에 이십대를 보낸 자기(세대), 소설을 쓰는 자신, 자신의 소설 언어나 소설쓰기의 과정을 허구화한다는 특징을 갖는다. 자신의 삶을 허구화하되, 불연속적이고도 분산된 단상, 안정된 주인공이나 플롯이 없는 언어의 나열, 이미지와 사유의 분산, 억압으로부터 갇혀 있는 육체 언어의 복원, 자아의 해체 등을 꾀하는 그의 작품은 잘 구성되고 조직된 소설이기보다 '소설적인 것'[6]에 가깝다. 그러므로 이인성 소설의 난해함은 그의 텍스트가 문학장에 일반화되어 있는 현실 재현이나 이데올로기와 같은 대의명분의 가치를 유보하는 데서 기인한 것이라 볼 수 있다. 실어증의 세계를 그리는 데까지 나아간 그의 최근 소설에서도 알 수 있듯, 그의 글쓰기는 언어가 그 자체의 권력, 그 자체의 예속으로부터 벗어나려고 하는 지점에서 이루어진다. 글쓰기의 즐김을 강탈하고 예속하려는 체제를 엄숙하게 버리는 그의 고집스러운 행위는 사람들이 기다리지 않는 곳으로 나아가는 글쓰기의 '이동'을 가져온다.

이 글은 1980년대에 발표된 중편소설 「낯선 시간 속으로」, 단편소설 「당신에 대해서」와 「한없이 낮은 숨결」을 분석대상으로 삼는다. 이 작품들을 고찰함으로써 군생의 글쓰기를 거부한 그의 작품이 가진 특성을 문

---

6) 롤랑 바르트에 따르면 언어의 폭력성, 지배 견해의 폭력, 상투적인 것에서부터 벗어나기 위해서는 능동적인 글쓰기가 필요하다. 그것은 언어가 권력을 행사하려고 할 때마다 그 언어를 버리고 다른 자리로 이동하는 것이다. 바르트는 자신을 허구의 인물로 간주하거나, 자신의 삶을 허구적인 작품으로 무대화하되 줄거리에 의해 구조화되지 않은 불연속적인 언어의 나열, 심리적으로 안정된 작중 인물이 없는 텍스트로써 억압된 언어를 복원하고 자아의 완전한 해체를 꾀하는 글쓰기를 '도덕성' '소설적인 것'이라 일컫는다.
같은 책, 215~216쪽.

학적 자율성의 인식, 소설의 구조와 언어체계의 유희에서 찾고 그것이 지닌 의미를 살펴보겠다.

2. 인칭대명사에 갇혀 해방된 존재들

80년대 리얼리즘 소설이 해방의 신념에 의해 쓰여졌다면, 이인성의 소설은 해방되어야 할 안정된 정체성이 어디에 있는가? 라는 문제의식으로부터 출발한다. 그에 의하면 해방이란 일종의 과정이나 진행중인 사건이 아니라, 주체의 존재방식—주체는 흩어지며, 탈중심화되고, 일시적이라는 의미에서의 '자유'—을 인식하는 것뿐이다. 그런 의미에서 그에게 쓴다는 것은 나로부터 그로 나아가는 것, 그리하여 그것이 나와 관계하면서도 익명적이며, 무한의 흩어짐 가운데 되풀이되는 일이다.

소설집 『낯선 시간 속으로』는 1973~74년을 시간적 배경으로 삼은 연작 형태의 소설 네 편으로 이루어져 있다. 이 작품들 속에서 주인공은 강제징집, 실연, 아버지의 죽음 등을 겪는다. 소설 「낯선 시간 속으로」는 그 모든 사건을 겪고 미구시를 여행하는 '나'의 경로를 담고 있다. 작품 속에서 이미 지나온 과거는 '낯선 시간'으로 그려진다. 그 시간성 속에서 '나' 역시 낯선 주체, 근원을 잃은 주체로 형상화된다. 과거와 현재 사이의 불연속성은 '나'의 과거를 타자의 것으로 만든다. 소설 속에서 이루어진 '나'와 '너' '그'의 구분 및 병치는 현재의 '나'와 상상 속에서 구성된 '너' 혹은 '그'가 연속성을 지닌 동일한 자아일 수 없음을 드러낸다.

그러한 양상은 작품에서 행해진 쉼표와 말줄임표의 사용, 작위적인 행갈이와 같은 서술기법에서도 나타난다. 그것은 인접관계 혹은 인과관계의 파기, 언어의 질서, 세계의 질서에 균열을 일으키는 효과를 낳는다. 의식적인 균열 효과를 통해 '나'라는 존재의 고정성이 파기되고, 동시에 '나'

에 의해 관찰되고 서술되는 세계의 고정성도 파기된다. 이 구조 속에서 '나'는 여행중 만난 사람들과의 만남을 자신이 행한 "연극"으로 파악한다. 그 연극 속에서 '나'는 '나'를 연기하는 타자가 되며, '나'에 의해 관찰되는 세계가 된다.

상상 속에서 '나'가 만난 타자들은 통제된 공간이나 폭력, 피하고 싶은 관계들 속에 놓여 있다. '간첩 출몰 지역' '어둠 속 발자국 소리' '군인의 목소리' 등의 요소가 암울한 시대 상황을 환기한다. 그리고 그것은 "근원을 알 수 없는 불안" "묘한 불쾌감" "대상 없는 증오" 등에서 알 수 있듯 인물에게 심리적 억압기제로 작동한다. 여기에서 중요한 것은 작가가 '근원을 알 수 없는, 묘한, 대상 없는'과 같은 표현에서처럼 부정적 심리의 원인을 명시하지 않고, 억압의 요소들을 암시하고 있다는 점이다. 그리고 그것을 인간의 의식 심층에 침투한 이념성들이 빚어내는 감정, 감각, 욕망의 운동으로 제시한다는 점이다.

이인성 소설의 인물들은 대개 고유명사를 갖지 않는다. 그들에게는 타자성의 일차적 표지가 소거되어 있다. 언어는 소통하는 순간에 사물의 실재를 부정하면서 그 사물에 대한 관념을 소통하게 해준다.[7] 이와 같은 양상은 인물뿐 아니라 시간, 공간, 사물에서도 반복된다. 이때 사용된 지시대명사는 사물의 실재와 거리를 두게 하며, 익명성 속에서 가리키는 대상을 무한히 증식시킨다. 그러므로 이인성은 우리가 대하는 모든 것에 타자성을 부여할 수 있음을 보여준다. 그는 소설을 통해 그 타자들을 형상화하면서 '나'를 보여주는 방식을 취한다. 그것은 '나'가 '나'의 분신인 '너'와 이야기를 나누며 "누군가하고 이야기라도 나누면 혹시 내가 존재한다는 실감을 가질 수 있을까 생각했"다고 말하는 부분에서도 알 수 있다.

---

7) 울리히 하세, 『모리스 블랑쇼 침묵에 다가가기』, 최영석 옮김, 앨피, 2008, 64쪽.

'나' '그(들)' '너'의 혼재, 그리고 타자와의 관계성은 '나'의 존재를 실감케 하고, 이전과 다른 '나'를 감각하는 데 기여한다.

> ……그들이 있다. 그들이 하나의 상황으로 있다. 그는 본다, 나는. 그는 듣는다, 나는. 그는 냄새 맡는다, 나는. 그는 맛본다, 나는. 그는 만진다, 나는. 동시에(!), 그-나의 모든 감각들은 고정된다. 이 상황을 향하여, 그의 배면(背面)에서 '나'의 감각들이 상처의 통증처럼 살아 오른다. 이 하나의 상황을 향하여, 하나의 각도를 가지고, 한순간에, 그-나의 모든 감각들은 하나의 동일체가 되어 존재한다. 아니, 그-나의 전감각(全感覺)은 더이상 무엇을 향하고 있지 않다. 감각은 상황 그 자체이며, 동시에 멈추어 선 순간 그 자체이다. 그렇다, 시간은 흐르지 않는다. 흐를 수 없으므로, 사라질 수 없으므로, 시간은 공간적 부피가 된다. 이 절대적이고 유일한 공간은 일종의 자장이다. 그것은 보이지 않으면서도 선명한 결정(結晶), 즉 '그들'이다. 지금 그-나는 그들을 감각한다. 그-나는 그들의 관계를 감각한다. 관계가 그곳에 있다.[8]

그의 소설에서 정체성을 찾는 과정은 하나로 통합된 '나'를 찾는 과정이 아니라, 그와는 반대로 여러 다른 형상인 '그의 나' '그의 너'와 같은 분열된 타자성과 관계성을 겹겹으로 덮어쓰는 양상으로 전개된다. 소설에는 말하는 '나'가 있고, '나'를 대상화한 '그'가 있고, '그' 안에는 '나와 너'라는 또다른 자아가 존재한다. 이 분열된 자아와 자아를 둘러싼 관계들은 비현실적인 이미지, 자극적인 묘사를 통해 그려진다. 그리고 이는 사랑, 질투, 자유, 죽음(/임)에의 유혹, 파괴 충동 등 인간이 가질 수 있는 다양

---

8) 이인성, 「낯선 시간 속으로」, 『문학과지성』 1980년 봄호, 215~216쪽.

한 욕망과 감각, 그것이 빚어내는 슬픔, 두려움, 환희 등의 감정들을 성찰케 한다. 소설 속에서 '나'는 시간의 공간화, 공간의 인간화, 그리고 그 인간의 관계성을 감각하고, '그들'이라 지칭되는 타자들과의 관계가 '현실'인지 의심한다. 그 과정에서 소설 속 시간과 공간은 기존에 부여받은 서술어와는 다른 언어를 획득한다. 이처럼 이인성은 주체/타자, 시간/공간 등 이항대립이나 이분법을 허물어버리는 태도를 보인다.

「낯선 시간 속으로」에서 자아의 분열, 기억의 반복, 환상 등은 주어진 동일성의 직접적인 경험보다는 상이한 시간의 층이 병존하는 현상을 야기한다. 시간적 연속을 가진 두 사건의 병렬적 전개가 동형 구조를 갖거나, 초점인물의 이동에 따라 동일한 사건을 다른 시각에서 바라보는 방식이 나타난다. 이 때문에 소설은 두 시간대 혹은 두 인물의 사유를 동시적이면서 의식적으로 성찰하게 한다. 이인성은 자신이 산 시대의 젊음을 소설화시켜야겠다는 욕망 속에서 이 작품을 썼으며, "복합적인 정신의 양태가 함께 들끓는" 형태를 기획했다고 언급한 바 있다.[9] 그는 이처럼 해체의 글쓰기를 통해 시대의 기록을 소설화하고, 현실과 허구의 규정성에 대해 질문한다.

시공간의 분열이나 해체 속에서 존재감을 찾으려는 '나'는 현실에 대한, 그리고 현실의 허구성에 대한 질문부터 다시 시작한다. 작품 속에서 내가 미구를 찾아온 것은 '개별적인 이름'을 찾기 위함이다. 그러나 미구에 도착한 '나'는 자신이 찾은 미구 자체가 벌써 이름 붙일 수 없는 곳, 즉 현실이 아닌 것 같다고 생각한다. 이것은 "말을 통해 주어진, 체험되지 않고 주입된 현실감"에 대한 거부이다. '나'는 말을 통해 주어진 현실감, 그 현실감을 부여한 누군가를 지나쳐 더 먼 곳으로 되돌아가야 한다고 생각

---

9) 이인성, 「정열 가다듬기」, 『식물성의 저항』, 열림원, 2000, 131쪽.

한다. 그리고 '나'는 "관계인 척 하는 관계의 틀" 속에서 '그들'과의 만남이 "거짓 연극"이라고 생각한다. '나'는 그 거짓 연극을 파괴하지 못한 무력감 때문에 외로움과 고통을 느끼다가 '나'에게 접근한 '그들' 중 '그녀'를 죽인다. 그리고 죽은 그녀의 얼굴이 자신의 얼굴임을 확인한다. 이 사건이 있은 후, '나'는 이름이 없지만 엄연히 우리 앞에 놓인 현실과 마주서는 고뇌를 가지고, 모든 것과 싸울 수 있을 것 같은 가능성을 느낀다.

주체의 분열이나 해체는 내 속에 있는 여러 타자들을 직시할 때 생겨나는 현상이다. 그 타자들이 나를 지우며 나를 대신하기 시작하면 해체가 시작된다. 그러나 작가는 이 해체에 머물지 않고, 내 안에 있는 여러 타자를 모두 나의 한 부분으로 받아들일 수 있게 된 상태, 즉 자기 동일성의 재확립, 새로운 통합의 길을 암시한다. 이는 주체의 분열이 야기한 선적인 시간성의 파괴에서 해방을 보는 것과 통한다. 이러한 경험은 '나'를 일상의 시간으로부터 해방시킬 뿐만 아니라 어떤 다른 시간, 즉 지속이 선적으로 이루어지지 않고 사건들로 환원되지 않는 '순수한' 시간에 이르게 한다. 이로써 '나'의 여행은 "삶과 죽음을 하나로 만드는 제의(祭儀)"로서의 "상처"를 얻게 하고, 그 상처의 흔적은 "과거가 살아나고 미래인 다른 하늘이 펼쳐져 현전(現前)하는 곳"[10]으로서 의미를 갖는다.

이인성은 내 안에 있는 복수의 타자들과 과거-현재-미래의 공존을 통해 선적인 시간성의 해체를 보여주고, 그 속에서 매 순간 모든 일을 받아낼 수 있는 주체의 존재 가능성을 제시한다. 이러한 복수성을 통해 작가는 "전체적이고 중심화되어 있으며 안정되고 완성된 자아라는 의미의 '개인'을 더이상 상정할 수가 없"[11]음을 드러낸다. 그리고 주체의 분열이 야

---

10) 이인성, 「낯선 시간 속으로」, 같은 책, 276~277쪽.

11) David Morley and Kuan-Hsing Chen(eds), *Stuart Hall: Critical Dialogues in cultural studies*, Routledge(New York, 1996), p. 226.

기하는 시간성의 분열은 인과관계나 완결된 사건과 같은 문제로부터 주체가 자유로워짐을 보여준다. 완성된 자아, 인과의 논리로부터 억압받지 않는 문학 언어는 '해체'의 핵심이 된다. 그러므로 그가 감행하는 해체의 글쓰기는 기존의 글쓰기로부터 벗어나려는 작가적 유희이면서 주체의 형이상학을 심문하는 철학적 기획으로서 의미를 획득한다.

3. 눌변, 말더듬이, 침묵의 창조성

이인성의 소설은 주체나 인과관계의 해체뿐 아니라, 관습화된 서술기법에서 벗어난 형태로서 해체를 보여준다. 이는 사건의 배열뿐 아니라 언어체계 내에서 언어적 질서를 교란하는 방식이 된다. 쉼표와 말줄임표의 빈번한 사용, 마침표의 미사용, 문단 나누기, 언어의 기본 단위 해체 등은 의미 생성의 지연을 가져온다. 작품 속에서 '나'의 의식은 단절되며, 그것은 단어와 단어 사이에서 더듬거림의 형태로 나타난다. 작가는 이러한 기법상의 실험을 독자들이 관습에 함몰되는 것을 막고, 문학적 언어체에 대한 충만한 의식을 가지게 하기 위함이라고 말한 바 있다.[12] 그리고 이러한 양상은 그가 작품활동을 시작한 시기의 특징이기도 했다. '1980년대는 기존 장르 형태에 대한 관습적·도식적 관점을 이탈하는 현상, 즉 기존 형식이 자체 내에서 붕괴되는 현상이 뚜렷'[13]한 시기라는 문학적 진단이 그것을 대변한다. 자신의 작품과 당대 문단에 대한 그의 말이 작가가 고안한 기법과 그 목적의 일부를 드러내고 있다면, 그것의 효과를 읽고 느끼는 것은 독자의 몫이다.

이인성 소설에 나타난 세부적 기법의 실험은 인물인 '나'의 의식상태

---

12) 차미령, 같은 책, 411쪽.

13) 김정환·이인성, 「대담 : 80년대 문학운동의 맥락」, 『문예중앙』 1984년 가을호, 159쪽.

를 드러내는 언어적 표지이자, 자신을 응시하는 '나'의 내면을 시각화하는 방식이다. 또한, 흐트러지고 분화된 언어의 흐름은 통제와 관리의 일차적 형식에 해당하는 언어체계에 대한 거부, 언어의 투명성에 대한 불신을 드러낸다. 그러므로 이인성의 소설은 글쓰기의 본질에 관련된 질문을 담고 있다. 그는 소설 언어의 해체를 보여줌으로써 소설을 통한 소설 비판을 감행하고 있기 때문이다. 소설을 해체해버렸을 때 남는 것은 글쓰기(주체)이다. 결국 그의 소설은 소설(쓰기), 소설을 쓰는 주체에 대한 자의식의 산물이라 할 수 있다. 작가에게 있어서 글쓰기는 제도화되고 체계화된 언어규범으로부터 일탈하려는 욕망과 관련되어 있다. 그의 언어적 성찰은 인간의 현재적 상황, 쉽게 벗어날 수 없는 제도, 관계, 이념의 문제들과 연결되어 있다. 이 때문에 그의 소설은 언어 탐구와 인간 탐구의 등가현상을 보여준다.

일찍이 그는 시인 김연신, 소설가 김석희, 최시한, 평론가 권오룡, 이동하 등과 함께 동인지 『언어 탐구』를 간행한 바 있다. 이인성은 그 시대 '고조되어 있던 문학적 자존심과 열기'를 동인지에 쏟으며, "나와는 다른 문학적 정열과 노력이 존재하며 그 모든 것이 가치 있다는 것", "나는 '우리'라는 더 큰 존재의 한 부분으로 얽혀 자리잡고 있다는 것"[14]을 깨닫게 되었다고 말한 바 있다. 그후 그는 '동인지나 개인으로 고립·분산되어 있는 작업들의 총체적 의미와 전망을 가늠하고 문학 혁명의 창출'을 위해 이성복, 정과리 등과 함께 무크지 『우리 세대의 문학』 편집 동인으로 활동하며 작품을 발표한다. 이 집단을 통해 이인성을 포함한 작가들은 "폐쇄적인 기존의 문단으로부터 완전히 독립적이며 개방적인 하나의 편집 동인 체제를 선택"[15]한다. 이처럼 그는 글쓰기를 통해 주체의 존재성을 깨닫

---

14) 이인성, 「정열 가다듬기」, 같은 책, 129~130쪽.

15) 이인성, 「내가 참여한 '소집단 운동'」, 『식물성의 저항』, 열림원, 2000, 135~136쪽.

고, 더 나아가 기존 문단의 관습을 벗어나 문학 혁명의 창조성을 전망할 수 있었던 것이다. 그에게 있어서 소설을 쓴다는 것은, 자기를 들여다보는 일인 동시에 새로운 문학의 논리를 마련하는 일로 집약된다.

이인성은 무의식의 수준까지 침투한 이데올로기의 해체가 필요함을 인식하고, 그 해체의 실천으로 "문학적 해체"의 차원에서 소설쓰기를 감행한다. 그러한 양상의 극단을 보여주는 것이 바로 「한없이 낮은 숨결」이다. 끝없이 이어지는 쉼표와 말줄임표 사이에서 목소리는 분절당하고, 서사가 가질 수 있는 속도는 한없이 느려지며, 의미의 생성은 지연된다. 이 소설은 말로 되어 있는 모든 것들, 그러나 말로 다 표현할 수 없는 것들에 대한 소설이다.

언어 구사의 시작으로서의 소리 혹은 옹알이, 말밖에 없다고 믿는 소통에의 신념, 그리고 말조차 없는 침묵의 순간에 이르기까지 소설이 담고 있는 언어들은 인간을 둘러싼 언어적 상황을 환기한다. 그리고 그 언어적 상황은 말과 말의 교섭이나 언어적 질서뿐 아니라, 언어를 구사하는 복수의 얼굴들, 즉 발화자들 사이의 관계성을 내포한다. 소설 속에서 언어는 단어와 어구의 수준보다 더 조밀하게 접사, 조사, 말줄임표와 쉼표, 괄호의 수준까지 분할된다. 말줄임표와 쉼표는 눌변과 말더듬이의 발화 방식을 시각화하며, 쉼표와 단어 사이에 쓰인 또다른 쉼표는 침묵의 순간을 조장한다. 그리고 괄호는 누구에게나 열려 있는 현존의 순간과 그 현존을 알릴 수 있는 방식으로서의 말결 혹은 숨결의 차원을 드러낸다. 이러한 해체의 서술방식은 의식의 균열과 틈입, 상상의 불연속성을 야기한다. 그리고 작가는 작품의 마지막 부분에도 마침표가 아닌 말줄임표를 씀으로써 그 의식이 무한히 지속될 수 있음을 보여준다.

이인성은 현실이 내포한 시간과 공간성에 대한 사유를 언어에 대한 사유로, 언어에 대한 사유를 다시 권력에 대한 사유로 이어나가는 양상을 보인다. 언어는 그 자체로 하나의 억압일 수 있다. 그것이야말로 규범, 질서, 체계와 같은 것들을 구체화하기 때문이다. 그 언어적 질서를 벗어나고자 하는 욕망이 이인성 소설의 특이한 구조를 견인한다. 「한없이 낮은 숨결」 속에는 고유한 의미를 가진 단어와 그렇지 않은 문자들이 복합적으로 나열되어 있다. 자유연상의 원리에 의해 나열된, 혹은 구조화된 이 작품은 언어 자체가 가진 힘을 보여준다. 그의 소설 속에서 언어들은 의미에 구속되지 않는 '말의 자유'를 체현하고 있기 때문이다. 해체된 언어들은 하나의 작품이 되어 '뭔가 다른 것'을 지시한다.

그러므로 그의 소설은 독서 불가능한 형상의 반복을 통해 (재)독서를 유도한다. 그리고 독자는 단어들이 조사와 부호 들과의 결합 속에서 그 자체의 의미를 끊임없이 없애고 새로운 의미를 만들어내는 장면을 목격하게 된다. 그의 소설은 '언어의 무한한 생산성'을 보여준다. 그가 생산한 텍스트의 의미는 저자가 무엇을 의도했든 독자와 독서의 상황에 따라 그 의도와 불일치를 이룬다. 이 때문에 그의 소설은 '창조적 오독'을 이끌어내는 힘을 가진다.

　　열린…, 그 어떤, (　), 의…, 한없이 얕은, 현존을…, 한없이, 그래서 짙게, 디더…

　　　　　　　어디로부턴가…, 누구로부턴가, , 어디에서나…, 누구에게서나…, , 그 숨결…, 와, 닿아…, , 아무리, 멀어도…, 옆에, 곁에…, 살아, 있는…, 있어 죽어가는…, 죽어 이어지는…, 이어져 사는…, , 그 어떤, 무엇 혹은 누구, 의…, 한없이 낮은, 말결 숨결…, 바싹…, 진하게…, , 살아짐에…, 죽어짐에…, 한, 결로…, 취할 만큼…[16]

───────────
16) 이인성, 「한없이 낮은 숨결」, 『문예중앙』 1988년 가을호, 121쪽.

그는 소설 마지막 부분에서 어디에서나, 누구에게나 열려 있는 말의 세계, 더 나아가 말 이전의 '숨결'의 세계를 환기하고, 괄호로 무엇이든 들어설 수 있는 공간을 마련한다. 그것은 무엇 혹은 누구의 현존을 보여주며 삶에도 죽음에도 연결될 수 있는 세계를 암시한다. 이처럼 그의 소설은 언어에 의해 고정된 물질성이나 관념성이 다시 언어를 통해 파괴되고 재구성될 수 있음을 드러낸다. 그의 글쓰기는 사유를 보존하고 외부로 표현하는 단순한 도구가 아니라 그 사유가 단일성과 총체성을 넘어서는 언어가 되도록 한다.

글쓰기로서의 언어는 소실(dissipation), 상실(loss), 분산(dispersal)의 경험이며, 이때 언어는 내면에서 나온 생각을 처리해 주는 대신에 그 사유가 '바깥'을 보게 한다.[17] 언어는 대상을 재현하기만 하는 것이 아니라 대상을 없애기도 하기 때문이다. 그러므로 자신이 감행하는 해체가 "전체의 재구성"을 추구하며, "전위·실험의 참뜻은 조건 지워진 체제를 벗어나려는 노력을 통해 그 조건을 해체시키려는 것임을, 환기"[18]시키려 했다는 이인성의 말은 의미심장하다. 이인성은 부재 혹은 부정의 실천으로서 글을 쓰며, 소설과 소설의 조건을 응시하는 계기를 마련했기 때문이다.

4. 작가와 독자, 우리가 쓰는 소설

읽는다는 것은 곧 그 텍스트가 쓰여진 것이 되게 하는 것이다. 독서는 작품을, 작가를, 작품에 표현된 경험을, 전통이 다룰 수 있게 해주는 모든 예술적 가능성을 넘어 작품이 되게 '한다'. 이인성 소설에서 독서하다의 동사 '하다'는 독자와 대화하는 그 특유의 작품을 소설이게끔 하는 방법

---

17) 울리히 하세, 같은 책, 145쪽.

18) 김정환·이인성, 같은 책, 180쪽.

이기도 하다. 이인성은 독자에게 말을 거는 방식을 통해 독자라는 주체, 독자의 행위가 그의 작품을 소설일 수 있게 만드는 방식을 취한다. 이 때문에 '이것이 소설일 수 있는가'라는 질문은 무화된다. 이미 그의 작품을 읽는 독자는 그의 작품이 소설이라는 것을 인정한 상태에서 작가 이인성과 대화를 나누고 있기 때문이다. 이 작품 속에서 저자와 독자는 동등하다. 그들은 오직 작품을 통해서 작품으로부터 존재성을 획득한다.

이인성은 「당신에 대해서」에서 작가와 독자, 글을 쓰고 읽는 행위 자체를 대상화한다. 이러한 글쓰기는 작가에게 부여되었던 절대성을 전복한다. 그리고 그것을 쓰는 행위와 읽는 행위에 대해 본질적으로 문제제기한다. 「당신에 대해서」는 작가가 독자를 향해 대화를 시도하는 소설이다. 이 소설은 스토리 위주의 전통적인 소설의 개념을 거부하지만, 그것은 독자에 대한 배제가 아니라 독자의 적극적인 참여를 요구한다.

내가 여기서 실천하고자 하는 행위는 소설이라는 형태를 매개로 최대한 가까이 접근하여 그 최소한의 간격만을 유지한 채, 즉 소설쓰기와 소설 읽기라는 상황으로 우리—우리? 오, 우리!—를 수렴시켜, 모든 당신을 '당신'에게, 모든 나를 '나'에게 끊임없이 되돌리며 되씹게 하는 일이다(그러므로, 이미 지나왔지만, 내가 그의 목소리를 재현하고 잘못 발 디뎠던 그와의 에로티시즘을 묘사했던 곳에서도, 당신은 그 환상에 동화되어 같이 나뒹굴지 않았어야만 했다). 그 무수한 당신이, 그 무수한 내가 누구이건 간에, 자기 자신으로부터 아주 작게, 그러나 본질적인 변모의 가능성을 향하여. 마침내 그 언젠가, 무한히 당신과 만나기 위해. 그리하여 그때 그곳에서는 우리의 아름다운 성적 상상력을 완성시키기 위해.[19]

19) 이인성, 「당신에 대해서」, 『외국문학』 1985년 봄호, 292쪽.

위의 인용문에서 알 수 있듯이 작가는 독자들의 참여에 의해서 그 의미가 구성될 수 있는 대화적 서사를 상상한다. 이 작품을 읽는 동안 독자는 화자로서의 이인성과 허구적 인물로서의 이인성이라는 두 개의 목소리를 듣는다. 이 목소리들은 작가의 존재를 환기하는 동시에 독자의 존재를 환기한다. 작가는 '우리'라는 단어의 성적 상상력을 완성시키고자 소설쓰기와 소설읽기를 감행한다고 말한다. 독자인 '당신'의 욕망을 탐색하는 작가인 '나'는 타자와 합일된 상태, 즉 '우리'를 지향한다. 작품의 마지막 부분에 가면, 작가가 소설 속에서 언급했던 우리라는 단어의 성적 상상력이란 바로 "사랑"임을 알 수 있다. 모든 창조와 탄생의 근원인 사랑이라는 감정과 욕망이 작가와 독자 사이의 대화, 글쓰기의 출발점에 놓여 있는 것이다.

이인성은 1980년대 민중문학이 문학을 미리 주어진 정답, 즉 이데올로기로 수렴시킨 것에 대해 비판하고 문학이 감당해야 할 자율성을 강조한 작가이다. 그는 작품집 『한없이 낮은 숨결』에서 문학의 자율성을 지키며 사회적 역할을 수행하는 방법으로 '대화 구조의 활성화'를 형태화한다. 독자를 계몽해야 된다는 강박에서 벗어난 소설에서 작가는 독자에게 무언가를 요구할 수 있지만, 독자는 그것을 거부할 수 있으며, 다른 방식으로 반응할 수 있다.

이 소설은 한 편의 신문기사를 소설로 재구성하는 작업의 연장선에 놓여 있다.[20] 그리고 소설집의 구성상으로 보면, 그 작업의 시작점에 놓여 있다. 마라톤선수의 일탈에 대한 기사는 현실을 말하는 방식에 대한 고찰

---

20) 이인성의 소설집 『한없이 낮은 숨결』은 한 마라톤선수에 대한 신문기사를 본 작가가 신문이 전달하는 사건의 진위 여부에 관심을 갖고, 신문기사 속의 사건을 소설적으로 다시 쓰는 내용으로 이어져 있다. 소설을 통해 이인성은 신문기사를 소설의 일부로 삽입하고, 작가가 독자와 대화를 주고받으며, 카메라의 눈으로 마라톤대회를 둘러싼 사건을 바라보는 시점을 취하는 등 다양한 서사기법을 구사한다.

의 단서가 되고, 그 고찰의 과정을 담은 소설은 말의 일방성과 그 말의 전달력에 대해 문제제기하는 방식이 된다. 이 문제제기의 서두에 달린 소설 「당신에 대해서」는 이제부터 시작될 사건 다시 보기(/쓰기)가 작가 혼자가 아닌 독자와의 대화 속에서 이루어질 것임을 알리고, 그 대화를 유도하는 역할을 한다. 그러므로 소설 속 대화는, 우리가 과연 제대로 말할 준비가 되어 있는가, 제대로 말하고 있는가 라는 질문을 함축한다. 이것은 문학이 텍스트 내/외부와 끊임없이 대화하고 간섭한다는 것을 실험하고자 했던 작가 이인성의 문학관과 연결되어 있다. 작가와 독자가 벌이는 문학논쟁은 작가가 행하는 '문학적 실험'을 문제삼음으로써 문학을 하나의 도구로 생각하는 입장을 곱씹게 하고 "작가가 일방적으로 제시해주는 바를 그대로 주입받는 독서"를 비판하는 계기를 마련한다. 그의 소설적 실험은 소통, 즉 인간의 내밀한 관계성을 문제삼는 자리에서 시작된다.

그리고 '우리'라는 틀 속에서 '나'와 관계를 맺고 살아가는 '당신'들의 수많은 생각과 경험들을 살펴봄으로써, 작가는 '나'의 본질이 현실 속에 투사되고 변모될 수 있는 모습과 마주한다. 타자와의 대화에서는 타자와 나와의 거리가 대화를 유지시켜 준다. 타자에게 말을 걸면서 나는 타자에게 끊임없이 다가가지만, 타자와의 거리를 없애 버리지 않는다. 오히려 누군가에게 말을 거는 것은 그 사람과의 거리에 응답하는 것이다. 당신과 대화하면서, 나는 그 누구와도 같지 않은 당신과의 차이점을 향해 다가간다.[21] 이러한 대화는 복수의 관점을 낳고 작가의 관점에 수렴되지 않는 열린 글쓰기(/읽기)를 창출한다.

그러므로 대화 형식을 가진 그의 소설은 소설쓰기 및 읽기의 문법과 그 문법에 대한 부정이 결국엔 소설이라는 형식으로 재창조될 수 있음을 보

---

21) 울리히 하세, 같은 책, 138쪽.

여준다. 여기서 말하는 소설쓰기와 읽기의 문법은 문학장이 만들어낸 규칙, 체계, 권력과 결부되어 있다. 「당신에 대해서」는 그에 대한 거부, 즉 기존의 소설쓰기와 읽기 방식에 대한 부정에서 시작된 작품이다. 작품 속에서 화자인 작가가 "이런 소설을 쓰는 건 바로 이 소설을 읽는 독자로서의 당신을 해방시키기 위해"서라고 말하는 부분은 이와 같은 맥락에서 이해할 수 있다.

또한, 화자는 자신의 소설쓰기가 "독자의 책읽기라는 '구체적인 현실'을 겨냥"한 것이라고 말하기도 한다. 허구 속의 내가 허구 밖의 독자에게 직접 말을 거는 방식으로 소설의 안과 밖을 포개면서 동시에 그 사이의 간극이 드러나게 하는 것이란, 허구가 현실이라는 믿음을 주기 위해 현실을 허구적으로 조작하는 세계의 허구성을 드러내는 방식이다.[22] 문학적 글쓰기가 투명한 형식이 아니라 여러 가지 우상이 군림하고, 여러 편견들이 잠들어 있으며, 모든 것을 변질시키는 힘들이 잠재된 세계라는 것을 예감하는 순간, 작가는 이 세계로부터 해방될 수 있는 방법을 모색하기 마련이다. 그러므로 그 이전의 관습으로부터 벗어난 세계를 재건하기 위해 이 세계를 파괴하고 싶다는 욕망은 이인성의 글쓰기를 견인하는 중요한 요소다.

이인성은 이 작품에서 "'나는 왜 혁명가가 못 되는가'라는 자학적 질문 대신 '나는 소설가로서 무엇을 어떻게 할 것인가'라는 생산적 질문에 작품으로 답해나가야 한다고"[23] 스스로를 설득한다. 이것은 기실 1980년대 한국에서 작가가 자기 환멸이라는 수렁에 빠지지 않기 위해 벌인 자기 투쟁의 모습에 다름 아니다. 글쓰기는 독서가 가질 수 있는 미래의 현전이다. 그렇다면, 그 기나긴 여정 속에서 자기 언어를 찾은 이인성 소설의 독

---

22) 박혜경, 같은 책, 403쪽.
23) 이인성, 「당신에 대해서」, 같은 책, 297쪽.

자인 우리는 이런 질문에 답할 준비가 되어 있는가. '나는 독자로서 무엇을 어떻게 할 것인가.'

이인성이 소설 형식을 상식에서 벗어나게 함으로써 그것을 파괴하고 말았다는 것이 사실이라 할지라도, 그는 소설 형식이 이러한 변질에 의해서만 살아남을 수 있다는 것 또한 예감할 수 있게 해주었다. 소설 형식은 법칙이나 엄밀함이 없는 작품들을 만들어냄으로써가 아니라, 소설 형식과 관련된 예외, 법칙을 형성하면서 동시에 그것을 배제하는 예외를 야기시킴으로써 발전하게 될 것이다.[24] 그리고 그 예외들은 한결같이 독자를 자극하고, 독자에게 응답할 준비를 요구할 것이다. 새로운 문학세계의 추구, 그것을 위한 변화의 추구가 예술의 중요한 몫이라면, 난해성 논의는 문학사에서 필연적으로 반복될 수밖에 없다. 그리고 문학의 이념성, 소설 장르의 유동성, 독자와의 소통 문제를 의식하며 소설의 변화를 추구하는 이인성의 문학은 그 논의의 중심에서 끊임없이 회자될 것이다.

---

24) 모리스 블랑쇼, 『도래할 책』, 심세광 옮김, 그린비, 2011, 210쪽.

역사주의와 미학주의의 합주
— 1980년대 임철우의 중·단편소설을 중심으로

천정환

1. 서론 — 5월 광주의 확장과 역사주의

임철우는 5·18 광주민중항쟁을 전면적으로 형상화한 장편소설『봄날』
을 내며, '5월 광주'가 자신에게 얼마나 큰 고통이었는가를 다음과 같이
말했다.

> 그 도시 사람들이 그러하듯, 나 또한 아직도 생생히 기억한다. 수만 명
> 대한민국 국군의 총과 탱크에 포위된 채 분노의 죽음의 공포에 치떨며, 그
> 버려진 도시에서 그들만의 힘으로 홀로 견뎌내야 했던 그해 봄날 열흘의
> 낮과 밤을. (……) 그 때문에 나는 5월을 생각할 때마다 내내 부끄러움과
> 죄책감에 짓눌려야 했고, 무엇보다 내 자신에게 '화해'도 '용서'도 해줄 수
> 가 없었다.
>
> 그러나 난 언제부턴가 다시 생각해보기로 했다. 어쩌다가보니 작가라는
> 이름을 얻게 되었고, 최소한 그것만으로도 내가 건너온 그 강에 대하여, 그
> 뜨거운 불의 기억에 대하여 동시대 사람들에게 이야기해야 할 의무가 있

다는 사실을 나는 받아들이기로 했다. 이 소설은 그렇게 해서 태어난 것이다.(『봄날』, 문학과지성사, 1997)

　자신으로 하여금 소설가가 되게 하고 대표작으로 꼽히는 『봄날』을 쓰게 만든 것도 모두 '광주'에 대한 죄책감이었다는 것이다. 이는 '살아남은 자의 슬픔'이 가장 중심적인 동기가 된 80년대의 집단 심성이나 윤리와 일치하는 것이다. 그런데 『봄날』이 나온 것은 1990년대도 한창 후반으로 깊이 들어온 1997년이었다. 즉 '5월 광주'가 1980년대와 그 시대 운동과 이념의 표상이던 시대가 벌써 지나가고, 망월동 묘지가 국립묘지로 지정된 일로 상징되듯 '광주'가 소위 '민주화' 속으로 인입되어 '죽은 상징'처럼 간주되던 시점이다.

　그럼에도 작가는 광주의 상처가 아물 수 없는 '현재'이며, 작가 자신에게도 여전히 살아 있는 '부채'임을 말하고 있는 것이다. 이렇게 강하게 광주를 의식하고 또 『봄날』 같은 작품을 써 대표적인 '광주 작가'로 간주되고 있지만, 정작 임철우를 80년대 대표 소설가의 한 사람으로 유명하게 만들었던 「사평역에서」「아버지의 땅」「붉은 방」 등 1980년대의 작품들과 문학상 수상작은 '5월 광주'와 직접적인 연관은 없었다. 또한 그 자신도 초기작에서는 광주를 알레고리로써만 다루거나 5·18 항쟁이 아닌 다른 소재를 그린 작품으로 '문학성'을 인정받았다.

　그리고 흥미롭게도 임철우는 '문학과지성 그룹'이나 자유주의적인 성향을 지닌 문학비평가들에 의해 뛰어난 작가로 내세워지기도 했다. 즉 『아버지의 땅』(1984)을 위시해서 『달빛 밟기』(소설집, 1987)와 『붉은 산, 흰 새』(장편소설, 1990), 『봄날』(1997) 등은 모두 문학과지성사에서 간행됐으며,[1]

---

1) 2000년대 이후에는 『등대』(2002)와 『이별하는 골짜기』(2010) 등이 문학과지성사에서 간행되었다.

그는 80년대에 주류적(?)이었던 작가들의 경향에서 비껴난 미학주의와 성찰성을 가진 작가로 평가받았다.[2] 김현은 심지어 임철우와 그의 소설을 "탁월한 서정 시인" 또는 "서정시"라 칭하면서 그 소설이 "슬픔, 아픔, 분노 등의 근원 정서와 관련을 맺고 있지만, 그 근원 정서가 생경한 부르짖음으로 드러나는 경우는 거의 없"으며 "그의 근원 정서는 김승옥, 이청준, 서정인, 황석영, 조세희 등의 좋은 소설들처럼 단아하게 절제되어 있다"[3]고 평한 바 있다. 과연 임철우의 소설이 서정적이며, 그와 비교된 다른 작가들의 소설처럼 '단아하고 절제된' 것인가? 이러한 평가는 흥미롭다. 왜냐하면 이는 김현과 '문학과지성 그룹' 같은 일군의 비평가들이, 자신들의 문학관과 미학적 권위를 어떻게 작가들을 통해 역사화하거나 실현하려고 했는지 알게 하기 때문이다. 반면 '창비'를 위시한 1980년대의 '민족문학론' 진영은 임철우를 평가하는 데 오랜 기간 상당히 인색했었다한다.[4] 따라서 이러한 정황은 메타비평적 물음을 가능하게 한다. 1980년대의 비평은 "생경한 부르짖음"과 대당되는 어떤 미학적 규준으로써 소설을 평가하려 했는가? 그리고 그에 반하는 '진영'의 80년대의 소설 미학

---

2) 이제까지 써진 임철우에 관한 작가론·작품론 중 중요한 것은 다음과 같다. 김병익, 「고문의 소설적 드러냄」, 『외국문학』 1986년 가을호 ; 조남현, 「이달의 문제작과 그 쟁점—임철우의 '불임기'」, 『문학사상』 1985년 10월호 ; 홍정선, 「폭력과 작가의 양심」, 『문학사상』 1988년 12월호 ; 김윤식, 「개인과 사회의 불화, 그 초월 방식 비판—두 유년기와 세대차」, 『한국문학』 1992년 11·12월 합본호 ; 류보선, 「안 보이는 역사 지평과 소설의 두 양상」, 『실천문학』 1994년 봄호 ; 서영채, 「임철우론 : '봄날'에 이르는 길」, 『문학동네』 1998년 봄호 ; 성민엽, 「불의 체험과 그 기록」, 『문학과사회』 1998년 여름호 ; 우찬제, 「역사성과 일상성의 이데올로기적 대화」, 『문학사상』 1996년 5월호 ; 임철우·황종연 작가 대담, 「역사적 악몽과 인간의 신화」, 『문학과사회』 1998년 여름호 ; 정호웅, 「기록자와 창조자의 자리—임철우의 '봄날'론」, 『작가세계』 1998년 여름호 ; 양진오, 『임철우의 '봄날'을 읽는다』, 열림원, 2003.

3) 김현, 「아름다운 무서운 세계」, 『아버지의 땅』, 문학과지성사, 1996, 332쪽.

4) 양진오, 같은 책. 논자는 『창작과비평』 1995년 여름호의 좌담을 예로 들어 그러한 평가가 느껴진다고 썼다.

이란 과연 무엇이었나?

그런데 이런 평단의 규범이나 의도와는 무관하게, 80년대 단편소설 중 가장 뛰어난 작품이라 평가된 「아버지의 땅」이나, 이상문학상을 수상한 또다른 대표작 「붉은 방」(1988) 같은 작품들에는 임철우 특유의 역사주의가 짙게 깔려 있다. 물론 이 역사주의는 다분히 정치적이고 이데올로기적인 것이며, 『봄날』의 단계까지에도 투영되어 있는 강하고 일관된 내용을 가진 것이다. 그런 역사주의가, 일부 80년대 비평가들이 임철우를 통해 규범화하고 싶어했던 '서정적'이거나 '미학적'인 자질과 어떤 관계를 맺고 있는지가 이 글의 관심사이다. 즉 「아버지의 땅」과 「붉은 방」 등 대표적인 소설을 중심으로 임철우의 역사의식과 소설 미학이 병치·결합되어 있는 양상을 되읽어보려 한다.

2. 돌아온 역사의 유령―「아버지의 땅」에 나타난 분단 모순과 소설 기법

(1) 돌아온 유령

「아버지의 땅」(『문학사상』 1984년 3월호)은 일종의 '분단소설'이다. 서술자인 '나'는 육군 병사로, 기동훈련중 참호를 파다가 시신 한 구를 발견한다. 뼈만 남은 그 시신은 양 손목과 온몸을 철사줄로 결박당한 채 묻혀 있었다. 한국전쟁 때 죽었을 이 시신을 수습하고 주변 마을의 증언자를 찾으며, '나'는 이십오 년 동안 돌아오지 않은 아버지와 그를 기다리며 일생을 보낸 어머니를 생각한다. 그 과정에서 '나'는 월북자 혹은 실종자의 유복자로서, 나의 가족과 평범한 남한 사람들의 삶에 강하게 개입된 분단의 비극을 깨닫는다. 그리고 그동안 이제껏 자신의 삶에 존재하지도, 또한 발화되지도 않았던 아비의 부재와 화해한다. 즉, 분단의 비극을

'비로소 깨닫고 그것과 (암묵적으로) 화해한다'는 것이 이 소설의 주제이며, 1980년대 분단소설사의 전개에서 「아버지의 땅」이 가진 의의이기도 하다. 온몸이 묶인 채 함부로 땅에 묻힌 자는 '빨갱이'이다. 구체적으로 그가 남로당원이었는지 보도연맹원이었는지, 아니면 단순한 부역자거나 '산사람'이었는지는 알 수 없다. 일단 그 차이는 중요한 것이 아니다. 다만 그는 억울하게 죽어야 했던 수없이 많은 한국 현대사의 원혼 중 하나이다. 그러나 그는 무(無)로 망각되고 사라진 비존재가 아니라, 이제 다시 귀환한 존재이다.

『햄릿』에서처럼 이 아비(역사)의 유령이 스스로 자기의 해원(解寃)을 부탁한다든지, 그야말로 '현실의 타자'로서 산 자들을 괴롭히는 것은 아니다. 소설에서도 '나'와 부대원들은 단지 유골을 다시 수습해주고, 조용히 제사 지내줄 뿐이다. 물론 이런 의식은 샤머니즘적이고 또한 '한국적인 것'이라 지칭된 바이다. 1970, 80년대의 허다한 분단소설은 '제사 지내줌'이라는 행위를 통해 분단의 귀신들을 비로소 현실에 초치하기 시작했던 것이다. 「아버지의 땅」에서 유령이 나타나는 장면을 감상해볼 만하다. 유령은 말이 없다.

그때였다. 꿈속에서처럼 나는 그녀의 뒤를 바짝 따라오고 있는 한 사내의 환영을 보았다. 그건 아버지였다. 언젠가 어머니의 낡은 반닫이 깊숙한 옷가지 밑에 숨겨져 있던 액자 속에서 학생복 차림으로 서 있던 그래도 그건 영락없는 그 사내였다. 나를 어머니의 뱃속에 남겨놓은 채 어느 바람이 몹시 부는 날 밤, 산길을 타고 지리산인가 어디로 황황히 떠나가버렸다는 사내. 창백해 뵈는 뺨에 마른 몸집의 그 사내가 어머니와 함께 걸어오고 있는 것이었다. 놀란 눈으로 풀밭에 앉아 나는 그들을 지켜보고 있었다. 이윽고 어머니의 눈썹과 코, 입과 윤곽과 야윈 목줄기까지 뚜렷이 드러날 만큼 가까워졌을 때 사내의 환영은 어느 틈에 사라져버리고 없었다. 몇 번이나 눈을 비비고 보았으나 역시 마찬가지였다. 하얗게 반짝이는 모래밭 위로 어머니가 찍어내는 발자국만 유령처럼 끈질기게 그녀의 발꿈치를 뒤따라오고 있을 뿐이었다.(106~107쪽)

이 유령은 물론 '돌아온 아버지'이며 '역사'이다. 이제껏 그에 대해서 아무도, 심지어 어머니조차 단 한 번도 아버지와 그 실종에 대해 제대로 이야기한 적 없다. 적어도 이 문제에 관해서라면 어머니 자신도 '살아 있는 유령'과 같은 존재가 되었기 때문이다. 분단과 냉전체제는 죽임을 당한 '비존재'와 함께, 말하지 못하거나 "소리를 내지만 의미를 생산하지 못하는" 존재들을 양산했기 때문이다. 즉 그들은 "살아 있지만 사회정치적으로 죽어 있는 사람들"[5]이다. 물론 그들은 '빨갱이'와 그 가족들이다.

그런데 어느 날 1980년대의 젊은이들이 이 유령을 땅속에서 파서 꺼내거나, 유령으로 하여금 말을 하게끔 한다. 1980년대의 역사적 과제는 눈앞 현실에서의 '민주화'뿐 아니라 과거와 조우하는 것이며, 그렇게 함으로써 분단을 극복하는 것이다. 라캉이나 데리다가 말하는 것처럼, 유령은 원래 상징화되지 못한 채 남은 '현실의 일부'이다. 그런데 아버지-유령은 스스로 돌아온 것이 아니라, 1980년대의 어느 날, 현실의 새로운 주체인 아들에 의해 적극적으로 인식-발견된 것이다.

그리고 뒤에서도 보겠지만, 그러한 주체의 '현재'는 독립된 시간이 아니라, 아르케(원점)의 시간들, 즉 '분단'이나 6·25로부터의 모순이 유증되고 연장된 시간이다. 광주항쟁을 비롯한 현재의 제 사건들은 그러한 원(原) 과거에 의해 촉발된 '역사'의 일부이다. 이런 식의 시간관은 소급

---

5) 정근식, 「한국현대사(회)에서 존재했지만 흔적이 없었던 사람들」, 『연구밴드 사문사 2011 제1차 세미나 '냉전과 서발턴' 발표문』, 2011. 2. 10.

하여 원인을 찾아내고 그것으로 환원하는 역사주의이다. 이는 임철우의 『봄날』에도 작용하고 「붉은 방」에도 고스란히 나타난다.

그러나 「아버지의 땅」이 발표된 당시 유령은 아직 완전히 돌아오지는 못했다. 다른 초기적 '분단소설'이 그러한 것처럼 이 소설에서도 아비가 사라진 시점이나 아비의 면모는 구체적으로 제시되지 못한다. 물론 발견된 시신과 그가 연루된 사건 또한 무엇인지 알 수 없다. '아비는 남로당이었다'는 분단소설의 모티프는 흥미롭게 연주되고 있으나, 아직 추상적인 수준에 머물러 있었던 것이다. 그것은 소설이 쓰인 시점(1984년)과도 무관하지 않을 것이다. 1980년대 문학의 표현의 수위는, 저항운동의 열도가 높아가고 또 1987년 6월 항쟁, 1988년 납·월북 작가 해금[6] 등의 역사적 계기를 만나면서 달라질 터였다. 그래서 분단 모순의 유령도 점점 그 모습이 뚜렷해지며 명확하게 언어화될 것이다. 그 과정에서 구체적인 신원(身元)을 알 수 없어, 본격적인 신원(伸寃)도 불가능했던 이 유령들은 얼마 지나지 않아 가족사 속에서, 또는 80년대의 구체적인 '현장'들 속에서 당대의 젊은이들과 조우할 것이었다.

(2) 기법과 상징

「아버지의 땅」은 1980년대가 종료되던 시점에서 한 출판사가 주관하여 평론가 오십여 명의 투표로 최고의 장편·단편소설을 선정한 행사에서 당당 1위를 차지했다. 또한 최근에 편찬된 한국문학 명작 선집이나 고등학교 문학 교과서에 수록되고 수능 모의고사에도 출제된 바 있다 한다.[7] 이

6) 이 또한 문학사의 '아비'들이 귀환한 시간이다.

7) 평론가 오십여 명이 투표로 선정한 『80년대 대표 소설』(현암사, 1990)에서 임철우의 「아버지의 땅」은 가장 많이 득표하여 제1위를 차지했다. 이 투표 결과와 후보작들은 『80

런 사실들은 이 작품이 80년대의 '정전'의 하나로 자리매김해가고 있음을 알게 한다. 「아버지의 땅」은 어떻게/왜 80년대의 최고 단편소설로 꼽힐 수 있었을까? 아마도 지향성이 서로 다른 80년대 비평가들에게서 고루 소위 '문학성'과 '역사의식'을 인정받을 수 있었기 때문일 것이다. 따라서 우리는 이 작품으로부터 80년대적인 '미의식'이 교차하고 '합의'되는 지점이 어딘지 알 수 있다.

아마도 80년대 민중·민족문학론자들에게는 역사의식과 리얼리즘론의 제 원칙이 가장 중요한 미적 규준이었으며, 반대로 문학주의자들이나 '순수'문학파들에게 가장 큰 골칫거리는 '생경'하고 거친 '외침'에 불과한(것처럼 뵈는) 시·소설이 민중과 민족의 이름으로 발호하는 상황이었을 것이다. 그래서 이를 벗어난 문학은 쉬 '좋은 문학'으로 옹호되었다. 앞에서 본 김현의 언급에서 보듯 임철우 소설은 그런 대표적인 사례로 꼽혔다. 따라서 그 실상을 검토해보면 상찬된 80년대 소설 미학의 일단이 드러날 것이다.

「아버지의 땅」은 비교적 단순하면서도 매끄러운 구성을 갖고 있고, 메시지를 전달하기 위해 목소리를 높이거나 무리한 사건이나 인물을 설정하지는 않았다. 대신 몇 가지 기법을 사용하고 있는데, 바로 다음과 같은 대목이 그러한 미적 자질을 결정화하고 있는 것으로 간주된다.

나는 어깨로부터 전해오는 그 섬뜩한 쇠붙이의 촉감과 확실한 중량을 새삼스레 확인하고 있었다. 그리고 항상 누구인가를 겨누고 열려 있는 총구의 속성을, 그 냉혹함을, 또한 그 조그맣고 둥근 구멍 속에서 완강하게 뙈

년대 대표 소설』에 수록되어 있다. 또한 조남현 등이 편한 『문학과지성사 한국문학선집 1900~2000』의 '소설'편에도 이 작품이 수록됐다. 이 선집은 "한국 현대소설 100년사"에서 "가장 높은 문학적 성취를 이루었다고 평가받는 작가들과 작품을 엄선하여 수록"했다 한다.

리를 틀고 앉아 있는 소름 끼치는 그 어둠의 깊이를 생각했다.

까우욱. 까우욱.

어느 틈에 날아왔는지 길 옆 밭고랑마다 수많은 까마귀들이 구물거리고 있었다. 온 세상 가득히 내려 쌓이는 풍성한 눈밭 속에 저희들끼리만 모여서 새까맣게 구물거리며 놈들은 그 음산함과 불길함을 역병처럼 퍼뜨리고 있는 것이었다. 얼핏, 쏟아지는 그 눈발 속에서 나는 얼어붙은 땅 밑에 새우등으로 웅크리고 누운 누군가의 몸 뒤척이는 소리를 들었다. 아버지였다. 손발이 묶인 아버지가 이따금 돌아누우며 낮은 신음을 토해내고 있었다. 나는 황량한 들판 가운데에 서서 그 몸집을 오래오래 지켜보았다.

머리 위로 눈은 하염없이 쏟아져 내리고 있었다. 함박눈이었다. 굵고 탐스러운 눈송이들은 세상을 가득 채워버리려는 듯이 밭고랑을 지우고, 밭둑을 지우고, 그 위에 선 내 발목을 지우고, 구물거리는 검은 새떼를 지우고, 이윽고는 들판과 또 마주 바라뵈는 거대한 산의 몸뚱이마저도 하얗게 지워가고 있었다. 그것은 어머니가 새벽마다 샘물을 길어와 소반 위에 떠서 올려놓곤 하던 바로 그 사기대접의 눈부시도록 하얀 빛깔이었다.(112쪽)

서술자 '나'는 자기 어깨 위의 총이라는 상관물을 통해 분단 모순을 깨닫지만, 그것을 극복하자고 외치기보다는 자신의 가족사와 어둠의 깊이를 생각한다. 사유와 내면성이 우선하는 존재인 것이다. 그렇다고 해서 그가 역사적 현실과 그것에 압도된 내면을 극복할 새로운 인식과 의지를 갖지 않은 것은 아니다. 그것은 새까맣게 구물거리는 까마귀의 어둠을 이겨내는 흰 함박눈에 의해 표현된다. 이같은 상징적 표현을 통해 '역사'와 '내면'이 주체에 의해 매개된다. 그리고 "얼핏" 같은 플래시백 장치를 통해, 아버지와 어머니를 차례로 불러낸다. 그럼으로써 과거와 현재가 화해하도록 한다.

이처럼 객관적 상관물이나 상징을 사용하고 현재와 과거의 시간을 교차 전개시킨 이런 기법이 주제를 부각하는 데에 적실할 뿐 아니라 높은 경지의 소설 미학을 구현한 것이라 평가받은 것이다. 다른 80년대 소설에서 사용된 주제 구현의 기법이 어떤지를 총괄적으로 따져볼 필요가 있겠으나, 임철우 소설에 대한 당대의 고평은 '거칠고 생경한 구호'(내용) 대 '그렇지 않은 것'(형식) 사이의 이분법적 사고가 80년대의 소설 미학에서 통념이나 큰 줄기를 이루고 있었음을 알게 한다. 그러나 그러한 이분법을 넘어서려는 노력은 당대에도 물론 늘 시도되고 있었으며, 복합 장르로서의 소설 미학은 다양하고 다원적이었을 것이다. 또한 임철우 소설 자체가 그러한 이분법의 어느 한쪽에 귀속될 수 있는 것은 아니었던 것이다.

3. 악의 평범성과 분단의 유전자

(1) 악의 평범성에 대한 고찰

1988년도 이상문학상 대상 수상작인 중편소설 「붉은 방」(『현대문학』 1988년 8월호)은, 평범한 소시민인 교사 오기섭이 영문도 모른 채 갑자기 어딘지 알 수 없는 수사기관에 끌려가 고문을 당한다는 서사로 출발한다. 오기섭은 지인이 연루된 시국 사건 때문에 끌려왔다는 것을 알게 되는데, 별 혐의가 없음에도 결국 자신의 죄를 거짓 자백하게 된다. 고문 수사를 받는 과정에서 사건과 관계없이, 자신의 큰아버지가 월북한 '빨갱이'라는 사실이 드러나면서 부당한 취조에 저항할 힘을 완전히 잃었기 때문이다.

당연히 이같은 모티프는 안기부(오늘날의 국정원)나 보안사 같은 폭압 기구가 시민들을 사찰하고 불법 연행과 고문을 일삼던 시절의 현실에서 주어진 것이다. 그런 사실을 정면으로 다룬 것 자체로도 충격적인 면이 있지만, 이 작품을 독특하고 중요한 작품으로 만들어준 것은 고문당하는 시민 오기섭뿐 아니라 그를 고문하고 취조하는 수사관 최달식을 초점화 자로 등장시킨 데 있다. 그래서 소설의 절반은 끌려간 사람의 일인칭 '나' 의 진술로, 나머지 반은 가해자의 시선과 의식이 또다른 '나'로써 초점화 되는 방식으로 진행되는데, 특히 후자가 새롭고 의의가 있다는 것이다.

과연 잔혹한 고문을 행하는 자는 누구인가? 그리하여 군부독재와 미제국주의 또는 독점자본의 지배를 일선에서 실행하는 자는 누구인가? 고문하는 지배의 하수인에게 시선이 갈 수 있었던 것도 또한 '현실의 힘' 덕분이었다. 바로 부천서 성고문 사건(1986), 김근태씨의 고문 폭로(1987), 박종철 고문치사 사건(1987) 등, 그 이전까지 전혀 언급되거나 가시화될 수 없었던 잔혹한 국가폭력의 실상과 그 주체의 모습이 만천하에 폭로되기 시작했던 것이다. 그런데 지배의 메커니즘 그 자체와 그 구체적인 실행(자)을 탐구하여 소설로 형상화했다는 점에서 임철우는, 『소문의 벽』이나 『당신들의 천국』을 쓴 이청준의 계승자로 평가받았다. 아니 어쩌면 그보다 한발 더 멀리 나아간 것으로 평가될 수 있을 듯하다. 이상문학상 선정 이유서에서 김윤식은 "시점의 복합형이라든가, 가해자와 피해자의 동질성, 심지어 분단 과제의 역사성 등"도 돋보이지만, 이 작품을 "삶의 자동화에 대한 비판"[8]으로 읽을 수 있었기에 수상작으로 결정했다고 썼다. 다소 모호하게 말한 이 '삶의 자동화'가 바로 폭압적 지배의 핵심적 기제일 것이다. 이는 철학자 해나 아렌트가 나치즘의 윤리적 근저를 파헤쳐 내놓은 '악의 평범성' 명제와 상통한다. 인간 말살과 대량학살은 악마가 저지른 일이 아니라, 어쩌면 매우 진부하고 평범한 삶의 감각과 도덕관념을 지닌, 그래서 어쩌면 진정한 주체적인 사고와 언어가 없는 인간들이

---

8) 김윤식, 「선정 이유」, 『붉은 방 · 해변의 길손―제12회 이상문학상 수상작품집』, 문학사상사, 1988, 488쪽.

저지른 일이다.

무고한 사람들을 잔혹하게 고문하여 용공·좌경 같은 무시무시한 죄를 조작하는 독재의 하수인인 수사관 최달식이 바로 그런 면모를 갖고 있다. 그는 평범하고 착한(?) 소시민이다. 잔혹한 고문과 용공조작 따위는 단지 그의 밥벌이의 일환일 뿐이다. 또한 그는 한 가정의 가장으로서 노모와 아이들을 부양하는 일상인이다. 그의 걱정과 관심사 또한 인용문에서와 같은 지극히 평범하고 '정상적인 것'이다.

현관으로 들어서자 막내딸이 아빠아, 하고 양팔을 벌린 채 달려든다. 아이구 내 새끼. 나는 딸년을 번쩍 안아올리며, 쪽 소리가 나게 뺨에 뽀뽀를 해준다. 본디 남들모양 나긋나긋하고 잔정스레 대할 줄을 모르는 무딘 성격이긴 하지만, 그래도 내 핏줄이라 그런지 아이들을 마주 대하면 나는 어린애처럼 단순해지고 조금은 마음이 가벼워지곤 한다. 여고 졸업반인 큰딸은 오늘도 밤이 늦어서야 학교에서 돌아올 것이다. 날마다 새벽 여섯시에 일어나서는 도시락을 두 개씩이나 싸들고 집을 나갔다가, 꼭 밤 열시가 다 되어서야 돌아오는 까닭에 나하고는 정작 얼굴을 마주 대하는 기회가 드물다. 몸도 약한 녀석이 어떻게 잘 견뎌내야 할 텐데, 그게 걱정이다.[9]

그래서 피해자 오기섭도 고문 수사가 이어지는 와중에 수사관들이 주고받는 다음과 같은 대화를 들으며 "버스 속이나 술집에 앉아 옆자리로부터 들려오는 낯모르는 사람들의 대화를 듣고 있는 듯한" 착각이 든다.

뭐, 독감 주의본가 그런 게 다 내렸다지 아마.

---

9) 임철우, 「붉은 방」, 『붉은 방·해변의 길손—제12회 이상문학상 수상작품집』, 문학사상사, 1988, 33쪽. 이하 본문 괄호 속에 면수만 표기함.

맞아요. 그런 모양입니다. 아주 지독하다던데요.

조심해야지. 한 사람이 걸리면 온 집안 식구가 다 앓는다구.

그게 큰일이에요. 우리 막내놈은 몸이 너무 약해서 말입니다. (……)

그런 아이들이 담에 커서도 약질 면하기가 어렵다구. 우리 큰놈이 그랬으니깐.

그랬어요? 전번에 보니까 몸이 건강해 뵈던데요.

건강하긴 뭘. 그놈 밑으로 인삼 녹용 사다 바치느라고 돈이 얼마나 들었는지 몰라.(49쪽)

그러나 그것은 착각이 아니라 '현실'의 엄연한 일부이다. 그래서 오기섭은 그들과 '나' 사이에 존재하는 엄청난 거리감을 문득 깨닫고 다시 아득한 절망감과 숨막힐 듯한 공포에 짓눌린 채 허우적거린다. 인간을 말살하는 악과 일상적 삶을 영위하게 하는 평범함은 결코 둘이 아니다. 그것은 우리의 현실에서 실제로 병치되어 있다. 그에 대한 발견이 더 큰 공포를 가져다준 것이다. 그같은 새로운 차원의 리얼리티가 부각될수록, 희생자이며 민주화-이야기의 운반자인 오기섭의 면모는 상대적으로 덜 중요하고 상투적으로 느껴진다. 그만큼 가해자 최달식의 등장이 이 소설의 특별한 성취라는 뜻이다.

(2) 우익의 형상과 역사주의의 문제

소설의 제목 "붉은 방"은 고문이 행해지는 취조실이며 고문하는 경관의 '내면의 방'이기도 하다. 이를테면 현실의 이근안 같은 인물인 최달식은 그 방에서 어떤 묘한 안온함이나 "아찔한 쾌감"을 느끼기도 한다. 즉 소설은 '나'라는 장치를 통해서 그의 평범한 외적 면모뿐 아니라 그의 심층의식이나 내면(성)까지를 그리고 형상화하고자 했다. 예를 들면 다음과 같은 것이다. 이는 최달식이 자신의 정체성을 묻는 대목에서 반추된 과거의 한 장면이다.

내 작은 손바닥과 손등으로 흥건하게 젖어오는 끈끈한 피의 감촉, 그리고 미지근하면서도 비릿한 피의 냄새를 나는 또렷하게 감지할 수가 있었다. 그 순간 내 눈앞에서 온 세상은 소리없이 붉게 물들어가고 있는 것만 같았다. 하늘·땅·나무·꽃·면사무소·학교…… 그 모두에게로 그 선연한 핏물이 눈앞에서 붉게 붉게 번져나가고 있는 것이었다.(60쪽)

그러나 이런 설정과 묘사는 다소 '믿을 수 없는', 즉 지나치게 '소설적'인 것이라 볼 수도 있다. 왜냐하면 저와 같은 내면에 대한 서술방법이나 동원된 언어는, 흔히 심리소설의 초점인물이 되는 지식인이나 소설가의 분신 같은 인물의 내면을 그릴 때와 다르지 않기 때문이다. 평범한 일상인이나 이근안과 고문자들(하수인들)에게 그들의 도덕과 직무에 대한 어떤 종류의 언어가 있는가? 실제로 그들이 그들의 삶이나 내면을 '나'로써 표현하는 언어는 어떤 것인가? 해나 아렌트는 바로 이 지점에서 실제로 그것을 취재하고 분석하여 그들 언어의 상투성과 진부함을 지적한 것이다. 평범함이란 자신과 자기가 한 일을 결코 상투적인 말 이외의 것으로 인식하고 표현하지 못하는 상태와 같다. 그리하여 그들의 내면은 없거나, 적어도 다른 의미에서 비가시적인 것이다. 즉 알려져 있지 않거나, 언어로 그려지지 않는다. 그들 또한 '문학 너머'에 있다. 이 비가시성은 중요하다. 우익이나 역사적 가해자의 진정한 내면 또한 '표상공간'에 등재될 수 없었던 것이다.

그럼에도 그것을 그려내고자 시도한 상상력은 대단한 것이기는 하지만

'실재'와는 거리가 있다는 것이다. 과연 '현실의' 이근안 경감이나 문귀동 형사의 내면과 이데올로기, 또 언어는 어떤 것일까? 그들은 단지 지배의 최하단의 실행(자)가 아니라, 어떤 총체적인(복합적인) 악의 구현자일 수도 있다. 특정한 역사적 경험, 우익적 도덕 등과 함께 민주화의 제 과정과 국가폭력 등이 개별자의 삶에 침투해서 만든 복잡한 교차점에 고문과 같은 문제적인(?) 행위의 주체가 있을 것이다. 물론 거기 비반성성과 상투성이 요소로 기능할 수 있다.

그런데 바로 거기에서 「붉은 방」은 우리를 지배한 악의 본질에 대한 탐구를 멈춘다. 최달식과 같은 '평범한' 존재가 지배의 한 본질이라는 사실보다는 작가에게는 더 중요한 요소가 있기 때문이다. 그것은 그런 폭력과 잔혹성이 과거로부터 유전된 것이라는 역사에 대한 의식이다. 이 역사주의는 평범한 소시민이자 일상적인 인물인 최달식을 다시 '타고난 악마'로 만들어버린다.

그래서 최달식의 잔혹함의 '연원'은 전쟁과 학살로부터 비롯된 것이라는 좀 지루한 상식적인 설명이 소설의 후반부를 차지한다. 한국전쟁 당시 최달식의 가족은 아버지가 경찰이었다는 이유로 피해를 당했다. 겨우 살아남은 그의 아버지는 가족을 살해한 원수를 갚기 위해 어린 달식의 눈앞에서 두 명의 빨갱이를 죽이고 그 '피'를 손에 묻혀 보여준다. 그러고는 단 한 명의 빨갱이도 살려둬서는 안 된다고 증오와 공포를 몸소 가르친다. 그 무서운 사건 이후 최달식은 빨갱이를 철천의 원수로 생각해왔다. 국가폭력과 우익적 광기를 폭력의 심리학적 전이의 문제로 명확히 인식해서 보여준다는 점에서는 이는 일면 뛰어난 형상화라 할 수도 있다.

그러나 오늘의 가해자인 그가 피해를 경험한 '경찰 가족'이며 그 경험 때문에 빨갱이들에게 복수심을 갖게 되었다는 설명은 일면 너무 쉽고 상투적이다. 또한 거기서부터 최달식의 면모는 분단 비극이 낳은 악마 그 자체가 되어 전반부에서 묘파된 그 평범함·일상성은 더이상 그려지지 않는다. 또한 '일상'은 악과 병치되지도 않는다. 최달식과 그 가족 또한 기실 악과 병치된 안온하고 평범한 존재가 아니다. 그들은 지극히 불행하며 역사의 트라우마나 죗값에서 한 치도 벗어나지 못했다.

6·25때 그 일을 겪고 난 후부터 정신이 오락가락하기 시작한 어머니가 끝내 저렇듯 추악한 몰골로 노망한 늙은이는 되지 않았을 테고, 허구한 날 똥오줌 빨래에 진력이 났다고 투덜대는 아내의 원망도 듣지 않았을 것이다. 또 나도 지금쯤은 남들처럼 대학을 나와, 누구 못지않게 그럴듯한 직장을 붙들어서 남 보란 듯이 살아가고 있을 것이고, 아아, 한수—그 불쌍한 내 아들 한수도 그렇듯 처참하고 가련하게 죽지 않았을지도 모른다. 모든 일이 처음부터 그렇게만 되었더라면 내가 그애의 얼굴에 짐승처럼 주먹질을 하지 않아도 되었을 것이고, 그리고…… 그리고 그 녀석이 몇 달 후 별안간 뇌막염으로 죽지도 않았을 것이다. 하지만, 아버지는 내게 그 저주받은 것들을 유산으로 남겨주었다. 그 소름 끼치는 복수와 원한의 응어리까지도 내 핏줄 속에 남겨놓은 것이다.(38쪽)

어머니의 치매, 아들의 죽음 등 그 모든 불행이 '6·25 때의 그 일'에서 비롯되었다는 설명이다. 최달식의 악과 폭력성도 그가 현재 처한 사회적 지위나 구조의 모순 때문이 아니라, 마치 유전자처럼 동족상잔의 비극으로부터 유증된 것이다. 이런 설명법은 유용할 수도 있다. 남한사회의 맹목적이고 신경증적인 반공·반북주의는 논리적인 문제가 아닌 역사에서 유증된 신경증이자 트라우마 자체이기 때문이다. 그러나 이를 '피'의 수준으로까지 환원하는 것은 억지스럽다. 또한 그런 설명은 다소 일방적이며 지나치게 이분법적으로 자명하여 '신파'처럼 들린다. 이는 '분단 모순'

672

으로 제반의 문제를 환원하는 1980년대식 좌파 민족주의적 사고를 연상시킨다. 그러나 실제 남한사회의 모순과 악의 구조는 작품 초반에 임철우가 적실히 파악한 것처럼 평범하고 진부한 것들 위에서 건축되고 연유하는 것일 가능성이 더 클 것이다.

4. 결어

이상에서 단편소설 「아버지의 땅」과 중편소설 「붉은 방」을 통해 임철우 소설의 미학과 주제의식이 결합하고 있는 양상을 살폈다. 임철우는 특유의 미학적 기법과 상징을 가진 작가이긴 하지만, 그럼에도 그를 압도하고 있는 것은 역사의 트라우마이자 기억이다. 그는 『봄날』 '작가의 말'을 다음과 같이 마무리한다.

지난 십 년 동안 나는 내내 5월 그 열흘의 시간을 수없이 다시 체험해야만 했고, 수많은 원혼들과 함께 잠들고 먹고 지내야 했다. 그러는 동안 가끔은 정서적으로나 정신적으로 몰라보게 피폐되어가는 듯한 내 자신을 깨닫고 깜짝깜짝 놀라기도 했다. 고통스런 기억의 반복 체험이란 것이 얼마나 사람을 소모시키는 것인지, 처음으로 알았다.

솔직히 이젠 너무나 지쳤다. 내게 남은 마지막 힘까지 다 쏟고 난 심정이다. 그리고 두렵다. 누구보다 광주 시민들의 눈이 두렵다.

여전히 작가 자신이 역사의 트라우마로부터 한 치도 벗어나지 못했으며, 한편 그것으로부터 벗어나고 싶다는 솔직한 심경의 표백이다. 또다른 지면에서 임철우는 "광주 바깥의 사람들에게 5월의 비극이 결코 남의 비극이 아님을, 결코 불순한 의도를 가진 불량배들에 의해 야기된 '특정 지역만의 사건'이 아님을, 오히려 그것은 바로 이 땅에 살고 있는 우리 모두의 비극이며 책임이라는 사실을 일깨우고 싶었다"[10]고 강조했다. 따라서 '광주 작가'로서 임철우는 한편 스스로의 상처를 승화시키기 위해 작품활동을 했고, 다른 한편 광주항쟁의 문제에 관한한 누구보다도 강한 계몽적 의지를 갖고 있었던 것이다. 전자가 '서정성'이나 '상징' 같은 수준 있는 소설 기법을 통해 발현되었지만, 결코 후자를 압도하거나 망실하게 할 자질이었다고 보기는 어렵다.

요컨대 임철우는 「아버지의 땅」의 주인공 '나'와 비슷하게 한국전쟁이 남긴 유복자와 같은 존재로서 특유의 역사주의적 인식을 갖고 있다. 그것은 특히 6·25와 5·18을 겹쳐 읽음으로써 달성된다. 6·25와 광주항쟁을 겪는 한 일가를 통해 광주항쟁의 한 연원을 분단 모순을 통해 파악하고 있는 『봄날』 또한 그러한 인식의 연장선상에 있다. 따라서 임철우는 80년 대적 미학적 개인주의(자유주의)의 '가능한 불가능함'이나 역사주의의 임계선을 보여주는 한 증인이다.

---

10) 임철우, 「나의 문학적 고뇌와 광주」, 『역사비평』 2000년 여름호, 293쪽.

존재의 본질과 타자의 재현
― 윤후명 소설에 나타나는 얼굴 이미지를 중심으로

백지혜

1. 서론

윤후명은 1967년 경향신문 신춘문예에 「빙하의 새」로 등단하여 문단 활동을 시작한다. 시집 『명궁』(문학과지성사)을 1977년에 출간한 이후, 1979년에 한국일보에 단편소설 「산역」이 또다시 당선됨으로써 윤후명은 우리 문학사에 독특한 문인의 계보를 형성한다. 바로 시인 태생 소설가의 모습이다. 『신춘시』 동인활동을 하면서 왕성한 시작활동을 시작한 윤후명은 이후 대학을 졸업하면서 강은교, 박건한, 임정남 등과 함께 시 동인지 『70년대』를 창간한다. 그는 첫 시집 『명궁』을 창작할 무렵을 반추하며 이때가 "내 젊음의 이른바 질풍노도의 십 년 동안의 기록"[1]이라 밝혔다. 몸이 옥죄도록 황폐한 고독과 함께했던 이 시기는 윤후명 소설 전반을 관통하는 밑거름일 수밖에 없었고, 따라서 윤후명에게 시정신은 "문학뿐만 아니라 모든 예술, 나아가 인생에 있어서도 근본 바탕"이 된다.

---

[1] 권명아, 「작가 연보」, 『작가세계』 1995년 겨울호, 24쪽.

윤후명은 서사보다 이미지가 강조된 소설을 지속적으로 발표하면서 80년대 문단에 독특한 영역을 창조했다. 윤후명 소설에서 반복되는 여자, 나무, 꽃, 새, 바다 풍경이 빚어내는 단편적인 이미지는 곧 하나의 소재를 중심으로 연결되는 순환고리로 볼 수 있기에, "시를 소설처럼 쓰고, 소설을 시처럼 쓴다"[2]는 작가의 발언을 윤후명을 이해하는 구심점으로 삼아도 좋을 것이다. 때문에 윤후명 소설이 메인스토리의 진행에서 벗어난 소설의 산발적인 진행에 주력했다[3]는 평가는 이 시기 윤후명의 행보를 이해하는, 상당히 유효한 지적이다. 설화나 여담이 종종 삽입되어서 소설의 전통적인 서사방식인 플롯에 구애받지 않고 진행되고 있기 때문이다.

이처럼 서사보다는 이미지를, 플롯보다 개인의 내면의식을 우선시한 윤후명의 소설은 한국소설의 전위적 모험[4]이라 평가되기도 하였지만, 80년대 문학의 주류였던 "리얼리즘에서 상당히 벗어나" 있었던 형국이어서 당대 문단의 비난 또한 거셌다. 소설의 규범으로부터 벗어난 윤후명 특유의 "이질감"은 "우리 소설문학의 주도적 전통과는 커다란 거리"[5]가 있다고 해석되었기 때문이다.

윤후명이 이토록 독자적인 소설문법의 길을 걷게 된 이유는 무엇일까. 윤후명은 80년대의 문제작을 모아놓은 책에서 "글들이 거의가 현안의 시국 문제를 똑같이 다루고 있음을 보았을 때, 그것은 차라리 공포"[6]였다고 솔직히 고백한다. 그에 의하면 문학이란 어떠한 수식이 붙어 깃발을 드는 것이 진정한 가치와 위배된다는 것, 따라서 그것이 매우 고루하고 편협하

---

2) 우찬제·권성우 대담, 『협궤열차』, 도서출판 창, 1992, 236쪽.

3) 조남현, 『삶과 문학적 인식』, 문학과지성사, 1988.

4) 원형갑, 「소설의 전위적 모험과 후진성」, 『월간문학』 1983년 1월호, 191쪽.

5) 권성우·우찬제 대담, 같은 책, 225쪽.

6) 윤후명, 「작가의 말」, 『협궤열차』, 도서출판 창, 1992, 209쪽.

며, 소설가로서는 부적격자인지 몰라도, 당시의 시대 상황을 직접적인 언사로 고발하고 비판하지 않는 것이 옳다는 믿음이 저변에 깔린 것이어서 당대의 주류문학에서 비껴날 수밖에 없었다. 윤후명은 1995년 「하얀배」로 이상문학상을 받은 자리에서 "거대한 역사의 수레바퀴가 어떻느니 저떻느니 하는 투의, 이른바 큰 이야기는 내 몫이 아니었다"라고 밝히며 그는 "바깥으로 나아가 외치는 문학이 아니라 안으로, 안으로 파고들어 물음을 던지는 문학"이 바로 자신의 문학이라고 밝힌다. 윤후명 문학의 본령이 그 스스로가 밝혔듯 "자아의 탐구"[7]에서부터 시작되는 이유가 여기에 있다:

윤후명은 83년에 녹원문학상(「돈황의 사랑」), 84년 소설문학작품상(「누란의 사랑」), 85년에는 한국일보문학상(「섬」)을 수상하였다. 대부분의 심사평에서 알 수 있듯, 80년대 리얼리즘 문학의 주류에서 비껴난 윤후명 소설은 "개인 무의식"이 갖는 유연함[8]이 특징이다. 윤후명은 그간 다수의 소설집과 장편소설을 묶어냈는데, 이 소설들은 대부분 일인칭시점으로 쓰여졌다. 권명아의 지적대로 윤후명의 일인칭소설에 등장한 인물은 바로 윤후명 자신의 분신일 것이다. 이들은 질풍노도의 청년기를 지난 중년의 사내이기도 하다. 현실에 뿌리내리지 못한 채 과거라는 환상에 사로잡힌 주인공은 윤후명 소설 곳곳에 변형되어 나타나고 있다. 이들이 헤매는 이유는 바로 현실에서 위안받고자 하는 욕망이 아닌 그 너머의 세계에 대한 근원적인 갈증의 표현[9]이기도 한 것이어서 본질적으로 윤후명 소설의

---

7) 윤후명, 「그렇습니다, '문학'입니다」, 『제19회 이상문학상 수상작품집』, 문학사상사, 1995, 32쪽.

8) 황순원·이어령·이청준·김치수, 「섬 심사평」, 『윤후명 수상 소설집』, 문학아카데미, 1995, 305쪽.

9) 권명아, 「세계로 향한 구석, 무한으로 향한 내밀」, 『작가세계』 1995년 겨울호, 21~25쪽.

주인공에게 떠날 수 있는 근거를 마련한다.

　이 때문에 윤후명 소설이 거의 한결같이 집을 벗어나 어딘가로 향하는 도정에서 시작하며, 대표작들이 거의 여행기의 형식을 띠고 있다는 것[10]은 그의 소설을 읽는 일관된 독법이다. 즉 철저한 '나' 중심의 여행을 추구하는 윤후명 소설의 본질은 여행을 통하여 생의 새로운 체험 영역을 넓혀나가려는 '자아'의 위상 찾기[11]와 관련되어 있기 때문이다. 실제 윤후명 소설은 러시아, 서역, 대만의 지리적 배경이 다수 등장한다. 초기 소설부터 그가 일관되게 그려낸 이러한 일인칭 주인공은 윤후명에게 어떠한 의미를 지니고 있을까. 현실에 안주하지 못하고 헤매는 윤후명 소설의 주인공들이 결국 여로의 끝에서 조우하게 되는 본질은 무엇일까. '나'에 대해 끊임없이 질문을 던지는 윤후명 소설은 결국 타자에 대한 적극적인 해답을 갈구하는 것이 아닐까.

　그런 의미에서 윤후명 소설의 주체들이 지속적으로 조우하는 타자의 실체에 대해 보다 분명하게 서술할 필요가 있을 것이다. 윤후명은 꿈속의 나비와 현실의 '나'를 구분할 수 없었던 장자의 한 구절을 인용하면서 환상성이 그의 문학의 근원[12]임을 밝힌 바 있다. 윤후명 문학의 환상성은 폐허가 된 현실을 꿈꾸는 자아의 일탈[13]로 종종 설명된다. 환상의 중심적인 이슈, 예컨대 분신, 거울 모티프들은 모두 '정상적인' 지각을 전복하고 사실주의적 방식을 무너뜨린다. '나'와 '타자'에 대한 궁극적인 문제의식[14]이 함께 스며 있는 것이다. 이 글에서는 윤후명의 80년대 대표작인 「섬」

10) 김경수, 「존재의 확산을 향한 여정의 소설」, 『작가세계』 1995년 겨울호 참조.

11) 양진오, 「여행하는 영혼과 여행의 소설」, 『작가세계』 1995년 겨울호, 83쪽.

12) 윤후명, 『곰취처럼 살고 싶다』, 민족사, 1997, 110〜111쪽.

13) 정호웅, 「공포의 현실 환각의 문학」, 『작가세계』 1995년 여름호.

14) 로지 잭슨, 『환상성』, 서강여성문학연구회 옮김, 문학동네, 2004, 71쪽.

「돈황의 사랑」과 함께 「원숭이는 없다」와 그 외 몇 편의 소설의 검증을 통해 윤후명 소설에 나타난 자아와 타자의 긴장관계에 관해서 살펴보고자 한다.

2. 존재의 다면성에 대한 성찰

흐릿한 서사와 역사에 참여하지 않는 주인공, 혹은 역사를 외면하고 지나친 내적 개인주의로 침잠하는 윤후명 소설이 특정 시대와 조응되기란 어려웠다. 윤후명 소설은 유령선처럼 한 시대를 배회한다. 예컨대 「모든 별들은 음악 소리를 낸다」에서 제시되는 4·19는 극히 추상적인 역사적 사건으로, 공동체를 빠져나온 개인이 겪는 외로움을 묘사할 배경이 되었다. 4·19의 치열함을 목격하고도 오히려 역사에 대한 영원한 방관자로 남는 길을 선택하는 이 소설은 "외톨이"의 곤혹스러움을 제시한다. 이처럼 윤후명은 역사와 현실을 작품 안에 혼용하지만, 이것을 일종의 '삽화'로 처리하고, 적극적인 역사의 가담자로 80년대를 증언하는 것이 아닌, 그 현실을 빠져나온 철저한 개인이 겪은 무원의 고립을 제시함으로써 "삶"에 대한 획일적인 증언을 철저히 거부한다.

「섬」은 윤후명에게 1985년 한국일보문학상을 안겨준 작품이다. 이 소설은 단편 「투구게」와 「엉겅퀴꽃」으로 나누어 발표된 것을 하나의 작품으로 다시 만들어, 소설집 『부활하는 새』에 재수록되었다. 윤후명은 단편소설을 발표했다가 소설집으로 묶을 때 주제나 소재가 유사한 단편을 모아 하나의 중편소설로 개작하는 특이한 작업을 계속해왔는데, 이같은 점은 하나의 사건이나 사물을 밀도 있게 추구[15]하는 윤후명의 특성과 연

---

15) 윤후명, 「인터뷰」, 『윤후명 수상 소설집』, 문학아카데미, 1995, 306쪽.

관된다.

「섬」은 부재와 대상 없는 실체에 관해 끊임없이 탐구하는 주인공의 해체된 사고가 기반이 되어 있다. "현장"의 치열한 삶으로부터 떠나 있다고 느끼는 주인공은 자기 스스로를 신선이나 유령, 허풍선이의 삶과 같이 공허하다고 바라본다. 출퇴근 버스에 시달리는 직장생활이 "그것 모두는 구름 위에서 있었던 일"로 느껴지는 것처럼, "그림자놀이"와 같던 삶은 주인공 스스로를 깊은 허무의식에 침잠하게끔 했던 것이다. 황폐한 현실에 적응하지 못하는 주인공은 윤후명 소설의 전형적인 모습이기도 하다.

그는 일상의 평온한 삶을 거부하고 '외포'로 발길을 돌린다. 외포는 거제도 인근의 섬이긴 하나, 「섬」에서는 지도의 지명과는 상관없는 비실체적인 공간이다. 외포로 가는 배를 탄 사람들은 그 배가 실상 '외포'로 들어가는지 '미지'의 섬으로 향하는지도 모른다. "외포라는 곳이 있는지 없는지도 모른다는 표정"으로 탄 사람들은 배 안에 가득 찬 "가수(假睡)상태"처럼 정처 없이 떠돌고 있다. 외포는 주방장 출신의 용접공, 한 달 계약으로 외딴 포구에 와 있는 다방레지와 같은 전국 각지의 별의별 사람이 모이기에 가장 적합한 공간이다.

소설의 주인공이 외포로 떠나는 이유는 단순하다. 얼마 전 옥포 앞바다에서 바라본 상어의 이빨은 주인공에게 강렬한 인상을 심어준다. 이후 주인공에게 '상어'는 반드시 찾아야 할 갈구의 대상이다. 「섬」에서 상어에 대한 묘사는 서사의 몰입을 방해할 정도로 길게 나열된다. 상어의 '학명'[16]을 백과사전식으로 나열한 장면은 서사의 흡입력이 떨어질 정도이다. 그러나 이 장면이 아이러니한 것은 각종 상어의 명칭을 자세히 열거

---

16) 「섬」에서 설명하는 상어의 종류는 다음과 같다. 강남상어, 고래상어, 괭이상어, 귀상어, 들목상어, 두툽상어, 수염상어, 악상어, 참상어, 철갑상어, 행락상어, 환도상어로 각 상어의 길이, 모양, 서식지에 대한 지식이 나열되었다.

하고 있음에도 불구하고 주인공은 정작 자신이 찾고자 하는 상어가 "온몸이 흑회색이거나 흑청색"인 것만을 기억할 뿐 그 상어의 명칭조차 정확히 찾질 못한다. 그에게 상어란 단지 "그것도 상어"로 통칭되는, '상어'의 본질과는 거리가 먼 모호한 실체이다. 결국 옥포 앞바다에서 본 상어는 "내 사십 년 가까운 인생 편력의 사전 가운데 그것을 상어라고 단정 지을 수 있는 근거가 없"는 불확실함, 그리고 "그 어느 것도 내가 본 그 상어"는 아니었다고 토로하는 주인공의 결핍과도 연결된다. 부재와 결핍, 혹은 보이지 않는 것과 볼 수 없는 것을 계속 고집하는 윤후명 소설의 환상성과 적절히 직조되어 있다.

윤후명이 제시한 불가시성은 확실성을 제거하고 실재적인 것의 전제를 혼란스럽게 한다. 소설의 주인공이 상어를 찾아가는 일련의 행위는 의미 없는 텅 빈 기호들로 이해되기 쉽다. 부재한 대상을 끊임없이 갈구하는 윤후명 소설은 성취의 불가능성을 선언하기도 한다. 주인공은 계속 "괴물 같은 상어"를 또 한번 보고 싶어서 바닷가로 향한다. 그러나 "매립공사"를 하는 이 바닷가에서 상어를 찾는 것은 불가능한 일이다. 그는 오직 "만을 반쯤 메꾸어놓은 저만치"에 바다가 있는 것을 확인할 수 있을 뿐, 상어가 생존해 있는 바다는 발견되지 않는다.

이러한 주인공의 머뭇거림은 결국 세계, 타자, 대상에 대한 인식으로 확장된다. 우리가 익히 아는 것, 안전한 것에 대한 지각의 전복을 통해서 자아와 타자, '나'와 '나 아닌 존재'의 문제적 관계가 설정된다. 「섬」에서 '상어'가 상징하는 대상은 환유적 과정으로 움직여 다른 형태로 곧잘 변형된다. 소설의 마지막 장면에 배치된 '엉겅퀴꽃'은, 그래서 인상적이다.

거제도 포로수용소에 도착한 나는 문득 "전쟁의 와중에서 자신도 모르는 사이에 포로가 되어" 이곳에 온 것과 같은 기시감을 느낀다. 비극과 역사의 현장 가운데에 나는 어릴 적부터 수없이 많이 보아온 엉겅퀴꽃을 발견한다. 누군가에게 엉겅퀴꽃은 그저 "이름 모를" 풀처럼 익숙하고 하찮은 존재일 것이다. 그러나 소설의 화자에게 엉겅퀴꽃은 거제도의 포로수용소의 잔해와 전쟁의 상흔에 대한 기억을 불러일으킨다는 점에서 특수한 꽃으로 다가온다. 소설에서는 "제 이름을 불러보는 기회"를 찾았다고 표현된다. 평범한 엉겅퀴꽃이 "그날 처음 본 꽃"으로 각인되는 이 장면은 앞서 목적과 기표가 없는 '무'의 상태로 남아 있었던 "상어"를 본 것과 다르다. 엉겅퀴꽃을 재발견한 화자는 "이제야말로 누군가를 다시금 깊게 사랑"할 수 있을 것만 같은, 생의 근원적 욕망을 되찾는다.

그런 의미에서 본다면 「섬」의 마지막 장면은 사뭇 의미심장하다. 윤후명 특유의 환상적 수법이 가미된 이 장면은 투구게와 상어가 '나'에게 말을 걸면서 시작한다. "먼 나라에 사는 투구게", 그리고 그토록 찾아 헤매던 상어도 씩 웃으며 '나'와 대화를 한다. 남해안의 몽롱한 분위기와 정체된 거제도의 유적을 배경으로 한 「섬」에서 유일하게 활기가 넘치는 장면이다.

윤후명은 「섬」에서 "들녘에서 보는 하찮은 풀이라도 이름 없는 것은 없다"고 하거나, 최근에 발표한 소설에 이르기까지 "모든 사물은 이름을 가져야 한다"[17]라고 주장한다. 개체의 고유성에 대한 신념이 이름에 대한 고찰로 이어졌다. 이는 엄숙한 언어주의를 넘어서 사물의 이면을 꿰뚫어보는 지적 편력이기도 하다. 보여지지 않고 말해질 수 없는 것을 시각화

---

17) 예컨대 「하얀배」에서 '류다'가 말한 "안녕하세요"는 사물의 기표와 기의 간의 간격을 말해준다. 즉 그는 이름 붙일 수 없는 존재를 명명하는 것이 불가능하다는 것을 강조하는데서 그들의 자의식을 드러내기도 한다. 이와 같은 작가의 신념은 최근에 발표한 『꽃의 말을 듣다』에도 그래도 반복된다. "모든 사물은 이름을 가져야 한다. 아니, 이름이 없는 사물은 이 세상에 없다. '우수마발'이 다 이름을 갖는다는, 도대체 '이름 없는 꽃'이 무엇이냐는 일갈. 그래서 산해박, 쇠뜨기, 세뿔석위, 속새, 머위, 천남성, 패모, 반풍, 잔대, 고비 등등 풀을 구해다 심는다. 그 이름을 부르며, 나와의 동질성을 회복하려는 것이다." 윤후명, 「강릉/모래의 시」, 『꽃의 말을 듣다』, 문학과지성사, 2012, 23쪽.

하고 언어화하려는 그의 노력은 "비실재적인" 것으로 명시되는 모든 것, 요컨대 모든 '나' 아닌 '타자'를 수면 위로 올려 그들의 이름을 부르는 행위를 소설에서 자주 반복하고 있는 것이다.

윤후명 소설은 동일한 사물을 지칭하는 여러 가지 언어를 자주 구사하는 모습을 보인다. 그의 소설에서 주로 '듣다' '생각하다'라는 동사가 자주 출몰하거나 '역사강의'를 듣는 주인공의 모습이 지루하게 반복되는 이유가 바로 여기에 있다. 그는 하나의 사물을 가리키는 언어의 용례를 다채롭게 구사한다. 이 점은 「오늘은 내일의 젊은 날」에서 특히 잘 엿볼 수 있다.

> "배라는 뜻의 한자어는 무려 240자가 넘는데 일반적인 배는 주, 선, 항, 큰 배는 박, 반, 작은 배는 정, 료, 조, 특수한 배는 함, 루 등입니다. 우리나라에서는 현재 선, 선박 등이 보편적으로 쓰이고 있으며 주정은 작고 빠른 배, 함선과 함정은 작고 큰 모든 군용선의 뜻으로 사용되고 있습니다." 강사는 칠판에 한자를 열심히 적어가며 배의 기초 상식부터 설명해나가고 있었다. 나는 그 배 종류들을 주, 선, 항, 박, 반, 정, 료, 조…… 하고 마치 예전에 조선시대 임금들을 외듯이 외어보기도 한다. "영어로도 다양합니다. 베셀은 모든 배를, 쉽은 큰 배를, 보트는 작은 배를, 크래프트는 특수한 기교가 가해진 배입니다. 그러면 배는 처음에 어떻게 해서 만들어졌을까요?" (『오늘은 내일의 젊은 날』, 작가정신, 1996, 53~54쪽)

고유명사 이론에 의하면 이름의 지칭체는 단일 기술 어구에 의해 확정되는 것이 아니라 기술 어구들의 다발이나 가족에 의해서 정해진다.[18] 이

---

18) 크립키는 비트겐슈타인의 고유명사 이론을 차용하여 성서에 등장하는 '모세'가 고유명사일 뿐만 아니라 지도자, 성취한 사람까지 포괄하고 있음을 증명한다. 이름은 고유명사의

를테면 하나의 고유명사는 용례에 따라 다채로운 이름 부르기 방식이 있을 것인데, 윤후명식으로 말하면 '배'는 수많은 기표로 이루어져 배를, '쉽'으로, '보트'로, '크래프트'로 부를 수 있다. 그리고 크기와 모양에 따라 이백사십 개가 넘는 뜻을 갖고 있다.

즉 기표와 기의가 일대일로 맞아떨어지는 '단성성'이 윤후명 소설에서는 전혀 보이지 않는다. 그는 하나의 관점으로 세계를 바라보는 단성적인 세계의 편협한 시선을 고발하고 있다. 기표와 기의의 벌어지는 간극은 우리가 미처 그 이면을 발견할 수 없는 다면성의 세계를 향한 윤후명만의 글쓰기 방식이다. 이러한 언어적 무의식은 결국 사물의 이면을 구성하는 존재의 다층적 성격에 접근하기 위한 노력이라고 확인된다.

3. 무한의 응시와 타자와의 만남

「섬」에서 알 수 있듯, 허무주의에 빠진 주인공은 자신에게 결여된 열정의 본질을 찾기 위해 역사적 기억이 배치된 거제도로 향하고 있었다. 「돈황의 사랑」에서는 주인공이 선택한 시간과 공간의 폭이 훨씬 더 확장된다. 천년이 넘은 누란과 돈황의 역사가 소설의 박물학적 지식으로 삽입된 것이 특징이다. 이 공간은 윤후명식으로 말해서 "허구의 지도"[19]로만 길을 찾을 수 있는 비현실적인 장소이기도 하다.

「돈황의 사랑」은 윤후명 소설이 황폐한 현실을 견디는 두 가지 방식, 즉 환상과 사랑이 적절히 조화된 소설이다. 시대와 현실에서 벗어나 시야를 원대하고 심오한 곳으로 확장하여 문화사적인 중후한 안목이 스며 있다

기능을 넘어 문맥을 통해서 완성되기도 한다. 크립키, 『이름과 필연』, 서광사, 1989, 43쪽.
19) 윤후명, 「설화」, 『모든 별들은 음악 소리를 낸다』, 민음사, 2005, 157쪽.

는 평가[20]와 함께 1983년 녹원문학상을 받았다. 앞서 지적한 대로 윤후명 소설의 주인공은 대부분 현재의 삶에 환멸을 느끼며 일탈을 꿈꾼다. 「돈황의 사랑」에서도 역시 주인공은 따분하게 반복되는 현실을 벗어나기를 원한다. 그는 셋방의 "쇠침대"와도 같은 현실을 벗어나, 서역이나 돈황과 같은 이국의 땅 혹은 "격렬비열도"와 같은 육지에서 가장 멀리 떨어진 섬에 숨겨진 이야기를 찾아나설 수밖에 없다. 소설에서 돈황은 "중국의 서역 쪽에 있는 고대의 불교 유적지"로 묘사된다. 천 개도 넘는 돈황의 석굴을 포함하여 돈황의 역사, 유물, 양식에 대한 지식이 총동원되어 설명된다. 그러나 아무리 많은 지식을 동원하여 돈황을 설명해도 "서울에서 중국 돈황의 거리는 먼" 곳일 뿐이다. 같은 의미에서 누란은 "신강성 타림 분지 동쪽 끝의 폐허"인 곳이다. 누란의 지리적 위치는 타림강과 '방황하는 호수' 로프노르와도 같은 이국적인 지식이 총동원되어 설명되어야 할 듯하다. 그러나 누란은 "극화(劇化)"된 이야기처럼 비실체적 공간으로 남아 있다.

돈황과 누란은 지정학인 공간을 지칭하는 것을 넘어서 인간의 모든 의식과 경험으로 구성된 의도의 구조에 통합[21]된 곳이다. 돈황과 서역은 '나'로부터 가장 멀리 떨어진 '타자'의 존재를 발견할 공간으로 각인된다. '나'를 내밀하게 성찰할 수 있는 무한의 공간으로 적합하기 때문이다. 윤후명 소설의 돈황과 누란은 사건과 행위가 휘발되고 실존의 의미 있는 본질을 경험할 수 있는 무한의 상상력이 발휘된 공간이다.

그런 의미에서 "사막을 가는 신라의 사자가 서역에서 천년을 누워 잠자는 사람"을 만난다는 단순한 아포리즘과 같은 구절은 「돈황의 사랑」을 이

20) 하근찬, 「심사평」, 『윤후명 수상 소설집』, 문학아카데미, 1995, 298쪽.
21) 에드워드 렐프, 『장소와 장소상실』, 김덕현, 김현주, 심승희 옮김, 논형, 2008, 102~104쪽.

해하는 큰 축으로 볼 수 있을 것이다. 선문답과도 같은 윤후명 소설의 이 질문은 주인공들이 회의하고 방황하고 사색하는 실체가 된다. 소설의 주인공은 중국 서역에 있는 고대 불교의 유적지 돈황에서 혜초의 왕오천축국전을 발견하거나, 몽고족의 인디언이 바로 '우리'와 같다는 점, 봉산탈춤 사자의 얼굴이 돈황 벽화에서도 그대로 발견되고 있는 어떤 '공통점'을 발견하기에 이른다. 그렇다면 이러한 "이질성"의 "놀라운 친화력"은 무엇인가. 봉산탈춤의 사자의 얼굴과 돈황 벽화에서 동일하게 발견되는 것은 인간의 '얼굴'이다.

> 나는 사자춤을 추는 혜초를 생각했고, 백수의 왕인 사자가 너울너울 춤을 추면서도 그 가죽 속에 고독한 진짜 얼굴을 감추고 있는 모습을 생각했던 것이다…… 그리하여 그 고독한 얼굴의 넋이 벽화 속에 옮겨져서 천몇백 년이 지난 뒤에 고향 땅으로 돌아온다……(「돈황의 사랑」, 『윤후명 수상 소설집』, 문학아카데미, 1995, 92쪽)

그는 사자의 탈 뒤에 숨겨진 "진짜 얼굴"을 떠올린다. 그 얼굴의 실체는 상당히 고독한 얼굴이며, 돈황과 서역을 넘어 지금의 우리에게도 동일하게 발견되는 인간의 내면이기도 하다. 「돈황의 사랑」에서 명시한 탈춤과 가면은 '얼굴'이라는 대상의 환유적 실체[22]로서, 개인의 내면을 확인할 수는 없지만 "그 가죽 속"에는 분명 "고독한 진짜 얼굴"이 숨겨져 있음을 깨닫게 한다. 사자춤은 그 어느 순간에도 자기 확인이 불분명한 가면 속에 숨겨진 자신의 '얼굴'을 바라보는 일과도 같다.

인간은 모든 얼굴 중에서 자신의 얼굴만은 직접 볼 수 없다. 거울이 반

---

22) 일본 연극에 등장하는 '가면'과 '화장'의 예에서 알 수 있듯, 이 얼굴들은 한 사람의 사적인 개인과는 아무런 상관이 없다.(롤랑 바르트, 『기호의 제국』, 민음사, 1997, 105쪽)

사하는 상이 없으면 '나'의 얼굴을 볼 길이 없는 것처럼, 무인도에 정체된 로빈슨 크루소가 사회와 격리된 자신의 처지를 깨닫게 되는 지점이 바로 예전 모습과 달라진 자신의 얼굴에서였듯, 나의 '얼굴'을 발견하는 일은 결국 타자와의 긴장감을 통해서 완성되기도 한다. 그러나 인간은 타인의 고정된 시선을 벗어나, 또다른 타자를 찾아내어 자신의 '얼굴'이 갖는 의미(sens)를 추구하고자 한다. 이것이 바로 실패를 알더라도 "무한"[23]의 지점을 향해 나아갈 수밖에 없는 인간의 숙명인 것이다.

「돈황의 사랑」은 탈춤의 사자 가면 뒤에 숨겨진 "인간"의 얼굴을 들춰내는 과정을 반복한다. 탈춤의 형성과정을 취재하면서 갈모로 이야기의 실존인물 '금옥'에게 주인공은 흥미를 갖는다. 갈모로 이야기에 삽입된 '처용의 형상' '금옥의 얼굴'은 자신의 얼굴을 한 번도 확인해보지 못하고 탈춤을 출 수밖에 없는 사자의 운명과도 같은 것이다. 이는 곧 타인의 '얼굴'을 통해 자기의 정체성을 구성하는 인간 본연의 특성을 넘어, '나'와 '타인' 사이의 참다운 본질을 찾고자 하는 주체의 사고력[24]을 확장하기도 한다. 즉 윤후명은 「돈황의 사랑」에서 인간 존재의 근원이 무엇인가, 한편 그 실체는 우리에게 어떻게 다가오는가 하는 메시지를 강렬하게 던지고 있었다.

---

23) 서동욱, 「얼굴의 출현」, 『일상의 모험』, 민음사, 2005, 174쪽.

24) 나와 타자 사이의 관계 설정에 대한 질문은 그의 자전소설 「모든 별들은 음악 소리를 낸다」에서 보다 구체화되어 있다. "지금 이승에서 인간이라는 같은 허울을 쓰고 있기는 해도 우리는 본디 지렁이와 달팽이처럼 전혀 다른 삶을 살고 있는 것이다. 우리는 서로 알은체를 하려야 할 수가 없는 것이다. 어둠 속에서의 만남은 영겁의 궤도를 돌고 있는 두 개의 살별이 오직 한 번 스치며 서로 비춘 희미한 반짝임과 같았다. 그것은 절집 딸과 내가 만나 서로 알은체를 하고, 히히덕거리며 사랑의 약속을 하고, 서로의 육체를 능지처참하듯 탐닉하고, 그리고 뼈다귀를 추려 합장을 한다 한들 변할 수 없는 사실이었다. 우리 모두는 단지 스쳐가는 빛, 스쳐가는 소리에 지나지 않는 것이다."(윤후명, 「모든 별들은 음악 소리를 낸다」, 같은 책, 261쪽)

「돈황의 사랑」에서 반복되는 '얼굴' 이미지는 종종 자신의 모습을 비춰 볼 수단을 필요로 한다. 그림에 재현된 여인의 얼굴, 종의 무늬에 스민 '상'(像)은 모두 나의 모습을 비춰 볼 거울이다. 주인공은 상원사에서 본 동종의 "천녀"의 모습을 보며 남모르는 흥분을 느낀다. 옷깃을 나부끼며 날아가는 천녀의 품에 공후가 안겨 있는 모습을 보며 "착각인 줄 알면서도 나는 여자와 밀회하는 것처럼" 가슴이 두근거린다.

환상과 현실을 병치시켜 보이지 않는 것을 보이는 것으로 만드는 윤후명 특유의 작법은 세종문화회관 벽화의 "천녀"를 천상의 '천녀'와 동일시하는 장면에서 구체화되었다. 벽화를 바라보며 피리 소리와 생활 소리의 환청에 시달리는 주인공의 모습은 '픽션'과 '논픽션' 사이의 경계를 아슬아슬하게 넘나들고 있다. 주인공이 여옥의 공후인과 비천상의 공후인을 "어떻게든 관련"시켜 기사를 완성하고자 하는 이유가 여기에 있을 것이다. "멸종하는 짐승"처럼 휘발되고 증발된 공간은 떠남과 만남을 "원심력과 구심력처럼 팽팽히" 맞설 힘으로 유지시키고 있으며, 마침내 '나'라는 존재를 확연히 조우할 무한의 공간을 생성해내기에 이른다.

4. 얼굴 이미지와 존재의 발견

그렇다면 탈춤의 사자, 처용 가면, 미라, 그림에 재현된 '상'과 같은 가면 이미지가 반복되는 이유는 무엇인가. 이러한 가면들은 좀더 '나'라는 내면에 다가가기 위한 윤후명의 접근방식이다. 자신의 또다른 얼굴 엿보기는 결국 나의 반사상을 끌어들여야 가능한 일이기 때문이다.

윤후명은 현실과 비현실의 경계를 넘나들며 나와 타자의 경계가 무색해지는 그 '찰나'의 순간을 포착한다. 「돈황의 사랑」의 마지막 장면은 주목할 만하다. "시간의 사막"에서 춤을 추는 사자가 등장한다. 가도 가도 끝없는 서역 만 리를 울어온 "공후 소리"처럼 모든 것이 "정체"된 모래사막이 그 배경이다. 멀고 먼 서역 삼만 리와 경주가 예술과 문화의 "한줄기 원류"로서 그 본질이 다르지 않듯, 북청 사자, 신라 산예의 사자, 돈황 벽화의 사자는 '나'라는 주체를 바라볼 의미 있는 거울이다.

소설의 마지막 장면을 살펴보자. 나는 사자춤을 바라보다가 갑자기 목구멍에 모래가 잔뜩 엉겨붙은 듯한 "쉰 목소리"가 들려오는 것을 깨닫는다. 이 목소리는 서역으로부터 출발한 긴 여정의 끝을 알린다. 쉰 목소리의 주인공은 '나'였기 때문이다. 꿈과 실재 사이의 간극에 자리잡은 자신을 증명해내는 방식. 그런 의미에서 본다면 사자와 나의 대화는 자신의 반사상을 설정하고 그 속에서 나의 실존을 찾기 위한 주체의 노력이기도 하다. 「돈황의 사랑」은 가면 이미지의 지속적인 개입과 여기에 응답하는 '나'의 모습을 함께 부조하고 있었던 것이다.

「돈황의 사랑」은 '가면' 이미지가 반복됨으로써 자아의 본질을 탐색하는 주체의 역할이 강조되었다. 이러한 가면 이미지는 「원숭이는 없다」에서 극대화된다. "자신과 가장 닮은 사람" "같은 옷을 입은 사람"처럼 보이는 원숭이를 찾기 위해 소설의 주인공은 지난한 노력을 한다. 「원숭이는 없다」는 배우 김형과 연출자 김형, 그리고 변두리 아파트 주변에서 소독약을 피해 갈 곳 없이 빈둥대는 '나'가 등장한다. 하릴없이 배회하던 이들은 장터의 원숭이를 찾아나서기 위해 약장수와 서커스를 따라간다. 이들의 탈출은 자기 발견을 위한 여행[25]으로 해석되어 윤후명 소설을 이해하는 중심축이 되었다.

"한 마리의 원숭이를 두고두고 머릿속에 간직"하거나 "홰를 타고 앉아 광활한 우주 공간을 응시하는 거대한 원숭이"를 바라보는 것처럼 주인공

---

25) 권택영, 「혼돈 속의 작은 불꽃─미니멀리즘 미학」, 『모든 별들은 음악 소리를 낸다』, 민음사, 2005, 283쪽.

은 종종 원숭이에게 자신의 감정을 투사한다. 소설의 주인공에게 원숭이는 아무리 외로운 상태에 빠져 있더라도 함부로 다른 사람에게 그 감정을 공유하기를 바라서는 안 된다는 "어떤 동류의식"이 흐르는 존재이다.

이 소설은 우주의 원숭이, 유년 시절의 원숭이, 봉산탈춤의 원숭이, 그리고 손오공에 이르기까지 수많은 원숭이의 얼굴이 출현한다. 소설의 결말은 더욱 특이해진다. 그토록 찾았던 원숭이가 김형과 내 얼굴에서 발견된다. 둘 다 원숭이로 변해버린 것이다. 이들은 서로를 끔찍하게 여긴다. 원숭이로 변한 자신들이 무서워서 견딜 수가 없기 때문이다. 허나 '꼼짝없이' 어떤 힘에 의해 자신들이 버려졌다고 느낄 뿐, 이들은 마지막까지 왜 원숭이가 되어버렸는지 그 답을 찾지 못한다.

이토록 많은 원숭이의 분신들이 등장하는 이유는 무엇인가. 결론에서 원숭이를 찾던 김형과 내가 서로의 눈에 '원숭이'로 보이는 시선의 착란은 또한 무엇을 의미하는가. 왜 인간은 '나'와 가장 비슷한 '나'를 찾기 위해 노력하는가. 해답을 위해 윤후명은 자아라는 얼굴을 바라볼 수 있는 상을 여러 개 준비해놓고 있었다. 그는 상이 다다를 수 없는 지점, 즉 나를 확인하기 위해 여러 개의 '분신'을 겹쳐놓더라도, 자신의 본질에 다다를 수 없는 결핍의 의미를 우리에게 설명한다. 그런 의미에서 주인공이 "내 원숭이 몰골은 더욱 볼썽사납게 보이리라"고 절규한 이유는 자기 안에 있는 익숙하지 않는 나 자신을 발견했기 때문이다.

그토록 찾고자 했던 원숭이가 주인공의 얼굴과 겹쳐질 때의 불안스런 이질감(inquiétante étrangeté)을 목격하면서 우리는 결국, 인간이 추구하는 자화상은 친근한 얼굴과 불쑥 솟아오른 알지 못하는 얼굴, 이 두 '자아'의 우연한 만남[26]을 통해 완성된다는 것을 알 수 있다. 「원숭이는 없

---

26) 사빈 멜쉬오르 보네, 「비스듬한 거울과 반사적 책략」, 『거울의 역사』, 윤진 옮김, 에코리브르, 2001 참조.

다」의 마지막 장면은 당혹스럽다. 인간이 수없이 많은 얼굴을 가진 동일자이면서 타자임을, 그리고 그 내면이 닮았으면서도 다르다는 것을, 이 소설이 솔직하게 전달해주기 때문이다.

5. 결론

윤후명은 1980년대 문학의 독특한 장을 열어왔다. 서사보다 이미지가 강조된 소설을 지속적으로 발표하면서, 리얼리즘 소설에서 탈피하고자 하였다. 때문에 개인의 내면과 환상의 직조, 이국적 공간의 병치가 윤후명 소설의 특징이 된다. 서역, 돈황, 누란은 지리적인 실체를 넘어서 '나'로부터 가장 멀리 떨어진 '타자'를 발견할 공간, 혹은 '나'를 내밀하게 성찰할 수 있는 무한의 공간이다. 실존의 의미 있는 본질을 경험하기 위해 소설의 주인공은 회의하고 방황하는 주체가 된다.

특히 「섬」「돈황의 사랑」「원숭이는 없다」는 일그러진 자신의 얼굴을 조우하는 주인공의 모습이 등장한다. 이는 현실과 비현실의 경계를 넘나드는, 기묘한 낯섦은 바로 내 안에 숨겨진 타자의 '얼굴'을 발견하는 윤후명 고유의 전략에 근거한다. 소설에서 반복된 분신, 미라, 탈춤의 가면은 '얼굴'이라는 대상의 환유적 실체로서, "가죽" 속에 숨겨진 인간의 고독한 "진짜 얼굴"이 무엇인지 묻는 나의 '반사상'이다. 「원숭이는 없다」에서 알 수 있듯, 윤후명은 나를 확인하기 위해 여러 개의 '분신'을 겹쳐놓고 있으나, 자신의 본질에 결코 다다를 수 없는 인간의 근원적 결핍을 제시해놓고 있다. 이 당혹스러움을 통해서 독자는 인간은 수없이 많은 얼굴을 가진 동일자이면서 타자임을 깨닫게 된다.

역사의 허구와 문학적 진실
― 현길언론

1. 들어가며

현길언은 1980년 『현대문학』에 「성 무너지는 소리」와 「급장선거」를 추천받아 등단했다. 불혹의 나이에 이룬 늦깎이 데뷔였다. 등단 이후 그의 왕성한 창작활동은 늦은 등단을 보상하기에 충분했다. 소설집 『용마의 꿈』(1984), 『우리들의 스승님』(1985), 『닳아지는 세월』(1987), 『우리 시대의 열전』(1988), 『무지개는 일곱 색이어서 아름답다』(1989)와 장편소설 『불임시대』(1987) 등을 통해 현길언은 1980년대 소설사에 굵직한 흔적을 남겼다. 이후에도 『배반의 끝』(1993), 『나의 집을 떠나며』(2009) 등의 소설집과 『투명한 어둠』(1991), 『한라산』(1994), 『열정시대』(2008), 『숲의 왕국』 등의 장편소설을 꾸준히 발표하며, 현재까지도 창작의 생명력이 고갈되지 않았음을 입증하고 있다.

현길언은 현기영과 더불어 한국소설사에 4·3문학 내지 제주도문학이라는 영역을 개척한 작가로 자리매김된다. 첫 작품집 『용마의 꿈』에 실린 대부분의 단편들이 유년시절 4·3사건을 겪었던 '개인적 체험'과 '제주도'라는 특수한 지역성을 배경으로 삼고 있다. 현길언 문학은 바로 이 원점

692

에서 확산되고 심화되어왔다고도 할 수 있다. 개인적, 지역적 삶의 특수성을 바탕으로 이념 분쟁으로 얼룩진 민족사의 보편적 비극을 형상화하고 이데올로기 너머의 진리를 추구하는 것은 그의 소설에서 오랜 세월 변함없는 주조음을 이루고 있다. 그러나 그는 작품활동의 폭을 꾸준히 넓히면서 가족의 의미에 대한 성찰을 담은 가족소설(『벌거벗은 순례자』(1999), 『나의 집을 떠나며』(2009) 등), 성장소설 내지 어린이·청소년 소설(『그때 나는 열한 살이었다』(2002), 『자청비』(2005) 등), 기독교 신앙을 바탕에 깔고 있는 일련의 기독교소설들까지 다양한 작품들을 창작해왔다. 여기에 국문학에 관련된 방대한 연구서들까지 고려한다면, 그가 한 사람의 일생에 허용된 최대치의 성과를 이루기 위해 부단한 노력을 기울여왔음을 짐작할 수 있다.

현길언은 지금도 왕성한 창작활동을 계속하는 동시대 작가이니 만큼, 그의 소설 전반에 대한 학문적 연구는 후일을 기약해야 할 것이다. 그간의 연구는 주로 현길언의 '4·3문학'에 초점을 맞춰, 역사와의 관련 양상이나 서술시점, 설화수용 양상[1] 등을 규명하고 있다. 학계의 연구가 아직 본격적으로 이뤄지지 않은 지금으로서는 개별 작품(집)을 대상으로 삼은 평론들이 현길언 연구의 주된 축을 이루고 있다.[2] 한양대 교수를 정년퇴

---

[1] 박미선, 『4·3소설의 서술시점 연구 : 현기영과 현길언의 작품을 중심으로』, 경희대학교 박사학위논문, 2009; 양철수, 『현길언의 4·3소설 연구』, 제주대학교 석사학위논문, 2010; 김동윤, 「현길언 소설의 제주설화 수용 양상과 그 의미」, 『한국언어문화』 31, 2006.

[2] 본고가 대상으로 삼고 있는 1980년대 작품들에 한해 주요 평론들을 소개하면 다음과 같다. 김치수, 「가족소설의 한계와 극복」, 『문학과 비평의 구조』, 문학과지성사, 1984 ; 이재현, 「설화·이야기·소설」, 『문예중앙』 1984년 가을호 ; 김사인, 「최근 소설의 한 모습」, 『세계의문학』 1984년 가을호 ; 김영화, 「기록자의 곤혹」, 『제주문학』, 제주문인협회, 1984년 10월 ; 김시태, 「인간과 상황」, 『문학과 삶의 성찰』, 이우출판사, 1985년 3월 ; 김병익, 「왜곡된 역사 속의 부도덕한 삶」, 『우리들의 스승님』, 문학과지성사, 1985 ; 이재현, 「사회적 인식의 소설적 형상화」, 『문예중앙』, 1986년 봄호 ; 김치수, 「도덕적 인물과 부도덕한 개인」, 『외

임하던 시점에 맞춰 그의 문학세계를 다각도로 조명한 『주변인의 삶과 문학』(2005)[3]이 출간되어 개별 작품 평론에 국한되어 있던 현길언 문학 연구를 작가론으로 끌어올리는 데 일조했다. 책 제목이 시사하듯 현길언에 대한 평가는 '주변인'의 삶에 대한 조명과 '주변적 진실'에 대한 문학적 탐색에 초점이 맞춰져 있다. "주변적 진실"의 모색과정에서 제주도라는 "섬의 운명"이 주요한 모티프가 되어왔다는 점, 작가가 "역사와 개인의 진실" 사이에서 '문학적 글쓰기'의 역할을 탐색하고, "혼돈의 회색시대"에서 "구원과 사랑" "새로운 꿈꾸기" "자기 정체성 찾기"를 추구해왔다는 점 등이 주로 논해졌다.

한편 2000년대 들어 현길언의 일부 작품이 구미권에도 번역, 소개되면서[4], 현길언의 작품세계가 '탈민족주의' 관점에서 높이 평가되기도 했다. 카터 에커트(Carter J. Eckert)의 「헤겔의 망령을 몰아내며 : 탈민족주의적 한국사 서술을 향하여」("Exorcising Hegel's Ghosts : Toward a Postnationalist Historiography of Korea")[5]가 대표적이다. 한국의 '식민지 근대성'을 분석한 일련의 논문집에 에필로그로 쓰인 이 글에서 카터 에커트는 현길언의 「껍질과 속살」(1986)을 통해 '탈민족주의적' 한국사 서술의 가능성을 탐색하고 있다. 그에 따르면, 민족주의 패러다임은 특정

국문학』, 1986년 봄호 ; 송상일, 「설화적 문체와 윤리」, 『현대문학』, 1986년 6월호 ; 김병택, 「현실과 역사를 보는 시각」, 『바벨탑의 언어』, 문학예술사, 1986.

3) 김진량 외, 『주변인의 삶과 문학―현길언』, 한양대학교출판부, 2005.

4) 대표적으로는 강현숙, 이진아, John Michael McGuire가 현길언의 제주 소재 중단편을 모아 영어로 번역한 작품집 *Dead Silence and Other Stories of the Jeju Massacre* (Norwalk, Conn.: EastBridge, 2007)를 들 수 있다.

5) 이 글은 한국의 '식민지 근대성(colonial modernity)'을 분석한 논문들을 모아놓은 다음 책의 에필로그 형식으로 쓰여졌다. Gi-Wook Shin eds. *Colonial Modernity in Korea*, Cambridge : Harvard University, 2001. 이 책의 한국어 번역본은 신기욱, 마이클 로빈슨 엮음, 『한국의 식민지 근대성』, 도면회 옮김, 삼인, 2006.

한 역사적 사건을 해석할 때 강력한 선험적 담론틀로 작동함으로써 이에 반하는 어떤 경험적 사례들도 은폐하거나 묵과해버린다. 그 결과 역사기술의 객관성은 물론이요, 민족주의 이데올로기의 캐리커쳐로 환원될 수 없는 '개인적 진실' 또한 희생되기 마련이다. 카터 에커트에 따르면 「껍질과 속살」은 1937년 제주도 해녀 봉기에 대한 후대 역사학자의 민족주의적 해석과 당사자인 '송여인'의 증언이 날카롭게 충돌하는 모습을 통해 "한국에서 민족주의적 지식담론"의 "위력과 침투성을 생생하게 보여"주는 작품으로 평가된다.

이데올로기에 묻혀버린 개인적 체험의 복원이나 국가장치에 의해 억압되고 주변화된 제주도 지역성(locality)에 대한 현길언의 꾸준한 탐색은, 그의 작품들을 오늘날 한창 성행하는 '탈민족주의' 시각으로 접근하게 만드는 일차적 요인이다. 그러나 주로 작가의 1980년대 소설들을 대상으로 한 탈민족주의적 해석은 1990년대 이후 작가의 이념적 궤적과는 상당히 동떨어져 있다. 1980년대 현길언 소설들에 대한 정교한 읽기는 이 차이가 단순히 시간에 따른 변화만은 아님을 드러낸다. 1980년대 현길언 소설들에는 이미 2000년대 이후 작가의 방향성을 암시하는 실마리들이 존재하고 있는데, 연구자들의 특정한 시각이 이를 간과해왔다고 할 수 있다. 이 글에서는 현길언의 1980년대 중단편 중 「껍질과 속살」「신열」「불과 재」를 중심으로 그의 작품세계에 나타난 '문학적 진실'의 의미를 재조명하고자 한다.

2. 충돌하는 '역사적 해석'들 너머의 개인적 '진실'—「껍질과 속살」(1986)

현길언의 소설들은 한국 '문학'이라는 장에서 '역사'란 무엇인가를 집요하게 탐색해왔다. 잘 알려진 것처럼, 현길언에게 이런 문학적 화두를 던져준 것은 '4·3사건'이라는 원체험이었다. '4·3사건'은 남한의 국민국가체제가 막 수립되어가던 시기 국민국가 안팎에 팽배했던 이질성들이 폭발적으로 분출되는 동시에 '국가'가 그 이질성을 폭력적으로 억압했던 사건이었다. 이를 둘러싸고 국가의 중심과 주변(지방), 계층과 이데올로기에 따른 집단과 집단의 이해관계, 역사의 격랑에 휩쓸린 개개인들의 체험이 엇갈리고 충돌하여, 오늘날까지도 다양한 논쟁을 불러일으키고 있다. 어떤 단일한 해석도 비껴나가며 해석의 맥락과 사건들의 배치에 따라 무수한 '의미'를 산출하고 있다는 점에서, '4·3사건'은 여전히 '사건' 그 자체로만 명명될 수 있을 뿐이다.

1940년생인 현길언은 유년기인 1948년 무렵 '4·3사건'을 직접 체험했다. 작가의 회고적 연보에 따르면 당시 "스물도 안 된 두 삼촌이 미처 소개를 못하여 공비가 되었고, 또한 할머니는 공비들의 습격으로 희생을 당했다." 이로 인해 "한때는 가족들이 뿔뿔이 헤어져 살기도 하였는데, 모두들 미친 사람처럼 날뛰던 모습들이" 여전히 작가에게는 "악몽처럼 뇌리에 박혀 있다." 그가 자신의 삶과 세계관에 중요한 영향을 끼친 기독교에 입문한 것 역시 "이때(4·3사건 직후—인용자) 교회 주일학교에 다니기 시작"[6]하면서부터다.

한 마을에서 대대로 살아오던 가족 중 일부는 '공비'가 되고 또다른 일부는 그 '공비'에게 희생당했으며, 또다른 누군가는 '공비'로 몰려 마을 사람들의 무자비한 복수나 국가폭력에 희생당했을 터다. "모두들 미친 사람처럼" 죽이고 죽임을 당했던 '악몽' 같은 체험은 유년기의 작가에게는 물론이요, 성인이 된 이후의 작가에게도 쉽게 의미화되지 않는다. 역사 기술 역시 그 '체험'을 의미화하지 못한다. 오히려 냉전시대의 첨예한 이데

---

6) 「작가연보」, 『우리 시대 우리 작가 현길언』, 동아출판사, 1987, 407쪽.

올로기 대립에서 자유롭지 못한 역사 기술은, 어떤 특정 이데올로기로도 환원되지 않는 개인들의 체험을 침묵시킨다. 그렇기에 현길언 문학의 문제의식은 바로 '기술된 역사'의 허구성에 대한 날카로운 비판에서 출발한다. 작가 자신이 이 점을 분명히 의식하고 있었다.[7]

사람들은 기술된 역사를 너무 신뢰한다. 그러나 '기술된 역사'도 결국 당대의 지배 이데올로기나, 기술자의 이데올로기에서 자유로울 수 없다. 어쩌면 그것에 의해 인간의 진실이 은폐되고 사태가 왜곡되어 전해질 수도 있다. 그러기에 문학은 그 이념 저편을 바라보며 서 있어야 하지 않을까. 그렇다고 '문학적 진실'만이 인간이 행복한 땅을 만드는 데 필요한 '절대적 선'이라고 생각하지 않는다. 그것은 혹 역사나 정치, 그리고 이념적 가치가 자리잡을 수 없는 그 부분을 채워주는 데 필요하다고 생각한다.

작가에 따르면, 이데올로기에 침염된 '기술된 역사'의 허구성을 폭로하고 그 너머의 '개인적 진실'을 탐구하는 것이야말로 문학이 담당해야 할 몫이다. 이러한 문학론은 소설 「껍질과 속살」에서 선명하게 형상화된다. 소설은 식민지기 관제조합에 대항한 남도리 해녀들의 봉기 '사건'과 이를 둘러싼 '해석들의 갈등'을 소재로 삼는다. 이를 제주도 민중의 조직적인 항일투쟁으로 의미화하는 '강근수'의 민족주의적 해석이 지배적 관점이라면, 정작 사건의 당사자인 '송여인'은 이를 단지 먹고살기 위해 벌였던 단순한 생존투쟁이었다고 항변한다. 민족주의 투사로서의 영예와 보상마저 극구 마다하며 '송여인'이 말하고자 하는 바는 무엇인가. 신문기자인 '나(성기자)'의 탐색을 통해 비로소 사건을 둘러싼 또다른 층위가 모습을

---

7) "작가 인터뷰", 경향신문, 1993. 2. 1.

드러낸다. 소박하게 살아가던 '송여인'의 삶은 해방 직후 이 사건을 사회주의운동으로 선전했던 좌익과 좌익에 대한 공권력의 대대적인 탄압 사이에서 철저히 희생되었다. '송여인'의 입장에서는 공산주의, 반공주의, 그리고 민족주의조차 개인의 삶의 진실을 가리고 왜곡하는 이념의 허울일 뿐이다. 작가는 '성기자'와 '송여인'의 딸을 통해 역사의 이념보다 '개인적 진실'을 앞세우는 작품의 메시지를 분명하게 전한다.

　　"역사적 발전보다 더 소중한 것은 개인의 삶입니다. 역사를 이념화할 때 개인의 진실은 은폐되기 쉽고 더하면 개인의 삶 자체를 말살할 수도 있습니다. 이념은 시간이 지나면 퇴색되어 그 허구성이 드러나지만, 개인의 진실은 영원한 진실입니다."(성기자—인용자)

　　"세상 사람들은 한 인간의 피맺힌 삶의 실상이나 그 속에 감추어진 진실 같은 것은 깡그리 무시한 채, 자긴 생각에만 맞춰서 멋대로 떠들어요…… 해녀들의 생존을 위한 순수한 행동을 왜 공산주의 이념의 껍질로 씌워놓았느냐 말입니다. 더구나 어떤 의도를 충족시키기 위해 그렇게 해석되었다면 더욱 안 되지요."(송여인의 딸—인용자)

여기서 이른바 '껍질'과 '속살', 즉 이데올로기적 허위 대 개인적 진실이라는 도식이 도출된다. 오늘날의 탈민족주의론 역시 민족주의 공식 역사에서 은폐된 개개인들의 다양한 목소리의 복원을 대안으로 제시하곤 한다. 그러나 개인의 삶의 서사는 그 자체로 '진실'인가? 개인의 삶의 '기억'은 개인의 삶을 둘러싼 이념의 틀에서 얼마나 자유로울 수 있는가? 현길언 문학 연구가 이데올로기적 허구('껍질') 대 개인적 진실('속살')이라는 단순한 이분법을 넘어 좀더 정교해지기 위해서는, 바로 이러한 물음들에 답해야 한다.

한편 1980년대 이후 4·3사건에 대한 역사적, 문학적 재조명에서 현길 언이 차지하는 독특한 위치에 주목해야 한다. 4·3사건에 대한 현대적 재조명이 주로 민중에 대한 국가의 폭력에 초점을 맞춰왔던 것에 비해, 4·3 사건에 대한 현길언의 원체험은 공산 '비도'에 의한 친인척 학살에 놓여 있었다. 이러한 원체험은 이데올로기적 역사 너머의 개인적 진실을 묻는 작가의 탐색에도 일정 부분 영향을 끼친다. 송여인의, 나아가 작가의, 이 데올로기에 대한 거부에는 공산주의로 인한 개인적 삶의 상처가 자리 잡고 있다. 소설은 사건과 아무 이해관계가 없는 신문기자인 '나'의 서술을 통해 오로지 사건의 '객관적' 진실을 파헤쳐가는 듯 보이지만, 정작 사건의 당사자인 '송여인'도, 텍스트 바깥에서 서사의 의미를 조직하고 관할하는 작가 자신도, 모든 이념으로부터 초연한 객관적 주체는 아니다. '개인적 진실'은 어떤 이데올로기로도 환원되지 않지만, 모든 이데올로기로부터 자유로운 '객관적 진리'인 것도 아니다. 인간은 그 누구도 '객관적 진리'의 자리를 점유할 수 없으며, '개인적 진실'은 경험의 주관성과 시공간의 제약, 관점의 한계에 가로막혀 있다. 나아가 개개인들이 자신의 '개인적 진실'을 구성하는 과정에는 당대의 여러 이데올로기들이 개입되기도 하며, 하나의 '개인적 진실'은 다른 '개인적 진실들'과 충돌한다.[8]

---

8) 국가의 '공식 역사' 너머의 '개인적 진실'을 복원하려는 구술사의 기획이 역설적으로 마주치게 되는 것도 바로 이 지점이다. '개인적 진실'은 이데올로기들의 덫에 완전히 포획되지 않지만 여전히 이데올로기들의 흔적을 간직하고 있다. 예컨대, 인천시 강화군 교동면을 중심으로 위로부터 형성된 반공 이데올로기가 어떻게 아래로부터 재생산되고, 구조화되고, 비반공적 경험들을 '침묵'시키는가를 보여주는 연구(김귀옥, 「지역사회에서 반공 이데올로기 정립을 둘러싼 미시적 고찰—해방 전후~1950년대 인천시 강화군 교동면의 사례」, 『전쟁의 기억 냉전의 구술』, 선인, 2008)를 참조할 수 있다. 혹은 일제 말기 소년비행학교에서 수학한 조선인들의 경험을 회고하고 구술한 기록들은 이들의 '개인적 기억'이 일제의 지배 이데올로기나 해방 후의 한국 민족주의에서 미끄러져 나가는 지점들을 보여주는 동시에,

3. '기념'하는 기억과 '참회'하는 기억—「신열(身熱)」(1984)

　'개인적 진실'과 '역사적 이데올로기'의 상호구성적 계기나 '개인적 진실들' 사이의 충돌까지 파고들지 않는 한, '진리'에 대한 탐색은 피상성을 벗어나기 어렵다. 현길언의 「신열」은 플롯이나 서사구조 면에서 「껍질과 속살」과 유사하지만, 바로 이 문제적 층위를 드러내고 있다는 점에서 그보다 한 걸음 더 나아간다. 김만호와 강성수 목사라는 두 고인의 삶을 둘러싸고 첨예한 해석의 갈등이 빚어지는 가운데, 역시 신문기자인 '나'를 통해 과거의 묻혀진 '진실'이 탐색된다. '교장선생' 등의 지역민이 만들어가는 공식 역사에 따르면, 김만호는 제주도 발전에 공헌한 지역유지요, 민족지사로 추앙받는 반면, 강성수 목사는 4·3사건에 연루된 '공비'로서 사람들의 기억 속에서도 잊혀져가고 있다. 그러나 '재종숙'과 '장성환' 등 몇몇 이들은 다른 '기억'을 증언한다. 김만호가 친일과 기회주의적 삶으로 일관했던 반면, 강성수 목사는 일제하의 진정한 민족지사였고 4·3때 공비에 의해 학살되었으나, 김만호 등에 의해 그의 삶과 죽음이 억울하게 왜곡되었다는 것이다. 작품의 전체적인 플롯과 주제에 따르면 재종숙의 증언이 보다 '진리'에 가깝다.

　그러나 기억들과 증언들이 충돌하는 작품의 세부를 더듬어가다보면, '진실'과 '거짓'은 그렇게 간단하게 판가름되지 않는다. 교장선생은 김만호의 삶을 미화하여 『이 고장을 빛낸 사람들』이라는 책을 펴내고 결국 한 신문사가 주관하는 '선구적인 시민상'까지 타게 하는 데 일조했다. 교장선생이 김만호의 삶을 '기념'하는 데는 일제시대 때 식민지 교육에 앞장섰던 자신의 삶을 정당화하려는 동기가 자리잡고 있다. 재종숙의 증언은

바로 이러한 이데올로기들에 의해 특정한 기억이 선택/배제되거나, 윤색되거나, 정당화되는 장면들을 보여준다.(장필기 외, 『식민지 소년의 창공에의 꿈』, 국사편찬위원회, 2010)

그 점을 날카롭게 부각시킨다. "거의 자신의 인생을 결산하는 마당에서 자기가 살아왔던 과거에 대하여 스스로 의미를 부여하고 싶은 거지. 생각해보게. 김만호가 무너지면 그 삼촌도 무너지는 거야."[9]

교장의 관점에 동조하는 김만호의 제자들, 친척들, 제주도 지역민들 역시 마찬가지다. 일제시대의 일상을 살았던 개인들치고 일제와 어느 정도 '협력'하지 않았던 순결한 민족주의자는 드물다. 해방 이후 개개인은 자신의 삶을 합리화하는 과정에서 선택/배제를 통해 특정한 '기억'을 구성하고 그 나름의 '개인적 진실'을 증언한다. 시대의 지배 이데올로기에 편승함으로써 생존과 이익을 도모했던 개인은 바로 이렇게 구성된 자신의 '개인적 진실'을 통해 역으로 이데올로기에 대한 집단적 신념을 강화하는 데 일조한다. 따라서 역사의 이데올로기와 개인적 진실은 반드시 대립관계인 것도, 일방적인 포섭관계인 것도 아니다. '개인적 진실'은 거대서사와 충돌하기는커녕, 자신의 삶을 정당화하려는 미시적 욕망들이야말로 '기념비적 역사'를 떠받치는 힘이다.

'개인적 진실'과 '역사적 이데올로기'의 이 폐쇄적 원환을 빠져나갈 수 있는 길은 무엇인가. '재종숙'은 김만호의 친일 행적을 들춰내고 강목사의 정당함을 증언하는 데 앞장섬으로써, '교장선생'과 갈등관계에 놓인 인물이다. "국가와 사회를 위하여" 묻혀진 역사의 진실을 증언하고, "역사라는 건 속일 수 없다"(191쪽)는 것을 증명하려는 그의 노력은 일견 영웅적으로 보인다. 그러나 교장선생의 시각에서 보면 재종숙 또한 위선자에 불과하다. "자기도 그곳(일본─인용자)에서 살았으면 아니, 일본 사람에게 협조하지 않고 독야청청 민족과 나라를 위하여 애국만 하며 살 수 있었겠냔 말이네. 어림없어. 아마 먼저 더 철저하게 일본 사람들에게 붙

---

9) 현길언, 『우리들의 스승님』, 문학과지성사, 1985, 163쪽.(이하 「신열」과 「불과 재」의 작품 인용은 모두 이 책에 따르며, 본문에 면수만 기재하도록 한다)

어살았을지 누가 알아."(153쪽) 일제시대 때 김만호의 친일 행적을 비판하고 강목사의 민족지사로서의 명예를 복권시키려고 애쓰는 '재종숙'은 그 시대를 과연 어떻게 관통해왔던가. 요컨대, 자신의 삶을 되돌아보지 않은 채 타인의 삶에서 시비를 가리는 '비판'의 방식에 대해, 작품은 일말의 의구심을 남겨놓는다.

반면 '장성환'은 일제 때 고등계 형사를 지내고 해방 후에는 '대공관계 업무'를 맡았던 대표적 '친일파'요, 현실추수적 인물이지만, 그의 기억과 증언은 가장 '진실'한 울림을 전달한다. 그의 기억이 자신의 삶을 '합리화'하거나 타인의 삶을 '비판'하는 것이 아니라, 자신의 삶을 '참회'하는 데 초점이 맞춰져 있기 때문이다.

> 사실 제 인생은 부끄러움 투성이입니다. 어쩌다 일제시대에는 고등계 형사를 하였고, 해방 후에는 대공관계 업무를 맡으면서 때때로 정치적인 사찰을 통해 정권을 유지하는 일에 종사하기도 하였습니다. 그런데 이러한 저 같은 사람의 부끄러운 삶은 우리 세대에서 끝나야 하지 더 계속되어서는 안 된다고 믿고 있습니다. 그래서 요즈음 참회록을 겸한 회고록을 쓰고 있습니다.(188쪽)

공식 역사와 개인적 진실의 이분법을 넘어 충돌하는 '개인적 진실들'에 도달했다면, 충돌하는 '개인적 진실들'의 상대주의와 회의주의를 넘어설 수 있는 길은 무엇인가. 그것은 개개인들이 자신의 삶의 진실을 구성하는 과정 자체에 대한 탐문이 아닐까. 작품은 자신의 삶을 합리화하거나, 타인의 삶을 비판함으로써 상대적으로 자신의 삶을 정당화하는 것이 아니라, 자신의 삶 자체를 응시하고 참회하는 자세야말로 '진실'에 한 걸음 더 다가갈 수 있는 길이라고 암시한다.

그렇다면 서술자인 '나'의 자리는 어떠한가. 작품에서 서술자인 '나'는 상황에 연루되지 않은 객관적 판단자의 자리에 놓여 있다. 그에게는 여러 사람들의 증언을 청취하여 그 진위를 가리고 사건의 최종적 진리를 판결할 수 있는 특권적 지위가 부여된 듯하다. 그러나 진실을 추구하는 '나'의 자리를 객관화시키지 않음으로써, '나'의 진실 추구는 대상을 향한 것으로 좁혀지고, 나의 윤리 또한 대상에 대한 진실을 사회에 공언할 용기가 있는가의 문제로 축소된다. 작품의 표제인 '신열'은 '거짓'이 판치는 현실의 견고한 힘에 부딪혀 대상에 대한 '진실'을 증언하지 못하는 '나'의 부끄러움을 상징한다. 그러나 '나'의 부끄러움은 예컨대, '장성환'이 자신의 삶을 참회하면서 거쳐갔을, 자신의 정체성에 대한 근본적인 해체나 동요는 아닐 것이다. 비록 장성환의 '참회'조차, 그 카오스적 자기 해체의 과정이 역동적으로 형상화되지는 못했지만 말이다.

4. 진실을 추구하는 '나'의 자리—「불과 재」(1985)

앞의 두 작품에서는 서술자인 '나'가 상황에 연루되지 않은 안전거리를 확보하고 있다면, 「불과 재」의 '나'는 바로 그 상황 속에 소환됨으로써 진실 탐색이라는 작품의 주제가 한층 역동화된다. 남도(南都)시 승격을 자축하는 기념행사가 요란한 가운데, 축시를 쓴 '나'('김시인')는 축가를 부른 '고여사'가 초등학교 시절 '고진국 선생'의 딸임을 알게 된다. 이 우연한 재회는 '나'의 현재 시간을 균열시키고, '4·3사건'에 대한 불길한 '기억'들을 불러 일으킨다. 4·3사건 때 공비들의 습격에 할머니, 할아버지를 잃은 '나'는 공비들에 대한 분노에 불타올랐고, 공비의 주모자로 잡혀온 고진국 선생에게 제일 먼저 돌을 던짐으로써 성난 군중들이 그를 때려죽이도록 하는 데 일조했다. 그 아픈 기억은 중학교 이학년 때 고향을 떠나면서 묻혀졌지만, 이제 고여사를 만나면서 새삼 '나'를 혼돈 속으로 밀어 넣는다.

'나'의 혼란은 내가 성공한 '민중시인'이라는 점에서 더욱 가중된다. 자신의 조부모를 죽인 공비에 대한 증오심에 사로잡혀 있었던 유년기의 '나'(1940년대)와 '4·3사건'을 자신의 '개인적 체험'을 넘어 '역사'화할 수 있는 장년의 '나'(1980년대) 사이에서, '나'의 정체성은 균열되고 와해된다. 이것은 더이상 '역사적 허구'와 '개인적 진실' 사이의 이분법적 선택의 문제도 아니요, 충돌하는 '개인적 진실들' 중 어느 편을 들 것인가의 문제도 아니다. '4·3사건'의 가해자는 공비만도 아니요, 군인과 경찰 같은 국가의 폭력만도 아니요, 바로 '나' 자신이기도 했다. 작가의 회고적 표현에 따르면 "모두들 미친 사람처럼" 죽이고 죽임을 당했던 '악몽' 같은 체험, '나'는 바로 그 체험의 당사자로서 자신의 삶의 진실을, 나아가 역사의 진실을 묻고 있다.

> "역사의 격랑에 제 아버지는 익사한 것입니다. 너무 나무라지 마세요…… 잊으십시다. 새로 시작하는 이 도시에서 모든 것은, 묻어두는 겁니다. 묻어두면 썩어 거름이 될 겁니다. 역사의 거름이 말입니다."(230쪽)

> 지나간 역사의 흥분이 내게는 조금도 사그라지지 않았는데, 모두들 아무렇게나 팽개쳐 땅속에 파묻고는 잊어버린 척하면서, 새로 시작하는 열기에만 부풀어 붕붕 떠가는 속 빈 도시에 더이상 머물러 있을 수 없었다.(255쪽)

「불과 재」에서의 대립 구도는 그 카오스적인 기억을 묻어버린 채, 미래의 물질적 번영과 '거짓' 화합을 향해 나아가려는 고여사 및 남도시의 사람들과 그 혼돈을 응시함으로써 어떤 '진실'에 도달하고자 하는 '나' 사이에 놓여 있다. 성난 마을 사람들에게 아버지를 잃은 고여사는 오히려 그 사건을 '잊으'라고 말한다. "역사의 격랑"에 희생된 자들은 그렇게 묻혀 "역사의 거름"이 될 것이다. 반면 '나'는 분노의 '불길'에 사로잡혔던 자신의 유년 시절을 "기억"하고, "그것은 정말 부끄러운 분노"(251쪽)였음을 스스로에게 고백한다. 공비에 대한 유년 시절의 분노를 '부끄럽게' 만드는 것은 내가 '민중시인'으로 성장하는 과정에서 획득한 일종의 '역사의식'이다. 민중주의적 역사관을 통해 '4·3사건'을 총체적으로 조망할 때, '공비'는 단지 나의 할머니, 할아버지를 죽인 무자비한 원수가 아니라, 그 나름의 정당성과 진실을 지닌 하나의 주체로 인지될 수 있다. 나아가 개인적 원한에 사로잡혀 '공비'를 무자비하게 때려죽인 '나'의 행위 역시 단순히 정당하고 자랑스러운 복수가 아닌, 부끄러운 행위로 인정될 수 있다.

'나'의 개인적 진실을 넘어서 이와 충돌하는 타인들의 진실과 대면할 때, '진리'에 대한 탐색은 가장 심오한 차원으로 돌입한다. 충돌하는 진실들 중 어느 하나를 맹목적으로 진리라고 주장하는 것도, 충돌하는 진실들을 외면하고 봉합한 채 거짓 화해를 추구하는 것도 우리를 '진리'로 이끌 수 없다. 그 충돌하는 진실들 사이의 심연을 봉합하지 않고 응시할 때, 때로 '나' 자신의 신념과 이념, 심지어 정체성까지 허물어뜨리는 위험을 감수하면서 그 심연에 '나'를 던져 넣을 때, 비로소 충돌하는 개인적 진실들 너머의 어떤 '진리'를 향해 나아갈 수 있을 것이다. 그 '진리'는 앞선 작품들에서처럼, 이것 아니면 저것으로 말끔하게 재단될 수 없다. 그것은 문학이 추구하는 진리와 닮아 있다. 소설은 서사적 플롯의 구성적 힘(구심력)과 그 플롯 속으로 채 통합되지 않는 파편들의 해체적 힘(원심력) 사이의 심연에서 무수한, 그러나 결코 최종적인 진리에 도달할 수 없는, 의미들을 생성해낸다. 그 '진리'는 심연에서 물을 길어올리듯 끊임없이 의미를 길어올리는, 부질없지만, 포기할 수 없는 탐색의 과정 자체에 놓여 있다.

5. 에필로그

이 글은 현길언의 1980년대 소설들 중 대표작이라 할 만한 세 작품을 중심으로 '문학적 진실'에 대한 탐색을 분석하고자 했다. 「껍질과 속살」은 '역사적 이데올로기'와 '개인적 진실'의 대립 구도 속에서 이념에 희생되고 억압된 개인적 삶의 진실을 드러내고자 했다. 「신열」은 자신의 삶을 정당화하려는 개인들의 미시적 욕망과 역사의 이데올로기가 서로를 구성하고 강화하는 양상을 파헤치면서, 개인적, 역사적 차원에서 '기념비'적 서사가 아닌 '참회'의 서사를 그 대안으로 제시하고 있다. 「불과 재」는 진리를 탐색하는 '나' 역시 상황에 연루된 주관적 진실만을 보유하고 있다는 자각 아래, 충돌하는 개인적 진실들 사이의 심연에 '나'를 밀어넣음으로써 '문학적 진실' 본연의 모습에 한층 다가서고 있다.

그러나 앞선 두 작품의 '나'와 마찬가지로, 「불과 재」의 나는 진리 탐색의 길 앞에서 머뭇거리고, 결국 되돌아선다. 현길언 소설들에서 반복되는 이 머뭇거림과 되돌아섬은 징후적이다. 시간적으로 가장 뒤늦게 쓰인 「껍질과 속살」이 '진리 탐색'이라는 면에서는 가장 표층적인 주제에 머물러 있다는 점에서 그러하다. 「불과 재」에서 '나'의 정체성과 신념마저 균열시켰던 심연의 응시, 이를 밀고 나갔다면 이후의 작품들은 그곳에서 또다른 의미를 길어올렸을지도 모른다.

여성의 귀향서사와 '역사–소설'[1]의 의미
— 김주영의 『천둥소리』론

안용희

1. 서론

김주영은 1971년 「휴면기」를 발표하며 등단한 이후, 도시의 타락상을 풍자적으로 그린 단편을 비롯해, 『객주』 등 역사소설과 『홍어』를 필두로 한 성장소설을 발표해왔다. 최근 『잘 가요 엄마』(2012)를 발표하며, 여전히 왕성한 활동을 보여주고 있다.

일반적으로 김주영의 작품세계는 1978년 무렵을 경계로 변모한 것으로 평가되며, 세 시기로 나누어 그 경향을 살펴볼 수 있다.[2] 먼저, 등단 후부터 「즐거운 우리 집」(1978)에 이르는 시기에 발표된 소설들은 산업화

---

1) 이 글은 역사소설 장르에 대한 본격적 논의가 아니다. 『천둥소리』가 한국전쟁이라는 역사적 소재를 다루었으며, 다른 한편으로 김주영의 역사소설들이 역사소설의 계보에서 벗어난다는 점이 『천둥소리』를 새롭게 해석하는 데 중요한 근거가 된다는 사실을 강조하고자 이와 같이 표기하고자 하였다.
2) 이하 김주영 소설의 변모과정에 대해서는 김화영, 「겨울 하늘을 나는 새의 문학」, 황종연 편, 『김주영 깊이 읽기』(문학과지성사, 1999)의 논의를 바탕으로 하고 있다.

와 도시화의 시류에 적응하지 못하는 밑바닥 인생들을 그리고 있다.[3] 이는 당대 민족문학론이 민중을 '발견'하는 과정과 그의 작품세계가 관련됨을 보여주는 사실이기도 하다.[4] 작품활동 2기는 도시 안에서 '우리'라는 공동체를 찾게 되는 「즐거운 우리 집」의 발표에서부터 『객주』를 구상하는 1979년도 사이의 기간이라고 할 수 있다. 이 시기에는 전통적 삶의 덕목에 대한 재인식이 이루어지고[5], '역사의 물결'에 대한 운명론적 태도가 전면적으로 등장하게 된다. 이를 토대로 창작된 제3기의 작품군은 주로 장편소설들이 차지하며, 중심인물이 떠도는 자라는 공통점을 지닌다. 김주영의 작가적 기질, 즉 '여행'과 '창작'의 동일시가 이 시기 작품들에서 오롯이 드러난다.[6]

김주영의 작품세계에 대한 연구는 황종연이 엮은 『김주영 깊이 읽기』(1999)에서 어느 정도 정리되었다고 할 수 있다. 이를 중심으로 살펴보면, 김주영 문학에 대한 논의는 크게 역사소설의 민중의식과 성장소설의 한국적 특수성이라는 측면에 초점을 맞추어 이루어졌다. 특히, 김주영의 소설세계를 문학사에 자리매김하는 데 『객주』는 빼놓을 수 없는 작품이다. 70년대의 문제의식이 연장된 이 작품은[7] 그동안 역사소설에서 조명

3) 김만수, 「'집'과 '여행'의 단편 미학」, 위의 책, 174쪽. 이와 함께, 김주연, 「사회 변동과 풍자」, 위의 책도 이 시기를 다루고 있는 주요 비평이다.

4) 70년대 이후 민족문학론과 민중(의식)의 관계에 대해서는 백낙청, 「민족문학 개념의 정립을 위하여」, 『민족문학과 세계문학』, 창작과비평사, 1978; 채광석, 『채광석 전집 4—민중적 민족문학론』, 풀빛, 1989; 권영민, 『한국현대문학사』 2, 민음사, 2004, 250~265쪽 및 임규찬, 「1980년대 민족문학 논쟁」, 근대문학 100년 연구총서 편찬위원회, 『논문으로 읽는 문학사』 3, 소명출판, 2008 참고.

5) 김주영·황종연 대담, 앞의 글, 25쪽 및 김경수, 「작가, 혹은 편력하는 인간」, 황종연 편, 같은 책, 56쪽.

6) 김화영, 같은 글, 167쪽.

7) 정주아, 「도시 속 악동의 불순한 생명력」, 김주영, 『여자를 찾습니다』, 책세상, 2007,

받지 못한 보부상의 삶과 사랑을 집중적으로 그려냈다. 그 주제의식은 시대적 공감의 측면에서만 다루어질 수 없다. 그의 작품의 한 줄기는 기존 역사에서 가려져 있던 민중의 존재를 생동감 넘치는 필치로 그려낸 역사소설들이 차지하고 있기 때문이다.

평자들이 『객주』에서 주목한 특징은 언어 구사 등을 통해 실감나게 그려낸 민중의 생활 그 자체일 것이다.[8] 그러면서도 총체적 인식의 부재, 이분법적 윤리관 등이 한계로 지적되어왔다.[9] 여타 역사소설에 대한 평가도 이에서 크게 벗어나지 않는다.[10] 다만, 민중 자체가 '역사'라는 시각에서 출발하여 『야정』을 리얼리즘을 부정하는 '파열적 텍스트'로, 그리고 대하역사소설을 새롭게 정의할 '대하소설'로 파악한 정과리의 논의는 주목할 만하다.[11]

한편, 70년대 이후 산업화 과정에 대한 성찰과 함께 성장 이데올로기가 재조명되면서 김주영의 성장소설 역시 이러한 관점에서 다루어져 주목을 요한다.[12] 김만수는 이러한 접근방식을 도시/고향의 대립성과 연결시켜 논의를 전개한 바 있다.[13] 그에 따르면, 김주영 소설의 기본 구도는 도시/고향, 성년/유년이고, 이 구도를 배반하면서 의미를 품도록 하는 서사적 장치가 여행이다. 김주영 역사소설이 '떠남'을 기본 서사로 하고 있음을 염두에 두면, 이는 김주영 소설 전체를 관통하는 시각이라고 할 수 있다.

297쪽.

8) 김종철, 「역사소설의 재미와 민중생활의 재현」, 황종연 편, 같은 책.

9) 김윤식·정호웅, 「대하역사소설의 세계」, 『한국소설사』, 예하, 1993.

10) 황광수, 「시간적 거리와 계급적 단층에 대한 도전」, 황종연 편, 같은 책.

11) 정과리, 「증발의 현상학, 회귀의 의미론」, 황종연 편, 같은 책.

12) 장경렬, 「반성장소설로서의 성장소설」, 위의 책의 논의가 김주영 성장소설에 대한 일반적 관점을 잘 대변한다.

13) 김만수, 같은 책.

본고에서 다룰『천둥소리』는 1984, 85년에 걸쳐 발표한 작품이다. 창비 신작 소설집『지 알고 내 알고 하늘이 알건만』에 그 첫 편이 실리고, 같은 시기『문예중앙』에「천둥소리 2」가 발표된 후,『세계의문학』에 이하 부분이 연재된 바 있다. 이후 1986년 7월 민음사에서 처음 단행본으로 상재되었다.

　이 작품에 대한 주된 해석은 오생근, 구모룡, 김윤식의 논의를 참고할 수 있다.[14] 오생근은 여주인공 '신길녀'의 희생적 태도를 차원 높은 저항의 방식으로서 지적하는데, 이러한 평가는 분단문학의 주류로서 '부성문학'의 입장을 대변하는 것이다. 이에 반해, 구모룡은 '생명의 원초적 본성'을 강조하며, 부성문학에 포섭되지 않는 지점을 해명하고자 하였다. 길녀의 수난사에 대한 상반된 시각은 우연적 구성에 대한 부정과 긍정의 평가로 반복되기도 한다.

　김윤식은 이러한 두 입장을 모두 수용하는 차원에서, '천둥소리'의 상징성과 그 장르적 성격을 문제 삼았다. 그는 이 작품에서 '차병조'와 '황점개'로부터 비롯되는 두 번의 천둥소리를 한국소설사의 운명론적 전통과 6·25 소재 소설의 흐름에 연결시킨 후, 마지막 천둥소리가 가부장제를 부정하는 논리의 형상화라고 파악한다. 이와 관련하여, 김화영의 논의에서는 김주영 소설은 해후하기 위해 떠나지만, 배반을 통해 다시 떠날 수 있음을 지적한다.[15] 이에 따르면, 김주영 소설에서 모순은 지양을 거쳐 통합되기보다 그 자체로 서사의 원동력이 된다. 여기에서 리얼리즘의 의미를 찾는 것은 헛된 작업일 수 있다.

---

　14) 구모룡,「원초적 인간상의 제시」, 황종연 편, 같은 책 .
　　오생근,「여성의 삶과 민족적 비극의 수용」, 황종연 편, 같은 책.
　　김윤식,「두 개의 천둥소리, 마지막 천둥소리」,『현대소설과의 대화』, 현대소설사, 1992.
　15) 김화영, 같은 책, 168~169쪽.

이 작품이 『객주』와 닮아 있다는 지적은, 김주영의 역사소설들이 '양식적 미달태'라는 비판을 넘어서는 의미를 획득한다고 할 때[16], 그 가능성을 『천둥소리』를 통해 가늠해볼 수 있음을 암시한다. 이는 한국전쟁이라는 '역사'를 다룬 『천둥소리』가 어떻게 재해석될 수 있는가의 문제와 관련된다. 이러한 시각에서 이 작품의 서사 전개과정에서 길녀의 이동과정을 그 이면의 의미와 연결하여 검토하고, 이 작품이 역사 만들기 과정의 균열지점을 통해 새롭게 '역사'를 바라볼 수 있는 가능성을 제시했음을 확인하고자 한다.

2. 어미의 공간들과 아비들의 계보

『천둥소리』는 다음 장면으로 시작한다.

> 하루종일 하늘은 쪽빛이었다. 저녁 이내가 갈뫼 등성이로 천천히 내려덮여 월전리가 온통 회색의 이내 속에 잠길 때까지 하늘은 종일토록 구름 한 점 찾아볼 수 없었던 남빛이었다. 그런데 이내가 짙어져 어둠이 깔리기 시작할 무렵, 산사태가 난 듯 바위가 굴러떨어지는 소리가 들려오기 시작했다. (……) 귀여겨들어보면, 그것은 놀랍게도 천둥소리였다. 그때, 월전리 뒤편을 감고 돌아서 갈뫼 산자락 아래로 흘러가는 긴 봇도랑길을 여인네가 허둥지둥 달려가고 있었다.[17]

갑작스러운 천둥소리를 들으며 봇도랑길을 달려가는 여인은 신길녀이

16) 김윤식, 같은 글.
17) 김주영, 『천둥소리』, 민음사, 1986, 11쪽. 이하 작품 인용시 본문에 쪽수만을 병기하기로 한다.

다. 차병조에게 겁탈을 당해 임신한 그녀는 시어머니 박씨 몰래 아이를 낳기 위해 천궁으로 달려가는 중이다. 이 최초의 천둥소리를 시작으로 그녀는 인생의 전환점마다 이 소리를 듣게 된다. 이후 서사를 보면, 천둥소리는 운명의 굴레를 상징화한 것이라고 보는 게 무난하다.[18] 하지만, '귀여겨' 들어야 들리는 소리에서 온몸을 뒤흔드는 정도까지 그 다양한 강도만큼이나 소리의 정확한 의미를 파악하기 위해서는 신중함이 필요하다.

시종일관 길녀의 이동으로 진행되는 이 소설을 공간을 중심으로 파악하면 길녀의 시댁인 월전리에서부터 시작하여 친정집이 있는 함양에서 마무리된다. 작품 내에서 길녀가 이동하는 경로를 순서대로 정리해보자.

월전리 시댁 → 석포리의 장춘옥 → 원전의 주막 → 안동 / ① → (상주) → 강구 지상모의 집 → 함양의 친정 → 강구 지상모의 집 → 함양의 친정 → 강구 지상모의 집 / ② → 원전의 주막 → 안동 → 의성 황점개의 집 → 원전의 주막 → 함양의 친정(황점개의 죽음)

길녀의 이동이 중심 서사를 이룬다는 사실에 비해, 이 작품의 공간적 범위는 함양을 제외하고는 경북 일대에 제한되어 있다. 이 제한된 장소들은 길녀의 이동이 방랑이 아니라, 일정한 경계 내에서 순환하는 행위임을 의미한다. 이를 통해 볼 때, ①과 ②에서는 중요한 서사적 변화가 일어난다.

①지점 전의 안동에 이르기까지 길녀의 삶은 갖은 계기들에 의해 떠밀리고 있는 것처럼 '보인다'. 차병조의 등장, 지상모의 등장, 차병조가 보낸 사람과 황점개의 투옥 소식 등, 그녀를 둘러싼 남자들의 사건이 그녀를 안동에까지 떠밀어간다. 허나, 길녀는 일방적으로 떠밀려가지 않는다.

---

18) 오생근, 같은 책, 133쪽.

가령, 차병조의 계략으로 시댁인 최씨 집안을 떠나게 되는 길녀는 천둥소리와 함께 차병조로부터 다시 겁탈을 당하고 "남아 있어야 할 명분이 자기에게 있음"(39쪽)지 따져보며 밤을 새운다. 이는 그녀가 시댁을 떠나는 것이 '운명'의 일방적 힘이 아니라, 그녀의 결단과 겹쳐 일어나는 '사건'임을 의미한다. 장춘옥을 떠날 때에도 결과적으로 지동댁의 계략에 빠진 꼴이지만 그녀는 "자신의 욕됨으로 해서 월전리 사람들이 손가락질당하는 고초를"(48쪽) 생각하며 길을 떠날 방법을 모색한다. 결단들이 있고 사건들이 일어난다.

길녀의 숨겨진 적극성, 그리하여 세밀한 독해를 요하는 지점은 지상모의 겁탈 장면에서도 볼 수 있다.

길녀는 쇳덩이를 놓아버릴 수 없었다. 자동차의 고장이 설령 그녀의 몸을 겁탈하기 위한 지씨의 농간에 불과하다할지라도 세상이란 이제 길녀에게 있어선 이쪽도 저쪽도 믿을 수 없는 것이었기 때문이었다. 지씨를 믿지 못하는 세상이라면 어차피 그녀의 손에 잡혀 있는 쇳덩이도 믿지 못할 것은 마찬가지였다. 믿지 못하는 것일수록 부둥켜잡고 있어야 하지 않겠는가.(53쪽)

자동차 수리를 핑계로 차 밑으로 길녀를 유인한 지상모는 그녀를 강제로 범한다. 인용한 대목은 쇳덩이를 놓으면 모두 죽는다는 지상모의 협박에 대한 길녀의 반응이다. 이 대목에서 길녀는 '믿지 못할' 믿음에 대한 판단 아래 지상모를 받아들이고 있다. 시댁인 최씨 집안의 명분에 이어 그녀는 두번째로 지상모를 믿어보는 것이다. 이러한 주체성을 염두에 둔다면, 그녀가 안동으로 향하는 것 역시 운명에 순응함이 아니라, 좌익 청년들의 죽음을 목격한 후 접하게 된 점개의 소식에 대한 적극적 대응일 수밖에 없다.

그런데, ①을 거치며 길녀는 더이상 방랑하지 않는다. 그녀는 함양 친정과 지상모 집, 혹은 지상모의 처인 창래어멈 집의 두 장소를 왕복할 뿐이다. 그 계기는 황점개와 다시 만나게 된 후 '벼랑 끝'에서 발견한 꿈 때문이다.

어느덧 길녀는 벼랑 위에까지 득달했다고 생각했다. 그러나 그 벼랑에는 그녀 외에도 많은 사람들이 보였다. 이 집의 식주인도 그러했고, 점개도 그러했고, 소금창고에 갇혀 있는 사람들이며, 오직 그녀의 젖줄에만 명줄을 의지하고 있는 젖먹이도 그랬다. 그러한 발견이 길녀에게 적지않이 위안을 주었다. 그리고 그녀에게도 꿈이 있다는 것을 깨닫게 해주었다.(110쪽)

길녀의 방랑을 멈춘 꿈이란 황점개의 집에 맡겨진 아들 춘복과 지상모와 사이에서 태어난 젖먹이 딸에 대한 기대이다. 안동을 떠나는 것은 점개와 함께이지만, 그녀는 상주에서 그와 그녀가 "어느 편이든지간에 서로를 간섭하거나 범접할 수 없을만큼 스스로의 삶의 무게들이 탄탄하게 굳어져버렸다는 사실"(125쪽)을 깨닫는다. 이후 그녀의 왕복은 두 사람이 "다시 만난다는 필연"(같은 쪽)을 믿으면서 춘복과 딸을 살리기 위한 몸부림이라고 할 수 있다.

②에서 이 움직임은 경로를 이탈한다. 그녀가 점개와 마지막으로 만나고 차병조의 사람들이 온 후, 차병조의 아들 춘복을 찾기 위해 길을 나선 것이다. 이 길은 부계의 흔적 지우기이며 소설의 결말을 위한 준비 과정이다.[19] 점개의 아내를 만난 길녀는 그녀에게 '빨치산' 점개가 남기고 떠

---

19) 김윤식 역시 이 서사를 가부장제 부정으로 보고 있다. 김윤식, 같은 책, 46~48쪽.

난 훈장을 전해주고 되돌아온다. 여기에서 '소설'은 끝난다. 춘복의 아버지 차병조와 이념의 추종자로서 황점개 모두와 결별하기 때문이다. 이런 점에서 소설로서 작품의 서사는 신길녀가 차병조와 빨치산 황점개 등의 아비들로부터 벗어나는 이야기라 요약할 수 있다. 이후의 서사는 '소설'을 초과하며 존재한다. 점개의 죽음에서 터져나온 '여보'라는 호칭은 그전에 쓰이던 '이녁'의 위계질서와 달리, 길녀와 점개가 동등한 차원의 지위에 놓이게 됨을 의미한다. 이는 그들이 역사로부터 부여받은 이름에서 벗어남을 가리킨다.

이처럼 부계의 혈통 지우기라는 점에서, 길녀가 빨치산이 된 황점개로부터 벗어나야 하는 이유는 명백하다. 점개가 춘복을 위해 공산주의자가 되었지만, 그것은 춘복이 길녀의 아들이기 때문이었다. 하지만, 이데올로기가 그를 압도하는 순간, 주객전도가 일어나 점개는 더이상 길녀와 만남을 기약할 수 없게 된다. 점개가 이념에 휩쓸리는 순간 서사에서 사라지고, 길녀를 통해 번번이 그 원초적 생명력이 발현되는 것도 이와 무관하지 않다.

장소를 다음의 두 계열로 나누어 살펴보면, 이념과 제도의 부계 지우기에 대한 논의가 좀더 분명해진다.

(1) 월전리(시댁) – 안동(박석호의 집, 감옥) – 의성(차병조의 아들 춘복)
(2) 함양(친정) – 원전(지상모의 딸, 무꾸리 노파) – 강구(창래어멈)

(1)의 계열들은 아비들의 흔적이 있는 공간의 묶음이다. 이 장소들은 끊임없이 주인이 바뀌고, 아비들이 그 계보를 지킬 수 없게 된 공간이다. 길녀를 아비의 이름에 묶어두었던 월전리 시댁은 차병조에 의해 팔리며,

박석호의 집은 전쟁과정에서 그와 다른 이념을 대변하는 경찰의 집이 되고, 춘복은 차병조의 아들에서 빨치산 점개의 아들이 된다.

반면, (2)계열의 장소들은 함양의 친정어미인 서산댁, 원전의 무꾸리노파, 강구의 창래어멈이라는 어미들이 지키고 있으며, 자연스럽게 회귀하게 된다. 특히, 함양과 강구는 작품 후반부에서 길녀가 차병조의 손길을 피하기 위해 왕복하는 장소들이다. 이처럼 아비의 계보를 끊임없이 지워나가고 어머니의 존재를 공간적으로 연결하는 서사 전개 방식은 김주영이 자신의 성장소설이 드러내는 특징으로 언급하기도 한다는 점에서 중요하다.[20]

이상의 분석을 통해 볼 때, 천둥소리는 '아비'와 관계된 신호라고 할 수 있다. 좀더 정확하게 보자면, 작품 결말 부분의 접동새 소리의 측은함과 대비되기는 하지만, 계보의 종말을 알리는 조종(弔鐘)이라고 할 만하다. 그렇다면, 이 소설은 여성 길녀의 수난사가 아니라, 오히려 길녀를 둘러싼 남성들의 수난사라고 할 수 있으며, (2)계열의 공간적 성격을 떠올려 보면 남성들의 죽음 이후에 이루어질 여성적 공간의 네트워크를 꿈꾸는 것이라고 할 수 있다. 하지만, 이러한 해석은 다음의 대목을 볼 때, 지나친 속단이다.

단 한 번인들 그런 것을 바란다거나 아니된 것을 원통해한 적도 없건만 세상은 항상 길녀를 손님으로 대접하였다. 그것을 뿌리치려고 지금까지 곤두박질을 해왔던 것이지만, 이 순간 길녀는 역시 손님으로 남아 있었다.(271쪽)

---

20) 김주영·황종연 대담, 같은 책, 27~28쪽.

방랑과 회귀를 반복하는 길녀는 방랑의 과정에서는 물론, 귀향의 과정에서도 모든 장소의 손님일 뿐이다. 그녀는 왜 장소를 지키는 주인이 아니라 손님인가? 어미의 공간들은 주인 없는 기표에 불과한 것이 아닐까? 이에 대한 해명은 이 작품, 나아가 김주영 소설이 다루는 '역사'의 문제와도 관련되어 있다.

3. 역사라는 이념과 길 위의 '공백'

근대소설의 주제로서 역사적 기억은 민족 집단의 사건을 중심으로 형성되어왔다. 근대 이후 한국의 역사소설이 민족의 이름으로 재단되었던 사실은 그만한 이유가 있는 것이다. 물론 『천둥소리』는 역사소설이 아니며[21], 앞서 오생근의 평가에서 봤듯이, 분단문학의 주류라 할 수 있는, 전쟁과 이데올로기 중심의 '부성의 문학'에도 속하지 않는다.[22] 비슷한 해석은 김주영의 역사소설들에도 적용된다. 이것들 역시 (역사)소설의 고전적 요건인 리얼리즘의 전통에서 벗어나 있다. 기본적으로 역사소설에는 사회적 상상력이 요구된다. 거대한 시간의 흐름에서 '역사의식'을 강조하는 것은 역사소설의 의의에 대한 일반적 견해이다. 여기에서 중요한 것은 투명한 '사실'이 아니다.

역사소설에 대한 포스트모더니즘적 명제의 의의가 '담론의 구성물'로

---

21) 공임순(『우리 역사소설은 이론과 논쟁이 필요하다』, 책세상, 2000)은 역사소설에 대한 고전적 정의에서부터 시작해 역사소설의 여러 유형을 분류하고 있다. 역사소설의 허구성, 창안성 등을 주장한다고 해도, 소재로서 '역사'를 염두에 둘 때, 지금도 그렇지만 80년대에 한국전쟁은 '진행형'의 상황이었다.

22) 이는 이 작품이 한국전쟁을 바라보는 두 가지 역사의식, 즉 양극체제의 대리전쟁과 내적 발전론 중 어느 한쪽에도 속하지 않음을 의미한다. 한국전쟁에 대한 시각에 대해서는 김윤식, 「6·25와 작가들」, 『20세기 한국 작가론』, 서울대학교출판부, 2004, 343~346쪽 참고.

서 역사를 지적하고, 역사소설, 나아가 역사가 허구에 불과하다는 점을 밝히는 데 있다는 사실을 떠올려보자. 80년대, 나아가 70년대 이후 의미 있는 '담론'으로 민중의식을 꼽을 수 있고, 그에 부응하듯 이 시기 많은 역사소설들은 민중의식을 내세우며 그 문학사적 위치를 부여받았다. 하지만, 민중의식을 내세웠던 그 시기에도 '민중'은 문학사의 문학을 통해 재현되지 않았다는 문제제기는[23] 당대 역사소설이 묘파한 '민중'의 정체성을 되돌아보게 한다.

논의의 범위를 김주영의 역사소설들로 한정해보자. 그 소설들은 길을 통해 민중의 삶을 다룬다고 평가되어왔다. 보부상의 삶과 사랑을 소재로 한 『객주』는 물론, 유이민의 삶을 다룬 『야정』 등 그의 작품에서 길은 중요한 공간이다. 여기에서 길을 떠나는 민중은 남성을 중심으로 한 집단이다. 그리고, 역사소설의 사건이 일어나는 길에는 목적이 있다. 보부상, 유이민, 도적들의 역사에서 삶은 실패로 끝난다고 해도 목적을 가진 행위이다.

길 떠남은 역사소설에서뿐 아니라 그의 성장소설에서도 반복되는 모티프이다. 성장소설의 주인공은 대개의 경우 아버지가 없는 소년이다. 길 떠남이 주요\모티프로 기능한다는 점은 『천둥소리』에도 해당되지만, 이 소설에서는 길을 떠나는 존재가 '남성'의 '집단'이 아닌, 한 여성이라는 사실이 중요하다.[24] 김주영 소설에서 이는 매우 예외적 사례이다.

『객주』에 대한 논의에서 김종철은, 작가가 중심인물인 이용익을 '중도

---

23) 천정환, 「서발턴은 쓸 수 있는가」, 『민족문학사연구』 47, 2011. 12.

24) "자기와는 심성도 노정도 서로 엇갈리는 피난민들을 만나면 세상의 물리를 거슬러오르며 살아가는 스스로의 모습이 너무나 극명하게 드러났다. 길녀에겐 순리라고 생각하는 일이 다른 사람의 몸에 부딪치면 어째서 생판 낯선 세상사로 변하게 되는 것인지 그 조화를 알 길이 없었다."(184쪽)

적 인물'로 설정했지만, 이 인물의 부정적 성격이 역사를 통해 밝혀진 바 있었던 데 비해, 여성 인물 '매월'의 경우, 작가는 역사적 사실을 벗어나 사건 전개의 중요한 고리로 활용하고 있다는 점을 지적하고 있다. 이에 대한 김종철의 판단은 리얼리즘의 시각에서 이루어지기에 부정적이지만, 이는 남성 인물들이 짊어져야 할 집단적 역사의 무게와 다른 삶의 힘이 여성 인물이라는 고리를 통해 나타날 수 있음을 간접적으로 보여준다.[25] 즉, 『천둥소리』에서 작가는 신길녀를 통함으로써 민족, 혹은 민중으로부터 벗어난, 또 다른 역사를 그릴 수 있게 된 셈이다. 그렇다면, 구체적으로 어떻게 길녀는 역사의 길로부터 벗어나는가?

무엇보다 신길녀는 황점개의 영웅화를 가로막는다. 『천둥소리』에서, 『객주』의 영웅적 인물인 '천봉삼'과 가장 비슷한 인물은 황점개이다. 그들 간의 유사성으로 인해 황점개의 역할이 자칫 영웅적으로 해석될 여지도 있지만, 신길녀는 그러한 영웅화를 막는다.[26] 분단을 다룬 많은 소설들에서처럼 백정으로서 점개의 계층의식이 이념화되지 않는 것은 역사적 사실로서의 실패와 더불어 길녀에 대한 낭만적 감정 때문이다.[27]

역사로부터 벗어나는 보다 중요한 동력은 길녀의 길 떠남 자체에서 비롯된다. 『천둥소리』에서 길녀의 이동은, 떠돎처럼 보이지만 실상 제한된 범위에서 이루어지기에, 그를 통한 '우연'은 사후적으로 필연적이다. 이 소설에서 필연은 차병조, 황점개, 지상모, 그리고 신현직과 춘복의 존재로 형상화된다. 이러한 필연은 거대한 역사보다 더 깊게 흔적을 남긴다.

---

25) 『객주』에 대한 김종철의 위의 견해에 대해서는 김종철, 같은 책, 107~111쪽.

26) 중요한 것은 김주영 역사소설에서는 엄밀히 말해 모순적 성격의 전형이라 할 수 있는 영웅이 없다는 사실이다. 이에 대해서는 정과리가 『야정』의 경우를 들어 설명한 바 있다. 정과리, 같은 책, 257~260쪽

27) 백정 황점개의 계급의식을 강조하면, 한국전쟁을 신분제도에 대한 복수심(이재선, 「전쟁과 분단의 인식」, 103쪽)이 분출된 사건으로 볼 수도 있다.

흐르는 물속에 소용돌이가 있고 불어가는 바람 속에도 회오리가 있듯 길녀에겐 박씨조차 예견할 수 없었던 뼈아픈 경험이 없지 않았다. 아비의 밥상에 오르는 수저와 아이에게 먹일 곡식 낟알까지도 모두 빼앗겨야 하는 태평양전쟁의 참혹한 와중에도 무관하게만 살아가는 최씨 집안에서 그녀가 겪었던 단 하룻밤의 경험이 이런 수치스런 현실로 나타날 줄은 미처 몰랐던 일이었다.(18쪽)

역사의 입장에서 보면, 이 대목은 역사의 비극으로부터 어떠한 경우에도 벗어날 수 없다는 사실을 지적하고 있는 것'처럼' 읽힌다. 해방과 함께 찾아온 차병조, 빨치산이 된 황점개, 한국전쟁과 지상모의 죽음은 이 소설에서도 남성과 동일시된 역사가 그 주체인 것처럼 보이게 한다. 하지만, 이 소설에서 이들 사건은 길녀의 떠남이 없다면 서사화되지 않는다. 사건의 인과관계를 묻는 것은 무의미하다. 차병조의 등장으로 길녀가 떠난 것이기도 하지만, 차병조가 돌아온 것은 신길녀 때문이기도 하다. 주목이 필요한 부분은 이 소설에서는 이렇듯 태평양전쟁, 그리고 한국전쟁이라는 '드러난' 역사와 여성의 몸에 감춰진 '이야기'가 대비된다는 사실이다. 삶의 흔적이 가장 깊이 남는 것은 '기억'과 '몸'이다. 하지만, 이러한 흔적은 역사와 이념을 위한 증거로서는 종종 무력하다.

증거라니, 그런 것이라면 길녀만큼 많은 것을 가지고 있는 계집이 또 있을까. 그러나 막상 헤집고 들자 하면 길녀에겐 그것이 없었다. 까마귀가 제 둥우리에서 깬 새끼의 살점을 쪼아먹듯 길녀는 그것을 모두 삼켜버렸다.(195쪽)

전쟁으로 인해 어려워진 생계를 꾸려나가기 위해 길녀는 강구에 다녀

오게 된다. 하지만, 지상모에게 무안만을 당하고 돌아온 길녀에게 인민군은 증거를 요구한다. 이 요구 앞에서의 무력감은 전혀 다른 세상 사이의 벽을 대한 것처럼 절망적이다. 그녀가 내놓을 수 있었던 것은 지상모의 처가 준 은지환뿐이었다. 역설적이게도 이 은지환이 증거가 되는 것은 그녀의 몸을 통해서였다. 즉, 손가락에 맞지 않는 은지환이 다른 사람에게 받았다는 그녀의 말을 증명하여, 그녀의 목숨을 구한다.

그런데, 길녀의 떠남에서 비롯된, 혹은 그녀의 떠남을 촉발하는 필연은 길녀 자신에게는 어떤 고정된 힘도 갖지 못한다. 차병조의 권력도, 황점개의 이념도, 지상모의 기회주의적 성격도, 심지어 순복의 혈통도 오히려 길녀의 선택으로 전혀 다른 효과를 갖는다. 차병조의 권력이나 점개의 이념은 길녀를 붙잡기 위해 존재하고, 기회주의자 지상모는 길녀를 내팽개침으로써 스스로를 해하게 된다. 차병조를 아비로 두어야 했던 순복의 계보를 결정하는 것도 길녀의 떠남 때문이다. 역설적이게도 그녀의 이동이 사건을 발생시키는 이유는 그녀가 끊임없이 이동하되, 의미를 찾아나서지 않기 때문이다. 앞서의 이동경로를 다시 한번 되짚어보면, 이는 그녀가 방랑과 회귀를 반복하는 것과도 관련된다.

그녀는 항상 떠남을 위해 돌아오기 때문에 모든 장소에서 손님일 수밖에 없다. 이것은 일반적으로 모성에게 기대하는 성격과 매우 다르다. 『천둥소리』에서 끊임없이 길을 떠나는 길녀는 강박증 환자인 역사에게는 '대상a'라도 되는 것처럼 보인다. 하지만, 이 작품은 역사 대신, 공백을 이야기의 주체로 삼는 극단적인 방법을 취한다. 길 떠나는 여성은 공백으로 존재한다. 어떤 공간에서도 그녀는 떠남을 전제로 하는 공백일 뿐이다. 이 작품에서는 공백으로 존재하는 여성이 결단을 통해 공간들을 연결해야만 '의미'가 생성된다.

물론 이는 작가의 의도와 상관없이[28] 작품 자체가 공백을 이야기의 주체로 삼은 것이라 볼 수 있다. 그럼에도, 길녀라는 존재가 작가의 원래 창작방법과 무관한 것은 아니다. 길녀라는 존재는 김화영이 설명하듯이 초기 소설의 오이디푸스콤플렉스를 극복하는 방식으로서 아이가 또다른 아비가 되는 대신 어미를 전면에 내세우는 방식일 수도 있기 때문이다.[29]

이 소설의 아이러니는 길녀를 통해 작가가 말하고자 했던 바와 길녀 자신이 주체가 됨으로써 전혀 다른 이야기를 만들어냈다는 사실에 있다.

그랬다. 언제부턴가 길녀는 정분을 두었던 사내들에게 한결같이 바라는 소망이 있었다. 황점개에게도 그랬었고 지상모에게도 그랬던 것은, 멀리멀리 가시라는 재촉이었다. 이제 와선 차병조에게도 그렇게 빌고 있었다.(200쪽)

작가의 바람은 사내들은 길을 떠나야 한다는 것에 있지만 이 소설에서는 여성을 주인공으로 삼음으로써, 의외의 효과가 발생한다. 이 의외성은 야생성이라는 김주영의 원초적 기원에서 발생한 것일 수도 있다. 황종연은 야생성이야말로 김주영 소설의 핵심이라 일컫고 있다.[30] 이는 자신의 운명에 순응하는 인간 본연의 순진성의 발로가 가지는 사람다운 삶의 가능성이라고 할 수 있다.[31] 어쩌면 이는 역사의 인간화가 이념에 대한 인간

---

28) 작품에 대한 작가의 말은 이 소설 역시 그의 다른 작품과 마찬가지로 '이름 없는 사람들'과 역사의 관계에 대한 의식 위에서 씌어졌음을 짐작케 한다. 김주영, 「작가의 말」, 같은 책, 303~307쪽.

29) 김화영, 같은 글, 149~153쪽.

30) 김주영·황종연 대담, 같은 글.

31) 김주영·황종연 대담, 같은 글, 33~34쪽.

의 맹목을 중심으로 역사의 비인간화로 이어졌음을 직시하는 것이다.[32]

70년대 작가로서 김주영에게 이러한 야성적 생명력은 발견된 것이 아니라, 시대적 감수성으로부터 터져나온 것으로 볼 수 있다. 김주영 등 70년대 작가들이 주목한 생명력이란 도시화를 통한 민중 세력의 결집, 그로부터 비롯된 힘의 자연스러운 분출인 것이다.

4. 결론을 대신하여

길을 떠나는 이유는 크게 두 가지로 나눌 수 있다. 떠도는 것 자체를 즐기기 위함과 돌아오기 위함이다. 김주영의 경우, 그의 소설에서 이 두 가지 모습을 모두 그려낸 작가로 평가받는다. 즉, 김주영 소설에서 떠나는 자는 돌아오기 위한 것이기도 하지만, 끝내 돌아오지 않는 존재도 있었던 것이다. 중요한 것은, 그 길 자체의 목적이 아니라, 그 길로부터 생겨난 새로운 '계보'일 것이다.

『천둥소리』는 여타 김주영 소설이 감추고 있던 여성성이 주인공 신길녀를 통해 만개한 작품이다. 이 작품을 통해 본다면, 김주영이 반성장소설로서 성장소설이라는 한국 성장소설의 일반적 특수성을 보여주면서도 그만의 색채를 잃지 않았던 것은 그가 궁극적으로 아비로서 성장을 꿈꾸지 않았기 때문으로 보인다. 그렇기 때문에 리얼리즘이나 근대성이 중심이 되는 소설사의 관점에서 본다면, 그의 작품들은 분명 미달태로 평가받을 수밖에 없다.

이런 점에서 김주영의 작품들은 서사 문학사라는 좀더 폭넓은 시각에서 바라본다면, 또다른 자리를 부여받을 수 있을 것이라 생각한다.

---

32) 스스로 보수적이라 일컫는 김주영의 세계관은 이 점에서 '보수주의=국가주의'라는 사고방식과는 거리가 멀다. 이는 민족을 국가의 틀로 얽매지 않는 방식을 의미한다.

제6장

1990/2000년대

신경숙

이승우

은희경

김연수

김훈

김영하

성석제

詩話史

미메시스의 욕망과 작가의 탄생
— 신경숙, 『외딴방』

정주아

1. '중간쯤의 글'이 놓인 자리

신경숙은 작품성과 대중성을 동시에 확보한 행복한 작가 중의 한 사람이다. 첫 장편소설인 『깊은 슬픔』(1994)이나 최근 화제를 모은 『엄마를 부탁해』(2008)에 이르기까지, 베스트셀러가 곧 스테디셀러로 이어지는 작품 연보는 곧 독자가 그녀의 소설에 보내는 지지와 신뢰를 나타낸다고 봐도 좋을 것이다. 독자는 신경숙 소설의 어떤 점에 공명하는 것인가. 이런 질문은 독자 개개인에게 주어진 해석의 다양성을 고려할 때 우문(愚問)임에 틀림없다. 그러나 『엄마를 부탁해』가 〈Please Look After Mom〉으로 미국 시장에 수용되는 과정에서 나타난 엇갈린 반응은, 그녀의 소설이 만국 공통어라 할 보편적 사랑의 서사에 기반을 두고 있으면서도 그 감성적 문체에 대한 반응이란 집단 별로 온도 차가 존재할 수 있다는 점을 보여준다. 이러한 차이는 아마도 1985년 중편소설 「겨울 우화」로 등단한 이래 일곱 편의 장편소설과 여섯 권의 소설집을 묶어내는 동안[1] 그녀가 주로 가족, 부모, 고향 등과 같은 일상적 층위에 존재하는 원형적 세계와 개인의 관계를 즐겨 다루었기 때문에 생겨난 것이 아닌가 싶다. 물론 집단별로 차이가 난다고 표현한 것은 비단 가족주의에 대한 동서양의 가치관 차이를 강조하기 위함이 아니다. 오히려 국적이나 문화권을 떠나 해당 집단이 신경숙 소설이 그려내는 원형적 세계의 아우라에 얼마나 익숙한지의 여부에 따라, 그녀의 소설에서 격정적 동요를 느끼기도 하고 신파의 통속성을 느끼기도 한다는 뜻이다.

이 글에서 다룰 장편소설 『외딴방』(1995)은[2] 고향과 가족의 품을 떠나 냉혹한 도시에서 삶의 기반을 마련하는 한 여성의 성장서사라는 점에서, 역시 원형적 세계와의 관계를 중심으로 한 전형적인 구도를 띠고 있다. 그러나 신경숙의 소설 연보를 펴놓고 살핀다면 분명 이질적인 면모도 가지고 있다. 이 소설에는 1978년에서 1981년에 이르는 사 년 남짓한 기간 동안 구로공단에서 여공으로 일하면서 야간에는 산업체 특별학급에 다녔던 자전적 고교 시절에 대한 기록이 담겨 있다. 열여섯 살 산업체특별학급 여고생이 열아홉 여대생이 되기까지, 작가는 이향(離鄕)과 서울 정착, 피붙이들과 함께 겪어낸 구로공단 사글세 쪽방생활의 지난함,

---

1) 산문이나 기타 콩트를 모아 엮은 단행본을 제외하고 주요 소설 목록을 정리하면 다음과 같다.

　　장편소설 : 『깊은 슬픔』(1994), 『외딴방』(1995), 『기차는 7시에 떠나네』(1999), 『바이올렛』(2001), 『리진』(2007), 『엄마를 부탁해』(2008), 『어디선가 나를 찾는 전화벨이 울리고』(2010)

　　소설집 : 『겨울우화』(1990, 『강물이 될 때까지』(1998)로 개제), 『풍금이 있던 자리』(1993), 『오래전 집을 떠날 때』(1996, 『감자 먹는 사람들』(2005)로 개제), 『딸기밭』(2000), 『종소리』(2003), 『모르는 여인들』(2011)

2) 『외딴방』은 계간지(『문학동네』 1994년 겨울호~1995년 가을호)에 연재되었고, 1995년에 초판 단행본이, 1999년에 개정판 단행본이 나왔다. 주요 사건은 그대로 유지되었으나 각 판본별로 내용이 덧붙거나 수정된 대목이 있다. 이 글에서는 최종본인 1999년의 개정판에 의거하여 인용하고 면수를 표시한다. 연재분이나 초판본을 사용하는 경우 별도의 주석을 달아 표시하기로 한다.

학교 및 공장에서 만난 또래들의 모습, 죄의식의 원천으로 남아버린 희재 언니의 죽음 등을 과거와 현재를 오가는 교차 서술을 통해 총 4부로 나누어 서술한다. 장차 소설쓰기가 숙명이 되리라고 어렴풋이 예감하던 시절이 곧 1980년 '서울의 봄'으로 대변되는 한국 현대 정치사의 격랑기와 겹쳐져 있는 만큼, 이 소설은 작가 자신은 물론 작중에 등장하는 모든 인물이 1970~80년대 군부통치와 경제성장 우선주의의 직간접적 피해자가 될 수밖에 없었던 상황을 담는다. 특히 소설『외딴방』을 낳은 동기라 할 수 있는 희재 언니의 자살 사건은 노동집약적 산업체제하에 소모성 부품으로 전락해버린 한 여공의 죽음이라는 시대적 보편성을 갖는다.

이에 따라『외딴방』은 그간 신경숙 소설의 외연을 지탱했던 일상성의 범주를 훌쩍 넘어 1990년대 문학계가 부딪쳤던 난제를 정면으로 드러낸 소설이 된다. 회상 형식을 도입한 후일담 소설인『외딴방』이 담아낸 군부통치의 엄혹함과 구로공단의 위태로운 삶들에 관한 서사는, 1990년대라는 불확실성의 시공간에 어떻게든 안착한 이들에게 장차 1980년대를 어떻게 기억할 것이냐는 질문을 정면으로 던져놓는다. "너는 우리 얘기는 쓰지 않더구나"(35쪽)라는 친구의 핀잔을 짊어진 채 작가는 자전적 삶을 풀어놓았을 뿐이지만, 그 삶이 놓인 시공간의 특수성이 결국은『외딴방』을 당대 리얼리즘 문학의 향방을 묻는 자리에 출현한 징후적인 작품으로 읽히도록 만든 것이다.

때문에 문학사적으로『외딴방』은, 이른바 탈이념시대의 서막쯤으로 인식되고 있는 1990년대의 시대적 성격과 맥락을 같이하여 리얼리즘 소설의 새로운 모색 혹은 한계를 보여주는 작품으로 평가되곤 한다.[3]『외딴

---

3) 평론계에서『외딴방』은 주로 당대 리얼리즘 소설로서의 자질 여부나 메타픽션적인 기술 방식의 측면에서 논의된다.『외딴방』을 다룬 평론은 많으나 그중 남진우의「우물의 어둠에서 백로의 숲까지─신경숙의『외딴방』에 대한 몇 개의 단상」(『외딴방』해설, 문학동네,

방』에 대한 평가는 주로 평론계에서 이루어졌으나 1990년대 중반 이후 학계에서도 확산되는 추세인데, 주로 그 시각은 여성서사의 특수성에 맞춰지고 있다.[4] 비록 학계에서의 방법론적 접근이 좀더 세분화된 양상을 보인다고 하더라도, 양측의 시각은 1990년대를 탈이념의 시대, 즉 사회정치사의 전성기와 운명을 함께하는 남성담론의 시대가 저물었다고 전제하고 『외딴방』을 탈이념 및 탈정치적 담론의 시대적 산물이라 본다는 점에서 별로 다르지 않다. 다만 『외딴방』의 리얼리즘적 성취에 대해서는 의견이 나뉘는데, 관주도형 산업화시대의 엄혹한 시절과는 또다른 의미의 개인적 암흑기를 묘사하는 데 초점을 둔 새로운 리얼리즘 시대의 개막이라는 호의적인 평가가 있는 반면에, 일견에서는 민주화운동 시대의 공장 노동자와 학생 집단이라는 소재를 다루고 있음에도 이를 개인 주변사의 풍경으로 처리하고 말았다는 비판도 따르는 것이다.

그러나 『외딴방』을 이념시대의 산물로 보든 탈이념시대의 적자로 보든, 잊어서는 안 될 것은 이 소설이 한 시대의 증언이기에 앞서 자기 고백의 일종이라는 점이다. 시대 증언의 역할은 자기 고백의 과정에서 수반된다. 요컨대 자기 고백의 진정성이 따르지 않는 시대 증언자로서의 역할이란 그 한계가 있는 것이며, 이에 『외딴방』의 자기 고백 서사가 우리에게 던져주는 문제들은 정치사회적 맥락에서의 리얼리즘 논쟁보다 본질적인

1995, 283~300쪽)과 백낙청의 「『외딴방』이 묻는 것과 이룬 것」(『외딴방』 개정판 해설, 문학동네, 1999, 427~453쪽)이 기본적인 자료로 읽히고 있다.

4) 신경숙의 소설은 1990년대 중반을 전후하여 여성문학 연구 분야에서부터 학술연구 대상으로 수용되기 시작했다. 이에 학계에서는 여성 성장소설로서의 특성이나 모성성의 발현 양상 등에 초점을 둔 연구가 다수를 이루며, 『외딴방』보다는 『깊은 슬픔』 『풍금이 있던 자리』 등 여성적 상징이 보다 두드러진 작품들을 중심으로 논의하는 경우가 많다. 이밖에 신경숙 소설 특유의 풍부한 감성을 설명하기 위해 문체론적으로 접근하거나 서정성이라는 개념을 도입하는 경우도 눈에 띈다.

사안이 될 수도 있다. 주지하듯 이 소설의 중심 서사는 '외딴 방'의 이웃이자 친구였던 희재 언니의 자살에 '나'가 방조자 역할을 맡게 되는 사건에 있다. 벗어날 수 없는 가난과 외로움에 삶의 의지를 잃어버린 희재라는 인물과 그녀의 죽음이란, 작중 등장하는 'YH 사건'이 보여주듯 노동력의 착취와 노동 시간의 연장에 의존해서 이익을 극대화하려는 공장제 산업시대를 대표하는 전형의 하나로 간주되어도 무방할 것이다. 이 외로운 죽음에 대한 애도가 『외딴방』의 본령이라 할 때, 그 슬픔과 분노의 성격은 누가 보아도 이미 제3자적 시선에 의한 객관화의 가능성을 분명히 지닌 것이나 작가는 그 길을 택하지 않는다. 고백의 형식은 가능한 한 객관적 재현의 가능성을 스스로 봉쇄하겠다는 의지의 소산이다. 다시 말해 희재의 죽음이라는 사건에 자신이 연루되어 있음을, 그 부채감과 죄의식을 절대로 놓지 않겠다는 선언인 셈이다. 과연 이 소설에서 작가는 글쓰기를 진행하면서 수없이 주저하거나 머뭇거리는 태도를 보이고, '과연 이 소설을 끝낼 수 있을 것인가'라는 긴장감이 소설 전반을 관류한다.

작가는 『외딴방』을 시작하면서 "이 글은 사실도 픽션도 아닌 그 중간쯤의 글이 될 것 같은 예감"(15쪽)이라고 적었다. 사실과 허구, 소설적 미메시스의 양극에 두 항목은 질료와 형식으로, 혹은 원인과 결과로 자리 잡고 있다. 이때 이도 저도 아닌 '중간쯤의 글'이란 무엇을 가리키는 것인가. 실제로 『외딴방』은 작가가 첫머리에 적었듯이 좋게 말하면 실험적이고 나쁘게 말하자면 완결된 이야기라 보기 힘든 외양으로 완성되었다. 가령 현재와 과거 시제를 거꾸로 쓰고 있다거나, 에피소드 간의 결락으로 인해 사건이 단절된다거나, 여고 시절 노트를 인용하는 것으로 과거 서술을 대체하는 등 파격적인 방식이 동원된다.

이러한 '중간쯤의 글'이란 결국은 글쓰기에 관여하는 상반된 의지의 충돌 현장을 여실히 보여준다고 할 것이다. 말하자면, 이것은 개인의 체험에서 생겨난 미메시스의 욕망이 소설의 미메시스 기법을 만나 보편화되고 객관화될 때 생기는 첨예한 갈등의 결과이다. 즉, 개인의 체험을 재료 삼아 소설을 쓴다는 얼핏 보아 자연스러워 보이는 연쇄반응에 자아가 어떻게 반응하는지를 드러내는 것이다. '중간쯤의 글'은 써야 한다는 생각과 쓰고 싶지 않다는 생각 사이에서 서로 겨루는 자아의 두 측면이 반응한 결과이다. 이러한 대치 국면은 글쓰기 소재로서의 체험이 공개하기 힘든 성격의 것일수록 자연히 심화되는 것인데, 이때 흥미로운 것은 그럼에도 불구하고 글을 완성해야 한다는 강박감 내지 의무감은 과연 어디로부터 유래하느냐는 질문이 될 것이다. 자신의 치부를 공개하여 공적인 것으로 드러내면서 상처로부터 해방되는 것, 이렇듯 자기 파괴와 자기 치유가 동시적으로 진행되는 미메시스적 욕망의 특성을 그대로 노출하는 원초적인 글쓰기가 『외딴방』의 서사인 것이다.

이렇듯 '중간쯤의 글'이란 글쓰기를 매개로 사실과 허구가 서로 겨루는 과정에서 생겨난 잔해와도 같다. 이 소설의 표제인 '외딴 방'은 도심의 주변부라는 장소 표상이지만, 다른 한편으로 자아가 외면하고자 했던 죄의식과 부채감을 장소 표상에 의탁한 것이기도 하다. 요컨대 사회가 외면하고, 그와 동시에 작가 스스로도 외면한 자기 내부의 어느 심연의 모습이 곧 '외딴 방'인 것이다. 이때 자기 내부의 심연을 응시하려는 태도가 곧 『외딴방』의 출발이고 그 결과로 나타난 것이 온전한 허구도 온전한 사실도 되지 못한 '중간쯤의 글'이라는 어중간한 형태이다.

2. 허구의 안과 밖, 불만과 두려움

'중간쯤'이란 말이 사실로도 허구로도 만족되지 않는 그 어떤 결핍의 사태를 가리키고 있는 것처럼, 『외딴방』에서 소설이라는 허구적 글쓰기를 대하는 작가의 태도는 이중적이다. 작가는 허구적 재현을 절대로 신뢰하지 않지만 그 허구적 재현의 바깥으로 나가지 않으려 든다. 『외딴방』의 글쓰기에서 일차적으로 확인할 수 있는 것은 연대기 혹은 인과관계에 의해 사건의 연쇄구조를 만들어가는 플롯의 주조방식에 대한 불만이다. 즉 소설이라는 허구적 양식이 사실을 수용하는 방식에 대한 불만 및 강한 거부감이다.

"내부의 진흙뻘 속에서 무엇이 힘겹게 고개를 들며 소리친다. 뭘 하려는 게야? 고만고만한 세부사항이나 찾아내어 뭘 어쩌겠다는 거지? 제발 연대 순으로 줄맞춰 요점 정리하려고 들지 마. 그건 점점 더 부자연스러워질 뿐이라구. 설마 삶을 영화로 착각하고 있는 건 아니겠지? 삶이 직선으로 줄거리를 가질 수 있다고 생각하는 건 아니겠지?" (……) "부재의 느낌은 그렇게 엉뚱한 곳에서 오는 것 같아요. 특히 죽음으로 인한 부재는 처음에는 실감이 안 나죠. 점차 일상 속에서 그 사람이 없다, 다시 만날 수 없다, 라는 걸 깨달아가는 것 같아요. 생전에 그 사람이 즐겨 앉았으나 이젠 텅 비어 있는 의자나 (……) 그런 건 역사 속에선 제외되죠. 연대 속에서도요." (167~168쪽)

외딴 방의 생활에 대한 묘사가 연대기적 방식 혹은 전기적 방식으로 흐를 때 현재의 시공간에 선 작가는 노골적으로 거부감을 나타낸다. 동생들을 부양하는 데 빛나는 청년 시절을 소진하고 있는 오빠를 바라보는 작가에게, 디테일을 갖춘 이야기 만들기는 삶을 소외시키는 일과도 같다. 이는 역사와의 거리 두기라든가 역사적인 증언자가 되기를 거부하는 태도라기보다도, 시간성의 재편을 의미하는 '허구화' 작업에 따라 탈락되는 사실 쪽에 삶의 본질이 있다는 확신 때문이다. 주지하듯 시간성의 재편이란 플롯에 방향성을 부여하고 사건을 창조해내기 위한 필수적인 작업이다. 소설의 서사가 연대기적인 시간의 연쇄나 전기적인 형식에 의탁해서 작위적으로 재현될 수밖에 없는 것은, 인간의 삶 자체가 유기성을 지니기 어려운 우연의 연속이기에 선택된 필연적인 현상인 것이다.

그럼에도 『외딴방』의 작가는 일반적인 연대기의 형식을 선택하는 대신 연대기로 흘러갈 가능성이 보이는 지점마다 현재의 화자를 개입시켜 사건을 중지시키는 방식을 택한다. 따라서 『외딴방』의 에피소드 배열 방식은 시간에 대한 도전이라 부를 만하다. 과거 시점에 현재형 시제를 부여하고 현재 시점에 과거형 시제를 쓰는 역전에서부터, 단속적으로 사건을 나열하는 성좌적 배열의 방식까지, 작가는 시간의 연대기적 배치를 의도적으로 파괴하고 있다. 일반적으로 현재의 시점에서 회상되는 과거는 현재의 화자가 선 지점에서 만들어진 액자 속에서 이미 완결된 사건으로 추체험되는 데 비해서 이 소설의 과거는 현재와 병존하면서 함께 흐르고 때로는 현실을 압도하기도 한다.

엄밀히 말하자면 현실을 허구로 옮겨놓는 재현의 과정에 거부감을 느끼는 현상 자체는 그리 독특하다고 볼 수는 없다. 이미 허구의 양식인 소설에 회상이나 고백이 형식적인 요소로 도입된다는 것 자체가, 제삼자에 의해 객관화되어 제시된 내용과는 달리 화자 특유의 진실이 별도로 존재한다는 전제를 담고 있기 때문이다. 그럼에도 불구하고, 『외딴방』에서 확인되는 미메시스에 대한 불만이 흥미로운 현상처럼 보이는 이유는, 그와 전혀 상반된 태도가 동일한 텍스트에서 동시에 확인된다는 데에 있다. 즉 회상과 고백에 의존하여 작위적 허구에 기대지 않는 개인사를 재현하려 시도하면서도, 작가는 어느 순간 허구의 바깥에 존재하는 현실을 그대로 드러내는 데 주저하고 도리어 허구의 장치에 의지하려 드는 태도를 보이는 것이다. '외딴 방' 앞에 섰을 때, 미메시스에 대한 작가의 태도는 그 자체로 이중적이다.

　무엇이 그토록 불완전하며 한계가 자명한 허구를 소환하고, 허구의 세계에서 몸을 빼내지 못하도록 만드는가. 실상 이러한 질문은 소설 『외딴방』의 태생적인 조건에 닿아 있는 것이다. 노동으로 지친 몸을 기계의 부속으로 방치하는 것이 아니라 자신의 것으로 되돌리는 수단이 허구적 글쓰기였으며, 또한 부채의식과 죄책감을 외면하려는 자신을 다시 자신의 것으로 되찾는 수단이 허구적 글쓰기인 것이다. 이 두 글쓰기는 모두 자기 정체성 되찾기의 일종이되, 전자가 저항의 대상을 외부에 돌린 데에서 오는 쾌감을 수반한 글쓰기라면 후자는 오로지 자기 응시만을 요구하는 고통을 감수해야 하는 글쓰기이다.

　　"그런데 왜 〈금지된 장난〉이라 했어?"
　　"그건 소설이에요!"
　　그건 소설이라는 완강한 내 말투에 그는 잠시 침묵을 지켰다. 그가 왜 모르겠는가. 소설을 이루는 문장으로는 아무리 해도 삶에서 발생했다 사라지는 섬광들을, 앞설 수가 없다는 걸 그가 왜 모르겠는가. 과장되게 폐쇄시키고 보편성 없이 드러낼 수밖에 없는 문장의 한계를.(242쪽)

　소설 연재와 집필을 거의 동시에 진행하고, 이전 연재분의 독자 반응을 그대로 작중에 옮겨 공개하는 것은 메타픽션으로서 『외딴방』이 갖는 독특한 측면이라 할 수 있다. 위의 인용은 그 예 중 하나로, 작가는 과거에 오빠와 함께 봤던 영화 제목을 의도적으로 바꾸어 소설에 삽입했었다. 재미없었던 영화 대신 자신이 정말 좋아했던 영화로 바꾸어 넣은 것이다. 그러나 작가 스스로 만들었으되 자기 마음대로 제어되지 않는 소설 속의 세계는 이러한 변칙을 이미 용납하지 않는다. 말하자면 이미 고통스러운 허구적 글쓰기의 문턱을 넘어선 상황이기에, 순박한 쾌감을 겨냥한 글쓰기 놀이란 무력한 행위가 될 수밖에 없는 것이다. 허구의 밖, 그러니까 '외딴 방'의 거대한 공포가 두려웠던 작가가 최후까지 붙잡고 의지했던 허구의 형식은 다음과 같이 나타난다.

나는 써놓고 있다.

이후 오랫동안 다락방 천장이 무너지는 꿈을 꾸고…… 그 남자의 공포와 슬픔이 엇갈린 절망을 기억했다가…… 잊었다, 고. 아이를 떼라 했지요. 헤어지자는 게 아니라 아직은…… 아직은…… 그러나 남자의 그 말이 그녀를 구더기 밥이 되게 했다는 생각은 들지 않는다, 고. (……) 어쩌면 그때는 희미하게 울고 있었을지도 모를 그녀를 안에 두고, 그 선반 위 육 개월도 채 못 신은 학생화를 안에 두고 열쇠통을 채웠다, 고.(385쪽)

희재 언니의 죽음을 적는 대목에서 작가는 육 년 전 자신이 적었던 노트의 기록을 그대로 발췌해서 소설에 옮겨 적는다. 작가는 고통스러운 상황을 객관화하여 문장으로 담고, 다시금 그 객관화된 문장을 소설에 옮겨 관조하는 방식으로 당시 상황을 반추하고 있다. 스스로 불신하던 허구의 세계에 '중간쯤만' 기댄 형상이자, 자신이 매개가 되어 자신을 객관화하는 우회의 과정을 통해 자기 응시에 이르는 형국이다.

이토록 고통스러운 과정을 통해서라도 기어이 자기 상처를 드러내고자 하는 글쓰기 행위는 『외딴방』에서는 마치 속죄 행위와도 같은 의미라서 논리적으로 이해하기란 쉽지 않다. 이에 신변소설 혹은 사소설의 일반론과 대조해본다면 『외딴방』의 자기 고백이 지닌 성격을 보다 뚜렷하게 포착할 수 있을 것이다. 일본 사소설의 기원이라 할 다야마 가타이 유 사소설의 미덕은 물론 작가의 신변사를 여과 없이 독자에게 그대로 드러낸다는 데 있다. 실제의 사생활이 아니라 보여주기 위한 사생활 즉 불륜이나 패륜 같은 소설적 설정에 유리한 생활방식을 추구한다든지, 작중의 사생활이 진짜가 아니라고 하더라도 그 사실을 독자가 절대로 알아채지 못하게 해야 한다는 태도 등은 자연주의 사조에서 출발했다는 사소설이 역설적으로 허구적 완결성에 대해 집착하고 있다는 사실을 보여준다. 현실을 통째로 미적 재현의 세계로 바꿔 놓는 철저성에서 드러나듯, 허구적 완결성에 대한 집착은 현실을 압도하고 그 철저성을 통해 작가는 예술가로서의 자질을 입증하는 것이다.

그러나 『외딴방』의 자기 고백은 사소설의 자기 서사가 지향하는 미적 숭고의 세계와는 전혀 다른 곳을 향한다. 『외딴방』에는 허구와 사실 어느 세계에서도 안주할 곳을 찾지 못하는 작가의 방황만이 있다. 허구의 안팎에서 불신과 두려움을 경험하며 방황하는 가운데 중단된 플롯과 불완전한 미메시스의 문장이 탄생한다. 이 불완전하고 모호한 형식과 문장은 무엇인가 본래의 형상을 지시하거나 모방하기를 중단한, 그 자체로 내면의 상처와 죄의식이 현현된 상태라 할 수 있을 것이다.

3. 부재하는 대상의 재현, 그 역설적 가능성

허구에도 현실에도 안주할 자리를 찾지 못한 '중간쯤의 글'이 탄생한 원인은 무엇보다도 『외딴방』이 죽어버린 희재 언니라는, 즉 부재하는 대상의 재현이라는 이율배반적인 과제를 떠안고 있다는 점에서 찾을 수 있다. '외딴 방'은 작가의 개인사에 있어서도 외면하고자 했던 장소이며 개인과 사회로부터 모두 외면당했던 사각지대이다. 사회적인 주변부로 밀려난 소외된 자들의 보금자리이되 그 구성원의 하나였던 작가 역시 그곳을 외면하고 있었다는 사정이 말해주듯, '외딴 방'은 서사의 표면으로 떠오르기 전까지는 현실 어디에도 존재하지 않는 곳이었다. 마치 희재 언니가 마음속 깊은 곳에 감금해놓은 대상으로 살았던 것처럼 말이다. 그러므로 '외딴 방'은 억압하는 자와 억압받는 자, 중심부와 주변부 등의 이분법의 대결 구도 너머에 존재한다. 그러니까 『외딴방』은 각 개별자가 은폐하고 외면하는 한 현실적인 차원에 결코 부상하지 않을 내면의 죄의식에 관한 이야기이고, 그 서사화는 비로소 외딴 방의 열림이라 비유할 만한 개인의 내적 균열의 현장인 셈이다. 『외딴방』을 일컬어 작가가 탄생하는 장면을 보여주는 소설이라 할 수 있는 것은, 이렇듯 미메시스의 욕망이 태어나는 원초적 광경을 담았기 때문이다.

『외딴방』에서 글쓰기의 동인은 순전히 자신의 비밀을 스스로 들추어내려는 작가의 의지, 작가가 그 자신에게 부여한 부채감에 달려 있다. 물론이 소설에는 희재의 죽음 이외에도 작가에게 글쓰기를 권유하는 여러 외적 요인이 존재한다. 개발 독재의 시대적 패러다임과 그 누구도 자유롭지 못했던 시대적 전형으로서의 삶의 양태가 있다. 작가 자신을 비롯해서 가족들, 친구, 동료, 이웃 들이 그 자장 안에 놓여 있었다. 그리고 그들은 시간이 흘러 현재의 시공간에 어떤 방식으로든 과거를 헤쳐나와 도시의 소시민으로 자리잡았다. 한때 문학청년의 길을 걸었던 오빠부터 "너는 우리 얘기는 쓰지 않더구나"(35쪽)라며 섭섭함을 토로하는 친구에 이르기까지 그들에게 과거는 완결된 이야기로 추체험될 수 있는 것이다. 그러나 이들과는 달리 과거를 빠져나오지 못한 채 죽어버린 희재 언니와 그녀의 부재로부터 의식이 자유롭지 못한 작가에게 과거는 완결되지도 마음 편히 회상할 수도 없는 생생한 대상이다. 과연 이 부재의 상태로 살아 있는 대상을 글쓰기를 통해 재현해낼 수 있느냐는 대결의식 자체가 『외딴방』을 끌고 나가는 동인이며, 이때 중요한 것은 결코 개인 대 사회의 대립구도로 환원되지 않을, 작가 내부에서 벌어지는 싸움인 것이다.

마음 깊숙한 곳에 가둬버렸던 대상, 부재하는 대상에게 제자리를 찾아 주어야 한다는 부채감 때문에 시작된 소설인 『외딴방』은 좋든 싫든, 부재하는 존재를 서사적으로 재현해야 한다는 과제를 안게 된다. 이에 작가는 계속해서 서사적 재현에 포섭되지 않는 것들의 잔영을 좇는다.

나는 끊임없이 어떤 순간들을 언어로 채집해서 한 장의 사진처럼 가둬놓으려고 하지만, 그럴수록 문학으로선 도저히 가까이 가볼 수 없는 삶이 언어 바깥에서 흐르고 있음을 절망스럽게 느끼곤 한다.(67쪽)

오직 서사로 포착되기 이전의 것들만이 진실이라고 믿는 강도만큼 소설의 형식과 문장은 무력한 것이 될 수밖에 없다. 육체를 입은 문자언어의 무기력함을 호소하는 작가의 고백이 상대적으로 음성언어가 지닌 진리성을 좇게 되는 것은 차라리 자연스러운 과정이라 할 것이다. 그만큼 『외딴방』은 노랫소리, 목소리, 환청처럼 육체를 가지지 못하고 발화되었다가 사라지는 음성으로 채워져 있다. 전형적인 허구 서사의 틀을 거부한 자리에서 생겨나는 빈틈들, 가령 연쇄적인 구조를 갖추지 못하고 개별적인 장면으로 배치된 삽화 간의 여백이나 시제가 뒤바뀐 과거와 현재 사이에 생겨나는 행간, 무수히 등장하는 말없음표 등 서사의 빈틈을 채우는 것이 바로 이 소리인 것이다.

그런데 갑자기, 이 90년대 중반에 갑자기, 내 귀에 들려오는 컨베이어 돌아가는 소리.(162쪽)

……세상에 알려지지 않는 무명의 말들이 그들 사이엔 있었다.(329쪽)

그리고 이러한 소리의 궁극의 지점에 죽음이라는 부재의 상태로 현존하면서 작가의 의식을 억압하는 희재 언니의 존재가 있음은 당연한 일이다.

> 나는 글쓰기로 언니에게 도달해보려고 해.
> ……
> ……뭐라구?
> ……
> 조금만 크게 말해봐? 뭐라는 게야?
> ……
> 응?
> ……
> 문학 바깥에 머무르라구? 날보고 하는 소리야?(197쪽)

희재 언니의 죽음, 즉 억압된 죄의식은 허구의 자리에 머무르려는 작가를 끊임없이 밖으로 불러내는 목소리이다. 시간과 더불어 늘 함께 존재해왔지만 아직 발화되지 않은 언어의 세계에서 울려나오는 목소리를, 작가는 듣는다. 이때 이 목소리의 청취 여부는 오로지 작가에게 달려 있다는 점에서, 1995년 『외딴방』이 내놓은 시대적 반성의 진정성은 곧 작가적 고백의 진정성과 등가에 놓인 것이 된다.

실상 『외딴방』을 비롯하여, 소설을 읽는다는 것은 이렇듯 문장으로 발화되지 않은 채 행간의 침묵에서 들려오는 목소리를 듣고 그 부재하는 의미에 대해 공감하는 상태를 가리킨다. 발화되지 않은 말에 대한 공감이란 말은 아이로니컬하지만, 신경숙의 소설에서 이성애보다 중요하게 취급되는 모성애, 가족애 등은 그저 소박한 밥상이나 말없는 응시처럼 결코 특정한 의미로 발화되지 않은 말의 형태, 이른바 "무명의 말"(331쪽)의 형태로 개인과 개인을 끈끈한 결속상태로 묶어두는 것이다. 이 작가에게는 모성애나 가족주의 자체가 중요한 것이 아니라 이 원형성이 보존하고 있는 말없는 소통에 대한 경외, 즉 문장에 대한 불신을 넘어서는 살아 있는 말의 세계가 소중한 것이다. 『외딴방』에서도 죄의식에 찬 고백, 주저함과 머뭇거림의 자리에 나타난 서사의 공백을 채우는 것은 발화 이전의 소리들과 침묵이며, 독자들은 그 공백을 통해 작가의 고통을 미루어 짐작하게 되는 것이다.

그러나 역설적으로 작가이기에 그녀는 부재하는 말에 감응하고 이를 문장으로 옮기는 작업을 계속할 수밖에 없으며, 『외딴방』은 이러한 작가의식의 출발과 작가의 탄생을 적실하게 보여주고 있는 작품에 해당한다. 만약 『외딴방』을 1990년대의 이정표 같은 작품이라 한다면 이는 이데올로기적 측면에서 전 시대와의 결별이라거나 거대담론의 거부라는 몸짓을 보인다거나 하는 것 때문은 아닐 것이다. 비단 1990년대가 아니더라도 이 작품은 가장 정직하고 뜨거운 글쓰기의 과정을 드러낸 소설이라는 가치를 갖기 때문이다. 그러니 이제 『외딴방』의 글쓰기의 갈등이 무엇을 의미하는지 다시 질문할 차례이다. 이 글에서 『외딴방』이라는 '중간쯤의 글'을 통해 읽어낸 허구적 재현을 둘러싼 갈등의 추이는 그간 이 작품에 쏟아졌던 리얼리즘론을 우회하여 재론한 것뿐이니 말이다. 『외딴방』이 보여주는 것은 죄의식과 부채감을 떠안고 허구의 안팎을 불안정하게 오가는 작가의 서사적 방황이다. 이로써 『외딴방』은 스스로 죄의식을 짊어지길 자처한 존재만이 과거를 응시하며 현재의 주인이 될 수 있다는 사실을, 그로부터 외딴 방을 열듯 이념시대의 종언이라는 상흔을 넘어설 출구가 열린다는 사실을 일러주는 소설이 된다.

에로티즘의 관점에서 본 욕망과 죽음의 이야기
— 이승우론

오자은

1. 서론

이승우는 1981년 소설 「에리직톤의 초상」으로 데뷔한 이후 평단과 독자 모두에게서 꾸준히 지지를 받아온 작가라고 할 수 있다. 문학성의 성취와 대중적 인지도가 완벽하게 일치할 수는 없지만 양자가 어느 정도 균형을 이뤄온 이상적인 경우이기도 하다. 또한 데뷔 이후 현재까지도 현역 작가로서 지속적인 작품활동을 계속해오고 있다는 신뢰감 역시 이러한 지지에 기여한 바 있다. 이러한 작가의 근력은 이미 "지속성, 집중성"[1]이라는 단어로 평가된바, 이는 "우리 문학에서 제일 결여된 부분인 관념성"[2]이라는 문제에 천착해온 작가의 끊임없는 탐구의식을 고평하여 일컫는 다른 표현이기도 하다. 특히 이 "관념성"은 그간 이승우를 설명해온 중요 개념이었다고 할 수 있는데 여기에서 관념이라는 용어는 신의 문제,

---

1) 김윤식, 「김윤식의 문학산책, 집중성, 지속성의 삼인행—이호철, 이승우, 박민규」, 한겨레신문(http://www.hani.co.kr/arti/culture/book/454424.html), 2010. 12. 17.

2) 김윤식, 같은 글, 한겨레신문.

종교의 문제, 구원의 문제 등 내적인 성찰이나 사유에 대한 천착이라는 뜻에서 광범위하게 적용되곤 하였다.

예를 들어 이승우 소설의 큰 특징으로 내적 성찰의 문제를 거론하며 "대상의 안쪽을 깊이 탐구하는 내적 성찰의 문체"[3]를 고평하거나, "구체와 추상의 절묘한 직조"[4] "신화적이거나 종교적인 추상적 가치, 그리고 작가 자신의 문학적 상상력을 마음껏 넘나드는"[5]작가라고 평가한 것은 이를 잘 보여준다. 여기에 신학대학 출신이라는 이승우의 약력을 고려하여 종교적 관념성에 집중한 논의로는, 소설을 통한 종교적 구원이라는 문제의식, 기도로서의 소설쓰기[6]라고 설명하거나, 그의 소설이 특정 종교를 넘어서 신과 인간의 문제라는 구도를 중점적으로 다루어 "신의 세계에 대항하는 인간세계의 문제"[7]를 살폈다고 언급하는 논의들이 있었다. 물론 논의의 방향을 달리하여 욕망의 문제에 초점을 맞추어 오이디푸스콤플렉스를 이승우 소설의 기원으로 보며 고향을 아버지와 동일시하고 결핍의 진앙을 아버지에 놓는 논의[8] 역시 있었다.

기존의 논의들을 전반적으로 살펴볼 때 이승우 소설에 대한 해석을 관념의 문제, 종교의 문제, 신과 인간의 문제, 욕망과 죽음의 문제로 나누어 변별할 수 있다면 상대적으로 소략하게 다루어진 부분이 바로 욕망과 죽음의 문제라고 할 수 있다. 이는 그간의 논의 중 다수가 이승우의 대표작이라고 할 수 있는 장편소설 『생의 이면』과 데뷔작인 「에리직톤의 초상」

---

3) 정호웅, 「죄와 사랑 : 이승우론」, 『작가세계』 2004년 겨울호, 125쪽.

4) 조남현, 「구체와 추상의 절묘한 직조」, 『구평목씨의 바퀴벌레』, 책세상, 2007.

5) 최강민, 「신 앞에 선 소설가의 운명─이승우론」, 『구평목씨의 바퀴벌레』, 111쪽.

6) 김주연, 「트라우마로 읽는 이승우 소설의 이면─『생의 이면』을 대상으로」, 『문학과 종교』 16권 2호, 2011.

7) 장일구, 「문화적 연대기─생의 이면, 그 이면」, 『문학과 종교』 16권 2호, 91쪽.

8) 하응백, 「고향과 욕망」, 『목련공원』, 문이당, 1998.

에 집중되어 있기 때문이기도 하다. 따라서 이 글은 상대적으로 평가의 대상으로서 주목을 덜 받아왔으면서도 욕망과 죽음의 문제를 집중적으로 다루고 있는 90년대 단편집『목련공원』을 대상으로 이승우 소설의 일면을 고찰하고자 한다. 이승우 소설에서 욕망과 죽음이란 단순히 어떤 대상에 대한 갈구를 넘어서 정교하게 구조화된 면이 있기 때문이다.

이 단편집에 수록된 모든 소설들은 일관적으로 위에 제시한 문제들을 다루고 있는데, 그중에서도 이 글에서는 이러한 특색이 가장 두드러지는 표제작「목련공원」과「샘섬」「Y의 경우」「당신에게 가는 길」을 중점적으로 검토할 것이다. 여기에서 욕망은 금기로 인해 촉발되며 죽음충동과 구원에의 열망으로 이어지게 되는데 특히 단편집『목련공원』에서는 인간의 성과 관련한 욕망과 성행위라는 희생제의를 통한 유사죽음의 경험, 금기를 위반했을 때의 자기 처벌과 이후 구원에의 시도가 어떻게 이루어지는지가 전면적으로 드러나 있다고 할 수 있다. 이러한 해석의 줄기는 각 작품마다 '죽음'의 양상이 어떻게 다르게 변주되는지를 살펴봄으로써 분석이 가능할 것이다. 이 글이 분석대상으로 삼은 작품은 공통적으로 '죽음'을 다루고 있는데, 이것은 죽음의 이미지에서부터 실제적인 죽음에 이르기까지 다양하게 나타난다. 이러한 욕망과 죽음의 구조화과정을 살펴보기 위해 이 글에서는 바타유의 논의인 에로티즘을 적극적으로 차용할 것이며 이를 통해 금기 위반에의 욕구, 죽음의 양상과 관련한 논의를 집중적으로 살펴봄으로써 이승우 소설의 또하나의 의미가 입체적으로 드러날 수 있을 것이라 기대한다.

2. 육체적 에로티즘과 유사죽음의 경험―「목련공원」

표제작인 「목련공원」은 금기에 대한 욕망의 문제를 전면에 드러내고 있는 작품이다. 주인공인 남자는 아내가 있음에도 불구하고 목련 찻집의 여주인과 내연관계를 지속한 바 있다. 주인공은 여자와의 관계 이후에는 수치심과 두려움에 몸을 떨면서도 계속 그 관계를 유지한다. 여자는 공원 묘지를 산책하는 것을 좋아하는 신비로운 여자인데 관계 도중 그의 귀를 물어뜯거나 수컷 사마귀가 암컷에게 먹히는 것을 보고 즐거워하는 등 기이한 행동을 보인다. 남자는 여자를 거부하려고 애를 쓰지만 유혹에 이끌려 그녀와의 관계를 청산하지 못하는데, 이 이상한 관계는 그녀가 이별을 통보함으로써 끝나게 된다. 남자는 여자와 관계를 갖게 되면서 일상의 붕괴를 겪는데 우선 아내와 별거를 하게 되고 혼자 따로 살게 된다. 둘의 관계를 알아차린 주변 사람들의 만류에도 불구하고 남자는 계속 여자와의 관계를 가지며 파국을 걷게 된다.

"정상적인 삶으로부터 욕망으로의 이행과정에는 죽음에 대한 근본적인 유혹"[9]이 있다는 조르주 바타유의 언급을 상기해본다면 남자가 자신의 가정, 생활의 안정적 형태를 와해시키고 혼란과 욕망 속으로 걸어들어가는 것은 결국 죽음을 향해 가는 것이나 마찬가지이다. 여자는 남자의 욕망의 대상이자 남자에게 금기를 위반하고자 하는 충동으로서 존재하고 여자와의 관계는 죽음을 향한 유혹으로 나타난다. 물론 여기에서 목련공원이 결혼식이자 장례식이 동시에 열리는 곳이며 생과 사가 교차하는 곳이라는 장소성은 이러한 분석을 뒷받침한다. 소설의 시작이 동서의 부음을 듣고 장례식장으로 향하는 주인공의 모습을 묘사하고 있다는 점에서도 그러하다. 또한 여자는 소설 내내 죽음의 이미지를 갖고 있는데 그녀가 즐기는 것이 묘지 산책이며, 둘이 마지막 관계를 가진 곳이 묘지라는 사실 역시 같은 맥락에서 해석될 수 있다.

---

9) 조르주 바타유, 『에로티즘』, 민음사, 2011, 20쪽.

"삶이 죽음의 발목을 붙잡고 있다고 해야 하나?"

"그 반대지요. 죽음이 삶을 먹고 있는 거예요."

나는 더이상 대화를 이어가지 못했는데, 그것은 '죽음이 삶을 먹고 있다'는 그녀의 표현이 무언가 불량한 것, 예컨대 아가리를 크게 벌린 사마귀를 상징하는 어떤 것을 불러일으키려 했기 때문이었다. 무엇이든 먹어치울 것 같은 왕성한 식욕, 그것이 그녀를 아내와 구별시키는 특별한 요소였고, 또 나를 맹목의 열정 속으로 끌어당기는 힘이기도 했다.(이승우, 「목련공원」, 『목련공원』, 문이당, 1998, 40쪽)

남자에게 여자는 욕망, 그 자체이며, 여자와의 관계는 일종의 유사죽음을 체험하는 장이 된다. 특히 여자와의 관계가 직접적으로 죽음을 상징하는 것임을 암시하는 대목이 종종 등장하는데 여자가 관계중 남자의 귀를 물어뜯어 상처를 내는 것은 이를 은유적으로 보여준다고 할 수 있다. 또한 이들의 육체관계는 마치 자신과 타자가 하나가 되기 위해 죽음에 대한 제의를 치루는 행위라고 할 수 있다. 바타유에 따르면 성행위는 가벼운 죽음을 의미한다. 요컨대 성행위는 타인과 타인이 서로의 육체를 통해 간극을 넘어 소통하고자 하는 이른바 죽음의 의례인 것이다.[10] 마치 암컷 사마귀가 교미가 끝난 뒤 수컷을 통째로 집어삼키는 것처럼.

사마귀가 교미하는 걸 봤어요? 봤으면 좋았을 텐데. 암컷은 얼마나 정열적인지 정사를 할 때면 수컷을 통째로 먹어치워버려요. 수컷은 단 한 번의 불같이 뜨거운 정사의 대사로 목숨을 내놓는 거지요. 나는 그런 뜨거움이 좋아요. 그렇게 먹고 먹힘을 당하는, 목숨을 건 사랑이 좋아요. 알아요? 내

---

10) 이동수, 「감성의 정치 : 에로스, 에로티즘, 그리고 섹슈얼리티」, 『한국정치학회보』 39집 1호, 2005, 13쪽.

가 지금 당신을 통째로 먹어버리고 싶다는 걸?(32쪽)

이때 일어나는 에로티즘은 "어떤 유보도 방해하지 못하며 어떤 계획도 금지하지 못하고, 어떤 노동도 저지하지 못하는 무한한 욕망"[11]이다. 육체적 에로티즘은 불연속적인 세상 속의 인간이 영속성을 얻기 위해 타인과 소통하고자 하는 방식 중 하나로서 특히 성행위를 통해 연속성을 추구하는 행위를 일컫는다. 이때 "에로티즘은 희생(작은 죽음)에 의한 부활 혹은 일차적 죽음에 의한 새로운 탄생의 경험을 제공한다".[12] 그렇다면 이러한 희생제의 이후의 삶은 어떻게 되는가? 죽지 않으면서 죽음 직전까지 파고드는 에로티즘의 경험 이후는 어떠한 삶이 기다리고 있는가? 에로티즘이 일상적인 삶이 주지 못하는 유사죽음의 경험을 제공하고 체험하게 한다면 그 이후의 세상은 어떤 변화의 모습을 갖고 있는가? 목련공원에서 그녀의 결혼식을 목격한 남자는 놀라운 장면을 보게 된다. 여자의 옛 애인이 나타나 총을 휘두르며 신부인 그녀를 끌고 가는 것이었다. 남자는 어서 그녀의 옛 애인이 방아쇠를 당겨 그녀를 죽여버리기를 바라지만 오히려 사정은 정반대였다. 여자는 오히려 남자에게 끌려가면서도 미소를 짓고 있었으며 그가 그녀를 끌고 가는 것이 아니라 사실상 그녀가 그를 억센 다리로 움켜쥐고 있었던 것이다.

바타유의 언급처럼 죽음과 삶은 별개가 아니라는 것, 죽음과 삶이 한 몸처럼 연결되어 있어 우리의 의지와 상관없이 죽음의 그림자는 늘 드리워져 있음[13]을 깨닫게 된 것이다. 이 마지막 장면은 죽음이 삶 저 너머의 공포의 세계일 뿐 아니라 언제든지 삶의 영역으로 들어올 수 있기에 죽음

---

11) 조르주 바타유, 같은 책, 162쪽.

12) 김겸섭, 「바타이유의 에로티즘과 위반의 시학」, 『인문과학연구』 36, 2011, 99쪽.

13) 김겸섭, 같은 글, 102쪽.

에 저항하는 것이 무의미함을, 죽음을 껴안는 삶 자체에 대한 긍정이 필요할 수밖에 없음을 상징적으로 보여준다.

3. 금기 위반의 충동과 자기 처벌로서의 죽음—「샘섬」과 「Y의 경우」

앞서 2장에서도 드러났듯이 「목련공원」 뿐 아니라 이 작품집의 소설 거의 대부분이 금기와 그것을 위반하는 사람들의 이야기들로 채워져 있다. 이를 잘 보여주는 것이 바로 「샘섬」과 「Y의 경우」라고 할 수 있다. 「목련공원」에 나타난 죽음이 에로티즘으로서의 유사죽음으로 해석될 수 있다면 「샘섬」과 「Y의 경우」는 욕망과 금기에의 충동을 다루면서도 다른 방식으로 죽음을 이야기한다. 「샘섬」은 월산리를 취재하게 된 기자의 이야기로부터 시작하는 액자소설이다. 월산리는 6·25때 이 섬은 빨치산들로부터 공격을 받은 적이 있었다. 젊은 남자들이 총격을 당하고 끌려가기까지 하자 마을 사람들은 월산리 옆의 작은 섬인 샘섬에 젊은이들은 모두 숨어있도록 했다. 그러나 이 비밀은 누군가에 의해 곧 밝혀지고 샘섬의 젊은이들은 불에 탄 채 빨치산의 공격을 받아 모두 목숨을 잃었다. 이때 거의 유일하게 살아남은 사람인 김노인은 도시에 나가 경제적인 성공을 이룬 뒤 다시 섬으로 돌아와 샘섬을 다시 살리고자 끊임없이 노력한다.

이 김노인의 내력이 이 소설에서 가장 문제적인 부분인데, 사실 그가 바로 동굴의 젊은 남자들이 몰살당하도록 밀고한 사람이었던 것이다. 그는 마을의 젊은 과부와 애정관계였으며 그녀의 남편과 다른 남자들을 몰살시켰고 이후 임신을 하게 된 과부가 마을 사람들에게 멍석말이를 당해 죽자 죄책감에 마을을 떠난 과거를 갖고 있었다. 김노인의 욕망에 대한 이야기는 소설 속에서 다윗과 밧새바, 우리아의 이야기로 우회적으로 전달된다.

다윗은 이튿날 우리아를 다시 전장으로 보내면서 한 장의 편지를 들려보내지요. 부대 책임자에게 보낸 그 편지에는, 가장 위험한 격전지에 우리아를 투입시켜 죽게 하라는 내용이 적혀 있었어요. 부대 책임자는 다윗의 지시대로 일부러 지는 싸움을 해서 우리아를 죽게 해요. 그렇지만 우리아만 죽은 게 아니었어요. 그 거짓 전투에서 우리아와 함께 다른 많은 무고한 군인들도 희생되었어요. 한 여자에 대한 다윗의 무분별한 욕정이 그 여자의 남편이고 자기 군대의 장수이며 부하인 한 젊은이를 죽였을 뿐 아니라 그 젊은이에 대한 범죄를 은폐하기 위해 다른 사람들까지 죽음의 구렁텅이로 몰아넣었어요.(111쪽)

「Y의 경우」도 한 개인의 욕망이 금기를 위반하고 그에 대한 일종의 처벌을 받는 구조가 비슷하게 드러나고 있다. 소설가였던 Y는 어느 날 갑자기 아무런 언급도 없이 자취를 감춘다. 여기서도 그의 사라짐에 대한 대강의 내막이 문제적인데 그는 사실 "전망"이라는 문학 동인의 유부녀와 내연관계였으며 매주 같은 호텔 709호에서 밀회를 하는 사이였다. 그러던 어느 날 그 호텔의 8층에서 화재가 났고, 그날 만나기로 한 Y도 화재와 함께 사라져버린 것이다. Y의 사라짐에 대한 내막은 소설의 화자의 독백에 더 명확하게 드러나 있다.

엘리베이터는 8층에 설 것이다. 그런데 왜 7이 아니고 8일까? 그 호텔에는 고객용 엘리베이터가 두 대 운행중이고, 하나는 짝수층, 하나는 홀수층에만 선다고 생각할 수 있다. 그는 짝수층에만 서는 엘리베이터를 탔을까? 실수로? 혹은 그 엘리베이터의 문이 열려 있어서? 아니, 아니 그가 일부러 8층을 누른 것은 아닐까? 혹시 그는 8층에서 산소에 굶주린 불길이 그를 기다리고 있다는 걸 알고 있었던 게 아닐까? 그래서 그는 애인이 기다리고 있는 7층 대신 8층으로 자기 몸을 밀어넣은 것이 아닐까? 애인이 아니라 불길이 더 유혹적이지 않았을까? 그러니까 그는 그 불길 속으로, 자발적으로 걸어들어간 것이 아닐까? 아니, 아니……(278쪽)

그뿐 아니라 Y가 생전에 집필했다는 소설에도 위반에의 충동이 드러나 있다.

그것은 욕망, 사람을 옭아매고 있는, 혹은 사람이 옭아매고 있는, 끊을 수 없는, 끊으려는 욕망에 의해 다시 더 튼튼하게 묶이는, 그 슬픈 욕망에 대한 소설이었다. 강렬하고 인상적인 몇 개의 그림으로 그 소설은 나에게 남아 있다. 나는, 그 작품이야말로 전형적인 Y의 소설이라고 읽었다.(259쪽)

인용된 부분에도 선명히 나타나듯 금기를 위반하고자 하는 주인공들의 충동은 결국 처벌로 이어진다. 「샘섬」의 김노인은 어떤 방식으로든 "샘섬을 원래대로 푸르게 만드는 데 집착"(113쪽)하고자 했으나 결국 실패하고 만다. "그러나 그의 시도는 번번이 실패로 끝났다. 그는 용서받지 못했고, 죄책감은 깊어갔고, 그의 영혼은 회복될 수 없었다"(113쪽)라는 서술에서도 알 수 있듯이 그는 죄의식에서 자유롭지 못했다. 그가 마지막으로 "자기 목숨을 제물로 바치는 일"로써 샘섬을 회복시키고자 했다는 것은 자신의 욕망에 대한 자기 처벌을 내렸다는 것을 의미한다. "그의 영혼 속에 죽지 않고 살아서 끊임없이 그를 자극했을 사십여 년 전의 기억"에 대해 죗값을 치러야 했기 때문이다. 여기에서 그가 동굴 속 젊은 사람들의 거처를 밀고한 이후 황폐해진 샘섬은 김노인의 내면을 은유한다.

"그 순간에 나는 그의 황폐한 영혼을 본 것 같았어. 월산리의 샘섬이 황폐해진 것은 그의 영혼이 황폐해졌기 때문인지 모른다는 생각이 들었어. 그 사람의 과거를 모두 이해한다는 뜻은 아니야. 그건 다른 문제야. 노인은 자기 입으로 죽어가고 있다고 하더라. 내가 보기에도 그런 것 같았어. 그런데 노인은 또 아무데서나 죽어선 안 된다고 말하는 것이었어. 거의 혼잣말처럼. 그러나 몹시 결연한 눈빛으로 샘섬에 가야 한다고 말하는 거야. 내가 어떻게 할 수 있었을까? 내가 노인의 귀향을 말렸어야 했을까?" (108~109쪽)

위의 인용문에서처럼 황폐해진 샘섬이 사십여 년 간 죄의식에 시달리고 있는 김노인의 내면을 은유한다면 결국 샘섬이 다시 복구되는 길은 김노인 자신이 스스로를 제물로 희생하는 길밖에는 없을 것이다. 「Y의 경우」에서도 이러한 면모는 유사하게 드러나는데, Y는 밀회 장소인 호텔에서 자신이 내려야 할 층인 7층이 아니라 화재가 난 곳인 8층에 내린 뒤 행방불명되고 만다. 이는 같은 문학 동인 활동을 하고 있는 유부녀와의 불륜에 대한 통제되지 못한 자신의 욕망에 대한 일종의 자기처벌이라고 해석될 수 있을 것이다. "그래서 그는 애인이 기다리고 있는 7층 대신 8층으로 자기 몸을 밀어넣은 것이 아닐까?"라는 구절에서도 파악할 수 있듯 Y의 죽음은 욕망의 연쇄로부터 벗어나기 위해 자기 자신을 희생 제물로 바치는 마지막 선택이었다고 할 수 있을 것이다. 죽음만이 욕망의 자가발전을 끊어낼 수 있다는 것을 알았기 때문이다. 그리고 역설적으로 이러한 금기 위반에 대한 자기 처벌로서 죽음을 선택할 때 금기는 더욱 공고해진다. "위반은 금기를 부정하는 대신 오히려 금기를 초월하고 완성시킨다"[14]는 바타유의 언급을 상기해보자. 그들이 죽음이라는 자기 처벌을 택함으

---

14) 조르주 바타유, 같은 책, 71쪽.

써 오히려 그들이 위반했던 금기의 세목들은 더욱 금기로서 굳건해지는 것이다. 결국 금기를 유지시키고 완성하는 것이 위반이라는 것—금기와 위반의 역설적 관계[15]가 드러나는 것이다.

4. 종교적 에로티즘과 구원의 시도—「당신에게 가는 길」

『목련공원』소설집의 맨 마지막에 자리하고 있는 「당신에게 가는 길」은 그 내용을 보면 왜 이 작품이 이 소설집의 말미에 배치되어 있는지를 알 수 있다. 이 작품에서도 역시 '죽음'의 문제가 드러나고 있는데 죽음을 다루는 방식은 사뭇 다르다. 「목련공원」에서는 육체적 에로티즘으로서의 유사죽음의 경험을, 「샘섬」과 「Y의 경우」에서는 금기 위반에 대한 자기 처벌로서의 죽음을 다루었다면, 「당신에게 가는 길」에서는 일종의 '신성'으로서 '당신'을 다루면서 그 신성에 도달하기 위해 죽음을 선택하는 종교적 에로티즘의 속성을 보여준다고 할 수 있다.

「당신에게 가는 길」은 제목에서부터 종교적 색채가 짙은 작품인데 "나"라는 일인칭 화자가 그 실체가 명확하게 독자에게 전달되지 않는 "당신"이라는 존재를 찾아 방황하는 이야기가 대략적인 줄거리이다. 작중 "나"는 스스로를 저주받은 자라고 여기며 세상 누구도 눈길을 보내지 않는 사람이라고 생각한다. "오물소"에 빠져 악취가 나는 "나"에게 "당신"은 모든 법과 규율을 어기면서도 다가와 발을 씻어준다. "나"에게 "당신"은 자신을 조건 없이 이해해주고 사랑해준 유일한 존재였으나 처음에는 그것을 부담스럽게 여긴 나머지 거부한다. 그러나 "나"가 결국 "당신"을 통해 무한의 사랑을 깨닫게 된 이후 자신을 도와주었다는 이유

---

15) 김겸섭, 같은 글, 95쪽.

로 영토 밖으로 추방당한 "당신"을 향해 떠나가다 종국에 죽음을 맞이하는 것이 소설의 결말이다. 여기서 "나"와 "당신"의 관계는 마치 신과 인간의 관계를 유비하는 것처럼 전개된다.

당신은 마치 사랑하는 것 말고는 아무것도 모르는 것처럼 사랑했습니다. 사랑하는 것만이 유일한 의무이고 목적인 것처럼 그렇게 사랑했습니다. 알고 있습니다. 당신의 사랑을 순결했고, 자발적이었고, 희생하는 것이었습니다. 사랑하는 것이 당신의 본성이라는 사실을 이제는 압니다. 하지만 유감스럽게도 그때는 알지 못했습니다. 어떻게 그렇게 모를 수 있었을까요? 당신은 어디서 왔습니까? 지금 내가 당신이 간 곳을 알지 못하는 것처럼 그때 나는 당신이 온 곳을 알지 못했습니다. 내가 알지 못했던 것은 그것만이 아니었습니다. 나는 너무나 어리석어서 당신이 나에게 기울이는 그 자발적이고 헌신적이고 순결한 사랑의 의미를 헤아릴 수 없었습니다.(281쪽)

위의 인용문에서 나타나듯 "당신"이 "나"에게 주는 사랑은 대가를 바라지 않는 사랑이다. 그렇기에 "당신"은 "나"가 저주의 상징인 뱀 문신을 얼굴에 하고, 세상 모든 사람들이 욕을 하거나 침을 뱉을 때에 마음속으로 의지하고 계속적으로 갈구했던 대상이 될 수 있었다. 이러한 무조건적인 사랑, 세속을 초월한 신적인 사랑은 "당신"과 "나"의 관계가 "당신"이 "나"의 발을 씻겨줌으로써 본격적으로 시작되었다는 점에서도 두드러지게 나타난다. 기독교의 세족식을 연상케 하는 이 행위는 예수가 과월절 전날 제자들을 모아놓고 대야에 물을 받은 뒤 한 사람씩 발을 씻겨주는 요한복음 13장의 구절들을 떠올리게 만든다. 마치 예수가 가장 몸을 낮춘 자세로 제자의 발을 씻겨주는 것처럼 "당신"은 "나"의 발을 씻겨주었던 것이다. 이 에피소드는 소설에서 "당신"을 살아 있는 사람이 아닌, 신성을 가진 존재로 승화시켜주는 데 기여한다.

신성을 가진 존재인 "당신"을 찾기 위해 "나"는 길을 떠나지만 어디에
서도 그를 만날 수는 없다. "당신"을 찾아가는 여정은 고통과 고난의 연
속인데 그럼에도 불구하고 "당신에 대한 추구가 치욕과 고통을 이기게"
하고 "추위도 견디고 비도 이기고 아픔도 참고 치욕도 버텨낼" 수 있게
만든다. 이처럼 과잉된 헌신, 충성은 "나"가 "당신"을 만나러 가는 과정
을 일종의 종교적 에로티즘으로 승화시킨다. 더욱 흥미로운 것은 정작
"나"의 발을 씻겨준 "당신"은 그 이후 어디에서도 그 흔적을 찾을 수 없
다는 것이다.

> "부질없는 짓이오. 당신이 찾는 E는 없습니다. E에 대한 당신의 추구
> 는 당신의 절망감의 표시에 불과합니다. E는 당신이 만든 허깨비이고 환
> 상입니다. 내가 당신이라면 생명이나 부지하게 되기를 기원하겠습니다."
> (304쪽)

"당신"의 부재성은 종교적 에로티즘이 경험하는 신비가 신성에 대한
체험으로서 부재하는 사물에 대한 추구[16]라는 것을 상기해볼 때 더욱 그
의미가 분명해진다. 이 종교적 에로티즘의 과정에서는 희생을 필요로 하
는데 희생물을 바치는 의식이 진행되는 동안 사람들은 신비하고 신성한
존재를 경험하게 되고 그 존재와의 연속성을 유지하기 위해 결국엔 자
기 자신을 희생물로 바친다.[17] 이러한 종교의식은 마치 "나"가 "당신"을
찾기 위해 고난의 여정을 지속하는 것과 유사하다. 희생자가 현실적인 제
약을 넘어서서 신성과 일치시키려 하는 것—이때 희생자의 죽음은 죽

---

16) 이동수, 같은 글, 14쪽.
17) 이동수, 같은 글, 14쪽.

음 자체에 무관심하며 단지 현실을 넘어서는 행위에 불과한 것으로 간주된다.[18)]

　　내가 찾지 않을 때 당신은 내 가까이 있었지만, 나는 당신을 알아보지 못했습니다. 그때 당신은 내 곁에 있었지만, 나에게는 없는 것이나 같았습니다. 그런데 지금 나는 당신의 '있음'을 느낍니다. 당신은 없지만, 있습니다. 그렇다면, 당신은 나의 추구 가운데 있는 겁니까? 내가 추구하는 한, 내가 추구하기 때문에 당신은, 나에게 있는 것입니까? 이전에 나는 당신을 만나면 살 수 있을 것이라고 생각했습니다. 그런데, 당신은 알고 있었던가요? 당신이 아니라 당신에 대한 추구가 나를 살게 했습니다. 당신을 만났기 때문에 산 것이 아니라 당신을 만나려고 추구했기 때문에 산 것입니다. 나의 몸은 구름처럼 가벼워져서 그 순간부터 한없이 오랫동안 공중을 떠다녔습니다. 구름 같은 것이 내 몸을 받아준 것이 아니라 내가 구름이 되어버린 것입니다.(309쪽)

　　이 소설의 마지막 대목인 위의 인용문을 보면, "나"는 결국 죽음을 선택한다. 그런데 이 죽음은 어떤 비장한 결의나 희생이 전제된 것이라기보다는 아주 자연스럽게 느껴진다. 그것은 바로 그 죽음을 통해서야 말로 신성을 가진 어떤 부재하는 사물과 연속될 수 있다는 믿음, 그 믿음 속에서 종교적 에로티즘이 발현되기 때문이다. 신성을 가진 대상과의 연속과 합일에 대한 추구, 그리고 그 과정에서의 죽음, 작품집 『목련공원』에서의 이 마지막 죽음은 일종의 구원에의 시도라고 읽힐 수 있을 것이다. 저주의 상징인 뱀 문신을 하고 세상 모든 사람들로부터 질시와 외면을 받

---

18) 이동수, 같은 글, 14쪽.

던 "나"가 "당신"으로부터 조건 없는 사랑을 받고 "당신에 대한 추구"로서 죽음을 택한다는 것은 단순히 생물학적인 죽음이 아니며, 죽음 너머의 "당신"과의 연속성을 획득하는, 역설적인 의미로서의 구원이라고 할 수 있기 때문이다.

5. 결론을 대신하며

이승우의 작품집 『목련공원』은 수록작품 대부분이 욕망과 금기, 죽음의 문제가 전면적으로 드러나고 있다. 특히 욕망과 금기 위반, 죽음이라는 세 키워드는 구조적으로 긴밀하게 연관되어 있는데 이 글에서는 이를 바타유의 에로티즘 개념과 관련하여 집중적으로 살펴보았다. "죽음"이라는 일관된 주제가 관통하는 가운데 각 작품들은 그 죽음의 양상과 의미가 조금씩 달라지는 모습을 보인다. 우선 표제작 「목련공원」에서는 금기를 위반하는 가운데 육체적 에로티즘을 통해 유사죽음의 체험을 겪는 주인공과 이로 인해 죽음이 삶 저 너머의 공포의 세계일 뿐 아니라 언제든지 삶의 영역으로 들어올 수 있기에 죽음에 저항하는 것이 무의미하다는 것을 보여준다. 「샘섬」과 「Y의 경우」에서는 금기를 위반한 것에 대한 자기 처벌로서의 죽음이 드러나고 있는데, 주인공들은 스스로 죽음을 택함으로써 결국 다시 자신이 위반한 금기의 금기성을 공고하게 만든다. 이 과정에서 금기와 위반의 역설적 관계가 부각된다고 할 수 있다. 마지막으로 「당신에게 가는 길」은 이 작품집의 가장 마지막 작품으로서 가장 종교적인 죽음, 구원의 시도로서의 죽음이 드러난다. 신성을 표상하는 "당신"에 대한 고통스런 추구는 종교적 에로티즘으로 해석 가능하며 스스로를 희생시키면서 신성과 자신과의 연속성을 획득하고자 하는 "나"의 죽음은 일종의 구원이라고도 읽힐 수 있을 것이다. 이러한 욕망, 금기, 죽음에 대한 다양한 방식의 성찰은 특정 종교적인 입장이 아니라, 인간의 한계와 그것을 부정, 인정, 초월하는 과정과 시도를 핍진하게 그리고자 한 작가의 의도가 반영된 것이라 여겨진다.

여성 성장의 서사와 마조히즘
— 은희경의 『새의 선물』 연작 고찰

김주리

1. 서론

『새의 선물』(1995)은 흔히 '환멸의 학습을 통한 인간 성숙을 그린 뛰어난 성장소설이자 우리 사회의 세태를 실감나게 그린 재미있는 세태소설이란 호평'[1]을 받는 작품이다.[2] 액자소설로서 이 소설은 60년대 후반의

---

1) 은희경, 『새의 선물』, 문학동네, 1995.

2) 『새의 선물』 연작과 은희경의 작품에 대한 기존 연구사에서는 여성 성장소설로서 작품이 가진 의미와 특성을 '성장'에 방점을 찍거나 '여성'에 방점을 찍는 방식으로 고찰해왔다. '성장'에 방점을 찍을 때 『새의 선물』은 반성장의 서사, 즉 성장을 거부하는 성장이라는 특이성으로서 의미 매김되며(대표적으로 김욱동, 「여성 성장소설의 가능성—은희경의 경우」, 『소설과사상』 1999년 여름호 ; 이정은, 「은희경 『새의 선물』 연구—1990년대 여성 성장담을 중심으로」, 동국대학교 석사학위논문, 2007 ; 성유미, 「은희경의 『새의 선물』에 나타난 인물의 성장 양상 분석」, 경희대학교 석사학위논문, 2008 등) '여성'에 방점을 찍을 때에는 신경숙, 오정희 등 다른 여성작가 작품들과의 비교 대비를 통해 서술자의 냉소적 태도와 가치관이 가진 의미와 가치에 대해 다양한 평가를 내리고 있다.(대표적으로 이정희, 「트라우마와 여성 성장의 두 구도—은희경의 『새의 선물』과 신경숙의 『외딴방』을 중심으로」, 『고황논집』 22, 1999 ; 박금주, 「은희경의 위반과 일탈, 마지막 춤으로서의 유혹—『마지막 춤은 나와 함께』를 중심으로」, 『한국문학평론』, 2004 ; 이지혜, 「1990년대 여성소설의 인물 구현 양

세태와 그 속에서 자아를 찾아가는 여성의 모습을 그리면서 서른여덟 액자 밖 서술자와 열두 살 액자 속 주인공의 과거를 대응시키고 있다. 『새의 선물』의 후속작으로서 『마지막 춤은 나와 함께』(1998)는 전작에서 액자 밖 세계를 구성하는 90년대를 배경으로 자유분방한 이혼녀의 연애와 삶을 둘러싼 갈등을 그리고 있다. "열두 살 이후 나는 성장할 필요가 없었다"는 『새의 선물』 속 진술처럼 연작에서 서른여덟의 주인공은 열두 살 무렵과 정신적인 차이가 없는 존재로 그려진다. 이때 열두 살은 문제적인 성장의 시간, 문턱의 시공간[3]으로 작용한다. 성장은 지속되는 과정이 아니라 문턱을 넘어서는 순간처럼 확연한 변화가 일어나는 순간으로 나타난다. 문제는 열두 살의 그녀에게 성장을 완료하게 한 삶의 조건과 경험이란 무엇이며, 이 경험이 이후의 삶을 어떻게 조직해가고 있는가에 있을 것이다.

이 글에서는 마조히즘의 관점에서 『새의 선물』 연작에 나타나는 여성 주체의 성장과 의식 변화에 대해 논의하고자 한다. 들뢰즈는 사디즘과 마조히즘을 성적 도착으로 보기보다는 제도나 법에 대한 특징적인 위반의 형식과 관련된 것으로 간주한다. 그에 따르면 마조히즘적 욕망이란 지배자―어머니에 의한 피지배자―아들의 처벌과 폭력에 대한 욕망으로, 어머니의 채찍질을 통해 아들 속에 숨어 있는 아버지에 대한 처벌을 도모함

___

상―신경숙과 은희경의 소설을 중심으로」, 경희대학교 석사학위논문, 2006 ; 임혜란, 「오정희, 은희경의 여성 성장소설 연구」, 공주대학교 석사학위논문, 2010 ; 전혜영, 「새의 선물』에 나타난 여성 인물들의 욕망에 대한 연구」, 고려대학교 석사학위논문, 2012 등)

3) 바흐찐은 시간과 공간은 인물의 운명 속에 함께 작용하기에 '시공간(크로노토프)'이라는 개념으로 이해해야 한다고 본다. 이중 문턱의 시공간이란 한 인물의 운명이나 행동, 가치관 등에 결정적인 변화가 생겨나는 순간으로 서서히 변화하는 시공간이 아니라 급작스러운 변화의 시공간으로서 설명된다. 이에 대해서는 바흐찐, 『장편소설과 민중언어』, 전승희 옮김, 창작과비평, 1988 참고

으로써 웃음을 자아내는 형식이 된다.[4] 그 관계에서 어머니와 아들이 꼭 여성과 남성일 필요는 없으며 타자와 주체의 역전이 중요하다는 점을 감안할 때,『새의 선물』 연작 속 주인공의 삶에 대한 냉소와 사랑에 대한 배반이 가진 의미를 새롭게 해석할 가능성이 생긴다. 이 글에서는『새의 선물』 연작을 통하여, 고아 여성으로서 자신의 타자성을 확인한 주인공이 그 타자성의 위치에서 남성 주체의 욕망을 처벌하고 조롱함으로써 자본주의 가부장제 사회의 질서에 이반해가는 과정을 분석해볼 것이다.

2. 타자성의 자각과 성장서사

『새의 선물』은 1995년 서른여덟의 서술자-주인공 강진희가 이십육 년 전 1969년 열두 살 시절을 회상하며 '열두 살 이후 나는 더이상 성장하지 않았다'는 담론을 공식화하는 과정으로 구성된다. 중년의 서술자는 열두 살 이후의 성장을 거부하며 완전히 성장했기에 다른 성장이 필요 없음을 혹은 성장이 완료되었음을 선언한다.[5] 그녀에게 성장이 완료된 순간은

---

4) 사디즘이 선과 무관한 법을 부정하고 법 너머의 논리를 가정함으로써 부정적인 초자아를 구축하는 아이러니에 기대고 있다면 마조히즘은 계약에 의해 법을 지나치게 엄격하게 적용함으로써 자아를 구축하는 유머에 기대고 있다. 질 들뢰즈,『마조히즘─냉정함과 잔인성』, 이강훈 옮김, 인간사랑, 1996 참고.

5) 이정은은 리타 펠스키의 논의를 참고하여 여성 성장소설이 남성 성장소설과 변별되는 특징으로 1) 여성 성장소설은 자아의 정체성 확립과 더불어 여성으로서의 성적 정체성을 정립하는 이중고를 보인다 2) 남성 성장소설의 주인공들이 사회와의 조화나 이성, 전체성의 개념을 획득해가는 발전의 서사를 경험한다면, 여성 성장소설의 주인공들은 내면 심리로의 복귀나 혼돈, 반항에 만족해야 하는 생존의 서사를 경험한다 3) 남성 성장담은 경험하는 자아와 회고하는 자아의 거리가 일정하게 유지되는 해결의 서사로, 여성 성장담은 그 거리가 존재하지 않는 미해결의 서사로 파악되기도 한다 등을 지적하고 있다.(이정은, 같은 글, 20~21쪽 참고) 이러한 지적은 특히 3)의 유형을 통해『새의 선물』을 해명하는 데 도움을 준다.

"절대로 믿어서는 안 되는 것들"이라는 목록을 지우는 순간, 즉 삶에 '절대'라는 말을 사용할 수 없다는 사실을 깨닫는 순간과 결부된다. 그 각성의 과정은 여성의 운명에 대한 체험과 함께 고아로서의 운명에 대한 체험과 결부된다. 고아, 여성, 어린이로서 그녀는 삼중의 타자성으로써 자아를 확인하게 되는 것이다.

내가 왜 일찍부터 삶의 이면을 보기 시작했는가.

그것은 내 삶이 시작부터 그다지 호의적이지 않다는 것을 알았기 때문이다. 삶이란 것을 의식할 만큼 성장하자 나는 당황했다. 내가 딛고 선 출발선은 아주 불리한 위치였다. (……) 나는 어차피 호의적이지 않은 내 삶에 집착하면 할수록 상처의 내압을 견디지 못하리란 것을 알았다. 아마 그때부터 내 삶을 거리 밖에 두고 미심쩍은 눈으로 그 이면을 엿보게 되었을 것이다.(14쪽)

서술자가 이야기하는 '삶'이란 60년대 이후 자본주의 가부장제의 현실이다. 근대 자본주의 가부장제 사회에서 미쳐서 자살한 어머니와 방랑하는 아버지를 둔 여자아이는 결코 호의적인 대상으로, 삶의 능동적인 주체로 자리할 수 없다. 자본주의 가부장제가 요구하는 삶에 집착할 경우, 즉 권력과 자본, 사랑과 결혼 등에 집착할 경우 상처를 받게 될 것이라고 판단하며 그녀는 그 삶으로부터 의도적인 거리 두기를 통해 그 삶의 이면, 즉 자본주의 가부장제의 이면을 엿보려 한다.[6] 자본주의 가부장제 사회

---

6) 그런데 그녀는 광인의 딸이며 고아라는 자신의 삶이 어째서 삶의 정석이 되어서는 안 되는가에 대한 적극적 문제제기는 하지 않는다. 근원적인 문제제기와 전복의 욕망이 나타나지 않는다는 점에서 가부장제 사회의 질서에 대처하는 주인공의 자세는 사디즘적 무정부주의이기보다는 마조히즘적 처벌의 형태를 나타낸다.

질서에 반항하는 대신 그녀는 그 삶의 이면과 비밀을 파고든다.[7]

　고아 여성의 타자성에 대한 자각으로부터 그녀가 선택하는 전략은 '바라보는 나'와 '보여지는 나'의 분리가 된다. 전쟁통에 실성한 사람'(20쪽)으로서 목을 매어 죽은 어머니를 가진, "저 눈 보니까 귀신이 지키고 있는 것 같아서 어째 등뒤가 서늘한걸요"(20쪽)라는 평가와 관찰의 대상으로서 타자화된 주인공의 위치는 어린이-여자-광기-고아의 다층적인 타자성의 지점에 위치해 있다. "하나의 나로 하여금 그들이 보고자 하는 나로 행동하게 하고 나머지 하나의 나는 그것을 바라보는"(21쪽) '나'의 분리벽은 사람들이 규정한 타자성의 위치로부터 상처받지 않으려는 행동이다. "남의 시선으로부터 강요를 당하고 수모를 받는 것은 '보여지는 나'이므로 '바라보는' 진짜 나는 상처를 덜 받는다. 이렇게 나를 두 개로 분리시킴으로써 나는 사람들의 눈에 노출되지 않고 나 자신으로 그대로 지켜지는 것이다".(21쪽) 그녀는 대중의 시선 앞에 보여지는 나로서 미친 여자의 자식이며 고아이지만 순진하고 예쁘게 성장하는 여자아이를 연기한다. 그리고 타자성의 이면에서 사람들의 비밀을 관찰하고 이를 이용해서 자본주의 가부장제 사회의 질서를 강화하거나 그에 속물적으로 순응하는 사람들을 조롱하거나 처벌한다.

　하지만 나는 어른들이 나를 귀여워하는 진짜 이유를 알고 있다. 그것은 바로 내가 자기들의 비밀을 알고 있다고 생각하기 때문이다. 비밀을 저당

---

7) 자신의 삶을 '삶의 이면' 혹은 '삶의 비밀'이라고 평가하는 데서 역설적으로 그녀가 자본주의 가부장제의 일상을 유일한 정상적인 삶이라고 가정하는 환상에 빠져 있다는 평가가 가능할 것이다. 소영현은 은희경의 소설이 낭만을 걷어낸 사랑, 즉 섹스를 통해 현실의 시름을 잊게 하는 환상의 공간을 구축하는, 생에 대한 지극히 낭만적인 태도를 보인다고 평가하고 있다. 소영현, 「현실의 초월, 초월의 현실성―신경숙 『기차는 7시에 떠나네』와 은희경 『마지막 춤은 나와 함께』에 대한 검토」, 『여성문학연구』, 2001. 9.

잡혀 있기 때문에 그들은 나를 귀여워할 수밖에 없다. 나는 사람들의 마음 속에 그런 비굴함이 있다는 것을 진작에 알았다.(18쪽)

나는 어른들이 돈을 모으는 것처럼 비밀을 모은다. 어린이이기 때문에 갖는 손쉬운 접근법과 남다른 관찰력으로 나는 우물가에 모인 사람들의 비밀을 모으고, 그 비밀을 이용해 사람들을 조종하고 지배한다(혹은 지배한다고 믿는다). 이러한 "나의 분리법은 위선이 아니라 작위였으며 작위는 위선보다 훨씬 복잡한 감정이지만 엄밀한 의미에서 부도덕한 일은 아니었다".(21쪽) 작위적인 인간이 될지언정 위선적인 인간이 되고 싶지 않다는 욕망, 즉 사람들이 원하는 타자성의 대상을 던져줌으로써 역으로 바라보는 사람들의 위선을 비웃어주고 그들의 비밀을 훔쳐보는 주체가 된다는 것이 자본주의 가부장제 사회 속 타자로서 살아가는 나의 생존 전략을 이루는 것이다.

'바라보는 나'가 관찰을 통해 그 이면의 비밀을 수집하고 조종함으로써 처벌하는 대상은 주로 남성적 권력을 지향하는 장군이 엄마와 가부장적 폭력을 휘두르는 광진테라 아저씨이다. "읍내에서 이십 리나 더 들어가는 작은 깡촌에서 소작인의 여섯째 딸로 태어나 권세 없고 가난하게 살아온 장군이 엄마는"(38~39쪽) "스물세 살에 육군 상사였던 장군이 아버지에게 시집을"(38쪽) 온 후로 "제복을 입는다는 사실만으로도 직업군인이라는 남편의 직업에 더없이 만족했다".(39쪽) 권력에 대한 욕망은 누구 못지않게 강하지만 권력의 맛을 제대로 보지 못한 채 남편이 죽고 유복자만 남은 상황에서 장군이 엄마는 허위의 역사를 구성하며 "남편이 대한민국을 위해 젊음을 바쳤다고 하도 내세우고 다니"(39쪽)다 "그만 스스로도 제가 꾸민 말을 그대로 믿게 됐는지" 거짓 믿음을 아들에게 주입하는 어머니이다. 그녀의 속물스러움이나 음흉함이 힘을 갖는 것은 그것이

기초한 상무정신에 있다. 69년의 현실에서 상무정신, 즉 '아버지의 뜻을 이어받은 훌륭한 장군'의 꿈이란 최고의 남성적 욕망으로 자리한다. 그러나 소설 속에서 그 아들 장군이는 "사람들로 하여금 장군을 시시하게 여길 수 있도록 시시한 장군의 역할"(40쪽)조차 하지 못하는 순하고 착하기만 한 희생양으로 존재한다. 장군이에 대한 공격은 곧 희화화된 방식으로 가부장제-군사정부-남성 사회에 대한 공격을 이룬다. 이 공격은 "장군이를 변소에(내가 목적하는 바의 본질에 좀더 근접한 말을 쓰자면 똥통에─인용자) 빠뜨려"(43쪽) 수치심을 안기는 것으로 이루어진다. 똥통에 빠진 장군이의 모습을 통해 장군이 엄마가 지향하는 '장군'(남성 가부장 권력)의 세계를 희화화하는 것이다. 그것은 여성의 매질에 의해 소리지르는 남성의 이미지이며, 계약에 의해 여성이 시키는 대로 이끌려갈 수밖에 없는 남성이 환기하는 유머로서 구현된다. 똥통에 빠진 장군이의 벗은 몸, 특히 '고추'는 동네의 구경거리가 되며 사람들은 우물가에 모여들어 장군의 벗은 몸과 고추와 똥냄새를 놀려댄다. 이처럼 장군이는 나의 유혹과 처벌에 의해 어머니의 부덕을 대신 받을 수밖에 없는 희생양으로서 그려진다.

한편 광진테라 아저씨의 이면(비밀)에는 병역 기피자로서의 비겁성과 폭력적인 가부장으로서의 부정성이 함께 개입한다. 병역 기피자로서 광진테라 아저씨가 할 수 있는 일이란 권력에의 욕망을 야당에 대한 지지로 바꾸고 자신을 정치적 풍운아로 자처하며 아내에게 폭력을 휘두르는 것밖에 없다. 그의 허구적인 남성성은 표면의 정치성과 이면의 폭력성으로 발현된다. 서술자는 광진테라 아줌마의 가출을 지지함으로써 아저씨의 허구적인 남성성에 대해 처벌을 가하고자 하지만, 이는 아줌마가 다시 돌아옴으로써 실패하고 만다.

이처럼 타자로서 자신의 위치를 확인하고 타인의 비밀을 모음으로써 삶의 이면에서 가부장제적 사회질서와 권력 욕망에 대한 처벌을 시도하며 그녀는 마조히즘적 여성 지배자로서 성장해간다. 그 성장과정에는 먼저 금기에 대한 저항이 개입한다. 이는 성적 금기에 대한 도전으로서 폭력적 포르노물에 대한 독서와 그 폭력에 대한 상상적 구현, 『음모를 불태워라!』의 상상으로 시작된다. '음모'라는 성적 대상이 아니라 그것을 불태우는 행위(폭력)가, 그가 위반하고자 하는 금기의 정체이다. 다음으로 그는 남성 성기의 존재에 대한 불편을 정면으로 응시함으로써 성기가 가진 가부장의 권위를 제압한다. 주인공은 남성의 성기가 거기에 존재함에서 느끼는 불편함으로부터 벗어나기 위해 일부러 피하지 않고 똑바로 바라보는 방식, 즉 남성 성기에 대한 상상적 거세를 수행한다. 나는 금기된 대상(폭력)에 대한 독서를 통해 성의 금기에 눈을 뜨며 그 성의 금기를 과감하게 직시함(거세)으로써 "성을 시시하게 여기게 되었"(116쪽)다.

> 내 마음속의 판사가 판결을 내렸다.
> 금기가 만들어지지 않았다면 금기를 깨뜨리는 죄도 생겨나지 않았을 것입니다. 그러므로 피고에게 죄책감은 부당하게 강요된 것이라 하겠습니다. 그러나 여기서 나는 무죄를 선언할 필요를 느끼지 않습니다. 사실은 피고 자신이 죄책감을 전혀 느끼지 않으며 다만 강요된 죄책감을 치러내고 있을 뿐이기 때문입니다.(112쪽)

서술자는 성적이며 폭력적인 사고에 죄책감을 느끼는 것이야말로 강요된 죄책감에 불과하기에 금기도 그 위반도 문제될 것이 없으며, 여성 또는 어린이에게 금기된 모든 것에 얼마든지 접근할 수 있다고 생각한다. 금기를 위반하는 것이 나쁜 것이 아니라 금기 그 자체가 나쁜 것이다. 그러므로 죄책감을 느낄 필요가 없으며 실제 느끼는 죄책감 역시 강요된 죄책감일 따름이다. 이러한 사유는 『마지막 춤은 나와 함께』에서 거침없는 사랑과 낙태, 배신 등의 행위로 이어진다. 이러한 성적(폭력적) 금기에 대한 위반과 함께 나는 어른들의 세계를 구성하는 자본과 권력의 체제를 거부하게 된다.

어른들의 질서를 모방(순응)해 권력에 순응해가는 대신 그녀는 어린이의 세계에 머물고자 한다. 도 대항 무용대회 당일, 대동병원장의 딸이며 대의원회 부회장인 신화영의 옷을 찢는 행위는 질서에 대한 적극적인 거부의 폭력으로 볼 수 있다. "아이들은 그제서야 자기들이 아무리 민주선거의 원칙을 배워 실천해봤자 '하늘이 볼까 무서워' 고무신 한 켤레 준 후보에게 투표한 할머니가 받아들인 바로 그 현실을 바꾸기가 쉽지 않다는 것을 알았다. 여전히 시험문제를 풀 때는 정답을 쓰겠지만 현실에서는 정답을 다른 식으로 찾아야 한다는 사실을 받아들였던 것이다."(191쪽) 사회적인 권력에의 복종과 정답과는 다른 식으로 돌아가는 어른들의 사회에 대한 귀속, 이것이 성장의 논리이기에 성장한다는 것은 곧 부정적인 현실의 권위와 속물적인 논리에 복종하는 것이 될 수밖에 없다. 이러한 상황에서 아이들이 부정적인 권위에 익숙해질 때 나는 성장을 거부(완료)한다. "90년대가 되었어도 세상은 내가 열두 살이었던 60년대와 똑같이 흘러간다. 열두 살 이후 나는 성장할 필요가 없었다."(387쪽) 성장을 거부(완료)한 나에게는 삶은 하찮은 것이며 우연이 이끌어가는 것이기에 어떤 뜻도 의미도 부여할 필요가 없다는 각성이 생겨난다. 삶은 하찮은 농담이며 우연과 우연이 이끌어가는 사건일 따름이다. 이제까지 극복하기 위해 노력해온 금기가 의미 없는 것이었던 것처럼, 삶 역시 굳이 살아야 할 것도, 거창할 것도 없는 농담일 따름이다.

어린이의 세계에 머묾으로써, 즉 고아-어린이-여성이라는 타자성의 자리에서 성장 완료를 선언한 서술자는 삶의 비밀을 훔쳐보는 냉소적인 시선으로 성실하게 가부장제 사회 속 여성으로서 살아간다. 그러나 그 삶도 시간도 사랑까지도 그녀에게는 아무런 기대도 희망도 의미도 갖지 못한다. 그녀에게 삶, 사랑, 시간이란 그저 비슷하게 반복되고 사라지는 현재일 뿐이다.

3. 사랑에 대한 냉소와 처벌의 서사

『새의 선물』에서 어른스러움의 논리에 대한 저항과 가부장제 사회 속 여성 역할에 대한 거부는 낭만적 사랑의 이데올로기와 결합된 '첫'과 '마지막'을 부정하는 방식으로 서사화된다.

> 그렇다. 많은 여자들의 결혼은 첫 경험에 의해 결정된다. (……) 내 생각은 세 가지로 요약된다. 첫째, 첫 경험이란 운명이 아니라 우연이다. 둘째, 여자들이 그것을 체념적으로 받아들이게 된 것은 어릴 때부터 성에 대한 금기를 강요받기 때문이다. 셋째, 나는 극기 훈련을 통해 '이성의 성기에 관심을 가져서는 안 된다'라는 금기에서 벗어났으므로 '첫 경험'이라는 금기도 얼마든지 깨뜨릴 수 있다.(246~247쪽)

열두 살의 서술자는 첫 경험에 가치를 두지 말 것, 처녀성에 의미를 두지 말고 성에 대한 금기를 벗어날 것을 다짐한다. 이성의 성기에 관심을 가져서는 안 된다는 금기를 벗어났으므로 첫 경험의 금기에 대해서도 벗어날 수 있다는 것이다. 이때 '첫 키스'의 경험과 마지막 사랑에 대한 배신이 모두 '현석'이라는 이름을 가진 미모의 낭만적이고 섬세한 감수성을 가진 남성과 결부된다는 점은 특징적이다. 먼저 『새의 선물』에서 현석 오빠의 슬픔에 대한 공감으로 이루어진 첫 키스의 기억은 나의 "'첫'이 뜻하는 형식적 의미에 결코 구속받지는 않을 것"이라는 결심으로 인해 "코 푼

휴지처럼 아무데다 버려"(275쪽)진다. 이후 『마지막 춤은 나와 함께』에서도 낭만주의적 성격과 도덕적 고결함 등과 같은 지배적 질서를 내포하는 섬세한 감수성의 구현자로서 현석이라는 이름을 가진 존재가 재등장한다. "현석. 그것은 내가 열두 살 때 첫 키스를 했던 소년의 이름이었다. 삼십 중반이 되도록 현석이라는 이름의 남자를 또 만나보지 못한 것은 아니었다. 그러나 그 이름에 어울리는 용모의 현석을 만난 것은 이것으로 두번째가 되는 셈이었다."(170쪽) 『마지막 춤은 나와 함께』에서 현석이라는 이름과 그 아름다운 얼굴이 재소환되는 것은 '첫'과 마찬가지로 '마지막'의 경험 역시 별 의미가 없음을 보여주기 위해서이다.

들뢰즈에 따르면 마조히즘은 나쁜 어머니의 기능을 이상화하여 선한 구강적 어머니(지배자 여성)에게로 전이시킨다. 구강적 어머니는 매춘을 하는 동시에 정숙하고 순수하며, 잔인하게 처벌하는 동시에 이를 변형시켜 속죄와 재생이라는 이상을 향해 나아간다.[8] 이를 위해 마조히즘에서 '계약'은 핵심적인 의미를 갖는다. 마조히즘적 계약의 기능은 어머니에게 상징적인 힘을 부여하는 데 있다. 정해진 시간 동안 여성에게 절대적인 지배와 처벌이 허용됨으로써 아버지의 금기와 질서가 개입하지 못하도록 하는 것이 계약의 기능이다.[9] 여성의 운명을 결정하는 '첫'과 '마지막'에 대한 거부를 중심으로 『새의 선물』 연작에서 마조히즘적 지배자로서 주인공이 구사하는 폭력은 주로 아버지에게 버림받은 오이디푸스적 어머니에 의해 부여된 상무정신, 효, 사랑과 같은 도덕적 가치를 지향하는 남성(장군이, 현석 등)에 대한 처벌(희생양 만들기)로서 구현된다.[10]

---

8) 실제로 마조흐의 『모피를 입은 비너스』에서는 강인한 여성과 그와 동반한 지배자 남성이 연약하고 감수성이 민감한 청년을 폭력적으로 처벌함으로써 교육하고 있다.

9) 들뢰즈, 같은 책, 73~74쪽.

10) 들뢰즈에 따르면 마조히즘에서 여성 지배자의 유형은 더럽고 천박한 자궁으로서의 모

『마지막 춤은 나와 함께』에서 주인공은 유복자인 지식인 남성 현석을 유혹하고 임신하자 그의 청혼을 받음과 동시에 그를 배반해버린다.

그를 유혹하기 위한 첫번째 단계에서는 나에 대한 두 가지 설명이 필요했다. 즉 내가 남자에게 개방적인 여자라는 것과 아무에게나 개방적이지는 않다는 것. (……) 그를 유혹하는 두번째 단계에서 필요한 것은 '당신은 내게 특별한 존재예요' 하는 암시이다. (173쪽)

연애의 시작단계에서 주인공은 현석을 유혹하기 위해 고도의 전략을 사용한다. 그녀는 일부러 그의 외모에 대한 호감을 이야기하는 대신 지적인 남자의 교양적 허영에 응답하며 그에게 자신의 성적 개방성을 이야기하는 동시에 그의 특별함을 이야기함으로써 부담 없이 만날 수 있는 특별한 여성을 강조한다. 이에 따라 현석과 나의 연애는 일종의 카르텔에 의해 규제되는 계약관계로서 그려진다. 그는 나와 독점적이지 않기에 무책임할 수 있는 연애의 계약을 맺고 있다. "현석은 물론 거기에 동의한다. 독신주의자인 그에게 나의 다른 애인이란 연적이라기보다 동업자인 셈이었다."(30쪽) 그러나 독신주의자인 현석은 '나'에게 책임감을 느끼고 싶어하지 않는 동시에 나를 독점하고 싶어한다. 이러한 현석의 모순된 감정은 주인공에 의해 공공연히 다른 애인의 존재를 암시당함으로써 조롱되거나 무시되거나 상처를 입는다. 예민한 그는 주인공의 자유분방한 남성 편력에 안도하면서도 상처를 받는다. 이는 지배자 여성인 주인공이 피지배자 남성인 그에게 채찍질을 가함으로써 그 속의 가부장적 남성성, 여성에 대한 독점권을 주장하는 욕망에 채찍질을 가하는 것이다. 이를 통해

성과, 처벌하는 오이디푸스적 모성과 다른, 두 가지 모습을 모두 지니면서도 둘을 중화하는 구강으로서의 모성이라고 한다. 들뢰즈, 같은 책, 69~70쪽 참고.

서술자는 남성 가부장의 독점욕 또는 소유욕으로서의 일부일처제를 부정하는 셈이다.

　주인공의 임신 이후 현석이 그 어머니의 반대에 괴로워하면서도 결혼 신청을 하지만 주인공은 현석이 청혼하는 순간 낙태를 결행해버린다. 아이를 지운다는 행위 역시 일부일처제를 요구하는 현석에 대한 처벌로서 행해지는 것이다. 이러한 그녀의 행위는 현석의 어머니가 일종의 유복자로서 현석을 낳아 기르는 행위와 대비된다.

　　현석의 어머니는 남편에게 버림받은 뒤에야 임신 사실을 알았다. 주위의 반대를 무릅쓰고 현석을 낳았다. 현석은 남편을 후회하게 만들려는 어머니의 복수심 때문에 자신이 태어났다고 생각하고 있었다.(88쪽)

　주인공이 현석에 대한 처벌, 즉 낙태와 유혹, 청혼의 거절 등을 통해 도모하는 것은 '아버지'라는 가장을 향한 처벌의 서사와 연관된다. 현석의 어머니(오이디푸스적 모성)가 자신을 버린 아버지에 대해 아들을 낳는 것으로 단순한 처벌로서의 복수를 수행한다면, '나'(구강적 모성)는 모든 것을 파괴함으로써 가부장제에 대한 채찍질로서의 교육적인 처벌을 수행한다. 현석에 대한 처벌로서의 낙태와 함께 '나'는 완연히 나쁜 여자가 된다. '나'는 어머니에게 효도하는 자식이라는 현석의 도덕성에 낙태라는 형식으로 상처를 낸다. 즉 어떤 식의 도덕성이든 복종하는 대상에 대한 매질을 통해 서술자는 그 어머니의 아들에 대한 집착과 기대를 처벌하고 그 어머니를 배신할 수 없는 현석을 처벌하며 동시에 가부장제가 요구하는 모든 가치질서를 처벌한다. 그러기에 '나'는 더이상 사회에 의해 버림받은 타자가 아니라 '나'를 버린 사회를 배신하고 처벌하는 나쁜 여자가 된다.

세상에는 가난하거나 운 없는 사람이 있게 마련이다. 내가 그 당사자가 되지 말란 법은 없다. (……) 마찬가지로 세상에는 나쁜 사람이 있게 마련이다. 내가 그 나쁜 사람이지 말란 법도 없다. 아니 이 말은 정확하지 않다. 모든 사람에게는 나쁜 면이 있을 수 있다. (……) 나쁜 인간을 자처하기만 하면 하기 곤란한 일은 적어진다. 누군가에게, 특히 나 자신에게 야박하고 거침없어지는 일은 즐겁다. 희망과 환상을 뺏는 일은 분명 악역이지만 최소한 거짓된 일은 아니다. 거기에 악역의 즐거움이 있다.(115~116쪽)

현석과의 이별 이후 '나'는 자신이 나쁜 사람이며, 누구에게나 있는 나쁜 일면을 자연스럽게 드러낼 수 있는, 거짓 없는 평범한 사람이 되었음을 확인한다. 나쁜 일면을 가진 보통 사람이 되는 것은 운 없는 사람이 되는 것보다 '나'에게는 더 일상적이고 평범한 쪽에 가까운 것으로 생각된다. 이는 곧 자신이 출생부터 운 없는 존재, 즉 타자성의 자리를 차지할 수밖에 없는 존재라는 데서 온다. 일상적인 도덕의 논리에 따르면 광인의 딸인데다 계모 밑에서 자라나 이혼녀에 낙태 경험까지 있는 '나'는 어떤 식으로든 재수없는 존재, 가부장제사회의 타자가 될 수밖에 없다. 그런데 '나'는 나쁜 여자가 됨으로써 오히려 일상의 질서 속으로 편입해간다. 즉 보통 사람 누구에게나 있는 나쁜 일면을 자유롭게 드러내고 구사할 수 있는 사람이 됨으로써 그녀는 거침없어지고 야박한 존재이면서 동시에 최소한 거짓은 구사하지 않는 즐거움을 누린다. 나쁜 여자라는 자리는 재수 없는 여자라는 타자성을 벗어나 자신의 타자성을 오히려 공격적인 무기로 되돌림으로써 얻어낸 주체의 자리가 되는 셈이다. 이에 따라 전남편 상현과의 만남도, 유부남 종태와의 만남도 모든 것이 현재의 춤이 되며, 마지막 춤이란 영원히 주어지지 않는다.

누구나 마지막 춤 상대가 되기를 원한다. 마지막 사랑이 되고 싶어한다. 그러나 마지막이 언제 오는지 아는 사람이 누구인가. 음악이 언제 끊어질지 아무도 알 수 없다. 마지막 춤의 대상이란 존재하지 않는다. 지금의 상대와의 춤을 즐기는 것이 마지막 춤을 추는 방법이다. 마지막 춤을 추자는 사람에게는 이렇게 대답하면 된다. 사랑은 배신에 의해 완성된다고. (……) 모든 게 다 마지막이다. 마지막 춤이 아닌 것은 없다. 그리고 또한 마지막 춤도 없다. 단지 춤뿐이다.(273~274쪽)

이처럼 처음도 마지막도 없이 현재의 연애에 냉소적으로 충실한 주인공이 지향하는 것은 강인한 여성들, 배신을 통해 사랑을 완성하는 유머를 구사하는 여성들이다. 서술자를 지배하는 것은 사랑, 희망과 같은 삶을 충족하는 조건들에 대한 냉소, 삶에 대한 냉소에서 온다. 삶을 냉소하기에 삶에 성실하며 사랑을 냉소하기에 열정적으로 사랑에 빠진다. 사랑하는 대상을 열정적으로 사랑하는 냉소를 나타냄으로써 가부장적 아버지를 매질하는 여성, 그녀가 반항하고 냉소하는 것은 60년대 혹은 90년대의 아버지, 가부장제 사회이다. 현석과의 만남이 서술자의 냉소와 무관하게 가부장제 사회를 유지시키는 일부일처제의 낭만적 환상을 충족시키는 미래를 꿈꾸게 하는 것이라면, 종태와의 만남은 처음부터 일부일처제의 환상을 깨뜨리는 행위이며 폭력적인 처벌의 이야기를 암시한다. 그녀는 현석의 청혼을 거절하고 유부남 종태와의 만남을 오래 지속함으로써 유쾌하게 나쁜 여자의 지배력을 행사하는 것이다.

4. 결론

1969년 지방 소읍을 배경으로 열두 살 소녀의 성장이 이루어지는 문턱의 시공간을 형상화한 성장소설로서 『새의 선물』은 성장을 거부하는 성장이라는 형식으로 자리한다. 성장을 거부하는 성장은 남성 가부장제 자본주의 근대사회에서 여성-어린이-고아로서 타자의 자리를 긍정하는 과정을 보여준다. 타인의 비밀을 수집하는 주체로서 '나'는 성장을 거부함으로써 내가 비밀을 획득한 타인의 삶, 특히 여성의 삶을 여성 처벌자의 서사로 다시 쓴다. 그러한 다시 쓰기의 과정이 직접적으로 드러난 작품이 연작소설 『마지막 춤은 나와 함께』가 될 것이다. 『마지막 춤은 나와 함께』는 『새의 선물』 후속편으로서, 서른여덟 살의 지방 전문대학 교수인 서술자의 일상을 냉소적인 어조로 서술하고 있다. 열두 살 이후 더이상 성장할 필요가 없었던 여성의, 마조히즘적인 연애와 냉소적인 삶의 행각이 그려지는 것이다. 이들 연작에서 고아 여성 어린이의 타자성을 견지한 여성은 그 타자성의 자리에서 자본주의사회 일부일처제와 가부장의 권위를 희화화하고 처벌하는 마조히즘의 서사를 그려간다. 은희경 소설 전반을 지배하는 냉소, 즉 자본주의 가부장제 사회에 대한 비판적인 웃음이란 유혹의 전략과 배신을 통해 지배적 가치에 대한 이반과 처벌을 보여준다고 하겠다.

표상의 폭력과 증언의 윤리
― 김연수론

이학영

1. 들어가며

김연수는 1994년에 장편소설 『가면을 가리키며 걷기』로 등단한 이후에 최근작인 『파도가 바다의 일이라면』(2012)에 이르기까지 총 여덟 편의 장편소설과 네 권의 소설집을 출간하는 등 활발하게 작품활동을 해오고 있다. 그가 1980년대 말에 대학생활을 시작하고 1990년대 중반부터 본격적으로 소설을 발표했다는 이력은 그동안 그의 소설이 지닌 다양한 차원의 복합성을 해명하는 실마리가 되었다. 그러니까 현실 사회주의가 몰락하고 상업화된 대중문화가 폭발적으로 증가한 격변기를 이십대 초반의 나이에 겪은 세대의 자의식, 즉 "80년대와 90년대 사이에 의식을 걸치고 있지만, 80년대에도 90년대에도 소속되지 못한 어떤 세대의 내면"[1]에 존재하는 "두 시대, 두 예술, 두 세계관의 갈등"[2]이 김연수 소설에서 특징적

---

1) 손정수, 「어떤 잊혀진 죽음을 위한 진혼의 퍼포먼스」, 김연수, 『스무 살』, 문학동네, 2000, 273쪽.

2) 김형중, 「변전(變轉)하는 이항대립, 혹은 이상한 가역 반응―김연수·박성원·정영문의

인 양상으로 나타난다는 설명이 다양하게 변주되었다. 『7번국도』(1997), 『스무 살』(2000), 『꾿빠이, 이상』(2001) 등의 초기 소설에서 특히 두드러지는 형식실험 역시 이러한 세대론적인 맥락 위에서 때론 근대주의자의 미학적인 저항으로 부각되기도 했고,[3] 때론 상대주의 진리관을 믿는 포스트모더니즘적인 인식론의 산물로 간주되기도 했다.[4] 그 어떤 면을 강조하더라도 그가 출발점에서부터 개인의 다층적인 정체성 문제에 각별한 관심을 가졌으며, 반영론적인 관점에서 비켜서서 탈사실주의적인 방법론을 추구했다는 점은 부인할 수 없다. 김연수가 스스로를 "소설 근본주의자"[5]라고 밝힐 만큼 언어예술로서의 소설에 대한 자의식이 충만한 지적인 작가임은 널리 알려져 있다. 여기에 더해, 만약 정체성의 유동성을 온몸으로 살아가는 존재를 '청춘'이라고 이름할 수 있다면, 이제까지 소설을 통해서 한 개인의 정체성의 존재방식을 꾸준히 탐구해온 그를 '청춘'의 작가라고 불러도 좋을 것이다.

김연수가 그러한 '청춘'의 진실을 드러내기 위해 택한 소설적인 방법 가운데 하나는 삶과 언어, 실존과 역사 사이의 괴리와 모순을 보여주는 것이었다. 『내가 아직 아이였을 때』(2002)의 소설들에서 사사화(私事化)된 기억으로 구성된 새로운 역사를 통해 기록된 역사가 은폐한 진실을 들추어내었던[6] 그가 다양한 시대의, 다양한 국적의 인물들을 등장시켜 본격적으로 담론, 특히 공식적인 역사의 이데올로기성에 대한 근원적인 비판

소설에 대하여」, 『문학동네』 2001년 가을호, 458쪽.

3) 강상희, 「희망을 찾아가는 우리 세대의 모험」, 김연수, 『7번국도』, 문학동네, 1997.

4) 한기욱, 「형식실험의 역설―김연수의 특이한 서사적 행로」, 『창작과비평』 2004년 여름호.

5) 김연수·심진경·류보선 좌담, 「작가-되기, 혹은 사라진 매개자 찾기」, 『문학동네』 2005년 가을호, 84쪽.

6) 손정수, 「서사의 욕망과 서사 이면의 의식」, 『문학동네』 2002년 겨울호, 378쪽.

을 전개한 것은 『나는 유령작가입니다』(2005)에 실린 소설들을 통해서이다. 거기에서 김연수는 "말해질 수 없는 삶의 비의"를 강조함으로써 "돌이킬 수 없는 삶의 엄숙성"과 "인간의 실존적 성실성"[7] "'실제 삶'의 불규칙성과 우연성"[8] "복합다면체"로서의 인간[9]을 집요하게 환기하고 있다. 요컨대 그 소설들은 담론의 일원적인 논리 저편에 존재하는 "원본으로서의 '삶'"[10]을 지시해 보이고 있다. 김연수의 문학적인 행보를 고려할 때, 이처럼 역사나 국가, 혹은 체제의 담론에서 벗어나 있는 '나'에 대한 사유를 다양한 인물들에게 적용하여 확고하게 정립할 수 있었다는 점은 상당히 중요하다. 왜냐하면 이 소설집 이후에 김연수가 한편으로는 『네가 누구든 얼마나 외롭든』(2007)과 『밤은 노래한다』(2008), 『원더보이』(2012)로 이어지는 장편소설을 통해 공식적인 역사의 권위적 허상을 해체하고 개별화된 '나'의 '이야기들'로 형성된 가능성의 역사를 장대한 스케일로 그려갔으며, 다른 한편으로는 『세계의 끝 여자친구』(2009)에 실린 소설들을 위시한 일련의 단편소설들을 통해 사랑과 소통의 (불)가능성, 그리고 그 실현을 위한 노력의 가치에 대한 인식을 심화시켜갈 수 있었기 때문이다.

그렇다면 『나는 유령작가입니다』의 소설들은 한 개인의 정체성에 관한 진실은 무엇이고, 그것은 어떻게 언어화될 수 있는가 하는 질문이 낳은 서사로 볼 수 있다. 본고는 이러한 문제의식이 뚜렷하게 형상화된 작품들인 「쉽게 끝나지 않을 것 같은, 농담」 「뿌녕숴(不能說)」 「다시 한 달을 가서 설산을 넘으면」을 대상으로 거기에 나타난 담론 비판의 양상과 대안적인 표상의 방식을 살펴보고자 하였다. '나'는 누구인가, 또는 '너'는 누

---

7) 김병익, 「말해질 수 없는 삶을 위하여」, 김연수, 『나는 유령작가입니다』, 창비, 2005, 261쪽.
8) 김예림, 「지워져버린 '흔적들'에 대한 소설적 고찰」, 『서평문화』 2005년 가을호, 16쪽.
9) 황도경, 「검은 선들'의 행로, 그 슬픈 농담을 위하여」, 『문학동네』 2005년 가을호, 130쪽.
10) 김미정, 「유령작가의 거짓말 혹은 진실」, 『창작과비평』 2005년 가을호, 384쪽.

구인가라는 물음은 자연스럽게 주체를 사건들의 집합과 그에 관한 기억의 세계로 이끌고, 다시 그 사건과 기억을 어떻게 표상하고 질서화할 것인가 하는 문제로 데려간다. 여기에서, 오카 마리의 표현을 빌려 말하자면, 공식 역사나 여타의 사회적 담론들에 의한 '기억의 횡령'이나 '사건의 봉인'[11]이 발생할 수 있다. 그것은 '사건'이 본질적으로 내포하고 있는, 부조리함, 혹은 언어로 재현되는 것의 불가능성이 일종의 위장된 플롯에 의해서 부인되는 상황을 뜻한다. 오카 마리가 염두에 두고 있는 '사건'은 홀로코스트나 대지진, 전쟁 등의 죽음이 동반되는 폭력적인 사건으로서 김연수 소설의 '사건'과 성격이 완전히 같은 것은 아니다. 하지만 「뿌넝숴」의 폭격에 의한 '몰살'이라는 사건은 물론이고, 「쉽게 끝나지 않을 것 같은, 농담」의 이혼이나 「다시 한 달을 가서 설산을 넘으면」의 사별과 같은 실존적인 사건 역시 어떠한 의미로도 환원될 수 없는 부조리함을 지니고 있기 때문에 본질적으로 표상 불가능한 사건이라고 말할 수 있다. 이 사건들이 지시하고 있는, 프랙털적인 삶이나 요동하는 운명, 타자의 내밀성 등의 현실을 어떻게든 증언하려는 노력이 김연수 소설의 중요한 특징을 이루고 있다.

2. 프랙털의 삶, 혹은 직선의 플롯을 교란하는 농담―「쉽게 끝나지 않을 것 같은, 농담」

주인공이자 화자인 '나'는 일 년 만에 지하철에서 우연히 만난 전처를 따라 안국동과 재동 주변의 좁고 복잡한 골목길을 배회하게 된다. 그녀는

---

11) 오카 마리, 『기억·서사』, 김병구 옮김, 소명출판, 2004, 158~162쪽.

그가 꿈에 나왔다는 이야기를 하며 혼자 킥킥대는가 하면, 모퉁이를 돌 때마다 막힐 듯 이어진 꾸불꾸불한 길들을 무작정 밟아나가다가 갑자기 주저앉아 울기도 한다. 그는 그녀가 "정상이 아니라는 느낌"[12](앞으로 이 책에서 인용할 경우, 본문의 괄호 속에 페이지 수만 표시함)을 받으며 연애 시절을 떠올리기도 하고, 이혼의 원인에 대해서 생각해보기도 하다가 결국은 환멸감을 느끼고 화를 낸다. 이 기묘한 배회 후 오랫동안 그는 여러 의문에 사로잡힌 것처럼 보인다. 그녀의 꿈은 과연 무슨 의미일까, 긴 걸음 끝에 그들의 행로가 하나의 커다란 자폐선을 그린 후에도 그녀는 왜 정처 없는 발걸음을 멈추지 않았을까, 요컨대 방황과도 같은 그날의 산책은 대체 무슨 의미일까, 같은 의문들에 말이다. "길 잃은 아이들처럼 골목길을 한없이 걸어다녔던 일"(28쪽)은 어떠한 방식으로든 이해되기를 요구하는 하나의 부조리한 '사건'으로서 그의 기억 속에 거듭 출몰하는 것이다.

이 소설의 초반부에는 그가 골목길에서 본 광경 가운데 문득 문득 떠올린 편린들이 나열되어 있다. 여기에서 긴 수식 어구와 함께 제시된 "여학생들의 쇄골 안쪽 살갗"과 "사병들의 찌푸린 주름", 그리고 "할머니가 입고 있던 치마의 꽃무늬"(10쪽)라는 지극히 소소하고 미시적인 풍경은 그 '산책'의 경험이 그의 기억 속에서 아직 의미의 질서로 통합되지 못한 채 낱낱의 부조리한 사건들로 흩어져 있음을 보여준다. 이 소설에서 전처와의 배회가 그에게 그토록 마음에 충격을 주는 모호한 사건으로 남아 있는 이유는 그것이 그들 모두 상실의 아픔에서 여전히 벗어나지 못하고 있음을 드러내주는 계기이며, 그와 동시에 그녀와의 만남과 사랑, 그리고 헤어짐의 전 과정을 압축적으로 다시 살게 하는 경험이기 때문이다. 말하자면 이 배회의 행로는 그들의 사랑과 관계의 행로라는 거대한 프랙털의 한

---

12) 김연수, 「쉽게 끝나지 않을 것 같은, 농담」, 『나는 유령작가입니다』, 창비, 2005, 11쪽.

미시적인 수준이다. 그렇다면 그 오후의 산책을 이해하려는 노력은 결국 타자와의 관계에 대한 이해라는 근원적인 문제에 대한 응답이기도 한 셈이다.

그리하여 그가 기억을 더듬어 지적도 위에 둘이 걸었던 길들을 검은 선으로 그어보는 것은 기억을 표상화함으로써 그날의 행로에 담긴 의미에 대해, 궁극적으로는 타자와의 관계라는 사건의 진실에 대해 이해하려는 시도라고 볼 수 있다. 그러나 기억을 매개로 하여 사건을 표상하려고 할 때 어떠한 일이 벌어지는가? "기억을 쫓아가면 확실한 것은 아무것도 없다는 생각이 들 때가 있다"(19쪽)는 그의 말처럼 기억 속에서 어떤 사건들은 사실판단이 불가능하고, 우연과 필연의 분별이 어려워 불확실성과 복잡성을 지니는 것이 불가피하다. 그렇기 때문에 이러한 맥락에서 그가 지도 위에 그은 선들이 꼬불꼬불하면서도 때로는 이어질 수 없는 불가해한 형태로 남는 것은 당연하다.

이와 같은 사건의 불확실성과 복잡성이라는 곤경에서 벗어나기 위해서 그가 참조하는 것은 지나온 일들에 대한 역사의 설명 방식이다. 그들의 행로 한가운데 서 있었던 육백 년이 넘은 백송 한 그루가 그러한 방식을 지시해주고 있다. 더욱 정확하게 말하자면, 그는 오래된 나무를 천연기념물로 명명하고, "그 내력을 원고지 이 매 정도로 요약해놓은 안내판"(13쪽)이 취하고 있는 설명의 방식을 통해서 복잡하게 꼬이고 듬성듬성 끊어진 그들의 행로를 들여다본다. 역사의 설명 방식이란 구체적으로 어떤 것일까? 모호하고 복잡한 일련의 사건들의 집합은 어떻게 '역사적 진실'로 변화되는가?

나는 역사라는 이름의 위험천만한 폭약을 단숨에 폭파시키는 뇌관은 『열하일기』나 실학사상 같은 게 아니라 벽장 속의 지구의나 뜰 앞의 나무한 그루처럼 사소하고 하찮것없고 우연의 소산으로만 보이는 것들이라고 생각한다. 시작과 끝, 원인과 결과만을 두고 본다면 세상의 모든 일은 인과관계에 따라 움직인다. 하지만 그 사이의 행로는 때로 매우 우연적이고 사소한 것들로 채워지곤 한다. (……) 역사의 인과관계가, 혹은 지나간 일들의 진실이 도중의 사소하고 우연적이고 꾸불꾸불한 과정을 과감하게 생략하고 단숨에 긋는, 그런 선과 같은 것이라면, 우리가 그날 걸어간 복잡하고 우연에 가까운 행로의 의미는 무엇일까?(18~19쪽)

위의 대목에서 우리는 역사란 우연하고 모호한 일들의 연속체를 시작과 끝으로 절단하여 원인과 결과의 관계로 환원하고, 그 양자 사이의 인과관계를 정립함으로써 얻은 필연성의 질서라는 주인공의 인식을 확인할 수 있다. 그러한 관점에 따르면 역사의 진실이란 사건들을 원인과 결과의 도식, 즉 인과관계의 틀 속에 넣어 그 불확실성과 복잡성을 제거함으로써 산출한 결과이다. 그렇다면 이처럼 사건들을 사후적으로 재구성하면서 "도중의 사소하고 우연적이고 꾸불꾸불한 과정을 과감하게 생략"해버린 서사로서의 역사는 항상 불완전한 진실만을 담게 된다고 말할 수 있다. 이 소설에서 박지원과 갑신정변에 관한 담화는 역사의 진실이 지닌 맹점을 예증해준다. 역사는 박지원이 죽을 당시 그 집의 벽장에 지구의가 있었는지 없었는지 불확실하다는 점이나 갑신정변이 실패한 원인이나 조선의 첫 개신교 신자가 나오게 된 과정에 수많은 우연성이 개입되어 있다는 점을 무시해버린다. 그와 마찬가지로 "우리가 왜 이혼했다고 생각하는가?"라는 질문과 대면해서도 역사의 설명 방식에 따라 단지 이혼이라는 결과와 직선으로 연결할 수 있는 원인으로서의 "큰 문제"가 응당 존재한다고 가정하고 그 이외의 가능성을 무의미한 것으로 배제한다면 복잡한 삶의 진실을 놓치기 쉬울 것이다. 그리하여 그는 역사가 누락한 삶의 진실을 이해하기 위해, 다시 그녀와 함께 길 잃은 아이들처럼 헤매었던 골목길, "며칠 굶은 짐승의 내장처럼 어둡고 습하고 꾸불꾸불한, 그러나 텅비어 막히지 않고 계속 어디론가 이어지는 골목길"(21쪽)로 돌아간다.

골목길을 다시 걷는 일은 역사의 의미망이나 플롯을 괄호 속에 넣어두고 모호성과 불확실성, 인과관계의 복잡성이 너울대는 사건의 세계를 다시 탐사하는 일이다. 그것은 또한 '친숙한 것' 속에 봉인된 타자의 존재를 '가능한 것'[13]에 비추어서 다시 이해하려고 노력하는 일이다. 이 소설에서 주인공이 연인의 꿈속까지도 들어갈 수 있을 것이라고 믿던 시절, 그녀를 비추고 있던 고속버스의 독서등 불빛은 바로 그러한 이해의 의지를 나타낸다. 그는 그 독서등 불빛을 켜고 그녀와 함께 걸었던 골목길들을, 그녀의 꿈과 농담을, 그리고 자기 자신을 읽기 시작한다. 골목길에서 한참 울던 그녀는, 얼마 전 그와 함께 행복하게 잠을 자는 꿈을 꾼 뒤 며칠 동안 기분이 안 좋은 채로 지내다가 결국 그것은 "우연한 연상작용의 결과에 불과하며 아무런 의미도 없는 것"(26쪽)이라고 납득하기로 했다는 이야기를 들려준다. 그는 그녀의 이야기가 일종의 농담이라는 사실을 뒤늦게 이해한다. 그가 이해한 것은 무엇이었을까? 그녀의 농담은 이미 오래전에 일어났으나 꿈을 통해서 삶 속으로 계속하여 도래하는 사건, 즉 사랑의 상실이라는 부조리한 사건에 의미를 충전해줄 수 있는 적절한 서사가 부재함을 누설하고 있다는 사실이 아니었을까. 다시 말해 그녀의 농담은 사랑의 공식적인 스토리가 이혼으로 종결된 이후에 되돌아오는 상실이라는 사건을 지시해주고 있다는 점을 깨달은 것이리라. 그래서 그는 마침내 삶의 진실은 원인과 결과만으로 이루어진 역사의 단선적인 플롯에 저항

---

13) 문학적인 내러티브의 가정화된 세계는 '친숙한 것(the familiar)'과 '가능한 것(the possible)'을 밀접하게 유지하는 가운데, 독자들의 친숙한 기대를 전복함으로써 성공하게 된다. 제롬 브루너, 『이야기 만들기』, 강현석·김경수 옮김, 교육과학사, 2010, 82~83쪽.

하며 흘러넘친다는 생각에 이른 것으로 보인다.

그는 이제 그녀와 함께한 배회의 행로, 그리고 그 프랙털적인 확대형인 삶의 행로에 어떤 운명적인 의미가 있다고 믿지 않는다. 이혼할 만큼 큰 문제가 있었기 때문에 헤어진 것이라고 믿지 않는다. 말 그대로 "길 잃은 아이들처럼 골목길을 한없이 걸어다녔던 일"(28쪽)이 삶이라는 거시적인 수준에서 벌어졌을 뿐이다. 그러나 그는 시작도, 끝도, 원인도, 결과도 불분명한 그러한 사건, 무의미한 농담으로 표상될 수밖에 없는 사건이 오랜 시간이 지난 지금까지도 그녀와 자신을 아프게 만들고 있다는 점을 깨닫는다. 저마다 상실을 앓고 있는 이들의 존재방식, 그러한 슬픔과 고통으로 이어져 있는 이들의 관계방식은 육백 살이 넘은 백송의 모습, 즉 둥치에서부터 나누어진 두 개의 가지가 버팀기둥에 기대고 있고, 두 가지가 쇠줄로 연결되어 서로 지탱함으로써 겨우 연명하는 모습으로 형상화된다.

이 소설의 마지막 장면에서 주인공은 오래 살아남아 천연기념물이 된 이 나무를 향해 따져 묻는다. 더욱 정확하게 말하자면 그 나무를 천연기념물로 명명하여 백송의 처음과 끝에 이르는 생장의 모든 국면에 필연적인 의미를 기입하는 논리의 기만성에 항변한다. "오랜 시간이 흐르고 하면 지금의 우연한 일들도 모두 필연이 된다는 뜻인가?" "우리가 만난 것도, 헤어진 것도, 그날 길 잃은 아이들처럼 골목길을 한없이 걸어다녔던 일들도 필연이 된다는 뜻인가?"(28쪽) 라고 말이다. 이 소설은 카오스와 같은 사건의 세계를 역사의 인과관계, 절단과 환원의 논리에 기반한 질서 정연하고 필연적인 이야기로 가두어 길들이려 해도, 사건들은 그 표상의 틀 바깥으로 흘러넘친다는 사실을 말해준다. 그들이 함께 골목길을 배회한 이후 이 소설에서 줄곧 쏟아지고 있는 장맛비, 백송과 그의 얼굴로 떨어지는 빗물은 바로 현재에 도래하는 사건의 존재 그 자체를 뜻한다. 이러한 맥락에서 보자면 그가 빗물에 눈이 아파왔지만 고개를 숙이지 않은

782

채 결코 질문을 멈추지 않겠다고 다짐하는 것은 온몸과 마음을 기울여 사건들의 카오스를 이해하려는 노력을 경주하겠다는 작가의 포부를 밝히고 있는 것이라고 보아도 무방할 것이다. 이 다짐이 잊히지 않는 이상 농담은 쉽게 끝나지 않을 것이다.

3. 요동하는 운명, 혹은 역사의 망각술에 저항하는 몸의 증언─「뿌넝쉬」

「쉽게 끝나지 않을 것 같은, 농담」에서 삶은 길 잃은 아이들처럼 골목길을 한없이 걸어다니는 일에 비유되었다면, 「뿌넝쉬」에서 그것은 전쟁에 비유된다. 이 두 비유는 모두 삶이 지닌 우연성, 예측불가능성, 불확실성 등의 속성을 드러내주기에 적합하지만, 생사(生死)의 갈림길로 점철된 전쟁터를 사건의 무대로 삼은 「뿌넝쉬」의 경우 인생사의 부조리함을 더욱 극적으로 형상화하고 있다. 이 소설은 일인칭의 주인공이자 화자인 연변의 점쟁이가 자신의 오른손 검지와 중지가 잘려나간 사연을 들려주는 형식을 취하고 있다. 이 화자의 술회를 듣는 피화자는 한국인 작가임을 짐작할 수 있지만, 그의 존재와 반응은 화자의 발언에 의해서 철저히 간접적으로 전달되기 때문에 작중인물로서의 개성은 거의 드러나지 않는다.

점쟁이의 고백에 따르면, 그는 "항일전쟁, 해방전쟁, 조선전쟁까지 도합 세 번의 전쟁"(61쪽)에 참전하여 격변하는 역사를 몸소 겪어온 노전사(老戰士)이다. 이 소설에서 그가 중국의 인민지원군으로 "조선전쟁"에 참전하여 압록강을 건너는 시점부터 부상으로 낙오한 후 포로로 잡히는 시점까지의 전황(戰況)이 비교적 소상하게 소개된다. 마치 전쟁일지나 전사(戰史)의 기록을 거의 그대로 옮겨온 듯한 부분이 보이기도 한다. 하지만 그가 회고하는 사건과 경험은 역사서를 위시한 공적인 서사에 의해서 제대로 해명되지 않는다. 오히려 그의 에피소드는 공적인 서사로 설명할 수 없는 이야기, 그래서 믿기 어려운 이야기라고 말할 수 있다. 그가 "사실 전쟁은 재미있지만, 전쟁 이야기는 재미없어. 전쟁에는 진실이 있지만, 전쟁 이야기에는 조금의 진실도 없으니까"라거나 "삶은 살아가는 것이지, 이야기하는 게 아니거든"(61쪽)이라고 말하며, 공식 역사나 이야기에 대한 회의를 나타낼 때, 이는 '사건'의 표상 불가능성을 강조하고 동시에 '사건'을 언어화하는 역사의 방식에 대해 비판하고 있는 것이다.

점쟁이인 그가 말로 표현할 수 없다(不能設)고 말하는 것은 역설적이게도 인간의 운명에 관한 것이다. 그의 사연이 보여주는 바 역시 전쟁이라는 역사의 격랑 위에서 요동치는 한 인간의 운명이라고 할 수 있다. 그의 운명은 어떻게 움직여왔던가. 그의 회상은 인민지원군으로서 한국전쟁에 출정하는 순간으로 거슬러올라가는데, 이 장면에서는 마치 팜 파탈(femme fatale)처럼 섬뜩한 매력을 발산하는 전쟁 앞에서 온몸과 온 마음이 떨리고 있는 전사(戰士)의 모습이 강렬하게 부각되고 있다. 출정의 순간, 그는 전사로서의 운명에 삶의 모든 것을 내맡긴 존재로 변한다. 그가 전사로서의 운명을 내면화하는 과정은 압록강을 건널 때 나던 요란한 강물 소리와 빗소리가 제 몸에서 들리기 시작하는 것으로 감각화된다. "세상을 쩌렁쩌렁 울리는 소리, 단숨에 역사가 바뀌는 소리"(59쪽)에 온몸으로 화답함으로써 자신의 운명을 개척한다는 것은 국가의 요구와 개인의 실존적인 결단이 서로 조화를 이루고 있는 상태라 하겠다.

하지만 전쟁터의 삶이란 실제로 어떤 것이었던가. 그가 설명한 것처럼, 근처에서 총성이 울리는 순간, 인간은 정신없이 달려가거나 울부짖는 등 본능에 몸을 맡기게 되는 것이 아닐까. 그는 공격의 개시 역시 논리적인 추론이나 합리적인 판단의 결과가 아니라 살아남기 위한 본능적인 행위에서 비롯된 것이었다고 고백한다. 치열한 전투를 치르다 죽은 전우들의 사체가 늘비한 광경을 목도하는 일은 그에게 삶의 우연성과 죽음의 부조리함을 철저하게 일깨워주었던 것으로 보인다. 생존과 죽음을 가르는 우연이 횡행하는 전쟁터에서 본능에 따라 싸우다가 전사한 한 인간의 죽음에 대해서는 사실 그 어떤 이념이나 대의명분으로도 설명할 수 없을 것이다. 죽은 병사들을 애도하기 위한 세 발의 총성만이 이 언어도단(言語道斷)의 사태를 지시해준다.

전장의 한복판에 놓인 인간의 운명, 즉 우연과 본능의 조합이 만들어내는 가장 참혹하고 극적인 결과들은 지평리의 전투에서 펼쳐진다. 지평리는 인민지원군에 밀려 남하했다가 반격을 가하던 미군과 한국군, 그리고 다시 전세를 뒤집기 위해서 동부전선에 공세를 집중시킨 인민지원군과 북한군이 충돌한 격전지였다. 화자는 포격으로 산화(散花)한 오천 명의 젊은 목숨들이 말 그대로 "속절없이 떨어져내린 매화 꽃잎처럼"(66쪽) 산야를 뒤덮었다고 증언한다. 지평리에서 살아남은 점쟁이의 경험담은 그 아비규환의 참극의 일부이면서 동시에 그 누구의 이야기와도 다른 유일무이한 생존의 드라마이다. 큰 부상을 당한 그는 죽음을 직감하며 창공을 향해 세 발의 총알을 발사하는데, 이 행위는 그로서는 전혀 예상하지 못한 뜻밖의 상황으로 그를 데려간다. 여기에서 다시 한번 전장을 지배하는 우연의 위력이 드러난다. 그는 그 총성을 듣고 달려온 조선인 여성 구호원에 의해 수혈을 받고 구조될 뿐만 아니라 그녀와 사랑에 빠지게 된다.

이들의 관계나 사랑의 방식은 지평리에서 목격한 부조리한 죽음을 어떻게 이해하고, 상징화할 것인가 하는 문제와 깊이 연관되어 있다. 그들이 농가에 숨어서 "아프다고 소리치며, 또 미안하다고 말하며"(71~72쪽) 쉬지 않고 서로의 몸을 탐한 것이나 "심장으로 말하"고, "심장으로 듣는"(72쪽) 절절한 시를 읊을 수밖에 없었던 것은 그들이 "져버린 매화로 가득한 들판을 봤"(71쪽)기 때문이다. 고통과 환희가 뒤섞인 생의 원초적인 감각에 탐닉하며 살아 있음을 확인하고, 신음과도 같은 시들을 읊는 것은 상상을 초월하는 폭력과 부조리한 죽음을 목격한 인간이 자신의 철저한 무기력함과 수동성을 견디는 하나의 방법이었을 것이다. 그들은 지평리에서의 경험, 몰사(沒死)라는 사건을 쉽사리 의미나 이야기로 치환하지 못한 채 목격의 고통을 온몸으로 감내하고 있었던 셈이다. 그렇기 때문에 그녀가 지평리에서 본 것들에 대해서 "뿌녕숴. 뿌녕숴."(71쪽)라고 말할 수밖에 없는 한, 그녀는 늘 "도합 팔백 그램의 피를 병사들에게 수혈하면서 세상의 모든 남자들의 손가락을 자르고 싶었던 그 마음"(74쪽)으로 목격자의 삶을 되살게 될 것이다. 실제로 그가 사랑과 정의의 이름으로 기꺼이 자신의 목숨을 내놓을 수도 있다고 밝히자 그녀는 그가 다시는 총을 잡지 못하도록 손가락을 자르라고 요구한다.

어쩌면 그러한 요구를 듣기 전까지 그는 지평리에 널린 죽음들을 정의나 국가, 역사의 요구라는 관점에서 수습해가고 있었는지도 모른다. 출정의 순간에 자신의 운명을 국가의 요구에 포개어진 것으로 이해한 것처럼 말이다. 하지만 그는 그녀의 뜻에 따라 단지(斷指)를 결행하고 그녀의 피를 수혈받음으로써 지평리에서 보았던 죽음들을 자신의 온몸으로 기억하고 증언하는 길을 선택한다. 그 기억은 책이나 기념비에 기록되는 국가의 역사가 아니라 인간의 몸에 기록되는 '인간의 역사'라고 말할 만하다.

지평리전투에서 죽은 인민지원군의 숫자는 오천 명에 달했다네. 그 처참한 광경을 어떻게 말할 수 있겠는가? 뿌녕숴. 뿌녕숴. 역사라는 건 책이나 기념비에 기록되는 게 아니야. 인간의 역사는 인간의 몸에 기록되는 거야. 그것만이 진짜야. 떨리는 몸이, 흘러내리는 눈물이 말해주는 게 바로 역사야. 이 손, 오른손 검지와 중지가 잘려나간 이 손이 진짜 역사인 거야.(70쪽)

과연 국가에 의해 쓰인 역사는 지평리전투를 어떻게 기록하는가, 거기에서 죽은 병사들을 어떻게 기억하는가? 역사 책과 기념비는 "지평리전투에서 인민지원군은 공세적으로 퇴각했다고, 서울에서 주도적으로 철군했다"(76쪽)고 말할 것이다. 지평리에서 죽은 병사들은 얼마 동안은 "조선 인민의 해방전쟁"(59쪽)에서 적을 격멸하기 위해 목숨을 바친 전몰용사로서 국가적인 기념의 대상이 되겠지만, 국가의 운명이나 '전선(戰線)'의 변화에 따라 얼마든지 잊히고 숫자로만 남는 존재가 될 수 있다. 그렇다면 국가, 혹은 공적인 기억으로서의 역사는 지평리에서의 몰살이라는 부조리한 사건을 교조적인 믿음에 기반한 서사에 귀속시킴으로써 망각의 길을 걷게 만든다고 말할 수 있다. 바로 여기에 화자가 "몸소 역사를 겪어온 사람들은 한결같이 뿌넝숴라고 말해도, 역사를 만드는 자들은 거기에다가 논리를 적용해 앞뒤를 대충 짜맞추고는 한 편의 그럴듯한 이야기를 만들어"(76쪽)낸다고 비판하는 이유가 있다. 이러한 맥락에서 보자면 역사는 부조리한 사건에 가해지는 표상의 폭력이자 망각의 수단이다. 그러한 역사를 교조적으로 신봉하는 사람들은 점쟁이의 사연을 믿지 않고, 그를 "전쟁에 나가기 싫어서 손가락을 자른 겁쟁이"(73쪽)라고 단정하며 멸시함으로써 표상의 폭력을 실제화하기도 한다.[14]

「뿌넝숴」는 역사를 맹신하는 사람들의 반대편에 "세상 가장 작은 소리에도 쫑긋 귀를 세우는 사람들"(67쪽)을 위치시킨다. 총성을 듣고 전사자들 사이에서 주인공을 찾아낸 여성 구호원도 그중 하나이지만, 어린 시절부터, 꽃이 피었다가 지는 변화를 불러오는 빗소리에 귀를 기울여왔으며, 이제는 "눈으로 나비를 보고 입으로 봄이 온다고 말하는 일"(76쪽)을

---

14) 물론 점쟁이가 신뢰할 수 없는 화자일 가능성도 있다. 즉 그가 손가락을 자른 내력은 그가 고백한 내용과 전혀 다를 수도 있다는 가능성에 이 소설은 열려 있다. 이는 작가가 의도한 바이기도 하다.(김연수·심진경·류보선 좌담, 같은 글, 93쪽.) 하지만 그렇다 하더라도 몸이 요동하는 운명에 대한 증언을 담은 매체라는 시각은 유효하다.

하고 있는 점쟁이 자신이 그 대표적인 존재이다. 이 작은 '빗소리'라든가 '나비'는 인간의 요동하는 운명이 보내는 신호이며 실존적인 선택을 요구하는 사건이라고 할 수 있다. 운명적인 사건, 즉 기지(旣知)의 이야기들이 자아와 세계에 관한 설명력을 잃고 침묵하는, 그리하여 '뿌넝숴'라고 말할 수밖에 없는 사건들을 예민하게 감각하며, 그것을 미래, 즉 '가능한 것'과의 연관 속에서 이해하는 존재가 바로 점쟁이라고 할 수 있다. 그가 반복하여 말한 것처럼, 인간의 삶이 진정으로 전쟁과 닮았다면, 그러니까 운명은 매일매일 요동치고, '친숙한 것'으로 설명할 수 없는 사건들도 날마다 일어나는 것이 사실이라면 '가능한 것'을 꿈꾸고 상상하는 일이 인간의 운명을 바꿔놓을 수 있다는 것 역시 사실일 것이다. 역사를 만들거나, 역사를 맹신하는 사람들이 외면하고 망각하는 진실이 바로 이 '가능한 것'으로 이루어진 세계라고 말할 수 있다.

4. 내밀성의 무한, 상상력의 극한─「다시 한 달을 가서 설산을 넘으면」

「쉽게 끝나지 않을 것 같은, 농담」과 「뿌넝숴」가 각각 이별과 몰사(沒死)라는 '사건'의 진실을 전달하려 애쓰는 인물을 화자-주인공으로 삼았다면, 「다시 한 달을 가서 설산을 넘으면」은 연인의 죽음이라는 사건을 이해하고자 생의 전력을 기울인 남자를 초점자-주인공으로, 그리고 그의 삶과 죽음을 이해하고자 한 여자를 화자로 삼고 있다. 이 소설은 사건의 경험과 진실의 증언이라는 역할을 한번은 인물에게, 또 한번은 화자에게 맡김으로써 증언자의 삶과 삶의 증언으로서의 글쓰기라는 주제를 이중적으로 조망하고 있을 뿐만 아니라 주인공과 화자 사이의 전이적인 관계도 탐색하고 있다.

먼저 한 여인이 "부모님, 그리고 학우 여러분! 용기가 없는 저를 용서

해주십시오. 야만의 시대에 더이상 회색인이나 방관자로 살아갈 수는 없었습니다. 후회는 없어"(122쪽)라는 내용의 유서를 남기고 한강에 투신하여 자살한다. 그녀의 죽음은 이 소설의 주인공인 그 남자친구에게 회복할 수 없는 거대한 상실이자 쉽게 납득할 수 없는 부조리한 사건으로 다가온다. 그는 그녀가 왜 자살을 했는지, 그리고 왜 유서에서 자신의 존재는 흔적조차 남아 있지 않은지 이해할 수 없다. 그래서 그는 유서에서 그녀가 자신을 언급하지 않은 것은 자신이 은밀한 존재라는 뜻일까, 무의미한 존재라는 뜻일까, 하는 의문에, 또 "둘이 사랑했던 모든 순간들"(125쪽)에 대한 기억과 거듭 찾아오는 꿈들을 어떻게 납득해야할까, 하는 의문에 사로잡히게 된다. 이러한 의문들은 그가 둘 사이에 있었던 일들을 이해하기 위해서 안간힘을 쓸 때마다, 그러니까 그 일들을 설명하기 위해 문장들을 남길 때마다 마주하게 되는 '틈'이다. 이처럼 여자친구의 투신자살은 그에게 타자의 실존과 타자적인 존재를 인식하게 함으로써 그를 깊고 치명적인 크레바스와 같은 심연으로 밀어넣는다.

이 소설의 특징 중 하나는 타자를 이해하기 위한 여정을 히말라야 산맥에 있는 낭가파르바트에 등정하는 과정과 포개어놓았다는 점이다. 여자친구의 죽음으로 일시에 친숙한 세계에서 떨어져나온 그가 놓인 심연은 '가능한 것'들로 이루어진 잠재적이고 무한한 세계를 향해 오른 도정의 출발점이라고 할 수 있다. 그 심연의 밑바닥에서 고통에 찬 나날을 보내던 그를 위로한 것은 소설, 특히 사랑에 빠진 주인공들의 꿈과 소망 들을 그린 연애소설이다. 하지만 그러한 위안은 늘 불충분할 수밖에 없는데, 왜냐하면 그가 "세상에는 아무리 모든 것을 총동원해도 이뤄질 수 없는 꿈이 있다는 걸"(119쪽) 보여주는 소설들을 읽으면서 그들이 서로 사랑하는 동안에 가졌던 "순진한 기대나 막연한 소망"(119쪽)들을 하나하나 버리더라도 그 심연의 시간 속으로는 여전히 그녀에 관한 납득할 수 없는 기억과 꿈들이 찾아와 고통스럽게 하기 때문이다. 그 고통스런 기억과 꿈들은 책 속의 문장들을 능가할 만큼 압도적이다. 바로 그 "이해할 수는 없지만 현실적인 꿈"(110쪽)—실제로 산악인들에게 낭가파르바트의 정상은 이와 같은 꿈의 형상으로 다가온다—이 어째서 그녀의 죽음과 연결되어 있었는지를 납득해야 하는 일이 그의 앞에 높은 산정으로 오롯이 놓여 있다.

사랑한 여인에 대한 기억과 꿈 들을 기왕의 수많은 사랑 이야기에 대응시키더라도 늘 잉여의 부분이 흘러넘쳐 자신에게 되돌아온다는 것을 깨달은 사람이라면 자신만의 새로운 이야기를 만들 수도 있을 것이다. 실제로 그는 소설의 형식을 통해서 그녀와 있었던 일을 모조리 문장으로 남기려는 시도를 한다. 그러나 현실의 인과관계를 지켜 쓴 그 소설에서 "그와 여자친구 사이에 일어났던 모든 일들은 오직 그 마지막 순간, 그러니까 여자친구의 투신에 논리적으로 부합되느냐 아니냐에 따라서 문장으로 남길 것이냐, 그렇지 않을 것이냐가 결정"(124쪽)됐기 때문에 결과적으로 "둘이 사랑했던 모든 순간들"(124~125쪽)은 사라지고 만다. 결국 모든 일이 필연성의 논리에 따라 사후적으로 선별된 이야기 속에서 그는 그녀에게 "무의미한 존재"(124쪽)로 낙착되고, 그 담화는 등반일지나 보고서처럼 해석을 배제한 사실만을 기록한 문장들로 채워진다. 사랑하는 순간들에 이루어진 모호한 교감이나 소통되지 못했던 내밀한 마음 같은 불확실성의 '틈'들은 표상되지 못한다. 따라서 그가 쓴 문장만 놓고 본다면 소설을 통해서 둘 사이에 일어난 일들의 진실을 제대로 설명하고자 했던 그의 의도는 실패한 셈이다.

그러나 「다시 한 달을 가서 설산을 넘으면」은 표상되지 못한 그 '틈'이 때로는 독자에 의해서 발견되고, 독자의 이해의 지평 안에서 그 뜻이 읽히기도 한다는 점을 보여준다. 이 소설의 화자이며, 그가 쓴 소설의 첫 독자인 여교수 H가 바로 그러한 독자로서 그녀는 쓰지 못한 사연이 훨씬 더 많은 그의 소설과 그 여자친구의 유서에서, 더욱 정확히 말하자면 그 텍스트에 존재하는 '틈' 속에서 그들이 서로 깊이 사랑했음을 읽어낸다. 그것은 가장 많은 사람들이 합당하다고 여길 만한 해석이라기보다는 타자에 대한 공감과 상상의 힘으로 도달한 창조적인 해석이라고 할 수 있다. 사후적으로 확립된 필연성의 논리로 텍스트의 '틈'을 봉합하는 것이 아니라 자신의 온몸과 마음을 개입시켜 그 '틈'에 내재한 진실을 상상함으로써 그녀는 단순히 『왕오천축국전』의 주석자나 수동적인 독자에 머물지 않고 타자의 삶을 이해하고자 하는 또 한 명의 작가로 태어나게 된다. 이처럼 그녀가 그의 존재와 삶을 이해하고 증언하려고 애쓰는 것은 그를 사랑하게 되었기 때문이다.[15] 다시 말해 그에 대한 사랑이 H로 하여금 증언자로서의 소설가가 되게 만든다. 그리하여 그녀는 그가 문장으로 남기지 못한 진실과 이해할 수 없으나 현실적인 꿈을 안고 낭가파르바트 등정에 올랐다가 실종되기까지의 과정을 소설의 화자가 되어 증언하기에 이른다.

그는 왜 그토록 험준한 설산의 봉우리를 향해 오르는가? 이 소설에서 그의 등정은 어떠한 의미를 지니는가? 우선 낭가파르바트가 접한 파키스탄 북부의 길기트 지역은 역사지리적으로 동양 문화와 서양 문화가 혼재하는 곳으로서 동서남북 어디서 바라보든 "세계의 경계" "세계의 끝"(109쪽)으로 여겨졌다는 점이 이 소설에서 반복적으로 강조된다. 알렉산드로스, 고선지, 이븐 바투타, 혜초 등이 펼친 크고 작은 의미 있는 사업들은 길기트 지역에 있던 소발률에 이르러 모두 끝이 났다. 이들이 속했던 "모

---

15) 김연수는 "누군가를 사랑하는 한, 우리는 노력해야만 한다"고 말한 적이 있다.(김연수, 「작가의 말」, 『세계의 끝 여자친구』, 문학동네, 2009, 316쪽) 여기에서 노력이란 무엇보다도 타인에 대한 이해의 노력을 뜻한다. 이처럼 타인에 대한 이해와 사랑이 등식의 관계를 이룬다는 점은 그의 소설에서 반복되는 중요한 주제 가운데 하나이다.

든 나라에게 소발률 너머는 이방의 땅이었다".(113쪽) 모든 친숙한 것들과 의미 있는 세계가 끝나는 극지에, 마치 환각처럼, 꿈의 형상처럼 낭가파르바트의 하얀 봉우리가 솟아 있는 것이다. 서사가 진행되면서 점차 세계의 경계라는 역사지리적 의미의 층 위에 포개어졌던 이해의 한계라는 인지적인, 혹은 정신적인 의미의 층이 활성화된다. 그러니까 이 경계 지대는 한 문화나 한 인간에게 있어서 이해 가능한 것과 불가해한 것이 혼재하는 곳이라는 의미가 부각된다. 한 문화가 제공하던 해석의 관행이 해체된 지점에 이른 이방인들은 주인공이 암송하고 있는 릴케의 글에서 언급된 '환상'이라든가 '영적 세계'와 마주하게 되는 것이다. 이 소설의 주인공에게 있어서 그러한 인식론적인 타자가 자살한 여자친구의 마음으로 수렴된다면, 화자의 통찰에 의해서 그것은 다시 모든 타인의 마음으로 확산된다고 볼 수 있다.

그가 할 수 있는 일이라고는 그 사이를 원래 그대로 틈으로 남겨두고 살아가는 일뿐이었다. 결국 그는 인정할 수밖에 없었다. 여자친구는 죽는 순간까지도 그를 생각했거나, 혹은 죽는 순간에도 그를 생각하지 않았다. 확실한 것은 없었다. 『왕오천축국전』의 원문을 상상하면서 주석을 다는 나나 내 일상을 상상하면서 괴로워하는 그나 서로 목숨을 의지하면서도 서로의 마음을 이해하지 못한 채 그저 짐작만 할 뿐인 원정대원들이 그런 점에서는 모두 마찬가지였다. 사람들은 그저 서로를 짐작할 뿐이었다. 한 학생의 죽음이 때로는 세상을 바꾸기도 하겠지만, 어쩌면 그건 오해에서 비롯한 일일지도 몰랐다.(143~144쪽)

여자친구의 유서에서 존칭의 문장과 비칭의 문장 사이에 존재하는 "거대한 틈"(143쪽)은 표상되지 않은, 혹은 표상될 수 없는 마음이라는 내밀성의 무한으로 통하는 하나의 입구라 할 수 있다. 이를테면 그 '틈'은 그녀가 지녔던 사랑과 꿈, 그리고 자살을 결심할 때까지 느꼈을 고통과 슬픔, 절망 그 자체로 열려 있을 것이다. 자살하기 직전에 『왕오천축국전』을 읽으면서 어떤 나라에서는 어머니를 아내로 삼거나 형제들이 공동으로 한 명의 아내를 취했다는 내용의 구절들에 밑줄을 그었던 그녀의 마음이란 어떤 것일까? 그것은 '야만의 시대'에 절망한 나머지 '이곳'과는 완전히 다른 '저곳'을 꿈꾸었던 비틀대는 정신을 보여주는 것일까? 그것은 불확실하다. "산스크리트어로 '벌거벗은 산'이라는 뜻"(110쪽)인 낭가파르바트의 이미지, 그가 남긴 문장들을 토대로 화자가 상상한 설산의 이미지에는 그러한 복잡하고 심원한 마음의 흔적들이 새겨져 있다. 이렇게 보면 그가 '다시 한 달을 가서 설산을 넘으면' 닿으리라 꿈꾸었던 세계란 둘이 사랑하는 동안에 그녀가 헤매었을 저 마음의 극지라고 말할 수 있다. 타인의 마음에 직접 닿아 공감하고, 그럼으로써 마치 자신인양 타인을 이해할 수 있는, '설산' 너머의 세계, 그러한 곳이야말로 불가해한 "모든 꿈들의 케른, 더이상 이해하지 못할 바가 없는 수정의 니르바나, 이로써 모든 여행이 끝나는 세계의 끝"(154쪽)일 것이다.

그러나 '나'와 '너' 사이에 존재하는 모든 '틈'을 뛰어넘어 '너'의 '벌거벗은' 마음에 도달하기란 불가능한 일이라는 것도 엄연한 사실이다. 이 소설에서 여러 차례 암시된 것처럼, 타인의 마음 그 자체는 『왕오천축국전』의 '사라진 원문'과 같이 우리가 직접 펼쳐볼 수 없는 근원적인 불투명성을 지닌 대상일 것이다. 그렇다면 한 사람의 마음을 속속들이 철저하게 이해하겠다는 것은 틀림없이 실패가 예정된 일에 뛰어드는 무모하고 부조리한 도전이다. 하지만 역설적이게도 타인의 마음이 지닌 근원적인 타자성은 상상력의 무한한 가능성이 발휘될 수 있는 조건이라는 이해도 가능하다. 『왕오천축국전』의 주석자인 화자의 말대로 "원문이 사라졌으므로 우리가 상상하는 모든 문장은 원문이 될 수 있"(143쪽)다는 논리가 타당하다면 타인의 마음이라는 영원한 비밀은 상상적인 이야기를 무한히 허용하고 또 요구한다고 말할 수 있다. 그래서 타인의 마음에 대한 진실과 완전한 이해를 추구하는 자는 개인이나 집단의 이해관계가 투영되고, 권력관계가 작동하여 만들어진 표상, 혹은 "가장 많은 사람들이 합당하다고 생각하는 해석"(151쪽)에 만족하지 못한다. 그런 의미에서 이 소설의 주인공이 여자친구가 죽기 전에 경험했을 '마음의 극지'를 온몸으로 이해하기 위해 스스로 낭가파르바트의 "죽음의 지대"(141쪽)에 뛰어드는 것이나, 화자인 H가 원정대장이나 신문기사의 해석을 거부하고 "가장 많은 사람들이 할 수 있는 상상이 아니라 나만이 할 수 있는 상상의 힘으로"(154쪽) 그의 여정을 그려보는 것은 모두 타인의 마음에 닿으려는 상상력의 한 극한을 보여준다고 하겠다.

5. 나오며

김연수는 『나는 유령작가입니다』에서 삶과 언어, 실존과 역사 사이의 괴리와 모순을 폭로함으로써 사회적 담론의 이데올로기성을 비판하였으며 삶과 실존의 진실을 드러낼 수 있는 증언의 형식을 탐색하였다.

「쉽게 끝나지 않을 것 같은, 농담」에서 작중화자는 사건들을 인과관계의 틀 속에 넣어 그 불확실성과 복잡성을 제거하는 역사의 방법으로는 아내와의 관계나 아내의 존재에 대해서 이해할 수 없음을 깨닫고, 사건의 흔적들이 널려 있는 골목길을 다시 답사하며, 사건의 진실을 담고 있는 '농담'의 의미를 재발견한다. 즉 그녀의 농담은 이혼으로 사랑의 공식적인 스토리가 종결된 이후에 되돌아오는 상실이라는 사건을 지시해주고 있음을 알게 된다. 결국 이 소설은 프랙털이나 카오스와 같은 사건의 세계를 절단과 환원의 논리에 기반 한 역사의 필연적인 이야기로 가두어 길들이려 해도, 사건들은 그 표상의 틀 바깥으로 흘러넘친다는 사실을 말해 준다.

「뿌넝쉬」는 역사의 맹신자를 한편에, 그리고 단지(斷指)를 통해 전쟁에서 보았던 부조리한 죽음들을 온몸으로 기억하는 점쟁이의 존재를 그 반대편에 세운다. 역사의 맹신자들은 몰사라는 부조리한 사건을 교조적인 믿음에 기반한 서사에 귀속시킴으로써 망각의 길을 걷게 만든다. 다시 말해 역사는 부조리한 사건에 가해지는 표상의 폭력이자 망각의 수단이다. 점쟁이는 기지의 이야기들이 자아와 세계에 관한 설명력을 잃고 침묵하는, 그리하여 '뿌넝쉬'라고 말할 수밖에 없는 사건들을 예민하게 감각하고, 온몸으로 기억하여 그것을 미래, 즉 '가능한 것'과의 연관 속에서 이해하는 존재를 상징한다고 말할 수 있다.

「다시 한 달을 가서 설산을 넘으면」에서는 두 개의 부조리한 사건이 제시된다. 하나는 여자친구의 자살과 유서 속에 남아 있는 '틈'이라는 커다란 상실이고, 또하나는 그 사건을 이해하고자 생의 전력을 기울인 주인공의 낭가파르바트 등정과 실종이다. 이 두 가지 죽음을 이해하고, 그 진실을 드러내야 하는 과제가 한번은 주인공에게, 또 한번은 화자에게 맡겨진다. 주인공이 소설 읽기에서 소설쓰기로, 그리고 다시 '환상'이나 '영적 세계', 혹은 타인의 마음에 직접 닿을 수 있는 '설산' 너머의 세계를 꿈꾸는 도약으로 나아간다면 작중화자는 주석에서 소설의 세계로 뛰어든다. 이들의 행보는 모두 언어 저 너머에 존재하는 타인의 마음에 닿으려는 상상력의 극한적인 운동을 보여준다고 할 수 있다.

동물의 행로
— 김훈의 『흑산』을 중심으로

이경재

1. 서론

김훈은 2000년대를 대표하는 작가이다. 해박한 문학 지식과 유려한 문체로 한국을 대표하는 문화부 기자 중 하나였던 김훈이 소설가로 등단한 것은 오십 세가 가까워 오던 1995년이다. 그후 김훈은 한 권의 단편집과 여덟 권의 장편소설을 발표하였다. 그 구체적인 목록을 나열하자면 소설집으로 『강산무진』(문학동네, 2006)이, 장편소설로 『빗살무늬토기의 추억』(문학동네, 1995), 『칼의 노래』(생각의 나무, 2001), 『현의 노래』(생각의 나무, 2004), 『개』(푸른숲, 2005), 『남한산성』(학고재, 2007), 『공무도하』(문학동네, 2009), 『내 젊은 날의 숲』(문학동네, 2010), 『흑산』(학고재, 2011)이 있다. 이 기간에 김훈은 『칼의 노래』로 2001년 동인문학상을, 「화장」으로 2004년 이상문학상을, 「언니의 폐경」으로 2005년 황순원문학상을, 『남한산성』으로 2007년 대산문학상을 수상하였다. 또한 김훈의 소설은 2000년대 문학시장에서 대부분 베스트셀러 목록에 이름을 올리기도 하였다.

김훈의 소설은 역사소설들(『칼의 노래』『현의 노래』『남한산성』『흑산』)과 당대를 배경으로 한 소설들(『빗살무늬토기의 추억』『공무도하』『내 젊은 날의 숲』『강산무진』)로 나누어볼 수 있다. 이중에서 집중적인 주목을 받은 것은 전자의 작품들이다. 대부분의 평론과 연구가 모두 역사소설들의 특징을 밝히는 데 초점을 맞추어왔다.[1] 대중들 역시도 주로 김훈의 역사

1) 그동안 김훈에 대하여 논의한 학술논문을 정리하면 다음과 같다. 김정아는 이순신이 "적과 대결하는 민족의 영웅 대신 세계와 대결하는 고독한 개인", 즉 "예술가 영웅"(「김훈의 두 소설—고독한 예술가 영웅의 신화」, 『인문학 연구』 31권 2호, 2004, 2쪽)을 대변한다고 본다. 그에 따르면 예술가야말로 세계 앞에 홀로 선 고독한 개인의 원형이다. 고강일은 라깡의 논의를 바탕으로 『칼의 노래』에 등장하는 이순신은 "'실재의 윤리', 다시 말해 언어의 그물(상징계)에서 해방된 온전한 주체를 지향하는 '정신분석학의 윤리'를 충실히 구현"(「김훈의 『칼의 노래』와 정신분석학의 윤리」, 『비평문학』 29, 2008. 8, 49쪽)한다고 주장한다. 홍응기는 『현의 노래』를 논의한 글에서, 이 작품이 주체의 욕망과 그 실현이라는 문제를 집중적으로 제기하며 야로나 우륵의 도달하고자 하는 것은 "공(空)의 세계"(「김훈 소설의 존재의 재현방식 연구」, 『비평문학』 30, 2008. 12, 455쪽)라는 결론을 내리고 있다. 강혜숙은 김훈의 「화장」에 나타난 문체적 특성을 정밀하게 고찰하여, "「화장」에서 말하고 있는 삶이란 생명이라는 확실하고도 모호하여 닿을 수 없는 것을 뒤에 두고, 죽음이라는 모순적이고 알 수 없는 것을 향해 다가가면서, 거짓과 허위로부터 자유롭지 못한 일상을 살아가는 것"(「세 가지 어법과 감각의 서사」, 『돈암어문학』 21, 2008. 12, 251쪽)이라고 결론 내린다. 최영자는 김훈 소설에 등장하는 주인공들의 체험이 "후기 자본주의적 메커니즘인 이데올로기적 환상에 기반"(「이데올로기적 환상으로서의 김훈 소설」, 『우리문학연구』 26집, 2009년, 395쪽)한다고 주장한다. 유정숙은 『빗살무늬토기의 추억』과 『칼의 노래』에 나타난 죽음의 양상과 의미를 분석하여 작가의 죽음의식을 규명하고 있다. 김훈은 "길들여진 죽음, 즉 일상화되고 관념화된 죽음"(312쪽)을 부정하며, "장철민과 이순신의 죽음은 인간의 죽음을 본래의 자연사로 귀환시키고자 하는 작가의 신념"(「김훈 소설에 나타난 죽음의식 연구」, 『한국언어문화』 42, 2010. 8, 313쪽)을 보여준다는 것이다. 송명희는 단편 「화장」에 나타난 몸 담론의 양상을 살펴보고 있다. 이 작품은 몸을 정신의 부속물로 간주하던 모더니즘의 사고에 반발이라도 하듯 몸의 문제를 전면화, 전경화하고 있다는 것이다. 김훈은 "몸과 정신, 젊음과 늙음, 삶과 죽음, 화장(化粧)과 화장(火葬), 남성과 여성, 자아와 타자, 바라보는 시선과 응시되는 대상의 이항대립을 다양하게 배치함으로써 포스트모더니즘 시대는 몸과 젊음과 삶이 정신과 늙음과 죽음을 압도한다는 것을 말해보고 싶었던 것일까"(「김훈 소설에 나타난 몸담론」, 『한국문학이론과 비평』 48, 2010. 9, 72쪽)라고 조심스럽게 결론을 내리고 있다. 김주언은 김훈의 장편 역사소설들이 '철학적 자연주의'를 보여준다고 말한다. 철학적

장편소설들에 열광했다.

　김윤식은 김훈의 첫번째 장편인 『빗살무늬토기의 추억』을 평가하면서, 김훈의 작품은 "인류문명사에 대한 비판적 사유라는 점에서 농경사회적 상상력"[2]에 바탕하고 있다고 말한 바 있다. 동시에 감성을 거부하는 강도 높은 문장력이 물컹물컹한 우리 소설 문맥에 진입한 사실은 일종의 사건이라 하여 김훈 소설이 지닌 표현상의 특징도 지적하였다.

　서영채는 『칼의 노래』와 『현의 노래』를 집중적으로 분석한 「장인의 기율과 냉소의 미학」에서 이순신이나 이사부와 같은 인물들은 자기 자리를 지키면서 자신의 논리와 내적 윤리에 충실한 "가치중립적인 기술자들"[3]

자연주의는 우리들이 살아가는 이 자연세계 이외의 다른 세계를 인정하지 않는 기본 입장을 나타내며, "이 세계는 기본적으로 시간-공간적인 세계로서 그것이 유일한 세계라는 것을 강조하는 세계관이 전제"(233쪽)되어 있다. 또한 "자연세계의 법칙이 인간에게도 그대로 적용되며, 인간 특유의 이성적 능력에 대한 환상도 없다"(233쪽)는 특징을 보인다. 이러한 '철학적 자연주의'는 김훈의 장편 역사소설에서 쉽게 발견된다는 것이 김주언의 주장이다. 김훈의 역사소설에서 파악할 수 있는 특질들은 "우리가 살아가는 이 자연세계 이외의 다른 세계를 인정하지 않는 존재론적 입장, 인식론적 한계에 대한 분명한 태도, 이상 집착으로까지 보이는 인간의 생물학적 조건에 대한 비상한 관심과 집중, 문명사에 대한 자연사의 우위의 태도, 다원주의에 근거한 사회진화론적 세계 인식의 경향" 등이며, 이러한 자연주의적 특질은 "그 논리적 귀결로서 허무주의를 피할 수 없는 것"(「김훈 소설의 자연주의적 맥락」, 『한국문학이론과 비평』 49, 2010. 12, 245쪽)이라고 결론 내린다. 황경은 김훈 소설이 "무리의 외부에서 무숙(無宿)의 운명을 자처하면서 탈역사의 방향으로 나아"(301쪽)갔으며, "역사의 밖에 선 김훈 소설의 인물들에게 남겨진 유일한 진실은 태어나고 늙고 병들고 죽어야 한다는 남루하고 누추한 사실"(「무숙자의 상상력과 육체의 서사」, 『한국문학이론과 비평』 53, 2011, 301쪽)이라고 주장한다. 김주언은 『남한산성』을 분석하면서 김훈이 "진보의 역사적 시간이 상정하는 목적론적 시간관에 거부를 표현"(236쪽)하면서, "전근대적이거나 탈근대적인 우주적 시간"(「김훈 소설에서의 시간의 문제」, 『한국문학이론과 비평』 54, 2012. 3, 236쪽)을 옹호한다고 주장한다.

2) 김윤식, 「어떤 Homo Faber의 초상, 혹은 농경사회의 상상력」, 『빗살무늬토기의 추억』, 문학동네, 1995, 212쪽.

3) 서영채, 「장인의 기율과 냉소의 미학」, 『문학의 윤리』, 문학동네, 2005, 165쪽.

이며, 김훈이 보여주는 삶의 단순성의 밑바탕에는 "자본제적 삶의 제도화된 위선에 대한 냉소주의"[4]가 깔려 있다고 주장한다. 동시에 이러한 냉소는 "이데올로기적 봉합과정을 꿰뚫어 보는 통찰력"과 "교환관계의 윤리적 취약성을 겨냥하는 윤리적 지침"[5]이라고 덧붙인다.

김영찬은 김훈의 소설이 역사소설이라는 외양을 하곤 있으나 본질적으로는 역사의 옷을 빌려 세상의 이치와 자아의 자리를 되새기는 '독백적 역사소설'이며, 김훈 소설의 인물들은 벗어날 수 없고 어찌해볼 수도 없는 "거대한 불가피"[6]와 맞닥뜨린다고 말한다. 또한 김훈 소설에서는 '사실'에 대한 강박이 나타나는데, "'사실'에 대한 강조는 다시 이렇게 '살아 있음'에 대한 확인으로, 그리고 더 나아가 그런 생물학적 생존에 대한 안쓰러운 긍정으로 이어진다."[7]고 말한다. 결론적으로 김훈의 소설에 나타나는 불가피의 감각과 인간의 동물성에 대한 안쓰러운 긍정이 "포스트-IMF 시대 한국사회의 예민한 정치적 무의식의 성감대를 건드"[8]린다고 주장한다.

류보선은 김훈의 작품들이 "문명의 불만과 그것을 넘어설 수 있는 길을 집요하게 탐색"[9]한다고 말한다. 『칼의 노래』를 기점으로 "푸코적 의미의 통치성(아감벤에 따르면 정치)에 대한 공포와 그 안에서의 주체적 삶의 가능성 발견"[10]이라는 쪽으로 옮겨가고 있다는 것이다. 특히 『흑산』은 허무

---

4) 서영채, 같은 책, 174쪽.

5) 서영채, 같은 책, 174쪽.

6) 김영찬, 「김훈 소설이 묻는 것과 묻지 않는 것」, 『창작과비평』 2007년 가을호, 392쪽.

7) 김영찬, 같은 글, 397쪽.

8) 김영찬, 같은 글, 399쪽.

9) 류보선, 「현명한 자는 길을 잃는다, 그러나 단순한 자는……」, 『문학동네』 2012년 봄호, 500쪽.

10) 류보선, 같은 글, 502쪽.

하고 무내용한 세상이 만들어내는 더러움과 비열함 속에서 통치받지 않는 삶, 즉 희망을 찾아내고 있다고 주장한다.[11]

지금까지 김훈에 대한 논의는 등장인물의 성격, 문체, 작가의 세계관 등을 중심으로 이루어졌다. 대부분의 논의는 '(근대)문명의 허위에 대한 불만'으로 정리해볼 수 있다. 필자는 이러한 김훈 문학의 기본적인 특질이 그의 소설에 끊임없이 등장하는 동물 이미지나 비유에 집중되어 있다고 생각한다. 이 글은 그동안 김훈 소설이 선보인 동물 표상의 양상과 의미를 짚어본 후에, 최근작인 『흑산』에 나타난 동물상이 지닌 새로운 의미에 대하여 집중적으로 살펴보고자 한다.

2. 수없이 등장하는 동물들

등장인물을 동물화하여 표현하는 것은 등단작인 『빗살무늬토기의 추억』에서부터 나타난다. '나'가 부하인 강철민의 삶과 죽음에 얽힌 비밀을 푸는 것이 핵심인 이 작품에서, 강철민은 자주 동물에 비유된다. '나'는 장철민의 전입신고를 받으며 그의 몸가짐과 표정에서 "청거북의 배에 각인된 문양"(37쪽)을 보고, 불을 끄는 장철민을 "세상에 처음 나들이 나온 유인원의 모습"(77쪽)이라고 생각한다. 장철민은 작품에서 신석기인이자

---

11) 그러한 희망의 구체적인 내용은 다음과 같다. "『흑산』이 주목한 것은 『남한산성』에서 맹아를 보였던 '고통받는 자'이며 여기에 '고통받는 자'의 또하나의 속성을 부가한다. 단순(성을 신뢰하고자)한 존재들이다. 한 사회를 지배하는 장치들과 그 장치의 인격화된 존재들이 행하는 무수한 폭력과 악행 속에서도 사람 된 도리, 이웃에 대한 애정, 서로의 역사를 순식간에 자기 것으로 만드는 미메시스 능력, 그리고 문명으로부터 배제된 생명체 모두를 존중하는 인격 등을 잃지 않는 단순한 존재들이 있는바, 『흑산』은 바로 단순한 존재들의 단순성의 지혜(혹은 윤리)를 곧 장치로부터 통치되지 않을 수 있는 인간적인 힘으로 제시한다."(류보선, 같은 글, 514쪽)

유인원, 나아가 청거북이다.

『칼의 노래』에 등장하는 여진의 가랑이에서는 "젓국 냄새"(39쪽)가 나고, 『현의 노래』에 나오는 우륵의 여자 비화는 "버들치의 비린내"(154쪽)를 풍긴다. 궁녀 아라는 들과 산에서 줄기차게 오줌을 눈다. 『칼의 노래』와 『현의 노래』는 '감각의 제국'이라는 말이 과하지 않을 정도의 감각, 그중에서도 특히 후각과 청각으로 가득하다. 이를 통해 영웅적 주인공을 제외한 대부분의 인물은 끊임없이 짐승을 연상시킨다. 『공무도하』에서 장철수는 "엎드린 후에의 몸이 물고기와 같다고 느꼈다. 물고기 같기도 했고 새 같기도 했다. 포유류와 조류와 어류를 합쳐놓은, 혹은 종족이 분화되기 이전 지층시대의 생명체처럼 느껴졌다"(284쪽)고 말한다. 후에는 잠수일을 마치고 물 위로 올라오면 가랑이 사이로 오줌을 지리고, 때로 "반도의 서쪽 연안에 중간기착한 새처럼 보"(290쪽)이기도 한다.

『내 젊은 날의 숲』에서는 '비루하게 살아간 아버지=심부름꾼 노릇을 했기에 유공자로 인정받지도 못한 할아버지=할아버지가 분신처럼 아꼈던 말(馬)'이라는 구도가 성립한다. 이 말(馬)은 할아버지가 만주에서 한국으로 돌아올 때 끌고 온 것이다. 늙어 비틀어진 그 말은 사람들 앞에서 생식기를 자꾸 내밀어 좆내논이라는 별명을 얻는다. 이 별명은 수컷들의 허세와 비참함을 드러내기에 모자람이 없다. 이 작품에서 어머니의 존재는 '아버지=할아버지=말'임을 확인시켜주기 위해 존재한다고 해도 과언이 아니다. 어머니는 "수없이 되풀이된 이야기"(45쪽)를 하는데, 그것은 바로 말과 아버지 혹은 할아버지를 관련시키는 이야기이다. "시아버지 얼굴이 말하고 닮아 있더라"(38쪽)라든가 "그 말이 눈빛이 희끄무레한 게 꼭 느이 할아버지를 닮았어"(45쪽) 혹은 "얘, 어제 너네 아버지한테 갔더니, 말냄새가 나더라"(255쪽)라는 식의 이야기가 그것이다. 연주는 "어머니는 혼자 있을 때도 말 이야기를 중얼거리는 게 아닌가 싶었다. 죽은 말의 모습과 냄새는 할아버지와 아버지의 모습에 포개지면서 어머니의 생애 한복판에 완강하게 자리잡고 있었다"(45쪽)고 말한다.

김훈의 제국에 거주하는 인간들 중에서 주로 서민들이 동물로 표상된다. 동물화는 생명과 생존에 매인 노예적인 삶의 영역, 즉 오이코스(oîcos)에 해당하는 삶의 방식인 것이다.[12] 동시에 이러한 동물들은 문명의 한복판에 예외로서 존재하는 자연에 가까운 존재들이다.

3. 동물화하는 힘

이쯤에서 우리는 '인간은 동물이다'라는 명제의 위악적 수용 뒤에 어른거리는 정치적 의미에 주의를 기울일 필요가 있다. '인간의 동물화'가 전면화되고 그 배경이 분명하게 제시되지 않을 때, 김훈의 소설은 야만주의 혹은 파시즘에 경도되어 있다는 오해를 불러올 수도 있는 것이다. 이와 관련해 『남한산성』에는 인간의 동물화가 이루어진 배경이 이전 작품보다 더 뚜렷하게 나타나 있다. 『남한산성』은 조금 거창하게 말해 반국가적인 상상력으로 가득하다. 남한산성 안에 있는 사대부들의 입이 말하기 위한 것이라면, 백성들의 입은 철저하게 먹기 위한 입이다. 동물의 입 역시 먹기 위한 것이라는 점에서, 군병과 말은 동일한 차원에 놓여 있다. 사대부와 백성의 차이는 인간과 동물의 차이이다. 어떠한 경우에도 짐승에 비유되거나 짐승을 연상시키는 것은 사대부가 아닌 백성이다.

지배층이 백성들의 곡식과 가축을 빼앗는 일과 『남한산성』의 백성들이 지배자들의 시선을 통해 매순간 짐승과 유비관계에 놓이는 것은 본질에

---

12) 한나 아렌트는 삶의 영역을 생명과 생존에 매인 오이코스(oîcos)의 영역과 생존이나 노동과는 분리된 폴리스(polis)의 영역으로 나눈다(한나 아렌트, 『인간의 조건』, 박진우 외 옮김, 한길사, 1996, 88~89쪽).

있어 동일하다. 김상헌이 남한산성에 들어가기 위해 강을 건널 때, 사공은 "들짐승처럼 보"(43쪽)인다. 곧이어 청병이 오면 강을 건너줄 것이라고 말하는 사공을 김상헌이 칼로 벨 때, 사공은 "풀이 시들듯"(46쪽) 쓰러진다. 성 안의 아이들은 "개울에 내려앉은 새떼"(213쪽), 봉두난발에 누더기를 걸친 군병들은 "상처 입은 야생동물"(217쪽) 혹은 "늙은 들짐승"(288쪽)에 비유된다. 청병들 역시 부모를 잃고 떠도는 나루를 "들짐승만치도 눈여겨보지 않"(108쪽)는다. 그들은 돌멩이를 던져 아이를 쫓는데, 이 순간 역시 "아이는 작은 들짐승처럼 보였다"(108쪽)고 묘사된다. 남한산성 안의 나루는 "추위 속에서 영글어 가는 열매처럼 보"(174쪽)인다. 나루는 왕의 채근에도 절대 입을 열지 않는데, 딱 한 번 송파강에 무슨 고기가 잡히느냐는 임금의 물음에 "쏘가리, 배가사리, 어름치, 껑지……"(175쪽)라고 대답한다. 전쟁이란 상황은 조선이라는 나라 전체를 동물로 만들어버리기도 한다. 최명길이 칸에게 보내는 답서에는 "쫓기는 작은 짐승이 굴속으로 숨어든 일"(311쪽)이라는 표현이 등장한다.

여기서 눈여겨보아야 할 것은 이들이 짐승이 된 이유가 '국가' 때문이라는 점이다. 작품 전체를 통하여 자연에 가장 가까운 존재인 나루는 마지막에 서날쇠에 의하여 비로소 인간이 된다. 작품의 마지막 문장에서 서날쇠는 "나루가 자라면 쌍둥이 아들 둘 중에서 어느 녀석과 혼인을 시켜야 할 것인지를 생각"(363쪽)하며 혼자 웃는다. 나루는 조정이 성 밖으로 나가고 나서야, 비로소 며느리라는 인간사회의 상징적 지위를 차지하게 되는 것이다.

홉스는 자연상태의 인간을 늑대로 보았다. 그에 따르면 만인의 만인에 대한 투쟁으로 요약할 수 있는 무한적대의 자연상태 속에서 인간은 하나의 동물로서 존재한다. 그러한 동물에서 벗어나기 위해 필요한 것이 바로 국가이다. 김훈은 홉스의 이론을 뒤집는다. 그의 작품에서 인간은 다름

아닌 국가에 의해서 동물이 된다. 김훈이 그려내는 인간들은 자연상태라할 수 있는 국가의 한복판으로 쫓겨나 동물이 되는 것이다. 국가의 내부, 권력의 내부 속으로 추방당하는 것이다. 김훈의 이전 역사소설도 동일한 문제의식을 공유하고 있었다. 『칼의 노래』에서도 전면화되지는 않았지만, 전쟁이 불러온 국가라는 괴물이 인간을 짐승으로 만드는 상황이 연출되었으며, 『현의 노래』는 소규모 공동체를 초월한 강력한 국가의 탄생이라는 조건 속에서, 인간이 동물로 변해가는 과정을 그리고 있었다.

김훈은 국가가 개인의 목숨과 권리를 양도하여 성립한 폭력적인 공동체라는 확고한 인식을 지니고 있다. 김훈이 그려낸 인간-동물들은 국가가 지닌 폭력성과 야만을 언어 대신 눈빛과 몸짓으로 처절하게 증언하는 자들이다. 김훈의 장편소설이 대부분 전쟁을 배경으로 하고 있다는 점도 이와 관련된다. 전쟁이야말로 국가의 존재를 가장 선명하게 부각시키기 때문이다.[13] 김훈은 허무의 감각과 관념을 무기로 삼아 국가라는 거대한 권력을 무력화시켜 자연 속으로 돌려보내려 하는 것이다.

『내 젊은 날의 숲』은 이십대 여성 조연주의 교도소에 있는 아버지에 대한 이야기로 시작된다. 군청 공무원인 아버지는 먹고 살기 위해 평생을 굽실거렸으며, 유흥업소와 포주로부터 뇌물을 받으며 그 뇌물을 상사에게 상납한 죄로 감옥에 들어간다. 특가법상의 뇌물죄, 알선수재, 업무상 배임이 그 죄의 내용이다. 조연주의 할아버지는 젊은 시절 해외에서 유명한 독립운동가의 심부름꾼 노릇을 했다. 그러나 추적 불가능한 행적으로 유공자 선정에서도 제외된다. "아버지의 모습과 할아버지의 모습을 하나

---

13) 아감벤은 비상사태(예외적 상황)는 우리 시대의 근본적인 정치 구조로서 점점 더 전면에 부각되고 있고 결국 스스로 법칙이 되려는 경향을 보인다고 주장한다. 이러한 관점에서 십이 년 동안 비상 체제를 유지한 나치는 예외가 아니라 근대 국가의 상례로 간주된다. (조르조 아감벤, 『호모 사케르 : 주권 권력과 벌거벗은 생명』, 박진우 옮김, 새물결, 2008, 55~81쪽)

의 이미지로 연결시켜주는 그 비논리적인 매개물은 한 마리의 늙은 말"(29쪽)이다. '약육강식의 세계에서 비루하게 살아간 아버지=심부름꾼 노릇을 했기에 유공자로 인정받지도 못한 할아버지=할아버지가 분신처럼 아꼈던 말(馬)'이라는 구도가 성립하는 것이다.

『내 젊은 날의 숲』에서 이 땅의 아버지들을 동물화하는 힘은 최국장을 통해 압축적으로 나타난다. 최국장은 아버지의 직장 상사로서, 연주의 아버지가 죄를 뒤집어쓴 결과 연주 아버지 형량의 절반만을 받는다. 최국장 집안은 조선 중기에 뿌리 내린 토호급 가문으로서, 최국장은 연주의 어머니에게 김장을 담그게 하고, 자신의 모자란 아들과 연주를 결혼시키려 하는 등의 모욕을 준다. "교도소 밖으로 나왔지만, 아버지의 형기는 끝이 없어 보였다"(137쪽)는 말처럼, 최국장은 "우리 가족들의 생애에 스며든 오욕들을 맛보기로 재탕"(139쪽)하는 데 골몰한다. 가석방으로 출소한 지칠 개월여 만에 아버지가 죽자, 최국장은 자신이 회장으로 있는 일신상조회[14]의 조기를 들고 빈소를 찾아온다. 아버지의 뼛가루를 산골하는 현장에도 최국장과 일신상조회의 조기는 따라온다. 삶은 물론이고 죽음으로도 아버지는 최국장의 음험한 권력으로부터 벗어나지 못하는 것이다. 이러한 최국장의 존재야말로 아버지를 끊임없이 동물화하는 현실적 힘이다. 김훈 소설에서 평범한 인간들은 국가 혹은 일상의 미시적 권력들에 의하여 끊임없이 동물화된다. 김훈 소설에서 동물로 표상되는 벌거숭이 삶은 본래부터 그러한 것이 아니라 국가 혹은 미시적 권력들에 의해 만들어진 것이다.

---

14) 일신상조회는 공무원생활을 하던 지역의 공직자들이나 그들과 업무상 연관이 있는 사람들의 계모임이다. 이 모임은 나중에 자신들의 범죄가 탄로 날 경우에 대비한 보험용 조직이라고 할 수 있다.

4. 신성(神性)이 된 수성(獸性)

김훈의『흑산』은『칼의 노래』,『현의 노래』,『남한산성』에 이어지는 김훈의 네번째 역사소설이다. 이 작품은 사회적 혼란기였던 신유박해를 전후한 19세기 초의 조선을 주요한 시공간적 배경으로 삼고 있다. 이 시기는 지독한 과도기로 그려진다. 조선의 성리학적 지배질서는 아무런 힘도 발휘하지 못하며, 새로운 시대는 아직 저 멀리에서 꿈틀거릴 뿐이다. 이러한 흐름 속에서 천주교는 새로운 대안적 사상으로 사람들을 파고든다.

『흑산』에는 마부 마노리, 노비 육손이, 관노의 딸 아리와 같은 성(姓)조차 제대로 갖지 못한 민초들이 등장한다. 그들 역시 김훈의 다른 소설에서 그러하듯이 동물로 표상된다. "물고기는 혈육이 없었다. 마노리는 누군지 알 수 없는 부모를 그리워하거나 궁금해하지도 않았다"(39쪽)라는 문장을 통해, '마노리=물고기'라는 인식을 읽어낼 수 있다. 황사영의 눈에 마노리는 "말의 골격을 갖춘 인간"에서, "인간과 말의 구별을 넘어서는 강렬한 생명"을 지나 "콧구멍을 벌름거려서 십여 리 밖의 물과 먹이풀의 냄새를 맡는 말의 힘"(165쪽)을 품은 존재로까지 인식된다. 북경의 구베아 주교 역시 마노리를 보고 "마노리는 말과 같았다"(263쪽)고 말한다. "노비들은 가랑이를 벌리고 몸으로 몸을 파서 씨를 주고받았지만, 씨가 퍼져나가는 모양은 자취가 없고 의례가 없어서 풍매(風媒)처럼 보"(142쪽)이며, 정약전이 흑산도에서 부부의 연을 맺는 순매는 "비바람에 쏠리는 일에 길들여진 들짐승"(182쪽)처럼 보이며, 가짜 황사영으로 몰려 죽임을 당한 황사경은 "소울음"(147쪽) 소리를 낸다.

이러한 인간의 동물화는『칼의 노래』『현의 노래』『남한산성』에서 드러난 것처럼, 시대의 험난한 상황과 무관하지 않다.『흑산』은 이전 작품들보다 좀더 산문적인 자세로 "백성의 피를 빨고 기름을 짜고 뼈를 바수고 살

점을 바르고 껍질을 벗기는 풍습은 육지나 대처와 다르지 않"(336쪽)은 당대의 모습을 세밀하게 재현해내고 있다. 온 천지는 걸식하는 유민들과 죽은 시체로 가득하며, 관리들의 붓끝에서 "창고에 쌓인 곡식이 없는 곡식이 되어 사라졌고, 없는 곡식이 있는 곡식이 되어 창고에 쌓"(74쪽)이기도 한다. 흑산 수군진 별장 오칠구는 흑산도에서 절대 권력을 휘두르며 사람들을 괴롭힌다. "논이 없어서 물고기를 잡아 곡식과 바꾸는 섬에 세금과 신역이 쌓여서 땅에 코를 박은 백성들은 주려"(88쪽) 있었다. 아리 어미는 파주 관청의 관노였는데, 자신이 낳은 자식에게는 젖도 먹이지 못하고 상전들의 처첩이 낳은 자식들에게 젖을 빨리다가 죽었다. 아리 역시 현감과 현감 아들에게 동시에 능욕당하고 서울로 흘러들어온다. 섬사람들은 관리들의 수탈이 두려워 소나무의 뿌리를 뽑아버리고, 사행길에 나선 마부와 짐꾼은 동상이 걸려 발가락이 빠져도 빈 말 등에 올라탈 수 없다.

그러나 누구보다 비참한 삶을 사는 것은 박차돌이다. 하급 무관으로서 살기 위해 배교한 박차돌은, 이판수가 천주교도 무리를 넝쿨째 뽑아올릴 작정으로 천주교인들 사이에 박아놓은 염탐꾼이 된다. 그가 "아전질이나 염탐질이나 비장질이 모두 같아서 박차돌은 거기서 헤어날 수 없으리라는 것을 느꼈다"(222쪽)고 말할 때, 그 벗어날 수 없는 고통은 '바다 너머의 흑산이 아닌 곳이 있었을까'라는 정약전의 한탄과는 또다른 묵직한 통증을 유발한다. 박차돌은 어린 시절 헤어졌다 천주교도가 되어 잡혀온 동생 박한녀의 고통을 덜어주기 위해 자기 손으로 죽인다. 나중에 동생 박한녀를 그대로 닮은 아리를 또 한번 죽게 함으로써 박차돌은 두 번이나 동생을 죽이게 된다. 그토록 생존 하나에만 매달렸으나 이 지상에 박차돌이 살 수 있는 땅은 한 조각도 주어지지 않는다. 그는 끝내 사라져버린다. 이것은 죽음보다도 더 못한 시체조차도 남길 수 없는 그의 완벽한 상징적 죽음을 의미한다고 할 수 있다.

김훈에게 이러한 동물은 결코 부정적인 대상이 아니다. 그들은 사실의 세계에 속한 존재로서, 그 반대편에는 김훈이 그토록 부정하는 언어의 세계에 속한 존재들이 있기 때문이다. 『흑산』에서 민초들이 겪는 모든 고통의 최종적 책임자인 대비는 철저히 말에만 의지하는 인물이다. 대비는 "세상에 말을 내리면 세상은 말을 따라오는 것"(120쪽)이라고 굳게 믿는다. 대비는 "자신의 말에 파묻혀 있는"(328쪽) 인물로서, "자신의 말의 간절함으로 세상을 바로잡을 수 있고 백성을 먹일 수 있다고 믿는"(207쪽)다. 그러나 실제 『흑산』에서 언어는 말 그대로 무용(無用)하다. 글이나 책이란 병사들의 저고리에 솜 대신 들어가는 하나의 물질로서 그 가치를 지닐 뿐이다. 묵은 종이는 종이옷을 만들거나 잘게 썰어져 무명천 안쪽에 넣고 누벼지는 용도에 사용된다. 구례 강마을 백성들의 소장 역시 과거에 낙방한 답안지들에 섞여 서북면 병졸들의 겨울나기 보온재로 보내진다. 정씨 형제의 맏형이자 집안의 기둥인 정약현은 "붓을 들어서 글을 쓰는 일을 되도록 삼갔"고, "말을 많이 해서 남을 가르치지 않았고, 스스로 알게 되는 자득의 길을 인도했고, 인도에 따라오지 못하는 후학들은 거두지 않"(68쪽)는 것으로 설명된다.

김훈은 민초들과는 다른 지도층으로서 긍정적으로 생각하는 인물은 언어로부터 멀리 떨어져 있는 존재들이다. 흑산도에 유배되어 『자산어보』를 남긴 정약전은 본래 고향 마을에서 물의 만남과 흐름을 보며, 그것이 삶의 근본과 지속을 보여주는 "산천의 경서(經書)"(64쪽)라고 생각한다. 정약전은 물고기의 생태를 기록한 자신의 글이 "사장(詞章)이 아니라 다만 물고기이기를, 그리고 물고기들의 언어에 조금씩 다가가는 인간의 언어"(337쪽)이기를 바란다. 그렇기에 정약전이 쓴 글은 "글이라기보다는 사물에 가"(131쪽)깝다.[15] 『흑산』에서 또 한 명의 중심인물인 황사영 역시 "글이나 말을 통하지 않고 사물을 자신의 마음으로 직접 이해했고, 몸으로 받았다"(70쪽)고 설명된다. 황사영은 "말과 글로 엮인 생각의 구조를 버렸고, 말의 형식으로 존재하는 인의예지를 떠났"(92쪽)다. 이 작품에서 정약전을 돕는 흑산도 청년 창대 역시 여러 차례에 걸쳐서 황사영과 닮은 것으로 표현된다. 창대 역시 『소학』은 "글이 아니라 몸과 같았습니다. 스스로 능히 알 수 있는 것들이었습니다"(116쪽)라고 말하는 인물이다. 이 작품에 등장하는 대표적인 민초인 마노리 역시 "사람이 사람에게로 간다는 것이 사람살이의 근본이라는 것"을 "길"(41쪽)에서 깨닫는다. 마노리는 길(道)에서 도(道)를 깨닫는 인물인 것이다.

『흑산』은 이전 역사소설들과 연장선상에 있다. 동물화된 서민들의 삶, 당면한 일에 충실한 삶, 언어에 대한 불신, 사실(자연)에 대한 찬미 등이 그것이다. 그런데 이전 소설에서 찾아볼 수 없는 새로운 면모가 드러난다. 그것은 바로 순교한 정약종이 내지르는 "나의 형 정약전과 나의 아우 정약용은 심지가 얕고 허약해서 신앙이 자리잡을 만한 그릇이 못 된다"(16쪽)라는 목소리이다. 이것은 초월적인 세계를 향한 갈구인 동시에, 김훈 소설에서는 좀처럼 들리지 않던 새로운 세계를 향한 목소리이다. 『흑산』의 진정한 새로움은 바로 '당면한 일'을 뛰어넘어 자신의 믿음을 지키기 위해 목숨을 버린 인물들, 즉 정약종이나 황사용, 나아가 마포의 새우젓 장수 강사녀, 궁녀였다가 쫓겨난 길갈녀, 남대문 밖 옹기장수 노인 최가람, 마노리, 육손이, 아리 등등에게서 찾아야 할 것이다. 이 작품에서 천주교는 김훈 소설에서는 보기 드물게 하나의 진리로서 자리매김된다. 이러한 신성(神性)은 묘하게도 『흑산』에서 동물성(獸性)과 직접적으로 연결되어 있다.

---

15) 이러한 정약전의 글에 대한 태도는, 김훈의 창작방법론으로 읽을 수도 있다.

소 울음소리 흘러가는 들의 환영도 어둠 속에서 떠올랐다. 소와 소가 서
로 울음으로 부르고 응답해서 소 울음소리가 인간의 마을을 쓰다듬고 우
성의 순함과 우성의 너그러움이 곧 인성이며 천성인 나라가 열리는 환영을
황사영은 어둠 속에서 보았다. (324쪽)

소의 울음을 우는 우성(牛性)과 먼 길을 가는 마성(馬性)을 함께 지닌
것이 마노리와 육손이의 닮은 점이었다. 그래서 세례를 받지 않더라도 마
노리와 육손이는 땅 위에 태어난 하늘의 사람일 것(167~168쪽)

위의 인용에서 마노리나 육손이가 지닌 동물성은 하나의 신성으로까지
인지됨을 확인할 수 있다. "우성의 너그러움이 곧 인성이며 천성"이며,
동물성을 지닌 마노리와 육손이는 세례를 받지 않더라도 이미 "땅 위에
태어난 하늘의 사람"인 것이다. 이때의 천주교는 그야말로 지옥이 되어
버린 삶과 밀착된 하나의 대안적 울림이라고 보아야 한다. 『흑산』에서 천
주교가 지닌 의미는 서망땅에서 소작농의 아내인 오동희가 지은 기도문
의 "주여, 우리를 매 맞아 죽지 않게 하옵소서. 주여, 우리를 굶어 죽지 않
게 하소서"(58쪽)라는 문구에서 짐작할 수 있다. "주여, 주여하고 부를 때
노비들은 부를 수 있는 제 편이 있다는 것만으로도 눈물겨웠"(104쪽)던
것이다. 나중 황사영은 그 기도문을 보고 "그 기도문이 언어가 아니라 살
아있는 육체라고 생각"(310쪽)한다. 그러면서 "모든 간절한 것들은 몸의
방식으로 존재한다는 것"(310쪽)을 깨닫는다. 김훈의 『흑산』에서 신앙은
신성한 성당과 고매한 성경에 존재하는 것이 아니라 우리 삶의 주름마다
에 고여 있었던 것이다. 정약종은 죽기 직전의 심문에서 천주(天主)의 존
재와 역능을 증명할 수 있냐는 심문에 "어린아이가 웃으면서 걸어올 때,
나는 천주가 실재함을 안다. 그대들이 국법의 이름으로 백성들을 가두고

때릴 때 저들의 비명과 신음이 천주를 증명한다. 그대들의 악행을 미워하고 또 가엾이 여기는 내 마음을 통해서 천주는 당신을 스스로 증명하신다"(15쪽)라고 결연하게 대답한다. 동물화된 인간들의 몸부림을 절실하게 응시한 결과 울려나오는 이 결연한 목소리는 김훈 문학이 일찍이 가닿은 바 없는 새로운 음역(音域)임에 분명하다.

친밀성의 새로운 신화는 어떻게 전복되는가?
― 김영하론

차미령

1. 친밀성의 지각 변동

    80년대 소설과 90년대 소설을 가르는 분기점으로 지목되는 특징 중 하나는, 소설적 탐구의 무게추가 공적 영역에서 사적 영역으로 이동하였다는 점이다. 물론 소설이라는 장르가 다른 담론들이 접근하기 어려운 개인의 일상생활과 인간적인 감정들을 무대화하며 진화해온 것은 사실이다. 하지만 그럼에도 '개인' '내면' '욕망' 등을 둘러싼 90년대 소설의 변화는, 소위 한국적 풍토에 견주어볼 때 전면적이라 칭할 수 있을 듯하다. 공적으로 개방된 영역이 아니라 개인의 내밀한 영역에 탐구의 닻을 내리고, 개인적인 것을 정치적이고 사회적인 것으로 사유하도록 이끈 것은 이 시기 소설의 주목할 만한 성과다. 공사를 막론하고 부권을 중심으로 엄격하게 구조화되어온 사회와 그 억압적인 이면에 대한 반성적 성찰이 만개했으며, 성과 사랑 등 소위 '친밀성(intimacy)'의 장들에 대한 진지한 조명이 이루어졌다. 기든스의 논의를 빌리자면,[1] "민주주의의 원칙을 공적 영역에 국한시키지 않고 개인적인 관계의 영역으로 확대"하는 "라이프스타일의 정치", 그것은 90년대의 새로운 신화가 되었다.

　지금 이 글에서는 이러한 배경 아래에서, 김영하의 90년대 소설들을 다시 읽어보고자 하고 있다. 김영하는 1995년 계간 『리뷰』에 「거울에 대한 명상」으로 등장한 이후, 「호출」 「흡혈귀」 「비상구」 「보물선」 등의 단편소설들과 『나는 나를 파괴할 권리가 있다』 『검은 꽃』 『빛의 제국』 등 문제적인 장편소설들을 잇달아 내놓았다. 특히 90년대의 김영하는 "거대한 전환점"[2]을 예감하게 하는 작품들을 연이어 발표했다. 한때 그는 배수아, 백민석, 송경아 등과 함께 이른바 '신세대 작가'로 분류되기도 했거니와, 당시 급물살을 탄 포스트모더니즘 논의와 더불어 탈근대의 문화적 징후들을 가장 세련되게 구현하고 있는 작가로 빠르게 주목받았다. '악마주의' '탐미주의' '에로티시즘' '댄디즘' '키치' '환상성' '영상언어' 등의 용어들이 90년대의 김영하를 주로 수식했지만, 이 작가는 전위에 나란히 선 다른 젊은 작가들과는 구별되는 정통파 이야기꾼의 면모 역시 겸비하고 있었다. 그는 한마디로, 평단과 대중이 모두 주목한, 보기 드문 젊은 작가였다.

　그간 작가를 둘러싼 연구 경향을 이와 같이 짚어나가면, '친밀성'이라는 프리즘으로 김영하 소설을 검토하는 것이 다소 생경하게 여겨질 수 있을 듯하다. 언뜻 보아 그의 소설은 '연애' '결혼' '모성' '가족' 등 이 주제의 주된 탐구 영역과 긴밀한 관련이 없어 보이기 때문이다. 하지만 이 문제를 라이프스타일의 측면에서 바라본다면 어떨까. 잠시 다음의 장면으

---

1) 앤소니 기든스, 『현대사회의 성·사랑·에로티시즘』, 배은경·황정미 옮김, 새물결, 1996. 기든스는 제도적 성찰성을 지속적인 감정적 유대, 즉 '관계(relationship)'의 영역과 섹슈얼리티를 비롯한 '성'의 영역으로 옮겨 놓는다. 이하 친밀성의 제반 코드들과 관련된 논의들은 이 책을 참조하며, 필요한 경우 본문에 쪽수만 명기하기로 한다.
2) 류보선, 「죽음, 그 아름답고도 불길한 유혹」, 『나는 나를 파괴할 권리가 있다』, 문학동네, 1996.

로 가보자.

　서울극장 앞에서 그녀가 말했다. 참, 형. 지금 든 생각인데. 쇼걸과 전태
일의 공통점이 뭔 것 같아? 그 남자는 생각해낼 수 없었다. 뭔데? 둘 다 혼
자 보기에 좋은 영화라는 거야. 그녀는 손가락을 들어 서울극장 입구를 가
리켰다. 〈쇼걸〉 매표소에서 표를 사든 남자들, 쥐색 양복에 바바리코트를
입은 남자들이 극장 속으로 사라졌고 그뒤로 별로 다를 바 없는 행색의 남
자, 혹은 여자가 전태일 쪽 입구로 스며들어가는 것이 보였다. 그래, 정말
그렇구나. 그 남자는 그 여자의 말에 동의했다.(「전태일과 쇼걸」, 220쪽)[3]

　김영하의 「전태일과 쇼걸」의 한 장면은 서울극장 앞에서 우연히 조우
한 남녀의 모습을 포착한다. 제목에서 이미 드러나듯이, 작가는 386세대
의 세대감각과 대중소비사회라는 시대감각의 교차점을 우울하게 감지한
다. "섹스를 꿈꿀 때조차 NHK판 광주비디오를 떠올리는 시대"가 저물
고, 〈너에게 나를 보낸다〉와 〈꽃잎〉을 연이어 찍어도 아무렇지 않은 "참
편리한 장르"의 시대가 도래한 것이다. 하지만 이 글의 논의와 연관해서
보다 주목하고 싶은 것은 〈쇼걸〉과 〈전태일〉의 공통점을 "혼자 보기에 좋
은 영화"에서 찾는 소설 속 여자의 말이다. 두 사람은 모두 지금 혼자 살
고 있으며, 또한 혼자서 영화를 관람하러 왔다.
　소설의 서술자는 첫머리에서부터 이미 그 점을 주지시키고 있다. "또
한 가지. 이 두 사람이 모두 '혼자' 이 영화를 보러 왔다는 사실도 간과할

---

3) 이 글에서 주로 다루고 있는 김영하의 소설들은 「내 사랑 쉼자드라이버」 「총」(『호출』,
문학동네, 1997), 「비상구」(『엘레베이터에 긴 그 남자는 어떻게 되었나』, 문학과지성사,
1999), 『나는 나를 파괴할 권리가 있다』(문학동네, 1996)등이다. 이하 인용할 경우, 본문에
쪽수만 명기하기로 한다.

수 없다."(200쪽) 예리한 관찰력을 지닌 작가가 포착해낸 또다른 사회변동의 징후는, 이제 한국사회의 어떤 부분은 혼자 사는 사람들의 세계로 재편되어가고 있다는 사실이다. 실상, 법적인 동거인이 없는 젊은 일인가구는 『호출』과 『나는 나를 파괴할 권리가 있다』를 관통하는 또하나의 특징이라고 할 수 있다. 그리고 그러한 가구의 재편성은, 삶의 물리적 토대와 정서적 반경을 바꾸어놓을 것이다. 만약 그렇다면 이 젊은이들에게 관계란 무엇인가? 친밀성이란 근본적으로 관계의 형식이며, 대부분의 경우 지속적인 대면관계로부터 발생하는 것이 아니던가?

김영하 연구사를 살펴볼 때, '나르시시즘적 인간형'과 '소통의 코드'가 동시에 주목되고 있다는 점은 이 글의 작업에 시사하는 바가 적지 않다. 각기 미학적인 측면, 세대론적인 측면, 주제적인 측면에 좀더 주의를 기울이고 있지만, 다음의 논의들이 대표적이다. 우선 김영하 연구의 첫머리에 놓이는 한 글에서 남진우는, 김영하의 인물들이 "무감동·무감각·무관심"을 자질로 하는 "자기중심적인 인간형"을 드러낸다고 분석하며, 김영하 소설이 "나르시시즘적 인간형에 대한 정치한 재현이면서 그것에 대한 비판"이라고 풀이한다.[4] 첫 소설집의 해설을 쓴 김동식 역시 「거울에 대한 명상」을 중심으로 하여 김영하 소설에 "나르시시즘의 권력적인 측면이 포착되어 있다"고 지적하고 있으며,[5] 이수형은 김영하의 소설에서는 "타자가 사라짐"으로써 관계가 단절되지만 다른 경로로 타자가 되돌아옴으로써 "소통과 관계가 복원되는 구조"가 존재한다고 분석하고 있다.[6] 이 논의들은 김영하 소설의 소위 '나르시시즘'이 무엇보다 '관계'의

---

4) 남진우, 「나르시시즘/죽음/급진적 허무주의─김영하의 소설에 대해 말하고 싶은 두세 가지 것들」, 『숲으로 된 성벽』, 문학동네, 1999.

5) 김동식, 「김영하, 또는 배신의 수사학」, 『호출』, 문학동네, 1997.

6) 이수형, 「낯선 코드와 유혹─김영하론」, 『문학과사회』 2002년 봄호.

영역에서 관찰되며, 자연스럽게 '욕망'과 '권력'과 '소통'의 문제를 수반한 다는 사실을 보여주고 있다.

이 글에서는 친밀성의 구조 변동이라는 큰 구도 아래서, 「내 사랑 십자 드라이버」 「총」 「비상구」, 『나는 나를 파괴할 권리가 있다』 등을 살펴보게 될 것이다. 김영하의 초기작들에서 혼자 사는 젊은이들은 크게 두 계열로 접근해볼 수 있다. 룸펜에서 아티스트까지 젊은 지식인들이 한 지류를 형성한다면, 도시 주변부 하층계급 젊은이들이 다른 한 지류를 형성한다. 이 글이 주목하고 있는 인물군은, 그간 면밀하게 검토한 경우가 드물었던 후자이다. 후자의 소설들은, 와해된 가족, 불안한 모성, 유년기 가출, 기계에 대한 탐닉, 오토바이와 자동차 폭주, 살인과 자살로 이어지는 파국 등 흡사한 모티프들을 조금씩 나누어 가지고 있다.

2. 현실의 압력과 빈곤한 모성

김영하의 첫 장편소설인 『나는 나를 파괴할 권리가 있다』의 도입부는, 의뢰인-고객과의 일이 무사히 끝나면 고객과의 일을 글로 남기는 한 사내의 이야기를 들려준다. 알다시피, 그의 일이란 자살을 기획하고 보조하는 것이다. 이 프롤로그의 낯선 충격은 이어지는 장(章)인 '유디트'에서 좀더 선명한 색채를 입는다. 폭설이 내리는 한계령 어귀의 국도에 멈춰 선 C와 유디트의 자동차가 도덕적으로, 혹은 관습적으로 강한 인상을 남기는 것은 아니다. 하지만 다음 장면은 어떤가. 말하자면 그것은 C와 유디트의 첫 만남에 대한 회상이다.

그녀를 처음 만나던 날의 기억은 매우 선명하다. 어머니의 장례 마지막 날이었다. C가 발인을 마치고 돌아왔을 때, K와 그녀는 거실에서 섹스를 하고 있었다. 현관문이 열리고 차가운 바람이 그들의 벗은 몸에 가닿을 때까지도 K와 여자는 엉켜 있었다. 검은색 리본이 드리워진 어머니의 영정이 그들을 내려다보고 있었다. 먼저 그를 발견한 K가 지루한 표정으로 몸을 일으켰고 주위에 널린 옷가지 중에서 자신의 옷을 꿰어 입기 시작했다. 여자는 그때까지도 눈을 질끈 감은 채 널브러져 있었다. 방으로 들어가. K가 여자에게 말했다. 여자는 그제야 눈을 떠 그를 바라보았다. 정염이 채 가시지 않는 눈동자에선 푸른빛이 났다.(『나는 나를 파괴할 권리가 있다』, 19쪽)

C가 보았으며 또 지금도 기억하고 있는 것은, 거실에서 K와 엉켜 있는 여자의 모습이다. K는 C를 발견하고 옷가지를 챙기지만 "지루한 표정"이다. 정사 광경의 한가운데에 가로놓여 있는 것은 검은 리본으로 장식된 어머니의 영정이다. 서술자의 보고에 따르면, 그날은 어머니의 발인이 있었던 날이다. 계속 읽어나가보면, C와 K가 형제라는 새로운 사실이 추가된다. 형인 C는 "자신이 치렀던 수고와 K가 누렸을 쾌락을 대비해보았다".(20쪽) 한 여자를 두고 교차되는 형제의 시선에서 우리를 타격하는 것은 모럴의 붕괴다. 망자에 대한, 그것도 자신들의 어머니에 대한 애도는 찾을 수가 없다. "관에 흙이 덮일" 때 여자와 섹스를 하고 있던 동생은 물론이거니와, 여자에게서 가시지 않는 "정염"과 "세기말적 관능"을 읽어내며 자신의 "수고"와 K의 "쾌락"을 저울질하는 형도 크게 다를 바 없다. 그들에게는 전통적인 도덕관념도, 모성에 대한 부채감도 들어설 여지가 없어 보인다.

비디오 아티스트인 형, 그리고 고등학교를 중퇴하고 가출하였다가 지금은 총알택시를 모는 동생. 그들은 90년대 김영하 소설에서, 앞서 언급한 젊은 독신자들의 두 가지 유형을 압축적으로 보여준다. 물론 우리는 이미 뫼르소를, 반도덕을 위시하여 관습에 대한 저항을 미학적 정체성으로 삼는 일군의 젊은 소설들을 알고 있다. 죽음, 섹스, 그리고 허무주의의 결합이 완전히 낯선 것도 아니다. 퇴폐적이라거나 전복적이라는 평가도 어느 정도 익숙하다. 하지만 그렇다고 우리가 이 젊은 독신자들이 공유하고 있는 도덕관념의 붕괴, 그 저변을 다른 각도에서 살펴볼 길이 봉쇄된 것 같지는 않다.

이 소설이 발표된 지 십육 년 후 신작 장편소설을 중심으로 진행된 한 좌담을 통해 90년대 김영하 소설의 정신세계를, 당시 작가가 감지한 사회적 변동과 관련하여 접근해볼 수 있지 않을까. "이미 이십 년 전에 중산층적인 모럴은 거의 완벽하게 붕괴돼가고 있었고 가족제도는 해체되고 있었습니다"라고 김영하는 말한다.

"냉혹한 현실 앞에서 중산층의 위선적 윤리는 들어설 틈이 없습니다. 열일곱 살이 넘어서도 집에 붙어 있는 자식들은 심각한 압력에 직면합니다. 경제적 능력이 없는 부모들은 밥만 축내는 아이들을 갖은 방법을 동원해 집밖으로 '방출'합니다. 그후로 부모와 자식의 인연이 자연스럽게 끊어집니다. 이런 삶들은 수도권의 위성도시들과 서울의 특정 지역에 이미 일반적인 삶의 형태로 만연해 있었습니다. (……) 이십 년 전 수원의 '보이지 않는 인간'들은 이후 중산층들이 겪게 될 모습을 미리 보여주고 있었습니다. 일인가구의 급증, 희망 없는 미래, 자살율의 폭증, 관계의 단기화, 폭력의 일상화 같은 것입니다. 요즘 한국의 중산층들은 자녀들이 폭력에 노출되었다고 비명을 질러댑니다. 그런데 이것은 아주 오래전부터 저 밑바닥에서부터 천천히 진행되며 수면 위로 올라온 것입니다."[7]

---

7) 황종연·김영하, 「아무도 가보지 않은 가장 낯선 곳에서」(대담), 『문학동네』 2012년 여름호, 43쪽.

이 대담에서 김영하는 사려 깊은 태도로, 자신의 표현에 따르면 "보이지 않는 인간들"에 대하여 회고하고 있다. 김영하는 수원 51사단 헌병대 수사과에서 군생활을 하고, 범죄와 사고 등에 연루된 저소득층 거주 지역의 젊은이들을 폭넓게 경험한다. 그의 요지는 다음과 같다. 첫째, 경제적인 이유로 부모와 자식의 관계가 단절되고 있으며, 그것이 자연스럽게 묵인되고 있다는 점. 둘째, 그러한 형태의 해체가 특정 지역에서는 예외적인 삶이 아니라 "일반적인 삶의 형태로 만연"하고 있다는 점. 셋째, 작가 자신이 이러한 사정을 "현실의 압력"과 "중산층의 위선적 윤리"라는 구도로 바라보고 있다는 점. 넷째, 그가 목격한 현상들을 그는 '일인가구의 급증' '희망 없는 미래' '자살율의 폭증' '관계의 단기화' '폭력의 일상화' 등과 같은 바로 지금 현재 중산층의 위기를 예고하는 것으로 이해하고 있다는 점. 모든 기억과 그에 대한 해석이 사후적인 영향력 아래 있기는 하지만, 김영하의 작가적 관찰은 상당히 흥미롭다. 김영하가 말하는 그 시기는, 한국사회가 IMF라는 이름으로 본격적인 신자유주의 시장 질서로 돌입하기 직전이며, 민주화와 자유화의 수혜를 전폭적으로 받았던 중산층의 소비문화가 성행하고 있을 때이기 때문이다. 그런데 바로 그때 그는 집에서 거리로 '방출'된 일군의 젊은이들을 보았던 것이다.

아줌마의 아들도 열다섯 때 집을 나갔다고 한다. 그래도 가끔 연락은 온다고 한다. 그 새끼도 뻔하다. 나처럼 어느 여관방에서 장기투숙하든지 아니면 벌써 깔치 하나 끼고 살림 차렸을 거다. 아줌마도 불쌍하다. 펑퍼짐한 엉덩이로 애새끼들 여럿 낳았을 거 같은데 그놈 하나뿐이란다. 하긴 그놈 잘못도 아니다. 죽어라고 학교 다녀봐야 대학 갈 팔자도 아니고, 국으로 있는 놈만 병신이다. 선생들은 패지, 애들은 쪼지, 주먹으로 못 잡을 바에야 뜨는 게 장땡이다. 집에 있어 봐야 대학 못 갔다고 어이구 불쌍한 내 새끼

하면서 카페 하나 차려줄 재산이 있기를 하나, 그저 밖에서 구르는 게 집도 좋고 지도 좋은 거지. 부모들만 애들이 돌빡인 줄 안다. 우리도 눈치로 다 때려잡는다. 다 지 갈 곳을 알고 그쪽으로 흘러가면서 구겨지는 거다. 아줌마, 걱정 마세요. 아줌마 아들 그 새끼도 어디 가서 아줌마 같은 사람한테 밥 잘 얻어먹고 있을 테니까요.(「비상구」, 155쪽)

인용한 대담을 읽고 나면, 김영하 소설에 재현된 하위계급 젊은이들의 삶을 다시 되돌아보게 된다. 『나는 나를 파괴할 권리가 있다』의 동생 K도 일찍 가출하여 카센터 등을 전전하는 인물이지만, 그와 같은 배경을 더 실감케 하는 인물들을 「비상구」에서 찾아볼 수 있다. 예컨대, 위 장면에서 제시되고 있는 것은 주방 아줌마의 사연이다. 아줌마와 그녀의 아들은 "가끔 연락"만 하고 살고 있다. 아줌마의 아들은 십오 세에 집을 나갔고, 모자(母子)가 그 일부였을 가족은 해체되었다. 이 장면에서 모성은 외동아들을 염려하지만, 그녀의 이야기를 매개하는 일인칭 서술자 '나'는 자신의 처지에 견주어 아들의 삶을 단박에 이해한다. 아줌마의 아들은 마치 '나'처럼 여관방의 장기투숙객과 같이 불안정한 하위주거트랙을 전전할 것이다. 어떤 측면에서 그들은 십 년 후 「갑을고시원 체류기」(박민규)등과 같은 소설들에 출몰할 청춘의 원조들이지만, 체념적이라기보다는 도발적이다. 그들은 상류 가정의 아이들이 아니지 않은가, 전망 없는 미래를 뒤로 하고, "지 갈 곳"을 찾아 나가는 것은 차라리 현명한 선택이다. '나'가 보기에 그것은 아줌마도, 아들도 생존하게 하는 최선의 구제 방편이다. '나'는 논평한다. "그저 밖에서 구르는 게 집도 좋고 지도 좋은 거지."[8]

---

8) 김영하 소설에서 집을 나온다는 것은 학교를 그만둔다는 것과 다르지 않다. 예컨대, 『나는 나를 파괴할 권리가 있다』에서 K와 세연에게 있어 가출과 퇴교는 동시에 이루어지고 거리의 삶이 시작된다. 가정과 학교의 체험은 그들에게는 폭력의 악순환이다. 가출의 이유를

부정적인 인과관계로 몰아가는 것을 주의하면서도, 김영하의 초기작들에서 비교적 일관되게 재현되고 있는 주변부 젊은이들의 가족 관련 전사(前史)에 대해서 짚어둘 필요가 있겠다. 「비상구」의 경우에, 인물들의 네트워크 안에서 모성은 작동한다. '나'에게 아줌마는 "툭하면" 밥을 챙겨주고, '나'는 그만의 방식으로 그녀를 위로한다. 자연스럽게 독자는 아줌마의 아들도 그와 같은 보살핌을 어딘가에서 받고 있을 거라고 짐작할 수 있다. 하지만 이러한 관념이 김영하 초기작의 모성에 대한 시각을 대표하고 있다고 보기는 힘들다. 부권이 붕괴되고 모성이 생계를 짊어져야 하는 경우에, 노동하는 모성의 고통은 다른 누구도 아닌 자식들에게 투사되거나 전가된다. 어머니와 아들은 서로의 빈곤을 반사하는 거울상에 다름없다.

　　「내 사랑 십자드라이버」에서 서술자 '나'는 분노를 실은 비난의 목소리로, "엄마"에 의해 양육된 자신이 온당한 돌봄을 받지 못했다고 회상한다. 아버지가 일찍 돌아가셨다고 들었지만 '나'는 그것이 "거짓말"일 것이라는 의혹을 버리지 못한다. 혹은 아버지가 가출한 것이 진실이라 해도 그 또한 '나'는 이해할 수 있다. '나'에게 엄마는 "정말 견디기 힘든 여자"이기 때문이다. 노동하며 자신을 부양하는 엄마는 아들이 생각하기에 문란한 동시에 폭력적이다. 엄마는 울며, 화내며 말한다. "이 지랄 맞은 놈아. 너만 안 들어섰어도 내가 이 팔자가 안 됐어야."(100쪽) 어머니와 아

묻는 K에게 세연이 하는 다음과 같은 이야기는 그들이 거리의 삶을 택한 이유를 선명하게 보여준다. "학교에 갔더니 한 선생이 나보고 넌 왜 책이 없냐고 물었어. 아버지가 찢어버렸다고 그랬더니 너희 아버지는 왜 책을 찢느냐고 묻더라. 그래서 술만 먹으면 책을 찢는다고 그랬더니 날더러 거짓말을 한대. 아니라고 소리를 질렀더니 선생님한테 대든다고 맞았어. 그날부터 학교에 나가지 않았어. 학교에 계속 결석하자 선생이 집으로 전화를 했고 다시 집에서 엄마에게 죽을 만큼 두들겨맞았던 것 같아. 그래서 집도 나왔지. 나오니 천국이었어. 간섭하는 인간도 없고 술도 마시고 옷도 사입고 남자애들과 잠도 자고."(『나는 나를 파괴할 권리가 있다』, 39쪽)

들이 서로의 책임을 묻는 처절한 대화는 「총」에서도 유사하게 반복된다. "남편 복 없는 년이 자식 복은 있겠냐"는 어머니에게 "부모 복 없는 놈이 무슨 복은 있을라고"라며 맞받아치던 「총」의 주인공 석태를 보라. 이 소설에서 석태의 어머니는 그의 나이 열 살 때 가출했으며, 그와 어머니는 생애 마지막 장면에서야 해후한다. 석태의 말대로, 그녀는 "너무 빨리 집을 나갔고 너무 늦게 찾아"든다.

「내 사랑 십자드라이버」와 「총」 모두에서 공유되고 있는 가족관계의 원초적인 밑그림은 무엇을 생각하게 하는가. 일반적으로 가족, 특히 어머니와의 일상적인 관계는 타인과의 관계를, 그리고 궁극적으로는 자기 정체성을 학습하는 무대다. 기든스가 "본질적으로 여성화된 사랑"이라는 관점 아래, 낭만적 사랑의 발생을 특히 "부모-자식간의 관계에 일어난 변화" 및 "모성의 발명"과 연관 짓고 있는 것은, 이 소설들이 앞두고 있는 충동적인 파국과 관련하여 암시하는 바가 있다. 더욱이 기든스가 지적하고 있듯이, 낭만적 사랑은 "심리적 안전(security)의 한 형태이자 또한 미래를 통제할 수 있는 잠재적 통로"다. 그러나 「내 사랑 십자드라이버」 등의 소설에서 가족은 경제적인 이유에서 가부장적 권위에서 벗어나지만, 그것을 대체할 모성적 애정(maternal affection)이 부상되지 않는다. 오히려 모성은 심리적으로, 또 물리적으로 인물들을 압박하는데, 이러한 유년기를 통과한 후 이들은 공통적으로 '자동차' '총' 등의 남성적인 사물에 중독되는 경향을 드러낸다.

3. 중독적 유대와 신체의 재구성

우리는 다음 차례로, 작가가 포착해낸 90년대의 사회적 양상들이 문학적 상상력에 의해 어떻게 발전되는지를 짚어 볼 것이다. '총' '십자드라이버' '삐삐' '카메라' '컴퓨터' 등 현대적 도구들을 편력하는 김영하 소설은 "기술공학시대의 모험담"[9]으로 일컬어진 바 있거니와, 비인간적 표상에 인간적인 의미들이 투사되면서 김영하 소설은 보다 흥미로운 내러티브를 구축한다. '총' '십자드라이버' 등과 연관된 소설의 상상은 유아적이면서도 신체적이며, 젠더화된 탐닉이라는 측면에서 성적인 동시에 쾌락적이다. 단적으로 말해, 그것들은 인물들에게 있어 실제의 인간관계가 줄 수 없는 고양된 만족을 찰나적으로 제공한다.

"기계가 사람보다 나아요"라고 말하는 「내 사랑 십자드라이버」의 A/S요원 '나'를 먼저 살펴보자. 엄마의 사랑을 받지 못했던 어린 '나'가, 아끼는 대상은 조립식 장난감들이다. 엄마가 손님들 앞에서 부르는 뽕짝 소리가 들려오는 골방에서, '나'는 그 소리를 피해 비행기, 오토바이, 배 등을 조립한다. 유년기의 평범한 장난감 놀이에 불과했을 수도 있었을 습관은, '나'가 애지중지한 항공모함을 엄마가 산산조각 낸 사건을 기점으로 강박적인 것으로 변해간다.

상황이 위와 같으니, 이 소설의 서술자가 "정말이지 기계가 사람보다" 낫다고 피력할 때, 그것은 단지 수사적인 과장에 그치지 않는다. 소설의 도입부에서 '나'가 인간을 "십자드라이버 인생"과 그렇지 않은 인생으로 양분할 때나, "전자제품이나 기계한테 막히는 인간치고 제대로 된 인간이 없"다고 논평할 때, 그것은 그리 이상하게 들리지는 않는다. 삶의 방편인 사물에 대한 애착은 누구나에게 조금씩 있지 않은가. 그렇다면 그런 사물들에는 감정이 깃들어 있다고 생각할 수 있지 않겠는가. 하지만 모두 알다시피, 김영하 소설은 따뜻한 동화적 투사와는 거리가 멀다. '나'가 바로 다음 순간 "그런 무성의하고 무책임한 인간들 보면 정말 쏴죽이고 싶

9) 신수정, 「문학을 되돌아보는 문학」, 『푸줏간에 걸린 고기』, 문학동네, 2003, 121쪽.

어요"(96쪽)라고 하는 것에서 볼 수 있듯이, '나'라는 인물은 기계에 대한 특별한 정념을 인간에 대한 적대적인 폭력에 잇대어놓는다.

차야 다시 사면 되잖아. 인간들이 다 그렇게 말하는 거예요. 아무도 캐리가 저한테 얼마나 소중한 존재였는지 관심조차 없는 거예요. 캐리는 결국 폐차처분을 받았죠. 캐리가 폐차장으로 가던 날, 조수석 앞 수납함에 있던 음악 테이프들을 꺼내러 들어가니까 갑자기 왜 그렇게 눈물이 나는지. (……) 철들고 나서 그렇게 서럽게 울어보긴 처음이었어요. 그 다음주에 회사에서 누가 그 여자애 소식을 전해주더군요. 뇌수술이 끝났는데 그 결과로 좌반신에 마비가 왔다나 뭐라나. 그거야 다 지 팔자죠. 그 여자야 어찌 됐든 폐차장에 가서 납작하게 찌그러졌을 차 생각만 나는 거예요. 제가 그런 놈이에요. 욕하시겠죠? 하려면 하세요.(「내 사랑 십자드라이버」, 114~115쪽)

'나'의 심리적 저변을 유추할 수 있는 과거의 이야기를 하나 더 살피기로 한다. '나'는 스물세 살 때 중고차 한 대를 마련했다. 그가 붙인 자동차의 이름은 캐리. 그에게 자동차는 "인간이 만들어낸 기계 중에서 제일 멋진 기계"다. 제일 멋진 그 기계로 '나'는 한 여자아이를 동승객으로 태우고 미사리로 향했다. 그러다 사고가 발생한다. 여기서 주목할 것은 그 사건을 전달하는 서술자 '나'의 태도다. 서술시점에서, 그 여자아이가 어떻게 만난 사람인지조차 기억하지 못하는 '나'이다. 그러나 이와는 대조적으로 '나'는 자동차를 '캐리'로 인간화할 뿐 아니라, 마치 한 인간의 생애를 추도하듯이 캐리의 전기적 서사를 시도한다. 무엇보다 '나'는 캐리에 사망선고를 내린 견인차 운전사를 "쏴죽이고" 싶었다고 고백하고 캐리를 위해 서럽게 울지만, 뇌수술을 받고 좌반신 마비가 온 여자아이에 대해서는 단 한 줌의 연민도 보여주지 않는다.

언뜻 물화(reification)라는 개념을 떠올리게 할 이 에피소드 안에서는, 관습적인 가치의 전도가 일어나고 있다. '나'가 기계와 도구를 인간으로, 반대로 인간을 사물로 여기고 있기 때문이다. 친밀성이라는 관점에서 본다면, 그가 관계하는 대상은 항공모함이며, 자동차이며, 십자드라이버이다. 이러한 애착은 엄마와의 일화가 전형적으로 보여주듯이, 불안과 방어심리에 의해 형성된 일종의 중독 현상으로 드러난다. 항공모함과 함께일 때, 스스로 조립한 라디오와 함께일 때, 7번국도를 자동차와 함께 할 때, '나'는 다른 세상에 있을 수 있다. '나'는 고백한다. "십자드라이버는 저를 새로운 세계로 인도하는 열쇠였습니다."(94쪽)

인물은 현실의 결핍을 일시적으로나마 보상받는다. 그러나 바로 그렇기 때문에, 그 과정이 누적되면 더 이상 만족을 얻지 못하는 부정적 피드백이 발생할 수도 있다. 흥미롭게도 김영하 소설에서는, 기계와 인간의 본능이 서로 교환되는 국면으로 전환된다. 예컨대, 자동차의 스피드가 자신의 스피드이고, 자동차의 신경이 자신의 신경이고, 자동차의 호흡이 자신의 호흡이다. 자동차, 그것이 곧 자신이다. 예컨대, 총알택시 운전사가 된 『나는 나를 파괴할 권리가 있다』의 K는 "시속 백팔십 킬로미터"를 가리키는 속도 속에서 "현실감"이 사라진다. "그는 차선을 변경하며 그 트럭을 추월해가고 그 순간 그의 모든 신경이 칼날처럼 곤두섰다. 그의 성기는 다시 발기하고 머릿속은 텅비어버린다. 그의 모든 근육은 스텔라TX와 호흡을 함께한다. 그것은 본능적이다."(29쪽) 이렇게 하여 기계와 인간, 그 '관계'의 재구성은 '신체'의 재구성으로 옮아간다.

저는 가끔 사이보그가 되는 꿈을 꾸곤 했습니다. 손가락 하나하나가 공구로 되어 있는, 엄지손가락은 렌치, 집게손가락은 십자드라이버, 가운뎃

손가락은 일자드라이버인 그런 사이보그 말입니다. 꿈속에서 제 손가락들은 바람소리 나도록 움직이면서 수많은 기계들을 분해했다가는 다시 조립하면서 새로운 것들을 만들어내죠. 멋지지 않아요?(「내 사랑 십자드라이버」, 94쪽)

이제 인간은 기계다, 사이보그다. 위 인용문에서 '나'는 "손가락 하나하나가 공구로 되어 있는" 사이보그로 변주된다. 이것은 물론 꿈인데, '나'는 자신이 "사랑"하는 여대생 '당신'을 분해하고 조립하는 꿈을 꾸기도 한다. 꿈속에서 '당신' 몸을 자세히 들여다보니 나사들이 보이기 시작한다. '나'는 십자드라이버로 '당신' 몸 곳곳의 나사를 빼서 분해하다가 끝내 아무것도 없다는 사실을 발견하고 공포에 휩싸인다. 해체된 '당신'의 몸을 다시 조립하자 '당신'은 "전혀 다른 여자"가 되어 있다. 누구이겠는가. "바로 우리 엄마였어요."(98쪽)

이 꿈의 고백을, 그와 기계의 관계를 우리가 인간적인 것으로 치환할 수 있다면, 중독적 유대(addictive ties)에 견주어 볼 수 있다. 이 소설의 '나'는 '당신'의 일상을 관찰하고 감시하지만, 친밀성의 전제 조건인 서로 간의 개방이 원천 봉쇄되어 있다. 기든스가 논의하고 있듯이, 타자에 대한 개방은 그것이 하나의 의사소통인 한, 역설적이게도 개인적인 경계를 요구한다. 분해와 조립이 마음대로 가능하다는 것은, 그러한 경계를 '나'가 수용할 수 없음을 단적으로 드러낸다. 하지만 그와 같은 방식으로 자아와 타자가 '관계 외적인 것'에 의존하지 않는 관계(pure relationship)을 형성할 수 있겠는가.

이 기계-인간이 꿈에서 맞닥뜨린 얼굴은 그가 맺고자 하는 관계들이 다름 아닌 "우리 엄마"와의 관계에 고착되어 있다는 사실을, 나아가 기계와의 유대란 그가 끔찍이 증오하는 엄마와의 영원한 공존의 다른 이름일 수 있다는 사실을 유추하게 해준다.

4. 사이보그의 관

「총」 「내사랑 십자드라이버」 등은 모두 현재 시점의 주인공들이 일으킨 우발적인 살인사건을 서사의 동력으로 삼는다. 그런데 이 인물들은 「내 사랑 십자드라이버」에서 간단히 살펴보았듯이, 과거의 한 시점에 교통사 고로 인한 상해, 사망 사건과 연루된 경험을 공유하고 있기도 하다. 김영 하 소설에서 승용차, 오토바이 등에 몸을 싣고 폭주하는 사례를 수집하는 것은 어려운 일이 아니다. 중고 엑셀 승용차로 자유로를 질주하던 「비상 구」의 인물들이 보여주는 것처럼, 미성숙한 젊은이들의 혼돈을 그만큼 잘 체감하게 하는 삽화도 드물 것이다. 그러나 그러한 상승의 경험은 급격한 하강, 말하자면 죽음의 경험과 쉽게 포개진다. 예를 들어, 「손」에서 "사춘 기의 불안과 출구 모르는 열정"을 상기하게 하는 동생의 피투성이 손만 해도 그렇다. 「손」에서 주인공의 동생은 강변도로를 질주하다가 중앙선 을 넘었고, 트럭과 정면충돌해 사망했다.

한 여자가 있었다. 삼 년 전이었고 그의 나이 열아홉이었다. 그들은 본드 를 불었다. 고가도로가 그늘을 드리우는 개천가였고 거기서 그들은 행복했 다. 그녀가 그의 앞에서 날아다녔고 그도 그녀를 따라서 하늘을 떠다녔다. 불행한 것은 그들에게 오토바이가 있었다는 것뿐이었다. 그녀를 등뒤에 태 우고 늘 그들에게 그늘만 드리우던 고가도로 위로 오토바이를 몰았다. 멀 리 승용차의 브레이크 등이 보였다. 빨갛고 예뻤다. 그가 가질 수 없는 것 이어서 더 그랬을 것이다. 그 브레이크 등으로 접근했다. 그다음 순간 그녀 와 석태는 다시 하늘을 날았다. 아주 긴 시간이었다. 그렇게 날아가면서 아

주 잠깐 그녀의 모습을 본 것 같기도 하다.(「총」, 124쪽)

"총만큼 아름다운 건 없었다"고 이야기하는 「총」의 석태는 탈영하여 현재 한 중산층 거실에서 네 명의 가족을 볼모로 잡고 있다. "어쩌다 여기까지 오게 됐을까"라는 질문과 함께, 석태의 지난날이 교차 편집된다. 시간을 거슬러올라가 독자는, 열아홉 살 석태가 일으킨 오토바이 사고로, 동승한 여자가 현장에서 즉사한 사건과 만나게 된다. 본드를 함께 흡입한 그녀와 고가도로 아래의 개천가를 달렸던 석태를 묘사하는 대목에서, 사고의 원인으로 지목되는 것은 멀리서 보이는 "승용차의 브레이크 등"이다. "가질 수 없는 것"에 다가가려던 무의식적 몸짓은 여성 희생양을 동반한 처벌과 함께 끔찍하게 막을 내린다. 논의를 이어가 보자. 『나는 나를 파괴할 권리가 있다』에서 카센터에서 일하는 지난날의 K에게 있어, 가질 수 없는 그것은 '람보르기니'와 '포르셰'다. 카센터의 골방에서 "기껏해야 최고 시속 백팔십이 고작인 차를 끌고 와서 별것도 아닌 고장에 호들갑을 떠는 이들"을 가소로워했던 그는 실제 포르셰 운전자를 만나고 포르셰의 "힘찬 그 음색"을 잊지 못한다. 흥미롭게도 K는 포르셰를 타고 다니는 남자를 목격한 이후 "그때 처음 살인을 하고 싶어하는 자신"을 발견하고, 그 충동을 스스로 놀라워한다.

어쩌다, 어쩌다 여기까지 오게 됐을까? 사십대의 가장은 왜 죽어 널브러지고, 비틀스를 좋아하던 여고생은 왜 내 몸 아래에서 죽어가고, 집 나간 어미는 죽을 자식을 보러 오고, 공포에 질린 특공대는 이미 죽은 몸 위에 총알을 쏟아붓고 왜 사람들은 사람들의 이야기를 들어주지 않고, 왜 나는 사람들을 죽게 만들고, 왜……?

석태가 중얼거리는 동안 인터폰에서는 계속 음악이 흘러나온다. 즐거운

곳에서는 날 오라 하여도 내 쉴 곳은 오직……(「총」, 146~147쪽)

일련의 소설들에서 인물들이 보여주는 기계에 대한 애착은 은밀한 방식으로 계급적 박탈감과 연관된다. 이 소설들이 과거와 현재를 오가며, 과거에서 현재의 원인을 탐색하고 발굴하려 하는, 자기 정체성의 서사라는 점에서도 그러하다. '총' '십자드라이버' '자동차' 등을 애호하고 전문가를 자처하는 것은, 이를테면 라이프스타일의 측면에서 자기 자신을 증거하려는 시도의 일환으로 읽을 수 있다. 그런데 인간의 삶이란, 보다 넓은 영역에서 자신의 선택지(life-style options)를 협상해야 하는 것이기도 하다. 예컨대 자동차가 자신의 존재를 규정하는 것일 수 있지만, 그 선택이 자신에게 익숙한 삶의 영역 바깥에서도 늘 통용될 수 있는 것은 아니다. 「나는 나를 파괴할 권리가 있다」에서 람보르기니 포스터를 간직하고 있었던 K의 자긍심이, 눈앞의 포르셰로 인해 무너지고 마는 것처럼.

그렇다면 「총」은 어떠한가. 지금 탈영병 석태 앞에는 "여덟시 반 저녁 드라마에 나오는 가족들"이 있다. '골프웨어' '주부'의 '통원피스' '뻐꾸기 시계' '붓글씨 족자', 그리고 무엇보다 '식탁' 등의 기호들로 구성된 가족은 그가 간절히 원했으되 가져보지 못한 것이다. 「총」에서 탈영병 석태는 사십대 가장을 죽이고 당황하는데, 소설 속에서 그 사건은 "소총의 조종간이 자동으로 맞춰져" 있었기에 발생한 "불행"으로 묘사되고 있다. 하지만 그가 보기엔 "한 사람을 죽이고 세 명의 목숨을 담보"로 총을 쏘기 시작한 후에야 "세상이 갑자기 그를 알아주고 그와 소통하기 시작"한 것이나 다름없다. 결과론적으로 관찰할 때, 그가 사십대 가장의 목숨과 교환한 것은 무엇인가. "언제부터 너희들이 우리 가족의 삶에 그토록 관심이 많았더냐"는 석태의 분노나, '즐거운 나의 집'이 울려퍼지는 가운데 참혹한 난장판으로 변한 거실의 풍경은, '스위트홈'의 판타지가 불평등의 산물일 수 있으며 바로 그런 이유로 박탈당한 외부자에 의해 와해될 수 있다는 위기감을 투영한다.

  사랑입니다. 제 사랑이 당신으로 하여금 그 차가운 냉장고 속에서 영원히 살아가게 만든 것이었습니다. 그 냉장고는 당신의 관이자 집이 된 것입니다. 제 사랑 때문이었습니다. 당신의 팔과 머리와 다리가, 비록 살아 있을 때처럼 온전하게는 아니지만 그래도 함께 기거하게 된 것은 바로 제 사랑이 빚어낸 일이었습니다. 용서하시리라 믿습니다.
  그리하여 다시 한번 말합니다. 사랑합니다. 영원히.(「내 사랑 십자드라이버」, 117~118쪽)

이제 마지막으로, 하나의 사랑 고백을 들을 때가 되었다. 그 사랑은 섬뜩하다. 「내 사랑 십자드라이버」는 단순히 말해, "술집 여자"인 '당신'을 혼자 사는 여대생으로 오인하고 스토킹하다 살해한 한 남자 살인자의 이야기이다. '나'는 진실한 사랑을 말하지만, 독자는, 그리고 살해당한 '당신'은 그것이 사랑이라고 수용할 수 없다. 물론 그의 정념은 그 누구보다 강렬하다. 그러나 '관계'의 지속에서 중요한 것은 그것에 내포된 정념의 깊이가 아니라 서로 간의 앎의 깊이가 아니던가. 슈츠를 빌어 말하면, "친밀성의 정도는 앎의 신뢰성의 정도와 비례하는 것이다".[10] 다시 말해, 그것은 정의적 차원의 문제가 아니라 인식적 차원의 문제이다. 서로에 대해 신뢰할 만한 지식을 공유할 때, 관계는 안정적인 단계로 넘어간다. 하지만 이미지만으로 상상한 '당신'이 '당신'이 아닐 때 어떤 길이 남아 있는가. 「내 사랑 십자드라이버」의 '나'는 그 이미지를 영원히 박제하는 길

---

10) 김광기, 「대면적 상호작용, 기러기아빠, 그리고 이방인 : 가족의 친밀성 변화에 관한 사회현상학적 소고」, 『현상과인식』 2009년 봄/여름호, 182쪽.

을 택한다. 최종적으로 '나'가 완성하는 집, 당신과 동거하는 '집'은 '관'이고, '관'은 '집'이다. 얼어붙은 관의 이미지를 집에 투사할 때, 다분히 병리적으로 장면화된 그것이 바로 작가가 찾아낸 우리 사회의 한 단면이 아닐까.

지금까지 이 글은 김영하의 초기작들에서 젊은 인물군을 두 가지 계열로 나누어, 그중 한 계열을 집중적으로 검토해보았다. 이 글에서 살펴보지는 않았으나, 90년대 김영하의 초기 소설을 놓고 본다면, 룸펜에서 아티스트에 이르는 다른 한 계열도 주목할 만하다. 대표작이라 할 수 있는 「도마뱀」과 「호출」이 이 범주에 든다. "그런 면에서 어제의 그녀는 얼마나 산뜻한가"라는 「호출」 속 한 구절이 보여주듯이, 그 이야기들은 가장 내밀한 관계를 환상 혹은 상상 속에서 직조해낸다. 그러면서 아울러, 가부장제의 기호체계 바깥에서 독신여성이 상상적 열락을 도모하는 「도마뱀」의 서사처럼 탈규범적이다.

「호출」 「도마뱀」 등은 이미 신인류에 대한 날렵한 스케치이자, 기존 가치체계에 대한 일탈과 저항이라는 측면에서 자주 언급되었다. 그러나 이와는 대조적으로 「내 사랑 십자드라이버」와 「총」 등이 이루고 있는 다른 하나의 계열, 즉 하층 계급 젊은이들이 맞닥뜨리고 있는 (그들을 형성한, 혹은 그들이 형성할) 집의 붕괴가 깊이 있게 다루어진 사례는 찾아보기 힘들다. 하지만 이 소설들은, 우리가 알고 있다고 믿었던 90년대에 대해 다음과 같은 질문을 던지게 한다. 90년대 도시의 한쪽에서는 담론적으로, 또 실제적으로 친밀성의 새로운 신화가 성채를 쌓아가고 있을 때, 도시의 다른 한쪽에서는 그것의 설계와 건축이 완전히 불가능하다는 사실이 폭로되고 있었던 것은 아닌가. 도시를 부유하는 나른한 상상적 만족과는 다른 지점에서, 이들이 드러내고 있는 관계의 늪은 우리 자신의 삶과 공동체를 되돌아보게 한다.

허망한 아름다움의 서사
― 쥬네트의 서사론으로 본 성석제의 초기 단편소설

신수정

1. 서론

1994년 엽편에 가까운 짧은 소설 모음집 『그곳에는 어처구니들이 산다』를 상자한 성석제는 1995년 계간 『문학동네』에 단편 「내 인생의 마지막 4.5초」를 발표하며 본격적인 소설가의 길을 걷기 시작한다. 소설집 『새가 되었네』『재미나는 인생』『아빠 아빠 오, 불쌍한 우리 아빠』『호랑이를 봤다』『홀림』『황만근은 이렇게 말했다』『번쩍하는 황홀한 순간』『어머님이 들려주시던 노래』『참말로 좋은 날』『지금 행복해』『인간적이다』 등과 『왕을 찾아서』『궁전의 새』『순정』『인간의 힘』『위풍당당』 등의 장편소설, 산문집 『즐겁게 춤을 추다가』『소풍』『농담하는 카메라』『칼과 황홀』 등은 성석제를 우리 시대의 대표적 소설가로 자리매김한 근원이다.

이제까지 성석제의 소설은 주로 농담, 웃음, 향수 등의 키워드를 중심으로 소설의 서사적 윤리를 탐구하는 방향에서 연구되어왔다.[1] 이와 더불

---

1) 우찬제, 「농담 혹은 이야기의 즐거움」, 『문화예술』, 2001. 2; 류보선, 「스러진 세계에 대한 동경」, 『경이로운 차이들』, 문학동네, 2002; 서영채, 「깡패, 웃음, 이야기의 윤리」, 『문학

어 성석제 소설에 나타나는 다양한 서술 실험이 고전적인 서사 장르, 예컨대 전(傳)이나 소화(笑話), 우화(偶話) 등과 어떤 친연성을 맺고 있는지[2] 규명하거나 이야기의 구술성이 기존의 소설문법의 한계를 어떻게 반성, 비판하고 있는지 분석하고 있는 서사론적 차원의 연구[3]도 적지 않다. 성석제의 소설을 당대의 맥락에서 떼어내 김유정이나 채만식 홍명희 등과의 문학사적 연속선상에서 조망하고자 하는 연구 등은 그의 소설을 통해 우리 소설사의 또다른 계보를 상상해볼 수 있는 가능성을 제시하기도 한다.[4]

어떤 방향의 연구가 됐든, 그가 아직 왕성하게 활동하고 있는 현역 작가라는 사실을 감안할 때, 그에게 쏟아지는 학계와 비평계의 남다른 관심은 그의 소설의 의미와 가능성을 드러내기에 충분하다고 여겨진다. 다만 이제까지의 연구가 그의 소설들을 지나치게 기존 소설 관습으로부터 이탈하고자 하는 소설적 변종의 하나로 취급하고 있다는 사실은 다소 아쉬운 점 가운데 하나다. 그의 소설은 기존의 서사문법으로부터 벗어나고자하는, 소위 '탈주의 에토스'에 충실한 면이 없지 않지만, 그와 함께 이제까지의 소설 장르가 구축해온 서술의 형식을 그 틀 내에서 변형, 갱신하고자 하는 '보존의 파토스' 역시 강렬하게 드러내고 있기도 하다. 그런 의

의 윤리』, 문학동네, 2005; 정과리, 「누가 웃나, 그리고 그녀는 왜 우나?—성석제의 『홀림』에 대하여」, 『네안데르탈인의 귀환』, 문학과지성사, 2008; 황종연, 「시장사회의 돈키호테」, 『문학동네』 2008년 가을호.

2) 이광호, 「서사는 가끔 탈주를 꿈꾼다」, 『소설은 탈주를 꿈꾼다』, 민음사, 1998; 김해민, 「성석제 소설의 기법 연구」, 고려대학교 석사학위논문, 2006; 하라현, 「인물 전 양식을 활용한 서사교육」, 이화여자대학교 석사학위논문, 2011.

3) 신수정, 「잃어버린 목소리를 찾아서」, 『푸줏간에 걸린 고기』, 문학동네, 2003; 김형중, 「마술—성석제론」, 『켄타우로스의 비평』, 문학동네, 2004; 장경렬, 「'글'에 저항하는 '말'의 세계로」, 『응시와 성찰』, 문학과지성사, 2008.

4) 전흥남, 「김유정과 성석제의 거리—소설에 나타난 해학성을 중심으로」, 『한국언어문학』 47, 2001.

미에서 정색을 하고 성석제 소설에 나타나는 서사적 관습의 전통과 해체, 그것의 재구성의 양상을 제라르 쥬네트의 서사론에 의거해 분석해보는 것도 의미 있는 작업이 될 것이라 판단된다.

쥬네트는 서사담론(narrative discourse)의 분석을 본질적으로 서사(narrative)와 스토리(story)의 관계, 서사와 서술하기(narrating)의 관계, 그리고 서사담론 속에 새겨진 스토리와 서술하기의 관계를 연구하는 학문[5]으로 규정한다. 그 역시 서사를 플라톤적인 의미에서의 말하기(diegesis)와 모방(mimesis)의 차원으로 나누고 있지만 그러한 구분이 절대적이라고 생각한 것은 아니다. 그에게 있어 스토리(story)와 서사(narration)의 구분은 그것의 상관관계를 분석하기 위한 기능적인 것일 뿐이다. 그가 말하기(telling)와 보여주기(showing)라는 구조주의의 이분법적 도식을 극복할 수 있었던 것은 바로 그 때문이다. 그는 모더니즘이 거부한 저자를 '서술자'로 되살려내고 서술의 시간성과 관점을 서사담론의 주요 요소로 복권시킨다. 따라서 그가 이야기하는 '서사담론'이란 그의 책 제목이기도 하지만 그가 창시한 서사론의 내용이기도 하다. 모든 이야기는 객관적이고 가치중립적인 것이 아니라 특정 관점에서 전달되는 저자의 담론이기도 하기 때문이다.[6]

성석제의 몇몇 단편을 중심으로 그의 소설에 나타나는 시간의 서술 양상을 분석하고자 하는 이 글은 쥬네트가 러시아 형식주의자들의 슈제트(syuzhet) 개념을 재해석하여 서술의 중요한 요소로 복원시킨 순서(order), 지속(duration), 빈도(frequency) 등을 중요한 분석도구로 활용한다. 쥬네트에 따르면 스토리 시간과 서사 시간 사이의 가능한 관계는 순서(사건들은 시간 순서로 발생하지만 다른 순서로 서술된다), 지속(서술

---

5) 제라르 쥬네트, 『서사담론』, 권택영 옮김, 교보문고, 1992, 18쪽.

6) 권택영, 「서사론과 서사형식: 쥬네트와 메타픽션」, 『미국학논집』 41권 2호, 2009, 43쪽.

은 순간적인 경험에 상당한 지면을 허용하는가 하면, 몇 년을 압축하여 간단히 요약하기도 한다), 빈도(서술은 단 한 번 일어났던 사건을 계속 반복해서 언급하거나, 일어나는 대로 사건을 반복해서 언급하거나, 자주 일어났던 사건을 단 한 번만 언급할 수도 있다) 등 세 개의 용어로 분류될 수 있다. 이 글 역시 성석제의 단편을 시간의 순서와 지속, 빈도 등에 따라 분석함으로써 그의 소설담론이 궁극적으로 드러내고자 하는 서술 의도를 포착하고 이를 통해 성석제 소설의 서술적 특징을 추출할 수 있으리라 믿는다.

2. 순서 : 소설가의 탄생

성석제의 단편소설들은 시간 순서로 발생한 사건들을 극단적으로 뒤집어 서술하는 경우가 많다. 사실, 등단작이라고 할 「내 인생의 마지막 4.5초」(1995)부터 이런 '시간적 왜곡'의 산물이다. "자동차 한 대가 떨어지고 있다. 막 떨어지기 시작했다"[7]라는 문장으로 시작하는 이 소설은 자동차 추락 장면에서부터 시작해 "바퀴가 공중에 들린 지 0.5초 후"[8]를 서술하고 다시 0.2초 후 한 사내가 자신이 지금 추락하고 있다는 사실을 인지하는 상황을 재현한다. 여기까지는 사건 발생과 관련하여 시간 순서상 무리가 없다. 그런데 이후 소설은 갑자기 과거로 돌아가 ㄷ시의 큰 형님이 보내온 대형 화환과 그의 동료, 선후배 들의 화환이 즐비했던 그의 결혼식 장면을 회고한다. 이 회고가 끝나면 다시 현재로 돌아와 포물선 단계에 접어든 자동차의 추락과 그것을 알아채기 시작한 한 남자의 인식을 서술한다. 그리고 다시 플래시백(flashback). 여섯 살 때, 구호물자로 나누어준 이웃집 아이의 장화를 빼앗으며 시작된 그의 일탈이 열다섯 살 무렵

---

7) 성석제, 「내 인생의 마지막 4.5초」, 『내 인생의 마지막 4.5초』, 강, 2003, 9쪽.
8) 성석제, 「내 인생의 마지막 4.5초」, 같은 책, 10쪽.

인근 도시로의 가출로 이어지는 과정에 대한 기억이 삽입된다. 이 회상의 삽입은 마침내 그가 '엄마, 무서워'라는 비명을 지르며 추락하는 자동차와 함께 물에 빠져 죽게 될 때까지 계속적으로 반복된다. 우리는 이 과정을 통해 죽음에 이르기까지의 그의 삶의 전 단계를 시간의 왜곡과 더불어 추체험한다. 그것은 마치 영화 필름을 거꾸로 되돌려 재생하는 것과 흡사하다.

이 파격적인 시간의 왜곡은 비단 이 작품에만 그치지 않는다. 성석제는 사건이 종료된 상황을 먼저 보여주고 그 상황에 이르게 되기까지의 시간의 순서를 뒤섞어 서술함으로써 서사 자체를 재구성하기를 즐긴다.『홀림』(1999)은 이러한 성향이 두드러진 작품집으로, 이 안에 실린 몇몇 단편의 경우, 사건의 발생 순서와 그것의 서술 순서가 역전되어 있는 경우도 적지 않다.

  (1) "왜 우는 거요?"
  여자는 대답하지 않는다. 오히려 거추장스럽다는 듯이 눈을 가리고 있던 손을 떼어버린다. 눈물이 여자의 붉은 볼을 타고 흥건히 흘러내린다. 낯선 사람들 사이에서 보아란 듯 눈물을 흘리는 건 무방비를 넘어 무례하게 보일 수도 있다. 그러나 그 눈물은 남이야 뭐라 하든 내 갈 길을 가겠다는 듯 단호하고 줄기차게 흘러내리고 있다. 그는 알쏭달쏭한 기분으로 찻술을 한 모금 더 마신다.(「해방」,『홀림』, 문학과지성사, 1999, 59쪽.)

  (2) 아이는 차문을 열다 말고 멈칫한다. 아이에게서 스무 걸음 정도 떨어진 곳에 서 있는 한 아이를 본 것이다. 아이는 순식간에 그 아이에게 사로잡힌다.(「홀림」, 같은 책, 119쪽)

(3) 한 여자가 앉아 있다. 가시리로 가는 길목, 협죽도 그늘 아래.(「협죽
도 그늘 아래」, 같은 책, 149쪽)

각기 단편 「해방」(1998)과 「홀림」(1998), 그리고 「협죽도 그늘 아래」
(1998) 등에서 발췌한 위 인용문들은 이 소설들의 서두에 해당된다. 한
여자가 울고 있다(1), 아이에게 사로잡히다(2), 한 여자가 앉아 있다(3)
등의 문장으로 요약될 이 소설들의 서두는 실제적으로는 앞으로 전개될
이야기들의 가장 마지막 단계에 속하는 사건이라고 할 수 있다. 「내 인생
의 마지막 4.5초」가 실제로 발생한 사건 가운데 가장 마지막이라고 할 '자
동차 한 대가 떨어지고 있다'를 소설의 서두로 사용한 것과 마찬가지로,
이들 소설 역시 뒤집혀진 시간 서술을 통해 서사의 긴장을 끝까지 놓치
지 않는 전략을 선택한다. 독자들은 이 뜬금없는 서두를 이해하기 위해
서 소설의 마지막까지 잠시도 한눈을 팔 수 없다. 무엇보다도 과거의 시
간에 적응할 때쯤 다시 현재로 돌아와 '왜 우냐'고 묻거나(「해방」), 무엇
엔가 홀려 있는 아이의 모습을 묘사하거나(「홀림」), '한 여자가 앉아 있
다'라는 문구를 반복(「협죽도 그늘 아래」)하는 서술자의 존재가 과거 이야
기에 대한 몰입을 현저하게 떨어뜨리기 때문이다. 그러나 알코올중독자
의 처절한 사랑 이야기(「해방」)와 소설가가 되기까지의 자전적 이력(「홀
림」), 그리고 기구한 운명을 타고난 한 여자의 일평생(「협죽도 그늘 아
래」) 등이 저잣거리의 흔한 인생유전담에 그치지 않을 수 있었던 것은 바
로 이 시간 순서의 역전에 의한 스토리에의 몰입의 방해, 즉 거리두기에
힘입은 바 크다.
　성석제는 사건의 서술 순서를 그것의 발생 시간으로부터 격리시켜놓음
으로써 익숙한 이야기를 낯설게 만드는 데 성공했다. 시간이 전도된 서술
속에서 지역 깡패의 이야기, 술주정꾼의 한평생, 소설가의 입문기, 청상

과부의 칠십 평생 수절기 등은 익숙하면서도 낯선, 새로운 이야기로 변신한다. 낯설게 하기를 통해 이야기 자체의 고유한 물질성이 부각되고 있기 때문이다. 그런 의미에서 이들 소설의 진정한 주인공은 이야기되는 인물들, 즉 알코올중독자나 아이, 칠순 노인이 아니라 그들에 대한 이야기를 재현하거나 전달하는 '서술자'라고 할 수 있을 것이다.[9] 그렇게 볼 때 성석제의 소설은 이제까지 알려진 것처럼 '이야기꾼'의 면모에 관심을 보이는 서사라기보다 '서술하는 자' 혹은 '기록하는 자' 즉, '소설가'의 탄생에 초점이 맞춰진 서사라고 하는 편이 더 적절할 것이다.

3. 지속 : 순간의 지속, 내성소설의 세계

성석제의 소설들에 나타나는 현재 서사 시간은 지극히 짧다. 「내 인생의 마지막 4.5초」는 제목에서도 짐작할 수 있는 것처럼 자동차가 추락하기까지의 4.5초의 시간을 배경으로 하고 있고, 「해방」은 봄날 오후 어두컴컴한 찻집에 앉아 찻술을 마시며 이야기를 시작하다가 한 여자가 울기 시작하기까지의 시간, 즉 본문에 따르면 삼십여 분 정도에 지나지 않는 시간을 서술 시간으로 설정해두고 있으며, 「홀림」은 아이가 자신의 어린 시절을 꼭 빼닮은 아이를 만나 그의 뒤를 쫓다가 서로 마주보며 웃기까지의 시간, 고작 해봐야 몇 분에 불과한 시간 동안의 이야기를 서술한다. 「협죽도 그늘 아래」 역시 마찬가지다. 이 소설은 칠순 잔치를 막 끝낸 한 여인이 친지와 손님 들을 배웅하고 마을 입구 협죽도 그늘 아래 원목

---

9) 이 서술자와 관련, 이 존재를 노출시키지 않는 일련의 소설들에 비해 「내 인생의 마지막 4.5초」는 소설의 마지막에 "그러나 살아남은 청바지의 입을 빌린 나는 기록하지 않을 도리가 없다"라는 문장을 통해 딱 한 번 자신의 존재를 드러내고 있어 흥미롭다. 「홀림」 역시 어른-아이가 결국 소설가가 되었다는 사실을 서술함으로써 서술하는 자의 존재를 간접적으로나마 드러내고 있기는 하다.

나이테를 한 시멘트 의자에 앉아 잠깐 방심하고 있는 찰나의 시간을 서사 시간으로 설정하고 있다. 이 소설들이 서술하고 있는 시간은 모두 순식간에 지나지 않는다. 짧으면 4.5초, 길어봐야 삼십 분 남짓, 모두 한 시간을 넘지 못한다.

　그러나 이 짧은 시간 동안 이 소설 주인공들의 한평생의 사건들이 서술된다. 성석제는 섬광과도 같은 짧은 찰나의 시간을 잘게 부수고 과거의 기억과 관련된 에피소드를 삽입함으로써 서술 시간을 최대한 늘리는 방식을 선택했다. 소위, 영화의 슬로모션(slow motion)과 같은 효과가 발생하는 것은 이를 통해서다.[10] 쥬네트는 이 늘어난 서술을 '장면'(scene)[11]이라고 부른다. 소설의 서사는 기본적으로 하나 또는 여러 개의 사건들을 이야기하는 언어학의 산물이고, 어떤 서사든, 심지어 『잃어버린 시간을 찾아서』처럼 광범위하고 복합적인 것이라 할지라도 문법적인 의미에서는 동사 형태의 확장에 가깝다.[12] 그러나 '자동차가 떨어진다'(「내 인생의 마지막 4.5초」), '여자가 운다'(「해방」), '아이에게 사로잡힌다'(「홀림」), '협죽도 그늘 아래 한 여자가 앉아 있다'(「협죽도 그늘 아래」) 등의 서사 단위는 이 확장의 측면이 현저하게 약하게 나타난다. 그러다보니 이 단위들은 동사라기보다 형용사의 기능에 가까워지는 측면이 없지 않다. 시간의 경과에 따른 변화의 양상이 보이지 않기 때문이다.

---

10) 그런 의미에서 성석제의 소설들은 쥬네트가 예로 들고 있는 클로드 모리아크의 1963년 작 〈L'Agrandissement〉에 비견할 만하다. 모리아크는 이 분 동안에 걸친 사건을 약 이백 페이지에 걸쳐 서술하고 있는데 이 텍스트의 길이는 사건을 늘인 게 아니라 기억-생략-회상 등 다양한 삽입에 의한 것이다. (제라르 쥬네트, 같은 책, 85쪽.)

11) 제라르 쥬네트, 같은 책, 98쪽.

12) 쥬네트는 『오디세이』와 『잃어버린 시간을 찾아서』를 예로 들며, 두 작품은 '율리시즈는 막 이타카에 돌아왔다'와 '마르셀은 작가가 되었다'와 같은 문장을 수사학적으로 풍성하게 늘려놓은 것일 뿐이라고 주장한다.(제라르 쥬네트, 같은 책, 20쪽)

그런데 흥미로운 것은 한없이 늘어난 이 찰나의 서사 시간에 비해 정작 회상되는 과거의 기나긴 시간은 '생략(ellipsis)'과 '요약(summary)'에 의해 빈번하게 압축되고 있다는 사실이다. 거의 한평생에 해당하는 한 사람의 삶을 회고하기 위해 성석제가 선택한 방법은 과감한 생략이다. 「내 인생의 마지막 4.5초」의 경우, 여섯 살의 탈취 경험 다음 곧바로 열다섯 살의 가출 이야기가 서술되는데, 이때 우리는 여섯 살 이후부터 열다섯 살이 되기 전까지의 주인공 사내의 다른 경험을 알 수 없게 된다. 화자가 생략하고 있기 때문이다. 우리는 화자가 선택해서 들려주는 어느 한 시점의 이야기를 알 수 있을 뿐 생략된 나머지 시간에 대해서는 알지 못한다.

"졌다."
그는 칼을 내던졌다. 친구의 상가에서, 우연히 팔뚝을 다친 사나이는 병원으로 갔고 거기서 수십 바늘을 꿰맸다. 그로부터 오 년 동안 그는 지상에서 가장 용기 있는 사나이로 존경을 받으며 레미콘 트럭을 몰다가 절벽에서 떨어져 죽었다. 절벽에서 차가 굴렀다, 음주 운전을 했다, 과로로 졸음 운전을 했다 등등, 여러 가지 이야기가 돌았지만 어느 것도 사실이 아니다. 그게 사실이 아니라는 걸 아는 사람은 죽은 사람을 빼고 둘뿐이다. 이제 그중 한 사람도 떨어지고 있다. (「내 인생의 마지막 4.5초」, 『내 인생의 마지막 4.5초』, 21~22쪽)

이 인용문에 따르면, 칼로 팔뚝 긋기 내기에서 사내를 이긴 레미콘 트럭 운전사의 내기 이후 오 년부터 죽을 때까지의 시간은 단 한 문장으로 요약된다('그로부터 오 년 동안 그는 지상에서 가장 용기 있는 사나이로 존경을 받으며 레미콘 트럭을 몰다가 절벽에서 떨어져 죽었다'). 뿐만 아니라 화자는 그다음 문장을 통해 레미콘 트럭 운전사의 죽음이 우연이 아니라 사내의 치밀한 계획에 의한 살해임을 폭로하기도 한다('그게 사실이 아니라는 걸 아는 사람은 죽은 사람을 빼고 둘뿐이다'). 조직의 패권 다툼 끝에 친구와 선배 들을 하나둘씩 없애버리는 사내의 잔혹한 캐릭터를 구축하는 데 있어 중요하다면 중요한 이 대목을 한 문장의 요약으로 대체함으로써 성석제는 소설 서술상의 아이로니컬한 속도를 얻는다.

사실, 20세기 이전의 고전적인 소설 서술은 상세히 묘사하는 장면과 압축적 요약 사이의 리듬의 차이를 내용상의 극적 여부에서 찾는 경우가 많았다. 필딩은 서술의 가장 강렬한 순간은 행위가 강조되는 시기와 일치하고 행위가 약화될 때는 멀리 떨어져 바라볼 때처럼 거시적인 안목으로 요약한다는 원칙에 충실했다. 이 원칙은 플로베르의『보바리 부인』에서도 감지된다. 이것이 깨지게 되는 것은 프루스트의『잃어버린 시간을 찾아서』에 와서다. 프루스트는 필딩의 원칙을 완전히 뒤집어놓았다. 주로 이제까지 중요한 장면으로 취급되지 않았던 사건들을 느리게 장면화하는 프루스트의 서술방식은 독자들로 하여금 장면을 통해 극적 행위의 서술이 아니라 온갖 종류의 빗나가는 얘기, 회상, 예상, 유추 반복과 묘사적 부연 설명, 화자에 의한 교훈적 간섭 등을 기대하도록 만들었다.[13]

성석제의 소설들 역시 그러하다. 그의 소설들은 행위의 극적 상황을 상세하게 묘사하는 대신 전체적인 서사의 관점에서 보았을 때 그다지 중요하게 취급되지 않는 주변적인 정황을 가능한 한 길게 늘여서 재현한다. 이는 프루스트가 그러했던 것처럼 그 역시 극적 사건이나 행위의 확장, 즉 성격의 완성에는 그다지 관심이 없음을 말해주는 지표다. 그 대신 그는 다리 난간을 들이박고 크게 포물선을 그리며 떨어지는 자동차나 어두침침한 이층 찻집에 둘러 앉아 지난밤의 숙취를 견디며 이야기를 나누

---

13) 제라르 쥬네트, 같은 책, 98~101쪽.

는 술꾼들, 아이스크림이 녹는 줄도 모른 채 무언가에 홀려 있는 얼굴이 검게 탄 시골 소년, 그리고 치잣빛 저고리와 보랏빛 치마를 곱게 차려입고 마을 입구에 앉아 있는 할머니 등 시간이 우연적으로 마련해놓은 어떤 '순간'에 깊은 관심과 감정적 공감을 표한다. 그에게 "일섬(一閃), 일순(一瞬)의 시간"은 "일생처럼 길게 느껴진다".[14]

그런 의미에서 성석제 소설이 피카레스크 소설의 악당과 같은 주변적 인물들, 이를테면 시골 깡패나 중독자 들과 같은 사회의 하위주체들의 인생에 깊은 관심을 표명하고 있는 작품이라는 이제까지의 믿음은 조금 수정될 필요가 있다. 이 말은 그가 그러한 인물들의 인생유전에 관심을 지니고 있지 않다는 의미가 아니다. 이미 여러 매체를 통해 밝힌 바 있듯이 성석제에게 이 주변적 인물들의 삶은 그 자체 이야기의 근원이라고 할 만하다. 그러나 그렇다고 해서 그의 소설의 관심이 이 인물들의 일생을 복원하는 데 있는 것만은 아니다. 그에게 보다 중요한 것은 그러한 인물들의 삶을 대변하는 생의 어느 한 순간이다. 그는 이 순간을 포착하고 서술하기 위해 온갖 인간 군상들의 이야기에 귀를 기울인다. 그리고 부지불식간에 떠오르는 어떤 장면에 홀린다. 그 순간 소설이 시작된다고 해도 과언이 아니다. 그의 소설이 의식의 흐름과 관련된 내성소설의 관점에서 다시 분석될 필요가 있는 것은 바로 이 때문이다.

4. 빈도 : 반복의 허망한 아름다움

「협죽도 그늘 아래」는 '한 여자가 앉아 있다'라는 문장을 대략 십육 회 정도 반복한다. 그 가운데 네 번 정도는 문체상의 변형이 없지는 않다. 이

---

14) 성석제, 「홀림」, 같은 책, 132쪽. 성석제는 바로 이 순간의 포로라고 할 만하다.

를테면 "일생 동안 수백 번이나 같은 꿈을 꾸어온 여자가 앉아 있다"라는 문장이나 "시집을 가서도 처녀라고 불렸던 여자가 앉아 있다" "언제부터 인가 한 여자가 가시리로 가는 길목에 앉아 있었다", 그리고 "아직은 한 여자가 앉아 있다"(같은 책, 161~176쪽)와 같은 문장들이 그렇다. 사정 이 어찌되었든 이 소설은 가시리로 가는 길목, 협죽도 그늘 아래 앉아 있 는 여자를 서술하기 위해 '한 여자가 앉아 있다'라는 문장을 십육 회 반복 사용하고 있는 것만은 틀림없다. '왜 우는 거요?'로 시작하는 「해방」 역시 이 소설만큼 의식적이지는 않지만 문장의 반복에 있어서는 비슷한 양상 을 보인다. "왜 우는 거요?"로 시작한 이 소설은 '왜 우는 걸까' '왜 울지?' '왜 운거요?' '왜 울었나, 왜 울었나, 왜?' 등으로 서두의 문장을 변형시키 며 동일한 문장을 반복하다가 마침내 소설의 마지막에 이르러 다시 한번 "왜 우는 거요?" 물은 다음 소설을 끝맺는다. '자동차가 떨어지고 있다'를 반복하는 「내 인생의 마지막 4.5초」와 '아이가 아이를 본다'를 다양한 문 장으로 변형, 반복하고 있는 「홀림」까지 포함하면, 성석제 소설에서 동일 한 문장의 반복은 서술의 리듬을 확보하는 중요한 서술 요소 가운데 하나 임을 알 수 있다.

그러나 이들 소설에 나타나는 반복은 쥬네트가 분류해놓은 빈도 유형 상 동일한 것은 아니다.[15] 정도의 차이는 있지만 「협죽도 그늘 아래」를 제

___

15) 쥬네트는 서술의 빈도를 대략 네 가지로 유형화한다. 우선, 단 한 번 일어났던 것을 단 한 번 서술하는 경우, 이를 '일회적 서술'이라고 한다. 두번째, n번 일어난 사건을 n번 서술 하는 경우를 들 수 있다. 세번째 단 한 번 일어났던 것을 n번 서술하는 경우를 생각해볼 수 있다. 이 형태는 순전히 가설적이며 실제 서술에서 행해지기가 쉽지는 않다. 그러나 모던 텍스트들 가운데 이러한 반복 능력에 의존하는 텍스트가 없지는 않다. 로브 그리예의 『질 투』처럼 동일한 사건이 문체상의 변화와 더불어 반복되거나 『라쇼몽』이나 『음향과 분노』처 럼 시점의 변화와 더불어 반복될 수도 있을 것이다. 이런 서술 유형에서 진술의 반복적인 발생은 사건의 반복적인 발생과 전혀 일치하지 않는데 이것을 '반복적인 서사'라고 부른다. 마지막으로, n번 일어난 사건을 단 한 번, 혹은 한 번에 서술하는 경우가 있는데 이를 유추

외한 세 편의 소설들은 소위 n번 일어난 사건을 n번 서술하는 유형에 가깝다. 그러나 「협죽도 그늘 아래」는 단 한 번 일어난 사건을 n번 서술하고 있는 '반복적 서사'라고 할 만하다. 한복을 곱게 차려 입은 한 여자가 협죽도 그늘 아래 앉아 있는 것은 단 한 번 발생한 사건이다. 그런데 이 소설은 그 일회적 사건을 약 십육 회에 걸쳐 반복 서술함으로써 그것을 본래의 기의로부터 이탈하도록 만든다. 그 결과 한 여자가 앉아 있다는 사실은 단순히 어떤 상태에 대한 재현이나 묘사가 아니라 어떠한 의미도 지니고 있지 않은 '후렴구'와 같은 역할을 하게 된다. 성석제는 '결혼을 하고도 처녀라고 불리는' 한 여자의 삶을 이 '후렴구'를 통해 '노래'로 완성하고 있는 것이다.

그런데 이 노래가 된 서사가 이 여인의 삶에 대한 어떠한 찬미나 애도도 아니라는 사실에 주목할 필요가 있다. 「협죽도 그늘 아래」의 반복적 서술은 실제의 삶에 있어서는 단 한 번 일어난 사건을 서술상으로만 반복하고 있는 것이다. 그러나 서술 전략이 가져온 효과는 주제의 차원에 육박할 만큼 강력하다. 독자들은 이 반복적 서술을 통해 이 여인이 '날마다' 혹은 '평생 동안' 가시리로 가는 길목, 협죽도 그늘 아래 앉아 있어왔다는 사실을 '유추'해낼 수 있게 된다. 쥬네트가 '유추 반복 서술'[16]이라고 명명한 바 있는 이 서술방식은 이 여인의 삶이 누군가를 기다리는 일의 연속이었음을 상기시켜준다. 이 여자는 혼례를 치른 후 곧바로 전쟁터로 나간 남편을 기다리며 칠십 평생을 처녀 아닌 처녀로 살아왔다. '한 여자가 앉아 있다'라는 문장의 반복적 서술은 바로 이 사실을 각인시키며 이 여자

반복 서사라고 부른다. 이 서술 유형은 '날마다' 혹은 '일주일 내내' 등의 어구를 사용하여 한 문장 속에 모든 것을 담는 방식을 강구하게 된다.(제라르 쥬네트, 같은 책, 103~116쪽.)
16) 이 용어는 시간과 관련된 서술성을 분석하는 데 있어 쥬네트의 득의의 영역이라고 할 만하다.

의 인생에 깃들어 있는 반복의 헛됨을 상기시킨다.

> 한 여자가 앉아 있다. 가시리로 가는 길목, 협죽도 그늘 아래. 그 여자는 일생 동안 협죽도 그늘 아래에서 자신의 시간이 아닌 듯한 여분의 시간에 자신이 아닌 듯한 여분의 자신을 생각해본 적이 없었다. 지금이 바로 그 순간이다. 한없이 긴 듯, 일순처럼 짧은 방심의 시간. 여자는 그걸 깨닫고 놀란다. 느닷없이 우리 밖으로 나오게 된 짐승처럼 사방을 살핀다.(「협죽도 그늘 아래」, 같은 책, 176쪽)

「협죽도 그늘 아래」의 마지막, 여자는 이제까지와는 다른 방심의 시간을 맞본다. 그것은 자신의 일생이 자신의 것이 아닌 듯하다는 깨달음과 무관하지 않다. '그 여자는 일생 동안 협죽도 그늘 아래에서 자신의 시간이 아닌 듯한 여분의 시간에 자신이 아닌 듯한 여분의 자신을 생각해본 적이 없었다'는 문장이 상기하고 있는 바도 바로 그것이다. 이 문장은 이 여자가 '일생 동안' 사회적 통념으로 주어진 유교 이데올로기의 우리 속 자신을 진정한 자신이라고 착각하고 살아왔음을 유추 반복 서술하고 있는 대목이라고 할 수 있다. 지금 이 순간, 그녀가 일생 처음으로 그 우리 밖으로 나오게 된 짐승처럼 여겨지는 것도 그 때문이다. 이런 방식의 서술은 이 여자의 삶에 깃든 허망함을 각인시키는 기능을 한다. 그녀는 자신의 삶이 자신의 것이 아니었음을 깨달은 뒤에도 별반 달라지지 않을 것이다. 오랫동안 우리 속에서 생활한 짐승이 그 우리로부터 해방된 뒤에도 독자적인 삶을 살지 못한 채 우리 속으로 되돌아가는 삶을 선택하듯 그녀 역시 다시 누구를 기다리는지도 알 수 없는 기다림의 세월을 반복할 것이다. 그것은 그녀가 어리석어서도 용기가 부족해서도 아니다. 우리들의 인생 자체가 이런 허망한 반복의 연속에 다름 아니기 때문이다. 성석제는

'한 여자가 앉아 있다'에서 촉발된 그 여자의 기다림으로 점철된 삶을 유추 반복 서술함으로써 우리 삶에 깃든 반복의 본질을 포착해낸다. "아직은 한 여자가 앉아 있다"라는 문장으로 끝나는 「협죽도 그늘 아래」가 허망한 아름다움으로 가득 차 있는 것은 그러한 연유에서다.

5. 결론

성석제의 소설집 『홀림』에 수록된 몇몇 단편들은 사건의 발생 순서와 서술 순서를 역전시킴으로써 서술하는 행위에 대한 서술자의 자의식을 서사의 심층에 숨기고 있는 경우가 많다. 아울러 그의 소설은 주변적이라고 할 사건은 장면화를 통해 지속 시간을 늘리고, 사건의 행위와 관련된 서사는 생략하거나 요약함으로써 지속 시간을 압축하는 경향도 없지 않다. 이는 서사에 아이로니컬한 속도감을 부여하게 되는데 이 속도감은 서사의 리듬을 형성하는 중요한 요소라고 할 수 있다. 서술의 빈도 역시 이 리듬과 무관하지 않다. 성석제는 단 한 번 발생한 사건을 여러 차례에 걸쳐 반복 서술함으로써 그 사건의 본래적 의미를 탈각시키고 일종의 무의미한 노래로 변형시키는 경향이 있다. 때로 이 반복 서술은 유추 반복 서술로 심화되기도 하는데, 이 경우 우리는 다양한 인물 군상들의 삶에 깃들어 있는 반복의 허망한 아름다움에 노출되기도 한다.

이 글은 성석제의 단편에 대한 서사론적 분석을 통해 그의 소설에 대한 몇 가지 오해를 수정하고자 했다. 우선, 이제까지 주로 구술성을 탁월하게 구현하는 이야기꾼으로 이해되어온 작가 성석제는 소설의 서술성에 대한 민감한 자의식으로 무장한 포스트모던 소설가로 이해될 필요가 있다. 비슷한 맥락에서 이제까지 주로 피카레스크 소설 장르와의 친연성이 부각되어온 그의 소설은 순간을 영원한 것으로 포착하고자 하는 내성

소설의 면모를 보여주고 있음이 강조될 필요가 있다. 성석제의 소설은 결국 우리 삶에 깃들어 있는 반복의 헛됨을 풍자하거나 냉소하고자 하는 것이 아니라 허망한 아름다움이라는 관점에서 그것을 포용하고자 한다. 성과 속, 서사와 삶의 경계를 무너뜨리고 새로운 소설의 관습을 형성해나가는 성석제 소설의 저력은 바로 이 허망한 아름다움이라는 관점에서 나온다고 할 수 있을 것이다.

저자약력

제1장 1940년대

서재길(徐在吉) 국민대학교 국어국문학과 교수
논문 「「금수회의록」의 번안에 관한 연구」 「안수길 장편소설 「북향보」 연구」 「식민지 개척의학과 제국의료의 '극북(極北)'」 등이 있음.

윤대석(尹大石) 명지대학교 국어국문학과 교수
저서 『식민지 국민문학론』 『식민지 문학을 읽다』 등이 있음.

배하은(裵하은) 서울대학교 국어국문학과 박사과정
논문 「해방기 염상섭 소설의 탈식민적 현실인식 연구」 등이 있음.

허련화(許蓮花) 西南民族大學 한국어학과 교수
저서 『김동리 소설 연구』, 논문 「김동리 불교소설 연구」 「김동리 소설의 근친상간 모티프 연구」 「중한 뱀신랑 설화 비교」 등이 있음.

김명훈(金明訓) 서울대학교 국어국문학과 박사과정
논문 「해방 전후 이태준 소설의 현실인식 연구」 「염상섭 초기소설의 창작기법 연구」 등이 있음.

김지영(金芝榮) University of Chicago 동아시아언어문명학과 박사과정
논문 「조세희 소설의 서사 기법 연구」 등이 있음.

제2장 1950년대

장수익(張水翼) 한남대학교 국어국문학과 교수
저서 『한국근대소설사의 탐색』 『대화와 살림으로서의 소설비평』 『한국현대소설사의 시각』 등이 있음.

정하늬(鄭하늬) 서울대학교 국어국문학과 강사
논문 「이상의 「실화」에 나타난 도시 '동경'의 의미 연구」 「이상의 「지도의 암실」에 나타난 '모조' 이미지 연구」 「이태준의 「별은 창마다」에 나타난 도시」 등이 있음.

노승욱(盧承郁) 포스텍 인문사회학부 대우교수
논문 「황순원의 『카인의 후예』에 나타난 중층적 상호텍스트성」 「1930년대 경성의 전차체험과 박태원 소설의 전차 모티프」 「김동리 소설의 샤머니즘 수용 양상」 등이 있음.

김지영(金志映) 동아일보 오피니언팀 기자
논문 「동인지 『자유시』에 나타난 현실 대응 방식 연구」가 있음. 제3회 임승준 자유언론상 수상.

류경자(柳京子) 동서대학교 외국어학부 교수
논문 「이상과 목시영의 근대인식 비교연구」 「장용학 소설의 자기반영성과 메타픽션적 글쓰기」 등이 있음.

이현석(李炫錫) 아주대 기초교육대학 강의교수
논문 「4.19혁명과 60년대말 문학담론에 나타난 비-정치의 감각과 논리」 「손창섭 소설에 나타나는 부정성의 의미 변화에 관하여」 「이청준 소설에 나타나는 성적 모티프의 담론화 방식 연구」 등이 있음.

최현희(崔賢熙) UC Irvine 동아시아언어문학과 박사과정
논문 「'이상(李箱)'의 이데올로기적 기원—김기림과 최재서의 이상론」 「내셔널리즘과 사랑—최인

훈의 『회색인』에 나타난 혁명의 논리」「이태준의 『별은 창마다』 연구」 등이 있음.

박상준(朴商準) 포스텍 인문사회학부 교수

저서 『한국 근대문학의 형성과 신경향파』『1920년대 문학과 염상섭』『한국 근대소설 텍스트의 시학』『소설의 숲에서 문학을 생각하다』『남북한 역사소설 비교 연구』(공저) 등이 있음.

제3장 1960년대

서세림(徐세림) 서울대학교 국어국문학과 강사

논문 「이문구 소설에 나타난 폭력성 연구」「이효석 문학의 미학적 형상화와 자기 구원의 논리」 등이 있음.

김종욱(金鍾郁) 서울대학교 국어국문학과 교수

저서 『한국 현대문학과 경계의 상상력』『텍스트의 매혹』『한국 현대소설의 서사형식과 미학』 등이 있음.

최혜림(崔惠林) 서울대학교 국어국문학과 강사

논문 「1940년대 전반기 소설연구」「황순원의 글쓰기 양상연구」「『사랑의 수족관』에 나타난 '일상성'의 의미 연구」 등이 있음.

전승주(田承周) 서울과학기술대학교 기초교육학부 초빙교수

저서 『한국 현대비평문학 탐구』『안막 선집』(편저) 등이 있으며, 논문 「『천변풍경』의 개작 과정 연구」 등이 있음.

조현일(趙顯一) 원광대학교 국어교육과 교수

저서 『전후소설과 허무주의적 미의식』『한국문학의 근대성과 리얼리즘』, 논문 「대도시와 군중」「권태와 혁명」 등이 있음.

주지영(朱志英) 서울여자대학교 국어국문학과 강사

논문 「이청준 소설의 서사구조와 주제형성방식에 대한 연구」 등이 있음. 2008년 『서울신문』에 평론이 당선되어 등단.

조보라미(趙보라미) 영남대학교 국어국문학과 교수

저서 『최인훈 희곡의 연극적 기법과 미학』, 논문 「분단희곡에 있어서 '경계인'의 위상과 의미」「오태석의 6.25 3부작 연구」 등이 있음.

이수형(李守炯) 서울대학교 교수학습개발센터 연구교수

저서 『문학, 잉여의 몫』『1960년대 소설 연구』『이청준과 교환의 서사』 등이 있음.

강심호(姜沁鎬) 서울대학교 국어국문학과 박사과정 수료

논문 「김유정 문학의 위반의식 연구」「유행, 대중적 감수성, 문학의 변모」「김기림의 시와 수필에 나타난 '바다' 이미지 고찰」 등이 있음.

제4장 1970년대

이영아(李英娥) 명지대학교 인문교양학부 교수

저서로 『육체의 탄생』『예쁜 여자 만들기』가 있으며, 논문으로 「식민지 근대 여성문학 연구의 현황과 전망」 등이 있음.

김학균(金鶴均) 서울시립대 학사교육원 연구교수

논문 「염상섭 소설의 추리소설적 성격 연구」「'사랑과 죄'에 나타난 아편중독자의 표상 연구」 등이

있음.

김민정(金玟廷) 포스텍 인문사회학부 교수

저서 『한국근대문학의 유인과 미적 주체의 좌표』, 논문 「일제시대 여성문학에 나타난 구여성의 정체성에 관한 연구」 「'식민지근대'의 문학사적 수용과 1930년대 문학의 재인식」 등이 있음.

전우형(全祐亨) 건국대학교 글로컬소통통섭교육원 강의교수

논문 「이상 소설의 영화적 제휴 양상과 의미」 「훼손과 분리의 영화 신체에 담긴 실험적 의미」 「일제강점기 조선 영화감독의 '전속(專屬)'제 연구」 등이 있음.

노지승(盧志昇) 인천대학교 국어국문학과 교수

저서 『유혹자와 희생양—한국근대소설의 여성 표상』 『페미니즘 영화이론』(역서), 논문 「긍정적 정체성으로서의 근대문학 서술과 근대성의 재의미화」 「여성지 독자와 서사 읽기의 즐거움」 「기생서사의 표상과 수용—근대의 스펙타클과 트라우마」 등이 있음.

유승환(劉承桓) 덕성여자대학교 국어국문학과 강사

논문 「1950~60년대 한국 소설의 미국 표상과 민족 이미지의 구축」 「해방기 박태원 역사서사의 의미」 「'냉동어'의 기호들—1940년 경성의 문화적 경계」 「1920년대 초중반의 인식론적 지형과 초기 경향소설의 환상성」 「김동인 문학의 리얼리티 재고」 등이 있음.

이정숙(李貞淑) 한성대학교 국어국문학과 강사

저서 『혁명과 웃음』(공저), 『르네상스인 김승옥』(공저), 논문 「전쟁을 기억하는 두 가지 방식—하근찬의 전쟁서사 연구」 「1970년대 꽁트붐의 문화적 지형도」 등이 있음.

김미지(金眉志) 北京大學 한국어문화과 강사

논문 「한국 근대문학에 나타난 '묘사'의 방법론 고찰」 「식민지 작가 박태원의 외국문학 체험과 '조선어'의 발견」 「박태원 소설의 고전 수용 양상과 고전 새로 쓰기의 방법론」 등이 있음.

유철상(劉哲相) 신라대학교 국어국문학과 교수

저서 『한국전후소설연구』 『한국 근대소설의 분석과 해석』, 논문 「구인회의 성격과 순수문학의 의의」 「해방기 민족적 죄의식의 두 가지 유형」 「현대 소설사 서술방법에 대한 반성과 모색」 등이 있음.

이민영(李民榮) 홍익대학교 교양과 강사

논문 「해방기 귀환소설의 경계인식 연구」 「해방기 소설에 나타난 국가—집 표상 연구」 「1947년 남북분단과 이념적 지형도의 형성」 등이 있음.

손유경(孫有慶) 서울대학교 국어국문학과 교수

저서 『고통과 동정』 『프로문학의 감성 구조』 등이 있음.

제5장 1980년대

장성규(張成奎) 서울대학교 국어국문학과 강사

저서 『사막에서 리얼리즘』 『그래서 우리는 소설을 읽는다』(공저), 논문 「1930년대 후반기 소설 장르인식 연구」 「1980년대 노동자 문집과 서발턴의 자기 재현 전략」 「카프 문인들의 전향과 대응의 논리」 등이 있음. 2007년 『경향신문』에 평론이 당선되어 등단.

장문석(張紋碩) 서울대학교 국어국문학과 박사과정

논문 「관식의 증언—『텬로력뎡』 번역과 19세기 말 조선어문의 전통들」 「댄디와 양반」 「전통지식과 사회주의의 접변」 등이 있음.

조윤정(趙胤姃) 연세대학교 국학연구원 박사후연구원

논문「작문수업과 문예부, 문학청년의 망탈리테」「언어의 위계와 어법의 균열」「비밀전, 스파이, 유언비어」 등이 있음.

천정환(千政煥) 성균관대학교 국어국문학과 교수

저서『1960년을 묻다』(공저),『대중지성의 시대』『조선의 사나이거든 풋볼을 차라』『근대의 책읽기』, 논문「서발턴은 쓸 수 있는가」「해방기 거리의 정치와 표상의 생산」「소문·방문·신문·격문— 3.1운동 시기의 미디어와 주체성」「'문화론적 연구'의 현실 인식과 전망」 등이 있음.

백지혜(白芝慧) 아주대학교 국어국문학과 강사

논문「경성제대 작가의 민족지 구성 방법 연구」「1910년대 이광수 소설에 나타난 과학의 의미」, 저서로『스위트 홈의 기원』 등이 있음.

윤영실(尹寧實) University of Toronto 동아시아학과 박사후연구원

논문「최남선의 근대적 글쓰기와 민족담론 연구」「동아시아 정치소설의 한 양상」「『소년』의 영웅서사와 동아시아적 맥락」 등이 있음.

안용희(安用熙) 서울대학교 국어국문학과 강사

논문「1920년대 소설의 공동체 의식 연구」「감정과 화폐의 경제학」「염상섭 초기 소설의 세대의식과 공동체 윤리의 문제」 등이 있음.

제6장 1990년대/2000년대

정주아(鄭珠娥) 서울대학교 기초교육원 강의교수

논문「한국 근대 서북문인의 로컬리티와 보편지향성 연구」「두 개의 국경과 이동의 딜레마—선우휘소설을 통해 본 월남작가의 반공주의」「불안의 문학과 전향시대의 균형감각—1930년대 평양의 학생운동과 단층파의 문학」 등이 있음. 2005년『문학수첩』에 평론이 당선되어 등단.

오자은(吳慈恩) KAIST 인문사회과학과 대우교수

논문「1980년대 박완서 단편소설에 나타난 중산층의 존재방식과 윤리」 등이 있음.

김주리(金珠理) 한밭대학교 교양학부 교수

저서『근대소설과 육체』『모던걸, 여우 목도리를 버려라』, 논문「한국근대소설 속 도시공간의 표상」「연애와 건축」 등이 있음.

이학영(李學榮) 서울대학교 국어국문학과 강사

논문「서기원 소설에 나타난 자부심의 발현 양상 연구」「물의 에피파니, 혹은 심연의 자화상—한강론」 등이 있음. 2008년 중앙 신인문학상에 평론이 당선되어 등단.

이경재(李京在) 숭실대학교 국어국문학과 교수

저서『끝에서 바라본 문학의 미래』『단독성의 박물관』『한국 프로문학 연구』『한설야와 이데올로기의 서사학』 등이 있음. 2006년『문화일보』에 평론이 당선되어 등단. 제14회 젊은 평론가상 수상.

차미령(車美怜) 광주과학기술원 GIST대학 교수

논문「최인훈 소설에 나타난 정치성의 의미 연구」「『산문시대』 연구」「『무정』에 나타난 '사랑'과 '주체'의 문제」 등이 있음. 2005년『서울신문』에 평론이 당선되어 등단.

신수정(申水晶) 명지대학교 문예창작과 교수

저서『푸줏간에 걸린 고기』, 논문「한강 소설에 나타나는 '채식'의 의미」「탈고향의 과정과 현대적 감수성의 양상」 등이 있음. 제3회 고석규비평문학상 수상.

문학동네 평론집
한국 현대소설이 걸어온 길—작품으로 본 한국소설사(1945~2010)
ⓒ 장수익 · 신수정 · 조현일 · 김민정 · 천정환 · 서재길 외 2013

1판 1쇄 2013년 5월 11일
1판 2쇄 2013년 8월 29일

지은이 장수익 · 신수정 · 조현일 · 김민정 · 천정환 · 서재길 외
펴낸이 강병선
책임편집 황예인 | 편집 김내리 정은진 이경록 백다흠 | 디자인 윤종윤 유현아 이미연
마케팅 신정민 서유경 정소영 강병주 | 온라인마케팅 김희숙 김상만 이원주 한수진
제작 서동관 김애진 김동욱 임현식 | 제작처 영신사(인쇄) 경일제책사(제본)

펴낸곳 (주)문학동네
출판등록 1993년 10월 22일 제406-2003-000045호
주소 413-756 경기도 파주시 문발동 파주출판도시 513-8
전자우편 editor@munhak.com | 대표전화 031) 955-8888 | 팩스 031) 955-8855
문의전화 031) 955-8890(마케팅) 031) 955-8864(편집)
문학동네카페 http://cafe.naver.com/mhdn

ISBN 978-89-546-2136-6 03800

www.munhak.com